MEMORIES SERIES 03

NEW RAIN PUBLISHING

瓦西里・格羅斯曼——著
力岡——譯

生活與命運

ЖИЗНЬ И СУДЬБА | *Life and Fate*

ВАСИЛИЙ ГРОССМАН | Vasily Grossman

推薦——梁文道

一九六一年二月十四日上午十一點四十分，KGB（蘇聯國家安全委員會，Комитет государственной безопасности）派人闖入瓦西里．格羅斯曼的住宅，搜查一份書稿。結果他們不只帶走了那本書的打字稿，還沒收了和它相關的草稿和筆記，甚至就連打出這本書的打字機與碳紙都不放過，行動規格形同逮捕一個活人，只不過他們這次要逮捕的是一本書。這本書的名字叫做《生活與命運》，後人管它叫「二十世紀的《戰爭與和平》（Война и мир）」。

格羅斯曼很清楚自己寫了些什麼，當初他投稿給雜誌社的時候，難道沒料想到會有這樣的結局嗎？這是後來一些學者爭論的細節問題，我們先且別管，還是回到一九六一年情人節那場「逮捕」事件的現場，看看格羅斯曼事後的反應。他直接寫了一封信給蘇聯最高領導赫魯雪夫抗議：「有什麼理由讓我人身自由，卻逮捕了這部我為之呈獻生命的書？」

當局似乎很在乎這位作者，歷經史達林、赫魯雪夫、布里茲涅夫三朝而不倒的蘇共意識形態大總管，人稱「灰衣主教」的蘇斯洛夫（Mikhail Suslov）親自接見了他。以外表斯文謙遜、彬彬有禮而著稱，但又深沉冷峻的蘇斯洛夫這樣子對格羅斯曼說：「我沒有讀過你這本小說，但我讀了對它的評論和報告……你為什麼要把你的書加入到敵人對準我們的核武器當中？又何必讓它引起大家關於蘇維埃體制到底還有沒有必要的討論呢？……我可以直接告訴你，《生活與命運》再過兩、三百年都休想出版。」

一部前蘇聯禁書，這個身分多少就能決定一本小說的命運了。在上世紀的六〇至八〇年代，這個身分或許可以讓一本書在所謂的「自由世界」受到許多關注，讀者通常會期待能在裡頭讀到鐵幕背後冷酷悲慘的真相，同時間接確認了自己的幸運與幸福（幸好我沒活在那一邊）。只不過禁書太多，能從「社會主義陣營」這邊僥倖逃到另一邊去的書也不少，其中只有幾個例子可以贏得大名，獲得最高聲譽。例如《齊瓦哥醫生》（Доктор Живаго）與《古拉格群島》（Архипелаг Гулаг），它們都得到了諾貝爾文學獎（儘管巴斯特納克〔Борис Леонидович Пастернак〕最後被迫拒絕領獎）。

問題是這樣的背景也會反過來限制這類小說的生命。冷戰結束，它們在很多讀者眼中似乎就只剩下了歷史見證的價值，別無其他。所以今天提起《古拉格群島》和索忍尼辛（Александр Исаевич Солженицын），很多人都會露出一絲倦怠的神情，覺得那是本過時的書與一個過時的人。《齊瓦哥醫生》更是可悲，因為後來的文檔證明，它在西方的流行原來與美國中情局有些關係，被他們利用，當做冷戰意識形態爭戰的兵器，於是無奈沾染上一層政治污跡。

至於蘇聯這邊就更不必提了，禁書自然是沒人看得見的書（審查官員例外，他們大概是那個體制內讀書最多見識最廣的人）。蘇聯解體前後，雖然它們也曾火熱過一陣，但很快就又被打回冷宮，因為「向錢看」的新一代實在沒有太大興趣去務虛地回顧歷史，翻看那些昨天以前還沒聽過的書。所以曾經遭禁的文學，便和它們命運的對立面——那些得到最高當局讚賞，贏了「史達林獎」的作品，奇詭地共同進入歷史，都沒有人要看了。事後，無論在俄羅斯、西方還是中國，蘇聯文學彷彿都成了一個幾乎不存在的物事。尤其對俄羅斯以外的一般文學讀者而言，俄語文學好像只到二十世紀初為止。少數詩人之外，整個蘇聯似乎沒剩下幾個值得重讀的作者。以中國的歷史背景來看，這種情況特別奇怪，因為俄語曾是我們的主要外語之一，沙俄和蘇聯文學更曾是社會上的主要讀物；可今天，它卻只是一排排被置放在書架頂層的蒙塵典籍，「小時代」的大時代遺物。

所以《生活與命運》理應過時。一本前蘇聯禁書，書名土氣（更像是十九世紀的產品），翻譯成中文近一千頁，全書有名有姓的角色超過一百六十人；更要命的，格羅斯曼的文風竟帶著一股撲面而來的「社會現實主義」氣息。這本書，甚至連它出版的時機都不太對。一九八〇年瑞士首現俄文原版，讀者自然寥寥。一九八五年英譯本面世，當年索忍尼辛在西方已經紅到發黑，名聲漸走下坡，大家很容易以為它只不過是《古拉格群島》的小弟，所以只有一小圈子的人看過這本其實和《古拉格群島》非常不同的大書。而大部分寫書評的，在報刊做文化版的，甚至連瓦西里·格羅斯曼這個名字都沒聽過。這也難怪，此時已故的他，畢竟不是個有海外公眾知名度的異見分子，沒有活著流亡、被人宣傳的機會。相反地，他在公眾面前大概還算是個「體制內作家」呢，曾經入圍「史達林獎」決選名單，二戰期間為《紅星報》寫的戰地報導更是風靡全國，得到官方肯定。這類作家，英語世界又怎麼會對他感興趣呢？身為蘇聯「作協」成員，格羅斯曼那被壓抑的後半生是沉默的，《生活與命運》的遭禁亦是同樣沉默，國內沒有人知曉，國外沒有人聲張，一切安靜。比較奇特的是，和英文版同年面世的法文本，居然一度成為暢銷書，我猜那是法國獨特環境所致，他們那時大概還會稍稍關心蘇聯究竟是個極權體制還是共產主義天堂這種老問題。

我在文字和電子媒體介紹書介紹了二十多年，很少遇到像《生活與命運》這樣的作品，覺得推薦它是自己不能迴避的道德義務。七、八年前讀到英文本之後就四處向人宣說，想它有機會在中文世界現身。終於到了去年，北京「理想國」願意承擔，重出這部不合時宜的巨著。「重出」，是因為編輯發現它原來早就有過中譯，而且還有三種版本，全在上世紀八〇年代末九〇年代初，只是我孤陋無知而已。比如他們用做底本的這個版本，俄語文學翻譯名家力岡先生手筆（另一個被人遺忘的名字，《齊瓦哥醫生》與《靜靜的頓河》〔Тихий Дон〕的譯者），原來的譯名是「風雨人生」。力岡先生的譯者序言成於一九八九年六月十日，最後一段話是非常直白的籲求：「親愛的讀者，讀讀這部作品吧！它使人清醒，使人覺悟，使人知道自己是一個人！使人知道怎樣做一個人！」如此八〇年代的筆致，寫在八〇年代的終點，這本書合該要在新時期的中國被人忘記。生不逢時，往往是許多好書被埋沒的原因。《生活與命運》的三種中文譯本全出在上世紀八〇年代末到九〇年代初那兩三年。當時，蘇聯解體已成事實，連帶垮掉的還有幾十年來的蘇聯文學；而中國這裡，則一面是籠罩了整片大地的低氣壓，另一面是正在冒頭的人欲春芽，自然沒有多少人想去碰這一千頁的大書，直覺它是蘇聯版的傷痕文學，會看得叫人呵欠連連。

但是最近十年，它的命運卻忽然逆轉，一下子又復活過來了，西方每一個評論家都拿它和《戰爭與和平》相比，並且紛紛奉上一本小說所能得到的最高讚譽，比如說「我用三個禮拜讀完，再用三個禮拜復原，在那段日子裡我幾乎難以呼吸」（琳達．格蘭特語）。

第一個拿它和《戰爭與和平》相比的，並非「別有用心」的西方人（這說法來自豆瓣網上的一則短評，那則評論的作者很不屑西方世界對它的讚譽，認為其背後「別有用心」），而是一九八八年俄文原版終於能在祖國出版之後的蘇聯評論界。當時就有人立刻宣告：「那漫長的等待終於結束了！」等待什麼？當然就是等待另一本《戰爭與和平》。就像托翁為拿破崙入侵俄羅斯的戰爭寫出了一部不朽巨著一樣，更加慘烈悲壯的「衛國戰爭」當然也得配上同樣偉大的作品。這幾乎是他們自二戰一結束之後就馬上開始了的漫長期待，整個蘇聯文壇都在尋找接得下這份重擔的候選者，好幾代蘇聯作家也都努力地想要滿足那份期望，於是一本大書接著一本大書地上市。只不過，它們似乎都還和《戰爭與和平》有點不小的距離。

《生活與命運》堪比《戰爭與和平》，最表面的理由在於外型。都是寫一場抵抗入侵的戰爭，都是人物眾多、支線龐雜的大書，都以一個家族當做軸線，都是全景式的鳥瞰神目，都在虛構敘述當中夾雜議論沉思。但於我看來，格羅斯曼之所以無愧於前人，是他細緻地寫出了「戰爭」與「和平」這兩種極端不同的狀態，以及連接它們彼此的微妙聯繫；又在這戰爭與和平的雙重境況當中，幾乎讓我們看到了蘇聯社會的全部細節。從史達林、赫魯雪夫這等史上留名的大人物（其中甚至還有一段關於希特勒的難忘描繪），一直到大草原上的牧民與農夫；從前線紅軍在漫天炮火當中的日夜生活，一直到後方官僚體系的具體運作；這個帝國的每一條神經線乃至它最最末梢的毛細血管，全都被格羅斯曼一根根挑選出來耐心檢視。

當然，那是戰爭，就算離戰火最遠的地方（例如西伯利亞深處的集中營），也很難不受戰事影響。所以「戰爭」與「和平」這兩種狀態的比對，只不過是個方便說法；可是，我又分明看到了格羅斯曼刻意分別塑造這兩種狀態的用心。在他筆下，相對安全平靜的後方有時候竟比史達林格勒戰線上的最前鋒還危險。因為後方的人或許有床可睡，但睡不安穩；或許有飯可吃，但食不下嚥。因為他們要擔心自己說過的每一句話，生怕犯錯；他們要留意權力的走向，以免一不小心走上「邪路」。戰壕裡的士兵則不然，由於不曉得今晚是否人生在世的最後一夜，反而因此坦蕩，想說什麼就說什麼，便連人際關係也都簡單了許多，回復到它最該有的本然面目，喜怒哀樂盡皆自然無礙。誇張點講，在格羅斯曼筆下，戰場上的人居然活得更加像人。

沒錯，戰爭「矯正」了很多事情。一個軍人的履歷表變了，評價他的標準不再是他家有沒有出過托洛茨基主義者，父母是不是孟什維克分子；而是他開槍開得夠不夠準，面對敵軍轟炸的時候又夠不夠冷靜。身經百戰的老將被人從集中營裡放了出來，因為會不會帶兵在這時刻要比他在政治上的關係要緊；一個見過大場面的老兵可以放膽批評集體農場的失敗，因為同袍現在只在乎他對敵方下一枚襲來炮彈路線的判斷。

後方，那片相對平靜的大地卻還是處在蘇聯式的「正常」當中。例如主角之一的維克多，他和一群物理學家同事偶爾會在夜話之中趁著酒意胡說，指點江山，開開史達林的玩笑（史達林同志太偉大了，他比牛頓更早發現地心引力的作用），批評當局的文藝政策（什麼叫做「社會主義現實主義」？它就是黨和國家的魔鏡，每當黨和國家問它世界上誰最正確最偉大，它就會說：你，你，你）。但散夥之後，在回家的路上，剛剛還在一起笑鬧的A會別具深意地提醒維克多：為什麼B能那麼大膽說話？你不覺得奇怪嗎？當年大清洗的時候他也被捕，但沒幾個月就放了回來，那時可沒有人回得了呀。再過幾天，反過來又輪到B對他發出警告：你得留意A，有人說他和上頭的關係非比尋常……

當時維克多研究的是至關重大的核分裂問題（其原型可能是「氫彈之父」薩哈羅夫），他的成果一開始備受讚賞，同事們對他既熱情又友好，覺得他是個天才。可是自從上頭派來了一個新領導，情況馬上就兩樣了。新領導批評他這個猶太人過度誇大同裔愛因斯坦的成就（別忘記史達林的政策也是反猶的），指責他在政治上不夠合群，甚至使他逐步陷入險境。於是共事多年的朋友漸漸翻臉，在路上碰見會假裝不熟，在他缺席的會議上替他檢討雞毛蒜皮般的過錯。就算他那曾被大家誇譽的研究成果，也不知怎的突然顯得漏洞百出，無關痛癢。維克多自此孤立，變得更加激憤，勇氣也跟著大了不少，隨時預備慷慨就義，為他所相信的真理獻身。

然而，某天下午，正當他在家準備被逮捕的時候，電話響了。「您好，史托隆同志。」這聲音太耳熟了，就是那把大家常常能在電臺廣播上聽見的聲音，維克多呆了一呆，心想莫非是有人惡作劇。不會吧？誰敢開這樣的玩笑？於是維克多．史托隆嚴肅地回答：「您好，史達林同志。」他一邊說一邊驚訝，「不大相信這是他在電話裡說這種不可思議的話」。幾分鐘過後，史達林在電話另一端留下了一句神諭般的告別語：「再見，史托隆同志，祝您研究順利。」

既得神諭，世界遂因此美麗。「維克多原以為，那些拚命整他的人見到他會不好意思的，但是在他來研究所的那一天，他們卻高高興興地和他打招呼，對直地看著他的眼睛，那目光充滿了誠意和友情。特別使人驚異的是，這些人的確很真誠，他們現在的確對維克多一片好意。」他又變回了那個天才物理學家，一切以往很複雜很麻煩的事情現在辦起來都很容易了（格羅斯曼不忘評述，說這也是「官僚主義」的特點，平常可以讓最簡單的小事寸步難行；但在需要集中精力辦大事的時候，卻又能飛快完成最困難的任務）。他有了專用汽車，他每一句冷笑話都變得那麼好笑。就連他的太太上街買東西，前幾個星期裝作不認識她的婦女也都忽然變得熱情溫暖。

更甚的是，他還發現大家原來都有很「人情味」的一面，黨委書記原來喜歡在黎明時分釣魚，有同事收養了一個有病的西班牙孩子，另一個同事則以在這冷寒之地種植仙人掌為樂。他心想：「啊，這些人實在不是多麼壞。每個人都有人情味兒。」是史達林的一通電話，使他看見了每個人最可愛最私密的那一面；是那通電話使大家願意在他面前展演人性。維克多現在是所有人的好朋友了。

不久後，英國報刊批評蘇聯當局冤屈幾個醫生，指控他們毒殺大作家高爾基。不憤西方媒體抹黑，蘇聯科學界動員各個單位「自發」連署抗議，維克多所在的這個研究所也不例外，他的領導極力邀請他帶頭在一份聲明上頭簽名。可是在維克多看來，那份聲明分明就是錯的，它誹謗了一個正直的人，一個曾經對自己家庭有恩的好醫生。他覺得英國人批評得沒錯，蘇聯確實構陷了一個他自己認識的聲譽卓著的醫學教授。違心害人，這真是維克多無論如何都做不到的事。才幾個星期之前，他連以死明志的心都有，這時應該更不必擔心。可一碰到領導和同事們的殷懇目光，「他感觸到偉大國家的親切氣息，他沒有力量投身寒冷的黑淵……今天他沒有，實在沒有力量。使他就範的不是恐懼，而是另外一種消磨力量的溫順感情」。出於人性對人際溫情的真實需要，而非從天而降的特權與待遇，他開始內心交戰，試圖說服自己：反正幾個被告自己也在法庭上認了罪，我現在加入指控他們又有什麼不對呢？反正我也改變不了什麼。道理一想通，維克多便掏出了自來水筆，在這份聲明簽下自己的名字。

今日局外幸運兒，常常不能理解政治高壓底下的生活，不明白一個人為什麼妥協，為什麼要出賣別人，又為什麼會出賣自己。於是我們總是如此簡易地斷定，那是出於恐懼，不夠勇氣，又或者圖謀利益，捨不得懸在頭上的蘿蔔。格羅斯曼卻在讀者面前展開了複雜的道德處境，讓我們發現是非抉擇的艱難。維克多昧著良心簽署那份害人聲明，便不是為了剛剛到手的特權與地位，也不是因為害怕自己會受到懲罰。他的動機，其實只不過是至簡單的人性需要罷了；那就是他人的溫暖認同，一種被友儕圍繞的感覺。

同樣的需要，到了戰場上頭，卻能變化出荒謬可笑，但又分外殘酷的戲劇，例如一個蘇聯士兵被炸彈的威力埋進戰壕，僥倖不死，並於黑暗中觸及另一具溫暖的身體，於是本能地緊緊握住對方的手。兩個陌生人便賴此慰藉那不可言喻的驚恐，都直覺對方一定是生死與共的同袍。過了一會兒，地面上稍稍平靜，他們奮力撥開頂上瓦礫，讓光線照進坑洞，這個紅軍戰士才發現自己的錯誤。剛剛和自己那麼親密的夥伴，竟然是個死敵德軍。怎麼辦？立刻翻臉動手？不，他倆尷尬無言，很有默契、很安靜地各自爬出洞口，一邊四處張望環境，一邊提心吊膽朝著己方陣營遁走。親身經歷過戰場諸種奇詭的格羅斯曼解釋：他們不怕對方在背後開槍，只怕自己的戰友看見之前的情景，一報上去這可能就是通敵叛國的死罪了。

沒錯，這兩個正在交戰的國家是相似的，至少在令自己人恐懼這一點上。

透過一位審問犯人的納粹黨官之口，格羅斯曼對蘇聯這場偉大的衛國戰爭做出了一個最大不韙的宏觀判斷。原來正邪如此分明的戰事，骨子裡居然是兩個極權體制之間的鬥爭。那個很懂得心戰技巧的納粹，不斷逼著被俘的資深蘇共黨員承認，他倆其實是鏡面的兩端：兩邊都有偉大的領袖，兩邊都宣稱自己擁占了至高無上的真理，兩邊都把無數人的犧牲當成實現真理的代價，兩邊都為此培養出了一大批最忠誠最具黨性的信徒——例如坐在審訊桌兩端的這兩個人。

若是如此，這場仗又還有什麼意義呢？天地不仁，以萬物為芻狗；然芻狗般的士兵卻不能接受自己的生命無謂，他們必須相信自己站在正義的那一邊，相信自己的死亡背後別有高遠的價值。所以，經歷過不自由生活的軍人會認為自己正在為即將到來的自由而戰，只要打敗眼前的德軍，不只國土和民族會得到保存，甚至就連蘇聯也都可能會變成一個更加美好的國度。既然這是一場關乎自由及解放的戰爭，所以在作戰交火的這一刻，他們就得親身踐行自由。所以在描寫戰場的章節裡，格羅斯曼時時將視角沉降到沙土飛揚的地面，在一陣陣爆炸聲響之間，在一串串從頭上掠過的子彈叢中，使讀者看見一個個士兵如何在最接近死亡的那一剎那裸呈出人的根本。

尤其是書中那有名的「6-1 號樓」，紅軍留在史達林格勒德占區中的最後一個據點，就好比淞滬會戰當中的四行倉庫，一小隊戰士勇敢地守住了這個殘破的建築，拚死抵擋德軍火網包圍。這一段故事大可譜成一曲最典型的壯烈史詩。然而格羅斯曼畢竟是格羅斯曼，他的重點不是臉譜化的英雄，而是一組各有偏好各有性格的活人。例如原本從事建築工程的工兵隊隊長，他的任務從過去的修蓋房子變成了拆毀敵陣當中的建築，於是「很需要思考思考這種不尋常的轉變」。步兵指揮官戰前則在音樂學院學聲樂，「有時他在夜裡悄悄走到德國人盤據的樓房跟前唱起來，有時唱〈春天的氣息，不要把我驚醒〉，有時唱一段連斯基詠歎調」。這組人會在開槍和躲子彈的空檔咒罵食物的貧乏，爭論選擇女子的關鍵（「我認為姑娘的胸脯是最要緊的」），乃至於「外星世界有沒有蘇維埃政權」等各式各樣的古怪話題。說著說著，他們還會講出一些後方「和平」世界連想都不敢想的話：「不能把人當綿羊來領導。列寧那樣聰明，就連他也不懂得這一點。所以要革命，為的就是不要任何人領導人。」這座樓是前線中的前線，每一個人都不知道自己還能不能看到第二天的日出，所以它反而也是全書最自由、最有生命力的世界。難怪蘇軍戰線指揮部特地派來的政委（他們擔心這個陣地的政治思想會走偏，所以命令一個政委冒著彈雨偷偷潛進指導），能在這裡頭發現危險的氣息。曾在那座樓裡和這些不正常的正常人並肩作戰過的倖存士兵，則會事後慨歎：如果不認識這些人，生活還「能算是生活嗎」？

不要以為格羅斯曼的戰爭與和平就是美化戰爭，挖苦和平。不，沒有幾個作家會比他更瞭解戰爭的無情。色彩這麼豐富的「6-1號樓」竟然轉眼就在地平線上消失了，沒有臨終遺言，也沒有英雄面向鏡頭的最後笑容，十到二十來個鮮明人物就此消失在幾行不到的文字裡頭。這是格羅斯曼殺死他大部分角色的辦法，說走就走。為什麼會是這個樣子？那可全是行進中的漂亮生命呀！且再引一次琳達·

格蘭特（Linda Grant）的評語：「那是因為生命本來如此。」又或者木心先生更漂亮的一句名言：「我所見的生命，都只是行過，無所謂完成。」

和平也好，戰爭也好，在《生活與命運》裡頭皆是人類生存的嚴苛背景。史達林與希特勒治下的和平扭曲了人性，兩個體制之間的戰爭卻變態地解放了人性，這豈不荒謬？是的，格羅斯曼的二十世紀就是這樣荒謬，托爾斯泰（Лев Николаевич Толстой）式的「正能量」幾乎沒有一點存在的機會。

世界如此冷酷。一個私底下對國家政策有很多怨言的宣傳人員，會在報紙評論上頭指出，集體化政策之所以出現饑餓狀況，是因為部分富農故意藏起糧食把自己餓死，好惡毒地抹黑國家。一個才瞎了雙眼沒多久的傷兵，退到後方醫院，他在公共汽車站前請人幫忙登車，那些平時可能很懂得愛國愛軍的平民百姓，卻在車來的時刻自顧自地推擠擁上，不只不理會他，而且還把他撞倒在地上。他「用鳥叫般的聲音叫喊起來。他的帽子歪到了一邊，無可奈何地搖晃著棍子，他那一雙瞎眼，大概也清楚地看見了自己的窘境」。盲人拿棍子敲打著空中，站在那裡又哭又叫。一個瞎子，就這樣被大家留在這片雪地。而傷兵醫院裡邊，一個母親終於找到了兒子，她對著屍體小聲說話，怕他著涼還替他蓋好被子。所有人都對她的平靜感到驚訝，卻不知道這「就好像老貓找到已死的小貓，又高興，又拿舌頭舔」。一個熱心善良的德國老太太在俄國住了一輩子，這時卻被當做敵方間諜帶走，向當局誣陷她的其實就是她的鄰居，可能是為了趁機霸占她的屋子。她的鄰居不只不替她說話，而且還有意無意地用開水燙傷老奶奶留下來的貓，不久之後牠也死了。一個一心向上的領導最喜歡關懷工人和農民的伙食，老在他們面前嚴詞批評工廠廠長和地方幹部，指責他們不真心為民服務。他的言語通俗「接地氣」，甚至偶爾帶點粗話，老百姓沒有不喜歡的。可是一回到辦公室，他卻只談數字和指標，要求下屬削減群眾的生活開支，提高工廠與農場的生產力。經過無數這樣的細節之後，我還用得著說集中營裡的慘況嗎？就提一點好了，幾個納粹高官視察剛剛落成的毒氣室，順便在那四堵白牆之間舉辦晚宴。桌布上是浪漫的燭火與盛著紅酒的玻璃杯，他們對著美食舉杯祝賀最後方案的成功，似乎後來死在裡頭的幾百萬人真是破壞世界衛生的害蟲。這是一個令人喘不過氣的世界，在蘇式社會現實主義背景下練筆長成的格羅斯曼，冷冷地一字字刻寫，猶如照相。

不過，就像潘朵拉的盒子似的，格羅斯曼總能靈視般地在密不透風的鐵箱內看見一點多餘。好比他戰時筆記裡的這一段：「當你坐下來想要寫些關於戰爭的東西的時候，很奇怪，你總是會發現紙上的空間不夠。你寫了坦克部隊，寫到了炮兵。但忽然間，又會記起一群蜜蜂如何在焚燒中的村莊上空飛舞。」這多出來的一點點，不只為他的直白書寫抹上一股超自然的詩意，有時候還會替這個世界留下一點最後的希望。

《生活與命運》裡頭最令大多數讀者感動的一幕，當是醫生索菲亞主動放棄了最後的求生窗口，好陪著萍水相逢的小男孩達維德走進毒氣室，讓這個天性喜歡動物的孩子不要孤單死去（他看見被殺的黃牛會哭，懷中總有一個養著蠶寶寶的火柴盒）。另一個同樣膾炙人口的段落，是一名剛剛在地上看見兒子屍體的俄國太太，本來悲憤莫名，但在看著一個德軍戰俘走過的時候，卻忘了報復，反而把手裡的麵包塞給那名瘦弱青年，就連她自己也搞不清楚自己這麼做的原因。格羅斯曼管這類異常的善行做「人性的種子」；沒有來由的、不起眼的種子。他說：「人類的歷史不是善極力要戰勝惡的搏鬥，人類的歷史是巨大的惡極力要碾碎人性的種子的搏鬥。」

書裡這點點星火，一絲絲人性種子的芽苗，我忍不住壞心眼地懷疑它們其實是不是格羅斯曼的幻想。一個溫柔的人不忍，於是文字成全。就像我曾在多年前介紹過的短篇〈狗〉（собака），格羅斯曼為第一個被人類射上太空的實驗狗「萊卡」寫下了比現實美好得多的結局，讓牠回到地面，搖著尾巴回到飼養牠的科學家身邊，親吻那雙餵過牠、摸過牠，又把牠送出大氣層的手。這似乎是格羅斯曼的風格，常把想像力用在最悲傷的事情上頭，在想像中陪伴孤獨承受苦的生命，陪伴他，安慰他。這不是出於煽情，只是為了不忍。就像他在母親死於德軍手上的多年之後，寫了一封寄給母親的遺書，在那裡面，他不停想像母親最後時刻的情景，似乎自己就在她的身邊。他甚至想到了媽媽生前見到的最後一個人，是否就是那個將要殺死她的士兵。

我的這種猜測，來自我對格羅斯曼這個人的一丁點理解。一九六一年冬天，他死前兩、三年，《生活與命運》已被當局收走，完全看不到出版希望；在那個體制之內，他的文學生命也已走到盡頭，此時的他拖著病軀來到亞美尼亞旅遊。一天，不知是胃癌影響，還是酒精作用，他在朋友的車上忽然腹絞，可生性害羞的他不好意思張揚，眼看就要上吐下瀉，尊嚴盡喪。好在朋友半途停車加油，他趁機奔去廁所。事後，他在筆記裡回憶：「我記得莫斯科的作家都不喜歡我，認為我是個失敗者，是個可憐蟲。他們說得對，我完全同意。不過，就這件事看來，我倒覺得自己還是很幸運的。」他的身子開始破損，他傾其一生的巨著被捕，他的朋友所餘無幾；他不知道以後人家會拿他和托爾斯泰相比，他不知道俄羅斯政府會在二〇一三年公開交還前蘇聯帶走的文稿，更不可能知道這本書會被俄羅斯電視臺改編成收視率極高的電視劇。但他竟然還是覺得自己幸運，就只是因為他來得及上廁所。

梁文道

二〇一五年七月於北京

（本文作者為知名作家、藝評家、文化及時事評論家）

譯者序

力岡

這是蘇聯赫魯雪夫時期的一部禁書。史達林時期禁書很多很多，布里茲涅夫時期也不少，比較開明的赫魯雪夫時期禁書不多，主要的就是兩部，一部是《齊瓦哥醫生》，另一部便是這部作品。《齊瓦哥醫生》有幸在國外很快出版，並因而使作者獲得諾貝爾獎金。這部作品在作者生前一直未能出版。其遭遇比《齊瓦哥醫生》更苦、更悲慘。

格羅斯曼是一位鐵骨錚錚的偉大作家。正因為如此，他一生坎坷，他的作品的遭遇也是這樣；正因為如此，在熟悉蘇聯文學的我國讀者中，還很少有人知道這位偉大作家的名字。

瓦西里·格羅斯曼是蘇聯的猶太裔作家。一九〇五年出生於烏克蘭。一九二九年畢業於莫斯科大學數學物理系[1]。衛國戰爭之前，著有革命歷史題材的長篇小說《斯捷潘·柯爾丘根》。衛國戰爭開始後，以《紅星報》軍事記者身分上了前線。在前線深入實際採訪的同時，還勇敢地參加作戰。一九四二年寫出反映蘇聯人民英勇奮戰的中篇〈人民是不朽的〉，因而蜚聲文壇。一九四三年開始創作反映史達林格勒保衛戰（Сталинградская битва）的兩部曲。一九五二年兩部曲的第一部《為了正義的事業》問世。受到廣大讀者的熱烈讚譽。詩人巴讓說，這是一部富有人性的、思想深刻的、不說恭維話的作品。其中心思想是：建立偉大功績的主要是人民群眾，不是像另外一些作品那樣，把一切功

---

1 格羅斯曼畢業於莫斯科大學，化學專業。

續歸於史達林。正因為此，這部作品一方面受到廣大人民的歡迎和讚譽，另一方面，很快就受到官方評論界的嚴厲批判。一九五六年起，格羅斯曼的作品不准再版，格羅斯曼的名字從此在文壇消失。

格羅斯曼以頑強的毅力在極其困難的條件下繼續創作史達林格勒保衛戰兩部曲的第二部，並於一九六〇年完成。這便是本書《風雨人生》[2]。

這已經是在蘇共二十大之後，文學解凍已經開始。然而第二部的遭遇卻更為悲慘。

他把第二部手稿交給《旗幟報》編輯部。有幾家報紙已經刊出小說的片斷，本書出版的消息和廣告都已發出，作家和讀者都在歡欣鼓舞地等待著這部作品出版。但是因為《旗幟報》編輯部怕負責任，把這部作品上報。結果，保安機關抄了格羅斯曼的家，把所有的底稿抄走，全部焚毀，徹底消滅。蘇斯洛夫說：這樣的作品也許過二、三百年才能出版！

作者也在一九六四年罹患癌症不幸病逝，未能看到這部凝聚了全部心血的作品問世。

但是，這部作品的一份複寫稿僥倖保存了下來。後來被拍成微縮膠卷偷運出國，於一九八〇年在瑞士出版。嗣後又被譯成多種文字，在西方引起很大的轟動。評論家稱之為：「這是本世紀真正的《戰爭與和平》。」

《風雨人生》於一九八八年在蘇聯出版後，引起熱烈的反響。蘇聯評論家寫道：「我們的評論家們常常歎息：為什麼見不到描寫一九四一至一九四五年戰爭的《戰爭與和平》？瞧，這就是！」有的作品，曾經紅極一時的，隨著時代的變遷，漸漸失去色彩；有的作品，曾經被壓制、被扼殺的，隨著

---

2 本書一九九一年版譯為《風雨人生》，譯者序中保留。

時代的變遷，愈來愈顯示出其生命力。書之所以遭禁，往往是由於書中觸及了一些不能觸及的問題，或者其中某些觀點與當局的觀點相牴觸。歷史上，當統治者走向歷史的反面，不能代表人民利益的時候，便劃定界限，設置幕障，不准透過幕障觀察問題，不准說界外的話。格羅斯曼卻透過帷幕、透過迷霧觀察事物，說話只顧事實和真理，不顧界限，因而觸怒了當時的領導層，因而這部作品成為超級禁書！

格羅斯曼通過作品中人物的言語和思想發表了極其深刻、極其樸素的見解。是的，極其深刻，又極其樸素、極其簡單。譯者原來以為，深刻總是高深、深奧、複雜的同義語，是樸素、簡單的反義詞。譯過這部作品之後，才懂得了：原來最深刻的道理也就是最樸素、最簡單的道理。比如，一個國家與政黨是不是進步的，要看是否能提高人民的生活，是否能最大限度地保障人民的自由。這個道理多麼樸素、多麼簡單！

格羅斯曼本來就是一位有膽有識的作家。史達林去世，蘇共二十大以後，蘇聯知識界思想漸漸得到解放，格羅斯曼，則是走在思想解放運動的最前列。因此寫作第二部時的思想深度又與寫作第一部時大不相同。第二部中雖然有些人物仍是第一部中的人物，但事實上已經是另一部作品了。

作品以史達林格勒保衛戰為中軸，以沙波什尼科夫一家的活動為主線，描繪出從前線到後方、從戰前到戰後、從城市到鄉村、從高層到基層、從莫斯科到柏林、從希特勒的集中營到史達林的勞改營……的廣闊社會生活畫面。正因為作家有敏銳的目光、無所畏懼的膽量和深厚的功力，他所描繪的畫卷是真實的。評論者稱《風雨人生》是當代的《戰爭與和平》，就是說，和托爾斯泰的《戰爭與和平》一樣，它為我們提供了一幅真實的當代社會生活畫卷。

作者運用的是傳統的手法。用真正的現實主義精神和現實主義手法寫出的作品具有震撼人心的力量。真正的現實主義是有強大的生命力的。那些粉飾苦難現實的作品不是現實主義的作品。

當人民處在苦難中的時候，特別需要作家的真誠和勇氣！

格羅斯曼和廣大人民一起經歷了集體化時期，經歷了一九三七年的所謂肅反運動，經歷了偉大的衛國戰爭，眼見廣大人民用鮮血換得勝利之後，依然受到不公平的待遇，作家灑著眼淚書寫歷史事實，探索苦難根源。

我和老友冀剛合作翻譯了《齊瓦哥醫生》，現在我又翻譯了《風雨人生》。這是兩部最著名的反思作品。但我覺得，這兩部作品有很大的不同。巴斯特納克是真誠的，是有良心的作家，但他寫作《齊瓦哥醫生》，只是一種歎息和悲傷，談不到反思。格羅斯曼則不僅有真誠和良知，而且更有勇氣，更有認識的勇氣、面對現實的勇氣。他寫作《風雨人生》，不僅旨在創作真實的社會生活畫卷，而且旨在進行深沉的反思。在所有的反思作品中，《風雨人生》是最應該稱作反思作品的。

格羅斯曼的觀點並非今日蘇共領導的觀點。而《風雨人生》今天能夠在蘇聯出版，任憑評論界和廣大讀者評說、讚譽，這說明今天蘇共領導的開明。如果一個政黨是真心實意為人民服務的，而不是實際的法西斯獨裁者的話，是不應該壓制不同意見的。人民的天下，人民可以對任何問題進行隨意的探討，這是理所當然的事。這也許是鑒別人民政府與獨裁政府的主要標誌之一。

我一生譯過不少蘇聯作品，其中我最喜歡的是兩部，一部是《靜靜的頓河》，另一部便是這部作品了。這部作品並無曲折離奇的故事情節，但處處扣人心弦。

親愛的讀者，讀讀這部作品吧！它使人清醒，使人覺悟，使人知道自己是一個人，使人知道怎樣做一個人！

力岡

一九八九年六月十日於安徽師大

目次

Жизнь и судьба —— Life and Fate

推薦 —— 5

譯序 —— 23

生活與命運

第一部 —— 39

第二部 —— 395

第三部 —— 743

導讀

為長眠者發聲

瓦西里·格羅斯曼的生平與作品 —— 1051

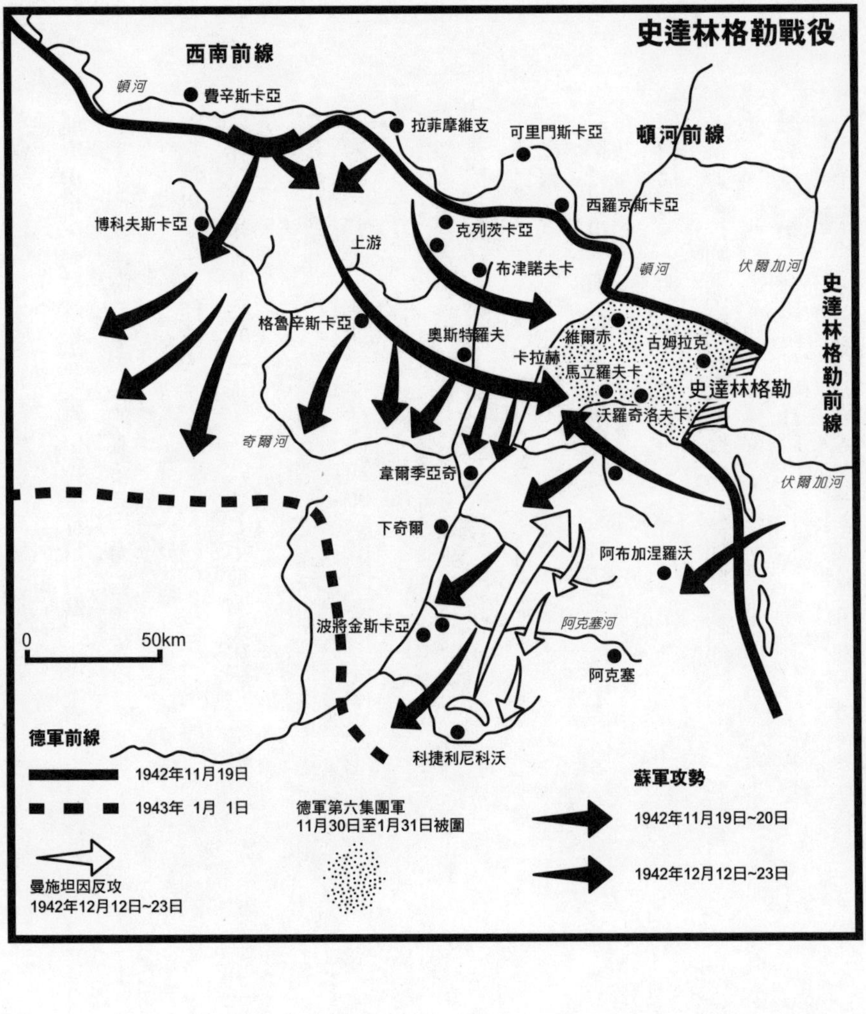
史達林格勒戰役
西南前線
頓河
費辛斯卡亞
拉菲摩維支
可里門斯卡亞
頓河前線
西羅京斯卡亞
博科夫斯卡亞
克列茨卡亞
上游
布津諾夫卡
頓河
伏爾加河
史達林格勒前線
格魯辛斯卡亞
奧斯特羅夫
維爾赤
古姆拉克
卡拉赫
馬立羅夫卡
史達林格勒
沃羅奇洛夫卡
奇爾河
韋爾季亞奇
伏爾加河
下奇爾
阿布加涅羅沃
波將金斯卡亞
阿克塞河
阿克塞
0
50km
科捷利尼科沃
德軍前線
1942年11月19日
1943年 1月 1日
德軍第六集團軍
11月30日至1月31日被圍
曼施坦因反攻
1942年12月12日~23日
蘇軍攻勢
1942年11月19日~20日
1942年12月12日~23日

主要人物表

亞歷山卓・弗拉基米羅芙娜・沙波什尼科娃——
老革命家沙波什尼科夫的妻子。育有一子三女。

德米特里（「米佳」）——
弗拉基米羅芙娜的兒子，一九三七年被捕，死於古拉格。

謝廖沙——
米佳的兒子，參加史達林格勒前線戰鬥。

柳德米拉——
弗拉基米羅芙娜的大女兒。

阿巴爾丘克——
柳德米拉的前夫，老布爾什維克，被關在古拉格。

阿納托里（「托里亞」）——
柳德米拉與阿巴爾丘克的兒子，參加蘇德前線戰鬥。

維克多・帕夫洛維奇・史托隆——
柳德米拉的現任丈夫，蘇聯國家科學院的物理學家。

娜佳——

柳德米拉和維克多的女兒。

瑪露霞——

弗拉基米羅芙娜的二女兒，史達林格勒大撤退時死於窩瓦河沉船事故。

斯捷潘・費多羅維奇・斯皮里多諾夫——

瑪露霞的丈夫，史達林格勒發電廠的廠長。

薇拉——

瑪露霞與斯皮里多諾夫的女兒。

葉夫根妮婭（「葉妮婭」）——

弗拉基米羅芙娜的小女兒。

尼古拉・格里高力耶維奇・克雷莫夫——

葉妮婭的前夫，老布爾什維克，紅軍政委。

諾維科夫——

葉妮婭的情人，坦克軍軍長。

本書獻給我的母親——

葉卡捷琳娜・莎弗列伊凡娜・格羅斯曼

第一部

一

田野上霧氣沉沉。沿公路伸展的高壓電纜上閃爍著汽車車燈的反光。即便沒下過雨，黎明時分大地仍然潮溼，禁止通行的信號燈亮起時，溼漉漉的柏油路面便出現晃蕩不定的紅色光斑。在幾公里外就能感覺到集中營氣氛：電線、公路和鐵路紛紛朝集中營延伸，愈趨密集。這是線路縱橫交錯的地區，一條條線路把大地、秋日的天空和夜霧劃成許多矩形和平行四邊形。

遠方的警報器送來長長的低沉鳴聲。

公路緊挨著鐵路，很長一段時間，裝載成袋水泥的汽車隊幾乎和一列長得不見首尾的軍用貨車並排前進。穿著軍大衣的司機們不看一旁行駛的列車，也不看車上一個個灰點兒似的人臉。

集中營的鐵籬在霧中出現了：一道道鐵絲網架在鋼筋混凝土樁上。一座座棚屋連綿伸展，排成一條條寬直的街道。光是看這些單調一律的棚屋，就能略知此座龐大集中營的不人道。

在千百萬俄羅斯農舍中，既沒有也不可能有任兩座完全一樣。但凡有生命的東西，都擁有其各自的特性。兩個人不可能一模一樣，兩叢薔薇也不可能一模一樣。若是強行消除生命的獨立性與各自的特點，生命就會消失。

頭髮斑白的火車司機扮作漫不經心的模樣，瞅著一旁閃過的混凝土樁柱、架著旋轉探照燈的高架與鋼筋混凝土塔樓，從後照鏡裡可看到塔樓都有士兵守在旋轉式機槍旁。司機朝副司機擠了擠眼，機車發出警告信號。亮著電燈的扳道房、停在彩條路障後的一長排汽車和牛眼似的紅色信號燈一閃而過。

遠處傳來迎面駛來的列車的汽笛聲。司機對副司機說：「祖凱爾來啦。聽這大大咧咧的嗓門兒就能聽出來。他這是卸了載、開著空車上慕尼黑。」

空載的列車軋軋駛過來，與駛往集中營的軍車交會。被撕裂的空氣發出震耳欲聾的聲音，車廂間灰濛濛的空隙一閃一閃晃過。轉眼間，被撕成碎片的空間與秋日曙光又連成一片，帶著節奏奔馳起來。

副司機掏出口袋裡的小鏡子，照了照滿是油漬的臉。司機招手借來他的小鏡子。

副司機用激動的聲音說：「唉，阿普菲爾師傅，我敢說，如果不是車廂得消毒，咱回來能趕得上吃午飯，不會弄到早晨四點鐘才筋疲力盡趕返。好像消毒這事就不能在樞紐站搞似的。」

老司機很討厭沒完沒了搞消毒。「發長信號，」他說，「咱不要上備用線，要直接開進大卸場。」

二

自從參加共產國際第二次代表大會後，米哈伊爾·西多羅維奇·莫斯托夫斯科伊首次認真善用自己的外語本領，就是在德國人的集中營了。戰前他住列寧格勒，跟外國人交談的機會不多。現在他不由得想起當年僑居倫敦和瑞士的情景，那時，因為天天跟各國革命家在一起，說話、爭論、唱歌用的都是歐洲多國語言。

鄰鋪的義大利神父加爾迪告訴他，關在集中營的人有五十六個不同民族。這些集中營棚屋的數萬名居住者，他們的命運、他們的臉色、他們的衣服都一樣，他們都拖著腳步走路，喝的都是甘藍與用俄羅斯囚犯喚「魚眼」那種人造西米熬煮的菜湯。

對管理者來說，集中營裡的人，差別僅在號碼與縫在衣服上的布條顏色：紅的是政治犯，黑的是怠工者，綠的是小偷與殺人犯。

集中營裡的人因為語言不通，彼此不瞭解，但共同的命運把他們聚在一塊兒。分子物理學家、古文獻學家和連自己名字都不會寫的義大利農民、南斯拉夫牧民睡在一起。當年有廚子精心調製菜餚、吃不好會令女管家惴惴不安的人，和天天吃醃鱈魚的人，一起穿著木底鞋去幹活兒，還要憂心忡忡地張望，確認蓄絡腮鬍的德國佬是不是來了？

集中營裡的人，各自不同的遭際裡自有雷同。追尋往事的夢不論縈繫著義大利土路邊的小園，縈繫著北海邊悲愴的濤聲，還是博布魯斯克郊區領導幹部住房那橙黃色的燈罩，所有囚犯過往的歲月都是美好的。

一個人在進集中營之前的生活愈艱難，現在便會愈起勁地說謊。這種謊不是為了欺騙，而是為了讚美自由：在集中營外的人不可能是不幸福的……

這座集中營戰前叫政治犯集中營。國家社會主義黨[1]創造了新型的政治犯——沒有犯過罪的罪犯。許多人被關進集中營，只因跟朋友交談時說了一些不滿法西斯制度的話，或是說了一些涉及政治的玩笑。他們既沒有發派傳單，也沒有參加地下組織。他們的罪名是，他們可能參加這些活動。

1 德國國家社會主義工人黨，即納粹黨。

戰時將俘虜關入政治犯集中營，也是法西斯的創舉。這裡有在德國境內被擊落的英國和美國的飛行員，有投靠德國祕密警察的紅軍指揮員和政委。他們的任務是提供情報、配合行動、出點子，並在各種聲明上簽名。

集中營裡還有怠工者，也就是逃避兵工廠與軍事工程之勞動的故意曠工者。因為不好好勞動而把工人關進集中營，也是國家社會主義黨的一項創舉。

集中營裡有些人衣服上縫了紫布條，那是從法西斯德國離開的德國僑民。這也是法西斯的創舉：一旦離開德國，無論在國外如何循規蹈矩，都會成為政治敵人。

衣服上帶綠布條的人就是小偷與盜賊，在政治犯集中營裡是享特權的人；警方依靠他們監視政治犯。利用刑事犯控制政治犯，這也是國家社會主義黨的創舉。

在集中營裡另有一些人遭際特殊，還沒發明適合他們的布條顏色。但就連玩蛇的印度人、從德黑蘭赴德學畫的波斯人與學物理的中國留學生，國家社會主義黨都為他們備好了鋪位、一小鍋菜湯與十二小時挖坑的勞動。

軍用列車日日夜夜朝集中營，朝一座座死亡營地駛來。空中迴響著車輪的軋軋聲、機車的轟轟聲、成千上萬衣服縫著五位數藍色號碼的囚犯出工時雜沓的腳步聲。一座座集中營成為新歐洲的一座座城市。這些城市日漸擴大，有自己的規劃，有自己的街衢與廣場，有醫院、市場、火葬場、運動場。

跟這些集中營城市相比，跟火化爐上空一道道可怖的黑紅色火光相比，那些坐落於城郊的一座座老式監獄顯得如此單純、如此古樸。

看來，為了控制大量囚犯，似乎也需不少軍隊監督和管理，或許需要上百萬吧。但事實卻不是如此。常常一連好幾個星期，集中營裡見不到穿黨衛軍制服的人！囚犯們自己擔當起集中營城市的警察隊。囚犯們自己維持營內秩序，自己監督，只准爛馬鈴薯、凍馬鈴薯進他們自己的鍋。他們把大的、好的馬鈴薯挑出，送往軍需品供應站。

囚犯們在集中營的醫院和化驗室裡當醫生和化驗員；當清潔工，打掃集中營街道；當工程師，為集中營提供照明用電和暖氣，或也為集中營的機器製造零件。

充當集中營警察的是「卡波」[2]，他們凶狠又賣力，左臂上戴著寬版的黃臂章，有營長、區長和室長。他們從上到下監控營裡的一切活動，從全營的事到每個人夜間於床鋪上的言行。這一部分囚犯可參與營當局的機密大事，甚至可參與編造分類名單、在特種囚室裡收拾囚犯等事。看來，即使營當局完全撤離，這些囚犯仍會讓高壓電流繼續流過鐵絲網，以便讓人繼續勞動，不致逃跑。

這些「卡波」賣力地為營當局效勞，但也常咳聲歎氣，有時甚至為那些被送往火化爐的人哭泣……不過，這種二重性並不徹底，他們不會把自己的名字列入分類名單裡。

特別讓莫斯托夫斯科伊感到可怕的是，國家社會主義黨並不是戴著單片眼鏡、不可一世、傲然獨立的外來者。國家社會主義黨就像自己人一樣住在集中營裡，和普通人並無什麼區別，也像普通人一樣說笑，他們的笑話也很逗，他們是常人，一言一行都與常人一樣，他們通曉囚犯們的語言，十分瞭解囚犯們的思想與心情。

2 「卡波」，（德語：kapo）也是集中營裡的囚犯，不一定是猶太人，最後往往也得死，但在集中營裡，他們會臨時擔任一些管理其他囚犯的特殊工作。

三

在那個八月的夜晚，莫斯托夫斯科伊、阿格麗賓娜·彼得羅芙娜、軍醫索菲亞·列文頓和司機謝苗諾夫在史達林格勒郊外被德軍俘虜，之後被帶到一個步兵師師部。

經過審訊後，德國人放了阿格麗賓娜·彼得羅芙娜，翻譯官並根據戰地憲兵隊人員的指示，給她帶上一大塊豌豆麵包與兩張三十盧布的紅鈔票；謝苗諾夫被編入俘虜大隊，送往位於維爾佳契村的集中營營部。莫斯托夫斯科伊和索菲亞·奧西波芙娜·列文頓則被帶往集團軍司令部。

莫斯托夫斯科伊在那兒最後一次看到索菲亞·奧西波芙娜：她站在遍地灰土的院中，帽子沒了，肩章、領章被撕得耷拉下來，那悲愴、憤恨的目光和神色教莫斯托夫斯科伊感到欣慰。

三次審訊後，莫斯托夫斯科伊被徒步押往火車站，車站有一列運糧的軍車正在裝載。有十個車廂裝運了許多姑娘和小夥子去德國做工。軍車開動時，莫斯托夫斯科伊聽到婦女的哭聲。他被鎖在硬座車廂的小乘務室。押解他的士兵並不粗暴，但在莫斯托夫斯科伊問他什麼話時，他臉上卻流露裝聾作啞的神氣。從表情可以感覺得出他專心地注視著莫斯托夫斯科伊。動物園工作人員用火車運送動物，動物在籠裡沙沙蠕動，有經驗的工作人員就是這樣一聲不響、專心地注視著籠裡。

等到火車抵達波蘭總督管轄區的土地，乘務室裡又進來一名乘客——一名波蘭主教，是名白髮、高個子的漂亮老頭兒，眼睛裡露出悲戚的神色，嘴唇像年輕人般豐滿。他馬上就向莫斯托夫斯科伊說起希特勒對波蘭宗教界的殘酷迫害。他的俄語帶很濃重的波蘭口音。莫斯托夫斯科伊不客氣地大肆批評了天主教和教皇以後，他便不再作聲了，而且，莫斯托夫斯科伊再問他什麼話，他也只用波蘭話簡短回答。過了幾個鐘頭就讓他在波茲南下車了。

過了柏林，莫斯托夫斯科伊被帶進集中營……這一營區關押的是祕密警察特別感興趣的囚犯，他來到這裡似乎已經過了許多年。在這種特別營區裡，生活條件比勞動營裡好些，但這是實驗室裡被試驗動物的富足生活。

有時，值班的會把某個人喚到門口——原來是一個朋友要以優惠條件進行平等交換，用菸草換食物，這人便會得意洋洋回到鋪位上。有時同樣是叫另一人到門口，這人先中斷了談話，朝門口走去，與談者再也等不到他把那話說完了。過一、兩天，就會有「卡波」來吩咐值班的把破衣爛布清出去，有人便會以諂媚口吻向「卡波」隊員凱澤探問自己能否去睡空出來的床鋪？

莫斯托夫斯科伊已經習慣東拉西扯地閒談，從囚犯分類到火化屍體，到集中營裡的足球隊——「最好的球隊是挖地的『沼地兵』，前鋒很棒，攻勢很猛，波蘭隊後衛不行。」各種有關新式武器的傳聞、國家社會主義黨層峰鉤心鬥角的傳聞，大家都聽膩了。傳聞總是又好又不真實。傳聞是集中營囚犯的麻醉劑。

四

天快亮時下了一場雪，直到中午也沒有化。俄羅斯人感到又歡喜又悲傷。這是俄羅斯在思念他們，將母親的頭巾扔在他們蒼白而痛楚的腳下，染白了棚屋頂，遠遠看去，一座座棚屋很像家鄉的房屋，呈現出一派鄉村氣象。

但這也只是須臾歡喜的閃現，一與悲傷相遇，立刻就又沉沒在悲傷裡。

值班的原西班牙士兵安德力亞走到莫斯托夫斯科伊跟前，用似通不通的法語說，一個擔任文書的朋友看到關於一個俄國老頭的文件，但沒來得及細看，辦公室主任就把文件帶走了。

「這就是決定我命運的文件。」莫斯托夫斯科伊心想，並對自己的鎮靜感到高興。

「不過沒關係，」安德力亞小聲說，「還是可以探詢的。」

「向營警備司令探詢嗎？」加爾迪神父問。他的大眼睛在昏暗中閃著黑色亮光。「還是向治安總部代表利斯本人探詢？」

白天的加爾迪和夜晚的加爾迪差別之大，使莫斯托夫斯科伊感到吃驚。白天談菜湯、談新來的人，跟同房間的人商量交換食品，回味加了大蒜的辛辣義大利伙食。被俘的紅軍知道他愛說的口頭禪是「全體完蛋」，每次在集中營廣場上碰見他，老遠就朝他喊：「帕德列老爹，全體完蛋！」並且笑著，就像在給這話打氣。他們以為「帕德列」是他的名字，所以喊他帕德列老爹。

有一晚，關押在特別營區的一些蘇聯指揮員和政委開他玩笑，問他是不是真的守戒不近女色。加爾迪聽著法語、德語和俄語大雜燴，一笑不笑。然後他說話，莫斯托夫斯科伊把他的話翻譯出來。他說的是，俄國革命者為了自己的信仰可以去服苦役，上斷頭臺。為什麼諸位就懷疑，一個人為了宗教信仰可以不近女人呢？這跟犧牲生命無法相比呀。

「算啦，話不能這麼說。」旅政委奧西波夫說。

夜裡，等營裡的人都睡了，加爾迪就變另一個人。他跪在床鋪上禱告。集中營城市的所有苦難就像沉沒在他那熾熱的眼底，沉沒在那眼中柔和且分明的黑光裡。他褐色的脖子上筋繃得緊緊的，就像在勞動，神情恬淡的長臉上露出憂鬱而幸福的執著表情。他禱告很長時間，莫斯托夫斯科伊便在這義大利人又低又快的禱告聲中沉沉入睡。莫斯托夫斯科伊常常睡一、兩個鐘頭醒來，這時加爾迪已經睡了。加爾迪睡覺很不安穩，就像要在睡夢裡把自己的兩種特質，把白天與夜晚的特質融合起來，又打鼾，又咬牙，還有滋有味地咂嘴，像打雷般把胃裡的氣直往外衝，忽然又拉長聲音唱起讚美詩，讚頌上帝與聖母的大慈大悲。

他從來沒有責備過這位老蘇共黨員不信教，倒是常常向他詢問蘇俄的情況。加爾迪一面聽莫斯托夫斯科伊說，一面不住點頭，像在對關閉教堂和寺院、對蘇維埃國家沒收東正教大量地產這事表示贊許。他一雙黑眼悲傷地望著這位老共產黨員，莫斯托夫斯科伊便生氣地用法語問他：「您聽懂了嗎？」[3]

加爾迪笑起來，平時他談起辣汁肉丁和番茄沙司也常這樣笑。「您說的我全懂。我只是不懂您為什麼要說這種事？」[4]

關押在特別營區裡的蘇聯戰俘們也要做工，所以莫斯托夫斯科伊只在晚上和夜裡才能見到他們，跟他們談一談。古澤將軍與旅政委奧西波夫不做工。

經常跟莫斯托夫斯科伊聊天的，是個古怪、年齡難測的人——「海象」伊康尼科夫。他睡在全屋最差的地方，也就是睡門口，又有冷颼颼的過堂風，又有帶味兒的大馬桶，馬桶蓋不住地砰砰響。蘇聯囚犯管伊康尼科夫叫「老傘兵」，把他看作瘋子，對他又憐憫又厭惡。

他具有不尋常的耐性，那樣的耐性只有瘋子和白癡才有。他從不害傷風感冒，雖然在睡覺的時候

---

3 原文為法語。
4 同前。

連秋雨打溼的衣服也不脫。真能用這樣響亮、清楚的嗓音說話似乎也只有瘋子了。

他跟莫斯托夫斯科伊是這樣認識的。他走到莫斯托夫斯科伊跟前，一聲不響地打量他的臉老半天。「這位同志，您有什麼好事兒要說？」莫斯托夫斯科伊問。

伊康尼科夫拉長聲音說：「說好事兒？什麼是好，什麼又是壞？」莫斯托夫斯科伊聽到這話，笑了。

這話忽然把他帶回了童年，那時大哥從神學校回來，常常與父親爭論神學。「這是老掉牙的問題了，」莫斯托夫斯科伊說，「佛教徒和古時的耶穌教徒早就想過這問題。馬克思主義者為了解決這問題也花不少腦筋。」

「解決了嗎？」伊康尼科夫問道。那聲調讓莫斯托夫斯科伊覺得十分好笑。

「現在紅軍正在解決這個問題，」莫斯托夫斯科伊說，「請恕我直言，您的語調中有一種橄欖油味道，不是牧師的橄欖油，便是托爾斯泰主義者[5]的橄欖油。」

「不可能不是這樣，」伊康尼科夫說，「因為我是托爾斯泰主義者。」

「真沒想到！」莫斯托夫斯科伊說。他對這古怪的人產生了興趣。

「您要知道，」伊康尼科夫說，「我相信，布爾什維克在革命後對教會的打擊，對耶穌教思想是有助益的，因為教會在革命前已經進入很可憐的狀態。」

莫斯托夫斯科伊很和善地說：「您可真是一位雄辯家。我終於在老年看到了福音的奇蹟。」

「不，」伊康尼科夫愁眉苦臉地說，「在我們看來，你們為了目的不擇手段，而你們的手段是殘酷的。您不要把我看成什麼奇蹟，我不是什麼雄辯家。」

---

5 在托爾斯泰的思想中，除了對現實的無情批判以外，還熱切鼓吹悔罪、拯救靈魂、禁欲主義、「勿以暴力抗惡」、「道德自我完善」等觀點，宣揚一種屬於托爾斯泰自己的宗教「博愛」思想，被稱為「托爾斯泰主義」。

「那麼，」莫斯托夫斯科伊忽然十分惱火地說，「要我怎麼為您效勞呢？」

伊康尼科夫像個軍人般站成「立正」姿勢，說：「請不要笑我！」他痛苦的聲音聽起來十分悲戚。「我到您這兒，不是來開玩笑的。去年九月十五日，我看到兩萬猶太人被殺害，有婦女，有兒童，有老頭子。那天我明白了，如果真的有上帝，不會容許這種事發生的，這一下我看清楚了，上帝是不存在的。在今天的一片黑暗中，我看見你們的力量，是這種力量在同可怕的惡勢力對抗……」

「那好吧，」莫斯托夫斯科伊說，「咱來談談。」

伊康尼科夫在營區土地的沼澤地帶幹挖地的活兒，那裡正在鋪設一條粗大的水泥管道，為了排出讓窪地變沼澤的河水與髒水。在這個地帶勞動的人叫「沼地兵」。被分派到此的通常是營方不喜歡的人。

伊康尼科夫的手很小、手指纖細，指甲像小孩一樣。他從工地回來常常滿身泥漿，渾身溼漉漉走到莫斯托夫斯科伊床鋪前問：「可以在您身邊坐一會兒嗎？」

他也不看對方就坐下，笑著用手抹額頭。他的額頭有點奇怪——不怎麼大，卻飽鼓鼓地發亮，且亮得出奇，彷彿跟那對骯髒的耳朵、暗褐色的脖子、手以及磕斷的指甲不是同一個人身上的。經驗貧乏的蘇聯戰俘都覺得他是個難以理解的神祕人物。

伊康尼科夫家的祖先從彼得大帝時代開始每一代都是神父。只是最後一代人走了另外的道路——伊康尼科夫跟所有兄弟都遵奉父命，進了世俗學校。伊康尼科夫進入彼得堡工學院，但因為迷上托爾斯泰主義，最末一學年未讀完便離校去了彼爾姆省北部當起人民教師。他在農村一待約莫八年，後來移居南方的奧德薩，在一艘貨輪的機房裡當鉗工，去過印度、日本，也在雪梨住過。革命後，他返回俄羅斯參加了農業公社[6]。這是他多年的理想，他相信農業公社的共產主義勞動能創造人間天國。

全面實行集體化時，他看到一列列軍車，上面滿載土地家產被充公的富農家庭男女老少。他看到許多羸弱不堪的人倒臥雪地，再也沒有爬起來。他看到一座座「被封閉的」、人口死絕的村莊，村莊裡的門窗都被釘死。他看到一個被捕的農婦衣服襤褸，頸上筋骨外露，勞動用的雙手黑污污的，押解的人帶著恐怖的表情望著她：因為她餓瘋了，居然吃掉了自己的兩個孩子。

這時，他雖沒有離開公社，卻開始宣講起福音書，祈求上帝拯救死者。結果他被關進監獄，不過很快就弄清，是三〇年代的災難使他神志錯亂。在監獄的精神病院強制治療了一年後，他出獄，前往白俄羅斯，住到大哥家裡。大哥是一位生物學教授。透過大哥協助，他在科技圖書館覓得一職。但一樁樁可悲事件已對他產生了無法磨滅的影響。

等到戰爭開始，德國人占領了白俄羅斯，伊康尼科夫看到戰俘的苦難，看到白俄羅斯城鄉成千上萬猶太人被殺害。他又陷入發狂，四處懇求熟人或陌生人幫忙藏匿猶太人，他自己也想方設法拯救猶太婦女和兒童。未久他被告發，僥倖躲過絞索，卻進了集中營。

這位破衣爛衫的骯髒「傘兵」頭腦非常混亂，他主張對超階級的道德進行荒唐可笑的分類。

「哪兒有強權，」他對莫斯托夫斯科伊說，「哪兒就有災難，就流血。我見過農民遭受的大災大難，還說實行集體化是做善事。我不相信什麼善事，我只相信人性的良善。」

「依你的看法，要是將來做好事把希特勒和希姆萊絞死，咱也要害怕啦。那您就儘管害怕吧。」莫斯托夫斯科伊回答說。

「您要是去問希特勒，」伊康尼科夫說，「他也會說，設立集中營是做善事。」

---

6 蘇維埃政權初期，蘇聯農村曾出現農業公社、共耕社、農業勞動組合等多種形式的集體農業。全盤集體化運動時，通常把農業勞動組合稱為集體農莊。集體農莊中，大型農具、役畜、畜群、經營用建物等屬於集體所有；成員進行集體勞動；農莊收入在扣除補償生產資料消耗、提取公有基金後，按成員的勞動數量與品質分配個人的消費。同時允許成員保留一定數量的私人園地和小型農具，也可自養一定數量的家禽，經營家庭副業。

莫斯托夫斯科伊覺得跟伊康尼科夫爭論時，無論什麼道理，都像用刀子切海蜇，怎麼切都切不開。「那位生於六世紀的敘利亞基督徒說的道理迄今仍適用，」伊康尼科夫又說，「『要清算罪過，要饒恕犯罪的人。』」

這屋裡還有個俄羅斯老頭，姓切爾涅佐夫。他只有一隻眼睛。看守把他那隻玻璃製的義眼打碎了，那個空空的紅眼窩在他蒼白的臉上顯得極不協調。與人談話時，他會用一隻手摀住那空蕩蕩的眼窩。

他原來是孟什維克[7]，一九二一年從蘇聯逃出。在巴黎住了二十年，在銀行裡當會計。他因為號召銀行職工反抗德國新經理的措施，被抓進集中營。莫斯托夫斯科伊盡量不跟他接觸。

看來，莫斯托夫斯科伊博得的聲望使獨眼的孟什維克感到不安。不論是西班牙士兵還是挪威文具店老闆、比利時律師，誰都喜歡接近這位老布爾什維克，常常向他求教。

有一日，蘇聯戰俘中的領袖，葉爾紹夫少校坐到莫斯托夫斯科伊的鋪上。他微微倚著莫斯托夫斯科伊，一隻手搭在他肩上，又快又急切地說起話來。莫斯托夫斯科伊忽然回頭看看，切爾涅佐夫正在遠處床鋪上望著他們呢。莫斯托夫斯科伊覺得，他那隻好眼裡的苦悶神情比起義眼被打掉、留下紅紅空窟窿的那邊還可怕。「是啊，夥計，你是不大快活。」莫斯托夫斯科伊心想。但並不帶幸災樂禍的心情。

大家時時刻刻需要葉爾紹夫並非偶然，且自有其道理。「葉爾紹夫在哪兒？沒看見葉爾紹夫嗎？葉爾紹夫同志！葉爾紹夫少校！葉爾紹夫說的……去問葉爾紹夫吧……」其他棚屋裡的人也常來找他，他的床鋪周圍總是有人來來往往。

莫斯托夫斯科伊喚葉爾紹夫為「思想領袖」。十九世紀六〇和八〇年代一些社會活動家都是思想

7 俄國社會民主工黨中的支派。孟什維克由馬爾托夫領導，主張信任群眾行動的自發性，涵蓋所有無產階級民眾的所有行動。孟什維克（меньшевик）是俄語「少數」變體的音譯，而布爾什維克則是俄語「多數」變體的音譯，與孟什維克相對。馬爾托夫反對列寧的觀點，堅持以第二國際為建黨模式，主張吸收所有願意入黨者，並認為黨員並不需高度集中化組織，只需「經常親自協助黨」。二月革命後，包括孟什維克成員的蘇維埃與臨時政府合作形成雙重政府（Dual Power）。十月革命時，布爾什維克奪取政權。隨後蘇

領袖。還有民粹派與風雲一時的米海洛夫斯基[8]。在希特勒的集中營裡居然也有自己的思想領袖！獨眼者的孤獨在這營裡似乎成了悲哀的象徵。

從莫斯托夫斯科伊首次蹲進沙皇的牢房迄今已經過了幾十年，並且當時還是十九世紀，是另一個時代。

現在他常想起當年的情形，那時因為有些黨領導人不相信他主持實際工作的能力，讓他相當生氣。現在他覺得自己強而有力，每天他都看到自己的話被奉為至理，不論對象是古澤將軍、旅政委奧西波夫，還是鎮日愁眉苦臉、憂心忡忡的基里洛夫少校。

戰前他一直不受重用，讓他聊以自慰的是，至少他不必接觸那些教他反感、憤慨的事。史達林在黨內專斷獨行，對反對派血腥鎮壓，全然不尊重黨內老幹部——這些事他都沒有接觸。他瞭解極深且十分敬重的布哈林被害一事使他非常沉痛。但他知道，在任何問題上與黨對抗，就會不自覺站到自己獻身的列寧事業的反對立場上。有時他也覺得苦惱與懷疑：不發一言，不願站出來反對自己不贊成的事，也許是他軟弱、膽小怕事？戰前，許多事教人不寒而慄！他常想起已故的盧那察爾斯基，他多麼想再見他，與他交談是那樣輕鬆，不待一話說畢，他們就能理解彼此。

現在，在可怕的德國集中營裡，他感覺自信且有力量。只有一種不舒服的感覺時刻不離。他即使在集中營裡，也無法恢復年輕時那種鮮明、完整的感情：在自己人之中是自己人，在外人之中是外人。

有一日，一位英國軍官問他，身在蘇聯，便不能發表反馬克思主義觀點，這是不是會影響他研究哲學？

「這對別人或許有影響。對我這個馬克思主義者沒影響。」莫斯托夫斯科伊回答說。

維埃政府認定孟什維克違法，多數孟什維克高級幹部因此流亡。

8 俄國社會學家、政治家，自由主義民粹派的知名代表人物。長期編輯《祖國紀事》和《俄國財富》雜誌，主張在俄國恢復並維護小生產經濟，阻遏資本主義的發展，理論上反對馬克思主義。主要哲學著作有《什麼是進步？》、《社會科學中的類比方法》、《英雄與群氓》等。

「我問這個問題，正是因為您是一位老馬克思主義者。」英國軍官說。

雖然莫斯托夫斯科伊聽到這話皺起了眉頭，但他仍妥善地回答了英國人。

這也並非因為如奧西波夫、古澤、葉爾紹夫這些跟他十分親近的人，有時也使他感到很不痛快。問題在於，他感到自己心中有許多東西變得陌生了。

過去在承平時代，他興高采烈去赴老友的約，聚會結束時卻發現這人已變得格格不入。但是，與今天這個時代格格不入的東西就生長在他身上，且已成為他的一部分，又該怎麼辦呢？……總不能跟自己決裂、避而不見吧。

他跟伊康尼科夫談話有時會發火，很粗暴，還常嘲笑他，管他叫膿包、孬種、蠢貨、窩囊廢。儘管常嘲弄他，有時很長一段時間不見他，卻又想他。

這就是年輕時在莫斯托夫斯科伊坐牢那年代和今天的主要差異。年輕時，朋友和同志身上的一切都可親，都好理解。敵人的每一種思想、每一種觀點都格格不入，都毫無道理。可現在他常在異己的思想中發現他幾十年前珍視的東西，在朋友的思想、言談中時而不可理解地顯現異己的特性。

「這大概是因為我在世上活太久了。」莫斯托夫斯科伊想。

五

一位美國上校住在特別營區一個小小單間，准許他傍晚時自由走出營區，給他吃的是特別伙食。

據說，瑞典方面有人要求特別關照他，是羅斯福總統允許瑞典國王提出這一要求的。

一天，上校把一大塊巧克力糖送給生病的蘇聯少校尼科諾夫。在特別營區裡，最使他感興趣的是蘇聯戰俘。他想和蘇聯人談談德國人的戰略，談談戰爭頭一年失敗的原因。

他常跟葉爾紹夫交談，看著這位蘇聯少校嚴肅又愉快的聰明雙眼，他忘記蘇聯少校不懂英文。他覺得奇怪，長相這樣聰明的人怎會不懂他的話，怎會聽不懂他們共同關心的問題的談話？

「難道您一點兒都聽不懂？」他懊惱地問。

葉爾紹夫用俄語回答：「我們可敬的軍士什麼語言都懂，就是不懂外語。」

不過，借助微笑、眼神、拍肩構成的語言，再加上一、二十個發音不準的俄語、德語、法語與英語單詞，集中營裡的蘇聯人還是常跟幾十種不同語言民族的人聊起友誼、合作、互相支援，以及對家庭、妻子、兒女的思念。

一些變了音的俄語、法語、英語單詞，加上十來個集中營裡新出現的德語單詞，便足以闡述簡單卻複雜的集中營生活中特別重要的事。

也有一些俄語單詞，如夥計、香菸、同志，是很多不同族裔的囚犯所共用的。俄語「不行啦」是說明瀕死囚犯的狀況，已成為大家的共同語言，所有五十六個民族的人都使用。

大日爾曼族帶著學來的一、二十個單詞闖入住了偉大俄羅斯人民的城市和鄉村，於是成千上萬俄羅斯農村婦女、老人和兒童，用這些單詞跟成千上萬的德國士兵打起交道：「羊羔，老總，舉起手來，母雞，雞蛋，完蛋。」這種溝通絕非什麼好溝通……

蘇聯戰俘彼此也談不出什麼好結果，有些人寧死不願賣國，另一些人卻千方百計想參加蘇奸弗拉索夫的偽軍。他們談愈多，爭論愈多，彼此隔閡愈大。到後來他們就不說話了，彼此愈加仇恨、鄙視對方。

這些不言不語，被恐怖、希望與苦難連接在一起的混亂人群，說著同一種語言的人們彼此互不理解和仇恨，正好反映出二十世紀的一種可悲災難。

六

下雪的日子，蘇聯戰俘在晚上一交談起來便特別悲傷。連性格剛強、常來聚會的茲拉托克雷列茨上校和旅政委奧西波夫都愁眉苦臉，少有言語。大家苦悶不堪。炮兵少校基里洛夫坐在莫斯托夫斯科伊的鋪上垂著肩膀，輕輕搖頭。似乎不光那雙黑沉的眼睛，就是他整個巨大身軀也充滿了苦悶。那些生存無望的癌症患者往往會有這種眼神。就連最親近的人看到這樣的眼睛，憐惜時也會暗想：「你頂好快點兒死吧。」

臉色發黃、喜歡四處轉悠的柯佳科夫指著基里洛夫，小聲對奧西波夫說：「他若非想上吊就是想投偽軍。」

莫斯托夫斯科伊搓著滿是白鬍渣的兩腮，信口說：「哥們兒，聽我說說。真的，這樣很好。難道還不明白？這個列寧締造的國家局面一天天叫法西斯受不了。法西斯沒有多少選擇餘地：要嘛把我們吃了，消滅我們，要嘛自己完蛋。從法西斯對我們的仇恨，正可看出列寧事業的正義性。還有一點也很重要。你們要明白，法西斯愈恨我們，我們愈該相信我們的正義。我們必能勝利。」

他猛轉過身去對基里洛夫說：「您這是怎麼回事兒呀，嗯？您該記得高爾基的事。有一次他在監獄院子裡走來走去，一個格魯吉亞人對他喝道：『你幹嘛像挨了打的母雞？把頭抬高點兒！』」

大家笑起來。

「是的，是的，把頭抬起來，」莫斯托夫斯科伊說，「你們想想，這是偉大的蘇維埃大國在捍衛共產主義思想！希特勒想較量就讓他試試！史達林格勒堅持著，沒失守。戰前有時覺得螺絲帽是不是擰太緊太狠？可現在真的連瞎子都看清楚了：只要目標正確，一切手段都不會錯。」

「是的，我們的螺絲帽擰太緊了。這話您說得很對。」葉爾紹夫說。

「擰得還不夠呀，」古澤將軍說，「假如擰得再緊些，希特勒就到不了窩瓦河畔了。」

「用不著我們教導史達林。」奧西波夫說。

「好啦，」莫斯托夫斯科伊說，「要是死在監牢或水漉漉的礦坑裡，就什麼也談不了。咱該想的不是這個。」

「那該想什麼呢？」葉爾紹夫高聲問。

坐在一起的人互相看了看，又朝四下望，沒作聲。

「唉，基里洛夫呀，基里洛夫，」葉爾紹夫忽然說，「這位老人家說得很對：法西斯痛恨我們，我們該高興。不是我們消滅他們就是他們消滅我們。明白嗎？你想想，進集中營找到自己人，總歸是自己人跟自己人。不過就是這麼回事兒。沒什麼大不了！我們是剛強的人，還要給德國人一點顏色瞧瞧呢。」

七

第六十二集團軍司令部有一整天跟各部失去了聯繫。許多部隊的無線電接收機被炸燬；到處有電話線路被炸斷。

窩瓦河畔輕輕顫動的土地猛烈震動時，人們望著流動的、碎波粼粼的河水，有時覺得窩瓦河是不動的。這時，幾百門蘇聯重炮在窩瓦河右岸轟擊。馬馬耶夫崗[9]南坡的德軍駐地四周揚起團團塵泥。一團團旋轉飛舞的塵泥被重力編織的、奇妙而無形的篩子篩過，沉重的土塊與泥團落至地上，輕盈的飛塵飄向天空。

被震得耳聾、眼睛發紅的紅軍士兵每天都跟德軍坦克、步兵相遇好幾次。

司令部和軍隊失去了聯繫，就覺得這一天長到讓人受不了。為了打發一整天，崔可夫、克雷洛夫和古洛夫什麼辦法都想過了：擺出要做事的樣子，寫信，爭論敵軍可能推進到什麼地方，開玩笑，喝酒，有小菜也喝、沒小菜也喝，沉默，傾聽炸彈爆炸聲。如鐵的旋風在掩體周圍呼嘯，把一切敢於在地面上露頭的活物掃倒。司令部癱瘓了。

「咱們來捉傻瓜吧。」崔可夫說著，把裝滿菸蒂的老大的菸灰缸推至桌角。

就連參謀長克雷洛夫也沉不住氣。他用手指頭敲著桌面說：「情況沒有更糟的啦，像這樣待下去，可別叫人給吃掉了。」

9 位於俄羅斯伏爾加勒市中心。山上有一座巨大的「祖國母親在召喚」雕塑，高八十五米，是俄羅斯的標誌之一。

崔可夫分好了牌，宣布：「紅桃主牌。」可接著就把牌摻和在一起，說：「咱像兔子一樣窩在這兒玩牌。不行，不能這樣！」他若有所思地坐著。臉顯得可怕，呈現出劇烈的仇恨與痛苦表情。

古洛夫就像在預測自己命運般，也尋思著說：「是啊，這麼過上一天，準會心力衰竭而死。」

一會兒，他又大笑：「在師裡上廁所是件極困難且可怕的事。有人告訴我，柳德尼科夫的參謀長一下子跑進掩蔽廁所，喊：『烏拉[10]，同志們，我……』一看，他愛上的那名女醫生正蹲在裡面呢。」

天暗下來，德寇的空襲也停止了。一個被大炮轟鳴聲和機槍嗒嗒聲嚇壞的人，如果在夜間來到史達林格勒河岸，也許會以為這是不懷好意的命運之神在決戰時刻把他帶到史達林格勒來，然而對久經戰陣的人來說，這時候正好刮刮鬍子、洗洗衣服、寫寫信，參戰的鉗工、鏇工、電焊工、鐘錶匠則修修打火機、修修鬧鐘，還用炮彈殼做油燈，從軍大衣上撕下布條做燈芯。

一閃一閃的爆炸火光照耀河岸的斜坡、城裡的斷垣殘壁、一個個油桶、一座座工廠煙囪，在這短暫的閃光裡，河岸與城市顯得既陰鬱又悲切。

黑暗中，司令部的電話總機活躍起來，打字機嗒嗒響著，印出一疊疊戰鬥情報，小小發動機發出嗡嗡聲，電報機軋軋響，電話員在話機裡互相呼喚，以便把通往各師、各團、各炮兵連、步兵連指揮所的線路接通。來到司令部的通信兵老氣橫秋地輕咳著，聯絡官在向值班作戰參謀彙報。

集團軍炮兵司令波扎爾斯基老漢、渡河敢死隊隊長特卡琴柯工程兵將軍、剛穿上草綠色軍大衣的西伯利亞師師長古爾捷夫、領一個師駐紮馬馬耶夫崗下的史達林格勒在地人巴秋克中校，全都急著向崔可夫和克雷洛夫彙報。在給集團軍軍委委員古洛夫的彙報中，可以聽到一些傳遍史達林格勒的名字，如迫擊炮手別斯季爾柯、神槍手瓦西里·扎伊采夫和安納托里·契訶夫、巴甫洛夫中士，還有首次在

10 表達興奮雀躍、欣喜贊同或欣賞等情緒特質的呼叫。同時也常表現為戰時發動進攻的戰鬥口號。

史達林格勒響起的名字，如紹寧、弗拉索夫、布雷辛，他們在史達林格勒的頭一天就獲得英雄稱譽。在前沿陣地，人們紛紛把摺成等腰三角形的信件交給郵遞員：「飛吧，書信，從西向東……帶去我的問候，再把回信帶返……日安，噢，也許該說：晚安……」前沿陣地正在掩埋死者，死者就在掩體與掩體旁度過自己長眠的第一夜，同志們在一邊寫信、刮臉、吃麵包、喝茶，且在自製的浴槽裡洗澡。

八

史達林格勒防衛的最艱難日子來了。在城市混戰中，在進攻與反攻中，在爭奪科博館、工廠、銀行大樓，在爭奪地下室、院子和廣場的戰鬥中，德軍無疑都占了優勢。

德軍插進史達林格勒南部拉普中公園、庫波羅斯溝和葉爾山卡一帶的楔形攻勢逐漸擴大，德軍機槍手躲在河邊，向窩瓦河左岸的紅鎮南部進行掃射。作戰參謀每日在地圖上更動戰線位置，看著藍色標誌不斷往前爬，蘇方紅線與藍色窩瓦河之間的地帶一天天收縮，愈漸狹小。

主動權，戰爭的靈魂，這些天一直在德國人的手裡。他們一個勁地挺進，不論蘇軍怎樣發狠反擊也擋不住他們緩慢但不停的前進。德寇的飛機一天到晚在天上吼叫，用重磅炸彈在苦難大地上打出一個個窟窿。許多人的腦子裡都有一個擺脫不掉的可怕想法：明天或一個星期之後，已被德軍進攻的鐵齒咬得七扭八曲的蘇軍防地會變一條細線，這條線甚至會斷，那又該怎麼辦呢？

九

深夜，克雷洛夫將軍在自己的掩體床鋪上躺著。鬢處隱隱作痛，因為接連抽了幾十根菸，喉嚨裡火辣辣的。他用舌頭舔了舔發燥的上顎，轉身朝向內壁。睡意朦朧中，往日情景紛紛來到腦海：塞瓦斯托波爾和奧德薩的戰場，羅馬尼亞步兵衝鋒時的吶喊，鋪了石板、爬滿常春藤的奧德薩的院落與塞瓦斯托波爾的英俊水兵。

他覺得自己彷彿又在指揮所裡，彼得羅夫將軍[11]的夾鼻眼鏡模模糊糊閃著光；閃光的鏡片又變成千萬閃光的碎片，又是波濤翻滾的大海，又是德軍炮彈炸碎的岩石揚起的灰色塵霧，灰色塵霧在水兵和步兵頭頂上飄蕩，飄到了薩普山頂上。

他聽到海浪無精打采地拍打著潛艇，聽到潛艇水兵粗聲粗氣地叫喊：「跳！」彷彿他跳入浪濤中，但他的腳馬上碰到潛艇的艇身……於是最後看了一眼塞瓦斯托波爾，看了看天上的星星，看了看岸上的大火……

克雷洛夫沉沉入睡。夢裡依然是戰爭情景。潛艇從塞瓦斯托波爾開往諾沃羅西斯克……他蜷著麻木的腿，胸前、背後出汗，都溼透了，發動機的聲音震得他兩鬢昏昏。忽然發動機不響了，潛水艇輕輕沉到海底。氣悶得不得了，被一行行虛線般的鉚釘劃成的許多方塊金屬頂壓在頭上……

他聽到許多聲音吼叫，聽到水的拍濺聲，一顆深水炸彈爆炸，海水沖擊過來，把他從床鋪上沖下去。克雷洛夫睜開眼：四周都是火，一股股大火經過敞開的掩體門口，朝窩瓦河直奔而去。可以聽到

11 蘇聯大將，衛國戰爭期間奧德薩保衛戰和塞瓦斯托波爾保衛戰的領導者。

人的叫喊、自動步槍的嗒嗒聲。

「拿軍大衣，拿軍大衣把頭蒙起來！」有個不相識的紅軍士兵對克雷洛夫喊，並把軍大衣遞了過來。

但克雷洛夫推開紅軍士兵，高聲地問：「司令員在哪兒？」

他忽然明白：這是德國人燒著了油桶，著火的石油正朝窩瓦河湧去。

看來，要從這奔流的火海逃生已是不可能。溢出的石油填滿了坑坑窪窪，在交通壕中洶湧奔流。大火轟轟直響，在流淌的石油上劈啪亂飛。泥土和石頭一沾到油就冒煙。一道道漆黑閃光的石油從被燃燒彈打穿的油庫往外直湧，像大捲大捲的煙與火被塞進了油罐，現在全舒展開來。

幾億年前活躍在地球上的生物，那些野蠻可怕的原始怪物從厚實地層中鑽了出來，狂吼怒號，它們巨大的腳掌四處奔竄，貪婪地吞食一切。烈火竄起幾百米高，在高空放出一團團可燃的氣體，一閃一閃噴出火焰。大片烈火是那樣凶猛，氣流簡直來不及向燃燒的碳氫分子給氧，微微顫動的濃黑煙層把秋夜星空和燃燒的大地阻隔開來。從下面望著這油煙滾滾的黑色蒼穹委實可怕。

一道道火柱和煙柱拚命上竄，有時像發怒發威的猛獸姿態，有時像晃動的白楊和顫抖的山楊。黑、紅兩色在團團烈火中不停旋轉，像跳舞時混在一起、鬆開髮辮的黑髮與紅髮姑娘。

燃燒的石油在水面上淌開，經河水沖散，嘶嘶作響，冒著煙，緩緩漫流著。

奇怪的是，此時已有許多戰士知道如何到達岸邊。他們喊著：「這兒來，這兒來，順這條小路！」有些人已來到大火包圍的掩體前兩、三回，幫助司令部的人員逃到岸邊土臺上，一小堆脫險的人就站在這裡，這是燃燒的石油湧入窩瓦河的岔處。一些穿棉衣的人幫助司令員和司令部的軍官們逃到岸邊。

這些人把他們認為已經死去的克雷洛夫將軍從火裡抬出，他們眨巴了幾下燒焦的睫毛，又穿過濃密的紅薔薇叢，朝各指揮部的掩體奔去。

第六十二集團軍司令部人員在窩瓦河畔小小的土臺上一直站到早晨。大家用手護臉，遮擋灼熱的空氣，不時彈掉衣上的火星，望向司令員。司令員披著軍大衣，頭髮從帽子底露出來，耷拉在額上。他皺著眉，陰沉著臉，但卻顯得很鎮定，像是在深思。

古洛夫環顧站在一起的人，說：「這麼著，咱們沒燒死……」他又摸了摸滾燙的軍大衣鈕扣。

「喂，你這位帶鍬的弟兄，」工程兵司令特卡琴柯喊道，「趕快在那兒挖一道小溝，要不然那個小土包上的火就要流過來啦！」

他對克雷洛夫說：「將軍同志，全都亂了套啦，火像水一樣流起來，窩瓦河著火燒起來。好在沒有大風，要否則咱就全給燒死啦。」

當微風從河面上吹來，高大的火幕輕輕晃動、傾斜下來時，人們紛紛躲避燎人的火舌。

有人走到水邊，用水把靴子打溼，水一澆到滾燙靴筒上，便迅速蒸發。有人一聲不響、眼睛直盯地面，有人一個勁地四處打量，有人為緩和緊張情緒開起了玩笑：「在這兒不用火柴也行了，要抽菸可向窩瓦河借火，也可以向風借火。」也有人不住地撫摩自己身上，搖著頭，不時試試皮帶金屬環的熱度。

繼而又傳來幾響爆炸聲，是司令部警衛營掩體的手榴彈爆炸了。然後機槍子彈帶裡的子彈嗒嗒響起來。一發德軍的迫擊炮彈在煙火中呼嘯而過，在遠處的窩瓦河上爆炸。河岸上幾個遠遠的人影在黑煙中閃過，看來，是有人想把指揮所的火引開，轉眼一切又消失在煙與火之中。

克雷洛夫凝神望著四周流動的大火，已經不回想，不比較了……德國人會不會趁大火時候發起進攻呢？德國人不會知道我軍司令部現在處於什麼狀態，昨天的俘虜還不相信我們的司令部在右岸呢……很明顯，這是個別行動，換句話說，可能待到早晨就沒有事。只是千萬別起風。

他回頭看了看站在一起的崔可夫，崔可夫正凝視著呼嘯蔓延的大火；他那沾了許多黑煙的臉像火燒的，又像紅銅鑄的。他摘下帽子，拿手捋了捋頭髮，這下就像汗淋淋的鄉村鐵匠了；火星在他的鬈髮上直蹦。他仰頭看看煙火翻騰、呼呼響的天空，又回頭看看窩瓦河，河上繚繞盤旋的烈火隱隱出現了黑缺口。克雷洛夫不由得想，自己擔心的問題，司令員也正在緊張地考慮呢：德國人會不會在夜間發動大規模進攻？……如果能活到早晨，司令部往哪兒安置？……

崔可夫感覺到參謀長的目光，便對他笑了笑，用手在頭頂劃了一個大圈，說：「太漂亮啦，他媽的，不是嗎？」

在窩瓦河彼岸、在史達林格勒軍司令部所在的紅色花園，都能將這場熊熊大火看得很清楚，參謀長薩哈羅夫中將一收到有關大火的情報，就報告了司令員葉廖緬科[12]，總指揮請薩哈羅夫親自前往電話總機和崔可夫通話。薩哈羅夫呼哧呼哧地喘氣，急急忙忙順著小路趕去。副官打著手電筒，不時提醒：「將軍同志，小心點兒！」且不時用手推開擋在小路上的蘋果樹枝。遠方的火光照耀每一棵樹幹，並且變成紅色的斑點落在地上。這些晃蕩不定的光斑使人惶惶不安。四周一片寂靜，只能聽到哨兵低沉的喝問，這種情形使模糊而無聲的火光顯得特別駭人。

來到總機所在地，女值班員望著呼哧呼哧直喘氣的薩哈羅夫說，無法和崔可夫聯繫，電話、電報、

---

12 二戰結束時的蘇聯十大方面軍司令員之一，一九四二年底指揮史達林格勒方面軍堅守成功。

無線電話都打不通……

「跟師裡聯繫呢？」薩哈羅夫急忙問道。

「中將同志，剛才跟巴秋克通過電話。」

「要巴秋克！快！」

女值班員戰戰兢兢望著薩哈羅夫，已認定這位將軍厲害又暴躁的脾氣馬上就要發作，忽然高高興興地說：

「通了，將軍，請吧。」她把話筒遞給薩哈羅夫。

跟薩哈羅夫說話的是師參謀長。他像接線員姑娘一樣，聽到方面軍司令部參謀長呼哧呼哧喘著粗氣，再聽他嚴厲的聲音便膽怯了起來。

「你們那兒情況怎樣，請彙報一下。能跟崔可夫通上話嗎？」

師參謀長彙報了油庫起火、大火撲向集團軍司令部的情形，又說師裡無法跟司令員取得聯繫，還說看來那兒的人沒有全部犧牲，因為透過煙與火可看到有些人站在岸邊，不過無論從陸路還是河上駕船都無法接近他們——窩瓦河燒起來了。巴秋克已帶著師部警衛連沿河岸朝大火奔去，試圖把火流引開，幫助站在岸上的人從大火包圍裡衝出。

薩哈羅夫聽完師參謀長的彙報後說：「請轉告崔可夫，要是他還活著的話，請轉告崔可夫……」他沒有說下去。

接線員姑娘對這樣長時間的停頓感到驚異，她等待將軍嗄啞的聲音再響起，遂膽怯地朝薩哈羅夫看了看。將軍依然站著，將手帕捂在眼睛上。

這一夜，有四十名司令部的指揮員在倒塌的掩體裡葬身火海。

十

油庫大火後，克雷莫夫很快來到史達林格勒。

崔可夫把新的指揮所安置在窩瓦河堤岸邊，巴秋克師所屬的一個步兵團的防地上。崔可夫來到團長米海洛夫大尉的掩體，看了看這用許多木頭支撐的寬敞土室，滿意地點頭。這位司令員看著滿臉雀斑的紅髮大尉那悲傷的臉，快活地對他說：「大尉同志，你造掩體沒有按規格辦事，造得有點像元帥府。」

於是，團部便帶上那簡單的幾件傢俱，遷到下游幾十米的地方；紅頭髮的米海洛夫也依樣行事，毫不客氣地把自己手下一位營長擠走。那位營長沒了住處，卻沒有再去擠自己的連長，只叫人在高地上新挖一個土室，因為他們已經住得夠擠了。

克雷莫夫來到第六十二集團軍指揮所時，這兒的工兵作業如火如荼，正在挖掘司令部各部門間的交通壕，挖掘聯繫政工人員、業務人員和炮兵的大小地道。克雷莫夫見過自己的司令員兩次——他出來察看工程情況。

世上也許沒有任何地方，像在史達林格勒般對建造住所的事嚴正以對。在史達林格勒造掩體，既不為飽暖，也不是想讓後人佩服。能不能見到下一個天亮，活到下一頓午飯，主要取決於掩體蓋板的厚度、交通壕的深度、廁所遠近以及從空中是否能看到掩體。

每當談到一個人，都要談他的掩體。「今天巴秋克的迫擊炮在馬馬耶夫崗上幹得漂亮……而且他的掩體也真不錯，門是橡木的，特別厚，跟國會大廈的門一樣，真是個聰明人……」有時會這樣說一個人：「沒話說，昨夜他轉移了，丟了主要陣地，跟下屬各部失掉了聯繫。他的指揮所在空中能看見，用防雨布當門，可以說只能擋蒼蠅。真是個沒用的人，我聽說，他老婆在戰前就不跟他了。」

在史達林格勒，各種跟掩體和土室有關的傳聞多不勝數。有個故事說，羅季姆采夫[13]的指揮部所在管道忽然湧出水，師部人員一齊游上岸去，有人便開玩笑，在地圖上標出羅季姆采夫指揮部沖進窩瓦河的地點。有個故事說的是巴秋克那扇出了名的門如何被打掉。還有個故事，說饒魯傑夫連同他的指揮部怎麼給活埋進拖拉機廠的掩體裡。

史達林格勒的堤岸上密密麻麻排滿了掩體，克雷莫夫覺得這就像一艘巨大戰艦：艦舷一側是窩瓦河，另一側面對著連成一片的敵方火力網。

克雷莫夫接受政治部委託，來解決羅季姆采夫師步兵團團長與政委之間的糾紛。他在動身前來羅季姆采夫師部時，準備先向師部的軍官們做報告，再來解決這件糾纏不清的事。

集團軍政治部一名勤務員把他帶到一個寬闊地下管道的石砌洞口前，羅季姆采夫的師部就在裡面。崗哨通報了方面軍司令部派出的這位營政委抵達了，便有一低沉的嗓音說道：「叫他上這兒來吧，否則還嘗不到這兒的滋味呢。」

克雷莫夫走在低矮的拱頂下，感到指揮所裡的人都看著自己，就向胖胖的團政委自我介紹。團政委穿著士兵棉軍裝，坐在罐頭箱子上。

---

13 蘇聯上將。曾參加西班牙戰爭。蘇德戰爭中率近衛第十三師死守史達林格勒，後任近衛步兵三十二軍軍長，從普羅霍夫卡打到易北河畔。完成了七千公里征程。一九六一年晉升上將，一九六六年在蘇聯國防部總監組任職。一九七七年死於莫斯科。

「啊，能聽聽報告太高興啦，這可是好事兒，」團政委說，「否則我們聽說，馬內爾斯基還是什麼人到了左岸，但不打算上史達林格勒我們這兒來呢。」

「另外，我還接受了政治部主任的委託，」克雷莫夫說，「來解決步兵團團長和政委之間的事。」

「我們有過這樣的事兒，」師政委回答，「不過昨天已經解決：有一顆一噸的炸彈落在步兵團指揮所上，炸死了十八個人，其中有團長也有政委。」

他用坦然且隨便的口氣說：「不知為什麼他們一切都相反，連外貌都截然不同：團長穿著樸素，是農民之子；政委天天戴著手套，上面還戴著戒指。現在兩人躺在一塊兒了。」

他善於控制自己與他人情緒，且情緒不易受影響，這時他急忙換了口氣，用快活的聲音說：

「我們師駐守科特魯班山下時，有次我開著自己的汽車送莫斯科來的巴維爾·費多羅維奇·尤金上前線做報告。這位軍委委員對我說：『要是出了什麼差錯，我砍你的腦袋！』我跟他受夠了罪。只要一有飛機，我們就馬上跳進排水溝裡。我很小心，不想掉腦袋。不過尤金同志也很小心自己的性命，表現得很主動。」

聽他們談話的一些人微微笑著，克雷莫夫又感覺他的話裡有令人不快的憐憫與嘲笑意味。

克雷莫夫平時跟隊列指揮員的關係很好，跟參謀人員的關係也完全過得去，跟自己的同行政工人員相處卻常感到不痛快，總是不能坦誠相示。現在這位師政委就讓他很不痛快：才上前方沒幾天就自以為是老戰士，恐怕是在戰爭前夕才入黨的，也許還不知恩格斯是什麼人呢。

然而看起來，克雷莫夫也有什麼地方使師政委很不痛快。克雷莫夫一直有這樣的感覺。在副官給他安排住處、請他喝茶的時候都是這樣。幾乎每個軍事部門都有自己特殊的、與眾不同的對人對事作風。羅季姆采夫師部裡的人總是以自己的年輕將軍為榮。

克雷莫夫報告完後，大家開始向他提問。坐在羅季姆采夫旁的師參謀長別爾斯基問：「請問做報告的同志，同盟國究竟何時開闢第二戰場？」

師政委半躺在緊靠管道石壁的狹窄床鋪上，坐起來用手扒了扒乾草，說：「別著急。我更感興趣的倒是我們的指揮部準備怎樣行動。」

克雷莫夫很不高興地瞟了師政委一眼，說：「既然你們的政委提出這樣的問題，那就不應由我回答，該由將軍來回答。」

大家一齊看向羅季姆采夫。

羅季姆采夫便說：「高個子在這兒連腰都伸不直。一句話，這兒是管道。防守是可以，此外再沒有更大的優勢了。從這種管道裡發動進攻是不可能的。倒是希望能發動進攻，可是在管道裡無法調集後備兵力。」

這時電話響了，羅季姆采夫抓起話筒。

所有人都看向他。

羅季姆采夫放下話筒，朝別爾斯基彎下身，小聲說了幾句話。別爾斯基探身去撥電話，但羅季姆采夫用手按住電話機，說：「幹嘛，難道您沒聽見？」

管道在炮彈殼製油燈晃晃不定、煙氣騰騰的燈光照耀下，在石頭拱頂下，且能聽見許多聲音。一陣一陣機槍聲在頭頂上咔嗒嗒響，像大車過橋。不時有手榴彈爆炸聲。任何聲音在管道裡引起的共鳴都非常響。

羅季姆采夫時而把這個參謀人員喚來，時而把那個參謀人員喚來，又沉不住氣地把話筒貼到耳朵上。有一小段時間，他注意到坐在不遠處的克雷莫夫的目光，便親切地像對自家人般笑著對他說：「報告員同志，史達林格勒的天氣放晴了。」

電話不斷響起。克雷莫夫聽著羅季姆采夫講話，大致瞭解了情況。年輕的副師長鮑里索夫上校走到將軍跟前俯下身，在放於箱子上的史達林格勒地圖裡清楚畫了一條垂直的粗藍線，讓它穿過蘇方防區的紅虛線，直畫到窩瓦河邊。鮑里索夫用陰鬱的眼睛意味深長地看了看羅季姆采夫。羅季姆采夫看見一個穿斗篷的人從暗中朝他走來，猛地站起。

看到來人的步伐和臉上的表情，立刻明白他是從哪兒來的。他渾身籠罩一團肉眼看不見的火氣，好像在他那急匆匆的動作中，不是斗篷沙沙地響，而是這人身上遍布的電在哧啦哧啦爆炸。

「將軍同志，」他用埋怨的口氣嚷道，「他媽的把我逼到沖溝裡，逼到河邊啦。給我增援！」

「你要不惜任何代價把敵人擋住。我沒有後備兵力。」羅季姆采夫說。

「是，不惜任何代價。」穿斗篷的人回答。當他轉身朝出口走去時，大家都看清楚了，他知道他將付出什麼樣的代價。

「就這一帶嗎？」克雷莫夫指了指地圖上彎彎曲曲的河岸問。

羅季姆采夫沒來得及回答。管道出口處響起了手槍射擊聲，還有手榴彈爆炸的紅色火光閃了幾下。尖銳的指揮官哨聲響了起來。

參謀長跑到羅季姆采夫跟前叫道：「將軍同志，敵人朝我們指揮所衝來了！……」

多少在賣弄自己鎮靜語調、用彩色鉛筆在地圖上鎮定描畫戰局變化的師長忽然不見了。瓦礫場、荒草溝裡的戰爭跟鉻鋼、陰極燈、無線電設備息息相關的感覺消失了。這個薄唇的人很帶勁地高聲喊道：「喂，全師部注意！檢查一下自己的武器，帶上手榴彈，跟我來，把敵人打回去！」

從他的聲音與他凶狠迅速掃過克雷莫夫的目光中，流露出冷酷又厲害的想打仗的狠勁兒。一時間使人覺得，這人的主要力量不在於他的老練與他的軍事知識，而在於他殘酷、剽悍的氣質。

幾分鐘後，師部的軍官、文書、通信員、電話員慌亂笨拙地從師部管道挨擠著湧出，邁著輕快步伐跑在前面的是羅季姆采夫，他被閃爍的戰火照耀，朝沖溝奔去，爆炸聲、槍聲、吶喊聲、罵聲就是從那兒傳來的。

等克雷莫夫氣喘吁吁地同前面幾個人一起跑到沖溝邊，朝下一看，他顫動的內心頓時出現一種又憎惡、又恐怖、又痛恨的感情。溝底晃動著模糊人影，射擊的火花忽明忽滅，時而亮起綠眼睛，時而亮起紅眼睛，鋼鐵的嘯聲在空中拚命地響。克雷莫夫看到的彷彿是一個巨大的蛇洞，千百條受驚的毒蛇在裡面嘶嘶亂叫，閃動著眼睛，在荒草叢裡飛快地沙沙亂爬。

他帶著憤怒、憎惡和臨陣的驚懼，開槍射擊暗中閃動的火光和溝坡上快速爬動的人影。

在離他幾十米之處，德國人出現在溝沿。接二連三的手榴彈爆炸聲震盪了空氣與大地。德軍突擊隊正奮力衝向管道出口。

人影與射擊的火光在暗中閃動，吶喊聲、呻吟聲時起時落。好像一口巨大的黑鍋在翻滾，克雷莫夫整個身心都掉進這咕嘟嘟直冒泡的滾水裡。他已不能像原來那樣思索和感觸了。有時他覺得他還能操縱要把他捲進去的漩渦，有時他充滿死的預感，彷彿這樹膠般濃稠的黑暗正往他眼鼻裡流，已經沒有空氣可以呼吸，頭頂也沒有星空，只有黑暗、沖溝與荒草堆裡沙沙亂爬的怪物。

已經無法對戰況做出判斷，可與此同時他透徹明白地感覺到，自己與那些在溝坡上匍匐爬行的人們休戚相關，感到自己與他們並肩作戰。羅季姆采夫就在附近，這也令他感到欣慰。

在三步之外分不清敵、友的夜戰中產生了這種奇異的感覺，往往跟另一種難以理解的奇妙感覺相聯繫，也就是對整個戰鬥進程的感覺：判斷戰鬥雙方的實力、預測戰鬥的進程。

十一

一個在煙火包圍下脫離了群體的戰士，處於茫然狀態，憑直覺對整個戰局做下的判斷，往往比在司令部對著軍事地圖做出的判斷更準確。

在戰鬥發生轉機的時刻，有時會出現驚人變化，這時一直在進攻且似乎已到達目標的士兵倉皇四顧，再也看不見開始時與自己一起向目標挺進的戰友，而他一直視為單槍匹馬、愚蠢孱弱、經不住打的敵人竟成了浩蕩大軍，因而是不可戰勝的。這種戰鬥轉折的時刻，參戰者能清楚感覺到，對於那些企圖從表面預測和理解的人來說卻神祕難測。在這樣的時刻，心理和精神會發生變化：勇猛而聰明的「我們」會變成膽小脆弱的「我」，一度被視作區區獵物的倒楣敵人會變成可怕強大的「他們」。

一路勇往直前、克敵制勝的戰士能理解戰鬥中的一切情形：這兒一枚手榴彈爆炸……那兒機槍在掃射……那個躲在掩體裡射擊的人就要逃跑，他不可能不跑，因為他一個人單獨在那兒，跟那單獨的大炮、單獨的機槍，跟他身旁那些單獨作戰的士兵不是一起的；可是我——就是我們，我就是這許多展開進攻的強大步兵，我就是這整個支援炮隊，我就是所有支援坦克，我就是這照亮整個戰場的信號彈。可忽然之間我成了一個人；原來分散又經不住打的敵人如今合為一個可怕的整體，步槍火力、機槍火力、炮兵火力都成整體，再沒有什麼力量幫助我戰勝這個整體。唯一的辦法就是逃跑，就是把頭藏起來，把肩膀、額頭、下巴縮起來逃命。

在黑夜突然遭到攻擊的人們，起初感到自己弱小、孤立。但他們一旦開始瓦解洶湧撲來的敵人的力量，就會感到自己也成了一個整體，勝利的力量就在這種整體力量中。

就在對這種轉變的理解裡，往往就包含了讓軍事有資格被稱為藝術的東西。感到孤單，感到強大，從前者到後者的意識轉變，其間不僅包含連隊、營隊夜戰中各種事件的聯繫，而且也表現出軍隊和民族軍事實力的變化。

有一種感覺是參加戰鬥的人幾乎全部喪失的，那就是時間感。

一個少女在新年舞會上徹夜狂舞，說不出她在舞會上待的時間是長是短。一個囚犯在牢獄裡蹲了二十五年，會說：「我在牢裡好像捱了一萬年，又像只過了短短幾星期。」

少女這一夜遇到許許多多轉瞬即逝的事情——某處投來的目光，音樂的片斷，微笑，輕輕的觸碰——每一次都是那樣短促，感覺中留不下時間的長度。但這些短促的瞬間合在一起便形成較長的時間感，給她帶來終生歡愉。

囚犯的情形則相反，監獄裡二十五年由許許多多長得使人難受的單位時間組成，如早點名到晚點名之間的時間，早飯到中飯之間的時間。但這些痛苦的時間合在一起，卻似乎產生了另一種感覺：因為一月又一月、一年又一年過得十分單調無味，時間因而簡化、縮短了……因此可以同時出現短暫的感覺和漫長的感覺，歡度新年之夜的人和在牢獄裡過了幾十年的人可以有相似的感覺。在兩種情況下，許多事糅合在一起，都會同時產生短暫與漫長的感覺。

一個人在戰鬥中體驗的漫長與短暫，則是一個更複雜的變化過程。在戰鬥中感覺到的變異更甚，個人最初的感覺常被扭曲、顛倒。在戰場上有時秒變得很長，小時變得很短。漫長的感覺常常來自瞬間——炮彈與炸彈的呼嘯，射擊與爆炸的火光。

短暫的感覺有時來自長時間的事件——冒著炮火穿過崎嶇不平的田野，從一個掩體向另一掩體匍匐前進。肉搏戰則是超出了時間範疇。那時候就連清醒也模模糊糊，結果，整體與局部疊加變得顛倒扭曲。

在這裡，局部的事態變化無窮。

對於戰鬥時間的感覺變異極大，以至這種感覺完全模糊，感覺漫長的不一定漫長，感覺短暫的也未必如此。

耀眼得讓人視盲的強光，漆黑得讓人視盲的黑暗，吶喊，爆炸聲，自動步槍的嗒嗒聲……在時間感被打成碎片的混亂中，克雷莫夫極其清楚意識到：德國人被打敗，被擊退了。他和並肩作戰的那些文書、通訊員一樣靠內心感覺意識到這點。

十二

黑夜過去了。燒焦的荒草叢中躺著一具具死屍。河水在岸邊發出悲涼歎息。看到遍布彈坑的土地，看到燒燬的房屋殘垣，使人心中無限悽愴。

新的一天開始了，戰爭很大方地——而且大方到了極點——為新的一天準備了足夠的硝煙、瓦礫、鋼鐵與骯髒血腥的繃帶。過去的每一天也是如此。世界除了這被彈片炸翻的大地和烈焰騰騰的天空以外再也沒有什麼了。

克雷莫夫坐在箱子上，頭靠著管道的石壁，打起盹兒。他聽著參謀人員含糊不清的聲音，聽見茶碗在響——師政委和參謀長在喝茶，用帶著睡意的聲音說話。他們說，被俘的德國兵是一名工兵，他們的工兵營幾天前從馬格德堡空運而來。克雷莫夫腦子裡閃過小時候在課本裡看到的一幅圖畫：戴尖頂帽的趕馱人趕著兩匹大屁股的肥馬，兩匹馬拚命把黏在一起的兩個屁股蛋兒掙開。小時候，這幅畫在他心裡引起的乏味感又浮上了他心頭。

「這太好啦，」別爾斯基說，「也就是說後備隊到啦。」

「是啊，當然很好，」瓦維洛夫附和說，「師部要反攻了。」

這時克雷莫夫聽到羅季姆采夫低沉的聲音：

「花兒，花兒，果兒結在工廠裡。」

克雷莫夫似乎把所有的精力在夜戰中耗盡了。要想看到羅季姆采夫必須轉過頭去，但克雷莫夫沒有轉頭。他想：「汲乾了水的井會感到自己是空的，大概就是這樣。」他又打起盹兒，低沉的說話聲、槍聲、爆炸聲匯合成一種單調的嗡鳴。

但又有一種新的感覺進入克雷莫夫腦際，他遂又覺得自己彷彿躺在一個房間裡，百葉窗開著，他凝視著射在壁紙上一個晨光的斑點。那斑點爬到掛鏡邊稜上，像彩虹般擴散開來。一個小男孩的心顫抖起來，一個兩鬢斑白、腰間掛著沉甸甸手槍的人睜開眼，環伺周遭。

一個穿舊軍裝、戴綠星軍帽的人站在管道中拉小提琴。

瓦維洛夫看到克雷莫夫醒來，俯下身對他說：「這是我們的理髮員魯賓契克，拉得好極啦！」

有時候有人說兩句戲謔的粗話，毫不客氣地把手風琴打斷；有時候有人用壓過提琴聲的高嗓門問：「讓我說說話，好嗎？」繼而向參謀長彙報起來，小調羹在鐵茶缸裡叮噹響著；有人打起長長的呵欠「啊呵呵呵……」一面扒起乾草。

理髮員細心注意著：自己拉小提琴是否妨礙軍官們做事，準備隨時停住。

此刻克雷莫夫想起白髮蒼蒼、身穿黑色燕尾服的捷克著名小提琴家揚·庫貝利克[14]，為何他覺得庫貝利克也會拜倒在師部理髮員前自歎不如呢？為何像小河流水般簡單的曲子，那纖細、顫抖的小提琴聲，此時此刻似乎比巴哈和莫札特更能表現人心靈的廣度與深度呢？

克雷莫夫又一次感到孤獨的苦楚。葉妮婭離開他了……

他又一次痛苦地忖想，葉妮婭的出走是他此生關鍵：他還活著，但也等於死了。她真的走了。他又一次想，有許多可怕的、殘酷無情的事應當對自己說……不該再羞怯，不應再用手套摀著臉……

小提琴聲似乎喚醒了他的時間感。時間彷彿一方透明之境，人在其中出現、活動，繼而又消失得無影無蹤……大批城市在時間中出現又消失。時間將它們帶來，又將它們帶走。但他腦中出現的完全

14 捷克著名小提琴家、作曲家，以其精湛的技巧、完美的音準和高貴飽滿的演奏風格著稱。

是另一種特殊的時間概念。這種概念是：「我的時間……不是我們的時間。」時間進入人生，進入國土，生長在人的生活與國家的生活中，等時間離開、消失了，人還在，國家還在……國家還在，可國家的時間逝去了……人還在，可人的時間消失了。時間哪兒去了？人還在，還呼吸，還思索，還哭泣，而時間，那獨有的、特有的、只跟他有關的時間走了，逝去了，消失了，他卻猶在。

最艱難的，是做時間的棄兒。不能生活在自己的時間裡的棄兒，其命運是最痛苦的。誰是時間的棄兒，一下子就能辨認出來，不論是在幹部處、在區黨委會、在軍隊的政治處、在報社、在大街上……時間喜愛的只是時間生產的那些人——自己的孩子、自己的英雄、自己的勞動者。時間永遠、永遠不會愛已逝的時間的孩子，一如女人不愛過時英雄，後娘不疼前妻的孩子。

時間就是這樣：不斷流逝，可依然生存。一切仍在，只有時間不斷地流逝。時間離去時多麼輕盈，多麼悄無聲息。昨天你還是那樣有信心，那樣愉快，那樣堅強，你還是時間的兒子。可今日卻來到了另一個時間，你還不瞭解它呢。

在戰鬥中被撕碎的時間，又從理髮員魯賓契克的小提琴裡浮現。小提琴告訴一些人，他們的時間來了，告訴另一些人，他們的時間要消逝了。

「逝去了，逝去了。」克雷莫夫想。

他看著政委瓦維洛夫那平靜和善的大臉，瓦維洛夫不時喝兩口茶缸裡的茶，努力緩緩就著香腸嗑麵包，他那雙令人看不透的眼睛轉向了管道口那明亮的光斑。

羅季姆采夫瑟瑟縮縮挺起了披著軍大衣的肩膀，帶著寧靜而開朗的面容，直望著拉小提琴的人。擔任師炮兵總指揮、白髮蒼蒼的麻子上校皺起眉頭，端詳擺在面前的地圖，因為皺眉，臉相顯得凶狠，只有從他那憂傷而親切的眼神才能看出他沒在看地圖，他在聽著。別爾斯基飛快寫著給集團軍司令部的報告；他似乎一心一意在工作，但他雖一面寫卻也歪著頭，一面側耳傾聽小提琴聲。稍遠處坐了不少紅軍戰士，有通信員、電話員、文書，他們疲憊的臉上、眼裡露出了嚴肅神情，那表情常在農民嚼麵包的臉上瞧見。

克雷莫夫忽然想起一個夏夜……年輕的哥薩克[15]姑娘那雙大大的黑眼睛，她那火辣辣的情話……人生還是美好的！

待小提琴一曲奏歇，聽到潺潺流水聲，是水在木板下流過，克雷莫夫遂覺得自己的心就像一口看不見的井，本來已經乾了、空了，這會兒又輕悄悄地流進水來。

半個鐘頭後，小提琴手已經在為克雷莫夫理髮，並用那種常常使人發笑的理髮師誇大的嚴肅口氣問，刮臉是不是把克雷莫夫給刮疼了，又用手摸摸：兩腮是不是都刮好了？在到處是灰土與鋼鐵的愁慘慘氣氛之中，香水與香粉的氣味顯得分外不協調，分外彆扭，分外淒涼。

羅季姆采夫瞇著眼，把灑了香水、撲了香粉的克雷莫夫打量了一番，滿意地點著頭說：「不壞，給客人打理得很像樣。現在來把我修理修理。」

小提琴手那雙大大的黑眼睛充滿了幸福神氣。他打量著羅季姆采夫的頭，抖了抖白布圍袍：「少將同志，兩邊鬢角是不是多少剪短一點兒？」

---

15 生活於東歐大草原（烏克蘭及俄羅斯南部）的遊牧民系，歷史上以驍勇善戰、騎術精湛著稱，是支撐俄羅斯帝國於十七世紀向東擴張的主力。

十三

油庫大火後，葉廖緬科大將就準備動身上史達林格勒看崔可夫。這一危險行動沒有任何實質意義。不過從人心和人道角度來說卻有其迫切必要。於是葉廖緬科用了三天時間等待渡河。

紅色花園裡的掩體，那明亮的四壁顯得十分寧靜，蘋果樹枝的陰影在司令員清晨散步的時刻顯得異常親切可愛。遠處的轟隆聲、史達林格勒的火光與樹葉的沙沙聲、蘆葦的訴怨匯合在一起。這些聲音摻混著，使人說不出地難過，因此司令員在清晨散步時常常咳聲歎氣，常常咒罵。

早晨，葉廖緬科把自己要去史達林格勒的決定告訴薩哈羅夫，並要他代理司令職務。他同送早餐的女服務員開了開玩笑，批准副參謀長飛往薩拉托夫待兩日，接受了一位野戰軍司令特魯法諾夫將軍的請求，應允派兵轟炸羅馬尼亞人強大的炮兵中心。他說：「好啦，好啦，我給你遠程轟炸機。」

副官們都在猜測，為何司令員心情這樣好。是崔可夫那邊有好消息？是在高頻電話中談得順利滿意？還是收到了家書？但這類信息通常不會不經過副官們，莫斯科沒有和司令員通電話，崔可夫那邊來的消息不是令人愉快的。

吃了早飯，這位上將穿起棉軍裝出去散步。副官帕爾霍敏柯走在離他十來步遠的地方。司令員像往常一樣不疾不徐地走著，撓了幾下大腿，又朝窩瓦河望。

葉廖緬科走到正在挖地槽的勞動營士兵們跟前。這些人都上了年紀，後腦都曬成了深褐色，臉上流露快快愁容。他們一聲不吭地幹活，並慍怒地看著這名肥胖、頭戴綠色軍帽、站在地槽邊不幹事的人。

葉廖緬科問：「同志們，請你們說說，你們當中誰幹活最差？」

勞動營的士兵們覺得這問題來得正好，他們已經對挖土的勞動膩乏了。大家一齊瞟向其中一名漢子，那漢子把口袋翻了過來，將菸絲和麵包屑倒在掌心。

「可以說，是他。」有兩個人說著，並望了望其他人。

「是這樣啊，」葉廖緬科嚴肅地說，「也就是說，這個人。他是很不行的啦。」

那名士兵老氣橫秋地歎了口氣，用鄭重但和善的目光從下方仰望葉廖緬科兩眼，看來他以為發問的人這麼提問並非為了正事，而是隨口問問，為了說著玩兒，為了解悶，便也沒有插嘴。

葉廖緬科又問：「你們當中誰幹活最好？」

大家指了指一個白了頭髮的人。那稀疏的頭髮護不住頭，頭皮曬成了深褐色，就像枯草擋不住陽光，土地被曬焦。

「就是他，特羅什尼科夫，」有個人說，「他真來勁。」

「他幹活幹慣啦，不幹活簡直不成的。」另外有人如此補述，就像替特羅什尼科夫聊表謙讓一樣。

葉廖緬科把手伸進褲口袋，掏出明晃晃的金錶，吃力地彎下身，把錶遞給特羅什尼科夫。特羅什尼科夫莫名其妙地望著葉廖緬科。

「拿去，這是給你的獎勵。」葉廖緬科說。他依然望向特羅什尼科夫，說：「帕爾霍敏柯，你發一份獎勵通報。」

他繼續往前走，聽到背後亂哄哄響起了許多興奮的聲音，挖土的士兵又讚歎又歡笑，祝賀幹慣了活的特羅什尼科夫的意外收穫。

方面軍[16]司令等待渡河已逾三日。這幾日跟右岸的聯繫幾乎斷絕。能夠開到崔可夫那邊的快艇，一路上有限的幾分鐘內就被打穿了六、七十個洞，待開抵岸邊已是鮮血遍灑。

葉廖緬科很生氣，很惱火。六十二號渡口指揮官們聽到德軍炮聲，害怕的不是炸彈和炮彈，而是怕司令員發火。葉廖緬科覺得德軍迫擊炮、大炮、飛機的狂轟濫炸，都怪那些少校怠忽職守，都怪那些大尉們不懂變通。

夜裡，葉廖緬科從掩體走出，站在離河很近的一個沙包上。紅色花園的掩體裡，一份作戰地圖放在方面軍司令面前，在這裡彷彿能聽見轟隆轟隆的響聲，能看到彌漫的硝煙，散發著生與死的氣息。

他彷彿看到自己親手畫的前沿陣地火力線，看到用來表示保盧斯[17]的軍隊衝向窩瓦河的一個個碩大楔形，看到他用有色鉛筆畫的防禦中心和火器集中地。但是，當他看著攤在桌上的地圖時，他覺得自己有力改變並推動戰線，他能使左岸的重炮吼叫起來。在那裡他感到自己是主人，是機械師。在這裡他感覺完全不同了……史達林格勒的火光，天空慢慢滾動的隆隆聲——一切驚心動魄，表現出不理會司令員意志的巨大力量與態勢。

在隆隆炮聲與爆炸聲中，從工廠區隱約傳來的長長吶喊聲：拉拉拉拉……在史達林格勒的步兵奮起反擊的長長吶喊聲中，不光帶著示威意味，也有悲傷與憂悶。「拉拉拉拉……」的聲響在窩瓦河上擴散。這種戰鬥的「烏拉」聲在夜晚寒冷的河面、在寒冷的秋日星空迴盪，漸漸變化好像漸漸失去了激昂的勁勢，忽然在其中出現了其他情緒——不是激情，不是豪氣，而是心靈的悲傷，那心靈像是在同一切可愛的事物道別，像是喚醒自己的親人，讓親人從枕頭上抬起頭，最後一次聽自己父親、丈夫、兒子、兄弟的聲音……

---

16 軍隊建制。蘇聯方面軍編制約五十至一百萬人，大致相當於西方國家軍隊建制中的集團軍群（Army Group，或稱「軍團」）和二次世界大戰中日本皇軍的總軍。大日本帝國的方面軍則大致相當於西方軍隊建制裡的集團軍（Army）。

17 法西斯德國陸軍元帥，一九四二至一九四三年指揮第六集團軍參與史達林格勒戰役，陷入重重包圍後被俘投降。

士兵的憂傷緊緊壓住上將的心。習慣督促作戰的司令員忽然被戰鬥吸引住。他站在鬆散的沙上，像一個孤零零的士兵，遍地戰火與轟隆聲使他驚心動魄，他站著，像成千上萬的士兵站在那岸上。他覺得，要領導人民戰爭，他本事是不夠的，他駕馭不了這場戰爭，指揮不動這場戰爭。也許正因有了這種感覺，葉廖緬科將軍對戰爭的理解達到了嶄新的高度。

天快亮時，葉廖緬科乘快艇到達右岸。事先得到電話通知的崔可夫來到河邊，注視飛速前進的裝甲快艇。

葉廖緬科緩步走下快艇，他那沉甸甸的身子壓得搭在岸上的跳板一彎一彎的。他踩著岸邊石子，很不靈活地走到崔可夫跟前。

「崔可夫同志，你好。」葉廖緬科說。

「您好，上將同志。」崔可夫回答。

「我來看看你們這兒過得如何。你似乎沒在油庫大火裡燒壞嘛。連鬍子、眉毛都還好好的。而且還沒有瘦呢。可見我們給你吃得挺不壞。」

「從白天到黑夜都坐在掩體裡，怎可能瘦呢？」崔可夫答道。因為司令員說給他吃得不壞，他聽到這話覺得不痛快，就回敬說：「這算怎麼回事兒，我在河岸上接待起客人來啦！」

果然，葉廖緬科聽到崔可夫管他叫史達林格勒的客人，真的生氣了。等到崔可夫說「請賞光到寒舍一敘」，葉廖緬科回答說：「我就在這新鮮空氣裡待一待挺好。」

這時候，對岸的大炮隆隆地響了起來。河岸被大火、照明彈和爆炸的火光照耀著，而且顯得非常空曠。亮光時弱時強，有時雪亮雪亮的，亮得刺眼。葉廖緬科注視著到處是掩體和通道的堤岸，注視著堆在水邊的石頭，一堆堆石頭從黑暗中露出來，又輕悄而敏捷地鑽進黑暗中。

有一個粗大的嗓門兒緩慢而有力地唱著：

讓滿腔的義憤如波濤翻騰，
這是人民的戰爭，神聖的戰爭……

因為在岸邊和堤坡上都看不到人，因為周圍的一切，不論大地天空，不論窩瓦河，都被火光映照著，就覺得這節拍緩慢的歌兒是戰爭自己唱的，不是人唱的，是那沉甸甸的歌詞從人們身邊滾過。

葉廖緬科因為自己被面前的情景吸引住，感到不好意思起來；他真的像是到史達林格勒的主人這兒作客來了。他很生氣，因為看樣子崔可夫知道他心裡惶惶不安，所以才過河來，知道這位方面軍司令在紅色花園的乾蘆葦沙沙聲中散步的時候心裡有多少煩惱。

葉廖緬科向遭受火難的這一方戰場的主人問起後備兵力的調度、步兵與炮兵的配合和德軍在工廠區的集結情況。他提問題，崔可夫回答，因為應該回答上級首長的問題。

他們沉默了一會兒。崔可夫很想問：「歷來防禦都是很了不起的，但是進攻究竟怎樣呢？」可是他沒敢問。葉廖緬科會以為史達林格勒的防守者沒有足夠的耐心，要求卸肩上的擔子。

忽然，葉廖緬科問道：「你的父親和母親好像是在圖拉州，住在農村裡吧？」

「是住在圖拉州，司令員同志。」

「老人家有信給你嗎？」

「有信，司令員同志。父親還在幹活兒呢。」

他們對看了一眼，葉廖緬科的眼鏡片被火光映紅。

看樣子，他們就要談談有關史達林格勒的真正實質性問題了，這是他們兩個獨獨需要談的。可是葉廖緬科說：「你大概想問我這個方面軍司令經常被問到的問題——關於補充生力軍和彈藥的問題，是不是？」

此時此刻唯一有意義的談話就這樣一直沒有開始。站在堤岸上的哨兵不時地朝下望。崔可夫聽著炮彈嘯聲，抬起了眼睛說：「大概那戰士在想：哪兒來的這兩個怪人站在河沿上？」

葉廖緬科嗯了一聲，沒有多理會。到了該告別的時候了。按照不成文的規矩，一個站在炮火下的首長要走，通常只是在下級一再要求他離開的時候。但是他對危險那樣不在乎，就像根本沒這回事兒似的，所以這些規矩也跟他無關。

他毫不在乎、同時又很敏銳地隨著飛過的一顆迫擊炮彈的呼嘯聲轉過頭來。

「好啦，崔可夫，我該走啦。」

崔可夫注視開走的快艇，站在岸上一會兒。他覺得快艇後面拖著的一道白浪像一條白手絹，好像一個女子搖著白手絹向他告別。

葉廖緬科站在甲板上，望著對岸。他像波浪在從史達林格勒那邊來的模糊火光中悠蕩，快艇駛過的河面一動不動像一片石板。葉廖緬科煩惱地在甲板上踱來踱去。幾十種習慣的念頭出現在他的頭腦裡。許多新的任務擺在方面軍司令部的面前。現在主要的是調集裝甲部隊，準備在左翼進行突擊，這是最高統帥部交給他的任務。這事兒他對崔可夫一點也沒有提。

崔可夫回到自己的掩體，站在門口的哨兵、外室裡的辦事人員、應召前來的古里耶夫師的參謀長——所有聽到崔可夫沉重的腳步聲立即站起來的人都看出來，司令員的心情很壞。

原因不難猜想。因為各師兵力的消耗愈來愈大。因為在不斷的進攻與反攻中，德軍的楔形攻勢不住地吞食史達林格勒的土地。因為兩個滿員的步兵師最近剛從德國後方開到，集結在拖拉機工廠地區，正虎視眈眈地等待行動。

是的，崔可夫沒有對方面軍司令說出自己所有的煩惱、憂慮和擔心的事。但不論崔可夫或葉廖緬科，當時都不知道這次會面不能令人滿意的原因在哪裡。主要是他們會面中有公事以外的東西，這東西當時他們兩個人都不能說出口來。

十四

十月的清冷早晨，別廖茲金少校醒來，想了想妻子和女兒，又想了想大口徑的機槍，聽見他到史達林格勒一個月來已經習慣了的轟隆聲，便把士兵格魯什科夫喚來，叫他打洗臉水。

「這水是涼的，照您以往的命令。」格魯什科夫微笑著說。他想起別廖茲金每天早晨洗臉時的快活表情。

「老婆和女兒在烏拉爾，恐怕已經下雪了，」別廖茲金說，「她們也不給我來信，唉……」

「少校同志，會來信的。」格魯什科夫說。

趁別廖茲金洗臉、穿衣的時候，格魯什科夫向他彙報了這天早晨發生的一些事。

「一挺大口徑機槍朝食堂掃射，把管理員打死了；二營副參謀長一出門，肩膀就被彈片打傷；工兵營弟兄們撈了不少被炸彈震昏的鱸魚，有五公斤，我去看過；他們把魚送給了營政委莫夫紹維奇大尉。政委同志來過，對我說，等您醒了，打個電話給他。」

「知道了。」別廖茲金說。他喝了一杯茶，吃了點牛腿肉凍，打了個電話給政委和參謀長，說要到各營裡去看看，穿起軍裝，便朝門外走去。

格魯什科夫把毛巾抖了抖，掛到釘子上，摸摸腰上的手榴彈，拍了拍衣兜，看菸荷包在不在，摘下掛在角落裡的自動步槍，便跟著團長往外走。

別廖茲金從昏暗的掩體裡走出，一遇到明亮的光線便不由得瞇起了眼睛。一個月來已經熟悉的情景又呈現在他面前：一攤攤翻起的黃土，褐色的斜坡上到處是油污的帆布，帆布遮蓋著一個個士兵的土室，土灶的煙囪裡冒著一縷縷炊煙。上方是一座座掀去了房頂的黑黑的工廠廠房。

左邊，離窩瓦河較近的地方，是「紅十月工廠」的高聳煙囪，還有一些貨車車廂擁擠在歪倒的機車旁邊，就像一群發了呆的羊圍著被打死的頭羊。再遠處是像寬花邊似的已無人煙的城市廢墟，秋日的天空化為無數個蔚藍色的斑點，從一個個殘破的玻璃窗口映照出來。工廠的廠房之間煙氣騰騰，火光閃閃，明亮的空中一會兒響起長長的嗖嗖聲，一會兒響起乾巴巴的嗒嗒聲，就好像工廠仍在照常開工生產。

別廖茲金細心看了看本團三百米長的防地。防地穿過了工人村的房屋。他心裡有種感覺，使他能在亂糟糟的廢墟與街衢中分辨出紅軍戰士在哪座房裡燒飯、德軍士兵在哪座房裡吃醃肉喝燒酒。

別廖茲金彎下頭，罵了一句，一顆迫擊炮彈在空中呼嘯而過。在對面的沖溝斜坡上，一股硝煙遮住一個掩體的門口，霎時間響起劇烈的爆炸聲。鄰師的聯絡部長從掩體裡出來看了看。他沒穿制服上衣，只穿著背帶褲。他剛剛走了一步，又響起嘯聲，便趕緊退回去，把門關上。一顆迫擊炮彈在十來米遠處炸開來。

巴秋克站在沖溝拐角處堤坡上一個掩體的門口，看著眼前的情景。等到聯絡部長又想往前走，巴秋克啊呀了一聲，喊道：「炮彈！」德國人就像聽到他的命令似的，又打了一發炮彈。巴秋克發現了別廖茲金，高聲喊道：「你好，鄰居！」

這樣在荒涼的小路上走過，實際上是可怕的、送命的事。德國人睡足了覺，吃飽了早飯，特別有興趣監視小路，見到什麼人都打，絕不心疼子彈。別廖茲金來到一個轉彎處，在一堆廢鐵旁邊站了一會兒，他看出前面一截路有危險，便說：

「格魯什科夫，來，你頭一個跑過去。」

「您怎麼啦，這怎麼行啊？他們的狙擊手在那兒。」格魯什科夫說。

頭一個跑過危險地帶，一向被認為是首長的特權。德國人往往來不及打第一個跑過的人。

別廖茲金看了看周圍德國人盤據的房子，對格魯什科夫擠了擠眼睛，便朝前跑去。等他跑到可以遮擋德軍視線的土包跟前，背後「啾」、「啪」清清楚楚響了兩聲，這是德國人打了一顆爆炸子彈。別廖茲金躲在土包下邊，抽起菸來。格魯什科夫大步快跑起來。一梭子子彈掃在他的腳下，好像一群麻雀從地上飛了起來。格魯什科夫朝旁邊一跳，踉蹌一下，跌倒在地上，又跳起來，跑到別廖茲金跟前。

「差點兒叫他們掃倒。」他說。喘了幾口氣之後，又解釋說：「我想瞅準這時候：德國佬沒打到您，一定會懊惱得抽起菸來。可是，看樣子，這是一個不抽菸的傢伙。」格魯什科夫摸了摸縫得馬馬虎虎的棉制服前襟，又罵了幾聲德國佬。

他們走近營指揮部的時候，別廖茲金問：「格魯什科夫同志，什麼地方傷著了嗎？」

「打到我的鞋後跟，把後跟打掉啦，該殺的德國佬。」格魯什科夫說。

營指揮部設在工廠食品店的地下室，潮溼的空氣中還有酸白菜和蘋果的氣味。桌上點兩盞炮彈殼做的高高的油燈。門口還釘了一塊牌子：「買賣雙方，以禮相待。」

地下室裡駐著兩個營指揮部，一個步兵營營部，一個工兵營營部。兩位營長，鮑丘法羅夫和莫夫紹維奇，都坐在桌旁吃早飯。別廖茲金推開門的時候，聽見鮑丘法羅夫很帶勁兒的聲音：

「我不喜歡兌水的酒，依我的口味，根本不用兌水。」

兩位營長站起來，挺得筆直。參謀長把一小瓶伏特加藏在一堆手榴彈裡，炊事員用身子把剛才莫夫紹維奇跟他談過的鱸魚擋住。鮑丘法羅夫的傳令兵蹲在那兒，遵照自己的首長的吩咐正準備把唱片《中國情歌》放到留聲機轉盤上，也飛快地站了起來，只來得及拿下唱片，轉盤依然在嗡嗡地空轉。在該死的留聲機轉得格外起勁兒的時候，傳令兵一面按照戰士守則兩眼向前直視著，一面用眼角捕捉鮑丘法羅夫凶狠的目光。

兩位營長和一起吃早飯的其他人都深知首長們的偏見：首長們認為，營裡的人要麼作戰，要麼用望遠鏡觀察敵人，要麼對著地圖考慮問題。可是人總不能二十四小時都打槍，不能二十四小時都跟上級和下級打電話，也要吃飯呀。

別廖茲金朝旁邊瞟了瞟嗡嗡響的留聲機，笑了笑。

「好啦。」他說。繼而又吩咐：「請坐，同志們，吃你們的飯吧。」

這話可能是反話，不是他的真意。於是在鮑丘法羅夫的臉上出現了羞愧和認錯的表情，因為莫夫紹維奇率領的是獨立工兵營，不是直屬部下，所以他的臉上只有羞愧，而沒有認錯的表情。他們各自的下屬臉上的表情大致也可以這樣分類。

別廖茲金又用極不愉快的腔調繼續說：「莫夫紹維奇同志，你們的五公斤鱸魚在哪兒？這事兒全師都傳遍了。」

莫夫紹維奇依然帶著那種羞愧的表情說：「炊事員，把魚拿出來看看。」

這兒唯一履行自己分內職責是炊事員，他直率地說：「按大尉同志吩咐，已經照歐洲人的做法給魚填餡，放了辣椒、桂葉，可是沒有白麵包，也弄不到洋薑。」

「好，知道啦，」別廖茲金說，「填餡的魚我在一位叫薩拉·阿羅諾芙娜的女人家裡吃過。說實話，我不怎麼喜歡。」

地下室裡的人這下全明白了，團長壓根兒就沒想追究此事。好像別廖茲金知道，鮑丘法羅夫夜裡打退了德國人，天快亮的時候他被埋在土裡，放《中國情歌》唱片的那名傳令兵一面翻土，一面喊：「大尉同志，別洩氣，一定能把您救出來……」他好像也知道，莫夫紹維奇經常帶著工兵在受坦克威脅的街道上爬，用黃土和碎磚把成棋盤狀排列的反坦克地雷偽裝起來……

他們的青春又高高興興地迎來一個早晨，又可以舉起銅缸子，說：「來，祝你健康，乾一杯！」又可以吃吃醃白菜、抽抽菸了……本來嘛，什麼事兒也沒有。地下室的主人們只是在上級首長面前站了一小會兒，隨後就請他一塊兒吃起來，他們就快快活活地看著團長吃醃白菜。

別廖茲金常常拿史達林格勒的戰役跟往年的戰爭相比。他過去打過不少仗，自己很明白，他能經受得住這樣的緊張狀態，只是因為他心中平靜鎮定。戰士們也正是因為這樣，才能在這種似乎只能使人瘋狂、使人恐怖或者使人疲憊的日子裡喝菜湯，修鞋子，談老婆，議論好的和不好的首長，做調羹……他看到，沒有這種發自內心的鎮定，不論在作戰中多麼剽悍勇猛，都不能長期經受這種緊張狀態。別廖茲金覺得膽怯和怕死倒是一時的毛病，有點兒像傷風感冒，是可以治好的。

什麼是勇敢，什麼是膽怯，他實在說不清。戰爭開始的時候，有一次上級批評別廖茲金膽小，因為他自作主張帶著一團人從德軍火力包圍中撤了出來。來史達林格勒之前不久，他命令一位營長把人帶到高地的另一面斜坡上，為的是不白白地挨德軍迫擊炮的打。

師長卻用責備的口氣說：「這怎麼回事，別廖茲金同志？原來我聽說您是個勇敢而鎮定的人呀。」

別廖茲金沒有作聲，歎了一口氣。也許，這些人看錯他了。

鮑丘法羅夫有一頭火紅的頭髮，碧藍碧藍的眼睛。他好不容易克制著他那忽而發笑忽而生氣的習慣。莫夫紹維奇瘦瘦的，長長的雀斑臉，黑黑的頭髮裡有幾縷白髮，用嗄啞的嗓門兒回答別廖茲金的問題。他掏出筆記本，畫起他提出的受坦克威脅地段新的布雷方案示意圖。

「把這圖撕下來給我，讓我好記住。」別廖茲金說。他俯到桌子上小聲說：「師長給我打過電話。集團軍偵察隊得到情報：德國人正在把兵力調出城區，集中兵力對付我們。坦克很多。明白嗎？」

別廖茲金留心聽了聽附近的爆炸聲，震得地下室牆壁直打顫。

他笑著說：「你們這兒還平靜。在我那條沖溝裡這段時間一定有三四個人從司令部裡來過啦，各種各樣的工作組不斷地來。」

這時又一聲爆炸，震得房子直搖晃，好幾片石灰從天花板上落了下來。

「不錯，是很平靜，誰也沒怎樣干擾我們。」鮑丘法羅夫說。

「好就好在沒人干擾。」別廖茲金說。

他很坦率地小聲說著，真正忘記了他也是首長。他之所以忘記是因為他當慣下屬，不習慣當首長。

「你們看，首長是怎麼幹的？為什麼你不進攻？為什麼沒有占領高地？為什麼有損失？為什麼沒有損失？為什麼不彙報？為什麼你睡覺？為什麼……」

別廖茲金站起身來。「咱們走，鮑丘法羅夫同志，我想看看你們的防地。」

工人村的這條街上一片淒涼景象。糊著各色花紙的房屋內牆怵目皆是，花壇和菜園到處被坦克輾軋過，還有天知道為什麼深秋還在開花的幾株孤零零的大麗菊，都顯得無限淒涼。

別廖茲金忽然對鮑丘法羅夫說：「唉，鮑丘法羅夫同志，我老婆沒有信來。我在路上碰到過她，可是現在又沒有信了，我只知道她帶著女兒上烏拉爾去了。」

「少校同志，會來信的。」鮑丘法羅夫說。

一座二層樓的半地下室裡，在用磚頭堵起來的窗戶腳下，躺著一些傷患，等著到夜裡往後方送。地上放著一桶水、一個茶缸，迎著門在兩個窗戶之間的牆上貼著一張小畫《少校求婚》。

「這是後方，」鮑丘法羅夫說，「前沿陣地還在前面。」

「咱們也要上前沿去。」別廖茲金說。

他們穿過前廳，進入一個塌了天花板的房間，立刻有一種好像從工廠辦公室進入了車間的感覺。

空氣中充滿了火藥令人不安的辛辣氣味，子彈殼在腳下咯吱咯吱響。奶油色的搖籃裡還堆著反坦克地雷。

「那座破屋昨天夜裡被德國佬奪去了，」鮑丘法羅夫走到窗戶跟前說道，「真可惜，那屋子挺不錯，窗戶朝西南，可以把我整個左翼控制在火力底下。」

在用磚堵起來、只留了窄窄的小孔的窗戶旁邊有一挺重機槍，機槍手沒戴帽子，頭上纏著骯髒的繃帶，正在上彈帶，一號射手露著白牙，正在吃香腸，準備過半分鐘再掃射。

走過來一位中尉連長。他的軍服上衣口袋裡插著一枝白色的翠菊花。

「好樣兒的。」別廖茲金笑著說。

「少校同志，能見到您，太好啦，」中尉說，「我昨天夜裡對您說的，果然不錯，他們又朝『6-1』號房進攻了。是九點整開始的。」他看了看錶。

「團長在這兒，你向他彙報。」

「對不起，我沒認出來。」中尉連忙行了一個軍禮。

六天以前，敵人在該團的防區中切斷了幾座樓房之間的聯繫，並且開始按照德國人的作風認真地把這幾座房子逐個蠶食。蘇軍槍炮的火光在一片瓦礫中熄滅，防守士兵的生命也隨之熄滅。但是一座工廠樓房的地下室很深，蘇聯守軍依然在這裡抵抗。結實的牆壁沒有被炮火摧毀，雖然有許多地方被炮彈打穿，被迫擊炮打得坑坑點點。德國人想從空中把這座樓房摧毀，三次派魚雷飛機來向這座樓投擲破壞力很大的魚雷。

這座大樓各個角落都被炸燬了，但是地下室在一片瓦礫中安然無恙，守軍清掃了震落的碎片，安好機槍、小炮，又開始反擊。而且這座房子的位置很好，德國人還沒有找到隱蔽的進攻通道。

向別廖茲金彙報的連長說：「夜裡我們曾經試著朝他們那兒去，沒有成功，死了一個，兩個負傷回來了。」

「臥倒！」這時觀察哨的士兵厲聲喊道。幾個人就地臥倒。連長話還沒有說完，就把兩臂一揮，好像要跳水一樣，噗通一聲倒在地上。

嘯聲愈來愈尖利，突然變成震天動地、驚心動魄的轟隆聲，爆炸發出又臭又令人窒息的氣味。一根黑黑的粗木頭咚的一聲倒在地上，又蹦了兩下，滾到別廖茲金的腳下。別廖茲金覺得炸下來的一小段木頭差點兒砸在他的腿上。他忽然看到，那是一顆未爆彈。這一剎那情緒緊張到了極點。但是炮彈沒有爆炸，而且那吞沒天地、遮斷過去、斬斷未來的黑暗陰影消失了。

連長站了起來。

「這條毒蛇。」不知是誰鬆了一口氣，說。

另外一個人笑起來，說：「我還以為這一下全完啦，把頭都蒙上啦。」

別廖茲金擦了擦額頭上忽然冒出來的汗，撿起地上的白翠菊花兒，抖了抖上面的磚瓦灰，別到中尉的上衣口袋上，說：「算我送給你的……」

他又對鮑丘法羅夫說：「為什麼你們這兒還算平靜，因為沒有首長來。首長總是想向你要點兒什麼：你有好炊事員，我就要你的炊事員。你有好手藝的理髮員或者裁縫，我也要。什麼便宜都要撈！你挖了好的掩體，要讓給我。你的酸白菜好吃，也要送給我。」

他忽然向中尉問道：「為什麼那兩人沒到被圍的弟兄們那邊就回來了？」

「團長同志，他們負傷了。」

「明白了。」

「您是幸運的。」等他們從房子裡走出來，穿過菜園的時候，鮑丘法羅夫說。菜園裡，黃黃的馬鈴薯莖葉叢中，是第二連的戰壕和一個個土室。

「誰知道我幸運還是不幸，」別廖茲金說著，跳進戰壕，「在戰場上嘛……」不過他說這話的口氣就像在說：「在療養院裡嘛。」

「土地最能適應戰爭，」鮑丘法羅夫說，「土地已經習慣了。」他又接起團長剛才的話頭，說：「別說炊事員，有時候首長連女人都要要去呢。」

整個戰壕裡鬧騰開，響起驚惶的呼喚聲、劈劈啪啪的步槍聲、短短的自動步槍掃射聲和機槍掃射聲。

「連長犧牲了，指導員索什金在指揮，」鮑丘法羅夫說，「這是他的掩體。」

「明白了，明白了。」別廖茲金說著，朝掩體半開著的門裡面望了望。

在機槍旁邊，紅臉、黑眉毛的指導員索什金趕上他們，用特別高大的嗓門兒一個字一個字地報告說，連隊現在向德國人開火，是想使他們不能集中力量向「6-1」號樓房進攻。

別廖茲金拿過他的望遠鏡，觀察著一道道短短的射擊火線和迫擊炮噴出的火舌。

「瞧，三樓第二個窗戶，好像有一個狙擊手躲在那兒。」

他剛剛說過這話，他所指的那個窗戶裡閃起一陣火光，一顆子彈嗖的一聲，打在戰壕壁上，不偏不倚正在別廖茲金的頭和索什金的頭中間。

「您很幸運。」鮑丘法羅夫說。

「誰知道我幸運還是不幸。」別廖茲金回答說。

他們順著戰壕來看這個連發明的土法裝置：反坦克槍用機槍腳架固定在大車輪子上。

「這是我們連的高射炮。」一個滿臉灰塵和鬍茬、眼神惶惶不安的中士說。

「坦克在一百米處，在那座綠頂小屋旁邊！」別廖茲金用訓練時的聲調喊道。

中士很快地轉了轉車輪，反坦克槍長長的槍筒轉向地面。

「德爾金那兒有一名戰士，」別廖茲金說，「反坦克槍上裝了狙擊槍瞄準器，一天打壞三挺機槍。」

中士聳了聳肩膀。「德爾金挺舒服，在車間裡待著呢。」

他們又順著戰壕往前走，別廖茲金接著在巡視一開始就談起的話頭，說：「我安排給她們寄了包裹，挺好的東西。可是，您瞧，老婆沒有信來。老是不見回信。我甚至不知道，東西是不是寄到啦。也許，是不是病了？在疏散的時候少不了生災害病。」

鮑丘法羅夫忽然想起，很久以前，常常有去莫斯科幹活兒的木匠回到村子裡，給父母、妻子和兒女帶回不少禮物。他們覺得農村家庭生活的和睦和溫暖比莫斯科的繁華、熱鬧和夜晚的華燈更有吸引力。

過了半個鐘頭，他們回到營指揮所，但是別廖茲金沒有進地下室，就在院子裡同鮑丘法羅夫告別。

「你們要盡一切可能支援『6-1』號樓，」他說，「你們不要再派人上他們那兒去了，到夜裡我們團裡派人去。」

稍停，他又說：「還有……我不喜歡你們那樣對待傷患。你們指揮所裡有沙發床，可是傷患卻睡在地上。還有，你們也不去弄新鮮麵包，大家都在吃乾麵包。這是第二。還有，你們的連指導員索什金醉得那樣厲害。這是第三。還有……」

鮑丘法羅夫聽著，感到吃驚：團長在防地上走了一下，怎麼就全發現啦……還發現一名副排長穿著德國人的褲子……第一連連長手上戴著四只手錶。

別廖茲金提醒說：「德軍會進攻的。明白嗎？」

他朝工廠走去，已經釘上鞋後跟、縫好棉衣上綻線處的格魯什科夫問：「咱們回去嗎？」

別廖茲金沒有回答他，只對鮑丘法羅夫說：「打個電話給團政委，就說我上工廠第三車間，到德爾金那兒去了。」擠了擠眼睛，又說：「給我送點兒醃白菜來，要好的。好歹我也是首長嘛。」

十五

托里亞沒有信來……每天早晨，柳德米拉·尼古拉耶芙娜·沙波什尼科娃送母親和丈夫去上班，又送娜佳去上學。母親第一個出門；她是有名的喀山肥皂廠化驗室的化驗員。亞歷山卓·弗拉基米羅芙娜從女婿的房間門口經過的時候，往往要說說她從廠裡工人嘴裡聽來的那句笑話：「六點上班的是主人，九點上班的是職工。」

她出門之後，是娜佳走，說準確一點兒，她不是走，而是飛跑，因為沒法子叫她按時起床，她都是在最後一分鐘跳起來，抓起襪子、裙子、書、練習本，一面吃早點，一面咕嘟嘟地灌茶，然後一面下樓梯，一面圍圍巾，穿大衣。

等到娜佳走了，維克多·帕夫洛維奇·史托隆坐下來吃早飯的時候，壺裡的茶已經涼了，只好重新燒茶。

娜佳一說「頂好快點離開這個偏僻的鬼地方」，亞歷山卓·弗拉基米羅芙娜就要生氣。娜佳不知道，傑爾查文[18]當年在喀山住過，阿克薩科夫[19]、托爾斯泰、列寧、濟寧[20]、羅巴切夫斯基[21]都在這裡住過，高爾基當年還在喀山的麵包店幹過活兒。

「怎麼這樣老化，這樣麻木！」弗拉基米羅芙娜說。一個老奶奶這樣責備一個十幾歲的少女，聽起來簡直覺得奇怪。

柳德米拉看出來，母親一如過去，樂於跟人打交道，對新的工作很感興趣。她在心裡讚賞母親這種精神力量的同時，又有另外一種感覺：在這種苦難的時候，怎麼還會對脂肪的氫化作用、對喀山的街市風光和博物館感興趣？

有一天，維克多對妻子說起弗拉基米羅芙娜的心是年輕的，柳德米拉憋不住，回答說：「媽媽這不是年輕，是老年人的自我中心。」

「外婆不是自我中心，她是民粹派。」娜佳說。接著又補充說：「民粹派都是好人，但不是非常聰明的人。」

娜佳發表意見都用絕對的口氣，而且，大概因為總感到時間不夠，常用簡短的形式。如說「胡扯」只說「扯」。她經常注意蘇聯情報局的戰報，熟悉軍事動態，愛談政治。娜佳暑假期間去了一趟集體

---

18 俄國傑出詩人，主要作品有頌詩《費麗察頌》、《攻克伊茲梅爾要塞》等。

19 俄國作家，代表作有《家庭記事》、《巴格羅夫孫子的童年》等，作品帶有自傳性質。

20 有機化學家，俄國化學學派的領導人。

21 俄羅斯數學家，非歐幾何的早期發現人之一。

農莊，回來之後對媽媽大談集體農莊勞動生產率不高的原因。她在學校的分數一向不給媽媽看，只有一次很慌亂地說：「媽媽，我的操行得了四分。可能因為有一次數學老師叫我離開教室，我一面往外走，一面扯著嗓門兒喊『古德——唄！』引起了哄堂大笑。」

娜佳像許多殷實家庭的孩子一樣，戰前根本不知道操心柴米油鹽的事，自從疏散到後方，卻經常談起口糧，談憑票供應商店的好和壞。她還知道素油比牛油好，知道每一種蕎麥粉的優缺點，知道吃塊糖比吃砂糖划得來。

「你聽我說，」她對媽媽說，「我想好了，從今天起，你給我喝的茶裡加蜂蜜，不要再往裡頭加煉乳。我看這樣對我更好，對你還是一樣。」

有時娜佳愁眉苦臉，用嘲笑輕蔑的態度對待長輩，說話粗魯。有一天，她當著媽媽的面對爸爸說：「你是個糊塗蟲！」而且口氣那樣凶狠，弄得爸爸不知如何是好。

有時媽媽看到她一面看書一面哭。她認為自己是落後的、不走運的人，命定要過艱難、不幸的日子。

「誰也不願意和我交朋友，我太蠢，沒有人喜歡我，」有一天她在飯桌上說，「沒有人會娶我。等我上完了醫藥專科班，就上農村去。」

「在偏僻的農村裡可沒有藥房。」弗拉基米羅芙娜說。

「關於嫁人的問題，你的估計過分悲觀啦，」爸爸說，「近來你出挑得愈來愈好看啦。」

「算啦。」娜佳說著，狠狠地看了爸爸一眼。

夜裡，媽媽常常看到，娜佳纖細光潔的手臂從被窩裡伸出來，手裡拿著詩集。

有一天，娜佳用提包從科學院供應商店領回兩公斤奶油和一袋大米，說：「很多人，包括我在內，都是一些卑鄙下賤之徒，才用這種辦法弄吃的。爸爸拿學問換黃油，也是沒出息。就好像病人、沒文化的人和沒力氣的孩子都應該過吃不飽的日子，因為他們不懂物理，或者不能超額百分之三百完成生產計劃……只有上等人才能吃奶油。」

吃晚飯時，她又用挑釁的口吻說：「媽媽，給我兩份蜂蜜和奶油，因為我早晨起晚了沒吃到。」娜佳有很多地方像爸爸。柳德米拉發現，最容易使丈夫生氣的，正是女兒跟爸爸相像的一些地方。

有一天，娜佳簡直像是模仿爸爸的口氣，說起波斯托耶夫：「騙子，飯桶，滑頭！」

爸爸生氣地說：「你這個沒出校門的中學生，怎麼敢這樣說一個院士？」

但是柳德米拉還記得，維克多上大學的時候，說到很多有名的院士，就說：「小人，飯桶，官迷，軟骨頭！」柳德米拉明白，娜佳不會過得多麼痛快，她的性格太古怪、孤僻，太不合群了。

娜佳走後，便是維克多喝茶，吃早點。他斜著眼睛看著書，嚼也不嚼就往下吞，臉上露出愚笨、驚愕的神情。他用手指頭去摸茶杯，眼睛也不離開書本，說：「要是行的話，給我倒一杯熱點兒的。」

她熟悉他的一切動作：有時撓頭，有時噘嘴，有時歪著臉剔牙，這時她便說：「天啊，維克多，你什麼時候去把牙齒治一治？」她知道，他撓頭、噘嘴，是在考慮自己的論文，完全不是因為頭皮或者鼻子發癢。她知道，如果她說「維克多，你根本聽不見我對你說的是什麼」，他仍然會側眼看著書，說：「我全能聽見，還可以重複一遍：『維克多，你什麼時候把牙齒治一治？』」然後又露出驚愕的神情，吞東西，像神經病人一樣愁眉苦臉，這一切將意味著，他在評審一位熟悉的物理學家的論文的時候，有些地方他贊成，有些地方他不贊成。然後他會一動不動地坐上很久，再開始頻頻地點頭，不知為什麼帶著一副溫順的神情，像老年人那樣的苦悶神情——害腦腫瘤的病人的臉上和眼睛裡常常有這樣的表情。柳德米拉又猜道：維克多是在想母親。

當維克多在喝茶，思考自己的論文，咳聲歎氣，流露出苦悶神情的時候，柳德米拉望著她吻過的那雙眼睛，她梳理過的那一頭鬈髮，那曾吻過她的嘴唇，那眉毛、睫毛，那一雙手，她修剪過指甲的細細的手指頭，嘴裡說：「唉，你這邋遢鬼！」

她知道他的一切，知道他臨睡前愛在床上讀兒童書刊，熟悉他去刷牙時臉上的表情，記得他穿著禮服，做有關中子輻射的報告時響亮而微顫的聲音。她知道他喜歡烏克蘭甜菜芸豆湯，知道他愛在夢中輕聲呻吟，不住地翻身。她知道他的皮鞋後跟壞得多快，襯衫袖子髒得多快。她知道他愛睡兩個枕頭，知道他在穿過城市廣場時提心吊膽。她知道他的皮膚氣味，知道他襪子上的窟窿是什麼樣子。她知道他在餓了等著吃飯的時候愛哼哼小曲兒，知道他腳拇指上的指甲的形狀，知道他兩歲時母親喚他的小名。她熟悉他沙沙的腳步聲，知道他上高年級預備班時跟他打架的孩子們的名字。她知道他愛嘲笑人，愛逗弄托里亞、娜佳和同志們。就連現在，心情幾乎總是十分沉重的時候，他逗她說，她的好朋友瑪利亞·伊凡諾芙娜·索科洛娃讀書太少，有一次在談話時把巴爾札克說成福樓拜。

他很擅長逗弄柳德米拉，她一聽就要生氣。現在她果然惱火了，出言反駁，替女友辯護。

「你總是笑話跟我要好的人。瑪利亞有自己的愛好，她不需要讀很多書，她常常能感覺出書上說的事。」

「那當然，當然，」他說，「她相信《馬克斯和莫里茨》是法朗士寫的。」[22]

她知道他的音樂愛好，知道他的政治觀點。她有一次看到他哭。她看到過他發瘋似的撕扯自己身

---

[22] 《馬克斯和莫里茨》德國詩人、畫家威廉·布施（Wilhelm Busch, 1832-1908）於一八六五年發表的諷刺插圖故事，被認為是現代連環漫畫的主要先驅之一。阿納托爾·法朗士（1844-1924）是法國小說家，一九二一年諾貝爾文學獎得主。

上的襯衣，一條腿被長襯褲絆住，只用一條腿蹦到她面前，舉起拳頭，做出要打人的樣子。她看慣了他無所畏懼的耿直性格，熟悉他在靈感上來時的樣子。她見過他朗誦詩歌，也見過他喝瀉藥。

她感到，丈夫現在對她有氣，雖然他們的關係表面上一如往常。但是，已經有了變化，變化只有一點：他不再同她談自己的論文了。他跟她談朋友們的來信，談食品與日用工業品定量供應。他有時也談起研究所和實驗室的事，談工作計劃的討論情況，說說同事們的情形：薩沃斯季揚諾夫喝了一夜酒，一到研究所就呼呼大睡；試驗員在牆根下煮馬鈴薯；瑪律科夫準備進行一系列新的試驗。但他的論文，他的心事，以往只跟柳德米拉一個人談的心事，現在緘口不言了。

他曾經對柳德米拉說，他把自己未考慮成熟的一些設想的筆記念給幾個最要好的朋友聽，第二天他就有一種不愉快的感覺，覺得寫那篇論文沒有意思了，很怕再去碰。他只對一個人可以傾吐自己的疑慮，念片斷的筆記，說出大膽而過於自信的設想，事後不會感到任何不快。這個人就是柳德米拉。

現在，他在苦悶的時候，就指責柳德米拉，從中尋求解脫。他經常一個勁兒地想著母親。想著以前從來不曾想過、如今法西斯使他不能不想的問題：想到自己的猶太血統，想到母親是猶太人。

他在心裡責怪柳德米拉，怪她對待他的母親太冷淡。有一天他對她說：「假使你跟母親的關係能處得好，她會跟咱們一起住在莫斯科的。」

可她在心中數了數維克多對待托里亞粗暴的、不對頭的地方。不用說，這類的事是不少的。她一想起來心裡就惱火，他對待她前夫的兒子那樣不公道，把托里亞看得那樣壞，那樣不肯原諒他的缺點。可是娜佳又暴躁、又懶、又邋遢、又不願意幫媽媽料理家務，他都可以原諒。

她想起維克多的母親，她的境遇很糟。但是，維克多怎麼能要求柳德米拉對安娜·謝苗諾芙娜好呢？要知道安娜·謝苗諾芙娜對待托里亞也不好。她每次來信，每次到莫斯科，都讓柳德米拉覺得受不了。總是娜佳，娜佳，娜佳……娜佳的眼睛像維克多……娜佳興趣廣泛，娜佳機靈，娜佳喜歡動腦筋。安娜·謝苗諾芙娜疼愛兒子與溺愛孫女融為一體。可托里亞就連拿叉子的姿勢也跟維克多不一樣。

而且，很奇怪，近來她比過去更多地想起自己的第一個丈夫，也就是托里亞的生父。她很想找到他的親人，找到他的大姐，他們見到托里亞的眼睛，一定會十分高興，阿巴爾丘克的姐姐一定會認出托里亞的眼睛、他彎彎的大指頭、寬寬的鼻子是弟弟的眼睛、手和鼻子。

正如她不願想起維克多對待托里亞的種種好處一樣，她原諒了阿巴爾丘克一切壞的方面，就連他把她和吃奶的孩子扔掉，不准托里亞姓他的姓阿巴爾丘克，她也原諒。

上午柳德米拉一個人在家裡。她盼望有這樣的時刻，家裡人常常打攪她的思緒。世界上的一切事情，戰爭，姐妹們的命運，丈夫的論文，娜佳的性格，母親的健康，她對傷兵的憐惜，對在德國俘虜營中犧牲者的悼念——這一切都產生於她對兒子的思念，歸根結柢都是由於她為兒子擔心。

她覺得，母親、丈夫和女兒的感情是用另一種礦石熔煉成的。她感到，他們對托里亞的掛念和愛都不深。對她來說，整個世界就是托里亞；對他們來說，托里亞只是世界的一部分。

一天天過去，一個星期一個星期過去，托里亞沒有信來。

每天電臺廣播蘇聯情報局的戰報，每天報紙都滿載戰爭消息。蘇聯軍隊不斷撤退。戰報和報紙上經常提到炮兵。托里亞就在炮兵部隊。托里亞沒有信來。

她覺得，只有一個人真正瞭解她的痛苦，就是索科洛夫的妻子瑪利亞。

柳德米拉不喜歡同教授夫人們交往，她一聽到她們談丈夫的學術成就，談服裝，談家裡的保母，心裡就有氣。但是，因為靦腆的瑪利亞那溫和的性格跟她的性格相反，因為瑪利亞對待托里亞的態度使她很感動，所以她很喜歡瑪利亞。

她跟瑪利亞談起托里亞比跟丈夫和母親談起來更隨便，而且每次談過之後心裡都會輕鬆些、安寧些。儘管瑪利亞幾乎每天都要上她家來，然而她總是感到奇怪，為什麼她的好朋友這麼久沒來，她不時地朝窗外望著，盼著瑪利亞那瘦瘦的身影和好看的臉蛋快點兒出現。

托里亞還是沒有信來。

十六

弗拉基米羅芙娜、柳德米拉和娜佳都坐在廚房裡。娜佳不時把練習本上的紙撕下來，揉一揉，丟進爐子裡，奄奄一息的紅紅火苗就會旺一會兒，爐子裡滿滿一大堆維持不久的火苗。弗拉基米羅芙娜側眼看著女兒，說：「我昨天上一個化驗員家裡去，天啊，她家又窮，住得又擠，又沒有東西吃，咱們家就像皇上過的日子了；她家來了一些街坊，閒談起來，談起在戰前頂喜歡什麼：有的說喜歡小牛肉，有的說喜歡醃黃瓜肉湯。那個化驗員姑娘卻說，她頂喜歡解除警報的信號。」

柳德米拉沒有作聲，娜佳卻說：「外婆，咱們家在這兒已經有好多好多朋友啦。」

「可是你一個也沒有。」

「沒有倒也好。」柳德米拉說。「維克多現在常常上索科洛夫家去。那兒時不時聚集了各種各樣亂七八糟的人。我真不明白，維克多和索科洛夫跟這些人會一連扯上幾個鐘頭……拿黃煙燻喉嚨怎麼也熏不厭。怎麼一點不心疼瑪利亞·伊凡諾芙娜，她還需要休息呢，可是有他們在那兒，她既不能躺一躺，又不能坐一坐，而且挨夠了煙燻。」

「我很喜歡那個韃靼人卡里莫夫。」弗拉基米羅芙娜說。

「那是一個討厭的傢伙。」

「媽媽跟我一樣，她誰也不喜歡，」娜佳說，「就喜歡瑪利亞阿姨。」

「你們都是怪人，」弗拉基米羅芙娜說，「你們有你們在莫斯科的生活環境，這種環境你們帶到這兒來啦。在火車上，在俱樂部和戲院裡，找不到你們圈子裡的人——不是一個圈子，而是圈子套圈子，你們的朋友都是和你們在一個地方蓋有別墅的一些人，這是我在葉妮婭那兒就觀察到的……你們可以根據非常微小的特點判斷是不是自己圈子裡的人：『哼，她真淺薄，連布洛克的詩都不懂；他真落後，連畢卡索的畫都不喜歡……哼，她居然送給他玻璃花瓶，太不雅致了……』不過維克多是民主派，他瞧不起一切陳腐的玩意兒。」

「瞎扯，」柳德米拉說，「這跟別墅有什麼相干！那些粗俗的小市民，有別墅還是沒別墅，跟他們沒什麼可交往的，討厭。」

弗拉基米羅芙娜發現，女兒愈來愈容易向她發火了。

柳德米拉對丈夫提意見，教導娜佳，批評她的過錯，也原諒她的過錯，溺愛她，又不承認溺愛她。柳德米拉覺得母親對她這些做法始終持保留態度。母親沒挑明自己的態度，但這種態度是存在的。有時維克多跟岳母交換一下眼色，他的眼睛裡便流露出好笑和會意的神情，就好像他事先已跟岳母談過柳德米拉性格的古怪了。他們談沒談過，都沒什麼意義，問題在於家庭中出現了一種新的東西，這種東西本身的存在，改變了以往的家庭關係。

維克多有一天對柳德米拉說，如果他處在她的位子上，就讓母親當家作主，讓她覺得自己是主人，不是客人。柳德米拉覺得丈夫的話不是真心實意的，她甚至以為，他是想特別顯示他對岳母的真心實意和與眾不同的態度，好讓柳德米拉很自然地想到她對婆婆的冷淡。

她有時因為丈夫愛孩子，特別因為他愛娜佳，產生嫉妒心。如果坦白對他說出這一點，那是好笑的，也是不好意思的。但現在不是嫉妒。怎麼能承認，哪怕對自己承認，母親無家可歸，來到她家裡棲身，惹她生氣，使她感到是負擔呢？而且這種氣憤是很奇怪的，這種氣憤和愛、和孝心一同存在，因為如有必要，她可以把最後一件衣服脫給母親，跟母親分食最後一塊麵包。

弗拉基米羅芙娜有時會忽然感覺，她很想無緣無故地哭上一場。有時她想死，想晚上不回家，在同事家的地板上過夜，有時忽然想收拾收拾，上史達林格勒去，去找謝廖沙、薇拉和斯捷潘·費多羅維奇。

弗拉基米羅芙娜在大多數情況下都贊成女婿的意見和做法，柳德米拉卻幾乎總是不贊成。娜佳發現這一點，就對爸爸說：「媽媽欺負你，你找外婆說說去。」

這會兒弗拉基米羅芙娜就說：「你們倆過得像貓頭鷹一樣陰沉慘澹。但維克多是個正常的人。」

「這都是空話，」柳德米拉皺著眉頭說，「等到了回莫斯科的日子，您和維克多就快活了。」

弗拉基米羅芙娜忽然說：「你可知道，我的好女兒，等到能夠回莫斯科的那一天，我就不跟你們走了，我要留在這兒，我到莫斯科你們家裡住著不舒服。你明白嗎？我要勸葉妮婭搬到這兒來，或者我上古比雪夫，住到她那兒去。」

這在母女關係中是非常難堪的時刻。積壓在母親心中的不痛快，在她拒絕去莫斯科的話中一下子全表露了出來。柳德米拉心中的不痛快，這一下子也清楚了。但是柳德米拉委屈起來，就好像她一點也沒有對不起母親的地方。

弗拉基米羅芙娜望著柳德米拉痛苦的表情，也覺得內疚。夜裡她想謝廖沙想得最多，有時想起他怎樣發火，怎樣爭吵，有時想像著他穿起軍裝的樣子，他的眼睛大概更大了，因為他可能消瘦了，兩個腮癟了下去。她對謝廖沙有一種特別的感情，因為他是她那個不幸的兒子留下的孩子。兒子也許是她在世界上最最鍾愛的人……她有時對柳德米拉說：

「你別為托里亞那麼難過吧，你要知道，我為托里亞擔心也不次於你。」

在這番話裡面有虛假的，與她對女兒的愛不相稱的成分——她並不怎樣為托里亞擔心。就是這會兒，兩個人都坦率到極點，卻又害怕自己的直率，不承認自己的直率。

「《真誠可貴，互愛更重要》——這是奧斯特洛夫斯基又一部劇作。」娜佳說。

弗拉基米羅芙娜很不痛快，甚至帶著一種恐懼的心情看了看這個十年級中學生：她自己還沒有理解到的，這個中學生卻理解到了。

沒多久，維克多回來了。他用自己的鑰匙開了門，一下子就來到廚房。

「可喜的意外，」娜佳說，「還以為你要在索科洛夫家裡待到很晚呢。」

「啊，都在家裡，都在爐子跟前，我很高興，太妙啦，太妙啦。」他說著，把手伸向爐火。

「把鼻子揩一揩，」柳德米拉說，「有什麼妙的，我真不懂！」

娜佳噗嗤一笑，學著媽媽的語調說：「喂，把鼻子揩一揩，你沒聽見嗎？」

「娜佳，娜佳。」柳德米拉用警告的口氣說。她不跟任何人分享教訓丈夫的權利。

維克多說：「是的，是的。風太冷啦。」

他朝房間裡走去，從開著的門裡可以看到，他在書桌旁坐了下來。

「爸爸又在書的封面上寫字了。」娜佳說。

「這不是你管的事。」柳德米拉說。又向母親解釋起來：「他為什麼這樣高興？是因為我們都在家嗎？他的心理是：如果有誰不在家，他會擔心的。現在他還有問題要考慮，沒有擔心的事來分他的心了，所以他高興。」

「輕點兒，要不然咱們當真要妨礙他了。」弗拉基米羅芙娜說。

「恰恰相反，」娜佳說，「要是大聲說話，他根本就不注意，要是輕聲細語，他就會走過來問：『你們這是說什麼悄悄話兒？』」

「娜佳，你說你爸爸，就像一位導遊解說動物的習性。」柳德米拉說。

她們同時大笑起來，並且互相看了一眼。

「媽媽，您怎麼能這樣冤枉我？」柳德米拉說。

弗拉基米羅芙娜一聲不響地撫摩了幾下她的頭。

然後他們就在廚房裡吃飯。維克多覺得，這天晚上廚房裡的溫暖具有一種特別美妙的氣氛。

他的生活基調一如既往進行著。近來他一直想把實驗室中的一些彼此矛盾的試驗結果弄明白。他坐在飯桌旁，有一種奇怪而幸福的急切感，他的手指頭因為想去拿鉛筆而急得哆嗦起來。

「今天的蕎麥飯真好。」他用調羹敲著空碟子說。

「這是有所指吧？」柳德米拉問道。

他把碟子推到妻子跟前，問道：「柳德米拉，想必你記得蒲勞脫的假說[23]吧？」

柳德米拉莫名其妙地拿起調羹。

「那是關於元素起源的。」亞歷山卓．弗拉基米羅芙娜說。

「噢，我記得，」柳德米拉說，「一切元素來源於氫氣。不過，這跟蕎麥飯有什麼關係？」

「蕎麥飯？」維克多反問道。「蒲勞脫的情形是這樣的：他說出相當準確的假說，是因為當時在測定原子量方面存在著很大的錯誤。如果當時能夠像杜馬和斯塔斯[24]那樣準確地測定原子量，他就不會假設許多元素的原子量是氫的若干倍了。他之所以說對了，是因為他的錯誤。」

「可是，這究竟跟蕎麥飯有什麼關係呀？」娜佳問道。

「蕎麥飯？」維克多驚異地問道。等他想起來，便說：「跟蕎麥飯沒什麼關係……要弄清蕎麥飯很難，要研究清楚，需要一百年。」

「這是你今天報告的題目嗎？」弗拉基米羅芙娜問道。

「不是，是隨便說說，不是做什麼報告，沒什麼用意。」

他捕捉到妻子的目光，感覺出來：她是明白的，明白他又一心一意想他的論文了。

「怎麼樣？」維克多問道。「瑪利亞．伊凡諾芙娜來過嗎？也許對你講過巴爾札克的作品《包法利夫人》吧？」

23 英國化學家、生理學家威廉．蒲勞脫（1785-1850）於一八一五年提出，所有物質都由氫構成，其他元素的原子量都是氫原子量的整數倍，稱為蒲勞脫假說。

24 法國化學家和比利時化學家。

「去你的吧！」柳德米拉說。

夜裡，柳德米拉一直等著丈夫跟她談他的學術論文。但是他沒有談，她也什麼都沒問。

十七

維克多覺得十九世紀中期物理學家的想法太天真，亥姆霍茲[25]的觀點太天真，他把物理學的任務歸結為研究僅僅由於距離不同而產生的吸力和推力。

力場是物質的靈魂！能源波與物質微粒的聯繫與統一……光細微性……是光滴簇射還是閃電式波？

量子理論提出以新的定律（即概率定律）代替有關物理個體的一些定律；這是一些特殊統計學的定律，這種統計學拋棄個體概念，只承認總體。維克多覺得十九世紀的物理學家很像是一些染了鬍子、身穿硬領硬袖口服裝、聚集在撞球桌周圍的人。這些好深思的男子手拿尺子和懷錶，皺著濃濃的眉毛，在計算速度與加速度，測量活躍在絲絨世界空間中的有彈性的小球的品質。

但是，用金屬棒測量好的空間、用精密的懷錶測定的時間忽然開始變異、拉長和收縮。空間與時間的穩定，不是科學的可靠基礎，而是禁錮科學的牢獄。嚴厲審判的時刻來臨了，幾千年來的真理被宣判為迷誤。真理就像在蠶繭裡一樣，在由來已久的偏見、謬誤和失誤中沉睡了許多世紀。

世界已是非歐幾里得時代，世界的幾何特點已經是用品質及其速度來表示了。

25 德國物理學家。出版《能量的保存》一書闡明能量守恆的原理，「亥姆霍茲自由能」以他來命名。他也研究過電磁學，預測了麥克斯韋方程組中的電磁輻射。

世界一旦被愛因斯坦從絕對時間與空間的桎梏中解放出來，科學就以空前的高速發展起來。兩股潮流：一股潮流是探索宇宙，另一股潮流是深入探索原子核的奧祕，這兩股潮流各自朝前奔馳，而彼此又不失聯繫，雖然一股潮流在秒差距世界中奔跑，另一股則以毫微米為計算單位。物理學家對原子核的研究愈深入，愈能明白星體發光的規律。在遙遠星系的光譜中觀察到紅移現象，才產生了宇宙在無垠的空間漸漸擴散的概念。但是，只要認定空間是有限的、透鏡狀的，而且被速度和品質所扭曲，就可以設想是銀河系之外的空間本身在擴張。

維克多毫不懷疑：世界上沒有人比科學家幸福……有時候，比如早晨上班的路上，在晚上散步時，或者今天夜裡這樣思考自己的論文的時候，他充滿了幸福、寧靜、欣喜的感覺。

使銀河系充滿微弱的星光的力量，是在氫變為氦的過程中釋放出來的……

戰前兩年，兩個年輕的德國人用中子分裂了重原子核，蘇聯物理學家在自己的研究中用另外的辦法得到了相似的結果，忽然體會到十萬年前穴居的人類第一次生起火堆時的心情……

不用說，在二十世紀，物理學決定著主要方向……就像在一九四二年，史達林格勒已成為世界大戰各條戰線中的主攻方向。

但是，在維克多·史托隆身後，緊緊跟隨著他的是懷疑、煎熬和不信。

十八

維佳[26]，我相信我的信能到你手裡，雖然我在戰線這邊，在圍了鐵蒺藜的猶太人隔離區裡。你的回信我是永遠收不到的，我要死了。我希望你能知道我最後一些日子的情形，帶著這種希望讓我能更輕鬆地離開人世。

維佳呀，真正瞭解人是很難的……七月七日，德國人進了城。在市公園裡，無線電在廣播最新的消息，我給病人看完病以後從門診部出來，站下來聽一聽，女播音員在用烏克蘭語播送一篇評論戰事的文章。我聽到遠處的槍聲，接著就有一些人從公園裡跑過去，我便朝家裡走去，感到驚訝不解，為什麼我沒有聽到空襲警報笛聲。我忽然看到一輛坦克，並且有人喊：「德國佬打進來啦！」

我說：「別製造慌亂！」前一天我還去找過市蘇維埃祕書，問他什麼時候撤離，他生氣地說：「這事兒還早得很，我們連名冊都還沒造呢。」

總而言之，是德國人來了。整個夜裡，鄰居們互相串來串去，最安靜的是我和小孩子們。我打定主意：大家怎樣，我就怎樣。起初我很害怕，知道我再也見不到你了，多麼想再看你一眼，吻吻你那額頭和眼睛，可是後來我想，你在安全的地方，這已是幸運。

天快亮的時候，我睡著了。等我醒來，感到非常苦惱。我在自己的屋裡，在自己的被窩裡，可是卻感到自己猶如身在異國，孤孤單單，舉目無親。

在蘇維埃政權年代，我忘記了自己是猶太人，這天早晨，又使我想了起來。德國人站在汽車上到處大喊大叫：「打倒猶太佬！」

26 維克多的愛稱。

接著，有些鄰居也叫我想起這一點。門房的老婆站在我窗前對一位女鄰居說：「謝天謝地，這一下猶太佬完啦。」這是怎麼回事兒呀？她的兒子娶的還是猶太女人，這個老奶奶常常去看兒子，還對我誇過她的孫子呢。

還有一個女鄰居，是個寡婦，有一個六歲的女兒阿列娜，有一雙很美的藍眼睛，過去我在給你的信裡提到過的；她來到我這裡，對我說：『安娜．謝苗諾芙娜，請您把東西搬出去，今天晚上我搬到你屋裡來。』『好，我搬到你屋裡去。』『不，您搬到廚房後面那個小貯藏室裡去。』

我沒有同意。那個小貯藏室既沒有窗戶，又沒有爐子。

我上診所去了。等我回來，一看：我的房門被砸開了，東西被扔到小貯藏室裡。女鄰居對我說：「我把沙發床留在我這兒了，反正您的新房間放不下。」

很奇怪，她還是職業學校畢業的，她去世的丈夫是一位會計，是一個很好、很老實的人。她說：「您是黑人口了。」那口氣好像是在說：這對她是有利的。可是她的阿列娜整個晚上都坐在我這兒，我給她講故事。這是我的新居，她不肯回去睡覺，是媽媽把她抱走的。後來，我們的診所又開了，我和另一位猶太醫生被解職了。我要求付給我本月的工資，可是新的主管對我說：「您在蘇維埃政權下幹的，讓史達林付給您工資吧，您可以寫信到莫斯科向他要去。」護士瑪露霞摟住我，小聲哭起來：「天啊，您怎麼辦呀，你們怎麼辦呀？」特卡喬夫大夫也握了握我的手。我不知道，是幸災樂禍，還是憐憫一個要死的渾身癩皮的老貓，那目光使人受不了。沒想到我會有這一天。

有很多人使我吃驚。不光是沒有知識、沒有文化、得罪過的人。就像一位退休的七十五歲老教師，過去常常問起你，要我轉達他的問候，說你是「我們的光榮」。可是在這些可恨的日子裡，他一見到我就轉過臉去，連招呼也不打了。後來有人告訴我，他在警備司令部召開的大會上說：「空氣清潔了，沒有大蒜氣味了。」他幹嘛要這樣，這些話有損他的聲譽。在那次大會上，有多少人在誹謗猶太人啊……不過，維佳，你自然會想到，不是所有的人都去參加那次大會。很多人沒有去。你要知道，在我的印象中，從沙皇時代起，反猶太主義是跟「米哈伊爾天使長同盟」的克瓦斯愛國主義聯繫著的。在這兒我看到，那些叫喊把猶太人趕出俄羅斯的人，在德國人面前低聲下氣，奴顏婢膝，隨時準備以三十個德國銀幣的代價把俄羅斯賣掉。郊區有些壞人來搶房子，搶衣服被褥；當年霍亂暴動時有些人殺死醫生，大概就是這樣的。有一些沒骨氣的人，對一切壞事都唯唯稱是，生怕有人懷疑他們反對當局。

朋友們不斷跑來報告消息，他們的眼神像瘋了一樣，人好像在迷迷糊糊的說胡話的狀態中。出現了一句很奇怪的常用語：「轉藏東西。」似乎藏在鄰居家要保險些。我覺得轉藏東西就像在遊戲。

很快就貼出勒令猶太人搬遷的通告。只准許帶十五公斤的東西。牆上到處張貼著黃色的通告：「一九四一年七月十五日下午六時以前，所有居民必須遷往老城區。不搬遷者，格殺勿論。」

於是，維佳，我也準備搬遷了。我帶了一個枕頭、幾件衣服、你送給我的一個碗、一根調羹、一把小刀、兩個碟子。一個人不也夠了嗎？我又帶了幾樣醫療器械。帶了你的信和一些照片，有去世的媽媽和達維德舅舅的照片，還有你和爸爸睡在一起的那張照片，帶了普希金選集、都德的《磨坊書簡》、莫泊桑的《一生》、一本小字典，還帶了一本契訶夫的小說集，裡面有《沒意思的故事》和《黑衣教士》這兩篇，這樣，我的籃子就裝滿了。在這屋頂下，我給你寫過多少信，夜晚在這裡哭過多少回呀，現在我可以對你說說我的孤單了。

我向房子告別，向小園告別，在樹下坐了幾分鐘，又向鄰居告別。有些人實在奇怪。兩個女鄰居就當著我的面爭論起誰要我的椅子，誰要我的書桌，等我跟她們告別，兩個人都哭了起來。我懇求巴桑柯家的人，如果戰後你來打聽我的情況，請他們對你說詳細一點兒，他們也答應了。最使我感動的是看家狗托比克，最後一個晚上它跟我特別親熱。

以後你要是來了，好好餵餵牠，感謝牠對我這樣一個老婆子的親熱情誼。

等我收拾好了，就想：我怎麼能把網籃提到老城呢？這時候，我的病人舒金來了。他平時愁眉苦臉，我之前覺得他是一個硬心腸的人。他幫我提東西，給了我三百盧布，並說每星期要給我送一次麵包。他在印刷廠工作，因為眼病沒有讓他上前線。戰前他在我那裡看過病。以前如果有人要我說說哪些人心腸好，富有同情心，我會說出幾十個名字，可是說不到他。你要知道，維佳，他來過以後，我才又感到自己是一個人，就是說，拿我當人待的不光是看院子的狗呢。

他對我說，市印刷廠裡正在印通令：禁止猶太人在人行道上走；猶太人必須在胸前佩戴六角星黃色標記；猶太人不得乘車乘船，不能到澡堂洗澡，不能上醫院、電影院，不准買黃油、雞蛋、牛奶、水果、白麵包、肉、除馬鈴薯以外的所有蔬菜；在市場上買東西只准許在傍晚六點以後，即在農民漸漸離開市場的時候。老城區圍上鐵蒺藜，不准外出，只能在監押下進行強制性勞動。如發現猶太人藏在俄羅斯人家裡，罪同窩藏游擊隊，對窩藏者處以死刑。

舒金的丈人是農村的一位老漢，他從附近一個丘得諾夫鎮上來。他親眼看見，當地所有的猶太人都帶著包袱和提包被趕進了樹林，槍聲和淒慘的叫喊聲在樹林裡響了一整天。連一個猶太人也沒回來。住在舒金丈人家裡的德國人夜裡很晚才回來，都喝得醉醺醺的，接著又喝到天亮。又喝又唱，還當著老頭子的面分那些胸針、戒指、手鐲。我不知道，這是偶然的一次暴行，還是也在等待著我們的厄運的前兆。

孩子呀，我前往中世紀猶太隔離區的一路上，多麼傷心啊。我在城市裡走著，這是我工作了二十年的地方。我們先是走在空蕩蕩的蠟燭街上。但是等我們來到尼科爾街上，就看到幾百個人前往那被詛咒的隔離區。因為許許多多白包袱、白枕頭，一條街都變白了。生病的便由人攙著。瑪律古里斯大夫癱瘓的老父親由兩個人抬著。一個年輕人抱著老母親，妻子和幾個孩子背著包袱跟在後面。食品雜貨店經理戈爾頓是個胖子，走得氣喘吁吁，穿著皮領大衣，臉上的汗直往下流。有一個年輕人使我吃驚：他沒有帶東西，頭抬得高高的，面前拿著打開的一本書，臉上是一副傲視一切和鎮定的神氣。但是跟他一起有多少嚇瘋了的人啊。

我們在馬路上走著，許多人站在人行道上看。

有一陣子我跟瑪律古里斯一家人走在一起，聽到一些婦女同情的歎息聲。有些人在笑穿皮大衣的戈爾頓，雖然他的樣子很可怕，並不可笑。我看到許多熟悉的臉。有些人輕輕向我點頭，跟我告別，有些人轉過臉去。我覺得，在人群中沒有完全平靜的眼睛，有好奇的，有幸災樂禍的，但是有幾次我也看到哭紅的眼睛。

我定神一看，看出面前有兩種人。一種是穿皮衣戴皮帽的猶太男人和裹了毛頭巾的女人。另一種是站在人行道上穿夏裝的人。女人穿著淡顏色女衫，男人不穿外衣，有些人穿著繡花的烏克蘭襯衫。我覺得，似乎太陽也不再為走在馬路上的猶太人發光了，似乎他們走在寒冷的十二月的夜裡。

在隔離區入口處我同送我的舒金告別，他給我指了指鐵絲網邊一塊地方，說以後給我送東西就在那兒會面。

你可知道，維佳，我進了鐵絲網，是什麼樣的感覺？原以為我會十分害怕。其實不然，在這種牲口圈裡我心裡倒是輕快些。絕不是因為我有什麼奴性。不是。絕不是。周圍都是跟我相同命運的人，在隔離區裡我不需要像馬一樣在馬路上走，沒有惡意的目光，熟識的人用正眼看我，而不是躲避我。在這牲口圈裡，大家都帶著法西斯強加給我們的標記，因此在這裡這種標記並不多麼刺我的心。在這兒我感到自己不是任人宰割的牲口，而是落難的人。因此我輕快些。

我跟我的同事、內科大夫施佩林一同住在一套兩居室的土坯房裡。施佩林有兩個成年的女兒和一個十二、三歲的兒子。我有時看著這孩子瘦瘦的小臉和憂傷的大眼睛，看了很久。他叫尤拉，可是有兩次我喊他維佳，他給我糾正：「我是尤拉，不是維佳。」

人的性格多麼不同啊！施佩林在五十八歲的年紀依然充滿了精力。他弄到褥墊、煤油、一大車劈柴。夜裡又弄來一袋麵粉、半袋豆角。他不論弄到什麼，都十分高興，就像一個新婚的男子。昨天他又掛起壁毯。他一再地說：「沒什麼，沒什麼，咱們能挨過去。要緊的是準備些吃的和燒的。」

他對我說，應當在隔離區辦學校。他甚至提出要我教尤拉法語，每節課報酬一碟子菜湯。我答應了。

施佩林的胖老婆凡妮·鮑莉索芙娜常常歎氣：「全完啦，咱們完啦。」可是一面這樣，一面監視著大女兒柳芭，防備她抓一把豆角或者掰一塊麵包送給別人。柳芭是一個善良而可愛的姑娘。媽媽喜歡的小女兒阿莉婭卻壞到了頂點：又厲害，又多疑，又小氣；常常罵父親，罵姐姐。戰爭前夕她從莫斯科到這兒來探親，就待在這兒沒有走。

我的天，這周圍多麼窮啊！要是有人說猶太人有錢，說猶太人總是攢著錢準備過災難的日子，那就請他上我們舊城區來看看吧！災難的日子來了，再沒有比這更大的災難了。要知道，在老城裡不光是帶著十五公斤東西搬來的人，這兒還有長久的住戶，有老匠人，有工人，有護士。他們住得多擁擠呀！吃得多麼壞呀！更叫人難以想像的是一座座矮矮的、破破爛爛的土坯房！

維堅卡[27]，我在這兒看到很多壞人——這些人又貪婪，又狡猾，甚至時時刻刻準備出賣一切投靠敵人。這兒有一個很可怕的人，名叫艾普什津，是從波蘭一個小城來到我們這裡的。他戴著袖章，常常跟德國人一起進行搜查，參加審訊，和烏克蘭警察一起喝酒，他們派他到各家要酒，要錢，要東西。我見過他兩次。這人高高的個兒，非常漂亮，穿著講究的奶油色西裝，就連縫在胸前的黃色六角星，也顯得像鮮黃的菊花。

不過，我還想對你說說別的事。我以往從來沒感到自己是猶太人，我從小就生活在俄羅斯朋友的圈子裡，我最喜歡的詩人是普希金和涅克拉索夫，在地方自治局派任醫生的全俄代表大會上，我同觀劇的代表一起為斯坦尼斯拉夫斯基主演的《萬尼亞舅舅》流下眼淚。當年，維堅卡，當我還是一個十四歲女孩子的時候，我們家要動身遷往南美洲。我對爸爸說：「我絕不離開俄羅斯，要不然我就投河。」所以我就沒有走。

在這災難的日子裡，我心中充滿了對猶太民族的母愛。以前我從不曾有過這種愛。好孩子，我覺得這種愛就像我對你的愛。

我常常上病人家裡去，小小的屋子裡往往擠著幾十個人：有半瞎的老人，有吃奶的孩子，有孕婦。我習慣在人的眼睛裡尋找症候，青光眼症候，白內障症候。現在我不能那樣看人的眼睛了——在眼睛

27 維克多的愛稱。

裡我看到的只是心靈的反映。維堅卡呀，都是美好的心靈！這是悲哀而善良，苦難而樂觀，屈從於強權壓制而又超越了強權的心靈。維佳，這是多麼剛強的心靈！

你要知道，有些老頭子、老奶奶多麼關心地向我問到你呀。有些人多麼熱心地安慰我，雖然我從來沒有對他們訴過苦，雖然他們的境遇比我更慘。

有時我覺得，不是我去給人治病，而是好心的人民這個醫生在醫治我的心靈。為了酬謝我的治療，他們送給我一塊麵包、幾個蔥頭或者一把豆角，這是多麼令人感動。

維堅卡，你要知道，這絕不是出診費！有一次，一個老工人攥住我的手，一面往我的小包裡塞幾個馬鈴薯，一面說：「唉，唉，大夫，請您原諒。」我的眼裡湧出了淚水。這裡面有一種純潔、善良、可親的東西，但我無法用言語表達。

我不想安慰你，說我現在過得很好；我的心並沒有痛得撕裂成碎片，你可能會感到吃驚。但是你不要太難受，不要以為我挨餓，這段時間我還從來沒有挨過餓。還有，我也不感覺自己是孤獨的。

這兒的人究竟怎樣呢？好也好得使我吃驚，壞也壞得使我吃驚。人與人大不相同，雖然都經歷著同樣的命運。電閃雷鳴的時候，大多數人都想方設法盡量躲避大雨，但是你要知道，這並不意味著所有人都一樣。而且躲雨的方法也各有不同。

施佩林大夫相信，對猶太人的迫害是暫時的，是戰爭時期的事。像他這樣的人是不少的。我看到，一些人愈是樂觀，器量愈小，愈是自私。如果在吃飯時候有人來了，阿莉婭和她媽媽都要趕緊把吃的東西藏起來。

施佩林對我態度很好，尤其因為我吃得很少，我帶回來的東西總是吃不了。但是我決定離開他們，跟他們在一起很不舒服。我要另找安身的地方。一個人愈是悲傷，愈不指望活下去，就愈是大方、善良，心腸愈好。

那些命定要死的窮人、白鐵匠、裁縫們，比起那些千方百計積攢吃食兒的人，要高尚得多，慷慨得多，也聰明得多。那些年紀輕輕的女教員、古怪的老教師和象棋高手施皮爾貝格、文靜本分的圖書館女管理員、比小孩子還無用然而一直幻想製造土手榴彈把隔離區武裝起來的工程師萊維奇，他們都是些多麼古怪、多麼不實際、多麼可愛、多麼悲傷、多麼善良的人啊。

在這兒我看出來，希望幾乎永遠跟理智沒有什麼聯繫，希望不是出自理智，我覺得，希望出自本能。

維佳，人總是滿懷希望地活著，就好像今後還要活很多很多年。無法知道這是愚蠢還是聰明，不過情形就是這樣。我也服從這一規律。這裡也有兩個婦女從鎮上來，也對我說了我的朋友舒金對我說的事。附近的德國人見到猶太人就殺，也不憐惜老弱婦孺。德國人和烏克蘭警察常常乘汽車來，抓幾十名男子去挖土溝，過兩三天，德國人把猶太人趕到土溝邊，開槍屠殺，一個不留。城市周圍的村鎮到處出現這種掩埋猶太人的丘墳。

隔壁住著一個從波蘭來的姑娘。她說，在波蘭經常殺人，猶太人被殺得一個不留，只是在華沙、羅茲和拉多姆的幾個隔離區裡還有一些猶太人。我把這一切好好想了想，完全明白了：把我們集中在這裡，不是為了像保護比亞沃維扎密林區的歐洲野牛一樣把我們保護起來，而是為了便於宰殺。根據計劃，再過一、兩個星期就輪到我們了。可是，你要知道，我雖然心知肚明，卻仍繼續為病人看眼睛，並且說：「如果按時用藥水洗眼睛，過兩三個星期就會好的。」我還在觀察著一個老頭子的眼睛，再過半年到一年就可以為他摘除白內障了。

我還在教尤拉法語，為他的發音不準傷腦筋。

在這裡，德國兵常常闖進來搶東西，哨兵為了尋開心，常常在鐵絲網外面開槍向孩子們射擊，愈來愈多的人斷言，我們的厄運隨時會來到。

誰知，至今人們還活著。甚至不久前我們這兒還舉行過婚禮。聽到幾十種傳聞。有時，來一位鄰居，高興地喘著粗氣說，我軍轉入反攻啦，德國佬跑啦。有時會飛來消息，說蘇聯政府和邱吉爾向希特勒提出了最後通牒，希特勒下令不要殺猶太人。有時又有消息說，要用猶太人交換德國戰俘。

實在說，哪兒也沒有像隔離區裡這樣多的期望。世界上有各種各樣的事情，而所有的事情都有相同的主旨與起因：都是為了解救猶太人。多麼富有想像力的期望呀！

這些期望的來源都只有一個，即求生的本能，這種本能不顧一切地否認那些一定要我們死絕的可怕兆頭。就像我，望著眼前的一切，就不相信：難道我們都是判了死刑在等死的人嗎？理髮匠、鞋匠、裁縫、醫生、修爐匠，都在幹活兒嘛。甚至還開設了小小的產科醫院，說確切一點兒，是接生小屋。人們還在洗衣服，曬衣服，做飯，孩子們從九月六日起又上學了，做媽媽的又向老師打聽孩子的分數了。

施皮爾貝格老頭兒把幾本書送去裝訂。施佩林家的阿莉婭每天早晨做早操，臨睡前都要捲頭髮，跟爸爸爭吵，向爸爸要兩塊夏裝衣料。

我從早到晚都很忙，又看病，又教課，縫補衣服，洗衣服，準備過冬，往夾大衣裡填棉花絮。我聽著一件件猶太人遭殃的事：我熟識的一位法律顧問的妻子，因為給孩子買了一個鴨蛋，被打得失去知覺；藥劑師西羅達的小孩子想從鐵絲網下面鑽出去，撿滾出去的皮球，哨兵開槍打穿了他的肩膀。然後是一個又一個的傳聞。

終於傳聞不再是傳聞了。今天德國人趕著八十名年輕男子去幹活兒，據說是挖馬鈴薯。於是有些人非常高興，以為可以帶幾個馬鈴薯給家裡人吃了。但我知道挖的是什麼樣的馬鈴薯。

維佳，隔離區的夜晚是很特別的時間。孩子，你該記得，我常常教你對我說實話，兒子總是應該對媽媽說實話的。但是，媽媽也應該對兒子說實話。維堅卡，別以為你媽媽是剛強的人。我是軟弱的人。我怕疼，一坐到牙科的椅子上就打哆嗦。小時候怕打雷，怕黑。老來我怕生病，怕孤獨，怕我病了不能工作，成為你的負擔，是你讓我有這種感覺。我怕打仗。維佳，現在每天夜裡我都很害怕，怕得心裡直發冷。死神在等待著我。我很想向你呼救。

過去你是孩子的時候，常常跑到我跟前要我保護。現在，在我脆弱無力的時刻，多麼想把頭藏到你的膝蓋上，讓你這個又聰明又有力的兒子掩護我，保護我。維佳，我不是意志剛強的人，我很軟弱。常常想到自殺。但我不知道，是軟弱，是剛強，還是渺茫的期望，使我沒有死。

不過，不說了。我一睡著了就做夢。常常夢見去世的媽媽，跟媽媽說話。昨夜我夢見薩沙．沙波什尼科夫，夢見當年跟他一起住在巴黎的情景。但是我一次也沒有夢見你，雖然我時時想著你，特別是在恐怖不安的時候。這會兒我醒來，忽然看到這頂棚，想起德國人在我們的國土上，我變成了痲瘋病人，就覺得我並沒有醒，而是睡著了，在做夢。

可是過了幾分鐘，就聽見阿莉婭和柳芭爭論該誰去挑水，聽見有人在說，昨天夜裡德國人在附近一條街上把一個老漢的頭打穿了。

一個熟識的師範學校女學生來找我，要我去給人看病。原來，她掩護著一位肩膀受傷、又燒傷了一隻眼睛的中尉。這個可愛的、痛苦不堪的小夥子說的是口音很重的伏爾加土話。昨天夜裡他鑽進鐵絲網，在隔離區裡找到了藏身之地。他的眼睛傷得不重，經過我治療，就不會化膿了。他講打仗，講我們的軍隊撤退，使我難過起來。他想休息幾天之後，就穿過前線到那邊去。有好幾個小夥子要跟他一塊兒去，其中一個就是我的學生尤拉。啊，維克多，我要是能跟他們一塊兒走該多好呀！我能為這個小夥子出一點力，實在高興，覺得就好像我自己也參加了反法西斯戰爭。一些人給他送來馬鈴薯、麵包、豆角，有一個老奶奶還給他打了一雙毛線襪。

今天一整天都處於十分緊張的狀態中。昨天晚上阿莉婭通過她的俄羅斯朋友弄到一個在醫院死去的俄羅斯年輕姑娘的身分證。到夜裡阿莉婭就要走了。今天，一個熟識的農民從鐵絲網外面路過，我們聽他說，被派去挖馬鈴薯的猶太人挖的是一些很深的坑，在離城四俄里的地方，靠近飛機場，就在去羅曼諾夫鎮的路上。維克多，你記住這個地方，將來你可以在那兒找到合葬的墳墓，媽媽就在那裡面。

就連施佩林也全明白了。他一整天臉色煞白煞白的，嘴唇不住地哆嗦著，慌亂地問我：「有技術的人是不是有希望活下來？」確實有人說，在某些鎮上，一些好的裁縫、鞋匠、醫生沒有被殺害。

到晚上施佩林還是找來一個砌爐子的老頭子，在牆上打了一個隱蔽的洞，收藏糧食和鹽。晚上我和尤拉一起讀《磨坊書簡》。你該記得，咱們一起讀我最喜歡的那篇《老人們》，那時候咱們互相看看，大笑起來，兩個人都笑出了眼淚。然後我給尤拉指定後天要上的功課。但是，我看著他那悲戚的臉，看著他抄寫語法章節的手指頭，我的心情多麼沉重啊。

這樣的孩子有多少呀。聰明的眼睛，黑黑的鬈髮，在他們當中，應該有未來的學者、物理學家、醫學教授、音樂家，也許還有詩人。

我看著他們每天早晨去上學，那種嚴肅的樣子，完全不像孩子，瞪得大大的眼睛裡流露著悲哀的神氣。有時候他們也玩起來，打打架，哈哈大笑一陣子，然而並不因此就感到快活些，倒是更覺得可怕。

大家都說，孩子是我們的未來，但是這些孩子又怎樣呢？他們再也不能成為音樂家、鞋匠和裁縫了。昨天夜裡，我心裡非常明晰，可以想像得到，這個由長鬍飄飄、心事重重的老大爺和嘮嘮叨叨、做得一手好甜餅的老大娘構成的熙熙攘攘的世界，一切婚嫁習俗、民諺俚語、節日歡笑，很快就會消失得無影無蹤。戰爭過後生活又會沸騰起來，可是我們不會再出現了，我們消失了，就像當年的阿茲特克人一樣。

向我們報告挖墳消息的那個農民還告訴我們，昨天夜裡他老婆哭著說：「他們又做裁縫又掌鞋，又製皮又修鐘錶，又開藥鋪賣藥……把他們全殺了以後怎辦呀？」

我還清楚地想像到，將來有人從廢墟旁路過，可能會說：「你該記得，這兒住過猶太人，住過修爐匠鮑魯赫；禮拜六晚上他的老婆子常常坐在長凳子上，孩子們就在她的身邊玩兒。」另一個人會說：「在那棵老梨樹下面常常有一位女醫生，我忘記她姓什麼了，她給我治過眼睛，她幹完活兒以後，總是搬一張藤椅，坐在那兒看書。」會是這樣的，維佳。

就好像一陣可怕的氣息從臉上吹過，大家都感到死期近了。

維堅卡，我想告訴你……不，不是這個，不是這個。

維堅卡，我這封信就要寫完了，就要拿到鐵絲網跟前，交給我的朋友。要給這封信收尾可是不容易的，因為這是我和你最後一次談話，等我送出這封信以後，就要準備永遠離開你，你再也無法知道我死前的情形了。這是我最後的告別。在永遠分離之前，在告別的時候，我該對你說點什麼呢？在這些日子裡，正如在一生中一樣，你是我的慰藉。每天夜裡我都想起你，想起你小時候的衣服、你最初讀的一些小書，想起你的第一封信、你上學的第一天，我一個勁兒地在回想，從你生下來的日子到最後一次收到你的信息，六月三十日的那封電報。我一闔上眼睛，就覺得似乎有你在保護著我，攔擋著即將來臨的災難。等我一想起周圍發生的情況，又覺得慶幸，因為你不在我身邊，免於劫難。

維佳，我總是孤身一人。在失眠的夜晚我常常難過得哭起來。可是這一點誰也不知道。一想到我還能對你說說我的一生，就感到快慰。我要說說，為什麼我和你爸爸離婚，為什麼很多年來我一個人生活。我還常常想，等維佳知道了他的媽媽犯過錯誤，做過不理智的事，曾經爭風吃醋，曾經跟所有的年輕人一樣，會感到吃驚的。但是等不到跟你好好說一說，就要孤單單地了結此生了，這是我的命運。有時我覺得，我不應該離你這樣遠，我太愛你了，我以為，我這樣愛你，就應該跟你在一起安享晚年。有時我又覺得，我不應該跟你生活在一起，我太愛你了。

好啦，最後……祝你永遠幸福，跟你所愛的人、你周圍的人、比媽媽更親近的人在一起，永遠幸福！永別了！

街上傳來婦女們的哭聲、警察的喝罵聲，可是我看著這一頁頁的書信，就覺得我被保護了，這苦難深重的可怕世界奈何不了我了。

我怎麼能結束這封信啊？孩子，哪能甘心到此結束？哪兒有人類語言，能夠表達我對你的愛？吻你，吻你的眼睛，你的額頭、頭髮。

你要記住，在幸福的日子裡，在痛苦的時候，都有母愛伴隨著你，任何人不能把母愛殺死。

我的好維堅卡……這是媽媽給你最後一封信的最後一句。活下去，活下去，永遠活下去……媽媽。

十九

戰爭爆發前，維克多從來沒有想到他和母親都是猶太人。不論在小時候還是上大學時期，母親都沒有跟他說起這一點。他在莫斯科大學的那幾年，沒有一位同學、一位教授、一位班級領導跟他提過這種事兒。

戰前不論在研究所還是在科學院裡，從來沒聽到有人談這種事兒。

他從來也沒有想到要跟娜佳談談這種事兒——對她說一說，她的母親是俄羅斯人，父親是猶太人。

愛因斯坦和普朗克[28]時代竟成了希特勒時代。祕密警察和科學昌盛同時出現。十九世紀，質樸物理學的世紀，與二十世紀相比，多麼人道！二十世紀殺死了它的母親。法西斯主義的原理和現代物理學的原理有可怕的相似之處。

法西斯主義根本沒有個性的概念，沒有「人」的概念，把一切看作大規模的總體。現代物理學談的是物理個體的這種或那種總和中出現一些現象的最大與最小可能性。難道法西斯在其可怖的祕密機

28 德國物理學家，量子論創始人。

構中奉行的不也是量子政治和政治概率論嗎？

法西斯主張消滅居民中一些階層，消滅一些民族和種族，其根據是在這些階層和民族中，人們進行公然和隱蔽的反抗的概率大於其他階層和民族。只講概率和整體。

不過，當然不能這樣！毫無疑問，法西斯之所以一定會滅亡，正因為它將原子和砂石的規律應用於人類。

法西斯和人類不能共存。法西斯要是勝利了，人類將不再存在，只剩下一些實質已經改變的人形皮囊的動物。等到富於理性和良知的人類勝利了，法西斯就會滅亡，被壓迫者又會重新成為人。

這不等於承認契貝任關於發麵桶的說法嗎？今年夏天他還和契貝任爭論，反對這種說法。他覺得，那一次同契貝任談話已經過了很長很長時間，從那個莫斯科的夏日黃昏到今天，似乎已經有幾十年過去了。

似乎那不是維克多．史托隆，而是另一個人走在當時的喇叭廣場上，激動地傾聽，信心十足地熱烈爭論。

母親……瑪露霞……托里亞……

有時候，他覺得科學是一種幻念，使他看不見現實生活的瘋狂與殘酷。也許，科學成為可怕的時代的同伴，成為其盟友，不是偶然的。他感到多麼孤獨啊。沒有人跟他談談自己這些想法。契貝任離得很遠。波斯托耶夫會感到這一切很奇怪，沒意思。索科洛夫傾向於神祕主義，對於暴虐者的殘酷與凌辱表現出一種奇怪的宗教式的順從情緒。

在他的實驗室工作的是兩位卓越的科學家，一位是實驗物理學家瑪律科夫，一位是又放蕩又聰明的薩沃斯季揚諾夫。但是如果維克多跟他們談這些事，他們會認為他是瘋子。

他從抽屜裡拿出母親的信，又讀起來。

「維佳，我相信我的信能到你手裡，雖然我在戰線這邊，在圍了鐵蒺藜的猶太人隔離區裡……孩子，哪能甘心到此結束呀？……」

彷彿一把冰冷的尖刀戳進他的咽喉……

二十

柳德米拉從信箱裡抽出一封軍郵信。

她大步走進房間，把信封對著亮光，從老大的信封上撕去一條邊兒。

有一刹那她覺得，從信封裡抖摟出來的將是托里亞的相片：小小的，脖子還擎不住頭，光著屁股躺著，兩條小腿像狗熊一樣盤著，噘著小嘴。

不知怎的，她似乎不是在看信，而是在專心吸取那一行行文字，那是文化不高的寫信人特有的工整字體。吸著吸著，她明白了：他還活著，還活著！

她弄清楚了，托里亞的胸部和腰側受了重傷，流了很多血，身體十分虛弱，自己不能寫信，四個星期以來一直在發燒……可是，幸福的淚水遮住了她的眼睛，一會兒之前她還是多麼絕望啊！

她走到樓梯上，看過了信的前面幾行，便放心地朝柴棚子裡走去。她在寒冷而幽暗的柴棚裡看完了信的中間和結尾部分，這才想到，這信是臨死前跟她告別。

柳德米拉把劈柴往麻袋裡塞。雖然她過去常常就診的莫斯科加加林胡同診所的醫生囑咐她不能舉三公斤以上的東西，而且只能做緩慢而從容的動作，這一次她卻像個農婦一樣，哼哧一聲，把滿滿一麻袋溼劈柴扛到肩上，一口氣上了二樓。她把麻袋往地上一放，桌上的碗盞叮叮噹噹亂晃起來。

柳德米拉穿起大衣，裹上頭巾，來到街上。

行人從她身邊走過，又回過頭來看她。她穿過大街，一輛電車發出尖利的鈴聲，電車司機朝她揚了揚拳頭。

如果向右一拐，就可以順著一條胡同到母親工作的工廠去。

如果托里亞死了，他的父親也不會知道，到哪一個集中營裡找他去呀，也許，他早就死了……

柳德米拉朝維克多的研究所走去。走到索科洛夫家門前，順步走進院子，敲了敲窗子，窗簾依然沒有拉開。瑪利亞不在家。

「維克多．帕夫洛維奇剛剛回自己房間了。」有一個人對她說。她也道了謝。雖然她沒弄明白是誰跟她說話，是熟識的人還是不熟識的人，是男人還是女人。於是她順著試驗大廳朝前走去，大廳裡像往常一樣，似乎很少有人在幹活。總覺得這兒的男人或者在聊天，或者抽著菸在看書，女人總是忙活著：用燒瓶煮茶，用溶劑洗指甲，或者織毛衣。

她看到一些小東西，幾十樣小東西，還看到試驗員捲菸用的紙。

來到維克多的工作室裡，幾個人大聲跟她打招呼，索科洛夫快步朝她走來，幾乎是跑到她跟前，搖晃著一個老大的白信封，說：「咱們有希望啦，這是回遷的計劃和安排，要咱們帶著所有東西、儀器設備和家小回莫斯科去。不壞吧？雖然日期還沒有定下來。不過總是有這回事兒！」

她覺得他那喜洋洋的臉和眼睛是可憎的。難道瑪利亞會這樣歡歡喜喜跑到她跟前嗎？不會，不會。瑪利亞一下子就會明白的，看到她的臉就完全能看出來。

要是知道她在這裡會看到這麼多喜洋洋的臉，她肯定不會來找維克多。維克多也是高興的，到晚上他會把高興帶回家裡去，娜佳會感到幸福的，他們就要離開可憎的喀山了。

這種歡喜是青春的鮮血換來的。所有的人，不論多少人，能抵得上這青春的鮮血嗎？

她帶著責難的神情抬眼望著丈夫。

他那一雙會意的、充滿不安神氣的眼睛也望著她的一雙陰沉的眼睛。

等到剩下他們兩個人，他告訴她，剛才她一進來，他就知道出事了。他看完了信，一遍又一遍地說：「沒法子呀，天啊，沒法子。」

維克多穿起大衣，他們便朝門口走去。

「我今天不來了。」他對索科洛夫說。

索科洛夫正跟新派來的人事處長杜賓科夫站在一起。杜賓科夫高高的個子，圓圓的腦袋，肥大而講究的上衣裹在寬闊的肩膀上依然顯得緊巴巴的。

維克多把柳德米拉的手放開一小會兒，小聲對杜賓科夫說：「我們想著手編製遷回莫斯科的表單，但今天不行了，以後我再告訴您。」

「維克多·帕夫洛維奇，不用操心，」杜賓科夫低聲說，「目前還不必著急。這是將來的計劃，一切草擬工作由我來幹。」

索科洛夫招了招手，點了點頭，維克多便知道索科洛夫已經猜到他又遇到難過的事兒了。

冷風在大街上飛馳著，捲起一股股灰塵，忽而像繩子一樣滴溜溜繞圈兒，忽而一下子撒開去，就好像扔掉不能吃的發黑糧食。冷風颼颼，樹枝像敲骨頭一樣嘎嘎直響，電車軌泛著寒冷的青光，一派凜冽肅殺景象。

柳德米拉轉過臉來。凍僵的、消瘦的臉因為痛苦顯得年輕了。她朝著丈夫，用祈求的目光望著他。他們過去養過一隻貓，初次生崽就難產死了。這貓在瀕死之時，慢慢爬到維克多跟前，嗚咽著，瞪大發亮的眼睛望著他。可是，在這無邊無涯、空蕩蕩的天空下，在這無情的、灰塵滾滾的大地上，又能向誰懇求、向誰祈禱呢？

「這是我工作過的軍醫院。」她隨口說。

「柳德，」他忽然說，「你上軍醫院去一下，可以弄清楚這封軍郵信是從哪兒來的。以前怎麼沒有想到呀！」

他看著柳德米拉上了臺階，跟值班人員交談起來。

維克多走到角落裡，後來又回到軍醫院門口。行人匆匆走過，大都帶著網兜和玻璃罐，玻璃罐裡盛著灰色的菜湯，菜湯裡遊蕩著灰色的通心粉和馬鈴薯。

「維佳。」妻子喊他。他從她的聲音聽出來，她已鎮定下來。

「是這樣的，」她說，「這是從薩拉托夫來的。不久前一位副主任醫生上那兒去過。他把那兒的街道和門牌號碼寫給我了。」

馬上出現了許多事情和問題：什麼時候輪船開到，怎樣能買到船票，要帶一些吃的用的，要借錢，要弄一封證明信。

柳德米拉·尼古拉耶夫娜走的時候既沒帶用的，也沒帶吃的，甚至沒帶什麼錢，也沒有票，是趁上船時又擠又亂，擠上去的。

她帶走的只是在黑暗的秋日黃昏同母親、丈夫、娜佳分別時的印象。黑黑的波浪在舷邊喧響，下游來的風吹打著，呼嘯著，掀起一陣陣水珠和飛沫。

二十一

烏克蘭敵占區一個州的州黨委書記傑敏季·特里福諾維奇·格特馬諾夫被任命為坦克軍的政委，這個坦克軍是在烏拉爾組建的。

格特馬諾夫在赴任之前，乘飛機飛往烏法，他的家小疏散在那裡。

同志們和烏法的工作人員都十分關懷他的家小：生活和居住條件都不壞。格特馬諾夫的妻子加林娜·捷連季耶芙娜在戰前因為新陳代謝不好，特別肥胖，在疏散期間還是沒有瘦下來，甚至又多少胖了一些。兩個女兒和一個還沒有上學的兒子顯得非常健康。

格特馬諾夫在烏法過了五天。臨走前親友們來送別：有他的小舅子尼古拉·捷連季耶維奇，烏克蘭人民委員會辦公室副主任；有他的老同志、基輔人馬舒克，保安機關幹部；有他的連襟薩蓋塔克，烏克蘭中央宣傳部的負責幹部。

薩蓋塔克來時已經十點多鐘，這時候孩子們已經睡下了，大家說話的聲音很小。

格特馬諾夫說：「同志們，咱們要不要喝點兒莫斯科酒？」

格特馬諾夫身上的部件都很大：斑白蓬鬆的大腦袋，額頭十分寬闊，鼻子又肥又厚，手大，指頭粗，肩膀寬厚，脖子粗壯。但是他作為各個粗大部件的組合體，個頭兒卻不大。而且奇怪的是，在他那張大臉上，特別吸引人和令人難忘的是那一雙小小的眼睛：窄窄的，勉勉強強從肥厚的眼皮底下露出來。眼睛的顏色不很分明，很難斷定主要是灰色還是藍色。但是那眼睛極其敏銳、靈活，有很強的洞察力。

加林娜·捷連季耶芙娜輕快地站起她那沉重的身子，從房間裡走了出來，於是男子們靜了下來；不論在農舍裡還是在城裡的聚會，即將上酒的時候常常是這樣的。一會兒加林娜就端著托盤回來了。她那一雙肥胖的手居然能在短短的幾分鐘裡打開那麼多的罐頭，弄來那麼多餐具，使人感到奇怪。

馬舒克打量了一下掛著烏克蘭花布壁毯的牆壁，看了看寬大的沙發床、一瓶瓶好酒和罐頭，說：「加林娜·捷連季耶芙娜，我還記得你們家這張沙發床，你們能把這床運出來，真有兩下子，可見你們有一定的組織才能。」

「你別忘了，」格特馬諾夫說，「疏散的時候，我不在家。全靠她一個人！」

「諸位，總不能把這沙發床留給德國人，」加林娜·捷連季耶芙娜說，「傑敏季已經完全習慣了這張沙發，從州委會一回到家，就在這上面看材料。」

「哪兒是看材料？是睡覺！」薩蓋塔克說。

她又到廚房裡去了，馬舒克故弄玄虛地小聲對格特馬諾夫說：「噢嘿，我可以想像，咱們的傑敏季·特里福諾維奇將認識一位女醫生，一位軍醫。」

「是的，會把你照顧得好好的。」薩蓋塔克說。

格特馬諾夫把手一擺，說：「算啦，你們怎麼搞的，我是個病人。」

「當然不是，」馬舒克說，「是誰在基斯洛沃斯克夜裡三點鐘才回房？」

幾位客人哈哈大笑起來，格特馬諾夫隨便然而使勁地盯了內弟一眼。

加林娜走進來，環視了一下正在笑的男子們，說：「我剛一出門，你們就不知想什麼鬼花樣欺負起我的可憐的傑敏季來啦。」

格特馬諾夫就往酒杯裡斟伏特加，大家聚精會神地吃起了小菜。

格特馬諾夫望了望掛在牆上的史達林像，舉起酒杯說：「來吧，同志們，為咱們的父親乾第一杯，咱們祝他永遠健康！」

他說這話是用同志式的、有點兒隨便的語調。語調所以這樣隨便，是因為史達林的偉大是眾所周知的，但是圍坐在桌旁的幾個人為他祝酒，首先是因為愛戴他這樣一個樸實、謙遜和關心下屬的人。畫像上的史達林瞇縫著眼睛，打量著滿桌的酒菜和加林娜那豐滿的胸脯，似乎在說：「好，同志們，我把菸斗點著，坐到你們跟前來。」

「一點不錯，願我們的父親永遠健康！」女主人的弟弟尼古拉·捷連季耶維奇說。「我們沒有史達林怎麼行？」

他把酒杯端到嘴邊，轉頭看了看薩蓋塔克，看他是不是說點兒什麼。但是薩蓋塔克看了看畫像（好像在說：「父親呀，還有什麼好說的？你什麼都知道嘛。」），就把酒喝乾了。大家都把杯乾了。

傑敏季·特里福諾維奇·格特馬諾夫是沃羅涅日州的里夫內那個地方的人，但是他多年在烏克蘭做黨的工作，長期跟烏克蘭同志共事。和加林娜結婚之後，他在基輔的關係更鞏固了，因為她有許多親戚在烏克蘭的黨政機關中擔任要職。

格特馬諾夫一生的經歷說起來相當簡單。他沒有參加過國內戰爭，憲兵沒有追捕過他，沙皇的法庭從不曾把他發配到西伯利亞。他在會議和黨代會上進行報告，通常都是念發言稿。他念得很好，通順流暢，而且富於表情，雖然稿子不是他自己寫的。當然，念發言稿很容易，因為都是用大號鉛字印的，間距很大，而且史達林的名字都是用特製的紅色鉛字印出的。他當初是一個精明能幹、循規蹈矩的小夥子，本想進工學院，但是卻被調到保安機關工作，並且很快就成為區委書記的貼身警衛員。後來他受到賞識，被送到黨校學習，然後分配到黨的機關工作，先是在區委組織部，後來又到中央委員會的人事局。過了一年，他就成為領導幹部處的指導員。一九三七年以後，他很快就做了州黨委書記，就是說，成了一州之主。

他說一句話，就可以決定大學教研室主任、工程師、銀行經理、工會主席、農民集體經濟、劇院演出的命運。

黨的信任！格特馬諾夫很懂得這幾個字的偉大意義。黨是信任他的！他這一生儘管沒有成就偉大的著作、顯赫的發明、輝煌的勝仗，但他付出了巨大的、目標明確、堅持不懈的勞動，而且是如履薄冰、常常不能安眠的勞動。這種勞動的最重要和最高意義就在於，勞動是根據黨的需要，是為了黨的利益。對於這種勞動的最重要和最高的獎賞只有一種，那就是黨的信任。

在任何情況下，不論是處理幼稚園孩子們的問題，改組大學裡的生物學教研室，還是處理生產塑膠品的車間占用圖書館地盤的問題，他的決定都必須符合黨性精神和黨的利益。領導者對一件事、一本書、一部電影的態度都必須符合黨性精神，因此，不論多麼困難，在黨的利益與個人喜好出現矛盾的時候，他都要毫不動搖地拋棄他做慣了的事情，拋棄他十分喜歡的書。但是格特馬諾夫知道，還有更高水準的黨性，其實質就是：這個人根本就沒有與黨性精神相矛盾的愛好與志趣；對於一個黨的領導者來說，一切可愛的東西與可貴的東西之所以可愛可貴，就因為它代表黨性精神。

有時格特馬諾夫為了符合黨性精神而做出的犧牲，是很殘忍、很嚴酷的。一旦事關黨性，就應該不講個人感情，不動惻隱之心；長輩恩師，鄉里鄉親，都不必顧及。在這種情況下，不必因為一些詞兒，如「背信棄義」、「不夠朋友」、「害人」、「出賣」等等而感到不安。但是，黨性精神一旦到了爐火純青的程度，就不需要犧牲了。因為一切個人感情，如愛情、友誼、同鄉情誼，只要與黨性精神相背，就很自然地不再存在。

黨所信任的人做的勞動沒沒無聞。但這種勞動是巨大的，需要毫無保留、毫不吝嗇地花費心思和精力。黨的領導者不需要有科學家的才能，也不需要有作家的天賦。領導者的權力高於科學家的才能和作家的天賦。成百上千具有研究才能、歌唱才能、寫作才能的人都要如饑似渴地聽取格特馬諾夫的指示和決定，雖然格特馬諾夫不僅不會唱歌，不會彈琴，不會演戲，而且也不能鑒賞和深刻理解學術著作和詩歌、音樂、繪畫作品。他的話所以具有決定性的力量，就在於黨委託他代表黨在文化藝術方面的利益。

一個人民的代言人和思想家，也未必擁有一個州黨委書記這樣多的權力。

格特馬諾夫認為，「黨的信任」這一概念最深刻的實質就表現在史達林的意見、感情和態度中。

黨的路線的實質，也在於史達林對於自己的戰友、對於人民委員和元帥們是否信任。

幾位來客談的主要是格特馬諾夫即將擔任的新的軍事職務。他們知道，格特馬諾夫有希望得到更重要的任命。在黨內有他這樣地位的人，一旦轉到軍事崗位，大都會成為集團軍軍委委員，有的甚至會成為方面軍軍委委員。

格特馬諾夫被任命為軍政委後，曾經感到不安和懊喪，還通過擔任中央組織部委員的一個朋友打聽，上面是不是有對他不滿意的地方。結果，沒有任何值得擔心的事。

於是格特馬諾夫為了自我安慰，開始從好的方面設想這一任命：是坦克部隊決定戰爭的命運，坦克部隊都是在主攻方向進攻。派往坦克軍的不是隨便什麼人；寧可把有的人派往不太重要的地段，到無足輕重的集團軍裡去任軍委委員，也不能派到坦克軍裡去。這說明了黨對他的信任。不過他還是有些不安：要是穿上軍裝，對著鏡子說：「集團軍軍委委員、旅級政工幹部格特馬諾夫。」那他是會挺高興的。

不知為什麼，坦克軍那位上校軍長最使他惱火。他還從來沒見過這位諾維科夫上校，但是他所知道和打聽到的有關諾維科夫的一切，他都不喜歡。

同桌共飲的幾位親戚很理解他的心情，談他的新任命，談的都是使他高興的方面。

薩蓋塔克說，坦克軍極有可能被派往史達林格勒，史達林格勒的方面軍司令葉廖緬科將軍，內戰時期還在騎兵第一集團軍的時候，史達林同志就認識他了，史達林同志常常通過高頻電話同他談話，每次他去莫斯科，史達林同志都要接見他。不久前這位司令員到過莫斯科郊外史達林同志的別墅，史達林同志跟他談了有兩個鐘頭。在史達林同志這樣信任的人麾下作戰，真是好極了。

後來又說，尼基塔．謝爾蓋耶維奇[29]同志常常提到格特馬諾夫在烏克蘭的工作，如果格特馬諾夫到赫魯雪夫同志擔任軍委委員的方面軍去，那就更好啦。

「史達林同志派赫魯雪夫同志上史達林格勒前線來，不是隨便派的，這是舉足輕重的戰線，不派他又派誰呀？」尼古拉．捷連季耶維奇說。

加林娜慷慨激昂地說：「怎麼，史達林同志派我家傑敏季到坦克軍裡去，就是隨便派的嗎？」

「算了吧，」格特馬諾夫很直率地說，「我到軍裡去，就好比把州委第一書記調為區委書記。沒什麼可高興的。」

「不是的，不是的，」薩蓋塔克很嚴肅地說，「這一任命表現了黨的信任。這區委，不是一般的農村區委，而是馬格尼托戈爾斯克區委，第聶伯羅捷爾任斯基區委。軍不是一般的軍，是坦克軍！」

馬舒克說，格特馬諾夫將去擔任政委的那個坦克軍的軍長，是不久前才任命的，以前沒指揮過大部隊。這是不久前到烏法來的一位前線特工處的工作人員告訴他的。

「他還對我說了一些話呢。」馬舒克說。但他卻不接著說下去，只是說：「不過，還用得著對您說嗎，傑敏季．特里福諾維奇，您是非常瞭解他的，也許比他自己更瞭解呢。」

格特馬諾夫把敏銳、精明、本來就細小的眼睛瞇得更細了，說：「就算更瞭解吧。」

馬舒克臉上閃過幾乎覺察不出的冷笑，但桌上的人都發覺了。說來奇怪，雖然馬舒克是格特馬諾夫家的近親和自家人，而且在親戚圈子裡是個謙遜、喜歡說笑的人，可是格特馬諾夫夫婦聽著他那柔和而委婉的聲音，望著他那黑黑的、神情悠閒的眼睛和蒼白的長臉，總感到有點兒緊張。格特馬諾夫自己也感覺到這一點，卻不覺得奇怪，他明白，馬舒克是有來頭的，有時連格特馬諾夫都不知道的事

29 即赫魯雪夫。

情，馬舒克卻知道。

「這人怎麼樣？」薩蓋塔克問道。

格特馬諾夫用居高臨下的語氣回答說：「噢，是這樣的，是戰爭時期嶄露頭角的人，戰前沒什麼突出的表現。」

「擔任過重要職務嗎？」加林娜的弟弟笑著問。

「算啦，什麼重要職務，」格特馬諾夫手一揮，「不過，這人是有本事的，據說是一名很好的坦克手。軍參謀長是涅烏多布諾夫將軍。我跟他在第十八次黨代表大會上見過面。是一個精明強幹的人。」

馬舒克說：「是伊拉里翁·英諾肯季耶維奇·涅烏多布諾夫嗎？那不用說，先前我在他那兒工作過，後來命運把我們分開了。戰前我還跟他在拉夫連季·帕甫洛維奇[30]的會客室裡見過一面。」

「分開是分開了，」薩蓋塔克笑說，「你要辯證地對待，要看到同一性和統一性，而不是對立性。」

馬舒克說：「戰爭時期，一切事情都很奇怪：一名上校幹起了軍長，涅烏多布諾夫將軍卻成了他的下屬！」

「沒有作戰經驗，只好屈就了。」格特馬諾夫說。

「笑話，涅烏多布諾夫嗎，單是他的威望就夠啦！他是革命前的老黨員，有豐富的軍事工作和國務工作的經驗！有一個時期大家都推測他將擔任部委委員呢。」

其餘的客人也都支持馬舒克的意見。

他們對格特馬諾夫的同情，這會兒用為涅烏多布諾夫抱不平的方式來表示，是非常合適的。

30 即貝利亞。

「是啊，戰爭把一切都搞亂了套啦，還是快點兒結束吧。」女主人的弟弟說。

格特馬諾夫把張開手指的手掌朝薩蓋塔克伸了伸，說：「您認識莫斯科那個克雷莫夫吧？他在基輔，在中央演講團做過國際形勢報告。」

「是在戰爭開始前幾年來的嗎？那個過激分子？當年在共產國際工作過的那個人？」

「是的，就是他。我那位軍長就準備跟克雷莫夫前妻結婚。」

大家聽到這個消息，不知為什麼都感到非常好笑，雖然誰也不認識克雷莫夫的前妻，也不認識準備跟她結婚的軍長。

馬舒克說：「噢，怪不得都說老兄神通廣大。連結婚的事都知道啦。」

「可以說，精細人有精細人的本事。」尼古拉・捷連季耶維奇隨口說。

「那當然……最高統帥部是不會賞識馬大哈的。」

「是啊，咱們的格特馬諾夫可不是馬大哈。」薩蓋塔克隨口說。

馬舒克就好像一下子來到自己的辦公室裡，用談日常事務的嚴肅語氣說：「這個克雷莫夫過去也到過基輔，我還記得他，是個政治面貌不清的人。很久以前就跟右翼分子和托洛茨基分子有牽連。恐怕還沒有完全搞清楚……」

他說得直接而又坦率，就好像針織廠廠長談自己的工作或者技術學校教師講課時那樣。不過，大家都知道，他這種直爽只是表象，其實他比誰都知道什麼事情能說，什麼事情不能說。格特馬諾夫是一個常會以自己的大膽、乾脆和坦誠的言談驚倒四座的人，可他很清楚，在興高采烈看似隨性的表象下面，隱藏著沒有說出的深層東西。

通常比別的客人更忙碌、更操心、更嚴肅的薩蓋塔克，不希望輕鬆氣氛遭到破壞，就用快活的語調對格特馬諾夫說：「因為他不怎麼可靠，就連老婆都不跟他了。」

「如果因為那樣，倒是好呢，」格特馬諾夫說，「我聽說，我們那位軍長要娶的完全是一個乖僻的女人。」

「算啦，你真是瞎操心，」加林娜說，「最要緊的是，夫妻要有愛情。」

「愛情當然重要，這是大家都知道，也都不會忘記的，」格特馬諾夫說，「不過，此外還有些東西，可惜有些蘇聯人忘記了。」

「這話對，」馬舒克說，「不論什麼，咱們都不應該忘記。」

「正因為忘記了，於是感到驚訝不解，為什麼黨中央不批准，為什麼這樣，為什麼不這樣。自己不珍視黨的信任。」

忽然加林娜驚訝不解地拉長聲音說：「聽你們談話都感到奇怪，就好像根本沒有戰爭，你們關心的只是那位軍長要娶的是什麼人，他的未來妻子原來的丈夫是誰。傑敏季，你這是準備去跟誰打仗？」

她用嘲笑的目光朝男子們看了看，她那美麗的棕色眼睛都有點兒像丈夫的小眼睛了——大概是那股銳利的神氣有點兒像。

薩蓋塔克用憂傷的口吻說：「怎麼會忘記戰爭啊……從每一座農舍到克里姆林宮，到處都有我們的兄弟和孩子奔赴戰場。戰爭，是偉大的戰爭，是保家衛國的戰爭。史達林同志的兒子瓦西里是戰鬥機飛行員，還有米高揚同志的兒子也在空軍裡作戰；我聽說，貝利亞同志的兒子也在前線，只是不知道在哪一兵種。伏龍芝的兒子是一名中尉，好像是在步兵裡……還有，伊巴露麗的兒子戰死於史達林格勒城下。」

「史達林同志有兩個兒子在前方，」女主人的弟弟說，「另一個兒子叫雅可夫，是炮兵指揮員。確切地說，他是第一個兒子，瓦西里是小兒子，雅可夫是大兒子。小夥子很不幸被俘了。」

他忽然覺得他觸及了許多年長的同志認為犯禁的東西，就不再說了。為了打破沉默，他直率且無所顧忌地說：「順便說說，德國人還散發徹頭徹尾偽造事實的傳單呢，說史達林的兒子雅可夫主動向他們提交了口供。」

但尼古拉·捷連季耶維奇周圍的氣氛更沉悶了。他談的事情，不論開玩笑還是當真，都不應該提及，而是應該迴避的。誰要是聽到有關史達林跟妻子的關係的傳聞表示氣憤，那麼，這位好心好意的謠言駁斥者所犯的罪過，絕不比謠言傳播者小，因為談這類事情就是不容許。

格特馬諾夫忽然轉過臉朝著妻子，說：「這種事兒我是不操心的，因為情況由史達林同志掌握著，而且掌握得牢牢的，就讓德國人瞎折騰好啦。」

尼古拉·捷連季耶維奇用負罪的目光接住格特馬諾夫的目光。不過，自然，這不是一些好鬥的人坐到桌上來了；他們聚會，也不會因為偶然出現的尷尬局面而鬧出大亂子。

薩蓋塔克用和善而友好的語調說了兩句，在格特馬諾夫面前幫尼古拉·捷連季耶維奇打圓場：「這話是對的，不過我們總是擔心，不希望在自己的地盤出什麼紕漏。」

「還有，不希望胡說八道。」格特馬諾夫補充說。

他幾乎直截了當地責備起來，而不是緘默不語，這說明他原諒了尼古拉·捷連季耶維奇，於是薩蓋塔克和馬舒克都點了點頭，表示贊同。

尼古拉·捷連季耶維奇知道，這件微不足道的錯事很快會被忘記，但不會忘得十分徹底。將來一旦談起幹部情況，談起提拔，談起特別重要的任命，在提到尼古拉·捷連季耶維奇的名字時，格特馬諾夫、馬舒克、薩蓋塔克都會點頭的，點頭是點頭，但在審幹人員一再查問時，會微微笑一笑，說：「也許，多少有點兒輕率。」並且用小指頭尖兒表示這一點點兒。

大家心裡都明白，有關雅可夫，不會都是德國人胡編亂造的。但正因如此，絕不能涉及這個話題。

薩蓋塔克特別清楚這方面的情形。他在報社工作多年，先是掌管新聞報導科，隨後掌管農業科，後來又幹了兩年某加盟共和國報紙的總編。他認為，他的報紙的主要任務是教育讀者，而不是不加分析地發布關於各種各樣、常常帶有偶然性事件亂七八糟的消息。如果總編薩蓋塔克認為應當避開某一事件，認為不應當報導嚴重的歉收、思想不純的作品、內容不健康的影片、牲畜瘟疫、地震、戰列艦沉沒，認為不應當看到一下子奪走成千上萬人生命的海洋巨浪的力量，不應當看到煤礦的大火，那麼，這些事件對他來說就沒有任何意義，他覺得，這些事件就不應耗費讀者、記者和作家的精力。有時他需要用特別的方式解釋現實中這樣或那樣的事件，這種解釋往往異常大膽、異常奇特，跟平常的觀念大相徑庭。他覺得，他這位總編的力量、經驗、本事就在於他能夠使讀者接受必要的、可以達到教育目的的觀點。

在大規模推行集體化時期，曾經出現極端的冒進現象。在史達林的文章《勝利衝昏頭腦》發表之前，薩蓋塔克曾寫文章說，在大規模開展集體化時期發生饑餓現象，是由於富農蓄意埋藏糧食，不吃糧食，因而渾身浮腫，整村整村的富農連同小孩、老頭子、老奶奶蓄意死亡，是給國家抹黑。

並且接著刊登一批材料，報導集體農莊托兒所裡的孩子天天喝雞湯，吃甜餅和米粉肉餅。可是孩子們還是瘦了，浮腫了。

戰爭開始了，這是俄羅斯立國千餘年來最殘酷、最可怕的一次戰爭。在戰爭的頭幾個星期和頭幾個月裡，在經受特別殘酷考驗的時期，戰爭毀滅性的火焰照亮了種種事件真實、可悲的進程，戰爭決定著一切命運，甚至黨的命運。這一災難性的時期過去了。於是劇作家考涅楚克立即就在自己的劇本《前線》中解釋說，戰爭的失敗是由於愚蠢的將軍們不能執行最高統帥部的指示，最高統帥部是永遠不會錯的。

這天晚上，註定了不是尼古拉·捷連季耶維奇一個人經歷不愉快的時刻。馬舒克在翻看一本皮革封面的大紀念冊，在一頁頁硬紙上貼著不少照片。他忽然帶著緊張的表情揚起眉毛，大家不由得探過身來看。這是格特馬諾夫戰前在自己的州委辦公室裡拍的照片，他坐在寬闊的辦公桌邊，穿著半軍服式樣的制服上衣，他的上方懸掛著史達林肖像，肖像非常大，只有州委書記辦公室裡才能有這樣大的領袖像。肖像上的史達林的臉被紅藍鉛筆塗得亂七八糟，下巴上添了深藍色的小鬍子，兩個耳朵上還掛著淡藍色的耳環。

「這孩子真胡鬧！」格特馬諾夫驚叫起來，像女人一樣把兩手一拍。

加林娜·捷連季耶芙娜十分慌亂，環視著客人們，一再地說：

「要知道，你們要知道，昨天這孩子在臨睡前還說：『我愛史達林伯伯，跟愛我爸爸一樣。』」

「這是小孩子淘氣。」薩蓋塔克說。

「不，這不是淘氣，這是故意搗蛋。」格特馬諾夫歎口氣說。

他用詢問的目光看了看馬舒克。他們兩個人此刻都想起同一件事：他們的一位同鄉的侄子，是個工學院的學生，在學校用氣槍射擊史達林肖像。

他們知道，那個愣頭愣腦的學生是瞎胡鬧，沒有什麼政治用心。那位同鄉是農機站站長，是個好人，他請求格特馬諾夫挽救他的侄子。

格特馬諾夫在開過州黨委常委會議以後，跟馬舒克談起此事。馬舒克說：「傑敏季．特里福諾維奇，我們又不是小孩子，他是有心還是無心，這沒有什麼意義……可是如果我把這件事情了結了，也許明天就有人上報到莫斯科，告到貝利亞同志那兒去，說馬舒克縱容姑息槍擊偉大領袖史達林肖像的分子。今天我在這辦公室裡，明天我就成了集中營裡的灰土。您願意承擔責任嗎？也會有人說您：今天射擊肖像，明年射擊的就不是肖像了，可是為什麼格特馬諾夫要同情這個小夥子，他為什麼贊成這樣的行動呀？怎麼樣？您敢承擔嗎？」

過了一、兩個月，格特馬諾夫問馬舒克：「那個射擊肖像的學生怎麼樣啦？」

馬舒克用平靜的目光望著他，回答說：「不值得問啦，原來是個壞蛋，富農的孽子，他在法庭上承認啦。」

於是現在格特馬諾夫用詢問的目光望著馬舒克，又說了一遍：「不，這不是淘氣。」

「算啦，」馬舒克說，「這孩子才四歲，還是應該考慮年齡的。」

薩蓋塔克說話的口氣十分懇切，大家都感覺出他話裡的熱誠：「說實在的，我沒辦法對孩子們講原則性……應該是應該，可是於心不忍。我望著孩子們，就希望他們都好好兒的……」

大家都用贊同的目光看了看薩蓋塔克。他是一個很不幸的父親。他的大兒子維塔利在上九年級的時候，就過起花天酒地的日子，有一次因為在飯店裡參加流氓活動被警察拘留，父親只好打電話給內務部副人民委員，了結這件醜事。參加那次流氓活動的有將軍和院士等名人的兒子，還有一位作家的女兒和農業部人民委員的女兒。戰爭時期，薩蓋塔克的兒子想以志願兵身分參軍，於是父親安排他進了兩年制的炮兵學校。維塔利因為不守紀律被學校開除，並且有可能隨著增補連隊被送往前方。

現在維塔利在迫擊炮學校學習已經有一個月了，什麼事也沒發生，父親和母親都很高興，並且覺得有希望了，但他們總還是有些擔心。

薩蓋塔克的二兒子叫伊戈爾，兩歲的時候害了小兒麻痺症，就變成了殘疾人。一雙又乾又細的腿不能走路，只好靠拐杖活動。伊戈爾不能到學校去上學，老師們就到家裡來教他，他學習很用心，很勤奮。

薩蓋塔克夫婦為了伊戈爾的殘疾，不僅在烏克蘭，而且在莫斯科，在列寧格勒，在托木斯克求遍了神經科名醫。凡是國外有關的新藥，薩蓋塔克都通過商務代辦或駐外使館弄了來。他知道，他可能因為過分溺愛孩子受到責備。但他同時也知道，他的罪過並不是死罪。因為他看到一些州的領導幹部都有很強的父子感情，也就認為新派人都特別鍾愛自己孩子了。他知道，他為伊戈爾用飛機從奧德薩請來巫婆，通過快傳郵路把遠東一個老神漢的草藥弄到基輔來，也都不算什麼。

「我們的領袖們都是一些特殊人物，」薩蓋塔克說，「我就不說史達林同志了，他沒有什麼可說的，就連他的親密戰友也都是這樣……他們在這個問題上也總是把黨擺在父子感情之上。」

「是的，他們都明白：不是對每個人都提出這樣的要求。」格特馬諾夫說，並且不指名地說了一位黨中央書記嚴肅對待自己犯錯誤的兒子的事。

談話氣氛忽然一變，大家親切而隨便地談起兒女們。似乎他們的精神力量的強弱，他們能不能幸福歡樂，都取決於兒女們的臉蛋兒紅與不紅，兒女們是否從學校裡帶回好分數，是否能順利地升級。

加林娜談起自己的女兒：「斯維特蘭娜在四歲以前身體很不好，老是腸炎，折騰得很瘦弱。只有一種偏方能治：吃磨成泥的新鮮蘋果。」

格特馬諾夫說：「今天她在去上學之前對我說：『班上同學管我和卓婭叫將軍女兒。』卓婭卻不在乎，笑著說：『有什麼了不起的，將軍女兒是很大的光榮！我們班上的元帥女兒才真神氣！』」

「你們瞧，」薩蓋塔克快活地說，「他們還不滿足呢。伊戈爾前幾天對我說：『第三書記，沒什麼了不起。有什麼好神氣的？』」

尼古拉·捷連季耶維奇本來也可以談談自己的孩子的許多好笑和愉快的事，但是他知道，在薩蓋塔克談兒子的機靈和格特馬諾夫談女兒的機靈的時候，他就不應該談自己孩子的機靈了。

馬舒克若有所思地說：「過去在農村裡我們的爹跟孩子們是很隨便的。」

「他們總歸也是喜歡孩子的。」女主人的弟弟說。

「喜歡當然喜歡，不過也常常打孩子，我挨打挨得厲害。」格特馬諾夫說，「我還記得一九一五年我去世的父親出發去打仗時的情形。他很不簡單，幹到士官，得過兩枚喬治勳章。媽媽為他收拾行裝，把包腳布和絨衣裝到背包裡，又裝上煮熟的雞蛋、麵包，我和妹妹躺在床上，看著父親在黎明時候最後一次在飯桌邊坐了一陣子。他給過道裡的水缸挑滿了水，劈了不少木柴。媽媽後來常常提起這些事。」

他看了看手錶，說：「噢呀……」

「就是說，明天要走啦？」薩蓋塔克說著，站起身來。

「七點鐘的飛機。」

「從民航機場走嗎？」馬舒克問道。

格特馬諾夫點了點頭。

「這樣好些，」尼古拉·捷連季耶維奇說著，也站起身來，「要不然到軍用機場有十五公里呢。」

「既然去當兵，這都算不了什麼。」格特馬諾夫說。

他們開始告別，又嚷嚷起來，笑起來，還互相擁抱了一陣子，等到客人們穿起大衣，戴上皮帽，來到走廊裡，格特馬諾夫說：「當兵的人什麼都能習慣，當兵的人可以用菸暖和身子，用錐子刮臉。可是跟孩子們分離，就是當兵的也不能習慣。」

從他的聲音、他臉上的表情，從要走的客人們望著他的那種神情可以看出，這已經不是說笑話了。

二十二

夜裡，格特馬諾夫穿了軍裝，坐在寫字臺邊寫信。妻子穿著睡衣坐在他一旁，注視著他的手的移動。他把信摺疊起來，說：「這是給區衛生局長的，如果你需要專門治療，需要出外就診，可以找他。具體手續由弟弟給你辦，局長只是開介紹信。」

「領取限額物品委託書你寫了嗎？」

「這用不著，你可以打電話找州委辦公室主任，最好找普濟琴柯本人，他會給辦的。」

他把寫好的一疊信、委託書、便條檢查了一遍，說：「好，該寫的好像都寫了。」

他們沉默了一會兒。

「親愛的，我真為你擔心呀，」妻子說，「你這是去打仗。」

他站起來，隨口說：「你自己多保重，把孩子們照應好。白蘭地放到提箱裡了嗎？」

「是啊，放進去啦。你可記得，兩年前也像這樣，你天不亮就給我寫了不少委託信，然後飛到基斯洛沃斯克去了？」

「現在基斯洛沃斯克被德國人占了。」他說。

格特馬諾夫在房裡踱了一會兒，聽了聽，說：「孩子們睡了嗎？」

「當然，都睡了。」加林娜說。

他們朝孩子們的房間走去。奇怪的是，這兩具又胖又重的身軀在幽暗中挪動起來一點聲息也沒有。沉睡的孩子們的頭在雪白的枕頭上顯得格外黑。格特馬諾夫細心地傾聽孩子們的呼吸聲。

他用手按住胸口，免得劇烈的心跳聲驚醒孩子們。在這幽暗之中，他感到有一股強大而劇烈的感情，猶如利劍穿心，掛念孩子們的將來，按捺不住感傷、焦慮和憐惜。他非常想抱起兒子，抱起兩個女兒，吻吻他們睡眼惺忪的臉蛋兒。他感到他的柔情是不能自制的，對兒女的憐愛是壓抑不住的，這時候他心慌意亂，站在那裡，尷尬，迷惘，渾身無力。

想到他即將擔任的新職務，他並不害怕，也不擔心。他常常改變工作，很容易找到正確的路線，正確路線也就是總路線。他知道，他在坦克軍裡也可以奉行這條路線。

可是，在這裡，怎麼能把鋼鐵的嚴厲、堅定，跟毫無規律可循的兒女情統一起來呢？

他回頭看了看妻子。她站在那兒，像鄉下人那樣用手托著腮。她的臉在幽暗中好像瘦了，變年輕了。他們婚後第一次到海濱去，住在海邊的「烏克蘭療養院」，那時候她就是這個樣子。

小轎車喇叭在窗外輕輕地響了一聲，這是州黨委的汽車來了。格特馬諾夫又轉身朝著孩子們，攤開兩條手臂，這一動作表示：雖然感情熾烈，但也無可奈何了。

在走廊裡，他說過囑告的話，吻別妻子之後，穿起短皮襖，戴好皮帽，站在那裡，等著司機把皮箱拎出來。

「好啦。」他說著，忽然從頭上摘下皮帽，走到妻子跟前，把她抱住。在這又一次、最後一次吻別中，就在外面潮溼的冷空氣從半開的大門衝進來，同家裡的熱氣混合的時候，就在毛烘烘的熟皮襖毛皮挨到香噴噴的綢睡衣的時候，他們都感覺到，他們那似乎成為一體的生活忽然分開了。他們的心碎了。

二十三

柳德米拉的妹妹葉妮婭．沙波什尼科娃來到古比雪夫，住在一個德國老太婆家裡。德國老太婆燕妮．亨利霍芙娜．亨利遜很久以前在沙波什尼科夫家當過保母。

葉妮婭從史達林格勒來到安靜的小屋裡，跟一個老太婆住在一起，覺得很稀奇；老太婆也一直流露著驚訝不解的表情，沒想到一個紮兩條小辮兒的小姑娘會變成一個成年的女子。

亨利遜老太婆住的是一間昏暗的小屋，這是過去一個大商人家裡的女僕住的房間。現在每個房間裡都住著一家人，每個房間都用屏風、布幔、氈毯、沙發靠背分成幾個小小的房間，在裡面睡覺、吃飯、會客，護士在裡面為癱瘓的老頭子打針。

一到傍晚時候，廚房裡就嗡嗡響起了許多人的聲音。

葉妮婭很喜歡這燻黑了屋頂的廚房，很喜歡煤油爐那黑紅色的火焰。一件件衣服晾在繩子上，身穿長衫、棉襖、制服的鄰居們在繩子中間穿來穿去，菜刀、柴刀閃閃放光。婦女們彎身在木盆或臉盆裡洗衣服，呼出一團團熱氣。巨大的爐灶從來沒有生過火，瓷磚砌的爐壁又冷又白，就像在上個地質年代就熄滅了的火山那覆蓋著積雪的山坡。

這座住宅裡住著一位上了前線的格魯吉亞工人的家小，住著一位婦科醫生、一位保密工廠的工程師、一位擔任配給商店出納員的單身老媽媽，一位在前方犧牲的理髮員的遺孀，還有郵政總局的警衛長，在最大的房間裡，也就是過去的會客室裡，住的是一家診所的主任。

這座住宅十分寬大，就像一座城市一樣；這裡面甚至有自己的瘋子，是一個安安靜靜的瘋老頭，眼睛像小狗般溫柔善良。

大家住得很擁擠，但是互不往來，而且不太和睦，有時吵幾句，有時相安無事，有時互相隱瞞自己的家事，有時又很大方地用大嗓門兒把自家生活中所有的事說給鄰居聽。

葉妮婭想要描繪這所房子，不是景物，也不是其中一戶戶鄰居，而是這些人在她心中挑起的情感。這種情感是複雜的，極難表現，就連高明的藝術家也無能為力。人民和國家的強大軍事威力，與這黑黑的廚房的窮困、卑瑣、蜚短流長混在一起；威力無比的鋼鐵武器，與廚房裡的一只只小鐵鍋、一堆堆馬鈴薯皮混在一起，於是便產生了這種情感。

表現這種情感，常常弄得線條不成線條，輪廓不成輪廓，結果變成支離破碎的形象和光點的拼湊，從這種拼湊中看不出任何意義。

亨利遜老奶奶是一個靦腆、和藹、熱心的人。她穿著白領的黑長袍；雖然總是忍饑挨餓，但她的兩頰向來都泛著紅色。

她在腦海裡還清清楚楚地記得一年級學生柳德米拉淘氣的事情，記得小瑪露霞說的一些可笑的話，還記得兩歲的米佳常常戴著圍兜跑到餐室裡張著小手，喊：「吃噢（飯），吃噢（飯）！」

現在亨利遜老奶奶在一位牙科女醫生家裡幫傭，照料女醫生有病的媽媽，不包住宿。女醫生被市衛生局派到區裡去了，要五六天才能回來，於是亨利遜晚上在她家裡睡，好照應那個不久前中風之後行動不便的老媽媽。

亨利遜老奶奶完全沒有財產觀念。她常常對葉妮婭說對不起，請她允許自己打開通風小窗，好讓她的三色老花貓進出活動。她的主要興趣和操心事都和老貓有關係，就怕鄰居欺負她的貓。

擔任車間主任和工程師的鄰居德拉金，常常帶著不友好的嘲笑神氣望著她那皺皺巴巴的臉，望著她像姑娘一樣又細又直的身軀，望著她繫在黑帶子上的夾鼻眼鏡。這個平民出身的人感到氣憤的是，亨利遜老奶奶依然那樣留戀過去，並常常傻笑著講述她革命前怎樣帶孩子們乘轎式馬車在外頭玩兒，怎樣陪著太太上威尼斯，上巴黎，上維也納去。她帶大的許多「小傢伙」成了鄧尼金部下、弗蘭格爾部下[31]，都被紅軍打死了，但是老太婆念念不忘的只是當年小傢伙們害猩紅熱、白喉、結腸炎的情形。

31 鄧尼金和弗蘭格爾都是蘇聯內戰時期白軍武裝頭目。

葉妮婭對德拉金說：「比她更厚道、更老實的人我還沒有遇到過呢。您要相信，在這座宅子裡，沒有比她心眼更好的人了。」

德拉金帶著男子漢那種放肆的、毫無顧忌的神氣直盯著葉妮婭的眼睛，回答說：「唱讚美歌吧，燕子，唱吧。沙波什尼科娃同志，為了一塊居住的地方，您就賣身投靠德國人啦。」

看樣子，亨利遜老奶奶不喜歡健康的孩子。她照應過一個身體十分虛弱的孩子，是一位猶太裔廠長的孩子，她對葉妮婭說得最多的就是這個孩子，還保存著他的練習本、他畫的畫，每次說到這個安靜的小男孩的死，她都要哭一場。

她在沙波什尼科夫家做保母，是多年以前的事了，但是她還記得所有的小孩子的名字和外號，而且一聽說瑪露霞已經死了，就哭了起來；她一直在用歪歪扭扭的字體給遠在喀山的亞歷山卓·弗拉基米羅芙娜寫信，但是這封信怎麼也寫不完。

她對葉妮婭說，革命前她帶的孩子，吃早飯常常是一碗很稠的肉湯和一片鹿肉。

她常拿自己的口糧餵貓，管貓叫「我的可愛的銀寶貝」。老貓也非常依戀她，儘管是一個陰森而粗暴的畜生，可是一看到老奶奶，立刻就變得快活又溫馴。

德拉金常常問她對希特勒是什麼態度：「怎麼樣，您大概很歡迎他吧？」但是留了個心眼的老奶奶說自己是反法西斯的，並且管希特勒叫吃人魔王。

她是一個很無用的人，不會洗衣服，不會煮飯，要是到商店裡去買火柴，售貨員必然會在匆忙中把她一個月的糖票或肉票從供應卡上剪去。

現在的孩子完全不像她稱作「和平時期」的那時候她帶過的孩子。一切都變了，就連玩兒也不一樣了。「和平時期」的女孩子們玩的是拋圈兒遊戲，用一根根繫了帶的漆棍兒拋擲橡皮扯鈴，玩沒什麼彈性的彩色皮球，皮球裝在白色網兜裡。今天的女孩子們打排球，游泳，冬天穿著滑雪褲打冰球，又叫又嚷，吹著口哨。

現在的孩子比亨利遜老奶奶更懂得贍養費、流產，更知道用欺騙的方法得來供應卡，知道那些為別人的妻子從前方帶回奶油和罐頭的上尉和中校。

葉妮婭很喜歡這位德國老奶奶回憶她的童年時代，回憶她的父親和哥哥米佳。老奶奶對米佳記得特別清楚，他害過百日咳和白喉。

有一天亨利遜老奶奶說：

「我還記得一九一七年，我的最後一家東家。老爺是財政部次長，他在餐室裡走來走去，說：『全毀啦，莊園燒掉啦，工廠停工，通貨膨脹，金庫被搶光。』他們家就像現在你們家一樣，一家人都跑散了。老爺、太太、小姐上了瑞典，我帶大的孩子去投科爾尼洛夫[32]將軍當了志願軍。太太哭著說：『我們天天在告別，毀啦。』」

葉妮婭淒然笑了笑，沒有作聲。

某天傍晚，來了一名管區警察，交給亨利遜一張傳票。這位老奶奶戴上繡了小白花的女帽，囑託過葉妮婭代她餵貓，就上警察局去了，說是從警察局出來還要去照料牙科醫生的媽媽，過一天才能回來。等到葉妮婭下班回來，看到屋子裡空空蕩蕩的，鄰居們告訴她，亨利遜老奶奶被警察局抓起來了。

葉妮婭去打聽情況。警察局裡的人告訴她，老奶奶將跟隨運送德國人的軍用列車上北方去。

過了一天，一名警察和房屋管理員來拿走了被查封的一只簍子，裡面裝滿了破布、發黃的相片和

---

32 俄國上將，一九一七年反革命叛亂的頭目。

發黃的信件。

葉妮婭找有關部門打聽，怎樣可以把毛圍巾送給老奶奶。有個人在小窗戶裡向葉妮婭問：「您是什麼人，是德國人嗎？」

「不是，我是俄羅斯人。」

「那您回家吧。不要亂問。」

「我問的是怎樣送毛圍巾。」

「您還不明白嗎？」那人在小窗戶裡用那樣的低聲問著。

這一天晚上，她聽到一些鄰居在廚房裡說話。他們說的正是她。

有一個聲音說：「她的做法總歸是不大漂亮。」

另一個聲音說：「可是依我看，她很聰明。先是一隻腳插進來，然後向有關部門彙報老太婆的事，把老太婆掃地出門，現在她是房間的主人了。」

有一個男人聲音說：「算什麼房間，一點點兒小屋。」

還有一個聲音說：「是呀，這種女人是不會吃虧的，跟這樣的女人在一起，是不會不吃虧的。」

貓的命運是很淒慘的。它無精打采、死氣沉沉地坐在廚房裡，這時候一些人在爭論，該把牠弄到哪裡去。「讓這隻德國貓見鬼去吧。」女人們說。德拉金忽然聲明，他要參與餵貓。但是貓離了亨利遜老奶奶之後，沒有活多久。有一個女鄰居，不知是有意還是無意，用開水燙傷了它。貓不久就死了。

二十四

葉妮婭很喜歡她在古比雪夫的獨身生活。

也許，她從來沒有像現在這樣自由過。儘管生活艱苦，可是心裡有種輕鬆自在。有很長時間，她沒有報上戶口，沒領到供應卡，每天憑飯票在食堂吃一頓飯。從早晨她就想著什麼時候到食堂裡去領一碟子菜湯。

在這個時期她很少想到諾維科夫。她想克雷莫夫想得多些，幾乎老是在想，但是這種想念的內部光強度不大。

想念諾維科夫的心情常常出現又消失，並不使她感到苦惱。但有一次在大街上，她老遠看到一個穿軍大衣的高個子軍人，有一瞬間，她以為那是諾維科夫。她頓時激動得喘不上氣來，兩腿也軟了，渾身出現了一種幸福的感覺，高興得不知如何是好。過了一分鐘，她明白自己看錯了，馬上也就忘記了自己的激動。到夜裡她忽然醒來，心想：「為什麼他不寫信呀？他知道我的地址嘛。」

她一個人生活，身旁既沒有克雷莫夫，也沒有諾維科夫，沒有親人。她覺得，這種自由的單獨生活就是幸福。不過，這只是她覺得罷了。

這時候在古比雪夫有許多莫斯科的人民委員部、機關和莫斯科報社的編輯部。這是從莫斯科遷來的臨時首都，有外交使團，有大劇院的芭蕾舞，有著名的作家，有莫斯科的報幕員，有外國記者。

這成千上萬的莫斯科人擁擠在一個個狹小的房間裡，有的住旅館客房、有的住公共宿舍，各自幹著原來的事情：各部門的負責人、各個局和各個總局的首長、人民委員，領導著屬下人員，掌管著國民經濟。特任大使和全權大使乘坐豪華的汽車，拜會蘇聯對外政策的領導人。烏蘭諾娃，列梅舍夫和米哈伊洛夫照常演出芭蕾舞和歌劇，令觀眾心醉入迷；美聯社代表沙皮羅先生在記者招待會上，向蘇聯情報局局長洛佐夫斯基發難；作家們在為本國和外國的報紙與電臺寫文章；記者們在軍醫院裡搜集材料，寫戰地通訊。

但是，莫斯科人的生活在這裡變得完全不同了。大不列顛王國特任全權大使的夫人克里普斯太太，每天憑飯票在旅館食堂裡吃飯，沒有吃完的麵包和糖塊用報紙包起來，帶回自己的房間；世界各個報紙和通訊社的記者們常常上市場去，在傷兵之間擠來擠去，買本地的土菸絲自己捲菸，津津有味地評論菸草味；倒換著兩隻腳，站在澡堂前排長隊；以慷慨聞名的作家們，在討論世界大事和文學問題的時候，喝著土製燒酒，拿定額的麵包當下酒菜。

一個個大機關擠在古比雪夫的一層層狹小的樓上；蘇聯各大報的領導人在家用的桌子上接見來訪者，下班後孩子們就在這桌子上做功課，婦女們就在上面做針線活兒。龐大的國家機構過起流浪生活，就出現了有趣的事情。

葉妮婭因為報戶口遇上許多麻煩。她開始在設計院工作，院長里津中校是個高高的男子，說話聲音低低的、輕輕的，從接收這個沒辦好戶口手續的工作人員的第一天起，就因為怕負責任而發愁。里津叫她上公安局去，同時給她開發了錄用證書。

公安局派出所的工作人員收下葉妮婭的身分證和錄用證書，叫她三天以後來聽回話。

葉妮婭在約定的那一天來到昏暗的走廊裡，坐在這兒等候接待的人臉上都帶著一種特別的表情，這種表情只有來公安局辦理身分證和戶口手續的人才會有。她走到小窗口跟前。一隻塗著暗紅色指甲油的女人的手把身分證遞給她，一個平靜的聲音說：「不予受理。」

她站進長隊，等待跟戶籍股股長談一談。站隊的人在小聲說著話兒，打量著在走廊裡走過的一個個抹了口紅、穿著棉制服和皮靴的公安局的姑娘們。有一個身穿夾大衣、頭戴軍帽、軍裝領子從圍巾裡面露出來的人，踏著咯吱咯吱直響的皮靴，不慌不忙地走過去，用小小的鑰匙開了門上的鎖，不知是英國鎖還是法國鎖——這人便是戶籍股長格里申。接待開始了。葉妮婭發現，輪到被接待的人並沒有久等之後終於輪到的欣喜，而是一面朝門裡走，一面四處打量，就好像準備在最後一分鐘跑掉似的。

葉妮婭在等候接待的時間裡，聽了不少報不上戶口的事。有些女兒在母親家裡，癱瘓的姑娘在哥哥家裡，都報不上戶口。有的婦女來這裡看護傷殘軍人，也沒辦到戶口。

葉妮婭走進格里申的辦公室。他一聲不響地向她指了指椅子，看了看她的材料，說：「您這個不能辦理。還有什麼要說的？」

「格里申同志，」她一開口聲音就哆嗦起來，「您要知道，這段時間我一直領不到供應卡呀。」

他用一眨不眨的眼睛看著她，他那張年輕的寬大臉龐流露出一種若有所思的淡漠神情。

「格里申同志，」她的聲音又哆嗦起來，「您設身處地想想看，怎麼能這樣？古比雪夫就有一條以沙波什尼科夫命名的街。那是我的父親。他是薩烏拉的革命運動發起人之一，可你們卻不准他的女兒報戶口。」

他用平靜的眼睛望著她；他聽著她說的話。

「需要有軍調令，」他說，「沒有軍調令我不能辦。」

「我就是在軍事機關工作呀。」葉妮婭說。

「從您的證件看不出是在軍事機關。」

「在軍事機關就行嗎？」

他不情願地回答說：「行。」

第二天早晨，葉妮婭來到辦公室，對里津說，公安局不給辦戶口手續。他把手一攤，用低低的細嗓門兒說：

「哎呀，真胡鬧，難道他們不懂，您一開始工作，就成了我們不可或缺的工作人員，您負責的是國防性質的工作？」

「就是啊，」葉妮婭說，「他說，需要有一張證明，證明咱們的機關隸屬於國防人民委員會。請您開一張證明，今天晚上我再帶著證明上公安局去。」

過了一陣子，里津找到葉妮婭，用抱歉的口吻說：「需要由公安機關發來查詢公函。沒有查詢公函我無法開發這一類的證明。」

傍晚她又來到公安局，等著被接待。她一面痛恨自己那種討好的微笑，一面請求格里申發函向里津查詢。

「任何查詢公函我都不會發。」格里申說。

里津聽說格里申不肯發函，歎了一口氣，沉吟一會兒說：「就這樣吧，您去要求他，哪怕打個電話向我查詢也行。」

第二天傍晚葉妮婭要去見一位莫斯科來的文學家，她父親的舊識里蒙諾夫。於是她一下班就趕到公安局去，向排隊的人要求允許她進去見戶籍股長，「只要一會兒，只提一個問題。」人們聳聳肩膀，把臉轉了過去，她懊惱地說：「好吧，等就等吧，誰是最後一個？」

這一天，公安局留給葉妮婭的印象特別沉重。有一個兩腿浮腫的女人在戶籍股長的辦公室裡發起火來，高聲喊：「我求求你們！我求求你們！」一個斷胳膊的人在格里申的辦公室裡罵起娘來。接著有一個人也大吵起來，喊：「我就是不走！」不過他很快就走了。在吵鬧的時候卻聽不到格里申的聲音，他一直沒有提高嗓門兒，就好像他不在，人們自己在吵，在自己嚇唬自己。

她排隊等了有一個半鐘頭。她又一面痛恨自己討好的笑臉，痛恨自己忙不迭地說「謝謝」（人家不過略略點頭讓座），一面懇求格里申給她的領導打電話，並說，里津起初是猶豫的，說沒有注明日期和蓋有公章的函調，恐怕不能開具證明信，後來他好不容易同意了，他可以寫證明信，但必須標明是「回答某月某日您的口頭查詢」。

葉妮婭把事先寫好的一張紙條放到格里申面前，她在紙條上用又大又清楚的字體寫明電話號碼、里津的名字和父稱、軍銜、職務，又用小字在括弧裡寫明，「午休時間從一點至兩點。」但是格里申對放在他面前的紙條連看也不看，就說：「我不進行任何形式的查詢。」

「為什麼？」

「不必要。」

「里津中校說，如果連口頭查詢也沒有，他無權開發證明。」

「他既然無權，就不開好啦。」

「可是我怎麼辦呀？」

「我怎麼知道？」

葉妮婭見他那樣平心靜氣，真沒了主意，假如他發脾氣，說她無理糾纏，她倒是輕鬆些。可是他半側著身子坐在那兒，連眼皮都不動一動，一點也不著急。

許多男子在跟她交談的時候，都會發現她很美，她也總會感覺到這一點。但是格里申看著她的那種神情，就好像看著眼睛裡流淚水的老奶奶或者殘障人士。她一進他的辦公室，就不再是人，不再是年輕女子，只是一名求告者了。

她感到自己的弱小，感到他手握強大的權柄，茫然失措了。她在大街上走著，匆匆忙忙，因為已經比約定會見里蒙諾夫的時間晚了一個多鐘頭，不過，匆忙歸匆忙，她已經不因為這次會見而感到興奮了。她似乎還聞到公安局走廊裡的氣味，似乎還看到一張張等候接待的人的臉，看到暗淡的燈光照耀著的史達林肖像，還有旁邊的格里申——又鎮靜，又坦然，掌握著鋼鐵般的國家大權。

里蒙諾夫高高胖胖的，老大的頭，禿頂周圍有一圈像年輕人一樣的鬈髮，他高高興興地迎住她。

「我正怕您不來呢。」他說著，就幫葉妮婭脫大衣。

他開始向她詢問亞歷山卓．弗拉基米羅芙娜的情況。

「從大學時代起，我就認為您的媽媽是英勇剛強的俄羅斯婦女的典型。我在作品中經常寫到她。不是寫她個人，而是寫她這樣一種類型。」

他放低了聲音，又回頭朝門外看了看，問道：「聽到米佳的什麼消息嗎？」

然後他們談起繪畫，兩個人開始一起罵列賓。里蒙諾夫在電爐上煎起雞蛋，並且說，他是國內做雞蛋餅的能手，就連「民族飯店」的廚師都向他學習過呢。

「怎麼樣？」他一面請葉妮婭吃雞蛋餅，一面很不放心地問道。又歎了一口氣，說：「對不起，我就喜歡吃。」

公安局的所見所聞給她的壓力多麼大啊！她來到里蒙諾夫這溫暖的、擺滿了書籍雜誌的房間裡，不久又來了兩個上了年紀的、通曉藝術又幽默風趣的人，可是她那打著寒顫的心還一直感覺到格里申的存在。

但是自由而機智的談話的力量也是強大的，於是葉妮婭一時間也就忘記了格里申，忘記了排隊的人們一張張苦惱的臉。似乎除了談魯布廖夫，談畢卡索，談阿赫瑪托娃和巴斯特納克的詩和布林加科夫的戲劇，人生再沒有什麼事了。

她來到大街上，馬上就忘記了方才高雅的談話。格里申，格里申……在這座宅子裡，誰也沒有同她談過是否辦好戶口手續的事，誰也沒有要她出示蓋了印記的戶口登記卡。但是她已經有好幾次覺得居民小組長格拉菲拉在監視她。那是個機敏的高鼻子女人，總是親親熱熱的，說話總是用甜甜的、透著虛偽的語調。葉妮婭每次碰到格拉菲拉，看到她那又親熱又陰沉的黑眼睛，總是感到害怕。她似乎覺得，當她不在家時，格拉菲拉就用配好的鑰匙打開她的房門，搜查她的證件，抄錄她申報戶口的申請書，看她的信件。

葉妮婭盡可能悄沒聲地推開大門，踮著腳在走廊裡走，很怕碰見居民小組長對她說：「您幹嘛破壞法紀，要我替您擔責任？」

翌晨，葉妮婭來到里津的辦公室，對他說了說在戶籍股又碰釘子的事。

「請您幫我買一張去喀山的船票吧，要不然，也許會因為破壞戶籍制度送我去開採泥炭呢。」她沒再要求他開什麼證明，而且說話用的是嘲笑和惱怒的口氣。

這個低聲細語的高大的漂亮男子望著她，因為自己的膽小怕事感到羞慚。她經常感覺到他那戀戀不捨的目光停留在她身上。他望著她的肩膀、大腿、脖子、後腦勺，而她的肩膀和後腦勺也感覺出這種火辣辣的愛戀目光。但看樣子，決定文件收發規則的力量非同小可。

下午，里津來到葉妮婭面前，一聲不響地把開好的證明信放在圖紙上。葉妮婭也一聲不響地看了看他，眼淚不禁奪眶而出。

「我通過保密部門提了申請，」里津說，「本不抱什麼希望，誰知領導一下子就批准了。」

同事們都向她祝賀，說：「您的苦總算熬到頭了。」她來到公安局。排隊等候的人都向她點頭打招呼，有些人已經跟她熟識了，他們問她：「怎麼樣？……」有幾個聲音說：「您進去吧，不用排隊了……您這事一會兒就能辦好，幹嘛還要等兩個鐘頭？」

她覺得，那辦公桌，那漆了仿木褐色粗花紋的保險櫃也不再那樣陰森、帶著僚氣了。格里申看著葉妮婭那匆忙的手指頭把所需要的證明信放到他面前，微微地、滿意地點了點頭，說：「好吧，您把身分證、證明信留下，三天後的接待時間在收發室等候結果。」

他的聲音還是和平常一樣，但是葉妮婭覺得格里申那明亮的眼睛很親切地笑了笑。

她一面往家走，一面想，原來格里申也和所有人一樣，會做好事，也會笑。原來他不是毫無心肝的人。她原來把這位戶籍股長想得那樣不好，現在她覺得不好意思起來。

過了三天，一隻塗了暗紅色指甲油的女人的手從小窗口把身分證連同整整齊齊夾在裡面的證明信遞給她。葉妮婭看了看清清楚楚寫在上面的批示：「因此人與該住處無固定關係，不予辦理戶口登記手續。」

「狗崽子！」葉妮婭大聲叫起來。她再也忍不住，又大聲叫道：「簡直是捉弄人，存心折騰人，這傢伙！」她大聲叫著，搖晃著不管用的證件，對著排隊的人們，希望得到他們的支持，但是她看到，他們都轉過臉去，躲開她。一時間她心裡泛起一股要拚命的情緒，絕望和發瘋的情緒。一九三七年，在索科爾尼基的布特爾監獄裡，許多婦女站在昏暗的監獄大廳，排隊等候探望失去通信自由的罪犯，那時候有些悲痛絕望得發了瘋的婦女就是這樣喊叫的。

站在走廊裡的一名民警抓住葉妮婭的胳膊把她往門外推。

「放開我，別動我！」她抽出胳膊，把他推開。

「女市民，」他用嗄啞的聲音說，「別叫啦，要不然會判十年徒刑！」她覺得，民警的眼睛裡閃過一絲惻隱和憐憫的神情。

她快步朝大門走去。大街上摩肩接踵地走著許多人，他們都辦過戶口登記手續，有定量供應卡……

夜裡她夢見大火，她朝一個趴在地上的傷患俯下身去，她想把他背起，並且知道這是克雷莫夫，雖然沒看到他的臉。她醒來後，又驚愕，又沮喪。

「他能快點兒來就好啦。」她一面穿衣服，一面想道。並且嘟囔說：「幫助我吧，幫助我吧。」

她非常非常想看到的，不是夜裡她要救護的克雷莫夫，而是諾維科夫，非常想看到他還是今年夏天她在史達林格勒看到的那種樣子。

像這樣沒有戶口，沒有供應卡，見了看院人、房管員、居民小組長總感到提心吊膽的日子，實在叫人受不了。葉妮婭總是趁大家都睡了才上廚房去，早晨洗臉也盡量趕在大家醒來之前。每次鄰居們跟她說話，她的聲音總變得溫和得有些過分，極不自然，很像浸禮派修女的聲音。

這天下午，葉妮婭寫好了離職申請書。

她聽說，在戶籍股拒絕辦理戶口登記手續之後，來過一名民警，送來一張限三天內離開古比雪夫的批示。批示的正文中說：「破壞戶籍制度者，理應……」葉妮婭不希望「理應」，要她離開古比雪夫，她就離開好啦。她一想到可以不再看到格里申，不再看到格拉菲拉和她那柔和得像爛橄欖一樣的眼睛，不再苦惱，不再擔驚受怕，心裡馬上就覺得輕鬆了。她不想違抗法律，她要服從法律。

等她寫好了離職申請書，正要去交給里津時，有人喚她去接電話，是里蒙諾夫打來的。

他問她，明天晚上她有沒有空，從塔什干來了一個人，說了一些那裡的情形，挺有意思，還帶來了阿列克謝·托爾斯泰的問候。於是她又感受到另一種生活的氣氛。

儘管葉妮婭不準備說，可還是對里蒙諾夫說了關於戶口的事。

他聽她說，也不插話，隨後表示：「竟有這種事，真有意思：古比雪夫有爸爸的街道，可是不准女兒落戶口，要把女兒攆出去。有趣。有趣。」

他略作思索，又說：「這樣吧，葉妮婭，您的離職申請書今天不要交，晚上我要參加州委書記召開的會議，我把您的事情說一說。」

葉妮婭道了謝，但是她以為里蒙諾夫把話筒一放，馬上就會把她的事情忘了。不過她還是沒有把離職申請書交給里津，只是問他能否通過軍區司令部，給她弄一張去喀山的船票。

「這倒好辦，」里津說，並且把兩手一攤，「就是公安機關難說話。有什麼辦法呢，古比雪夫實行一套特殊的制度。他們有專門指示。」

他問她：「今天晚上您有空嗎？」

「沒空。」葉妮婭生氣地說。

她一面往家裡走，一面想，她很快就要看到媽媽、姐姐、姐夫、娜佳了，她在喀山一定會比在古比雪夫好些。她很奇怪，為什麼她這樣傷心，為什麼一進公安局就嚇得發呆。不給辦戶口手續，就去它的吧……如果諾維科夫有信來，就請鄰居們轉往喀山去好啦。

翌晨，她剛來上班，就叫她去接電話。有個很有禮貌的聲音請她上市公安局戶籍股辦理戶口手續。

二十五

葉妮婭結識了住在這座宅子裡的一位鄰居——沙爾戈羅茨基。

每次沙爾戈羅茨基突然轉頭的時候，似乎他那老大的、像雪花石膏一般的頭就要從細細的脖子上掉下來，咚的一聲落到地上。葉妮婭發現，老頭子臉上那蒼白的皮膚泛著柔和的藍色光澤。葉妮婭很喜歡這種皮膚的藍與眸子的藍色冷光相搭配；老頭子是高等貴族出身，她一想到恰好可以用表示高貴的藍色來畫老頭子，就覺得十分好笑。

弗拉基米爾·安德烈耶維奇·沙爾戈羅茨基在戰前的生活不如戰爭時期。現在他有一些活兒幹了。蘇聯情報局約他寫一些短文，寫德米特里·頓斯科伊、蘇沃洛夫、烏沙科夫，寫俄羅斯軍人的光輝傳統，寫十九世紀的詩人……

沙爾戈羅茨基告訴葉妮婭，從母系來說，他是羅曼諾夫王朝之前一支古老的公爵世家的後裔。他年輕時在省地方自治局任職，在地主子弟、鄉村教師和年輕神父間鼓吹徹底的伏爾泰主義和恰達耶夫思想。

他對葉妮婭說過他同省首席貴族的談話，是四十四年前的事了。

「您是俄羅斯一支古老世家的代表，可是居然向莊稼漢鼓吹，說人類起源於猴子。莊稼漢會問您：大公們是不是？皇太子是不是？皇后是不是？皇上本人是不是？……」

沙爾戈羅茨基繼續進行思想宣傳，結果他被流放塔什干。一年後他得到赦免，於是他出國到了瑞士。在瑞士他遇到很多革命活動家。布爾什維克、孟什維克、社會革命黨人、無政府主義者都知道這位古怪的公爵世家後裔。他參加辯論會、晚會，和一些人談得很愉快，但是他不贊成任何人的主張。就在這時候，他和一個猶太大學生李別茨成了好朋友，李別茨是一個留著黑色鬍鬚的崩得[33]分子。

第一次世界大戰之前不久，他回到俄國，住在自己的莊園裡，有時在《下諾夫哥羅德報》發表歷史題材和文學題材的文章。他不善經營家產，莊園由母親管理。

沙爾戈羅茨基是唯一一個莊園未被農民觸動的地主。貧農委員會甚至分給他一大車木柴和四十棵大白菜。他整日坐在家裡唯一生了爐子、裝了玻璃的房間裡，讀書，寫詩。有一首詩他還念給葉妮婭聽過。這首詩題為〈俄羅斯〉：

放眼四望，無憂無慮。
大平原，無邊無際。

33 「崩得」是俄文譯音，意為「聯盟」，是「立陶宛、波蘭和俄羅斯猶太工人總聯盟」的簡稱。

老鴉悲愴叫啼。
玩樂。大火。隱祕。
麻木不仁。
處處別具一格。
又驚人地雄渾。

他用心地念著一個一個的字，停頓、轉折處都念得很清楚，長長的眉毛揚得高高的，然而他那寬大的額頭並不因為揚起眉毛而顯得小些。

一九二六年，沙爾戈羅茨基講授起俄羅斯文學史。他抨擊傑米揚·別德內，讚揚費特[34]，參加當時非常風行的關於生活的真和美的辯論會。他聲稱自己反對任何國家形式，聲稱馬克思主義是有局限性的學說，談俄羅斯精神的可悲命運，直到又一次免費去了塔什干。他住在那裡，一直不理解地理位置的轉換在理論辯論中的作用。直到一九三三年底，他才得到允許遷到薩馬拉他的姐姐那裡去。他姐姐葉連娜·安德烈耶芙娜是戰前不久才死的。

沙爾戈羅茨基從來不請別人到自己屋裡去。但是有一次葉妮婭到這位公爵後裔的住處看了看：書和舊報紙堆在角落裡像山一樣，一張張舊椅子摞在一起，幾乎抵到天花板，鑲了鍍金框的畫像擺在地板上。在蒙了紅絲絨的沙發上放著一床皺皺巴巴、露出棉絮的棉被。

這是一個和善的人，在現實生活中沒辦法的人。通常大家都說這樣的人有「孩子般的心靈、天使

---

34 俄國詩人，詩作有著俄羅斯古典浪漫主義風格，以其獨特的魅力和音樂性征服了當時文壇許多名家。十九世紀六〇年代初創作激情衰退，專事農莊經營，晚年又重新執筆。

般的善良」。但是他可以默誦著他心愛的詩句，無動於衷地從伸手向他乞討的饑餓孩子或衣衫襤褸的老嫗身邊走過。

葉妮婭聽沙爾戈羅茨基說話，常常想起自己的第一任丈夫，可是這位費特和弗拉基米爾·索洛維約夫的一貫崇拜者與共產國際戰士克雷莫夫太不相像了。

葉妮婭感到奇怪的是，克雷莫夫跟沙爾戈羅茨基老頭子一樣是俄羅斯人，但對俄羅斯美麗的風光，對俄羅斯民間故事和費特、丘特切夫[35]的詩竟毫無興趣。克雷莫夫從小就看重的俄羅斯生活中的一切，他認為在俄羅斯頭等重要的一些人物，沙爾戈羅茨基卻毫不感興趣，有時甚至有些敵視。

對於沙爾戈羅茨基來說，費特是上帝，首先是俄羅斯的上帝。對於他來說，關於好漢菲尼斯特的故事和格林卡[36]的組歌《彷徨》都是神奇的。而且，不管他多麼讚賞但丁，他仍然認為但丁作品中沒有俄羅斯音樂和詩歌那種神奇的魅力。

克雷莫夫卻認為杜勃羅留波夫和拉薩爾，車爾尼雪夫斯基和恩格斯之間沒什麼區別。他認為，馬克思高於一切俄羅斯天才人物，貝多芬的《英雄交響曲》毫無疑問勝過俄羅斯的音樂。也許只有涅克拉索夫是例外。他認為涅克拉索夫是全世界第一名詩人。有時葉妮婭覺得，沙爾戈羅茨基不僅可以說明她認識克雷莫夫，而且可以幫助她看清她與諾維科夫將來的關係。

葉妮婭很喜歡跟沙爾戈羅茨基談話。往往是從令人不安的戰況談起，然後沙爾戈羅茨基就議論起俄羅斯的命運。

「俄羅斯貴族，」他說，「是有罪於俄羅斯的，葉妮婭·尼古拉耶芙娜。但他們也珍愛著俄羅斯。第一次世界大戰，我們不應該得到絲毫寬恕。傻瓜，蠢貨，飽食終日的飯桶，拉斯普京[37]，椴樹林蔭道，

---

35 費多爾·伊凡諾維奇·丘特切夫（1803-1873），十九世紀俄羅斯著名抒情詩人。哲學觀點受謝林唯心主義影響，詩作除刻畫自然外，還有熱烈的感情和深沉的思考。

36 哈伊爾·伊萬諾維奇·格林卡（1804-1857），俄羅斯民族樂派作曲家。

37 拉斯普京（1872-1916），沙皇尼古拉二世的寵臣，東正教「長老」和「神醫」。

逍遙自在的生活，沒有煙囪的農舍，樹皮鞋……一律完蛋。我姐姐有六個兒子死在加里西亞，我大哥又老又病，也在跟東普魯士的戰鬥中犧牲了，但是歷史不給他們算上這些……應該算呀。」

葉妮婭常常聽他評論文學，他的觀點與現在的觀點完全不同。他認為費特在普希金與丘特切夫之上。他對費特熟悉的程度，自然沒有一個俄羅斯人能比得上，也許費特生前能記得的關於自己的事，還沒有沙爾戈羅茨基知道的多。

他認為列夫·托爾斯泰太實際了，雖然承認他有詩意境界，卻不看重他。他是看重屠格涅夫的，卻認為屠格涅夫是一位不夠深刻的天才作家。在俄羅斯小說家中，他最喜歡果戈理和列斯科夫[38]。

他認為，摧殘俄羅斯詩歌的禍首是別林斯基和車爾尼雪夫斯基。

他對葉妮婭說，除了俄羅斯詩歌，他還愛三樣東西：糖、太陽和睡覺。

他問道：「我還沒看到我的任何一首詩得到發表，難道我能死嗎？」

有一天，葉妮婭在下班回家的路上遇到里蒙諾夫。他拄著疙疙瘩瘩的拐杖在街上走，敞著皮大衣，一條鮮豔的方格圍巾從脖子上耷拉下來。這個頭戴名貴的海狸皮帽的高大的人在古比雪夫的人群中顯得非常奇怪。

里蒙諾夫陪葉妮婭走到門口。她請他進去喝杯茶。他凝神看了看她，說：「好吧，謝謝，不管怎麼說，為了戶口的事，您應該請我喝兩杯。」

於是他一面喘著粗氣，一面上樓。里蒙諾夫走進葉妮婭的小小房間，說：「唔，唔，這兒對於我這樣胖大的身體來說，是很窄小的，不過，對於思想，也許是很寬敞的。」

他忽然用一種極不自然的語調和她談起來，談起自己的愛情理論和男女關係。

「維生素缺乏症，精神上的維生素缺乏症！」他喘著粗氣說。「您要知道，這是一種很強的饑餓，就像非常需要鹽的公牛、母牛和麋鹿那樣。我自己身上沒有的，我的家裡人、我的妻子身上沒有的，我就在我所愛的人身上找。妻子是維生素缺乏症的根源！於是男人就渴望在自己所愛的女人身上找到幾年幾十年在自己妻子身上找不到的東西。您明白嗎？」

他抓住她的胳膊，撫摩起她的手掌，然後又撫摩她的肩膀，摸她的脖子、腦後。

「您明白我的意思嗎？」他用甜蜜的口吻問道。「非常簡單嘛。精神上的維生素缺乏症！」

葉妮婭用冷笑和發窘的眼睛看著他那指甲修剪得光滑的白白的大手從她的肩膀溜到胸脯上。

「看起來，維生素缺乏症不只是精神上的，也是肉體上的呢。」葉妮婭又用老師教訓一年級小學生的口吻說：「別拉拉扯扯，真的，不准。」

他驚慌地看了看她，不過並不羞慚，倒是笑了起來。葉妮婭也笑起來。

他們一面喝茶，一面談藝術家薩里揚。沙爾戈羅茨基老頭子來敲門了。

原來，里蒙諾夫早從有些人的手稿和檔案館藏的信札中知道沙爾戈羅茨基的名字。沙爾戈羅茨基沒讀過里蒙諾夫的作品，但知道他的名字。報紙列舉專寫歷史軍事題材的作家時，常常出現這個名字。

他們談了起來，一感覺到有共同語言，便興奮起來，高興起來，在他們的談話中不時出現一些名字，如索洛維約夫、梅列日科夫斯基[39]、羅札諾夫、吉皮烏斯、別雷[40]、別爾嘉耶夫、烏斯特里亞洛夫、巴爾蒙特[41]、米留可夫[42]、葉夫列伊諾夫[43]、列米佐夫[44]、維亞切斯拉夫·伊萬諾夫[45]。

葉妮婭心想，這兩個人好像把早已沉沒的一個書籍、繪畫、哲學體系和戲劇場景的世界從海底撈了出來。

39 十九世紀俄國小說家，對契訶夫、高爾基等人的小說產生過重大影響。主要作品有《姆岑斯克縣的馬克白夫人》、《奇人錄》、《大堂神父》等。

40 俄羅斯象徵主義文學中最有影響力的作家之一，代表作品有長詩《交響曲》、長篇小說《銀鴿》《彼得堡》等。

41 詩人，評論家，翻譯家。詩集《在北方的天空下》《在無窮之中》《靜》是俄羅斯象徵主義的奠基之作。

42 俄羅斯歷史學家，西方派的代表人物。

里蒙諾夫忽然把她的這一想法說出口來：「咱們好像把早已沉沒的亞特蘭提斯從海底撈出來啦。」

沙爾戈羅茨基傷感地點點頭，說：「是啊，是啊，不過您是俄羅斯的亞特蘭提斯考察者，我卻是亞特蘭提斯居民，跟亞特蘭提斯一起沉到了大洋底層。」

「這沒什麼，」里蒙諾夫說，「戰爭已經把一些人從亞特蘭提斯撈到水面上來啦。」

「是啊，」沙爾戈羅茨基隨口說，「結果共產國際的創造者再也想不出別的好法子，只會重複說：『俄羅斯土地是神聖的。』」他笑了笑。「別急，待戰爭勝利了，那時候國際主義者們就要說：『我們的俄羅斯祖國是全世界的首領。』」

奇怪的是，葉妮婭感覺到，他們談得這樣熱烈，這樣沒完沒了，這樣俏皮，不僅是因為高興他們的相遇，不僅是因為找到了感興趣的共同話題。她明白，他們（一個已經完全老了，一個也早已上了年紀）一直都能感覺到她在聽他們說話，他們都很喜歡她。這有多麼奇怪呀。還有，奇怪的是，他們的談話她一點也不感興趣，甚至覺得可笑，可同時又並非完全不感興趣，而是有幾分愉快。

葉妮婭望著他們，心想：「瞭解自己是不可能的……為什麼我為過去的生活這樣難過？為什麼我這樣憐憫克雷莫夫？為什麼我一個勁兒地想著他？」

就像過去與克雷莫夫來往的那些共產國際的德國人和英國人使她非常反感一樣，現在沙爾戈羅茨基用嘲笑的口氣說起國際主義者，她聽著也很厭煩、很反感。就連里蒙諾夫的維生素缺乏論也不能幫她理清頭緒。再說，這類事也跟理論無關。

她忽然覺得，她一直想著克雷莫夫，一直為他擔心，僅僅是因為她在想念另一個人，但那個人她

43 俄羅斯著名導演、劇作家，戲劇理論家，俄羅斯象徵主義的核心人物，二十世紀二〇年代離開俄羅斯，僑居巴黎。

44 俄羅斯「白銀時代」著名現代派作家，二十世紀二〇年代僑居巴黎。

45 俄羅斯象徵主義詩人、劇作家、哲學家、批評家。

幾乎完全沒有想起來。

「難道我真的在愛他？」她驚訝地想。

二十六

夜裡，窩瓦河上空的黑雲散盡。被山谷裡濃濃的夜色劈開的一座座山崗，在星空下緩緩蕩漾著。有時流星在天空劃過，於是柳德米拉不出聲地說：「讓托里亞活著吧。」這是她唯一的祝願。她對蒼天再也沒有別的要求了。

當年她還在數學物理系上學的時候，就在天文研究所做過計算員。那時候她聽說，流星在各個月份成群地迎著地球流動，有英仙流星群、獵戶流星群，好像還有雙子流星群、獅子流星群。她已經忘記，在十月、十一月跟地球相會的是哪些流星群了。但是讓托里亞活著吧！

維克多責怪她，說她不愛幫助人，說她對他家的人不好。他認為，如果柳德米拉願意的話，他母親就會跟他們住在一起，不會留在烏克蘭了。

當維克多的堂兄從集中營裡放出來，即將被送往流放地的時候，柳德米拉不願意讓他留宿，怕房管所知道這事。她知道：母親至今耿耿於懷，父親病危時，柳德米拉正住在加斯普拉休假，等她度完假趕回莫斯科，已是下葬後兩日。

母親有時和她談起米佳，為他的事情擔心害怕。

「他是一個老實孩子，一輩子都是這樣。居然說他從事間諜活動，說他謀殺卡岡諾維奇和伏羅希洛夫……簡直是荒唐，胡說八道！什麼人要這樣造謠？是什麼人要陷害忠實、正直的好人？」

有一天她對母親說：「你不能完全為他擔保。沒罪的人是不會抓起來的。」

現在她想起了當時母親看她的那種目光。

有一次她對母親說到米佳的妻子：「我一輩子都討厭她，說實在的，現在我還是非常討厭她。」

現在她也想起了母親的回答：「可你要知道，做妻子的因為不檢舉丈夫而被判十年徒刑，這說明了什麼！」

隨後她又回憶起，有一次她在街上撿到一條小狗，帶回家中，可是維克多不願意收養這條小狗，她便大聲對他說：「你這人真冷酷！」

他這樣回答她：「唉，我的柳德呀，我不希望你年輕漂亮，只希望你的善良心腸不只是對貓和狗。」

現在她坐在甲板上，第一次不袒護自己，不責怪別人，回想著一生中聽到的一次次責難的話……有一次丈夫打電話時笑著對人說：「自從我們家養了一隻小貓，我能聽到妻子親熱的聲音了。」

有次，媽媽對她說：「柳德，你怎麼不肯可憐乞丐呢，你想想看：這是吃不飽的人向你吃飽的人乞討呀……」

但是她並不吝嗇。她是好客的，她做的一手好菜，在朋友之間是出了名的。誰也看不見這天夜裡她坐在甲板上哭。就算她心腸硬好了，她把所學的東西全忘了，她一點用處也沒有，誰也不會喜歡她了。她已經發胖，頭髮也灰白，又有高血壓，丈夫不愛她了，所以才覺得她冷酷無情。但是只要托里亞活著就行！她準備什麼都承認，家裡人認為她不對的地方，她都認錯、改正，只要托里亞活著就行！為什麼她一直記著自己的第一任丈夫呢？他在哪兒？怎麼能找到他呢？為什麼她沒有給他在羅斯托夫的姐姐寫信？現在想寫也不行了，那裡有德國人。他姐姐如果知道托里亞的情況，會告訴他的。

輪機轟鳴，甲板顫動，水花拍濺，天空的星光全混合在一起，融會在一起，於是柳德米拉睡著了。

黎明漸漸近了。夜霧在窩瓦河上飄蕩，似乎一切有生命的東西都沉沒在霧中。

忽然躍出一輪紅日，好像又迸發出希望。藍天倒映在水中，陰鬱的秋水呼吸起來，太陽也好像在浪花上雀躍。岸坡上夜裡落了厚厚的一層白霜，紅色的楓樹在白霜裡顯得分外悅目。晨風吹來，霧氣消散，世界變得像玻璃一般明淨剔透。不論是明亮的朝陽還是藍天碧水，都沒有一絲暖意。

大地是遼闊的，大地上的森林看去也是無邊無際的，其實既能看到森林的頭，又能看到森林的尾，可大地是無窮無盡的。像大地一樣遼闊、一樣長久的，是痛苦。

她看到坐在一等艙裡的人民委員會領導幹部，穿著草綠色大衣，戴著灰色羊羔皮軍帽。在二等艙裡坐的是顯要們的妻子和丈母娘，穿著打扮都與身分相稱，似乎妻子們有妻子們的特別服飾，丈母娘和媽媽們也有自己的特別服飾。妻子們穿皮襖，戴白色長絨毛頭巾；丈母娘和媽媽們穿藍呢子皮襖，黑色羊羔皮翻領，咖啡色頭巾。跟她們在一起的孩子們都流露著苦悶和不滿的神情。

從舷窗裡可以看到這些乘客帶了很多吃的。柳德米拉經驗豐富的眼睛很容易看清裝在各種容器裡的東西。有蜂蜜，有煉過的油，裝在一個個罐子罎子裡，用火漆封了口的黑色大瓶裡，順著窩瓦河，朝下游而去。有些高等乘客在甲板上散步，從他們談話的片斷可以聽出來，他們最關心的是從古比雪夫開往莫斯科的火車。

柳德米拉覺得，那些高等女乘客看到坐在過道裡的紅軍士兵和尉官們，表情都很冷漠，好像她們都沒有兒子和兄弟在前方。在播送蘇聯情報局的晨間新聞的時候，她們並不跟那些睡眼惺忪的戰士和水手一起聚在喇叭下面聽，而是走來走去幹自己的事情。

柳德米拉從水手們那裡打聽到，這艘船是包給一些黨政幹部及其家屬的，他們要經過古比雪夫回莫斯科，軍事機關命令這艘船在喀山停靠，上一部分軍隊和普通乘客。原定的合法乘客們大鬧了一場，反對讓軍人上船，還打電話給國防委員會特派員。

這些開赴史達林格勒的紅軍戰士，竟然覺得自己擠了合法的乘客，臉上露出歉疚的神氣，令人感到說不出的奇怪。

柳德米拉覺得，高等女乘客們那種心安理得的眼神特別使人難以忍受。老奶奶們把孫子喚到跟前，一面繼續說話，一面很熟練地把糖果往孫子們嘴裡塞。等到從船頭的一個艙裡走出一個穿黃鼬皮皮襖的小個子老太太，帶著兩個孩子在甲板上玩兒，女乘客都慌不及待地向她鞠躬、微笑，而在那些政治活動家們的臉上則出現了親切和誠惶誠恐的表情。

如果現在廣播電臺宣布開闢了第二戰場，列寧格勒包圍圈已經突破，他們誰也不會動一下；但如果有人告訴他們，莫斯科列車的國際車廂已經取消，一切戰爭大事就會被爭購軟臥票和硬臥票的勁頭兒給淹沒。

真奇怪呀！柳德米拉也穿著灰羊羔皮襖，戴著長絨毛頭巾，論服裝也跟一等艙、二等艙的乘客差不多。不久前她也曾爭著購買臥鋪車票；維克多到莫斯科出差，沒買到軟席票，她還生氣呢。

她對一位炮兵中尉說，她的兒子也是炮兵中尉，受了重傷，現在躺在薩拉托夫軍醫院裡。她跟一個有病的老奶奶談到瑪露霞和薇拉，談到身在淪陷區的婆婆。她的痛苦，跟這甲板上的痛苦氣氛，跟那種總是牽連著軍醫院、前線墳地與鄉村農舍、無名空地上沒有門牌的棚屋的痛苦，是一樣的。她離家時沒有帶茶杯，沒有帶麵包；似乎她一路上不需要吃，也不需要喝。

但是，從早晨起，她在船上就非常想喝水，她知道，她要受罪了。第二天，紅軍戰士們和船上司爐商量好，在機器艙裡煮了一鍋麥粒兒湯，把柳德米拉叫去，給她盛了一飯盒湯。

柳德米拉坐在空箱子上，用別人的飯盒和調羹喝起熱湯。

「這湯好極啦！」一名炊事兵對柳德米拉說。因為她沒有作聲，炊事兵又問她：「怎麼，不好嗎？不是浮著一層油嗎？」紅軍戰士請她喝湯，又希望她誇湯好喝，她可以感受到戰士的大方和樸實。

一名戰士的自動步槍出了毛病，彈簧塞不進去，就連戴紅星勳章的准尉也沒辦法，她卻幫著把彈簧塞了進去。

柳德米拉聽了幾名炮兵尉官的爭論，她拿起鉛筆，幫他們解了一道三角公式。解出公式後，一名原來喊她「女市民」的中尉忽然問起她的名字和父名。到夜裡，柳德米拉依然在甲板上徘徊。

河上彌漫著冰一般的寒氣，下游來的狂風從黑暗中衝來。頭頂上星光閃爍；高懸在她不幸的頭上的、由火與冰構成的無情天空，既不能給人安慰，又不能使人安寧。

二十七

輪船抵達戰時臨時首都之前，船長接到命令，要繼續往前開，開往薩拉托夫，接運薩拉托夫軍醫院的傷患。

坐在一、二等艙裡的乘客開始準備下船了。他們把提箱、公事包拿出來，放到甲板上。開始看到工廠的輪廓，一座座鐵皮頂的樓房、棚屋，似乎船尾的水聲也變了，輪機聲也顯得更惶惶不安了。

然後，寬闊的薩馬拉河開始慢慢出現。河水有灰色的、紅色的、黑色的，有時像光閃閃的碎玻璃，有時裹在一股股工廠與火車頭噴出的灰煙之中。在古比雪夫下船的乘客站到了舷邊。

下船的人並不彼此道別，也不向留下的人點頭致意。他們一路上都沒有建立交誼。

一輛「齊斯——101」牌的小汽車等候著穿黃鼬皮皮襖的老奶奶和她的兩個孫子。一個穿將軍呢大衣的黃臉男子向老奶奶行了一個軍禮，又跟兩個孩子握了握手。

過了幾分鐘，帶著孩子、提箱和公事包的乘客們消失了，就好像本來便沒有他們似的。輪船上只剩下許多軍大衣和棉軍裝。

柳德米拉覺得，這些人都是由共同的命運、勞動和痛苦連結在一起的，現在她在這些人當中，呼吸起來就輕鬆些、痛快些了。

二十八

在薩拉托夫迎接柳德米拉的是粗暴與冷酷。

她一踏上碼頭，就和一個身穿軍大衣的醉漢相撞，醉漢打了一個趔趄之後，一把將她推開，又罵了一句髒話。

柳德米拉順著石子鋪砌的陡峭岸坡往上爬，爬了一會兒，停了下來，喘著粗氣，回頭看了看。那輪船在下面，在一個個灰色的碼頭貨棧之間顯得很白。輪船好像知道她在向它告別，發出低低的、斷續的汽笛聲，好像在說：「你走吧，走吧！」於是她走了。

在上電車的時候，一些年輕女子一聲不響地拚命推擠老年人和病弱的人。有一個頭戴紅軍帽的盲人，看樣子是從軍醫院出來不久的，還不會摸索著單獨行動，兩隻腳急急慌慌地倒換著，拿小棍兒在面前直搗。他像個孩子一樣急切地抓住一個不怎麼年輕的婦女的衣袖。那婦女把胳膊一抽，朝旁邊跨了一步，釘了鐵掌的靴底在石子路面上叮噹響了兩聲。他還要去抓她的袖子，並且連忙解釋說：「請幫我上車，我是剛從軍醫院出來的。」

那婦女罵了一聲，把瞎了眼的傷兵一推，那傷兵失去平衡，一屁股坐到馬路上。

柳德米拉看了看那婦女的臉。

這種無人性的表情是從哪兒來的？來自什麼？是來自她在童年經歷過的一九二一年的饑荒？或是來自一九三〇年的成批死亡？還是來自窮困艱難的生活？

那盲人愣了一會兒，然後一下子站起來，用鳥叫般的聲音叫喊起來。他的帽子歪到了一邊，無可奈何地搖晃著棍子，他那一雙瞎眼，大概也清楚看見了自己的窘境。盲人拿棍子在空中敲打，在這種亂搖亂打中，表達著他對冷酷的明眼人世界的痛恨。人們推搡挨擠著往車上爬，他站在那裡又哭又叫。柳德米拉懷著希望和摯愛，把他們連結為一個辛勞、貧窮、善良和痛苦的大家庭的這些人，就好像商量好了似的，堅決不做人道的事情。他們似乎商量好了要推翻一種說法，這種說法就是：穿油污衣裳、在勞動中弄黑了手的人，心腸必定是善良的。

柳德米拉的心觸到一種令人難受的、黑沉沉的東西，就好像來到俄羅斯那數千里的貧瘠土地上，感到寒冷與黑暗，這是置身現實生活的凍土帶時的無可奈何。

柳德米拉問女售票員，應該在哪兒下車。

女售票員冷冷地說：「我早已說過了。你聾了嗎？」

有些乘客站在電車通道上。問他們是不是要下車，他們也不回答，像石頭一樣，動也不動。

過去柳德米拉曾經上過薩拉托夫女子中學初級預備班。冬天的早晨，她坐在飯桌旁，悠蕩著兩條腿，喝著茶，她心愛的父親給她往熱烘烘的白麵包上抹奶油，燈光映照在茶炊圓圓的肚子上。她不願意離開父親溫暖的手，不願丟下熱烘烘的麵包，不願離開熱氣騰騰的茶炊。

似乎那時在這座城市裡沒有十一月的寒風，沒有饑餓，沒有自殺的人，醫院裡沒有奄奄一息的孩子，只有溫暖，溫暖，溫暖。

她的大姐索菲亞死於喉炎，就葬在這裡的墳地。媽媽給大姐取名索菲亞，為的是紀念因為謀刺沙皇而被處死的女革命家索菲亞·里沃菲娜·佩羅夫斯卡婭。爺爺好像也葬在這裡的墳地。

她來到一座三層的學校大樓跟前，這就是托里亞所在的軍醫院。

門口沒有崗哨，這是個好兆頭。她感覺到醫院裡的空氣，氣味是那樣濃重，就連凍得要死的人也不會喜歡這裡的溫暖，寧願離開這裡再上寒冷的地方去。

她從廁所旁邊走過，門口還掛著過去的牌子：「男廁」、「女廁」。她經過走廊，廚房裡的氣味朝她撲來。她又往前走，透過蒙了一層水汽的玻璃看到院子裡堆著不少長方形的棺材。她又像在家裡拿著未打開的信時一樣，心想：「天啊，萬一已經死了呢。」可是她放大了步子又朝前走去，走上灰灰的地毯，從一個個床頭小櫃和她所熟悉的天門冬和蓬萊蕉之間穿過，來到一個門口，門口掛著「四年級」的牌子，並排掛著手寫的牌子：「病歷室。」

柳德米拉抓住門把手。陽光穿過烏雲，照射在窗戶上，四周一下子都亮了。

過了幾分鐘，愛說話的管理員一面在被陽光照得亮閃閃的長匣子裡翻著病歷卡，一面對她說：「噢，噢，就是說，沙波什尼科夫，阿……哦……阿納托里．維……噢……您很幸運，沒有碰到我們的警衛長。不脫大衣，他要是看見了，夠您受的……噢，噢……就是說，沙波什尼科夫……就是，就是，就是他，中尉，不錯。」

柳德米拉看著他的手從長長的膠合板匣子裡抽出卡片，她似乎站到了上帝面前，等候上帝告訴她是死是活，可是她一時之間呆住了，弄不清她的兒子是死了還是活著。

二十九

柳德米拉來到薩拉托夫的時候，給托里亞做過上一次手術，即第三次手術之後，已經過了一個星期。做這次手術的是二級軍醫麥捷爾。手術又複雜，時間又長。托里亞有五個多鐘頭處在全身麻醉狀態中，兩次靜脈注射安眠明鈉。軍醫院的軍醫和醫科大學的臨床醫生中，都沒有人在薩拉托夫做過類似的手術，只見過文字材料，美國一份軍事醫學雜誌在一九四一年發表過類似手術的記載。

因為這項手術特別複雜，在做過例行的X光檢查之後，麥捷爾醫生曾經和托里亞進行過長時間的、坦率的交談。他向托里亞解釋了重傷之後在他身體內發生的病理變化的性質。同時醫生也坦率地說了手術中可能出現的危險。他說，會診的醫生意見並不一致，老醫師羅季奧諾夫就反對這次手術。托里亞向麥捷爾醫生提了兩三個問題，略作思索之後，就在X光室裡表示同意做手術。為了這次手術，用了五天時間做準備。

手術從上午十一點開始，到下午四點鐘才結束。在做手術的時候，軍醫院院長、軍醫季米特魯克也在場。在場觀察手術的醫生們都認為，手術做得非常漂亮。

麥捷爾醫生在手術臺邊當機立斷，正確地解決了事先未料到的以及文字記錄中不曾提到的難題。手術時病人的狀況是令人滿意的，脈搏正常，沒有減弱。

下午兩點左右，已經不再年輕、肥胖的麥捷爾醫生感覺體力不支，只好暫停幾分鐘。內科醫生克列斯托娃給他注射了一針戊酸薄荷腦脂，之後麥捷爾醫生再也沒休歇，一直把手術做完。可是，手術結束後不久，托里亞剛剛被送進隔離病房，麥捷爾醫生就心絞痛發作，情況很嚴重。只好一再注射樟腦劑，服用硝化甘油，到夜裡才把心絞痛壓下去。顯然，心絞痛是神經緊張和健康欠佳的心臟超負荷工作引起的。

值班護士捷連季耶娃遵照指示觀察托里亞中尉的病情。克列斯托娃醫生走進病房，摸了摸尚處在昏迷狀態的托里亞的脈搏，病人的情況很好。

克列斯托娃對護士說：「麥捷爾把沙波什尼科夫中尉救活了，可是麥捷爾自己差點兒送命。」護士捷連季耶娃說：「噢嘿，萬一光是中尉托里亞活下來，那才夠受呢！」

托里亞呼吸幾乎沒有聲音。他的臉一動也不動，細細的手臂和脖子就像是小孩子的，蒼白的皮膚上還保留著戰地作業和草原行軍中曬黑的痕跡，就像隱隱約約的影子。托里亞的狀況介乎昏迷和睡夢之間：一方面是麻醉藥的力量尚未完全消退，一方面是體力和精力受到巨大消耗。

托里亞迷迷糊糊地吐出一些不相關的詞兒，有時也說出連貫的句子。捷連季耶娃覺得他好像很快地說了一句：「你沒看到我這個樣子，太好了。」說過這一句以後，他不作聲了，兩個嘴角耷拉下來，就好像他在昏迷中不出聲地哭了。

晚上八點左右，他睜開眼睛，並且很清楚地說要喝水，護士一見這情形，非常高興，非常驚訝。她告訴他，他現在不能喝水，又告訴他，手術十分成功，完全可以復元。她問他感覺如何，他回答說，背部和腰側都不怎麼疼痛。

她又試了試他的脈搏，往他的嘴上和額頭上敷了溼毛巾。

這時候衛生員麥德維傑夫走進病房，說外科主任普拉托諾夫醫生打電話找護士捷連季耶娃。捷連季耶娃來到值班室裡，拿起話筒，向普拉托諾夫彙報說，病人已經醒了，就一個經過大手術的病人來說，情況完全正常。

護士捷連季耶娃要求派人接替她，她要上市軍委會去，因為給她丈夫的領款證的地址寫錯了。普拉托諾夫答應讓她去，但叫她繼續觀察一會兒，等會兒普拉托諾夫親自來接替她。

護士捷連季耶娃回到病房。病人依然躺著未動，還是她離開時那個樣子，但臉上的痛苦表情不那麼強烈了：嘴角抬上去了，臉色平靜，似乎在笑。看樣子，一直很痛苦的表情使托里亞的臉顯得蒼老，現在這一副笑臉使護士捷連季耶娃感到吃驚：那瘦小的臉，那蒼白而飽滿、微微噘起的嘴唇，沒有一絲皺紋的高額頭，似乎不是屬於一個成年人，甚至也不屬於一個大孩子，而是屬於一個小孩子的。她問他感覺如何，他沒有回答，看樣子，是睡著了。

捷連季耶娃又看了看他臉上的氣色，有點兒不放心。她抓起他的手，沒有摸到脈搏，手只是多少有一點兒熱乎，這是勉強能感覺到的餘熱，就好比前一天生的爐子，早已熄滅，但到早晨還保留著一點兒微熱。

儘管護士捷連季耶娃一直生活在城市裡，可是她跪了下來，為了不驚動活著的人，輕輕地、像農村婦女那樣哭號起來。

「我們的親人呀，最最心愛的人呀，你怎麼就走了呀？」

三十

軍醫院已知道沙波什尼科夫中尉的母親來了。接待死者母親的是軍醫院政委、營級政委希曼斯基。

他是一個漂亮男子，聽口音可以知道他是波蘭出生的。他皺著眉頭等待柳德米拉到來，他以為她必然要流淚，也許還會昏過去。他用舌頭舔著剛長出來的鬍子，為死去的中尉、為死者的母親難過，也因此生起中尉和他媽媽的氣：如果每一個死去的尉官的媽媽都需要接待，神經怎麼能受得了呀？

希曼斯基請柳德米拉坐下，在開始談話之前，先遞給她一杯水。她說：「謝謝您，我不渴。」

她聽他談了手術前會診的情形（這位政委認為沒必要說有一人曾經反對做手術），談了這次手術的困難，談了這次手術進行得很好；又說，醫生們認為，對於沙波什尼科夫中尉這樣的重傷，應該做這種手術。他說，沙波什尼科夫死於心臟麻痹，經過三級軍醫鮑爾德廖夫病理解剖，得出結論：這次突然變化，醫生無法預測也無法排除。

接著政委又說到，軍醫院來的病人成百上千，可是很少有人像沙波什尼科夫中尉這樣受到醫護人員喜愛。他又自覺，又文雅，又有禮貌，總是不好意思提什麼要求，怕麻煩醫護人員。最後希曼斯基說，一個做媽媽的，養育出這樣一個忠誠無私地把生命獻給祖國的兒子，應當感到自豪。然後希曼斯基問她，對醫院領導有沒有什麼要求。

柳德米拉說，占用政委不少時間，請多原諒，接著她從小包裡抽出一張紙，念起自己的要求。她要求把兒子的埋葬地點告訴她。政委一聲不響地點了點頭，並在小本子上記下來。她希望和麥捷爾醫生談一談。政委說，麥捷爾醫生聽說她來了，也很想和她見見面。她要求見見護士捷連季耶娃。政委點點頭，又在小本子上記了一下。

她要求把兒子的遺物給她，作為紀念。政委又記了記。

最後她要求把她給兒子帶來的禮物轉送給別的傷患，接著就把兩罐鮮魚罐頭和一包糖果放到桌上。

她的眼睛和政委的眼睛相遇。政委的眼睛遇到她那藍藍的大眼睛的光芒，不由得瞇縫起來。希曼斯基請柳德米拉第二天上午九點半到醫院來，她所有的要求都不成問題。

政委看了看已經關上的門，看了看柳德米拉要求轉送其他傷患的禮物，他摸了摸自己手上的脈搏，沒有找到脈搏，就把手一揮，喝起水來，這水便是開始談話前請柳德米拉喝的那一杯。

三十一

柳德米拉似乎沒什麼閒置時間。夜裡她在大街上走來走去，在公園裡的長椅子上坐了坐，到車站裡面暖和了一陣子，就又邁著鄭重其事的快步子在空蕩蕩的大街上來來回回地走。

她所要求的事，希曼斯基全給辦了。

上午九點三十分，護士捷連季耶娃來見柳德米拉。柳德米拉請護士說說她所知道的，關於托里亞的一切。柳德米拉穿上白罩衫，和捷連季耶娃一同登上二樓，從她兒子當時進手術室經過的走廊走過，在一個單間病房的門前站了一會兒，看了看這天上午空出來的病床。護士捷連季耶娃一直走在她旁邊，用手帕揩著鼻子。柳德米拉又下到一樓，捷連季耶娃便和她分開了。不久，接待室裡進來一個人，白頭髮，胖大的身子，黑黑的眼睛下面有兩個黑黑的圈兒。麥捷爾醫生漿過的白罩衫跟他那黑黑的臉和睜得老大的黑眼睛相比，顯得很白很白。

麥捷爾對柳德米拉說了說，為什麼羅季奧諾夫教授反對做這次手術。柳德米拉想問的事，他似乎全猜到了。他對她說了說手術前他和托里亞談的話。他很理解柳德米拉的心情，一絲不苟、毫不隱瞞地講了一遍手術過程。

然後他說，他對中尉托里亞有一種特殊感情，幾乎是一種父愛。在這位醫生低沉的聲音中，有一種碎玻璃碴一樣的聲音又尖細又悲戚地響起來。她第一次看了看他的手，那是一雙很特別的手，似乎不是長在這個眼神悲戚的人的身上的。那手粗大而沉重，手指頭黑黑的，粗實有力。

麥捷爾把一雙手從桌上抽回去。他似乎已念出她心中想法，說：「能做的事我全做了；但結果是，我的手加速了他的死亡，而沒有戰勝死亡。」他又把一雙手放到桌子上。

她明白，麥捷爾說的一切都是事實。

他說的有關托里亞的每一句話，她都非常希望聽，但每一句都讓他痛苦又難受。然而他這些話裡還有一種很難受的沉重感。她覺得，麥捷爾醫生希望和她見面不是為了她，而是為了他自己。這使她心中對麥捷爾產生了不好的感覺。

在麥捷爾醫生要走的時候，她說，她相信他為了挽救她的兒子，能做的事全做了。他沉重地喘了一口氣。她感覺到，她的話使他輕鬆了。這樣她又明白了，他因為感到自己有權從她嘴裡聽到這樣的話，所以希望和她見面。

她心裡想：「難道還要從我這裡得到安慰嗎？」

麥捷爾走後，柳德米拉便朝戴皮帽的警衛長走去。他向她行了一個軍禮，用嘎啞的聲音報告說，政委指示用小汽車把她送到安葬的地方去，小汽車還要等十分鐘才來，因為有人用車到票證發放處送文職人員名單去了。中尉托里亞的東西已經收拾好了，最好是從墳地回來後再帶走。

柳德米拉提出的所有要求全做到了，而且一絲不苟，不打折扣，就像執行軍令一樣。不過，從政委、護士、警衛長對她的態度中可以感覺出來，這些人也想從她這裡得到寬恕和安慰。

政委因為醫院裡常常死人，感到自己有責任。在柳德米拉來醫院之前，他並沒有為此感到不安。醫院嘛，總是要死人的，尤其是在戰爭時期。醫療服務工作的組織安排，並未引起上級領導的責難。經常使他受批評的是政治工作做得不夠，沒有很好地報導傷患的頑強精神。

部分傷患不相信戰爭能勝利，還有一部分政治落後的傷患，對集體農莊制度抱有敵對情緒，惡意攻擊，他跟這些鬥爭不夠堅決。在醫院裡還有一些傷患傳播軍事機密的事件。軍區衛生部政治處曾經把希曼斯基叫了去，告訴他，如果特別處再次彙報說醫院思想混亂，就要把他調到前方去。

現在政委見到死去的中尉的媽媽，感到非常羞愧，因為昨天死了三名傷患，可是昨天他還洗了淋浴，讓炊事員用燉好的酸白菜給他做了可口的下酒菜，喝了從市商業局弄來的一小桶啤酒。護士捷連季耶娃見到死去的中尉的媽媽也感到羞愧，因為她的丈夫是軍事工程師，在集團軍參謀部工作，沒有上過前方，她的兒子比托里亞還大一歲，卻在飛機工廠設計處工作。警衛長羞愧的是，他是一名位處核心的軍人，卻在後方醫院工作，他還把一匹上等的華達呢衣料和一雙精製的氈靴寄回家，可是死去的中尉留給媽媽的只有棉軍裝。

經管死去傷患的殯葬事務的司務長，厚嘴唇，大耳朵，他在陪同柳德米拉前往墳地的時候，也感到羞愧。棺材都是用薄薄的廢木板釘成的。死者只穿著內衣入殮。普通士兵的棺材排得十分擁擠，一律採用合葬墓。墳上的墓碑都是未刨光的木牌，文字寫得歪歪扭扭，而且是用容易褪色的顏料寫的。當然，師衛生營裡的死者都是直接埋進坑裡，連棺材都沒有呢，木牌上的字是用變色鉛筆寫的，一下雨就沖掉。還有那些死在戰鬥中，死在森林裡、沼地上、山溝裡、曠野上的人，還常常得不到安葬呢，埋葬他們的往往是沙土、枯葉、風雪。

但是，當這位婦女跟他一起坐在汽車裡，問他怎樣安葬死者，問他是不是合葬，給死者穿什麼服裝，在墳地上是否致悼詞的時候，他還是因為棺材木料太差而感到羞愧。

他感到不好意思，還因為他在出來之前曾跑到軍需倉庫一個朋友那裡去，喝了一小罐加水的藥用酒精，還就著大蔥吃了一塊麵包。使他感到難為情的，是汽車裡充滿了他呼出來的酒氣和大蔥氣味，可是，不論他多麼難為情，不呼吸是不行的。

他愁眉苦臉地望著掛在司機前面的後照鏡。在這四四方方的小鏡子裡映照出司機那一雙帶笑的、使司務長感到慚愧的眼睛。「司務長，你喝醉啦！」司機那一雙年輕而快活的眼睛不客氣地說。

所有的人在犧牲了兒子的母親面前都感到羞愧，而且，不論人類歷史多麼長久，想對她說明自己無愧，都是徒然的。

三十二

勞動營的士兵們正從卡車上往下卸棺材。他們不聲不響，不慌不忙，可以看出他們已經很熟練、很習慣幹這種活兒了。一個人站在車斗裡，把棺材推到邊沿上，另一個人用肩膀接住，往外一拖，又一個人不聲不響地走過來，用肩膀接住棺材的另一邊。他們咯吱咯吱地踩著上了凍的土地，把棺材抬到寬大的合葬墳裡，貼著墳坑的邊放好，又回到卡車跟前。等到卸空了的卡車回城裡去了，士兵們便在墓穴旁的棺材上坐下來，拿出一疊廢紙和一丁點兒菸絲捲菸。

「今天好像空閒些。」一個士兵說著，用裝配得很好的打火家什打起火來——細繩的火絨塞在銅彈殼裡，火石嵌在裡面。這個士兵把火絨搖了兩下，就冒出煙來。

「司務長說，今天就一汽車，再沒有了。」另一名士兵說著，噴了一大口菸，抽起菸捲兒。

「那咱們可以封墳啦。」

「過一會兒比較好，他還要拿名單來，要檢查。」另一名沒抽菸的士兵說著，從口袋裡掏出一塊麵包，打了打灰，又輕輕吹了吹，便吃起來。

「你跟司務長說說，讓他給咱們發鐵。這地凍了好幾尺厚，明天還要挖新墳，像這樣的地用鐵鎬能挖得動嗎？」

剛才在打火的那一名士兵，用手叭叭拍了兩下，把木頭菸嘴裡的菸灰拍出來，又輕輕地拿菸嘴在棺材蓋上敲了敲。

三個人都沒說話，好像在聽什麼。

「聽說，要給勞動營發乾糧了，是真的嗎？」吃麵包的士兵說。他把嗓音放得很低，為的是不打攪棺材裡的死者，知道他們對這些話不感興趣。

另一個抽菸的士兵把菸灰從長長的蘆葦菸嘴裡吹出來，又對著亮光朝菸嘴裡看了看，搖了搖頭。還是沒什麼聲音。

「今天天氣不壞，就是有風。」

「聽，汽車來了，這一下子咱們要幹到中午了。」

「不對，這不是咱們的大汽車，是小汽車。」

從小汽車裡走出他們熟悉的司務長，接著出來的是一位戴頭巾的婦女。他們朝鐵欄杆那邊走去，在上個星期之前都是在那裡埋死人，後來因為已經沒有地方，就不在那裡挖墳了。

「埋葬數以千計的軍人，沒有一個人送葬，」一名士兵說，「在和平時期，你要知道，一口棺材後面，有上百人捧著鮮花。」

「也有人哭這個人的。」一名士兵用厚厚的長圓形指甲很有禮貌地敲了敲棺材板，指甲因為幹活兒磨得像海邊石子一樣光溜。「只不過那些眼淚咱們看不到……瞧，司務長一個人來了。」

他們又抽起菸來，這一次三個人都抽了。司務長走到他們跟前，和善地說：「同志們，咱們都抽菸，誰又替咱們幹活兒呢？」

他們一聲不響吐出三個菸團兒，接著，剛才打火的那個士兵說：「你也抽一口吧，聽，咱們的卡車又來了。我從馬達聲能聽出來。」

三十三

柳德米拉走到一個墳包前面，念了念寫在膠合板上的兒子的姓名和軍銜。

她清楚地感覺到，她頭巾下的頭髮動了起來，不知是誰的冰冷手指在撥弄她的頭髮。左邊，右邊，直到欄杆邊，全是灰灰的墳包，沒有青草，沒有鮮花，只有插在墳土裡的一根根木桿。木桿頂上釘著膠合板，上面寫著一個人的姓名。膠合板有許多，密密麻麻，全都是一個樣子，很像田野裡長得很茂盛的莊稼。

她現在終於找到了托里亞。有多少次，她拚命猜想，他在哪兒，在幹什麼，想什麼，他是倚著戰壕的土壁打瞌睡，還是在路上走，是不是一隻手端著茶缸、另一隻手拿著糖塊喝茶，是不是冒著槍林彈雨在田野上奔跑……她很希望跟他在一起，他需要有媽媽——她可以給他斟茶，對他說：「再吃塊麵包吧。」她給他脫鞋，給他洗磨出泡的腳，給他脖子上圍圍巾……每次他走了，她都無法找到他。現在她終於找到了托里亞，可是他已經不需要她了。

稍遠處可以看到革命前的一些墳墓，墳前還有大理石十字架。那些十字架就像是一群誰也不要、跟誰也沒關係的老頭子——有些歪倒在一旁，有些軟弱無力地靠在樹幹上。

天空好像是真空的，好像有人把空氣抽光了，頭頂之上，空空蕩蕩，只有乾燥的灰塵。可是無聲無息然而馬力強大的氣泵還在抽取天空的空氣，不停地抽著，抽著。柳德米拉覺得不僅已經沒有天空，而且沒信念，沒希望，在巨大的沒有空氣的天地間只剩下灰灰的凍土塊壘成的一個小小土丘。

一切活著的，母親，娜佳，維克多的眼睛，戰報，一切都不再存在了。

活著的，成了死的了。世界上只有托里亞活著。可是，周圍多麼靜呀。他是不是知道她來了……

柳德米拉跪下來，為了不驚擾兒子，輕輕地把寫著兒子姓名的膠合板扶正。她記得，過去她送他上學的時候，給他理衣領，他總要生氣。

「瞧，我來了，你也許在想，怎麼媽媽還不來……」她說起話來聲音小小的，怕欄杆外有人聽見。公路上卡車奔馳著，黑糊糊的、花崗岩般捲地的風雪在旋轉，茫茫一片，在柏油路面上又繞圈兒，又打旋兒……背著口袋的人、提著牛奶桶的女人都穿著軍靴，橐橐地走著，身穿棉襖、頭戴棉軍帽的孩子們跑著去上學。

但是她覺得這到處在活動的世界只是一種模模糊糊的幻景。

多麼靜啊。

她和兒子在說話，回憶著他過去生活中的細節，於是這些僅僅存在於她的記憶中的往事充滿了天地間，到處是孩子的聲音、眼淚，翻看小人書的沙沙聲，小調羹敲打白碟子邊兒的響聲，自己裝配的收音機的嘶嘶聲，滑雪板的哧哧聲，別墅池塘裡船槳的划水聲、剝開糖果紙的沙沙聲，閃來閃去的孩子的臉、肩膀、胸膛。

他的眼淚、苦惱，他的好的、壞的行為，都因為她的絕望而復活，一切如在眼前，好像可以觸摸到。

她不是回憶死去的兒子，而是為他的實際生活操起心來。

幹嘛要在這麼弱的燈光下通宵看書呀。這麼年輕就開始戴眼鏡，以後怎麼辦啊……

瞧，他就穿著薄薄的布襯衣躺在這兒，光著腳，怎麼不給他蓋被子，這地冰涼冰涼的，到夜裡還有老厚的霜呢。

柳德米拉鼻子裡忽然湧出鮮血。頭巾都溼透了，沉甸甸的。她頭暈，眼睛發黑，有一會兒她覺得就要昏過去。她閉上眼睛。等她把眼睛睜開，在她的悲痛中復活的世界已經消失，只有被風捲起的灰色塵土在墳墓上面盤旋著；好像是一會兒這座墳，一會兒那座墳，冒起灰煙。

奔流在堅冰之上、把托里亞從黑淵中托出來的那股仙水流走了，消失了；在母親的絕望中出現的那個世界，一時間衝破現實的桎梏、要取代現實的那個世界，又不見了。

她的絕望好像變成了上帝，讓兒子從墳墓裡站起來，讓空中布滿新的星星。在過去的這幾分鐘裡，世界上只有托里亞活著，其餘的一切都有賴於他。但是，母親的強大力量不能長久地使大量的人群、大海、道路、土地和城市服從死去的托里亞。

她把頭巾按到眼睛上，眼睛是乾的，頭巾卻被血溼透了。她覺得她的臉上沾滿黏糊糊的血。她彎著腰坐著，漸漸平靜下來，不由得在思想上邁著小小的起步，開始承認托里亞不在人世。

醫院裡的人見她這樣平靜，聽到她提的問題，都感到吃驚。他們不知道，她還沒有意識到他們已經很清楚的事實，沒有意識到托里亞已經不在人世。她對兒子的感情太強烈了，以至於既成事實的威力絲毫不能動搖這種感情，所以他還繼續活著。

她已經失去理智，誰也沒看出這一點。她終於找到了托里亞。就好像老貓找到已死的小貓，又高興，又拿舌頭舔。

她的心還要經歷長時間的痛苦，直到幾年、也許幾十年之後，慢慢地、一塊石頭一塊石頭地堆起自己的墳包，在心裡清醒地感覺到永遠失去了兒子，才會在既成事實的威力面前屈服。

勞動營的士兵幹完活兒，已經走了。太陽就要落山，墳地上的膠合板投出了長長的影子。只剩柳德米拉一個人。

她想，應該把托里亞的死訊通知親屬們，通知在集中營裡的他的父親。一定要通知父親。要通知親生父親。托里亞在手術之前想些什麼呢？他吃得怎樣呢？還用調羹吃飯嗎？他是不是有時也側著睡呢？還是仰著睡？他喝水喜歡加檸檬和糖呀。現在他是怎樣躺著的？頭髮理過沒有？

大概由於心裡的痛苦過於沉重，周圍的一切變得愈來愈黑沉了。

她突然想到，自己的痛苦永無盡期；將來維克多會死，她女兒的後代也會死。她會一直痛苦下去。

在悲痛過分沉重，內心支持不住的時候，現實與柳德米拉心中浮現的世界之間的界限再次消失，她的愛打退了永恆。

她想，幹嘛要把托里亞的死訊通知他的生父，通知維克多和所有親屬？要知道，情況還完全不能肯定呀。最好是等一等，也許，還能好轉呢。

她小聲說：「你也不必告訴任何人，情況還一點不清楚呢，還會好起來呢。」

柳德米拉拿大衣襟蓋住托里亞的腿。她又從頭上摘下頭巾，蓋住兒子的肩膀。

「上帝，可不能這樣，怎麼能不蓋被子。哪怕把腿蓋一蓋也好。」

她想得出神了。在迷迷糊糊的狀態中繼續同兒子說話，責備他寫信寫得那樣短。她漸漸清醒，給兒子拉了拉被風吹到一邊去的頭巾。

她跟兒子兩個人在一起，誰也不打攪他們，多麼好呀。誰也不喜歡他，都說他不漂亮：嘴唇又厚，又往上翻。都說他行動古怪，動不動就生氣，發火。同樣，誰也不喜歡她，家裡人光看她的缺點……我可憐的孩子，我的靦腆的、不漂亮的好兒子呀……只有他喜歡我，現在，在這黑夜裡，在墳地上，只有他和她在一起，他再也不離開她，等她成了一個沒人要的老婆子，他還會愛她……他是一個多麼不圓滑的人啊。從來不要求什麼，又羞怯，又可笑；一位女教師說，他在學校裡成了取笑的對象；大家逗他，捉弄他，他就像小孩子一樣哭起來。托里亞呀，托里亞，可別丟下我一個人。

後來，天亮了。史達林格勒彼岸的草原上升起冷冷的紅光。汽車吼叫著從大路上駛過。

精神狂亂的狀態過去了。她坐在兒子墳前。兒子的身體被黃土埋了。兒子沒有了。她看到自己骯髒的手指，看到鋪在地上的頭巾，她的兩腿麻木了，覺得她的臉也弄髒了。她的喉嚨裡發癢。

她對一切都冷漠了。如果有人告訴她，說戰爭結束了，說她的女兒死了，她會無動於衷。如果旁邊有一杯熱牛奶，有一塊熱麵包，她連動都不會動，手也不會伸一下。她坐在地上，既不操心，又無思慮。一切都無所謂，什麼都不需要。只有不肯休歇的痛苦緊壓著她的心，衝打著她兩側鬢角。醫院裡的人、穿白衣的醫生說起托里亞的事，她看到他們那張開又闔上的嘴，卻沒有聽見他們說的是什麼。地上有一封信，是從大衣口袋裡掉出來的，是軍醫院給她的那一封，她也不想撿起來，抖一抖上面的灰土。她無意識地想起，托里亞兩歲的時候，蹣跚地追趕在地上跳來跳去的蟋蟀，耐心地、毫不洩氣地跟在蟋蟀後面走來走去；又想起她沒有問護士，托里亞在生命的最後一天，在手術前的那個早晨是怎樣躺著的，是側著身，還是仰著。她看到了晨光，她不可能看不到啊。

忽然她想起：托里亞滿三歲了，那天晚上家裡人吃著甜點心，托里亞還問：「媽媽，為什麼天黑了？今天是生日呀。」

她看到樹枝，看到在陽光下閃亮的光滑的石頭墓碑，看到寫著兒子姓名的膠合板，字有大有小，稀密不勻。她沒有想法，她沒有心思了。她什麼也沒有了。

她站起身來，撿起那封信，用麻木的手抖了抖大衣上的小土塊，又拍了拍，擦了皮鞋，拿起頭巾，抖了老半天，一直抖到頭巾又成了白的。她把頭巾繫在頭上，用頭巾邊兒擦了擦眉毛上的灰土，擦去嘴上和下巴上的血。她朝墳地大門口走去，不回頭，不慢也不快。

三十四

回到喀山後，柳德米拉就漸漸消瘦，愈來愈像她學生時代照的相片。她上供應商店買東西，燒飯，生爐子，擦地板，洗衣服。她覺得秋天的日子太長，怎麼也沒辦法打發過去。

從薩拉托夫回來的那一天，她就向家裡人說了這次外出的情形，說了她想過自己有一些對不起家裡人的地方，說了她去軍醫院的情形，又把包著兒子被炮彈片炸碎的血衣的小包打了開來。在她說這些事的時候，弗拉基米羅芙娜在重重地喘氣，娜佳在哭，維克多的手發抖，他都無力端起桌上的茶杯。這時來看她的瑪利亞的臉也變得煞白煞白的，嘴巴半張著，眼睛裡也出現了痛苦的神情。只有柳德米拉平靜地說著，兩隻發亮的藍眼睛睜得大大的。

她一向是個十分喜歡爭論的人，現在她跟誰也不爭論了。以前如果有人說怎樣可以到車站去，柳德米拉就會又生氣又著急地抬起槓來，說根本不是走那幾條街，也不是坐那幾路電車。

有一天維克多問她：「柳德米拉，每天夜裡你是在和誰說話？」

她說：「我不知道，也許是做夢。」

他再也沒有問她，但是他對岳母說，柳德米拉幾乎每夜都要打開箱子，把被子鋪在角落裡一張沙發上，心事重重地小聲說著話。

「我有這樣一種感覺：白天她跟我、跟娜佳、跟您在一起，似乎是在夢裡；到夜裡她說起話來就有了精神，就像戰前一樣，」他說，「我覺得她好像病了，漸漸變成另外一個人了。」

「我不知道，」亞歷山卓．弗拉基米羅芙娜說，「我們都在受苦。都一樣，又各有不同。」

他們的談話被敲門聲打斷。維克多站起身來。但柳德米拉在廚房裡高聲說：「我去開。」

家裡人不明白是怎麼回事兒，但卻發現，柳德米拉從薩拉托夫回來以後，每天都有好幾次去翻信箱，看有沒有信來。每當有人來敲門，她都要急急忙忙去開門。

現在，又聽到她急匆匆的、幾乎是在跑的腳步聲，維克多和岳母交換了一下眼色。

他們聽到柳德米拉很生氣地說：「沒有，今天什麼也沒有，你們別總來，兩天前我已經給你們半公斤麵包了。」

三十五

維克多羅夫中尉被召到團部，去見殲擊機飛行團預備隊的指揮官——薩卡布盧卡少校。值日參謀維里卡諾夫告訴他，團長乘飛機到駐在卡里寧區的空軍集團軍司令部去了，傍晚才能回來。維克多羅夫問為什麼叫他來，維里卡諾夫擠擠眼睛，說，可能跟在食堂裡酗酒、打架有關。維克多羅夫朝防雨布加棉被做成的帷幔裡面望了望，聽到有打字機在響。辦公室主任沃爾康斯基看到維克多羅夫，就猜到他要問什麼，便說：「沒有，中尉同志，沒有信。」

文職女打字員列諾奇卡回頭看了看中尉，又瞟了瞟面前的小鏡子，這是已經犧牲的飛行員傑米道夫從一架擊落的德國飛機上繳獲了送給她的。她扶了扶軍便帽，推了推壓在正在打的表單上的小尺子，繼續打起字來。

這位長臉的中尉竟也向辦公室主任問這個問題，惹起她同樣的苦惱。

維克多羅夫在回機場的路上，拐彎朝樹林邊走去。

這個團退出戰鬥休整以來，已經有一個月了，這期間主要是補充物資，接收新的飛行員。一個月前，維克多羅夫覺得這人跡罕至的北方是奇特的。那蒼莽的森林，陡峭山崗間彎曲的急流，枯枝敗葉和菌類的氣息，林海不絕於耳的颯颯聲，日日夜夜使他心神不安。

在飛行的時候，他常常覺得地上的氣味進入了機艙。這裡的森林、湖泊散發著戰前他在書上讀到的古代羅斯生活的氣息。在這兒，森林和湖泊之間有古老的驛道，過去曾用這些筆直的樹幹建造房屋、教堂，製作船桅。灰狼曾在這裡出沒。阿廖努什卡[46]坐在河岸上哭泣（就是維克多羅夫現在去軍人服務社食堂經過的河岸）。古老的生活已經沉寂，蕩然無存了。他覺得，這逝去的古代是天真、單純和年幼的，不僅是深閨的少女，就連白鬍子的商人、助祭和長老們，都比這些精明世故的小夥子們，比薩卡布盧卡少校的空軍集團軍的飛行員們年輕一千歲；這些人是從高速汽車、自動炮、柴油機、電影

46 俄羅斯童話《阿廖努什卡和伊萬努什卡姐弟的故事》中，孤苦伶仃的阿廖努什卡曾來到林中，坐在河岸哭訴自己的遭遇。

和無線電的世界來到這森林裡的。逝去的幼年時代的標誌，就是奔流在花花綠綠的陡岸之間，在綠樹與紅藍花團中的湍急而纖瘦的窩瓦河……

有許多尉官、軍士和沒有軍銜的小夥子走在戰爭的道路上。他們抽定額配給的菸，用白調羹和鋁盆子吃飯，在車廂裡玩「捉傻瓜」，到城市裡就吃冰棒，一面咳嗽，一面喝他們分到的一點酒。他們寫信不能超過規定次數，他們對著戰地電話喊叫，射擊，有的開炮，有的放槍，有的駕駛 T-34 坦克，踩油門，吶喊……

土地在腳下咯吱咯吱直響，又有彈性，就像舊彈簧墊子——這是枯葉，上面的幾層又輕又脆，儘管已枯死，但依然片片不同。下面則是多年前的枯葉，已經合成鬆軟的一片褐色——這是生命的灰燼，這生命曾經發出幼芽，在雷雨中颯颯作響，又閃著笑眼迎接雨後的陽光。幾乎沒有重量的腐爛樹枝在腳下碎裂。靜靜的陽光射在林中土地上，被樹葉劃成斑斑點點。林中的空氣濃稠，凝止不動；習慣了空中旋風的殲擊機飛行員特別會感覺到這一點。曬熱的潮溼樹木散發著清新的木頭氣息。但是枯樹朽枝的氣味比活著的樹木更強烈。在有樅樹的地方，濃烈的松節油氣味勝過一切味道。山楊甜得發膩，赤楊又苦又澀。森林過的是獨立生活，跟其他世界不相干，維克多羅夫覺得自己好像進了一座房子，裡面的一切和外面都不一樣：氣味不一樣，射進來的光線不一樣，聲音在裡面響起來也跟外面不一樣。一個人在森林裡，總覺得自己不大習慣，就像在生人面前。在底下透過高高的、厚厚的林中空氣層朝上面張望，就像站在湖底；樹葉颯颯響，那哧啦哧啦、往軍便帽的帽徽上亂纏的蛛絲，就像掛在水面與湖底之間的水藻。似乎那些橫衝直撞的大頭蒼蠅，無精打采的蚊子，像雞一樣在枝椏之間穿來穿去的松雞，儘管長著翅膀，可是永遠也飛不到森林上面去，就像魚不會游到水面上。喜鵲有時一下子飛到山楊樹頂上，可是馬上就又鑽進枝叢裡，就像魚有時猛地一躍，白肚皮在陽光裡閃一下，可是馬上又鑽進水裡。在幽暗的林底，那掛滿漸漸消散的藍色、綠色露珠兒的青苔多麼奇怪呀。

從靜謐幽暗的林底，忽然來到明亮的林中空地，一切馬上都不同了：暖烘烘的土地，曬熱的刺柏的氣息，流動的空氣，耷拉著頭的風鈴草（那老大的風鈴花就像是用紫金所鑄成），還有長在黏黏的莖上的野石竹。心裡頓時輕鬆起來；來到林中空地，就像不幸的生活中出現了幸福的一天。好像那些黃色的蝴蝶、油亮的藍黑色甲蟲、在草叢裡沙沙爬行的螞蟻，已經不再是各顧自己，而是大家一起幹著共同的活兒。綴滿細小葉片的樺樹枝輕拂著人臉。草蜢蹦來蹦去，把人當成樹幹，往人的身上直撞，趴到人的腰帶上，便不慌不忙地蹲在上面，綠色的大腿鼓著勁兒，山羊臉上眼睛瞪得圓圓的。還有遲開的野莓花兒，曬熱的鈕扣與皮帶扣環……大概，這林中空地上空從來不曾有「JU-88」，不曾有「海因克爾」一夜襲機飛過。

三十六

夜裡他常常想起在史達林格勒醫院裡過的那幾個月。他不記得汗溼的衣裳、鹹得使人噁心的水，不記得那使人受不了的惡濁氣味。他覺得在軍醫院的那些日子是幸福的。現在，在這森林裡，他聽著樹木的沙沙聲，心想：「難道我聽到了她的腳步聲？」

難道有過這樣的事？她抱著他，撫摩他的頭髮，她哭著，他吻她那溼溼的、鹹鹹的眼睛。有時維克多羅夫想，他可以駕著「雅克」上史達林格勒去，不過幾個小時，可以在梁贊[47]加加油，然後上恩格斯城去，他有一個熟識的小夥子在那兒做值班主任。以後要槍斃就槍斃好啦。

他常常想起他在一本舊書上讀到的一段故事：舍列梅捷夫[48]元帥的兒子們把十六歲的妹妹嫁給多爾戈盧基公爵。姑娘在婚前好像只見過他一回。姑娘的哥哥們給妹妹送了大量的陪嫁，送的銀子裝滿三間屋子。結婚後第二天，彼得二世被殺。多爾戈盧基公爵是他的親信，也被抓起來押往北方，關進一座木塔。有人告訴新娘，說她可以不受這一婚姻約束，因為她跟丈夫總共生活了兩天。但是，她不聽勸說，跟丈夫前去，住到偏僻的林區一座木屋裡。一連十年，每天她都要到多爾戈盧基所在的木塔跟前去。有一天早晨，她看到木塔的小窗戶開著，門也沒上鎖。年輕的公爵夫人朝街上跑去，見到每一個人，不論是莊稼漢，還是士兵，她都跪下來哀求，問她的丈夫在哪兒。有人告訴她，她的丈夫被押到下諾夫哥羅德去了。於是她步行前往，一路吃了許多苦。到了下諾夫哥羅德，她聽說多爾戈盧基被分屍了。她決定進修道院，便前往基輔洞窟修道院。在要成為修女的那一天，她在第聶伯河岸邊走來走去，走了很久。但她不是俗念未滅，而是在那之前要把指頭上的結婚戒指取下來，她卻捨不得……她在河岸上徘徊了好幾個鐘頭，後來，等到太陽就要落山了，她才把戒指從手指上摘下來，扔到河裡，轉身朝修道院大門口走去。

這位空軍中尉，這位保育院出身的史達林格勒發電站機械車間鉗工，老是想著多爾戈盧基公爵夫人的一生。他走在森林裡，常常活靈活現地想像著：他已經死了，已被埋葬，那架被德國人擊落的飛機，半截扎入土中，已經鏽爛了，散架了，四周長滿了青草，薇拉·沙波什尼科娃常常在這兒走來走去，有時停下來，走下岸坡，走到窩瓦河邊，凝望河水……在兩百年前，年輕的多爾戈盧基公爵夫人就曾

47 位於俄羅斯中部聯邦管區奧卡河畔，是梁贊州的行政中心。

48 舍列梅捷夫家族在十七、十八世紀的俄國地位顯赫。

在這裡走過，有時走到林中空地，用手撥開綴滿紅色野果的樹棵子，從野麻叢裡穿過。他頓時覺得又難過，又痛苦，又失望，又甜蜜。

穿破軍裝的窄肩膀中尉在森林裡走著。在難忘的時代裡，有多少這樣的人被遺忘了啊。

三十七

維克多羅夫還沒走到機場，就看出一定是發生了什麼重要情況。許多加油車在夏天的田野上東奔西跑，機場維修營的機械師和發動機修理工圍著停在掩護玻璃罩下的飛機忙活著。平時一聲不響的電臺發動機又清楚又起勁地嗒嗒響著。

「壞了。」維克多羅夫心裡說著，加快了腳步。

馬上就證實了他的猜測。腮上帶著紅色燙傷疤痕的上尉索洛馬津一見到他就說：

「有命令，咱們要出發了。」

「上前方嗎？」

「不上前方，上哪兒去？」索洛馬津話未說完便朝村子走。

看來他的情緒很壞，他和女房東的關係不同一般，現在大概是急急忙忙找她去了。

「索洛馬津要分家啦：把房子給老娘們兒，老牛自己帶著。」維克多羅夫旁邊有一個熟悉的聲音說。這是葉列瑪中尉，從小路上走來，他常常跟維克多羅夫搭檔飛行。

「葉列瑪，調咱們上哪兒？」

「可能是西北戰線要反攻了。師長乘著『艾爾-5』來了。我有一個駕駛『道格拉斯』的朋友在空軍軍部裡，可以問他。他什麼都知道。」

「有什麼好問的，不問也會知道。」

不僅團部的人和機場的飛行員緊張起來，村子裡也開始惶惶不安。團裡最年輕的飛行員，黑眼睛、厚嘴唇的科羅爾少尉捧著漿洗熨好的衣服從街上走來，衣服上面還放著小甜餅和一包果乾。科羅爾的女房東是兩個獨身的老奶奶，常常給他做甜餅吃，大家都拿他開玩笑。每次他出來執行任務，兩位老奶奶都要來機場，在半路上迎他。一個高高的，身子筆直，另一個是駝背，他走在她們之間，又生氣，又難為情，像一個嬌慣的孩子。飛行員們說，科羅爾跟一個驚嘆號、一個問號走在一起。

飛行大隊長萬尼亞·瑪律丁諾夫穿了軍大衣從屋裡走出來，一隻手拎著提箱，另一隻手拿著嶄新的制帽，他怕弄皺了，沒有放到提箱裡。房東的紅頭髮女兒沒戴頭巾，披著一頭自己捲的鬈髮，在後面用那樣的目光看著他，見到這種目光，再猜測她和他的關係，就是多餘的了。

一個有點兒瘸腿的男孩子向維克多羅夫報告說，跟他住在一起的指導員戈盧普和中尉沃夫卡·斯科特諾伊已經帶著東西走了。維克多羅夫在幾天前才搬到這一家來。在這之前，他和戈盧普住在一個很壞的女人家裡。那女人額頭凸起，一雙黃眼睛鼓鼓的。誰看到這雙眼睛，都覺得不舒服。

為了不讓他們住下去，她往屋子裡放濃煙，有一天還偷偷地往他們的茶裡撒灰。戈盧普勸維克多羅夫把這個女人的事寫成報告遞到團政委，但是維克多羅夫不願寫報告。

「讓她害霍亂死掉。」戈盧普罵了一句。

他們搬到另一家，覺得這一家簡直是天堂。可是這天堂他們卻不能久住了。

維克多羅夫很快也背著背包，拎著塞得滿滿的手提箱，從一座座足有二層樓高的灰色房屋前面走過。瘸腿的男孩子在旁邊蹦跳著，拿維克多羅夫送給他的戰利品手槍皮套朝母雞瞄準，朝盤旋在森林上空的飛機瞄準。他從先前住的房子前面走過，透過模模糊糊的窗玻璃看到那個壞女人一動不動的臉。每次她挑著兩桶水從井上回來，停下來休息的時候，誰也不搭理她。她沒有牛，也沒有羊，屋頂下也沒有燕子。戈盧普打聽過她的情況，想弄清她的富農階級根源，誰知她卻出身貧苦家庭。婦女們說，她在丈夫死後好像是瘋了。有一次在深秋天涼的時候，她跑到湖裡，在水裡待了一晝夜。幾個男子漢把她硬拖了上來。可是婦女們說，她在丈夫死之前甚至在出嫁之前，都不愛說話。

這會兒維克多羅夫走在這個林區村莊的街道上，再過幾個鐘頭，他就要飛走，永遠離開這兒了。這颯颯響的森林，村莊，麋鹿常常光臨的菜園，還有這蕨草，金黃的松脂，杜鵑，他都看不到了。這些老頭兒、小姑娘他再也見不到了。再也沒有人給他講當年怎樣實行集體化的事，沒有人給他講狗熊搶奪婦女們的馬林果籃子，還有小孩子用光腳板踩蛇頭的故事了……再也見不到這個又奇特又平常的村莊，這村莊的一切都跟森林有關，正如他出生和成長的工人村，一切都跟工廠有關。

然後飛機又要著陸，轉眼間又要出現新的機場，出現農村或者工人村，出現另一些老年人、小姑娘，他們有他們的傷心事和開心事，有受傷而禿了鼻子的貓，又可以聽到另外一些人敘述往事，敘述全面實行集體化的事，又會有另外一些好的或不好的房東。美男子索洛馬津到了新環境，又會在閒暇時間戴起漂亮的軍帽，在大街上溜達，彈著吉他唱歌兒，叫姑娘們心醉。

團長薩卡布盧卡少校，一張古銅色的臉，白頭頂剛剛剃過，胸前晃著五顆紅旗動章，倒換著兩條彎彎的腿，向飛行員們宣讀準備戰鬥的命令。他說，今晚在掩體裡過夜，起飛前會在機場上宣布出發順序。繼而他又說，指揮部命令不准離開機場的掩體，違反軍令，嚴懲不貸。

「不能在天上睡覺，所以要在起飛前好好睡一覺。」他解釋說。

團政委別爾曼接著講話。他很高傲，大家都不喜歡他，雖然對於飛行上的事他能說得頭頭是道。在處理飛行員穆欣那件事情之後，大家就特別討厭他了。穆欣和漂亮的女電報員麗達·沃伊諾娃談戀愛。大家都很贊成他們這段戀情：一有空他們就相會，上河邊散步，總是手挽著手走在一塊兒。大家甚至都不取笑他們了，他們的關係已經非常明朗。

忽然有一種說法傳了開來，這一說法出自麗達之口，是她對一位女友說的，又由女友傳遍了全團：在一次外出散步的時候，穆欣強姦了她，還曾經拿手槍威脅她。

別爾曼聽到這樁事以後，暴跳如雷，而且表現出極大的積極性。穆欣被法庭審問了十天，並且被判了死刑。

在執行槍決之前，空軍集團軍軍委委員阿列克謝耶夫空軍少將來到團裡，開始調查穆欣的案情。麗達弄得將軍非常難為情；她跪在他面前，懇求他相信，有關穆欣一案全是胡編亂造。

她對他說了事情的全部經過：她和穆欣躺在林中空地上，接了一會兒吻，後來她睡著了，穆欣要跟她開開玩笑，悄悄把手槍伸到她的兩個膝蓋中間，朝土裡開了一槍。她驚醒了，叫了起來，於是穆欣又跟她接起吻來。她把這事兒對女友說了，可是從女友嘴裡往外一傳，事情就十分可怕了。在這件事情中，只有一點是真實的，那就是：她跟穆欣的愛情是極其純真的。

事情很順利地解決了，判決取消，穆欣調到了另一個團裡。從那時起，大家就更不喜歡別爾曼了。

有天，索洛馬津在食堂裡說，俄羅斯人是不會幹這種事兒的。有個飛行員，好像是莫爾恰諾夫，他說每個民族裡都會有壞人。

「就比如科羅爾，是猶太人，跟他搭檔飛行就很好。在執行任務時知道有這樣一個朋友在後面，心裡就覺得踏實。」萬尼亞．斯科特諾伊說。

「科羅爾算什麼猶太人？」索洛馬津說。「科羅爾是咱們的小夥子，我在飛行中對他比對自己都信得過。他在勒熱夫把緊跟在我後面的一架德國飛機掃掉了。多虧波里亞．科羅爾，我有兩次甩脫盯住我的該死敵機。你知道，我打起仗來，也是不要命的。」

「這是怎麼一回事兒，」維克多羅夫說，「如果一個猶太人很好，你就說，他不是猶太人。」

大家都笑起來。

索洛馬津說：「好啦，穆欣被別爾曼安上槍斃罪名的時候，他才不覺得好笑呢。」

這時候科羅爾走進食堂，有一個飛行員很同情地問他：「我問你，波里亞，你是猶太人嗎？」

科羅爾有點兒難為情地答道：「是的，是猶太人。」

「是真的嗎？」

「完全是真的。」

「行過割禮嗎？」

「滾你的蛋。」科羅爾回答說。大家又笑起來。

等飛行員們從機場回村子去，索洛馬津和維克多羅夫走在一起。「你要知道，」索洛馬津說，「你不該說那話。我在肥皂廠工作的時候，找碴兒整人的人不少，一個個都是領導。我看夠了那些傢伙。」

「你囉唆什麼，」維克多羅夫聳聳肩膀，「你以為我是他們那種人嗎？」

別爾曼說，飛行員生活的新時期開始了，預備隊的生活結束了。這些話不用他說大家也明白，但大家還是注意聽著，聽聽他的話裡有沒有什麼暗示，本團是不是還留在西北戰線，是調到勒熱夫一帶，還是調到西線或南線？

別爾曼說：「所以，戰鬥飛行員必須具備的第一點素質，是熟悉裝備，熟悉到能操縱自如；第二點，熱愛自己的飛機，要像愛母親、愛姐妹一樣；第三，要勇敢，勇敢就是火熱的心加冷靜的頭腦；第四，要有同志感情，這種感情是我們整個蘇維埃生活培養出來的；第五，在戰鬥中要有獻身精神！成功就在於編隊飛行技能！要緊跟機長！一個好的飛行員，就是在地面上也要常常思考，分析、研究上一次戰鬥：『嗯，這樣會好些！嗯，不該那樣！』」

飛行員們裝作很感興趣地望著政委，一面竊竊私語。

「也許，是叫咱們護送運輸機往列寧格勒送吃的東西？」索洛馬津說。他有女朋友在列寧格勒。

「是不是去莫斯科方向？」莫爾恰諾夫說。他家裡的人都在昆采沃。

「也許，要上史達林格勒呢？」維克多羅夫說。

「算啦，不一定。」斯科特諾伊說。他們團要去哪，他都無所謂，因為他家的人都在敵占區烏克蘭。

「波里亞，你想上哪兒去？」索洛馬津問。「是不是上你們猶太人的首府別爾基切夫去？」

科羅爾那雙黑黑的眼睛氣得一下子完全黑沉下來，他很清楚地罵了一句娘。

「科羅爾少尉！」政委喝道。

「是，政委同志……」

「不要作聲……」

換成是薩卡布盧卡少校，他本來就是一個罵娘的行家，遇到飛行員當著領導的面罵娘，他不會管的。他每天早晨都對自己的通信員叫喊：「馬秋金……你他媽的……」然後和和氣氣地說：「把手巾給我拿來。」

可是，團長知道政委那善於羅織罪名的作風，所以不敢馬上把科羅爾放過。如果放過了，別爾曼會寫報告，說薩卡布盧卡在全體飛行員面前不維護政治領導人的威信。別爾曼已經向政治部寫過報告，說薩卡布盧卡在預備隊期間幹私活兒，和團部裡的人一起喝酒，和當地的女畜牧師葉妮婭．邦達列娃有不正當關係。

所以團長繞著彎子開始了。他很威嚴地嗄聲喝道：「科羅爾少尉，怎麼站的？上前兩步走！幹嘛那麼吊兒郎當？」

接著他繼續虛張聲勢。

「戈盧普指導員，您向政委彙報一下，為什麼科羅爾破壞紀律。」

「少校同志，請允許我報告，他是和索洛馬津爭吵，至於為什麼，我沒聽見。」

「索洛馬津上尉！」

「有。少校同志。」

「您來彙報。不是向我！向政委彙報！」

「政委同志，讓我彙報嗎？」

「彙報吧。」別爾曼點了點頭，對索洛馬津連看也沒看。他感覺出來，團長還是在堅持自己那一套。他知道，薩卡布盧卡不論在地上還是在空中，都特別狡猾。在空中，他能比誰都快地判斷出敵人的目的和戰術，以詭詐戰勝敵人的詭詐。在地上，他懂得領導強中有弱，下屬弱中有強。如有必要，他可以裝裝樣子，裝成一個憨大，聽到蠢人說的很蠢的俏皮話也可以湊趣，可以哈哈大笑。他能把天不怕地不怕的飛行員們掌握在手心裡。

在擔任預備隊期間，薩卡布盧卡對農業，主要是對飼養家畜家禽表現出很大的興趣。他也搞起果品加工：用馬林果製果子露酒，醃蘑菇，曬蘑菇。他做的飯菜出了名，有許多團長喜歡在閒置時間駕飛機上他這兒來，又吃又喝。但這位少校不認為這是白慷慨。

別爾曼知道這位少校還有一個特別難對付的特點，那就是：儘管他又精明，又謹慎，又狡猾，然而同時又幾乎是個瘋子，一旦硬幹起來，連命都不顧。

「跟領導爭論，簡直就像……跟風作戰。」他對別爾曼說。他會忽然不顧一切地幹起有損切身利益的事，政委只能歎氣。

有時兩個人情緒都很好，他們就聊天，就你朝我、我朝你擠眼睛，互相拍肩膀或者拍肚子。

「嘿，我們的政委真是個精明漢子。」薩卡布盧卡說。

「嘿，我們的英雄少校真棒。」別爾曼說。

薩卡布盧卡不喜歡政委那種假殷勤，不喜歡他把每一句不小心的話都要寫進報告的那股積極勁兒。他嘲笑別爾曼見了漂亮姑娘就眼饞，嘲笑他喜歡吃燉雞而不喜歡喝酒。別爾曼對別人的生活條件漠不關心，卻善於為自己創造舒適的生活條件，他就更加不滿。他佩服別爾曼的聰明，佩服他為了事業敢於同領導衝突，佩服他的勇氣——有時候似乎別爾曼自己也不知道，他會很輕易地丟掉性命。

這會兒，這兩人在準備率領空軍集團軍奔赴前線的時候，彼此側眼看著，聽著索洛馬津上尉陳述：

「政委同志，我應該直說，科羅爾破壞紀律是我的錯。我嘲笑他，他忍著忍著，後來就忍不住了。」

「您對他說什麼來著，您向政委說說。」薩卡布盧卡打斷他的話。

「剛才同志們都在猜，咱們團上哪兒去，上哪條戰線去，我就對科羅爾說：你想不想上你們的首府別爾基切夫去？」

飛行員們都看著別爾曼。

「我不懂，上什麼首府？」別爾曼說過這話，忽然明白了。

他有點兒難為情，大家都感覺到了這一點，而團長特別吃驚的是，這事兒竟出在一個像剃刀刃一樣銳利的人身上。可是，使人驚訝的事兒還有呢。

「這是怎麼搞的？」別爾曼說。「科羅爾，大家都知道，索洛馬津是新魯札區多羅霍沃村人。如果您對索洛馬津說，他想上多羅霍沃村作戰，他就該因為這樣打您的嘴巴嗎？這真是很奇怪的鄉土道德標準，跟共青團員稱號很不相稱。」

他總是說一些聳人聽聞的話。大家都明白，索洛馬津是想逗科羅爾生氣，科羅爾果然生氣了，可是別爾曼卻滿有把握地向飛行員們解釋，是科羅爾沒有擺脫民族主義偏見，他的行為是藐視各民族友誼，說科羅爾不應當忘記，法西斯正是利用民族主義偏見為所欲為。

別爾曼說的話本身是正確的。他這會兒用激動的語調說的思想，來自革命，來自民主。但這會兒別爾曼的著力點，不是他為了思想，而是讓思想為他，為他今天頗有問題的用心服務。

「同志們，你們看，」政委說，「哪兒思想不正確，哪兒就沒有紀律。今天科羅爾的行動就說明了這個問題。」

現在政委把科羅爾的行動同政治問題聯繫起來，薩卡布盧卡自然是不能干預的。薩卡布盧卡知道，任何一個戰鬥指揮員不管什麼時候都不敢干預政工機關的行動。

「同志們，就是這麼回事兒。」別爾曼說。為了加重自己談話的分量，他停頓了一會兒，才又說下去：「出現這種不成體統的事，責任在犯錯誤的本人，但我這個團政委也有責任，因為我沒能幫助飛行員科羅爾清除思想上的落後的、醜惡的、民族主義的東西。問題比我一開始設想的要嚴重些，所以我現在還不能處罰科羅爾的違紀行為。但是我要把教育科羅爾少尉的任務承擔下來。」

大家動了動，坐舒服些，都覺得事情過去了。科羅爾看了看別爾曼，在他的目光中有一種異樣的神情，別爾曼一看到這種神情，皺了皺眉頭，抖了抖肩膀，並且轉過臉去。

晚上，索洛馬津對維克多羅夫說：「你瞧，廖尼亞，他們總是這樣，一個個多麼深奧呀。這事兒要是出在你或者萬尼亞·斯科特諾伊身上，肯定被別爾曼送到懲戒分隊去了。」

三十八

晚上，飛行員們在掩體裡都沒有睡，躺在鋪上抽菸，談話。斯科特諾伊吃晚飯時喝了不少告別酒，這會兒不住地在哼歌兒：

飛機打著螺旋飛翔，
吼叫著飛向大地胸膛，
不要哭，好姑娘，不要悲傷，
從此永遠、永遠把我遺忘。

維里卡諾夫還是憋不住，說漏了嘴，於是大家都知道了，本團要轉移到史達林格勒附近。一輪明月升到森林上空，樹木出現了晃晃不定的光斑。離機場兩公里的那個村子，好像是躲在灰堆裡，黑糊糊的，一點聲息也沒有。坐在掩體門口的一些飛行員觀賞著這美妙的、布滿地標的世界。維克多羅夫望著「雅克」機翼和機尾投出的淡淡的月光陰影，也跟著斯科特諾伊哼唱起來：

用手把骨架抬起，
從飛機底下掏出自己，
一架架飛機盤旋上升，
送我們最後一里。

躺在鋪上的飛行員們在聊天。黑暗中看不清說話的人，但是聽聲音就知道是誰，所以不用呼喚名字，只憑著聲音回答或提問。

「傑米道夫自己請求任務，他不飛就受不了。」

「你還記得吧，在勒熱夫的時候，我們掩護轟炸機，八架飛機一齊朝他撲過去，他從容應戰，堅持了十七分鐘。」

「是呀，拿一架殲擊機換一架『容克』，是划算事兒。」

「他一面飛，一面唱。我每天都能記住他唱的一、兩支歌兒。他也唱過維爾津斯基的歌。」

「這個莫斯科人有兩下子！」

「是啊，他在飛行中肯照顧別人。總是照顧落後的同志。」

「你還沒有真正瞭解他呢。」

「我瞭解他。在飛行中最能看清同飛的搭檔。他的一切都向我表露出來了。」

斯科特諾伊唱完一支歌，大家都靜下來，等著他再唱另一支。可是他沒有再唱。

斯科特諾伊說了一句流行於各個機場的諺語，說的是飛行員的生命短得好比小孩子的衣裳。

大家談起德國人。

「認出德國佬也不難，一下子就可以判斷出來，哪一架厲害，哪一架頑強，哪一架想捉呆瓜，從後面咬尾巴，哪一架專找落在後面的。」

「總的說，他們配合不怎麼緊密。」

「可不能這樣說。」

「德國佬見到受傷的就拿牙緊緊咬住，見到厲害的就逃跑。」

「要是一架對一架，就算是雙頭的，我肯定能把它打掉！」

「你別見怪，要是依著我，因為你打掉一架『容克』，才不會授給你什麼勳章。」

「空中撞擊——是俄羅斯人的天性。」

「我有什麼好見怪的，你又不能把我的勳章取消。」

「是啊，關於撞擊我早就有一種想法……我還可以拿螺旋槳來撞。」

「追趕中的撞擊，才真夠勁兒！把它趕著朝地上衝擊，叫它撞個粉碎！」

「聽說，團長要用『道格拉斯』把母牛和母雞都帶上，是嗎？」

「反正這些東西全都宰啦，用鹽醃起來了。」

有一個人拉長聲音用若有所思的語調說：

「現在我要是帶著姑娘上豪華俱樂部去，還難為情呢。已經不習慣啦。」

「不過，索洛馬津不會難為情。」

「你是不是羨慕呀，廖尼亞？」

「羨慕這種事，不是羨慕這個對象。」

「我明白。絕對相信。」

然後大家回憶起勒熱夫的戰鬥，那是轉為預備隊之前的最後一次戰鬥。那一次七架殲擊機跟敵人的一大群「容克」轟炸機和護航戰鬥機相遇。大家似乎都是各說各的，但又像是都在說同一件事。

「起初有森林做背景，看不見它們；等它們飛高，馬上就看見了。分三個高度飛行。我立刻認出是『容克-87』：腿兒蹺著，鼻子是黃的。於是我坐得舒服些：好，來吧！」

「我起初還以為那是高射炮炮彈爆炸呢。」

「陽光對這種事兒顯然是有利的。我從陽光方向朝德國佬衝去。我是左側僚機[49]。一下子被甩開三十公尺。跟上去不難，飛機很聽話。我朝一架『容克』開了火，把它打得冒了煙，可是這時候有一架敵人的殲擊機，長長的，像一條黃鼻子狗魚，轉彎來打我，可是晚了。我看到它朝我開火了，一道青青的印子。」

「我看見我射出的青印子一直抵到那架飛機黑色的機翼。」

「你好得意呀！」

「我小時候放風箏，我爸打我。我進工廠以後，工餘時間常常跑七公里上航空俱樂部去，累得要命，可是一次表演都不放過。」

「喂，你聽我說說。德國佬一下子把我打著了火：油箱、輸油管都燒著了。裡面著了起來。到處是濃煙！另外又打中了我的護罩，把眼鏡打碎，護罩上的玻璃亂飛，流起了眼淚。你猜我怎樣——我一下子鑽到它底下，又一把把眼鏡扯下來！索洛馬津掩護了我。我著了火，可是不害怕，沒工夫害怕！我仍舊坐著，身上沒著火，靴子燒壞了，飛機燒壞了。」

「眼看著咱們要被打掉了。我又轉了兩個圈兒，有一架敵機要同我較量。我沒理會，趕去打另外的敵機，解救被追擊的同志。」

「呵，當時我已經帶了不少窟窿，被打得像一隻老山鶉一樣啦。」

「我朝那個德國佬衝了十二次，把他打得冒煙了！我看到他的頭亂搖，可見已經不行啦！在

49 編隊飛行中跟隨長機執行任務的飛機。僚機應保持在編隊中規定的位置，觀察空中情況，執行長機的命令。

二十五公尺的距離我開了炮，把他打了下去。」

「是的，總的應該說，德國佬不喜歡在同一水平線上作戰，總是盡可能飛到垂直線上。」

「怎麼能這樣說？」

「怎麼樣？」

「這事兒誰不知道？就連農村姑娘都知道：德國佬這是躲避急轉彎攻擊。」

「唉，真該把勒熱夫掩護好一點兒，那兒的人真好呀。」

後來安靜下來，有一個人說：

「明天天一亮咱們就要走啦，只有傑米道夫一個人留在這兒啦。」

「好啦，同志們，不管怎樣，我要上儲蓄所去，要到村子裡去一趟。」

「去告別嗎？」

深夜，周圍的河流、田野、森林，一切是那樣寧靜，那樣美好，似乎世界上不可能有仇敵、叛賣、衰老，只有幸福的愛情。雲彩湧向明月，明月在灰色雲霧中飄動，青煙遮住大地。在這樣的夜裡，有多少人在掩體裡過夜。在森林邊上，在木柵欄旁，閃動著一方方白色的頭巾，不時響起清脆的笑聲。樹木在寂靜中輕輕抖著，想必是在夢中受了驚嚇。河水有時輕輕低語一會兒，又無聲無息地流起來。

戀人們最痛苦的時刻來到了。這是離別的時刻，是決定命運的時刻：有的今天在哭，明天就會被忘記；有的被死神永遠分開；有的會得到命運的青睞，還會相見。

但是，早晨到了。發動機隆隆響起來，飛機扇起的平刮的風把驚慌的青草壓倒在地上，成千上萬的露珠兒在陽光下顫動……一架架戰鬥機飛向藍天，把小炮和機槍帶上天空，在天空盤旋，等待夥伴們編隊飛行……

昨天夜裡似乎還是無邊無垠的林區，如今漸漸離開，在藍天裡漸漸沉沒……看得見一個個小盒子似的房屋、小方塊似的菜園，房屋和菜園向後滑去，在機翼下漸漸消失……那青草萋萋的小路看不見了，傑米道夫的墳也看不見了……走吧！森林也哆嗦了幾下，在機翼下滑走了。

「你好，薇拉！」維克多羅夫默念著。

三十九

早上五點鐘，值日囚犯把一個個囚犯喚醒。外面夜色依然黑沉。棚屋裡有通宵不熄的電燈照耀著。這樣的燈在監獄、鐵路樞紐站和城裡醫院的急診室都有。

成千上萬的人一面咳嗽、吐痰，一面穿棉褲，纏腳布，在腰側、脊梁、脖子上搔癢。睡在上鋪的人穿好衣服下來，有時腳會碰到坐在下鋪的人頭上，下鋪的人也不罵娘，而是一聲不響地把頭朝旁邊一歪，用手把上面的腳推開。

夜裡喚醒這麼多人，裹腳布閃來閃去，人頭、脊背不住地晃動，煙氣騰騰，電燈光明晃晃的，這一切顯得極不正常。幾百平方公里的原始森林在寒夜裡靜靜地沉睡，可是勞改營裡已經到處是人，到處在活動，到處是煙霧、燈光。

上半夜一直在下雪，雪堆把棚屋的門堵住，把通往礦井的大路埋住……

礦井的汽笛慢慢叫起來，也許，密林深處的狼也跟著那粗壯而淒厲的汽笛聲嚎起來了。警犬在勞改營的田野上嘶啞地吠著，拖拉機隆隆響著清掃通往礦區大樓的道路，押隊兵彼此呼喚著……

雪花飄到探照燈光中，晶亮晶亮的，顯得十分柔和悅目。在廣闊的勞改營田野上，在亂糟糟的狗吠聲伴奏下，開始點名了。押隊兵那傷了風的嗓門兒又嘶啞又激昂……巨大的人流朝礦井湧去，一片咯吱咯吱的皮鞋聲和氈靴聲。守望塔瞪著巨大的獨眼，盯著周圍的一切。

笛聲依然呼嘯著，有遠的，也有近的，這是北方的混合樂隊。這聲音迴盪在寒冷的克拉斯諾亞爾斯克土地上，在科米自治共和國上空，在馬加爾，在蘇維埃港，在科雷馬邊區的雪野上，在楚科奇凍土地帶，在莫曼斯克北部和北哈薩克的勞改營裡……

伴隨著汽笛聲，伴隨著鐵橇棍敲擊鐵軌的聲音，人們前去採掘索里卡姆斯克的鉀、里傑羅夫和巴爾喀什的銅、科雷馬的鎳和鉛、庫茲涅茨和薩哈林的煤炭，人們前去鋪設穿過北冰洋岸永久凍土帶的鐵路、科雷馬的無接縫線路，前去砍伐西伯利亞、北烏拉爾、莫曼斯克和阿爾罕格爾邊區的森林。

在原始林區各處，邊遠建設勞改營大隊新的一天，就在這風雪交加的夜晚時刻開始了。

四十

夜裡，囚犯阿巴爾丘克覺得一陣煩惱。不是那種習慣了的、勞改營裡常有的愁思綿綿的煩惱，而是火燒火燎的煩惱，就像瘧疾發作那樣，使人要叫起來，要從床鋪上跳下來，用拳頭打自己的兩鬢，捶自己的腦殼兒。

早晨，囚犯們急急忙忙而又很不情願地準備去上工的時候，在阿巴爾丘克的鄰鋪，煤氣工長（原內戰時期的旅長）長腿涅烏莫里莫夫問：「夜裡你翻來翻去幹嘛？夢見老娘們兒啦？還嗷嗷地叫。」

「你就知道老娘們兒。」

「我以為你在夢裡哭呢。」另一個鄰鋪上的人說。他叫莫尼澤，有點兒傻頭傻腦，原是青年共產國際的委員。「我本來想把你喚醒呢。」

阿巴爾丘克在營裡的另一個好友、醫士阿布拉姆·魯賓什麼也沒發現，在他們朝又冷又黑的門外走的時候，他說：「你可知道，夜裡我夢見了尼古拉·伊凡諾維奇·布哈林，好像他來到我們紅色教授學院，他很快活，精神抖擻，延琴曼的理論引起了激烈的爭論。」

阿巴爾丘克來到工具庫幹活兒。他的助手巴爾哈多夫是為了搶劫殺死一家六口人的罪犯，現在正用做框子剩下來的雪松木片生爐子。阿巴爾丘克在整理木箱裡的工具。他覺得，那些寒光閃閃的鋒利銼刀與鏇刀，喚起了他在夜裡產生的感覺。

這一天和以往的日子沒有什麼不同。會計一大早就送來技術科批准的各邊遠勞改營分部的申請報告。應該把材料和工具揀出來，裝進箱子，編製相應的清單。有些東西是不成套的，需要編製特別交接單。

巴爾哈多夫像往常一樣，什麼活兒也不幹，沒辦法叫他幹。他來到工具庫裡，只是解決吃的問題。今天一大早他就在鍋子裡煮馬鈴薯白菜湯。擔任第一大隊通信員的原哈爾科夫藥學院拉丁語教授跑到巴爾哈多夫跟前，哆哆嗦嗦地伸出紅紅的手指頭，往桌上撒了一把骯髒的小米。不知為什麼事，他給巴爾哈多夫這樣的報酬。

下午，阿巴爾丘克被叫到財務處，因為在統計表上有些數字不對頭。財務處副處長訓斥他，還說要報告上級。他聽到這些嚇唬，心裡覺得憋得慌。助手不幫忙，他一個人幹不了那麼多事情，可是他又不敢告巴爾哈多夫的狀。他很勞累，很怕丟掉管理倉庫的活兒，又要到礦上去，或者去伐木。他已經白了頭，沒有多大力氣了……大概他就是因此才煩惱——他的一生已經消失在西伯利亞的冰層下。

等他從財務處回來，巴爾哈多夫在睡覺，頭底下枕著氈靴，看樣子，是其他犯人給他送來的；他的腦袋旁邊放著已經空了的鍋子，腮上黏著他撈來的小米。

阿巴爾丘克知道，巴爾哈多夫有時把倉庫裡的工具弄出去，很可能，這氈靴就是倉庫裡的東西換來的。有一天，阿巴爾丘克發現少了三把銼刀，便說：「在衛國戰爭時期偷竊緊缺的鋼材，怎麼不知道羞恥……」

巴爾哈多夫回答說：「你這狗蝨子，閉嘴！要不然你等著瞧！」

阿巴爾丘克不敢直接喚醒他，就叮叮噹噹地整理鋸條，又咳嗽，又把小錘掉在地上。巴爾哈多夫醒了，帶著心安理得和不滿意的神氣注視著他。後來巴爾哈多夫低聲說：「昨天一列軍車裡下來的一個小夥子說，有些勞改營比湖泊地區的勞改營還不如呢。犯人都戴鐐銬，半個腦袋剃得光光的。沒有姓名，只有編號縫在胸前，縫在膝蓋上，背後還縫著犯人標記。」

「胡扯。」阿巴爾丘克說。

巴爾哈多夫帶著嚮往的神氣說：

「應當把所有的政治壞分子弄到那兒去，首先應當把你這個傢伙弄去，免得把我弄醒。」

「對不起，巴爾哈多夫先生，我打攪您了。」阿巴爾丘克說。他非常怕巴爾哈多夫，但有時候也壓抑不住心頭的怒火。

在換班時間，滿身黑炭粉的涅烏莫里莫夫來到倉庫裡。

「競賽怎麼樣？」阿巴爾丘克問道。「大家都參加了嗎？」

「競賽是展開啦。打仗需要煤炭嘛，這大家都知道。今天把標語貼到了文教處：突擊勞動，支援祖國。」

阿巴爾丘克歎了一口氣，說：「你要知道，應該寫一部描述勞改營裡的煩惱的著作。有時煩惱使人感到沉重，有時煩惱來勢凶猛，有時煩惱使人氣悶，叫人喘不上氣來。可是還有一種煩惱很特別，既不沉重，也不凶猛，也不使人氣悶，而是撕心裂肺，就像深水怪物要把海洋攪翻。」

涅烏莫里莫夫苦笑了下，不過他露出來的不是雪亮的白牙，他的牙齒已經壞了，和煤炭一樣顏色。

巴爾哈多夫走到他們跟前。阿巴爾丘克回頭看了看，說：「你老是這樣悄沒聲地走路，冷不丁來到我跟前，我都哆嗦起來啦。」

巴爾哈多夫是個不愛笑的人，帶著很操心的神氣說：「我要上糧食倉庫去一下，你沒意見吧？」

他走後，阿巴爾丘克對自己的朋友說：「夜裡我想起前妻生的兒子。他大概已經上前方去了。」

他湊到涅烏莫里莫夫耳朵跟前，說：「我希望我的兒子成為一個很好的共產黨員。我在想，我會見到他的，我要對他說：記住，你爸爸的遭遇是很偶然的，算不了什麼，黨的事業是神聖的事業！是合乎時代最高要求的！」

「他姓你的姓嗎？」

「不，」阿巴爾丘克回答說，「我原來認為，他可能會長成一個市儈。」

昨天傍晚和夜裡，他想過柳德米拉，很希望見到她。他翻閱殘破的莫斯科報紙，說不定能看到「中尉托里亞·阿巴爾丘克」呢，那樣他就會清楚，兒子想姓他的姓了。

他生平第一次希望有人憐惜他。他想像著，他怎樣走到兒子跟前，激動得連氣都喘不上來，拿手指著自己的喉嚨，表示說不出話來。

托里亞會把他抱住，他會把頭放到兒子胸前，哭起來，毫不難為情，盡情地哭。他們會站上很久，兒子比他高一個頭……

兒子一直想著父親。他找到父親的同志們，向他們打聽當年父親參加革命鬥爭的情形。托里亞會說：「爸爸，爸爸，你的頭髮完全白啦，你的脖子多麼細，皺紋好多啊……你一直鬥爭了這麼多年，你進行的是偉大而孤單的鬥爭呀。」

在審訊的時候，給他吃了三天鹹菜，卻不給他水喝。還要打他。他明白，主要的不是要他招供破壞行為和間諜行為，也不是要他誣陷別人。關鍵是要他懷疑他終生為之奮鬥的事業的正確性。在審訊的時候，他覺得自己好像落到了匪徒手裡，只要能見到審訊科長，這些審訊他的匪徒就會被抓起來。

但是，過了一些時間，他看出來，問題不僅僅在於幾個暴徒。

他瞭解了羈押犯人的軍用列車和輪船統艙，各有各的規矩。他看到過，一些刑事犯不僅輪掉別人的東西，還輪掉別人的性命。他見過下流無恥，見過卑鄙的出賣。他見過刑事犯的野蠻行為，那是瘋狂的、血腥的、極其殘酷的。他見過得勢的正統派與不得勢的正統派之間可怕的派系鬥爭。

他說：「抓人是不會冤枉的。」他認為，包括他在內，只有極少數人是抓錯了的，其餘的都是罪有應得，是正義的利劍懲罰革命的敵人。

他見過阿諛奉承、背信棄義、唯唯諾諾、殘酷無情……他把這些東西叫「資本主義遺毒」，他認為這些東西只有那些遺老遺少、白軍軍官、富農分子、資產階級民族主義者身上才有。

他的信仰是不可動搖的，他對黨是無限忠誠的。

涅烏莫里莫夫就要離開倉庫的時候，忽然說：「哦，我忘啦，剛才有一個人問你來著。」

「哪兒來的人？」

「昨天軍車上下來的。正在分配他們工作。有一個人問起你。我說：『湊巧我知道，我跟他鋪挨鋪已經睡了有三年多。』他對我說了他的姓名，可是我一下子就忘啦。」

「他是什麼樣的？」

「噢，模樣兒夠寒磣的，鬢角上還有一道傷疤。」

「啊哈！」阿巴爾丘克叫起來。「莫不是馬加爾呀？」

「就是，就是。」

「這是我的老同志，我的老師，是他發展我入黨的。他問什麼來著？他說了一些什麼？」

「問的是一般的話，問你判了幾年。我說：報了五年，批下來是十年。現在咳嗽起來，有可能提前獲釋。」

阿巴爾丘克沒有聽涅烏莫里莫夫說話，而是一遍一遍地叫著老同志的名字：「馬加爾，馬加爾……他有一段時期在全俄肅反委員會工作。這是一個很特別的人，真的，很特別。他對同志什麼都捨得，冬天可以脫下自己的大衣，可以把最後一塊麵包送給同志。又聰明，又有學問。是地道的無產階級出身，是刻赤[50]漁民的兒子。」

他回頭看了看，俯身對涅烏莫里莫夫說：「你記得，咱們說過，勞改營裡的共產黨員應該建立起組織——說明黨。阿布拉姆·魯賓曾經問：『讓誰當書記呢？』現在有了，就是他。」

「可我還是推選你，」涅烏莫里莫夫說，「我不瞭解他。你要是想找他，剛才有十輛汽車裝著人到各分部去了，大概他也去了。」

「沒什麼，能找到他的，啊，馬加爾，馬加爾。就是說，他問我了嗎？」

涅烏莫里莫夫說：「我差點兒忘了我是來幹什麼的。給我一張白紙。瞧我的記性真差。」

「要寫信嗎？」

「不是，要向謝苗·布瓊尼寫申請書，要求上前線去。」

「不會讓你去的。」

「布瓊尼還記得我呢。」

「不會讓政治犯上軍隊裡去。咱們的煤礦可以多出一些煤炭，戰士們也會因此感謝咱們，也可以說盡到自己的力量啦。」

「我還是希望上軍隊裡去。」

「這種事兒布瓊尼也沒辦法。我還給史達林寫過信呢。」

「布瓊尼也沒辦法？你真是開玩笑！還是你捨不得一張紙？我的限額用紙已經用完了，文教處又不給我。要不然我不會向你要。」

「好吧，我給你一張。」阿巴爾丘克說。

---

50 刻赤半島位於克里米亞半島的東端。刻赤城是重要的港市。

他還有幾張紙，是未經批准存下的。文教處發紙是有數的，而且以後還必須說明紙是怎麼用了的。

晚上，棚屋裡的情形一如往常。

原近衛重騎兵團軍官東古索夫老頭子眨巴著眼睛，沒完沒了地說著傳奇故事。犯人們仔細聽著，搔著癢癢，帶著讚賞的神氣晃著腦袋。東古索夫隨心所欲地編造著荒誕離奇的故事，把一些熟悉的女舞蹈家、阿拉伯的勞倫斯，把三個火槍手和凡爾納「鸚鵡螺」號潛艇的事都編了進去。

「等一等，等一等，」有個聽眾說，「她究竟怎樣跨過波斯國境的？你昨天說，她被奸細毒死啦。」

東古索夫停了一會兒，和善地看了看挑毛病的人，繼而又起勁地說起來：「娜金其實並沒有死。一位西藏醫生往她那半張開的嘴裡滴了幾滴高山仙草熬出來的藥水，又把她救活了。到第二天早晨她就能起來，不用別人攙扶，可以在屋裡走動了。她的體力漸漸恢復了。」

大家聽了他的解釋，都很滿意。「明白啦……再說下去吧。」

在角落裡，一些人在哈哈大笑，在聽蠢頭蠢腦的老工長、德國人加秀琴柯拉長了聲音說下流的順口溜。

有的順口溜十分好笑，聽眾一直笑得沒了勁兒。有一個害疝氣的莫斯科記者和作家，是一個善良、聰明而靦腆的人，正慢慢地嚼著烤乾的白麵包，這是妻子寄來的，他昨天才收到。看樣子，他吃著又香又脆的乾麵包，想起了過去的日子——他的眼裡含著淚水。

涅烏莫里莫夫正在跟一個坦克手爭論。坦克手進勞改營，是因為出於卑劣的動機，殺人行凶。他為了給大家解悶，嘲笑騎兵，涅烏莫里莫夫氣得臉發了白，大聲對他說：「你可知道，在一九二〇年，我們憑馬刀幹過一些什麼樣的事！」

「我知道，你們拿馬刀殺過偷來的母雞。一輛坦克就可以把你們整個騎兵第一集團軍打退。你們的國內戰爭無法跟衛國戰爭相比。」

年輕的小賊科爾卡·烏加羅夫纏著阿布拉姆·魯賓，要拿一雙脫了掌的破運動鞋換他的皮鞋。魯賓覺得要倒楣，神經緊張地打著呵欠，環視著周圍的人，尋求支持。

「你這小氣鬼，小心點兒，」像一隻靈活的黃眼野貓似的科爾卡說，「該死的東西，你小心點兒，別惹我發火。」

後來科爾卡說：「你為什麼不准我病假？」

「你很健康嘛，我不能同意。」

「你同不同意？」

「科爾卡，我向你保證，我很希望准你請假，但是我不能。」

「你同不同意？」

「你要知道我的難處。難道你以為，我能批……」

「好啦。算啦。」

「別急，別急嘛，你要瞭解我的難處。」

「我瞭解。現在該你瞭解我了。」

什捷金格是完全俄羅斯化了的瑞典人，大家都說他是真正的間諜。他正在文教處發給他的一塊硬紙板上作畫，他的眼睛離開畫一小會兒，看了看科爾卡，看了看魯賓，搖了搖頭，又轉過頭去作畫。畫名是《原始森林媽媽》。什捷金格不怕刑事犯人，不知道為什麼，刑事犯們都不敢碰他。

等科爾卡走開以後，什捷金格對魯賓說：「阿布拉姆，你的做法很不聰明。」

白俄羅斯人科納舍維奇也不怕刑事犯。他在進勞改營之前，在遠東做航空技師，在太平洋艦隊裡獲得重量級拳擊冠軍稱號。刑事犯們都很敬重他，但是他從來不曾為受刑事犯欺負的人打抱不平。

阿巴爾丘克慢慢在兩層架鋪之間的狹窄通道上走著，又煩惱起來。百米長的棚屋的那一頭沉沒在馬合菸[51]的煙氣中。每次他都覺得，等走到棚屋的盡頭，會看到一點新的東西，可是走到盡頭，一切還是老樣子，還是那裝著洗臉木槽的過道，刑事犯在木槽下面洗裹腳布，還是掛在石灰牆上的拖把，還是那油漆木桶，鋪上還是露著刨花的褥墊，還是不高不低的嗡嗡說話聲，還是一張張枯瘦的、一樣顏色的囚犯臉。

大多數囚犯坐在鋪上等待就寢信號，談女人，談菜湯，談切麵包的人弄鬼，談自己給史達林的信和給蘇聯最高檢察院的申訴書的遭遇，談新的採煤和運煤定額，談今天的寒冷和明天的寒冷。

阿巴爾丘克慢慢走著，聽著談話的片斷。他覺得，這種一模一樣、沒完沒了的談話要在押送站、軍車上、勞改營的棚屋裡，在成千上萬的人之間持續多年，年輕的都要談女人，年老的都要談吃的。等到老頭子如饑似渴地談起女人，年輕小夥子談起不受限制的好吃東西，那就特別糟了。

阿巴爾丘克從加秀琴柯坐的鋪旁邊經過時，加快了腳步。一個老人，他的妻子已經有兒孫們喚「媽媽」、「奶奶」了。他卻受到這樣的待遇，委實太可怕了。

就寢號快點兒響起來吧，快點兒躺到鋪上，拿棉襖蒙住頭，什麼也看不見，什麼也聽不見。

阿巴爾丘克朝門口看了看——也許馬加爾來了呢。阿巴爾丘克要求求大組長，讓他們睡在一起，他們每夜都可以長談，推心置腹地談，因為他們是兩個共產黨員，是老師和學生。

---

51 貧民吸的一種劣質菸，由黃花菸草的莖葉製成。

棚屋的頭面人物，採煤隊隊長佩列克列斯特、巴爾哈多夫、棚屋大組長薩羅科夫在一個鋪上舉行小小的宴會。佩列克列斯特的狗腿子、原來管計劃的日里亞波夫擔任跑堂，將一塊手巾鋪在凳子上，擺放奶油、鯡魚、點心——這都是佩列克列斯特隊裡的人孝敬的貢品。

阿巴爾丘克從頭面人物的鋪邊走過，覺得自己的心緊張得停止了跳動：說不定他們會喊他，叫他吃一點兒呢。他真想吃點兒好吃的呀。巴爾哈多夫真沒有良心！他在倉庫裡想幹什麼就幹什麼，阿巴爾丘克也知道他偷釘子，偷了三把銼刀，但是在值班時什麼也沒說……現在他完全可以招呼一聲：「喂，主管，來跟我們坐一會兒吧。」阿巴爾丘克很瞧不起自己，覺得自己不僅想吃，而且還有一種感情在作祟，這是一種很卑微、很下賤的囚犯感情：很想在厲害角色的圈子裡坐一會兒，隨便跟佩列克列斯特談一談，佩列克列斯特可是偌大的勞改營聽到名字都發抖的人物。

阿巴爾丘克想起了自己——下賤。馬上又想到巴爾哈多夫——下賤。

沒人喊他，卻喊了涅烏莫里莫夫。於是這位騎兵旅長、獲得兩顆紅旗勳章的英雄齜著褐色的牙齒，笑嘻嘻地朝他們的床鋪走去。這個笑嘻嘻地去參加幾個賊的宴會的人，二十年前曾經率領幾個騎兵團為實現世界共產主義戰鬥過……

他今天幹嘛對涅烏莫里莫夫談起托里亞，談自己的心事？不過他也為共產主義戰鬥過，他也在庫茲巴斯工地上，在自己的辦公室裡向史達林做過彙報。當他低著頭，裝成若無其事的樣子從蒙了骯髒的繡花手巾的凳子旁邊走過時，也曾經希望他們喊他。

阿巴爾丘克走到莫尼澤的床鋪邊，莫尼澤一面補襪子，一面說：「今天佩列克列斯特對我說：『你要小心，我要拿拳頭敲你的腦袋，我要彙報你，還算便宜你，你是最壞的叛徒。』」

坐在鄰鋪上的魯賓說：「這還不是最糟的呢。」

「是的，是的，」阿巴爾丘克說，「你看到他們把旅長喊過去，旅長那股高興勁兒嗎？」

「他們沒喊你，你不痛快了吧？」魯賓說。

阿巴爾丘克惱羞成怒，說：「你看看自己的靈魂吧，別忙著說我。」

魯賓像雞那樣半閉起眼睛，說：「我嗎？我連不痛快也不敢。我是最低下的一類，沒人理睬。我和科爾卡的談話，你沒聽見嗎？」

「不是那麼回事兒，不是。」阿巴爾丘克把手一揮，站了起來，又順著床鋪之間的通道朝那張凳子走去，又聽到那沒完沒了的談話。

「甜菜豬肉湯天天有，不光是過節。」

「她的乳房才滑溜呢，你恐怕都不信。」

「哥兒們，我不講究，有羊肉泡飯就行啦，幹嘛要你們的沙拉涼拌菜……」

阿巴爾丘克又回到莫尼澤的鋪前，坐下來，聽別人談話。魯賓說：「我不明白他的意思，為什麼他說：『你可以做眼線。』他說的是告密者，比如說，向偵緝人員暗地彙報。」

莫尼澤一面繼續補襪子，一面說：「他媽的，告密——是頂下賤的事。」

「怎麼會告密呢？」阿巴爾丘克說。「你是共產黨員嘛。」

「他這共產黨員跟你一樣，」莫尼澤說，「是過去的話了。」

「我不是過去的，」阿巴爾丘克說，「你也不是過去的。」

魯賓又使他惱了，因為說出了應有的懷疑，應有的懷疑往往比不應有的懷疑更刺激人，更叫人受不了。

「這不是黨員不黨員的問題。一天喝三次玉米泔水湯，大家都喝夠了。我也恨死了這種湯。你這一點我贊成。不贊成的是你夜裡和白天兩副面孔。我和科爾卡的談話，你聽見了嗎？」

「頭朝下，腿朝上啦！」莫尼澤說過這話，就笑了起來。可能因為再沒什麼好笑的了。

「你怎麼，以為我只有動物本能啦？」阿巴爾丘克問道。他覺得自己簡直憋不住要把魯賓揍一頓。他又霍地站起來，在屋裡走動。

當然，他吃夠了玉米糊。多少天以來，他都在猜想著十月革命節的伙食：會不會有肉丁炒白菜、通心粉湯、雜燴？

當然，很多事情要取決於偵緝人員。好一點兒的差事，比如管澡堂，切麵包，是不容易弄到手的。他可以在實驗室工作，穿白大褂子，幹自在活兒，跟刑事犯們不發生關係，他也可以在計劃處工作，可以領導煤礦……可是魯賓不對。魯賓想侮辱他，魯賓洩他的氣，在他身上尋找下意識地悄悄出現的東西。魯賓就喜歡鑽空子。

阿巴爾丘克一輩子痛恨圓滑，痛恨兩面派和社會異己分子。

他過去的精神力量、他的信心，在於他能使用法庭的權力。他懷疑妻子，就和她離了婚。他不相信她能夠把兒子教育成一個堅定的戰士，就不讓兒子用他的名字做父稱。他常常痛斥搖擺不定的人，瞧不起愛發牢騷的人和意志薄弱、信念不堅定的人。他曾經把庫茲巴斯工地上一些想家、不安心的莫斯科工程技術人員交付法庭。他把四十名離開工地跑回農村的工人判了刑。他還和鑽營市儈的父親斷絕了關係。

做一個堅定不移的人，是幸福的。每一次把人送交法庭，他都可以證實自己的精神強大，證實自己是典範，證實自己的純潔。他從中得到樂趣，增強信心。他從不躲避黨的動員號召。他自願不領取黨員最高月工資。他天天穿著很平常的制服和靴子去上班，參加人民委員部委員會議，上戲院。有時黨派他去休養，他就穿這套服裝在雅爾達的海邊散步。他希望一切都像史達林。

他失去使用法庭的權利，就失去自己的本色。魯賓感覺到這一點。幾乎每天他都要在話裡指出他的軟弱、他的怯懦，指出悄悄進入勞改犯心中的一些可憐的願望。

前天他就說：「巴爾哈多夫拿倉庫裡的鋼材把有的壞傢伙餵飽啦，可是我們的大英雄連一聲也不哼。就連小雞也想活呢。」

當阿巴爾丘克準備責備別人的時候，他感到自己也會被責備，就會動搖起來，覺得灰心喪氣，便失去自己的本色。

阿巴爾丘克在一個床鋪旁邊站下來。老公爵多爾戈盧基正在這裡和經濟學院的年輕教授斯捷潘諾夫說話。斯捷潘諾夫在勞改營裡一向表現很高傲，營隊領導人走進棚屋巡視，他都不肯站起來，常常公開發表反政府觀點。他感到自豪的是，他和許多政治犯不同，他被關押是因為這樣的事情：他寫了一篇題為《列寧和史達林的國家》的文章，讓學生傳閱。不知是讀到這篇文章的第三個還是第四個學生把他告發了。

多爾戈盧基是從瑞典回到蘇聯的。去瑞典之前，他在巴黎住了很久。他想念祖國，就回來了。回國一個星期之後，就被捕了。他在勞改營裡常常禱告，結識了一些教徒，並且寫一些內容神祕難懂的詩。這會兒他就在給斯捷潘諾夫念詩。

阿巴爾丘克將肩膀靠在上鋪與下鋪之間釘的十字形木板上，聽他念詩。多爾戈盧基半閉著眼睛在念，乾裂的嘴唇哆嗦著。他那不高的聲音也哆嗦著，並帶有乾裂聲。

是我自己選定了降生年月、時間、國家、民族和地點，
為的是經受所有的苦難，
經受良心、水和火的淬鍊。
我向下落去，掉進了深淵黑洞，
落到比什麼都低的地方，在臭膿、糞堆中，
啟示錄裡的野獸——
我信心不移！
我相信最高權柄的公正不阿，
是它解放了古老的自然天擇，
我在燒焦的俄羅斯腹地，我要說：
你這樣決斷，一點也沒錯！
要想變得鑽石般堅硬，
必須將整個人生煉透。
如果熔鐵爐裡的柴炭不夠，
上帝呀，請用我的血肉！

他念完後依然半閉眼睛坐著，嘴唇無聲地翕動。

「胡謅，」斯捷潘諾夫說，「頹廢派！」

多爾戈盧基用沒有血色的蒼白的手朝四周指了指。

「你們瞧，車爾尼雪夫斯基和赫爾岑把俄羅斯人引導到那兒來了。你們可記得，恰達耶夫在《第三封哲學通信》裡寫的是什麼？」

斯捷潘諾夫用教師教導學生的口吻說：「您神祕的愚昧，跟有些人要建立這種勞改營一樣，我都十分討厭。不論是您，不論是他們，都忘了俄羅斯還有一條路，一條最自然的路：民主和自由的道路。」

阿巴爾丘克和斯捷潘諾夫爭論過不止一次了，可是現在他不想插嘴，不想把斯捷潘諾夫說成敵人，說成持不同政見者。他走到角落裡，有些洗禮派教徒正在這兒禱告，他聽了聽他們的嘟囔。

這時候響起大組長薩羅科夫的洪亮聲音：「起立！」

大家一齊站起來，上司走進了棚屋。阿巴爾丘克側眼看著虛弱不堪的多爾戈盧基那蒼白的長臉，看著他兩手緊貼褲縫站在那裡，嘴唇還在嘟囔著，大概還在念他的詩。斯捷潘諾夫坐在旁邊。他像往常一樣，目無領導，不服從本棚屋明明白白的內部規章。

「搜查啦，搜查啦。」囚犯們小聲說。

但是沒有搜查。兩名頭戴紅藍制帽的年輕看押兵從床鋪之間走過，一面打量著囚犯們。

其中一名士兵走到斯捷潘諾夫跟前，說：「教授，你坐著呀，你是怕把什麼東西凍壞呀。」

斯捷潘諾夫轉過他那翹鼻子的寬寬的臉，用鸚鵡似的響亮聲音很不自然地回答：「長官先生，請您對我稱『您』，我是政治犯。」

夜裡，棚屋裡發生了嚴重事件：魯賓被殺死了。兇手趁被害者睡覺的時候，拿一個大釘子插到他的耳朵裡，然後用力一砸，把釘子楔進腦子裡。有五個人，包括阿巴爾丘克在內，被偵緝人員傳去。看樣子，偵緝人員感興趣的是釘子的來歷。這種釘子才進庫不久，生產部門還不曾領用。

在洗臉的時候，巴爾哈多夫在木槽邊和阿巴爾丘克站在一起。巴爾哈多夫朝他轉過溼漉漉的臉，一面舔著嘴上往下流的水滴，一面小聲說：「該死的東西，你記住，你要是去告發，我一點也沒有事兒。可是今天夜裡我就收拾你，狠狠收拾你，叫全營都知道厲害。」

他用毛巾把臉擦乾以後，拿平靜的眼睛看著阿巴爾丘克的眼睛，看到眼睛裡的神氣正是他希望看到的，便握了握阿巴爾丘克的手。

在食堂裡，阿巴爾丘克把自己的一缽子玉米糊送給了涅烏莫里莫夫。涅烏莫里莫夫哆嗦著嘴唇說：「真是野獸。把我們的阿布拉姆害死啦！多麼好的一個人呀！」他說著，把阿巴爾丘克的玉米糊端到自己面前。

阿巴爾丘克一聲不響地站起來，離開飯桌。

在走出食堂的時候，大家紛紛讓路，佩列克列斯特往食堂裡來了。他在跨門檻的時候，把身子彎了彎，因為勞改營的門都沒有他的個頭兒高。

「今天是我的生日。來我這兒玩吧。咱們喝兩杯。」他對阿巴爾丘克說。

多麼可怕！有幾十個人聽到了夜裡的凶殺案，看見一個人走到魯賓的床鋪邊。如果有人一下子爬起來，把全屋的人喊起來，會怎麼樣呢？幾百個強壯的男子漢團結起來，兩分鐘就會把凶手制服，會救活一個同伴。但是誰也不抬頭，誰也不叫喊。殺一個人，就像殺一頭羊一樣。大家都躺著，裝作睡著，拿棉襖蒙住頭，盡可能不咳嗽，盡可能不去聽受害者在昏迷中掙扎。

多麼低三下四，多麼馴順啊！

可是他當時也沒有睡著，也沒有作聲，拿棉襖把頭蒙住。他很明白，馴順不是微不足道的小事，馴順來自經驗，來自對勞改營規律的瞭解。

如果大家都起來，把凶手制住，帶刀的人還是比不帶刀的人厲害。全屋的力量是一時的力量，而刀永遠是刀。

阿巴爾丘克想著面臨的審訊：偵緝人員一定會要他的口供，他在棚屋裡一夜沒睡，早晨也沒洗臉，準備著挨折騰，他不朝礦井方向去，不去上棚屋的廁所，怕有人突然撲過來拿麻袋蒙住他的頭。是的，不錯，夜裡他是看見一個人朝魯賓走去。他聽見魯賓在哼哧，聽見魯賓死前手和腳在床鋪上亂撲亂蹬。

偵緝人員米沙寧大尉把阿巴爾丘克叫到辦公室裡，把門關上，說道：「您坐吧，犯人。」

他先提了幾個簡單問題，對這樣的問題，政治犯一般都能很快、很準確地回答。

然後他抬起疲憊的眼睛，看著阿巴爾丘克，早就知道這個有經驗的囚犯很怕同棚屋的人報復，永遠不會說出釘子是怎樣落到凶手的手裡，所以對阿巴爾丘克打量了一陣子。

阿巴爾丘克也看著他，打量著大尉那張年輕的臉，他的頭髮和眉毛，鼻子上的雀斑，心想，這位大尉比他的兒子至多大兩三歲。

大尉提了一個問題，正是為這個問題把阿巴爾丘克傳來的，在這之前已經有三名被審訊者不肯回答這個問題了。

阿巴爾丘克好一陣子沒作聲。

「你怎麼，聾了嗎？」

阿巴爾丘克還是沒作聲。

他多麼希望這位偵緝人員說：「你聽著，阿巴爾丘克同志，你是共產黨員。今天你在勞改營裡，明天咱們就要在一個組織裡共同繳納黨費。你幫幫我的忙吧，同志要幫助同志，黨員要幫助黨員。」即使這不是真心實意，只是採取例行的偵訊手段。

可是米沙寧大尉卻說：「您睡著了還是怎的？那我馬上來把您喚醒。」

但是阿巴爾丘克卻不用喚就醒了。

他用嗄啞的聲音說：「釘子是巴爾哈多夫從庫裡偷出來的。不光是釘子，他還從倉庫裡偷了三把銼刀。依我看，殺人的是科爾卡．烏加羅夫。我知道，巴爾哈多夫把釘子給了他，他有好幾次說要殺死魯賓。昨天他還說的，因為魯賓沒有准許他請病假。」

繼而他接過了遞給他的紙菸，說：「偵緝員同志，我認為，向您說出這件事，是我這個黨員的責任。魯賓同志是一位老黨員。」

米沙寧借火給他把菸點著了，就一聲不響地很快記起來。

他用溫和的口吻說：「犯人，您要知道，任何關於黨員的話您都不應該說。您不能稱呼同志。對於您來說，我是首長。」

「對不起，首長。」阿巴爾丘克說。

米沙寧對他說：「這幾天我還在調查，您不會出什麼事。過幾天以後再說。可以把您調到別的勞改營裡去。」

「不必，首長，我不怕。」阿巴爾丘克說。

他朝倉庫走去，知道巴爾哈多夫什麼也不會問他。巴爾哈多夫會一個勁兒地盯著他，時刻注意他的動作、眼神、咳嗽，從中弄清情況。

他終於恢復了自己的本色，他十分高興。

他又能行使法庭的權利了。他一想到魯賓，就覺得遺憾，昨天他竟沒有對他說出自己不祥的預感。

三天過去，馬加爾還是沒來。阿巴爾丘克上礦務局去打聽他，阿巴爾丘克熟悉的幾個文書在任何一本冊子裡都找不到馬加爾的姓名。

晚上，在阿巴爾丘克知道命運已經把他們分開的時候，滿身白雪的衛生員特留菲列夫來到棚屋裡，一面捋眉毛上的冰凌，一面對阿巴爾丘克說：「告訴您，我們衛生所來了一名犯人，他請您上他那裡去。最好現在我帶您去。您向大組長請個假。要不然我們這些犯人可不講什麼情理，馬上就會找你的麻煩，等到把你收拾了，你再講理由就晚啦。」

四十一

衛生員領著阿巴爾丘克來到衛生所的走廊。這裡有一種特別的、和棚屋裡不同的壞氣味。他們在昏暗中朝前走著，看到堆在一起的許多擔架，還有捆成許多捆的舊棉衣，看樣子，是等著送去消毒的。

馬加爾躺在隔離室裡。這是一間木板牆小屋，裡面有兩張鐵床幾乎挨在一起。進隔離室的一般都是害了傳染病或者快要死的病人。細細的床腿像是鐵絲做的，卻沒有壓彎的跡象，從來沒有胖子睡這樣的床。

「別坐這兒，別坐這兒，右邊坐。」響起一個聲音。那聲音極其熟悉，阿巴爾丘克一下子覺得似乎沒有白髮，沒有被關押，又是自己終生依靠、終生為之奮鬥的一切了。

他打量著馬加爾的臉，滿懷激動、一字一頓地說：「你好，你好，你好……」

馬加爾怕控制不住自己的激動心情，故作平淡地說：「坐吧，就坐在我對面的床上。」

他看到阿巴爾丘克打量旁邊床鋪的目光，又說：「你不會打擾他的，他已經不怕打擾了。」

阿巴爾丘克俯下身去，為的是看清老同志的臉，接著又回頭看了看蓋著的死者。

「他死了很久了嗎？」

「兩個多鐘頭以前死的，衛生員暫時還沒有動他，等醫生來。這樣好些，要不然換一個活的來，咱們說話就不方便了。」

「這話對。」阿巴爾丘克說。他沒有問他非常想問的一些問題：怎麼樣，你是受布勃諾夫[52]牽連，還是因為索科爾尼科夫[53]案件？判了你幾年？你在弗拉基米爾或者蘇茲達利的政治犯隔離室待過嗎？

52 蘇聯黨務和國務活動家，軍事家，革命家，一九二九年起任俄羅斯聯邦教育人民委員，一九四〇年在大肅反中被捕處決，後平反。

53 俄國革命家、經濟學家，前蘇聯政治家。一九三七年被捕，被判處十年徒刑，在獄中被殺，後平反。

主持審訊的是特別機構還是軍事委員會？你自己簽字了嗎？

他回頭看了看蓋著的屍體，問：「他是什麼人？怎樣死的？」

「死於勞改營，是個富農分子。他老是在喚一個娜斯佳的名字，一直想離開這兒上什麼地方去……」

阿巴爾丘克在昏暗中漸漸看清了馬加爾的臉。他幾乎認不出他來，變化太厲害了，竟成了一個垂死的老頭子！

他感到自己的後背碰到了死者那彎著的僵硬胳膊，覺得馬加爾在看著自己，心裡就想：「恐怕他也在想，『簡直認不出他了。』」

可是馬加爾卻說：「先前他一個勁兒嘟囔，好像是『霍……霍……霍……』，現在我才明白，他這是要喝水。茶杯就在旁邊，真應該滿足他最後的要求。」

「瞧，死人還是妨礙咱們了。」

「那當然了。」馬加爾說。阿巴爾丘克聽到了他熟悉的激動語調，馬加爾開始談嚴肅的話題時往往是這樣。「因為我們談他，實際上是談自己。」

「不，不是！」阿巴爾丘克抓住馬加爾滾燙的手，緊緊握著，又抱住他的肩膀，不出聲地哭起來，哭得渾身打哆嗦，憋得喘不過氣來。

「謝謝你，」他含混不清地說，「謝謝你，謝謝，好同志，好朋友。」

他們兩個人都哼哧哼哧喘著氣，有一陣子沒說話。他們呼出的氣混在一起，阿巴爾丘克覺得，混在一起的不僅是他們呼出的氣。

馬加爾率先開口：「聽我說，聽我說，朋友，這是我最後一次這樣稱呼你了。」馬加爾在床上坐起來。

「別這樣說，你會活下去的！」阿巴爾丘克說。

「我非常不希望這樣說，但是應該說。你也聽著，」他對死者說，「這和你，和你的娜斯佳有關係。這是我最後一項革命任務，我一定要完成！阿巴爾丘克同志，你是特殊氣質的人。而且我們當年相遇也是在特殊的時候，我覺得，那是我們最好的時候。現在我要告訴你……我們錯了。我們的錯誤造成了這樣的結果，瞧……我們應該請求他原諒。讓我抽一支菸。後悔已經晚啦。任何後悔都不能補償過失。這是我要對你說的。這是第一點。再說第二點。我們不懂得自由。我們壓制了自由。馬克思也不珍視自由。自由是根本，是目的，是基礎的基礎。沒有自由就沒有無產階級革命。以上我說了兩點，再說第三點。我們在勞改營和原始林裡經受苦難，可是我們的信仰比什麼都堅強。這不是堅強，是懦弱，是保全自身。在鐵絲網外面，要保全自身，就得多變，要不然就得死，就得進勞改營。共產黨人製造偶像，戴肩章，穿制服，信奉民族主義，壓制工人階級，將來必然還要像黑色百人團[54]那樣……在這裡，在勞改營裡，要保全自身，就不能改變：如果不想死的話，在勞改營裡幾十年都別改變……這是一個銅板的兩面……」

「別說啦！」阿巴爾丘克叫起來，把握緊的拳頭湊到馬加爾的面前。「你受不住啦！你垮啦！你說的話全是胡說八道。」

「如果那樣，倒是好；但我不是胡說。我是又一次召喚你！就像二十年前那樣！如果我們不能作為革命者活下去，那我們就死，像這樣活著比什麼都不如。」

54 二十世紀初俄國極右翼組織，宣揚極端俄羅斯民族主義，仇外心理和反猶主義，煽動大屠殺。

「夠啦，別說了！」

「請原諒我。我懂。我像一個老妓女，為失去的貞節痛哭。不過我要告訴你：記住吧！好朋友，請原諒我……」

「原諒？你我真應該像這個死人一樣，早幾個鐘頭死去，活不到這次見面……」阿巴爾丘克已經站在門口，又說：「我還要上你這兒來……我要給你修復頭腦，現在我要做你的老師了。」

第二天早晨，衛生員特留菲列夫在勞改營的大院子裡碰到阿巴爾丘克。特留菲列夫用扒犁拉著一桶牛奶，牛奶桶用繩子捆在上面。奇怪的是，在這北極圈裡，他的臉上竟出了汗。

「你的朋友不能喝牛奶了，」他說，「昨天夜裡他上吊了。」

報告的消息教人吃一驚，是挺快活的事，所以這位衛生員帶著友好而得意的神氣望著阿巴爾丘克。

「有遺書嗎？」阿巴爾丘克問，並且倒吸了一口涼氣。他覺得，馬加爾一定會有遺書的，說昨天的事，是他一時心血來潮。

「幹嘛要寫遺書？不論寫什麼，都要落到偵緝人員手裡。」

這一夜，是阿巴爾丘克一生中最難熬的一夜。他一動不動地躺著，咬緊牙齒，睜大了眼睛，望著牆上摁死臭蟲留下的一個個黑點。他想起他不准姓他的姓的兒子，呼喚起兒子：「現在我就剩下你了，只有你是我的希望。瞧，我的朋友和老師馬加爾想殺死我的理智、我的志向，結果他自殺了。托里亞呀，托里亞，我在人世上就只有你一個了。你能看到我嗎，能聽到我的話嗎？將來你能不能知道，你的父親在這天夜裡沒有屈從，沒有動搖？」

周圍的人都在睡覺，睡得很熟，聲音很大、很不好聽，空氣很重濁、很窒悶，有的打鼾，有的嘟囔，有的在夢裡叫，有的咬牙，有的拉長聲音呻吟和呼喊。

阿巴爾丘克忽然在鋪上欠起身來，他覺得好像旁邊有個陰影閃了一下。

四十二

一九四二年夏末，克萊斯特[55]的高加索集團軍占領了邁科普附近蘇聯最早開發的一座油田。德國軍隊進入挪威的北角和希臘的克里特、芬蘭北部和拉芒什海峽[56]沿岸。熱帶作戰的大元帥艾爾文·隆美爾駐紮處距亞歷山卓八十公里之遙。在厄爾布魯士山[57]頂上，山地軍豎起了帶有納粹黨徽的旗幟。曼施坦因得到命令，要把巨炮和新式火箭炮推向布爾什維克的堡壘列寧格勒。本來持觀望態度的墨索里尼已經在擬訂進攻開羅的計劃，練習騎坐阿拉伯馬。寒帶作戰的季特爾駐紮在任何一個歐洲侵略者都沒有到過的北緯地帶。巴黎、維也納、布拉格、布魯塞爾都成了德國的省城。

實現國家社會主義黨最殘酷計劃的時刻來到了，這一計劃的目的在於消滅人，消滅人的生命和自由。法西斯黨的頭目們四處散布謊言，說是鬥爭的緊張迫使他們不能不如此殘酷。事實正好相反，危險會使他們清醒。如果對自己的力量缺乏信心，他們就會有所收斂。

等到法西斯完全相信已經取得最後勝利的那一天，全世界就會倒在血泊裡。如果世界上不再有反法西斯的武裝，劊子手們也不會就此收手的。因為法西斯的主要敵人就是人。

55 法西斯德國陸軍元帥，時任蘇德戰場南翼坦克第一集團軍群司令。

56 即英吉利海峽。

57 厄爾布魯士山被認為是歐洲第一高峰，位於俄羅斯西南部大高加索山脈。

一九四二年秋天，帝國政府通過了一系列慘無人道的法律。特別是一九四二年九月十二日，在國家社會主義黨的軍事勝利到達頂峰之時，居住在歐洲的猶太人被取消法律保護權，由祕密警察管制。法西斯黨的領導和希特勒本人決意完全消滅猶太民族。

四十三

索菲亞·奧西波芙娜·列文頓有時想想過去的事：蘇黎世大學五年的生活，巴黎和義大利的夏季旅遊，音樂學院的音樂會，中亞山區的考察，從事了三十二年的醫務工作，她喜歡的菜餚，跟自己的生活密切相關的朋友們（有艱難的日子，也有愉快的日子），習慣了的電話鈴聲，習慣了的話語，打紙牌，留在她莫斯科住處的東西。

她也常常想起在史達林格勒的那幾個月，想起亞歷山卓·弗拉基米羅芙娜、葉妮婭、謝廖沙、薇拉、瑪露霞。愈是和她親近的人，如今離她愈遠。

有一天快到黃昏時候，軍用貨車停在離基輔不遠的一個樞紐站的備用線上，她在鎖上的車廂裡捉自己領口上的蝨子，旁邊有兩個上了年紀的婦女輕聲說著流利的猶太語。這時她特別清楚意識到她——少校軍醫索菲亞·奧西波芙娜·列文頓——面臨的真實處境。

這些人的主要變化，是對自己的特殊氣質和個性的感覺減弱了，對命運的感覺增強了。

「我，我，我究竟是什麼人？實實在在是什麼人？」索菲亞·奧西波芙娜想道。「是那個小小的、流鼻涕的、又怕爸爸又怕奶奶的小姑娘，還是那個發胖、脾氣暴躁、戴領章的軍醫，還是這樣一個長蝨子的髒老婆子？」

幸福的希望沒有了，但是出現了許許多多想法：把蝨子消滅……湊到門縫兒上，呼吸呼吸新鮮空氣……解解小便……洗洗腳，哪怕洗一隻腳……還有，渾身都想喝水。

剛把她推進車廂裡，她覺得昏暗的車廂裡漆黑一團，她朝四下裡看了看，聽見低低的笑聲。

「是瘋子在這兒笑嗎？」她問。

「不是，」一個男子的聲音回答說，「在這兒說笑話呢。」

有一個人傷心地說：「又一個猶太女人到我們這遭殃的車上來啦。」

索菲亞·奧西波芙娜站在車門口，為適應黑暗而瞇著眼，回答別人的問話。她馬上陷入一種不習慣的氛圍中：這兒除了哭聲、呻吟和臭氣，還有從童年時代就已遺忘了的語言、口音……

索菲亞想往裡走走，但是走不過去。她在黑暗中摸到一條穿短褲的細腿，就說：「對不起，好孩子，我把你碰疼了？」

這孩子沒有回答。

她在黑暗中說：「大娘，您是不是讓您的孩子挪挪地方？我總不能一直站著呀。」

在角落裡有個男子用演員般歇斯底里的聲音說：「應該早點兒打個電報來，那樣就可以給您安排一個帶浴室的房間。」

索菲亞清楚地說了：「渾蛋！」

有一個女人，她的臉在昏暗中已經露出來了，她說：「挨著我坐吧，這兒地方多的是。」

索菲亞·奧西波芙娜感覺出她的手指頭在輕輕地、快速地抖動。這是她從小就熟悉的世界，是猶太小鎮的世界；她感覺出這個世界的一切變化有多麼大。

這節車廂裡有合作社的工人，有無線電技工，有師範學院的女學生，有工會學校的教師，有罐頭廠的工程師，有畜牧工作者，還有一位擔任獸醫的姑娘。以前小鎮上沒有這樣一些職業。但是，要知道索菲亞·奧西波芙娜沒有變，她依然是當年又怕爸爸又怕奶奶的那個樣子。也許，這新的世界也依然未變？可是，不管怎麼說，還不是一樣。猶太人的小鎮，不論是新是舊，反正是朝坡下滾去，將滑向無底深淵。

她聽到有一個年輕的女子聲音說：「現在的德國人都是野蠻人，他們都不知道海涅是什麼人。」另一個角落裡，一個男子聲音用嘲笑的口吻說：「結果這些野蠻人把咱們當牲口裝進火車裡。咱們知道海涅又有什麼用？」

大家向索菲亞·奧西波芙娜打聽前線的情況，因為她說的全是不好的消息，有人就對她說，她所知道的消息是不可靠的；於是她明白了，在這牲口車廂裡有自己的戰略，這戰略的根據是強烈的生存願望。

「難道您不知道，希特勒收到了最後通牒，要他立即釋放所有猶太人？」

是的，是的，當然是這樣。等到任人宰割的痛苦和不祥預感變為劇烈的恐怖時，人往往求助於毫無根據的樂觀，麻醉自己。

對索菲亞·奧西波芙娜的興趣很快就過去了。她也和大家一樣，成了一個不知道被弄到哪裡去、不知道被弄去幹什麼的同路人。誰也不問她的名字和父稱，誰也記不住她的姓。

索菲亞．奧西波芙娜甚至感到奇怪：走倒退的道路，從人回到骯髒、可憐、失去名字和自由的牲口，只需要幾天工夫；而從動物到人的路，卻走了幾百萬年。

她很驚訝，人類遭受這樣大的災難，卻依然時時刻刻操心生活瑣事，依然因為一些小事彼此鬧意見。有個上了年紀的女人小聲對她說：「醫生，你瞧瞧那位闊太太，她坐在門縫兒跟前，就好像只有她的小孩子需要呼吸新鮮空氣。」

夜裡火車停過兩次，大家很留心地聽著警備隊咯吱咯吱的腳步聲，聽著雜亂不清的俄語和德語。在夜晚的俄羅斯小站上聽到歌德的語言，顯得非常可怕，但是聽到德國警備隊中有俄羅斯人說起俄語，更使人感到毛骨悚然。

天快亮的時候，索菲亞．奧西波芙娜和大家一樣餓得難受，並且幻想能喝到一口水。她的幻想極其微小，極不大膽，她想像著有一個壓得凹凸不平的罐頭盒子，裡面還剩一點兒熱乎乎的水汁兒。她用又快又短促的動作搔了搔癢，就像狗抓弄跳蚤那樣。

現在索菲亞．奧西波芙娜覺得似乎懂得了生活與生存的區別。生活已經結束了，完了，可是生存依然繼續著。雖然這種生存是可憐的、毫無意義的，但是一想到橫死，心裡就感到十分可怕……

下起雨來，有些雨滴從裝了鐵欄的小窗戶裡飛進來。索菲亞．奧西波芙娜從自己的衣襟上撕下一條布邊兒，身子朝車廂壁挪動了一下，湊到有一條不大的縫隙的地方，把布條塞到縫隙外面，等著布條浸透雨水。然後她把布條抽回來，嚼起涼絲絲、溼漉漉的布條。這時在靠近車廂壁的地方以及車廂角落裡，有些人也開始撕布條了，索菲亞．奧西波芙娜感到很得意：這取雨水、喝雨水的方法是她發明的。

夜裡索菲亞·奧西波芙娜碰著的那個男孩子坐在離她不遠的地方，看著一些人把布條塞到車門底下的縫兒裡。她在朦朧的光線中看到了他那瘦小的臉和尖尖的鼻子。看樣子，他有六七歲。索菲亞·奧西波芙娜心想，她來到車廂裡這麼長時間，還沒有人跟這孩子說過話，他也一動不動地坐著，沒有和別人說過一句話。她把溼布條遞給他，說：「好孩子，給你。」

他沒有作聲。

「接著吧，接著吧。」

他猶猶豫豫地伸出手來。

「你叫什麼名字？」她問。

他小聲回答：「達維德。」

坐在旁邊的一個叫穆霞·鮑里索芙娜的女人說，達維德從莫斯科來看他的外婆，打起仗來，他不能回到媽媽身邊了。外婆死在隔離區裡，達維德的姨娘列維卡·布赫曼就跟有病的丈夫在這個車廂裡，甚至不讓這孩子坐在她身邊。

到傍晚時候，索菲亞·奧西波芙娜已經聽說不少事情，聽到不少爭論，她自己也說，也參加爭論。她對交談者說：「猶太兄弟姐妹們[58]，我來跟你們說說。」

許多人盼望著快點兒到地方下車，以為這是把他們送到集中營去，到集中營裡每個人都可以根據自己的專長幹活兒，有病的人可以住傷殘病房。大家幾乎一刻不停地談論著這些。可是心裡依然在暗暗地害怕，在不出聲地哭號。

索菲亞·奧西波芙娜從別人說的事情中瞭解到，人身上不僅僅是人性的東西。有人對她說，有一

---

58 原文為猶太語。

個女人把癱瘓的姐姐放到木盆裡，在冬天的夜裡拖到外面去，把姐姐凍死了。有人告訴她，有些母親殺死了自己的孩子，在這個車廂裡，就有這樣一個女人。還有人說，有些人就像老鼠一樣，成年累月地住在下水管道裡，吃的是髒東西，只要能活著，吃什麼苦都行。

猶太人在法西斯的統治下生活是可怕的，猶太人既不是聖人，也不是壞蛋，他們是人。當索菲亞·奧西波芙娜望著小小的達維德的時候，她心中產生的對人的憐憫感情特別強烈。小達維德照常不說話，一動不動地坐著。有時從口袋裡掏出一個揉破了的火柴盒，對著火柴盒看一陣子，然後又藏進口袋。索菲亞·奧西波芙娜有幾個晝夜完全沒睡，她不想睡。這一夜她也是坐在又黑又臭的車廂裡沒有入睡。她忽然想：「這會兒葉妮婭·沙波什尼科娃在哪兒呀？」她聽著人們的囈語和叫聲，心想，這些睡著了的、發狂的腦袋裡這會兒一定活靈活現地發生了言語難以表達的可怕情景。如果一個人還能活在世上，將來希望知道過去的事的話，怎樣才能保留、才能記下這些情景？……

「茲拉塔！我的茲拉塔！」有一個男子帶著哭聲喊道。

四十四

……在瑙姆·羅森貝格四十歲的頭腦裡正在進行著他習慣了的統計工作。他一面在路上走，一面算：前天一一〇，加上昨天六一，再加上前五天的六一二，共計七八三……可惜他沒有計算男人、女人、兒童的分類數字。女人燒起來比較容易。這個有經驗的勞工在焚屍的時候，總是把出灰多的乾邊大聲問：「有幾具？」羅森貝格回答：「十九……」底下是在心裡說的：「十九個被殺的人。」一大堆病……沒關係，現在不怕了……別拿手扯住媽媽不放，孩子，你媽媽哪兒也不去啦……」監督在林您可真夠重的……啊，一個媽媽帶三個孩子，兩個男孩，一個已經上學了，一個女孩有三歲吧，有佝邊去。勞工們扔下鐵鎬，拿起鉤子，拿破布把嘴和鼻子蒙住……「您好，老大爺，您又要見見陽光啦；

一會兒屍臭的氣味就壓倒林中的腐葉味。警備隊又笑，又罵，摀起鼻子，監督直吐唾沫，躲到林抬，四人清理架火堆的地方，挖出灰的溝——還要看好風從哪邊來。

伐橡樹，鋸成人體長的木條，兩人用斧頭把木條劈開，兩人把引火的乾木板和汽油桶從大路上往這裡地上走了，終於，在碧綠的林中草地上第一百一十五次出現了灰色的土包——墳墓。八人挖墳，四人麼辦法呢？命令總歸是命令：要把所有的墳都挖開，把所有屍體都燒掉……現在他們離了大路，在草像話，二十人的勞工隊只焚化八具！」他說得很對。可是如果一個小村子裡只有兩戶猶太人，又有什他還是在嘟囔，他在鬥爭，這是他小小的鬥爭……前天有一個坑，裡面八個人。監督叫起來：「真不不開啦……」要是問他：「你在那兒嘟囔什麼？」他就說：「我什麼也沒說，您也許覺得我在說話。」囔：「被殺的人呀，你從坑裡出來吧……小傢伙呀，別扯著媽媽啦，你們就要在一塊兒，想分開也分小孩子，被殺的老頭子。他是在心裡這樣叫，要不然監督就要送他一粒槍子兒。可是他嘴裡老是在嘟督[59]艾爾弗要他們管屍體叫「具」，一百具，二百具，可是羅森貝格管他們叫人，被殺的人，被殺的勞工可以從一個一個的墳包判斷出墳坑裡有多少屍體：五十，一百，二百，六百，一千……這裡的監人就是這樣下命令的。他們現在把那些人的屍體挖出來，再用繩子拴著鉤子從坑裡往外拖。有經驗的瘦老頭跟女人的屍體擺在一起。現在馬上就要命令他們離開大路，拐個彎往前走了——一年前對那些

[59] 此處「監督」原文為德語 Scharführer。

家都在罵：花了半天工夫，才這麼一點點兒。可是上星期挖開一個墳，一下子就是兩百個婦女，而且全是年輕的。當揭去上面一層土的時候，墳裡冒出灰色的熱氣，警備隊笑著說：「這些娘兒們還熱呼呼呢！」他們往一道道通風的土溝上放一層乾木柴，然後放橡木條，橡木條會變成很耐燒的火炭，然後放被殺的女人，再放一層木條，然後又放被殺的男人，再放一層木條，然後又放分不清男女的屍體碎塊，然後澆汽油，然後往中間放一枚燃燒彈。然後監督下口令，焚化工們齊聲歌唱，警備隊員們臉上早就浮現出笑容。大火堆燒起來。然後把骨灰送進坑裡。一切又靜下來了。原來就很安靜，現在又安靜了。

繼而他們被帶進樹林，在綠草地上沒有看到墳包。監督命令他們挖坑：四米長，二米寬。他們都懂了，他們已經完成任務：八十九個村子，加十八個小鎮，加四個工人村，加兩個區中心，加三個國營農場，其中兩個是穀物農場，一個是奶牛場，總共一一六個居民點，這些勞工已經挖完一一六個墳……會算帳的羅森貝格在給自己和其他勞工挖墳坑的時候，一面計算著：最後一個星期是七八三，在這之前的三個十天共計焚屍四八二六。前後相加，總數是：五六〇九。他算來算去，時間在算帳中不知不覺地過著，他算起屍體，不，人體的平均數；除以墳墓數一一六，得數是：每座合葬墳埋人四八點三五，去掉尾數，即：每座墳埋四十八人。如果再算一算，二十名勞工幹了三十七天，那麼，每名勞工平均……這時候警備隊長喊道：「整隊！」監督艾爾弗發出響亮的命令：「正前方，齊步走！」

但是他不願進墳墓。他跑了，跌倒了，爬起來又跑，他懶懶地跑，他會算帳，卻不會跑，但是他沒被打死。他躺在林中草地上，這裡很安靜，他既沒有想頭頂上的青天，又沒有想他的茲拉塔，茲拉塔在被殺的時候已經有六個月的身孕了。他躺著，計算著挖坑時沒有計算好的數字：二十名勞工，三十七天，平均每人每天焚屍……這是第一；第二，應該算算每人用柴多少；第三，應當算算每一個被殺的人平均用多少時間焚燒……

過了一個星期，他被警察逮住，送進隔離區。

現在在這車廂裡，他還在一個勁兒地嘟囔，計算，又乘，又除。要做年終決算！他要報給國家銀行會計主任布赫曼。夜裡，在夢中，痛楚的淚水忽然掙脫蒙在頭腦和心上的瘡痂，湧了出來。

「茲拉塔！我的茲拉塔！」他呼喚道。

四十五

她的房間窗戶對著隔離區的鐵絲網。圖書管理員穆霞·鮑里索芙娜夜裡醒來，掀開窗簾的一角，看見兩名士兵拖著一挺機槍，擦得發亮的槍管閃著斑斑點點的青色月光，走在前面的一名軍官的眼鏡也閃著光。她聽到低低的馬達聲。有汽車熄了車燈向隔離區開來，夜晚沉重的灰土銀光閃閃，在車輪周圍打著圈圈兒，一輛輛汽車就像神仙坐駕一樣，在雲霧中前進。

在這月色之下，當黨衛軍和保安隊、烏克蘭警察部隊、附屬部隊、帝國保安局預備隊的汽車隊開到沉睡的隔離區大門口的時候，一個女子估量著二十世紀的這場厄運。

月光，武裝隊伍雄赳赳的整齊步伐，卡車巨大的黑影，牆上掛鐘的滴答聲，搭在椅子上的上衣、胸罩、襪子，屋裡暖烘烘的氣息——一切無法結合的事物都融合在一起了。

四十六

一九三七年被捕後死去的老醫生卡拉西克的女兒娜塔莎，在車廂裡不時地試著唱歌。有時她在夜裡也唱，但是人們並不生她的氣。

她一向很靦腆，說話總是低垂著眼睛，聲音幾乎聽不到，平時串門兒也只是上最親近的人家去，看到一些姑娘有膽量在晚會上跳舞，她總是感到驚訝。

在挑選應予消滅的人時，沒有把她算在手藝人和醫生之列，這些人是留下性命的，因為還有點用；一個憔悴不堪、白了頭髮的姑娘活著沒什麼用處。一個警察推搡著把她帶到集市上一個灰土包跟前，那兒站著三個醉醺醺的人，其中一個是現在的警察局長，她戰前就認識，那時他是一個鐵路倉庫的守衛隊長。她甚至不明白，正是這三個人在裁決人的生與死。警察猛地一推，把她推到亂烘烘的人群裡，這是一千多個被認為活著無益的女人、孩子和男人。

然後他們冒著此生最後一次暑熱朝飛機場走去，看著大路兩旁落了一層灰土的蘋果樹，最後一次尖聲高叫，撕自己身上的衣服，祈禱。娜塔莎一聲不響地走著。

她從來沒想到，人的血在陽光中那樣鮮紅。有時叫聲、槍聲、呼吸聲停息一小會兒，這時便可以聽見坑裡咕咕的流血聲，鮮血在白白的人體上奔流著，就像流在白白的石頭上。

然後發生的事就不值得可怕了：自動步槍的扳機輕輕扣動，劊子手的臉色很平常、不凶狠，而且殺人已經殺累了，正在耐心地等著她怯生生地往他跟前走，等著她站到咕咕流血的大坑邊上。夜裡她擰乾浸透了血的小褂，回到城裡——死人是不會從墳裡走出來的，就是說，她還活著。

當娜塔莎行經一戶戶人家朝隔離區走的時候，她看到廣場上在舉行遊藝會，管弦樂隊在演奏她一向喜歡的一支悲傷的、帶有幻想意味的華爾滋舞曲，在朦朧的月光和燈光下，在灰塵飛揚的廣場上旋轉著一對對舞伴，有姑娘，有士兵，腳步摩擦聲與音樂聲混合到一起。憔悴不堪的姑娘這時候高興起來，並且有了信心，於是她唱了又唱，輕輕地唱，預感到有幸福在等待著她，有時候，如果沒有人看到的話，甚至想要跳幾步華爾滋呢。

四十七

戰爭開始後的一切事情，小達維德都記不清楚了。但是有一天夜裡，這孩子的腦海裡出現了不久前經歷的一件事情。

一天晚上，外婆領著他上布赫曼家去。天空繁星點點，天邊十分明亮，呈現出黃綠色，牛蒡葉子拂在腮上，就好像是什麼人的涼絲絲、潮乎乎的手掌。

人們躲在閣樓上的夾層牆裡。房頂的黑鐵皮白天曬得燙人。有時閣樓上充滿燈油氣味。隔離區的大火在燃燒。白天大家都躲藏著，一動不動地躺著。布赫曼的女兒斯維特蘭娜很單調地哭著。布赫曼有心臟病，白天大家把他當作死人，到夜裡他會吃飯，會跟老婆吵嘴。

忽然狗叫起來。聽到外語說話的聲音：「阿斯塔！阿斯塔！猶太人在哪兒？」[60] 頭頂上響起轟隆轟隆的聲音。德國人從天窗爬上房頂。後來，德國人釘了鐵掌的靴子在鐵皮房頂上踩起的轟隆聲停息了。在牆腳下可以聽到輕輕的、有用意的敲打聲——有人敲牆傳遞信息。裡面的人靜了下來，是一種緊張的寂靜，肩頭和脖子上的肌肉哆嗦著，由於緊張，眼睛瞪得老大，牙齒齜露著。

小斯維特蘭娜在輕輕的敲牆聲中又哼起了沒有歌詞的訴怨曲。小姑娘的哭聲忽然斷了。達維德回頭朝她看了看，卻看到斯維特蘭娜的媽媽列維卡·布赫曼的發狂的眼睛。

在這之後，有一、兩次他眼前剎那間浮現出這雙眼睛和那小姑娘像布娃娃一樣耷拉到後面的頭。可是戰前的事他卻記得很清楚，常常想起來。在這車廂裡，他像個老頭子一樣，一個勁兒地想著過去，珍惜過去，玩味過去。

四十八

十二月十二日，達維德過生日的那一天，媽媽給他買了一本帶畫的書。

在林中空地上有一隻灰色的小羊羔，周圍黑壓壓的森林顯得特別凶惡。在黑褐色的樹幹和毒蘑菇叢中，可以看到一隻狼的紅紅的、齜著牙的大嘴和綠色的眼睛。

只有達維德知道小羊羔一定要遭殃。他拿拳頭敲桌子，拿手掌捂著林中空地，不讓狼看見，但是

60 原文為德語。

他明白，他救不了小羊羔。

夜裡他喊：「媽媽，媽媽，媽媽！」

媽媽醒來，朝他走來，就像漆黑的夜裡飛來一片雲彩。他幸福地打起呵欠，覺得世界上最強大的力量保護著他，不再怕這黑壓壓的夜晚的森林。

等他長大了一些，他又害怕起《熱帶叢林之書》裡的紅狗。有一天夜裡，屋裡好像到處都有這種紅色的猛獸，達維德就光著腳踩著五斗櫃拉開的抽屜跨過去，鑽到媽媽被窩裡。

有一次他發高燒，反反覆覆做著同一個夢：他躺在海邊沙灘上，小指頭般細小的海浪沖得他的身體癢癢的。忽然在天邊冒起一座藍藍的、無聲無息的水山，水山愈來愈高大，並且飛快地朝他沖來。達維德躺在熱乎乎的沙灘上，藍黑色的水山朝他壓過來。這比狼和紅狗更可怕。

早晨，媽媽去上班。他走到黑黑的樓梯上，往一個蟹肉罐頭空盒子裡倒一碗牛奶，有一隻尾巴細長、鼻子灰白、眼睛流淚討飯的貓是知道來喝的。有一天，鄰居家一位大嬸說，天亮時候來了幾個人，帶著一個小箱子，把討人嫌的討飯貓弄到研究所去了。

「我上哪兒去找那個研究所？這根本做不到嘛，你忘掉那隻倒楣的貓吧，」媽媽看著他那懇求的眼神說，「你以後在人世上怎麼過呀？心腸不能這樣軟。」

媽媽想把他送進兒童夏令營，他哭，央求不去，絕望地揚著手臂叫著：「我可以去外婆家，就是不去那個營！」

他媽媽帶著他到烏克蘭找外婆，他在火車裡幾乎什麼也不吃：在人前吃熟雞蛋，或者撕開浸油的包裝紙吃肉餅，他覺得很不好意思。

媽媽陪達維德在外婆家裡住了五天，就準備回去上班。他跟媽媽分別的時候，沒流眼淚，只是使勁兒摟住媽媽的脖子，媽媽說：「傻孩子，摟得我喘不上氣來啦。這兒有這麼多便宜的草莓，過兩個月我再來接你回去。」

外婆羅莎家門口就有一個公共汽車站，這一條線的公共汽車是從城裡開往皮革工廠的。去世的外公原是一位崩得分子，是一個有名的人物，過去住在巴黎。外婆因此受到尊敬，也因此常常失去工作。

從開著的窗戶裡可以聽到無線電廣播：「基輔廣播電臺開始播音……」

白天大街上空空蕩蕩，有時製革專科學校的男女學生從大街上走過，隔著街互相叫喊：「別拉，你考及格了嗎？」「雅什卡，你來複習馬克思主義！」這時候大街上才熱鬧起來。

傍晚時候，皮革廠工人們，商店店員們，還有市廣播站修理工索洛卡紛紛回家。外婆在一家診所基層工會工作。

外婆不在家，達維德也不覺得寂寞。

外婆家旁邊，有一處沒有主兒的老果園，蘋果樹已經老得不結蘋果，老山羊在裡面吃草，帶記號的母雞在裡面打食兒，螞蟻不聲不響地在小草上爬。城裡的鳥兒烏鴉和麻雀在果園裡鬧鬧嚷嚷，十分得意，達維德叫不出名字的一些田野的鳥兒飛進果園裡，感到十分膽怯，就像羞澀的鄉下姑娘。

他聽到很多新詞：gletchik、dikt、kalyuzha、ryazhenka、ryaska、puzhalo、lyadache、koshenya[61]。他聽出這些詞兒和他聽慣了的母語又一樣又不一樣。他聽到了意第緒語。他感到驚訝的是，媽媽和外婆當著他的面也說起意第緒語。他從沒聽過媽媽說這種他不懂的話。

外婆帶他走親戚，來到她的胖外甥女列維卡．布赫曼家。達維德看到屋裡有很多編織的白色窗簾，

61 猶太語：水壺，膠合板，膠土，優酪乳，浮萍，稻草人，懶惰，小貓。

十分吃驚。身穿制服、腳蹬皮靴的國家銀行會計愛德華·伊薩科維奇·布赫曼走了進來。「哈伊姆，」列維卡說，「這是咱們從莫斯科來的客人，拉婭的孩子。」又轉身對達維德說：「來，見見愛德華姨父。」

達維德問這位會計主任：「愛德華姨父，為什麼列維卡姨媽管您叫哈伊姆？」

「哦，這問題有意思，」愛德華說，「難道你不知道，在英國哈伊姆就是愛德華？」

過了一會兒，有一隻貓在門上亂抓起來，等到貓終於把門抓開，就看到屋裡有一個小姑娘無精打采地坐在瓦罐上。

禮拜天達維德跟著外婆到市場上去。他在路上看到的有披黑頭巾的老奶奶，有睡眼惺忪、愁眉苦臉的女列車員，有帶藍提包或紅提包的神氣活現的當地領導人的夫人，有穿高筒靴的農村婦女。

一些乞討的猶太人用氣勢洶洶的粗大嗓門兒叫喊著，似乎別人對他們施捨不是出於憐憫，而是由於害怕。在石子鋪的馬路上奔馳著集體農莊的噸半貨車，裝著一袋袋的馬鈴薯或麥麩，一籠籠的母雞在汽車顛簸的時候咕咕亂叫，就像一群病弱不堪的老奶奶。最使他注意、使他難受和害怕的是肉貨攤。達維德看到，有人從大車上拖下宰好的黃牛，那死牛半張著蒼白的嘴唇，脖子上那彎彎的白毛沾滿了血。

外婆買了一隻很嫩的花母雞，提著雞腿，雞腿用白布條子捆著。達維德在旁邊走，老想拿手幫助雞把沒有勁兒的頭抬高一點兒。他很吃驚，外婆怎麼這樣狠心。

達維德想起了媽媽說過的一句他原來不懂的話。媽媽說，外公祖上都是知識分子，外婆祖上都是店主和買賣人。大概就因為這樣，外婆對雞一點也不心疼。

他們走進一個小院子，一個戴小圓帽的小老頭兒迎著他們走出來，外婆跟他說起了猶太話。老頭兒把雞抓在手裡，嘟囔起來，花母雞信任地咕噠咕噠叫了幾聲，然後老頭兒做了一點兒什麼，那動作又快又利索，但是似乎又很可怕，緊接著他把雞隔著肩膀一扔，那雞便撲打著翅膀跑起來，達維德看到那雞已經沒有頭，跑的只是沒有頭的身子，老頭兒已經把雞宰了。那雞身子跑了幾步，便倒在地上，用有勁的嫩爪子亂抓土地，過一會兒就不動了。

到夜裡，這孩子覺得，那些死黃牛和被宰的小牛犢身上的潮溼氣味鑽進屋裡來了。

住在畫上的森林裡的死神，原先是在畫上的狼偷偷走向畫上的小羊的地方，在這一天從畫上下來了。他第一次感覺到，他也會死，不是像畫上那樣死，而是實實在在、真真切切的死。

他才知道，媽媽將來也會死的。來找他和她的死神不是從畫上的森林，不是從黑壓壓的樅樹叢裡來，而是從這空氣中、從生活中、從家裡來，想躲也躲不開。

他對死的感觸是那樣深、那樣真切，這樣的感觸只有小孩子和偉大的哲學家才會有，偉大哲學家的思維力之強和小孩子感情的單純與強烈，是差不多的。

那坐墊已破、上面重新釘了膠合板的椅子，那厚實的衣櫥，散發著一種寧靜的、親切的氣味，就像外婆的頭髮和衣服上的氣味。這兒的夜晚是暖和的，表面上很寧靜。

四十九

在這個夏季，他的生活離開了拼字方塊，離開了畫在識字課本上的圖畫。他看到，公鴨子那黑黑的翅膀泛著多麼好看的藍色光澤，鴨子笑起來和叫起來多麼好玩，多麼好笑。枝叢裡閃爍著白色的甜櫻桃，他順著疙疙瘩瘩的樹幹爬上去，爬到櫻桃跟前，一伸手就摘下來。牛犢拴在空地上，他走過去，拿糖塊餵牛犢；小牛犢看到胖乎乎的男孩那可愛的眼睛，快活得驚呆了。

紅頭髮的佩契克走到達維德跟前，說：「咱們來幹一架！」

外婆院子裡住的猶太人和烏克蘭人彼此十分相像。帕爾丁斯卡婭老奶奶來到外婆屋裡，慢悠悠說：「羅莎．努西諾芙娜，您覺得怎麼樣，索尼婭上基輔去啦，又跟丈夫和好啦。」

外婆把胳膊一揚，笑著回答說：「噢，您又看著笑話了。」

達維德覺得這兒的世界比基洛夫街上更好，更可愛。在基洛夫街上的時候，在小小的瀝青院子裡，經常有一個姓德拉科——德拉康的濃妝豔抹的鬈髮老太太帶著鬈毛狗在散步，每天早晨大門口都停著一輛「吉斯 -101」小汽車，一個戴夾鼻眼鏡的女鄰居，抹口紅的嘴上叼著香菸，對著公用煤氣爐一個勁地嘟囔：「你這托洛茨基分子，把我爐盤上的咖啡推過來。」

媽媽那天夜裡領他出了車站。他們順著灑遍月光的石鋪大街往前走，經過一座白色的天主教堂，在神龕裡站著瘦削的彎腰戴著荊冠的耶穌，個頭像個十二歲的男孩，又經過媽媽過去上過的專科學校。

過了幾天，在星期五的傍晚，達維德看到一些老頭子在一片金色灰塵中朝猶太教堂走去，那灰塵是光腳的足球隊員在空地上蹚起的。

這兒的烏克蘭式白房子，咯吱咯吱的水井吊桿，黑白相間的祈禱服上使人眼花撩亂的表現聖經故事的古老紋飾，這一切糅合在一起，就產生了驚人的美。這兒有《民間歌手》[62]，有普希金和托爾斯泰的書，有物理課本，有《共產主義運動中的「左派」幼稚病》，有國內戰爭時期跑來的鞋匠和裁縫的兒子，有區委指導員，有區工會理事會的鬥士和宣傳員，有汽車司機，有偵訊處的偵查員，有馬克思主義講解員。

達維德來到外婆家以後，才知道媽媽是很不幸的。首先告訴他這一點的是拉赫莉阿姨，是一個胖胖的女人，兩腮通紅通紅的，就好像老是在害臊。她說：「扔掉你媽媽這樣好的女人，實在是罪過。」

過了一天，達維德已經知道，他的爸爸上一個俄羅斯女人那兒去了，那女人比他大八歲，他在音樂廳每月掙兩千五百盧布，媽媽不要贍養費，僅僅靠自己每月掙的三百一十盧布生活。

達維德有一天把裝在火柴盒裡的一個蠶繭拿給外婆看。

可是外婆說：「嘿，你留這髒東西幹啥，快點兒扔了。」

達維德有兩次跑到貨車站，看著往車廂裡裝牛、羊和豬。他聽到老牛哞哞直叫，不知是在訴苦，還是在祈求憐憫。達維德心裡很害怕，可是穿著又髒又破的服裝的鐵路工人在車廂旁邊走來走去，也不轉過疲憊的瘦臉去看看哞哞叫的老牛。

達維德來了一個星期之後，外婆的鄰居、農機廠鉗工拉薩爾・揚凱列維奇的妻子傑波拉生下頭生兒子。去年傑波拉到科雷馬去探望姐姐，在雷雨時候受到電擊；她像死人一樣躺了兩個鐘頭，後來被救活了，今年夏天就生了孩子。她十五年來一直沒有孩子。這是外婆對達維德說的。外婆又說：「大家都是這麼說的，可是，不光是這樣：去年醫生還給她做過手術。」

62 烏克蘭詩人、藝術家塔拉斯・謝甫琴科（1814-1861）的詩集。謝甫琴科的文學作品被視為近現代烏克蘭文學的奠基者。

有一天，外婆帶著達維德看望這家鄰居。

「嗯，拉薩爾。嗯，傑波拉。」外婆看了看躺在衣服籃子裡的兩腳動物。她說話帶著一種很嚴厲的口氣，好像警告孩子的父親和母親對待這出現的奇蹟不能馬虎。

在鐵路旁邊的一座小屋裡住著索爾金娜老太婆和兩個兒子，兩個兒子都是又聾又啞的理髮匠。鄰居都很怕他們。

「他們不喝酒的時候，挺老實，」帕爾丁斯卡婭老奶奶對達維德說，「等他們一喝了酒，就要打架，又嚷嚷，又拿刀子，竄來竄去，跟野馬一樣！」

有一次外婆叫達維德去給圖書管理員穆霞．鮑里索芙娜送一小罐優酪乳油……她那間屋子非常小。桌上有一只小碗，牆上釘著小小的書架，書架上有一本一本的小書，小床上面掛著一張小小的照片。照片上是媽媽和襁褓中的達維德。達維德看到照片，穆霞．鮑里索芙娜臉紅了，並且說：「我跟你媽媽是同桌同學呢。」

他給她念了關於蜻蜓和螞蟻的寓言故事，她也小聲給他念了一首詩的開頭：「看到砍伐森林，薩沙哭了……」

早晨，院子裡鬧烘起來：索洛蒙．斯列波依家裡一件皮襖，已經撒了香料、包起來準備過夏天的，夜裡被偷了。

外婆一聽說斯列波依家的皮襖被偷，就說：「謝天謝地，應該讓這強盜倒倒楣。」

達維德聽說，斯列波依是一個喜歡告密的人，在取消舊幣和金盧布的時候，他出賣了很多人。在一九三七年他又出賣了一些人。在他出賣的人當中，有兩個被槍決，一個死在監獄的醫院裡。

夜晚可怕的沙沙聲、無辜的鮮血和鳥兒的歌聲——這一切合成驚心動魄的、亂糟糟的一團。達維德要理解這一切，還得過幾十年。但是他的小小的心靈卻日日夜夜感受到那動人的美和可怕。

五十

為了宰殺害了傳染病的牲口，要做一系列準備工作：把牲口運送和集中到屠宰點，給屠宰工人指示，開挖壕溝和大坑。

居民們幫助政府把染病的牲口送往屠宰點，或者幫助捕捉跑散的牲口。他們這樣做不是因為痛恨牛犢或老牛，而是出於自我保全。

在大規模屠殺人的時候，一般的人對於要被消滅的老人、婦女和兒童同樣沒有切齒的痛恨。所以，要進行大規模的消滅人的運動，必須進行特殊的準備。在這方面，光有自我保全的心態是不夠的，還必須喚起一般人的憎惡和仇恨。

對烏克蘭和白俄羅斯猶太人的種族滅絕，正是在這種憎惡和仇恨的氣氛中進行的。當年，也是在這塊土地上，史達林煽動起群眾的痛恨，推行了消滅富農階級的運動和殘殺托洛茨基——布哈林分子的運動。

經驗證明，在這樣的運動中大多數人對政府的指示只是盲目服從，也有少數人是為運動搖旗吶喊、製造氣氛的。其中有殘忍成性、幸災樂禍的糊塗蟲，也有抱著個人目的和打算的，想要撈到別人的財物、住房和職務空缺。大多數人心裡害怕大規模的殘殺，然而他們盡量不露聲色，不僅是對最親近的人，而且對自己隱瞞真實的心情。一有煽動種族殘殺的大會，這些人就坐滿了會場。不論這樣的大會開多少次，不論會場上有多少人，幾乎沒有什麼人破壞一致默認的事。要是一個人面對被懷疑的瘋狗，看到瘋狗祈求的目光而沒躲開，並且讓瘋狗住到自己和妻子兒女同住的家裡去，這樣的事就更少了。不過，這樣的事總歸還是有的。

二十世紀上半葉在歷史上將占有特殊地位，因為它是偉大科學發明的時代，革命的時代，巨大的社會變革的時代和兩次世界大戰的時代。

但是，二十世紀上半葉將以普遍殘殺各階層猶太人的時代進入人類歷史，而這一殘殺運動還有種族和社會理論的根據。當代現實抱著不難理解的謹慎態度，對此諱莫如深，保持沉默。

在這個時期暴露出來的人類天性最驚人的一個特點就是順從。有時候，前往行刑的地方要排很長的隊，等待被殺的人就自動排隊。有時候，等待受刑要從早晨等到深夜，在長長的炎熱的一天中，已經知道這件事的母親提前帶著水和麵包為兒子準備著。成千上萬的無辜者感覺到自己快要被逮捕了，提前把衣服和手巾包好，提前和家裡人告別。千百萬人住在巨大的集中營裡，這些集中營不僅是他們自己建造的，而且自己看守著。

不是一萬、兩萬人，甚至也不是幾千萬人，而是無數的芸芸眾生成為旁觀者，看著順從的無辜者被殺害。他們不只是順從的旁觀者，等到要他們做表決的時候，他們會眾口一聲地表示贊成大規模的屠殺。這種大量的人的順從，是新發現的一種意外。

當然，也有反抗，也有人英勇、頑強，也有起義，也有自我犧牲。有的人為了挽救毫不相干的陌生人，獻出了自己和家人的生命。可是，群眾性的順從總歸是無可爭辯的事實！

這種順從說明什麼呢？是不是說明在人的天性中忽然出現了新的特點？不是。這種順從說明有一種新的可怕的力量對人的影響。極權社會的超級暴力，足以造成所有大陸上人類靈魂的麻痹。出賣國家民族的甘心為法西斯效勞的人會把只能使人遭殃和滅亡的奴性稱作唯一和真正的美德。出賣國家民族的人一面承認人類感情，一面說法西斯的種種暴行是最高形式的人道主義，贊成把人分為高雅的、體面的人和不高雅、不體面的人。自我保全的欲望，就表現在生存本能與良心的相互妥協。

一些影響遍及世界的思想所具有的麻醉力量，支持著生存的本能。這樣一些思想號召：為了祖國的偉大前途，為了人類幸福，為了民族、階級的幸福，為了人類的進步事業，為了達到偉大的目的，不惜任何犧牲，不惜採取任何手段。

除了一些偉大思想的麻醉力量，跟生存本能一同起作用的還有第三種力量，這就是對於強大國家機器不受限制的強權，對於已成為國家日常生活基礎的殘殺的恐懼。

極權國家的強權是如此巨大，以至於它不再是手段，而變成了神祕的宗教崇拜的對象。

要不然怎樣解釋一些有思想有知識的猶太人的說法呢？他們說，為了人類幸福必須殺盡猶太人，他們認識到這一點，願意把自己的孩子領到屠殺點去，為了祖國的幸福，他們願意做出犧牲，就像聖經上的亞伯拉罕那樣。要不然怎樣解釋一位農民出身的才智雙全的詩人的作為？他懷著真摯的感情寫了一首長詩，歌頌農民受苦受難的血腥時期，正是那個時期吞噬了他那忠厚、純樸、幹了一輩子莊稼活兒的父親。

法西斯制服人的手段之一，就是使人完全或近乎完全喪失理性。人們不相信會被消滅。說來奇怪，已經站在墳坑邊上，竟是那樣樂觀。在極不明智的，有時是不可告人的、可鄙的希望的基礎上產生的順從，也是見不得人的，有時甚至是可鄙的。

華沙起義、特雷布林卡集中營的起義、索比波爾集中營的起義、爐工們的暴動和起義，都是由於完全失去了希望。

但是，真實、徹底的絕望引起的不僅是起義和反抗，也能使一些人產生常人不能理解的早做刀下鬼的渴望。有些人就為了走向血淋淋的埋人坑的先後而爭吵，還能聽到興奮的、激昂的、幾乎是狂喜的叫喊聲：「猶太弟兄們，不要怕，沒有什麼可怕的，再有五分鐘就行了！」

希望能產生順從，失望也能產生順從，因為同命運的人們的性格各不相同。

需要想想人們遭受的苦難和折磨，才能理解為什麼有些人認為早點兒被殺是幸運的。很多人應該想想這一點，特別是那些喜歡教導人的人，他們常常教導人在艱難境況下應當怎樣進行鬥爭，可惜這些說空話的導師都很幸運，想像不出那樣的境況。

明白了人對於強權暴力的順從，還必須做出最後的結論，這樣的結論對於理解人、理解人的未來是有意義的。

人的天性會不會起變化，在極權暴力作用下會不會變異？人會不會失去生來就有的對自由的渴望？人的命運、極權國家的命運就在對這一問題的回答中。人如果改變了天性，國家獨裁制必然會取得世界性的永久勝利；人追求自由的願望不改變，就是對極權國家宣判死刑……

人類渴望自由的天性是消滅不了的，可以壓抑，但無法消滅。極權政治不能不使用暴力。如果離開暴力，極權政治就會完蛋。經常或者不斷使用的超級暴力，露骨的或者經過偽裝的超級暴力，是極權政治的基礎。人不會自願放棄自由。我們時代的曙光、未來的曙光就在這一結論中。

五十一

電子電腦能進行數學計算，能記下歷史事件，能下棋，能翻譯書籍。電子電腦快速計算數學習題的能力超過了人，其記憶力也是無可比擬的。根據人的模式和行動創造機器的科學，其發展有無極限？顯然，沒有這種極限。

可以想像出未來幾個世紀和幾十個世紀的機器。它可以聽音樂，欣賞繪畫，而且它自己能夠作畫、作曲、寫詩。它的完善有極限嗎？能否與人媲美，甚至超過人？

機器模仿人，將要求電子學不斷有新的發展，電子元件的重量和體積不斷更新。

回憶童年……高興時流淚……離別時傷心……熱愛自由……心疼生病的小狗……疑神疑鬼……母愛的撫慰……考慮死亡……悲傷……交朋友……同情弱者……突然萌生的希望……準確的猜測……憂愁……無緣無故的快樂……無緣無故的慌亂……

一切，一切，機器都能做到！但是，即使漸漸能代替一個最普通、最平常的人的智慧和心靈，不斷增加的機器的負荷，整個地球的土地都將容納不了。

法西斯竟消滅了幾千萬人。

五十二

在烏拉爾林區小村中一個寬敞、明亮、整潔的房間裡，坦克軍軍長諾維科夫和政委格特馬諾夫正在看接到出發命令的各旅旅長的報告，快要看完了。

一連幾晝夜不眠的工作換來寧靜的時刻。

就像在類似的情況下一樣，諾維科夫總覺得他們的時間不夠，無法完全、充分地掌握教學大綱規定的內容。但是，學習階段——掌握坦克發動機和傳動部分操作規程、掌握大炮技術、使用光學瞄準器和無線電通信設備的階段，已經結束了；操縱火力，判斷、選擇和確定目標，選擇射擊方法，確定開火時刻，觀察爆炸點，校正目標、變更目標等項訓練全結束了。今後的教員將是戰爭，戰爭會很快地把人教會，還會督促落後者，彌補不足。

格特馬諾夫朝兩個窗戶之間的小櫥探過身子，拿指頭敲著小櫥，說：「喂，夥計，出來吧。」

諾維科夫把櫥門打開，拿出一瓶白蘭地，把兩只藍色的厚玻璃杯斟滿了。

這位軍長一面考慮著，一面說：「咱們為誰乾杯呢？」

諾維科夫自然知道應該為誰乾杯，所以格特馬諾夫也問：「你說該為誰？」諾維科夫猶豫了一下子之後，說：「來，政委同志，為咱們率領作戰的同志們乾杯，願他們少流血。」

「很對，首先要關懷各負責幹部，」格特馬諾夫隨口說，「來，為咱們的小夥子們乾杯！」

他們碰了杯。諾維科夫帶著掩飾不住的搶先心情又斟了兩杯，說：「為史達林同志乾杯！為了不辜負他的信任。」

他看到隱藏在格特馬諾夫那親切而留神的眼睛裡的冷笑，便責備起自己，心想：「唉，太著急啦。」

格特馬諾夫和善地說：「是的，不錯，為他老人家，為咱們的父親乾杯。咱們要在他的率領下打到窩瓦河邊。」

諾維科夫看了看政委，可是，從這個四十歲的聰明人顴骨突出的微笑的大臉上，從他那又快活又厲害的瞇細的眼睛裡又能看出什麼呢？

格特馬諾夫忽然談起軍參謀長涅烏多布諾夫將軍。

「是一個好人，一個很好的人。一個布爾什維克。一個真正的史達林主義者。有豐富的領導工作經驗。有堅強的毅力。我記得他在一九三七年的情形。葉若夫[63]派他主持軍區的肅反。我當時也擔任很重要的工作。可是誰也沒有他那樣的魄力。雷厲風行，毫不手軟，說槍斃就槍斃，不次於烏爾里赫，沒有辜負葉若夫同志的信任。現在應當馬上把他請來，要不然他還要生氣呢。」

在他的口氣中彷彿有不滿意肅反鬥爭的意味，據諾維科夫所知，他也曾參加肅反鬥爭。於是諾維科夫又看了看他，還是什麼也看不出來。

「是啊，」諾維科夫慢慢地、很不利落地說，「那時候有些人的做法很不對頭。」

格特馬諾夫把手一揮。「今天收到總參一份戰報，情況很嚴重：德國人已經接近厄爾布魯士，在史達林格勒眼看著就要把我軍逼到水裡。我要坦率地說：我們殺自己人，消滅大量幹部，我們的厄運就是這些事造成的。」

63 蘇聯政治人物，史達林大清洗計畫的主要執行者之一，一九三六至一九三八年任蘇聯內務人民委員（內務人民委員會是蘇聯史達林時代的主要祕密警察機構），其間實行殘酷清洗。

諾維科夫一下子就對格特馬諾夫產生了信任感，說：「是啊，這些同志殺害了不少有才能的好人，政委同志，在軍隊裡造成的不幸的事太多了。就比如軍長克里沃盧契科在審訊中被打壞一隻眼睛，他又用墨水瓶把偵訊員的腦袋打碎。」

格特馬諾夫點點頭，表示有同感，又說：「貝利亞同志很器重咱們的涅烏多布諾夫。貝利亞同志是不會看錯人的，他可是一個聰明人，確實聰明。」

「是的，是的。」諾維科夫在心裡慢悠悠地想道，卻沒有說出口來。

他們沉默了一會兒，傾聽隔壁不太明朗的說話聲：「胡說，這是我們的襪子。」

「就算你們的吧，少尉同志，不過您怎麼，迷糊啦？」接著又把「您」換成「你」，說：「你往哪兒放？別動，這是我們的襯領。」

「副指導員同志，你拿去看看，這哪兒是你們的？」

這是諾維科夫的副官和格特馬諾夫的辦事人員在洗過衣服以後分檢首長的衣物。

格特馬諾夫說：「我一直在觀察他們這兩個傢伙。那一天咱們到法托夫營去看射擊演習，我和您在前面走，他們跟在後面。過小河溝的時候，我踩著小石頭走過去，您跳過去，為了不踩到泥巴，把一條腿一蹬。我看到：我的辦事人員也踩著小石頭走過去，您的副官也跳過去，而且也把一條腿一蹬。」

「喂，兩位勇士，別吵啦！」諾維科夫說。

隔壁房間裡馬上安靜下來。

涅烏多布諾夫走了進來。他臉色蒼白，寬闊的額頭，密密的頭髮白了不少。他打量了一下酒杯和酒瓶，把一疊文件放到桌上，向諾維科夫問道：「上校同志，咱們該對第二旅參謀長怎麼辦？米哈廖夫過一個半月才能回來。我收到軍區醫院的診斷結論啦。」

「他沒有了腸子，胃也去掉了一部分，怎麼能做參謀長呀？」格特馬諾夫說過這話，斟了一杯白蘭地，遞給涅烏多布諾夫。

「將軍同志，趁著腸子還在，喝一杯吧。」

涅烏多布諾夫揚起眉毛，帶著詢問的神氣用淡灰色的眼睛看了看諾維科夫。

「請吧，將軍同志，請吧。」諾維科夫說。

他很不滿意格特馬諾夫那種自以為處處可以當家作主的作風。格特馬諾夫好像自信有權在討論技術問題的會議上發表長篇大論，其實他根本不懂什麼技術。格特馬諾夫還常常拿別人的酒招待客人，讓客人在別人的床上休息，看別人桌上的文件，認為自己有權這樣做。

「是不是暫時派巴桑戈夫少校代理參謀長？」諾維科夫說。「他是一位精明能幹的指揮員，在沃倫斯基新城戰役中就參加過坦克戰鬥。政委沒有意見吧？」

「當然沒有，」格特馬諾夫說，「我怎麼會有意見……不過，倒是有一點想法：第二旅上校副旅長是亞美尼亞人，現在又想讓一個卡爾梅克人做他們的參謀長。要知道第三旅參謀長，那個叫利夫希茨的，也是卡爾梅克人。我們離了卡爾梅克人就不行嗎？」他看了看諾維科夫，然後又看了看涅烏多布諾夫。

涅烏多布諾夫說：「說心裡話，按家常道理來說，您這話是對的，不過馬克思主義要咱們從另外一個角度來看待這個問題。」

「要緊的是，這個同志怎樣打德國人，這就是我的馬克思主義，」諾維科夫說，「至於他的父親是在哪兒禱告，是在天主教堂，還是在清真寺……」他想了想，又說：「還是在猶太教堂，我都不管……我認為，在戰爭中最要緊的是射擊。」

「是的，是的，正是這樣，」格特馬諾夫快活地說，「在坦克軍裡，咱們還管什麼清真寺和猶太教堂？反正咱們是保衛俄羅斯。」

忽然他陰沉下臉，發狠地說：「說實在話，夠啦！簡直叫人受不了！為了各民族友誼，咱們總是拿俄羅斯人當犧牲品。少數民族的人，只要能認識幾個字母，我們就要把他們選為人民委員。咱們俄羅斯人，哪怕渾身是本事，都得讓開，讓路給少數民族的人！偉大的俄羅斯民族倒變成了小民族。我贊成各民族友好，但是不贊成這樣的做法。夠啦！」

諾維科夫想了想，看了看桌上的文件，拿手指甲敲了一會兒酒杯，說：「怎麼，我是對卡爾梅克族人抱有特別的好感，壓制俄羅斯人了嗎？」

他轉過臉朝著涅烏多布諾夫，說：「好吧，請您發命令：任命薩佐諾夫少校為第二旅代理參謀長。」

格特馬諾夫用不高的聲音說：「薩佐諾夫是一位出色的指揮員。」

諾維科夫本來是學會了做一個粗暴、威風和強硬的人的，這會兒卻又感到自己在政委面前缺乏自信……「好啦，好啦，」他在心中安慰自己說，「我不懂政治。我是無產階級的軍事專家。我管不了那許多：只管打德國佬。」

但儘管他也常常在心裡嘲笑格特馬諾夫不懂軍事，承認自己在他面前感到膽怯卻是很不愉快的。

格特馬諾夫老大的腦袋，一頭亂髮，個頭兒不高，肩膀卻很寬闊，肚子很大，但十分敏捷，說話聲音不高，愛說愛笑，精力異常充沛。儘管他從來沒有上過前線，可是在各旅裡談到他時，都說：「噢，我們的政委很有戰鬥經驗！」他很喜歡召開紅軍官兵大會；大家很喜歡聽他講話，他講話很隨便，很風趣，有時還說些粗話。

他走路有些蹣跚，常常拄著手杖，如果有坦克兵忘記向他行禮，他就在坦克兵面前站下來，拄著手杖，摘下帽子，像鄉下佬那樣鞠一個九十度的大躬。

他愛發火，不喜歡聽反對意見。要是有人和他爭論，他便陰沉著臉，鼻子裡直哼哧。有一次他發了火，掄起拳頭，照著重坦克團參謀長古賓科夫輕輕地打了一拳。古賓科夫是個很固執的人，同志們說他「原則性強得可怕」。

格特馬諾夫手下的辦事人員一提到這位固執的大尉，就用責備的口氣說：「這傢伙把我們政委氣壞啦。」

格特馬諾夫對那些經歷過戰爭初期艱難日子的人毫無敬意。有一次他談起諾維科夫很器重的第一旅旅長馬卡羅夫，說：「我要打掉他一九四一年那一套！」

諾維科夫沒有作聲，雖然他很喜歡和馬卡羅夫談論戰爭初期那些可怕而又吸引人的日子。

格特馬諾夫的見解之大膽、尖刻，似乎恰恰是涅烏多布諾夫的對立面。這兩個人儘管相去甚遠，但因為也有某種永遠一致的地方，所以團結得很好。

諾維科夫看到涅烏多布諾夫不露表情然而凝神注視的目光，聽到他圓滑的措辭和總是平心靜氣的語調，就感到納悶。可是格特馬諾夫卻哈哈笑著說：「我們很幸運，德國佬一年來對莊稼漢造的孽，比共產黨二十五年來造的更多。」

有時忽然冷笑著說：「沒說的，咱們的老爺子就喜歡讓人說他英明偉大。」這種大膽並不能感染別人，倒是會引起別人擔心。

戰前格特馬諾夫領導一個州，常常就耐火磚的生產問題和煤炭研究院分院如何進行科學研究的問題做報告，常常談本市麵包工廠的生產品質，談刊登在地方叢刊上的小說《蔚藍色的火》中的謬誤，談車輛的修理問題，談州商業局貨棧商品的倉儲管理水準低下，談集體農莊養禽場流行的雞瘟。

現在他又很有把握地在談燃料的品質、發動機損耗率、坦克戰戰術、坦克與步兵和炮兵協同進攻敵方永久性防禦工事、行軍時的坦克、戰場救護、密碼電報、坦克手的作戰心理、每個坦克組內部和坦克組關係的特點、坦克的搶救與大修、受損的坦克如何從戰場上轉移。

有一天，諾維科夫和格特馬諾夫來到法托夫大尉的營裡，在獲得全軍射擊第一名的一輛坦克旁邊站了下來。這輛坦克的坦克手在回答首長的問題時，手掌輕輕在坦克的裝甲鋼板上撫著。格特馬諾夫問坦克手，得到第一名是不是很難。這名坦克手一下子就來了精神，說：

「不，沒什麼難的。我太喜歡它了。我從鄉下一進學校，一看到坦克，就喜歡得不得了。」

「一見鍾情嘛。」格特馬諾夫說著，笑了起來。

在他寬厚的笑裡，似乎有不贊成小夥子對坦克這種可笑的愛的意味。諾維科夫此刻覺得自己也有這個短處，因為他愛坦克也愛得不高明。不過他並不想跟格特馬諾夫談談這種不高明的愛的水準，而且，當格特馬諾夫換成嚴肅的神氣，用教導的口吻對坦克手說「好樣兒的，愛坦克是一種了不起的力量。正因為你愛自己的坦克，所以才取得成就」的時候，諾維科夫用嘲笑的口吻說：「實際上，坦克有什麼可愛的？坦克是很大的目標，打坦克比什麼都容易，響聲比什麼都大，自己暴露自己，駕坦克的人能叫坦克響聲震昏。開起來顛簸得厲害，既不能好好地觀測，又不能好好地瞄準。」

格特馬諾夫當時微微一笑，看了看諾維科夫。這會兒，格特馬諾夫一面斟酒，一面也微微一笑，看了一眼諾維科夫，說：「咱們的路線要經過古比雪夫。咱們的軍長可以有機會和什麼人見見面啦。咱們來乾一杯，祝賀這次相會。」

「拿我開心，豈有此理！」諾維科夫在心裡說。他覺得自己的臉像小孩子那樣通紅通紅的了。

戰爭開始的時候，涅烏多布諾夫正在國外。只是在一九四二年初回莫斯科，到國防人民委員部報到以後，他才看到莫斯科河南岸的街壘和防坦克菱形拒馬，聽到空襲警報的笛聲。涅烏多布諾夫和格特馬諾夫一樣，從來不向諾維科夫詢問有關戰爭的事情，也許是怕暴露自己在軍事上的無知。

諾維科夫思索著這位軍參謀長的一生，一直想弄清他是憑什麼資格成為將軍的。涅烏多布諾夫的生平在履歷表裡反映得清清楚楚，就像映照在水塘裡的小白樺樹。

涅烏多布諾夫的年紀比諾維科夫和格特馬諾夫都大。在一九一六年因為參加布爾什維克小組就進了沙皇的監獄。國內戰爭以後，他響應黨的號召，在政治保衛總局[64]工作了一段時間，後來在邊防軍工作，又被送到軍事學院學習，學習期間擔任年級黨組織書記……後來又在黨中央軍事部、國防人民委員部中央機關工作。

戰前他兩次出國。他是上級任命的工作人員，屬於特別登記的人員，以前諾維科夫不十分明白這有什麼意義，不明白上級任命的工作人員有什麼與眾不同，有什麼了不起。

從申報軍銜到得到軍銜，一般都要經過很長時間，涅烏多布諾夫的軍銜從申報到批准卻快得出

---

64 國家政治保衛總局，拉丁字母轉寫縮寫為OGPU，是一九二三年至一九三四年蘇聯的情報機構。

奇，好像國防人民委員部就等著批他的申報材料呢。

履歷表具有很奇怪的特點：它能說明人的一生中所有的祕密，說明成功與失意的原因，可是，過了一陣子，在新的情況下，卻什麼也不能說明了，相反的，倒是掩蓋了實質。

戰爭用自己的眼光重新審查了履歷表、自述、鑒定、獎狀……所以上級任命的涅烏多布諾夫成了上校諾維科夫的下屬。涅烏多布諾夫明白，等戰爭結束，這種不正常的狀況也會結束……

他帶了獵槍來到烏拉爾，軍裡所有喜歡打獵的人都驚得發了呆，諾維科夫說，大概沙皇尼古拉二世當年就用這樣的獵槍打獵。這支獵槍是涅烏多布諾夫在一九三八年憑一張領物證領到的，他還憑領物證從特別倉庫領到傢俱、地毯、瓷器和別墅。

不論談戰爭，談德拉戈米羅夫將軍的著作《集體農莊》，談中華民族，談羅科索夫斯基將軍的人品，談西伯利亞的氣候，談俄羅斯呢大衣的品質，或者談金髮女子比黑髮女子漂亮，他的見解都不超出規格。很難理解，他這是拘謹，還是真實內心的表露。

有時在吃過晚飯之後，他的話多起來，說起揭露反革命破壞者的事，這些破壞者活動在最使人意想不到的部門：生產醫療器械的工廠、生產軍鞋的車間、食品廠、地方的少年宮、莫斯科賽馬場的馬棚、特列季亞科夫美術館。

他的記性特別好。看樣子，他讀了很多書，列寧和史達林的著作他讀了很多遍。在爭論的時候，他常常說：「史達林同志在第十七次黨代表大會上就說過……」於是他從中引出一段話。

有一天格特馬諾夫對他說：「引文歸引文。書上講的話多著呢。書上說：『我們不要別人的土地，自己的土地我們一寸也不讓。』我們的土地不是已經讓德國人占了嗎？」

可是涅烏多布諾夫聳聳肩膀，就像侵占窩瓦河的德國人跟一寸土地也不讓的話一點都不相干似的。

忽然，一切都消失了，坦克、戰鬥條令、射擊、森林、格特馬諾夫、涅烏多布諾夫……都隱沒了。啊，葉妮婭！難道他能再看見她嗎？

五十三

諾維科夫覺得很奇怪，格特馬諾夫看完了家信後竟說：「我老婆可憐咱們呢，因為我在信裡對她說了說咱們這兒現在的生活條件。」政委以為很艱苦的生活，諾維科夫卻覺得很闊氣，覺得過起如此的生活心底有愧。

起初，他自己選了一套住房。有一次，他在下旅裡去的時候說，他不喜歡房東家的大沙發，等他回來，沙發換成了木靠背的安樂椅，而且他的副官維爾什科夫還不放心，不知道軍長是否喜歡這張安樂椅。

炊事員也常常問：「上校同志，湯怎麼樣？」

他從小就喜歡動物。現在他的床底下就住著刺蝟，到夜裡刺蝟就吧嗒吧嗒地拿小爪兒敲著地面，大模大樣地在屋裡到處跑。修理工還做了一個帶有坦克標記的籠子，籠子裡有一隻小小的花老鼠，夜裡就在裡面嗑花生。小花鼠很快就和諾維科夫混熟了，有時就坐在他的膝蓋上，拿孩子般的又信任又好奇的小眼睛看著他。副官維爾什科夫、炊事員奧爾列涅夫、吉普車司機哈里托諾夫，大家對這些小動物都很關心、很愛護。

諾維科夫覺得這都不是微不足道的小事。戰前他把一隻小狗帶進領導幹部住的一座樓房裡，小狗咬壞了鄰居一位上校夫人的鞋子，半個鐘頭撒了三泡尿，弄得公共廚房裡一些人大叫大嚷起來，諾維科夫只好馬上把狗送走。

出發的日子到了，一個坦克團團長和該團參謀長之間的複雜糾紛還是沒有解決。出發的日子到了，和出發的日子一起來到的是種種操心事：油料問題，路上的給養問題，上軍車的次序問題。

今天就要有一些步兵和炮兵團隊同時出發，朝鐵路方向開去，諾維科夫一想到就要和步兵、炮兵的領導人配合共事，心裡便激動起來。他還十分激動地想著一個人，他要在那人面前立正站定，說：

「上將同志，請允許我報告……」

出發的日子到了，沒有來得及見哥哥和侄兒。原來心想，來到烏拉爾，哥哥就在跟前了，誰知竟沒有時間去看看。

現在已經向他這位軍長報告了各旅的行動，報告了裝運重型坦克的車輛問題，還報告說，已經把刺蝟和小花鼠放歸森林。

當家作主，要對每一樣小事負責，關照每一處細小的地方，是很不容易的。現在坦克都已經各就各位了。可是，制動器是否裝好了？是不是掛上了一檔？炮塔上的炮口是不是朝前？艙口的蓋是不是蓋緊？是不是準備了木頭塊墊坦克，防止車廂顛簸？

「喂，咱們臨走來打打牌吧。」格特馬諾夫說。

「我沒意見。」涅烏多布諾夫說。

但是諾維科夫想出去走走，一個人待一會兒。

在這靜靜的傍晚時分，空氣格外清爽，就連最微小、最不惹眼的東西都顯得極其清楚。從煙囪裡冒出來的一股股的煙，不繞圈兒，垂直地向上升去。劈柴在行軍灶裡劈劈啪啪地響著。街心裡站著一個黑眉毛的坦克手，一位姑娘抱住他，把頭放在他胸前，哭了起來。一些人把箱子、提包、套了黑套子的打字機從軍部的房子裡往外搬。通信兵在拆通向各旅部的電話線，把又黑又粗的電線繞成圈兒。軍部的一輛坦克停在棚子外面，喘著粗氣，冒著白煙，不時地突突響幾聲，準備出發。坦克兵在往新的貨運「堡壘」裡加油，揭下艙口蓋上絎得密密實實的罩布。四周依然靜悄悄的。

諾維科夫站在臺階上四下裡張望，忙亂和操心離開他，跑到一邊去了。太陽快落山時，他乘的吉普車駛上去車站的大路。

坦克紛紛從森林開出來。結了冰的土地被坦克軋得咯吱咯吱直叫。夕陽照耀著遠處樅樹林的樹頂，卡爾波夫中校的那個旅正從那邊開過來。馬卡羅夫旅正在小白樺林中行進。坦克兵們拿樹枝掩護著鋼甲，彷彿那樅樹枝和白樺枝葉跟坦克的鋼甲，跟馬達的隆隆聲、履帶的銀光閃閃的軋軋聲，都是一塊兒誕生的。

軍人們看到出發上前線的後備隊，都會說：「要舉行婚禮啦！」

諾維科夫讓吉普車開到路邊上，看著一輛輛坦克從他身邊開過去。他們在這兒鬧出多少事情啊，多少奇怪的、可笑的事情！什麼樣的重大事故沒向他報告過呀……在一次軍部營裡開早飯，在菜湯裡發現了一隻青蛙……上過十年級的少尉羅日傑斯文斯基在擦槍的時候走了火，打傷了一個同志的肚子，誤傷同志之後，少尉羅日傑斯文斯基竟自殺了。摩托化步兵團的一名戰士拒絕宣誓，說：「宣誓只能在教堂。」

藍灰色的輕煙掛在路邊的樹枝上。在這些盔形皮帽底下的一個個頭腦裡有許許多多各種各樣的想法。其中有跟全體人民一致的，如痛恨戰爭，熱愛自己的土地；但也有驚人的不一致，正因為不一致，人類的一致才顯得美好。

天啊，我的天啊……穿黑色坦克服裝、腰繫寬皮帶的小夥子有多少啊。領導挑選的都是寬肩膀、小個頭兒的小夥子，為的是爬進爬出坦克方便，在裡面活動起來也方便。在他們的履歷表上所填寫的出身、出生年月、畢業的學校、拖拉機手訓練班，有多少全都一樣啊。一輛輛扁平的「T-34」綠色坦克聚在一起，艙口的蓋子都開著，綠色的鋼甲上都繫著防雨布。

有的坦克手唱著歌兒；有的坦克手半閉起眼睛，懷抱著恐懼和不祥的預感；有的在想家；有的在吃麵包配著香腸，一心想著香腸；有的張著嘴巴，聚精會神地辨認樹上的是不是雞冠鳥；有的還在擔心，昨天說了一句很不禮貌的話，是不是得罪了同志；有的有氣未消，想著點子，一心想叫跟自己作對的、行進在前面的坦克手吃吃拳頭；有的在心裡作詩，抒發告別秋日森林時的惆悵；有的想著姑娘的酥胸；有的心疼小狗，知道小狗就要被拋棄在空蕩蕩的駐地上了，剛才小狗還扒到坦克鋼甲上，戀戀不捨地搖著尾巴；有的想著到森林裡去，一個人蓋間小屋子，吃野果，喝泉水，光腳走路，該有多麼愜意；有的在考慮，是不是裝病，躲到什麼地方的醫院裡去；有的在默念小時候聽來的故事；有的想起姑娘的情話，不再因為永別而傷心，倒是感到幸福；有的想著將來：戰後能做一個食堂經理，就太好啦。

「唉，弟兄們……」諾維科夫心裡說。他們都看著他。大概他是在檢查他們的軍裝是否整齊。他也可能在聽馬達的聲音，根據馬達聲判斷駕駛員和機械師是否有經驗。他在注視，坦克與坦克、分隊與分隊之間是否保持著應有的距離，莽撞的小夥子們是否會爭先恐後。

他看著他們，就像他們看著他一樣，他們的心事，他也有：他又想格特馬諾夫自作主張打開的那瓶白蘭地，又想到涅烏多布諾夫這個人多麼難以相處，又想再也不能在烏拉爾打獵了，最後一次打獵毫無收穫，胡亂打槍，大口喝酒，鬧了不少笑話……他又想到，他就要看到他愛了很多年的女人了……六年前聽說她嫁了人的時候，他寫了一個簡短報告：「請長假。附件：手槍 10322 號。」他當時在尼科利斯克——烏蘇里斯基的部隊裡。幸虧他沒有扣扳機……

這裡面有靦腆的，有鬱鬱寡歡的，有喜歡笑的，有冷漠的，有深思熟慮的，有色鬼，有不得罪人的自私自利者，有流浪漢，有吝嗇鬼，有喜歡冷眼旁觀的人，有老好人……現在他們都為了共同的正義事業奔赴戰場。這個道理是如此簡單，要談它似乎是多餘的了。不過，有些最應該處處從這一點出發的人，偏偏最容易忘記這個最簡單的道理。

歷來爭論著一個問題：人是不是為星期六活著？答案就在這裡面的什麼地方。想著靴子，想著被扔掉的小狗，想著偏僻小村子裡的房子，痛恨奪去心頭所愛的同志……這些思想多麼渺小啊。可是，人生的實質就在這裡面。

人與人是否聯合，這種聯合是否有意義，決定於是否能達到唯一的主要目的，這主要目的就是：為人們爭取權利，做各自不同的人、各有特性的人，各人有各人獨立的感情，都能獨立地思考，獨立地生活在世界上。為了爭取、保衛和擴大這一權利，人們必須聯合起來。而這卻產生了可怕的、很難打破的偏見：這種以民族、上帝、黨、國家為名義的聯合，說這是人生的目的，而不是手段。不對，不對，不對！為了人，為了人的微不足道的特性，為了使人擁有這些特性的權利——才是人在為生活而鬥爭中唯一、真正和永久的目的。

諾維科夫覺得他們能行，憑他們的力量、意志、智慧，能夠在戰鬥中戰勝敵人。這裡面有大學生、十年級中學生，有鏇工、拖拉機手、教師、電工、汽車司機，有性格暴躁的，有和善的，有倔強的，有愛笑的，有喜歡唱歌的，有拉手風琴的，有謹慎的，有慢性子的，有莽撞的，這許許多多來自人民的小夥子的不可量度的智慧、勤勞、勇氣、心計、本領、狠勁兒，他們的精神力量就要匯合到一起，合成一股力量，就一定能勝利，因為這股力量太大了。

他們或是這個，或是那個，或在中央，或在側翼，或今天，或明天，一定會以自己的力量擊潰敵人……戰鬥的勝利正是來自他們，他們在灰塵與硝煙中奪得勝利，只有他們能夠思考、能夠展開活動，衝鋒和攻擊比敵人早一點點兒、準確一點點兒，比敵人更樂觀、更剛強。

一切都靠他們，這些駕駛坦克、操縱大炮和機槍的小夥子是戰爭的主要力量。

不過問題還在於所有這些人的精神資產是否聯繫在一起，是否能夠匯為一股力量。

諾維科夫一遍又一遍地望著他們，可是心中有一股幸福的感覺，感覺有把握能得到一個女人的愛，這種感覺愈來愈強：「她一定會是我的，一定是我的。」

五十四

這是多麼不平常的日子呀。克雷莫夫覺得，歷史不再是書，它已進入生活，與生活摻混在一起。他感到天空和史達林格勒的雲彩顏色特別鮮明，照射在水上的陽光特別耀眼。這種感覺使他想起童年時候，那時候初雪的景致、夏日的雨點和彩虹都使他充滿幸福的感覺。幾乎所有生靈都慢慢習慣生活中的奇事，也就一年一年漸漸失去了這種奇妙的感覺。

克雷莫夫認為當代生活中一些錯誤和荒謬的情形，在史達林格勒這裡是感覺不到的。他想：「在列寧時期就是這樣的。」

他覺得這兒的人待他很不一樣，比戰前一些人待他好些。他不覺得自己是時代的棄兒，依然像被包圍時期那樣。不久前他還在窩瓦河對岸很帶勁兒地準備報告，並且認為政治部調他做宣講員很自然。可是現在，他心裡有時出現一種難堪的、受辱的感覺。為什麼撤去他的戰鬥部隊政委的職務？他幹得似乎不比別人差，比很多人都強……

在史達林格勒，人與人的關係都很好，在這塊灑滿鮮血的黃土坡上，處處可以感覺到平等和人的尊嚴。

在史達林格勒，幾乎人人都關心戰後的集體農莊的體制問題和偉大的人民和政府之間將來的關係問題。紅軍的戰鬥生活，戰士們拿鍬挖土，用菜刀刮馬鈴薯，或者拿軍營鞋匠使用的修鞋刀勞動——似乎都和戰後國內外人民的生活有直接關係。

幾乎所有人都相信善良終將戰勝。不吝惜自己鮮血的正直的人們一定能建設美好的、公道的社上會。表露出這種感人信心的人，認為自己未必能活到和平時期，每天都因為自己還能從早上活到晚上感到驚訝。

五十五

一天傍晚，克雷莫夫做過又一次報告之後，來到師長巴秋克中校的掩體裡。掩體在馬馬耶夫崗的斜坡上，緊靠著班內山溝。

巴秋克的個頭兒不高，有一張被戰爭折磨得痛苦不堪的戰士的臉。他見克雷莫夫來了，十分高興。吃晚飯的時候，巴秋克的桌上擺了挺好的肉凍和滾熱的麵餅。巴秋克一面給克雷莫夫斟酒，一面瞇著眼睛說：

「我一聽說您來給我們報告，就想您先到哪兒呢，先到羅季姆采夫那兒去，還是先到我這兒來。結果，您還是先到羅季姆采夫那兒去了。」

他哼哧兩聲，笑了笑：「我們在這兒，就像住在鄉下一樣。到晚上一安靜下來，就跟鄰居們打電話聊天：你吃的什麼，有誰上你那兒來啦，你要上誰那兒去，首長對你說什麼來著，誰那兒澡堂好，報上報導什麼人啦？報紙不報導我們，一個勁兒報導羅季姆采夫，從報上看，就好像只有他一個人在史達林格勒作戰。」

巴秋克拿好東西招待客人，自己卻只是喝茶吃麵包，看來他對好吃的東西不感興趣。

克雷莫夫看到，那安詳的舉止和烏克蘭式的緩慢語調，與巴秋克流露出來的一些不愉快的想法很不相稱。克雷莫夫覺得難過的是，巴秋克沒有向他提出任何一個與報告有關的問題。報告似乎沒有接觸到巴秋克真正關心的事。

巴秋克說了說戰爭剛開始時候的事，克雷莫夫聽了十分吃驚。在大家都從邊境撤退的時候，巴秋克率領自己的一團人向西開去，要堵住德國人的渡口。正在公路上向後撤退的高級首長卻以為他是想向德國人投降。立即就在公路上進行審訊，所謂審訊就是罵娘和歇斯底里的喝叫，接著就下令把他槍斃。在最後一分鐘，他已經站到一棵樹跟前，手下的士兵把他搶了出來。

「是啊，」克雷莫夫說，「中校同志，情形很嚴重呀。」

「我的心臟沒被打穿，」巴秋克說，「不過還是落得一點兒毛病，算是我的成績吧。」

克雷莫夫帶著幾分演戲般的語氣說：「聽見雷恩卡的槍聲了嗎？這會兒，戈羅霍夫是在幹什麼事情吧？」

巴秋克側眼看了看他。

「他幹什麼？大概是在玩『捉傻瓜』。」

克雷莫夫說，他聽說在巴秋克這裡要開一個狙擊手會議，他很有興趣參加這個會議。

「噢，當然會有興趣，怎會沒興趣。」巴秋克說。

他們談起前線的情況。巴秋克擔心德國人夜裡悄悄在北段集結兵力。

等到狙擊手們聚集在師長的掩體裡，克雷莫夫才知道這些烙餅是為誰準備的。這些身穿棉襖，又靦腆、又拘謹、又矜持的人紛紛坐到靠牆和桌子周圍的長凳上。新來的人就像工人放下鐵鎬和斧頭那樣，輕輕地把步槍和自動槍放在角落裡，盡量不弄出響聲。

著名的神槍手札伊采夫的臉很好看，像平常人一樣，是一個可愛、溫和的農村小夥子。但是等他轉過頭來，並且皺起了眉頭，便露出十分剛強的相貌。

克雷莫夫想起戰前偶然留下的一個印象：有一次，他在一個會上注視著自己的老朋友，忽然看到他那一向顯得十分剛強的臉完全變了樣子：眼睛眨巴著，鼻子耷拉下去，嘴巴半張著，再加上那小小的下巴，構成了一幅優柔寡斷和懦弱的畫像。

和札伊采夫坐在一起的是迫擊炮手別茲季科，窄窄的肩膀，一雙深棕色眼睛總是帶笑，還有一個是烏茲別克小夥子蘇列伊曼·哈里莫夫，像小孩子一樣噘著厚嘴唇。炮兵狙擊手馬采古拉一個勁兒地拿手帕揩額頭上的汗，他像一個拖家帶口的人，他的性格似乎跟可怕的狙擊方面的事沒有任何共同之處。來到掩體裡的其餘狙擊手，有炮兵中尉舒克林，有托卡廖夫、曼諾里亞、索洛德基，全都像靦腆而羞澀的小夥子。

巴秋克向狙擊手們詢問著，低著頭，很像一個好學的學生，而不是一個經驗豐富、老謀深算的史達林格勒戰場上的指揮員。

當他和別茲季科說話的時候，所有坐在這兒的人的眼睛裡都出現了快活的神氣，似乎在等待好笑的事。

「喂，別茲季科，咋樣？」

「昨個兒我鬧得德國佬夠嗆，中校同志，您已經知道啦，今個兒早晨，我打死五個德國鬼子，用了四發迫擊炮彈。」

「是啊，可這還比不上舒克林，他一門炮打了十四輛坦克。」

「他打一門炮，因為他的炮兵連就剩一門炮啦。」

「他打壞了德國佬的碉堡呢。」漂亮的小夥子布拉托夫說了一句，臉就紅了。

「我覺得那不過是普通的掩體。」

「是啊，掩體，」巴秋克說，「今天一顆迫擊炮彈把我的門打掉啦。」又轉身朝著別茲季科，帶著責備的口氣用烏克蘭語說：「打得這麼準，我還以為是狗崽子別茲季科打的呢。」

特別靦腆的炮兵瞄準手曼諾里亞抓起一張餅子，小聲說：「中校同志，這麵餅真好。」

巴秋克拿一顆子彈敲著茶杯，說：「好啦，同志們，咱們言歸正傳。」

這是一次生產會議，就像工廠裡、田野宿營地上常常召開的那種會議。但坐在這兒的不是織布工，不是麵包工，不是裁縫，談的也不是烤麵包，不是打穀。

布拉托夫說，他看到一個德國人摟著一個女人在路上走著，他迫使他們趴到地上，在打死德國佬之前，讓他們爬起來三次，後來又迫使他們趴下，子彈打得離他們的腳兩三釐米的地方直冒煙。

「等他一站起來，我一槍把他打死，他就十字交叉倒在那女人身上了。」

布拉托夫懶洋洋地說著，他說得使人震驚，因為士兵們從來沒有說過這樣使人震驚的事。

「好啦，布拉托夫，不要胡吹。」札伊采夫插話說。

「我沒有胡謅，」布拉托夫不解地說，「今天我一共打死七十八個。政委同志絕不會叫人胡吹，你瞧，這是他簽的字。」

克雷莫夫本想加入談話，很想說，在布拉托夫打死的德國人中可能有工人、革命者、國際主義者……應該記住這一點，要不然就會成為極端民族主義者。但是他沒有說出口。因為這種思想對作戰沒有好處，不能武裝軍隊，倒是會瓦解武裝。

口齒不清、面色灰白的索洛德基說了說他昨天怎樣打死八個德國佬。繼而他又說：「我是烏曼的集體農莊莊員，法西斯在我們村子裡造了許多孽。我自己也流了一些血，受了三次傷。所以我不再做農民，改當狙擊手。」

愁眉苦臉的托卡廖夫說了說怎樣選擇好地點，監視德國人取水和去廚房必經的道路，然後又順便說：「我老婆來信說，很多人在莫札伊城外被抓去殺了，我兒子也被殺了，因為我給他取了一個和列寧相同的名字——弗拉基米爾．伊里奇。」

哈里莫夫激動地說：「我從不著慌，等心定了，我才開槍。我來到前方，有個好朋友古洛夫中士，我教他說烏茲別克語，他教我說俄語。德國佬把他打死了，我打死十二個德國佬。我摘了一個軍官的望遠鏡，掛在自己的脖子上。政治指導員同志，我是照你的吩咐做的。」

狙擊手們創造的這些數字還是使人覺得震驚。克雷莫夫經常嘲笑神經衰弱的知識分子，嘲笑葉妮婭和維克多．史托隆一聽到富農分子在集體化時期遭殃就咳聲歎氣。他常常對葉妮婭說起一九三七年的事：

「消滅敵人並不可怕；可怕的是自己人殺自己人。」

現在他很想說說，消滅白黨分子、孟什維克和社會革命黨歹徒，以及消滅富農，他一向不手軟，他對革命的敵人從沒有任何惻隱之心，不過，在消滅法西斯的同時，把許多德國工人打死，不應該感到高興。聽著狙擊手們的話，還是感到可怕，雖然他們都知道他們幹這些事為的是什麼。

札伊采夫說起他很多天以來在馬馬耶夫崗腳下同一名德國狙擊手的較量。德國狙擊手知道札伊采夫在注視著他，他也在注視著札伊采夫。他們的本領大致相當，誰也沒有打到誰。

「昨天他打倒了我們三個人，我坐在小棚子裡，一槍也沒開，他最後一槍打出來，打中了，一名弟兄把胳膊一伸，側著身子倒下了。他們那邊走出來一個兵，手裡拿著一摞紙，我坐著，看著……我明白，他知道這兒有狙擊手，一定會打死他們那個兵，可是那個兵走過去了。我知道，他看不到他打倒的那個戰士，他很想看一看。靜了一陣子。又有一個德國佬提著水桶跑過去，我還是沒動。又過了十五分鐘，他慢慢欠起身來，站了起來。我一下子站了起來……」

札伊采夫沉浸在當時的情景中，在桌子旁邊霍地站了起來，在他臉上閃現過的一種特別的、剛強的表情，現在成了他的唯一的、主要的表情，他已經不是一個和善的大鼻子小夥子，在他那鼓起的鼻孔、寬寬的額頭、充滿凌厲逼人的必勝神情的眼睛中，有一股獅子般的強硬而凶狠的殺氣。

「他認出我來，明白了。我也開槍了。」

有一陣子鴉雀無聲。昨天響過那一槍之後大概就是這樣寂靜，而且似乎聽到了那個德國狙擊兵倒下去的響聲。巴秋克忽然朝克雷莫夫轉過臉來，問：「怎麼樣，感興趣嗎？」

「很好。」克雷莫夫只回答了一聲，再沒說什麼了。

克雷莫夫留在巴秋克的掩體裡過夜。巴秋克咕噥著嘴巴，數著心臟病藥水的滴數往杯子裡倒，然後又往杯子裡倒水。他一面打呵欠，一面對克雷莫夫說師裡的事，不是說戰鬥情況，說的是各種各樣生活中的事。克雷莫夫覺得，巴秋克說的一切，都和戰爭一開始巴秋克遭遇的那件事有關係，他的思想一直牽掛著那件事。

自從克雷莫夫來到史達林格勒，就一直有一種奇怪的感覺。有時他覺得自己進入一塊非黨的天地裡。有時恰恰相反，他覺得呼吸到了革命初期的空氣。

克雷莫夫忽然問：「中校同志，您入黨很久了吧？」

巴秋克說：「怎麼，政委同志，您覺得我掌握的路線不對頭嗎？」

克雷莫夫沒有立即回答。他對這位師長說：「您要知道，我是個還算不錯的黨的報告員，常常在工人大會上報告。可是在這兒我一直有一種感覺：是別人在開導我，不是我在開導別人。事情就是這麼奇怪。是的，這就是誰掌握著路線，誰被路線掌握著。我本來想加入你們的狙擊手們的談話，進行一點糾正。可是後來我想，聖人面前誇學問，自討沒趣兒。不過說實在的，我沒有插嘴，也不光是因為這一點。政治部就是要報告員使士兵們認識到，紅軍是復仇的軍隊。可是我卻要從無產階級立場談什麼國際主義。主要的是鼓起群眾的憤怒來反對敵人嘛！要不然就會像童話裡說的那個糊塗蛋一樣：本來是來參加婚禮的，卻念起追薦亡靈的經文……」

他想了想又說：「而且也是習慣……黨一般都是鼓起群眾的仇恨和憤怒，使他們去打擊敵人，消滅敵人。在我們的事業中用不著基督式的人道主義。我們蘇維埃的人道主義是嚴酷無情的……我們不講客氣……」

他想了想再說：「當然，我指的不是毫無根據就要把您槍斃那樣的事。在一九三七年也常常有殺自己人的事，這些事是我們的不幸。現在德國人侵入工人和農民的國家，那就來吧！戰爭畢竟是戰爭！他們是罪有應得。」

克雷莫夫等待巴秋克說話，可是巴秋克沒有作聲，不是因為他聽了克雷莫夫的話感到無法回答，而是他睡著了。

五十六

「紅十月」工廠的煉鋼車間裡，許多身穿棉軍服的人在昏暗中來回穿梭，外面不時傳來啪啪啪的槍聲，火光亂閃，空氣中硝煙彌漫，像灰塵，又像霧。

師長古里耶夫命令各團把指揮所設在幾座煉鋼爐裡，這些爐子不久前還在煉鋼。克雷莫夫覺得，這些坐在煉鋼爐裡的都是些特殊人物，他們的心確實是用鋼鐵打成的。

在這裡已經能聽到德國人皮靴的走動聲。不僅聽得到清晰的口令聲，而且能聽到輕微的咔嗒聲和叮噹聲，那是德國人在給自動步槍上子彈。

當克雷莫夫縮著頭爬進步兵團指揮所所在的煉鋼爐爐口，他的手感觸到幾個月來尚未冷卻、隱藏在耐火磚裡的餘熱時，突然感到有些膽怯——他覺得，偉大的抗戰的祕密就要向他打開了。

他在昏暗中看到一個蹲著的人，看到他那寬寬的臉，聽到那和悅的聲音。

「瞧，客人上我們的皇宮裡來啦，歡迎歡迎。快把酒拿來，再煎幾個雞蛋當下酒菜。」

在這又黑又悶、到處是灰塵的地方，克雷莫夫忽然產生一個想法：他永遠不會對葉妮婭說，他鑽進史達林格勒的煉鋼爐之後，是怎樣想起她的。以前他一直想擺脫她，忘掉她。可是現在如果她寸步不離地照料他，他也由她了。即使這妖魔也爬進煉鋼爐裡來，他也不能躲著她了。

當然，一切都非常簡單。誰需要時代的棄兒？他幾乎成了殘廢，成了廢物，成了吃退休金的人！她的離開，說明和證實了他這一生已經完全沒有希望。就是在這裡，在史達林格勒，他也沒有馳騁沙場，做點真正的事情……

這天晚上，克雷莫夫在煉鋼車間裡做過報告之後，和古里耶夫將軍聊了起來。古里耶夫沒有穿制服上衣，不時用手帕揩著紅紅的臉，用嗄啞的大嗓門兒向克雷莫夫敬酒，用同樣的嗓門兒在電話裡向各團團長發號令，用同樣的嗓門兒訓斥炊事員烤羊肉烤得不地道，並且給友鄰部隊師長巴秋克打電話，問他，在馬馬耶夫崗上是不是打到了山羊。

「咱們的人，總的說，都是快活人，都是好人，」古里耶夫說，「巴秋克是一個聰明男子漢，拖拉機場的饒魯傑夫將軍是我的老朋友。在『街壘』工廠的古爾捷夫上校也是一個很好的人，不過太像一個和尚，滴酒不沾。當然，我這樣說不對。」

後來他就對克雷莫夫說起來，誰也不像他這樣，戰鬥減員這樣厲害，每個連隊只有六至八人；敵人從他這裡過河，比任何地方都難，有時從汽艇上撤下去的人有三分之一是負傷的。打得這樣漂亮的，只有在雷恩卡的戈羅霍夫。

「昨天崔可夫把我的參謀長舒巴叫了去，因為他報告前沿陣地變動情況不大準確，所以我們這位舒巴上校無精打采地回來了。」

他看了看克雷莫夫，又說：「您也許在想，我會罵娘了吧？」然後笑起來。「罵娘算什麼？我天天罵他的娘。整個前沿陣地我都罵遍了。」

「是啊。」克雷莫夫拉長聲音說。這個「是啊」的意思，顯然，是人的尊嚴在史達林格勒這塊土坡上並不經常被看重。然後古里耶夫議論起報紙的作家們為什麼寫不好戰爭。

「這些狗崽子躲得遠遠的，什麼也看不到，坐在史達林格勒那邊的大後方，在那裡寫。誰招待得好些，他們就寫誰。瞧，列夫．托爾斯泰寫的《戰爭與和平》。人們讀了一百年，今後還要讀一百年。為什麼？因為他親自參加，親自戰鬥過，所以他知道應該寫什麼人。」

「對不起，將軍同志，」克雷莫夫說，「托爾斯泰沒參加過那一次衛國戰爭[65]呀。」

「『沒參加過』是什麼意思？」將軍問。

「意思很簡單，就是沒參加過，」克雷莫夫說，「和拿破崙打仗的時候，托爾斯泰還沒出生呢。」

「還沒出生嗎？」古里耶夫反問了一句。「怎會沒出生呢？嗯？您是怎算的？」

於是他們忽然很激烈地爭論起來。這是克雷莫夫到這裡報告以來發生的第一次爭論。他感到吃驚的是，他怎麼也不能把對方說服。

五十七

第二天，克雷莫夫來到「街壘」工廠，古爾捷夫上校的西伯利亞步兵師駐守在這裡。

他愈來愈懷疑他的報告是不是有用。有時他覺得，大家聽他的報告完全是出於禮貌，就好像不信教的人在聽老神父布道。不錯，大家都歡迎他來，但他明白，大家歡迎他，是出於人情，而不是歡迎他報告。他也成了那些舞文弄墨、遊手好閒妨礙別人戰鬥的軍隊政工人員之一。只有那些不詢問、不

65 指一八一二年俄國抗擊拿破崙入侵的戰爭。

解釋、不做冗長的彙報、不進行宣傳，而是參加戰鬥的政工人員，才是真正稱職的。

他想起戰前在大學裡教馬列主義的情形，像鑽研宗教語錄那樣鑽研《聯共（布）黨史簡明教程》，他和學生們都覺得枯燥得要命。

但是在和平時期這種枯燥乏味的事屬於常規，是免不掉的。在這裡，在史達林格勒，幹這種事就很荒唐、沒有必要了。這有什麼意思呢？

克雷莫夫在師部的掩體門口碰到古爾捷夫，卻沒認出這個瘦瘦的人就是師長，他穿著氈靴，披著不合身的士兵短大衣。

克雷莫夫在寬敞而低矮的掩體裡報告。自從他到史達林格勒以後，從來沒有像這回這樣猛烈的炮聲。他只好一直不停地大聲叫喊。

師政委斯維林是一個很會說話的人，聲音洪亮，富於風趣。在報告開始之前，他說：「為什麼要限定聽報告必須是高級指揮人員？來，地形測繪員同志們，警衛連沒有事的戰士們，不值班的電話員和通訊員同志們，都來聽聽國際形勢報告！報告以後放電影。跳舞跳個通宵。」

他朝克雷莫夫擠了擠眼睛，好像在說：瞧，還是有辦法的，這樣對您對我們都很好。

克雷莫夫看到古爾捷夫望著開玩笑的斯維林笑了笑，又看到斯維林幫著古爾捷夫提了提披在肩上的大衣，發現這個掩體裡洋溢著一種很好的友誼氣氛。

不過，斯維林瞇起已經夠小的眼睛，打量了一下參謀長薩夫拉索夫，薩夫拉索夫卻帶著很不悅很不滿的表情氣嘟嘟地朝斯維林看了一眼，於是克雷莫夫又瞭解到，在這個掩體裡，不光是友誼和同志氣氛。

師長和政委聽過報告以後，因為集團軍司令員有急事找他們，很快就走了。克雷莫夫和薩夫拉索夫聊起來。看樣子，這個人性格又乖僻，又暴躁，虛榮心又重，心胸又狹窄。他有許多地方很不好，如愛慕虛榮，暴躁，議論人時那種尖酸刻薄的嘲笑態度。

薩夫拉索夫望著克雷莫夫，滔滔不絕地說：「在史達林格勒，不論你到哪個團裡去，都會看到在團裡團長是老大，團長說了算數！這是對頭的。在這兒不看大叔有幾頭牛，只看一點——看頭腦……有頭腦嗎？有就好啦。用不著那些不管用的東西。可是在戰前怎麼樣？」他笑嘻嘻地拿黃眼珠直盯著克雷莫夫的臉。「您要知道，我最討厭政治。什麼左傾啦，右傾啦，機會主義啦，理論家啦。我看不慣那些唱讚歌的人。可是，雖然我不問政治，還有十來次想把我幹掉。好在我不是黨員，不過有時說我酗酒，有時說我亂搞女人。怎麼，要我裝得一本正經？我不會。」

克雷莫夫想對薩夫拉索夫說，他克雷莫夫在史達林格勒，命運也沒有好轉，依然蕩來蕩去，沒有真正的事情可幹。為什麼羅季姆采夫師的政委是瓦維洛夫，而不是他呢？為什麼黨對斯維林比對他更信任呢？要知道，實際上他又聰明，目光又遠，黨的經驗更豐富，也有足夠的膽量，在必要的情況下，也有足夠的狠心，手絕不會發抖……而且，說真的，他們和他相比，只是剛開始識字的學生！……你們的時代過去啦，克雷莫夫同志，滾開吧。

這位黃眼睛的上校挑動了他的思緒，挑動了他的怒火，使他的心亂了。

天啊，還有什麼疑問，他的一生垮了，日暮途窮了……當然，主要的不是葉妮婭看到他在物質方面毫無辦法。她不在乎這個。她是一個純潔的人。她不愛他啦！不走運的人、垮臺的人是不會有人愛的。一個不榮耀的人。是的，是的，他已經被打入另冊……再說，她純潔是純潔，物質條件對她也不是毫無意義的。比如，她就不會嫁給一個窮藝術家，哪怕她把他亂塗的畫也看作天才的作品……

克雷莫夫有許多這一類的想法可以對這位黃眼睛上校說說，但他只能在心裡贊同這一點，嘴上不能苟同。

「您怎麼啦，上校同志，您把事情簡單化了。戰前也不光是要看大叔有幾頭牛。挑選幹部也不是單憑業務能力。」

戰爭不讓他們談論戰前的事情。轟隆一聲爆炸的巨響，從硝煙與灰塵中冒出一名神情焦急的大尉。師部接到團裡打來的電話，德國坦克朝該團團部開了火，德國步兵緊跟在坦克後面衝進了重炮營指揮人員所在的石砌樓房；指揮人員據守二樓，和德國人展開搏鬥。坦克燒著了旁邊一座木頭樓房，窩瓦河上吹來的大風吹得火苗朝團長恰莫夫的指揮所直撲，恰莫夫和團部的人都嗆得喘不上氣，決定轉移指揮所。但是，在炮火下，在對準了恰莫夫團的一挺挺重機槍的火力控制下，在大白天轉移指揮所是很難的。

這一切同時發生在該師的防禦地段上。有的請示對策，有的請求炮火支援，有的請求准許轉移，有的在報告戰況，有的要瞭解情況。每個人都有自己的事，所有的人只有一點是共同的，那就是都在操心生與死的問題。

等到多少安靜下來，薩夫拉索夫向克雷莫夫問道：「政委同志，趁師長和政委上司令部還沒回來，咱們是不是先吃飯？」

他不遵守師長和政委定的規矩，照樣喝酒。所以他要單獨吃飯。

「古爾捷夫是很好的戰將，」有些醉意的薩夫拉索夫說，「他有文化，忠實可靠，但有一點很糟：

他是一個可怕的苦行僧！辦起修道院來啦。可是我見了姑娘就饞得要命，像蜘蛛一樣，黏住就不放，我就喜歡這種事兒。在古爾捷夫面前連個笑話都別想說。不過，跟他聯合作戰，整體來講還是很契合。可是政委就很不喜歡我，雖然論天性他這個修道士跟我差不多。您以為，史達林格勒使我老了嗎？那是我這些朋友們老了。我在這兒卻相反，倒是過好。」

「我也是政委這種類型的呀。」克雷莫夫說。

薩夫拉索夫搖了搖頭。

「你又是，又不是。問題不在於這酒，而是在於……」

他先用手指頭敲了敲酒瓶，然後又敲了敲自己的額頭。

師長和政委從崔可夫的指揮所回來的時候，他們已經吃完了飯。

「有什麼新情況嗎？」古爾捷夫打量了一下桌子，又快又嚴厲地問道。

「咱們的聯絡科長受傷了，德國人衝進來跟饒魯傑夫打起來，恰莫夫和米哈廖夫的樓房被打著了火。恰莫夫被煙嗆得夠受，不過總的說，沒什麼特殊情況。」薩夫拉索夫回答說。

斯維林望著薩夫拉索夫喝得通紅的臉，拉長了聲音很親熱地說：「上校同志，咱們喝吧，再喝點。」

五十八

師長向團長別廖茲金少校詢問「6-1」號樓房的情況：是不是最好把人從裡面撤出來？

別廖茲金建議師長不要把人撤出，雖然樓房有被包圍的危險，但樓房裡有對岸炮兵部隊的觀測點，可以提供有關敵人的重要情況。樓房裡還有一個工兵排，可以阻止敵人坦克的運動。敵人在消滅這個據點以前，未必會發動總攻，他們的活動規律是大家都清楚的。只要能得到一定的支援，「6-1」號樓房可以支援很久，就可以打亂德國人的部署。因為聯絡人員只能在夜間難得的時刻到達被困的大樓，電話線又一直無法修復，所以最好派一名無線電報話員過去。

師長同意別廖茲金的意見。夜裡政治指導員索什金帶領一組士兵進入「6-1」號樓房，給樓房守衛者帶去幾箱子彈和手榴彈。同時，索什金還將一位報話員姑娘和從聯絡點弄來的一部報話機帶到了「6-1」號樓房。

政治指導員天快亮時返回團部，說守衛隊隊長拒絕寫書面彙報，他還說：「我們沒工夫搞這些亂七八糟的文字玩意兒，我們要報告就向德國佬報告。」

「反正他們那兒一切都跟別處不一樣，」索什金說，「大家都怕這個格列科夫，他跟他們稱兄道弟，橫七豎八地躺在一起，他也在他們之間，他們稱他『你』，喊他的小名。團長同志，那不是一個排的軍人，是一群烏合之眾。」

別廖茲金搖著頭問道：「拒寫彙報？這個粗野漢子！」

後來，團政委皮沃瓦羅夫談起一些指揮員的游擊作風。

別廖茲金心平氣和地說：「游擊作風怎麼啦？有主動性，有獨立性，很好。我有時候就在幻想：頂好我也落進包圍圈裡，暫時擺脫一下這些煩瑣的公文遊戲。」

「恰好，現在又要玩公文遊戲了，」皮沃瓦羅夫說，「您要寫一份詳細的報告，我去交給師政委。」

師部裡把索什金報告的問題當成一件嚴肅的事情來看待。師長吩咐皮沃瓦羅夫搞一份有關「6-1」號樓情況的詳細報告，並且要扭轉格列科夫的思想。師政委馬上向集團軍軍委委員和政治部主任彙報了這個政治思想上的嚴重問題。

對索什金報告的問題，集團軍司令部比師裡看得更為嚴重。師政委得到指示，要立即把被困的樓房裡的問題抓一抓。擔任集團軍政治部主任的旅級政委向擔任前總政治部主任的師級政委寫了緊急報告。

報話員姑娘卡佳．文格羅娃夜裡進入「6-1」號樓。早晨，她來見這座樓的頭頭兒格列科夫。格列科夫一面聽這個有點兒駝背的姑娘的報告，一面凝視著她那慌亂、膽怯，同時又帶有嘲笑神氣的眼睛。她的嘴很大，嘴唇的血色很淡。格列科夫等了好幾秒，沒有回答她的問題：「我可以走嗎？」在這幾秒裡，在他的腦中出現了一些與軍事無關的想法：「真的，很漂亮……腿也很好看……她還怕呢……看樣子，是個嬌生慣養的姑娘。她有多大，頂多十八歲。我的小夥子們可別跟她亂搞……」在格列科夫頭腦裡閃過的這些念頭，到末了忽然變成這樣的想法：「在這兒誰說了算，誰在這兒鬧得德國佬暈頭轉向？」

然後他回答她的問話：「姑娘，您上哪兒去？就陪著您的報話機好啦。咱們有辦法。」

他用手指頭敲著報話機，側眼看了看天上，德國轟炸機在天上吼叫著。

「您是莫斯科來的吧，姑娘？」他問道。

「是的。」

「您請坐，我們這兒很隨便，不講究。」

姑娘朝一旁走去，碎磚塊在她的靴子下面咯吱咯吱響著，陽光照在機槍筒上，照在格列科夫繳來的黑黑的手槍上。她蹲下來，看著堆在斷牆腳下的軍大衣。有一會兒她覺得很奇怪的是，這情景她怎麼一點也不感到驚訝。她知道，對著牆豁口的機槍是「傑格佳廖夫」型的；知道繳獲的「瓦爾德」式手槍彈匣裡裝八顆子彈，知道這種手槍發射力強，但準確性差；知道堆在角落裡的大衣是死者留下的，知道死者都埋得不深，因為焦土氣味中混雜著一種她已經聞慣了的氣味。昨天夜裡交給她的報話機跟她在科特盧班山腳下使用的報話機差不多，接收刻度盤一樣，開關也一樣。她想起她在野外的時候，眼睛盯著電流錶上蒙了塵土的玻璃，不住地撩著從船型軍帽裡溜出來的頭髮。

誰也不和她說話，這樓房裡的狂暴而可怕的生活似乎跟她無關。但是在一個白頭髮的人（她從別人的話裡知道他是迫擊炮手）罵了幾句髒話的時候，格列科夫便對他說：「老爹，這像話嗎？這兒有咱們的姑娘。說話要規矩點兒。」

卡佳打了一個寒噤，不是因為老頭子的髒話，而是因為格列科夫的目光。她感覺出來，雖然大家都不和她說話，可是她的到來，使樓房裡氣氛緊張了。似乎她的皮膚都感覺出周圍的緊張氣氛。即使在俯衝轟炸機嘯叫，炸彈在很近的地方爆炸，碎磚亂飛的時候，這種氣氛依然存在。

她對轟炸，對炮彈片的嘯聲總算有點兒習慣了，不怎麼慌張了。可是她在感到男人們火辣辣地盯著她時產生的感覺，依然常常使她心慌意亂。

昨天傍晚電話員姑娘們就可憐起她來，說：「哎呀，你到那裡面才可怕呢！」夜裡，一名通信員把她帶到團部。在這兒已經特別感到敵人的接近、生命的脆弱。人似乎成了極容易打碎的東西，過一會兒就沒有了。

團長很傷心地搖了搖頭，說：「怎麼能把孩子們送到前線來？」過一會兒，他說：「別怕，好孩子，如果有什麼情況，就通過報話機直接向我報告。」

他說這話的語調那樣和善，那樣親熱，卡佳聽了差點兒掉下淚來。

然後另一名通信員把她帶到營部。那兒在放留聲機，紅頭髮的營長請卡佳喝酒，並且請她在《中國小夜曲》的樂曲聲中和他一起跳舞。

忘記自己的戰前生活。

這會兒，她坐在「6-1」號樓裡一堆碎磚上，不知為什麼並不感到恐怖，而是在想著自己童話般美好的戰前生活。

營裡有一種恐怖的氣氛，卡佳覺得，營長喝酒不是為了快活，而是為了壓一壓承受不了的恐怖，忘記自己像玻璃一樣易碎。

被困在樓房裡的官兵顯得特別堅定，有信心，他們這種信心很能感染人。著名的醫生、軋鋼車間的熟練工人，剪裁貴重呢料的裁縫師，救火隊員，在黑板前講課的老教師，都有這種令人心安的自信。

戰前，她覺得自己註定要過不幸的生活。戰前，她認為女伴們坐公共汽車是擺闊氣。她覺得就連平民飯館裡走出來的都是很不平常的人，有時她跟在從平民飯館裡湧出來的人群後面，聽他們說話。

有一次她放學後回到家裡，很得意地對媽媽說：「你可知道今天怎麼啦，同學請我喝果汁汽水，真正的果汁，味道就像真正的黑醋栗。」

媽媽每月工資四百盧布，扣除所得稅和文化稅，扣除建設公債，她們靠剩下的幾個錢生活是很不容易的。她們不添置新東西，把舊衣服改了穿，鄰居們湊錢雇女工瑪露霞打掃公用的地方，她家不參加，輪到她家打掃的日子，卡佳就擦地板，倒垃圾桶。她家的牛奶不請人送，而是到國營商店去取，每天要排很久的隊伍，但這樣每月可以節省六盧布；有時國營商店不供應牛奶，卡佳媽媽傍晚時候就到市場去買，賣牛奶的因為急著要趕火車，賣的價錢比早晨便宜，幾乎和國家的價錢一樣。她們從來不坐公共汽車，因為票價太貴，有時如果要走很遠的路，她們就坐電車。卡佳也不上理髮館，媽媽自己給她理髮。衣服當然都是自己洗，用的電燈也很不亮，只比公用場地的電燈多少亮一點點兒。她們做飯要做夠三天吃的。她們一般都是用菜湯下飯，有時候素油炒飯，有一次卡佳喝了三碟子菜湯，就說：「嘿，今天我家吃三個菜了。」

媽媽不提她們跟爸爸在一起時是怎樣生活的，那時候的事卡佳已經不記得了。只是有時候，媽媽的好友薇拉．德米特里耶芙娜看到她們母女做飯，會說一句：「啊，我們當年也有過好日子。」可媽媽一聽就生氣，所以她們過去究竟怎樣，薇拉．德米特里耶芙娜也不多說。

有一次卡佳在衣櫃裡發現爸爸的一張照片。她是第一次在照片上看到他的面孔，好像有人悄悄告訴她什麼，她馬上就明白了，這是她爸爸。照片背面寫著：「莉達：我生在窮家，我們相親相愛，死而無怨。」她什麼也沒有對媽媽說，但是放學回來，常常拿出照片，對著爸爸那黑黑的、她覺得似乎很憂傷的眼睛看上很久。

有一天她問：「現在爸爸在哪兒？」

媽媽說：「不知道。」

等到卡佳要參軍了，媽媽才第一次跟她談起爸爸，卡佳才知道爸爸在一九三七年被捕，知道他再婚的事。

她們一夜沒有睡，談了一夜。什麼都談。一向善於隱忍的媽媽跟女兒談了丈夫怎樣把她拋棄，談她怎麼嫉妒，怎樣受辱、受欺負，談她的愛、她的憐惜心。卡佳感到十分驚訝：人的心靈世界竟有這樣廣大，相形之下，轟轟烈烈的戰爭簡直算不上什麼了。早晨，她向媽媽告別。媽媽把卡佳的頭摟到自己懷裡，把背包給她套到兩肩上。卡佳說：「媽媽，我也是生在窮家，我們相親相愛，死而無怨……」

後來媽媽輕輕推了推她的肩膀，說：「該走啦，卡佳，走吧。」

於是卡佳走了，就跟此時此刻成千上萬的年輕人和成年人一樣，她離開了媽媽，離開了家，也許從此不再回來，也許回來已成了永遠告別了自己的不幸而可愛的童年時代的另一個人。

這會兒她在史達林格勒，跟這座樓裡的頭頭兒格列科夫坐在一起，望著他的大頭，望著他的厚嘴唇和陰沉的臉。

五十九

她來的第一天，有線電話接通了。這位無線電報話員姑娘因為老半天無事可幹，再加上還沒有和「6-1」號樓裡的人打成一片，所以格外苦悶。但來到「6-1」號樓裡的這一天，為她接下來的生活做了很多準備。

她瞭解到，在打得殘破不堪的二樓設有炮兵觀測點，可以向對岸發送情報，二樓的頭頭兒是一名中尉，穿著骯髒的軍裝，戴的眼鏡老是從翹鼻子上往下溜。

她瞭解到，那個愛發火、愛說髒話的老頭子是從民兵裡來的，因為自己有了迫擊炮長的稱號，感到很神氣。在高牆與一堆碎磚之間的那些人是工兵，其中的頭頭兒是一個胖子，走起路來皺著眉頭，嘴裡咯咯響，好像腳上長了雞眼。

掌管樓房裡唯一一門大炮的是一個穿水兵服的禿子。他姓科洛密采夫。卡佳曾經聽到格列科夫喊他：「喂，科洛密采夫，你睡過頭啦，把天大的好事兒耽誤了。」

掌管步兵和機槍的頭頭兒是一名淺色鬍子的少尉。他的臉雖然有一圈鬍子，卻顯得特別年輕，也許他自己以為，留鬍子看上去像三十歲、像個上了年紀的人。

下午，大家拿東西給她吃。她吃麵包，就羊肉香腸。後來她想起軍裝口袋裡還有水果糖，便悄悄地把一塊糖放進嘴裡。吃過東西以後，她就想睡覺，雖然四周槍聲很近。她睡著了，在睡夢中依然咂摸著糖，依然很煩惱、苦悶，等待著災難降臨。忽然她聽到唱歌的聲音。她沒有睜眼睛，字字都能聽得很清楚：

往日的傷心事在我胸懷，
像酒，愈陳愈厲害……

在夕陽的餘暉照亮的石頭天井裡，站著一個骯髒的、頭髮蓬亂的小夥子，手裡拿著一本小書。紅色的碎磚堆上坐著五六個人，格列科夫躺在大衣上，拿拳頭支著下巴。有一個像格魯吉亞人的小夥子在聽著，露出不信任的神氣，好像在說：「算啦，別想拿這一套收買我。」

附近有一顆炮彈爆炸，冒起一團紅紅的磚灰，似乎這團團亂轉的是童話裡的煙霧，坐在紅色磚堆上的人和他們在紅霧裡的武器，似乎是在《伊戈爾遠征記》[66]裡描寫的那個可怕的時日。姑娘的心忽然顫抖起來，因為她產生了一種荒唐的信心，相信有幸福等待著她。

第二天發生了一件事，驚動了已經習慣一切的樓裡的人們。

二樓的負責人是巴特拉科夫中尉。他手下有一名測繪計算員和一名觀測員。一個是垂頭喪氣的蘭巴索夫，一個是機靈而忠厚的蓬丘克。蓬丘克是一個很古怪的、一天到晚自己對著自己笑的戴眼鏡的中尉。卡佳一天能看到他們好幾次。安靜的時候，從樓板上的豁口能在下面聽見他們的聲音。

蘭巴索夫在戰前養過雞，常常和蓬丘克談起雞的聰明和狡詐的本性。蓬丘克趴在炮隊鏡上，像唱歌一樣拉長聲音報告著：「注意。從麵包廠方向開來一隊汽車……中間有一輛坦克……出來的德國佬有一營人……像昨天一樣，有三個地方冒炊煙，一些德國佬帶著鍋盆……」他觀察到的一些情況有時沒有什麼軍事意義，只是一些生活趣事。這時候他就唱：「注意……一個德國軍官帶一條狗出來玩啦，狗聞到什麼味道，朝前跑啦，好像那是一條母狗，那公狗站住，在聞呢。那邊有兩個德國兵，一個掏出菸盒，抽起菸來，另一個直搖頭，好像是說：我不抽……」

忽然蓬丘克用同樣唱腔報告：「注意……操場上有很多人……有人拿著樂器……很多人圍著他們，還堆了很多柴……」

66 俄羅斯古代英雄史詩，著者不詳，以十二世紀羅斯王公伊戈爾一次失敗的遠征為史實依據。

然後他停了很久，又用十分難受但是仍然拉得很長的聲音說：「注意，中尉同志，拉出一個女人來，女人穿著小褂，在叫呢……把女人捆在柱子上啦……注意，中尉同志，又拉出一個小孩子，也捆在柱子上啦……中尉同志，好像兩個德國佬在從桶裡往外倒汽油……」

巴特拉科夫通過電話把這一情況通知了對岸。

他趴在炮隊鏡上，用自己的卡盧加地方口音，學著蓬丘克的語調，大聲叫道：「喂，注意，同志們，樂隊在煙火裡演奏呢……開火！」

他厲聲喊叫起來，並且轉過身朝向對岸。

但是對岸沒有動靜……

過了幾分鐘，重炮團集中火力猛轟行刑的地方。操場被一團團硝煙和灰塵罩住。

幾個小時後，通過偵察員克里莫夫瞭解到，那是德國人要燒死一個吉普賽女人和一個小孩子，因為懷疑他們從事間諜活動。頭天晚上，克里莫夫把兩件髒衣服和裹腳布留給一個老太婆，說定第二天去取洗好的衣服。他想向老太婆瞭解一下吉普賽女人和小孩子的情況——是蘇軍炮彈把他們打死了呢，還是被德國人燒死了。老太婆是跟孫女和一頭山羊一起住在地窖裡的，克里莫夫穿過瓦礫堆順著他還記得的小路朝前爬去，可是蘇軍夜間轟炸機在地窖所在的地方扔下一顆重磅炸彈，老太婆、小孫女、山羊、克里莫夫的衣服和裹腳布全不見了。他只是在炸裂的木頭和石灰碎塊之間發現一隻骯髒的小貓。小貓很老實，既沒有什麼要求，又不抱怨，認為這轟炸聲、饑餓和戰火是世間正常的事情。

克里莫夫一直不明白，為什麼自己一下子把小貓裝進衣服口袋裡。

「6-1」號樓裡人與人之間的關係使卡佳感到吃驚。偵察員克里莫夫在向格列科夫報告的時候，不是按規矩站著，而是跟他坐在一塊兒，他們說話就像同志跟同志說話。克里莫夫抽菸就找格列科夫借火。

克里莫夫報告完了之後，走到卡佳跟前，說：「姑娘，瞧，世界上有些事兒多可怕呀。」她歎了一口氣，感覺到他那火辣辣的眼睛在望著她，頓時臉紅了。他從口袋裡拿出小貓，放在卡佳身邊的碎磚上。

這一天有十來個人走到卡佳跟前，他們都和她談小貓，誰也沒有提起那個吉普賽女人的事，雖然那件事使他們心裡很不安寧。有些人想坦率地跟卡佳談談感情問題，談起來卻用的是嘲弄和粗暴的口氣。有些人乾脆俐落想跟她睡睡覺，談起來卻十分客氣，彬彬有禮。

小貓哆嗦起來，渾身都在顫抖，看樣子，是受了震傷。

老迫擊炮長皺著眉頭說：「乾脆把它打死好啦。」

可是他馬上又說：「你還是抓抓牠身上的虼蚤吧。」

另一名擔任迫擊炮手的黑紅臉膛的民兵琴佐夫勸卡佳：「姑娘，把這討厭東西扔掉吧。要是西伯利亞貓就好啦。」

工兵里亞霍夫薄薄的嘴唇，陰沉著臉，一臉凶相。只有他對貓真的感興趣，而對報話員姑娘的美貌無動於衷。

「我們在野外時，」他對卡佳說，「有沙沙聲衝我來，我想，這是要落地的子彈。誰知是一隻兔子。它一直跟我坐到天黑，等到安靜了，它才走了。」他說：「您雖然是姑娘，可還是知道這是偵察機在窩瓦河上飛，在打一百八十毫米的炮，在打火箭炮。兔子卻很傻，什麼也不知道。分不清迫擊炮和榴彈炮。德國佬放照明彈，兔子就嚇得打哆嗦，又沒法兒給它解釋。所以這些畜生都很可憐。」

她感到對方是嚴肅的，所以也很嚴肅地回答說：「我不完全同意您的說法。比如說，狗就能認得飛機。我們駐紮在一個村子，那兒有一條狗叫『凱爾遜』，我們的飛機來了，牠躺在那兒連頭也不抬，可要是敵機來，牠立刻就找地方躲起來。牠分得可清楚了。」

空氣抖動起來，因為空中響起可怕的刺耳響聲，這是德國的十二筒火箭炮開炮了。炮彈轟鳴，黑煙和紅磚灰混合到一起，石塊到處亂飛。過了一分鐘，等到灰土漸漸落下來，卡佳和里亞霍夫又繼續他們的談話，就好像他們不曾趴到地上。顯然，被困孤樓裡的人們的自信心也傳染了卡佳。似乎他們都相信，在被打成了瓦礫場的樓房裡，一切一切，包括鋼鐵和石頭，都很脆弱，都很容易打碎，只有他們是例外。

一排機槍子彈呼嘯著從他們坐的豁口旁邊飛過，緊接著又是一排子彈。

里亞霍夫說：「春天我們駐紮在聖山城外。頭頂上常常有子彈的嘯聲，卻聽不見槍響，真叫人莫名其妙。原來，那是椋鳥學會了模仿子彈的聲音……我們有一位上尉連長也常常弄得我們驚慌起來，他學子彈聲音才像呢。」

卡佳說：「我在家裡時就想像戰爭是什麼樣子。孩子在哭叫，大家都在火裡，貓在亂竄……來到史達林格勒一看，果真就是這樣。」

一會兒，留大鬍子的祖巴廖夫走到卡佳跟前。

「怎麼樣，」他關切地問，「長尾巴的小傢伙還活著嗎？」他掀起蓋在貓身上的一塊裹腳布。「噢，多麼可憐呀，多沒精神呀。」他嘴裡說著，眼睛裡露出饞涎欲滴的神氣。

晚上，在短時間的戰鬥之後，德軍向「6-1」號樓的側翼推進了一小段距離，用機槍火力切斷了樓房與蘇軍防禦陣地之間的道路。通往步兵團團部的電話線也被切斷了。格列科夫下令打出一條通道，從地下室通向離樓房不遠的一條地道。

「有炸藥。」肥胖的司務長一隻手端著茶缸，另一隻手拿著一小塊糖，對格列科夫說。

樓房裡的一些人很隨便地坐在基牆邊的一個大坑裡，說著話兒。大家都忿怒地想著燒死吉普賽女人的事，但是依然沒有誰說起這事。似乎這些人對身陷重圍這事漠不關心。

卡佳覺得這種鎮靜非常奇怪，但是這鎮靜卻很能征服人，在這些十分自信的人裡，就連可怕的字眼「被圍」，她覺得也不可怕了。等到機槍就在旁邊嗒嗒響起來，格列科夫高喊「打呀，打呀，他們來啦」的時候，她也不怕了。等到格列科夫說「想用什麼就用什麼。手榴彈，刀，鐵鎬。打，打，狠狠地打」的時候，她也不害怕了。

在安靜的時候，樓房裡的人就詳細地、不慌不忙地討論起姑娘的相貌。巴特拉科夫似乎不是這方面的行家，而且是近視眼，然而在討論卡佳的美貌時常提出精到的見解。

「我認為姑娘的胸脯是最要緊的。」他說。

炮兵科洛密采夫和他爭論，他就像祖巴廖夫說的，「發表長篇論文」。

「喂，你們好像談起貓來啦？」祖巴廖夫問。

「不行嗎？」巴特拉科夫說。「就連老頭子還拿人當貓談呢。」

老迫擊炮長吐了一口唾沫，拿手掌搓著胸脯，說：「都說這姑娘很漂亮，她的漂亮究竟在哪兒？你們說說看。」

他聽到有人暗示說，格列科夫很喜歡這姑娘，特別生氣。

「依我看，這個卡佳實在不咋樣，經不住細看。兩條腿那樣長，跟仙鶴一樣，屁股沒有屁股。眼睛老大，像牛眼睛，這算什麼姑娘？」

琴佐夫反駁：「你就喜歡大屁股娘們兒。你這是老眼光，是革命以前的眼光。」

科洛密采夫專愛說髒話、下流話，那老大的禿頭裡裝著許多古怪的想法，笑嘻嘻地瞇起灰色的眼睛，說：「這姑娘還是不錯的，不過我有我的特別胃口。我喜歡小小的，像亞美尼亞和猶太妞兒那樣的，大眼睛，短頭髮，又靈活，又麻利。」

祖巴廖夫若有所思地望了望被探照燈光劃破的黑暗天空，低聲說：「還不知道這事兒究竟怎麼樣呢。」

「你是說，她究竟喜歡誰嗎？」科洛密采夫問。「她喜歡格列科夫，這是肯定的。」

「不，不一定。」祖巴廖夫說過這話，從地上拿起一塊斷磚，使勁扔到一邊。

大家看了看他，看了看他的大鬍子，一齊哈哈笑了起來。

「你憑什麼叫她喜歡，憑大鬍子？」巴特拉科夫問道。

「憑唱歌！」科洛密采夫說。「現在廣播：有步兵要唱歌啦。他唱，她就把他的歌聲廣播出去。恰好是一對兒！」

祖巴廖夫打量了一下昨晚念詩的小夥子。「你怎麼樣？」

老迫擊炮長用爭吵的口氣說：「他不說話，就是說，他不願說話。」又用父親責備兒子不該聽大人說話的口氣說：「你頂好到地下室裡去，趁這會兒安靜，好好地睡一會兒。」

「這會兒在地下室裡安齊費羅夫準備用炸藥炸通道呢。」巴特拉科夫說。

這時候格列科夫在口述報告，由卡佳向外發送。他向集團軍司令部報告說，據各方面觀察，德軍正準備進行突擊，據各方面情況判斷，這次突擊方向是拖拉機工廠。他只是沒有報告，據他判斷，他和手下弟兄們所據守的樓房正是德軍突擊目標的中心。但是看著姑娘的脖子，看著她的嘴唇和耷拉著的睫毛，他想像到，而且是活靈活現地想像到，這細細的脖子斷了，像珍珠一樣白的頸脊骨從破爛了的皮膚裡露了出來，這玻璃球般大眼睛上的睫毛和沒了血色的嘴唇都像是用落滿塵土的灰色橡膠做成的了。

他真想抱住她，趁他和她都還活著，還沒有被消滅，趁這個年輕姑娘還是這樣美，他要享受一下她的溫暖、她的青春活力。他覺得，單是因為他對姑娘的憐憫，也要把她抱住，但是，血液在耳朵裡騰騰直跳，朝兩側鬢角直衝，難道是因為憐憫嗎？

司令部沒有馬上回答。格列科夫伸了伸懶腰，骨頭舒舒服服地響了幾聲，大聲地舒了一口氣，心裡想：「好的，好的，等天黑了再說。」繼而又親熱地問：「克里莫夫帶回來的小貓怎麼樣啦，好些了嗎，結實了嗎？」

「哪兒會結實。」卡佳回答說。

卡佳一想到吉普賽女人和小孩子在火裡的情形，她的手指頭就發抖，她側眼朝格列科夫看了看，看他是不是發覺這一點。

昨天她覺得，「6-1」號樓裡的人誰也不會跟她說話的，可是今天在她吃飯的時候，有一個手持自動步槍的大鬍子從她身邊跑過，像老朋友般朝她喊：「卡佳，多吃多長肉！」並且用手比劃著如何拿調羹在飯盒裡吃飯。

她看到昨天念詩的那個小夥子用防雨布搬迫擊炮彈。還有一次，她一回頭又看到他，他站在開水鍋邊，她知道他是在看她，所以她打量了他一下，他卻趕緊轉過臉去。

她已經在猜想，明天誰會拿信和照片給她看，誰會歎著氣一聲不響地看她，誰會對她說他不相信女人的愛情，今後再也不談戀愛，誰會給她送禮物，給她半壺水或一把白糖。那個大鬍子步兵可能會爬過來摸她。

終於司令部回答了，卡佳把司令部的話轉告格列科夫：「命令你們每天十二時正進行詳細彙報……」

忽然格列科夫打了一下她的手，把她的手掌從開關上撥下來，她嚇得叫起來。

他笑了笑，說：「一塊炮彈皮落在報話機上啦，什麼時候格列科夫需要，再把報話機修好。」

姑娘慌亂地看著他。

「請原諒，親愛的卡佳。」格列科夫說著，抓住她的手。

六十

凌晨時分，別廖茲金團部向師部報告說，被困在「6-1」號樓裡的人打通了與工廠的水泥地道相接的地下通道，進入了拖拉機廠的車間。師部值班參謀將此事報告了司令部，司令部裡的人報告了克雷洛夫將軍，克雷洛夫命令找一個樓裡出來的人到他這兒來，以便查問有關情形。值班參謀便挑了一個小夥子，由聯絡官領著朝司令部走去。他們順著山溝朝岸邊走，小夥子一路上眼睛轉來轉去，不住地問這問那，心裡很不踏實。

「我要回去。我只是為了把地道摸清楚，好把傷患抬出來。」

「沒關係，」聯絡官回答說，「你現在去見的官比你們的官大，他怎樣吩咐，你就怎樣做好啦。」

路上，小夥子對聯絡官說，他們已經在「6-1」號樓裡蹲了兩個多星期，有些天他們只能吃堆在地下室裡的一些馬鈴薯，喝水就喝暖氣鍋爐裡的水，把德國人弄得夠嗆，德國人幾次派人來談判，說要把被圍困的人放出來，放到工廠裡去，可是，大樓裡的指揮員（小夥子管他叫「樓長」）命令所有的火器一齊開火，算是對他們的回答。等他們來到窩瓦河邊，小夥子趴下，喝起水來，等喝足了水，又把棉襖上的水滴小心地刮到手心裡，拿舌頭舔了舔，就像饑餓的人舔麵包碴兒一樣。他說，暖氣鍋爐裡的水都臭了，頭幾天大家喝了那水都鬧肚子，樓長吩咐把鍋裡的水燒開了再喝，這樣就不鬧肚子了。

然後他們一聲不響地又往前走。小夥子傾聽著夜間轟炸機的隆隆聲，望著紅的綠的信號彈和一道道子彈與炮彈曳光裝飾得色彩繽紛的天空。他看了看尚未熄滅的市區大火那疲憊無力的火苗，看了看大炮發射時的白光和重型炮彈在窩瓦河裡爆炸掀起的青色浪花，不禁漸漸放慢了腳步，直到聯絡官喊他：「走吧，走吧，快點兒！」

他們在岸邊亂石叢裡走著，一顆顆迫擊炮彈在頭上呼嘯而過，崗哨不時地呼喊他們。後來他們順著一條小路朝坡上走，經過彎彎曲曲的巷道，經過一座座挖進土山裡的掩體，一會兒走在黃土臺階上，一會兒走過木板搭的小橋，到末了來到一個拉了鐵絲網的通道口——這便是第六十二集團軍指揮所。

聯絡官緊了緊腰帶，便順著交通壕朝軍委掩體走去，用來造掩體的圓木特別結實。

哨兵去找副官。有一小會兒，從半開著的門裡射出柔和的電燈燈光，那是一盞帶燈罩的檯燈。副官打了一下手電筒，問過小夥子的姓名，便吩咐他等一會兒。

「等會兒我怎麼回去呀？」小夥子問道。

「沒關係，有嘴巴，就不怕迷路。」副官說過這話，又用嚴肅的口氣說：「你們到門道裡來，要不然挨了迫擊炮彈，將軍還要我負責任呢。」

在暖和而昏暗的過道裡，小夥子坐在地上，側著身子往牆上一靠，就睡著了。

有一隻手使勁把他搖晃了兩下。他正迷迷糊糊地做著夢，在夢裡既聽到若干天來戰場上淒慘的叫聲，又聽到早已不存在的自己家裡的柔聲細語，這時候一個很嚴厲的聲音闖入他的夢境：

「沙波什尼科夫，快去見將軍……」

六十一

謝廖沙・沙波什尼科夫在司令部警衛隊的掩體裡過了兩個晝夜。司令部的日子使他感到苦悶，他覺得這兒的人一天到晚沒事幹，閒得難受。

他想起戰前他怎樣和奶奶一起在羅斯托夫等了八個鐘頭，等待開往索契的火車，他覺得今天的等待很像那一次等待換車。後來他覺得，把去「6-1」號樓比作去索契療養院，簡直好笑。他要求司令部少校警衛隊長放他走，但是警衛隊長沒得到將軍的指示，不敢讓他走。將軍把沙波什尼科夫叫去後，只問了兩個問題，就中斷了談話去接電話了。警衛隊長決定暫時不讓小夥子走。說不定將軍還要再叫他去呢。

警衛隊長一走進掩體，就看到小夥子看著他，便說：「好的，我記著。」

有時候小夥子懇求的目光使他生起氣來，他就說：「你在這兒有什麼不好？有什麼好吃的，給你吃什麼。這兒又暖和。幹嘛要急著回去叫人家打死？」

當一天到晚炮火連天，一個人整個沉入戰爭的大鍋裡的時候，他往往無法理解、無法看到自己的生活；他需要朝旁邊哪怕跨上一步。這時就像站到了岸上，能看到整條大河，就會想：難道我剛才就在這瘋狂的水裡，在浪濤裡游過來的嗎？

謝廖沙覺得原來在民兵團裡的那段生活是很平靜的：夜晚在黑沉沉的草原上放哨，遠方天空閃著火光，民兵們在閒聊。

總共只有三個民兵進入拖拉機廠的居住區。波里亞科夫很不喜歡琴佐夫，說：「整個民兵團就剩下一老一小，再加一個糊塗蟲。」

「6-1」號樓裡的生活遮沒了過去的一切。儘管這種生活是令人難以想像的，但卻是唯一的現實，而過去的一切都成了虛幻。只是有時候在夜裡，腦海裡出現奶奶那灰白的頭，出現姑姑葉妮婭那帶笑的眼睛，一向被慈愛浸潤著的心就緊縮起來。

進入「6-1」號樓的頭幾天，他心裡想：如果格列科夫、科洛密釆夫、安齊費羅夫等人忽然闖入他的日常生活，那會是十分奇怪和荒誕的。可是他現在有時候卻覺得，如果他的姑姑們、他的表妹和姑父維克多闖入他今天的生活，那就太可笑了。

啊，奶奶聽到謝廖沙這樣會罵娘，準會嚇一大跳……

格列科夫！

真不明白，是專門挑選了一些稀奇特別的人到「6-1」號樓裡來，還是一些普通人一進這座樓就變得很特別了……

民兵隊長克里亞金如果在這兒當領導，一天也幹不了。還有琴佐夫，雖然大家都不喜歡他，卻依然待下去了。但是他已經不像在民兵團裡那樣，已經改掉了行政機關的習性。

格列科夫！真是個剛強、勇敢、威風，卻又那麼平常的奇妙人物。他記得戰前小孩子穿的鞋什麼價錢，清潔工和鉗工拿多少工資，在他叔叔所在的集體農莊裡每個勞動日能分到多少糧食和錢。

有時他談起戰前軍隊裡的清洗，談起授銜的情形，談起分配住房時怎樣走後門，還談到在一九三七年有些人寫了幾十次祕密報告，揭發臆造的人民敵人，因而得到將軍官銜。

有時候，他的力量似乎在於他獅子般的勇猛，在於他天不怕地不怕的樂觀，他就是那樣天不怕地不怕地從牆豁口裡跳出去，高聲喊著：「狗雜種們，叫你們嘗嘗厲害的！」便持手榴彈朝攻上來的德國佬擲去。有時候，他的力量又似乎在於他的純樸隨和，在於跟大樓裡的人們的友誼。

他在戰前的生活沒有什麼引人注目的地方。他在礦業中學上過十年級，後來當建築技術員，後來成為駐紮在明斯克附近的一支部隊的步兵大尉，在野外和軍營裡指導操練，進過明斯克的訓練班，晚上看書，喝酒，看電影，和朋友們打牌，和妻子吵嘴，妻子吃醋完全是有根據的，因為他和當地許多大姑娘小媳婦有關係。這一切都是他自己說的。於是他一下子在謝廖沙的心目中，而且不只是謝廖沙的心目中，成為英雄，成為敢做敢當的好漢。

謝廖沙周圍來了許多新人，擠走了他心中最親近的人。炮兵科洛密采夫本是地位重要的水兵，在軍艦上服務，三次在波羅的海落水。謝廖沙很喜歡科洛密采夫常常用鄙夷的口氣談起那些不能用鄙夷的口氣議論的人，而對學者和作家卻表現出不同一般的尊敬。在他看來，所有當官的，不論是什麼職位與頭銜，跟禿頂的羅巴切夫斯基或病歪歪的羅曼·羅蘭相比都不算什麼。

有時科洛密采夫談起文學。他完全不像琴佐夫那樣談文學的教育意義和愛國主義。他很喜歡一位作家，不知是美國的，還是英國的。儘管謝廖沙從來沒有讀過這位作家的作品，科洛密采夫也忘記了這位作家的名字，但是謝廖沙相信他的作品很好，因為科洛密采夫常常津津有味、興高采烈地誇獎他的作品，而且高興得直罵娘。

「我為什麼喜歡他？」科洛密采夫說。「因為他不教訓我。男子漢找娘們兒，找娘們兒就是找娘們兒；當兵的喝醉了，喝醉了就是喝醉了；老頭子的老伴兒死了，都寫得實實在在。又好笑，又可憐，又有趣，反正不知道人為什麼活著。」

偵察員瓦夏·克里莫夫和科洛密采夫很要好。

有一次謝廖沙和克里莫夫潛入德軍陣地，爬過鐵路路基，爬到德國炸彈炸出的一個大坑邊，坑裡坐著德軍一挺重機槍的幾個機槍手和一名觀測軍官。他們貼在坑邊上，觀看德國兵的生活情形。一個小夥子解開上衣，把一塊紅方格手帕塞到襯衣領子裡，刮起鬍子。謝廖沙聽到那沾滿灰塵的硬扎扎的鬍子在剃刀底下哧啦啦直響。另一個德國兵在吃扁平罐頭盒子裡的食品，謝廖沙在很短的一瞬間望著他的大臉，那張臉上流露出心滿意足的神情。那名觀測軍官在上手錶。謝廖沙真想用低低的聲音（免得把他嚇壞）問問他：「喂，請問，什麼時間啦？」

克里莫夫把手榴彈的導火索一拉，將手榴彈扔進坑裡。塵土在空中還沒有落下，克里莫夫又扔出第二顆手榴彈，並且在爆炸之後立即跳進坑裡。德國人全都死了，就好像在一分鐘之前也不曾生活在世界上。克里莫夫被硝煙和灰塵嗆得打著噴嚏，一面搜索他用得著的東西。他拿起望遠鏡，卸下重機槍的槍栓，從軍官熱乎乎的手上捋下手錶，又把機槍手的證件從軍裝口袋裡小心翼翼地掏出來，免得沾上血。

他把得到的戰利品交了公，說了說事情的經過，請謝廖沙給他倒水洗了洗手，便挨著科洛密采夫坐下來，說：「現在咱們來抽支菸。」

這時候，曾經說自己是「安分守己的梁贊老百姓，喜歡釣魚」的別爾菲里耶夫跑來了。

「喂，克里莫夫，你幹嘛在這兒坐？」別爾菲里耶夫喊道。「樓長找你，還要再上德國人住的樓房裡去一趟。」

「馬上就去。」克里莫夫用歉疚的語調說著，就開始收拾自己的家當：一支自動步槍和一帆布袋的手榴彈。他收拾這些東西很小心，似乎很怕把它們碰疼了。他對很多人稱「您」，從來不罵娘。

「你不是洗禮派教徒吧？」有一次波里亞科夫老頭子問他，雖然他已經打死一百一十個人了。

克里莫夫不是寡言少語的人，特別喜歡聊自己的童年。他父親是普濟洛夫工廠的工人。克里莫夫自己是萬能車工，戰前在工廠技術學校當教師。克里莫夫說，技術學校裡有一個學生被一顆螺絲釘卡住，喘不上氣來，臉發了青，克里莫夫趕去搶救，拿平口鉗把螺絲釘從學生喉嚨裡拔了出來，謝廖沙聽了覺得十分好笑。

但是有一次謝廖沙看見克里莫夫喝了不少繳獲來的酒，他的樣子很可怕，格列科夫見到他似乎都有點兒膽怯了。

「6-1」號樓裡最邋遢的人是巴特拉科夫中尉。他從來不刷洗靴子，走起路來就有一個靴後跟吧嗒吧嗒直響，別人不用轉頭，就知道這位炮兵中尉來了。不過他每天都要用一塊麂皮把眼鏡擦幾十次，鏡片度數不適合他的視力，所以他老以為灰塵和硝煙把他的鏡片弄模糊了。克里莫夫好幾次摘下被打死的德國人的眼鏡送給他。可是他很不走運：眼鏡框很漂亮，鏡片卻不合適。

戰前巴特拉科夫在技術學校教數學，其特點是自信心很強，常常用傲慢的語調說學生水準太低。他曾出數學題考謝廖沙，謝廖沙丟了臉。大家都笑起來，說要讓謝廖沙留級，待到明年。

有一天空襲的時候，敵機像發了瘋的錘工，用沉重的大錘砸在泥土、石頭和鋼筋上。格列科夫看到巴特拉科夫坐在殘破的樓梯上，在讀一本書。

格列科夫說：「德國佬什麼也搞不到。他們拿這樣的傻瓜有什麼辦法？」

德國人所幹的一切，非但沒有讓「6-1」號樓裡的人感到恐怖，倒是引來他們的嘲笑和輕蔑。

「嘿，德國佬來勁兒啦。」

「瞧，瞧，這些下流坯想的好主意……」

「真是笨蛋，瞧你把炸彈扔到哪兒去啦？」

巴特拉科夫和工兵排長安齊費羅夫很要好。安齊費羅夫四十歲上下，喜歡談自己的慢性病，前線上這種現象是少見的。胃潰瘍和神經根炎，在炮火下一般都能自動痊癒。

不過在史達林格勒鏖戰中安齊費羅夫依然經受著很多疾病的折磨，疾病已經在他胖大的身體中扎了根。德國醫生沒有治好他的病。這個長著圓滾滾的禿頭、圓臉和圓眼睛的人，在渾身被可怕的戰火照得通亮的時候，依然悠閒自在地跟他手下的工兵們一起喝茶，那樣子真是古怪離奇。他一般都是光著腳坐著，因為他腳上有雞眼，一穿鞋就難受；他常常不穿制服，因為總覺得很熱。他愛用一個藍花碗喝滾熱的茶，一面拿大手帕擦禿頭上的汗，又歎氣，又笑，朝茶碗吹氣，頭上纏著繃帶的戰士里亞霍夫時不時地用一個燻黑的大茶壺往茶碗裡倒燒得滾開的陳水。有時安齊費羅夫不穿靴子，腳被硌得哼哧著，爬到碎磚堆上去，看看周圍的情形。他光腳站著，不穿軍服，不戴軍帽，就像一個農民在狂風暴雨時候走出來站到門檻上，要看一看自己院子裡的家當。

戰前他擔任工程主任。現在他的建築經驗用到了相反的方面。他的腦子時時在考慮如何破壞房屋、牆壁和地下工事。

巴特拉科夫和他談的主要話題是哲學問題。安齊費羅夫因為自己從建設轉向破壞，所以很需要思考思考這種不尋常的轉變。有時候他們的談話從哲學的高度出發，比如，人生的目的是什麼，外星世界有沒有蘇維埃政權，男人的腦力結構在哪些方面勝過女人的腦力結構，然後談話轉向日常生活方面。

在這兒，在史達林格勒的瓦礫堆裡，一切都不同了，就連人們需要的智慧也常常在呆頭呆腦的巴特拉科夫這邊。

「說真的，老弟，」安齊費羅夫說，「多虧了你，我開始明白一些事情了。可是以前我還以為我徹底瞭解全部奧妙：誰需要半斤酒加小菜，誰需要汽車輪胎，誰需要票子。」

巴特拉科夫當真以為正是他和他的一些含混不清的見解，而不是史達林格勒，使安齊費羅夫對人們有了新的認識，所以用居高臨下的口氣回答說：「是啊，老兄，可以說，咱們是相見恨晚呀。」

在地下室裡住的是步兵，他們多次打退德軍的進攻，並且回應格列科夫響亮的號令進行反擊。指揮步兵的是祖巴廖夫少尉。戰前他在音樂學院學聲樂。有時他在夜裡悄悄走到德國人盤據的樓房跟前唱起來，有時唱《春天的氣息，不要把我驚醒》，有時唱一段連斯基詠歎調。

別人問他，為什麼要爬到碎磚堆上冒著被打死的危險唱歌兒，他從來不肯回答。也許他是要在這日日夜夜充滿屍臭氣的地方，不僅向自己和同志們，而且也向敵人顯示，強大的毀滅性力量永遠無法戰勝美好的生命力。

如果不知道格列科夫、科洛密采夫、波里亞科夫、克里莫夫、巴特拉科夫和大鬍子祖巴廖夫，能算是生活嗎？奶奶過去常說，頭腦簡單的幹活兒的人都是好人，一直生活在知識分子環境中的謝廖沙認為奶奶的說法顯然是很對的。可是聰明的謝廖沙還是發現了奶奶的錯誤，這錯誤就是：她總認為幹活兒的人頭腦都是簡單的。

「6-1」號樓裡的人頭腦並不簡單。有一天，格列科夫說的一番話就使謝廖沙大吃一驚：

「不能把人當綿羊來領導。列寧那樣聰明，就連他也不懂得這一點。所以要革命，為的就是不要任何人領導人。可是列寧卻說：『以前領導你們的人糊塗，我會做明智的領導。』」

謝廖沙從來沒聽到有人這樣大膽，敢指責內務部裡的人，指責他們在一九三七年殺害了成千上萬無辜的人。謝廖沙從來沒聽到有人帶著這樣沉痛的心情談論普遍實行集體化時期農民所遭受的痛苦與災難。有關這些問題的主要發言人是樓長格列科夫，不過科洛密采夫和巴特拉科夫也常常談這些事。

這會兒，謝廖沙在司令部的掩體裡，覺得在「6-1」號樓以外度過的每一分鐘都長得使人難受。聽著人們談論值班，談論各部門領導的召見，覺得不可思議。他想像這會兒波里亞科夫、科洛密采夫和格列科夫在幹什麼。

晚上，寂靜的時刻，大家又在談報話員姑娘了吧。

格列科夫要是下了決心，什麼也阻止不住他，就是佛祖，甚至崔可夫，都對他沒有辦法。「6-1」號樓裡的人都是極好的人，是剛強、勇敢的人。大概今天夜裡祖巴廖夫又唱歌了……她一定是在無精打采地坐著，等待著自己的厄運呢。

「我要殺人！」他在心裡喊道，但沒弄清他要殺誰。

他哪兒行啊，他還從來沒有吻過姑娘呢，可是那些傢伙是老手，當然會欺騙她、玩弄她。

他聽到不少豔史，說的是有些護士、女電話員、女測距員、女儀錶員、女學生很不情願地成為一些團長和炮兵營長的「野味」。他對這些豔史不欣賞，不感興趣。

他看了看掩體的門。他先前為什麼沒有想起，他可以誰也不問，站起來就走呢？

他站起來，開了門，走了出來。

就在這時候，有人給司令部值班參謀打來電話，說是根據政治部主任瓦西里耶夫指示，要讓被困的樓房裡出來的戰士立即去見政委。

達佛尼斯和克洛伊[67]的故事所以永遠能打動人心，並不是因為他們的愛情發生在藍天之下，葡萄藤蔓叢中。達佛尼斯和克洛伊的故事在各種地方重演著，不論是帶有炸鱈魚氣味的窒悶的地下室，在集中營的棚屋，在機關會計室的算盤聲中，還是在紡紗車間的灰塵裡。

這故事又發生在瓦礫堆裡，在德國轟炸機的隆隆聲中，在人們不是用蜜糖，而是用爛馬鈴薯和舊

---

67 希臘神話中兩小無猜的牧羊人和牧羊女，歷經磨難，終成眷屬，是被後人視為楷模的一對天真無邪的情侶。

鍋爐裡的水滋養自己骯髒的、汗淋淋的身體的地方，發生在沒有了安寧和寂靜，只有打碎的石頭、轟隆聲和臭氣的地方。

六十二

在史達林格勒發電站擔任門衛的安德烈耶夫老頭子收到從列寧斯克捎來的一封信，是兒媳婦寫來的。兒媳婦在信裡說，婆婆害肺炎死了。

得到老伴去世的消息以後，安德烈耶夫打不起精神了，很少上斯皮里多諾夫那兒去，每天傍晚都坐在工人宿舍的門口，望著一閃一閃的炮火和愁雲密布的天上晃動著的探照燈光。宿舍裡的人有時候找他說話，他卻一聲不響。說話的人以為老頭子耳朵背了，便用更高的聲音把話重說一遍。安德烈耶夫就陰沉地說：「聽見啦，聽見啦，我沒有聾。」就又不作聲了。

老伴的死對他震動很大。他的生活反映在妻子的生活中，他遇到的好事、壞事，他的快活心情、悲傷心情都保存和反映在老伴的心中。

在狂轟濫炸，重磅炸彈到處爆炸的時候，安德烈耶夫老漢望著發電站各車間之間冒起的一股股灰塵和硝煙，心裡想：「我那老伴兒能看看就好啦……嘿，瞧，好傢伙……」

可是這時候她已經不在人世了。

他覺得，被炸彈和炮彈炸壞的房屋殘骸，被炸得坑坑窪窪的院子，一堆堆的黃土和扭七歪八的鋼鐵，著了火的油庫那苦澀、潮溼的濃煙和黃黃的、火龍般的慢慢爬動的火焰——都是他的生命的表現，是他的殘生的象徵。

難道他當年曾經坐在明亮的房間裡，吃早飯準備上班，妻子站在他身旁看著他：該不該為他添飯？

是啊，他只有孤單單地死去了。

他忽然想起年輕時候的她，胳膊曬得黑黑的，眼睛裡洋溢著快活的神氣。

算啦，他也要死的，而且時間不遠了。

有一天晚上，他踩著咯吱咯吱響的木頭臺階，慢慢走進斯皮里多諾夫的掩體。斯皮里多諾夫看了看老頭子的臉，說：

「老人家，身體不舒服嗎？」

「斯捷潘．費多羅維奇，您還年輕，」安德烈耶夫回答說，「您的力氣小些，您要多保重。我的力氣可大得多了，我一個人能走得到的。」

這時候正在洗鍋的薇拉沒有立即明白老頭子的意思，回頭看了看他。安德烈耶夫不需要任何人的同情，希望轉換話題，就說：「薇拉，您該走了，這兒又沒有醫院，只有坦克和飛機。」

她笑了笑，攤開溼漉漉的兩隻手。

斯皮里多諾夫很生氣地說：「就連一些不認識她的人都說這話。不論誰看到她，都說，應該轉移到左岸去。昨天集團軍軍委委員來了，來到我們的掩體裡，看了看薇拉，什麼也沒說，可是等他坐上汽車，卻罵起我來：您怎麼，沒做過父親嗎，是不是想讓我們用裝甲快艇把她送過河去？我能說什麼呢：她不願意，就是不願意。」

他說得很快、很流暢，就好像天天在爭論同一個問題的一些人那樣。安德烈耶夫老頭子望著早就綻了線的上衣袖子沒有作聲。

「在這兒簡直收不到什麼信。」斯皮里多諾夫又說。「這算什麼軍郵。我們在這兒待了這麼久，沒收到過岳母、葉妮婭、柳德米拉一封信。托里亞在哪兒，謝廖沙在哪兒，誰又能知道？」

薇拉說：「他老人家收到信啦。」

「他收到的是死訊。」斯皮里多諾夫對自己的話感到害怕。他十分激動地說起來，一面用手指著掩體矮矮的牆壁，指著遮住薇拉的床的布幔：「瞧她在這兒是怎麼住的，她總是姑娘，是女的，這兒天天有男子漢擠來擠去，白天是這樣，晚上也是這樣，時而是工作人員，時而是衛隊，人擠得滿滿的，又嚷嚷，又抽菸。」

安德烈耶夫說：「您就可憐可憐快要生的孩子吧，在這兒孩子就完啦。」

斯皮里多諾夫對薇拉說：「你想想看，萬一德國人衝進來呢！那時候怎麼辦？」

薇拉不作聲。她自己相信，維克多羅夫會走進炸壞的發電站大門的，她會老遠看到他穿著飛行服、軟底靴，挎著圖囊走來。

她常常走到公路上，看他是不是來了。乘車經過的戰士們常常對她喊：「喂，姑娘，你等誰呀？坐到我們車上來吧。」

她一時間也快活起來，就回答說：「你們的汽車經不住人坐。」

在蘇軍飛機飛過的時候，她凝望著低低地飛行在發電站上空的一架架殲擊機，似乎她就要認出維克多羅夫來了。有一天，有一架殲擊機在發電站上空飛過時搖了搖翅膀，薇拉就叫了起來，並且像一隻失望的小鳥一樣打著趔趄向前奔去，跌倒在地上。跌過這一跤之後，她的腰疼了好幾天。

十月底，她看到在發電站上空進行的一場空戰。這場空戰不分勝負。蘇軍飛機進入雲層中，德軍飛機轉過頭朝西飛去。薇拉站著，望著沒有了飛機的天空，她那瞪得老大的眼睛裡還流露著極其緊張的神情，一名裝配工從院子裡走過，看見她這種神情，說：「斯皮里多諾娃同志，您怎麼啦，是不是受傷了？」

她相信，她就會在這兒，在發電站和維克多羅夫見面，但是她覺得，如果把這一點告訴爸爸，命運之神就會怪她沉不住氣，不讓他們見面了。有時候她這種信心十分強烈，以至於匆匆忙忙地烙起麵粉加馬鈴薯粉大餅，匆匆忙忙地掃地，收拾東西，擦洗髒鞋……有時她和爸爸坐在一起，忽然側耳傾聽一陣子，說：「等一等，我出去一下子。」便披起大衣，從掩體裡走出去，四處張望，看看有沒有飛行員站在外面，是不是有人在問，怎樣可以找到斯皮里多諾夫父女。

她一次也沒有想過、一分鐘也沒有想過他會忘記她。她相信，維克多羅夫也和她一樣，日日夜夜在急切地、深深地想念著她。

德軍的重炮幾乎每天都在轟擊發電站。德國人的技術很好，試射、發炮都很準，炮彈打在車間的牆壁上，一陣一陣的爆炸聲震顫著大地。常常飛來一、兩架零散的轟炸機，投擲炸彈。有的敵機貼著地面飛，在從發電站上空飛過時，拿機槍掃射。有時在遠處的山崗上出現德軍的坦克，這時能清楚地聽到機關炮的嗒嗒聲。

斯皮里多諾夫似乎已習慣了炮擊與轟炸，發電站的其他工作人員好像同樣也習慣了。不過，不論是他還是他們，習慣歸習慣，同時卻漸漸失去積蓄起來的精神力量。有時斯皮里多諾夫就感到疲憊無力，很想躺到床上，拿棉襖把頭蒙上，靜靜地躺著，一動也不動，也不睜眼睛。有時他拚命喝酒。有時他想跑到窩瓦河岸上，渡過河去，在對岸的草原上走一走，再不回頭看這發電站，寧願蒙受當逃兵的羞恥，只要不再聽到德軍炮彈和炸彈的可怕呼嘯聲。有一次，他通過附近的六十四集團軍司令部的高頻電話和莫斯科通話，副人民委員說：「斯皮里多諾夫同志，轉達莫斯科方面的敬意，向您領導的英雄集體致敬。」這時他感到很難為情：哪兒談得上英雄呀？此外，還一直有一種傳聞，說是德軍正準備對發電站進行密集襲擊，要用巨型的炸彈摧毀發電站。聽到這些傳聞，手腳都發冷。白天，眼睛一直瞅著灰色的天空，看是不是有敵機飛來。夜裡，他有時忽然跳起來，因為彷彿聽到愈來愈近的大批敵機沉悶而密集的隆隆聲。胸前和背後常常嚇出冷汗。

顯然，不只是他一個人神經緊張。總工程師有一天對他說：「一點力氣也沒有啦，好像有什麼妖魔鬼怪跟著我，我常常看著公路，想：能跑掉就好啦。」黨委書記尼古拉耶夫晚上到他這兒來，說：「給我拿酒來，這些天我離了這種防彈劑就睡不著覺。」他一面給尼古拉耶夫斟酒，一面說：「真是『活到老，學到老』。應當學會一門技術，能夠輕而易舉地把設備轉移，要不然，你瞧，渦輪機留在這兒，咱們也只好陪著。別的工廠的人早就在斯維爾德洛夫斯克大街上溜達了。」

有一天，他在勸薇拉走的時候說：「我真不理解，我們這兒的人天天上我這兒來，拿出種種理由要求離開這兒，可是我實心實意勸你走，你卻不走。要是准許我走的話，我一分鐘也不耽擱。」

「我因為你才留在這兒，」她粗聲粗氣地回答說，「沒有我，你會變成酒鬼。」

不過，當然，不能說斯皮里多諾夫一味在德軍炮火面前發抖。發電站的人也很勇敢，也擔負著艱巨的工作，也笑，也說笑，對於嚴峻的命運也有滿不在乎的感覺。

薇拉一直在為孩子擔心。孩子生下來會不會健康？她住在這悶人的、充滿煙氣的地下室裡，每天大地都被炸得不住地顫動，這對孩子有沒有影響？近來她常常覺得噁心，頭暈。她這個當母親的天天看到的是瓦礫堆、戰火、被炸得坑坑窪窪的大地、盤旋在灰色天空的黑十字飛機，會生出多麼悲傷、膽小、憂愁的孩子？也許，孩子甚至能聽見可怕的爆炸聲，也許，聽到炸彈呼嘯聲，那蜷縮著的小小身體連動也不敢動，小小的頭縮進肩膀裡了。

常常有身穿骯髒油污的大衣，腰繫士兵帆布帶的人從她身邊跑過，一面跑一面揮手，微笑，喊叫：「薇拉，日子過得怎樣？薇拉，想我嗎？」她感覺到大家對她這個未來的母親的親熱。也許，小東西也能感覺到這種親熱，他的心將是純潔而善良的。

她有時候到機械車間去，現在這裡在修理坦克，過去維克多羅夫曾經在這裡工作過。她在猜：哪兒是他的車床呀？她使勁兒想像他穿著工裝或者飛行服的樣子，但是他卻總是穿著軍醫院的傷患服出現在她的腦海裡。

在車間裡，不僅是發電站的工人，而且集團軍基地的坦克手們也都認識她。她卻無法辨別他們，因為幹活兒的工人和幹活兒的軍人十分相像，都是穿著油糊糊的棉襖，戴著皺巴巴的帽子，手都很髒。

薇拉時時刻刻想著維克多羅夫，想著孩子，日日夜夜都感覺到孩子的存在。對於外婆、小姨葉妮婭、謝廖沙和托里亞的擔心退到了次要地位，有時她想起他們，也只是感到悵惘罷了。

夜裡，她想念母親，呼喚她，向她訴苦，向她求助，她低語：「媽媽，好媽媽，幫幫我吧。」

此刻她覺得自己軟弱無力，一籌莫展，完全不像先前那樣了，但仍沉著地對父親說：「別說了，我不走，哪兒也不去。」

六十三

吃午飯的時候，娜佳隨口說：「托里亞喜歡吃煮馬鈴薯，不怎麼喜歡吃烤馬鈴薯。」

柳德米拉說：「到明天他正好十九歲零七個月。」

晚上，她說：「瑪露霞要是聽說了法西斯在亞斯納亞波利亞納[68]的暴行，會多麼傷心呀。」

過了一會兒，弗拉基米羅芙娜在工廠裡開完大會回來了，維克多幫她脫大衣，她對維克多說：「維克多，天氣真好，空氣又乾又冷。你媽媽會說：像葡萄酒。」

維克多回答說：「媽媽還說酸白菜像葡萄。」

生活在流動著，像大海上漂流的大冰山，在寒冷昏暗的水中游動的水下部分支撐著水上部分，水上部分抗擊著波濤，聽著水的喧囂與拍濺，散發著寒氣……每當朋友家的年輕人進入研究生院，論文答辯，戀愛，結婚，除了祝賀和家長里短的議論之外，往往免不了幾聲慨歎。

每當維克多聽到熟識的人在戰爭中犧牲，就好像他身上有一部分活的物質死了，臉上的血色也暗淡了。不過死者的聲音仍在生活的喧囂中迴盪。

維克多的思緒和心靈所縈繫著的時代是可怕的，它也波及了婦女和孩童。在這段時間裡，他家裡死了兩個婦女、一個小夥子，這小夥子幾乎還是孩子。維克多常常想起有一次他聽到索科洛夫的親戚、

68 托爾斯泰的出生地。

歷史學家馬季亞羅夫念的曼德爾施塔姆的兩行詩：

捕狼犬的時代向我撲來，
但我不是狼，生來就不是……

不過這時代就是他的時代，他和這時代生活在一起，死後仍然聯繫在一起。

維克多的研究工作依然進行得很不順利。戰前早就開始的試驗，沒有得到理論所預測的結果。儘管有各種各樣的試驗資料，儘管有決心打破現有的理論，但依然顯得凌亂、不合理，使人喪氣。起初維克多認為，他失敗的原因在於試驗不完善，缺乏新的儀器設備。他對實驗室的工作人員很生氣，似乎他們沒有把足夠的精力放在工作上，只是關心生活瑣事。

可是，問題並不在於才華橫溢、樂觀而可愛的薩沃斯季揚諾夫天天想方設法去弄酒票買酒，不在於無所不知的瑪律科夫在工作時間發表長篇議論或者講解這個或那個院士享受什麼樣的供應，某某院士的供應要怎樣分配給兩位過去的夫人和一位現在的夫人，也不在於安娜·納烏莫芙娜天天嘮叨她和女房東的關係。

薩沃斯季揚諾夫的思想很活躍，很清晰。瑪律科夫照樣很讚賞維克多·史托隆知識淵博，善於進行精密的試驗，冷靜地推理。安娜·納烏莫芙娜雖然住在寒冷而殘破的過道小屋裡，工作還是非常勤奮，非常踏實。維克多照樣因為有索科洛夫和他在一起工作而感到自豪。

不論多麼精確地安排試驗條件，不論怎樣檢查測定，不論怎麼校正計量器，都不能得出明確的結果。在「重金屬有機鹽受強輻射的影響」此項研究中，也出現了混亂現象。有時維克多覺得這種鹽粒就像一個毫無禮貌和理性的小矮子，戴著耷拉在耳朵上的小圓帽，臉上搽著紅粉，對著理論的嚴肅面孔不停地做鬼臉，還做著下流動作和輕蔑的手勢。參與提出這一理論的是世界上知名的物理學家。資料計算是無可指摘的，德國與英國一些有名的實驗室裡幾十年來積累的試驗資料為理論提供了證據。戰前不久在劍橋進行過一次試驗，可以證實理論所預言的粒子在特殊環境中的反應。那次試驗的結果是理論上的重大成就。可是維克多依然覺得那次試驗不夠實際，就像證實相對論所預言的光線進入太陽磁場會出現偏斜的試驗。觸動這一理論似乎是不可思議的，就好比一名士兵要撕掉元帥的金肩章。

可是小矮子依然在扮鬼臉，在做輕蔑的動作，而且沒辦法叫他老實下來。在柳德米拉去薩拉托夫之前不久，維克多想到，擴大理論探索範圍是可能的，當然，這就需要做出兩種任意的假設，需要大大加強數學計算。

新的方程式涉及索科洛夫所擅長的一個數學分支。維克多覺得自己在這一數學領域沒有足夠的把握，便求助於索科洛夫。索科洛夫很快地為擴展理論算出新的方程式。

問題似乎解決了，試驗資料不再與理論相矛盾了。維克多為此感到高興，向索科洛夫祝賀，索科洛夫也向維克多祝賀，可是擔心和不滿意依然存在。

不久，維克多又苦悶起來。他對索科洛夫說：「我發現，每天晚上柳德米拉一拿起毛線織補襪子，我的情緒就壞了。這使我想起我和你，我和你在織補理論，粗糙的活兒，毛線的顏色也不一樣，是瞎折騰。」

他喜歡擺出自己的疑慮，幸而他不會欺騙自己，因為他本能地感覺到，自我安慰只能導致失敗。

擴展理論沒有任何好處。理論一旦經過織補，就失去內部的協調，任意的假設會使理論喪失其自主的力量和獨立的存在，其方程式會十分複雜，運用起來很不容易，理論就會帶有學究式的、空洞的、貧血的意味，彷彿失去了活的肌體。

才能出眾的瑪律科夫安排了一系列新的試驗，得出的結果又與算出的方程式產生了矛盾。為了解釋這一新的矛盾，只好提出另一種任意假設，又要用火柴和碎木片支持理論。

「瞎折騰。」維克多自己對自己說。他明白了，他的做法很不對頭。

他收到工程師克雷莫夫一封信。克雷莫夫告訴他，他所訂製的儀器的澆鑄和磨光工作要推遲一段時間，工廠正忙著生產軍用品，看樣子，所需儀器要比原定時間晚一個半月到兩個月才能生產出來。不過，維克多收到這封信並沒有感到難過。他已經不像過去那樣急切地等待著新儀器了，不相信新儀器會改變試驗結果。有時他非常煩惱，這時很希望快點兒收到新儀器，以便最後證實，大量擴展的試驗資料，是徹頭徹尾與理論相矛盾的。

研究方面的不順利與他的個人傷心事交織起來，一切都變得灰暗，絕望。這種灰沉情緒持續了好幾個星期。他變得很容易生氣，對家務瑣事似乎有了興趣，常常過問柴米油鹽的事，看到柳德米拉花那麼多錢，總覺得驚訝不解。

他關心起柳德米拉和房東家的爭執。房東要求增加房租，因為使用了他們家的柴棚。

「你跟房東太太談得怎麼樣啦？」他問道。

等他聽過柳德米拉的敘述，又說：「唉，他媽的，這娘們兒真壞。」

現在他不考慮科學與人類生活的關係，不考慮科學是福還是禍。要考慮這些問題，必須自覺是主人，是強者。然而這些天來他一直感到自己是個一事無成的受雇的徒工。

他似乎再也不能像原來那樣從事研究了，他所經受的痛苦使他失去了研究科學的力量。他在腦子裡一一回想了一些有名的物理學家、數學家、作家，他們的主要成就都是在青年時代取得的，在三十五歲到四十歲以後，他們已經沒有什麼了不起的成就了。僅此一點，他們就足以自豪。而他卻沒有在年輕時做出終生可以回憶的事情，只有坐等老死。為一百年來數學的發展提供了多種途徑的伽羅華在二十一歲就死了，愛因斯坦二十六歲就發表了專著《運動物體的電動力學》，赫茲死時不到四十歲。這些人的命運和維克多之間存在的差別，簡直有如雲泥！

維克多對索科洛夫說，他想暫時停止試驗。但索科洛夫認為應繼續試驗，等新儀器來了，許多問題可能解決。維克多本來想對他說說剛收到的工廠來信，現在甚至忘記了。

維克多看出來，妻子知道他的研究很不順利，但是她不跟他談他的研究。她不關心他生活中的主要東西，而把時間花在家務上，同瑪利亞聊天，同房東太太爭吵，為娜佳做連衣裙，同波斯托耶夫的妻子來往。維克多很生她的氣，不瞭解她的心境。

他覺得，妻子已經恢復了習慣的生活，而她所以做習慣的事情，正因為已經習慣了，不需要什麼精力，她的精力已經沒了。她一面做麵條湯，一面談娜佳的鞋子，因為她做了多年的家務事，所以現在像機器一樣做著已經習慣了的事情。他卻沒有看出來，她雖然像以往一樣生活，在生活中卻沒有感覺了。好比一個行路人，想著自己的心思，在走慣了的路上走著，繞過坑窪，跨過水溝，卻沒有覺察到有坑窪和水溝。

要想跟丈夫談他的研究，她需要新的力量、新的精神資源。她沒有力量。維克多覺得，她對一切事情的興趣都還保留著，只是對他的研究沒有興趣了。

柳德米拉在談到兒子的時候，常常提到一些事，似乎說明丈夫對托里亞不夠好，維克多覺得很委屈。她好像是在總結托里亞與繼父的關係，而結論總是對維克多不利。

柳德米拉對母親說：「托里亞很可憐，有一個時期臉上出了很多粉刺，他很難過，甚至要我找美容師給他弄點兒藥膏治一治。可是維克多還一個勁兒地笑話他。」

這的確是事實。維克多很喜歡逗托里亞。托里亞回到家向他問好，他總是把托里亞仔細打量了一遍，搖著頭若有所思地說：「哎，夥計，你臉上好像出星星啦。」

近來維克多一到晚上就不喜歡待在家裡。有時他上波斯托耶夫家裡下棋，聽音樂。波斯托耶夫的妻子鋼琴彈得不錯。有時去找喀山的新朋友卡里莫夫。但多半還是去索科洛夫家。

他喜歡索科洛夫家那小房間，喜歡殷勤好客的瑪利亞那親切的笑容，尤其喜歡茶餘酒後的聊天。每當他很晚串門子回來，一走到家門口，暫時忘卻的苦悶又襲上心頭。

六十四

維克多沒有從研究所回家，而是去找自己的新朋友卡里莫夫，邀他一起上索科洛夫家去。

卡里莫夫是個麻子，相貌很醜。黑皮膚襯得白頭髮特別白，白頭髮又使黑皮膚顯得特別黑。卡里莫夫俄語說得十分地道，只有仔細聽，才能聽出在發音與用詞造句方面的細微差異。

維克多過去沒有聽到過他的名字，但實際上他已經很有名氣，而且不只是在喀山。卡里莫夫將《神曲》、《格列佛遊記》譯成韃靼語，最近又在譯《伊利亞特》。

當他們還不熟識的時候，他們走出大學的閱覽室，常在吸菸室裡見面。圖書管理員是個衣著馬虎、愛抹口紅又十分健談的老太婆，對維克多說了不少有關卡里莫夫的事情。說他是巴黎大學畢業的，在克里木有別墅，戰前每年有大半時間在海邊度過。戰爭時期他的妻子和女兒留在克里木，他一直沒有她們的音信。老太婆還向維克多暗示，此人一生中有過長達八年的艱難經歷，但是維克多卻用大惑不解的目光迎接了這一消息。看樣子，老太婆也把維克多的情況對卡里莫夫說了。他們還沒有認識就彼此瞭解了，感到很不好意思，每次相遇時不是微笑，倒是皺起眉頭。有一次他們在圖書館的前廳裡撞了個滿懷，兩個人同時笑起來，說起話來，才結束了這種尷尬的局面。

維克多不知道卡里莫夫是否對他說的話感興趣，但在卡里莫夫聽他說話的時候，他很有興趣說話。維克多有過很不愉快的經驗，常常碰到一些交談者，似乎又聰明又機智，實際上呆板得不得了。有些人，維克多在他們面前連說話都很吃力，聲音也變僵硬了，說的話既無意義，又無趣味，有點兒像聾啞盲人。有些人，在他們面前任何真誠的話都帶有做作的腔調。也有些人是多年的相識，但在他們面前維克多感到自己特別孤獨。

為什麼會這樣？途中邂逅的旅伴，鄰鋪而眠的宿友，或者一次偶然爭論的參與者——只要有人在場，他就願意敞開心扉，不再感到孤獨。

他們在一起走著，說著話兒，維克多心想，現在，特別是每天晚上在索科洛夫家聊天時，他可以一連幾個鐘頭不去回想自己的研究。以前從來不曾有過這種情形，以前他時時想著研究，不論在電車上，在吃飯時，聽音樂或者早晨洗臉時。

也許，他鑽進的這個死胡同太氣悶了，所以他下意識地要擺脫有關研究的一些想法……

「艾哈邁德·奧斯曼諾維奇，今天工作效率如何？」維克多問道。

卡里莫夫說：「腦袋一點兒不聽使喚。一個勁兒地在想著老婆和女兒，有時覺得一切都會平安無事，會看到她們的，有時會出現一種預感，覺得她們都完了。」

「我瞭解您。」維克多說。

「我知道。」卡里莫夫說。

維克多心想：奇怪，他和這個人才認識了幾個星期，就想對他說說自己對妻子和女兒都不能說的話了。

幾乎每天晚上都有一些人在索科洛夫家小小房間的飯桌上聚會，這些人在莫斯科未必都見過。

索科洛夫是一個才華出眾的人，說話文謅謅，談起什麼都是長篇大論。很難相信，他出身伏爾加水手之家，會有這樣優雅斯文的談吐。他是一個善良而高尚的人，可是臉上的表情卻顯得狡猾又嚴酷。

索科洛夫還有一些地方很不像伏爾加的水手，比如，他滴酒不沾，怕穿堂風，因為怕傳染，一個勁兒地洗手，吃麵包還要把手指頭接觸到的那一部分麵包皮剝掉。

維克多在宣讀他的論文時常常感到驚訝：一個人能這樣細緻、大膽地思考，這樣簡潔地表述和證明極其複雜和細微的原理，平常說話竟那樣冗長，那樣囉唆。

維克多和許多在斯文的知識分子環境中長大的人一樣，言談之間倒是喜歡說一些粗話，如「他媽的」、「胡扯」，與老院士談話常常把愛爭吵的學者夫人叫成「冤鬼」或「女魔」。

索科洛夫在戰前最不喜歡談政治。維克多一談到政治，索科洛夫就沉默下來，不再說話，或者故意換個話題。

他的性格中有種奇怪的順從態度，對於集體化時期和一九三七年的許多殘酷的事毫無抱怨。他似乎認為國家的災禍是自然的災禍，是上天降下的災禍。維克多覺得，索科洛夫似乎信仰上帝，而且這種信仰表現在他的研究中，表現在他對當今世界的強者的順從中，表現在他與別人的個人關係中……

六十五

馬季亞羅夫說話平靜而從容，他不為那些後來被當成人民敵人和祖國叛徒槍斃了的師長和軍長們辯護，不為托洛茨基辯護，但是從他讚揚克里沃盧契科和杜波夫的口氣，從他提到一九三七年被殺害的一些指揮官和政委的名字時不經意流露出的那種尊敬，可以感覺出來，他不相信圖哈切夫斯基、布柳赫爾、葉戈羅夫元帥、莫斯科軍區司令穆拉洛夫、二級集團軍司令列萬多夫斯基、加瑪律尼克、特賓科、布勃諾夫以及托洛茨基的第一副手斯克良斯基和溫什里希特是人民的敵人，祖國的叛徒。

馬季亞羅夫談論這些大事，口氣之平靜與從容令人不可思議。要知道強大的國家機器竄改了歷史，按自己的要求重新發動騎兵，重新任命歷史事件的英雄，把真正的英雄抹去。國家有足夠的力量，可以使永遠無法改變的既成事實重演一番，可以重刻大理石，重鑄銅像，可以改變以往的發言，改變文獻紀錄片上的人的位置。

這真是全新的歷史。就連當年倖存下來的人，都要按新的方式考慮過去的生活，把自己從勇士變為懦夫，從革命者變為外國間諜。

聽到馬季亞羅夫的話，會覺得更為強大的邏輯，真理的邏輯，有朝一日必然會顯露它的本來面目。在戰前從來沒有這樣的談話。

一次他說：「唉，所有這些人如果活到今天，都會奮不顧身地同法西斯作戰，絕不吝惜自己的鮮血。真不該把他們殺掉……」

化學工程師弗拉基米爾·羅曼諾維奇·阿爾捷列夫是喀山本地人，是索科洛夫家的房東。阿爾捷列夫的妻子到傍晚時候才下班回家。兩個兒子都在前方。阿爾捷列夫在化工廠擔任車間主任。他穿著很不講究，沒有皮大衣和皮帽，為了保暖，棉襖外又罩上膠布披風，頭上戴一頂油糊糊、皺巴巴的圓帽，去上班的時候把圓帽緊緊扣到耳朵上。

每次他到索科洛夫家來，總是呵著凍得發僵發紅的手指頭，羞怯地對坐在桌邊的人笑著，維克多覺得，好像他不是房東，不是大工廠大車間的主任，而是一個窮鄰居，是寄人籬下的。

就如這天晚上，鬍子拉碴、兩腮癟下去的阿爾捷列夫就站在門口，聽馬季亞羅夫在說話，看樣子他是怕踩得地板吱咯響。瑪利亞在前往廚房的時候，走到他跟前，小聲對著他的耳朵說了兩句話。他嚇得直搖頭，看樣子，是瑪利亞請他吃飯。

馬季亞羅夫說：「昨天，有位在此地養病的上校對我說，在前線黨委會有人對他提出控告，他打了那個中尉一頓耳光。在國內戰爭時期可沒有這樣的事。」

「您自己說過，邵爾斯把革命軍事委員會的人狠狠打了一頓嘛。」維克多說。

「這是下屬打領導部門的人呀，」馬季亞羅夫說，「這是不同的。」

「在我們廠裡，」阿爾捷列夫說，「廠長對所有的工程技術人員都稱『你』，可是如果你叫他『舒爾約夫同志』，他就生氣，必須喊他『廠長』。前幾天在車間裡有一位老技術員得罪了他，他又罵娘又嚷嚷，說：『叫你幹什麼，你就幹什麼，要不然我叫你滾，你就得滾你媽的。』那位老人家已經七十二歲了。」

「工會不說話嗎？」索科洛夫問。

「還說什麼工會，」馬季亞羅夫說，「工會號召做犧牲：戰前準備迎接戰爭，戰爭時期一切為了前方，等戰後工會又要號召消除戰爭後果。哪兒會關心老頭子的事？」

瑪利亞小聲問索科洛夫：「是不是該用茶了？」

「是的，是的，」索科洛夫說，「給我們弄茶來。」

「她動作多麼輕悄呀。」維克多在心裡說，一面漫不經心地看著瑪利亞那瘦削的肩膀，看著她溜進半開著的廚房的門。

「唉，親愛的同志們，」馬季亞羅夫忽然說，「你們可知道，什麼是言論自由嗎？但願你們在戰後和平的早晨，打開報紙，看不到歡呼的社論，看不到勞動者給偉大的史達林的信，看不到煉鋼工人為慶祝最高蘇維埃選舉加班加點的報導和美國勞動者在悲慘、失業和窮困中迎接新年的報導，你們猜，在報紙上能看到什麼？看到各種各樣的信息！你們能想像這樣的報紙嗎？能提供信息的報紙！

你們可以看到：庫爾斯克州歉收，對布特爾監獄的制度進行了檢查，對於開鑿白海至波羅的海的運河正在進行爭論，可以看到普通工人發表意見，反對發行新的公債。

「總而言之，你們可以知道國內發生的一切：知道豐收，也知道歉收；知道忘我勞動，也知道撬鎖盜竊；知道礦井產量，也知道礦井事故；知道莫洛托夫和馬林科夫的分歧；還會看到因為廠長侮辱七十歲的老技術員而引起罷工的報導；可以讀到邱吉爾和布呂姆的講演，而不是他們『似乎聲稱』的那一些；可以讀到英國下議院辯論的報導；可以知道，昨天在莫斯科有多少人自殺，有多少遭撞傷的人被送進外科醫院。可以知道為什麼沒有蕎麥米，而不是僅僅知道用飛機從塔什干往莫斯科運來了最早的草莓。如果要瞭解集體農莊每個勞動日分多少糧食，可以看報紙，不必問家裡的保母，不必等到她的侄女從鄉下來莫斯科買糧食。是的，是的，儘管如此，蘇聯人還是蘇聯人。每個人都可以進書店，買書，依然做自己的蘇聯人，但是可以閱讀美國、英國、法國哲學家、歷史學家、經濟學家、政治評論家的作品。都可以自己分辨，他們哪些地方不對；每個人都可以不要保母，隨意在街上行走。」

恰好在馬季亞羅夫結束自己的長篇大論的時候，瑪利亞端著茶具走了進來。索科洛夫忽然用拳頭在桌上一擂，說：「算啦！我懇切地、堅決地要求不要再談這一類的事啦。」

瑪利亞半張著嘴，看著丈夫。茶具在她手裡叮噹響起來，看樣子，她的手發抖了。

「瞧，彼得．拉甫連季耶維奇取消了言論自由！言論自由只存在了一小會兒。好在瑪利亞．伊凡諾芙娜沒有聽到這些造反的話。」維克多說。

「我們的制度顯示了自己的優越性，」索科洛夫憤慨地說，「資產階級民主過時啦。」

「不錯，顯示倒是顯示了，」維克多說，「不過，芬蘭過時的資產階級民主在一九四〇年與我們的集中制相遇，我們竟陷入十分尷尬的境地。我不崇拜資產階級民主，不過事實畢竟是事實。再說，老技術員的事究竟該怎樣解釋呢？」

維克多回頭看了看，看到正在聽他說話的瑪利亞凝視的眼睛。

「問題不在芬蘭，而在芬蘭的冬天。」索科洛夫說。

「哎，算啦，彼得。」馬季亞羅夫說。

「可以這樣說，」維克多說，「在戰爭期間，蘇維埃國家顯示了自己的優越性，也顯示了自己的弱點。」

「什麼樣的弱點？」索科洛夫問。

「比如說，有許多人，本來現在可以參加戰鬥的，卻被關起來了，」馬季亞羅夫說，「你們瞧，窩瓦河上打得多激烈呀。」

「不過，這和制度有什麼關係？」索科洛夫問道。

「怎麼沒關係？」維克多說。「彼得，依您看，難道士官的遺孀一九三七年是自己槍斃自己的嗎？」

他又看到瑪利亞那凝神注視的眼睛。他心想，他在這場爭論中的表現委實詭異：馬季亞羅夫一批評國家，他就和他爭論；可是索科洛夫一反駁馬季亞羅夫，他又批評起索科洛夫。

索科洛夫有時喜歡嘲笑不高明的文章或文理不通的講話，但是一談到總的路線，就變得像石頭一樣堅硬。馬季亞羅夫則相反，從不掩飾自己的心情。

「你們認為，我們撤退是由於蘇維埃制度不完善，」索科洛夫說，「其實是德國人給予我們國家的打擊太強烈，我們國家能經住這樣的打擊，恰恰清楚不過地顯示了我們的強大，而不是軟弱。你們看到巨人投下的影子，會說：瞧，好大的影子。但是你們忘記了巨人本身。要知道，我們的集中制是巨大的原動力的社會發動機，能夠產生種種奇蹟。已經產生了不少奇蹟。今後還會產生許多奇蹟。」

「如果國家不需要你，就會把你折騰夠，把你和你的思想、計劃和文章弄得一錢不值，」卡里莫夫說，「如果你的思想與國家利益相符，就會讓你坐上飛毯，青雲直上！」

「就是，就是，」阿爾捷列夫說，「我曾經被派到一處特別重要的國防工程去工作了一個月。史達林親自過問各車間的生產，不時給主管人打電話。設備是一流的。原料、零件、備件，要什麼有什麼。生活條件好極了。有浴室，煉乳每天早晨送到家。這輩子我還沒過過那樣的日子呢。生產上的供應好得不得了！主要是沒有什麼官僚主義。幹什麼事都不靠公文來往。」

「老實說，官僚主義的國家機構，就像童話裡的巨人一樣，都是人安排的。」卡里莫夫說。

「如果在國家的重要國防工程方面能這樣完善，那原則上就很清楚：可以在所有的工業中推行這樣的制度。」索科洛夫說。

「禁區！」馬季亞羅夫說。「這是完全不同的兩種原則，不是一種原則。史達林興建的工程是國家需要的，而不是人民需要的。需要重工業的是國家，而不是人民。白海至波羅的海運河對人民無益。一頭是國家需要，一頭是人民需要，二者永遠不能調和。」

「就是，就是，從這種禁區再往旁邊跨一步，就是胡鬧，」阿爾捷列夫說，「有時附近的喀山需要我們的產品，可是我們得按計劃把產品運往赤塔，然後再從赤塔運回喀山。我們需要裝配工，可是我們修建托兒所的貸款沒有花完，我們就要把裝配工送往托兒所做保育員。集中制真害死人！有的發明者向廠長建議，可以生產一千五百件零件，而不是原計劃的二百件，廠長把他攆走，因為廠長正在煞有介事地執行計劃，所以別多事。如果生產停頓，所缺的材料可以花三十盧布在市場上買到，那他寧可損失兩百萬，不肯冒險花三十盧布去買材料。」

阿爾捷列夫很快地拿眼睛掃了掃聽他說話的人，又很快地說起來，好像生怕別人不讓他說下去。

「工人收入很少，不過根據不同勞動，有所差別。一個售貨員的實際所得就相當於一個工程師的五倍。可是領導人、廠長、委員們就知道一點：完成計劃！不管你是否餓肚子，是否浮腫，計劃都要完成！我們原來的廠長是什馬特科夫，他常常在會議上喊叫：『工廠比親娘更重要，你們就是脫三層皮，也要把計劃完成。誰要是不自覺，我要親自揭他三層皮。』後來忽然聽說，他要調到沃斯克列先斯克去了。我問他：『廠長同志，生產計劃還沒有完成，您怎麼丟下工廠要走啦？』他毫不掩飾，坦率地回答說：『噢，您要知道，我的孩子在莫斯科上大學，沃斯克列先斯克離莫斯科近些。再說，到那兒要分給我一套好房子，還有花園，我妻子身體不大好，需要新鮮空氣。』所以我感到很奇怪，為什麼國家要把工廠交給這樣的人，卻把工人、黨外的著名學者看得不值幾個錢。」

「原因十分簡單，」馬季亞羅夫說，「交給這些人的是比工廠和學校更重要的東西，交給他們的是制度的心臟，是最神聖的東西：產生蘇維埃官僚主義的權力。」

「我說的就是這話，」阿爾捷列夫不想把談話變成說笑話，繼續說，「我很愛自己的車間，從不愛惜自己。可是我的心不夠狠，不能從活人身上剝三層皮。剝自己的皮還可以，剝工人的皮就有些於心不忍。」

維克多繼續保持著他自己也不明不白的態度，但覺得有必要反駁一下馬季亞羅夫，雖然他覺得馬季亞羅夫說的話都很對。

「您的話有很大的毛病，」他說，「難道在今天，人民的利益和興建國防工業的國家的利益不相符，不是完全一致嗎？我認為，飛機、大炮、坦克是我們子弟兵需要的，也就是我們每個人的需要。」

「這話完全對。」索科洛夫說。

六十六

瑪利亞開始給大家斟茶。大家談論起文學。

「咱們把陀思妥耶夫斯基忘記啦，」馬季亞羅夫說，「圖書館不願出借，出版社不願重印。」

「因為他是反動作家呀。」維克多說。

「這話很對，他不應該寫《群魔》。」索科洛夫附和說。

可是維克多馬上問道：「您真的認為不應該寫《群魔》嗎？還不如說，不該寫《作家日記》呢。」

「天才作家不需要別人指教，」馬季亞羅夫說，「我們的思想體系容不得陀思妥耶夫斯基。馬雅可夫斯基就不同。難怪史達林稱他為最優秀的、最有才華的作家。他的情感本身就是國家觀念。可是陀思妥耶夫斯基呢，就連他的國家觀念本身也是人道主義。」

「如果這樣說，」索科洛夫說，「那麼，整個十九世紀的文學都不符合我們的思想體系。」

「可不能這樣說，」馬季亞羅夫說，「比如托爾斯泰，他把人民戰爭的思想詩化了，現在國家領導的就是人民的正義戰爭。正如剛才艾哈邁德·奧斯曼諾維奇[69]說的，兩種思想相符合，就會乘飛毯直上雲端：托爾斯泰的作品又在廣播電臺廣播，又在晚會上朗誦，又出版，領導人又引用。」

---

69 卡里莫夫的名字和父稱。

「最順利的是契訶夫，過去的時代和我們的時代都承認他。」索科洛夫說。

「你這話可錯了！」馬季亞羅夫叫起來，並且拿手掌在桌子上一拍。「我們承認契訶夫，是由於沒有真正理解。就像承認在某種程度上師從他的左琴科[70]一樣。」

「我真不懂，」索科洛夫說，「契訶夫是現實主義作家。我們反對的是頹廢派。」

「你不懂嗎？」馬季亞羅夫問道。「我可以給你解釋。」

「你們別糟踐契訶夫吧，」瑪利亞說，「他是我最喜歡的作家。」

「瑪利亞，你說得很對，」馬季亞羅夫說，「彼得．拉甫連季耶維奇，你要在頹廢派身上尋找人道主義嗎？」

索科洛夫很生氣地擺了擺手，表示不再理睬他。但馬季亞羅夫也朝他擺了擺手，他認為最主要的是說出自己的想法，為此就必須讓索科洛夫找找頹廢派的人道主義。

「個人主義不是人道主義！您混淆了。完全混淆了。您以為頹廢派受到打擊了嗎？胡說。頹廢派對國家無害，只是沒有用處。我認為，社會主義現實主義與頹廢主義沒有太大差別。大家都在爭論什麼是社會主義現實主義。社會主義現實主義是鏡子，這鏡子對於黨和政府提出的問題：『世界上誰最可愛、最好、最偉大？』回答說：『你，你，黨，政府，國家，最好、最可愛。』頹廢派對這個問題回答說：『我，我，我，頹廢派，最美、最可愛。』二者差別不太大，社會主義現實主義強調國家的特別重要性，頹廢主義強調個人的特別重要性，方式不同，實質是一樣，都是陶醉於各自的特別重要性。完美無缺的國家，瞧不起與國家不一致的一切人。頹廢派的鑲了花邊的人，對一切其他的人都極其冷漠，只除了兩種人：一種是和他們高談闊論的人，一種是跟他們卿卿我我的人。從表面上看，個

70 蘇聯著名幽默諷刺作家。

人主義、頹廢主義似乎都在為了人而鬥爭。從實質上說，根本沒有鬥爭。頹廢派不關心人，國家也不關心人。在這方面沒什麼不同。」

索科洛夫眯著眼睛在聽馬季亞羅夫說話，他感覺到馬季亞羅夫馬上就要說到根本不能說的東西，就打斷他的話，說：

「請問，這和契訶夫有什麼相干？」

「說的正是契訶夫。契訶夫和現在的一切就有很大的不同。契訶夫把沒有實現的俄國民主擔在自己的肩上。契訶夫的道路就是俄國自由的道路。我們走的卻是另一條道路。你們數數看，他寫的人物有多少呀。也許只有巴爾札克使這樣眾多的人物為社會所認識。而且也未必有這樣多！真是可觀：有醫生、工程師、律師、教員、教授、地主、小店老闆、工廠主、家庭女教師、僕人、大學生、大大小小的官吏、牲口販子、技工、媒婆、教會執事、僧侶、農民、工人、鞋匠、模特兒、管園子的、動物學家、客店老闆、獵人、漁夫、娼妓、尉官、士官、藝術家、廚娘、作家、管院子的、修女、士兵、產婆、薩哈林島的苦役犯人……」

「夠啦，夠啦。」索科洛夫叫道。

「夠啦？」馬季亞羅夫用故作威脅的口吻反問道。「不，不夠。契訶夫使我們認識了整個廣大的俄羅斯，認識了俄羅斯各個階級、職業與各種年齡的人……但還不僅如此。他使我們認識了這許許多多尋常人，明白嗎，俄國的尋常人！在他以前從沒有人這樣說，就連托爾斯泰也沒有說，可是他說：我們所有的人首先是人。明白嗎？首先是人，人，人！俄羅斯在他以前誰也沒有這樣說過。他說，最主要的是，人就是人，然後才是僧侶、俄羅斯人、小店老闆、韃靼人、工人。要明白，人的好與壞不是因為他是僧侶還是工人，是韃靼人還是烏克蘭人，人都是平等的，因為都是人。半個世紀之前，持有狹隘的黨派觀點的人認為契訶夫是停滯時代的代表。然而契訶夫卻是最偉大的旗幟的旗手，這面旗幟是在俄羅斯一千年的歷史中高高舉著的旗幟，是真正的、俄羅斯的、實實在在的民主的旗幟，明白嗎，是俄羅斯的人的尊嚴、俄羅斯的自由的旗幟。因為我們的人道主義總帶有宗派色彩，成了不可調和的，殘酷的。就連托爾斯泰宣傳不以暴力抗惡也受到批判，而其實，他不是從人出發，而是從上帝出發。他認為最重要的是主張善良的思想得到肯定，因為傳教的人總是急不可待地強迫人相信上帝，而在俄國為此不惜採取一切手段，刺傷，殺害，在所不顧。

「契訶夫說：讓上帝滾一邊去吧，讓所謂偉大的先進思想滾一邊去吧，我們先從人開始，我們要善良，要關心人，不管什麼人，僧侶、莊稼漢、百萬巨富的工廠主、薩哈林的苦役犯或餐廳裡的侍者；首先要尊重人，憐惜人，熱愛人，不這樣是絕對不行的。這就叫民主，這就是俄羅斯人民目前還沒有得到的民主。

「俄羅斯人一千年來什麼都看到了，看到了『偉大』，也看到了『超級偉大』，但有一樣東西沒看到，那就是民主。這也正是頹廢派與契訶夫的區別。國家憤恨頹廢派，會捶他們的後腦勺，會踢他們的屁股。可是國家卻不理解契訶夫思想的實質，所以容許他存在。民主在我們的事業中是沒有用場的，當然，這是指真正的、人道主義的民主。」

看樣子，索科洛夫很不喜歡馬季亞羅夫這一番十分尖銳的話。維克多看出這一點，便帶著自己也弄不清來由的滿意心情說：「說得太好了，很對，很有道理。不過請多多原諒斯克里亞賓[71]，他好像也屬於頹廢派，可是我非常喜歡他的樂曲。」

71 俄國交響樂作曲家、鋼琴音樂大師。

瑪利亞正要把一碟蜜餞放到他面前，他用手做了一個推讓的姿勢，並且說：「不用，不用，謝謝，我不要。」

「這是黑醋栗。」她說。

他看了看她那棕色的、微黃的眼睛，問：「我對您說過我特別喜歡黑醋栗嗎？」

她一聲不響地點了點頭，含著笑意。她的牙齒不大整齊，嘴唇薄薄的，血色淡淡的。她那蒼白而多少有些灰色的臉因為帶笑，顯得可愛動人。

「如果不是鼻子一直發紅的話，她倒是很漂亮，很好看。」維克多在心裡說。

卡里莫夫對馬季亞羅夫說：「列昂尼德·謝爾蓋耶維奇，怎麼能把您對契訶夫的人道主義的頌揚和對陀思妥耶夫斯基的讚美結合到一起呢？陀思妥耶夫斯基認為，在俄羅斯並不是所有的人都一樣。希特勒罵托爾斯泰是蠢豬，可是，據說，他把陀思妥耶夫斯基的肖像掛在他的辦公室裡。我是少數民族，是韃靼人，出生在俄羅斯，這位俄羅斯作家仇恨波蘭人和猶太人，我不原諒他。雖然他是天才作家，我也不能原諒他。在沙皇俄羅斯我們流的鮮血、受的欺騙、遭的浩劫太多了。俄羅斯的偉大作家沒有權利中傷異族人，沒有權利蔑視波蘭人、韃靼人、猶太人、亞美尼亞人、楚瓦人。」

這位白髮、黑眼的韃靼人帶著蒙古人氣憤而傲慢的冷笑口吻，對馬季亞羅夫說：

「您大概讀過托爾斯泰的《哈吉·穆拉特》吧？大概讀過《哥薩克》吧？大概讀過《高加索俘虜》吧？這些都是這位俄羅斯伯爵寫的。跟立陶宛人陀思妥耶夫斯基不一樣。韃靼人有生之日，都要為托爾斯泰祈禱上天。」

維克多看了看卡里莫夫，在心裡說：「原來你這樣，原來你這樣。」

「艾哈邁德・奧斯曼諾維奇，」索科洛夫說，「我非常尊重您對自己民族的感情。但是請原諒，我也因為我是俄羅斯人而感到自豪，請原諒，我喜歡托爾斯泰並不僅僅因為他寫韃靼人寫得很好。不知為什麼，我們俄羅斯人不能因為自己的民族而自豪，差點兒我們要成為黑色百人團了。」

卡里莫夫站起身來，臉上冒出一層汗珠，他說：「我要對您說實話，真的。如果有實話可說，我為什麼要說假話。早在二〇年代大批韃靼族的精英就被殺害了，文化界知名人士全被殺了，如果沒忘記這個，就應該想到為什麼《作家日記》會成為禁書。」

「不僅殺你們的人，也殺了我們的。」阿爾捷列夫說。

卡里莫夫說：「消滅的不光是我們的人，還有我們的民族文化。現在韃靼的知識分子與那些人相比，等於白丁。」

「是的，是的，」馬季亞羅夫用嘲笑的口吻說，「那些人不僅創立了文化，而且創立了韃靼自己的內外政策。」

「你們現在有自己的國家了，」索科洛夫說，「有大學、中學、歌劇院、書籍、韃靼報紙，都是革命給予你們的。」

「是的，有國家歌劇院，也有國家。可是抓我們進監獄的也是……」

「不過，要知道，如果抓你們的是韃靼人，你們也不見得好過些。」馬季亞羅夫說。

「可是，如果根本沒有人抓，不是更好嗎？」瑪利亞問道。

「噢，瑪利亞，你想得太好啦。」馬季亞羅夫說。他看了看錶，說：「哎呀，時間不早啦。」

瑪利亞連忙說：「列昂尼德，在我家睡吧。我給您支起活動床。」

有一次他對瑪利亞訴苦說，每當晚上回到家裡，一個人也沒有，走進空蕩蕩的黑屋子，感到自己特別孤單。

「好吧，」馬季亞羅夫說，「我沒意見。彼得．拉甫連季耶維奇，你不反對吧？」

「不反對，瞧你說的。」索科洛夫說。

馬季亞羅夫又用開玩笑的口吻說：「男主人說得一點熱情也沒有。」

大家一齊站起來，開始告別。索科洛夫出去送客人，瑪利亞壓低聲音對馬季亞羅夫說：「真不賴，這次彼得．拉甫連季耶維奇聽到這類的話沒有躲避。在莫斯科，只要一涉及這方面的事，他就閉上嘴，一句話不說。」

她稱呼丈夫的名字和父稱「彼得．拉甫連季耶維奇」用的是特別親熱、特別尊敬的語調。她晚上常常為他謄寫論文，把他的手稿保存起來，把他隨便寫的一些字用硬紙裱糊起來。她認為他是偉人，同時又覺得他是無用的孩子。

「我很喜歡那位維克多．史托隆，」馬季亞羅夫說，「我真不懂，為什麼有人認為他是叫人討厭的人。」他又用開玩笑的口吻說：「瑪利亞，我發現，他所有的話都是當著您的面說的，您在廚房裡忙活的時候，他捨不得運用他的口才。」

她臉朝門口站著，沒有作聲，就好像沒聽見馬季亞羅夫的話，過了一會兒才說：「列昂尼德，您怎麼啦，我在他眼裡只是微不足道的女人。彼得認為他不厚道，認為他可笑、高傲，因此同事們很不喜歡他，有些人還怕他。可是我就不這樣看，我覺得他憨厚。」

「憨厚算不上，」馬季亞羅夫說，「他對什麼人都挖苦，什麼人的話他都不贊成。不過他的思想是活潑的，沒有僵化。」

「不，他很憨厚，最沒有城府。」

「但是，應當承認，」馬季亞羅夫說，「彼得就是現在也不說一句多餘的話。」

這時索科洛夫走了進來。他聽見了馬季亞羅夫的話。

「列昂尼德，我對你有一點要求，」他說，「求你不要教訓我，還有，求你在我在場的時候不要談論諸如此類的事。」

馬季亞羅夫說：「你要知道，彼得，你也不要教訓我。我說的話我負責，你只管你自己的話好啦。」

看來，索科洛夫本想用很尖銳的話回答他，但是他忍住了，又從屋裡走了出去。

「好吧，也許我還是回家好些。」馬季亞羅夫說。

瑪利亞說：「您太讓我難過了。您該知道他的心是善良的。他會難過得一夜都睡不好。」

她解釋說，彼得·拉甫連季耶維奇的心靈是受過創傷的，他經歷過許多事情，一九三七年被抓去受到嚴厲審訊，審訊以後在精神病院住了四個月。

馬季亞羅夫一面聽著，一面點頭，然後說：「好吧，好吧，瑪利亞，我聽您的，不走了。」

忽然他又生氣地說：「您這話當然有道理，不過，被抓過的不光是您的彼得。還記得，把我關在盧賓卡，關了十一個月嗎？在那段時間裡，彼得只給克拉娃打過一次電話。這是對親妹妹的態度嗎？還有，他還不准您給她打電話。克拉娃因為這事十分傷心……也許，他是很偉大的物理學家，不過他的心靈卻帶有奴性。」

瑪利亞以手摀臉，一聲不響地坐著。「誰也不瞭解，不瞭解我因為這事兒有多麼難受。」她小聲說。

只有她知道，他多麼痛恨一九三七年的事以及普遍推行集體化時的慘無人道，只有她知道，他的心靈有多麼純潔。但也只有她知道，他的思想被束縛得多麼厲害，他對政府多麼順從，多麼俯首貼耳。因此他在家裡非常任性，像老爺一樣，瑪利亞為他刷鞋子，天熱時為他擦汗，在別墅裡散步的時候用小樹枝兒為他趕蚊子。

維克多還是大學高年級學生的時候，有一次忽然對一位同班同學說：「真無法看下去，全是甜言蜜語，千篇一律。」他說著，把一張《真理報》扔到地上。

他剛剛說過這話，就害怕起來。他撿起報紙，抖了抖灰塵，非常可憐地笑了笑，很多年之後，他一想起那次低聲下氣的笑，就覺得臉上火辣辣的。

過了幾天，他又把一張《真理報》遞給那位同學，很帶勁兒地說：「格里沙，你看看這社論，寫得真棒！」

那位同學接過報紙，用憐惜的口吻對他說：「可憐的維克多膽子太小啦。你以為我會去彙報嗎？」

於是，維克多就在那時候發下誓言：要麼沉默，不說危險的話，要麼，說出來就不怕。可是他沒有守住自己的誓言。他常常失去謹慎，一衝動，就「亂說一氣」，一說出來，往往又失去勇氣，就想方設法撲滅自己燒起的火星。

一九三八年，在布哈林事件之後，他對克雷莫夫說：「不管怎麼說，我是瞭解布哈林的，我同他交談過兩次：他聰明過人，和藹可親，妙語橫生，總而言之，是一個非常純潔、非常有魅力的人。」

可是他看到克雷莫夫那憂鬱的目光，就覺得不安起來，馬上又說：「不過，鬼才知道，間諜，密探，還有什麼純潔和魅力。簡直是卑鄙！」

接著他又激動起來，因為克雷莫夫仍然像剛才聽他說話時那樣，帶著憂鬱的神氣說：「因為咱們是親戚，我可以告訴您：說布哈林是暗探，我無法理解，永遠無法理解。」

這時維克多忽然憤恨起自己，憤恨那種使人不能做人的力量，大聲叫道：「天呀，我才不相信這種可怕的事！這些事是我一生中的噩夢。為什麼他們要承認，為什麼要承認呀？」

但是克雷莫夫不再說了，看樣子，他覺得已經說多了……

啊，坦率地說話，說真話，這其中有多麼神奇、光明磊落的力量呀！有些人因為說了幾句大膽的、沒有多加考慮的話，付出了多麼可怕的代價！

有好幾次，維克多夜裡躺在床上，仔細聽著大街上的汽車聲。柳德米拉光著腳走到窗前，撩開窗簾。她看一陣子，等一陣子，然後輕悄悄地（她以為維克多睡著了）回到床上躺下。第二天早晨，她問：「你睡得怎樣？」

「謝謝，很好。你呢？」

「有點兒悶熱。我到窗口去過。」

「噢，噢。」

真不知如何表達夜晚這種無罪而又唯恐大禍臨頭的感覺。

「維克多，記住，你的話萬一有一句傳到那地方，你就完啦，我和孩子們也完啦。」

還有一天她說：「我說不出很多道理，不過，看在上帝的份上，你聽我的，對誰都不要說什麼。維克多，咱們生活在可怕的時代，你什麼也算不上。記住，維克多，什麼都別說，對誰都不要說……」

有時維克多面前會出現一個人痛楚而困惑的眼神，這人是他從小就認識的，使人感到可怕的不是老朋友的話，而是那種欲言又止的神情，可怕的是，維克多不敢直截了當地問他：「他們傳訊你。你是間諜嗎？」

他有時想起自己的助手的臉，有一次他當著這位助手的面很輕率地開玩笑說，史達林在牛頓之前很久就發明了萬有引力定律。

「您什麼也沒說，我什麼也沒聽見。」年輕的助手爽快地說。

為什麼，為什麼，為什麼要開這種玩笑？不管怎麼樣，開這種玩笑是愚蠢的，就好比隨便亂敲硝化甘油[72]瓶。

啊，自由而爽快地說話的力量呀！這力量就表現在一下子說出來而不害怕。

不論維克多是否瞭解今日自由交談的悲慘結果，這些談話的參與者都是痛恨法西斯、害怕法西斯的……為什麼在戰爭已經打到窩瓦河上，他們都在經受著戰爭失敗的痛苦，戰爭失敗帶來可恨的法西斯奴役的時候，仍然沒有自由？

維克多一聲不響地同卡里莫夫在一起走著。

「很奇怪，」他忽然說，「看外國那些描寫知識分子的小說，比如海明威的小說，他筆下的知識分子談話時不停地喝酒。雞尾酒，威士忌，蘭姆酒，白蘭地，然後又是雞尾酒，威士忌，各種牌子的白蘭地，俄羅斯知識分子的重要談話卻是在喝茶時進行的。民意派、民粹派和社會民主黨人的許多事

72 一種化學危險品，可因震動而爆炸。

都是靠一杯上等的清茶談成的，列寧同戰友們商討偉大的革命也是靠一杯清茶。不錯，聽說，史達林倒是喜歡白蘭地。」

卡里莫夫說：「是的，是的，是的。如今的談話也都是在喝茶的時候。您說得很對。」

「就是，就是。馬季亞羅夫真有頭腦！真夠大膽！他說的那一番叫人極聽不慣的話太有意思了。」

卡里莫夫抓住維克多的胳膊。

「維克多，您是否發現，馬季亞羅夫有時把微不足道的事情說得過分嚴重？使我不放心的就是這一點。要知道，他在一九三七年被捕，關了幾個月又給放了出來。那時可沒有放過任何人。無緣無故是不會放的。明白嗎？」

「明白，明白，當然明白，」維克多慢悠悠地說，「他是不是拿話來引話？」

他們在拐彎處分了手，維克多朝自己家走去。

「去他媽的，隨他的便吧，」他想道，「真希望像人一樣說說話兒，不害怕，什麼都談，痛痛快快地談，不矯飾，不說假話，什麼都不在乎……」

幸虧像馬季亞羅夫這樣能獨立思考的人還有，還沒有完全滅絕。而且卡里莫夫在分手時對他說的一番話也沒有像往常一樣使他心裡發冷。

他心想，他又忘記對索科洛夫說說他收到的烏拉爾來信了。

他走在黑沉沉、空蕩蕩的大街。忽然出現了一點想法。他馬上毫無疑慮地認識到、感覺到這想法是對的。他發現了對於一些似乎不能解釋的核現象的新解釋，全新的解釋，天塹忽然變成通途。多麼簡單，多麼明瞭呀！這想法極其可親，極其可愛，似乎不是他想出的，而是自己隨便而輕盈地冒出來的，就像一朵水生的白花兒一下子從靜靜的湖水中冒了出來，他看到這美麗的花兒，不禁讚賞起來……

他忽然想：偏偏在他根本沒有想科學上的事，在他很感興趣的關於人生的爭論成為一個自由的人的爭論的時候，在他的話和交談者們的話受著苦澀的自由約束的時候，出現了這一想法，真是奇怪，真是意外。

六十七

當你第一次看到卡爾梅克草原的時候，當你坐在汽車上，焦慮不安，心事重重，眼睛漫不經心地看著一座座不高的山崗出現又消失，看著山崗緩緩地從地平線後面浮起來又緩緩地遊到地平線後面的時候，這生長著一片片羽茅草的草原似乎顯得異常寒磣，異常苦悶……達林斯基覺得，似乎只是一座光禿禿的山崗在他面前一次又一次浮起來，只是一段道路彎來彎去，一次又一次鑽到汽車輪胎底下。草原上的騎馬人似乎也都是一個樣子，都是孤孤單單的，儘管騎馬人有的是沒有鬍子的年輕人，有的是白鬍子老頭兒，有的騎的是黃驃馬，有的騎的是青色的快馬……

汽車經過一個個村落和放牧點，擦過一座座小屋，小屋都有小小的窗戶，窗戶裡都有密密的天竺葵，就像生長在玻璃缸裡一樣，看樣子，如果把窗玻璃打碎，如水一般的空氣就會向周圍流淌開去，天竺葵就會乾死；汽車擦過一座座圓圓的、抹了黃泥的氈房，穿過一片片毫無生氣的羽茅、一片片帶刺針的駱駝刺、一片片鹽土，擦過一頭頭用小腿踢得灰塵亂飛的綿羊、一堆堆在風中搖曳的野火……

從城裡驅車而來，輪胎裡充滿了帶著城市煙塵的空氣，這樣的人來到草原上，所看到的一切似乎一律是灰色的、寒磣的，一切都是單調的、一模一樣的……刺蓬，大薊，羽茅，菊苣，艾蒿……被漫長的時間巨輪壓平展了的一座座山崗散落在大平原上。卡爾梅克東南部的這片草原正在漸漸變成沙漠，沙漠向東擴展，從艾理斯塔向雅什庫，直到窩瓦河口和裏海岸邊……這片草原具有一個驚人的特點：天與地彼此相望時間太久，以至於變得分不出彼此了，就好比在一起過了一輩子的夫妻，到後來十分相像了。很難分清那一叢叢鋁灰色的羽茅是生長在寂寞的淡淡的草原藍天裡，還是草原泛起藍色的天光；有時旋起一陣輕輕的灰塵，就連天和地也分不清了。看著巴茨湖和巴爾曼札湖那濃重的湖水，就覺得那是鹽鹼冒到了地面上；而看著那光禿禿的鹽鹼地，又覺得那不是土地，是湖水……

在十一月和十二月無雪的日子裡，卡爾梅克草原上的道路顯得很奇怪：依然是乾枯的灰綠色野草，大路上依然飛舞著灰塵，真不知道，這草原是太陽曬乾的，還是寒風吹乾的。

也許因此這兒常常出現海市蜃樓，這時候空氣和大地、水和鹽鹼地的界限模糊了。這種幻景讓旅途中饑渴的人遇見，由於想像的操縱和思想的動向再度幻化，灼熱的空氣會變成蔚藍色的、輪廓整齊的石頭，光禿的大地會像靜靜的湖水似的晃動起來，一片片的棕櫚樹一直鋪展到天邊，火辣辣的陽光和一團團灰塵混到一起，變成廟堂和宮殿的金燦燦的圓頂……人在疲憊的時刻自己也用天和地創造自己的理想世界。

汽車在大路上，在寂寞的草原上不停地奔馳著，奔馳著。忽然，這空蕩蕩的草原世界以全新的、完全不同的姿態呈現在人的面前……卡爾梅克草原！你是大自然最古老、最高明的創作，其中沒有一絲矯飾的美，沒有任何生硬突兀的線條，這兒樸素而悽愴的藍灰色調可以和雄偉而悲壯的秋日俄羅斯森林嬝美，這兒緩緩起伏的崗巒比高加索的高山更動人心魄，這兒的小湖積滿了黑鬱鬱的、寧靜的古老的水，似乎比所有的海洋更能表現水的實質。

一切都會過去，可是這暮靄中巨大的、鐵球般的、沉甸甸的太陽，這充滿野蒿苦味的風，不會被忘記。還有這草原，將不再貧瘠可憐，必將繁茂富饒……

到了春天，草原上生機盎然，到處是鬱金香，草原成了海洋，不過不是波濤怒吼，而是繁花似錦。凶惡的駱駝刺也披上綠裝，新生的尖刺還是柔軟的，還沒有變硬……

夏日的夜晚，在草原上可以看到銀河系像摩天大樓一樣聳立著：底部是藍色、白色巨石般的星群，頂部是直插蒼茫的宇宙穹頂的一個個球狀星團……

草原有一個特別了不起的特點。它永遠保持這一本色，從不改變：不論冬天或是夏天，不論在黎明時候，還是在黑沉沉的風雨交加或者月明星稀的夜晚，草原總是首先對人說著自由……草原總是讓失去自由的人想起自由。

達林斯基走出汽車，看著走上山崗的一個騎馬人。那人身穿長袍，腰上紮著繩子，騎在一匹長毛瘦馬上，正回頭望著草原。那是一個老人，一張臉已像石頭般僵硬。

達林斯基向老人家呼喚了一聲，走到他跟前，把菸盒遞過去。老人家很快地在馬上轉過整個身子，那動作中既有年輕人的靈活，又有老年人的沉著，他打量了一下拿著菸盒的手，然後打量達林斯基的臉，然後打量他腰上的手槍、他那中校級的三條槓、他的漂亮的皮靴。然後伸出細細的褐色手指頭，那指頭又細又小，簡直可以稱為小孩手指，他拿了一支菸，在空中轉悠了一下。

這位卡爾梅克老漢那一張顴骨很高的、像石頭一樣僵硬的臉一下子全變了，縱橫交錯的皺紋裡露出兩隻善良而精明的眼睛。這一雙栗色的老眼流露出來的目光同時帶有試探和信任的神氣，看樣子，這目光中包含著某種很好的東西。達林斯基不由得快活起來，高興起來。老漢的馬在達林斯基走近時不友好地豎起耳朵，這時也放下心來，好奇地側過一隻耳朵，後來又側過另一隻，隨後那大牙齒的嘴巴和圓圓的大眼睛露出了笑意。

「謝謝。」老人家用細細的嗓門兒說。他拿手掌在達林斯基的肩膀上撫摩了一會兒，說：「我有兩個兒子都在騎兵師裡，一個犧牲了，是大兒子。」他用手比了比，表示大兒子比馬頭還高。「另一個兒子，就是小兒子，」他用手比著比馬頭低些的地方，「是機槍手，得了三個勳章啦。」接著他又問：「你家裡還有人嗎？」

「我母親還活著，父親已經死了。」

「唉，真可惜呀。」老人家搖了搖頭。達林斯基心想，老人家難過不是出於禮貌，而是聽到這位請他抽菸的俄羅斯中校死了父親，實心實意地表示同情。

後來老人家忽然吆喝一聲，大大咧咧地揚了揚手，那馬就極其敏捷且輕盈地衝下了山崗。這騎馬的老人家奔馳在草原上，想著什麼呢：是想著兒子，還是想著仍然待在破舊汽車旁邊的俄羅斯中校死了父親的事？

達林斯基注視著騎馬飛馳的老人家，覺得太陽穴裡不是血在沖打，而是有話要向外衝：「自由……自由……自由……」

他心裡不由得充滿了對那位卡爾梅克老人家的羨慕。

六十八

達林斯基是奉命長期出差，從方面軍司令部到位於左翼邊緣的集團軍去。方面軍司令部的人都認為到這個集團軍裡去是一項特別苦的差事，最可怕的是缺水，駐地條件差，供應差，距離又遠，路又難走。這一部分軍隊孤零零地駐紮在裏海與卡爾梅克草原之間的沙漠裡，方面軍司令部不瞭解他們的實際情況，所以把達林斯基派往該地區，交給他許多工作。

達林斯基在草原上走了幾百公里之後，覺得煩悶起來。這兒誰也不考慮進攻，被德國人趕到了天邊的這支部隊似乎已到了絕境……不久前司令部日日夜夜的緊張情形、對於近期發動進攻的揣測、後備兵力的調動、來來往往的密碼電報、司令部通訊中心晝夜不停的工作、北方開來的汽車隊和坦克隊……是不是夢中的事？

達林斯基聽著炮兵指揮員和其他兵種指揮員灰心喪氣的話，看著技術裝備情況的資料，視察著各炮兵營和炮兵連，望著士兵和指揮員無精打采的臉，望著人們慢慢地、懶洋洋地在草原灰塵中移動，漸漸染上此地的寂寞與煩悶。他心想，這下俄羅斯到駱駝生活的草原上來了，來到荒蕪的沙丘上，疲憊無力地躺倒在貧瘠的土地上，再也爬不起來，站不起來了。

達林斯基來到集團軍司令部，來見高級領導人。在寬敞而幽暗的房間裡，有一個圓臉、禿頂、身穿沒有領章的軍便服的小夥子正在同兩個穿軍裝的女人打牌。這位中校走進來，小夥子和兩個戴尉官領章的女人沒有放下手裡的牌，只是漫不經心地打量了他一眼，依然很帶勁兒地喊著：「不要王牌？

」也不要？」

達林斯基等到一局結束才問：「集團軍司令員住在這兒嗎？」

其中一個年輕女人回答：「他到右翼去了，到傍晚才回來。」她用老練的軍事工作人員的目光打量了一下達林斯基，便問：「中校同志，您大概是方面軍司令部來的吧？」

「是的。」達林斯基回答過，又輕輕使了個眼色，問：「那麼，請問，我可以見見軍委委員嗎？」

「他和司令員一塊兒出去了，傍晚才回來。」另一個女人回答過，又問：「您是從炮兵司令部來的吧？」

「是的。」

達林斯基覺得回答有關司令員情況的第一個女人特別漂亮，雖然看樣子她比回答有關軍委委員情況的那個女人大得多。這樣的女人有時顯得非常漂亮，有時候，比如偶然一轉頭，卻顯得憔悴，衰老，不好看。這女人就是這一類型。她的鼻子很端正，很秀氣，眼睛藍藍的，很不和善，說明這個女人知道別人以及自己的準確分量。

她的臉顯得非常年輕，看起來頂多二十五歲，可是只要一皺眉頭，沉思起來，嘴角上就露出皺紋，下巴底下的皮膚也耷拉下來，看起來就至少有四十五歲了。不過那一雙穿著尺寸合適的鞣革皮靴的腳，實在好看。

這些情形要說是得說好一陣子的，可是達林斯基那老練的眼睛一眼就看清楚了。

另一個女人是年輕的，但是已經發胖了，身體很肥大。她的一切分別看來都不怎麼美：頭髮稀稀的，顴骨很寬大，眼睛顏色藍不藍、棕不棕；但她卻顯得很年輕、很有風韻，即使瞎子來到她跟前，也會感覺到她那嫻雅的風韻。

這一點達林斯基也是在轉瞬間看出來的。不但如此，他還以某種方式在這一瞬間掂量了回答有關司令員情況的第一個女子和回答有關軍委委員情況的第二個女子的分量，並且做出那樣一種沒有實際意義的選擇，男人看到女人時差不多總要做這種選擇的。達林斯基一直在操心怎樣才能找到司令員，司令員是不是給他提供應有的條件，在哪兒吃飯，在哪兒睡覺，到右翼邊緣的師裡去的路是不是很遠，路是不是難走，這時候他還漫不經心、同時也不是那麼漫不經心地考慮了一番：「就這個女的吧！」這麼一來，他就沒有馬上去找集團軍參謀長取所需要的材料，而是坐下來玩牌了。

在玩牌的時候（他是那位藍眼睛女子的配手）弄清了許多事情：他的配手叫阿拉·謝爾蓋耶芙娜，另一位年輕些的女子在司令部醫療站工作，沒戴領帶的圓臉小夥子名叫沃洛佳，看樣子，和司令部的什麼人有親戚關係，所以在軍委會食堂做炊事員。

達林斯基馬上就覺察到阿拉·謝爾蓋耶芙娜是有權勢的，這是從進來的一些人對待她的態度上看出來的。看樣子，集團軍司令員是她的合法丈夫，不過，達林斯基開頭以為他們是恩愛夫妻，實際上卻根本不是這樣。

起初他弄不清楚，為什麼沃洛佳對她的態度那樣隨便。但是後來達林斯基恍然大悟，一下子猜出來：大概，沃洛佳是司令員前妻的弟弟。當然，還不完全清楚，司令員的前妻是否還活著，是不是辦理過離婚手續。

年輕的女子克拉芙季婭顯然同軍委委員不是合法夫妻。阿拉·謝爾蓋耶芙娜在對她說話的時候微微流露出傲慢和寬容的語氣，那意思似乎是：「當然啦，咱們在一塊兒打牌，彼此以『你』相稱，不過，咱們是在參加戰爭，還得注意一點兒影響。」

但是克拉芙季婭在阿拉·謝爾蓋耶芙娜面前也有某種優越感。達林斯基覺得她的優越感大概是這樣：雖然我不是合法夫人，而是戰時情侶，但我對我的軍委委員是忠實的，你雖然是合法夫人，可是你的一些事情我們都知道。你要是敢叫我「破鞋」，那就試試看……

沃洛佳很喜歡克拉芙季婭，他毫不掩飾這一點。他對她的態度大概可以這樣來表達：我的愛情是沒有希望的，我這個炊事員怎麼能跟軍委委員比高低……不過，雖然我是炊事員，我是真心誠意愛你的，你自己也能感覺出來；只要能得到你的青睞就行，至於軍委委員為什麼愛你，我才不管呢。

達林斯基打牌技術很不高明，阿拉·謝爾蓋耶芙娜很注意照顧他。她很喜歡這位瘦瘦的中校：他常常說「謝謝您」，在分牌的時候他們的手碰到了，他還慢條斯理地說「對不起」；如果沃洛佳用手指揩鼻涕，然後又用手帕擦手的話，他總要帶著發愁的神氣看看沃洛佳；別人說俏皮話，他都很有禮貌地笑一笑，他說起俏皮話都要使人捧腹。

聽了達林斯基說的一個笑話之後，她說：「真的，我一下子沒有聽懂。在這草原上過了這麼久，腦子變鈍啦。」

她說這話說得很低，好像是要讓他明白，或者讓他感覺到，他們可以單獨談談，談談只有他們兩人能談的話，那種使人心跳的話，那種特別的、頂頂重要的男人和女人的話。

達林斯基還是常常出錯牌，她就給他糾正，而這時候他們玩起另一種牌戲，在這種牌戲中達林斯基就不出錯牌了，因為他精於此道……雖然在他們之間，除了說「把小黑桃打出來嘛」、「墊上嘛，墊上嘛，別怕，別捨不得王牌」之類的話以外，什麼都沒說，但是她已經瞭解和看中了他的許多動人之處：又溫柔，又剛強，又謹慎，又勇猛，又靦腆……阿拉・謝爾蓋耶芙娜所以能感覺到這一切，是因為她暗暗在達林斯基身上觀察出這些特點，還因為他很成功地向她顯示了這些特點。她也很巧妙地向他顯示，她懂得了他的目光，懂得他為什麼注視她的笑容、她的手的動作、她的肩膀聳動、她那漂亮的華達呢軍便服裡面的胸脯、她的腳、她那修得很好看的指甲。他覺得，她的聲音拖長得有點兒過分，有點兒不自然，她的笑也比一般的笑時間要長些，為的是讓他注意她清脆的聲音、她那雪白的牙齒和腮上的兩個酒窩兒……

達林斯基因為忽然出現這樣的感情，心中很激動，很不平靜。他對這種感情從來不覺得習以為常，每一次都像第一次有這種感情一樣。他對待女人的豐富經驗沒有變為習慣，經驗是一回事，迷戀是另一回事。正是這一點說明他是真正的好色男子，不是假的。

結果，這一夜他留在集團軍指揮所裡。

第二天早晨，他去找參謀長。參謀長是一位寡言少語的上校，既沒有問他史達林格勒方面的情況，也沒有打聽前線的消息和史達林格勒西北方的戰況。交談過之後，達林斯基就知道，這位上校參謀長未必能向他提供足夠的有關情況，就請他在自己的委派書上簽字，決定下連隊去。

他坐上汽車的時候，有一種很奇怪的感覺，覺得兩手和兩腳空空的、輕飄飄的，什麼念頭、什麼希求都沒有，覺得十分滿足而又十分空虛……似乎周圍的一切，似乎昨天他還很喜歡的天空、野蒿和草原山崗已經變得索然無味，不值得一看了。也不想跟司機說話或開玩笑。就連思念親人，回憶他一向熱愛和尊敬的母親，也變得乏味、冷淡了……想到沙漠裡的戰鬥、俄羅斯邊遠地區的戰鬥，也不激動了，他感到無精打采。

達林斯基不時地吐一口唾沫，搖搖頭，帶著一種困惑而奇怪的口吻說：「這娘們兒……」

這時他腦子裡出現了後悔的想法，心想，幹這種風流事兒不會有好結果的，又想起過去不知是在庫普林的小說裡還是在一本翻譯小說裡看到的話，說是愛情像煤炭，燒起來的時候，熱得灼人，冷下來的時候，可以把人弄髒……他甚至很想哭一場，其實不是想哭，是想訴訴苦衷，對什麼人說說，他幹這事兒是身不由己，是命運讓他這個可憐的中校這樣對待愛情……後來他睡著了；等他醒來，忽然想道：「如果我不被打死的話，回來的路上一定還要去找阿拉。」

六十九

葉爾紹夫少校下工回來，在莫斯托夫斯科伊床鋪前站下來，說：「那個美國人聽到廣播，咱們在史達林格勒英勇抵抗，粉碎了德國人的算盤。」

他皺了皺眉頭，又說：「還有莫斯科方面來的消息，說是解散了共產國際，不知是不是。」

「您怎麼，瘋啦？」莫斯托夫斯科伊注視著葉爾紹夫那聰明的、像寒冷而有點兒渾濁的秋水似的眼睛，問道。

「也許，那個美國人聽錯了。」葉爾紹夫說過這話，就用指甲撓起胸膛。「也許正相反，是共產國際擴大了。」

莫斯托夫斯科伊一生中認識不少這樣的人，這些人就像電話機的膜片，能靈敏地反映全社會的理想、感情、見解。似乎俄羅斯從來沒有一件大事是這些人不瞭解的。葉爾紹夫便是反映集中營公眾思想與見解的這樣一個表達者。但他說的解散共產國際的消息，營裡這位有影響的人物卻絲毫不感興趣。

主管過大兵團政治思想教育的旅級政委奧西波夫，對這個消息也漠然視之。奧西波夫說：「古澤將軍對我說：『政委同志，由於您的國際主義教育，大家都潰逃啦，應該是用愛國主義精神，用俄羅斯精神教育人民。』」

「怎麼，還要為了上帝、沙皇、祖國嗎？」莫斯托夫斯科伊冷笑道。

「這都是小事，」奧西波夫神經質地打著呵欠說，「這會兒問題不在於正統思想，而是德國人要活剝我們的皮，莫斯托夫斯科伊同志，親愛的老人家。」

被蘇聯人叫做安得留沙的那個睡在第三層鋪上的西班牙士兵，用英文把「史達林格勒」寫在一塊小小的木板上，夜裡看著這木板上的字，到早晨就把木板翻過來，不讓搜查棚屋的人看到這上面的字。

基里洛夫少校對莫斯托夫斯科伊說：「以前不趕著我去幹活兒的時候，我天天躺在床鋪上閒待著。現在我又為自己洗衣服，又嚼松木片治壞血病。」

受懲罰的黨衛軍分子諢稱「快樂的小夥子」（他們在上工的時候總是唱著歌兒），他們找蘇聯俘虜的碴兒找得更厲害了。

看不見的聯繫把集中營棚屋裡的人和窩瓦河上的城市連接在一起。可是大家都覺得共產國際是不起作用的。

就在這時候，流亡者切爾涅佐夫第一次走到莫斯托夫斯科伊跟前。他用手摀著空空的眼窩，談起美國人偷聽到的廣播。莫斯托夫斯科伊高興起來，他太需要談談這個問題了。

「總而言之，這消息很不可靠，」莫斯托夫斯科伊說，「胡說八道，胡說八道。」

切爾涅佐夫揚起眉毛，這空眼窩上揚起的眉毛顯得很不好看，露出困惑和神經衰弱的神氣。

「為什麼？」獨眼睛的孟什維克問。「為什麼不可靠？布爾什維克先生們創立了第三國際，也是布爾什維克先生們創立了在一個國家實行所謂社會主義的理論。這種統一實際上是胡鬧。好比油炸冰塊……蓋奧爾基．瓦連季諾維奇在他晚年的一篇文章中寫道：『社會主義只有成為世界體系，成為國際體系，才能存在，否則根本不能存在。』」

「是所謂的社會主義嗎？」莫斯托夫斯科伊問道。

「是的，是的，所謂的社會主義。蘇聯的社會主義。」

切爾涅佐夫笑了笑，並看到莫斯托夫斯科伊也笑了笑。他們相視而笑，是因為他們從不友好的話裡，從嘲笑而帶有敵意的語調中看到了自己的過去。

好像挖開了幾十年的沉積層，他們年輕時互相廝殺的利刃露了出來。這次在法西斯集中營裡的相會，不僅使他們想起多年的仇恨，也想起青年時代。

這個在集中營裡的人，這個敵對分子和異己分子，也熟悉和熱愛莫斯托夫斯科伊年輕時熟悉和熱愛的東西。是他，而不是奧西波夫，不是葉爾紹夫，還記得第一次黨代會期間的許多故事，記得只有他們兩個人依然很感興趣的一些人的名字。他們都很激動地回憶起馬克思和巴枯寧的關係，回憶起列寧和普列漢諾夫說的有關溫和的火星派和強硬的火星派的話。回憶起已經老眼昏花的恩格斯對待前去見他的俄國社會民主黨的年輕人多麼親熱，回憶起在蘇黎世的柳博奇卡．阿克雪里羅德[73]有多麼壞！

獨眼的孟什維克覺得自己的所感也正是莫斯托夫斯科伊所感，便苦笑著說：「很多作家寫年輕時

---

73 俄國哲學家、藝術家，孟什維克。

代朋友們見面，寫得很動人，可是，年輕時代的敵人，像您和我這樣經過風風雨雨的白了頭髮的老傢伙，見了面又怎樣呢？」

莫斯托夫斯科伊看到切爾涅佐夫的腮上掛著淚水。他們都明白，集中營裡的死神能夠把多年生活中的一切，把正確、錯誤、敵視很快地抹平和掩埋。

「是啊，」莫斯托夫斯科伊說，「在漫長的一生中一直跟你作對的人，也不由自主地成為你的生活的參與者了。」

「真奇怪，」切爾涅佐夫說，「在這狼窩裡會這樣見面。」他忽然又說：「多麼奇怪的字眼：小麥，大麥，晴天雨……」

「啊，也是這集中營太可怕了，」莫斯托夫斯科伊笑著說，「與集中營相比，一切都好像很好，就連見到孟什維克也不覺得怎樣了。」

切爾涅佐夫傷感地點點頭。「是呀，確實，夠您受的。」

「法西斯主義呀，」莫斯托夫斯科伊說，「法西斯主義！這樣慘無人道，我真無法想像！」

「您還有什麼驚奇的，」切爾涅佐夫說，「您對恐怖手段早應該不覺得稀奇了。」

就像一陣風吹跑了他們之間的傷感氣氛和友好氣氛。他們毫不遮掩、惡言惡語地爭論了起來。

切爾涅佐夫的攻擊之所以可怕，因為他說的不完全是無中生有。切爾涅佐夫把蘇聯建設過程出現的殘酷現象和個別錯誤看作根本的規律性。他直截了當地對莫斯托夫斯科伊說：

「當然，你們都滿足於一種看法，認為一九三七年的事過火了，集體化期間是勝利衝昏頭腦，你們敬愛的偉大領袖有點兒殘酷和獨斷獨行。然而實質正相反：正如你們常說的，史達林是今天的列寧。

你們總覺得，農村的貧窮和工人的無權是暫時的現象，是發展中的困難。你們這些真正的富農和壟斷者，買農民的小麥，五戈比一公斤，再賣給農民，每公斤卻賣一盧布，這就是你們建設的基本原則。」

「就連你們孟什維克，你們這些流亡者都說了：史達林是今天的列寧，」莫斯托夫斯科伊說，「那我們，也是從普加喬夫到拉辛[74]的歷代俄羅斯革命者的繼承人。拉辛、杜勃羅留波夫、赫爾岑的繼承人不是孟什維克，不是逃亡國外的叛徒，而是史達林。」

「是的，是的，是繼承人！」切爾涅佐夫說。「您知道，在俄國立憲會議自由選舉意味著什麼嗎？是在上千年奴化統治的國家裡呀！一千年來，俄羅斯只自由了半年多點兒。我每次想到一九三七年的事，就想起另一項遺產，您該記得第三廳長官蘇傑伊金上校，他串通傑加耶夫[75]，佯裝發動叛亂和平息叛亂，恐嚇沙皇，想用這種辦法把政權抓到手裡。您認為史達林是赫爾岑的繼承者嗎？」

「您怎麼，真的那麼糊塗嗎？」莫斯托夫斯科伊問。「您怎麼，當真認為不過是蘇傑伊金嗎？那麼，偉大的社會變革，沒收剝削者的財產，沒收資本家的工廠，沒收地主的土地，您沒看到嗎？這是繼承誰的一套，是繼承蘇傑伊金那一套嗎？還有普遍提高文化，還有重工業呢？還有最下等的人，還有工人和農民參與各項社會活動呢？這怎麼，都是繼承蘇傑伊金的一套嗎？您真可憐。」

「我知道，我知道，」切爾涅佐夫說，「事實不容辯駁，但可以有各種解釋。你們的元帥、作家、科學家、藝術家、人民委員都不聽命於無產階級。他們聽命於國家。至於那些在車間和田野裡幹活兒的人，我想，就連您也未必把他們看作當家作主的人。他們又能當什麼家，作什麼主呀！」

他忽然俯身朝著莫斯托夫斯科伊，說：「順便說一句，在所有你們的人當中，我只看得起史達林。史達林是你們的泥瓦匠，你們卻都怕幹髒活兒！史達林就知道：社會主義要想在單獨取得勝利的一個

74 普加喬夫、拉辛均為俄國農民起義領袖。

75 蘇傑伊金、傑加耶夫均為十九世紀沙俄密探局官員。

國家裡站得住腳，就要靠鐵的恐怖手段，靠集中營，靠中世紀對待異端邪說的辦法。」

莫斯托夫斯科伊對切爾涅佐夫說：「先生，這些無恥讕言我們全聽說過。不過，我應該坦率地對您說，您說這些話，說得特別無恥罷了。只有一種人，從小就生活在你家裡那種地方，後來又被趕出去的人，才會這樣誣衊、這樣誹謗。您可知道，這是什麼人？……是奴才！」

他直直地看了看切爾涅佐夫，又說：「說實在的，開頭我真想共同回憶一下我們在一八九八年的團結，而不是一九〇三年的分裂。」

「想聊聊還沒有把奴僕從家裡趕出去那時候嗎？」

可是莫斯托夫斯科伊當真火了。

「是的，是的，正是這樣！被趕出去的、逃走的奴才！戴白手套的奴才！我們不掩飾，我們不戴手套。我們的手沾滿鮮血，我們弄髒了手！這有什麼！我們參加工人運動就沒有戴普列漢諾夫的手套。你們戴著奴才手套又怎樣？你們因為在《社會主義導報》上發表的文章得到幾個賞錢？這兒集中營的英國人、法國人、波蘭人、挪威人、荷蘭人都相信我們！拯救世界靠我們的手！靠紅軍的力量！紅軍是自由的軍隊！」

「是這樣嗎？」切爾涅佐夫插話說。「一直是自由的嗎？」

莫斯托夫斯科伊把兩手舉到切爾涅佐夫面前，說：「您瞧瞧這手，沒有戴奴才的手套！」

切爾涅佐夫朝他點點頭，說：「記得憲兵上校斯特列里尼科夫嗎？他幹什麼也不戴手套：他就乾脆代替被他打得半死的革命者寫偽造的坦白認罪書。你們一九三七年的事為了什麼？是為了準備同希特勒作戰嗎？這是斯特列里尼科夫還是馬克思教導你們的？」

「您這些臭不可聞的話絲毫不使我覺得奇怪，」莫斯托夫斯科伊說，「您是不會說別的話的。您可知道，我確實感到奇怪的是什麼？希特勒為什麼把您關在集中營裡？關您幹什麼？希特勒恨我們恨得要命。這是可以理解的。可是希特勒幹嘛要把您和您這類的人關在集中營裡呀？」

切爾涅佐夫笑了笑，他的臉又變得像開始談話時那樣子。

「這不是，關進來啦，」他說，「而且還不放呢。您給我說說情吧，也許會把我放了。」

但是莫斯托夫斯科伊不想開玩笑。

「您對我們這樣仇恨，就不應該蹲在希特勒的集中營裡。而且不光是您，還有這樣的人。」他指了指朝他走來的伊康尼科夫。

伊康尼科夫的臉上和手上沾滿了泥漿。他遞給莫斯托夫斯科伊幾張寫滿了字的骯髒的紙，說：「看看吧，也許，明天就要死了。」

莫斯托夫斯科伊把幾張紙塞到墊褥底下，氣憤地說：「我是要看看，怎麼您要離開這個世界了？」

「您可知道，我聽到了什麼？咱們挖的基坑，是為了建造毒氣工廠。今天已經開始澆灌混凝土地基了。」

「聽說有這事兒，」切爾涅佐夫說，「過去還鋪過寬軌。」

他回頭看了看。莫斯托夫斯科伊心想，切爾涅佐夫關心的，是下工回來的人看到他和一個老布爾什維克談得多麼隨便。他大概因為這一點就要在義大利人、挪威人、西班牙人、英國人面前誇耀了。尤其要在蘇聯戰俘面前誇耀。

「這活兒咱們還繼續幹嘛？」伊康尼科夫問。「還參與製造恐怖嗎？」

切爾涅佐夫聳聳肩膀，說：「您以為咱們這是在英國嗎？這八千人要是罷工，在一個鐘頭之內就會全部被殺害。」

「不，不能幹，」伊康尼科夫說，「我不幹，不幹。」

「如果不幹，轉眼工夫就把您打死。」莫斯托夫斯科伊說。

「是的，」切爾涅佐夫說，「您可以相信這話，這位同志知道，在沒有民主的國家裡號召罷工，意味著什麼。」

他和莫斯托夫斯科伊爭論了一陣子，心緒很亂。他在巴黎自己家裡說過多少次的一些話，現在在這希特勒的集中營裡說出來，自己覺得很不實際，毫無意義。他聽集中營囚犯們談話，常常聽到「史達林格勒」這個詞兒，不管是否合他的心意，現在史達林格勒是和世界的命運連接在一起了。

一個年輕的英國人向他做了一個勝利的手勢，說：「感謝你們，史達林格勒擋住了狂飆的颶風。」切爾涅佐夫聽到這話，感到很幸福、很激動。

他對莫斯托夫斯科伊說：「您該知道，海涅說過，只有傻瓜才把自己的弱點暴露給敵人。不過，好吧，我就做做傻瓜，您說得很對，我很清楚你們的軍隊所進行的鬥爭的偉大意義。一個俄國社會黨人理解這一點是極難極難的，一旦理解了，又高興，又自豪，同時又難過，又痛恨你們。」

他看著莫斯托夫斯科伊。莫斯托夫斯科伊覺得他那一隻正常的眼睛也充滿了血。

「不過，難道您就是在這裡也沒有親身體驗到，人沒有民主和自由不能生活嗎？您在家裡忘記了這一點吧？」切爾涅佐夫問。

莫斯托夫斯科伊皺起眉頭。「算啦，別再歇斯底里了。」

他回頭看了看。切爾涅佐夫心想，莫斯托夫斯科伊是在擔心，下工回來的人會不會看到流亡的孟什維克和他談得多麼隨便。他大概因為這一點在外國人面前覺得不好意思了。尤其在蘇聯戰俘面前覺得不好意思。

他那血紅的空眼窩直直地盯著莫斯托夫斯科伊。

伊康尼科夫拉了拉從二層鋪上垂下來的神父的腳，用蹩腳的法語、德語和義大利語夾雜在一起問：「咱們在建毒氣工廠了。神父，我該怎麼辦？」

加爾迪神父用煤球似的眼睛打量著大家的臉。「大家都在那兒幹。我也在那兒幹，」他慢慢地說，「我們是奴僕。上帝會饒恕我們的。」

「這是他的職業。」莫斯托夫斯科伊補充說。

「但這不是您的職業。」加爾迪用責備的口氣說。

伊康尼科夫馬上接著說：「是啊，是啊，米哈伊爾．西多羅維奇，從你們的觀點來看，也是這樣，不過我不想寬恕自己的罪過。不能說全怪那些強迫你幹的人，你是奴隸，你沒有罪，因為你不自由。我是自由的！我建造毒氣工廠，我就對不起將來被毒氣毒死的人。我可以說『不幹』！如果我有膽量不怕槍殺的話，有什麼力量能強迫我幹？我要說『不幹』！我不幹，我就不幹！」

加爾迪的手挨上伊康尼科夫的白頭。

「把您的手給我。」他說。

「好啦，現在牧師就要開導因為驕傲而迷途的羔羊了。」切爾涅佐夫說。

莫斯托夫斯科伊聽到他這話，也不由得懷著同感點了點頭。

但是加爾迪沒有開導伊康尼科夫，他把伊康尼科夫那骯髒的手拉到嘴唇邊，吻了吻。

七十

第二天，切爾涅佐夫和紅軍戰士巴甫柳科夫聊天，巴甫柳科夫是他結識的少數蘇聯人之一，現在在醫務所做衛生員。巴甫柳科夫對切爾涅佐夫訴說，很快就要把他從醫務所趕出去，叫他去挖基坑了。

「這都是黨員們搞的，」他說，「他們看不慣我占著一個好位置，認為我是行過賄的。他們當清潔工，廚房、盥洗間裡到處都安排他們的自己人。老大爺，您該記得和平時期的情況吧？區委都是自己人，工會也都是自己人。不是嗎？在這兒他們也搞自己的一套班子，廚房裡都是自己的，好東西給自己人吃。他們供養老布爾什維克，像在療養院裡一樣，可是您，就像狗一樣，沒人理睬，誰也不朝您看一眼。難道這公平嗎？您也是給蘇維埃政權做牛做馬了一輩子嘛。」

切爾涅佐夫很不好意思地告訴他說，自己離開俄羅斯已經二十年了。他已經發現，「僑民」、「國外」這樣一些詞兒一下子就能使蘇聯人和他疏遠。但是，巴甫柳科夫聽了切爾涅佐夫的話並沒有緊張起來。

他們蹲在一堆木板上。巴甫柳科夫寬鼻子，寬額頭。切爾涅佐夫心想，這真是人民的兒子。巴甫柳科夫朝在混凝土塔樓上走來走去的哨兵那邊望著，說：「我沒有別的辦法，只有參加新編的志願軍，或者裝病。」

「就是說，為了活命嗎？」切爾涅佐夫問。

「我根本不是富農，」巴甫柳科夫說，「也沒有做過苦役犯人，不過我對共產黨還是很不滿意。不能自由地幹什麼事。種田由不得自己，娶老婆由不得自己，幹什麼工作由不得自己。人變得像鸚鵡一樣。我從小就想自己開一家商鋪，為的是在裡面什麼都可以買到。商店裡有小吃部，貨物齊全，請買吧：想喝燒酒，有燒酒；想吃烤鴨，有烤鴨；想喝啤酒，有啤酒。您猜，我賣東西會怎樣？很便宜！我還要在小吃部賣鄉下吃食兒。請吧！烤馬鈴薯！牛油拌大蒜。酸白菜！您猜，我會賣什麼樣的小菜：骨頭湯！骨頭湯在鍋裡翻滾，請吧，來一碗，加一根骨頭，還有黑麵包，當然，還有鹽。到處是皮椅子，免得生蝨子。請坐下，歇會兒，有人服侍你。這事兒只要我一說出來，馬上就會把我送到西伯利亞。可是這會兒我想，這樣做生意對人民有什麼特別不好的呢？我定的價錢一定會比國家低一半。」

巴甫柳科夫側眼看了看切爾涅佐夫，又說：「我們的棚屋裡，有四十個小夥子報名參加志願軍啦。」

「為什麼？」

「為了一碗菜湯，為了一件大衣，為了不至於幹活兒累死。」

「還有什麼原因嗎？」

「有些人是有想法。」

「什麼想法？」

「各種各樣的想法。有的是看到在集中營裡有人被殺害。有的是受夠了農村的貧窮。他們忍受不了共產主義，不！」切爾涅佐夫說，「這太卑鄙了！」

這個蘇聯人帶著好奇的神氣看了看這個僑民，這個僑民也看出他這種帶有嘲笑與大惑不解意味的好奇神情。

「可恥，下流，惡劣，」切爾涅佐夫說，「不是算陳年老帳的時候。算帳也不應該這樣算。自己對不起自己。對不起自己的土地。」

他從木板上站起身來，用手彈了彈屁股上的土。

「不可能有人說我熱愛布爾什維克，真的，但現在不是時候，不是算帳的時候。不要去參加叛徒弗拉索夫的軍隊。」他忽然說不出話來，片刻之後又說：「您聽著，同志，別去。」

他因為又像青年時代那樣說出了「同志」這個詞兒，再也掩蓋不住自己的激動，而且也不再掩蓋自己的激動，喃喃說：「我的天啊，天啊，我能不能……」

……火車駛離月臺。周圍煙霧騰騰，其中有灰塵，有丁香花香和春季裡城市的污水氣味，有機車的灰煙，還有車站食堂廚房裡冒出來的油煙。

信號燈愈來愈遠，愈來愈遠，可是後來好像在其他綠燈和紅燈之間停住不動了。

一個大學生在月臺上站了一會兒，朝側門走去。一個女子也像他一樣，感情湧來失去自制，用胳膊摟住他的脖子，吻他的額頭、頭髮……他跨上車，一陣幸福感在心頭湧起，頭腦暈乎乎的，他覺得這是開始，將是他內容充實的整個一生的開端……

他在離開俄羅斯前往斯拉武塔的路上，一再回想起這個黃昏。他在巴黎的醫院裡，做完青光眼手術之後，常常想起這個黃昏。在他走進他供職的銀行那陰涼而幽暗的門洞時，也常常想起這個黃昏。

關於這一點，像他一樣從俄國逃往巴黎的詩人霍達謝維奇寫過一首詩：

拄著拐杖浪遊，不知為何我想起你；
紅輪馬車奔馳，不知為何我想起你；
晚上點起蠟燭，不知為何我想起你；
不論天上人間，發生何事，我都會想起你……

他真想再走到莫斯托夫斯科伊跟前，問問他：「您認識娜塔莎·薩頓斯卡婭嗎？她還活著嗎？這幾十年來您一直跟她生活在一塊土地上嗎？」

七十一

在晚上集會點名時，漢堡竊賊凱澤戴著黃手套，穿著淡黃色的貼口袋方格上衣，興致很好。他用發音不準的俄語小聲唱著歌：「假如明天發生戰爭，假如明天踏上征程……」

他紅裡透黃的委頓的臉和褐色的無神的眼睛在這天晚上顯得十分和善。他雪白而光滑的肥厚手掌和能夠把一匹馬掐死的手指頭，不時拍拍犯人們的肩膀和脊梁。他要殺人也很隨便，就好像為了開玩笑使個絆腳把人絆倒。殺過人之後，他那股興奮勁兒也只能持續不大的一陣子，就好像小貓和一隻五月金龜子玩了一會兒。

他殺人多數都是根據突擊隊頭頭德羅津哈爾的指示。德羅津哈爾主管東區段的衛生防疫。幹這方面的事，最困難的是把死者的屍體拖去火化，不過凱澤從來不幹這種事，誰也不敢叫他幹這種事。德羅津哈爾是有經驗的，絕不讓病人病得非要用擔架把他們抬到殺人的地方。

凱澤並不催促要被殺死的人，不對他們惡言惡語，也從沒有推來搡去，拳打腳踢。凱澤已經有四百多次登上特種囚室的兩級混凝土臺階，總是對接受手術的人特別感興趣：他很喜歡那種目光，那目光中有恐懼，有焦急，有馴順，有痛苦，有膽怯，還有註定要死的人看到殺他的人進來時所流露出來的極其好奇的神情。

凱澤幹這種事就像吃家常便飯，他也不懂為何自己偏好這種家常便飯。特種囚室其實很單調：一個凳子，灰色的石頭地面，一根水管，一個水龍頭，一段橡皮管，一張小桌，上面擺了一冊記事本。操作起來極其簡單平常，說起來總是用半開玩笑的口吻。如果操作過程中用了手槍，凱澤就說「往腦袋裡塞了一粒咖啡豆」；如果注射了石炭酸，凱澤就說「加了一點兒長生水」。

凱澤覺得既奇怪又簡單，咖啡豆和長生水能夠揭示人生的祕密。

他那褐色的像用塑膠做成的眼睛似乎不是活人的眼睛，像是硬化了的黃褐色松脂……每當他那硬僵僵的眼睛裡出現快活的神氣，別人都覺得十分可怕，就好像一條魚一下子游到一顆沉在水裡、被沙埋住一半的死樹跟前，忽然發現這黑黑的、黏黏的龐然大物還有眼睛、牙齒、觸角，覺得十分可怕。

在這集中營裡，凱澤有一種優越感，感到自己比住在棚屋裡的藝術家、科學家、革命家、將軍、傳教士都優越。這倒是不在於咖啡豆和長生水。這是一種很自然的優越感，這種優越感使他十分得意。

使他感到得意的不是他那巨大的體力，不是他能不顧一切地去作案，去撬保險櫃。他很欣賞自己的精神和聰明，他是令人捉摸不透的，是複雜的。他喜怒無常，似乎不合情理。在春天把祕密警察挑選的一些蘇聯戰俘趕進特種棚屋的時候，凱澤請他們唱他們喜歡的歌兒。

有四個目光悲戚、手臂腫脹的蘇聯人唱道：「我的蘇莉科，你在何方？」凱澤愁眉苦臉地聽著，望著站在邊上的一個高顴骨的人。凱澤由於敬重歌唱者，沒有打斷歌唱，但等到歌聲一停，他就對高顴骨的人說，他在合唱時沒有唱，現在要他獨唱。凱澤看到這個人骯髒的軍服領口上帶有拆掉的領章的痕跡，問：「你聽懂了嗎，少校？」[76]

那人點了點頭，表示懂了。凱澤抓住那人的領口，輕輕搖晃了幾下，就像搖晃出了毛病的鬧鐘那樣。那人朝凱澤的顴骨搗了一拳，並且罵了兩聲。

看樣子，這個蘇聯人要完了。但是這個特種棚屋裡的頭頭兒並沒有把葉爾紹夫少校打死，而是把他帶到角落裡靠窗的一個鋪上。這個鋪空著，是專門留給凱澤喜歡的人的。就在這一天，凱澤還給葉爾紹夫送來煮熟的鴨蛋，哈哈笑著遞給他，說：「吃吧，能讓你唱歌好聽！」[77]

從那時候起，凱澤對待葉爾紹夫一直很好。同棚屋的人也都很尊敬葉爾紹夫，他除了剛強不屈之外，性格也非常隨和開朗。在葉爾紹夫那一次拒絕唱歌之後，有一個當時唱歌的人很生葉爾紹夫的氣，那就是旅政委奧西波夫。「不合群的人。」他說。也是在那件事情之後不久，莫斯托夫斯科伊就管葉爾紹夫叫思想領袖了。

除了奧西波夫之外，對葉爾紹夫不懷好感的還有一個孤僻、沉默然而瞭解每個人底細的戰俘柯季科夫。柯季科夫是一個沒有什麼特色的人，聲音沒什麼特色，眼睛、嘴唇也沒什麼特色。不過，正因

---

76 原文為德語。

77 原文為德語。

為他太沒有特色了，這種沒有特色似乎倒成了鮮明的特色。

這一天凱澤在晚間點名時的快活表情引起許多人高度的焦慮和恐懼。棚屋裡的人老是覺得事情不妙，恐懼、不安和不祥感總是在心裡，有時強些，有時弱些。

在晚間點名快要結束的時候，特別棚屋裡進來八名營警——是戴著滑稽可笑的小圓帽、纏著黃色臂章的「卡波」。從他們的臉可以看出來，他們吃的不是營裡的大鍋飯。

他們的頭兒是一個淺色頭髮的高個兒美男子，身穿拆掉了領章的鐵灰色軍大衣。大衣下面露出亮的漆皮靴子，那靴子泛著寶石一樣的亮光，因此很像是白色的。這是營內警察隊長凱尼克，是黨衛軍分子，因為刑事犯罪丟了職務，被關在集中營裡。

「起立！」凱澤喊。

開始搜查。「卡波」們熟練得就像工廠工人，敲敲桌子，聽聽是不是挖空了，抖一抖破布，又快又仔細地摸摸衣服上的縫，檢查飯盒。有時他們開開玩笑，用膝蓋頂一下某人的屁股，說：「你好。」有時「卡波」們把搜到的字紙、筆記本或保險刀片遞給凱尼克看，問他怎樣處理。凱尼克把手套一揚，表示這些搜到的東西沒有意思。在搜查的時候，囚犯們一直排成隊站著。

莫斯托夫斯科伊和葉爾紹夫站在一起，望著凱尼克和凱澤。這兩個德國人像是鐵鑄的一般。莫斯托夫斯科伊頭腦發暈，身子搖晃了幾下。他用手指著凱澤，對葉爾紹夫說：「有這樣的人！」

「高等民族嘛。」葉爾紹夫說。他不希望站在近處的奧西波夫聽見，湊到莫斯托夫斯科伊的耳朵上說：「不過我們有些人也夠嗆！」

切爾涅佐夫雖然沒有聽清他們的談話，但也接茬說：「任何民族都有神聖的權利，都可以有英雄，有神聖的人和卑鄙的人。」

莫斯托夫斯科伊對著葉爾紹夫，但說的話不光是回答他的：「當然，我們也有壞蛋，不過德國劊子手有一種很獨特的神氣，只有德國人才會有。」

搜查結束了。發出休息的口令。囚犯們開始往床上爬。

莫斯托夫斯科伊躺下來，把兩腿伸直。他想起，他還沒有檢查一下，搜查之後他的東西是不是全在呢，於是哼哧著欠起身子，開始檢查自己的東西。似乎不是少了圍巾，就是少了裹腳布。但是他找到了圍巾，也找到了裹腳布，不過他還是沒有放下心來。

一會兒，葉爾紹夫走到他跟前，小聲說：「『卡波』涅澤爾斯基透露，咱們這個區段的人要拆散，一部分人留在這兒繼續受審查，大多數人都到普通集中營裡去。」

「那有什麼，」莫斯托夫斯科伊說，「管它呢！」

葉爾紹夫在鋪上坐下來，聲音很輕然而很清楚地說：「莫斯托夫斯科伊同志！」

莫斯托夫斯科伊用胳膊肘支起身子，看了看他。

「莫斯托夫斯科伊同志，我想幹一件大事，要和您談談這件事。要是失敗了，那就很麻煩！」

他小聲說起來，莫斯托夫斯科伊聽著聽著便激動起來，好像有一陣清風向他吹來。

「時間很寶貴，」葉爾紹夫說，「如果史達林格勒被德國人攻下來，很多人又要洩氣了。從基里洛夫這樣一些人可以看出來。」

葉爾紹夫建議成立一個戰俘的戰鬥團體。他憑記憶說了說綱領要點，就像念文稿一樣：

「……加強集中營裡的蘇聯人的團結，加強紀律，清除叛徒，破壞敵人部署，在波蘭人、法國人、南斯拉夫人、捷克人之間建立鬥爭委員會……」

他望著床鋪頂上棚屋的昏暗處，說：「有幾個兵工廠的同志，他們告訴我，可以搞武器。咱們的組織會很快擴大。聯絡幾十個集中營，成立許多戰鬥小組，團結德國的地下工作者，制裁叛徒。最終的目的是全面起義，統一自由的歐洲……」

莫斯托夫斯科伊重複說：

「統一自由的歐洲……啊，葉爾紹夫呀，葉爾紹夫。」

「我不是瞎說。咱們說了，就幹起來。」

「我參加。」莫斯托夫斯科伊說。他又一面搖著頭，一面重複說：「自由的歐洲……在咱們的集中營裡就有一個共產國際分部，分部有兩個人，其中一個不是黨員。」

「您又懂英語，又懂德語，又懂法語，聯繫的方式多得很，」葉爾紹夫說，「何必還要共產國際：各國囚犯，聯合起來！」

莫斯托夫斯科伊望著葉爾紹夫，說出了他早就忘記的話：「人民的意志！」他覺得很奇怪，為什麼偏偏會忽然想起這話。葉爾紹夫說：「應該跟奧西波夫和茲拉托克雷列茨上校談談。奧西波夫是力量很大的人物！不過他不喜歡我，還是您和他談談。我今天就和上校談談。咱們組成四人小組。」

七十二

葉爾紹夫少校的腦子日日夜夜緊張不懈地工作。他在考慮囊括德國所有集中營的地下工作計劃，考慮地下組織相互聯繫的技術問題，記熟各勞動營和集中營以及一些火車站的名稱。他考慮編製密碼，如何利用營裡的文書把一些組織者列入調動名單，使他們可以在各營之間串通。

他的心中充滿了幻想。成千上萬的地下工作者大力宣傳，成千上萬的英雄暗地進行活動，可以創造條件武裝起義，占領各集中營。起義者可以奪取守衛各營的高射炮，把高射炮變為反坦克炮和反步兵炮。應該事先物色高射炮手，為將來奪取的各門高射炮準備炮手。

葉爾紹夫少校很瞭解集中營裡的情況，知道收買、恐懼所起的作用，知道饑餓的力量，看到過很多人脫下清白的軍服，換上叛徒弗拉索夫部隊帶肩章的藍大衣。他見過低三下四、背信棄義、巴結順從；他見過比恐懼更甚的恐懼，見過一些人在可怕的偵訊官員面前嚇得怎樣發呆。

這位衣衫破爛的被俘的少校畢竟沒有沉醉在幻想中。德國人在東線急速推進的陰暗時期，他用樂觀、大膽的話鼓勵同志，勸浮腫的人千方百計保重自己的身體。他對強權的鄙視一直未消失、未減弱，始終很強烈。

很多人接觸過葉爾紹夫之後，感到他身上有一種令人快活的熱情——這是人人需要的、平常又宜人的溫暖，燃燒白樺木柴的俄羅斯壁爐發出來的溫暖就是這樣的。也許，正是這種感人的溫暖，而不光光是才智和膽識，使葉爾紹夫少校成為蘇聯戰俘的頭兒。

葉爾紹夫早就明白，莫斯托夫斯科伊是第一個可以信得過的人，可以對他敞開自己的想法。葉爾紹夫睜著眼睛躺在鋪上，看著粗糙的木板頂棚，就像在棺材裡望著棺材蓋，他的心怦怦直跳。他這一生的三十三年以來，從來沒有像在這裡，在集中營裡這樣感到自己的力量。他在戰前過的日子很不好，他的父親是沃羅涅日省的農民，在一九三〇年被劃為富農。那時他在軍隊服務。

他沒有和父親斷絕關係。他不能進軍事學院，雖然他的入學考試成績優秀。他好不容易在軍事學校畢了業，被分配到區兵役局。他的父親成了流動人口，這時候帶著一家人住在北烏拉爾。葉爾紹夫請了假去看父親。從斯維爾德洛夫斯克起要乘二百公里的窄軌火車。路兩旁是一片片的森林和沼地，一堆堆待運的木材，一道道集中營的鐵絲網，一座座棚屋和泥屋，還有高高的看守塔樓，就像一簇簇高腳毒蘑菇。火車兩次被攔住，押送隊要搜查一名逃犯。夜裡火車停在一個會讓站上，等待前方開來的火車，葉爾紹夫沒有睡，聽著警犬的吠叫聲、哨兵的哨子聲。原來會讓站附近就是一座很大的集中營。

葉爾紹夫第三日才到達窄軌鐵路的終點站。雖然他的領子上戴著中尉領章，證件和乘車證也都符合規定，但在檢查證件的時候他還是擔心有人會對他說：「喂，把東西帶著！」把他帶到集中營裡去。似乎這地方的空氣也被鐵絲網關住了。

後來他坐上一輛順路的噸半汽車，走了七十公里。道路從沼地中間穿過。汽車是「奧格普」國營農場的，葉爾紹夫的父親就在這個農場幹活兒。車上很擁擠，上面坐的都是幹活兒的流動人口，被調到一處集中營分場去伐木。葉爾紹夫試著向他們詢問，但是他們只用一、兩個字回答，看來，是害怕他的軍裝。

傍晚，汽車來到緊靠林邊與沼地邊緣的一個小村子。他永遠記住了北方集中營沼地上的寧靜而柔和的黃昏。在暮靄中，一座座小屋完全成了黑的，似乎是在焦油裡煮過的。

他走進一座土屋，晚霞隨他一起進來，可是迎接他的是潮氣、悶熱、窮人的食物、衣服和被窩的氣味，熱乎乎的煙氣……

在黑暗中出現了他的父親，一張瘦削的臉，一雙很好的眼睛，那雙眼睛流露出的一種無法描述的神情使葉爾紹夫大吃一驚。一雙又老又瘦的粗糙的手臂摟住兒子的脖子。摟住年輕指揮員脖子的這一雙受盡磨難的老人的手不住地抽搐著，從中可以感覺出老人在畏畏怯怯地訴苦，是那樣痛苦，那樣懇切地求助，所以葉爾紹夫只能用一點來回答這一切：他哭了。

後來他們在三座墳前站了一陣子。母親是第一個冬天死的，大姐阿紐塔死在第二個冬天，妹妹瑪露霞死在第三個冬天。

集中營邊沿的墳地和村子連在一起了。茅屋牆腳下、土屋斜面上、墳包上、沼地土丘上生長的都是一樣的青苔。媽媽和姐姐、妹妹就要一直待在這片天空之下了，不論是冬天，嚴寒凍實沼地的時候，不論是秋天，墳地上堆滿沼澤裡沖來的黑糊糊的沖積物的時候。

父親和不說話的兒子站在一起，也不說話，後來抬起眼睛，看了看兒子，把兩手一攤，說：「死去的，活著的，你們都原諒我吧，我沒有把我愛的人保護住。」

夜裡，父親說起來。他說得很平靜，聲音不高。他說的事情只能用平靜的口氣來說，如果痛哭、流眼淚，是說不下去的。

在鋪了報紙的箱子上，放著兒子帶來的點心，還有一瓶酒。老人家在說，兒子坐在旁邊，聽著。父親說起饑餓，說起鄉親們的死，說起餓瘋了的老婦人，說起小孩子，說孩子們的身體變得比三弦琴、比小雞都輕。說村子裡日日夜夜都能聽到饑餓的哭叫聲，村子裡許多人家的門窗都釘死了。

他對兒子說，那年冬天他們坐著破漏的貨車在路上走了五十天，一些死去的人在車上跟活人一起待了很多天。他說了說流浪者怎樣長途跋涉，女人還要抱著孩子。媽媽也這樣跋涉過，在酷暑中走路的時候曾經昏過去。說了說他們在冬天怎樣被帶到這裡，既沒有草棚，又沒有土屋，他們又是怎樣重新過起日子，怎樣生篝火，拿樹枝落葉當床鋪，在鍋裡融化雪水，怎樣掩埋死者……

「這都是史達林的主意呀。」父親說。他的話裡沒有憤怒，也沒有惱恨的意味。老實人談到強大的、無法改變的命運時，都是這樣。

葉爾紹夫探親回來之後，寫了一份申請書給卡里寧，要求格外開恩饒恕他無罪的父親，要求准許老人家上兒子這兒來。可是申請書還沒有到莫斯科，葉爾紹夫就被上級叫了去，因為有信來告發他去烏拉爾的事。

葉爾紹夫被軍隊開除了。他來到建築工地，打算掙些錢，再去看父親。可是不久就從烏拉爾來了一封信，報告父親的死訊。

戰爭開始後的第二天，預備役中尉葉爾紹夫便應召進了軍隊。

在羅斯拉夫利戰役中，他接替犧牲的團長，把潰散的人召集起來抗擊德軍，打退渡河的敵人，保障了統帥部後備重炮部隊的撤退。

壓在他肩上的擔子愈重，他的肩膀愈是強壯有力。他原來也沒想到自己會是一個強者。原來，馴順與他的天性格格不入。壓迫愈強，愈凶狠，他的鬥志愈強烈。

有時他問自己：為什麼他這樣痛恨弗拉索夫分子？弗拉索夫分子的號召書所寫的事，正是他的父親所說的。他知道這都是真實的。但是他知道，這些真實的東西到了德國人和弗拉索夫分子嘴裡就成了誣衊。

他覺得道理很清楚，他和德國人鬥爭，就是為蘇聯的自由生活而鬥爭，戰勝希特勒，也就是戰勝導致他的父母、姐妹早死的死亡營壘。

葉爾紹夫百感交集——在這兒，履歷表失去作用，他成了強者，別人都聽他的。在這兒，高級頭銜、勳章、特種部隊、第一科、人事處、鑒定委員會、區委的電話、政治處副處長的意見，全沒有意義了。

有天，莫斯托夫斯科伊對他說：「這是海涅早就說過的，『脫去自己的衣服，我們都是光光的身子……』但是，一個人脫去禮服，露出虛弱、可憐的身子，另外一些人卻被窄小的衣服束縛著，等他們把衣服脫去，才能看到，原來真正的力量在這兒！」

葉爾紹夫所幻想的，已成為今天要做的事情，於是他進一步考慮：該讓誰知道，讓誰參加。他憑著自己所瞭解的一些人的長處和短處，逐一思索、掂量。誰可以進入地下工作指揮部？在他的腦子裡出現了五個名字。有些生活上的小缺點，性格上的小怪癖，一切都從新的角度出現在他的腦海裡，微不足道的事如今也重要起來。

古澤有將軍頭銜的威望，但是他優柔寡斷，膽小怕事，看樣子文化水準也不高，如果有聰明能幹的副手和參謀長，他才行。他指望指揮員們服侍他，供養他，而且認為這種服侍是理所當然的，不必感謝。他想念自己的廚師似乎比想念老婆孩子的時候多。他常常談起打獵，又是野鴨，又是野鵝，回憶在高加索軍中打獵的情形，打野豬，打山羊。看來他很愛喝酒，也很愛吹牛。常常談起一九四一年的一些戰役，周圍的人都是不對的，左鄰的將軍不正確，右鄰的將軍也不正確，古澤將軍永遠正確。

他從來不會責怪最高軍事領導的失誤。為人處事圓滑，精細，像一個很世故的小吏。總而言之，如果依照葉爾紹夫的意見，他連一個團也不會交給古澤將軍指揮，更別說一個軍了。

旅政委奧西波夫很聰明。有時他忽然會用嘲笑的口吻說，在異國領土作戰要盡量少流血，流露很悲觀的神氣。可是過了一個小時後，他又十分堅決地批評抱持懷疑態度的人，且開始說教。然而到了第二天，他又翕動鼻孔說著：「真的，同志們，咱們飛得太高，太遠，太快啦，這樣是不切實際。」

他說起戰爭頭幾個月的失敗，說得很有道理，但並不感到痛心，就像一名棋手說起一局敗棋。他和人說話很隨便，毫不拘束，但他的坦率是假裝的，不是真正的同志間的坦率。他真正感興趣的是跟柯季科夫談話。這位旅政委為什麼對柯季科夫感興趣？

奧西波夫經驗豐富，善於瞭解人。這種經驗非常有用，地下工作指揮部少了奧西波夫不行。不過他的經驗不光可以成事，也可以礙事。有時奧西波夫說起一些著名軍事人物的可笑軼事，直呼他們的名字，如：謝苗．布瓊尼、安德柳什卡．葉廖緬科。

有一天，他對葉爾紹夫說：「圖哈切夫斯基、葉戈羅夫、布柳赫爾犯的錯誤，跟你我一樣。」可是基里洛夫對葉爾紹夫說，在一九三七年奧西波夫擔任軍事學院副院長時，毫不留情地揭發過幾十個人，宣布他們是人民的敵人。

他很怕生病，常摸摸自己的頭，把舌頭伸出來，側著眼看看有沒有舌苔。看來他倒是不怕死。

茲拉托克雷列茨上校是一個鬱鬱寡歡的老實人，是戰鬥部隊的團長。他認為，最高領導在一九四一年的撤退方面犯了錯誤。大家都能感覺出他在戰鬥中的指揮能力和作戰能力。他的身體十分強壯，聲音也剛強有力，這樣的聲音才能喝止逃跑，發動進攻。他很喜歡罵娘。

他不喜歡解釋，喜歡乾脆俐落地下命令。很講義氣。可以把飯盒裡的菜湯倒給士兵。不過他太粗暴。人們常常能感覺出他的厲害。在工作中都要聽他的，他大喝一聲，誰也不敢不聽。誰也別想糊弄他，他絕不馬虎。可以和他共事。但是他太粗暴了！

基里洛夫倒是個聰明人，但是思想上有些馬馬虎虎。什麼問題他都能看得出來，可是一切他都懶得過問，睜一隻眼，閉一隻眼……他對一切很淡漠，對人沒什麼熱心，但是原諒人的缺點和卑劣。他不怕死，有時候還很想死呢。

他說起撤退，說得似乎比誰都有道理。他不是黨員，有次他說：「我不相信共產黨會讓人變好。在歷史上還沒有這樣的事。」

他似乎對一切都十分淡漠，但是夜裡有時在床上哭，對葉爾紹夫的問話很久沒有回答，後來低聲說：「俄羅斯我是很愛的。」

他是個很好打交道的人，性格隨和。有天他說：「啊，我多麼想聽聽音樂呀。」

昨天他帶著傻笑的神氣說：「葉爾紹夫，您聽著，我來念一首小詩。」葉爾紹夫不喜歡這首詩，但他卻記住了這首詩，這首詩也不管好歹鑽進了他的腦子：

好同志，在垂死之際，
你別向人呼救。
最好趁你的血仍散著熱氣，
讓我在這血泊上暖暖手。

別像個孩子，別害怕，別悲愴，
你不過是被打死，不是受傷。
最好也把氈靴脫給我，我還得繼續打仗。

這詩是不是他自己寫的呢？

不行，不行，基里洛夫不能進指揮部。他怎麼能帶動別人呀，他自己也未必能行。

還是莫斯托夫斯科伊！他學識淵博，意志堅強。據說，在審訊中他始終剛強不屈。不過，說也奇怪，沒有一個人是葉爾紹夫挑不出毛病的。前幾天他就責備過莫斯托夫斯科伊：「莫斯托夫斯科伊同志，您幹嘛要跟那些騙子磨嘴皮，比如，跟那個綠眼睛的伊康尼科夫，跟那個逃亡的獨眼睛壞蛋，有什麼好說的？」

莫斯托夫斯科伊笑了笑，說：「您以為我的立場動搖了？以為我會成為教徒或『孟什維克』嗎？」

「誰知道呢，」葉爾紹夫說，「是臭東西，最好別去碰。這個伊康尼科夫一直待在咱們的集中營裡。一旦德國人把他傳去審訊，他就會出賣自己，出賣您，出賣跟他接近的人……」

得出的結論是這樣：對於做地下工作，沒有理想的人。他需要衡量一個人的長處和弱點。這並不難。但只有根據一個人的本質，才能判斷這個人是否合適。本質是無法衡量的，只能推測和感觸。於是他就從莫斯托夫斯科伊開始。

七十三

古澤少將呼哧呼哧喘著粗氣走到莫斯托夫斯科伊跟前。他磕碰著腳後跟，哼哧著，噘著下嘴唇，皮膚的褐色皺褶在臉頰和脖子上哆嗦著——這些動作、姿勢、聲音都是他從往日肥胖時保留下來的，在他今天這樣瘦弱的時候，這一切顯得十分奇怪。

「您是長輩，」他對莫斯托夫斯科伊說，「我是乳臭未乾的孩子，我給您意見，就好比一名少校教訓一位上將。不過我要直說：您不該跟那個葉爾紹夫一起搞什麼各民族聯合，他是個底細不明的人。缺乏軍事知識。論水準是個尉官，可是一心想當總指揮，想給上校們當當老師。應該離他遠點兒。」

「閣下，您這是胡扯。」莫斯托夫斯科伊說。

「當然，是胡扯，」古澤哼哧著說，「當然是胡扯。有人告訴我，在普通棚屋裡昨天有十二個人報名參加那個什麼……俄羅斯解放軍。可以算算看，其中有幾個是富農？我對您說的不光是我個人的意見，還代表一個很有政治經驗的人。」

「這個人也許是奧西波夫吧？」

「就算是他。您是搞理論的人，您不瞭解這裡面所有的卑鄙齷齪。」

「您這話可是真奇怪，」莫斯托夫斯科伊說，「您似乎是要告訴我，在這兒只能對人保持警惕，別的什麼都不行了。誰能有這樣的先見之明！」

古澤靜靜聽他自己支氣管的呼哧聲和胸中突突的心跳聲，非常痛心地說：「我看不到自由了，看不到了。」

莫斯托夫斯科伊望著他的背影，使勁用手掌拍了一下膝蓋——他恍然大悟，他在搜查時為什麼出現了擔心和焦慮的感覺：原來伊康尼科夫給他的幾張紙不見了。

「他在紙上寫的是什麼呀？也許葉爾紹夫說得對，卑劣的伊康尼科夫參與了暗害活動，把這幾張紙塞給了他。他在紙上胡寫了些什麼呢？」

他走到伊康尼科夫床鋪跟前。但伊康尼科夫不在這兒，旁邊的人也不知道他上哪兒去了。這一切——幾張紙不見了，伊康尼科夫不在床鋪上——一下子使他明白了：他毫無顧忌地跟這個瘋瘋傻傻的尋神派教徒交談，太輕率了。

他和切爾涅佐夫爭論過，可是，實在說，連爭論也不值得，還有什麼好爭論的呀。要知道，伊康尼科夫是當著切爾涅佐夫的面把幾張紙交給他的，這樣一來，既有告密者，又有見證人了。

他的生命本來是革命事業和鬥爭所需要的，但是他也可能毫無意義地把生命丟掉。

「真是老糊塗了，竟跟一些渣滓打起交道，就在需要幹一番事業，幹一番革命事業的時候，偏偏要把自己葬送掉。」他這樣想著，心裡愈來愈痛苦不安了。

他在洗東西的地方碰到奧西波夫：這位旅政委就著暗淡的燈光下在鐵皮水槽上洗裹腳布。

「碰到您，太好啦，」莫斯托夫斯科伊說，「我要和您談談。」

奧西波夫點了點頭，回頭看了看，在腰側擦了擦溼漉漉的手。他們就在水泥牆根上坐下來。

「我一直是這麼想，處處可能會有人使壞點子。」當莫斯托夫斯科伊談起葉爾紹夫的時候，奧西波夫這樣說。他用自己的溼手掌撫摩了兩下莫斯托夫斯科伊的手。

「莫斯托夫斯科伊同志，」他說，「我很佩服您的果敢。您是老布爾什維克，是列寧的戰友，對於您不存在年齡問題。您是鼓舞我們所有人的榜樣。」

他小聲地說：「莫斯托夫斯科伊同志，我們的戰鬥組織已經建立起來了，我們決定暫時不對您說這件事，我們是想愛護您的生命，不過，看起來，列寧的戰友不服老。我要直率地告訴您：我們不能信任葉爾紹夫。正如大家說的，他的根子不正：富農出身，懷有殺親之仇。不過我們是現實主義者。目前沒有他不行。他現在混得人緣很好。不能不考慮這一點。您比我清楚，黨在很長的階段中怎樣善於利用這一類人。」

「奧西波夫同志，不論葉爾紹夫走到什麼地步，我都不懷疑他。不過您應當知道我們對他的看法：能暫時利用，就暫時利用。」

可以聽到水滴落到水泥地上的聲音。

「莫斯托夫斯科伊同志，是這樣，」奧西波夫說，「我們沒有什麼事情需要瞞著您。這兒有莫斯科派來的一位同志。我可以說出他的名字：柯季科夫。這也是他對葉爾紹夫的看法，不僅是我的看法。他的意見對於我們所有的共產黨員就是法律，在特殊環境中就是黨的命令，史達林的命令。不過，我們要和您喜歡的那個人，和那位有影響的人物一起工作，決定了，就會那樣做。要緊的只是一點：要做現實主義者、辯證唯物論者。不過，用不著我們來教訓您。」

莫斯托夫斯科伊沒有作聲。奧西波夫抱住他，吻了他的嘴唇三下。他的眼睛裡湧出淚水。

「我吻您，把您當做父親，」奧西波夫說，「我真想為您祝福，就像小時候媽媽為我祝福那樣。」

於是莫斯托夫斯科伊覺得，那種使人難受、使人痛苦的世事複雜的感覺消失了。他又像在年輕時那樣，覺得世界是光明的、單純的，世界上的人分成了自己人和敵人。

夜裡，黨衛軍來到特別棚屋，帶走了六個人。其中有莫斯托夫斯科伊。

第二部

一

後方的人看到一列列軍車開往前方的時候，會感到無比喜悅和興奮，覺得這些大炮，這些新塗了漆的坦克正是擔負朝夕盼望的總攻任務的，戰爭的勝利結局很快就要來到了。

離了預備隊登上軍車的人心情特別緊張。年輕的排長們彷彿看到了史達林的密令……當然，老練一些的人根本不考慮這類事，而是喝開水，在小桌上或在靴後跟上捶裹海魚乾，談著少校的風流韻事，談著到下一個樞紐站可以換到什麼貨物。

久經沙場的人彷彿已看到，部隊怎樣在前線附近只有德國轟炸機到過的偏僻小站下車，而新兵們一遇到轟炸就會多少失去興奮的心情……在路上睡腫了眼皮的人再也無法睡覺，日日夜夜行軍，沒工夫吃，沒工夫喝，滾燙的馬達不停地轟鳴，震得兩鬢隱隱作痛，兩手沒有力氣抓方向盤。指揮員天天收到看不完的密碼電報，時時刻刻在無線電報話機裡聽到訓斥和罵娘，司令部要求快點兒把缺口堵住，在這兒再也沒有人過問新部隊在練習射擊中達到什麼指標了。「進攻，進攻！」部隊指揮員耳朵裡響著的就是這個詞兒。於是他進攻，再不怠慢，全力以赴。有時部隊在行軍中，還沒有弄清地勢，就徑直投入戰鬥，這時候會有一個疲憊而緊張的聲音說：「快點兒進行反擊，就在這片高地上，我們都打光啦，可是他們還在拚命往前攻，我們他媽的完蛋啦！」

連日來在路上的軋軋聲與轟轟聲，在坦克手、報話兵和瞄準手的頭腦裡，和德國飛機的嗡嗡聲、地雷爆炸的喀嚓聲混到了一起。

在這裡特別能看到戰爭的瘋狂——一個鐘頭過去，便是一片淒慘景象：一輛輛被燒燬、散了架的坦克冒著煙，炮被打壞，履帶被打斷。幾個月刻苦的訓練哪兒去了？煉鋼工、電工們頑強勤奮的勞動哪兒去了？

上級首長為了掩蓋讓剛剛開到的部隊倉促投入戰鬥的過失，掩蓋該部隊幾乎無益的犧牲，向上面做不痛不癢的彙報：「剛剛開到的預備部隊投入戰鬥，在一定時間裡阻止了敵軍的推進，使我有可能重新部署兵力。」

假如不是一個勁兒地喊「進攻，進攻」，假如讓部隊摸清地勢，不闖入布雷區，那樣的話，坦克即使不起什麼決定作用，也會好好打一陣子，給德國人造成很大的不痛快和不方便。

諾維科夫的坦克軍向前方開拔。沒有打過仗的天真坦克手小夥子們以為正要參加決定性戰役。嘗過戰爭滋味的人就笑話他們。第一旅旅長馬卡羅夫和全軍最出色的坦克營營長法托夫就很清楚這一切是怎麼一回事兒，他們見識過不只一次了。

持懷疑和悲觀態度的人都是很現實的人，有過痛苦經驗的人，因為流過血，遭過難，對戰爭有更多的理解。就這一點來說，他們比那些大大咧咧的幼稚的人好些。但是有過痛苦經驗的人錯了。諾維科夫上校率領的坦克手們要參加的確實是決定性的戰鬥，這場戰鬥決定了戰爭的命運，也決定了千千萬萬人戰後的生活。

二

諾維科夫接到命令，到達古比雪夫以後，要和總參謀部的代表留京中將取得聯繫，最高統帥部有許多問題需要瞭解。諾維科夫原以為會有人在車站迎接他，但是擔任車站軍代表的一名目光粗野、到處亂看，同時又疲憊無神的少校說，沒有任何人問起諾維科夫。想在車站給將軍打個電話也打不成，將軍的電話號碼嚴格保密，沒辦法打通。

諾維科夫便步行前往軍區司令部。來到車站廣場上，他感到很不自在。野戰部隊的指揮官突然來到陌生的城市環境中，往往有這樣的感覺。自己處於生活中心地位的感覺一下子消失了，在這兒既沒有電話員給他遞話筒，又沒有司機為他開著汽車到處跑。

在圓石鋪砌的大街上，人們在匆匆忙忙地跑著，跑到配給商店門口去排隊：「誰是隊尾？……我在您後面……」對於這些提著叮噹響的大桶小桶的人們，似乎再沒有什麼事比到食品店門口排隊更重要了。特別使諾維科夫生氣的是他遇到的一些軍人，幾乎每個人手裡都提著小包大包。諾維科夫心想：「真該把他們這些狗崽子都抓起來，裝上軍車，帶到前線去。」

難道他今天能看到她嗎？他在街上走著，想著她。葉妮婭，你好！

他和留京將軍在軍區司令辦公室裡見面的時間不長。剛開始談話，總參就給將軍打來電話，要他火速飛往莫斯科。

留京向諾維科夫表示了歉意，便撥通了市內電話。

「瑪莎，情況變啦。天一亮飛機就起飛，你轉告安娜．阿里斯塔爾霍芙娜。馬鈴薯咱們來不及帶上了，農場還有幾麻袋……」

他那蒼白的臉顯得不耐煩，難受地皺著眉頭，看樣子，他打斷了像流水一樣順著電話線向他湧來的話，說道：「沒辦法，總不能向最高統帥部報告說，因為一件女大衣沒做成，我不能起飛呀。」

將軍放下話筒，對諾維科夫說：「上校同志，您以為，坦克的傳動部分符合我們對設計人員提出的要求嗎？」

這次談話使諾維科夫感到很不舒服。他在坦克軍裡待了幾個月，學會了準確地看人，就是說，看人的實在分量。他一眼就可以準確無誤地掂量出到軍裡來找他的那些代表、特派員，各種委員會的領導人、檢查員、指導員的份量。他知道輕聲慢語說出「馬林科夫同志要我轉告您……」這話的意義；他知道，有些人戴著勳章和將軍肩章，又有口才，嗓門兒又大，卻沒有本事弄到一噸柴油，無權任命一個倉庫管理員或者解除一個文書的職務。

留京所占據的不是龐大的國家機構的高層。他是配角，他的工作只是提供統計數字，瞭解基本情況，做一般化的解釋說明，所以諾維科夫一面和他談話，一面看錶。將軍把老大的記事本闔上。

「上校同志，很遺憾，時候不早了，明天一早我還要趕往總參去呢。不過沒什麼，總還可以在莫斯科見到您。」

「是的，中將同志，總有一天我會帶著我的坦克上莫斯科去。」諾維科夫冷冷地回答說。

他們握手告別。留京請他代為向涅烏多布諾夫問好，過去他們一塊兒工作過。諾維科夫還在寬敞的辦公室的綠色地毯上走著，就聽見留京對著話筒說：「給我接一號農場場長辦公室。」

諾維科夫心想：「他要抓緊時間搞馬鈴薯。」

他朝葉妮婭的住處走去。他在那個悶熱的夏夜曾經走到她在史達林格勒的家門口，那是從草原上去的，草原上到處是撤退時的硝煙和灰塵。現在他又去找她了，似乎在那個人與這個人之間有一道深淵，可實際上他依然是那樣，他依然是他，是同一個人。

「這一次你是我的了，」他想，「你是我的了。」

三

這是一座兩層樓的舊式建築，是一座氣候不隨著季節變化的結實樓房，牆壁很厚，到了夏天依然涼絲絲的，而到秋涼時候還保留著窒悶和帶灰塵的熱氣。

他按過門鈴，一股熱氣從打開的門裡朝他撲來，他看見葉妮婭站在堆滿簍子和箱子的過道裡。他看見的是她，既沒有看見她頭上的白頭巾，沒有看見那黑色連衣裙，也沒有看見她的眼睛和臉、她的手臂和雙肩……似乎不是他的眼睛看見了她，而是那顆沒有視覺的心看見了她。她啊呀了一聲，多少向後退了退，就像很多人因為意外感到吃驚時那樣。

他向她問好，她也對他說了一句什麼話。他向她走去，閉上眼睛，又感到活著很幸福，又感到寧願此時此刻馬上死去，也感觸到她的溫暖。

為了享受他從未體驗過的愛情，享受幸福，原來既不需要眼睛，也不需要思想，不需要說話。她問他話，他一面回答，一面跟著她在黑糊糊的走廊裡走，拉著她的手，就好像一個小孩子怕在人群裡丟失了。

「這走廊好寬呀，」他想道，「簡直可以開坦克了。」

他們走進一間屋子，這間屋子有一個窗戶對著鄰屋一堵沒有窗戶的牆。靠牆有兩張床。一張床上鋪著灰色被子，有一個壓得平平的、皺皺巴巴的枕頭；另一張床上罩著白色花邊床罩，還有一個打鬆的枕頭。白色床罩上方貼著幾張小畫片，上面有穿著晚禮服的新年和耶誕節美人，還有剛剛要出雞蛋殼的小雞。

桌子上堆滿一卷一卷的繪圖紙，桌角上有一塊麵包，半個乾蒜頭，還有一瓶素油。

「葉妮婭……」他說。

她的目光平常帶有嘲笑的意味和注視的神氣，這會兒卻顯得很特別，很奇怪。她說：「您餓了吧，您是剛剛來到吧？」

她顯然是想破壞和打碎已經出現並且已經無法打碎的新東西。他變得有些不同了，不是過去那樣了，這個人已經有權統率成百上千的人，統率陰森可怕的戰爭機器，眼睛卻又流露著一個不幸的小夥子那種幽怨的神氣。由於這種不相稱，她心慌意亂，很想對他抱著一種寬容，甚至憐憫，不去理睬他的魅力。自由曾是她的幸福；現在自由正離她而去，可她也感到幸福。

突然，他開口說道：「怎麼，難道你還不明白！」說完，他又一次再也聽不見自己的話和她的話了。他心中又出現了幸福感和一種與此有關的感情：哪怕馬上去死，也沒有什麼遺憾了。她摟住他的脖子，她的頭髮像溫暖的水，灑在他的額頭上，他的面頰上，他在這披散的黑髮叢中看到了她的眼睛。

她的柔聲細語淹沒了戰爭的聲音，淹沒了坦克的軋軋聲……

晚上，他們喝開水，吃麵包，葉妮婭說：「首長已經吃不慣黑麵包啦。」

她把放在窗外的一鍋蕎麥飯端了進來。已經冰涼的老大的蕎麥粒已經變成紫色和藍色。麥粒上還出了一層冷汗。

「真像波斯丁香花。」葉妮婭說。

諾維科夫嘗了嘗這波斯丁香花，心想：「這東西真不好吃！」

「首長已經吃不慣啦。」她又說。

他心想：「幸虧沒有聽格特馬諾夫的話，幸虧沒有帶吃的東西來。」

他說：「戰爭開始的時候，我在布列斯特，在空軍集團軍裡。飛行員們朝飛機場奔去，我聽到一個波蘭婦女高聲問：『這是什麼人？』一個波蘭小孩子回答說：『是俄羅斯人，當兵的。』這時候我特別強烈地感覺到：我是俄羅斯人，俄羅斯人……你要知道，我一直沒忘記我是俄羅斯人，可是這時候心裡怦怦跳起來：我是俄羅斯人，我是俄羅斯人。說實在的，戰前可是用另外一種精神教育我們……今天，也就是這會兒，是我最好的日子，這會兒我看著你，又像那時候一樣——我痛苦、我幸福都因為我是俄羅斯人……這就是我想對你說的……」他問：「你怎麼了？」

她眼前彷彿閃過克雷莫夫那一頭亂髮的頭。天啊，難道她永遠和他分手了嗎？正是在這幸福時刻，她覺得永遠和他分手是難以忍受的。

有一會兒，似乎她就要把今天，把今天吻她的這個人的話同已經逝去的歲月連接起來，一下子弄清楚自己一生的真正出路，就要看到過去未能看清的東西——自己內心深處。正是內心深處在決定今後的命運。

「這間屋子是一位德國老奶奶的，」葉妮婭說，「是她讓我住在這兒的。這張很潔淨的白白的床就是她的。比她更隨和、更老實的人我這一輩子還沒有見過……說也奇怪，就在和德國人打仗的時候，我還是相信，她是這個城市裡最善良的人。奇怪嗎？」

「她很快就要回來了吧？」

「不，跟她打的仗已經打完了，把她送走了。」

「那也沒辦法。」

她很想對他說說她是怎樣憐憫被她拋棄的克雷莫夫。他連可以通通信的人都沒有了，也沒有人需要他去看望了，他只有苦惱，無法排遣的苦惱，孤獨。此外她還想談談里蒙諾夫，談談沙爾戈羅茨基，談談與這兩個人有聯繫的很有意思然而不易理解的一些新的說法。想說說小時候亨利遜怎樣把沙波什尼科夫家的小孩子們說的一些好笑的話記下來，記錄這些話的筆記本就在桌子上，可以看一看。很想說一說報戶口的經過，說一說那個戶籍股長。但是她還不夠信任他，在他面前怕難為情。他要不要聽她說的呢？

很奇怪……她就像重新在經歷她和克雷莫夫關係的破裂，她的心靈深處一直還以為可以破鏡重圓，恢復過去的一切。這一點使她心裡得到安慰。這會兒，當她感到有一股力量將她捲起時，她又痛苦，又惶恐：難道這就永遠、永遠不再恢復了嗎？可憐的克雷莫夫，真可憐啊！為什麼他這樣苦？

「這算怎麼回事兒啊？」她說。

「你是我諾維科夫家的人啦。」他隨口說。

她笑起來，凝視著他的臉。

「你是陌生人，完全是陌生人嘛。說真的，你是什麼人？」

「這我不知道。可是我知道，你是我的人了。」

她已經身不由己了。她一面給他往杯子裡倒開水，一面問：「還要麵包嗎？」

忽然她又說：「如果克雷莫夫出什麼事，受重傷或者進監獄，我還要回到他身邊去。這一點你要考慮。」

「他因為什麼要進監獄？」他正色問道。

「哼，進監獄還不容易嗎，他過去搞過共產國際，托洛茨基也認識他，看過他一篇文章之後，還說過：『真精彩！』」

「你試試看，要是再回去，他還要把你趕走呢。」

「你別操心。那就是我的事了。」

他對她說，戰後她將成為一座大房子的女主人，房子將是很漂亮的，房子後面還會有花園。

難道就這樣定了，就這樣一輩子嗎？

不知為什麼她很希望讓諾維科夫明白：克雷莫夫是一個聰明人，一個有才華的人，她對克雷莫夫是有感情的，應該說，是很愛他的。她不希望諾維科夫因為她愛克雷莫夫而產生醋意，但是她所做的一切都是在不自覺地挑動他的醋意。不過她把托洛茨基的話對他說了，這話克雷莫夫只對她一個人說過，現在她也只是對他一個人說。「如果當時還有人知道這件事，克雷莫夫在一九三七年未必能逃脫。」她既然愛諾維科夫，就應該高度信任他，於是，她把一個她對不起的人的命運交給了他。

她的腦子裡有各種各樣的想法，想將來，想今天，想過去，她時而發呆，時而高興，羞澀，忐忑，愁悶，害怕，不知道母親、姐姐、侄子、薇拉，還有不少人會怎樣看待她生活中發生的這一變化。如果諾維科夫和里蒙諾夫談話，聽聽別人談詩歌和繪畫，又會怎樣呢？他不會感到羞慚的，雖然他不知道夏加爾和馬蒂斯……他是強者，強者，強者。連她都服從了。戰爭會結束的。難道，難道她再也見不到克雷莫夫了嗎？天啊，天啊，她幹的什麼事呀。現在就不想這些吧。因為還不知道今後一切會怎麼樣呢。

「現在我才明白：我還一點不瞭解你。我不是開玩笑：你是陌生人。房子、花園，幹嘛要說這些呀？你是當真的嗎？」

「你要是願意，我就復員，到西伯利亞東部什麼地方去，到建築工地上去做一名工長。咱們就住在帶家眷的棚屋裡。」

這是真心話，他不是開玩笑。

「不一定住帶家眷的屋。」

「一定要住。」

「你簡直瘋啦。為什麼要這樣？」她心裡想：「還有克雷莫夫呢。」

「怎麼為什麼？」他驚駭地問。

可是他既不想將來，也不想過去。他覺得很幸福。有時想到，過幾分鐘他們就要分別了，也不覺得可怕。他和她坐在一起，他看著她……她是他諾維科夫的人了……他覺得很幸福。他愛的不是她聽明、漂亮、年輕。他確實一直在愛她。起初他不敢幻想她會成為他的妻子。後來他卻幻想了很多年。但就是今天，他依然帶著靦腆和膽怯的神氣在看她的笑容，聽她的一些帶有譏笑意味的話。不過，他看出來，新的情況出現了。

她看著他準備動身，便說：「到時候啦，斯捷潘．拉辛該回到沸沸揚揚的隊伍裡去，該把我扔進湧來的浪濤裡啦。」

等到他開始告別的時候，他明白了，她並不是多麼剛強的，女人總歸是女人，哪怕她絕頂聰明，而且很會譏笑人。

「有多少話想說啊，可是什麼也沒說。」她說。

不過，倒也不是這樣。決定人的一生的最重要的事，在他們相會的時候已經定下來了。他的確是愛她的。

四

諾維科夫朝車站走去。

……葉妮婭，她那心慌意亂的低語，赤裸的雙腳，親熱的呢喃，在分別時的眼淚，令他迷戀的魅力，她的貧困與純潔，她頭髮的味道，她可愛的羞澀，她的身體的溫暖，他因為意識到自己的工人、士兵式的單純而感到靦腆，又因為自己帶有工人、士兵式的單純而自豪。

諾維科夫順著鐵路線朝前走去，他的熱辣、模糊的思想雲團之中扎進來一根尖尖的針——一個當兵的在路途中的恐懼：軍車是不是開走了？

他老遠看見一節節鐵路貨車、蓋著帆布的一輛輛凸凸稜稜的鋼甲坦克、戴著黑色鋼盔的崗哨，看見掛著白窗簾的軍部車廂。

他從一名立正的哨兵身旁走進車廂。

副官維爾什科夫因為諾維科夫沒有帶他上市裡去，很不高興，所以一聲不響地把統帥部來的密碼電報放到小桌上：開往薩拉托夫，然後開上阿斯特拉罕支線……

涅烏多布諾夫將軍走進來，也不看諾維科夫的臉，而是看著他手裡的電報，說：「路線定下了。」

「是的，涅烏多布諾夫同志，」諾維科夫說，「不是路線，是命運已經定了：史達林格勒！」他又說：「留京中將問候您。」

「啊，啊，啊。」涅烏多布諾夫說。實在弄不清他這冷漠的「啊，啊，啊」是針對什麼的：是對將軍的問候，還是史達林格勒的命運？

他是一個奇怪的人，諾維科夫覺得他有些可怕：不論路上出什麼事兒——等待對向開來的列車通過，車廂的軸箱發生故障，或者調度員沒及時給發車信號——這時候涅烏多布諾夫就來了勁兒，說：「把名字記下來，記下來，這是有意破壞，應該抓起來，壞蛋。」

諾維科夫在內心深處對於所謂人民敵人、富農和富農幫凶沒有仇恨，沒有惡感。他從來不曾想過把什麼人關進監獄，把什麼人送交法庭，或者在大會上揭發什麼人。不過他認為，這種好心腸和恨不起來是由於自己政治覺悟不高。

可是諾維科夫卻覺得，涅烏多布諾夫一見到人，首先出現和馬上出現的便是警惕性，他會抱著懷疑的態度想：「啊呀，親愛的同志，你不是敵人嗎？」昨天他還對諾維科夫和格特馬諾夫說過，有一些反革命的建築師，曾經企圖把莫斯科的一些主要街道變為敵人空軍的降落場。

「依我看，這是胡說八道，」諾維科夫說，「這是軍事上的無知。」

現在涅烏多布諾夫和諾維科夫談起自己喜歡談的第二個話題——談家庭生活。他摸了摸車廂裡的暖氣管，說起戰前不久在他的別墅裡安裝的暖氣設備。這個話題出乎意料地使諾維科夫很感興趣，他認為很重要，並且請涅烏多布諾夫畫了一張別墅暖氣設備的線路圖，他把圖紙摺疊起來，放進軍裝的內口袋。

「將來會用得著的。」他說。

不久，格特馬諾夫走了進來，高高興興地大聲向諾維科夫表示歡迎。

「好哇，我們的軍長又回來啦，我們本來還想重新選舉首領呢，以為斯捷潘·拉辛把自己的隊伍扔掉啦。」他眯起眼睛，很和善地看著諾維科夫。諾維科夫聽到政委開玩笑，也在笑著，可是他心裡出現了已經成為習慣的緊張。

格特馬諾夫開的玩笑有一個很奇怪的特點，他似乎知道諾維科夫的很多事情，他開的玩笑正是暗示這方面的事。於是他重複了一遍葉妮婭在分別時說的話，不過這當然是無意的巧合。

格特馬諾夫看看錶，說：「好啦，兩位大人，該我上市裡一趟啦，沒意見吧？」

「請吧，您走了，我們在這兒也不會感到寂寞。」諾維科夫說。

「這話對，」格特馬諾夫說，「軍長同志，您在古比雪夫總不會感到寂寞的。」這句玩笑話就不是巧合了。格特馬諾夫已經站到單間門口，問：「軍長同志，沙波什尼科娃同志身體好嗎？」

格特馬諾夫是一本正經的，眼中也沒有笑意。

「謝謝，很好，工作幹得不錯。」

諾維科夫說過這話，就想把話引開，於是便問涅烏多布諾夫：「涅烏多布諾夫同志，您怎麼不想到市裡走走？」

「市裡我什麼沒有見過呀？」涅烏多布諾夫回答說。

他們坐在一起。諾維科夫一面聽涅烏多布諾夫說話，一面翻看文件，看過了就放到一邊，並且不時地說：「噢，噢，噢，您說下去……」

諾維科夫一輩子總是向首長彙報，首長在聽彙報的時候總是在看文件，一面漫不經心地說：「噢，噢，您說下去……」諾維科夫過去總覺得這是一種侮辱，他認為自己永遠也不會這樣做。

「是這樣，」諾維科夫說，「為了維修，咱們應該早點兒要求補充維修技術人員。修車輪的人咱們有的是，可是修履帶的人幾乎一個也沒有。」

「我已經寫好了申請表。我想，最好直接交給總指揮，反正總要找他批。」

「噢，噢，噢。」諾維科夫說。他在申請表上簽了字，又說：「要檢查各旅的防空裝置，過了薩拉托夫可能會有空襲。」

「我已經在軍部裡發過指示了。」

「這不管用。應該讓各軍列指揮官各自負責，讓他們在十六點以前彙報情況。要他們親自檢查，親自彙報。」

涅烏多布諾夫說：「薩佐諾夫擔任旅參謀長的批文已經下來了。」

「真快，簡直像電報。」諾維科夫說。

這一次涅烏多布諾夫沒有朝旁邊看，他笑了笑，知道諾維科夫很懊惱，很不自在。

諾維科夫一向沒有膽量堅決維護他認為特別適宜擔任指揮職務的一些人。一涉及指揮人員的政治可靠性問題，他就洩了氣，就好像人的真正才幹一下子就成了無關緊要的。但現在他火了。他不想容忍了。他看著涅烏多布諾夫，說：「我錯了，為人事檔案犧牲了軍事才能。到前線上咱們要改正。總不能靠人事檔案作戰。一出什麼問題，我他媽的馬上把他撤了！」

涅烏多布諾夫聳了聳肩，說：「我個人對那個卡爾梅克人巴桑戈夫一點意見也沒有，不過最好還是要尊重俄羅斯人。各民族友誼是神聖的事，不過，您該瞭解，在少數民族中，抱敵對態度的人、不可靠的人、面貌不清的人占的比例很大。」

「這一點在一九三七年就該考慮，」諾維科夫說，「我有一個這樣的朋友，叫米佳·葉甫謝耶夫。他天天在叫喊：『我是俄羅斯人，這是最要緊的。』可是他這俄羅斯人也是倒楣，被關起來了。」

「各個時期有各個時期的情況，」涅烏多布諾夫說，「關的都是壞蛋、敵人。我們是不會無緣無故關人的。過去我們和德國人締結布列斯特和約，符合布爾什維克主義；現在史達林同志號召徹底、乾淨地消滅侵入蘇聯國土的所有德國人，也符合布爾什維克主義。」

又換成教訓的口吻說：「在我們的時代，布爾什維克首先應該是熱愛俄羅斯的人。」

諾維科夫非常氣憤：他諾維科夫對俄羅斯的感情是在戰火中錘鍊出來的，涅烏多布諾夫的俄羅斯感情也許是從諾維科夫不曾跨過的什麼辦公室裡借來的。

他和涅烏多布諾夫談著，非常惱火，想著很多事情，心裡很激動。他兩頰通紅，好像風吹過或者太陽炙曬過，心咚咚跳著，跳得很激烈，無法平靜。

似乎有一個團從他的心上走過，許多靴子齊聲響：「葉妮婭，葉妮婭，葉妮婭。」

已經不再怨恨諾維科夫的維爾什科夫探進頭來，用恭順的語調說：「上校同志，請允許我報告：炊事員不知怎樣才好，等您吃飯已經等了兩個多鐘頭了。」

「好的，好的，就是要快一點兒。」

一名滿頭大汗的炊事員馬上帶著緊張、幸福和委屈的表情跑進單間來，擺起一碟碟烏拉爾醃製品。

「給我來一瓶啤酒。」涅烏多布諾夫懶洋洋地說。

「有，有，少將同志。」炊事員得意地說。

諾維科夫覺得，因為很久沒開葷，現在突然非常想吃，眼淚都急出來了。「首長已經吃不慣啦。」他在心裡說著，想起剛剛不久前吃的冰冷的波斯丁香。

諾維科夫和涅烏多布諾夫同時朝窗外看了看：一名喝醉的坦克手由一名背槍的民警扶著，歪歪倒倒、踉踉蹌蹌地在鐵路線上走，一面尖聲叫著。坦克手想掙開，想打民警，但是民警把他抱得緊緊的，看樣子，坦克手已經醉糊塗了，一會兒就忘記了要打人，忽然很親熱地在民警的臉上吻了起來。

諾維科夫對副官說：「這真不成體統，馬上去查清楚，向我彙報。」

「要把這個壞蛋、這個破壞軍紀的分子槍斃。」涅烏多布諾夫說著，把窗簾拉上。

在維爾什科夫那單純的臉上出現了複雜的表情。首先他覺得傷腦筋，這一下子軍長要倒胃口了。

同時他又同情那名坦克手。這種同情包含各種各樣的意味：有苦笑，有鼓勵，有同志般的讚賞，有父親般的疼愛，有難過和擔心。

他報告說：「是的，馬上調查，彙報。」又編造理由代為開脫說：「他媽媽住在這裡，他是俄羅斯人，哪兒知道分寸，心裡又難過，很想最後和老母好好話別，所以喝多了一點兒。」

諾維科夫搔了搔後腦勺，把一個碟子拉到自己跟前。「不行，我再也不離開軍車上哪兒去了。」他在心裡對等待他的那個女子說。

格特馬諾夫在快要開車的時候才回來。他滿臉通紅，十分快活，不吃晚飯了，只是吩咐手下人給他打開一瓶他很喜歡喝的橘子水。他哼哧哼哧地把靴子脫掉，躺到沙發床上，用一隻穿襪子的腳把單間的門掩實。

他對諾維科夫說起一位當州委書記的老朋友告訴他的一些消息。那位老朋友昨天剛從莫斯科回來。他在莫斯科得到一個人接見，那個人在節慶日子裡有資格登上列寧墓，但還不夠跟史達林一起，站在麥克風旁邊。那個透露消息的人當然不是什麼都知道，而且當然也不會把他所知道的全部都告訴這位州委書記，因為這位州委書記只是在窩瓦河畔一個不大的城市裡擔任區委指導員時和他熟識。這位州委書記又在無形的化學天平上稱了稱談話的對象，從他聽到的消息中揀出不多的一部分對這位坦克軍政委說了說。當然，這位坦克軍政委對諾維科夫上校所說的，也只是他從州委書記嘴裡聽到的不多的一部分……

但是這天晚上他說話用的是特別信任的語氣，以前他還沒有用這樣的語氣和諾維科夫說過話。似乎他認為，諾維科夫十分瞭解馬林科夫有很大的實權，知道除了莫洛托夫之外，只有貝利亞能夠對史達林同志稱「你」，知道史達林同志最痛恨擅自行動，知道史達林同志喜歡蘇祿乾酪，知道史達林同志因為牙齒不好常常將麵包蘸了酒吃，也知道他臉上的碎麻子是小時候出天花留下的，知道莫洛托夫同志早已不是黨內第二號人物，知道史達林同志近來已經不怎麼賞識赫魯雪夫同志了，不久前甚至在高頻電話裡把他臭罵了一頓。

在談到國家最高領導人時那種推心置腹的語調，談史達林在和邱吉爾談話時一面畫十字一面笑著說的風趣話，談史達林對一位元帥的過失的不滿，似乎比那個站在陵墓上的人說的帶有一點兒暗示意味的話，也就是諾維科夫心裡一直在盼望、在揣測的話——馬上就要反攻了！——更為重要。諾維科夫心裡想：「哈，我也進入上層的圈子了！」不由得在心裡得意地傻笑了一下，笑過了，自己也覺得羞慚。

不久軍列就開動了，既沒有打鈴，也沒有吹哨。

諾維科夫走到軍車的連廊，開了門，凝視著城市上面黑沉沉的天空。又好像有步兵在心裡咚咚走過：「葉妮婭，葉妮婭，葉妮婭。」悠揚的《葉爾馬克之歌》的歌聲透過軋軋聲與轟隆聲從機車方向飄過來。

車輪軋在鋼軌上的隆隆聲、馱載著一輛輛鋼甲坦克奔赴前方的鐵路貨車的叮噹聲、年輕人的歌聲、窩瓦河上吹來的冷風、浩瀚的星空，這一切似乎都換了一副面貌進入他的心田，不再像一秒鐘以前那樣，也不像戰爭開始以來這整個一年中那樣了，他的心中感到有一種強悍的戰鬥力量，因而泛起一股豪邁的喜悅和劇烈而甜蜜的幸福感，似乎戰爭的面貌變了，完全不同了，不再是只有痛苦和仇恨的醜陋樣子……從黑暗中飄來的惆悵而悲傷的歌聲也帶有威嚴和豪邁的意味了。

不過很奇怪，今天的幸福感沒有喚起他的善心和寬恕。這種幸福感激發他的仇恨、憤怒，激發他的願望，希望顯示自己的力量，消滅阻擋這種力量的一切。

他回到單間。剛才秋夜是那樣迷人，這會兒卻是車廂裡的窒悶，菸草、燒焦的牛油和鞋油的氣味，紅光滿面的軍部人員身上的汗味。格特馬諾夫穿著睡衣，露著白白的胸膛，靠在沙發床上。

「喂，玩一會兒骨牌吧，怎麼樣？將軍同意了。」

「沒問題，可以打。」諾維科夫回答說。

格特馬諾夫輕輕地打了個飽嗝兒，口氣憂慮：「恐怕我有胃潰瘍，一喝酒，肚子就痛得厲害。」

「不應該讓醫生跟著第二軍列先走。」諾維科夫說。

諾維科夫很生自己的氣，心想：「我當時想安排達林斯基，費奧多連科一皺眉頭，我就改變了主意。我對格特馬諾夫和涅烏多布諾夫也說過，他們一皺眉頭，說幹嘛要用受過處分的人，我就害怕了。我推薦巴桑戈夫，他們又說幹嘛要用非俄羅斯人，我又改變了主意……我究竟有沒有自己的主意。」

他看著格特馬諾夫，心裡想著，而且偏偏要往荒唐處想：「今天他拿我的白蘭地招待別人，明天我老婆來了，他還想跟我老婆睡覺呢。」

但他這個有充分信心可以打碎德國戰爭機器的脊梁骨的人，為什麼在同格特馬諾夫和涅烏多布諾夫交談的時候，總感到自己軟弱和膽怯？

在這幸福的一天裡，他心中湧起一股強烈的憤恨，憤恨過去多年來的生活現實，憤恨這種已成為他的準則的狀況：那些軍事上無知然而有權有勢、吃慣了佳餚美酒、掛滿了勳章的人們聽他的彙報，恩賜他一間領導人員住房，為他申報獎賞。一些人雖然不知道大炮口徑的大小，念不通別人為他們寫的講話稿，看不懂地圖，滿口的錯字別字，然而總是要領導他。他要向他們彙報。他們沒有文化，並不因為是工人出身，要知道，他的父親、祖父、哥哥也是礦工。有時候他覺得，這些人沒有文化，正是他們的優點，有了這個優點，就不要文化了。他的知識，他的口才，他喜歡讀書，都是他的缺點。在戰前他覺得，這些人比他更有毅力和信心。可是戰爭已經證明了，就在這方面也不是這樣。

戰爭把他推上高級指揮崗位，但實際上仍然不能當家做主。他仍然要服從他一向能感覺到、卻不能理解的勢力。在他統率之下沒有指揮權的這兩個人便是這種勢力的代表。所以，當格特馬諾夫跟他談起那些權勢炙手可熱的人物時，他高興得發了呆。戰爭遲早會證明俄羅斯將依靠誰——是依靠他這樣的人，還是依靠格特馬諾夫這樣的人。

他的幻想已經實現了：他多年深愛的女人就要成為他的妻子……這天，他的坦克軍接到了命令，開始向史達林格勒進軍。

「諾維科夫同志，」格特馬諾夫忽然說，「您可知道，今天你上市裡去的時候，我和涅烏多布諾夫有一場爭論？」

他欠起身來，喝了一口啤酒，說：「我這人是直腸子，我要直截了當地告訴你：我們談起了沙波什尼科娃同志。她的哥哥在一九三七年進入……」格特馬諾夫朝地下指了指，「原來，那時候涅烏多布諾夫認識他，我也認識她的前夫克雷莫夫，此人得到保全，真可以說是奇蹟。他是中央宣講團裡的。所以涅烏多布諾夫說，既然諾維科夫同志得到蘇聯人民和史達林同志這樣高的信任，就不應該跟社會政治關係不清的人結合。」

「我的個人生活跟他有什麼相干？」諾維科夫說。

「就是這話，」格特馬諾夫說，「這都是一九三七年遺留的問題，不能把這些問題看得太嚴重。不，不，您要正確理解我的意思。涅烏多布諾夫是一個很好的人，忠誠無私，是史達林式的堅定的共產黨員。但是他有一個小小的缺點——有時看不見、感覺不到新事物的出現。他認為最主要的是摘引革命導師的著作。至於現實生活所提供的經驗教訓，他卻往往看不見。有時似乎他都不明白他是生活在什麼樣的國家裡，他摘引的又是一些什麼。戰爭教給我們許多新東西。羅科索夫斯基中將、戈爾巴托夫將軍、普爾杜斯將軍、別洛夫將軍都坐過牢嘛。可是史達林同志認為可以讓他們指揮軍隊。今天，我去拜訪的米特里奇就對我說了說羅科索夫斯基從勞改營裡直接調任集團軍司令的情形：他正在棚屋的洗臉池裡洗裹腳布，就有人跑去叫他：『快點兒！』他以為連腳布都不准他洗了，因為昨天一個頭頭兒還審訊他，把他打了一頓。誰知，一架飛機把他直接送進了克里姆林宮。我們還是應該從這一點得出一些結論的。可是咱們的涅烏多布諾夫是一九三七年的積極分子，他頭腦僵化，立場是不會改變的。不知道沙波什尼科娃這位哥哥犯的是什麼罪，如果還活著的話，也許貝利亞同志現在也會把他放出來，讓他指揮一個集團軍。克雷莫夫還在軍隊裡嘛。人還好好的，還是黨員。有什麼事呢？」

但是這番話偏偏把諾維科夫惹火了。

「這跟我有屁關係！」他用老大的嗓門兒說。他第一次聽到自己的嗓門兒有這樣響亮，自己也覺得吃了一驚。「沙波什尼科夫是不是敵人，跟我有什麼相干？我連認都不認識他！托洛茨基是對這個克雷莫夫談過他的文章，說他的文章寫得十分精彩。這跟我又有什麼相干？精彩就精彩好了。就讓托洛茨基，就讓雷科夫，就讓布哈林，就讓普希金拚命讚賞他好了，跟我的生活有什麼相干？我又沒讀過他的精彩文章。這跟沙波什尼科娃又有什麼關係？怎麼，難道是她一九三七年以前在共產國際工作過？同志們，好好領導作戰吧！幹點真正的工作！讓我告訴你，算了吧！夠啦！」

他的兩頰火辣辣的，心劇烈地跳著。他的思想是清楚、分明、強烈的，可是腦子裡迷迷糊糊：「葉妮婭，葉妮婭，葉妮婭。」他聽著自己說話，自己感到吃驚：難道這是他，竟敢這樣毫無顧忌地在對一位黨的大幹部說話？他心裡覺得痛快，同時克制著後悔和擔心的心情，看了看格特馬諾夫。

格特馬諾夫忽然從沙發床上跳起來，張開兩條老粗的胳膊，說：「諾維科夫同志，讓我來擁抱你，你是真正的男子漢。」

諾維科夫愣了一會兒，便和他擁抱，互相吻了吻，格特馬諾夫朝著過道裡喊道：「維爾什科夫，把白蘭地給我們拿來，軍長和政委現在要喝交誼酒啦！」

五

葉妮婭收拾好了房間，心想：「好了，行了。」就好像這一下子房間也潔淨了，床也鋪平整了，枕頭也不打皺了，她的心也不亂了。但是等到床頭邊再也沒有菸灰，最後一個菸頭兒也從小架子邊上撿走之後，葉妮婭明白了，她一直是想欺騙自己，明白了在這世界上她什麼也不需要，就需要諾維科夫。她真想把她生活中發生的這件事對索菲亞·列文頓說說，就要對她說，不是對媽媽，不是對姐姐。她也模模糊糊地知道，為什麼她想把這事對索菲亞說說。

「啊，索涅奇卡，索涅奇卡·列文頓。」葉妮婭把心裡想的說出聲來。

後來她想到，瑪露霞已經不在了。她明白，沒有他是不能活下去的，她拿手拚命在桌子上敲了一下。然後她說：「算了，我誰也不需要！」她說過這話，卻又在諾維科夫掛軍大衣的地方跪下來，說：「你要活下去啊！」

然後她心裡想：「真是虛偽，我真是一個水性楊花的女人。」

她故意折磨起自己，不出聲地自己對自己說起話來，假託一個又鄙俗又尖刻的人之口，不知是女人還是男人：「哼，這個女人沒有男人就受不住，風流慣了，又是在這風風雨雨的年月……已經扔掉一個啦，當然，她怎麼會看得起克雷莫夫，他連黨內都待不穩。這會兒她要做軍長夫人啦。又是那樣魁偉的男子漢！哪一個女人都會想的，當然了……他不用花什麼力氣，她已經什麼都給他了，不是嗎？不用說，這會兒夜裡該睡不著覺了，又擔心他被打死，又擔心他找上一個十九歲的電話員姑娘。」

那個鄙俗而下流的人似乎窺見了連葉妮婭自己也不知道的一個念頭，就又說：「沒什麼，沒什麼，你很快可以跑去找他嘛。」

她真不懂，為什麼她不愛克雷莫夫了。不過這會兒也不需要懂了——她已經感到很幸福了。

忽然間，她不由得想起，是克雷莫夫阻礙著她的幸福。他一直站在她和諾維科夫之間，是他使她快活不起來。他還在毀壞她的生活。為什麼她就應當永遠痛苦，為什麼還要受良心責備？有什麼辦法，不愛就是不愛！他究竟要她怎樣，為什麼他要一個勁兒地跟著她？她有權做一個幸福的女人，有權愛她愛的男人。為什麼她總覺得克雷莫夫是個弱者，是個沒辦法、沒主意、孤孤單單的人？他並不多麼軟弱！並不多麼善良！

她對克雷莫夫憤恨起來。她絕不拿自己的幸福給他做犧牲，絕不，絕不……他是一個殘酷、狹隘的人，是一個頑固的狂熱分子。她永遠看不慣他對受難遭殃的人那種冷漠態度。這和她，和她媽媽、爸爸多麼不同啊……就在俄羅斯和烏克蘭農村成千上萬的婦女兒童在可怕的饑饉中痛苦死去的時候，他竟說：「富農不值得憐惜。」在亞戈達和葉若夫那時候，他說：「沒有罪的人是不會被抓的。」有一次媽媽說，一九一八年在卡梅申，曾經用大船把商人、房產主和他們的家小送到窩瓦河心裡，把他們淹死，其中就有瑪露霞在中學裡的同學，有米納耶夫家、戈爾布諾夫家、卡薩特金家、沙波什尼科夫家，克雷莫夫聽了後，卻很激烈地說：「對待這些仇恨革命的人，您說該怎麼辦？拿甜餅餵他們嗎？」為什麼她沒有幸福的權利？為什麼她就應該痛苦，應該憐惜一個從來不憐惜弱者的人？

但在她內心深處，痛恨和發狠的同時，她也知道自己不對，克雷莫夫並不那麼殘酷。

她脫下她在古比雪夫集市上換來的厚裙子，穿起她自己夏季穿的裙子，這是史達林格勒大火後留下來的唯一一條裙子，一天傍晚她就是穿著這條裙子和諾維科夫一起站在史達林格勒濱河大街霍爾祖諾夫紀念碑前的。

在亨利遜老奶奶被送走前不久，葉妮婭問她，過去是不是愛過什麼人。老人家很不好意思地說：「是的，愛過一個黃髮髮、藍眼睛的男孩子。他穿的是絲絨夾克，襯衣領子雪白雪白的。那年我十一歲，我和他不認識。」

這會兒那個穿絲絨夾克的髮髮男孩子在哪兒呢？亨利遜老人家又在哪兒呢？

葉妮婭坐到床上，看了看錶。一般在這個時候沙爾戈羅茨基都要到她這兒來的。啊，她今天可不想聽什麼高深的談論。

她很快地穿起大衣，紮好頭巾。已經沒意思了——軍車早已開走了。

在車站的牆腳下，許許多多的人坐在提箱和包裹上。葉妮婭在車站的小巷道裡漫步走著，有一個女子問她有沒有乘車用餐券，另一個女子問她有沒有乘車憑證……有些人迷迷糊糊地用懷疑的目光打量她。有一列貨車很沉重地從第一道線路開過，車站的牆抖動著，站房的窗玻璃叮叮噹噹響了起來。似乎她的心也在打顫。擦著車站欄杆滑過的是一台台平板貨車，上面是一輛輛的坦克。

她忽然充滿了幸福感。一輛又一輛坦克滑過，還有雕塑一樣坐在坦克上的一個個頭戴盔形帽、斜挎衝鋒槍的紅軍戰士。

她像小孩子一樣揮著手臂，朝家裡走去。她把大衣敞開，看著自己夏季穿的裙子。夕陽忽然把一條條街道照得十分明亮，寒冷陰沉、破破爛爛、塵土飛揚的冬季即將降臨的城市，一下子變得喜氣洋洋，呈現出鮮亮的玫瑰色。她走進樓房，居民小組長加林娜因為今天在過道裡見過前來找葉妮婭的上校，所以露出一副巴結的神氣，笑著說：「有您的信。」

「噢，是我時來運轉啦。」葉妮婭心裡想著，把信封打了開來。

信是從喀山來的，是媽媽寫來的。她看過前面幾行，就小聲叫了起來，驚慌喚道：「托里亞呀，托里亞呀！」

六

夜裡大街上突然意外出現在維克多腦子的想法，成了新理論的基礎。他研究了幾個星期得出的方程式完全沒有擴展物理學家們承認的傳統理論，沒有成為其補充部分。相反地，傳統理論本身對於維克多得出的新的普遍結論倒成了部分現象，他的方程式把似乎包羅萬象的傳統理論包羅進去了。

維克多暫時不再上研究所去，實驗室的工作由索科洛夫領導。維克多幾乎不出門，只是在房裡走來走去，有時在桌邊坐一陣子。晚上有時出去散散步，專揀車站附近的偏僻街道走一走，為的是不碰上熟人。他在家裡的生活依然和平常一樣：吃飯時說說笑話，看報，聽新聞廣播，逗逗娜佳，向岳母問問工廠的情形，和妻子說說話。

柳德米拉覺得，丈夫在這些日子裡和她一樣了，做一切事情都是出於習慣，就像上了發條的鐘錶，心裡對外在的生活沒有什麼感覺，他生活得很輕鬆，只是因為這生活他已經習慣了。但是這種相似並沒有使柳德米拉和丈夫接近起來。這種相似是表面的。實際上是完全相反的原因使他們和家裡人在思想上疏遠了，完全相反的原因決定著他們對生和死的態度。

維克多不懷疑自己的成果。這樣的信心他從來不曾有過。但是恰恰就在這時候，在把他得出的最重要的科學結論表現為公式的時候，他一點也不懷疑其正確性。在他想到一系列方程式，可以重新解釋廣泛的物理現象的那幾分鐘裡，他不知為什麼再也不像平素那樣喜歡懷疑和動搖了，立刻就感覺出這一思路是正確的。就連現在，當他進行的複雜的數學運算快要結束，他一再地檢查自己的推論過程的時候，他的信心也沒有超過在空蕩蕩的大街上突然冒出來的猜想使他大吃一驚的那當下。

有時候他想看清楚他走過的道路。從表面看，似乎一切都十分簡單。

實驗室裡進行的試驗應該可以證實理論的推斷。事實上卻沒有證實。試驗結果與理論的矛盾，很自然地使人懷疑試驗的準確性。根據許多研究者幾十年的研究得出的理論，而且這一理論也闡明了一些新的研究試驗中的許多現象，這樣的理論似乎是不可動搖的。反覆的試驗一次又一次表明，參與核反應的帶電粒子出現的偏離，依然完全不符合理論的推斷。不論怎樣改進試驗的準確性，不論怎樣校正測量儀器，調製攝取核爆炸圖像的感光劑，都不能解釋這種完全不相符合的現象。

這時候才清楚，試驗結果是不容懷疑的，於是維克多便千方百計修補理論，將一些任意的假設納入理論中，為的是使實驗室中得到的新的試驗資料服從於理論。他所做的一切，都由於他承認最基本、最主要的一點：理論來自試驗，因此試驗不能和理論相矛盾。

為了使理論和新的試驗相符合，花費了大量的勞動。但是傳統的理論，似乎永遠不能偏離、不能違背的理論，即使修補過，也仍然不能解釋愈來愈矛盾的試驗資料。修補以後仍然無能為力，就和沒有修補一樣。

就在這個時候出現了新的想法。

舊的理論不再是基礎，不再是根本，不再是包羅萬象的整體。舊理論不是錯誤，不是荒唐的迷誤，但是卻作為局部性答案進入了新的理論……太后起身朝拜起新的王后。這一切都是在轉瞬間發生的。

維克多一想到他腦子裡出現新理論的情形，就感到意外和驚愕。在這裡，理論與試驗相聯繫的簡單邏輯完全不存在了。似乎地上的腳印兒沒有了，他看不清他走過的道路。

以前他總認為，理論來自試驗；試驗產生理論。他認為，理論與新的試驗資料的矛盾自然而然地導致包羅性更廣的新理論的產生。

但事情很奇怪——他相信，實際情形完全不是那樣。他取得成就，偏偏是在他既不想以理論聯繫試驗，也不想以試驗聯繫理論的時候。

新的理論似乎不是來自試驗，而是來自維克多的頭腦。這一點他理解得十分清楚。新理論是很自然地出現的。頭腦產生了理論。理論的邏輯推理及其因果關係，都和瑪律科夫在實驗室裡進行的試驗沒有聯繫。似乎理論是從自由自在的思想遊戲中自然而然產生的，這種似乎與試驗無關的思想遊戲就能夠解釋所有老的和新的豐富的試驗資料。

試驗是外部推動力，促使腦子進行思考。但試驗不能決定思考的內容。

這是使人吃驚的……

他的腦子裡充滿了數學關係式、微分方程、概率法則、高等代數定律和數論定律。這些數學關係獨立地存在於冥冥之中，超越原子核世界和星際世界，超越電磁場和引力場，超越時間和空間，超越人類歷史和地球的地質史。但是卻在他的頭腦中。

同時他的頭腦裡也充滿了另外一些關係和定律——量子關係，力場，可以判斷核反應過程實質的恆量、光的運動、時間與空間的收縮與延伸。事情很奇怪，在一個理論物理學家看來，物質世界的變化過程僅僅是空洞的數學天地中各種定律的反映。在維克多的頭腦裡，不是數學反映世界，而是世界成了微分方程的投影，世界是數學的映射。

同時他的腦子裡也充滿了計量器和儀錶所顯示的數字，在感光劑和照相紙上記錄粒子和核爆炸運動的一條條虛線。

同時他的腦子裡也有樹葉的颯颯聲，也有月光，有小米飯和牛奶，有爐火的呼呼聲，有樂曲聲，有狗吠聲，有羅馬的元老院，有蘇聯情報局的戰報，有對奴役的仇恨，有對南瓜子的喜好。

理論就從這種雜七雜八的狀態裡湧現、浮升上來，從它的深處鑽出來，那兒既沒有數學，也沒有物理，沒有物理實驗室的試驗，沒有現實的經驗，那兒沒有意識，只有下意識的可燃泥炭……與現實世界沒有聯繫的數學推理，反映、表現和體現在現實的物理學理論中，而理論忽然又極其精確地化作複雜的虛線狀的圖案，印在照相紙上。

在頭腦裡產生了這一切的人，看著證實了他所發現的真理的一道道微分方程和一片片照相紙，抽搭起來，不住地揩著往外直湧的幸福淚水。

話又說回來，若沒有那些不成功的試驗，若不出現那些混亂、不合理的情形，他和索科洛夫就會勉勉強強地修補舊理論，那他們就錯了。幸虧不合理就是不合理，沒有向他們的固執讓步，多麼好呀！

話說回來，儘管新的見解產生於頭腦，但還是與瑪律科夫的試驗有關。確實，若世界上沒有原子核和原子，人的頭腦裡也就不會有其概念，這話是不錯的，是的，是的，如果沒有精密的儀器，如果沒有莫斯科水電站，沒有冶金爐和純質的試劑，那麼，數學在理論物理學家的頭腦裡也無法預測現實。

維克多感到驚異的是，他取得他的最高科學成就，偏偏是在他十分痛苦的時候，在他的腦子天天被愁悶壓得非常難受的時候。怎麼會出現這種情形？

為什麼偏偏在一場使他惴惴不安的危險、大膽而尖銳的談話，跟他的研究毫不相干的談話之後，一切未解決的問題忽然在短短的瞬間找到了答案？不過，當然，這是無關緊要的巧合。

要想弄清楚這一切，是很難的……

研究工作完成了，維克多很想談談這項研究。在這之前他沒有想過可以和什麼人談自己的想法。他很想看到索科洛夫，想寫信給契貝任。他在想像，曼德爾施塔姆、約費、朗道、塔姆、庫爾恰托夫等人將怎樣看待他的新方程式，局裡、科裡、實驗室的同事們又會是什麼態度，新方程會給列寧格勒的人什麼樣的印象。他開始考慮，用什麼標題發表他的著作。他開始思索，偉大的丹麥科學家會怎樣對待他的專著，費密[1]會說什麼。也許，愛因斯坦會讀到他的專著，會寫信給他。什麼人會表示反對？他的研究有助於解決什麼樣的問題呢？

他不想跟妻子談他的研究。一般在寄出公務方面的信件之前，他都要先念給柳德米拉聽聽。每次他在大街上突然碰到什麼熟人，他的第一個念頭是：柳德米拉肯定會覺得吃驚。他和研究所長爭論，說過一句尖銳的話，馬上就會想：「我要對柳德米拉說說，我是怎樣罵他的。」他不能想像看電影或者看戲沒有柳德米拉坐在一起，或者小聲對她說：「天啊，簡直是胡謅。」使他動心、使他不安的事，他都要跟她說一說；他還在大學上學的時候就說過：「你知道嗎，我覺得，我是個呆子。」

為什麼他現在不說了呢？也許，他想跟她談自己的事是因為相信她對他的事比對自己的事更關心，他的事就是她的事？現在已經不這樣相信了。是她不愛他了？也許，是他不再愛她了？

不過他還是對妻子說了說自己在研究方面的情況，雖然他不願意和她談。

「你可知道，」他說，「我有一種很奇怪的感覺：現在我不管出什麼事，哪怕朝我這心口來一下子，我這輩子也不算白活了。要知道，正是現在我才第一次不怕死，哪怕馬上死也不怕了，這不是，你看，搞出來啦！」

他把桌上寫得滿滿的一頁紙指給她看。

「我毫不誇張：這是研究核能量性質的新觀點、新原理，是的，是的，這是開啟許多關閉的大門的鑰匙……你該知道，在小時候，不，不是小時候，不過，有這樣一種感覺，就好像從漆黑死寂的水裡忽然冒出一朵睡蓮，哈，太美了！」

---

1 著名丹麥物理學家。

「我太高興啦，太高興啦，維克多。」她說著，笑了起來。

他看出，她在想自己的心思，不是在為他高興和激動。

她也沒有把他對她說的事告訴母親，也沒有告訴娜佳，看樣子，她已經忘了。

晚上，維克多去找索科洛夫。他不僅想和索科洛夫談談自己的研究。他很想和他敘敘自己的心情。索科洛夫會理解他的。索科洛夫不光是聰明，且心地善良純潔。

與此同時，他又擔心索科洛夫會提起他那晚發表的大膽言論。索科洛夫喜歡解釋別人的所作所為，喜歡囉里囉唆地教訓人。

他已經很久沒上索科洛夫家裡來了。大概在這段時間裡，在索科洛夫家裡已經聚會過三四次了。有一會兒他似乎看見了馬季亞羅夫那凸出的眼睛。「這傢伙膽子真大。」他想道。奇怪的是，在整個這段時間裡他幾乎沒有想起晚間的聚會。就是現在他也不願意想。總有一種擔憂、恐懼和在劫難逃的感覺跟這種晚間的談話聯繫著。是的，他們太肆無忌憚了，說喪氣話，可是，你們瞧，史達林格勒支持住了。德國人被抵擋住了，疏散的人就要回莫斯科去了。

他昨天對柳德米拉說，現在他不怕死，就是馬上死也不怕。可是他還是很怕去想他那些牢騷話。馬季亞羅夫簡直是毫無顧忌。細想起來就更可怕了。卡里莫夫所懷疑的事是十分可怕的。萬一馬季亞羅夫真的是拿話引話，彙報上去，怎麼辦？

「是的，是的，死也不怕了，」維克多想道，「不過我這個無產者現在有東西可以丟失了，不光是鎖鏈。」

索科洛夫正穿著家常外衣坐在桌邊，在看書。

「瑪利亞在哪兒？」維克多驚訝地問道，並且對自己的驚訝感到驚訝。他看到她不在家，心裡若有所失，就好像他是準備和她談理論物理的，不是和索科洛夫。

索科洛夫一面把眼鏡往套子裡塞，一面笑著說：「難道瑪利亞一定要時時刻刻坐在家裡嗎？」

維克多對索科洛夫詳細講解自己的想法，並且列出方程式，激動得氣喘咳嗽，語無倫次。索科洛夫是瞭解他想法的第一個人，因此維克多對事情又有新的、完全不同的感覺。

「就是這些。」維克多說。他的聲音哆嗦著，他感覺出索科洛夫也很激動。

他們都不作聲了。維克多覺得這種沉默是好事。他低頭坐著，皺著眉，憂鬱地搖著頭。最後他膽怯地、很快地看了看索科洛夫——他覺得索科洛夫的眼裡有淚水。

在這可怕的、全世界都在打仗的時候，兩個人坐在這寒磣的小房間裡。在他們和生活在其他國家的人們以及生活在幾百年以前的人們之間有著神奇的聯繫。以前的人們思想純正，一心想完成人類應當完成的最高尚、最美好的事業。

維克多很希望索科洛夫以後也不說話。這種沉默是天大的好事……

他們沉默良久。後來索科洛夫走到維克多身邊，把一隻手放在他的肩上，維克多覺得，索科洛夫馬上就要哭了。

索科洛夫說：「太好了，太妙了，太美妙了。我衷心祝賀您。多麼帶勁兒，多麼有說服力，多麼漂亮啊！您的論斷就是從美學角度來看也是完美無缺的。」

這一下子維克多更是激動不已，他在心裡說：「噢，天啊，天啊！不過這是麵包，不是美學上的事。」

「哦，您瞧，維克多．帕夫洛維奇，」索科洛夫說，「您原來那樣洩氣，想把一切停下來，等回到莫斯科再說，真是太不應該了。」他用維克多最討厭的神學教員的口氣說起來：「你的信心太差，耐性太差。這往往對您很有影響……」

「是啊，是啊，」維克多連忙說，「我知道。我一走進死胡同就覺得難受，就悶得受不了。」

可是索科洛夫議論起來，他這會兒說的一切，維克多都不喜歡，雖然他一下子就明白了維克多的成就的意義，並且給予極高的評價。但是維克多覺得任何評價都使人不快，都沒有一點意思。

「您的研究預示著了不起的結果。」

什麼「預示著」，簡直是渾蛋話。不用索科洛夫說，維克多也知道他的研究「預示著」什麼。結果幹嘛還要預示？研究本身就是結果，用不著預示什麼。「您採用的是獨特的解決方法。」沒什麼獨特的……很普通，是麵包，黑麵包。

維克多特意談起實驗室日常的工作。

「順便說說，我忘了告訴您，我收到烏拉爾的來信，咱們訂購的儀器，交貨時間要延期了。」

「瞧，瞧，」索科洛夫說，「等儀器送來，咱們已經在莫斯科了。這也有好的一面。要不然儀器來了咱們在喀山又不能安裝，那樣肯定會招來批評，說我們不積極完成選題計劃。」

他囉里囉唆地談起實驗室的事，談起完成選題計劃的問題。儘管是維克多自己把話題轉向研究所的日常事務，現在索科洛夫如此輕易地撇開主要的、重大的話題，他還是感到很不痛快。

此時此刻維克多分外感到自己的孤獨。難道索科洛夫不明白，現在談的是比一般的研究所選題更大的東西？這大概是維克多所做出的最重要的科學成果；這一成果將影響物理學家的理論觀點。

索科洛夫顯然從維克多的臉色看出來，不應該這樣輕易地、忙不迭地轉向日常事務的話題。「很有意思，」他說，「您完全從新的角度證實了中子和重原子核的這一問題。」他用手掌做了一個動作，就像是一架雪橇從陡坡上又快又平穩地飛馳下來。「在這方面，新儀器咱們還是用得著的。」

「也許是的，」維克多說，「不過我覺得這是局部性的。」

「噢，可不能這樣說，」索科洛夫說，「這種局部夠大的，這是巨大的能量，您必須認識到。」

「嗯，隨它去吧，」維克多說，「有意思的是，我覺得，對微觀能量方面的觀點變了。這會使有些人高興，免得閉著眼睛原地踏步。」

「他們也算不上多麼高興，」索科洛夫說，「就好像有些運動員，看到別人創了紀錄，而不是他們創紀錄時，表現出的那種高興。」

維克多沒有回答。索科洛夫觸及了不久前在實驗室裡爭論過的問題。在那次爭論的時候，薩沃斯季揚諾夫說，科學家的研究很像運動員的訓練，科學家也要進行準備和訓練，在解決科學問題時，其緊張程度不次於運動員的緊張。也是在創紀錄。

維克多，特別是索科洛夫，聽到薩沃斯季揚諾夫這樣說，非常生氣。

索科洛夫甚至做了長篇發言，把薩沃斯季揚諾夫喚作新犬儒主義者，從他的發言可以感覺到，似乎科學像宗教一樣神聖，似乎人類對神聖天國的嚮往就表現在科學研究中。

維克多明白，他在爭論時生薩沃斯季揚諾夫的氣，不只是因為他說的不對。因為他自己有時就感到像運動員那樣高興，那樣激動和嫉妒。但是他知道，緊張、嫉妒、狂熱、創紀錄的感覺、運動員的激動都不是實質，只是他和科學的關係的表象。他生薩沃斯季揚諾夫的氣，不僅因為他說對了，也因為他說的不對。

他在年幼時心中就產生的對科學的真正感情，他對任何人，甚至對妻子都沒有說過。他高興的是，索科洛夫在同薩沃斯季揚諾夫爭論中說出對科學正確而高尚的看法。

為什麼現在索科洛夫忽然說起科學家像運動員呢？他為什麼說這話？為什麼偏偏在這特別的、對於維克多特別要緊的時候說？

他感到慌亂、不快，便尖銳地問索科洛夫：「索科洛夫同志，既然不是您創的記錄，您是不是因為咱們剛才談的事不高興呀？」

索科洛夫這時候正在想著，維克多想出的答案是那麼簡單，不用說，在他索科洛夫的腦子裡已經有了，用不了多久，他一定也會說出來的。

索科洛夫說：「是的，就是這樣，就像洛倫茲那樣不高興，因為不是他自己，而是愛因斯坦完成了洛倫茲的方程式。」

他極其坦率地承認了這一點，倒是維克多後悔自己氣量小了。

但是索科洛夫馬上又說：「這是開玩笑，當然是開玩笑。這跟洛倫茲毫無共同之處。我沒有那樣想。不過還是我說的對，不是您說的對，雖然我沒有這樣想。」

「當然不會，當然不會。」維克多說。

不過他的惱火還沒有消下去，而且他徹底明白了，索科洛夫就是這樣想的。「今天他不誠實了，」維克多想，「他真是單純得像個孩子一樣，一作假，馬上就露了餡兒。」

「索科洛夫同志，」他問道，「到星期六，你們家還像往常一樣有人集會嗎？」

索科洛夫動了動強盜相的大鼻子，準備說點什麼，但什麼也沒說。維克多用詢問的目光看看他。

索科洛夫說：「維克多．帕夫洛維奇，不瞞您說，我已經不喜歡這種茶餘閒談了。」

現在他用詢問的目光看了看維克多，維克多沒說話。他又說：「您要問為什麼？您自己也明白……這不是說著玩兒的。簡直是亂說一氣。」

「您並沒有亂說呀，」維克多說，「您沒說什麼話嘛。」

「哼，您要知道，問題就在這裡呢。」

「好吧，你們都上我家裡去吧，我非常歡迎。」維克多說。

真難理解！他也作假了！幹嘛他要說謊？他在心裡也贊同索科洛夫的態度，卻為什麼要和他爭論？他也害怕這樣的聚會嘛，現在他還是不希望有這樣的聚會。

「為什麼上您家裡？」索科洛夫問道。「我說的不是這個。我就坦率地告訴您吧：我和我的親戚和主要的發言人馬季亞羅夫吵了一場。」

維克多很想問：「索科洛夫同志，您相信馬季亞羅夫是個忠厚人嗎？您能為他擔保嗎？」但他卻說：「這有什麼？都是自己嚇唬自己，好像說一句大膽的話，國家就會垮臺。您和馬季亞羅夫爭吵，倒是很遺憾。我很喜歡他。非常喜歡！」

「在俄羅斯最困難的時候，專挑俄羅斯人的毛病，實在不太好。」索科洛夫說。

維克多又想問：「索科洛夫同志，說正經的，您相信馬季亞羅夫不會去彙報嗎？」但是他沒有提這個問題，只說：「對不起，恰好這會兒不那麼困難了。史達林格勒的局面正在好轉。我們也造好了遷回的名單。您可記得兩個多月以前的情況？腦子裡整天想的是上烏拉爾，進原始森林，上哈薩克。」

「那就尤其不應該，」索科洛夫說，「我看不出有什麼理由要說喪氣話。」

「喪氣話？」

「是喪氣話。」

「您是怎啦，真的，索科洛夫同志。」

他和索科洛夫告過別，可是心裡還是有一股困惑和苦悶。他感到孤獨得不得了。從早晨他就心神不定，思索著他怎樣和索科洛夫見面。他感到這將是一次不平常的會面。可是，索科洛夫說的一些話，他覺得幾乎都是不真誠的，是很庸俗的。

他也很不真誠。他的孤獨感還沒消失，而且更強烈。

他出門走到門外，有個不高的女聲喊了他一聲。他聽出是誰的聲音。

瑪利亞被路燈照亮的臉，她的兩頰和額頭，因為有雨水，亮閃閃的。她穿著舊大衣，頭上裹著毛頭巾，這位科學院士和教授的夫人簡直成了戰爭疏散時期貧困的化身。

「真像一個售貨員。」他想道。

「柳德米拉怎麼樣？」她問道。她那黑眼睛裡的凝視目光卻盯著維克多的臉。

他把手一揮，說：「還是那樣子。」

「明天我早一點兒上您家去。」

「就這樣您已經是她的守護天使了，」維克多說，「幸虧，索科洛夫能忍耐，他是孩子，沒有您，一個鐘頭也不能過，可是您卻離不了柳德米拉。」

她還在若有所思地看著他，似聽見又似沒聽見他的話，說：「維克多．帕夫洛維奇，今天您的臉和往常完全不同。您有什麼好事兒吧？」

「為什麼您認為是這樣？」

「您的眼睛和往常不一樣，」她忽然說，「您的研究取得了好結果，是嗎？哦，您瞧，可是您還以為山窮水盡了呢。」

「您這是從哪兒知道的？」他問道，並且在心裡說：「哼，娘們兒就是藏不住話，一定是柳德米拉對她說的。」他把自己的氣憤掩藏在取笑的口氣中，問道：「您究竟在我眼裡看到了什麼？」

她思索他的話，有一會兒沒作聲。她沒有理會他的取笑口氣，只說：「在您眼裡總有一種苦悶神氣，可今天沒有了。」

於是他忽然對她說起來：「瑪利亞，事情多麼奇怪呀，我覺得，我現在完成了我一生的大事。因為科學是麵包，是精神麵包。而且要知道，這是在這樣痛苦、這樣艱難的時候完成的。多麼奇怪，生活中的一切多麼難以理解呀。唉，我真想……算了，沒什麼……」

她聽著，還在看著他的眼睛，小聲說：「我要是能把痛苦趕出你們的家門有多好呀。」

「謝謝了，瑪利亞。」維克多一面告別，一面說。他心裡一下子寧靜下來，就好像他就是來看她的，而且也說出了他想說的話。

過了一分鐘，他便忘了索科洛夫夫婦，走在昏暗的大街上，寒氣從一扇扇大門下往外鑽，十字路口的狂風吹得大衣下襬撲撲直抖。維克多聳了聳肩，皺著眉頭：難道母親永遠、永遠不會知道兒子今天的事情了嗎？

七

維克多召集了實驗室的同事們，即物理學家瑪律科夫、薩沃斯季揚諾夫、安娜·納烏莫芙娜·魏斯帕比爾，機械師諾茲德林，電工佩列佩里津，對他們說，懷疑儀器不完善是沒有根據的。正因為測量特別精確，所以不論試驗條件怎樣改變，得出的結果都是一樣。

維克多和索科洛夫專門從事理論研究，實驗室的試驗工作由瑪律科夫領導。他具有非凡的才能，善於解決試驗中的疑難問題，準確無誤地掌握複雜的新儀器的原理。

維克多很佩服瑪律科夫對待他不熟悉的儀器的信心，他不必看什麼說明書，幾分鐘工夫就能掌握其主要原理和細微零件的功能。他顯然把物理儀器當成活物的身體，他認為，只要看見貓，就自然能看見貓的眼睛、尾巴、耳朵、爪子，能摸到貓的心跳，能說出哪一部分是管什麼用的。

每當實驗室裡安裝新的儀器，需要做細緻精密活兒的時候，性情高傲的機械師諾茲德林就成了王牌中的大王。喜歡說笑話的淺色頭髮的薩沃斯季揚諾夫在說到諾茲德林時，笑著說：「等他死的時候，把他的一雙手送到腦科研究所去研究研究。」

但是諾茲德林不喜歡開玩笑，他不把從事研究的同事放在眼裡，他明白，沒有他的一雙能幹的手，實驗室裡的事情就幹不成。

薩沃斯季揚諾夫是實驗室裡大家都喜歡的人。不論解決理論問題還是試驗中的問題，他都有兩下子。他幹起任何事情，都是那樣輕鬆，快捷，毫不吃力。

即使在最陰暗的秋天，他那發亮的小麥色頭髮也好像沐浴在陽光裡。維克多每看到他，心裡就想，他的頭髮放光是因為他的智慧也是明亮剔透的。索科洛夫也很器重薩沃斯季揚諾夫。

「是的，你我這樣的丑角和書呆子，都比不上他，他能抵得上你、我，再加上瑪律科夫。」維克多對索科洛夫說。

實驗室裡愛說俏皮話的人管安娜·納烏莫芙娜叫「母雞加公馬」。她有非凡的工作能力和耐性。有一次，為了考察感光乳劑的變化，她守著顯微鏡坐了十八個小時。

很多研究所部門的領導人認為維克多很幸運——他的實驗室工作人員配搭得很好。維克多也常常開玩笑說：「每個主任都有跟他般配的工作人員……」

「以前我們一塊兒操心，一塊兒發愁，」維克多說，「現在我們可以一塊兒高興了。瑪律科夫教授進行試驗是沒話說的。在這裡面，當然也有機械小組的功勞，也有試驗員的功勞，他們進行了大量的觀察，做過幾百、幾千次計算。」

瑪律科夫很快地咳嗽了幾聲，說：「維克多·帕夫洛維奇，很希望您盡量把您的觀點說詳細點兒。」他又壓低了聲音說：「我聽說科契庫羅夫在鄰近領域的研究，使人們在實踐方面產生了希望。我聽說，莫斯科方面已經來詢問他的研究成果了。」

瑪律科夫一般都瞭解各種各樣事件的底細。當軍車載著研究所的工作人員往外疏散的時候，瑪律科夫總能給車廂裡打聽來各種消息：線路阻塞，更換車頭，一路上有多少食品供應站，等等。

鬍子雜亂的薩沃斯季揚諾夫故作憂慮說：「遇到這種事兒，我一個人要把實驗室的酒精喝光了。」

安娜·納烏莫芙娜是個大社交家，她說：「瞧，咱們多走運，可是在基層工會的生產會議上已經有人說咱們犯了死罪啦。」

機械師撫摩著癟下去的兩頰，沒說話。一條腿的電工佩列佩里津的臉頰慢慢紅了，他不發一語，拐杖啪的一聲掉在地上。

維克多這天非常愉快。上午，年輕的所長皮敏諾夫就和維克多通了電話，對他說了不少好話。皮敏諾夫乘飛機上莫斯科去了——正在做最後的準備工作，研究所幾乎所有的部門就要回莫斯科去了。

「維克多·帕夫洛維奇，」皮敏諾夫最後說，「咱們很快就要在莫斯科見面了。我很幸運，我感到自豪，就在我擔任所長期間，您完成了您了不起的研究項目。」

在實驗室工作人員大會上，一切情形都使維克多感到愉快。瑪律科夫常常嘲笑實驗室的情況，他說：「咱們的博士、教授有一個團，咱們的副博士和初級研究員有一個營，可是士兵只有諾茲德林一個！這是對理論物理學家信不過。我們像一座奇怪的金字塔。」他接著解釋說：「塔頂又寬又大，往下愈來愈細。所以咱們搖搖晃晃，很不牢穩，應當讓基礎寬大，最好有一個團的諾茲德林。」

維克多做過報告之後，瑪律科夫又說：「嘿，瞧我們這個團，瞧我們的金字塔。」

一直宣揚科學像體育的薩沃斯季揚諾夫，聽過維克多的報告以後，眼睛顯得格外好看，露出又幸福又和善的神氣。維克多覺得，薩沃斯季揚諾夫這會兒看待他不是像運動員看待教練，而是像教徒看待聖徒了。他想起不久前他和索科洛夫的談話，想起索科洛夫和薩沃斯季揚諾夫的爭論，在心裡說：「也許，我在核能量方面能想出點兒什麼，可是在人的方面一竅不通。」

快下班時，安娜·納烏莫芙娜來辦公室裡找到維克多：「維克多·帕夫洛維奇，新來的人事處長沒把我列入復員名單。我剛才看到名單了。」

「我知道，」維克多說，「用不著犯愁，復員的名單有兩份，您是第二批走，只不過晚幾個星期。」

「可是在您這一組裡偏偏就我一個人不是第一批。疏散日子我過夠了，恐怕我要發瘋了。每天夜裡我都夢見莫斯科。再說，到莫斯科安裝儀器，沒有我怎麼行？」

「是的，是的，的確是這樣。不過您要知道，名單已經批過了，要改變，十分困難。磁力實驗室的斯維琴已經為鮑里斯·伊斯萊列維奇說過，他的情況也和您一樣，可是結果還是很難改變。您最好也等些時候吧。」

他忽然上了火，叫著：「誰知道他媽的是怎麼考慮的，他們把一些閒人塞進名單裡，像您，進行安裝就馬上需要的人，他們卻不知為什麼偏忘了。」

「不是把我忘了，」安娜·納烏莫芙娜說著，眼睛裡湧出了淚水，「比忘了更糟糕……」安娜·納烏莫芙娜迅速地用一種奇怪而膽怯的目光回頭看了看半開的門，說：「維克多·帕夫洛維奇，不知為什麼從名單裡劃掉的只是一些猶太人，人事處的祕書莉瑪還告訴我，在烏法，在烏克蘭科學院的名單中幾乎把所有的猶太人都去掉了，只留下一些科學院院士。」

維克多半張著嘴，惘然失措地看了她一會兒，繼而大笑起來。

「您怎麼啦，好同志，您瘋啦！我們謝天謝地，不是生活在沙皇俄國。您從哪兒學來這種狹隘的怪毛病？趕快把這些亂七八糟的糊塗想法扔遠點兒吧！」

八

友誼！有各種各樣的友誼。

勞動中建立的友誼，革命工作中形成的友誼，長途跋涉中的友誼，共同戰鬥過的友誼。羈押犯人的監獄中，儘管囚友們在這兒相識與分手間隔只有兩三天，可是這幾天的印象卻要保留很多年。安樂中的友誼，患難中的友誼。平等的友誼，不平等的友誼。

究竟什麼是友誼？友誼的實質是否僅僅存在於共同的勞動和共同的厄運中？要知道，有些人本是一個黨的黨員，卻因為觀點有微小的分歧，產生的仇恨竟超過他們對黨的敵人的仇恨。有時候，有些並肩戰鬥的人彼此憎恨，超過他們對共同敵人的仇恨。甚至有的時候，囚徒之間的宿怨更甚於他們對監獄看守的憤恨。

當然，更多的還是在同命運、同職業、有共同思想的人裡交到朋友，不過還是不能說，類似的共同性是友誼的決定因素。

不喜歡自己職業的人彼此也會有友誼，有時也會成為朋友。結成朋友的不僅是戰鬥英雄和勞動模範，還有戰場上的逃兵和勞動中的懶漢。不過，這樣或那樣友誼的基礎都是共同性。

兩個性格相反的人能不能成為朋友？當然可以！

有時友誼是一種無私的關係。

有時友誼是為一已私欲，有時友誼是自我犧牲，但奇怪的是，利己主義的友誼卻能無私地給朋友帶來好處，而自我犧牲的友誼基礎卻是利己主義。

友誼是一面鏡子，人在其中看到自己。有時候，你在同朋友談心的時候，可以認識自己——等於自己同自己談心，自己同自己交往。

友誼是平等和相似。但同時友誼又是不平等和不相似。

友誼有時是有實際目的、實際作用的，如共同勞動中的友誼，共同為了生存、為了麵包而鬥爭的友誼。

有為了崇高理想的友誼，有意氣相投、彼此談得來的友誼，有職業各不相同，然而對現實有共同看法的人的友誼。

也許，最高層次的友誼便是實用的友誼，勞動、鬥爭的友誼與談得來的友誼的結合體。

朋友往往是彼此用得著的，但朋友從友誼中得到的東西並不總是相等。朋友希望從友誼中得到的並不總是同樣的東西。有的在交遊中授人以經驗，有的則在交遊中豐富自己的經驗。有的在幫助軟弱和沒有經驗的年輕朋友時，感到了自己的成熟和能力，有的則在朋友身上看到自己的理想，希望自己也像那樣成熟，有能力，有經驗。就這樣，有的在友誼中奉獻，有的得到禮物。

有時朋友是無聲的裁判，一個人借助這種裁判便可以與自己對話，在自己的思想中得到歡愉，因為自己的想法在朋友心中得到共鳴和回響，這些想法也就有了聲音，能聽見，能看見。

理性的、觀察思辨的、哲學意味的友誼要求人的觀點一致，但這種一致不是無所不包的。有時友誼出現在爭論裡，出現在朋友彼此的差異之間。

如果朋友們在各方面都相似，如果朋友們互相成為彼此的映像，那麼，同朋友爭論便等於同自己爭論。

能夠諒解你的弱點、毛病甚至過錯的人，能夠肯定你的正確、才能和功績的人，才是朋友。

用愛護的態度指出你的弱點、毛病和過錯的人，才是朋友。

所以，友誼的基礎是相似，其表現卻是分歧、矛盾、不一致。所以，有的人在交遊中一心想從朋友身上得到自己所沒有的東西。有的人又在交遊中一心想把自己所有的東西慷慨贈與別人。

喜歡交朋友是人的天性。不善於和人交朋友的人，就和動物交朋友——和狗、馬、貓、老鼠、蜘蛛。

絕對強大者不需要友誼。恐怕，只有上帝是這樣的。

真正的友誼，與你的朋友身居高位，勢衰落魄，還是身陷囹圄毫不相干；真正的朋友看重心靈內在的實質，把榮耀與外在的權勢置之度外。

友誼的形式是各種各樣的，友誼的內容也是多種多樣的，但它的牢固基礎只有一個——那就是相信朋友的忠誠，以及對朋友忠誠。所以，在人為自由事業效力的地方，友誼特別珍貴。在為了最高利益可以犧牲朋友的地方，在一個人被認作最高理想的敵人而眾叛親離，卻相信他沒有失去唯一的朋友的地方，友誼特別珍貴。

九

維克多回到家裡，看到一件熟悉的大衣掛在衣架上——是卡里莫夫來了。

卡里莫夫放下報紙。維克多心想，看來，柳德米拉不願意陪客人說話呢。

卡里莫夫說：「我是從集體農莊上這兒來的，在那兒做報告的。」又補充說：「不過，請放心，我在農莊裡吃得很飽。要知道，我們的人民是特別好客的。」

維克多心想，柳德米拉都沒有問卡里莫夫要不要喝茶。

維克多只是在對卡里莫夫那寬鼻的、布滿皺紋的臉仔細端詳了一陣子後才看出他的臉和一般的俄羅斯人以至斯拉夫人的臉型微微有些不同。有時在突然轉頭的短短瞬間，這些細微的區別一齊表露出來，他的臉變成蒙古人的臉。

就像這樣，有時維克多在大街上能猜出一些淺色頭髮、眼睛明亮、鼻子上翹的人是猶太人。有一些隱隱約約的特點可以說明這些人是猶太人出身：有時是笑容，有時是皺眉頭表示驚訝的神氣，瞇眼的神氣，有時是聳肩膀的姿態。

卡里莫夫說起他見到的一位中尉，那位中尉在傷後返回村裡看望父母。顯然，卡里莫夫就是為了說說這事兒來到維克多家的。

「真是個好小夥子，」卡里莫夫說，「他說話非常直率。」

「說的是韃靼語嗎？」

「當然。」

維克多心想，如果他遇到這樣的受傷的猶太中尉，是無法跟他說意第緒語的；他懂得的意第緒語不超過十個，而且都是在開玩笑的時候使用的。

那名中尉一九四一年秋天在刻赤附近被俘。德國人叫他去收割埋在雪下沒有收割的莊稼餵馬。中尉瞅準機會，在冬日暮靄的掩護下逃跑了。俄羅斯和韃靼居民把他掩藏起來。

「我現在完全有希望再見到妻子和女兒了，」卡里莫夫說，「原來德國人也和咱們一樣，有各種各類的證件。」

「我過去上大學時爬過克里木的山。」維克多說，並想起母親匯錢讓他去旅遊的事。「那位中尉看到猶太人了嗎？」

柳德米拉朝門內探了探，說：「媽媽到現在還沒回來，我很擔心。」

「是呀，是呀，她這是哪兒去啦？」維克多心不在焉地說。等柳德米拉把門掩上，他又問：「那位中尉有沒有說起猶太人？」

「他看到把一家猶太人拉去槍斃，有一個老奶奶，兩個姑娘。」

「天啊！」

「哦，此外，他還聽說在波蘭有一些集中營，把猶太人趕進去，殺掉，把屍體分割開，就像屠宰場裡那樣。不過顯然這是瞎猜想。我專門問過他有關猶太人的情況，我知道您關心這方面的事。」

「為什麼偏偏只有我關心？」維克多想。「難道別人都不關心？」

卡里莫夫沉思了一會兒，又說：「哦，我忘啦，他還對我說，德國人好像下命令要把吃奶的孩子送到警備司令部去，他們往小孩子嘴上抹一種無色的藥劑，小孩子馬上就死。」

「是剛生下的嬰兒嗎？」維克多反問道。

「我以為，這都是瞎想，就跟集中營分割屍體的說法一樣，都不可信。」

維克多在房間裡踱了一會兒，然後說：「當你想到今天還在殺害嬰兒時，一切文化建樹似乎都毫無意義了。哼，歌德和巴哈教人的是什麼？殺起嬰兒來了！」

「是啊，可怕呀。」卡里莫夫說。

維克多看出卡里莫夫的同情心，但也看出他的高興和興奮：那名中尉的話增強了他同妻子相會的希望。可是維克多知道，戰後他再也不能見到母親了。

卡里莫夫要返家了，維克多捨不得與他分別，便決定送他一下。

「您要知道，」維克多忽然說，「我們蘇聯科學家都是一些幸福的人。正直的德國物理學家或化學家，明知自己的發明對希特勒有好處，會有什麼感覺呢？您是否能想像，一個猶太物理學家，他的親人被這樣殺害，就像宰殺瘋狗一樣，而他卻倖存，在進行創造發明，他的發明卻違反他的心意，在為法西斯增強軍事實力？他什麼都能看見，什麼都明白，可是依然不能不為自己的發明感到高興——實在可怕！」

「是呀，是啊，」卡里莫夫說，「可是要知道，動慣了腦筋的人沒辦法不動腦筋呀。」

他們來到街上。

卡里莫夫說：「您送我，我不敢當。天氣這樣冷，您回家才不久，就又上外面來。」

「沒關係，沒關係，」維克多回答說，「我只把您送到街口。」他看了看同伴的臉又說：「雖然天氣這麼冷，我和您在大街上走一走，感到很愉快。」

「您不久就要回莫斯科了，咱們就要分別了。我很珍惜你我的知遇。」

「是的，是的，說實在的，我也是這樣。」維克多說。

維克多朝家裡走去，竟沒有注意到有人喊他。馬季亞羅夫的黑眼睛望著他。他的大衣領子豎立。

「怎麼回事兒？」他問道。「咱們的盛會停止啦？您的影子也見不到啦，索科洛夫在生我的氣呢。」

「是啊，當然啦，很遺憾，」維克多說，「不過咱們在他家憑一時的激動胡亂說了不少。」

馬季亞羅夫說：「誰又會注意憑一時激動說出的話呢？」

他把臉湊到維克多跟前，他那睜得大大的、神情憂愁的大眼睛顯得更憂愁了。

他說：「咱們的聚會停止了，倒也好。」

維克多問：「怎麼回事兒？」

馬季亞羅夫一面呼哧呼哧喘著，一面說：「應當告訴您，我覺得，卡里莫夫老頭子是有任務的。懂嗎？您好像跟他常常會面吧？」

「胡扯，我永遠不會相信！」

「您卻沒有想想，他所有的朋友，所有的朋友的朋友，已經化成灰土有十年了，跟他在一起的那一夥子連影子都沒有了，只有他一個留下來，而且青雲直上，當了院士。」

「這有什麼？」維克多問。「我也是院士，您也是院士嘛。」

「就是這話。您想想這命運中的蹊蹺吧。我想，先生，您也不是小孩子。」

十

「維克多，媽媽剛剛才回來。」柳德米拉說。

弗拉基米羅芙娜披著披肩坐在桌旁。她把一杯茶端到自己面前，卻馬上又推到一邊，說：「是這樣，我和一個人談了談。那人在戰爭開始前見過米佳。」

她很激動，因此用分外平靜、從容的語氣說，她們車間實驗室有一位同事，鄰居家裡來了一位鄉親，要在這兒住幾日。那位同事在來客面前偶然提到了弗拉基米羅芙娜的姓，那人就問，在這位弗拉基米羅芙娜家裡有沒有人叫米佳。

下班後，弗拉基米羅芙娜去了同事家裡。才知道那人是不久前才從勞改營裡釋放出來的。他原是報社的校對員。排字工人在排一篇社論時，把史達林同志的姓氏排錯了一個字母，他沒有校對出來，結果坐了七年牢。戰前又以不守紀律為由，把他從科米自治共和國的勞改營轉押到遠東，那裡屬於湖泊區勞改營系統，是對外嚴格保密的勞改營。在那裡和他住同一棚屋的有一個人姓沙波什尼科夫。

「一聽他的話，我就知道那是米佳。他說：『他躺在床鋪上，老是吹口哨：小黃雀，斑海雀，你在哪兒……』米佳在被捕前上我這兒來，我問他什麼，他總是笑笑，總是在吹口哨：『小黃雀……』今天晚上那人就要搭載貨汽車上萊舍沃去了，他的家在那兒。他說，米佳有病，是壞血病，心臟也不大好。還說，米佳不相信自己能獲釋。米佳跟他說過我，說過謝廖沙。米佳在廚房裡幹活兒，這被認為是上等的工作。」

「是啊，要幹這種活兒，得上兩次大學呢。」維克多說。

「這事兒可不能輕易相信，萬一是派的人來暗地裡試探呢？」柳德米拉說。

「誰需要試探一個老婆子？」

「不過，維克多是在很重要的單位裡，自有人想知道他的情況。」

「算啦，柳德米拉，這是胡思亂想。」維克多生氣地說。

「他為什麼得到釋放，他說了嗎？」娜佳問道。

「他說的一切，都讓人覺得不可思議。那裡有許許多多人，我覺得，那是個不可理解的世界。他好像是從另一個國度來的。他們有自己的風俗，自己的中世紀和新世紀歷史，自己的諺語……

「我問他為什麼獲釋，他很吃驚，說『您怎麼不明白，給我定案啦』。我還是不懂。原來，放出來的都是些身體太弱、快要死的人。他們勞改營內部有這樣的分類：有的是做苦力的，有的是糊塗蟲，有的是看守的狗腿……我問，一九三七年有許多人被判十年沒有通信自由，是怎麼回事兒？他說，他換過幾十個勞改營，沒遇到一個人是這樣判的。那些人又到哪兒去了呢？他說，不知道，勞改營裡反正沒有。

「伐木，超期服刑，遷徙轉移……他說得我直心疼。米佳也在那裡面，那裡有苦力、糊塗蟲、狗腿……他還說到了自殺的方法：在科雷馬沼地上，不吃東西，一連幾天光是喝水，就這樣死於水腫，他們把這叫『喝水』、『開始喝水』，當然，心臟有毛病才用這種死法。」

她注意到維克多神情緊張而痛苦，女兒眉頭緊皺。她非常激動，覺得頭疼，嘴裡發乾，但她繼續說：「他說，在路上和軍車裡，比在勞改營裡更可怕。刑事犯作威作福，剝衣服，搶吃的東西，拿政治犯的性命當賭注，輸了就用刀殺人，被殺的人直到死也不知道自己的命是別人的賭注。還有更可怕的：勞改營裡刑事犯處處占據領導地位，棚屋大組長、採伐隊長都是刑事犯，政治犯絲毫無權，拿他們不當人看，刑事犯還管米佳叫『法西斯分子』。」

弗拉基米羅芙娜放大了聲音，像對著人群講話一樣說：「後來，這個人又從米佳那個勞改營，轉押到瑟克特夫卡爾。在戰爭的第一年，中央派了一個姓卡什科津的人到米佳所在的那一類勞改營裡去，布置殺害了好幾萬個犯人。」

「哎喲，我的天呀，」柳德米拉說，「我很想明白：史達林是不是瞭解這種可怕的事？」

「哎喲，我的天呀，」娜佳很氣憤地學起媽媽的語調，「難道你不明白嗎？他們是史達林下命令殺的呀。」

「娜佳，」維克多說，「住嘴！」

維克多就像有些人一樣，感覺內心的虛弱被旁人識破了似的，忽然發起火來，朝娜佳吼道：「你別忘了，史達林是最高統帥，正率領軍隊同法西斯作戰，你的祖母直到生命的最後一天都指望著史達林，我們生活、呼吸，都因為有史達林和紅軍……你還是先學學揩鼻涕，再去評論史達林，是史達林在史達林格勒擋住了法西斯。」

「史達林住在莫斯科，在史達林格勒擋住法西斯的，你也知道是誰，」娜佳說，「真不知道你是怎麼一回事兒，你從索科洛夫家回來，也說過我說的這話……」

他對娜佳的氣更大了，他覺得這股氣一輩子都消不了。

「我從索科洛夫家回來，根本沒說過類似的話，你別胡扯。」

柳德米拉說：「就在蘇聯的孩子們紛紛為國戰死的時候，幹嘛要提這些可怕的事？」

但是娜佳也馬上說出她所理解到的爸爸心中的隱祕和弱點。

「哼，當然啦，你什麼也沒說，」她說，「現在嘛，現在你在研究中取得了那樣的成就，在史達林格勒也把德國人擋住了……」

「你怎麼能，」維克多說，「你怎麼能懷疑爸爸虛偽！柳德米拉，你聽見沒有？」

他希望得到妻子的支持，但柳德米拉無動於衷。

「你有什麼大驚小怪的？」她說。「你說的話她聽了不少。這都是你和你那個卡里莫夫說的，和那個討人嫌的馬季亞羅夫說的。瑪利亞也常對我說起你們談的話。而且你自己在家裡也說了不少。唉，還是快點兒回到莫斯科去吧。」

「夠啦，」維克多說，「我早就知道你要對我說什麼樣的痛快話了。」

娜佳沒再說話。她的臉變得像老太婆一樣委頓、難看，她扭過頭，背著爸爸，但是他還是看到了她的眼神，她用那樣痛恨的眼神看他，他吃了一驚。

氣氛顯得非常窒悶，空氣中包含了太多沉重的東西，讓人喘不過氣來。幾乎在每一個家庭，一年年暗地生長著的東西，可能作怪，可能平息，但因為相愛和信任而被壓抑著的東西，現在衝了出來，浮到表面上，漫開去，充塞在生活中，似乎在父親、母親和女兒之間僅僅存在著不瞭解、懷疑、氣惱和責難了。

難道他們共同經歷的命運，產生的只有分歧和隔閡嗎？

「外婆！」娜佳喚道。

維克多和柳德米拉同時看了看弗拉基米羅芙娜。她坐在那裡，用手緊緊按著額頭，好像頭疼得不得了。

她是那樣軟弱無力，似乎她和她的痛苦誰也不稀罕，只能妨礙別人，使人生氣，使家裡人不和，她這個一輩子剛強、堅毅的人，這會兒坐在那裡，那樣孤單，那樣軟弱——這一切流露著一種說不出的可憐意味。

娜佳忽然跪下，把額頭貼到外婆的腿上，說：「外婆，親愛的外婆……」

維克多走到牆邊，打開收音機，硬紙板做的喇叭嘶啞地響起來，發出呻吟和喘息。好像廣播的是秋夜的雨雪天氣。在戰場的前沿陣地，在戰火燒燬的村莊，在陣亡士兵的墳頭，在科雷馬和沃爾庫塔，在野戰機場，在冷雨和初雪打溼了的衛生營帆布篷頂，今夜將是一片雨急風狂、雪花漫舞的景象。

維克多看了看妻子愁眉不展的臉，便走到岳母跟前，抓起她的手，吻起手來。

然後，他俯下身去，撫摩娜佳的頭。

似乎在這幾分鐘裡一切都沒有變化，房裡依然是這幾個人，他們依然十分痛苦，他們的命運依然如故。只有他們自己知道，他們的痛苦不堪的心在這幾分鐘裡充滿了多麼神奇的溫暖……

忽然，一個很響的聲音衝進房間：

「一天來，我軍在史達林格勒地區、圖阿普謝西北和納爾奇克地區同敵人繼續進行戰鬥。其他戰線沒有任何變化。」

十一

德軍中尉別捷爾·巴哈因為肩部被子彈打傷，進了軍醫院。他的傷勢不重，送他上救護車的同伴們祝賀他走運。

巴哈懷著一種幸福感，同時疼得哼哼著，由衛生員攙扶著前去洗澡。

一接觸到熱水，真是說不出的快活。

「比在戰壕裡舒服吧？」衛生員問道。他希望對傷患說點快活的，就又說：「等您出院的時候，大概那兒全都收拾好了。」他朝那個方向指了指，那邊不停地傳來響成一片的轟隆聲。

「您來這裡不久吧？」巴哈問。

衛生員用樹皮擦子給中尉擦了幾下脊背之後說：「您為什麼斷定我來這裡不久？」

「這裡已經沒有人認為戰事會很快結束。這裡的人都認為戰事很快結束不了。」

衛生員看了看澡盆裡光著身子的中尉。巴哈想起來，軍醫院工作人員有責任彙報傷患的思想，而他的話流露出他對德軍威力的不信任。於是他一字一頓地又說了一遍：「是啊，衛生員同志，這事怎樣結束，目前還沒有人知道呢。」他為什麼把這句危險的話重說一遍？這是只有生活在極權帝國的人才能明白的。他重說一遍，是因為他很生氣，不該在說過第一遍之後就害怕了。他重說一遍，也帶有防備的目的——想騙騙他所設想的這個告密者，表示自己有口無心。

過了一會兒，他為了消除有關自己的反對立場的不好印象，又說：

「我們在這裡集中這樣多兵力，可能從戰爭開始以來還不曾有過。請相信我的話，衛生員同志。」

後來他厭煩了這種又複雜又傷腦筋的把戲，一心一意玩起兒童遊戲：把浸透了肥皂水的海綿攥在手裡，使勁攥，那肥皂水一會兒射到澡盆沿上，一會兒射到巴哈自己的臉上。

「噴火器就是這樣噴射。」他對衛生員說。

他瘦了多少啊！他看著自己光光的兩臂和胸膛，想起兩天以前吻他的那個俄羅斯年輕女子。他何曾想到，在史達林格勒會跟一個俄羅斯女子有這樣一段豔史？當然，這還很難叫做豔史。只不過是偶然的戰地豔遇。那是一種很不平常、難以想像的環境，他們在地下室裡相遇，他在一片瓦礫中向她走去，一陣陣爆炸的火光映照在他身上。那在小說中也是一種十分精彩的場面。昨天他應該去找她的。她大概以為他已經犧牲了。等他康復後，一定還要去找她。真想知道，是誰填補了他的位子呢？自然界是不興留空缺的呀……

洗過澡以後，很快把他帶到X光室，醫師讓他站到X光透視機前。

「中尉，那邊不好過吧？」醫師說。

「俄國人比我們更不好過。」巴哈回答說。他想給醫生一點兒好印象，希望得到很好的診斷，動起手術也會輕快些，少受點罪。

外科醫生走了進來。兩位醫生看了看巴哈的內臟，可以看清已經在胸腔裡鈣化了的過去的各種病灶。

外科醫生抓住巴哈的胳膊，把他轉來轉去，一會兒拉著他貼到螢光屏上，一會兒把他拉遠一點兒。他注意的是彈片傷，至於傷的是一個受過高等教育的年輕人，那是無關緊要的情況。

兩位醫生說起話來，夾雜著拉丁語和開玩笑的德國粗話，於是巴哈明白了，他的傷情不嚴重，胳膊還能保得住。

「請你們準備給中尉做手術，」外科醫生說，「我還要在這兒看一個複雜的病例，是顱部重傷。」

衛生員脫去巴哈的傷患服，一名外科護士叫他坐到凳子上。

「見鬼，」巴哈苦笑著說，並且因為自己光著身子感到不好意思，「小姐，應該先把凳子弄暖和一點兒，再讓史達林格勒大戰參加者的光屁股坐到上面。」

她連笑也沒笑，回答他說：

「我們沒有這樣的任務。」

她說過這話，便把手術用具從玻璃櫥裡一樣一樣往外拿，巴哈一看到就覺得害怕。可是摘除彈片的手術進行得又快又輕鬆。巴哈甚至生起醫生的氣，認為醫生是在向傷患散布瞧不起小手術的思想。

那位外科護士問巴哈，要不要把他送到病房裡去。

「我自己能走。」

「您在我們這兒不會待很久的。」她用安慰的語調說。

「太好啦，」他說，「我已經開始無聊了。」

她笑了。

這位護士顯然是按照報紙通訊來想像傷患的。作家和記者在通訊裡寫的傷患，總是偷偷地從軍醫院跑出去，跑回自己的營裡和連裡；他們一定要向敵人開槍開炮，不這樣就不能過日子。

也許，記者在軍醫院裡也碰見過這樣的人，不過當巴哈躺在鋪了乾淨被單的床上，吃了一碗米飯，又抽了一支菸（在病房裡嚴禁抽菸），和鄰床的人聊起來的時候，他可是感到快活得不得了。

病房裡有四名傷患：三名是前方下來的軍官，第四名是文官，凹進去的胸脯，凸出來的肚子，是從後方來辦公事，在古姆拉克地區遭遇車禍。在他仰面躺著，把兩手放在肚子上的時候，就好像有人和這位大叔開玩笑，往他的被窩裡塞了一個足球。顯然，他就是因為這種傷得了個外號「守門員」。

守門員在所有的人當中，是唯一表示遺憾的，因為受傷不能報效國家。他常常用慷慨激昂的語調談起祖國、軍隊、天職，說他因為在史達林格勒受傷感到光榮。

為民族流過血的前線軍官們，常常嘲笑他的愛國主義。其中有一位偵察連長克拉普，因為屁股受傷，天天趴在床上，蒼白的臉，厚嘴唇，棕色的凸眼睛，他對守門員說：

「看樣子，您這樣的守門員不僅能把球擋回去，也會把球踢進去。」

這位偵察連長是個色情狂，他主要談的是兩性關係。守門員想諷刺一下對方，問道：

「為什麼您沒有曬黑呀？您大概是在辦公室工作吧？」

克拉普可沒在辦公室工作過。

「我是夜裡的鳥兒，」他說，「我打食兒都是在夜裡。我跟娘們兒睡覺是在白天，和您不一樣。」

在病房裡常常罵官僚，他們一到晚上就坐小汽車從柏林上別墅去；罵那些軍需官，他們得動章比作戰的人都便當；談作戰的官兵家庭的貧困，不少人家裡的房子都被炸燬了；罵後方的浪蕩子勾引軍人的妻子；罵前方的小貨攤光賣香水和刮臉刀片。

睡在巴哈旁邊的是耶內中尉。巴哈原以為他是貴族出身，誰知他卻是個農民，是德國國家社會主義黨政變中湧現的人物之一。他擔任一個團的副參謀長，在夜晚空襲中被彈片炸傷。

守門員被送去做手術的時候，躺在角落裡的憨厚上尉弗雷塞爾說：「我從一九三九年就打仗，可是我從來沒有誇耀過自己的愛國主義。給我吃，給我喝，給我穿，我就打仗。沒有什麼道理好說。」

巴哈說：「不對，不能那樣說。打過仗的人嘲笑守門員的虛偽，這裡面就有自己的道理。」

「是這樣啊！」耶內說。「請問，這究竟是什麼樣的道理？」

他那很不和善的眼神，巴哈早就習慣了。他感覺到，耶內恨那些希特勒上臺以前的知識分子。巴哈耳聞目睹許多言論，說舊知識分子傾慕美國財閥，暗地傾向猶太舊教和猶太觀念，在繪畫和文學方面喜歡猶太風格。巴哈感到非常氣憤。現在，當他願意向這些新勢力的粗暴低頭的時候，為什麼還拿陰沉的、像狼那樣的懷疑目光看他呢？難道他不是和他們一樣，也挨過蝨子咬，挨過凍嗎？他們竟不把他這個前沿陣地的軍官當成德國人！巴哈閉上眼睛，轉身朝著牆。

「你為什麼問得這樣惡毒？」他在心裡生氣地說。

耶內會帶著鄙夷和優越的笑容說：「您好像沒有明白吧？」

他會被這話激怒，說：「我跟你講過，我是沒有明白。」然後補充說：「我要想想。」

耶內當然笑了。

「你懷疑我陽一套陰一套？」他高聲喊道。

「就是，就是陽一套陰一套！」耶內的聲音顯得很快活。

「精神陽痿？」

這時候弗雷塞爾會哈哈大笑起來。克拉普用胳膊肘支起身子，非常不客氣地看看巴哈。

「你們這群退化的敗類，」巴哈會用打雷一樣的聲音喊道，「耶內，您已經是介乎猴子和人之間了……咱們說真的。」

他恨得打了一個寒顫，閉緊了本來就闔上的眼瞼，在心裡繼續說：

「你們只要就任何小問題寫出一個小冊子，馬上就仇恨起為德國科學奠定基礎和砌牆的人。你們只要寫進一本薄薄的小說，馬上就瞧不起有光榮傳統的德國文學。你們是否以為科學和藝術有點兒像官場，老一輩的官員妨礙你們晉升？你們和你們的書愈來愈沒有出路了，科赫、能斯特、普朗克和凱勒曼已經在擋你們的路了……科學和藝術不是官場，是無垠的天空下的帕耳納斯山，永遠是寬闊的，整個人類歷史長河中所有的天才在那兒都有足夠的地方可以生存，只是容不得你們和你們的惡果。不是沒有地方，只是那兒不是你們待的。可是你們還在忙著清除場地。你們那可憐的、吹不起來的氣球不會因此就升高一點兒。你們趕走愛因斯坦，你們永遠不能填補他的位置。是的，是的，愛因斯坦，他當然是猶太人，不過，對不起，他確實是天才。世界上還沒有那樣大的權力，能夠幫助你們接替他的位置。你們想想吧，值不值得花那樣大的力量來消滅那些人，那些人的位置是永遠無法填補的。如果你們不夠格，不能走希特勒開闢的道路，那也只能怪你們自己，不能惱恨夠格的人。在文化方面動用警察，煽動仇恨，這種辦法是毫無用處的！你們瞧，希特勒和戈培爾對這一點認識得多麼深刻？他們以身作則在教導我們。他們在對待德國科學、繪畫、文學方面表現得多麼喜愛，多有耐心，多有策略。就要學他們的樣子，走團結的道路，不能給我們德國的共同事業造成分裂！」

巴哈不出聲地說完這番話，睜開眼睛。旁邊的人都還躺在被窩裡。

弗雷塞爾說：「夥計們，往這兒看！」他像變戲法一樣從枕頭底下抽出一瓶義大利白蘭地。

耶內的喉嚨裡發出一種奇怪的聲音。只有真正的酒徒，而且只有農村裡的真正酒徒看到酒瓶才會露出這樣的神情。

「他這人不壞嘛，從各方面看，他不壞。」巴哈想道。並且為自己沒有說出的歇斯底里的話感到不好意思起來。

就在這時候，弗雷塞爾用一條腿蹦著，往幾個床頭小櫃上的玻璃杯裡斟酒。

「您真是野獸。」偵察連長笑著說。

「這可是能征慣戰的中尉。」耶內說。

弗雷塞爾說：「有個醫官發現了我的酒瓶，問：『您這報紙裡包的是什麼？』我回答說：『這是我母親的來信，我一直帶著不離身。』」

他舉起杯，說：「來吧，中尉弗雷塞爾向你們致敬！」

大家一飲而盡。

耶內馬上就想再喝一杯，就說：

「噢，應該還要留一杯給守門員呀。」

「守門員去他媽的吧，你說是嗎，中尉？」克拉普問道。

「讓他為祖國效勞吧，咱們喝咱們的。」弗雷塞爾說。

「每個人都希望活著嘛。」

「我現在來勁兒了，」偵察連長說，「這會兒頂好再來一個不胖不瘦的娘們兒。」

大家都輕鬆、快活起來。

「好，再來一杯。」耶內舉起杯來。

大家又喝乾了。

「咱們能住到一個病房裡，太好啦。」

「我一看，馬上就斷定：『這才是真正的夥伴，都是上過火線的。』」

「可是說實話，我懷疑過巴哈，」耶內說，「我心想：『哼，這是黨裡的人。』」

「不，我不是黨裡的。」

他們掀開被子，躺了下來。大家都覺得熱起來。談起前方的事。

弗雷塞爾原來在左翼，在奧卡托夫鎮一帶作戰。

「誰他媽的知道，」他說，「蘇聯人簡直不會打進攻仗。可是到十一月初，我們還停在那兒。我們八月裡喝了多少伏特加呀，天天舉杯祝賀：『但願戰後不要失去聯繫，要成立攻克史達林格勒老戰士協會。』」

「他們進攻的本領不算差，」在工廠區作過戰的偵察連長說，「他們不會固守。他們只要把我們從樓房裡打出來，就馬上要麼睡覺，要麼吃起東西。俄國軍官就愛喝酒。」

「他們都是一些野蠻人，」弗雷塞爾說著，擠了擠眼睛，「我們在這些史達林格勒野蠻人身上耗費的鋼鐵，比在整個歐洲耗費的還要多。」

「不光是耗費鋼鐵，」巴哈說，「在我們團裡有一些人，常常無緣無故地哭，像公雞一樣扯開嗓子又哭又喊。」

「如果到冬天事情還不能解決，」耶內說，「那就要真的陷入僵局了。像那樣打來打去，毫無意思。」

偵察連長小聲說：

「我告訴你們，咱們正準備在工廠區發動攻勢，調集的兵力超過以前任何時候。近幾天就要打響了。到十一月二十日，咱們都可以跟薩拉托夫的姑娘們睡覺了。」

在掛了窗簾的窗戶外面響起低沉的隆隆炮聲和夜襲的飛機的轟轟聲。

「蘇聯飛機出動了，」巴哈說，「他們的飛機在這時候進行轟炸。有些人管它們叫『鋸神經的鋸子』。」

「在我們團部裡管它們叫『值班士官』。」耶內說。

「別作聲！」偵察連長豎起一個手指頭。「你們聽，這是重型炮！」

「可是我們卻在輕傷患病房裡喝酒呢。」弗雷塞爾說。

於是他們在這一天裡第三次快活起來。

他們談起蘇聯的女人。每個人都有可談的。巴哈一向不喜歡談這些事，但是在軍醫院的這天晚上，巴哈卻說起住在被炸燬的樓房的地下室裡的季娜，說得很帶勁兒，大家都在笑。

衛生員走進來，打量了一下一張張笑臉，就動手收拾守門員床上的被單。

「這個柏林來的祖國的衛士出院了吧？受傷是裝的吧？」弗雷塞爾問。

「衛生員，你怎麼不說話？」耶內說。「我們都是男子漢嘛，他要是有什麼情況，就對我們說說。」

「他死了，」衛生員說，「心肌麻痹。」

「你們瞧，滿嘴愛國主義，落了個這樣的結果。」耶內說。

巴哈說：「這樣說死人，可不大好。他並不是說假話，他用不著在咱們面前說假話。就是說，他是真心實意的。夥計們，這樣不好。」

「哦，」耶內說，「怪不得我覺得這位中尉是奉黨的命令上我們這兒來的。我一下子就明白了，他可是有新思想的。」

十二

夜裡，巴哈睡不著，他太舒服了。想起掩體，想起一起作戰的夥伴，想起萊納德的到來，他甚至還和他一起透過掩體開著的門眺望落日，一起抽菸，喝暖水瓶裡的咖啡——他感到非常奇怪。

昨天，他要上救護車的時候，他還用沒有受傷的胳膊抱著萊納德，他們對視一眼，笑了起來。他何曾想到，他會在史達林格勒的土室裡同這個納粹分子共飲，在炮火照耀的瓦礫場上去找自己的俄羅斯情人。

他的變化異常奇怪。多年來他一直痛恨希特勒。當他聽到無恥的白髮蒼蒼的教授說，法拉第、達爾文、愛迪生是一夥兒偷竊德國科學的盜賊，而希特勒才是古今各國最偉大的學者的時候，他懷著幸災樂禍的心情想：「哼，算啦，這都是腐朽不堪的東西，這一切統統要完蛋。」還有那些小說，用驚人的虛偽筆調描寫沒有缺點的人，描寫高尚的工人和農民的幸福，描寫英明的黨的教育工作，同樣引起他的反感。哼，雜誌上發表的那些詩多麼不像樣子。這一點使他特別生氣。他在中學裡就寫詩了。

可是現在在史達林格勒，他想入黨了。當他是小孩子的時候，他怕父親在爭論中把他說服，常常用手捂住耳朵，喊：「我不願意聽，不聽，就是不聽……」可是現在他聽了！世界繞著軸心轉了個身。

他還像過去一樣非常厭惡平庸的戲劇和電影。也許，人們在幾年、十幾年中讀不到好的詩歌，又有什麼辦法呢？不過就是在今天也有可能寫出真理！因為德國精神就是主要的真理，是世界的理想。要知道，文藝復興時期的大師們即便是根據王公和主教的指示，寫出的作品也能表現最偉大、可貴的精神。

偵察連長克拉普還在睡著，他一面參加夜戰，一面大聲叫喊著，他的喊聲大概在外面都能聽得見：「手榴彈！手榴彈！」他想爬，就很彆扭地翻了個身，疼得叫了起來，後來又睡著了，打起鼾來。

甚至過去使他膽戰心驚的排猶行為，這會兒從新的角度重新出現在他的腦際。啊，如果他有權，他馬上就下令制止對猶太人的大批屠殺。不過，雖然他有不少猶太朋友，他還是要實實在在地說：德國人有德國人的性格與精神，而猶太人有猶太人的性格與精神。

馬克思主義破產了！對於一個父母當年都是社會民主黨的人來說，是很難想到這一點的。馬克思就像一個物理學家，將物質構造理論的基礎建立在互相排斥的力量上，卻忽視了萬有引力。他為階級互相排斥的力量下了定義，他是人類有史以來將這種力量研究得最透徹的。但是他也和一些有偉大發現的人一樣，片面地認為，他所證實的階級鬥爭力量是唯一能決定社會發展和歷史進程的。他沒有看到超階級的民族團結的強大力量，他這種社會物理學忽視了民族萬有引力的規律，因此是荒謬的。

國家不是後果，國家是前因！

有一種神祕而奇特的規律決定著民族國家的誕生。國家是一種有機的結合體，只有國家能夠代表千百萬人特別珍視的、長遠的東西，能夠代表德國人的性格、德國的源流、德國人的意志和犧牲精神。

巴哈閉著眼睛躺了好一會兒。為了能睡著，他想像出一群羊：一頭白羊，一頭黑羊；又是一頭白

羊，一頭黑羊；又是一頭白羊，一頭黑羊……

吃過早飯以後，巴哈給母親寫信。他皺著眉頭，歎著氣，知道母親看到他寫的內容不會高興。但是，他應該把近來的感覺對母親說說。他在回去度假的時候，什麼也沒有對她說。但她看出他的焦躁，看出他不願意聽她沒完沒了地回憶父親的事——如今依然是這樣。

她會想，他背叛父親的信仰了。可是他沒有。他恰恰是不肯背叛。

傷患們經過早晨的治療，都疲乏了，所以都靜靜地躺著。夜裡抬來一名重傷患，放在原來守門員的床上。他還在昏迷狀態中，無法弄清他是哪個部隊的。

怎麼能向母親說清楚，今天新德國的人比小時候的朋友和他更親近？

衛生員走進來，問道：「誰是巴哈中尉？」

「是我。」巴哈說著，拿手蓋住開了頭的信。

「中尉先生，有一個蘇聯女人打聽您。」

「打聽我？」巴哈吃驚地問。他馬上想到，這是他在史達林格勒的情人季娜來了。她怎麼會知道他在哪兒呢？可是他馬上明白了，這是連裡的救護車司機告訴她的。他很高興，很感動：因為這要摸黑走出來，要搭順路汽車，還要步行七八公里。於是他好像看到了她那大大的眼睛、蒼白的臉，她那細細的脖子、頭上的灰頭巾。

病房裡哈哈大笑起來。

「瞧咱們的巴哈中尉！」耶內說。「這是他在當地居民中幹出的成績。」

弗雷塞爾兩隻手擺動了幾下，就好像要抖掉手指頭上的水，說：「衛生員，叫她到這兒來吧。中尉的床夠寬的。我們就讓他們成親。」

偵察連長克拉普說：「女人和狗一樣，男人到哪兒，她到哪兒。」

忽然巴哈生起氣來。她是怎麼想的？她怎麼能上軍醫院裡來？因為嚴禁軍官和蘇聯女人有什麼關係。萬一在軍醫院裡工作的有他家的人或者他的朋友福斯特家的人呢？只有那麼一點不怎麼樣的關係，即使是一個德國女子，也未必敢來找他。

那個昏迷中的重傷患好像正在厭惡地冷笑呢。

「請告訴那個女人，我不能出去見她。」他陰沉地說。為了不參與他們的說笑，他馬上拿起鉛筆，念起已經寫好的幾行字：

「……奇怪的是，多年來我認為國家壓制著我。可是現在我明白了，正是國家代表著我的心意。我不希望命運一帆風順。如果有必要的話，我可以同老朋友斷絕關係。我知道，我要投奔的一些人永遠不會真正拿我當自己人。但為了最主要的目標，我可以犧牲我的一切……」

病房裡依然在高聲說笑。

「安靜點兒，別打攪他。他在給未婚妻寫信呢。」耶內說。

巴哈笑起來。有時壓抑著的笑很像抽泣，於是他心裡想，他現在可以笑，也可以哭。

十三

有些將軍和軍官們，不是經常能見到第六步兵集團軍司令弗里德里希．保盧斯的，都認為這位上將的思想和心情沒有發生什麼變化。舉止的風度、發布命令的口氣、聽取細小意見和重大報告時的笑容，都證明這位上將依然駕馭著戰爭的局面。

只有和司令特別接近的一些人，如他的副官阿丹斯上校、集團軍參謀長施密特將軍，才瞭解保盧斯在史達林格勒這段時間裡的變化有多大。

他依然顯得很風趣，很寬厚，雍容自若，依然親切地關懷下屬的生活情形，依然牢牢操縱著指揮各團各師作戰的大權，依然決定著將領們的任免升降，批准獎賞，依然在抽自己習慣了的紙菸……但是他的內心深處卻在一天一天地發生變化，而且正準備徹底變化。

他漸漸失去了那種駕馭局面和時機的感覺。不久前，他見到司令部偵察科的報告，還只是用平靜的目光匆匆掃一掃：蘇軍有什麼打算，他們的後備兵力的調動有什麼目的，都沒有什麼大不了的。

現在阿丹斯發現：每天早上他把一疊報告和文件放到司令的桌子上的時候，司令首先拿起的是有關蘇軍夜間行動的偵察報告。有一次，阿丹斯改變了疊放檔的順序，把偵察科的報告放在最上面。保盧斯打開公文夾，看了看放在上面的報告。他那長長的眉毛揚了起來，接著就把公文夾闔上了。

阿丹斯上校明白了，他的做法很不聰明。保盧斯那種一閃即逝的、似乎很悲哀的目光使他大吃一驚。過了幾天，保盧斯看過了按往常順序疊放的報告和文件之後，笑了笑，對自己的副官說：「革新者先生，您顯然是一個細心人。」

在這個寂靜的秋日黃昏，施密特將軍懷著幾分得意的心情前去向保盧斯報告。

施密特順著小鎮寬闊的街道朝司令住的房子走去，快活地呼吸著寒冷的空氣，空氣沖洗著夜裡抽菸抽得發燥的喉嚨。他抬頭望了望，只見天空被草原落日的模糊色彩染得斑斑斕斕。他的心裡非常寧靜，他想到繪畫，想到午飯後的打嗝已經停止，不那麼難受了。

他走在寂靜而空曠的黃昏大街上，在他的頭腦裡，在沉甸甸的大沿帽底下，裝著全部設想，那是在最殘酷的激戰時必須說出來的，而在史達林格勒戰役時期這樣的激戰早晚會到來的。當司令請他坐下，準備好聽他報告的時候，他就這樣說了：

「當然，在我們作戰的歷史上，為了進攻確實動員過大量的軍事裝備。不過，在這樣小的作戰地區，在陸地和空中火力密集到這樣的程度，我個人還從來不曾遇到過。」

保盧斯佝僂著身子坐著聽參謀長報告，似乎失去了大將軍的風度，他的頭匆忙地隨著施密特那指著圖表線條和地圖方塊的手指頭轉悠。這次進攻是保盧斯籌劃的。保盧斯已經定出進攻的兵力資料。但是現在，聽著跟他共事多年的這位才華出眾的參謀長的意見，他覺得，在未來作戰計劃的細節方面，他的一些想法是不現實的。

施密特似乎不是在陳述已經變為作戰計劃的保盧斯的設想，而是把自己的意見硬加給保盧斯，他與保盧斯的意見相反，準備使用步兵、坦克、工兵營發動進攻。

「是啊，是啊，密度太大了，」保盧斯說，「如果和咱們左翼的空虛相比，那就太明顯了。」

「沒辦法呀，」施密特說，「東方的土地太大了，咱們德國的兵不夠用。」

「不光是我擔心這一點，馮·魏克斯也對我說：『咱們打人不是用拳頭，而是張開手指，分散在無邊無際的東方土地上。』擔心這一點的不光是魏克斯。不光是……」他沒有說完。

一切情況在意料之中，又在意料之外。

近幾個星期的戰鬥中出現了偶然的情況和一些小小的失利，似乎從中就可以看出戰局出現了新的變化，令人悲觀絕望的真相。

偵察隊不斷地送來有關蘇軍在西北面集結的情報，空軍無力阻止。魏克斯無法向保盧斯集團軍的兩翼補充後備兵力。他在羅馬尼亞軍隊中設置德軍廣播電臺，想迷惑蘇軍。但羅馬尼亞人並沒有因此就成為德國人。

一開始對非洲的遠征似乎所向無敵。在敦克爾克，在挪威和希臘，痛擊英軍，結果仍沒有占領英倫三島。在東方取得了巨大勝利，長驅幾千公里直抵窩瓦河邊，結果並沒有徹底擊潰蘇軍。總以為大局已定，即使尚未徹底勝利，那這也只是偶然的不順利，微不足道……

他與窩瓦河之間這幾百米距離，這毀了一半的工廠，這一座座燒焦的樓房的空殼，與夏季攻勢以來攻占的廣大地區相比，又算得了什麼？……但是在埃及的沃土地帶與隆美爾將軍之間，也還有幾千公里的沙漠。為了在已占領的法國取得完全勝利，還差敦克爾克的幾公里，幾小時……不論哪裡總是差幾公里，不能徹底打垮敵人。不論哪裡兩翼總是空虛，所向無敵的軍隊背後總是留下廣大的地區，後備兵力總是不足。

今年夏天是何等氣勢！那些日子裡他的感覺，恐怕一生中只能有一次。他感到自己的臉上已經有印度的氣息。如果排山倒海的狂濤巨瀾能夠感受的話，那麼這狂濤的感受，就是他的感受。

這些日子他曾閃過一種想法，認為德國人的耳朵已經習慣了弗里德里希這個名字。當然，這是一種開玩笑的、不認真的想法，但他畢竟有這種想法。可就在這些日子裡，在他腳下——或者說牙齒中間——出現了幾粒不懷好意的很硬的砂石。在司令部裡依然是一片勝利和幸福的緊張氣氛。他在接收各部指揮官的書面報告，聽取口頭報告、無線電報告、電話報告。似乎這不是繁重的作戰工作，而是德國勝利的象徵性表現……保盧斯拿起話筒。「上將大人……」他從聲音聽出這是誰在說話。戰時用慣了的語調跟電話中的嗡嗡聲很不協調。

師長維德列爾報告說，蘇軍在他的地段上發動了進攻，他們的一支步兵，大約有一個加強營，沖到了西邊，占領了史達林格勒火車站。這樁看似微不足道的小事，讓他開始感到焦慮的刺痛。

施密特念完了一道作戰命令的草稿，微微舒展肩膀，抬起下巴，表示他還沒有失去下屬應有的恭敬，雖然他和司令之間的私人關係很好。

突然，上將放低了聲音，既不用軍人的語調，更不用大將軍口氣，說了幾句很奇怪的、使施密特大惑不解的話：

「我相信能取勝。但是您知道嗎，咱們在這個城市打仗沒有必要，毫無意義。」

「真有點意外，沒想到進攻史達林格勒部隊的司令會說出這話。」施密特說。

「您以為意外嗎？史達林格勒已經不再是交通中心和重工業中心。既然這樣，咱們在這兒又能幹什麼呢？高加索方面軍的東北翼可以由阿斯特拉罕至卡拉奇這條戰線掩護。史達林格勒在這方面不起什麼作用。施密特，我相信能取勝，我們能夠拿下拖拉機工廠。但是這並不能掩護我們的側翼。馮．魏克斯認為蘇軍一定會反攻。虛張聲勢嚇不住他們。」

「隨著戰局的變化，戰事的意義也會變化，不過元首一向是不達目的，絕不甘休啊。」施密特說。

保盧斯認為，問題就在於最光輝的勝利都沒有帶來什麼結果，因為都沒有堅決、頑強地進行到底；同時他又認為，一位統帥的真正價值，就在於能夠拒絕執行已經失去意義的任務。

但是，他看著施密特那聰穎、銳利的眼神，說：

「我們不能把自己的意志強加於偉大的元首。」

他拿過桌子上發起進攻的命令，簽了字。

「考慮到特別保密，這份文件只有一式四份。」施密特說。

十四

達林斯基從草原的集團軍司令部來到一支部隊，這支部隊在史達林格勒戰線的東南翼，在裏海地區缺水的沙漠地帶。

現在達林斯基覺得那緊靠著河水和湖水的草原有點兒像仙土福地了，那兒有蘆葦，有馬嘶，某些地方還有樹。

在沙漠化的荒原上住著幾千人，他們習慣了潮溼的空氣、清晨的露水、沙沙作響的乾草。沙子擊打著皮膚，往耳朵裡直鑽，在小米飯和麵包裡咯咯直響，食鹽裡有沙子，槍栓裡有沙子，手錶裡有沙子，戰士的夢裡也有沙子……人的身體、鼻孔、喉嚨、小腿肚子在這兒都很難受。人生活在這兒，就好像一輛大車離開了平坦的車轍，在爛泥裡咯吱咯吱地慢慢掙扎。

整個一天，達林斯基都在炮兵陣地上轉悠，和人談話，做記錄，製圖，查看大炮、彈藥倉庫。快到傍晚時候，他筋疲力盡，頭嗡嗡響，腿也疼，在鬆軟的沙地上走路實在太不習慣了。

達林斯基早就發現，在撤退的日子裡，將軍們往往特別關心下屬的生活需要；司令員和軍委委員們都很大方地表現他們的自我批評精神、懷疑精神和謙遜。

在倉皇撤退的時期，當敵人節節取勝，最高統帥部憤怒追查失職官兵的時候，部隊裡就會出現許多無所不知的聰明人。

但是在這裡，在沙漠裡，人們卻懶洋洋的，對一切都很淡漠。司令部裡的軍官和隊列軍官們似乎認定，在這世界上沒有什麼事需要他們關心，明天，後天，一年之後，沙子反正還是沙子。

炮兵團參謀長鮑瓦中校請達林斯基到他那兒去過夜。這位中校雖然姓的是英雄故事中鮑瓦王子的姓，身子卻佝僂著，禿頂，一隻耳朵聽力很差。他有一次奉命到方面軍炮兵司令部去，他的非凡的記憶力使大家吃了一驚。似乎在他那安在又窄又佝僂的肩膀上的禿腦袋裡，裝的全是數字、炮兵連和營的番號、駐地名稱、指揮員的姓名、高地的標誌。

鮑瓦住的是一座木板小屋，牆上抹了黃泥和牛糞，地上鋪了破碎的油氈。這座小屋和散布在沙漠上的其他軍官的住處沒有任何不同。

「哈，您好！」鮑瓦說著，使勁握了握達林斯基的手。「很好吧，嗯？」他朝著牆指了指。「這兒就是住在抹了牛糞的狗窩裡過冬。」

「是啊，這房子不壞！」達林斯基說著，就看到文靜的鮑瓦再也不文靜了，感到很驚訝。

他請達林斯基坐在原來裝美國罐頭的一個空箱子上，給他倒了一玻璃杯酒，玻璃杯黏糊糊的，邊上還沾滿了牙粉，又把放在一張泡軟的報紙上的一顆青色的漬番茄推了過來。

「請吧，中校同志，這就是我的葡萄酒和水果了！」他說。

達林斯基像一切不會喝酒的人一樣，小心翼翼地喝了一小口，就把杯子放到離自己遠些的地上，向鮑瓦問起軍隊中的事。但是鮑瓦偏要談別的，不談正事。

「唉，中校同志，」他說，「我滿腦子都是軍事，從來不想別的，我們在烏克蘭的時候，那兒的娘們兒才漂亮呢，在庫班，就更不用說了……簡直是心甘情願送上門，只要你擠擠眼睛就行！可是我這個傻瓜待在那兒動也不動，後來醒悟過來，已經在沙漠裡了！」

達林斯基起初有點生氣，因為鮑瓦不願談每公里戰線的平均密度問題和在沙漠地區迫擊炮優於大炮的問題，可他終於還是對新的話題有了興趣。

「當然啦，」他說，「烏克蘭的女子確實漂亮得不得了。在一九四一年，司令部駐紮在基輔的時候，我遇到一個烏克蘭女子，是一位檢察院工作人員的妻子，簡直美極啦！」

他欠起身來，舉起一隻手，手指頭碰了碰矮矮的頂棚，又說：「至於庫班，我的看法也和您一樣。庫班在這方面也是數一數二，十個中就有九個是美人兒。」

達林斯基的話鼓起了鮑瓦的勁頭兒。他罵了一聲娘，用哭腔叫了起來：

「可是，您瞧瞧卡爾梅克娘們兒那模樣兒吧！」

「可不能這麼說！」達林斯基打斷他的話，並且頭頭是道地說起黑皮膚、高顴骨、帶有野蒿氣味和草原煙味的女子的美。他想起了草原的集團軍司令部裡的阿拉，就總結了一下自己的長篇議論：「總而言之，您說的不對，到處有漂亮娘們兒。沙漠裡沒有水，這是對的，可是漂亮娘們兒還是有的。」

但是鮑瓦卻沒有接他的話。這時達林斯基發現，鮑瓦睡著了。他這才想到，主人已經喝醉了。

鮑瓦睡覺打鼾，鼾聲很像垂危病人的呻吟。他的頭從床上耷拉下去。達林斯基懷著俄羅斯男子對待醉漢的那種特別的耐心和善意，把鮑瓦的頭放到枕頭上，又在他腿下墊了一張報紙，擦了擦他嘴上的唾沫，這才四下裡看了看，考慮自己在哪兒睡。

達林斯基把鮑瓦的大衣鋪在地上，又把自己的大衣扔在鮑瓦的大衣上，拿自己鼓鼓囊囊的軍用包當枕頭，這軍用包在出差期間又是他的辦公桌，又是給養倉庫和盥洗用具箱。

他走到外面，呼吸了幾口夜晚的冷空氣，看到黑黑的亞洲天空的星光，高興得啊呀了一聲，解了一下小便，依然在望著星星，心裡說：「宇宙好大呀！」便回來睡覺。

他躺在主人的大衣上，把自己的大衣蓋在身上，卻沒有闔上眼睛，反而把眼睛睜得大大的——有一種淒涼感，使他大吃一驚。

四周黑沉沉，空蕩蕩，好不淒涼！瞧，他就睡在地上，看到的是漬番茄的殘渣，還有一個硬紙箱，裡面大概有一條帶有老大的黑色商標的方格短毛巾、皺巴巴的襯領、手槍的空皮套、壓癟的肥皂盒。秋天他曾在上波格羅姆內的一所小房子住過，現在他覺得那兒是很闊綽的了。過一年之後，今天這間可憐的小屋也許又成了豪華的了，將來有一天住到地窖裡，既沒有刮臉刀，又沒有提箱，沒有破裹腳布的時候，又會想起這小屋的。

在炮兵司令部工作的這幾個月，他的心裡發生了很大的變化。如饑似渴地要求工作的心願已經滿足了。他已經不因為自己在工作而感到幸福。因為天天能吃飽的人並不感覺自己是幸福的。

達林斯基工作能力很強，領導很器重他。起初一段時期這使他非常高興，因為他難得有被人看重、被人珍視的時候。多年來他習慣了相反的情形。達林斯基沒有想過，為什麼他心中產生的優越感，沒有使他對同事產生寬容的態度——寬容是真正強者的特點。不過，顯然他不是強者。他常常發火，叫嚷，罵人，然後很難過地看著被他罵的人，不過他從來不請求被他罵的人原諒。有些人惱恨他，但不認為他是壞人。在史達林格勒方面軍司令部，對他的看法也許比過去在西南方面軍司令部對諾維科夫的看法還要好些。據說，在一些大人物向莫斯科的一些更大的人物彙報時，常常整頁整頁地使用他的報告文稿。原來，在困難時期他的才智和工作都是有用的和有益的。戰前五年他妻子離開了他，因為她認為他是人民的敵人，認為他巧妙地向她隱瞞了自己的本質，毫無志氣，是個兩面派。他常常因為出身不好找不到工作——父親和母親的出身都不太好。起初他聽說，不讓他幹的工作，卻讓極其愚蠢或者無知的人幹了，他非常生氣。後來他覺得，的確不能讓他做重大的工作。他從勞改營裡出來以後，索性覺得自己各方面都不行了。

可是，在可怕的戰爭時期，情況就不是這樣了。

他把大衣朝肩膀上拉了拉，這樣一來兩條腿馬上感覺到從門縫兒鑽進來的冷風，他心想，就在他的知識和本事用得上的時候，他卻躺在這雞窩裡的地上，聽著駱駝刺耳的叫聲，希求的不是療養地和別墅，而是一條乾淨襯褲，希望能弄到一塊肥皂頭，洗個澡。

他引以自豪的是，他地位的提高和物質方面沒有任何聯繫。但同時這也使他很氣憤。他在自信和自負的同時，在生活要求上卻總是表現得很膽怯。他覺得，優越的生活條件永遠不是他應該得到的。他從小就習慣了這種不敢希求什麼的感覺，習慣了已經成為習慣的總是沒有錢的狀況，習慣了經常感覺自己穿著寒磣的舊衣服。

就是在今天，在他一帆風順的時候，他依然有這樣的感覺。

他一想到，他要是上軍委食堂去，服務員會說：「中校同志，您應該在一般部隊食堂用餐。」他就覺得害怕。有時在什麼地方參加會議，有的將軍會開玩笑，眨眨眼睛，說：「怎麼樣，中校同志，就在軍委食堂喝碗加油甜菜湯吧？」他也覺得不自在。他看到，不僅是將軍們，就連報社的記者都像當家的那樣篤定地在他們不應該得到享用的地方又吃又喝，要汽油，要服裝，要香菸，這總是使他感到十分驚訝。

過去的日子一直是這樣過的，他的父親年年找不到工作，長年贍養一家人的是做速記員的母親。

到半夜時候，鮑瓦的鼾聲停止了，達林斯基聽到他在床上一點聲息也沒有，擔心起來。突然，鮑瓦問道：「中校同志，您沒有睡嗎？」

「沒有，睡不著。」達林斯基回答說。

「真對不起，沒有把您安排好，我喝醉了，」鮑瓦說，「現在我頭腦清醒了，就像一點酒也沒有喝。這會兒我躺在這兒，在想：咱們怎麼來到這樣的鬼地方啦？是誰讓咱們來到這鬼地方的？」

「還能是誰，德國佬唄。」達林斯基回答。

「您到床上來睡，我睡地上。」鮑瓦說。

「不用，我在這兒挺好。」

「有點兒不像話，主人睡在床上，客人睡在地上，按照高加索風俗，可不應該這樣。」

「沒關係，沒關係，咱們又不是高加索人。」

「差不多算高加索人啦，就在高加索山腳下嘛。您說，是德國佬讓我們這樣的，可是，您要知道，不光是德國佬，還有我們自己人。」

看樣子，鮑瓦欠起身來了；他的床咯吱響了幾聲。

「嗯，是啊……」他說。

「是啊，是啊。」達林斯基在地上說。

鮑瓦一下子把談話推向特別的異常軌道，兩個人都沉默下來，都在考慮，該不該和不知底細的人談這樣的事。看樣子，他們考慮之後，得出的結論是：不應該同不知道底細的人談這類的話。

鮑瓦抽起菸來。擦著火柴的時候，達林斯基看到了他的臉。覺得這臉很不舒展，顯得陰鬱、陌生。

達林斯基也抽起菸來。火光閃亮的瞬間，鮑瓦也看到了用胳膊肘支著身子的達林斯基的臉，他的臉看起來淡漠、冷酷、陌生。

在這之後，不知怎的，偏偏談起了不應該談的話。

「是的。」鮑瓦說。不過這一次沒有拉長聲音，而是又短又乾脆。「是官僚作風和官僚讓我們來到這兒的。」

「官僚作風是很壞的事，」達林斯基說，「我的司機說：戰前在農村裡的官僚作風十分嚴重，沒有酒在農莊裡別想弄到證明。」

「您別笑，這沒有什麼好笑的，」鮑瓦說，「您要知道，官僚作風可不是開玩笑的，官僚作風在和平時期把人折騰夠了。在前方打仗的時候，官僚作風害起人來更夠嗆。在空軍部隊裡有這樣一件事：一架戰鬥機被擊中，飛行員從著了火的飛機裡跳出來，人好好兒的，褲子卻燒壞了。可是，就是不發給他褲子！真荒唐，總務科副科長不肯發，說是還不到穿破的時候！飛行員三天沒穿褲子，一直弄到集團軍司令那兒才解決。」

「這事兒荒唐是荒唐，」達林斯基說，「不過只是有的渾蛋不發褲子，不會因此就從布列斯特退到裏海地區的沙漠上來。」

鮑瓦酸溜溜地哼哧了一聲，說：「難道我說是因為不發褲子？我再對你說一件事：有一個步兵排被包圍了，沒有東西吃。空軍得到命令，要用降落傘向他們空投食品。可是軍需處不發給食品，說是需要領用人在發貨單上簽字，如果從飛機上把這些東西給他們投下去，他們在下面怎麼能簽字呢？軍需官就是不發。後來靠上面命令，才勉強發了。」

達林斯基笑了笑。「有一件可笑的事，不過也是小事。只顧形式，不顧實際。在前方，官僚作風一表現出來就特別可怕。您可知道有一道『不准後退一步』的命令？有一次，敵人對準幾百人轟擊，只要把人帶到對面山坡上，人也安全，戰略上也不吃虧，裝備也能保住。可是有『不准後退一步』的命令，所以就讓他們待在炮火之下，人也完了，裝備也完了。」

「就是，就是，一點不錯，」鮑瓦說，「在一九四一年，從莫斯科派來兩位上校，來我們集團軍裡檢查『不准後退一步』這道命令的執行情況。他們沒有汽車，我們在三晝夜之間從戈梅利往後跑了兩百公里。我讓兩位上校坐到我們的一噸半汽車裡，免得他們落到德國人手裡。他們在汽車裡直打哆嗦，還一個勁兒地要求我：『有關執行不准後退一步命令的情況，給我們提供一些材料。』他們要彙報，有什麼辦法呢？」

達林斯基往胸中吸了一大口氣，就好像要潛入水深處，看樣子，他確實潛入了深處，說：

「有一名紅軍戰士，是一個機槍手，保衛一處高地，一個人對七十個德國人，把敵人打退了，他也犧牲了，全軍都向他表示敬意，可是他那害肺癆的妻子卻被人從房子裡趕出來，區蘇維埃主席罵她：『不要臉的女人，滾出去！』這種官僚作風真可怕。有時候，讓一個人填二十四張履歷表，可是到末了他自己在大會上承認：『同志們，我不是你們的人。』您要知道，這也是官僚制度問題。要是一個人說：『是的，是的，國家是工人農民的，可是我的爸爸媽媽都是貴族，是不勞動的分子，你們把我攆走，那就好了。』這也是官僚制度問題。」

「可是我不認為這是官僚制度問題，」鮑瓦反駁說，「事實如此，國家是工農的，是工農在管理國家。這有什麼不好的？這很好嘛。資產階級國家不會讓窮人來領導。」

達林斯基愣了，看樣子，對方完全想到別的方面去了。

鮑瓦擦著了火柴，卻沒有點菸，而是用火柴朝著達林斯基照了照。達林斯基瞇起眼睛，感覺就像在戰場上落到了敵人的探照燈燈光下。

可是鮑瓦說：

「我是地地道道的工人家庭出身，父親是工人，祖父也是工人。我的出身歷史都是清白的。可是我在戰前也不受重用。」

「您究竟為什麼不受重用？」

「如果在工農的國家裡，用慎重的態度對待貴族，我不認為是官僚作風。可是為什麼我這樣一個工人在戰前要受壓抑呢？不是往果品蔬菜公司的倉庫搬運馬鈴薯，就是掃街，我都不在乎。可是我用階級觀點發表了一點意見，批評了一下領導，說他們的日子過得太闊氣了，我一下子就倒了楣。依我看，如果一個工人在自己的國家裡都要吃苦受難的話，官僚作風的主要根源就在這裡面。」

達林斯基馬上感覺出來，對方這番話觸及了非常重大的問題，並且因為他還不習慣談這些激動人心、使心裡火辣辣的事情，也不習慣聽別人談這種話，所以心裡感到說不出的暢快。毫無顧慮、毫無恐懼地發表意見，爭論那些令人激動不安的問題，實在是一種幸福。正因為這種議論特別使人激動難安，他從來沒有同任何人談過這些事。

在這裡，在這小屋的地上，同這個樸實的軍人在一起夜談，這個人醉後又醒來。他感覺到自己周圍都是從西烏克蘭撤到這沙漠上的人，一切都是另一種境況。於是出現了一種很自然、很樸素的期待——然而又是很難理解、很難想像的情形：人與人真誠地談了起來！

「您的話又對又不對，」達林斯基說，「窮光蛋進不了資產階級的參議院，這樣說是對的，但是窮光蛋如果成了百萬富翁，就能進參議院了。福特就是工人出身。我們不讓資產階級和地主占據領導崗位，這是對的。但是如果給老老實實工作的人也打上犯罪印記，僅僅因為他的父親或祖父是富農或者神父，那就完全是另一回事兒了。這不算階級觀點。您以為我在勞改營裡受折騰的時候沒有遇到普濟洛夫工廠的工人和頓涅茨礦工嗎？要多少有多少！我們的官僚制度很可怕，因為這不是國家身上的贅疣，贅疣是可以割掉的。這種官僚制度所以特別可怕，因為官僚制度就是國家。在戰爭時期，沒有任何人願意為了人事處長去犧牲。在申請書上批一個『不同意』或者把士兵的遺孀趕出辦公室，任何一個無能的奴才都能辦得到。可是要把德國佬趕出去，就需要剛強的、真正的好漢了。」

「這話很對。」鮑瓦說。

「我不抱怨。我很感激，非常感激。非常感謝！我是幸福的！不過另一點就很不好：為了我能幸福，能為國家貢獻自己的力量，還要再來那樣可怕的時期，那就糟了。那我再也不要這種幸福。去他媽的！」

達林斯基覺得，他還是沒有深挖到主要的、他們所談的問題的真正實質，一針見血地闡明現實問題的東西，不過他這一下子想了、說了平時不敢想、不敢說的事情，這使他感到非常高興。他對自己的交談者說：

「您要知道，這一生今後不論出現什麼情況，我都不懊悔今天夜裡同您的長談。」

十五

莫斯托夫斯科伊在隔離室裡過了三個多星期。給他吃得很好，黨衛軍的醫生給他檢查過兩次，還開了處方，給他注射葡萄糖。

剛被關起來的時候，他一直等待著傳訊，一個勁兒地埋怨自己：真不該同伊康尼科夫交談；一定是那個糊塗老頭子，在搜查之前塞給他那幾張可能有問題的紙，把他害了。

一天天過去，卻沒有傳訊他。他思索著同犯人們進行政治談話的題目，考慮可以吸收什麼人參加工作。夜裡睡不著的時候，他便為傳單打腹稿，挑選營裡人交談用的一些字眼兒，好讓各種不同民族的人更容易打交道。

他想起了在奸細告密的情況下可以防止全面失敗的一些祕密活動的傳統辦法。

他很想向葉爾紹夫和奧西波夫問問建立組織的最初幾個步驟；他相信能夠使奧西波夫消除對葉爾

紹夫的偏見。

他覺得，又仇恨布爾什維克又盼望紅軍勝利的切爾涅佐夫實在可憐。他想到面臨的審訊，心裡幾乎是平靜的。

夜裡，他的心臟病發作。他躺著，把頭抵在牆上，難受得要命，只有在監獄裡快要死的人才會這樣難受。他疼得昏迷了一陣子。等他蘇醒過來，不怎麼疼了，胸膛、臉上、手上都出了一層汗。頭腦裡也出現了一種似是而非的、虛假的清醒狀態。

他想到他和義大利神父議論世界性罪惡的那番話，聯想起小時候有一天忽然下起雨來，他跑進媽媽做針線活兒的房間時那種幸福感；又聯想起當年去葉尼塞流放地看他的妻子，想起她那哭溼了的幸福眼睛；又聯想起面色蒼白的捷爾任斯基，他在一次黨的會議上向捷爾任斯基問起社會革命黨一個可愛的小夥子的下落。捷爾任斯基回答說：「槍斃了。」他想起基里洛夫少校那苦悶的眼睛……想起雪橇拖著的朋友的屍體，用被單蓋著。朋友在列寧格勒被圍的日子裡，沒有得到他的幫助。

他那像小孩子一樣的亂蓬蓬的頭充滿了幻想，他那老大的禿頭頂貼在粗糙的集中營板牆上。過了一陣子，遙遠的事漸漸遠去，愈來愈淡，漸漸失去色彩。他似乎慢慢沉入涼爽的水裡。他睡著了，為的是在晨曦中重新聽到笛聲，迎接新的一天。

下午，把他帶到浴室裡。他很不痛快地吸著氣，打量著自己的胳膊和癟癟的胸膛。

「是啊，老了。」他想道。

等到帶他來洗澡的士兵在手裡捏著紙菸走出門去，一個正在用拖把擦洗水泥地的窄肩膀麻臉囚犯對莫斯托夫斯科伊說：「葉爾紹夫要我向您報告一個消息：在史達林格勒地區我軍把德國佬所有的坦克打退啦。他要我告訴您，一切情況正常。他要您寫傳單，下一次洗澡的時候交給我。」

莫斯托夫斯科伊正想說，他沒有鉛筆和紙，但這時候一名看守走了進來。莫斯托夫斯科伊在穿衣服的時候，摸到口袋裡有一個紙包。裡面有十塊糖、一塊用破布包著的奶油、一張白紙和一個鉛筆頭兒。

莫斯托夫斯科伊感到非常高興。他希望有的東西全有了！可以不用在毫無意義地擔心血管硬化、胃病、心絞痛的狀態中結束生命了。

他把糖塊和鉛筆頭兒緊緊按在胸口。

夜裡，有一名黨衛軍的士官把他押出來，押著他順著街道往前走。一陣陣冷風吹在他的臉上。他回頭朝一座座沉睡的棚屋看了看，在心裡說：「沒什麼，沒什麼，你們的莫斯托夫斯科伊同志神經不那麼脆弱，同志們，你們好好兒地睡吧。」

他們走進集中營管理處大門。這裡已經聞不到集中營裡那種氨水氣味，可以聞到冰冷的菸草氣息。莫斯托夫斯科伊發現地上有一根老大的菸頭兒，他真想撿起來。

他們上了二樓，又上了三樓，那士官叫莫斯托夫斯科伊在擦腳墊上把腳擦乾淨，士官自己也把鞋底擦了老半天。莫斯托夫斯科伊爬樓已經累得上氣不接下氣，這會兒盡可能平息一下氣喘。

他們順著鋪在走廊裡的長條地毯走去。一盞盞半透明的鬱金香形小燈，燈罩裡透出柔和、寧靜的燈光。他們經過一扇打磨得鋥亮的門，門上掛著一個不大的木牌「警備長辦公室」，來到另一扇同樣富麗堂皇的門前站住，門上的牌子是「黨衛軍少校利斯辦公室」。

莫斯托夫斯科伊常常聽到這個名字，這是祕密警察總頭子希姆萊在集中營管理處的代表。莫斯托夫斯科伊覺得好笑的是，古澤將軍曾經很生氣，因為奧西波夫是利斯親自審訊的，而審訊他古澤的卻只是利斯的一名助手。他認為這是對隊列指揮人員的輕視。

奧西波夫說過，利斯在審訊他的時候不用翻譯，因為他原來是蘇聯里加市的德國人，精通俄語。從裡面走出一名年輕軍官，對押解的士官說了幾句話，便叫莫斯托夫斯科伊進辦公室去，門依然開著。

辦公室裡沒有人。鋪著地毯，花瓶裡插著鮮花，牆上還有一幅畫：樹林的邊緣，紅瓦頂的農舍。莫斯托夫斯科伊心想，他來到屠宰場場主的辦公室了——旁邊是要死的牲畜在哼哧，內臟在冒熱氣，屠宰手的身上濺滿了血，可是場主這裡卻這樣寧靜，地毯這樣乾淨，只有桌上的黑色電話機說明屠宰場和這間辦公室是聯繫著的。

敵人！多麼簡單明瞭的字眼兒！又想起切爾涅佐夫的話——人的命運在「狂飆突進運動」時代是多麼可憐。不過他是戴著小山羊皮白手套的。於是莫斯托夫斯科伊看了看自己的手掌和手指頭。

辦公室裡面的門開了。通向走廊的門也馬上吱扭響了一下，看樣子，是值班軍官看到利斯來到辦公室，把門掩上了。莫斯托夫斯科伊皺緊眉頭站著，等待著。

「您好。」這個灰軍服袖子上帶著黨衛軍標誌的小個子低聲說。

利斯的臉上沒有任何猙獰的地方，因此莫斯托夫斯科伊覺得看到這張臉特別可怕。這是一張鷹鉤鼻子的臉，黑灰色眼睛神情專注，寬大的額頭，蒼白瘦削的兩腮，顯露出一副恪盡職守、清心寡欲的神氣。

利斯等到莫斯托夫斯科伊咳嗽過了，說：「我想和您談談。」

「可是我不想和您談。」莫斯托夫斯科伊說過這話，側眼朝遠處的角落裡看了看，估計利斯手下的劊子手們會從那邊過來打他的耳光。

「我完全能理解您，」利斯說，「請坐吧。」

他讓莫斯托夫斯科伊坐在安樂椅上，自己也緊挨著坐下來。

他說的俄語是一種沒有特色、沒有生活氣息的冰冷語言，是科普小冊子裡使用的語言。

「您身體不大好吧？」

莫斯托夫斯科伊聳了聳肩膀，什麼也沒說。

「是的，是的，我知道。我派醫生給您看了，他對我說過。我深更半夜裡打擾您了。不過我實在想和您談談。」

「可不是嘛。」莫斯托夫斯科伊在心裡說。他回答道：

「我是來受審的。咱們沒有什麼好談的。」

「為什麼？」利斯問道。「您看著我穿著制服。但我不是生來就穿這制服的。領袖和黨分派穿制服，於是就穿上了，成了黨的士兵。我一直是黨內的理論家，我對哲學和歷史問題很感興趣，不過我是黨員罷了。難道你們內務部的每個工作人員都讚賞盧比揚卡監獄嗎？」

莫斯托夫斯科伊注視著利斯的臉。他心裡想，這張蒼白的、高額頭的臉應該畫在人類學圖表的最低欄內，其進化程度相當於原始的尼安德塔人。

「如果黨中央派您去加強肅反委員會的工作，您能拒絕嗎？您只能放下黑格爾的書，去工作。所以我們也放下了黑格爾的書。」

莫斯托夫斯科伊側眼看了看說話的人，覺得這張骯髒的嘴說出黑格爾的名字，實在很奇怪，簡直是褻瀆……在擁擠的電車裡，一個可怕的、老練的賊走到他跟前，要和他搭話。他聽著，一心一意注視著賊的手，只要看到劃包的刀片一閃，就照著眼睛打過去。此刻他就是這樣的心情。

可是利斯抬起兩手，朝手上看了看，說：

「我們的手和你們的手一樣，它們喜歡幹大事，不怕弄髒。」

莫斯托夫斯科伊眉頭緊鎖。利斯說出的話連同他的手勢，令他覺得難以忍受。

利斯很帶勁兒地說起來，說得很快，就好像從前已和莫斯托夫斯科伊談過，現在能夠把那次中斷的話說完，十分高興。

「只要坐二十個鐘頭的飛機，您就可以到蘇聯的馬加丹市，可以坐在自己辦公室裡的椅子上了。您在我們這兒，可以和在自己家裡一樣，不過您不走運。你們的宣傳機構竟和財閥的宣傳機構一塊兒醜化我們黨的司法，我很痛心。」

他搖了搖頭。接著又很快地說起令人吃驚、意外，又可怕又荒唐的話：

「在我們面對面互相看著的時候，我們看到的不僅是仇恨的面孔，我們是在照鏡子。這是我們時代的悲劇。難道您沒有在我們身上看到你們自己，看到你們的意志？難道在你們來說，世界不就是你們的意志，難道誰能夠使你們動搖，使你們停止？」

利斯的臉湊近了莫斯托夫斯科伊的臉。

「您明白我的意思嗎？我的俄語說得不太好，但我希望您能明白我的意思。您以為，您是在痛恨我們，但這是表象，實際上您是通過恨我們恨你們自己。很可怕，是嗎？您明白嗎？」

莫斯托夫斯科伊打定主意不說話，利斯也不一定要他說話。

莫斯托夫斯科伊有一會兒覺得，這個盯著他的眼睛的人並不想欺騙他，而是實心實意聚精會神地在說話，挑選著字眼。似乎他是在傾訴煩惱，請人幫他弄清使他苦惱的問題。

莫斯托夫斯科伊感到非常難受。似乎有一根針在扎他的心。

「您明白嗎，明白嗎？」利斯很快地說。他已經看不見莫斯托夫斯科伊了，他心裡十分慌亂。「我們打你們的軍隊，但我們也是在打自己。我們的坦克衝擊的不光是你們的國境，也是我們的國境，我們的坦克履帶輾壓的是德國的國家社會主義。真可怕，簡直是夢裡自殺。我們有可能失敗得很慘。明白嗎？如果我們勝利了，又會怎樣？我們勝利了，我們就沒有了你們，我們就要單獨對抗痛恨我們的另外一個世界。」

這個人的話很容易駁倒。他的眼睛離莫斯托夫斯科伊更近了一些。但是有一種什麼東西比這個老練的黨衛軍間諜的話更壞、更危險。這個東西有時在莫斯托夫斯科伊的心裡和腦子裡活動，並且吱咯吱咯地響，有時畏畏縮縮，有時躁動得很厲害。這是一種很壞的、見不得人的懷疑情緒，莫斯托夫斯科伊不是在異己者的話裡發現的，而是在自己心裡發現的。

就好比一個人怕生病，怕惡性腫瘤，卻又不找醫生，盡量不理會自己的病疼，不和家裡人談自己的病。現在有人對他說：「您瞧，您常常這樣疼，一般是在上午，一般是在……是的，是的……」

「您明白我的意思嗎，老師？」利斯問道。「有一個德國人，您是非常瞭解他的判斷能力的，他說，拿破崙一生的悲劇就在於他表現了英國精神，而英國正是他的死敵。」

「噢呀，這比打耳光都厲害，」莫斯托夫斯科伊心想，並且在心裡說，「他這是說的斯賓格勒[2]。」

2 德國歷史學家、歷史哲學家，著有《西方的沒落》。

利斯抽起菸來，並且把菸盒遞給莫斯托夫斯科伊。

莫斯托夫斯科伊生硬地說：「不想抽。」

他想到，世界上所有的憲兵，不論四十年前審訊過他的那些憲兵，還是現在大談黑格爾和斯賓格勒的這一個，都使用同樣的笨拙辦法：請被審訊的人抽菸。他一想到這一點，就比較坦然了。是的，說實話，這都是因為神經紊亂，由於意外：本來以為會挨耳光的，誰知卻聽到一番荒唐的、令人厭惡的話。不過，有些沙皇時代的憲兵也研究政治問題，其中也有一些真正有文化的人，有一個人還研究過《資本論》。可是不知道研究馬克思的憲兵是否有這樣的情況：突然在內心深處出現這樣的念頭——也許馬克思是對的呢？在這種情況下，那個憲兵有什麼樣的感覺呢？不過，不論怎樣，憲兵不會成為革命者。他踩滅自己的懷疑，仍然做憲兵……我也是在踩滅自己的懷疑。不過我是仍然要做革命者。

利斯卻沒有注意莫斯托夫斯科伊已經拒絕抽菸，還在說：

「是的，是的，請吧，不錯，這菸很好。」

他把菸盒闔上，並且很難過地說：「我的話為什麼使您這樣驚訝？您以為我不會說出這樣的話嗎？難道在你們的盧比揚卡監獄裡工作的，就沒有受過高等教育的人嗎？就沒有人能夠和巴夫洛夫院士，和奧爾登堡院士談談嗎？不過他們是有目的的。我可沒有什麼隱祕的目的。我可以向您保證。你們思考的問題，我也在思考。」

他笑了笑，補充說：「一個蓋世太保的保證，這可不是開玩笑的。」

莫斯托夫斯科伊在心裡一遍又一遍地說：「不說話，就是不說話，不和他說什麼話，不反駁。」

利斯繼續說下去，他又好像把莫斯托夫斯科伊忘記了。

「兩個極端！當然是這樣！假如不完全是這樣的話，今天就不會有這樣可怕的戰爭。我們是你們的死敵，是的，是的。但我們的勝利也就是你們的勝利。明白嗎？如果你們勝利了，那我們又會完蛋，又會依靠你們的勝利活下去。這好像是奇談怪論：我們打輸了，也是打贏了，我們將換一種形式繼續發展下去，實質還是一樣。」

為什麼這個權勢顯赫的利斯不去看繳獲的電影，不喝酒，不給希姆萊寫報告，不看養花的書，不看女兒的來信，不去玩弄剛剛從軍列上挑選來的年輕姑娘，不去服用增強新陳代謝的藥品，到他那寬敞的臥室裡睡覺，卻在深更半夜裡把這個渾身散發著集中營臭氣的蘇聯老布爾什維克找了來？

他打算幹什麼？他為什麼掩蓋自己的目的，他想探問的是什麼？

現在莫斯托夫斯科伊不怕用刑審訊了。可怕的倒是有一種想法：萬一這個德國人說的不是假話，而是實在話呢？一個人有時就是想說說話嘛。

有一種使他非常厭惡的想法：他們兩個都是病人，兩個人害的都是一種病，但是一個人憋不住，說出來了，和別人分一分痛苦，另外一個人卻不說，瞞著，可是聽著，聽別人說。

利斯好像終於要回答莫斯托夫斯科伊沒有說出口的問題似的，把桌上放著的公文夾打了開來，帶著厭惡的神氣用兩個手指頭把一疊骯髒的紙抽了出來。莫斯托夫斯科伊馬上認出來，這就是伊康尼科夫塞給他的那幾張紙。

利斯顯然以為，莫斯托夫斯科伊一看到伊康尼科夫給他的這幾張紙，會驚惶失措的……

但是莫斯托夫斯科伊沒有驚惶失措。他幾乎是很高興地看著伊康尼科夫寫滿了字的這幾張紙：一切都明朗了，就像警察審訊時常有的情況一樣，絲毫不客氣，直截了當。

利斯把伊康尼科夫寫的字推到桌子邊上，後來又拉到自己跟前。他忽然用德語說起來：「您看，這是從您那兒搜出來的。我看了幾個字，就知道這種亂七八糟的玩意兒不是您寫的，雖然我不認識您的筆跡。」

莫斯托夫斯科伊沒有說話。

利斯用一個指頭在紙上敲著，請他說話——是很客氣地、善意地、一再地請他說話。

可是莫斯托夫斯科伊沒有說話。

「我說錯了嗎？」利斯驚訝地問道。「不會的！我不會錯。你們和我們都十分厭惡這上面寫的東西。你們和我們是站在一起的，另一邊才是這些亂七八糟的玩意兒！」他指了指伊康尼科夫那幾張紙。

「好吧，好吧，」莫斯托夫斯科伊急急忙忙地、很不耐煩地說，「咱們就把事情談談吧。這幾張紙嗎？是的，是的，是從我那兒拿來的。您想知道這是誰交給我的嗎？您別問這事兒吧。也許，是我寫的。也許，是您叫您的走狗暗暗塞到我的褥墊底下的。明白嗎？」

有一會兒，似乎利斯就要接受挑戰，就要發作起來，叫喊：「我有辦法叫您說出來！」

莫斯托夫斯科伊非常希望這樣，這樣事情就簡單了，就好辦了。「敵人」是多麼簡單明瞭的字眼。

可是利斯卻說：「這幾張破爛的紙算什麼？誰寫的，還不是一樣？我知道：不是您，也不是我。我是多麼難過呀。難過得不得了！如果不是戰爭，如果我們的集中營裡關的不是戰俘，這些集中營裡會是一些什麼人呢？如果不是戰爭的話，我們的集中營裡關的會是黨的敵人、人民的敵人。您熟悉的一些人現在就在你們的勞改營裡。如果在和平時期，我們的帝國保安局也會把你們的犯人關進德國的監獄，我們絕不會釋放的。你們的犯人，也就是我們的犯人。」

他笑了笑，又說：「我們在集中營裡關過的那些德國共產黨人，你們在一九三七年也關進了勞改營。葉若夫關他們，帝國首領希姆萊也關他們……老師，您要相信黑格爾的話。」

他朝莫斯托夫斯科伊擠了擠眼睛，又繼續說下去：「我想，外語的用處在你們的集中營裡不會比在我們的集中營裡小些。今天我們對猶太人的仇恨使你們害怕。也許，明天你們就要採取我們的經驗。到後天，我們就會顯得很寬鬆了。我走過了很長的道路，是一位偉人領我走的。你們也有一位偉人領導著，你們也走過很長、很艱難的路。您相信布哈林是奸細嗎？只有偉人能夠領導你們走這條路。我也認識羅姆，我相信他。可是就應該槍斃他。我真不懂，你們實行恐怖政策，殺了幾百萬人，全世界竟只有我們德國人能理解：應該這樣！完全正確！您一定要理解，就像我理解你們一樣。這次戰爭想必使你們害怕了。拿破崙本來不應該打英國。」

這一新的說法使莫斯托夫斯科伊十分吃驚。他甚至瞇起眼睛，不知是因為眼睛突然受到刺激，還是他想迴避這種使人不快的說法。要知道，他的懷疑也許並不是軟弱無力的表現，並不是可鄙的懷疑動搖的表現，不是疲憊和無信心的表現。也許，他這種時強時弱的懷疑正是他最真誠、最純潔之處。可是他卻拚命壓制、排斥、痛恨這種懷疑。也許，這裡面就有革命真理的種子？這裡面就有自由的炸藥！

要想擺脫利斯，擺脫他那又滑又黏的手指頭，只要不再痛恨切爾涅佐夫，不再瞧不起傻子伊康尼科夫就行了！不過，不行，還不止這樣！還要否定終生的信仰，要批判自己一直在維護、在主張的東西。

可是，不行，還不止這樣！不只是批判，而是要全心全意，用全部革命激情痛恨集中營、盧比揚卡監獄，痛恨沾滿鮮血的葉若夫、亞戈達、貝利亞！不過還不夠，還要痛恨史達林和他的專制！

可是，不行，還不止這樣！還要批判列寧！直到深谷的邊緣！

但那將是利斯的勝利，不是在戰場上進行的戰爭的勝利，而是在這種充滿了蛇毒的、不用槍炮的戰爭中的勝利，這會兒這個祕密警察頭目就是在同他進行這種戰爭。

他似乎馬上就要發瘋了。可是他忽然輕鬆愉快地舒了一口氣。一時間令他為之恐懼、迷亂的想法化為灰塵，顯得可笑又可鄙。他迷惑了幾秒鐘。可是，他對偉大事業的正確性能夠真的懷疑嗎，哪怕一秒鐘，哪怕一秒的十分之一？利斯看了看他，咬了咬嘴巴，繼續說：

「一些人看到我們就害怕，難道看到你們就喜歡，就對你們抱著希望嗎？請您相信吧，看到我們害怕的人，看到你們也害怕。」

現在莫斯托夫斯科伊什麼也不怕了。他已經知道了自己的懷疑的代價。他們不像他原來猜想的那樣，是要他到泥淖裡去，而是要他進可怕的深谷！

利斯拿起伊康尼科夫那幾張紙。

「您為什麼要和這些人打交道？這種可恨的戰爭把什麼都搞亂了，混雜了。唉，如果我能做得到的話，真想把混亂的東西分分清楚。」

利斯先生，並沒有混亂。一切都很清楚，很簡單。我們打敗你們，用不著聯合伊康尼科夫和切爾涅佐夫。我們有足夠的力量對付你們，對付他們。

莫斯托夫斯科伊看出來，利斯把一切陰暗險惡的東西拉到了一起。垃圾坑的氣味是一樣的，所有的殘屑、木片、碎瓦全都一樣。不應該在垃圾裡尋找區別或相似，而應當在建築者的構思、在他的意圖中去找。

於是他理直氣壯地憤恨起來，不僅憤恨利斯和希特勒，而且憤恨那個問他對馬克思主義的意見的淺色眼睛的英國軍官，憤恨獨眼龍孟什維克的可惡言論，憤恨窩窩囊囊、卻做了警察內線的神父。這些渾蛋怎麼會認為社會主義國家和法西斯帝國有什麼相同之處呢？只有這個祕密警察頭目利斯才看得上他們的爛貨。這時候莫斯托夫斯科伊比以往任何時候都瞭解法西斯與其代言人的真正聯繫。

莫斯托夫斯科伊心裡想，史達林的天才是否就在於此：在痛恨和消滅這一類人的時候，只有他看到法西斯和偽善者、虛偽的自由的宣揚者之間的祕密聯盟。他覺得這個道理顯而易見，他真想對利斯說一說，說明他的理論的荒謬性。但他只是笑了笑，他是老練的，他可不像傻瓜戈爾登別爾那樣，跟高等法院檢察長胡亂談民意黨的事。

他用眼睛直盯著利斯，大聲說（大概站在門口的警衛也能聽到他的聲音）：「我勸您，不要在我身上浪費時間了。快把我槍斃，或者馬上把我勒死，把我殺了吧。」

利斯趕緊說：「誰也不想殺您。請放心吧。」

「我沒什麼不放心的，」莫斯托夫斯科伊快活地說，「我不想操心什麼。」

「應該，應該操心！讓我的失眠變成您的失眠吧。我們相互為敵的原因何在，我真不明白……希特勒不是元首，是斯廷內斯和克虜伯[3]家的僕人？你們沒有個人土地所有權嗎？你們的工廠和銀行是屬於人民嗎？你們是國際主義者，而我們鼓吹民族仇恨嗎？是我們放了火，你們在千方百計滅火嗎？全人類都在仇恨我們，都在用期望的目光望著你們的史達林格勒嗎？你們是這樣說嗎？胡說！瞎扯！

---

3 胡戈·斯廷內斯（Hugo Stinnes, 1870-1924）是德國工業家領袖。克虜伯（Krupp）家族是德國大軍火製造商世家。

全是胡謅出來的。咱們的政體實質是一樣的，都是黨統治的國家。我們的資本家不是主人。國家給他們計劃和規格。國家徵收他們的產品和利潤。他們留下百分之六的利潤作為他們的工資。你們的黨領導的國家也擬訂計劃、要點，徵收產品。你們喚為主人的工人，也從你們的黨的國家手裡領取工資。」

莫斯托夫斯科伊望著利斯，心裡想：「難道就是這種卑劣的胡扯曾經使我困惑過一陣子嗎？難道我會在這種又毒又臭的泥水中嗆死嗎？」

利斯失望地搖了搖手。

「你們的人民的國家打的是工人的紅旗，我們也號召建立民族功績和勞動功績，號召團結，我們也說……黨代表著德國工人的理想。』你們也說：『民族性。勞動。』你們和我們一樣，都知道：民族主義是二十世紀的主要力量。民族主義是時代靈魂。一個國家的社會主義是民族主義的最高表現！我認為咱們沒有理由互相為敵。但是德國人民的天才領袖和導師、我們的父親、德國母親們的最好的朋友、最偉大和最英明的統帥發動了這場戰爭。不過我相信希特勒！我相信，你們的史達林的頭腦也並沒有因為憤怒和頭疼而糊塗了。他能夠透過戰爭的硝煙和炮火看到真理。他瞭解自己的敵人是誰。他瞭解，很瞭解，即便他正在和敵人討論應對我們的戰略，在為敵人的健康乾杯。世界上有兩位偉大的革命家：史達林和我們的領袖。是他們的意志產生了國家的民族社會主義。

我認為，同你們聯合，比起為了東方的遼闊土地而進行的戰爭更為重要。我們在建築兩座樓，兩座樓應當在一起。老師，我希望您單獨平靜地生活一些時候，希望您想一想，好好想一想，下一次咱們再談。」

「幹什麼？瞎扯！無聊！荒謬！」莫斯托夫斯科伊說。「幹嘛要這種莫名其妙的稱呼『老師』？」

「噢，這稱呼可不是莫名其妙的，您和我應該明白：未來的命運不是在戰場上決定的。您是瞭解列寧的。他創立了新型的黨。是他第一個懂得了，只有黨和領袖能反映民族的動機，所以取消了立憲會議。不過，就像馬克斯威爾在物理上推翻牛頓力學的時候，他想的還是證實牛頓力學，列寧在創立二十世紀偉大的民族主義的時候，卻認為自己是國際主義的創造者。後來史達林教給我們很多東西。為了在一個國家實行社會主義，必須取消農民種地和做買賣的自由，於是史達林毫不手軟，消滅了幾百萬農民。我們的希特勒看出來：妨礙我們德國民族的社會主義運動的敵人是猶太人。於是他決定消滅幾百萬猶太人。不過希特勒不只是學生，他是天才！你們在一九三七年的清黨，是史達林從我們清除羅姆中看到的，看到希特勒也沒有手軟……您應該相信我。我在說話，您卻不作聲，不過我知道，我對您來說是外科手術上的鏡子。」

莫斯托夫斯科伊說：「鏡子？你說的這一切，從頭到尾都是胡說八道。我不想降低我的身分，駁斥你這些骯髒、發臭的無恥讕言。你是鏡子嗎？怎麼，一點沒有知覺嗎？史達林格勒會叫你恢復知覺的。」

利斯站起身來，莫斯托夫斯科伊慌亂、欣喜、憤恨地想：「這一下他要槍斃我了……完了！」

但是利斯好像沒聽見他的話似的，畢恭畢敬地向他深深鞠了一個躬。

「老師，」他說，「你們時時刻刻教導我們，也時時刻刻向我們學習。咱們所想的會完全一致。」

他的臉是憂傷和嚴肅的，眼睛卻在笑著。

又好像有一根很毒的針扎了一下莫斯托夫斯科伊的心。利斯看了看錶。

「時間不會白白過去的，」他按了按鈴，低聲說，「如果您需要的話，就把這寫的東西拿去吧。

咱們不久還要見面的。再見。」

莫斯托夫斯科伊自己也不知道為什麼，拿起桌上的紙，塞進口袋裡。

他被帶出了管理處的大樓。他吸了一口冷空氣。在這溼乎乎的夜晚，離開祕密警察頭目的辦公室，不再聽國家社會主義黨理論家那低沉的聲音，聽著晨曦中的汽笛聲，心裡多麼舒暢呀。

他被帶到隔離室跟前，有一輛帶紫色車燈的小汽車從骯髒的柏油路上開過。莫斯托夫斯科伊明白，這是利斯回去休息了。他又感到十分苦惱。押解兵把他送進隔離室，把門鎖上。他坐在鋪上，心想：「如果我信仰上帝的話，就可以斷定，這個可怕的交談者是上帝派來懲罰我的，就因為我懷疑。」

他睡不著。新的一天已經開始了。他背靠在粗糙的杉木板牆上，看起了伊康尼科夫寫的東西。

十六

世間大多數人都不想為「善」下個定義。什麼是善？什麼人需要善？什麼人行善？有沒有通用的善，可以施之於一切人、一切民族、一切情況？或者，對我是善，對你就是惡，對我的民族是善，對你的民族就是惡？善是不是永久的、永遠不變的，還是昨天的善今天就成為惡，昨天的惡今天就是善？最後審判的時刻總是要到的，思考善與惡的不應只是哲學家和傳教士，應該是所有的人，有知識的人和沒有知識的人。

幾千年來人類有關善的概念是否有過變化？有沒有像福音書的聖徒所說的，不分希臘人與猶太人，不分階級、民族、國家，對於所有的人都一樣的這種概念？也許，這一概念的範圍還要廣泛些，適用於動物、樹木、苔蘚，也就是被釋迦牟尼及其佛經列入善的概念的那種廣義的概念？就是那個釋迦牟尼，為了使人生充滿善和愛，才得出人生一切皆空的結論。

我看到，幾千年來，人類在哲學和道德方面的領袖產生的一些觀念，使善的概念愈來愈狹窄。與釋迦牟尼相隔五世紀的耶穌的觀念，使施善對象的範圍變狹窄了。不是所有的生物，只是人！早期基督徒的善，即對所有人的善，又變成只為基督徒的善，與之並存的是穆斯林的善。

但是過了幾個世紀，基督徒的善又分裂為天主教徒的善、新教徒的善、東正教的善。在東正教的善中出現了舊教的善和新教的善。

同時存在的有富人的善和窮人的善，同時出現的有黃種人的善、黑種人的善、白種人的善。而且，分裂了，又分裂，善已經被劃進了宗派、種族、階級的圈子，在圈子以外的一切人已經進不了善的圈子了。

於是人們看到，因為這種小的、不善的善，而同這種小善認為惡的一切東西進行鬥爭，流的血實在太多了。

有時這種善的概念本身會成為人生的災難，成為比惡更惡的惡。

這種善是一種空殼，神聖的種子已經從其中脫出、失落了。誰能把失落的種子還給人類呢？

究竟什麼是善？有人曾經這樣說：善——就是意願和與意願相連的能夠使人類、家庭、民族、國家、階級、信仰興旺發達的行動。

為了個人的好處而奮鬥的人，總是盡力給人為了大家的假象。所以他們說：我的好處和大家的好處是一致的，我的好處不僅對我有利，對大家都有利。我為自己做好事，其實是為大家做好事。

所以，善失去其公共性之後，一個宗派、階級、民族、國家的善總是盡可能使自己帶上虛偽的公共性，披上無私為公的外衣，實則打擊自己認為惡的東西。

不過，就連殘暴的希律一世進行血腥屠殺也不是為惡，而是為他的殘暴者的善。因為，新的力量來到世上，將會給他，他的家族、親人、朋友，以及他的王國和軍隊帶來滅亡的威脅。

但出現的不是惡，出現的是基督教。人類從來沒聽到過這樣的話：「不可判斷人，免得你們被判斷。你們怎樣判斷人，也必怎樣被判斷；你們用什麼標準衡量人，也必照樣被衡量……當愛你們的仇敵，為迫害你們的祈禱……你們願意人怎樣待你們，你們也要怎樣待人，這是律法和先知的總綱。」[4]

這條和平與愛的教義給人類帶來的是什麼？

拜占庭的聖像破壞運動，宗教法庭的刑訊，法國、義大利、法蘭德斯、德國的反異教運動，新教和天主教的鬥爭，僧侶會的陰謀詭計，尼康和阿瓦庫姆的鬥爭，很多世紀以來對科學和自由的壓制，基督徒對塔斯馬尼亞異教居民的大屠殺，焚燒非洲黑人村莊的歹徒。所有這一切造成的災難，超過了強盜和歹徒為作惡而作惡犯下的罪惡。

人類的人道主義學說本身的命運也是這樣使人震驚，使人焦慮，人道主義學說沒有逃脫共同的命運，也分裂為一個個局部的、小圈子的善。現實的殘酷使一些偉人的心裡產生了善，他們使善回到現實中來，一心想按照他們心中的善的模式改造現實。但是，現實並沒有按照善的概念的模式變化，而是善的概念陷進了現實的泥淖中，漸漸分裂，失去原有的公共性，為當前的現實效勞，而不是按照自

4 見《馬太福音》第七章。

已的美好的、無定形的模式塑造現實。人們往往認為現實的變化就是善與惡的鬥爭，但實際不是這樣。希望人類善良的人，無法消除現實的惡。

需要有偉大的思想，能夠開闢新的管道，把石頭推開，把暗礁消除，把森林移開，需要有公共的善的理想，好使偉大的流水和諧地流動。假如大海一旦有了思想，那麼，每次風暴來臨時，海水會產生幸福的思想和理想，每一股海浪在岩石上碎裂時，會以為它是為海水的好處犧牲的，就不會想到這是風把它吹起來的，儘管在這之前的千千萬萬股海浪都是風吹起的，今後風還會吹起千千萬萬股海浪。

很多書寫了怎樣同惡作鬥爭，寫了什麼是善，什麼是惡。但是這一切毫無疑問都是可悲的。其可悲就在於：哪裡有善的曙光升起——這種善是永恆的，並且永遠不會被惡戰勝，當然那種惡本身也是永恆的，也永遠敵不過善——哪裡就會淌血，就會有大批兒童和老人死於非命。不但是人，就連上帝也無法消除現實的惡。

「在拉瑪聽見有聲音，是痛哭、極大哀號的聲音；拉結為她的兒女哀哭，不肯受安慰，因為他們都不在了。」[5]至於聖人認為什麼是善，什麼是惡，對於失去孩子的她來說，都無所謂了。

不過，也許，現實就是惡？

我看到我國產生的社會的善這一思想具有不可動搖的力量。我在普遍集體化時期看到了這種力量，在一九三七年也看到了這種力量。我看到，為了善的思想——這種思想極其美好，極其人道，就像耶穌教的理想那樣——為了這種思想消滅了許多人。我看到整村整村的人死於饑餓，我看到農民的孩子死在西伯利亞的雪地裡，我看到一列列軍車把成千上萬男人和女人從莫斯科、列寧格勒和蘇聯其他城市送往西伯利亞，因為他們被劃為社會的善這種光輝偉大思想的敵人。這種思想是美好的和偉大

5 見《馬太福音》第二章第十八節。

的，所以要殺掉一些人，摧殘一些人的生活，要使妻子離開丈夫，使孩子離開父母。

今天德國法西斯的巨大恐怖籠罩了世界。到處可以聽到就死者的哀號和呻吟聲。到處彌漫著焚屍爐的煙，天空黑暗，日月無光。可是，就連這樣的罪行，這種全世界人類不曾見過的罪行也是借了善的名義。

當年我住在北方森林裡的時候，曾經想過，善不在人類中，不在動物和昆蟲的相互殘殺的世界中，而是在默默無言的樹木的世界裡。可是，不對！我見到過森林的騷動，見過樹木為爭奪土地，陰險毒辣地同青草和灌木進行搏鬥。千千萬萬種子飛播開去，生根發芽，漸漸把青草弄死，把友好的灌木扼殺。成千上萬倖存下來的幼芽開始優勝劣汰，相互搏鬥。只有那些活下來的樹木組成了統一的新的林冠，彼此締結勢均力敵的同盟，分享溫暖的陽光。雲杉和山毛櫸則在這林冠之下昏暗的苦役牢裡凍得瑟瑟發抖。

但是獨占陽光的樹木總有衰老的時候，高大的雲杉就從它們的林冠底下衝出來，衝向陽光，又將赤楊和白樺扼殺。樹木就是這樣永遠生活在你爭我奪中。只有瞎子才認為樹木和草的世界是善的世界。難道生存就是惡？

善不在自然界，不在傳教士和聖人的說教中，不在偉大的社會學家和人民領袖的學說中，不在哲學家的道德中……倒是一些普通人心裡懷著對活物的愛，很自然地、不由自主地珍愛和憐惜生命，喜歡在勞動一天之後享受一下爐灶的溫暖，不在場地上燒火堆和放火。

所以，除了可怕的大的善，還有平常的人的善良。一個老奶奶拿一塊麵包給俘虜吃，一個士兵把壺裡的水給受傷的敵人喝，年輕人憐惜老年人，農民把猶太老頭子藏在草垛裡，這都是善良。有的看守人員冒著個人失去自由的危險，把囚犯或俘虜的信件傳送出來，不是給志同道合的同伴，而是給母親和妻子們，這也是善良。

這是個人之間偶爾為之的善良，是無需證明的、沒有用心的小善良。可以叫作無意識的善良。是宗教的善和社會的善之外的善良。

但是，我們只要一想就可以看出來，這種無意識的、個人間的、偶然性的善良是永恆不滅的。這種善良可以施於一切生物，甚至一隻老鼠，一根樹枝都可以受到這種善的恩澤——有時行人會忽然站下來，扶一扶受傷的樹枝，讓它更容易重新長到樹幹上。

在可怖的時代，在以國家民族光榮為名義、以對全世界行善為名義而進行瘋狂殘殺的時候，在人已經不像人，而只是像樹枝一樣盪來盪去，又像一塊塊石頭填進山溝和土坑的時候，就是在這種可怖和瘋狂的時代，這種沒有用心的、可憐的、像鐳粒子一樣分散在生活中的善良也沒有消失。

有一些德國兵來到村子裡。昨天在路上有兩名德國兵被打死。晚上把一些婦女趕出去，叫她們在樹林邊挖坑。有幾名士兵住到一個上了年紀的女人家裡。她的丈夫被帶到警察局去了，那裡還關著二十個農民。她一夜沒有睡，德國兵在地下室裡搜到一筐雞蛋和一瓶蜂蜜，他們自己生起爐子，炒雞蛋，喝酒。有一個年紀大些的吹起口琴，其餘的人又跺腳又唱歌。他們對女房東連看也不看，好像她不是一個人，而是一隻貓。早晨，天亮了，他們開始檢查自己的槍。那個年紀大些的士兵很笨拙地拉了一下槍機，一顆子彈打進自己的肚子裡。大家一齊叫起來，亂成一片。幾個德國兵草草地給他包紮了一下，就把他放到床上。接著他們都被叫走了。他們臨走向女房東打了打手勢，叫她照應受傷的德國兵。女房東看到，要把他掐死不費吹灰之力。他一會兒嘟囔，一會兒閉上眼睛，又哭又咂巴嘴。後來忽然睜開眼睛，很清楚地說：「媽媽，給我水。」女房東說：「哼，你這該死的東西，把你掐死才好呢。」可是她還是給他端來了水。他抓住她的手，叫她把他扶起來，因為血堵得他不能喘氣。她把他扶起來，他用兩手勾住她的脖子，支撐著身子。這時村子裡響起一片槍聲，她嚇得直打哆嗦。

後來她說起當時的情形，但是誰也無法理解，她也無法解釋。

這是一種善良。有一則寓言說一個修士讓蛇在懷裡暖和身子，就是指責這種善良沒有意義。這種善良，就好比愛惜咬死小孩的毒狼蛛。這是一種不理智的、有害的、荒唐的善良！人們樂於援引寓言中的例證，記住這種沒有意義的善良帶來的（和可能帶來的）害處。不必害怕！如果怕這種善良，就好比一條淡水魚偶然從河裡來到水鹹的大海裡，感到害怕。

沒有意義的善良有時給社會、階級、民族、國家造成的害處，與天生善良的人發出的光相比，是會黯然失色的。

這種沒有意義的善良正是人的人性，它就是人和其他一切的區別，它就是人的精神所能達到的最高境界。它說明，生存並不就是惡。

這種善良是沒有言語、沒有用心的。它是本能的，是盲目的。一旦耶穌教把它變為教堂神父的教義，它就變得暗淡了，種子就變成了空殼。當善良沒有言語、沒有心思、沒有用意的時候，當善良隱藏在人心裡的時候，當善良沒有成為傳教士的武器和商品，當礦金沒有煉成神的金幣的時候，善良是有生命力的。它就像生活一樣實實在在。就連耶穌的說教，也使善良失去其生命力。善良的生命力在人心的不言不語中。

但是，我懷疑人類的善，也懷疑善良。我很惋惜它沒有生命力！它既然沒有什麼感染力，又有什麼好處呢？

我以為，它沒有生命力。美好而又沒有生命力，簡直就像露水。

怎麼能不使它枯死，不使它丟失，而使它變得有力呢？教會就是使它枯死了，將它丟失了。當善良不是什麼力量的時候，它才是有生命力的。只要人想把善良變為力量，它就失去本色，就會暗淡，失去光彩，消失。

現在，我看到惡的真正力量。天國是空的。地上只有人。拿什麼來撲滅惡呢？拿人類的善良，拿這樣幾滴露水？但是要知道，這種火用所有的海洋裡的水和所有雲層的水都是撲不滅的，從福音書的時代直到今天的鋼鐵時代所彙集起來的一點點可憐的露水也撲不滅……

我再也不相信能夠在上帝身上、在自然界找到善，就這樣，我再也不相信善良。

但是，法西斯的黑暗在我面前暴露得愈多、愈廣，我就愈加看清：人性總是存在的，是泯滅不了的，即使在浸透了血的黃土旁邊，在毒氣室的門口。

我在地獄裡鍛鍊了信心。我的信心是從焚屍爐裡出來的，是穿過了毒氣室的水泥牆的。我看出來，不是人在同惡的鬥爭中軟弱無力，是強大的惡在同人的鬥爭中軟弱無力。毫無意義的善良永遠不滅的祕密，就在於它的無力。這種善良是不可戰勝的。這種善良愈傻，愈無力，愈沒有意義，就愈是巨大。惡對它無可奈何。聖人、傳教士、宗教改革家、首領、領袖，在它面前無可奈何。它是一種不看什麼、不說什麼的愛，是人的本義。

人類的歷史不是善極力要戰勝惡的搏鬥，人類的歷史是巨大的惡極力要碾碎人性的種子的搏鬥。但是，如果人性就是現在仍沒有被摧殘殆盡的話，那麼，惡已經不可能取得勝利了。

莫斯托夫斯科伊看完之後，半閉起眼睛，坐了好幾分鐘。

是的，這是一個受了震動的人寫的。一個可憐的靈魂的悲劇！這個蔫了的人竟說，天國是空的……他把人生看作一切人對一切人的戰爭。到末了他玩弄起舊的鈴鐺，玩弄起老奶奶的善良，還打算用灌腸的噴嘴撲滅世界的大火。這一切多麼無聊呀！

莫斯托夫斯科伊望著隔離室的灰牆，想起了天藍色的安樂椅，想起他和利斯的談話，感到十分沉重。頭並不難受，是心裡難過起來，呼吸也困難了。看樣子，他懷疑伊康尼科夫，是錯了。這個呆子寫的東西，不僅引起他的鄙視，也引起夜裡和他談話的那個討厭的傢伙的鄙視。他又想了想自己對切爾涅佐夫的感覺，想了想利斯談到這一類人時鄙夷和仇恨的口氣。他的模模糊糊的苦惱似乎比肉體的痛苦更使他難受。

十七

謝廖沙．沙波什尼科夫指著背囊旁邊磚堆上的一本書，問卡佳．文格羅娃說：

「你看過嗎？」

「看了好幾遍啦。」

「喜歡嗎？」

「我更喜歡狄更斯。」

「嘿，狄更斯。」他用譏笑的、傲慢的口氣說。

「你喜歡《巴馬修道院》嗎？」卡佳問。

「不怎麼喜歡。」他想了想，回答說。又補充道：「今天我要跟步兵一起把旁邊一座小屋的德國佬打出去。」他看到她的目光，又說：「當然，是格列科夫的命令。」

「別的迫擊炮手呢，琴佐夫呢？」

「他們不去，就我一個去。」

他們沉默了一會兒。

「他老是纏著你嗎？」謝廖沙問。

她點了點頭。

「你怎麼樣？」

「你知道嘛。」

「我覺得，我今天可能被打死。」

「為什麼叫你跟步兵一起去？你是迫擊炮手啊。」

「為什麼他要把你留在這兒？報話機已經打成碎片。早就該把你送回團裡去，上左岸去。你在這兒無事可幹，成了流浪女了。」

「不過咱們可以天天見面呀。」

他擺了擺手，就走開了。

卡佳向周圍看了看。蓬丘克在二樓望著，笑著。顯然，謝廖沙也看到了蓬丘克，所以突然走開了。

德軍用大炮轟這座樓房，一直轟到黃昏時候。有三個人受輕傷，有一段內牆倒塌下來，把地下室的出口堵住了。大家把出口處打通，一顆炮彈又炸倒一段牆，地下室出口又被堵住，大家又開始挖。

安齊費羅夫朝灰塵飛揚的幽暗處瞅了瞅，問道：「喂，報話員同志，您活著嗎？」

「是的。」卡佳在幽暗處回答說。她打了一個噴嚏，啐出一口紅色的痰。

「祝您健康。」一名工兵說。

等到天黑下來，德軍打出照明彈，用機槍掃射起來，有幾架轟炸機飛來，扔下爆破彈。誰也沒有睡覺。格列科夫親自打起機槍，步兵有兩次大聲罵著娘，用工兵的鍬掩護著臉，衝上去把德國佬打退。

德國佬似乎覺得，他們不久前占領的這座無主的樓房，馬上就要遭到進攻。

當槍炮聲停息的時候，卡佳能聽到他們吵吵嚷嚷說話的聲音，就連他們的笑聲也能聽得很清楚。德國佬說話非常難聽，發音完全不像外語課教師教的那樣。

她看到小貓從墊子上爬了下來。小貓後面兩個爪子不能動了，只用兩個前爪在爬，正急急忙忙朝卡佳爬來。後來小貓不爬了，嘴張了幾下，就閉上了……卡佳撥了撥小貓闔上的眼皮。「死了。」她在心裡說，驀地浮起一股厭惡感。忽然她明白了，這已經半麻痹的小貓是預感到要死了，所以想到她，向她爬來……她把已死的小貓放進一個坑裡，上面撒了一些碎磚渣子。

地下室裡充滿了照明彈的光，她覺得似乎地下室裡沒有空氣，似乎她呼吸的是一種帶血的液體，這種液體從天花板上往下流，從每一塊磚裡往外滲。

眼看著德國佬從遠處的角落裡爬出來了，正在朝她爬，馬上就會把她抓住，把她帶走。已經很近了，他們就在跟前打槍。也許，德國佬要掃蕩二樓？也許，他們不從下面來，而是從上面，從天花板的窟窿裡跳下來？

為了讓自己鎮定，卡佳盡量回想釘在門上的小卡片：「季霍米羅夫家——按一下，茨加家——按兩下，契列穆什金家——按三下，芬別爾格家——按四下，文格羅夫家——按五下，安德留先科家——按六下，彼果夫家——長長的一下……」她拚命回想芬別爾格家放在煤氣爐上、蓋著膠合板的大鍋子，回想阿納斯塔西婭·斯捷潘諾芙娜·安德留先科家蒙著大罩子的木盆、季霍米羅夫家掛在縄扣上的掉了瓷的臉盆。她想像她在給自己鋪床，把媽媽的棕色頭巾、一塊棉絨、開了綻的夾大衣都墊到彈簧壞了的褥墊底下。

然後她就想「6-1」樓房。這會兒，當希特勒的匪徒步步逼近，從地上爬過來的時候，那些粗野的罵娘話似乎也不可惱了，格列科夫的目光她也不怕了，以前她看到那目光，不僅臉會紅，連脖子，連軍裝裡面的肩膀都會紅的。在參軍後的這幾個月裡，她聽了多少下流話！當禿頂的中校齜著金牙暗示她可以留在河那邊的通訊站時，她用「無線電」和他進行了多麼糟糕的通話呀……她想起有些女孩子小聲唱的傷心歌兒：

有一個秋夜裡
指揮官要她上床去
喚了一夜小親親
從此她就自暴自棄……

她不是膽小鬼，只不過出現了這樣的心情。

她第一次看到謝廖沙，是在他念詩的時候，她心裡想：「真是一個呆子。」後來他有兩天不見人影，她也不好意思打聽他，心裡老是在想，他是不是被打死了。後來他在夜裡突然出現了，她並且聽見他對格列科夫說，他是從司令部的掩體裡偷跑回來的。

「好，」格列科夫說，「你這是開小差跟著我們朝陰間跑。」

謝廖沙在離開格列科夫從卡佳身邊走過的時候，沒有看，也沒有回頭。她很難過，後來生起氣來，又在心裡說：「傻瓜！」

後來她聽到樓房裡的人的談話。他們說的是，誰最有可能第一個和卡佳睡覺。有一個說：「不用說，是格列科夫。」

另外一個說：「這可不一定。不過，誰的名次排在最後面，我倒是可以說說，那就是迫擊炮手謝廖沙。女孩子愈是年輕，愈喜歡老練的男子。」

後來，她發現幾乎沒有人跟她逗著玩兒、開玩笑了。格列科夫毫不掩飾別人接觸卡佳時他的不快心情。有一次，大鬍子祖巴廖夫喊她：「喂，樓長夫人。」

格列科夫並不著急，但是他顯然很有信心，而且她也感覺得到他自己很有把握。在報話機被炸成碎片之後，他叫她躲到很深的地下室的一個隔間裡。昨天他對她說：「我這一輩子還沒有見過像你這樣的姑娘。」又補充說：「我要是在戰前遇到你，一定會娶你。」

她想說，要娶她還得問問她呢，可是她沒有說，她不敢說。他對她沒有任何不好的行為，沒有對她說過任何粗野的下流話，但是她想到他，就覺得可怕。

也是昨天，他很憂愁地對她說：「德國佬很快就要發動進攻了。咱們這裡面的人未必有誰能活下來。德國佬釘住我們的樓房不肯放。」

他用緩慢而凝神的目光把她打量了一下，卡佳害怕了，不是因為想到了德國佬即將發動的進攻，而是因為看到這緩慢而鎮靜的目光。

「我會上你這兒來的。」他說。似乎這話和他說的在德國佬發動進攻之後未必有誰能活下去的話沒有什麼聯繫，但聯繫是有的，而且卡佳也明白了。

他不像她在科特盧班山下看到的那些指揮員。他和人說話既不高聲大叫，也不嚇唬，可是大家都聽他的。他坐在那裡，又抽菸，又說笑，又聽別人說笑，跟士兵沒有任何區別。可是他的威信很高。

她和謝廖沙幾乎不說話。她有時覺得，他愛上她了，可是也和她一樣，在又喜歡又怕的人面前非常膽怯。謝廖沙又膽小，又沒有經驗，可是她真想請求他保護，對他說：「來我這兒坐坐吧。」有時她還想安慰安慰他。跟他在一塊兒說話，感覺真是奇怪，就好像根本沒有打仗，也沒有這「6-1」樓房。他也好像感覺到這一點，就有意盡量表現得粗野些，有一次他還在她面前罵過娘。

就這會兒她也覺得，她模模糊糊的想法和感情與格列科夫派謝廖沙去攻打德國佬占的房子這件事，有一種無情的聯繫。她聽著槍聲，想像著謝廖沙躺在紅紅的磚堆上，已經死去的蓬亂的頭耷拉下去。她感到對他心疼得不得了。夜晚五光十色的戰火，對格列科夫的害怕，對他的欽佩，欽佩他敢於憑藉一片瓦礫向德軍的鋼鐵隊伍發動進攻，還有對母親的想念——這一切在她心裡交織在一起了。

她想，只要能看到謝廖沙活著回來，她願意奉獻她的一切。

「要是有人問，要媽媽還是要他，怎麼辦？」她心裡想道。

後來她聽見一個人的腳步聲。她用手指頭抓住一塊磚，仔細聽著。槍聲停了，一切都靜下來。她的脊背、肩膀、小腿都癢起來，但是她怕撓癢，怕弄出響聲。有人問巴特拉科夫，為什麼他老是撓癢，他回答說：「這是神經性的。」可是昨天他說：「我在身上逮到十一隻蝨子。」於是科洛密采夫笑著說：「神經性的蝨子咬巴特拉科夫啦。」

等到她被打死了，大家把她抬到坑邊，會說：「這可憐的姑娘渾身都是蝨子啦。」

也許，這真是神經性的？於是她明白了，黑暗中有一個人向她走來了，不是虛幻的、臆想的人，是從沙沙聲中，從一片片亮光、一片片黑暗，從緊張的心跳中出現的。卡佳問：

「是誰？」

「是我，自己人。」黑影回答說。

十八

「今天不發動進攻了。格列科夫決定改在明天夜裡。今天德國佬一個勁兒地在進攻……我想順便說說，那本叫《修道院》的小說，我從來沒看過。」

她沒有回答。

他很想在黑暗中看清她的神情，一陣爆炸的火光順應他的願望，把她的臉照得透亮。過了一秒鐘，又黑了下來，於是他們又無聲地商量好，等待下一次爆炸和閃光。謝廖沙握住她的手，攥住她的手指頭。他平生第一次把姑娘的手握在自己手裡。

生滿蝨子的骯髒姑娘靜靜坐著，她的脖子在黑暗中發亮。

突然閃起照明彈的亮光，他們把頭挨在一起。他把她抱住，她瞇起眼睛，他們都知道學校裡有一個說法：誰睜著眼睛接吻，誰就不是真愛。

「這不是開玩笑，是嗎？」他問道。

她用兩手捧住他的兩鬢，把他的頭轉過來朝著自己。

「一生一世，永不變心。」他說得很慢。

「太好了，」她說，「我就是怕，忽然有什麼人來。可是以前不論誰來，不論是里亞霍夫、科洛密采夫、祖巴廖夫……我有多麼高興呀。」

「還有格列科夫。」他提醒說。

「哎呀，不。」她說。

他吻起她的脖子，並且解開她軍裝上的扣子，拿嘴去吻她那瘦削的鎖骨，卻不敢吻她的胸脯。她撫摩著他那硬札札的、沒有洗過的頭髮，就好像他是一個小孩子，她已經知道，這一切現在是不可避免的了，這都是應該有的事了。

他看了看發光的錶盤。

「明天誰帶你們去進攻？」她問道。「是格列科夫嗎？」

「你問這幹什麼？我們自己去，用不著誰帶我們。」

他又把她抱住，忽然他的手指頭發涼，由於下了決心，情緒激動，胸中也發起涼來。她半躺在軍大衣上，似乎連氣也不喘了。他一會兒碰著她那粗糙的、好像蒙著灰土似的軍服和裙子，一會兒碰著她那扎手的充革布高筒靴。他的手感覺到她的身體的溫暖。她想坐起來，但是他吻起她來。忽然一陣亮光閃起，剎那間照亮了落在磚堆上的卡佳的軍帽，照亮了她的臉，在這幾秒鐘裡，他覺得她的臉和往常大不一樣。可是馬上又黑了下來，而且不知為什麼特別黑……

「卡佳！」

「怎麼了？」

「沒什麼，就是想聽聽妳的聲音。妳為什麼不看我？」

他劃亮一根火柴。

「別這樣，別這樣，冷靜點兒！」

她又想起他和她母親，想著她應該更喜歡誰。

「原諒我。」她說。

他沒有明白她的意思，就說：「你別怕，我一輩子不變心，只要能活下去的話。」

「我這是想起了媽媽。」

「可是我的媽媽死了。我現在才明白，她是因為我爸才被流放的。」

他們互相擁抱著，在軍大衣上睡著了。樓長走到他們跟前，看了看他們的睡態：迫擊炮手謝廖沙的頭枕在報話員姑娘的肩上，他的一隻手摟著她的腰，他好像怕把她丟了。格列科夫覺得他們兩個都死了，因為他們躺在那裡一動也不動，那樣安靜。

黎明時候，里亞霍夫朝地下室的隔間裡瞅了瞅，喊道：

「喂，沙波什尼科夫，喂，文格羅娃，樓長叫你們，要快點兒，麻利點兒！」

在朦朧而寒冷的晨曦中的格列科夫的臉是陰沉的、嚴峻的。他那寬大的肩膀靠在牆上，蓬亂的頭髮耷拉在窄窄的前額上。他們站在他面前，倒換著兩隻腳，沒有覺察到他們是手挽手站著。

格列科夫動了動他那扁平的獅鼻的大鼻孔，說：「是這樣，沙波什尼科夫，你馬上到團部去，我派你去。」

謝廖沙感覺到姑娘的手指在抖動，就把她的手指頭攥住，於是她也感覺到他的手指在抖動。他吸了一口氣，感到舌頭和上顎發乾發燥。

多雲的天空和大地一片寂靜。蓋著軍大衣胡亂躺在地上的人似乎都沒有睡，都在等待著，連氣也不喘。

周圍的一切都很好，都很可親，謝廖沙心想：「要把他從天堂趕出去，要像拆散農奴一樣把我們拆散了。」他懷著祈求和仇恨的心情望著格列科夫。

格列科夫瞇起眼睛，凝視著姑娘的臉，謝廖沙覺得他的目光很討厭、很無情、很放肆。

「好吧，就這樣，」格列科夫說，「報話員同志跟你一塊兒去，沒有報話機，她在這兒無事可幹，你把她送回團部去。」他笑了笑。「以後你們上哪兒，到時候你們自己知道。這是調派信，我把你們兩個人寫在一起了，我不喜歡寫字。明白嗎？」

謝廖沙忽然看到，一雙透著親切、精明然而又憂傷的眼睛正望著他，這樣的眼睛，他還從來不曾見過。

十九

步兵團政委皮沃瓦羅夫沒有到過「6-1」樓房。和樓房的無線電聯繫中斷了，不知是報話機壞了，還是上級的嚴厲訓斥讓樓房裡的頭頭兒格列科夫大尉厭煩了。

有一段時間，可以通過一名黨員迫擊炮手得到有關被圍大樓裡的情況的報告。他報告說，樓長作風散漫，對士兵們信口開河，胡說八道。不過，格列科夫同敵人作戰是很勇敢的，這一點彙報人也不否認。

就在皮沃瓦羅夫準備進入「6-1」樓房的這天夜裡，團長別廖茲金害起重病。他躺在掩體裡，臉燒得通紅，睜著失神的、透明的、茫然的眼睛。

醫生看了看別廖茲金，慌了。他治慣了打斷的胳膊腿和打裂的頭蓋骨，現在卻是一個人本身害起病來。

醫生說：「要拔火罐，可是上哪兒去弄罐子呀？」

皮沃瓦羅夫決定向上級報告團長的病情，可是師政委打電話給皮沃瓦羅夫，要他立刻到師部去。

當皮沃瓦羅夫喘著粗氣（他遇到炮彈爆炸，曾經兩次臥倒）走進師政委的掩體時，師政委正在和從左岸來的一位營政委說話。皮沃瓦羅夫聽說這個人常常給駐紮在各個工廠裡的部隊做報告。

皮沃瓦羅夫大聲報告說：「奉命來到。」並且馬上就報告了別廖茲金的病情。

「啊……傷腦筋，」師政委說，「皮沃瓦羅夫同志，您得擔當起團的指揮任務了。」

「被圍困的樓房怎麼辦？」

「您不用管了，」師政委說，「這座被圍的樓房惹出大麻煩。這事兒弄到方面軍司令部去了。」

他把一張密碼電報對著皮沃瓦羅夫晃了晃。

「我就是為這事叫您來的。這不是，克雷莫夫同志接到方面軍政治部的命令，要他進入被困的樓房，建立布爾什維克黨的秩序，在那裡做作戰政委，如有必要，就解除那個格列科夫的職務，自己擔任指揮……因為這是在你們團的地段上，所以你們要給予一切必要的供應，要負責幫助進入被困樓房，負責今後的聯繫。明白嗎？」

「明白了，」皮沃瓦羅夫說，「一定做到。」

說過這話以後，他改變了談公事的腔調，用平時談家常的語氣問道：

「營政委同志，跟這樣一些小夥子打交道，是您的專長嗎？」

「正是我的專長，」從左岸來的政委笑著說，「一九四一年夏天我帶領二百人突圍，在烏克蘭到處轉悠，那時候見慣了游擊習氣。」

師政委說：「好吧，克雷莫夫同志，那您就去幹吧。多跟我聯繫。國中有國是很不好的。」

「是啊，那裡面的人還和報話員姑娘有一些不乾不淨，」皮沃瓦羅夫說，「我們的別廖茲金一直在擔心。他們的報話機又叫不通。那裡面的小夥子又是那種樣子，他們什麼事兒都會幹出來。」

「好啦，到裡面您就清楚了，要好好地整一整，祝您成功。」師政委說。

二十

格列科夫送走謝廖沙和卡佳之後，過了一天，克雷莫夫便在一名士兵護送下，前往被德軍圍困的著名大樓。

他是在明亮而寒冷的黃昏時候從步兵團團部出發的。克雷莫夫一進入史達林格勒拖拉機廠鋪了瀝青的院子，就比任何時候更清楚、更強烈地感覺到死亡的危險。

同時，他的振奮和喜悅依然沒有消失。突然收到的方面軍司令部的密碼電報向他證實了，在史達林格勒這地方，一切都不一樣，這裡是另外一種關係，另外一種評價標準，對人有另外一種要求。克雷莫夫又是克雷莫夫了，不是殘廢隊的殘廢人，而是布爾什維克的作戰政委了。危險而困難的任務並沒有使他感到害怕。在師政委和皮沃瓦羅夫的眼裡，他又看到了過去黨內同志常常對他流露的那種神情，感到何等愉快，何等甜蜜。

在被炸得坑坑窪窪的瀝青地上，炸壞的迫擊炮旁邊，躺著一名被打死的紅軍戰士。現在，就在克雷莫夫心裡充滿了希望，興高采烈的時候，這具屍體的樣子，不知為什麼令他大吃一驚。他見過許多死人，對死人已經沒什麼感覺了。可是現在他哆嗦起來——已經僵了的屍體像鳥兒一樣軟弱無力地躺著，蜷著兩條腿，好像怕冷。

一個身穿歪歪扭扭灰斗篷的政治指導員提著鼓鼓的圖囊從旁邊跑過，幾名紅軍士兵用帆布裹著防坦克地雷和大麵包，拖著往前走。

死人不需要麵包和武器，也不希望收到忠誠的妻子的來信。他並沒有因為死就強大起來，他是最弱小的，像一隻死麻雀，連小蚊子、小蟲兒都不怕他。

在車間的一個牆豁口裡，炮兵們正在安置團裡的一門炮，並且和一挺重機槍的機槍手爭吵。從爭吵者的手勢可以清楚看出，他們吵的是什麼。

「你要知道，我們的機槍在這兒待了多久啦？你們還在河那邊逛蕩的時候，我們就在這兒打起來了！」

「真不要臉，你們算什麼人！」

空中一聲尖嘯，一顆炮彈在車間角落裡爆炸了。炮彈片打在牆上。走在克雷莫夫前面的士兵回頭看了看，看看政委是不是被炸死了。等到克雷莫夫走到跟前，他說：

「政委同志，您別怕，我們認為，這兒是第二梯隊，是大後方。」

過了不長時間，克雷莫夫就明白了，車間牆外的院子確實算是很平安的地方。

他們又跑，又臥倒，把臉埋在地裡，然後又跑，又臥倒。他們有兩次跳進步兵所在的戰壕裡，他們在燒燬的房屋之中跑，這一帶已經沒有人了，只有鋼鐵的呼嘯與尖叫聲……那名士兵為了安慰克雷莫夫，又說：「這不算什麼，頂要緊的是飛機沒有轟炸。」但接著又提議說：「來，政委同志，咱們下到這個彈坑裡避避。」

克雷莫夫溜進彈坑裡，朝上面看了看：藍天還在頭頂上，頭也沒有掉下來，依然長在肩膀上。只有死神在前後左右，在頭頂上嘯叫和獰笑的時候，才感覺到人的存在是很奇怪的。在死神挖出的坑裡有一種安全感，也是很奇怪的。

那士兵不等他喘息過來，就說：「跟我進去！」他爬進了坑底一個黑咕隆咚的通道口。克雷莫夫跟著他鑽進去，低矮的通道口變寬了，頂也變高了，他們進了地道。

在地下可以聽到地上大戰的隆隆聲，穹頂在顫動，隆隆聲在地道裡滾動著。在鐵管特別密集、手臂粗的黑電纜縱橫交叉的地方，牆上用紅顏料寫著「馬霍夫是頭驢」。那士兵用電筒照了照，說：「咱們頭頂上就是德國佬了。」

一會兒，他們拐進一條窄窄的通道，朝著一個隱約可見的灰色光點走去。通道深處的光點愈來愈清楚，愈來愈亮，傳來的爆炸聲和機槍射擊聲也愈來愈激烈。

有一小會兒，克雷莫夫覺得他這是朝死刑台走去。但是等他們來到地面上，克雷莫夫看到的首先是一張張人的臉；他覺得這一張張臉像聖像一樣安詳。

克雷莫夫感到一種說不出的高興和輕鬆。他甚至感到，這瘋狂的戰爭不像是生與死的可怕關頭，而是年輕、強壯、充滿生命力的行路人頭頂上的雷雨。他清楚地感覺到一種堅定的自信，相信他現在時來運轉了。他好像在這一天的光明中看到了自己的未來——他又可以充分發揮自己的才幹、志向和布爾什維克的抱負了。

跟這種年輕的豪情壯志交織在一起，他又想起了離他而去的妻子。他覺得她是無比可愛的。現在他覺得並沒有永遠失去她。她會跟著他的力量，跟著以前的生活一起回到他這裡的。他離不開她。

有個老兵把軍帽扣在額頭上，站在一堆火旁邊，用刺刀翻著在洋鐵瓦上烙的馬鈴薯餅；馬鈴薯餅烙好了，他就放到鋼盔裡。他一看到這個聯絡員，很快地問道：「謝廖沙在哪兒？」

聯絡員一本正經地說：「首長來啦！」

「老爹，多大歲數了？」克雷莫夫問。

「六十了。」老頭子回答說，又解釋說：「我是從工人民兵裡來的。」

他又側眼看了看聯絡員。

「謝廖沙在哪兒？」

「他不在團裡，看樣子，他到友鄰部隊去了。」

「唉，」老頭子懊喪地說，「他要完啦。」

克雷莫夫向大家問好，向周圍看了看，又去看了地下室裡板壁只剩一半的隔間。有一處安放著團裡的一門炮，炮口從牆上打的一個窟窿伸出去。

「就像在戰列艦上。」克雷莫夫說。

「是的，不過水太少啦。」那個士兵說。

再往前，在石頭坑裡和夾縫裡安放著迫擊炮。在地上放著一些帶尾巴的地雷。再過去一點兒，防雨布上放著一架手風琴。

「咱們『6-1』號樓撐住了，沒有向法西斯屈服，」克雷莫夫大聲說，「全世界千千萬萬人都會為這感到高興。」

大家都沒有說話。波里亞科夫老頭子把裝滿馬鈴薯餅的鋼盔端到克雷莫夫面前。

「關於波里亞科夫怎樣烙餅，不會報導吧？」

「你們光知道笑，」波里亞科夫說，「可是我們的謝廖沙被趕走了。」

這個迫擊炮手問道：「還沒有開闢第二戰場嗎？一點消息也沒有嗎？」

「還沒有。」克雷莫夫回答說。

有一個穿著汗衫、敞著軍服上衣的人說：

「有一次窩瓦河那邊的重炮朝我們轟，一陣氣浪把科洛密采夫打倒，他爬進來就說：『好啦，同志們，開闢第二戰場啦。』」

一個黑髮小夥子說：

「幹嘛要瞎說，假如沒有重炮的話，咱們在這兒也待不住。德國佬早把咱們吃掉啦。」

「可是，指揮員在哪兒呀？」克雷莫夫問。

「那不是，躺在最前沿上呢。」

這支隊伍的指揮官正躺在高高的磚堆上，用望遠鏡在瞭望。

克雷莫夫喚他一聲，他很不情願地轉過臉來，帶著警告的神氣調皮地把一個指頭放到嘴上，又用望遠鏡瞭望起來。過了一會兒，他的肩膀抖動起來，笑了。他從上面爬下來，笑著說：「比下棋還不如呢。」

他打量了一下克雷莫夫軍服上的綠槓和政工人員軍星，說：「營政委同志，歡迎光臨寒舍。」並且自我介紹說：「我是樓長格列科夫。您是從我們的地道裡來的嗎？」

他的一切——他的目光，他的快動作，他的扁鼻子的大鼻孔——都是很粗野的，本身就是粗野。

「沒什麼，沒什麼，我會讓你服帖的。」克雷莫夫在心裡說。

克雷莫夫開始向他詢問情況。格列科夫懶洋洋地、心不在焉地回答著，一面打呵欠，一面四處張望，好像克雷莫夫的問話打擾了他，使他不能回想真正重要的、有意義的事情。

「要是把您撤掉呢？」克雷莫夫問。

「為什麼？」格列科夫回答說。「頂好用小教練機送點兒黃菸來，當然，還要迫擊炮彈、手榴彈，如果捨得的話，再弄點酒和吃的東西來……」他扳著手指頭數算著。

「這麼說，您不準備離開了？」克雷莫夫生氣又不滿地端詳著格列科夫很不好看的臉，問道。

他們都不說話了，在這短短的沉默時間裡，克雷莫夫戰勝了自己要在精神上制服被困大樓裡的人的心情。

「您寫作戰日記嗎？」他問道。

「我沒有紙，」格列科夫回答說，「沒地方寫，而且沒有工夫，也沒有必要。」

「您是在一七六步兵團團長領導下呀。」克雷莫夫說。

「是，營政委同志。」格列科夫回答說。又用冷笑的口吻說：「在這塊地段被截斷，我在這座樓房裡把人和武器集合起來，打退三十次進攻，燒燬八輛坦克的時候，沒有什麼人領導我。」

「現有人員的準確數字，您知道嗎？檢查過嗎？」

「我用不著檢查，我又不申報隊列人員名單，又不到行政管理處和補給站領給養。我們有爛馬鈴薯吃，有臭水喝就行了。」

「這樓裡有女人嗎？」

「政委同志，您好像是在對我進行審問呀？」

「你們的人有被俘的嗎？」

「沒有，沒有人被俘。」

「那麼，你們的女報話員哪兒去啦？」

格列科夫咬了咬嘴唇，兩道眉毛皺到了一起，他回答說：「那個姑娘是德國間諜，她發展了我，後來我把她強姦了，後來我又把她槍殺了。」他伸直脖子，問道：「您是要我這樣回答嗎？」又用冷笑的口吻說：「我看出來，這兒有懲戒營的氣味了，是這樣嗎，首長同志？」

克雷莫夫一聲不響地看了他一會兒，說：

「格列科夫呀，格列科夫，您的頭發昏啦。我也被圍困過，當時也受過詢問。」

他看了看格列科夫，慢慢地說：

「我奉上級的指示，必要時解除您的指揮職務，親自指揮這批人員。幹嘛您自己要往叉子上闖，非要我走這一步呢？」

格列科夫沒有說話，想了想，側耳聽了聽，然後說：

「沒有聲音了。德國佬停止進攻了。」

二十一

「那好吧，咱們兩個人坐一會兒，」克雷莫夫說，「研究一下情況。」

「幹嘛要兩個人坐坐，」格列科夫說，「我們這兒打仗都是大家一塊兒，研究情況也是大家在一塊兒。」

克雷莫夫很喜歡格列科夫的粗魯，但同時又很生氣。他很想對格列科夫說說在烏克蘭被圍困的事，說說自己在戰前的情形，使格列科夫不把他看成官僚。但是他覺得，說這類的事，就表示自己軟弱。他到這座樓裡來是表現自己力量的，不是表現軟弱。他本來就不是政治部門的官僚，他是作戰政委。

他在心裡說：「沒什麼，政委又不丟臉。」

在一片寂靜中，大家在磚堆上坐下來或半躺下來。

格列科夫說：「今天德國佬不會再來了。」他向克雷莫夫建議說：「政委同志，咱們來吃點兒東西吧。」

克雷莫夫和格列科夫一起在休息的人們當中蹲下來。

「我看著你們大家，」克雷莫夫說，「腦子裡有個想法老是轉悠：俄羅斯人總能打敗普魯士人。」

有一個不高的、懶洋洋的聲音應聲說：「是嘛！」

在這一聲「是嘛」中，流露出很明顯的對這種陳詞濫調的勉強附和與嘲笑的意味，所以大家一齊輕輕笑了起來。他們比那個第一次說出「俄羅斯人總能打敗普魯士人」的人更瞭解，俄羅斯人消耗著多大的力量，而他們本身就是這種力量的直接代表。而且他們也知道和明白，普魯士人打到窩瓦河邊，打到史達林格勒，完全不是因為俄羅斯人總能打敗他們。

這時候克雷莫夫發生了奇怪的變化。他一向不喜歡政治工作人員頌揚俄羅斯古代將領，他的革命的心靈十分厭惡《紅星報》社論中摘引德拉戈米羅夫[6]的話，他認為沒有必要以蘇沃洛夫[7]、庫圖佐夫[8]和博赫丹・赫梅利尼茨基[9]的名義設立勳章。革命就是革命，革命的隊伍只需要一面旗幟，那就

---

6 沙俄時代步兵上將，軍事理論家。

7 俄國偉大的軍事家、軍事理論家、戰略家、統帥，俄國史上的常勝將軍，俄國軍事學術的奠基人之一，著有軍事學名著《制勝的科學》。

8 俄國元帥、大軍事家。一八一二年拿破崙一世發動對俄戰爭時被任命為總司令，取得了衛國戰爭的勝利。

9 烏克蘭民族起義領袖，率領烏克蘭哥薩克起義反抗波蘭的統治。波蘭重新統治烏克蘭後，赫梅利尼茨基請求俄國出兵聯合抗擊波蘭，並於一六五四年簽訂烏克蘭同俄國

是紅旗。可是為什麼偏偏就在今天，在他重新呼吸到往日列寧主義的革命空氣的時候，卻出現了這種感觸和想法？

一名士兵用嘲笑的、懶洋洋的語氣說的那一聲「是嘛」刺得他很疼。

「同志們，怎樣打仗，用不著教導你們，」克雷莫夫說，「在這方面，你們可以教導任何人。可是，前總指揮部為什麼認為有必要派我上你們這兒來呢？或者說，我上你們這兒來幹什麼呢？」

「是來喝菜湯，為了喝菜湯吧？」有一個人很親熱地小聲推測說。

但是聽眾迎接這小聲推測的笑聲就不小了。克雷莫夫看了看格列科夫。

格列科夫和大家一起在笑。

「同志們！」克雷莫夫說。他氣得兩邊腮都紅了。「同志們，嚴肅點兒，我可是黨派到你們這兒來的。」

這是怎麼回事？是偶然出現的情緒，還是造反？是不是因為覺得自己有本事、有經驗，不願聽政委的？也許，聽眾的開心沒有任何反叛的意味，只是因為感覺到真正的平等，這種感覺在史達林格勒是很強烈的。

可是為什麼以前克雷莫夫很讚賞的這種真正平等的感覺現在卻引起他的氣憤，他要把它壓下去，打下去呢？

克雷莫夫在這裡同這些人的關係不融洽，不是因為他們受壓抑、張皇失措、膽怯。這兒的人感覺自己是強者，是有信心的，難道他們這種強者的感覺影響他們和政委克雷莫夫的關係，引起他和他們之間的疏遠和仇視？

合併的條約，此後直到一九九一年，烏克蘭一直是俄羅斯的一部分。

烙餅子的那個老頭子說：「我早就想問問黨裡的人。政委同志，聽說，到了共產主義社會，大家都各取所需，那麼，如果每個人都按照需要，一天喝到晚，可怎麼辦呀？」

克雷莫夫朝老頭子轉過臉去，看到他臉上一副真正擔心的神氣。可是格列科夫在笑，他的眼睛也在笑，大大的鼻孔笑得更大了。

頭上纏著血糊糊骯髒繃帶的一名工兵問道：「政委同志，集體農莊怎麼辦？戰後最好把集體農莊取消。」

「這個報告題目倒是不壞。」格列科夫說。

「我到你們這裡不是來做報告的，」克雷莫夫說，「我是作戰政委，我到這裡來，為的是消滅你們嚴重的游擊習氣。」

「那您就來消滅消滅吧，」格列科夫說，「可是，誰又來消滅德國佬呢？」

「會有人的，不用您操心。我不是為喝湯來的，不像你們說的那樣，我是來讓你們嘗嘗布爾什維克的飯的。」

「好吧，您就來消滅消滅，」格列科夫說，「來讓我們嘗嘗吧。」

克雷莫夫一面笑著，同時又很嚴肅地說：「如有必要，格列科夫，我們連您一起吃下去。」

這會兒克雷莫夫鎮定了，有信心了。原來拿不定主意，不知道怎樣辦最正確，這會兒主意拿定了。應該解除格列科夫的指揮職務。

克雷莫夫現在已經清楚地看出格列科夫的敵對思想和異己思想，發生在被困樓房裡的英雄事蹟既不能減弱，更不能消除這種思想。他知道，他能制服格列科夫。

等到天完全黑下來，克雷莫夫走到樓長跟前，說：「格列科夫，咱們來認真地、開誠布公地談一談。您想要什麼？」

格列科夫很快地、從下面朝上（他坐著，克雷莫夫站著）看了看他，快活地說：

「我想要自由，我就是為自由作戰。」

「我們都要自由。」

「算了吧，」格列科夫把手一甩，「你們要自由幹什麼？你們只要能打敗德國佬就行了。」

「格列科夫同志，不要開玩笑，」克雷莫夫說，「有的戰士說出不正確的政治主張，您為什麼不制止呢？嗯？您有威信，您可以制止，不次於任何一個政委。可是我有一種印象，大家一面說怪話，一面看著您，似乎在等待您的贊許。那個說到集體農莊的戰士就是這樣。您為什麼要支持他呢？我乾脆了當地告訴您：咱們一起來把這種情形整頓整頓吧。如果您不願意，我也乾脆地告訴您：我不會開玩笑的。」

「說說集體農莊，這有什麼？實際上，沒人喜歡集體農莊吧，這一點您也不是不知道。」

「您怎麼，格列科夫，想改變歷史的進程嗎？」

「您想把一切拉回老的軌道上去嗎？」

「『一切』是什麼意思？」

「就是一切。全面的強制勞動。」

他用懶懶的口吻說著，毫不客氣，一面冷笑著。他忽然欠起身來，說：「政委同志，算啦。我什麼也沒有想。我是隨便說說，逗逗您。我是和您一樣的蘇聯人。不相信我，我可要生氣啦。」

「那咱們別開玩笑，格列科夫，咱們來認真談談，如何克服這種不好的、不是蘇聯人應有的游擊情緒。這是您滋生出來的，您幫助我把它消滅吧。您還要光榮地進行戰鬥呀。」

「我很想睡覺。您也該休息了。您會看到，天一亮就睡不成了。」

「好吧，格列科夫，那就明天談吧。我反正又不想離開你們這兒，我哪兒也不去。」

格列科夫大笑起來：「看樣子，咱們能談得好。」

「情況很清楚了，」克雷莫夫想道，「我不能用順勢療法。我要用手術刀。政治上的駝背靠勸說是不能抻直的。」

格列科夫忽然說：「您的眼睛很深沉。您很苦惱。」

克雷莫夫因為感到意外，兩手一攤，什麼也沒說。可是格列科夫好像聽到了對方承認他的話，就又說：「您要知道，我也有苦惱。不過這算不了什麼，是個人的事。這種事在報告裡也是不值得寫的。」

夜裡，在睡著了的時候，克雷莫夫被一顆流彈打傷了頭部。子彈打掉一塊頭皮，在顱骨上劃了一下。傷勢不重，但是頭暈得厲害，克雷莫夫站不住了，老是想嘔吐。

格列科夫吩咐準備擔架，就在黎明前的寂靜時刻，把受傷的克雷莫夫送出了被圍困的樓房。克雷莫夫躺在擔架上，頭又發暈又嗡嗡作響，鬢角咚咚地響，一陣陣地刺痛。

格列科夫把擔架送到地道口。

「政委同志，您真不走運。」他說。

克雷莫夫腦子裡忽然出現了一種猜想：「是不是格列科夫夜裡朝他開的槍？」

快到黃昏時候，克雷莫夫開始嘔吐，頭疼加劇了。

他在師部衛生營裡躺了兩天，然後被轉送到左岸，住進集團軍野戰醫院。

二十二

團政委皮沃瓦羅夫來到衛生營狹小的地下室裡，看到情況很不好——傷患們都橫七豎八地躺著。

他在衛生營裡沒有見到克雷莫夫，昨天夜裡把他送到左岸去了。

「他怎麼一去就受傷了呢？」皮沃瓦羅夫想道。「也許是他不走運，也許是他走運。」

皮沃瓦羅夫同時很想做個決定，該不該把生病的團長送進衛生營。他好不容易回到團部掩體（他在路上差一點被德軍的迫擊炮打死），對士兵格魯什科夫說，衛生營裡沒有任何條件為病人治病。到處是成堆的血糊糊的紗布、繃帶、棉花，走到跟前都害怕。格魯什科夫聽到政委這樣說，就說：「當然嘛，政委同志，在自己的掩體裡總要好些。」

「是啊，」政委點頭說，「在那兒簡直就分不清誰是團長，誰是士兵，大家都躺在地上。」

於是，按軍銜應該躺在地上的格魯什科夫說：「是啊，這怎麼像話呀。」

「團長說什麼了嗎？」皮沃瓦羅夫問。

「沒有，」格魯什科夫搖了搖手，「政委同志，他哪兒還能說什麼，給他送去妻子的來信，信還放在那兒，他連看也沒看。」

「你說什麼？」皮沃瓦羅夫說。「他病成這樣啦！連信也不看，這事兒真可怕。」

他把信拿起來，在手裡掂量掂量，把信拿到別廖茲金面前，一本正經地用提醒的口吻說：「別廖茲金同志，您的夫人來的信。」

等了一會兒，又換了另外一種口氣說：「老兄，這是你妻子的信呀，你難道不明白嗎，嗯？」

但是別廖茲金沒有明白。他的臉通紅通紅的，玻璃球似的眼睛亮晶晶地、茫然地望著皮沃瓦羅夫。

這一天，戰爭帶著一股頑強的勁頭撞擊著生病的團長的掩體。從夜裡起，幾乎所有的電話聯繫都中斷了，偏偏別廖茲金掩體裡的電話一直很正常，各處都通過這條線打來電話：接通師部，接通集團軍司令部作戰科，和古爾耶夫師的一位團長通話，還有別廖茲金手下的營長鮑丘法羅夫和德爾金。

掩體裡一直有人來來往往，門不停地吱扭著，格魯什科夫掛在門口的帆布不停地呼呼啦響。從清早起，人們就惶惶不安，等待著。這一天與往常不同，大炮懶洋洋地發射著，飛機稀稀拉拉、漫無目的地胡亂扔著炸彈，正因為這樣，很多人產生了極其苦惱的認識，認定德國人要發動突擊了。這一苦惱的認識同樣折磨著崔可夫和團政委皮沃瓦羅夫，同樣折磨著「6-1」樓房裡的人，折磨著一大早就在史達林格勒拖拉機廠煙囪旁邊喝酒為自己過生日的一名步兵排排長。

每次在別廖茲金的掩體裡談起有趣的事或者特別可笑的事的時候，大家都要回頭看看團長：難道他連這都聽不見嗎？

連長赫連諾夫因為夜裡傷了風，用沙啞的嗓子對皮沃瓦羅夫說，黎明前他從他的地下指揮所裡走出來，蹲在石頭上，聽聽德國佬有沒有什麼動靜。忽然空中響起又生氣又發狠的聲音：

「唉，赫連[10]，怎麼連燈也不點？」

---

10 此處是音譯。本意是「渾蛋」。

赫連諾夫愣了一會兒：這是誰在天上喚他呀？他害怕了。後來才弄清楚，這是小飛機飛行員關了馬達，在頭頂上滑翔，看樣子是想給「6-1」樓房空投食品，看到沒亮出標誌就生氣了。

在掩體裡的人都回頭看了看別廖茲金，看他是不是笑了。但是只有格魯什科夫覺得，在病人那像玻璃球一樣發亮的眼睛裡似乎出現了一點生氣。吃午飯的時間到了，掩體裡空了。別廖茲金靜靜地躺著，格魯什科夫在歎氣：別廖茲金躺在那裡，旁邊就是盼了很久的信。皮沃瓦羅夫和接替已犧牲的科中科夫的新的少校參謀長去吃飯了，喝美味的甜菜湯和好酒。

炊事員已經請格魯什科夫喝過這種很好喝的甜菜湯了。可是當家的團長卻什麼也不吃，只是用茶缸餵他幾口水……

格魯什科夫打開信，徑直走到床邊，清清楚楚地、慢慢地低聲念道：

「你好，我親愛的萬尼亞，你好，我的心肝兒，你好，我心愛的。」

格魯什科夫皺起眉頭，繼續念信上的話。

他為昏迷中的團長念妻子的信。已經由軍事檢查機關檢查人員看過的這封信充滿柔情蜜意，充滿惆悵之情。這信世界上只有一個人有資格看，那就是別廖茲金。

當別廖茲金轉過頭來並且說「給我」，又伸過手來的時候，格魯什科夫並沒有覺得十分驚訝。

信上一行行的字在哆嗦著的粗大的手指頭之間哆嗦著：

「……萬尼亞，這裡很美，萬尼亞，太想念你了。柳芭老是問，為什麼爸爸不和我們在一起。我們住在湖邊，房子裡很暖和，房東有奶牛，有奶喝。我們有你寄來的錢。我早晨出門去，寒冷的水裡漂著黃的、紅的楓葉，周圍已經到處是雪了，顯得水特別藍，天也特別藍，樹葉黃的格外黃，紅的格外紅。柳芭還問：你為什麼哭？萬尼亞，萬尼亞，我親愛的，謝謝你，因為你的一切，謝謝你，因為你的一切，一切，因為你的善良。我為什麼哭，怎麼解釋呢？我哭，因為我活著。我哭，因為斯拉瓦不在了，我卻活著，很難受。我哭，因為你活著，我很幸福。我哭，因為我想起媽媽和姐妹們。我哭，因為我看到了早晨的陽光，因為周圍這樣美，而我和所有的人都這樣痛苦。萬尼亞，萬尼亞，我親愛的，我心愛的……」

頭腦一個勁兒在打轉，周圍一切都在打轉，手指在哆嗦，信和灼熱的空氣一起在哆嗦。

「格魯什科夫，」別廖茲金說，「今天一定要給我治好（塔瑪拉可不希望他生病）。怎麼樣，開水爐子沒有打壞吧？」

「開水爐子好好兒的。一天怎麼能給您治好呀？您發燒有四十度，一下子怎麼能好起來？」

幾名士兵轟隆轟隆地把一個空汽油桶滾進了掩體裡。往桶裡倒了半桶熱騰騰的渾濁的河水。水是用鍋子和帆布桶往裡倒的。格魯什科夫幫別廖茲金脫光衣服，把他扶到桶邊。

「中校同志，太燙啦，」格魯什科夫摸了摸桶外面，馬上把手抽回來，說，「會把您燙壞的。我叫過政委同志，他在師長那兒開會呢，咱們最好等政委同志來。」

「等他幹什麼？」

「如果您出什麼事兒，我就自殺。我也許自個兒下不了手，那就請政委皮沃瓦羅夫同志向我開槍。」

「來，幫我下去。」

「請原諒，至少我要把參謀長叫來。」

「嗯。」別廖茲金說。雖然這一聲又短又沙啞的「嗯」出自一個脫得光光的、勉強站得住的人之口，但是格魯什科夫不再強了。

別廖茲金爬進水裡之後，哼哼起來，又哎喲又亂動，格魯什科夫看著他，也哼哼起來，圍著桶轉起圈子。

「就像在產科醫院裡啦。」不知為什麼他這樣想道。

別廖茲金昏迷了一會兒，軍事上的擔心和生病的發燒在迷糊狀態中攪在了一起。忽然心不動了，不亂跳了，滾燙的水也不那樣燙得難受。後來他清醒過來，對格魯什科夫說：「要把地上的水掃一掃。」

但是格魯什科夫沒有看到桶裡的水漫出來。團長通紅的臉開始變白了，嘴半張開，剃得光光的頭上冒出老大的汗珠子，格魯什科夫覺得汗珠子好像是藍色的。別廖茲金又開始昏迷，但是等格魯什科夫試圖把他拖出來時，他清清楚楚地說：「還不到時候。」

他咳嗽起來。等到一陣咳嗽過去，別廖茲金不等喘過氣來就說：「再加一些開水。」

他終於從水裡爬了出來。格魯什科夫看著他，心裡非常不是滋味。他幫別廖茲金擦乾身子，躺到床上，蓋上被子和軍大衣，然後又把掩體裡所有的一切破舊的東西，如雨衣、棉襖、棉褲，全都蓋上去。

等到皮沃瓦羅夫回來，掩體裡已經收拾好了。只是空氣中還有溼乎乎的像澡堂裡的氣味。別廖茲金靜靜地躺著，睡著了。皮沃瓦羅夫在他身邊站了一會兒。

「他的臉色很好，」皮沃瓦羅夫想道，「他倒是沒寫過揭發材料。」

這一整天他惴惴不安，因為他想起他在五年前揭發過和他一起上過兩年大學的同學什梅廖夫。今天，出現了這種不祥的、使人苦惱難受的寂靜狀態的時候，什麼樣亂七八糟的事都浮現在頭腦裡，什梅廖夫也浮現在頭腦裡，他彷彿看到：什梅廖夫臉上帶著又可憐又痛苦的表情，側眼望著，聽著大會上宣讀他的好朋友皮沃瓦羅夫寫的揭發材料。

夜裡十二點左右，崔可夫打來電話，沒有通過師長，而是直接打到駐守在拖拉機廠的團裡，因為他很為這個團擔心：偵察隊多次報告，說德軍的坦克和步兵一個勁兒往這一地區集中。

「喂，你們那裡怎麼樣？」他很焦急地說。「你們團究竟是誰在指揮？巴秋克告訴我，說團長害了什麼肺炎，要把他送到左岸去。」

一個沙啞的聲音回答說：「這個團是我在指揮，我是別廖茲金中校。是有一點兒傷風，不過現在好了。」

「我聽到啦，」崔可夫好像有些幸災樂禍地說，「你沙啞得厲害呢，德國佬就要給你喝點兒熱牛奶啦，已經準備好了，你要注意，他們就要給你來一下子啦。」

「懂了，一號同志。」別廖茲金說。

「啊，懂啦，」崔可夫帶著嚇唬口吻說，「那你就注意，如果想後退，那我就給你糖拌生蛋黃，不比德國佬的牛奶差！」

二十三

波里亞科夫和克里莫夫約好夜裡要去一趟團部，老頭子想打聽一下謝廖沙的下落。波里亞科夫把自己的想法對格列科夫說了說，格列科夫很高興。

「快去吧，快去吧，老爹，你到後方可以多少休息一下，還可以對我們說說他們在那兒怎麼樣。」

「是說卡佳怎麼樣吧？」波里亞科夫猜到格列科夫為什麼贊成他的想法，就問道。

「他們已經不在團裡了，」克里莫夫說，「我聽說，團長派他們上窩瓦河那邊去了。他們大概已經在阿赫圖巴戶口登記處登記了。」

波里亞科夫是一個不肯饒人的老頭子，他就問格列科夫：「要是這樣的話，是不是就不讓我們去啦，或者您寫信去？」

格列科夫很快地看了他一眼，但是很平靜地說：「好啦，去吧。已經說過了嘛。」

「當然啦。」波里亞科夫在心裡說。

早晨四點多鐘，他們順著地道爬去。波里亞科夫的頭時不時碰到支架上，不時地罵謝廖沙兩句，他又生氣又覺得不好意思，因為他竟想念起這個小夥子。

地道寬一些了，他們坐下來多少休息一下。克里莫夫笑著說：「你怎麼不帶點兒禮物呀？」

「去他的吧，乳臭未乾的孩子，」波里亞科夫說，「要帶就帶一塊磚頭，敲他幾下子。」

「當然啦，」克里莫夫說，「你就是為這去的嘛，還準備過河到那邊去呢。也許，老人家，你是想看看卡佳吧。吃醋了吧？」

「走吧。」波里亞科夫說。

不多一會兒，他們就來到地面上，走在無人的地段，四周靜悄悄的。

「是不是仗打完啦？」波里亞科夫想道。他馬上清清楚楚地想像自家的屋子：桌上擺了一碟子熱湯，老伴兒在刮他釣來的魚。他都覺得身上發熱了。

就是這天夜裡，保盧斯將軍發出向史達林格勒拖拉機廠地區進攻的命令。

兩個步兵師要進入空襲、炮轟和坦克衝擊過的大門。從半夜起，香煙捲的紅色火光就在士兵們無所事事的手裡晃動著了。

在黎明前一個半小時，「容克」轟炸機的馬達聲在工廠各車間的上空響了起來。轟炸開始之後，就沒有停頓和休歇了。如果在這連成一片的轟隆聲中還有短暫的間隙的話，那這間隙裡也充滿了炸彈的呼嘯聲，一顆顆炸彈正拼足了自己沉重的鋼鐵力量朝地上沖。這連成一片的轟隆聲似乎能和鋼鐵一樣，敲碎人的頭顱，打斷人的脊梁骨。

天開始放亮了，可是工廠區上空依然黑沉沉的。似乎大地自動在噴射電光、轟隆聲、硝煙和黑色灰塵。

尤為強大的攻擊對準了別廖茲金團和「6-1」號樓房。

在整個團的防地上，被震聾了的人們都像發瘋似的跳起來，明白了這是德國佬開始了新的、空前強大的殺人勾當。

克里莫夫和老頭子遇到了轟炸，便連忙朝無人地段奔去，在九月末重磅炸彈在那兒炸了不少大坑。朝無人地段跑的還有剛剛從轟塌的戰壕裡跳出來的鮑丘法羅夫營的戰士。

德軍戰壕與蘇軍戰壕之間的距離很近，所以一部分炸彈落到德軍前沿陣地上，炸死炸傷德軍打頭進攻的一個師的部分士兵。

波里亞科夫覺得好像是從下游阿斯特拉罕來的風在波濤洶湧的窩瓦河上呼嘯。他有好幾次被氣浪沖倒，他在倒下的時候，忘記了他是在陽間還是陰間，忘記了他是年老還是年輕，忘記了哪兒是上，哪兒是下。但是克里莫夫一直拉著他走——快點，快點！他們終於倒進一個深坑裡，滾到潮漉漉、黏糊糊的坑底。這兒有三重黑暗，就是說，這黑暗是由夜的黑暗、硝煙和塵土的黑暗和深坑的黑暗交織成的。

他們躺在一起，這年老的和年輕的腦子裡都留著一線希望的光，活命的祈求。這種微光，這種感人的祈求不僅燃燒在所有人的腦子裡和心裡，而且也燃燒在鳥獸的最簡單的心裡。

波里亞科夫小聲罵著娘，認為一切災難全是謝廖沙招來的，嘴裡嘟囔著「搞成這樣都怪謝廖沙」，可內心裡仍然在為他祈禱。

這種連成一片的爆炸不可能持續很久，因為已經是超負荷的了。但是時間分分秒秒過去，強烈的轟隆聲依然沒有減弱，黑黑的煙幕依然沒有放亮，而是愈來愈濃，天和地更加混沌了。

克里莫夫摸了摸同伴粗糙幹活兒的手，握了握，他的手動了動，那是善意的回答，這對於處在未埋土的墳墓裡的克里莫夫是一種暫時的安慰。近處的爆炸把土塊和碎石甩進坑裡來；碎磚塊打在老頭子的背上。等到一片片的土從坑壁上往下溜，他們就感到噁心起來。坑已經不像坑了，而且再也看不見光了，德國人把一切從天上往下撒，要把周圍填平。

克里莫夫平常在偵察的時候，不喜歡有搭檔，喜歡快點兒溜進黑暗中去，就像冷靜而老練的游泳者喜歡快點兒離開岸邊岩石，泅進遼闊的大海黑鬱鬱的深處。然而在這土坑裡，他卻很高興有波里亞科夫躺在一起。

時間不再均勻地前進，而是瘋狂起來，像爆炸的氣浪一樣朝前衝，有時忽然凝凍起來，被捲成了羊角形。

但是終於坑裡的人抬起頭來，頭頂上出現了模模糊糊的亮光，硝煙和灰塵漸漸被風吹散……大地安靜下來，連成一片的轟隆聲變成零零落落的爆炸聲。令人感到苦悶、疲憊，似乎心裡的一切生命力都被擠壓光了，只剩下愁悶。

克里莫夫欠起身來，在他旁邊躺著的竟是一個德國兵，身上蓋了一層灰土，從帽子到靴子，渾身都被戰爭磨破、咬爛了。

克里莫夫一向不怕德國人，他一向相信自己的力量，相信自己有本事神出鬼沒地搶在敵人之前一秒鐘扣響扳機，扔出手榴彈，用刺刀捅出去或者用槍托子打過去。可是現在他茫然失措了，他吃驚的是，在聽不見也看不見的時候，他感覺到這個德國兵在旁邊竟因此得到安慰，他竟把德國兵的手當成波里亞科夫的手。他們互相對望著。他們被同樣一種力量控制著，無法擺脫這一力量。這一力量不保護他們中任何一個，而是同樣威脅著兩個人。

這兩個戰場上的敵手都沒有作聲。

他們所具有的準確無誤的機械性能——殺人，沒有發揮出來。

波里亞科夫坐在稍遠些的地方，也在看著滿臉鬍茬的德國兵。儘管波里亞科夫不喜歡長時間不說話，可是這會兒也沒有說話。

活著是可怕的。他們的眼睛深處閃現出一股沮喪的洞察力，彷彿看到：戰爭過去，那股驅使他們來到這坑裡、讓他們趴在泥地上的力量，還會在那兒等著他們，不管是戰敗者，還是戰勝者。他們就像商量好了一樣，從坑裡往外爬，儘管自己的脊背和腦殼很容易受到槍擊，但是都毫不猶豫地相信自己沒有危險。

波里亞科夫直往下滑，但是在旁邊爬的德國兵沒有幫他，老頭子滾了下去，一面咒罵著天和地，可是又仍然頑強地朝地面上爬。克里莫夫和那個德國兵爬到地面上，兩個人都望了望，一個朝東面望，一個朝西面望：上級是不是看到他們從一個坑裡爬出來，誰也沒有打死誰。他們都沒有回頭，各自朝自己的戰壕走去，跨過被炸翻過來、還在冒煙的土地上的一個個土包和一道道溝坎。

「咱們的大樓沒有了，炸平了！」克里莫夫恐怖地對跟上來的波里亞科夫說。「弟兄們，難道你們都死了嗎？」

這時候，大炮和機槍響了起來，呼嘯聲，咆哮聲。德軍發動了強大的攻勢。這是史達林格勒最沉重的一天。

「都是渾小子謝廖沙搞的。」波里亞科夫嘟囔說。他還不明白是怎麼一回事兒，不明白「6-1」大樓裡的人已經全部犧牲了，他看到克里莫夫在抽搭，在哀歎，還生氣呢。

二十四

在飛機轟炸的時候，一顆炸彈落在營指揮所所在的地下煤氣管道的檢修處上面，把此刻正在裡面的團長別廖茲金、營長德爾金和營裡的報話員埋住。別廖茲金處在一片漆黑中，耳朵也被震聾了，被石頭粉灰嗆得喘不上氣來，起初他以為自己已經完了，但是德爾金在短暫的寂靜時刻裡打了一個噴嚏，問：「中校同志，您活著嗎？」

別廖茲金就回答說：「活著。」

德爾金聽到團長的聲音，高興起來，多年來沒有離開過他的好情緒馬上又回到他心中。

「既然活著，那就是一切情況正常。」他說，雖然他被灰土嗆得喘不過氣來，咳嗽著往外吐唾沫，顯然情況並不怎麼正常。德爾金和報話員被碎石頭埋住，還不知道骨頭斷了沒有，因為無法動彈，知覺還沒有恢復。一根鐵梁懸在他們頭上，使他們直不起腰來，但是，看樣子，正是這根鐵梁救了他們。德爾金擰亮了手電筒，他才真正害怕起來。在一片灰塵中，一塊塊石頭、壓彎的鐵梁、鼓起來的抹了潤滑油的混凝土、炸碎的電纜都懸在頭頂上。看樣子，只要再有爆炸一震動，鐵和石頭合攏來，這狹窄的空隙就不存在了，幾個人也就沒有了。

他們安靜了一陣子，縮著身子，一種瘋狂的力量衝打著一個個車間。別廖茲金心想，這些車間在以自己僵死的軀體參加保衛戰呢，因為要打碎混凝土和鋼筋是很難的。

後來他們到處敲敲碰碰，摸索著，就明白了，要自己爬出去是不可能的。電話機還好好的，但是啞了，因為電話線被炸斷了。

他們彼此幾乎不能說話，因為爆炸的轟隆聲掩蓋了他們的聲音，他們被灰塵嗆得直咳嗽。前一天還在發高燒的別廖茲金，現在並不覺得沒有力氣。他的力量在戰鬥中往往能帶動指揮人員，帶動戰士們，不過這力量的實質不是軍事性與戰鬥性的，這是一種通情達理的人性的力量。能保持這種力量並且能夠在殘酷的戰鬥中表現出這種力量的，只有很少一些人，正是這些人，這些平易近人、通人情、有理性的人，才是戰爭的真正主人。

但是轟炸停止了，被埋住的幾個人又聽到鋼鐵的隆隆響聲。別廖茲金指了指鼻子，咳嗽了幾聲，說：「狼群叫起來了，坦克朝拖拉機廠沖來了。」又補充說：「咱們正好在他們的路上。」

也許由於徹底絕望了，德爾金忽然用難以形容的嗓門兒大聲唱了起來，一面咳嗽，一面唱起電影歌曲：

嘿夥計們，活著就好，活著就好，
跟頭領在一起咱們不用煩惱……

報話員心想，營長准是瘋了，可是他也一面咳嗽一面吐，跟著唱了起來：

老婆會傷心，會嫁給別人，
一嫁給別人，就把我忘了……

這時候在地面上，在充滿了硝煙、灰塵和坦克吼聲的隆隆作響的車間廢墟上，格魯什科夫不顧血糊糊的手上的皮肉，拚命地扒石頭、混凝土塊、斷鋼筋，他用一股瘋狂的勁頭幹著，正是這股瘋勁兒幫助他扭動沉重的鐵梁，幹幾十個人才能幹的事情。

別廖茲金又看到了帶有硝煙與塵土的朦朧的光線，這光線中還混雜著爆炸聲、德軍坦克的吼聲、大炮聲與機槍聲。不管怎麼說，那是一種微弱的亮光了，別廖茲金一看到這亮光，首先就在心裡說：「你瞧，塔瑪拉，你不該為我擔心嘛，我對你說過，沒有什麼了不起的。」格魯什科夫一雙強壯有力的手把他抱住。

德爾金用號哭的聲音叫道：「團長同志，向您報告，我的一個營全完了！」

他用手朝周圍指了指。「萬尼亞死了！我們的萬尼亞死了！」

他指了指側著身子躺在黑色的血泊與機油中的營政委的屍體。團指揮所倒是比較平安，只有桌子和床上撒了一層土。

皮沃瓦羅夫一看見別廖茲金，就高興得罵起娘來，並且跑了過來。

別廖茲金就問起來：「和各營有聯繫嗎？被圍的大樓怎樣了？鮑丘法羅夫怎麼樣？我剛才和德爾金就像落進老鼠夾子裡，不見光，也沒有聯繫。誰活著，誰死了，我們的人在哪兒，德國佬在哪兒，我一點兒也不知道，快把情況說一說！你們在戰鬥的時候，我們還在那兒唱著歌。」

皮沃瓦羅夫說起傷亡情況，說「6-1」大樓裡的人都完了，全犧牲了，那個好搗亂的格列科夫也死了，只活下來兩個人，一名偵察兵和一個民兵老頭子。

但是這個團經住了德軍的打擊，活下來的人還活著。

這時候電話機發出聲音，團部裡的人看了看電話員，從他的臉色看出來，這是史達林格勒最高指揮官打來的電話。

電話員把話筒遞給別廖茲金，聽得很清楚，掩體裡安靜下來的人都聽出了崔可夫那粗大而低沉的聲音：「是別廖茲金嗎？你們的師長負傷了，副師長和參謀長都犧牲了，我命令您擔任師長職務。」稍停之後他用又慢又重的聲音說：「你在空前艱難、危險的情況下率領全團作戰，頂住了進攻。謝謝你。好同志，我擁抱你。祝你成功。」

在拖拉機廠各車間裡的戰鬥開始了。活著的人還活著。

「6-1」樓房無聲無息。再也聽不到從瓦礫堆裡打出來的槍聲。顯然，空襲的主要力量對準了這座樓房，斷垣殘壁倒塌了，石頭堆被掃平了。德軍坦克藉這座破樓的瓦礫堆做掩護，向鮑丘法羅夫營開了火。

不久前還在殘酷無情地打擊德軍，使德國人感到害怕這座樓的廢墟，如今卻成了他們的安全地帶。

從遠處看，那一個個紅紅的磚堆很像是一塊塊老大的冒熱氣的生肉，身穿灰綠軍服的德國兵叫嚷著，很起勁地在被摧毀的樓房磚堆間跑來跑去。

「你指揮這個團吧。」別廖茲金對皮沃瓦羅夫說。又說：「整個戰爭期間上級都對我很不滿意。可是現在，我在地下閒待了一陣子，又唱了歌兒，可是你瞧，又得到崔可夫的感謝，又撈到師長頭銜，這可不是玩兒的。現在我可是不能放過你。」

但是德國佬衝過來了，沒工夫開玩笑了。

二十五

在寒冷的下雪日子裡，維克多帶著妻子和女兒來到莫斯科。弗拉基米羅芙娜不願意廠裡的化驗工作中斷，就留在了喀山，雖然維克多已經在奔走，設法把她安置在卡爾波夫研究院。

這些天是很奇怪的——心裡又高興又惶惶不安。似乎德國人依然很可怕，很強大，他們正準備新一輪的猛烈進攻。

戰爭似乎還未見轉機。但是人們想回莫斯科已經是自然而然的事了，政府開始組織一些單位復員回莫斯科，也是合乎情理。

人們已經隱約感覺出戰爭的春天即將到來的信息。不過，首都在戰爭的第二個冬天裡依然顯得冷清、淒涼。

人行道上骯髒的雪堆像一座座小山。郊區的街巷間，一條條小道像鄉間小徑一樣，連接著從居民家門口到電車站與商店的通路。很多窗子裡伸出冒煙的羅馬尼亞式鐵煙囪，牆上覆蓋了一層燻得黃黃的冰凌。

身穿小皮襖、頭上裹圍巾的莫斯科人顯得很土氣，很像鄉下人。

在從車站回家的路上，維克多坐在貨車車廂裡的行李上，打量著坐在旁邊的娜佳陰沉的臉，問道：「怎麼，小姐，你在喀山想像的莫斯科不是這種樣子吧？」

娜佳因為爸爸摸到了她的心思，很生氣，就什麼也沒回答。

維克多就給她講解起來：「人類不懂得，他們建起的城市並不是大自然本來就有的一部分。人類為了保護文明，必須驅除野狼，清除冰雪，剷除雜草，因此就不能放下武器、鐵鎬和掃帚。如果他們馬虎大意，閒散一、兩年，那可就糟了，野狼會從森林裡跑出來，雜草到處生長，城市會被冰雪堵塞，到處是灰塵。已經有多少大城市被塵土、積雪和荒草淹沒了啊。」

維克多很希望跟撈外快的司機一起坐在駕駛室裡的柳德米拉也能聽到他的高論，就把身子探到車廂欄板外面，對著開了一半的小窗孔問道：「柳德米拉，你坐得舒服嗎？」

娜佳說：「不過是掃院子的人沒有掃雪，這跟毀滅文化有什麼關係？」

「你這傻孩子，」維克多說，「你看看這一堆堆的冰。」

汽車很猛烈地顛簸了一下，車廂裡所有的箱子和包裹瞬間蹦了起來，維克多和娜佳也跟著蹦了一下。他們對看著，笑了起來。

奇怪，很奇怪。他何曾想到，在戰爭的痛苦年月裡，在喀山逃難的時候，他會取得他最大、最重要的成就？

他們進入莫斯科時，似乎只能感到得意和興奮，也許只有懷念安娜．謝苗諾芙娜、托里亞、瑪露霞，懷念幾乎每個家庭都有的犧牲者的痛苦心情，會和歸來的喜悅心情交織在一起，填滿人的心靈。

然而，一切並不像想像的那樣。在火車裡，維克多常常因為一些小事發火。他生氣的是，柳德米拉老是睡覺，也不看看窗外她兒子保衛過的土地。她在睡夢中大聲打呼嚕。一名傷兵從車廂裡走過，聽到她的呼嚕聲，說：「哎喲，打得真帶勁兒！」

他很生娜佳的氣：媽媽專揀她吃剩的東西吃，她也就毫不客氣地在包裡挑選烤得最好的餅子。在火車裡她學會了對爸爸使用一種戲弄和嘲笑的腔調。維克多聽到她在旁邊一個單間裡說：「我爸是個老大的音樂迷，自己也能胡亂彈一彈鋼琴。」

同車廂的人談論著莫斯科的下水道和暖氣設備，談到那些無憂無慮的人不必按莫斯科的轉帳單付錢，無需像沒有公房住的人那樣付房租，還談到往莫斯科帶什麼樣的食品比較合算。維克多聽到談生活問題就生氣，可是他也談了房屋管理和自來水問題，在夜裡睡不著的時候，他又想到在莫斯科登記領取供應品的問題，又想到電話是不是已經被拆除了。

一個很兇惡的女列車員在打掃車廂的時候，從座位下面掃出維克多扔的一根雞骨頭，就說：「哼，簡直是豬，還自以為是有文化的人呢。」

在穆羅姆，維克多和娜佳在月臺上散步，從兩個身穿羊羔皮領子大衣的年輕人身邊走過。其中一個年輕人說：「大英雄疏散回來啦。」

另一個解釋說：「大英雄要趕回去領取保衛莫斯科獎章呢。」

在卡納什車站，火車在迎面開來的一列裝運犯人的軍車旁邊停下來。押車兵在軍車旁邊走來走去，犯人們將一張張蒼白的臉貼在小小的、裝了鐵欄杆的窗戶上，叫喊著：「抽菸……」「給點兒黃菸吧……」押車兵罵著，把犯人從窗口趕開去。

黃昏時候，維克多走到索科洛夫夫婦所在的車廂裡。瑪利亞頭上裹著花頭巾，正在鋪床，讓丈夫睡下鋪，自己睡上鋪。她很擔心丈夫是不是舒服，維克多問她什麼，她都回答得牛頭不對馬嘴，她甚至忘了問柳德米拉身體好不好。

索科洛夫打著呵欠，說是車廂裡太悶，弄得他一點精神也沒有了。維克多看到索科洛夫沒有因為他的到來表示高興，而是一副心不在焉的樣子，不知為什麼感到特別生氣。

維克多說：「我這輩子頭一次看到，丈夫讓妻子爬上鋪，自己睡下鋪。」

他說這話用的是很氣憤的口氣，連他自己也覺得奇怪，這種情況為什麼使他這樣生氣。

「我們一直是這樣，」瑪利亞說，「他在上鋪總感到氣悶，我倒是無所謂。」她吻了吻索科洛夫的鬢角。

「好啦，我走了。」維克多說。索科洛夫夫婦沒有挽留他，他又很生氣。

夜裡車廂很悶。想起喀山，想起卡里莫夫、弗拉基米羅芙娜，想起和馬季亞羅夫談的話，想起在大學裡的小小房間……過去維克多上索科洛夫家去議論政治的時候，瑪利亞的眼睛多麼親切，多麼動情啊，不像今天在車廂裡這樣漠然，這樣疏遠。

「鬼才知道這是怎麼一回事兒，自己睡在下面，下面又舒服又涼爽。這算什麼道理？」他在心裡說。

他一向認為瑪利亞在他認識的女人當中是最好的女人，又溫柔，又善良。現在他生她的氣了，就在心裡想道：「就像是一隻紅鼻子母兔。索科洛夫是一個難以相處的人，又懦弱，又拘謹，同時又自負得不得了，城府很深，又愛記仇。是的，實在夠她受的。」

他怎麼也睡不著，試著想想即將和朋友們，和契貝任見面的情形——很多人已經知道他的研究成果了嘛。他見到的將是什麼樣的情形呢？他是勝利歸來的啊。古列維奇和契貝任會對他說什麼呢？

他想，能夠詳詳細細地掌握新的試驗裝備性能的瑪律科夫再過一個星期才能到莫斯科來，他不來還不能開始工作。糟糕的是，索科洛夫和我都是瘸子：只能動腦子，不能動手……

唉，好一個勝利者，勝利者！

但是這些想法懶懶地接續著，漸漸斷了。

他眼前出現了叫喊著「要抽菸」、「給點兒黃菸」的人們，出現了管他叫「大英雄」的兩個年輕人。波斯托耶夫當著他的面對索科洛夫說了一句很奇怪的話——索科洛夫說了說年輕物理學家蘭傑斯曼的研究情況，波斯托耶夫就說：「蘭傑斯曼又算什麼，維克多．帕夫洛維奇的第一流發現才真正能震動世界呢。」他把索科洛夫抱住，又說：「不過最主要的還是，咱們是蘇聯人。」

電話還通嗎，煤氣還有嗎？難道一百多年前的人在躲避拿破崙之後回莫斯科的時候，也想這些亂七八糟的事嗎？……

汽車在樓房大門口停下來。於是維克多一家人又看到了自家的一套住房的四個窗戶，窗玻璃上還保留著去年夏天貼的藍色紙條，又看到了大門，看到人行道邊的菩提樹，看到「牛奶店」的招牌、房管處門上的牌子。

「電梯恐怕還沒開，」柳德米拉說，並且轉臉朝著司機問道，「同志，您能不能幫我們把東西送到三樓？」

司機回答說：「怎麼不行，可以。不過，您要給我一些麵包，算是腳力。」

把汽車上的東西卸下來，留下娜佳看東西，維克多和妻子朝樓上走去。他們慢慢地朝上走，感到很驚奇，因為一切都沒有什麼變化，二樓那包了黑漆布的門、那熟悉的郵箱都是老樣子。多麼奇怪啊，街道、房屋，幾乎已經忘記的許多東西都沒有消失，這不是，這一切又出現在眼前，人又置身其中了。

有一次，托里亞不願等電梯，跑上三樓，從上面對著維克多叫喊：「哈，我已經到家了！」

維克多對妻子說：「咱們在樓梯口歇一會兒，你都喘不上氣來了。」

「天啊，」柳德米拉說，「這樓梯髒成什麼樣子啦。明天我就找房管處，叫瓦西里．伊萬諾維奇組織人打掃打掃。」

終於他們夫妻兩人站到自己的家門口了。

「也許，你想親手開開門吧？」維克多問。

「不，不，你開吧，你是戶主嘛。」

他們走進房裡，沒有脫大衣，在各個房間裡走了一遍。她用手試了試暖氣片，拿起電話筒，吹了吹，說：「電話還能打通！」

然後她走到廚房裡，說：「也有自來水，這麼說，衛生間還能用。」

她走到煤氣爐跟前，試了試煤氣爐開關，煤氣是關著的。

天啊，天啊，一切都還在。敵人被擋住了。他們回到自己家裡來了。一九四一年六月二十一日那個星期六，好像就是昨天。好像一切都沒變，也好像一切都變了！是另外一些人回到家裡，他們已經是另外一種心情，另外一種命運，他們生活在另外一個時代。為什麼這樣心神不寧，這樣平淡無味？為什麼已經逝去的戰前生活顯得那樣美好，那樣幸福？為什麼要這樣操心明天的事——憑票供應，戶口登記，用電限額，電梯開不開，訂報紙？……到夜裡又可以在自己的床上聽熟悉的鐘聲了。

他跟在妻子後面走著，忽然想起他在夏天來莫斯科的情形，想起和他在一起喝酒的俊俏的尼娜，空酒瓶現在還放在廚房裡的水槽旁邊呢。

他想起他看過諾維科夫上校帶來的媽媽的信之後的那個夜晚，想起自己突然上契里亞賓斯克的情形。他就是在這兒吻尼娜的，她有一只髮卡掉下來，他們怎麼找也找不到。他心慌起來，擔心那只髮卡現在出現在地板上，也說不定，尼娜把口紅和香粉盒忘在這裡了。

但是這時候，司機呼哧呼哧喘著粗氣，把箱子放下來，打量了一下房間，問道：

「整個這一套房都是你們家住的嗎？」

「是的。」維克多很不好意思地回答說。

「我們家六口人才住八平米呢，」司機說，「我老婆在白天趁大家都去幹活兒的時候睡覺，夜裡她就在椅子上坐著。」

維克多走到窗前，看到娜佳站在汽車旁堆行李的地方，又蹦又跳，還用嘴呵著手指頭。好娜佳，可憐的女兒，這就是你的家。

司機把裝食物的口袋和裝被褥的大布袋扛進來，就在椅子上坐下來，捲起菸捲兒。看樣子，他當真關心居住問題，一再地和維克多談起衛生設備和區房管局的人貪污受賄。

這時，廚房裡的鍋子響了幾聲。

「這就燒飯啦。」司機說，並且朝維克多擠了擠眼睛。維克多又朝窗外看了看。

「這就好了，好了，」司機說，「可是等到在史達林格勒打垮了德國佬，大家都從疏散的地方回來，房子就更不夠住了。不久前我們有一個工人受過兩次傷以後回到工廠裡，不用說，房子被炸毀了，他帶著一家人住到沒人住的地下室裡，老婆懷著孩子，兩個孩子都害肺病。地下室裡灌進了水，水到了膝蓋以上。他們把木板鋪在板凳上，從床上到桌子邊，從桌子邊到爐邊，都從木板上走。於是他到處要求解決住房問題，黨委會、區委會都找過，也給史達林寫過信。都答應解決，答應只是答應。一天夜裡他帶上老婆、孩子和破爛東西住進五樓一個房間，是區蘇維埃的機動房間。房間有八點四三平方米。這一下子事情鬧大了！檢察長把他傳了去：要麼在二十四小時內搬出去，要麼判五年徒刑，兩個孩子交保育院。這一來，他怎麼辦？他在戰爭中得過五顆勳章，現在他把五顆勳章紮在胸膛上，紮進肉裡，就在中午休息的時候在車間裡上了吊。大夥兒發現了，馬上把繩子割斷。救護車把他送進醫院。這一來，馬上給他發了住房證，他目前還在醫院裡呢，不過總算他走運，房間雖小，可是好歹有了個窩兒。結果還不壞。」

司機剛說完他的故事，娜佳就走了進來。

「要是東西被偷了，誰負責任？」司機問。

娜佳聳了聳肩膀，就一面呵著凍僵的手指頭，在幾個房間裡轉悠起來。

娜佳一走進房間來，就惹爸爸生氣了。

「你哪怕把領子放下來也好。」維克多說。

但是娜佳沒有理睬，卻朝著廚房叫道：「媽媽，我餓死啦！」

這一天柳德米拉表現出非凡的精力和幹勁兒，維克多簡直覺得，她如果把這股勁頭兒用在軍事上，德國佬一定會從莫斯科後退一百公里。

管道工接通了暖氣，管道完全正常，雖然不怎麼熱。找煤氣工人卻很不容易。柳德米拉打電話給煤氣管道主任，管道主任從搶修隊派來一名工人。柳德米拉把所有的煤氣爐都點著了，把烙鐵放上去，雖然火力不大，但是坐在房裡可以不穿大衣了。在司機、管道工、煤氣工忙活過一陣子之後，裝麵包的口袋就輕飄飄的了。

柳德米拉做家務事一直忙到很晚時候。她把破布纏到刷子上，把天花板和牆上的灰土都掃乾淨了。又把吊燈架上的灰土揩乾淨，把乾枯了的花拿到黑黑的過道裡，清掃出很多垃圾、舊紙、破布；娜佳也一面嘟囔著，幫著提出去三桶髒水。

柳德米拉把廚房和餐室裡的家什都洗了一遍，維克多也在她的指揮下擦洗碟子、叉子和刀子，茶具卻不放心讓他擦洗。她又開始擦洗浴室，在爐子上煉油，挑揀從喀山帶來的馬鈴薯。

維克多給索科洛夫打了個電話，接電話的是瑪利亞，她說：「我叫他睡了，一路上他很疲乏，不過，如果有什麼急事，我可以把他叫醒。」

「不，不，我沒有事，只是想和他聊聊。」維克多說。

「我覺得太幸福啦，」瑪利亞說，「一個勁兒想哭呢。」

「上我們家來玩兒吧，」維克多說，「您怎麼樣，晚上有空嗎？」

「今天哪兒行啊，」瑪利亞笑著說，「柳德米拉有多少事兒，我也有多少事兒。」

她問了問用電限額和自來水管道方面的事，他忽然很不禮貌地說：「我馬上把柳德米拉叫來，讓她來和您談自來水問題。」馬上又故意用開玩笑的口吻說：「您不來，真遺憾，實在遺憾，要不然咱們可以念念福樓拜的長詩《馬克斯和莫里茨》了。」

但是她沒有理睬他的玩笑，說：

「我等一會兒再給您打電話。柳德米拉收拾房間有多麼忙，我也有多麼忙。」

維克多明白，她聽到他的不禮貌腔調生氣了。他忽然很想上喀山去。

人究竟有多麼奇怪啊？維克多打電話找波斯托耶夫，他們家的電話卻打不通。他打電話找物理學博士古列維奇，鄰居接電話說，古列維奇上索寇里尼基妹妹家去了。他打電話找契貝任，卻沒有人接電話。

忽然電話鈴響起來，有一個男孩子的聲音要娜佳接電話，但是這時候娜佳倒垃圾桶去了。

「是誰找她？」維克多一本正經地問。

「沒要緊事兒，是一個熟人。」

「維克多，別在電話裡閒扯吧，來幫我把櫃子搬一搬。」柳德米拉喊道。

「我跟誰閒扯？在莫斯科還沒人跟我閒扯呢，」維克多說，「你最好還是給我弄點兒吃的。索科洛夫已經吃過飯，睡覺了。」

似乎柳德米拉把家裡搞得更亂了：到處堆著衣服，從櫥子裡拿出來的家什擺在地板上；又是鍋子，又是盆，又是口袋，想在各個房間和走廊裡走走，卻走不通。

維克多以為柳德米拉開頭會有一段時間不上托里亞的屋裡去，他估計錯了。她的眼裡流露著操心的神氣，臉紅紅的，她說：「維克多，你把這只中國花瓶放到托里亞的屋裡，放到書櫥上，我洗乾淨了。」

電話鈴又響了，他聽到娜佳說：

「你好……我哪兒也沒有去，剛才我媽叫我倒垃圾去了。」

柳德米拉催促他說：

「維克多，幫幫我吧，別睡覺，還有這麼多事情！」

女人有多麼強大的本能，這種本能多麼頑強又多麼單純。

到晚上，一切整理就緒了，房間裡暖和了，又呈現出戰前原有的樣子。晚飯是在廚房裡吃的。柳德米拉烙了餅，又用下午燒的米飯當餡做了餡餅。

「剛才是誰給你打電話？」維克多問娜佳。

「噢，是一個男孩子，」娜佳回答說，並且笑了起來，「他打電話已經打了四天，終於打通了。」

「怎麼，你是在和他通信嗎？事先告訴他你要回來嗎？」柳德米拉問道。

娜佳氣得皺了皺眉頭，一個肩膀動了動。

「可是，哪怕有一隻狗給我打打電話也好啊。」維克多說。

夜裡，維克多醒了。柳德米拉穿著內衣，站在開著的托里亞的房間門前說：

「你瞧，我的托里亞，我一下子都收拾好了，你的屋裡也收拾好了，就跟沒有打仗一樣，我的好孩子……」

二十六

復員回來的科學家們彙集在科學院的一座大廳裡。

這些人有年老的，有年輕的，有面色蒼白的，有禿頂的，有大眼睛的，有眼睛小而銳敏的，有寬額頭的，有窄額頭的，大家彙集在一起之後，就回味著過去那段生活中曾經存在的那種崇高的詩意，散文的詩意。

長久放在沒有生爐子的房子裡的發潮的資料和書頁，豎起大衣領子做科學報告，用凍僵凍紅的手指頭抄寫公式，用幾顆馬鈴薯和爛白菜葉子做的莫斯科雜燴湯，擁擠著領飯票，在配給鹹魚和補貼素油的名冊上惱人地簽上自己的名字——這一切一下子退居次要位置了。老同事見了面，問候聲響成一片。

維克多看到契貝任和院士希沙科夫在一起。

「德米特里·佩特羅維奇！德米特里·佩特羅維奇！」維克多看著他親熱的臉，一連喊了兩遍。契貝任把他抱住。

「您的孩子們從前方給您來信嗎？」維克多問道。

「他們都很好，來信的，來信的。」

契貝任卻沒有笑，而是皺起眉頭，維克多從他這種神氣看出來，他已經知道托里亞犧牲了。

「維克多·帕夫洛維奇，」他說，「請代我向您的夫人表示敬意，衷心的敬意。我的敬意和內人的敬意。」

契貝任接著又說：「我看過您的論文了，很有意義，很重要，比一般認識到的還要重要。您要知道，其重要性將超過我們現在所能想像的。」

他吻了吻維克多的額頭。

「哪裡，哪裡，這算不了什麼。」維克多說。他覺得又不好意思，又高興。他來開會的路上，還惴惴不安地想著：有誰看過他的論文，會怎樣評價他的論文？要是根本沒有人看過呢？

他聽了契貝任的話，馬上就充滿了信心：他和他的論文在這裡要成為唯一的話題了。希沙科夫站在旁邊，可是維克多有很多話要對契貝任說，這些話是不能當著別人的面說的，尤其不能當著希沙科夫的面說。

維克多看見希沙科夫，常常想起格列布·烏斯賓斯基的一句滑稽的話：「金字塔形水牛。」希沙科夫那肉乎乎的方臉，傲慢的厚嘴唇，指甲泛著油光的胖手指，密密實實的銀灰色平頭，維克多一看到就覺得不痛快。他每次遇到希沙科夫，心裡都要出現疑問：「他認識我嗎？會跟我打招呼嗎？」每當希沙科夫用肥厚的嘴唇慢慢地說出好像也是肉乎乎的、牛肉似的話時，他卻一面生自己的氣，一面感到高興。

「是一頭傲慢的公牛！」維克多在談到希沙科夫時，對索科洛夫這樣說。「我一見到他就害怕，就像小鎮上的猶太人見了騎兵上校。」

「有什麼了不起的！」索科洛夫說。「誰都知道，他都不知道攝影圖像出現時的正電子。每一個研究生都知道，希沙科夫院士卻不知道。」

索科洛夫很少說別人壞話，不知是由於謹慎，還是由於那種不能責難別人的宗教式感情。可是希沙科夫總是使他非常生氣，所以他常常罵希沙科夫，嘲笑希沙科夫，忍也忍不住。

大家談起戰爭。

「咱們在窩瓦河上把德國人擋住了，」契貝任說，「窩瓦河真了不起呀。真是活命水，活命水。」

「是史達林格勒，史達林格勒，」希沙科夫說，「史達林格勒之戰反映出我們戰略的光輝和我們人民的堅強。」

「阿列克謝·阿列克謝耶維奇，您知道維克多·帕夫洛維奇最近的論文嗎？」契貝任問。

「當然聽說過，不過還沒有看過。」

從希沙科夫臉上看不出他是否真的聽說過維克多的論文。

維克多對著契貝任的眼睛看了很長的一眼；讓他的老朋友和老師看到他經受的痛苦吧，讓契貝任知道他的損失和疑慮吧。可是維克多的眼睛也看出了契貝任的悲哀、他痛苦的思緒、他暮年的疲憊感。

索科洛夫走過來，就在契貝任和他握手的時候，希沙科夫院士不大客氣地拿眼睛掃了掃他的舊上衣。等波斯托耶夫走到跟前，希沙科夫綻開他那大臉上所有的肉高興地笑了笑，說：「你好，你好，我的好朋友，見到你真高興。」

這兩個又高又粗的魁梧漢子談起身體健康、老婆、孩子、別墅。

維克多低聲問索科洛夫：

「你們家收拾好了嗎？家裡暖和嗎？」

「目前還不比在喀山好。瑪利亞一再要我問候你們。可能明天下午她會上你們家去。」

「那太好啦，」維克多說，「我們已經想她了，在喀山天天見面，我們已經習慣了。」

「是啊，天天見面，」索科洛夫說，「據我看，瑪利亞一天上你們家三趟。我早就勸她搬到你們家去啦。」

維克多笑起來，心裡想，自己的笑不是完全自然的。這時候數學家列昂季耶夫院士來到大廳裡。列昂季耶夫有個大鼻子，大腦袋剃得光光的，戴著黃鏡框的大眼鏡。過去他們住在加斯普拉的時候，有一次上雅爾達去，在酒店裡喝了很多酒，唱著黃色小調來到加斯普拉的食堂，弄得食堂工作人員不知如何是好，惹得所有休養的人捧腹大笑。列昂季耶夫現在一看見維克多，就笑起來。維克多微微垂下眼睛，等待著列昂季耶夫談他的論文。

但是看樣子，列昂季耶夫想起了加斯普拉的趣事，把手一揮，高聲說：「噢，怎麼樣，維克多·帕夫洛維奇，咱們再喝幾杯？」

進來一位穿黑西裝的黑髮年輕人，維克多發現，希沙科夫馬上向他鞠了一個躬。

蘇斯拉科夫走到年輕人跟前。蘇斯拉科夫是在主席團裡分管不為人所知的重要事情；大家只知道，借助他的力量比借助主席團的力量，更容易把一位科學博士從阿拉木圖調到喀山，更容易分到住房。這是一個面容疲憊、習慣於夜晚工作、臉頰像灰色麵團一樣蒼白的人，是大家時時都用得著的人。

大家都習慣了，蘇斯拉科夫在開會時抽「巴爾米拉」牌高級香菸，院士們抽黃菸和土菸，在走出科學院大門以後，不是科學界名人們對他說：「來，坐我的車吧。」而是他一面朝自己的小汽車走，一面對科學家們說：「來，我把您帶著。」

現在維克多觀察著蘇斯拉科夫和那個黑髮的年輕人說話，看得出來，那個年輕人絲毫無求於蘇斯拉科夫。不論請求的方式多麼斯文典雅，總能看出，誰是求人的，誰是被人求的。相反，那個年輕人倒是希望快點兒結束同蘇斯拉科夫的談話。年輕人特意帶著恭敬的神氣向契貝任鞠了一個躬，但是在這種恭敬之中有一種不易覺察、但不知為什麼還是可以覺察到的漫不經心的神氣。

「請問，這位年輕的大人物是誰？」維克多問。

波斯托耶夫低聲說：

「他最近調到中央委員會科學處工作。」

「您要知道，」維克多說，「我有一種很奇怪的感覺。我覺得，我們在史達林格勒的不屈不撓精神——這就是牛頓的不屈不撓精神，愛因斯坦的不屈不撓精神。在窩瓦河上的勝利標誌著愛因斯坦思想的勝利，總而言之，我就是有這樣的感覺。」

希沙科夫帶著無法理解的神氣笑了笑，輕輕搖了搖頭。

「阿列克謝．阿列克謝耶維奇，難道您不理解我的意思嗎？」維克多說。

「是啊，是不能理解，」科學處的年輕人來到旁邊笑著說，「看樣子，只有所謂相對論才能幫助找出俄羅斯的窩瓦河與愛因斯坦之間的聯繫。」

「所謂相對論？」維克多吃驚地說。他看到對他表示的這種不友好的嘲笑，不禁皺了一下眉頭。他看了看希沙科夫，想尋求支持，但是看樣子，這位金字塔形水牛那種不屑一顧的蔑視態度也推廣到愛因斯坦身上了。

維克多立刻覺得十分懊惱，又難受，又氣憤。他有時候就會這樣，一生起氣來，得費很大力氣才能忍住。回到家裡以後，才會在晚上慷慨激昂地反駁欺侮他的人。有時他忘乎所以，又叫喊，又打手勢，通過想像中的發言維護自己的所愛，嘲笑敵人。柳德米拉就對娜佳說：「你爸爸又發表高論了。」

這會兒他感到受了侮辱，不僅是因為對待愛因斯坦的輕蔑態度。他認為，每一個熟人都應該和他談談他的論文，他應該成為與會者注意的中心。他覺得自己受了欺負，受了凌辱。他知道，為這類的事生氣是很可笑的，但是他生氣了。只有契貝任和他談起他的論文。

維克多用溫和的口氣說：「法西斯分子趕走了天才的愛因斯坦，他們的物理學就成了猢猻的物理學。可是，謝天謝地，我們擋住了法西斯的進攻。於是這一切就在一起了：窩瓦河，史達林格勒，還有我們時代首屈一指的天才人物愛因斯坦，還有最落後的村莊，沒有文化的老農婦，還有大家都盼望的自由。這一切都連在一起了。我好像說得很亂，不過，恐怕沒有什麼比這種亂更清楚了。」

「維克多·帕夫洛維奇，我覺得您對愛因斯坦的頌揚太過分了。」

「總的來說，」波斯托耶夫快活地說，「可以說，是有些過分。」

科學處的年輕人帶著不快活的神氣看了看維克多。

「嗯，史托隆同志[11]，」他說，於是維克多又感覺出他的口氣的不善，「在我國人民生死一線的緊急關頭，您認為在自己心裡把愛因斯坦和窩瓦河聯繫起來是很自然的事，可是在這些日子裡，與您觀點不同的同志們心裡卻出現的是另外的想法。各人的心是各人的，這沒有什麼好爭論的。不過，至於如何評價愛因斯坦，倒是可以爭論爭論，因為，我認為，用唯心主義理論冒充最高的科學成就是不應該的。」

「您別來這一套吧，」維克多打斷他的話，又用傲慢的、教訓的口吻說，「阿列克謝·阿列克謝耶維奇，現代物理學離開愛因斯坦，就是猢猻的物理學。我們不應該拿愛因斯坦、伽利略、牛頓的名字開玩笑。」

他動了一下手指頭，警告希沙科夫，他看到希沙科夫眨巴了一下眼睛。

過了一小會兒，維克多就站在窗前，聲音忽大忽小地把這次偶然發生的衝突說給索科洛夫聽。

「您剛才就站在旁邊，竟然什麼也沒聽見，」維克多說，「契貝任也好像有意走開，沒有聽見。」

他皺起眉頭，不再說話了。他還想今天自己會成為大家注意的中心呢，想得多麼天真，多麼孩子氣啊。誰知，大家的激動情緒是上級機關的一個年輕人的到來引起的。

11 即維克多·帕夫洛維奇。

「您知道這個年輕後生姓什麼嗎？」索科洛夫就好像猜到了他的心思，忽然問道。「他是什麼人家裡的？」

「我一點也不知道。」維克多說。

索科洛夫把嘴巴湊到維克多耳朵上，小聲說起來。

「您說什麼！」維克多叫起來。他想起當時他很不理解的金字塔形水牛和蘇斯拉科夫對待這位大學生年齡的小夥子的態度，不禁拉長聲音說：「怪……不……得……呢……我還覺得奇怪呢。」

索科洛夫微微笑著對他說：「您回來第一天就在科學處和科學院領導層為自己建立起良好關係啦。您就像馬克．吐溫小說裡那個人物，在稅務檢查官面前誇起自己的收入。」

但是維克多不喜歡這種俏皮話，他問道：「您剛才站在我旁邊，當真沒聽見我們的爭論嗎？還是不願意參與我和稅務檢查官的談話？」

索科洛夫那小小的眼睛對著維克多笑了笑，那雙眼睛顯得很善良，因此也顯得很好看了。

「維克多．帕夫洛維奇，」他說，「您別不好受，難道您以為，希沙科夫會重視您的論文嗎？哼，我的天啊，我的天啊，這兒有多少榮華富貴的事要忙活，您的論文可是實在事情呀。」

他的眼神和聲調中流露出真誠和溫暖，這正是維克多在喀山那個秋日黃昏去找他時希望得到的。那時候在喀山維克多沒有得到。

大會開始了。發言的一些人談到科學在危難的戰爭時期的任務，談到自己願意為人民的事業貢獻出全部力量，要說明軍隊戰勝德國法西斯。談到科學院各研究所的研究工作，談到黨中央對科學家的幫助，談到史達林同志在領導軍隊和人民的同時，還要抽時間關心科學問題，還說科學家們不要辜負黨和史達林同志本人的信任。

談到在新的環境中勢必進行組織上的改變。物理學家們很吃驚地瞭解到，發言人對該研究所的科學研究計劃很不滿意：過分注重純理論問題了。大家都在大廳裡小聲傳說著蘇斯拉科夫的話：「研究所脫離實際。」

二十七

黨中央委員會研究了國內科研工作的狀況。都說，黨現在要把主要的注意力放在物理學、數學和化學的發展上。中央委員會認為，科學應當面向生產，應當接近現實，同現實有更密切的聯繫。

據說，史達林同志參加了會議，他像往常一樣，一隻手握著菸斗，在大廳裡走來走去，不時地帶著沉思的神氣停下來，不知是傾聽與會者的發言，還是傾聽自己心裡的話。與會者尖銳地批評了唯心主義和輕視本國哲學和科學的傾向。史達林在會議上有兩次插話。當謝爾巴科夫發言，贊成對科學院的預算進行限制的時候，史達林搖了搖頭，說：「搞科學不是做肥皂。我們對科學院不進行限制。」

第二次插話是在會上有人談到唯心主義理論的害處和一部分科學家過分崇拜西方科學的時候。史達林點點頭，說：「應當好好保護我們的人，絕不能實行專制殘暴統治。」

被邀參加這次會議的科學家對朋友們說了說史達林的情形，叫朋友們保證不要說出去。過了幾天，整個莫斯科科學界人士便在幾十個家庭和朋友圈子裡小聲議論起會議上的情形。

很多人小聲傳說著，說史達林已經白了頭，說他的嘴裡一口黑牙，牙齒已經壞了，說他的手很好看，手指頭細細的，因為出過天花，臉上還有麻子。

聽到這些話的人警告未成年人說：「小心，你要是亂說，不僅要害了自己，還會害了咱們全家。」

大家都認為，科學家們的狀況將會大大地改善。史達林說的關於專制殘暴制度的話，使人產生很大的希望。

過了幾天，著名的植物遺傳學家切特韋里科夫被逮捕了。關於他被捕的原因有各種各樣的傳說：有的說他是間諜；有的說他在出國期間常常和俄國流亡分子會面；有的說他的德國裔妻子在戰前常常和住在柏林的妹妹通信；有的說他企圖推廣小麥的有害品種，以便造成病害和歉收；有的認為，他的被捕與他說的有關食指的一句話有關係；有的認為，他被捕是因為他對小時候的夥伴說過一樁政治方面的笑話。

在戰爭時期不常聽到政治性的逮捕，所以許多人，包括維克多在內，就以為這種可怕的事永遠不會有了。維克多又想起了一九三七年，那時候幾乎每天都可以說出夜裡被捕的人的名字。想起那時候怎樣在電話裡互相報告這方面的事：「昨天夜裡安娜．安德烈耶芙娜的丈夫病了……」想起鄰居在電話裡怎樣回答有關被捕者的情況：「他離開了，不知道什麼時候能夠回來……」想起當時常聽到的逮捕人的情形：有的正在給孩子洗澡，就被抓走了，有的是在工作，在看戲，在深夜裡被抓走。想起有人說過：「搜查了兩天兩夜，什麼都搜了，甚至把地板都撬起來……幾乎什麼都沒看，為了做做樣子，隨便翻了翻書……」

想起一去不復返的幾十個人的名字：瓦維洛夫院士……維捷院士……詩人曼德爾施塔姆、作家巴別爾……伯里斯．皮利尼亞克……梅耶霍德……細菌學家科爾叔諾夫和茲拉托戈羅夫……普列特尼奧夫教授……列文博士……

但問題並不在於被捕者是傑出人物和社會名流，問題在於，不論是名人還是毫不出眾的普通人，全都沒有罪，都是老老實實工作的人。

難道這一切又要開始了？難道到了戰後，聽到夜裡的腳步聲和汽車聲還是要心驚肉跳？

多麼難把爭取自由的戰爭和這種事聯繫在一起啊……是啊，是啊，我們在喀山真不該那樣亂說啊。

切特韋里科夫被捕之後，過了一個星期，契貝任聲明離開物理研究所，接替他位子的是希沙科夫。科學院主席團的人上契貝任家裡去過。據說，不知是貝利亞，還是馬林科夫召見過契貝任，好像契貝任不肯改變研究所的選題計劃。

據說，考慮到他巨大的科學成就，暫時不想對他採取極端措施。同時被解除職務的還有分管行政工作的所長、年輕的自由主義分子皮敏諾夫，認為他不稱職。

希沙科夫院士擔任了所長職務和契貝任原來擔任的學術領導職務。

有傳聞說，契貝任在這些事情之後，心臟病發作。維克多馬上就準備去看他，往他家裡打了個電話。接電話的保母說，契貝任最近確實身體不大好，遵照醫生意見同夫人一起上外地去了，得過兩三個星期才能回來。

維克多對柳德米拉說：

「這種情形，就好比把一個小孩子從電車門口往下推，還要把這叫作保護，讓他不受專制殘暴制度的危害。契貝任是馬克思主義者，還是佛教徒、喇嘛教徒，這跟物理有什麼關係？契貝任建立了一個學派。契貝任是盧瑟福的朋友。契貝任方程式每一個管院子的人都知道。」

「哼，關於管院子的，爸爸，你算了吧。」娜佳說。

維克多說：「小心，你要是亂說，不僅會害了自己，還會害了我們全家。」

「我知道，這種話只能對家裡人說。」娜佳說。

維克多用溫和的口氣說：「唉，娜佳，我有什麼辦法能改變中央的決議？能用頭去撞牆嗎？而且契貝任是自己聲明願意離職的呀。況且，據說大家都不滿意他的工作。」

柳德米拉對丈夫說：「用不著這樣激動。再說，你自己也常常和契貝任爭論嘛。」

「如果不爭論，就沒有真正的友誼。」

「就是了，」柳德米拉說，「瞧著吧，你那樣喜歡亂說，也會把你的實驗室領導職務撤掉。」

「我倒不擔心這個，」維克多說，「娜佳說得不錯，的確，我所有的話都是說給自家人聽的，等於在口袋裡做手勢。你打個電話給切特韋里科夫的夫人，去看看她！你們是朋友嘛。」

「現在這樣不合適，再說，我們也不是多麼親近的朋友，」柳德米拉說，「我一點也幫不上忙。她現在也用不著我。以往出了這種事之後，你給誰打過電話嗎？」

「依我看，應該。」娜佳說。

「就是打個電話，實質上還是等於『在口袋裡打手勢』。」

維克多皺了皺眉頭。他想和索科洛夫談談契貝任的離職，這種事不能和老婆孩子談。但是他硬壓制著自己不給索科洛夫打電話，這種事不能在電話裡談。

還是很奇怪。為什麼讓希沙科夫當所長？很明顯，維克多最近發表的論文是科學界的大事。契貝任在學術會議上說，這是蘇聯物理理論界十年來最重大的事件。可是卻讓希沙科夫做研究所的領導。這是鬧著玩兒的嗎？他看著幾百張照片，看到電子的痕跡往左偏轉，忽然又看到照片上同樣的痕跡、同樣的粒子往右偏轉。可以說，把正電子握住了。這是年輕的薩沃斯季揚諾夫也會明白的。可是希沙科夫卻噘起嘴，把照片推到一邊，認為照片有毛病。謝里凡說：「唉，這就是向右呀，你簡直不知道哪邊是右，哪邊是左。」

最奇怪的是，誰也不覺得這樣的事奇怪。這樣的事也就不知不覺變成理所當然的了。維克多的朋友們、他的妻子和他自己也就認為這種情況是合理合法的了。維克多不適合做所長，希沙科夫才適合。

波斯托耶夫是怎麼說的？哦，他說：「最主要的是，我們都是蘇聯人。」

不過，要做一個比契貝任更愛蘇聯的蘇聯人，恐怕很難。

早晨，在去研究所的路上，維克多想像著，所裡的工作人員，從院士到試驗員，一定都在談論契貝任了。研究所門口停著一輛小汽車，司機是一個戴眼鏡的上了年紀的人，正在看報。門房老頭子夏天常常和維克多一塊兒在實驗室裡喝茶，今天在樓梯上碰到他，說：「新官上任啦。」又傷心地說：「咱們的老所長呢，嗯？」

在大廳裡，試驗員們在談設備安裝的事。試驗設備是昨天從喀山運來的。試驗大廳裡擺滿一個個大箱子。在烏拉爾定做的新儀器同舊的設備一起運到。諾茲德林站在一個老大的木板箱旁邊，維克多覺得他的臉上似乎流露著一副不可一世的神氣。

佩列佩里津腋下夾著拐杖，用一條腿在這個大箱子周圍蹦跳著。

安娜·斯捷潘諾芙娜指著一個個箱子，說：「您看，維克多·帕夫洛維奇！」

「這麼大的東西連瞎子也會看到。」佩列佩里津說。

但安娜·斯捷潘諾芙娜說的不是箱子。

「看見啦，看見啦，當然看見啦。」維克多說。

「再過一個小時，工人們就來了，」諾茲德林說，「我已經跟瑪律科夫教授說好了。」

他是用平靜而緩慢的當家人口氣說這話的。輪到他說話算數的時候了。

維克多走進自己的辦公室。瑪律科夫和薩沃斯季揚諾夫坐在長沙發上，索科洛夫站在窗前，旁邊的磁實驗室主任斯維琴坐在寫字臺前抽著自己捲的菸捲兒。

維克多一走進來，斯維琴站起來，要把椅子讓給他：「這是主人的位子嘛。」

「不用，不用，請坐吧。」維克多說。接著又問：「最高會議上談的是什麼？」

瑪律科夫說：「關於限額問題。每位院士的限額要提高到一千五，一般人的限額提高到五百，和人民演員，以及偉大詩人列別傑夫—庫馬奇一樣。」

「咱們要開始安裝設備了，」維克多說，「可是契貝任不在所裡了。正如俗話說的：房屋失火，時鐘還在走。」

但是坐在辦公室裡的人都沒接話。

薩沃斯季揚諾夫說：「昨天我有個堂弟來了，他是出了醫院上前方去，從這兒路過，家裡沒有酒，我向鄰居家買了一瓶，花了三百五十盧布。」

「真不得了！」斯維琴說。

「搞科學不是做肥皂。」薩沃斯季揚諾夫快活地說。但是從幾個人的臉色可以看出來，他這個玩笑開得很不合適。

「新官已經到任啦。」維克多說。

「是一個勁頭兒十足的人呢。」斯維琴說。

「咱們有希沙科夫當頭頭兒，就有辦法啦，」瑪律科夫說，「他是日丹諾夫同志家裡的座上客。」瑪律科夫是個很奇怪的人，他似乎不太與人交往，但總是什麼事都知道：知道旁邊的實驗室裡的副博士加布里切芙斯卡婭懷了孕，知道清潔工麗達的丈夫又進了軍醫院，也知道最高學位評委會沒有批准斯莫羅金采夫的博士學位申請報告。

「可不是嗎，」薩沃斯季揚諾夫說，「他出了名的錯誤我們都是知道的。不過，總的說，他這人也不壞。諸位可知道，好人與壞人的區別在哪兒？好人做卑鄙事不是心甘情願的。」

「錯誤不過是錯誤，」磁實驗室主任說，「不過，一個人光憑錯誤當不了院士。」

斯維琴是研究所黨委委員，他是一九四一年秋天入黨的，雖然參與黨的活動不久，但和很多人一樣，非常頂真，用宗教式的虔誠對待黨的使命。

「維克多·帕夫洛維奇，」他說，「我正有事要找你，黨委請您在大會上發言，談談您對新任務的看法。」

「要我談領導的錯誤，批判契貝任嗎？」維克多很氣憤地問道。他本不希望這樣，可是一談起來就控制不住了。「我不知道我是好人還是壞人，但是要我幹卑鄙的事，我不會心甘情願。」

他轉臉朝著實驗室的同事們，問道：「比如說，同志們，你們贊成契貝任離職嗎？」

他原本相信會得到他們的支持，可是看到薩沃斯季揚諾夫態度曖昧地聳了聳肩膀並且說「人老了，不中用了」的時候，他覺得很尷尬。

斯維琴說：「契貝任已經聲明，他不再安排任何新的研究工作。有什麼辦法呢？再說，是他自己辭職的呀，而且還挽留過他呢。」

「那麼，阿拉克切耶夫呢？」維克多問。「哼，終於露底了。」

瑪律科夫壓低了聲音說：「維克多・帕夫洛維奇，據說，當初盧瑟福曾經發誓不研究中子，擔心中子可能造成巨大的爆炸力。這是很高尚的，但又是一種毫無意義的清高。據說，契貝任就常常談一些類似的帶有浸禮派教會精神的話。」

維克多心想：「天啊，他怎麼全知道呀？」

維克多對索科洛夫說：「彼得・拉甫連季耶維奇，可見，您和我不是大多數。」

索科洛夫搖了搖頭，說：「維克多・帕夫洛維奇，我認為，在這樣的時期，個人主義和執拗是不容許的。戰爭時期嘛。在領導同志和契貝任談話的時候，他就不應該考慮自己，不應該考慮自己的利益。」

「哎喲，還有你嗎，布魯特斯？」[12]維克多說。他用這樣一句挖苦話掩蓋自己的慌亂。

不過說也奇怪：他不光是慌亂，好像也很高興。他想：「哼，當然啦，我早就知道嘛。」但有什麼「哼，當然」的？因為他並沒有料到索科洛夫會這樣回答。就算料到的話，又有什麼可高興的？

「您應該發言，」斯維琴說，「您不一定要批評契貝任。哪怕說幾句話，談談黨中央的決議和您

12 據說凱撒在元老院遇刺身亡之前說的最後一句話。當時有數十人刺殺凱撒，其中布魯特斯是凱撒的好友摯交，也是事件的主要謀劃者。

的研究的關係。」

戰前，維克多常常在音樂學院的交響樂音樂會上和斯維琴見面。據說，斯維琴青年時代在物理數學系上學的時候，常常寫未來主義派詩歌，在扣眼裡別一朵菊花。可是現在斯維琴說起黨委的決定，就像說的是亙古不變的真理定義。

維克多有時想對他擠擠眼睛，拿手指頭輕輕朝他的腰上捅一捅，說：「喂，老夥計，咱們乾乾脆脆地談談吧。」

但是他知道，現在不能和斯維琴敞開心扉地談什麼了。不過，他因為聽了索科洛夫的話感到非常吃驚，還是索性談起來。他問道：

「把切特韋里科夫抓起來，也和新的任務有關嗎？老瓦維洛夫坐監牢，也和這有關係嗎？恕我斗膽說一句，我認為，契貝任在物理學方面有更大的發言權，其權威性超過日丹諾夫同志，超過中央科學處處長，甚至超過……」

在座的人都看著他，以為他就要說出史達林的名字。他看到他們的眼神，就把手一揮，說：「好啦，算啦，咱們上實驗大廳裡去吧。」

從烏拉爾運來的一些裝著新儀器的箱子已經打了開來，從鋸屑、碎紙和撬開的木板中，已經小心翼翼地取出有大半噸重的儀器主要部件。維克多把手放在光溜溜的金屬表面上。從這個金屬肚子裡將產生急速的粒子束，就像謝利格爾湖邊的小教堂下面湧出一條窩瓦河那樣。這時候，人的眼睛是很舒服的。當你感覺到世界上竟有這樣神奇的機器時，是很愉快的。還要什麼呢？

下班以後，實驗室裡只剩下維克多和索科洛夫兩個人。

「維克多．帕夫洛維奇，您為什麼像隻公雞一樣直蹦直跳？您真沉不住氣。我對瑪利亞說了說您在科學院大會上的成就：您竟然在半小時之內破壞了同新所長，同科學處年輕的大人物的關係！瑪利亞嚇得提心吊膽，夜裡都睡不好覺。您要知道咱們生活在什麼時代。我看到了您看著儀器時的臉。這一切都要為幾句空話犧牲了。」

「夠啦，夠啦，」維克多說，「連氣都不能喘啦。」

「啊，等一等，」索科洛夫打斷他的話，「在研究方面誰也不會干涉你。你可以痛痛快快地喘氣。」

「您聽我說，我的好朋友，」維克多說著，苦笑了一下，「您對我是好意，我非常感謝。請允許我也以好意相報。比如，說實在的，您為什麼忽然當著斯維琴的面那樣說契貝任？在喀山有過一陣子思想自由之後，我見到這種事不知道為什麼這樣難受。至於我……非常遺憾，我並不是那樣天不怕地不怕的人。正如咱們在學生時代常說的，我並不是丹東。」

「噢，您不是丹東，真謝天謝地。說實在的，我一向認為，政治演說家恰恰是那些在創造方面無所作為的人。而你我是可以有所作為的。」

「噢，是這樣啊，」維克多說，「那麼，法國的伽羅華怎麼樣呢？基巴厘契奇又怎麼樣？」

索科洛夫把椅子推開，說：「您該知道，基巴厘契奇上了絞刑台。不過我指的是亂說廢話。就像馬季亞羅夫說的那些話。」

「這麼說，我也是亂說廢話了？」

索科洛夫一聲不響地聳了聳肩膀。

他們過去有多次爭執和口角都被忘記了，看樣子這次也會被忘記。可是不知為什麼這次短暫的爭執沒有就這樣過去，沒有被忘記。當一個人和另一個人相處十分融洽的時候，他們有時也爭吵，有時吵得很沒有道理，他們彼此的怨氣還是會消失得無影無蹤。但如果在人們之間出現了內在的分歧而又不瞭解這種內在分歧的話，那麼，即使偶然的一句話，彼此間一點小的疏忽，也會變成一把尖刀，對友誼是致命的。

而且內在的分歧往往隱藏得很深，永遠不暴露出來，人們也就永遠認識不到。於是人們就認為，一次無關緊要的大聲爭論、衝口而出的不好聽的話是破壞多年友誼的不幸原因。

不是的，伊凡·伊凡諾維奇和伊凡·尼基福羅維奇爭吵可不是因為公鵝！[13]

二十八

大家都說研究所副所長凱西揚·捷連季耶維奇·科甫琴科是「希沙科夫準確無誤的底片」。科甫琴科和藹可親，說話有時帶幾個烏克蘭詞兒。他以驚人的速度分到了房子和專用小汽車。

瑪律科夫知道院士們和科學院領導人的很多事情。他說，科甫琴科獲得史達林獎金，是因為他生平第一次宣讀的一篇已經發表的論文，而他之所以成為論文作者之一，僅僅因為他搞到緊缺的試驗材料並使論文很快地在各級通過。

希沙科夫責成科甫琴科組織選聘人員，填補新的空缺。要招聘一些高級科研人員，還要填補真空實驗室主任和低溫實驗室主任兩個空缺。

13 在果戈理的小說《伊凡·伊凡諾維奇和伊凡·尼基福羅維奇吵架的故事》中，因為罵了一聲「公鵝」，兩個好朋友打了一輩子官司。

軍事部門調撥了材料和人力，機械廠在改建，研究所大樓在裝修，莫斯科水電站向研究所供應無限額的電力，保密工廠撥給研究所一些緊缺材料。這些事也都是科甫琴科操辦的。

通常每當一個單位裡來了新的領導人，大家都會用尊敬的口氣說：「他上班比大家都早，下班比大家都晚。」大家也是這樣說科甫琴科的。但是，如果大家說新的領導「上任已經有兩個星期了，可是只來過一次，只呆過半小時。簡直見不到他這個人」，這樣的新領導會引起下屬更大的尊敬。因為這就說明，領導人正在攀登新的階梯，正在高級領導層中活動。

開頭一段時期在研究所裡，大家就是這樣談論希沙科夫院士的。

話說契貝任到城外別墅裡去，如他自己說的，到試驗小屋裡搞研究去了。著名的心臟病醫生法因加爾特教授勸他不要做劇烈運動，不要拿重物。但契貝任在別墅裡又劈柴，又挖溝，自我感覺良好，他寫信給醫生說，是嚴格遵守治療方法幫助了他。

在饑餓寒冷的莫斯科，研究所似乎是一塊溫暖富饒的綠洲。所裡的工作人員夜裡在潮溼的住房裡凍得發抖，早晨一來上班，就很滿意地把手放在熱乎乎的暖氣片上。

研究所裡的人特別喜歡設在半地下室裡的新食堂。食堂有小賣部，賣優酪乳、甜咖啡和香腸。售貨員在賣食品的時候，不收食品供應卡上的肉票和油票，這是研究所裡的人最看重的。

食堂伙食分六個等級：供應各學科博士的，供應高級研究員的，供應初級研究員的，供應高級試驗員的，供應技術人員的，供應服務人員的。主要的糾紛是圍繞著兩種高級伙食發生的，二者的差別僅在於第三道菜，一種是乾果做的果羹，一種是乾粉做的羹。發生糾紛，還與發給博士、各科主任家裡的食品袋有關。

薩沃斯季揚諾夫說，當年議論哥白尼的理論，還沒有現在議論這些食品袋這樣激烈。

有時會覺得，參與創立這種神祕的分配等級制的，不光是院委會和黨委會，還有更高、更神祕的機構。

一天晚上柳德米拉說：「今天我收到發給你的食品包，不過真是奇怪，斯維琴在研究方面一點本事也沒有，可是領到二十個雞蛋，不知為什麼只給你十五個。我還看了看名單。給你和索科洛夫都是十五個。」

維克多開玩笑地說：「鬼才知道是怎麼一回事！眾所周知，我們的科學家是分等級的：最偉大的，偉大的，著名的，優秀的，最後，是高級的。因為最偉大和偉大的已經不在人世了，所以不用發給他們雞蛋。其餘的科學家都按學術分量發給白菜、碎麥米和雞蛋。可是我們全亂了：有的人對社會無益，卻能主持馬克思主義討論會，討得院領導喜歡。一切都亂了套。科學院汽車庫主任的待遇和澤林斯基[14]一樣：二十五個雞蛋。昨天斯維琴的實驗室裡有一位很和藹的女員工甚至氣得放聲大哭起來，像甘地一樣絕食了。」

娜佳聽了爸爸的話哈哈大笑，隨後卻說：

「你要知道，爸爸，你們這些人當著清潔工的面吃煎肉排而不覺得難為情，是很奇怪的。外婆無論如何不會贊成。」

「知道嗎，」柳德米拉說，「這就是按勞分配的原則嘛。」

「哼，簡直荒唐。這種食堂連一點兒社會主義氣味也沒有。」維克多說。接著又補充：「哼，算了吧，我看這一切都是胡鬧。」忽然又說：「你們可知道，今天瑪律科夫對我說什麼？他說，不僅是

14 蘇聯傑出化學家、科學院院士，在催化反應、有機合成等研究領域做出了重要貢獻，對石油化學催化轉化的研究具有特殊意義。

我們所裡的人，而且數學研究所和力學研究所裡的人都用打字機把我的論文打出來，在互相傳閱。」

「就像傳閱曼德爾施塔姆的詩一樣嗎？」娜佳問。

「你不要笑，」維克多說，「一些大學的高年級學生還希望我去給他們做專題報告。」

「就是嘛，」娜佳說，「就連波斯托耶夫家的阿爾珈也對我說：你爸爸成了天才啦。」

「噢，不一定吧，我離天才還遠著呢。」維克多說。

他朝自己的房間走去，但馬上又轉回來對妻子說：「我真想不通，會有這樣渾蛋的事，發給斯維琴二十個雞蛋。我們這兒真會侮辱人！」

索科洛夫在名單上和他排在一個等級，他也感到很不痛快，雖然也覺得不好意思。當然嘛，應該表示表示維克多的成就大些，哪怕多一個雞蛋也好，比如說，給索科洛夫十四個，少一點點兒，只是表示表示。

他覺得自己很可笑，但不知為何，他覺得他和索科洛夫分得一樣多，比起斯維琴分得比他多更可氣。斯維琴的情形是很簡單的：他是黨委委員，他的優勢是在黨國方面。維克多對這一點是不生氣的。可是索科洛夫的情形就涉及科研能力和科學家的成就。在這方面維克多就不能平心靜氣了。他從內心裡感到氣憤，感到難受。但這種評價的表現方式是很可笑又可憐的。他很明白這一點。但是如果一個人並不總是很偉大，而是通常會很可憐，那又有什麼辦法呢？

上床就寢的時候，維克多想起不久前和索科洛夫談起契貝任的那一場談話，很生氣地罵道：「一副奴才相！[15]」

「你說誰？」正在被窩裡看書的柳德米拉問道。

15 原文為法語。

「說的是索科洛夫，」維克多說，「真是個奴才！」

柳德米拉把一個手指頭夾在書裡，也沒有轉過頭來，說：「你瞧著吧，說不定還要把你從研究所趕出去呢，全是因為你亂說一氣。又愛發火，對什麼人都不滿意……跟什麼人都吵過了，現在我看出來，你還要跟索科洛夫吵一場呢。過不了多久，就沒一個人肯上咱們家來了。」

維克多說：「噢，用不著，用不著，柳德米拉，親愛的。噢，怎麼給你解釋呢？你要知道，現在又像戰前那樣為了每一句話提心吊膽了，又像那樣沒有一點兒正氣了。你瞧瞧契貝任！柳德米拉，這可是一個了不起的人！我以為全研究所裡的人會一齊叫起來的，誰知只有一個看門的老頭子對他表示同情。波斯托耶夫竟對索科洛夫說：『最主要的是，我們都是蘇聯人。』他說這話管什麼用？」

他很想和柳德米拉多談一會兒，對她說說自己的一些想法。他不知不覺地關心起這些事，關心起發食品的事，感到很慚愧。為什麼會這樣？為什麼回到莫斯科以後，他好像老了，沒有勁頭了，關心起生活瑣事、庸俗的問題、官場上的事？為什麼在喀山的時候他的精神生活更深厚、更有意義、更純潔？為什麼就連他主要的科研興趣、他的歡樂也模糊了，同許多渺小、虛榮的念頭混到了一起？

「柳德米拉，我真不痛快，處境艱難。喂，你怎麼不說話？柳德米拉？」

柳德米拉沒有說話。她睡著了。

他輕輕地笑起來。他覺得真好笑：一個女人聽說他得罪了人，擔心得睡不好覺，另一個女人卻睡著了。他彷彿看到了瑪利亞那瘦削的臉，於是便把剛才的話又重複了一遍，但不是對妻子。

「你理解我嗎？嗯，瑪利亞？」

「見鬼，什麼亂七八糟的都往腦子裡鑽了。」他想道，一面沉沉入睡。

亂糟糟的東西確實鑽進了他的腦子。

二十九

維克多的手不巧。家裡的電熨斗燒壞了，電燈短路了，一般都是柳德米拉修理。在他們共同生活的頭幾年，他的無用使她感到可親可愛。但是近來她開始生他的氣。有一次，他把空空的茶壺放到火上，她就說：

「你的手簡直是泥巴做的，笨透啦！」

在研究所裡開始安裝儀器的時候，維克多常常想起這一句使他又生氣又懊惱的話。

在實驗室裡當家作主的是瑪律科夫和諾茲德林。薩沃斯季揚諾夫首先感覺到這一點，有一次在生產會議上說：「除了瑪律科夫教授和諾茲德林，這裡沒有上帝，也沒有上帝的代表！」

瑪律科夫的古板和穩重不見了。維克多很讚賞他的思想的大膽，能夠隨時隨地解決突然出現的問題。維克多覺得瑪律科夫簡直像一名外科醫生，在縱橫交錯的血管與神經纖維之間得心應手地操縱著手術刀。一個有著高度智慧和靈敏感覺的聰明物種似乎正在他的刀下誕生。似乎這個新的、在世界上第一次出現的金屬有機體也有心臟，也有感覺，也會高興和痛苦，和製造它的人完全一樣。

維克多總覺得瑪律科夫那種堅定不移的自信心有些可笑，他堅信自己的工作、自己設計的儀器比釋迦牟尼和穆罕默德幹的那些無聊的事或者托爾斯泰和杜思妥也夫斯基寫的書更為重要。

托爾斯泰懷疑過自己的偉大創作是否有益。天才的作家並不堅信自己在做有益於人類的事。但是物理學家就不會懷疑自己的研究對人類是否有用。瑪律科夫就不懷疑。

但是現在維克多不覺得瑪律科夫的這種信心可笑了。

維克多喜歡看諾茲德林拿銼刀、鉗子、螺絲刀幹活兒，或者細心地調理一縷縷的電線，幫助電工將引線上的電流通向新的裝置。

地上放著一捆捆電線和許多青灰色鉛片。大廳中的鋼板上放著從烏拉爾運來的新裝置的基本部件，帶有不少方的和圓的鏜孔。這種用於超精密的物質研究的金屬龐然大物，蘊藏著一種驚心動魄的美。

一、兩千年以前，在海邊有幾個人用粗木頭做木筏，用繩子捆，用扒釘釘。海邊沙灘上放著絞車、木工台，用瓦罐在火上熬松脂……出海的時刻愈來愈近了。

晚上，做木筏的人回到家裡，呼吸呼吸家庭生活的氣息，烤烤火，聽聽老婆的嘮叨和笑聲，有時也和家裡人吵吵嘴，打打孩子，和鄰居吵一架。到夜裡，在溫暖的黑暗中會聽到大海的波濤聲，會預感到未來航程的驚險，心會緊緊收縮起來。

索科洛夫在看別人做事情的時候，一般不說話。維克多在回頭看的時候，一般都要碰到他那嚴肅的、凝視的眼神，似乎往常他們之間良好的、重要的關係依然存在。

維克多很想開誠布公地和索科洛夫談談。事實上，一切都是很奇怪的。就如天天想著票證、限額，想著榮譽的分量、領導的照顧，都是有損心靈的。這不是，心靈裡也還有與領導、與職務高低、與獎金無關的東西。

他現在又覺得喀山的那些晚上很美好，很有年輕人的氣氛，有點兒像革命前的大學生晚間集會。可能馬季亞羅夫是一個十分清白的人。真奇怪：卡里莫夫懷疑馬季亞羅夫，馬季亞羅夫也懷疑卡里莫夫……兩個人都是十分清白的。他相信這一點。不過，也許像海涅說的，「兩個都臭」呢？

他有時想起和契貝任談發麵桶的一番話。為什麼他現在回到莫斯科，一切渺小、卑微的東西都在心裡浮現出來？為什麼他不尊敬的一些人都浮到了面上？為什麼他認為有本事、有才能、忠誠可靠的一些人如此無用呢？要知道契貝任談過希特勒德國，契貝任說錯了啊。

「很奇怪，」維克多對索科洛夫說，「各個實驗室的人都來看咱們安裝設備，就是希沙科夫沒來看過，一次也沒來。」

「他的事情很多呀。」

「當然，當然。」維克多連忙表示同意。

是啊，回到莫斯科以後，很難和索科洛夫推心置腹地談談了。真不知道是怎麼回事。說也奇怪，他再也不和索科洛夫爭論任何問題了，倒是希望能避開爭論。但是要避開爭論也不容易。有時爭論會突然發生，出乎維克多的意料。

維克多慢悠悠地說：「我想起咱們在喀山說的許多話……哦，馬季亞羅夫怎麼樣，有信給您嗎？」

索科洛夫搖了搖頭。

「不知道，不知道馬季亞羅夫怎麼樣。我對您說過嘛，直到離開喀山，我們都沒有再見面。想起那時候咱們談的一些話，我愈來愈覺得不痛快。咱們因為灰心喪氣，就想把戰爭時期的暫時困難說成是蘇維埃制度的所謂缺陷造成的。一切被看作蘇維埃制度的缺陷的，恰恰是其優越性。」

「比如說，一九三七年也是優越性嗎？」

「維克多·帕夫洛維奇，近來咱們不論談什麼，您都要使談話變成爭論。」

維克多很想對他說，恰恰相反，他倒是不希望爭吵，是索科洛夫有火氣，這種火氣就使他一有什麼緣由就爭論起來。可是他卻說：「可能這是因為我的脾氣太壞，而且愈來愈壞。不光是您這樣說，柳德米拉也這樣說。」

他說過這話，心裡想：「我多麼孤單。在家裡，在外面，都很孤單。」

三十

帝國黨衛軍首領希姆萊要召開會議，研究帝國保安總部推行的特別措施。這次會議格外受到重視，這和希姆萊前往元首的行營有關。

黨衛軍少校利斯接到柏林來的命令，要他彙報集中營管理處附近一項特別工程的進展情況。利斯在視察這項工程之前，先要到福斯公司的機械廠和為保安部生產訂貨的化學工廠去一趟。在這之後，利斯再去柏林向主持籌備會議的黨衛軍少校艾希曼彙報情況。

利斯因為有機會去柏林，感到很高興。老是住在集中營裡，天天和野蠻、愚昧的人打交道，實在讓他受不了。

他在上汽車的時候，想起了莫斯托夫斯科伊。

大概老頭子在隔離室裡日日夜夜拚命猜想，利斯傳他去有什麼目的，正在緊張地等待著呢。實際上不過是他要檢驗一下自己的一些想法，希望寫一篇論文《敵人的意識形態及其代表人物》。多麼有意思的性格！事實上，如果有誰進入原子核，不僅會受到排斥力的作用，也會受到吸引力的作用。

小汽車出了集中營的大門，利斯也就把莫斯托夫斯科伊忘記了。

第二天一早，利斯來到福斯公司的工廠。

吃過早飯以後，利斯在福斯的辦公室裡和設計師普拉什凱談了談，然後和指導生產的幾個工程師談了談，在辦事處和營業主任談了談所訂的成套設備的成本計算。他在工廠的各個車間裡待了幾個小時，在機器的隆隆聲中轉來轉去，到傍晚，他就十分疲乏了。

福斯的工廠，生產的是保安部訂貨的重要部分，利斯看了很滿意：企業領導者對事情考慮得很周密，技術條件執行得很精確，機械工程師改進了傳送結構，熱力工程師設計出最經濟的焚化爐操作圖。

在工廠辛苦地轉悠了一天之後，來到福斯家裡度過的夜晚特別愉快。

對化學工廠的視察卻讓利斯極失望：計劃生產的化學產品只完成百分之四十多一點。尤其使利斯生氣的是，化學工廠的人有很多怨言：生產既複雜又變化無常；在空襲的時候炸壞了通風裝置，車間裡有許多工人中毒；穩定生產所需要的矽藻土供應很不穩定；密閉的容器常常在鐵路運輸中耽擱……

不過，化學股份公司經理處的人非常清楚保安部訂貨的意義。股份公司的化學總工程師基利赫加爾津對利斯說，保安部的訂貨任務一定會如期完成。經理處已經採取措施，推遲完成軍火部的訂貨任務，這是從一九三九年九月以來不曾有過的事。

利斯沒有去觀看化學合成實驗室的一次重要試驗，但是查看了有生理學家、化學家和生物化學家簽名的記錄。這一天，利斯會見了進行試驗的科學工作者。這是一些年輕的科學家。有兩個女的（一個是生理學家，一個是生物化學家），一名病理解剖醫生，一名低沸點有機化合專家，還有領導試驗的毒物學家菲舍爾教授。

參加會議的人給利斯留下良好的印象。雖然他們因為自己擬定的研究方案受到稱讚都很高興，但是他們也沒在利斯面前掩蓋工作中的薄弱環節和對自己的質疑。

第三天，利斯和奧伯施泰因安裝公司的一名工程師一起乘飛機前往建築工地。他心情很好，這一次外出他很開心。接下去就是最開心的事：視察過工程之後，就要和工程的技術領導人一起飛往柏林，到保安總部去彙報情況。

天氣很壞，下著十一月的冷雨。飛機好不容易在集中營的中央機場著陸——在低空機翼就開始結冰，地面上還籠罩著一層霧。黎明時候下過雪，有的地方的土塊上還有一點一點又溼又滑的積雪，沒有被雨水沖洗掉。工程師們的呢帽帽簷浸透了沉甸甸的雨水，耷拉了下來。

新鋪的鐵路通到建築工地上，這鐵路直接與主要幹線相連。鐵路附近有一些倉庫的庫房，於是就從倉庫開始視察。敞棚底下正在對物品進行分類：有各種各樣的機械零件、溜槽和滑輪傳送裝置的各個部件、各種直徑的管子、鼓風和通風裝置、粉碎骨頭的球磨機、尚未裝上架子的測量氣體和測量電力的儀器、一捆捆的電纜、水泥、自動翻斗車、一堆堆的鋼軌，還有辦公室的家具。

有一些特別庫房由黨衛軍把守著，這種庫房有許多排氣裝置，通風機嗡嗡地響著，用來儲藏已經開始生產的化學化合產品。裡面有許多帶有紅色閥門的氣瓶和貼了紅藍色標籤的十五公斤大罐，遠看很像一罐罐保加利亞果醬。

從這座半地下庫房裡走出來，利斯和他的陪同者迎面碰上剛剛乘火車從柏林來的公司總設計師什塔爾甘克教授，還有工程主任馮．賴內克。賴內克是個高大的男子，穿著黃色的皮夾克。

什塔爾甘克呼哧呼哧地喘著氣，潮溼的空氣害他哮喘病發作。他周圍的工程師們都在責怪他不愛惜自己的身體；他們都知道，什塔爾甘克的設計圖冊就在希特勒的私人圖書室裡。

建築工地和二十世紀中期一般的巨大建築工地沒有任何不同。在一處處基坑周圍可以聽到哨兵的哨聲、挖土機的軋軋聲、吊車的移動聲和機車的尖叫聲。

利斯及其陪同者走到一座沒有窗子的四方形灰色建築物跟前。所有的工業建築物、一座座紅磚爐、粗大的煙囪、裝了玻璃頂的調度塔和警衛塔，都跟這座沒有窗子、沒有掛牌子的灰色建築物有關。築路工人正在一條路上鋪瀝青，熱騰騰的灰煙從壓路機下面往上冒，和灰色的冷霧混合到一起。

賴內克對利斯說，在檢查一號工程的密閉性的時候，結果不能令人滿意。什塔爾甘克忘記了自己的哮喘，用激動的嘶啞聲音向利斯說明新建築物的設計思想。

一般的工業水輪機看起來很簡單，體積又小，卻是巨大的能量和速度的中心，在水輪機的旋轉中水的地質能量變為功。

這座建築物就是根據水輪機的原理建造的。它能使生命和與生命有關的各種能量變為無機物。在這種新形式的輪機中，要消除心理功能、神經功能、呼吸功能、心臟功能、肌肉功能、造血功能。水輪機原理、屠宰機原理和焚燒垃圾機原理將聯合於新建築之中。必須把這幾種特性聯合於一個簡單的設計方案之中。

「眾所周知，」什塔爾甘克說，「我們敬愛的元首在視察最平常的工業工程的時候，也不會忘記設計形式。」

然後他放低了聲音，只讓利斯一個人能聽見。

「您是知道的，帝國元首看到華沙附近的集中營設計在形式上過分講求神祕感，非常不高興。這一切也必須考慮到。」

水泥建築的內部結構是與高速度大量生產的工業時代相適應的。

生命和水一樣，一進入下水道，就不能停止，也不能往回流了。生命在水泥通道裡的移動速度可以用斯托克斯關於液體在管子裡移動的公式來表示，就是說，其移動的速度取決於其濃度、比重、黏性、摩擦力和溫度。一盞盞電燈嵌在棚頂上，都用很厚的半透明玻璃保護著。

愈往前走，電燈愈亮，走到密閉室門口，更是亮得刺眼。密閉室安著光滑的鋼門。

視察的人來到門口，顯得特別激動，建築工人和安裝工人在新的成套設備要開工時往往會這樣的。一些做粗活的工人在用水龍帶沖洗地面。一名穿白大褂的化學工程師在關閉的門口測量壓力。賴內克吩咐打開密閉室的門。走進帶有低矮水泥頂的寬敞的密閉大廳之後，有幾名工程師摘下帽子。密閉大廳的地面是用可移動的沉甸甸的鋼板拼成的，鋼板都裝了鋼框，一塊塊鋼板之間不見縫隙。在調度人員開動機械裝置的時候，地面的鋼板就一齊豎立起來，密閉大廳裡所有的一切都會進入地下室。掉下去的有機物要經過口腔科人員檢查，摘去裝在口腔裡的貴金屬。然後，通向火化爐的傳送帶開始運轉。已經失去知覺的有機物到了火化爐裡就在熱能的作用下受到進一步的破壞——變為磷肥、石灰、氨肥、二氧化碳和二氧化硫。

一名聯絡官走到利斯跟前，遞給他一封電報。大家都看到，這位黨衛軍少校看過電報之後，臉色陰沉下來。電報通知利斯，說黨衛軍少校艾希曼今天夜裡來工地上和他見面。艾希曼已經乘汽車上了慕尼黑的公路幹線。

利斯不能去柏林了。他本來明天夜裡就要回到自己的別墅，生病的妻子就住在別墅裡，天天盼望著他。他本來可以在睡覺之前穿著軟軟和和的便鞋，在安樂椅上坐一會兒，在溫暖與舒適中暫時忘卻這嚴峻的時代。夜裡在郊外別墅的被窩裡聽著柏林防空部隊高射炮遠遠的轟鳴聲，多麼愉快啊。

做過彙報之後，在上郊外之前，在傍晚沒有空襲的安靜時候，他還可以去看望哲學研究所裡的一個年輕女子，只有她才知道他有多麼難過，心裡多麼慌亂。為了和那女子相會，他在公事包裡還帶了一瓶白蘭地和一盒巧克力。現在這一切成了泡影。

工程師們、化學家們、設計師們都一齊望著他：是什麼樣的煩惱事使保安總部的這位視察要員如此不快呢？誰又能知道呢？

在場的人有一會兒曾經以為，密閉室已經不屬於建設者了，已經活了，就要憑自己的水泥特性生活，要滿足自己的水泥的饑渴，就要開始分泌毒液，用鋼鐵的大嘴開始咀嚼，開始消化食物了。

什塔爾甘克朝賴內克擠了擠眼睛，小聲說：

「大概利斯是接到通知。那位黨衛軍少校要在這兒聽他的彙報，這我在早晨就知道了。他原本要在家裡休息休息，也許還要和一位心愛的女士相會，這一來就落空了。」

三十一

利斯和艾希曼在夜裡見了面。

艾希曼有三十五歲左右。手套、帽子、靴子，這三樣表現德國武裝力量的神氣、高傲和優越性的東西，跟黨衛軍領袖希姆萊所穿戴的完全一樣。

利斯在戰前就認識艾希曼一家。他們是同鄉。利斯在柏林大學上學的時候，在報社以及後來在哲學雜誌編輯部工作的時候，有時回故鄉去看看，常常見到中學時期的同學。有些人在社會浪潮中得勢了，後來浪潮過去，就消沉了，榮譽和物質享受又被別人撈去。可是年輕的艾希曼一直生活得很不起眼，很單調。凡爾登城下的炮聲，曾經似乎要來的勝利，失敗和通貨膨脹，國會裡的政治鬥爭，繪畫、戲劇、音樂中左的和超左的流派的衝擊，新風尚的興起和衰落——一切都沒有改變他的單調生活。

他做過外地一家公司的代理人。無論在家裡還是對待外人，他從不過分粗暴，也不過分殷勤。人生的條條大路都被鬧烘烘的、指手畫腳的、敵視他的人群堵塞著。到處可以看到排擠他的又敏捷又機警的人，他們靈活老練，閃動著發亮的深沉的眼睛，帶著傲慢的神氣朝他冷笑……在柏林中學畢業之後，他沒有找到工作。柏林一些公司的經理和業主對他說，沒有空缺，可是艾希曼從旁邊瞭解到，有的公司沒接受他，卻接受了一個很不像樣的不知是什麼民族的人，也許是波蘭人，也許是義大利人。他想上大學，但是大學裡對人的態度很不公正，他上不了。他看到，考試人員一看見他的淺色眼睛和圓圓的臉、淺色的平頭、又短又直的鼻子，就沒有勁了。似乎他們喜歡的是長臉、黑眼睛、佝僂腰、窄肩膀的人，喜歡沒出息的人。回到外省老家的人不只他一個。這是很多人的命運。柏林一直有一類人，這一類的人在社會各個階層都有。但是這一類人大多數是在崇尚世界主義、失去民族特點的知識分子中間，他們不分德國人和義大利人，不分德國人和波蘭人。

這是很特殊的一類人，是一個很奇怪的種族，他們最聰明，最有學問，最能冷眼旁觀。這類人所發出的朝氣蓬勃的、非侵略性的思想威力給予人的強烈感覺是可怕的：這種威力表現在這些人的奇怪的愛好中，表現在他們的日常生活中，他們在生活中注意時髦，卻又不修邊幅，似乎不看重時髦；表現在他們對動物的熱愛中，喜愛動物卻與他們純粹的城市生活方式相結合；表現在他們的抽象思維能力方面，他們善於抽象思維的同時，卻又十分喜歡藝術和生活中粗獷的東西……

這些人推進了德國的染料化學和氮合成化學，推進了強射線研究和優質鋼的生產。就因為他們，外國的學者、藝術家、哲學家和工程師們紛紛來到德國，但正是這些人最不像德國人，他們在全世界到處遊蕩，他們的友好交往完全不是德國需要的，他們的德國人特徵太不鮮明。

一個外地公司的職員怎麼能出人頭地呢，能夠填飽肚子就不錯了。可是現在你瞧他手裡的文件，這文件在世界上只有三個人知道，那就是希特勒、希姆萊、卡爾津布倫涅爾[16]。他把文件鎖進保險櫃，走出自己的辦公室。一部老大的黑色轎車正在門口等著他。衛兵向他敬禮，副官給他打開車門，黨衛軍少校艾希曼上了車。司機開大了油門，這部大馬力的警察要員專用車便飛馳起來，一路上只見城裡的警察恭恭敬敬對汽車行禮，急急忙忙打開綠燈，汽車穿過一條條柏林街道，便上了公路幹線。冷雨，晨霧，喇叭聲，公路緩緩地盤旋轉彎。

此刻，在斯莫列維奇，在果樹叢中是一座座幽靜的小房子，人行道上長著青草。在別爾迪切夫商場的街道上，塗了紫色或紅色記號的骯髒的黃色爪子的母雞在灰土中跑來跑去。在基輔的波多爾區和

16 帝國保安總局局長。

瓦西里科夫，在有很多骯髒的玻璃窗的多層樓房裡，樓梯被孩子和老人千萬次的步履磨得光光溜溜。

在奧德薩，院子裡長著花皮懸鈴木，曬著花連衣裙、褂子和褲子，煮果醬的銅盆在火盆上冒著熱氣，還沒見過太陽的黑皮膚嬰兒在搖籃裡啼哭。

在華沙，狹窄的六層樓房裡住著裁縫、裝訂工人、家庭教師、夜酒吧和咖啡館的歌手、大學生、鐘錶匠。

在史達林道爾弗，傍晚農舍裡生起爐火，風從彼列科普方向吹來，夾帶著鹽味和暖和的塵土味，老牛哞哞叫著，晃悠著沉重的大頭……

在布達佩斯，在法斯托夫，在維也納，在梅利托波爾和阿姆斯特丹，在玻璃窗明淨如鏡的別墅裡，在工廠煙霧籠罩的房屋中，居住著猶太族的人們。

集中營的鐵絲網、毒氣室的牆、防坦克壕的黃土把千千萬萬人連接在一起，他們屬於各種各樣的年齡和職業，使用各種各樣的語言，具有各種各樣的生活和精神愛好，有信神的宗教狂熱分子，也有無神論的堅定信徒，有工人，有遊手好閒的人，有醫生和商人，有聰明人，有白癡，有小偷，有喜歡空想的人，有冷眼旁觀者，有好心人，有聖潔的人，也有卑劣的人，死神在等待著他們。

警察要員的大馬力轎車一路奔馳著，在秋天的公路幹線上不停地轉著彎兒。

三十二

他們是在夜裡見面的。艾希曼一面往辦公室走，一面很快地詢問著，徑直走進辦公室，坐到安樂椅上。

「我的時間不多，最遲到明天我就要上華沙去。」

他已經去過集中營警備隊，和建築工地主任談過。

「工廠的情況怎樣，您對福斯這個人的印象如何，據您看，這些化學家有水準嗎？」他很快地詢問著。

艾希曼用他那長著粉紅色大指甲的白胖手指翻閱著桌上的文件，不時地用自來水筆做記號。利斯覺得，艾希曼並不認為這事與其他事有什麼不同，雖然這種事情即便鐵石心腸的人也要發冷發怵的。

利斯這幾天喝了很多酒。氣喘病加劇了，每天夜裡他感到心跳得厲害。但是他認為，酒精對身體的害處不如神經緊張的害處大，而他是時時刻刻處在神經緊張狀態中。

他很希望重新去研究那些敵視國家社會主義的著名活動家的思想，解答那些冷酷、複雜然而不用流血的問題。到那時候他就不再喝酒了，一天頂多抽上兩三根香菸。所以不久前一天夜裡，他把一個蘇聯的老布爾什維克叫了來，跟他下了一盤政治棋，他回到臥室以後，沒用安眠藥就睡著了，一直睡到上午九點多鐘。

在夜間視察毒氣室的時候，建設者們為艾希曼和利斯安排了一次別出心裁的小宴會。在毒氣室中間放一張小桌，擺上酒和菜，賴內克請艾希曼和利斯飲酒。

艾希曼一見到這別出心裁的酒宴，就笑起來，說：「我樂意從命。」

他把帽子交給自己的衛兵，就在桌旁坐下來。他的一張大臉忽然露出躊躇滿志的樣子，就像千千萬萬喜歡吃喝的男子坐上擺滿山珍海味的宴席那樣。

賴內克站著斟好了酒，大家都端起酒杯，等著艾希曼致祝酒詞。

在這水泥密閉室的寂靜中，在斟得滿滿的酒杯裡，有一種異常緊張的氣氛，利斯覺得，他的心簡直要經受不住了。他很希望高聲祝願德國理想早日實現的祝酒詞打破緊張的氣氛。但是緊張氣氛非但沒有打破，反而愈來愈濃厚了。因為艾希曼正在吃火腿麵包。

「先生們，你們怎麼啦？」艾希曼問。「這火腿太好了。」

「我們在等待您的祝酒詞呢。」利斯說。

艾希曼端起酒杯。

「祝咱們為黨國效勞取得更大勝利，依我看，這是最值得祝賀的。」

只有他一個人幾乎沒喝，而是吃了很多。

早晨，艾希曼穿著褲衩，在打開的窗戶前做了一會兒早操。晨霧中露出一排排整齊的集中營棚屋。火車汽笛聲傳來。

利斯一向不羨慕艾希曼。利斯沒有很高的職務，卻有很高的地位——在帝國保安總部裡都認為他是一個聰明人。希姆萊很喜歡和他交談。

上層的人在大多數情況下盡可能不在他面前顯示自己官位崇高。他習慣於不僅在保安部門博得尊敬。到處都有帝國保安總部的影響和勢力：在大學裡，在兒童療養院院長的簽字中，在歌劇院招收年輕演員的考試中，在為春季畫展評選作品的時候，在國會選舉的候選名單裡。這裡是生活的軸心。黨之所以永遠正確，黨的道理或者沒有道理之所以能戰勝其他任何道理，黨的哲學之所以能戰勝其他一切哲學，主要靠國家祕密警察的工作。這真是一根魔杖！要是失手掉落了，魔力就消失了，偉大的演說家就會變為牛皮大王，學術巨著就會變為異端邪說。所以萬萬不能放下這根魔杖。

利斯這天早晨看著艾希曼，生平第一次感到自己萌發了嫉妒心理。

艾希曼在離開之前幾分鐘說：「利斯，咱們是同鄉呀。」

他們談起他們喜歡去的故鄉城市的一些街道、飯館、電影院。

「當然，有的地方我也沒有去過。」艾希曼說。並且提到一個俱樂部，那地方他這個小業主的兒子以往是不能去的。

利斯想換個話題，就問道：「請問，能不能大致地有個數，準備處理多少猶太人？」

他以為，他的問題問得過頭了，也許，除了元首和希姆萊，世界上只有三個人能夠回答他的問題。但是，在艾希曼回憶他年輕時在民主和風行世界主義的時代不得志的情形之後，利斯問他這種事，承認自己不知情，正是最恰當的時候。

艾希曼回答了他。

「什麼？」利斯非常震驚，又問一遍：「是幾百萬嗎？」

艾希曼聳了聳肩膀。

他們沉默了一陣子。

「咱們在學生時代不曾相識，非常遺憾，」利斯說，「如歌德說的，最好的是大學生時代。」

「我沒有做過柏林的大學生，我是在外地上學的，您用不著感到遺憾。」艾希曼說。又補充說：「老鄉，這個數目我是第一次說出來。如果算上在貝希特斯加登[17]、帝國內閣和元首府那幾次，那這

17 奧地利薩爾茨堡以南的療養地。希特勒常在位於此地的別墅舉行會議。

個數目總共說過七次或者八次。」

「我明白，我們不會在明天的報紙上看到這個數目。」

「我指的就是報紙。」艾希曼說。

他帶著冷笑的神氣看了看利斯，利斯感到惶恐不安，因為他覺得艾希曼比他更聰明。

艾希曼卻說：「除了咱們都是一個綠樹叢中的寧靜小城的同鄉以外，我對您說出這個數目，還有一個原因。我希望，它能使我們在今後的共同工作中很好地配合。」

「非常感謝，」利斯說，「應當好好考慮考慮，事情是十分重大的。」

「當然啦。這主意不光是我的。」艾希曼豎起一個指頭朝著上面。「如果您能跟我合作，萬一希特勒失敗了。那咱們就一起上吊。」

「前景是十分美好的，值得考慮。」利斯說。

「可以設想，兩年後我們再坐在這房間裡的舒適的小桌旁，就可以說：我們用二十個月的時間解決了人類用二十個世紀沒有解決的問題！」

他們告別了。利斯目送著汽車離去。

他對於人與人在國家中的關係有自己的觀點。在實行國家社會主義的國家中，生活不能自由發展，生活的每一步都必須加以控制。為了指導人的呼吸、母親的感情，指導如何讀書、唱歌、夏天旅遊，領導工廠和軍隊，就需要有許多領導者。因為生活不能像野草一樣隨便生長，不能像大海一樣隨便翻騰。利斯認為，領導者可以分為四種性格類型。

第一種類型：性格單純的人，一般缺乏敏銳的智慧和分析的能力。這些人從報紙和雜誌上摘取口號和公式，從希特勒的講話、戈培爾的文章、佛朗哥和羅森堡的書中尋找理論根據。一旦感到失去支柱，就會不知所措。他們不考慮各種現象的聯繫，在任何問題上都表現得激烈和偏執。他們不論對待哲學、國家社會主義的科學、似是而非的新發現，還是對待新戲劇的成就、新的音樂、國會選舉運動，都十分頂真。他們像小學生一樣，讀書死記硬背，聽報告、看書都要做筆記。他們的個人生活一般都十分簡樸，有時甚至很貧困，他們往往比其他類型的人更積極地回應黨的號召，離開家庭。利斯起初以為艾希曼正是屬於這種類型。

第二種性格類型：聰明的無恥之徒。這些人知道魔杖是存在的。他們在可靠的朋友圈子裡譏笑很多人，譏笑新博士和碩士不學無術，譏笑各級長官的錯誤和習性。他們不譏笑的只有領袖和崇高理想。這些人一般生活都很闊綽，他們有的是酒喝。這些人在黨內占據高位的比職位低的多。在下層當權的主要是第一種性格類型的人。

利斯認為，在最高層掌權的是第三類性格的人。最高領導層掌權的不過八九個人，再有十五至二十人相配合。那兒另是一番天地，不再有什麼信條，可以自由地裁判一切。那兒不再有理想，只看是否有利於我，只求稱我心意，翻雲覆雨，心狠手辣，不惜任何手段。

有時候利斯覺得，在德國所發生的一切都是為了他們和他們的利益。

利斯發現，頭腦簡單的人出現在最高層，往往標誌著不祥事件的開端。這少數翻雲覆雨的高手們提拔一些恪守信條的人，為的是讓他們幹特別血腥的事情。恪守信條的老實人暫時會受到最高層的賞識和犒勞，但是等到完成了任務，一般都要銷聲匿跡，有時會落得和自己的犧牲者一樣的下場。最上層又是只有幾個翻雲覆雨的高手了。

第一種性格類型的老實人具有特別可貴的品質：他們具有人民性。他們不光摘引國家社會主義大師們的語句，也說人民的語言。他們的粗暴是人民的粗暴、農民的粗暴。他們說的笑話會在工人大會上引起一陣陣笑聲！

第四種性格類型：奉命行事的人。他們對信條、思想、哲學絲毫不感興趣，但也沒有什麼分析能力。國家社會主義黨給他們薪俸，他們就為黨效勞。他們追求的唯一的、最高的目標就是吃、穿、別墅、珠寶、家具、小汽車、冷氣設備。他們不大喜歡金錢，不相信金錢的可靠性。

利斯嚮往最高領導層，希望和最高領導者交往，和他們接近，在高層裡，在玩弄心計、進行文的較量的地方，他感到得心應手，輕鬆自如，非常得意。

但是利斯看到，在可怕的高層，在一些最高的領導者之上，在那一層之上還有一個隱隱約約、模模糊糊、不易理解、不依邏輯行事的世界，領袖希特勒就在這個最高世界裡。

不知為什麼，許多無法結合的特點彙集於希特勒一身：他是許多高手的頭兒，是超級技師，特等裝修工，總監工，其陰險毒辣甚至超過他所有的親密助手的總和。利斯害怕的正是這一點。況且，在希特勒身上還有教條式的狂熱、宗教式的信仰和盲目性，又像老牛一樣的不講道理，這些特點利斯只在最低層的黨的領導者中間見過。他是魔杖的創作者，是頭號聖人，同時又是極其愚昧和狂熱的信徒。

現在，利斯目送著汽車漸漸遠去的時候，他覺得艾希曼忽然使他隱隱產生了一種又害怕又羨慕的感覺，過去使他產生這種感覺的只有一個人，那就是德國人的領袖希特勒。

三十三

重新建立起來的部隊在夜間祕密地朝史達林格勒前線移動。

在史達林格勒西北，頓河中游，新戰線的兵力愈來愈密集。一列列軍車就在草原上停靠，部隊在重新鋪好的鐵路沿線上下車。

天一開始放亮，夜裡如奔騰的河流似的鐵路線就安靜下來，只有淡淡的塵霧籠罩在草原上。白天，炮身用乾枯的野草和麥稭掩蓋著，似乎世界上再沒有什麼東西比這些與秋日的原野融為一體的炮身更沉靜的了。一架架飛機張著翅膀，像僵死的昆蟲似的停在機場上，上面覆蓋著網狀掩蔽物。

在那幅全世界只有幾個人能看到的地圖上，三角符號、菱形符號和圓圈一天比一天稠密，標誌番號的數位也愈來愈稠密。這是新的西南戰線——也就是現在的進攻戰線——各部隊在編隊，聚集，開向出發的地界。

坦克兵團和炮兵師避開硝煙彌漫的史達林格勒，順著伏爾加右岸空曠的鹽鹼地帶朝南開去，開向一處處安靜的河灣。軍隊渡過窩瓦河以後，在卡爾梅克草原上，在湖汊之間的鹽鹼地上駐紮下來，成千上萬的俄羅斯人說起他們都覺得奇怪的話……這是在戰場南邊，在卡爾梅克草原上集結兵力，面對德軍的右翼。蘇軍最高指揮部正準備包圍保盧斯的史達林格勒集團軍。

一艘艘輪船、渡船和駁船在秋日的星光下，在黑沉沉的夜色中，把諾維科夫的坦克軍渡向史達林格勒以南的右岸。

成千上萬的人看到用白漆塗在鋼甲上的俄羅斯古代將領的姓氏：「庫圖佐夫」、「蘇沃洛夫」、

「亞歷山大．涅夫斯基」。成千上萬的人看到，蘇聯的重炮、火箭炮和從盟國租借來的武器一齊向史達林格勒湧去。雖然千百萬人看到了這樣的調動，集結大量兵力準備進攻史達林格勒西北面和南面的行動還是在祕密中進行著。

怎麼會出現這種事呢？德國人也知道這種大規模的調動。要遮掩是不可能的，就好比一個人走在草原上，遮不住草原上的風。

德國人都知道蘇軍在向史達林格勒調動，可是進攻史達林格勒對於他們依然是祕密。每一個德軍的尉官只要看到地圖上標出的蘇軍集結地點，都會猜出只有史達林、朱可夫和華西列夫斯基知道的蘇方的最高軍事機密。

可是，德軍在史達林格勒地區被圍，不論對德軍尉官還是對德軍元帥，都是非常突然的。

這怎麼可能呢？

史達林格勒依然沒有失守，雖然投入了大量兵力，德軍多次進攻依然沒有取得決定性的勝利。而在消耗殆盡的蘇軍的一些團裡，也只剩下幾十名戰士。這承擔起殘酷戰鬥的超級重負的少數人正是使德國人思想產生迷亂的原因。

敵人不能設想，他們強大的兵力會被一小堆人打碎。在他們看來，蘇軍的後備力量似乎只是在準備增援蘇聯守軍。在窩瓦河畔抗擊保盧斯集團軍進攻的戰士們成了史達林格勒進攻戰的戰略家。

而歷史無情的魔力隱藏得還要深些。在這裡面，自由是可以產生勝利的。自由仍然是戰爭的目的，而一旦觸碰到歷史有魔力的手指，它便成了歷史得心應手的工具。

三十四

一個老婦人抱著一捆乾蘆葦朝家門口走去，她的陰沉臉龐流露出一副操心的神氣。她從一部落滿灰塵的吉普車旁邊走過，又從軍部的一輛坦克旁邊走過，坦克上蓋著帆布，一個角緊靠著房子的板牆。她瘦得皮包骨，樣子很不起眼，似乎再沒有什麼比這個從她家門前的坦克旁邊走過的老婦人更平常的了。可是，這個老婦人，還有此時在棚子底下擠牛奶的模樣平平的女兒，還有把一個指頭杵到鼻孔裡、看著牛奶從乳頭裡往外竄的她的淺色頭髮的外孫，卻和駐紮在草原上的軍隊有重要關係，其重要程度超過世界上一切大事。

所有這些軍隊上的人：軍部、集團軍司令部的少校，坐在黑糊糊的鄉下聖像下面抽香菸的將軍，在俄羅斯爐灶上燒羊肉的將軍們的炊事員，躲在倉庫裡用子彈和釘子做髮捲兒的電話員姑娘，在院子裡對著洋鐵洗臉盆刮臉、一隻眼看著鏡子、一隻眼看著天空留意著敵機的坦克手們——這鋼鐵、電力和汽油組成的整個戰爭世界，已成為一座座草原村莊長期生活中不可分割的一部分。

對於老婦人來說，這裡還有一種不可分割的關係：她看到今天在坦克上的小夥子們，就想起夏天那些疲憊無神的小夥子，那些小夥子步行來到這裡求宿，一個勁兒擔驚受怕，夜裡都不睡，不時地到外面觀望。

卡爾梅克草原村落裡的這個老婦人，和在烏拉爾給後備坦克軍軍部送銅茶炊的老婦人，和六月間在沃羅涅日把麥稭鋪在地上讓上校睡覺、一面望著窗外紅紅的火光畫著十字的老婦人，都有不可分割的關係。不過這種關係已經習以為常，所以不論是要回屋裡生爐灶的老婦人，還是走出門來的上校，誰都沒有注意到。

卡爾梅克草原上異常寧靜，使人心曠神怡。這天早晨在柏林大街上走來走去的人是否知道，俄羅斯在這裡已經把自己的臉轉向西方，準備進攻和出擊了？

諾維科夫在臺階上喚來司機哈里托諾夫：

「別忘了把我和政委的大衣帶上，咱們要很晚才能回來。」

格特馬諾夫和涅烏多布諾夫走出門來。

「涅烏多布諾夫同志，」諾維科夫說，「要是有什麼情況，您打電話給卡爾波夫，下午三點以後，就打電話給別洛夫和馬卡羅夫。」

涅烏多布諾夫說：「會有什麼情況呢？」

「誰知道呢，也許司令員一下子來了呢。」諾維科夫說。

從太陽那邊出現了兩架鐵鳥，朝村子飛去。飛得愈來愈快，響聲愈來愈大，草原的安靜一下子就被打破了。

哈里托諾夫從汽車裡跳出來，朝倉房的牆根下跑去。

「傻瓜，怎麼，躲起自己的飛機來啦？」格特馬諾夫喊道。

這時候其中一架飛機用機槍朝村子掃射起來，另一架飛機投下一枚炸彈。呼嘯聲，轟隆聲。婦女尖叫起來，小孩子哭起來，爆炸掀起的土塊紛紛往地上落。

諾維科夫聽到炸彈下落的嘯聲，彎了彎身子。有一小會兒，一切都籠罩在灰塵與硝煙中，他能看見的只有和他站在一起的格特馬諾夫。接著涅烏多布諾夫的身影也從灰塵與硝煙中露了出來。他直著身子、昂著頭站在那裡，像是木雕的，只有他沒有彎下身子。

格特馬諾夫臉色有些灰白，但是又興奮，又快活，一面拍打褲子上的灰土，一面帶著洋洋得意的自誇口氣說：「沒什麼，還行，褲子還沒有溼，咱們的將軍甚至連動都沒有動呢。」

然後格特馬諾夫和涅烏多布諾夫去看炸彈坑周圍的土飛得多麼遠。他們吃驚的是，遠處房屋上的玻璃大都碎了，最近的房屋上的玻璃卻好好的。他們又看了看倒下的籬笆。

諾維科夫覺得這兩個第一次看到炸彈爆炸的人很有意思，看樣子他們吃驚的是，把這枚炸彈造出來，帶上天空又扔到地上，目的只有一個：炸死格特馬諾夫的孩子的父親和涅烏多布諾夫的孩子的父親。原來，人在戰場上就幹這種事兒。

格特馬諾夫坐上汽車以後，一個勁兒在談這次空襲，後來自己打斷自己的話，說：「諾維科夫同志，你聽我說這些話，也許覺得好笑，你遇到上千次轟炸，我這是頭一回呀。」接著又換了話題，問道：「我問你，那個克雷莫夫好像被俘過吧？」

「克雷莫夫嗎？你問他幹什麼？」

「我在方面軍司令部聽到說起過他，說得很有意思。」

「他被圍困過，至於被俘，好像沒有。說他什麼了？」

格特馬諾夫沒聽到諾維科夫的話，捅了捅司機的肩膀，說：「順著這條大路可以到第一旅旅部，不用過那條溝。你瞧，我在戰場上也是有眼力的。」

諾維科夫已經習慣了，格特馬諾夫在交談時從來不跟著對方走：一會兒他自己說，一會兒提問題，一會兒又是他說，一會兒又問起什麼。似乎他的思想走的是沒有規律的曲線。不過，看起來好像是這樣，實際上卻不是這樣。

格特馬諾夫常談起自己的妻小，隨身帶著很厚的一摞家人的照片，兩次派人上烏法去送東西。可是他馬上就愛上了衛生所那個很兇的黑髮女醫生塔瑪拉．巴甫洛芙娜，而且愛得很深。有一天早晨維爾什科夫很痛心地對諾維科夫說：「上校同志，女醫生夜裡在政委那兒睡的，天快亮時候才出來。」

諾維科夫說：「維爾什科夫，這不是您管的事。您別偷偷拿我的水果糖就好了。」

格特馬諾夫不隱瞞他和塔瑪拉．巴甫洛芙娜的關係，就是這會兒在草原上，他也把肩膀靠在諾維科夫身上，小聲說：「諾維科夫同志，有一個小夥子愛上咱們的女醫生啦。」他帶著親熱和惆悵的神氣看了看諾維科夫。

「那是個政委。」諾維科夫說著，拿眼睛瞟了瞟司機。

「這也沒什麼，布爾什維克又不是和尚，」格特馬諾夫小聲說，「你要知道，我這個老糊塗蛋愛上她啦。」

他們沉默了幾分鐘。格特馬諾夫又說起話來，似乎剛才說那一番推心置腹、親密無間的話的不是他。

「諾維科夫同志，你到了你熟悉的前方環境裡，一點沒有瘦。可是，就拿我來說，我天生是做黨的工作的材料。我是在最艱難的一年到州黨委工作的，如果是別人，會累出肺癆病的：糧食計劃沒有完成，史達林同志兩次打電話找我，可是我即使有點兒不自在，照樣發胖，就像在療養院一樣。你現在就是這樣。」

「鬼知道我是幹什麼的材料，」諾維科夫說，「也許，我當真是打仗的材料吧。」

他笑起來。

「我發現，一看到什麼有趣的事兒，我首先就想，別忘了對葉妮婭說說。剛才德國佬向你和涅烏多布諾夫扔下第一顆炸彈，我就想：一定要對她說說。」

「要做政治彙報嗎？」格特馬諾夫問道。

「就是，就是。」諾維科夫說。

「老婆嘛，當然啦，」格特馬諾夫說，「老婆總是最親近的。」

他們來到第一旅駐地，下了汽車。

在諾維科夫的腦子裡經常有一長串的人、姓名、地名、大大小小的任務、明白的事和不明白的事、下達的和取消的指示。

夜裡他有時忽然醒來，犯起愁來，他很懷疑：該不該進行超出瞄準器射程尺規刻度的遠端射擊？在行進中射擊是否合適？各排排長是否能迅速而準確地判斷戰局的變化，獨立決策，轉瞬間發出命令？

然後他想像，一隊一隊的坦克衝破德軍和羅馬尼亞軍隊的戰線，衝進缺口，進行追擊，和強擊航空大隊、自走炮隊、摩托化步兵和工兵聯合在一起，不斷地向西推進，奪取渡口、橋梁，繞過布雷區，攻向敵人防禦中心。他高興激動得把兩條光光的腿從床上盪下來，坐在黑暗中，興奮得喘粗氣。

他從來不想把夜裡自己的一些想法告訴格特馬諾夫。他在草原上比在烏拉爾的時候更經常對格特馬諾夫和涅烏多布諾夫感到惱火。

他在心裡說：「你們是專揀甜餅子吃的。」

他已經不是一九四一年那樣子了。他比以前喝酒喝得多。他常常罵娘，常常發火。有一次他差點對燃料供應處處長動手。

他看到，有些人很怕他。

「他媽的誰知道我是不是天生打仗的材料，」他說，「不過頂好還是跟自己喜歡的娘們兒住在森林小屋裡。白天去打打野味，晚上回來。她做好了吃的，吃過就睡覺。戰爭可是不能養活人。」

格特馬諾夫側歪著頭，仔細看了看他。

第一旅旅長卡爾波夫上校圓滾滾的臉，紅頭髮，晶亮的藍眼睛，這樣的眼睛只有頭髮很紅的人才有。他在戰地無線電臺旁邊碰到了諾維科夫和格特馬諾夫。

他的作戰經歷有一段時間和西北戰線的戰鬥有關係；在那裡，卡爾波夫不止一次把自己的坦克埋到土裡，把坦克變成固定的火力點。他和諾維科夫、格特馬諾夫一起朝第一團駐地走去，那神氣就好像他是主要首長，他的動作是那樣從容。

從他的體質來看，似乎他應該是一個喜歡喝酒和美食的和氣人。但他卻是另外一種性格：不愛說話，對人很冷淡，器量又小，又多疑。他從不熱情招待客人，是一個出了名的小氣鬼。

格特馬諾夫稱讚了他們為坦克和大炮挖掘掩體的認真態度。這位旅長什麼都考慮到了，既考慮了坦克威脅的方向，又考慮到側翼進逼的可能性，他只是沒有考慮到，即將開始的戰鬥可能讓他帶領全旅迅速地衝進缺口，轉向追擊。

諾維科夫看到格特馬諾夫又點頭又說話表示贊許，十分生氣。可是卡爾波夫就好像故意給諾維科夫火上澆油似的，說：

「上校同志，請允許我來說說。在奧德薩我們就隱蔽得很好。那天傍晚我們發起反攻，狠狠打了羅馬尼亞人一頓，到夜裡遵照集團軍司令員的命令，我軍像一個人似的進入海港，上了輪船。羅馬尼亞人到上午十點鐘才猛醒過來，急忙進攻已被我們遺棄的戰壕，可是我們已經在黑海的輪船上了。」

「你們現在面對的不是羅馬尼亞人的空戰壕啊。」諾維科夫說。

卡爾波夫能不能在進攻時期日日夜夜地往前衝，把敵人的作戰部隊、防禦中心拋在後面？……能不能不顧自己的前方後背、左右側翼，一心只想著追擊，一直往前衝？他不是那種性格，不是的。

周圍的一切依然帶著已經過去的暑熱的痕跡；奇怪的是，空氣如此涼爽。坦克手們幹著士兵們的家常事：有的把小鏡子擱在炮塔上，坐在鋼甲上刮臉，有的在擦槍，有的在寫信，有的在地上鋪了帆布，在上面打撲克牌，有一大堆小夥子閒著沒有事兒，圍著一位衛生員姑娘說笑。在遼闊的天空下、廣袤的大地上的這幅平常的畫面，充滿了黃昏前的惆悵情調。

這時候，一位營長朝著走到跟前的三位首長跑來，一面跑一面抻平制服上衣，尖聲喊著：

「全營立正！」

諾維科夫就像和他作對似的，回答說：

「稍息！稍息！」

在政委隨便說著話走過的地方響起笑聲，坦克手們互相看了看，他們的臉顯得更快活了。政委問一些人，離開烏拉爾的姑娘，心裡什麼滋味；又問，是不是一寫信就寫很多張紙；還問，在草原上能不能天天收到《紅星報》。

政委狠狠批評了軍需官。

「弟兄們今天吃的什麼？昨天吃的什麼？前天吃的什麼？你這三天也是吃大麥米加青番茄湯嗎？好吧，把炊事員叫來，」他在坦克手們的一片笑聲中說，「讓他說說，他給軍需官做什麼吃的。」

他一再詢問坦克手們的生活條件和生活情形，好像是責備隊列軍官不關心士兵生活：「你們這是怎麼回事兒，光知道操心戰術，戰術。」

軍需官是一個瘦瘦的人，穿著落滿灰土的膠布靴子，一雙手通紅通紅的，好像洗衣婦的手，剛剛在冷水裡涮過衣服。他站在格特馬諾夫面前，不住地咳嗽。

諾維科夫可憐起他來，就說：

「政委同志，咱們是不是一塊兒從這兒上別洛夫那兒去？」

格特馬諾夫從戰前起，就不愧是一個很好的群眾工作者和領導者。他一開始說話，人們就開始笑，他的話簡單明瞭，生動活潑，還常常帶上幾句粗話，一下子就會抹掉州委書記和穿著骯髒工裝的普通人之間的界限。

他常常關心生活問題：是不是能按時領到工資，鄉村商店和工人合作社有沒有次貨，宿舍裡暖氣設備好不好，田間宿營地是否築好了爐灶？

他和上了年紀的工廠女工和農莊女莊員說話特別隨便，特別和善，大家都很欣喜地看到，書記是人民的勤務員，他常常嚴厲地批評管供應的人，批評公共宿舍的保衛人員，如果工廠廠長和農機站站長不關心幹活兒的人，他也一樣毫不留情地譴責。他是農民的兒子，自己也在工廠裡做過鉗工，工人們都能感覺到這一點。但是他在自己的州黨委辦公室裡操心的卻總是他對國家負的責任，莫斯科的憂慮是他的主要憂慮；關於這一點，大工廠的廠長們知道，農村區委書記們也知道。

「你在破壞國家的計劃，明白嗎？黨證你想不想要？你可知道，黨委託給你的是什麼？還有什麼說的？」

在他的辦公室裡，沒有人笑，沒有人說玩笑話，也不談公共宿舍裡的開水或者車間的綠化。在他的辦公室裡批准硬性的生產計劃，談的是提高生產定額，談的是住房建築暫緩進行，要把腰帶勒得更緊些，更堅決地降低成本、提高零售商品價格。

當他在州黨委主持會議的時候，特別能顯示出這個人的本事。在這些會議上常常會出現一種感覺，所有的人不是帶著自己的想法和要求到他的辦公室裡來的，而是為了來幫助格特馬諾夫，整個會議進程事先已經由格特馬諾夫的毅力、智慧和意志安排定了。

他說話聲音不高，從容不迫，他相信聽他說話的人都在專心地聽著。

「你說說你那個區的情形，同志們，咱們讓農業專家發發言。如果你，彼得·米海洛維奇，能補充補充，就更好啦。讓拉齊科說說吧，他在這方面不是十分順利。你，羅季奧諾夫，我看出來啦，也想發發言；同志們，依我看，問題很清楚啦，可以做結論啦，我想，不會有什麼反對意見。同志們，這兒有一份決議草案，羅季奧諾夫，你念念吧。」

羅季奧諾夫本來想表示懷疑，甚至想爭論爭論的，這一來就很用心地念起決議，一面側眼看著會議主席，擔心自己是不是念錯了字句。

「就這樣吧，同志們都沒有意見。」

不過，最了不起的是，格特馬諾夫在要求各個區委書記完成計劃的時候，在削減農莊勞動日可憐的報酬的時候，在降低工人工資的時候，在要求降低成本、提高零售價格的時候，在很感動地和農村婦女談話，表示同情她們生活困難的時候，在看到工人住房擁擠表示難過的時候，他都能顯得很真誠，很自然。

這是很難理解的。不過，難道現實中所有的事情都那麼容易理解嗎？

在諾維科夫和格特馬諾夫走到汽車跟前的時候，格特馬諾夫對送他們的卡爾波夫開玩笑說：

「我們只有在別洛夫那兒吃午飯了，您和您的軍需官的午飯我們就吃不成了。」

卡爾波夫說：「政委同志，目前還沒有讓軍需官動用前方倉庫的東西。至於他本人，順便說說，他什麼也不吃，正在害胃病。」

「害胃病，哎呀呀，那可真糟。」格特馬諾夫說著，打了一個呵欠，把手一揮。「好啦，我們走啦。」

別洛夫旅與卡爾波夫旅相比，向西挺進了很遠。

別洛夫瘦瘦的，大鼻子，兩條腿彎彎的，又長又粗。他頭腦靈活機敏，說話像開機關槍一樣。諾維科夫很喜歡他，認為他是生就的坦克軍裡猛衝快攻的好手。

雖然參加戰鬥的時間不長，他博得的評價是很好的。十二月裡他在莫斯科附近對敵人後方進行過坦克襲擊。

可是現在諾維科夫很不放心，只看這位旅長的毛病：酗酒，放蕩，追逐女人，健忘，得不到下屬的愛戴。別洛夫沒有採取防禦措施。看樣子，別洛夫不關心這個旅的物質技術供應問題。他關心的只是燃料和彈藥的供應。至於如何修理坦克，如何從戰場上撤出受損的坦克，他也不夠關心。

「您這是怎麼啦，別洛夫同志，不管怎麼說，這不是在烏拉爾，是在草原上呀。」諾維科夫說。

「是啊，就像一群吉普賽人，營地太不像樣子了。」格特馬諾夫補充說。

別洛夫馬上回答說：「在防空方面，我採取了措施；至於地面的敵人，並不可怕。我認為，在這樣的後方，敵人不可能來。」

他吸了一口氣，說：「不希望防守，一心想往前衝。等著心裡憋得難受，上校同志。」

格特馬諾夫說：「好樣的，別洛夫，好樣的。真是當今的蘇沃洛夫，真正的大將之材。」然後把稱呼換成「你」，用親熱的口氣小聲說：「政治部主任告訴我，好像你和衛生所的一位護士勾搭上啦，是真的嗎？」

別洛夫因為聽到格特馬諾夫的親熱口氣，一下子沒有明白問題的嚴重性，就問道：「對不起，他說什麼了？」

不過，不等對方重複，那句話就進入了他的意識，他不好意思起來。

「我也是個男子漢呀，沒辦法，政委同志，天天在野地裡嘛。」

「可是你有老婆，還有一個孩子呀。」

「三個。」別洛夫帶著憂愁的神氣糾正說。

「噢，你瞧，三個孩子呢。指揮部撤掉了第二旅的一名很好的營長布蘭諾維奇，採取了嚴厲措施，在出發之前派科貝林接替了他，不過就是因為這樣的事兒呀。你給下屬做的什麼樣子，嗯？還是蘇聯軍官，是三個孩子的父親呢。」

別洛夫惱了，大聲說：

「這事兒怪不得哪一個，因為我沒有強迫她。做這種榜樣的有您，有我，也有您的爹。」

格特馬諾夫沒有提高嗓門兒，卻把稱呼又換成「您」，說：

「別洛夫同志，別忘了您是黨員。在上級首長和您說話的時候，要好好地站著。」

別洛夫換成軍人似的完全像木頭一樣的姿勢，說：

「對不起，政委同志，我當然明白，當然能認識到。」

格特馬諾夫對他說：

「我相信你在軍事上是有成績的，軍長也相信你，只是不要在個人生活上出問題。」

他看了看錶。「諾維科夫同志，我要回軍部去，不能和你一起上馬卡羅夫那兒去了。我借用一下別洛夫的汽車。」

等他們走出掩體，諾維科夫憋不住，問道：「怎麼，想塔瑪拉了嗎？」

格特馬諾夫帶著使人不解的神氣用冷冷的眼睛看了看他，用不滿意的口氣說：

「方面軍軍委委員有事找我呢。」

諾維科夫在回軍部之前，又去看了他很喜歡的第三旅旅長馬卡羅夫。他們一塊兒朝湖邊走去。有一個營駐紮在湖邊。

馬卡羅夫臉色蒼白，眼睛流露著憂鬱的神氣，似乎這樣的眼睛不可能屬於一個重型坦克旅旅長，他對諾維科夫說：「上校同志，在德國佬趕著我們在蘆葦叢裡到處跑的時候，白俄羅斯那片沼地，您還記得嗎？」

諾維科夫記得白俄羅斯那片沼地。他想了想卡爾波夫和別洛夫。顯然，問題不僅在於經驗，還在於天性。應該讓指揮員們取得他們所缺乏的經驗。但是無論如何不應該壓制他們的天性。不能把殲擊航空兵調為工兵。不是所有的人都像馬卡羅夫一樣，既能守，又善攻。

格特馬諾夫說自己天生是做黨的工作的材料。那麼，馬卡羅夫就是當兵的材料。不能派錯了用場。馬卡羅夫呀，馬卡羅夫，真是一員好戰將！

諾維科夫不希望聽馬卡羅夫彙報。他喜歡和他商量，和他交換意見。在進攻中怎樣配合步兵和摩托化步兵，配合工兵，配合自走炮炮兵？在進攻開始後，他們對敵人的意圖和行動的推測是否彼此相符？他們對敵人防坦克力量的估計是否一致？怎樣才能正確地確定展開兵力的界線？

他們來到營指揮所。

指揮所在一條不深的乾溝裡。營長法托夫一看到諾維科夫和旅長，就覺得不好意思，因為他覺得營部的掩體太不像樣子，不配接待這樣的高級客人。而且還有一名戰士拿火藥撒在木柴上生火，爐子裡哧啦哧啦響著，好像有意使人難堪。

「同志們，咱們要記住，」諾維科夫說，「咱們這個軍將擔負的是整個前線最重要的一部分任務，我又把其中最困難的部分交給了馬卡羅夫，據我所知，馬卡羅夫又把自己任務中最複雜的部分交給了法托夫。至於怎樣完成任務，這是你們自己需要考慮的。我在戰鬥中不會把自己的決定強加給你們。」

他向法托夫詢問了怎樣跟團部和各連連長聯繫的問題、電臺工作情況、彈藥數量問題、發動機檢修問題、燃料品質問題。

在分手之前，諾維科夫說：「馬卡羅夫，全準備好了嗎？」

「沒有，上校同志，還沒有完全準備好。」

「再有三天能行嗎？」

「上校同志，能行。」

諾維科夫坐上汽車以後，對司機說：

「哈里托諾夫，怎麼樣，馬卡羅夫這兒好像一切都像個樣子吧？」

哈里托諾夫側眼看了看諾維科夫，回答說：

「上校同志，這兒的樣子嗎，當然啦，一個個都像樣得很。食品供應處處長喝得醉醺醺的，營裡有人來領壓縮食品，可是他睡覺去了，把鑰匙帶走了。等到把他找了來，他又找不到鑰匙了。一位司務長對我說，連長把弟兄們的酒都領了去，給自己過命名日，把酒全喝光了。我想把備用車胎補一補，可是他們連膠水都沒有。」

三十五

涅烏多布諾夫將軍在軍部的房屋裡朝窗外看了看，在一團灰塵中看到了軍長的吉普車，非常高興。

在他小時候，有一天大人都出門去了，他覺得一個人在家裡沒有人管束了，十分高興，可是，把門一關上，他就覺得好像有賊，好像失火了，於是他從門口到窗口來來回回地走著，呆呆地聽著，拿鼻子嗅著，聞聞看有沒有煙味。

現在他也體驗到這種束手無策的感覺，過去他管理大事的一些方法，在這裡全用不上。萬一敵人突然來了呢？要知道，從軍部到前方也只有六十公里。在這兒不能用撤職來嚇唬坦克，不能譴責坦克和階級敵人有關係。要是坦克一個勁兒地猛衝過來，拿什麼來阻擋坦克呢？這種顯而易見的事情，卻使涅烏多布諾夫感到十分驚訝——國家憤怒的威力曾經使千千萬萬人服服帖帖，心驚膽戰，現在，在這前線上，在德國人衝過來的時候，竟一錢不值了。德國人不填寫履歷表，不在大會上交代自己的歷史，也不必因為父母在革命前的經歷擔驚受怕。

他所喜歡、所依靠的一切，他的命運和他的孩子們的命運，已經不在偉大而威嚴、他覺得可親可愛的國家保護之下了。於是他第一次帶著不好意思和友好的心情想到諾維科夫。

諾維科夫一走進軍部的房子，就說：「將軍同志，我看到了，馬卡羅夫是好樣的！他在任何情況下都能夠獨立地解決突然出現的問題。別洛夫可以不顧一切地往前衝，別的事他不懂。至於卡爾波夫，則是一個慢性子、沒有衝勁兒的人，需要督促。」

「是啊，是啊，幹部決定一切嘛。要時時考察幹部，這是史達林同志教導我們的。」涅烏多布諾夫說。又很快地說：「我一直在想，這小鎮上有德國間諜，今天早晨一定是這暗藏的壞傢伙招引飛機來轟炸咱們軍部。」

涅烏多布諾夫在對諾維科夫說起軍部的一些事情時，說：「現在有友鄰部隊和加強部隊的一些指揮官要上咱們這兒來，沒什麼特別事兒，只是來認識認識，拜訪拜訪。」

「很遺憾，格特馬諾夫上方面軍司令部去了。誰知道他去幹什麼？」諾維科夫說。

他們約定一起吃午飯。諾維科夫便朝自己的住處走去，洗了臉，換換落了許多灰塵的上衣，寬寬的小鎮街道上空蕩蕩的，只有炸彈坑旁邊站著一個老頭子，正是諾維科夫的房東老大爺。老人家伸著兩條胳膊在彈坑旁邊測量著，就好像這彈坑是挖出來派什麼用場的。諾維科夫走到他跟前，問道：「老大爺，您在這兒幹什麼？」

老人家像當兵的那樣行了一個軍禮，說：

「首長同志，一九一五年我做過德國人的俘虜，在德國給一個女主人幹過活兒。」他指了指彈坑，然後又指了指天空，擠了擠眼睛。「這一定是那一家的少爺，狗崽子，飛來啦，來看我呢。」

諾維科夫大笑起來：「哎喲，您這老人家！」

他朝格特馬諾夫住的房子看了看，看到那面窗子上的護窗還關著。他朝臺階上的崗哨點了點頭，忽然想道：「格特馬諾夫上方面軍司令部去幹他媽的什麼？他究竟有什麼事？」他心中閃過一個惴惴不安的念頭：「真是一個偽君子，他怎麼能責備別洛夫行為不端呢，他自己就和塔瑪拉有事嘛，真是可怕。」

但是諾維科夫馬上就覺得這種想法是沒有根據的了，他不是生性多疑的。他拐過屋角，看到一塊空地上有幾十個小夥子，可能是區兵役局動員的新兵，正在水井旁邊休息。

帶領這些小夥子的一名士兵，因為走累了，用軍帽蒙著臉，睡著了，在他旁邊是堆得像小山一樣的包裹和提箱。小夥子們顯然走了不少路，腿腳累了，有幾個小夥子脫光了鞋襪。他們的頭還沒有剃光，遠看很像一群農村的學生，正在課間休息。他們瘦瘦的臉、細細的脖子、淡黃的頭髮、用父親的上衣和褲子改做的帶補丁的衣服，所有這一切都帶有孩子氣。有幾個人在玩著孩子們的傳統遊戲，當年這位軍長也玩過的：在遠處挖一個小坑，瞇起一隻眼睛，瞄一瞄，拿銅板朝小坑裡扔。其餘的小夥子在看著他們玩兒。只有他們的眼睛不像小孩子的眼睛，流露著惶惶不安和憂愁的神氣。

他們發現了諾維科夫，就朝睡覺的士兵看了看，看樣子，是想問問他，在這位軍隊首長從他們旁邊走過的時候，他們能不能扔銅板，能不能照樣坐著。

「玩吧，小夥子們，玩吧。」諾維科夫用溫和的聲音說著，並且朝他們招了招手，便走了過去。

他心中湧起一股劇烈的憐憫，這股感情來得異常猛烈，他甚至因此感到張皇失措。大概是這一張張瘦瘦的、大眼睛的孩子氣的臉，這寒磣的農村服裝，一下子乾脆了當地說明白了：這都是一些孩子，一些小孩子……在軍隊裡，孩子氣和天性往往隱藏在軍帽底下，隱藏在軍姿中，靴子的吱咯聲和經過磨練的動作言語中。現在這一切卻赤裸裸地表露在外面。

他走進房裡。奇怪的是，在今天的一些複雜不安的想法和觀感之中，最使他憂慮的是他看到了這些孩子新兵。

「有生力量，」諾維科夫自言自語說，「這就叫有生力量呀，有生力量。」

他在軍隊裡這麼多年，只知道害怕上級責備他損失技術裝備和彈藥，責備他延誤時機，責備他不愛護機器、馬達、燃料，責備他擅自放棄制高點和要道口……還沒有見到過上級領導聽說戰鬥中損失了大量有生力量而真正動氣的。有時候一個領導者把大批的人推到炮火下，為的是免得上級領導發火，並且可以為自己辯護，把兩手一攤，說：「沒有辦法呀，我已經把一半人力用上去，可是還是無法奪取指定的陣地。」

有生力量啊，有生力量。

他有幾次看到，有些領導把有生力量趕到炮火下，甚至不是為了逃避責任或者形式主義地執行命令，而是為了逞強，固執己見。戰爭的祕密及其悲劇性，就是一個人有權力叫另一個人去死。這種權力所依靠的基礎是：人們為了共同事業，可以赴湯蹈火。

諾維科夫有一個朋友，本是一個通情達理的指揮員，他在前沿觀察所的時候也不願改變自己的習慣，每天要喝新鮮牛奶。每天早晨都有第二梯隊的士兵冒著敵人的炮火用暖水瓶給他送牛奶。有時德軍把送牛奶的士兵打死了，諾維科夫的那個朋友，那個好人，就沒有牛奶喝了。到第二天，又派另外的士兵冒著炮火用暖水瓶給他送牛奶。這個通情達理、關懷下屬的好人心安理得地喝他的牛奶，他手下的士兵都稱他父親。這種事，實在令人難以理解。

不一會兒，涅烏多布諾夫就來找諾維科夫。諾維科夫一面對著小鏡子匆忙而細心地梳理頭髮，一面說：「將軍同志，是啊，戰爭總歸是很可怕的事！把一些小孩子趕來補充兵力了，您看到嗎？」

涅烏多布諾夫說：「是啊，這樣的部隊太嫩、太年輕了。我把那個帶隊的兵叫醒了，我說要把他送到懲戒連裡去。他也不管管他們。不像什麼軍隊，亂糟糟的，簡直是烏合之眾。」

在屠格涅夫的小說裡有時寫道，一個地主新來安家，鄰近的地主紛紛前來拜訪。天黑時有兩部小汽車來到軍部門前，主人便出來迎接客人：來客是炮兵師師長、榴彈炮團團長和火箭炮旅旅長。

……親愛的讀者，咱們手挽著手，一同去我的芳鄰達吉雅娜·鮑里索芙娜的莊園吧……[18]

諾維科夫已經從前方的一些故事和指揮部的通報中熟悉了上校炮兵師師長，甚至能清清楚楚地想像出他的外表：紫紅色臉膛，圓圓的腦袋。可是，他原來已經上了年紀，而且腰背也佝僂了。

---

18 此處模仿屠格涅夫《獵人日記》中一篇的開頭。

上校那一雙愉快的眼睛似乎錯誤地安到了一張憂鬱的臉上。有時他的眼睛笑得那樣有神，似乎這雙眼睛才是上校的靈魂，而那皺紋、那彎腰弓背本來就不應該和這雙眼睛連在一起。

榴彈炮團團長洛帕津不僅可以被看作炮兵師長的兒子，甚至可以被看做他的孫子。

火箭炮旅旅長馬吉德是一個黑臉漢子，翹翹的上嘴唇上有一抹黑黑的小鬍子，因為過早地謝頂，額頭顯得很高，他是一個能說會道、喜歡俏皮話的人。

諾維科夫把客人帶進屋裡，桌上已經擺好了酒菜。

「請嘗嘗烏拉爾口味。」他指著碟子裡的醃蘑菇和醋漬蘑菇說。

本來做出很優美的姿勢站在餐桌旁的炊事員，一下子紅了臉，噢呀一聲，便走開了，他覺得難為情。

維爾什科夫湊到諾維科夫耳朵上，指著桌子，小聲說：

「來吧，把酒瓶打開。」

炮兵師師長莫羅佐夫用指甲比著玻璃杯上四分之一往上一點兒的地方，說：

「無論如何不能再多，我的肝不好。」

「您呢，中校同志？」

「我身體好著呢，斟滿吧，沒問題。」

「我們的馬吉德可是好樣兒的。」

「少校同志，您的肝怎麼樣？」

榴彈炮團團長洛帕津用手捣著自己的杯子，說：「謝謝，我不喝酒。」

他把手移開，又說：「象徵性地斟一點點兒吧，咱們好碰杯。」

「洛帕津是學前兒童，喜歡吃糖。」馬吉德說。

他們祝賀共同作戰取得勝利，一齊把杯乾了。於是，像常有的場合一樣，大家談起和平時期彼此都相識的大學和中學裡的同學。接著大家又談到前線的領導，談到駐紮在秋季寒冷的草原上何等淒涼。

「怎麼樣，快結婚了吧？」洛帕津問道。

「是要結婚了。」諾維科夫說。

「是啊，是啊，我們的『卡秋莎』到哪兒，哪兒就可以舉行婚禮。」馬吉德說。

馬吉德堅信他指揮的火箭炮具有決定性作用。一杯酒下肚之後，他流露出一副強者愛護弱者的神氣，話裡話外嘲諷，懷疑，自視頗高，這令諾維科夫十分反感。

諾維科夫近來常常在心裡估量，葉妮婭會怎樣看待前方這個人或那個人，他在前方的這個或那個戰友如果和葉妮婭在一起，會說些什麼，會有什麼樣的表現。

諾維科夫覺得，如果馬吉德見了葉妮婭，一定會纏住不放，裝腔作勢，又吹牛，又說笑話。諾維科夫感到不安，感到有妒意，似乎馬吉德在拚命向葉妮婭賣弄聰明，似乎葉妮婭正在聽他的俏皮話。他也想向她顯示顯示自己的聰明，他想說說，瞭解和認識同自己並肩戰鬥的人，事先能判斷出他們在戰鬥環境中的所作所為，有多麼重要。他想說說，對卡爾波夫就需要督促，對別洛夫就需要勸阻，至於馬卡羅夫，不論進攻或防守，都是一樣地迅速、靈活，應付裕如。

毫無意思的閒談引起了爭論。在不同兵種的指揮官之間常常會出現這樣的爭論。爭論雖然很熱烈，不過從實質上說，也是沒有多大意思的。

「是啊，人需要的是指引和教導，強迫其改變心意是不應該的。」莫羅佐夫說。

「人需要的是堅定不移的領導，」涅烏多布諾夫說，「不應該怕負責任，應該把責任承擔起來。」

洛帕津說：「誰沒有到過史達林格勒，就根本算不上見過戰爭。」

「不過，對不起，」馬吉德反駁說，「史達林格勒又怎麼樣？英勇，頑強，堅決，這我不抬槓，抬槓是可笑的！我雖然沒有到過史達林格勒，但是我可以大膽地說，我見過戰爭。我是進攻的軍官，參加過三次進攻，可以說，我親自衝鋒，親自沖進突破口。我的火箭炮發揮了威力，不僅超越了步兵，而且超越了坦克，也可以說，超越了空軍。」

「哼，中校同志，說什麼超越坦克，您算了吧，」諾維科夫惱火地說，「坦克是運動戰的主人，這是沒有話說的。」

「還有一種十分簡單的辦法，」洛帕津說，「在勝利的時候把一切歸於自己。在失敗的時候把一切推給友鄰部隊。」

莫羅佐夫說：「唉，友鄰呀，友鄰，有一次，步兵部隊的一位將軍請求我用炮火支援他。『快，朋友，請向那邊的高地發炮。』『用多大口徑的？』他卻罵起娘來，說：『開炮就是了，別管那一套！』後來才瞭解，原來他既不知道口徑，也不知道射程，而且連地圖也看不明白，只知道：『開炮，開炮，打他媽的……』對下屬只知道叫喊：『往前衝，要不然把你的牙打掉，老子槍斃你！』可是卻自認為掌握了戰爭的全部奧妙。這也算友鄰部隊長官，就請您多多關照吧。而且你還要歸他統制呢，他是將軍嘛。」

「唉，對不起，您說的話和我們的情況毫不相干，」涅烏多布諾夫說，「在蘇聯部隊裡沒有這樣的指揮官，更沒有這樣的將軍！」

「怎麼沒有？」莫羅佐夫說。「打了一年仗，我遇到的這種自作聰明的人有多少呀，他們只知道拿手槍嚇唬人，罵娘，毫無意義地把人趕到炮火下面。就比如不久前，有一位營長簡直哭著說：『我幹嘛要趕著人去叫機槍掃？』一位將軍師長握起拳頭對著這位營長吆喝：『要麼你馬上帶人去衝，要麼我把你當狗一樣打死。』於是他帶著人衝上去，就好像帶著牲口上屠宰場。」

「是啊，是啊，這就叫作為所欲為，」馬吉德說，「將軍們為所欲為不光在這方面，他們還隨隨便便糟蹋電話員姑娘。」

「他們寫兩個字至少要有五個錯誤。」洛帕津說。

「就是，就是，」莫羅佐夫沒有聽清楚就說，「跟他們在一起作戰就要多流血。他們的本事就在於不憐惜人。」

莫羅佐夫的話引起諾維科夫的同感。他在軍隊裡這麼多年，經常遇到這類事情。

他忽然說：「怎麼能憐惜人呢？如果一個人憐惜人的話，他就不應該來打仗了。」

今天他看到那些孩子新兵，心裡十分難受，他很想說說他們的事。可是他並沒有說出他的一片好心的話，而是帶著一股突如其來的、連自己也莫名其妙的惱恨和粗暴勁兒又接著說：「這怎麼能憐惜人呢？戰爭所以是戰爭，就是不能憐惜自己，也不能憐惜別人，主要的問題是：不等把人訓練好就編進軍隊，就把重要的裝備交給他們。請問，該憐惜誰呢？」

涅烏多布諾夫拿眼睛很快地打量了一遍大家的臉。他曾毀掉不少好人，就像此刻坐在桌旁的這樣的人。諾維科夫忽然產生一種使他吃驚的想法：此人可能製造的不幸，也許不次於在前沿陣地上等待著莫羅佐夫，等待著他諾維科夫，等待著馬吉德、洛帕津和今天在小鎮上休息的農村小夥子們的不幸。

涅烏多布諾夫用教訓的口氣說：「這不符合史達林的教導。史達林同志教導我們說，最寶貴的是人，是我們的幹部。我們最寶貴的財產是幹部，是人，應當像愛護眼珠一樣愛護他們。」

諾維科夫看到，大家聽了涅烏多布諾夫的話，露出贊許的表情。他心裡想：「這就有意思了。我在他們眼裡成了禽獸中的禽獸，涅烏多布諾夫卻成了憐惜人的人。很遺憾，格特馬諾夫不在這兒，他可是更像一位聖人。我和他們在一起，總是這樣。」

他打斷涅烏多布諾夫的話，已經是非常粗暴、非常惱恨地說：

「咱們的人是很多的，裝備卻很少。任何一個笨蛋都會造人，不像造坦克、造飛機。如果要憐惜人的話，就別擔任指揮官！」

三十六

史達林格勒方面軍司令葉廖緬科上將召見坦克軍的領導人諾維科夫、格特馬諾夫、涅烏多布諾夫。

昨天葉廖緬科上各旅裡去過，但是沒有去軍部。應召前來的幾個人坐在這裡，側眼看著葉廖緬科，不知道他要和他們談什麼。

葉廖緬科發現格特馬諾夫在打量小床上皺皺巴巴的枕頭，就說：「腳疼得厲害。」並且用粗話罵起自己的腳。

大家都沒有說話，一齊看著他。

「總的說，你們軍準備工作做得不壞，已經準備好了。」葉廖緬科說。

他在說這話的時候，看了看諾維科夫，可是諾維科夫聽到司令員的稱讚並沒有露出喜色。葉廖緬科覺得有點兒奇怪：一位軍長受到難得誇獎人的司令員的誇獎，反應竟如此淡漠。

「上將同志，」諾維科夫說，「我已經向您報告過，集中在草原乾溝地帶、準備加入本軍編制的一三七坦克旅，一連兩天遭到我們的強擊航空部隊的轟炸。」

葉廖緬科瞇起眼睛，在揣測他的用心：是想撇清自己呢，還是在控告空軍指揮官？

諾維科夫皺起眉頭，又說：「幸虧沒有擊中。他們不會轟炸。」

葉廖緬科說：「那也罷了。他們還要支援你們的，他們會彌補自己的過失。」

格特馬諾夫插話說：「司令員同志，我們當然不會和史達林的空軍發生什麼爭執。」

「就是，就是，格特馬諾夫同志。」葉廖緬科說，並且問：「噢，怎麼樣，您見過赫魯雪夫嗎？」

「赫魯雪夫同志吩咐我明天去。」

「他是在基輔認識您的嗎？」

「司令員同志，我和赫魯雪夫同志一起工作差不多有兩年。」

「請問，將軍同志，我是不是有一次在季齊安．彼得羅維奇家裡看到過你？」葉廖緬科說。

「是的，」涅烏多布諾夫回答說，「那一次是季齊安．彼得羅維奇把您和沃羅諾夫元帥一起叫去的。」

「不錯，不錯。」

「上將同志，我有一段時期依照季齊安．彼得羅維奇的要求暫時擔任人民委員。所以我常常上他家裡去。」

「就是嘛，我看著面熟嘛。」葉廖緬科說。他想對涅烏多布諾夫表示一下自己的好意，就又說：「將軍同志，你在草原上不覺得寂寞吧，我想，居住條件不壞吧？」

他還沒聽到回答，就滿意地點了點頭。

等到三個人要出門的時候，葉廖緬科又喚了諾維科夫一聲：「上校，你過來。」

諾維科夫從門口轉回來，葉廖緬科欠起身來，把他那發了胖的農民身體抬高到桌子上方，嘮叨說：「你瞧，一個和赫魯雪夫在一起工作過，一個和季齊安．彼得羅維奇一起工作過，可是你，是大兵出身，狗崽子，要記住：你要帶領全軍完成突破任務。」

三十七

在一個寒冷而陰暗的早晨，克雷莫夫出了醫院。他不回駐地，徑直去見方面軍政治部主任托謝耶夫將軍，彙報自己這次來史達林格勒的情形。

克雷莫夫很走運——托謝耶夫從早晨起就在自己的襯了灰色木板的辦公室裡，並且立即接見了克雷莫夫。

這位政治部主任的外表與他的姓氏相符[19]。他側眼看著不久前晉升將軍後穿上的新將軍服，抽著鼻子，聞著來人身上發出的醫院石碳酸氣味。

「因為負傷，我沒有完成『6-1』號樓的任務，」克雷莫夫說，「現在我可以再上那裡面去。」

托謝耶夫用不滿的目光狠狠看了看克雷莫夫，說：

「不用了，您給我寫一份詳細的報告吧。」

他沒有提任何問題，對於克雷莫夫的彙報既不表示贊成，也不指責。正如往常一樣，在這寒碜的農舍裡，將軍服和勳章顯得十分奇怪。不過，奇怪的不光是這一點。克雷莫夫無法理解，他有什麼地方使上級領導這樣陰沉、這樣不滿意。

克雷莫夫來到政治部總務處領取飯票，交驗食品供應卡，辦理出差回來的手續，補辦住院手續。在辦公室裡的人為他辦理手續的時候，他坐在凳子上，打量著男男女女工作人員的一張張臉。

這裡沒有人對他感興趣，他從史達林格勒回來，他的負傷、他的所見所聞、他經歷的一切都沒有什麼意義，什麼也算不上。總務處的人都忙著辦事情。打字機滴答滴答，辦公紙沙啦沙啦，工作人員的眼睛在克雷莫夫的身上微微一掃，就又埋進打開的資料夾和堆在桌上的文件裡。

有多少皺得緊緊的額頭！一雙雙眼睛裡流露著多麼緊張的思考神情，多麼專心致志，那翻閱文件的手，動作多麼從容、多麼熟練！偶爾突然焦躁不安地打一個呵欠，偷偷地很快看一眼手錶（是不是快到午飯時間了？），這雙或那雙眼睛裡有時會出現淡淡的灰色陰影——只有這些現象能說明在這沉悶的辦公室裡，這些人有多無聊和苦悶。

克雷莫夫熟識的政治部第七科的一位指導員，來辦公室裡看了看。克雷莫夫便和他一起到過道裡

19 托謝耶夫的原意是「瘦子」。

抽菸。

「您回來啦？」指導員問。

「是的，回來啦。」

因為指導員沒有問他在史達林格勒見到什麼和幹了一些什麼，他便開口問道：

「你們政治部有什麼新聞？」

主要的新聞是，旅級政委在重新評定中終於得到了將軍頭銜。這位指導員帶著嘲笑的口氣說，托謝耶夫盼望這新的隊列頭銜，都急得生病了，因為他早就請軍隊裡最好的裁縫做好了將軍服，可是等呀等呀，莫斯科老是不給他將軍頭銜。有一種可怕的說法，說是在重新評定中有些團級和一級營政委將得到大尉和上尉頭銜。

「您想想看，」這位指導員說，「像我這樣，在部隊的政工機關幹了八年，得一個尉官頭銜，能想得通嗎？」

還有一些新聞。政治部情報科副科長奉命回到莫斯科，回到總政治部，得到提拔，被任命為卡里寧前方面軍司令部政治部副主任。

政治部的所有一級指導員以前是在科長級食堂就餐的，現在根據軍委委員指示，待遇與一般指導員相同，在普通食堂就餐。還有一道指示，要出差的人交出就餐券，也不發給他們乾糧。曾經為前線報社的詩人卡茨和塔拉拉耶夫斯基申請紅星勳章，但是根據謝爾巴科夫的新指示，前方新聞工作人員的獎勵必須通過總政治部，所以兩位詩人的材料又送到莫斯科，這時候前方的獲獎名單已經由司令員批過了，被批准的名單上的獲獎人已經在舉杯慶祝自己得政府獎了。

「您還沒有吃飯吧？」這位指導員問道。「咱們一塊兒去吃飯。」

克雷莫夫說，他還在等著辦手續。

「那我先去了。」指導員說。並且在臨走時很隨便地開玩笑說：「要抓緊時間，要不然咱們就要上軍人商店食堂去拚命，去和非軍職人員、和打字員姑娘們一起吃飯了。」

一會兒，克雷莫夫也辦好了手續，來到外面，吸了一口秋天的潮溼空氣。

為什麼政治部主任用那樣陰沉的臉色迎接他？有什麼地方使這位主任不滿意？是克雷莫夫沒有完成任務？是政治部主任不相信克雷莫夫負傷，懷疑他膽怯？是因為克雷莫夫越過頂頭上司直接來見他，而且不是在接待時間，所以他生氣？是因為克雷莫夫兩次稱呼他「旅級政委同志」，而沒有稱呼他「少將同志」？也許，這與克雷莫夫無關，而是因為別的什麼事？是因為托謝耶夫沒有得到庫圖佐夫勳章？是收到了告知妻子生病的家信？誰又能知道，為什麼政治部主任這天上午心情這樣壞？

克雷莫夫在史達林格勒待了幾個星期，已經不習慣這阿赫圖巴河中游地方的情形。政治部領導人和同事們的冷漠目光，食堂服務員們的冷漠目光，他已經很不習慣了。在史達林格勒可不是這樣！

黃昏時候他回到自己住的屋子。主人家的狗非常熱情地歡迎他。那狗好像是由不同的兩半拼成的：後面一半的毛是棕紅色的，而長長的頭是黑白相間的。狗的兩半都在表示歡迎：棕紅色的毛茸茸的尾巴不住地搖著，黑白相間的頭扎到克雷莫夫的手裡，用和善的棕色眼睛很親熱地看著他，在朦朧的暮色中，似乎是兩隻狗在和克雷莫夫親熱。狗和他一起進了過道。正在過道裡忙活的女房東很生氣地對狗說：「該死的，滾出去！」然後才像政治部主任那樣，陰沉著臉和克雷莫夫打招呼。

住過了史達林格勒那可親可愛的、用防雨布做門的土室，那潮溼的、煙氣騰騰的掩體，他覺得這安靜的小屋、這罩了白枕套的枕頭、這挑花窗簾是那麼不舒服，那麼冷清。

克雷莫夫坐到桌旁，開始寫報告。他寫得很快，偶爾查看一下在史達林格勒的記錄。最不容易的是有關「6-1」號樓的情況。他起身，在屋裡踱了一會兒，又坐下，馬上又站起來，走到過道，咳嗽幾聲，聽了聽：鬼老婆子難道連茶水都不供應了？然後他用小罐子從桶裡舀了些水，水很好喝，比史達林格勒的水好多了。他回到屋裡，坐下來，手裡握著鋼筆，想了一會兒。然後他躺到床上，闔上眼睛。

究竟是怎麼一回事兒？是格列科夫對他開了槍！

在史達林格勒，他和人們的聯繫和親近感總是愈來愈強，他在史達林格勒呼吸非常輕鬆。在那兒沒有陰沉的、對他冷淡的目光。他進入「6-1」樓房，似乎更強烈地感受到列寧的氣息。可是他到那裡面以後，馬上就覺得他們對他嘲笑，不懷好意，他就生起氣來，要糾正他們的思想，嚇唬他們。他為什麼要說起蘇沃洛夫？格列科夫對他開了槍！他今天感到特別孤獨，看到一些人的傲慢和高人一等的態度就受不了，他認為這些人不過是半文盲，是不幹正事的傢伙，在黨內不過是乳臭未乾的小兒。在托謝耶夫面前立正站著有多難受啊！可以感覺出他那氣憤的、時而露出嘲笑、時而露出蔑視意味的目光。要知道，論黨內資格，托謝耶夫連同他的官銜和勳章，還不抵克雷莫夫一個手指頭。都是一些和列寧傳統無關的、在黨內得勢的小人！他們之中有許多人是在一九三七年爬上來的，靠的是寫祕密報告，揭發人民敵人。他忽然想起他在地道裡朝一點陽光走去時那種美好的剛強、自信、輕鬆的感覺。

他甚至氣憤得喘不上氣來，他認為是格列科夫不叫他過那種理想的生活。他在去那座樓房的時候，覺得自己時來運轉，十分高興。他覺得，列寧的傳統就在那座樓房裡。格列科夫卻朝列寧式的布爾什維克開了槍！是他讓克雷莫夫回到阿赫圖巴河邊的辦公室，回到齷齪的生活中！可恨的傢伙！

克雷莫夫又在桌邊坐下來。他寫的沒有半句謊話。

他把寫好的文字看了一遍。不用說，托謝耶夫會把他的報告交給特別科。格列科夫從政治上瓦解了一個戰鬥的排，並且進行暗殺活動，向黨代表和政委開槍。會把克雷莫夫傳去作證，和被捕的格列科夫對質。

他想像著格列科夫坐在偵查官桌子前面的樣子：鬍子老長，臉色黃中帶灰，連腰帶也沒有。

格列科夫說的「你很苦惱」，怎麼辦，在報告裡不好寫啊。

馬克思列寧主義黨的總書記被公認為是絕對正確的，幾乎是神聖的！在一九三七年史達林毫不憐惜老資格的列寧式的戰士。他破壞了黨的民主與鐵的紀律相結合的列寧主義精神。

那樣殘酷地殺害列寧主義黨的黨員，能夠設想嗎，這對嗎？不過，格列科夫是要當眾槍斃的。殺自己人是可怕的，而格列科夫不是自己人，他是敵人。

克雷莫夫從不懷疑黨有權使用專政之劍，從不懷疑革命具有消滅一切敵人的神聖權力。他也從來不同情反對派！他從來不認為布哈林、雷科夫、季諾維也夫和加米涅夫走的是列寧主義路線。托洛茨基雖然智慧過人，雖然具有光輝的革命氣質，可是依然不能根除過去的孟什維克觀點，沒有提高到列寧主義的高度。真正有本事的是史達林！所以大家都稱他主人。他的手從來不發抖，他沒有布哈林那種知識分子的優柔寡斷性格，列寧締造的黨粉碎一批又一批敵人，跟著史達林不斷前進。格列科夫的軍功算不上什麼。跟人民敵人沒什麼可爭論的，不必去聽他們的什麼道理。可是，不論克雷莫夫怎樣激發自己的仇恨，此時此刻他對格列科夫再也恨不起來了。他又想起了，「您很苦惱」。「這算什麼，」克雷莫夫想道，「怎麼，我這不是告密嗎？儘管不是捏造，但總是告密……沒辦法呀，好同志，你是黨員嘛……那就盡黨員的責任吧。」

第二天上午，克雷莫夫把自己寫的報告送交方面軍司令部政治部。過了兩天，政治部宣傳鼓動科科長、團級政委奧基巴羅夫代替政治部主任召見了他。托謝耶夫在接見剛從前方來的坦克軍政委，所以不能親自接見他。

面色蒼白、大鼻子、精明而幹練的團級政委奧基巴羅夫對克雷莫夫說：「克雷莫夫同志，過一、兩天，您還要上右岸去走一趟，這一次是上舒米洛夫的六十四集團軍去。湊巧，我們有一部汽車要去州黨委指揮所，您再從州黨委指揮所過河上舒米洛夫那兒去。州黨委書記要上別克托夫鎮去參加慶祝十月革命節大會。」

他不慌不忙地向克雷莫夫交代了派他去六十四集團軍政治處的任務。任務非常瑣碎，非常乏味，包括收集書面材料，不是實際工作需要的材料，而是供辦公室統計數字用的。

「是不是還去做報告？」克雷莫夫問道。「我遵照您的指示準備了十月革命的報告，想到部隊裡去做幾次報告。」

「暫時緩一緩吧。」奧基巴羅夫說。並且說了說為什麼暫時不要克雷莫夫做報告。在克雷莫夫準備要走的時候，奧基巴羅夫對他說：「您的報告在這裡，竟有這樣的事，政治部主任把情況對我說了。」

克雷莫夫的心發起怵來：大概，格列科夫的案子已經交辦了。這時奧基巴羅夫又說：「你們那位好漢格列科夫很走運，昨天第六十二集團軍政治處主任向我們報告，格列科夫在德國人進攻拖拉機廠的時候犧牲了，和他手下所有的弟兄一起犧牲了。」

他為了安慰克雷莫夫，又說：「集團軍司令提請追認他為蘇聯英雄，不過現在很明顯，我們會把這事壓下來的。」

克雷莫夫把兩手一攤，好像在說：「好啦，走運倒是走運，反正沒辦法了。」奧基巴羅夫壓低了聲音說：「特別科科長認為，他可能還活著。可能跑到敵人那邊去了。」

克雷莫夫回到家，看到一張紙條：要他上特別科去。看樣子，格列科夫的案子還沒有了結。

克雷莫夫決定等出差回來再去特別科進行這場不愉快的談話。反正人已經死了，沒什麼可以著急的了。

三十八

史達林格勒南部的別克托夫鎮，州黨委決定在造船廠舉行隆重的集會，慶祝十月革命二十五週年。

十一月六日清早，史達林格勒州黨委的一些領導人來到伏爾加左岸的橡樹林裡，在州黨委的地下指揮所裡會齊。州委第一書記、各部門書記、州黨委委員們吃完了三道菜的熱騰騰早飯，便坐上汽車，出了橡樹林，上了通向窩瓦河的大路。

坦克和大炮在夜間前往圖馬克南渡口走的就是這一條路。被戰爭的炮火打得坑窪不平的草原上，到處是凍實的黃泥塊和結了冰的水窪，景象十分淒涼。窩瓦河裡漂流著冰塊，冰塊的沙沙聲在離岸邊幾十米以外的地方都能聽得見。正刮著下游來的狂風，在這樣的日子乘坐無遮無蓋的鐵駁船渡過窩瓦河不是什麼快活事兒。

等待渡河的紅軍戰士穿著被窩瓦河的冷風吹得鼓起來的軍大衣，坐在駁船上，一個個緊緊靠在一起，盡可能不挨到冷冰冰的鋼鐵。牙齒咯咯地敲打著，腿蜷縮著，等到阿斯特拉罕方向的強勁冷風一吹過來，人就凍僵了，連呵手指頭、揉自己的腰、揩鼻涕的勁兒都沒有了。駁船煙囪裡冒出來的煙被撕成一片一片的，鋪在伏爾加的上空。那煙因為有冰做底襯，顯得特別黑，那冰也因為有駁船的煙做低低的天幕，顯得特別白。流冰從史達林格勒的岸邊帶來戰爭的聲音。

一隻大頭烏鴉停在一大塊冰上沉思著。是有些事情值得思考。旁邊一大塊冰上有一片燒剩的士兵大衣的衣襟，還有一大塊冰上有一隻凍得像石頭一樣的氈靴，一支卡賓槍，彎彎的槍筒子凍進了冰裡。

州委書記和黨委委員的一部部小汽車在朝駁船上開。書記和委員們下了汽車，站在船邊上，看著緩緩流動的冰塊，聽著冰塊的沙沙聲。駁船的老船長嘴唇發青，戴著紅軍士兵皮帽，穿著黑色小皮襖。他走到州委分管運輸的書記拉克季昂諾夫面前，用河上的潮溼、多年的老酒和土菸磨練出來的非同尋常的嘎啞聲音說：

「書記同志，早晨我們第一趟開船過河的時候，看到冰上躺著一個水手，同志們想把他弄下來，差點兒和他一起沉下去，只好用鐵棍鑿。那就是，在河岸上，用帆布蓋著。」

老船長用骯髒的手套朝岸邊指了指。拉克季昂諾夫看了看，沒看見從冰裡鑿出來的死者，他想用粗暴而不客氣的問話掩蓋自己的不自在，就指著天空問道：「你們管他幹什麼？特別是現在，這甚麼當口了？」

老船長把手一揮，說：「現在是轟炸得很厲害呀。」

老船長罵了一聲暫時沒有轟炸的德國人，在罵德國人的時候，他的聲音忽然一點兒也不嗄啞了，又響亮，又清脆。

拖船拖著駁船緩緩地朝別克托夫鎮和史達林格勒之間的河岸駛去，那河岸好像不是戰時的河岸，而是平時的河岸，擠滿了倉庫、棚屋和房舍。

前去慶祝革命節的書記和委員們，在冷風裡站膩了，又坐進汽車。紅軍戰士們隔著玻璃看著他們，就像參觀玻璃缸裡的金魚。坐在小汽車裡的史達林格勒州黨委領導者們在抽菸、撓癢、聊天……

隆重的慶祝會在夜裡舉行。鉛印的請柬與和平時期的請柬的不同之處，只是在於易碎的灰色紙質地太差，請柬上也沒有印出集會地點。

史達林格勒州黨委領導者們、從六十四集團軍來的客人們、附近一些企業的工程師和工人們進入會場，都是由熟悉道路的人帶領著：「這兒拐彎，再拐彎，小心，這兒有彈坑，鋼軌，小心點兒，這兒有一個石灰坑……」

在黑暗中到處可以聽到說話聲、腳步聲。

克雷莫夫白天過河後已經到了六十四集團軍政治處，現在和六十四集團軍的代表一起來參加慶祝會。這些人在漆黑的夜裡，在迷宮似的工廠區走著，像這樣祕密而分散地進行活動，有點兒像在沙皇俄國慶祝革命節日。

克雷莫夫激動得喘著粗氣，他知道，此時此刻他不用準備就可以做報告，他憑一個老練的群眾宣傳員的直覺可以感覺出來：大家和他一樣激動，一樣高興，因為在史達林格勒的英勇戰鬥很像俄國工人的革命鬥爭。

是的，是的，是的。動員起全民族的巨大力量的戰爭是為革命而進行的戰爭。他在被圍困的樓房裡談起蘇沃洛夫，並不是背離革命。史達林格勒、塞瓦斯托波爾、拉季謝夫的命運、馬克思宣言的威力、列寧在芬蘭車站裝甲車上的號召都是一致的。

他看到了普里亞欣。普里亞欣像往常那樣慢悠悠的，不慌不忙。說來有些奇怪，他想和普里亞欣談談，卻怎麼也談不成。

他到了州黨委的地下指揮所，就馬上去找普里亞欣，他有許多話要和他談談。但是卻談不成，電話鈴聲幾乎響個不停，不時有人來找第一書記。普里亞欣忽然向克雷莫夫問道：

「有一位格特馬諾夫，你認識嗎？」

「我認識，」克雷莫夫回答說，「在烏克蘭，在黨中央，做過中央委員。怎麼啦？」

但是普里亞欣什麼也沒有說。後來就忙著準備上車了。克雷莫夫不高興的是，普里亞欣沒有請他坐自己的汽車。他們有兩次面對面碰到一起，普里亞欣就好像不認識他了，那一雙眼睛又冷、又淡漠。

兩位軍人順著明亮的走廊走來——一位是肥胖的、肩寬腰圓的集團軍司令舒米洛夫，一位是棕色鼓眼睛的小個子西伯利亞人、集團軍軍委委員阿勃拉莫夫將軍。克雷莫夫覺得，在兩位將軍經過的、穿著軍裝、棉襖、皮襖的熱騰騰的男子漢人群中，有一股純樸的民主氣息，這種氣息便是革命初期的精神，列寧精神。一踏上史達林格勒的河岸，克雷莫夫又感觸到這一點。

主席團就座。史達林格勒市蘇維埃主席皮克辛和所有的大會主席一樣，把兩手撐在桌子上，慢慢地朝著嚷嚷得最厲害的地方咳嗽了幾聲，就宣布史達林格勒市蘇維埃、黨市委與部隊代表、史達林格勒工廠工人代表聯合舉行的慶祝偉大的十月革命二十五週年的大會開始了。

從硬邦邦的掌聲中可以聽出來，在這兒鼓掌的全是男子漢的手、士兵的手和工人的手。

然後，大塊頭、大腦門、動作緩慢的第一書記普里亞欣開始做報告。他說不出早已過去的事情和今天的事情之間有什麼聯繫。似乎普里亞欣在和克雷莫夫進行爭論，他以自己思想的平緩反駁克雷莫夫的激動。

「本州的企業正在按照國家計劃進行生產。左岸的各農業區完成了國家的收購任務，儘管多少遲了一點兒，但基本上是令人滿意的。在市內和市北的一些企業沒有完成國家的任務，因為這些企業在交戰地區……」

就是這個人，當年曾經和克雷莫夫一起站在前線的群眾大會上，從頭上摘下帽子，高聲叫喊：「戰士同志們，弟兄們，制止血腥的戰爭！自由萬歲！」現在他看著大廳裡的人，說本州向國家交售的糧食數量減少了很多，是因為季莫夫區和科捷爾區無法完成交售任務，這兩個區是戰場，還有卡拉奇區和上庫爾莫亞爾區全部或部分地被敵人占領了。

然後他又說，本州的群眾一面為完成國家的任務繼續勞動著，一面廣泛地參加了反抗德國侵略者的戰鬥。他列舉了勞動者參加民兵隊伍的數字，又報了報因為出色地完成指揮部的任務並且在執行任務中表現英勇頑強而得獎的史達林格勒人的人數，而且說明，這個數字是不夠完全的。

克雷莫夫聽著第一書記平靜的聲音，明白了，他的思想、感情與他所說的本州的工業和農業完成國家計劃的話驚人地不一致，這不是毫無意義的，而是表現出他的人生目的。

普里亞欣用石頭一樣的冰冷口氣在強調國家肯定無疑會取得勝利，卻不知國家正依靠人民的苦難和嚮往自由的熱衷而被保衛著。

一張張工人和軍人的臉嚴肅而陰沉。

他想起史達林格勒的人們，想起塔拉索夫、巴秋克，想起自己和被圍的「6-1」號樓裡的士兵的談話，是多麼奇怪而又令人痛心。想想死在被圍樓房瓦礫中的格列科夫，心情是多麼沉重啊。格列科夫對他說那些難聽的話，究竟是什麼用心？格列科夫竟向他開槍。這位史達林格勒州黨委第一書記、這位老同志普里亞欣的話為什麼這樣不入耳，這樣冰冷？多麼奇怪而複雜的感情。

普里亞欣的報告快要結束了，他說：

「我們有幸可以向偉大的史達林彙報，本州的勞動者完成了蘇維埃國家交給自己的任務……」

聽完報告之後，克雷莫夫一面隨著人群朝門口移動，一面用眼睛尋找普里亞欣。在史達林格勒鏖戰的日子裡，普里亞欣不應該這樣做報告，不應該這樣。

克雷莫夫忽然看到了他：普里亞欣從主席臺上下來之後，和六十四集團軍司令站在一起，用專注而陰沉的目光直直地朝克雷莫夫望著。他發現克雷莫夫也在朝他看，就慢慢把眼睛轉過去。

「這是怎麼回事？」克雷莫夫想道。

三十九

慶祝大會散場之後，當天夜裡克雷莫夫就搭乘順路汽車來到史達林格勒發電站。

這天夜裡，發電站的景象十分淒慘。昨天德軍重轟炸機剛剛轟炸過發電站。炸得到處是大坑，掀起一堆一堆的土塊。車間的窗玻璃連一塊也沒了，有的車間震塌了，三層的辦公大樓也炸得不成樣子。油變壓器煙氣騰騰地燃燒著，懶洋洋地冒著牙齒似的不高的火焰。

擔任門衛的一個格魯吉亞小夥子領著克雷莫夫在院子裡走著，院子裡有火光照耀著。克雷莫夫發現，在抽菸的門衛小夥子的手指頭打著哆嗦。重型炸彈不僅炸得石頭樓房倒塌、燃燒，也炸得人心裡亂糟糟，跟著燃燒起來。

克雷莫夫自從得到前來別克托夫鎮的命令那一刻起，就想著和斯皮里多諾夫見面的事。也許葉妮婭在這兒，在史達林格勒發電站？也許，斯皮里多諾夫知道她的下落，也許他還收到過她的信，她在信的結尾寫著：「您是不是知道克雷莫夫的什麼情形？」他又激動又高興。也許斯皮里多諾夫會說：「葉妮婭一直在想您呢。」也許他會說：「您要知道，她老是在哭呢。」從早晨起，他就急不可待地要上史達林格勒發電站來。他很希望在白天來看看斯皮里多諾夫，哪怕待幾分鐘也好。但是他還是控制住自己，上六十四集團軍指揮所去了，雖然集團軍政治處一位指導員小聲提醒過他：「您這會兒不必急著去見軍委委員。他今天一早就喝醉了。」

果然不錯，克雷莫夫不該急著去見將軍，而沒有在白天來看斯皮里多諾夫。他坐在地下指揮所等待接見的時候，聽到軍委委員在膠合板隔壁那邊向打字員口述給友鄰集團軍司令崔可夫的祝賀信。

他在慷慨激昂地口述著：

「瓦西里．伊萬諾維奇，好戰士，好朋友！」

將軍口述到這裡，哭了起來，並且又抽搭著重複了好幾遍：

「好戰士，好朋友，好戰士，好朋友……」

接著他厲聲問道：

「你打的是什麼？」

「瓦西里．伊萬諾維奇，好戰士，好朋友。」女打字員念道。

看樣子，軍委委員覺得她的平淡的語調很不合適，於是糾正她，用高亢的聲音說：

「瓦西里．伊萬諾維奇，好戰士，好朋友！」

他又動了感情，嘟囔起來：「好戰士，好朋友，好戰士，好朋友……」

後來將軍憋住淚水，又厲聲問：

「你打的是什麼？」

「瓦西里．伊萬諾維奇，好戰士，好朋友。」女打字員說。

克雷莫夫明白了，不必急著見他了。

此刻院子裡的火光很不明亮，照不清道路，倒是把道路弄得混亂了，似乎這火是從地下鑽出來的；也許是大地本身在燃燒——這低低的火焰是這樣潮溼，這樣沉重。他們走到發電站站長的地下指揮所跟前。落在不遠處的炸彈炸起一座座高高的土丘，隱隱約約有一條還沒有踩實的小路通向指揮所入口。

門衛小夥子說：「您來得很巧，今天過節。」

克雷莫夫心裡想，他想說的話不能當著別人的面對斯皮里多諾夫說，不能當著別人的面問。他讓門衛小夥子把站長叫到外面來，就說方面軍司令部有一個政委來了。等到剩下他一個人，他激動起來，怎麼也鎮定不下來。

「這是怎麼了？」他在心裡說。「我以為已經斷了呢。難道戰爭也不能把感情沖乾淨？我這是幹什麼？」

「走吧，走吧，走吧，快走，要不然就完了！」他自言自語地說。

但是沒有力氣走，沒有力氣離開。

斯皮里多諾夫從地下指揮所走了出來。

「同志，有何事見教？」他用不高興的口氣說。

克雷莫夫問道：「斯捷潘．費多羅維奇，不認識我啦？」

斯皮里多諾夫忐忑不安地說：「這是誰呀？」

他盯著克雷莫夫的臉，忽然叫了起來：「尼古拉，尼古拉．格里高力耶維奇！」

他使出猛勁兒用雙臂摟住克雷莫夫的脖子。

「尼古拉，我的好兄弟。」他說著，鼻子酸了。

這次在瓦礫堆中的見面使克雷莫夫十分感動。他感覺到斯皮里多諾夫在哭。還是那樣，還是那樣……他從斯皮里多諾夫的信任和高興中感覺出自己和葉妮婭一家的親近，又在這種親近中重新衡量了自己內心的痛苦。為什麼，為什麼她要走，為什麼帶給他這樣大的痛苦？她怎麼能這樣做？

斯皮里多諾夫說：

「都是戰爭，戰爭毀了我的一切。我的瑪露霞死了。」

他說起薇拉，說她在幾天以前終於離開發電站，上伏爾加左岸去了。他說：

「她真是個傻孩子。」

「她丈夫在哪兒？」克雷莫夫問道。

「大概早已不在人世了。他是一個殲擊機飛行員。」

克雷莫夫再也憋不住，問道：「葉妮婭怎麼樣，還活著嗎，在哪兒？」

「活著，不是在古比雪夫，就是在喀山。」

他看著克雷莫夫，又說：「這可是最要緊的：活著！」

「是的，是的，當然，這是最要緊的。」克雷莫夫說。

可是他以前就不知道什麼是最要緊的。他只知道自己心裡還非常痛苦。他知道，和葉妮婭有關的一切，都會引起他的痛苦。不論是聽說她心情愉快，無牽無掛，還是聽說她心情痛苦，遭遇不幸，他都一樣難受。

斯皮里多諾夫說了說弗拉基米羅芙娜的情形，又說了說謝廖沙的情形、柳德米拉的情形，克雷莫夫只是不住地點頭，小聲嘟囔著說：

「是啊，是啊，是啊……是啊，是啊，是啊……」

「尼古拉，咱們走，」斯皮里多諾夫說，「上我家裡去。我現在沒有別的家了。就這兒是我的家。」

油燈的亮光照不亮擺滿了床鋪、櫥櫃、電話機、玻璃瓶和一袋袋麵粉的地下指揮所。在貼牆的板凳、床鋪、箱子上坐的都是人。在窒悶的空氣中迴響著嗡嗡的說話聲。

斯皮里多諾夫給各人的玻璃杯、茶缸、飯盒蓋子裡斟滿酒精。大家都安靜下來，用一種特別的目光注視著他。這種目光深沉而嚴肅，毫無擔心的意味，只有信任：相信他的公正。

克雷莫夫打量著在座的人的臉，心裡想：「最好格列科夫也在這兒。最好也給他斟一杯。」可是格列科夫已經飲完了他應該喝的酒。他不能在人世上再喝了。

斯皮里多諾夫端著酒杯站了起來，克雷莫夫心想：「這一下糟了，他要像普里亞欣那樣發表長篇大論了。」

可是斯皮里多諾夫拿酒杯在空中畫了一個「8」字形，說：「來吧，夥計們，乾杯。祝大家節日快樂。」

玻璃杯叮噹響，鐵茶缸叮噹響，乾杯的人哼哧著，還把頭直搖晃。

這兒有各種各樣的人，國家在戰前把他們安插在不同的地方，他們沒有聚在一起飲過酒，沒有互相拍過肩膀，沒有說：「喂，你聽著，我來對你說說。」但是在這裡，在炸燬的發電站和燃燒的土地下面，卻產生了純正的兄弟情誼，為了這種情誼不惜犧牲生命。

擔任夜間打更的一個白髮老頭子唱起一支古老的歌兒，在革命前察里津的一家法國工廠裡，小夥子們很喜歡這支歌兒。他唱得很清脆，很響亮，依然是年輕時候的聲音，因為他自己也覺得年輕時的聲音太陌生，所以他聽著自己的聲音露出好笑和驚訝的神氣，就好像在聽別人唱。

還有一個黑髮的老頭子，把眉頭皺得緊緊的，很認真地聽著這支傾訴愛情和愛的痛苦的歌兒。是的，能聽到歌聲是很愉快的，在這樣美好而可怕的時刻，像這樣把站長、戰地麵包房的馱夫、更夫、門衛，將卡爾梅克人、俄羅斯人、格魯吉亞人連結成一體的時刻，是令人愉快的。

那個黑髮老頭子等到老更夫把傾訴愛情的歌兒一唱完，又皺了皺深鎖的眉頭，慢慢地、無腔無調地唱了起來：

我們要打倒舊世界，把舊世界的灰燼
從我們的腳上抖乾淨……

黨委書記大笑起來，搖晃起腦袋，斯皮里多諾夫也邊笑邊搖頭。克雷莫夫也笑了笑，向斯皮里多諾夫問道：

「這位老頭兒大概以前是孟什維克吧？」

斯皮里多諾夫完全瞭解安德烈耶夫的情況，他當然也可以對克雷莫夫說一說，但他怕的是尼古拉耶夫聽到，而且純樸的兄弟情感也暫時消退了，於是斯皮里多諾夫打斷歌聲，喊道：

「巴維爾．安德烈耶維奇，離題太遠啦！」

安德烈耶夫馬上就不唱了，看了看，然後說：

「我還以為沒有離題呢。迷糊啦。」

擔任門衛的格魯吉亞小夥子讓克雷莫夫看了看他的脫了皮的手。

「這是挖我的好朋友時弄成這樣的，他叫謝廖沙．沃羅比約夫。」他的一雙黑眼睛亮起來。他喘著粗氣，就像尖聲喊叫似的說：「我喜歡謝廖沙，比親兄弟還親。」

老更夫已經喝醉了，滿臉是汗，纏著黨委書記尼古拉耶夫說：

「喂，你還是聽我說，馬庫拉澤說他喜歡謝廖沙・沃羅比約夫，比親兄弟還親，這算什麼！你可知道，我以前在煤礦裡幹活兒，東家有多麼喜歡我，多麼看得起我。他和我一塊兒喝酒，我唱歌給他聽。他當面對我說，你雖然是普通礦工，可是我拿你當親兄弟看待。我們常在一塊兒聊天，在一塊兒吃飯。」

「那是一個格魯吉亞人吧？」尼古拉耶夫問道。

「我才不管他是不是格魯吉亞人。東家姓沃斯克列辛斯基，所有的礦都是他的。你可知道他多麼看得起我呀。他有百萬家產，可是為人真不壞。你懂嗎？」

尼古拉耶夫和克雷莫夫交換了一下眼色，兩個人都很幽默地擠了擠眼睛，搖了搖頭。

「嘿，」尼古拉耶夫說，「這話不錯。活到老，學到老嘛。」

「那你就學學吧。」老頭子沒有聽出嘲笑意味，就認真地說。

這天晚上過得格外好。到了很晚的時候，等到大家都開始走了，斯皮里多諾夫對克雷莫夫說：「尼古拉，不要穿大衣，別走了，在我這兒睡吧。」

他不慌不忙地給克雷莫夫鋪床，一面考慮著底下鋪什麼：被子，棉衣，還是防雨布？克雷莫夫走出地下室，望著輕輕晃動的火焰，在黑暗中站了一會兒，又回到地下室裡，可是斯皮里多諾夫還在給他鋪床。

等克雷莫夫脫了靴子，躺下來，斯皮里多諾夫問道：「怎麼樣，還舒服嗎？」

他撫摩了一下克雷莫夫的頭，親熱地、醉醺醺地笑了笑。

克雷莫夫看到上面燃燒著的火焰，不知為什麼想起了一九二四年一月為列寧送葬的時候，夜裡在志願隊伍裡燃起的篝火。

留在地下室裡過夜的人好像都已經睡著了，漆黑漆黑的，什麼也看不見。

克雷莫夫睜著眼睛躺著，沒有注意黑暗，他想著，想著，回憶著……

那是冰天雪地的嚴寒日子。受難教堂頂上是黑沉沉的冬日天空，許許多多的人頭戴皮帽、布瓊尼式軍帽，身穿軍大衣和皮夾克。受難廣場忽然變成一片白，那是千萬張紙，是政府的通告。

用農民的雪橇把列寧的屍體從哥爾克運往火車站。雪橇的滑板哧哧響著，馬匹打著響鼻。跟在棺材後面的是頭戴毛皮圓帽、紮著灰頭巾的克魯普斯卡婭，列寧的妹妹安娜和瑪利亞，他的好友們，哥爾克村的農民。在農村，為善良的腦力勞動者，為地方自治局派任醫生和農藝師送葬，往往就是這樣。

哥爾克村的列寧住宅靜悄悄的。壁爐的瓷磚閃著亮光，在鋪了白色被單的床邊有一架小櫥，小櫥裡擺滿了帶標籤的小瓶，散發著各種各樣的藥味。一位穿白衣的上了年紀的女醫生走進空空的房間裡。她依然習慣性地踮著腳走路。女醫生從床邊走過，撿起凳子上的一段小繩子和捆在上面的一小片報紙，睡在椅子上的一隻小貓聽到玩具的熟悉沙沙聲，很快地抬起頭來，看了看空空的床，便又打著呵欠躺下了。

走在棺材後面的親人和親近的同志們懷念著死者。兩位妹妹回想著那個淺色頭髮的男孩，他的性子很執拗，有時愛譏笑人，對人要求很苛刻，但是他心腸是好的，他很愛媽媽和弟弟妹妹們。

妻子回憶著：在蘇黎世，列寧蹲在地上，和女房東的小孫女季莉說話兒。女房東帶著很可笑的瑞士口音用俄語說：「你們該生幾個孩子啦。」他帶著幽默的神氣，很快地朝上面看了看克魯普斯卡婭。

「狄納莫」廠的工人來到哥爾克，列寧出去迎接他們，一時忘了自己的病，想說話，可是像訴苦一樣發出一些含混不清的聲音，擺了擺手；工人們站在他周圍，看到他在哭，也都哭了。還有那臨終時的目光，好像是恐懼，好像有苦要訴說，很像小孩子看著媽媽的目光。

遠處出現了車站的建築物，機車和高聳的煙囪在雪地裡顯得分外漆黑。

偉大列寧的戰友雷科夫、加米涅夫、布哈林在雪橇後面走著，鬍子上凍結了白霜，他們漫不經心地看著一個穿著長大衣和軟筒皮靴、黑臉膛有麻子的人。他們常常帶著嘲笑和容忍的神氣打量他那高加索人的裝束。史達林如果知趣的話，他就不應該上哥爾克來，因為在這兒聚會的是偉大列寧的親屬和最親近的朋友。他們卻沒有想到，正是這個人將成為列寧的繼承人，他會把他們所有的人，包括最親密的戰友，統統打翻，甚至不准列寧的妻子繼承列寧的遺產。

列寧的真理不在布哈林、雷科夫和季諾維也夫手裡，也不在托洛茨基手裡。他們都錯了。他們誰也不能成為列寧事業的繼承人。不過，就是列寧直到生命的最後一刻也不知道、不明白，列寧的事業會成為史達林的事業。

一部農村的木架子雪橇拖著一個解決了俄羅斯、歐洲、亞洲和全人類命運的人的屍體去車站的那一天，已經過去將近二十年了。

克雷莫夫的思想總是縈繞著那個時候，他回憶著一九二四年一月裡那些嚴寒的日子，夜間篝火的劈啪聲，克里姆林宮外掛著冰雪的牆，千萬張痛哭的臉，撕心裂肺的工廠汽笛聲，站在木臺上宣讀告人民書的葉甫多基莫夫的宏亮聲音，緊緊靠在一起的一堆人抬著棺材走向倉促釘成的木頭陵墓的情景。

克雷莫夫走上鋪了地毯的工會大廈的臺階，看到旁邊的一面面大鏡子都披了黑紅兩色的綢帶，充滿松針氣味的暖和空氣中迴盪著哀樂聲。他走進大廳，看到他在斯莫爾尼宮和老廣場的主席臺上常常看到的一些人都垂著頭。後來，在一九三七年，他又在工會大廈看到這些垂著的頭。大概這些後來被定為罪犯的人聽著維辛斯基那冷酷而響亮的聲音，會想起當年他們跟在雪橇後面，站在列寧的棺材旁邊，聽著哀樂的情景。

為什麼在慶祝革命節的時候，在史達林格勒發電站忽然想起那年一月裡的一些日子？幾十個和列寧一起締造布爾什維克黨的人竟成了奸細，成了外國間諜收買的代理人，只有一個人，雖然一直在黨內不占重要地位也不是著名理論家，卻成為黨的事業的救星，成為真理的化身，他們怎麼會承認呢？最好別想這一切。但是這天夜裡克雷莫夫偏偏想著這一切。他們怎麼會承認？我為什麼不說話？克雷莫夫心想，我不說話，是沒有膽量說：「我不相信布哈林是破壞者、凶手、奸細。」而且在表決時我還舉了手。以後又簽了名。以後又做報告，寫文章。我自己覺得我的義憤是發自內心的。那時我的懷疑和焦慮哪兒去了呢？這是怎麼一回事兒？一個人有兩種意識嗎？還是一個人就是兩個不同的人，各有各的意識？怎麼理解呢？不過這種情況是常見的，不光是我，很多人都是這樣。

格列科夫說出了很多人心裡暗暗感覺到的問題，這些問題祕藏在心底，使人憂慮，引人關心，有時對克雷莫夫有很大的吸引力。但是，這祕藏的問題一說出來，克雷莫夫就覺得有惡意和敵意，就想把格列科夫壓倒和制服。如果必要的話，他還會毫不猶豫地把格列科夫槍斃。

普里亞欣卻用官腔官調的冷漠語調說話，他代表國家又談完成計劃的百分比，又談糧食交售，又談各種各樣的任務。克雷莫夫聽到這官氣十足的、毫無熱誠的話，見到說這話的官氣十足、毫無熱誠的人，一向十分反感，十分討厭，但是他和這些人步調一致，他們現在是他的上級同志。列寧的事業造就了史達林，列寧的事業通過這些人，通過國家得到體現。克雷莫夫願意毫不猶豫地為這事業的榮譽獻出自己的生命。

就連老布爾什維克莫斯托夫斯科伊也不例外。他從來沒有為他相信忠於革命的一些人說過話，沒有維護過他們。他什麼也不說。他究竟為什麼不說話呢？

再拿那個誠實可愛的小夥子科洛斯科夫來說。他是高級新聞訓練班的學員，克雷莫夫當時給他們講過課。科洛斯科夫是從農村裡來的，他對克雷莫夫說了不少集體化的情況，說區裡有些壞蛋，看中了誰家的房子或者果園就把誰劃成富農。他說到農村的饑餓，說到怎樣殘忍地把所有的糧食全部弄走，一粒不剩……他說起農村裡一個很好的老頭子，為了救活老伴和小孫女，自己走上絕路，他說到這裡還哭了。可是不久克雷莫夫就在壁報上看到科洛斯科夫寫的文章，說富農把糧食埋到地裡，說富農對新生政權懷著刻骨的仇恨。

這個真正動情地哭過的科洛斯科夫為什麼這樣寫？莫斯托夫斯科伊為什麼不說話？難道僅僅因為膽小怕事？克雷莫夫有多少次心口不一啊。但是當他說和寫的時候，卻覺得他正是這樣想的，他也相信他說的正是他所想的。有時候他對自己說：「有什麼辦法呢，這是革命需要的呀。」

各種各樣的情況都有過，有過，什麼都有過。克雷莫夫沒有好好維護自己的朋友，儘管他相信他們是無罪的。有時他不說話，有時他說幾句含含糊糊的話，有時更壞些：他說話，而且說的不是含糊話。有時把他傳到黨委去，到區委、到市委、到州委，有時把他傳到保安機關，向他詢問他熟悉的一些人、一些黨員的情況。他從來沒有誣陷過朋友，從來不曾誹謗什麼人，他沒有寫過密報，沒有告過人……

且住，格列科夫呢？格列科夫是敵人。對待敵人，克雷莫夫是從來不客氣的，從來不憐憫的。

但是，為什麼他和被鎮壓的同志的家屬們斷絕關係呢？他不再上他們家去，不再給他們打電話；不過，他在大街上遇到被鎮壓的同志家裡的人，從來不曾轉到另一邊人行道上去，而是依然和他們打招呼。

可是更有一些不同的人，這些人通常是老婦人，家庭女工，黨外的平民，常常通過他們往勞改營裡送東西，從勞改營裡發出來的信也寫他們的地址，他們不知為什麼卻不怕。有時這些老婦人，這些家庭女工和沒有文化的保母，充滿了宗教觀念，她們收養被捕的父母留下的孤兒，免得這些孩子進收容所和保育院。可是黨員們卻害怕沾到這些孤兒，就像怕火一樣。難道這些老婦人，這些平民，這些沒有文化的保母比列寧式的布爾什維克莫斯托夫斯科伊和克雷莫夫更清白，更有骨氣？

人能夠戰勝恐怖，所以小孩子能夠在黑暗中走路，士兵能夠投入戰鬥，一個小夥子可以前進、可以在高空跳傘。

可是有一種恐怖卻很特殊，很厲害，千千萬萬人都不能戰勝這種恐怖；這就是在莫斯科的灰暗的冬日天空，用不祥的、變幻莫測的紅色字母寫出的恐怖——國家恐怖……

不對，不對！恐怖本身不能起這樣大的作用。革命的目的以道德的名義擺脫了道德，藉口為了未來，證明今天的偽君子、告密者、兩面三刀的人是正確的，還要宣傳，為什麼一個人為了人民的幸福應該把無罪的人推入陷坑。這股勢力叫人不要理睬進入勞改營的人的孩子，也是以革命的名義。這股勢力還在說，如果一個妻子不揭發自己清白無辜的丈夫，就必須離開孩子，在勞改營裡關十年，這都是革命的需要。

革命的勢力與死亡的恐怖、對刑訊的恐懼、感受到遠方勞改營氣息的人的痛苦結成了聯盟。

以前人們走向革命的時候，知道等待著自己的是監獄、苦役、成年累月的流浪和無家可歸、斷頭臺。而現在最糟糕、最令人不安的是，為了換取對革命的忠誠，換取對偉大目標的信仰，今天要付出的是優厚的待遇、克里姆林宮的酒宴、人民委員的任命書、專用汽車、療養證、國際車廂。

「尼古拉，你沒有睡嗎？」斯皮里多諾夫在黑暗中問道。

克雷莫夫回答說：「差不多睡著啦，正要睡呢。」

「噢，對不起，我不打攪你了。」

四十

自從那天夜裡把莫斯托夫斯科伊傳去和黨衛軍少校利斯談過話之後，又是一個多星期過去了。忐忑不安的等待和緊張變成了難以承受的苦惱。

莫斯托夫斯科伊有時候覺得，朋友和敵人永遠把他忘記了，朋友和敵人都認為他已經成了一個無用的、老糊塗的老頭子，成了稻草人，成了廢物。

一個晴和的早晨，一名黨衛軍看守帶他去洗澡。這一次這名看守沒有進澡堂，而是坐在臺階上，把槍放在旁邊，抽起菸來。這一天天氣晴朗，陽光照在身上很暖和，這名士兵當然不願意到潮溼的澡堂裡去。

管澡堂的一名戰俘走到莫斯托夫斯科伊跟前。

「您好，親愛的莫斯托夫斯科伊同志。」

莫斯托夫斯科伊驚愕得叫了起來：站在他面前的竟是穿著制服上衣、戴著勤務臂章、手裡晃悠著抹布的旅政委奧西波夫。

他們擁抱在一起。奧西波夫急急忙忙地說：「我在澡堂里弄到這點兒差事，現在去替換固定的清潔工，我想和您見見面。柯季科夫、將軍、茲拉托克雷列茨都叫我問候您。您先說說您的情況，您身體怎麼樣，他們想要您怎樣？您一面脫衣服，一面說。」

莫斯托夫斯科伊把那天夜裡傳他去談話的情形說了說。

奧西波夫用凸出的黑眼睛看著他，說：

「他們想勸誘您，真是妄想。」

「為什麼呢？什麼目的？目的何在？」

「可能他們想搜集歷史方面的資料，想評價黨的創始人和領袖，也許，他們想找材料發表什麼宣言、文告、公開信。」

「這種打算永遠不能得逞。」莫斯托夫斯科伊說。

「莫斯托夫斯科伊同志，他們不會善罷干休的。」

「他們的打算永遠不會得逞，癡心妄想。」莫斯托夫斯科伊又說了一遍，然後問道：「您說說，你們怎麼樣？」

奧西波夫小聲說：

「比預料的情況要好些。最要緊的是，已經和在工廠裡工作的人取得了聯繫，已經開始向我們輸送武器，有自動步槍，有手榴彈。有人把零件送來，夜裡我們進行裝配。當然，目前數量還有限。」

「這是葉爾紹夫安排的，他真有兩下子！」莫斯托夫斯科伊說。

他脫去襯衣，看了看自己的胸膛，看到自己的衰老，很懊惱、難過地搖了搖頭。

奧西波夫說：

「您是黨的老同志，我應該告訴您：葉爾紹夫已經不在咱們的集中營裡了。」

「什麼，怎麼不在了？」

「把他送走了，送到布痕瓦爾德集中營去了。」

「你們怎麼了？」莫斯托夫斯科伊叫起來。「他是個出色的小夥子呀。」

「他就是到了布痕瓦爾德，依然可以是出色的小夥子。」

「這究竟怎麼搞的，為什麼會出這種事？」

奧西波夫陰沉地說：「在領導人員中很快就出現了分裂。許多人自發地傾向葉爾紹夫，這就沖昏了他的頭腦。他怎麼也不服從領導核心的指揮。他是一個身分不明的人，一個異己分子。情況愈來愈混亂。地下工作的第一訓條就是鐵的紀律。可是我們卻出現了兩個核心：一個黨的核心，一個黨外核心。我們討論了情況，通過了決議。一位在辦公室工作的捷克同志把他的卡片放進為布痕瓦爾德挑出來的一部案卷裡，這樣就很自然地把他列入了名單。」

「真是再簡單不過了。」莫斯托夫斯科伊說。

「這是共產黨員一致通過的決議。」奧西波夫說。

他穿著自己寒磣的衣服站在莫斯托夫斯科伊面前，手裡拿著抹布，神氣又嚴肅，又堅定，相信自己絕對正確，相信自己的權力比上帝的權力更大、更威嚴，更有權將他所從事的事業提交人類命運的最高法官。

而脫得光光的、瘦瘦的老頭子，偉大的黨的創始人之一，坐在那裡，把兩個瘦瘦的、乾癟的肩膀聳得高高的，頭垂得低低的，一聲不響。

他眼前又浮現出那一夜在利斯的辦公室裡的情景。他又覺得十分可怕：難道利斯說的不是假話，難道他真的沒有什麼祕密的憲兵式的目的，真的是想和他談談？

他挺起腰來，又像往常那樣，像十年前集體化時期那樣，像當年把他年輕時的同志一個個送上斷頭臺的政治恐怖時期那樣，說：

「我作為一名黨員，服從這一決議，承認這一決議。」

他從放在板凳上的上衣裡子裡抽出幾片紙，這是他草擬的傳單。忽然在他眼前浮現出伊康尼科夫的臉，他那像牛眼一樣的眼睛，莫斯托夫斯科伊又想聽聽這個又傻又善良的教士的聲音。

「我想問問伊康尼科夫的情形，」莫斯托夫斯科伊說，「那位捷克同志沒有把他的卡片塞進那裡面去吧？」

「那個老傻子，您說的那個膿包嗎？他被處決了。他拒絕上工，不肯去修殺人集中營。凱澤奉命把他槍斃了。」

這夜，集中營棚屋的一面面牆上，貼了不少莫斯托夫斯科伊擬定的有關史達林格勒戰役的傳單。

四十一

戰爭結束以後不久，在慕尼黑的祕密警察檔案室裡發現了西德一座集中營裡地下組織一案的偵訊材料。在案卷的最後一頁中寫著，對案犯的判決已經執行，屍體已經火化。名單中的第一名便是莫斯托夫斯科伊。

研究了偵訊材料之後，還是無法判斷出賣了同志的內奸是誰。可能，祕密警察把他和被他出賣的人一起處死了。

四十二

在監督隊的宿舍裡，很暖和，很安寧。監督隊負責監督毒氣室、毒藥倉庫和火化爐。

德國人給長期為一號工程工作的囚犯創造了很好的生活條件。每一張床前都有一張小桌，有熱水瓶，床與床之間的走道上鋪了地毯。

為毒氣室幹活兒的人沒有人看押，而且在特別的食堂吃飯。監督隊裡的德國人吃飯像在飯店裡那樣，每個人都可以隨便點菜；可以拿到額外的工資，幾乎相當於相應級別的現役軍人工資的三倍；他們的家屬在住房方面享受著優待，得到的糧食供應是高標準的，在受到空襲威脅的地區他們有權最先疏散。

士兵羅捷在觀察窗口值班。等到一道程序快結束的時候，他就下令把毒氣室裡的人卸下去。此外，他還要監視牙科醫生們，看他們幹得是否認真仔細。他幾次向工程主任卡里特盧夫特報告他同時執行兩項任務的困難：有時候他在注視上面放毒氣，就不能觀察下面牙科醫生找金牙，在將人推上輸送帶的地方，工人們就會偷懶。

羅捷習慣了自己的工作，已經不像最初幾天那樣面對著觀察窗口惶惶不安了。他的前任有一天因為一件事情被打死了，那件事情應該是一個十二歲的孩子幹的，不應該是一個執行特殊任務的黨衛軍士兵幹的。羅捷起初不明白同事們在說話中暗指的是什麼不體面的事，到後來他才明白了。

羅捷不喜歡這項新的工作，雖然他已經習慣了。他對於周圍的人對他的尊敬，很不習慣，感到很不安。食堂裡的女侍者們常常問他為什麼臉色那樣蒼白。自從他記事起，媽媽就經常哭。不知為什麼父親經常被解雇，好像他有工作的時候不如失業的時候多。他學會了父母那種輕盈、柔和、不會驚擾任何人的步子，學會了對鄰居、房東、房東的小貓、校長和站在路口的警察的那種惶恐而親切的笑。溫和與親切似乎是他性格的基本特點。所以他自己也覺得奇怪，他心中竟有那麼多仇恨，怎麼過去多年中沒有表露出來。

他進了監督隊；善於識別人的隊長很瞭解他軟弱、溫柔的性格。

看著猶太人在毒氣室裡抽搐，一點意思也沒有。羅捷對於那些喜歡幹這種事的士兵很厭惡。特別使人厭惡的是在毒氣室門口值早班的戰俘茹琴科。他的臉上一直帶著一種孩子般的、因而特別令人厭惡的笑容。羅捷不喜歡自己的工作，但是他知道幹這種工作有明顯的以及潛在的好處。

每天下班的時候，很有氣派的牙科醫生都要交給羅捷一個小小的紙包，裡面包幾顆金牙。這小小的紙包只是每天交給集中營管理處的貴金屬中微不足道的一部分，但是羅捷已經有兩次把一公斤左右的金子交給妻子。這是他們的美好的未來，可以幫他們實現安度晚年的理想。他在年輕時又軟弱又膽小，沒能夠好好地為生活奮鬥。他從來不懷疑黨的目的只有一個，那就是為弱小的人爭取幸福。他已經親身體驗到希特勒的政策的良好結果，因為他就是弱小的人，而他和他一家的生活現在又好，又快活，和以前無法比了。

四十三

安東·赫麥爾科夫有時從心底裡對自己的工作感到害怕。晚上，他躺在床上，聽著特羅菲姆·茹琴科的笑聲，感到發冷、難受、心慌。

茹琴科的手指頭又粗又長，正是這雙手天天關上毒氣室的密閉的門。他的手好像從來沒有洗過，當他伸手到麵包籃子裡去拿麵包的時候，實在令人感到厭惡。

茹琴科每天早晨出去值班，等著人群排著隊從鐵路那邊走來的時候，感到無比的興奮。他總覺得人流移動慢得不得了，常常扯著嗓子發出尖細的、焦急的叫聲，上下頷輕輕哆嗦著，就好像小貓注視著玻璃窗外的麻雀。

此人便是赫麥爾科夫心裡不安的原因。當然，赫麥爾科夫也可以喝酒，也可以醉醺醺地拿列隊等候的女人取樂。有一處狹窄的通道，監督隊的工作人員可以從這裡進脫衣室去挑選女人。男人畢竟是男人。赫麥爾科夫有時也挑選一個大姑娘或者小媳婦，帶到無人的棚屋隔間裡，過半個鐘頭再帶回去交給押解人員。他不說話，女人也不說話。不過，他來到這裡，不是為了女人和酒，不是為了華達呢馬褲和細皮的軍官靴。

在一九四一年七月的一天，他被俘了。德國人用槍托子劈頭蓋臉地打他，他害痢疾，穿著破靴子被趕著在雪地裡走，給他喝黃黃的漂著機油的水，他用手指頭撕死馬身上發黑發臭的肉，他吃臭大頭菜和爛馬鈴薯皮。他所選擇的只有一點——活下去，他再也不想別的，他躲過了十來次死亡，沒有餓死，沒有凍死，他不想死於痢疾，不想頭上帶著九克重的彈頭倒下去，不想害浮腫，讓水腫從腳下一直攻入自己的心臟。他不是罪犯，他是刻赤市的一名理髮師，不論親戚、同院的鄰居、同行，還是和他一起喝酒、吃燻魚、打牌的朋友，從來沒有誰認為他不好。他也認為，他和茹琴科沒有任何共同之處。但是有時他覺得，他和茹琴科之間的區別是微不足道的；幹的反正都是一樣的事情，至於懷著什麼心情去幹，一個高興，一個不高興，又有什麼要緊？

可是他卻不知道，茹琴科使他惶惶不安，不是因為茹琴科的罪惡最大。他所以覺得茹琴科可怕，是因為茹琴科的天生的、可怕的變態在為他的行為辯護。而赫麥爾科夫卻不是變態人，他是正常的人。

他模模糊糊地懂得，在法西斯時期，對於一個還想做人的人來說，比活命更容易做到的選擇——就是死。

四十四

工程主任兼監督隊長卡里特盧夫特要求調度總站每天晚上把第二天火車到達的時間報上來。卡里特盧夫特可以事先向手下的工作人員布置工作，把車廂的總數、運到的人數告訴他們；另外，還要根據從哪一國來的火車，就調哪一國的戰俘前來協助執行——有剃頭的，有帶路的，有卸人的。

卡里特盧夫特工作認真。他不喝酒，看到下屬喝醉了，他也不生氣。只有一次大家看到他很快活、很興奮；那一天他要回家過復活節，已經坐上汽車，他把黨衛軍上尉加恩叫到跟前，把女兒的相片給他看，那女孩大臉盤，大眼睛，長得很像父親。

卡里特盧夫特很喜歡工作，不願意白白浪費時間。晚飯後他不上俱樂部，不打牌，也不看電影。過耶誕節的時候，在監督隊裡舉行了樅樹晚會，有業餘合唱隊演出，吃晚飯的時候無償地發給每兩個人一瓶法國白蘭地。卡里特盧夫特來俱樂部待了半個小時，大家都看到他的手指頭上還有新鮮的墨水痕跡，說明他在耶誕節晚上還在工作。

過去他住在鄉下父母的房子裡，看來，他的一生就要在這座房子裡度過了，因為他喜歡鄉下的安靜，不怕幹活兒。他想振興父親的家業，不過他認為，不論他養豬和做大頭菜、小麥買賣賺多少錢，他一輩子都要住在父親又舒適又安靜的房子裡。可是人生多變。在第一次世界大戰快要結束的時候，他上了前線，走上命運為他鋪好的道路。似乎命運決定了他從一個農村小夥子成為士兵，又從戰壕進入司令部警衛隊，又從辦公室到副官處，從帝國保安總部到集中營管理處，最後，在殺人營裡擔任了監督隊隊長。

如果卡里特盧夫特將來到天國受審，他會為自己的靈魂辯護，會理直氣壯地對審判官說，是命運把他推上劊子手的道路，殺了五十九萬人。他面對著強大的力量，面對著世界大戰、巨大的民族運動、不可違抗的黨國暴力，又有什麼辦法呢？誰又能按自己的心意行事？他是一個人，他本來可以在父母的房子裡住下去的。不是他要走，是他被推著走，是命運牽著他的手走路。他派去工作的人和派他來工作的人如果面對天國審判官，也會這樣或者大致這樣為自己辯護。

卡里特盧夫特不需在天國為自己的靈魂辯護。所以上帝也不需要向卡里特盧夫特證實世界上沒有罪人。

有天國的審判，有國家與社會的審判，但是還有最高審判，那就是罪犯對罪犯的審判。有罪的人掂量了極權制國家的威力，知道國家是無比強大的。這種可怕的力量用宣傳、饑餓、孤苦、集中營、死的威脅、落魄和屈辱把人的意志束縛住。但是，一個人在貧困、饑餓、集中營和死亡的威脅下走的每一步，在受制約的同時，也表現出一個人不受約束的意志。在這位監督隊長走過的道路上，從鄉村到戰壕，從黨外的平民到自覺的國家社會主義黨黨員，到處都有他的意志的痕跡。命運帶著人走什麼路，一個人跟著走，是因為他願意；他也可以不願意。命運帶領著一個人，這個人會成為毀滅性力量的工具，但是他可以從中撈到便宜，而不是吃虧。他知道這一點，於是他便去撈便宜；可怕的命運和人有不同的目的，但是二者走的道路是一條。

不是無罪和慈悲的天國審判官，不是英明的、以國家和社會利益為準繩的國家最高審判庭，不是聖人，不是教士，而是可憐的、受到法西斯壓迫的骯髒而有罪的人，親身體驗過極權制國家的恐怖政策的人，自己已經倒下過、已經彎下腰、畏畏縮縮、低三下四的人，這樣的人在宣布判決。

他會說：

「在可怕的世界上，罪人是有的！我就有罪！」

四十五

行程的最後一天到了。一節節車廂哐啷哐啷，制動器發出刺耳的吱嘎聲，然後靜了下來，響起門閂的叮噹聲，接著是口令聲：「全體下車！」

人們紛紛走出來，來到新雨後潮漉漉的月臺上。

一張張熟悉的臉，出了黑暗的車廂，顯得多麼奇怪啊！

大衣和頭巾比人的變化要小；女褂和連衫裙使人想起當初在裡面穿衣的房間和對著試衣服的鏡子。

出了車廂的人擠成一堆一堆的，緊緊地靠在一起，就有一種習慣的、可以使人放心的氣氛；在熟悉的氣味、熟悉的熱氣和熟悉的痛苦的臉上和眼睛裡，在從四十二節貨車車廂裡走出來、緊緊靠在一起的巨大人群中，洋溢著這樣的氣氛。

兩名穿長大衣的黨衛軍巡邏兵慢慢走著，那釘了鐵掌的靴子敲得水泥地噹噹作響。他們帶著一副傲慢和沉思的神氣，不看那兩個抬出一個白臉上披著白髮的死老婆子的猶太小夥子，不看那個趴著在水窪裡喝水的捲髮小矮子，也不看那個掀起裙子繫褲帶的駝背女人。

兩名黨衛軍士兵有時交換一下眼色，說一、兩句話。他們在水泥地上走著，那神氣就像太陽在天上走。太陽並不注視風、雲彩、海浪和樹葉的動靜，但是它在從容自若的移動中知道，大地上因為有了陽光，一切事情在正常地進行著。

一些身穿藍色工裝、頭戴大簷便帽、袖子上戴著白色臂章的人在叫喊著，催促從車上下來的人，他們用的是奇怪的語言，是俄語、德語、意第語、波蘭語和烏克蘭語的大雜燴。

穿藍色工裝的人快速、熟練地調理著月臺上的人群，挑出站也站不住的人，讓比較強壯的人把這些半死不活的人抬上汽車，讓亂糟糟的人群站成隊伍，讓隊伍移動，指明移動的方向和目的。

隊伍中每排有六個人，在隊伍裡傳著一個消息：「上澡堂去，先上澡堂去！」

似乎慈悲的上帝再也想不出更慈善的主意了。

「好啦，猶太人，咱們走吧。」一個頭戴便帽的押解隊的頭頭兒叫喊著，一面打量著人群。

男人和女人們都提起包裹，孩子們抓住媽媽的裙子或父親的衣襟。

「上澡堂去……上澡堂去……」這話催眠般地填滿人的意識。

那個戴便帽的大個子身上有一股平易近人、招人喜歡的神氣，似乎他和這些不幸的人親近，而不是和那些身穿灰大衣、頭戴鋼盔的人親近。

一個老奶奶帶著祈禱時的小心神氣用指尖撫摩著他的工裝袖子，問：「是去洗澡嗎？」

「是的，是的，大娘，是去洗澡！」

他忽然用嘶啞的嗓門大聲發出口令：「開步走！」

月臺空了，一些穿工裝的人在打掃水泥地上的破布片、繃帶、有人扔掉的破套鞋、孩子們丟下的拼字方塊，還有人在轟隆轟隆地關車廂的門。一節節車廂上的鋼鐵叮叮噹噹響動起來，像波浪似的擴展開去。空空的列車動了，前去消毒。

服務隊幹完了活兒，經過公務大門回到集中營裡。東方來的列車是最糟糕的，在裡面最多的是死人、病人，在車廂裡可以找到的是蝨子，可以聞到的是臭氣。這些列車跟匈牙利或者荷蘭，或者比利時來的列車不同，在裡面找不到一瓶香水、一包可可、一聽煉乳。

四十六

人群往前走著，前面出現了一座巨大的城市。城市的西邊沉沒在霧氣中。遠處工廠煙囪裡冒出來的黑煙和霧氣混合在一起，像棋盤一樣的一排排棚屋罩著輕煙，一條條筆直的集中營街道和霧氣合在一起，顯得很奇怪。

東北方升起高高的黑紅色火光，似乎是潮溼的秋日天空燃燒過以後，還在發紅。有時從潮溼的火光中冒出火焰，又慢，又不清晰，緩緩地爬動著。

旅途困頓的人們來到寬闊的廣場上。廣場中央有一座用木頭搭起的高臺，在大眾遊藝場上常常有這樣的高臺。上面站著幾十個人。這是樂隊。這些人就像他們的樂器一樣，模樣個個不同。有些人打量著漸漸走近的人群。但是有一個身穿淺色外套的白髮的人說了一句什麼話，於是在高臺上的人一齊拿起自己的樂器。就好像有一隻鳥又膽怯又放肆地叫了起來，於是，被鐵絲網和警笛聲撕得支離破碎、散發著臭味和油煙味的空氣裡充滿了音樂聲。就好像一陣被太陽曬得暖和的夏日好雨，光閃閃地落到大地上。

集中營裡的人、監獄裡的人、衝出監獄的人，乃至走向刑場的人，都能感受到音樂震撼人心的力量。

誰也不像進過集中營和監獄的人，不像走向死亡的人對音樂的感受那樣強烈。

音樂聲一觸及瀕臨死亡的人，在人們心中突然重新喚醒的不是思想，不是希望，而只是一種模糊而強烈的生命奇蹟。人群隊伍裡響起一片號哭聲。似乎一切都變了樣子，一切都合成一個整體，一切分散的，房屋、天地、童年、道路、車輪聲、饑渴、恐怖和這罩在霧中的城市，這暗紅色的火光，這一切一下子全都匯合起來了，不是匯合在腦海裡，不是在畫面上，而是匯合在過往生活的一種模糊、熱烈、醉心的感情中。在這裡，在火化爐的火光中，在集中營的廣場上，人們感覺到，生命大於幸福，因為生命也是痛苦。自由不光是幸福。自由是艱難的，有時也是痛苦的，因為自由就是生命。

音樂挑起心靈的最後震動，使得心靈在模模糊糊的內心深處將一生中感受到的一切，將生的歡樂與痛苦，與這霧茫茫的早晨、這頭頂上的火光匯合到一起。但也許不是這樣。也許，音樂只是一把開啟人的感情的鑰匙，不是音樂充滿了人的心靈，而是它在這個可怕的時刻把人的內心打了開來。

有時候，一支兒歌能夠使一個老頭子哭起來。但這不是老頭子為兒歌哭，兒歌只是一把鑰匙，打開了心靈在尋找的東西。

人們還在廣場上畫著弧形，從集中營的大門裡出來一部奶油色小汽車。一名身穿皮領軍大衣、戴眼鏡的黨衛軍軍官從汽車裡走出來，打了一個不耐煩的手勢，正在注視著他的樂隊指揮馬上忙不迭地把手垂了下來，樂隊演奏一下子停止了。

廣場上很多聲音一連聲地叫喊：「立正！」

軍官從一排排的人旁邊走過。他用手指頭指著誰，押隊的人就把那人從隊伍裡拉出來。軍官用冷冷的目光打量著被拉出來的人，押隊的頭頭兒生怕妨礙了軍官思考，用小聲問著：

「年齡？職業？」

被挑出來的有三十來個人。

一排一排的人群旁邊響起另一口令：「內科醫生，外科醫生，出列！」

沒有人應聲。

「內科醫生，外科醫生，出列！」

依然沒有人應聲。

那軍官對站在廣場上的上千人失去了興趣，便朝汽車走去。

挑出來的人五人一排，命令他們轉過身去，朝著帶有標語牌的集中營大門，標語牌上寫著：「勞動使人自由。」[20]

人群隊伍裡有一個小孩子叫起來，一些婦女像發了瘋似的尖聲叫起來。被挑出來的人垂著頭，一聲不響地站著。

可是，誰又能描寫出一個人放開妻子的手時那種心情，最後一次匆匆看一眼親人的臉的那種目光？想起在默默告別的時候，你的眼睛在一瞬間眨巴著，為了掩飾自己保得一命的可恥竊喜。人有過

20 原文為德語。

這種殘忍的記憶，以後還怎麼活下去呢？

妻子把小包袱交給丈夫，包袱裡有結婚戒指，還有幾塊糖和乾糧，這個時刻，他會忘記嗎？看到天空又閃起新的火光，知道那裡燒的是他吻過的手、他心醉的眼睛、他在黑暗中憑氣味也能聞出來的頭髮，知道那是在燒他的孩子、妻子、母親，難道還能活下去嗎？難道他還會為了在棚屋裡得到更靠近爐火的鋪位而計較嗎？還能捧著飯缽去接長柄勺子舀來的一升灰黑的湯糊嗎？還能自己把掉下來的鞋掌釘到鞋上嗎？怎麼能拿鐵鎬幹活兒？怎麼還能呼吸？還能喝水？孩子的叫聲、母親的哭號還在耳朵裡啊。

繼續活下去的人被趕著朝集中營的大門走去。他們聽著後面的叫喊聲，他們自己也在叫喊，撕扯他們胸前的衣襟，前面是另一種生活等待著他們：通電的鐵絲網，架著機槍的混凝土守望塔，棚屋，臉色煞白的婦女在鐵絲網外面望著他們，他們胸前帶著紅的、黃的、藍的布條子標記，排著隊去幹活兒。

樂隊又演奏起來。被挑出來為集中營幹活兒的人走進建築在沼地上的集中營。黑糊糊的水陰沉無聲地在黏膩的水泥板和沉甸甸的大石塊之間流淌。這水呈黑紅色，散發著腐爛的氣息。這水裡有一團團綠色的化學物質的泡沫、一塊塊髒布、從集中營手術室裡扔出來的一塊塊血淋淋的肉。這水流入集中營的地下，然後又鑽出地面，然後又流入地下。不過，水是要繼續流下去的，這集中營裡出來的陰沉的水早晚會成為海浪，成為早晨的露水。

可是不幸的人們就要去死了。

四十七

索菲亞·奧西波芙娜走著均勻而沉重的步子，一個男孩子拉著她的手。小孩子的另一隻手撫摩著口袋裡的火柴盒，火柴盒裡的髒棉花裡有一隻深褐色的蠶蛹，是在車廂裡剛剛從繭裡鑽出來的。旁邊是鉗工拉薩爾·揚凱列維奇，一面走，一面嘟囔，他的妻子傑鮑拉·薩穆伊洛芙娜抱著一個小孩子。列維卡·布赫曼在背後嘟囔著：「唉，上帝，唉，上帝，唉，上帝。」這一排的第五個人是圖書管理員穆霞·鮑里索芙娜。她的頭髮梳得好好的，衣領還顯得很白。她在路上有幾次用她領到的麵包換半鍋子溫水。這個穆霞·鮑里索芙娜從來不對誰抱怨什麼，在車廂裡大家都把她看作聖女，一些見過世面的老奶奶都在吻她的衣服。前面的一排只有四個人，因為那個軍官在挑人的時候一下子就挑出去兩個，就是斯列波依父子，他們在回答什麼職業問題的時候，一齊說：「牙科醫生。」軍官點了點頭。斯列波依父子猜到：可以保命了。這一排裡留下來的三個人悠蕩著手，看來，他們的手沒有用場了；第四個人把領子支得高高的，兩手插在口袋裡，昂著頭，毫不在乎地走著。前面，往前四五排，有一個很突出的高大老頭子，戴著紅軍士兵的暖帽。

在索菲亞·奧西波芙娜背後走的是穆霞·維諾庫爾，她在火車上度過了十四歲生日。

死神！死神竟變得樂於交際，他像個老夥伴，不請自來，進入人們的院子和車間；他到市場上找家庭主婦，把她和菜籃子一起帶走；他和孩子們一起玩耍；女裝裁縫們在成衣店裡唱著歌兒為委員的妻子趕做女大衣，他也走進去；有人排隊買糧食，他也來站隊；老婦人補襪子，他也來跟前坐一坐。

死神幹著自己平常的事情，人們也幹著自己的事情。有時死神讓人把菸抽完，把飯吃完，有時他像個好朋友一樣，粗聲粗氣地哈哈大笑著拍拍人的肩膀，把人拉住。

人似乎終於對死神有所瞭解了，死神已經向人顯示出他的平常和孩子般的單純。這種轉變和過渡太容易了，就好像過一條小河，小河上有小小的木橋，從這邊炊煙嫋嫋的小屋到對岸空曠的草地上，不過五六步。就這麼一回事兒！有什麼好怕的？瞧，小牛吧嗒著蹄子從小橋上走過去了，瞧，孩子們也吧嗒著光腳丫跑過去了。

索菲亞聽到了音樂聲。她第一次聽到這樂曲是在小時候，後來上大學的時候，年輕時做醫生的時候，她也聽過。這支樂曲充滿了對未來生氣勃勃的預感，她聽著總是非常激動。

音樂欺騙了她。索菲亞已經沒有未來了，只有已經過去的生活。她頓時感觸到自己已經過去的與眾不同的生活，這種感觸一時間遮住了面前的現實——遮住了生命斷崖的邊沿。

這是所有感觸中最奇特的。它無法表達，即使是對最親近的人，父母兄弟、妻子兒女、摯交好友。它是心靈的祕密。不管心靈多麼熱切地想要說出自己的祕密，它也無法做到。一個人會把自己一生的感觸帶走，至死無法與任何人分享：一個與眾不同的獨立的人，在意識和下意識中彙集了一切好的和壞的，從小到老，一切可笑、可愛、可恥、可憐、羞澀、溫柔、膽怯、驚愕的——這一切在個體對自己生命隱祕而沉默的孤獨感中，奇蹟般地融為一體。

樂隊開始演奏的時候，達維德想掏出口袋裡的火柴盒，為了不讓蛹凍傷了風，他把火柴盒打開一點點兒，好讓它看看奏樂的人。但是走了幾步之後，他就不再覺得高臺上有人，只剩下天上的火光和音樂了。悲哀而洪亮的樂曲聲把對媽媽的思念灌入他心中，灌得滿滿的，就像灌滿了一個碗。媽媽好靜，身體很弱，一直覺得被丈夫拋棄是件不體面的事。她給達維德做了一件襯衫，鄰居們在走廊裡笑話達維德的襯衫是花布做的，而且袖子也縫斜了。媽媽是他唯一的保護人和希望。他一直堅定不移地、一心一意地指望著她。可是，也許現在是音樂起了作用：他不再指望媽媽了。他愛媽媽，可是媽媽軟弱，無能為力，就和現在跟他走在一起的這些人一樣。音樂聲悠忽而緩慢，他覺得就像小小的波浪，他在迷糊狀態中看到過，那時候他發著高燒，夢到從滾熱的枕頭上爬下來，躺到熱乎乎、溼漉漉的沙地上。

樂隊聲音高起來，一個嗄啞的大嗓門兒大叫起來。

他害咽峽炎的時候，夢見從水裡冒出來一堵黑糊糊的牆。現在那牆又懸在他的頭頂上，遮住整個天空。

一切曾經使他心悸的東西全都匯合到一起，連成一片。小羊羔沒有覺察到樅樹叢中狼的影子，他看到那幅畫就害怕，他還怕市場上被宰的小牛的頭，那眼睛是藍色的，他怕死去的奶奶，布赫曼家被勒死的小姑娘，還有他第一次夢魘，不要命地尖叫起來喊媽媽——全都來到面前。死神睜大兩眼站著，有天那麼高大，小達維德邁著小小的步子朝死神走去。周圍只有音樂聲，既不能抓住做依靠，又不能在上面把頭撞碎。

沒有翅膀、沒有爪子、沒有鬍鬚、沒有眼睛的蛹還睡在火柴盒裡，很信賴地傻等著。

既然是猶太人，那就完了！

他打嗝，透不過氣。如果他有力氣的話，他會把自己掐死。音樂聲停了。他的一雙小腿和另外幾十雙小腿在急急忙忙地跑著。他沒有什麼想法，他既不能哭，又不能叫。汗溼的手指頭緊緊捏住口袋裡的火柴盒，但是他已經不記得有蛹了。只有小小的腿在走著，走著，急急忙忙地跑著。

如果他的恐懼再持續幾分鐘，他會帶著碎裂的心跌倒的。

音樂聲停止以後，索菲亞擦乾了眼睛，氣憤地說：「哼，來這一套！」

她轉頭看到了這孩子的臉，臉上是那樣驚懼的表情，即使在這裡也顯得十分突出。

「你怎麼啦？怎麼回事兒？」索菲亞叫了起來，並且猛地扯了扯他的手。「你怎麼啦，怎麼一回事兒，咱們這是去洗澡呀。」

在德國人挑外科醫生的時候，她沒有作聲，因為她痛恨敵人。

鉗工的妻子在旁邊走著，她抱著可憐的大腦袋嬰兒，嬰兒用純真和若有所思的目光看著周圍的一切。這位鉗工妻子為了孩子夜裡偷了一個同車婦女的一小把糖。那個被偷的婦女也是非常虛弱。有一個姓拉比杜斯的老頭子為她抱不平。那個老頭子身子底下尿溼了，所以誰也不願意坐在他身邊。

這會兒鉗工的妻子傑鮑拉心事重重地走著，手裡抱著孩子。那孩子本來日日夜夜都在啼哭，現在卻不作聲。這女人的黑眼睛流露出那樣的悲傷神情，她那難看的骯髒的臉和蒼白乾枯的嘴唇也就不怎麼顯眼了。

「聖母啊。」索菲亞在心裡說。

戰爭爆發前兩年，有一天她看到從天山山巒背後升上來的太陽照得山頂積雪亮晶晶的，可是湖水還在黑暗中，就像用藍寶石雕成的。那時她心想，如果在哪一座寒磣、黑暗、低矮的小屋裡有一雙孩子的手把她摟住，那世界上再沒有什麼人不羨慕她了，於是她的五十歲的心裡頓時湧出一股十分強烈的感情：為了那孩子，她可以死而無怨。

小達維德勾起她非同一般的慈愛之情，這樣的感情她對孩子們還不曾有過，雖然她一直非常愛孩子。在車廂裡她拿出自己一部分的麵包給他吃，常常在昏暗中把他的臉轉過來朝著自己，她想哭，想把他緊緊摟在懷裡，想吻他，就像媽媽們吻小寶寶那樣，吻得又快又急。為了不讓他聽得太仔細，她小聲說：

「吃吧，我的好兒子，吃吧。」

她很少和這孩子說話，一種奇怪的羞澀使她盡力掩蓋她心中產生的母愛。但是她發現：如果她走到車廂的另一邊，這孩子就惴惴不安地注視著她；等她來到他身邊，他就放下心來。她自己不願意承認，為什麼叫外科醫生離開隊伍的時候，她沒有應聲，繼續留在隊伍裡，為什麼在這幾分鐘裡她的心情格外激動。

人群隊伍從鐵絲網旁邊、壕溝旁邊，從架著旋轉機槍的混凝土守望塔旁邊走過。這些早已忘記自由的人覺得，那鐵絲網和機槍不是為了防備集中營裡的人逃跑，而是為了不讓那些將死的人躲進苦役集中營裡。

人群隊伍離開集中營的鐵絲網，朝幾座又矮又大的平頂建築物走去。遠遠看去，達維德覺得這些沒有窗戶的灰色方形建築物很像大型的拼圖方塊。

達維德從轉彎的幾排人的空隙中看到敞開大門的建築物，也不知為什麼，從口袋裡掏出裝著蛹的火柴盒，也沒有和蛹告別，就把火柴盒扔到一邊。讓它活著吧！

「德國人好氣派呀。」走在前面的一個人說。就好像德國警備隊能聽到他的奉承話，會看重他的奉承話似的。

那個支著領子的人不知為什麼很奇怪、很特別地聳了聳肩膀，這在旁邊看得很清楚；他朝右邊看了看，又朝左邊看了看，頓時變得又高又大，就像張開了翅膀，突然很輕盈地一跳，一拳打在一名黨衛軍押隊兵的臉上，把他打倒在地。索菲亞淒厲地叫了一聲，也跟著朝前沖去，但是踉蹌了一下，跌倒了。馬上有幾隻手把她抓住，幫她站了起來。後面的人擠了上來，達維德一面回頭看著，怕被擠倒，無意中看到押隊的德國兵把一個男子拉到了一邊。

在索菲亞試圖朝德國兵撲去的一剎那間，她忘記了小孩子。現在她又牽住他的手。達維德看到，一個人在片刻間感到有自由的希望時，眼睛會有多麼明亮，多麼有神，多麼好看。

這時候，前面的幾排人已經走上澡堂大門前面的瀝青場地，就要進入大敞著的門，人們的腳步聲開始變了。

四十八

在潮溼而暖和的更衣間裡，幽暗而寧靜，還有若干長方形小窗戶。

一排排帶著紅漆編號的、厚實的白木頭板凳朝幽暗中伸去。大廳中間有一道不高的隔牆，一直延伸到大門對面的牆壁，隔牆的一邊是男子脫衣的地方，另一邊是女人和小孩子脫衣的地方。

像這樣分隔開，沒有引起人不安，因為人們依然能互相看到，互相召喚：「瑪尼婭，瑪尼婭，你在那兒呀？」「是的，是的，我看見你啦。」有人在喊：「馬季爾達，你把擦子帶過來，給我搓搓背！」幾乎所有的人都感到放心了。

有一些穿工作服臉色嚴肅的人在人群中來來回回走著，在維持秩序，說的都是一些合乎情理的話，比如，要把襪子和裹腳布塞到靴筒裡，一定要記住哪一排、哪一個位子的編號。

許多人的聲音低低地、嗡嗡地響著。

當一個人漸漸脫光的時候，他也就漸漸接近自己。天啊，胸膛上的毛更硬了，更密了。而且有那麼多白毛呢。指甲有多麼難看呀。脫光了的人看著自己，只能得到一個結論：「這就是我。」一個人會認出自己，確定自己這個「我」，因為「我」永遠只有一個。一個小孩子把細細的手臂交叉在露著肋骨的胸前，看著自己蛤蟆似的身體，會認出：「這就是我。」等他再過五十年，打量著自己腿上骨骨稜稜的青筋，打量著自己肥胖下垂的肚子，也會認出自己：「這就是我。」

但是卻有一種奇怪的感情驚動了索菲亞。在這兒年輕的身體和年老的身體都裸露著：看到大鼻子的瘦小孩子的身體，老婦人們會搖頭說：「瘦得可憐的。」十四歲姑娘的身體，即使在這裡，幾百雙眼睛也在欣賞。殘缺、衰弱的老頭子和老太婆的身體，引起人們的同情和敬重。強壯的男子漢毛茸茸的脊背，女人們肉滾滾的大腿和豐滿的乳房——這一切都是人的身體，原本被破衣爛衫遮蓋起來的人的裸體。索菲亞覺得，她所感到的「這就是我」不光是她自己，而是人類。這是光光的人類的身體，有年輕的，也有年老的，有充滿生氣的、正在成長的、強壯的，也有衰老的、帶有鬈髮和白髮的，有好看的，有難看的，有強壯的，有軟弱無力的。她看著自己圓圓的雪白的肩膀，還沒有人吻過呢，只有在小時候媽媽吻過，然後她帶著一派柔情把目光轉到孩子身上。難道在幾分鐘之前她竟忘記了他，像醉漢一樣瘋狂地撲向黨衛軍嗎？「那真是個猶太小傻瓜，」她心裡想道，「還有那個俄羅斯老傻瓜[21]，也宣傳不以暴力抗惡呢。他們那時候沒有法西斯嘛。」索菲亞再不因為她這個處女心中萌發了母愛而覺得羞恥，俯下身去，用自己幹活兒的大手捧住達維德的小臉，她覺得自己已經把他那親熱的眼睛握在手裡，她吻了吻他。

「是的，是的，好孩子，」她說，「這不是，咱們來到澡堂裡了。」

在混凝土脫衣間的幽暗中，似乎一下閃現出弗拉基米羅芙娜·沙波尼什科娃的眼睛。她還活著嗎？她們分別了。索菲亞·奧西波芙娜就要走了，這不是，她完了。安娜·史托隆也完了。

鉗工的妻子想讓丈夫看看脫得光光的小兒子，但是丈夫在隔牆那邊，於是她把用布半裹著的孩子遞給索菲亞，很得意地說：

「一把他脫光，他就不哭了。」

隔牆那邊有一個長著黑黑的大鬍子、裡面穿著破爛睡褲的男子，閃動著發亮的眼睛和金牙叫道：

「瑪尼婭，這兒還賣游泳衣呢，買不買？」

穆霞·鮑里索芙娜聽到這句玩笑話，用手捂著從寬大的襯衣豁口裡露出來的乳房，笑了笑。索菲亞早已懂得，被判決的人說俏皮話，並不能產生精神力量，然而當弱者和怯懦者對恐怖取笑的時候，恐怖就不那麼可怕了。

列維卡·布赫曼那張好看的臉很消瘦，熱辣辣的大眼睛故意不看周圍的人，偷偷解開沉甸甸的髮辮，把戒指和耳環藏到裡面去。

她現在有一股盲目的、強烈的求生勁頭。雖然她是不幸的，是軟弱無力的，但是法西斯已經把她

21 指列夫·托爾斯泰。

折磨夠了，再也沒有誰能夠消除她求生的欲望。現在，在她藏戒指的時候，她已經不記得，因為怕孩子哭會暴露閣樓上的藏身處，正是用這雙手把自己的孩子掐死的。

但是，就在列維卡·布赫曼像終於躲進安全密林的野獸似的慢慢舒了一口氣的時候，她看到一個穿工作服的女人在用剪刀剪穆霞·鮑里索芙娜頭上的辮子。旁邊還有一個女人在剪一個小姑娘的辮子。光溜溜的黑髮無聲地落在水泥地上。一堆堆頭髮散在地上，就好像婦女們在又黑又亮的水裡洗腳。

一個女人不慌不忙地把列維卡護著頭的手拉開，抓住腦後的頭髮，剪刀尖兒碰到了藏在頭髮裡的戒指，那女人也不停止工作，用手指頭摸出纏在頭髮裡的戒指，湊到列維卡的耳朵上說：「都要還給您的。」又用更小的聲音說：「德國人在這兒。別作聲。」列維卡沒有記住這個穿工作服的女人的臉，她沒有眼睛、嘴巴，只有露出青筋的黃黃的手。

在隔牆的那邊有一個歪鼻子上歪戴著眼鏡、很像一個可憐病鬼的白髮男子，他用眼睛掃了掃一排排的板凳，用和聾子說話的那種清清楚楚、一字一頓的語調問道：

「媽媽，媽媽，媽媽，你感覺怎麼樣？」

一個滿臉皺紋的小老婆子忽然在嗡嗡的幾百人的聲音中聽出兒子的聲音，猜到了他常常問的問題，便很親熱地朝他笑了笑，回答說：「脈搏很好，很好，跳得很好，你放心吧。」

索菲亞旁邊有一個人說：「這是蓋爾曼，有名的內科醫生。」

有一個脫得精光的年輕女人，拉著一個穿白褲衩的厚嘴唇小姑娘的手，高聲大叫著：

「要殺咱們啦，要殺咱們啦，要殺咱們啦！」

「別嚷嚷，別嚷嚷，你們別叫這個瘋女人嚷嚷。」穿工作服的女人說。她們回頭看看，看不到押解隊了。耳朵和眼睛在幽暗和寂靜中得到休息。脫去被污垢和汗水浸得像木頭一樣硬邦邦的衣服，脫去快要腐爛的襪子和裹腳布，有多快活啊，好幾個月沒嘗到這種快活滋味了。穿工作服的幾個女人剪完頭髮，走了，人們更自由地舒了一口氣。有些人打起盹兒，有些人在衣縫兒裡逮蝨子，有些人在小聲說話兒。有一個人說：「可惜沒有撲克牌，要不然咱們可以來捉捉傻瓜。」

但這時候監督隊隊長一面吸著香菸，拿起電話筒，倉庫管理員便把一個個像果醬罐子一樣的貼了紅色標籤的罐子裝上帶馬達的小車，坐在辦公室裡的特別科值班人員看著牆上：紅色信號燈就要亮了。

「起立！」

脫衣間各個角落裡忽然響起口令聲。

一排排板凳的兩頭都站著穿黑制服的德國人。人們走進一條寬闊的走廊，走廊的頂上嵌著一盞盞不太明亮的電燈，電燈都用厚厚的橢圓形玻璃罩護著。在這兒可以看出吞吸著人流的、緩緩彎曲的混凝土的肌肉力量。很靜，只有光著腳走路的人們沙沙的腳步聲。

在戰前有一次索菲亞對葉妮婭·沙波什尼科娃說：「如果一個人註定了被另一個人殺死，那麼，看著他們怎樣漸漸碰到一起，是很有意思的。起初他們也許離得非常遠，比如，我在帕米爾高原上采杜鵑花，我走我的路，將來要殺死我的人這時候卻在八千俄里之外，放學之後在小河裡逮鱸魚。我要去參加音樂會，他這一天卻在車站買票，要上姑娘家去。不過反正早晚我們會碰到一起，就要出事了。」現在索菲亞想起了那一番很奇怪的話。

她看了看廊道的頂：頭上有這樣厚的混凝土，她再也聽不見沉雷，看不見暴雨了……她光著腳朝廊道的彎曲處走著，廊道也無聲無息地、親切地迎著她漂流過來；自然而然地移動著，沒有強制，就好像迷迷糊糊地滑動，就好像從裡到外都抹了甘油，所以都在自然而然地滑動。

密閉室的大門突然漸漸打開了。人流慢慢地滑動著。有一個老頭子和一個老太婆，在一起生活了五十年，在脫衣服的時候分開了，現在又走在一起了。鉗工的妻子抱著醒了的孩子，媽媽和兒子都朝人群頭頂上看著，不是想看看空間，是想看看時間。內科醫生的臉閃了一下，旁邊又閃過善良的穆霞·鮑里索芙娜的眼睛，又閃過列維卡·布赫曼的恐懼的目光。再就是柳霞·什捷林塔爾，真無法掩蓋、無法減弱她那青春的眼睛、輕輕呼吸的鼻孔、脖子、半張著的嘴唇的美，旁邊走著的便是嘴巴又發青又乾癟的拉比杜斯老頭子。索菲亞又緊緊摟住達維德的肩膀。這種對人的柔情在她心中還未曾有過。

走在旁邊的列維卡叫了起來。她的叫聲極其可怕，這是一個人面臨死亡時的叫聲。

在毒氣室門口站著一個人，手裡拿著一段引水管。他穿的是帶拉鍊的棕色短袖襯衫。列維卡·布赫曼就是看到他那隱隱約約的孩子般狂喜的獰笑，才這樣可怕地叫起來。

那人的一雙眼睛在索菲亞的臉上掃了一下：就是他，終於見面了！

她覺得，她的手指頭應該扼住從敞開的領子裡伸出來的那根脖子。但是那個獰笑的人又快又俐落地揚了一下棒子。她在鐘聲與玻璃響聲中聽到那人在喊：「狗崽子們，別磨蹭了！」

她硬撐著沒有跌倒，並且邁著沉甸甸的步子和達維德一起慢慢跨過鐵門檻。

四十九

達維德用手摸了摸鋼門框，覺得冷冰冰的。他在這鋼鏡子裡看到一個模模糊糊的淡灰色點兒，那是他的臉。他的光腳丫感覺到，這廳裡的地面比廊道裡的地面要涼些，因為不久前才沖洗過。

他邁著小小的步子，在這個矮頂的混凝土大箱子裡慢慢走著。他看不到燈，但是這廳裡有灰灰的亮光，就好像陽光透過混凝土蓋頂射了進來，這冷冷的亮光似乎不是為活人照亮的。

人們原來在一起的，現在散開了，彼此看不見了。閃過柳霞·什捷林塔爾的臉。在火車上達維德每看到她，總有一種迷戀的感覺，又甜蜜，又惆悵。但是過了一會兒，在柳霞原來的地方卻出現了一個不露脖子的矮個子女人。接著這地方又出現了一個藍眼睛白頭髮的老頭兒。馬上又出現了一個年輕男子睜得大大的、呆滯不動的眼睛。

這種移動不是人類的活動，也不是低等生物的活動。既無用心，也無目的，表現不出活人的意志。人流朝大廳裡流動著，正要進來的人推擠著已經進來的人，這些人推擠著那些人，從無數胳膊肘、肩膀、肚子的小小推擠中產生了運動，這種運動和生物學家布朗發現的分子運動沒有任何區別。達維德覺得，有人帶他走，他就應該走。他走到牆邊，先是膝蓋、然後是胸膛碰到了冷冰冰的牆，再也沒有路了。索菲亞靠在牆上站著。

有一會兒他們看著從門口移動過來的人群。門離得很遠。但是可以看出門在哪兒。因為人在進門的時候緊緊擠在一起，人體的白影子特別密集，等到進了寬敞的毒氣室，就鬆散開了。

達維德看到一張張人臉。早晨下了火車之後，他看到的一直是許多脊背，現在好像一列火車的人都面對著他。索菲亞忽然變得和以前不同了；她的聲音在這又平又寬敞的混凝土大廳裡變了腔調，她一進入這大廳，整個樣子都變了。她在說「我的好孩子，緊緊靠住我」的時候，他覺得她很怕丟了他，剩下她一個人。可是他們無法緊緊靠在牆上，而是離開了牆，又邁著碎步挪動起來。達維德覺得他比索菲亞挪動得快些。她的手攥住他的手，朝她跟前拉。可是有一種柔軟的、漸漸增強的力量把達維德朝另一方向拉，索菲亞的手指頭漸漸鬆了。

毒氣室裡的人群愈來愈密集，移動愈來愈慢，人的步子愈來愈小。沒有人指揮這混凝土箱子裡的移動。人在這毒氣室裡站著不動，還是漫無目的地在繞彎兒、轉圈子，德國人覺得已經無所謂了。光光的孩子漫無目的地邁著小小的步子。他的又輕又小的身體的曲曲彎彎的移動路線，和索菲亞那又大又重的身體的曲曲彎彎的移動路線漸漸不一致了，於是他們分開了。牽著他的手是拉不住他的，應該像那兩個女的，那個媽媽和姑娘一樣，臉貼著臉，胸膛貼著胸膛，哆哆嗦嗦地、死死地抱在一起，成為一個不可分的身體。

人愈來愈多，分子運動隨著分子的密集漸漸偏離阿伏伽德羅定律[22]。小孩子丟掉了索菲亞的手，叫了起來。但是索菲亞馬上成為過去。要緊的是現在，眼前。一張張人嘴在一起呼吸著，人的身體緊緊挨在一起，人的思想和感情也連成一體。

達維德落進了一部分旋轉的人流中，這些人離開牆壁，朝門口倒流過去。達維德看到三個人緊緊抱在一起：兩個男子保護著老媽媽，老媽媽保護著兩個孩子。忽然在達維德旁邊出現了新的人流，朝新的方向移動。響聲也不同了，不是沙沙聲和嘟囔聲了。

「讓開路！」有一個胳膊強勁有力、粗脖子、低著頭的人想穿過緊緊靠在一起的人體。他想從沉

---

22 即同溫同壓下，相同體積的任何氣體含有相同的分子數。由義大利科學家阿伏伽德羅提出。

悶的混凝土節奏中沖出去，他的身體就像魚的身體在廚房案臺上那樣，在盲目地、沒有目的地掙扎。他很快就喘不上氣來，安靜下來，倒換著腳，像大家一樣了。

因為他的攪動，人流的移動有所改變，達維德又來到索菲亞身邊。她使足勁兒把孩子緊緊摟在懷裡，這種勁兒死亡集中營裡的工人們是發現過的，也知道這種勁兒有多麼大，他們在清理毒氣室的時候，從來不想把抱在一起的親人的屍體分開。

門口響起叫喊聲。後面的人看到擠得緊緊的人群已經把毒氣室塞得滿滿的，便不肯跨進敞著的門。

達維德看到門是怎樣關上的：那鋼門就好像被磁石吸引著，又從容又平穩地漸漸接近了鋼門框，門與門框合在一起，成為一體。

達維德發現，在牆的上部，在一個方形的金屬網罩裡，有一個活物動了起來，他以為那是一隻灰老鼠，不過他馬上明白了，那是風扇轉了起來。感覺到有一種淡淡的、甜絲絲的氣味。

腳步聲停止了，偶爾可以聽到含糊不清的話、呻吟聲、叫聲。說話已經於人無益了，行動已經沒有意義了，行動是為了未來，而毒氣室裡沒有未來。達維德的頭和脖子不停扭動著，索菲亞卻沒有朝那活物的方向看看的念頭。

她那雙眼睛看過荷馬史詩，看過《消息報》、邁因·里德的作品、黑格爾的《邏輯學》，看過許多很好的人和很壞的人，看過庫爾斯克青草地上的鵝，在普爾科沃天文臺看過星星，看過外科器械的亮光，在羅浮宮看過《蒙娜麗莎》，看過市場上的番茄和蕪菁，看過伊塞克湖的碧波，現在這眼睛沒有用場了。這會兒要是有人把她的眼睛弄瞎，她也不會覺得是損失。

她呼吸著，但呼吸已成為一項沉重的工作，她使出所有的勁兒來進行呼吸工作。她想在震耳欲聾的鐘聲中聚精會神地最後想一想。但是什麼也想不成。索菲亞一聲不響地站著，也沒有閉上什麼也看不見的眼睛。

小孩子的動作常常使她心中充滿憐惜之情。她對這孩子的感情極其單純，不用說話，也不需要用眼睛看。這個垂死的孩子在呼吸著，但是他吸進的空氣不是延長他的生命，而是毀滅他的生命。他的頭轉來轉去，他還想看看。他看到倒在地上的人，他看到張開的沒有牙的嘴，看到張開的露出白牙和金牙的嘴，看到從鼻孔裡流出來的一道道鮮血。他看到隔著玻璃朝毒氣室裡看著的好奇眼睛。羅捷那觀望的眼睛有一小會兒和達維德的眼睛碰到一起。他還要說話，他還想問問索菲亞阿姨，那雙眼睛為什麼像狼的眼睛。他還要想一想。他在這世界上只走了幾步，他見過孩子的光腳丫在熱乎乎的土地上走出的腳印兒，他的媽媽還住在莫斯科，月亮朝下看著，眼睛可以從下面看到月亮，煤氣爐上燒著開水，白頭母雞跑來跑去，他抓住蛤蟆的後腿，叫蛤蟆跳舞，還有早晨的牛奶——他依然想著這一切。

一雙有勁的、火熱的手臂一直摟抱著達維德。這孩子還不明白，他的眼睛黑了，心裡咚咚響了一陣，就不響了，腦子裡枯寂了，模糊了。他被殺死了，他不再存在了。

索菲亞・奧西波芙娜・列文頓感覺到，孩子的身體在她懷裡軟癱了。她又失去了他。在地下坑道進行毒氣試驗的時候，用作毒氣試劑的小鳥和老鼠一下子就會死去，因為小鳥和老鼠的身體很小。這孩子的身體小得像鳥兒一樣，比她先走了一步。

「我做媽媽了。」她想道。

這是她最後一個念頭。

可是她的心還活著：心在緊縮，疼痛，在憐惜你們，活著的和死去的人們。索菲亞感到一陣噁心，就把達維德——已經成了屍體的孩子緊緊摟在懷裡，她也成了死人，成了屍體。

五十

人死了，就是從自由的世界進入奴隸的王國。生命也就是自由，所以死的過程就是漸漸失去自由的過程；起初是知覺漸漸微弱，然後是漸漸消失；在失去知覺的肌體裡，生命進程在一定時間內依然延續著，血液還在循環，還在呼吸，新陳代謝還在進行著。但這種向奴隸王國的敗退是不可扭轉的，因為知覺已經消失，自由的火已經熄滅。

夜空的星星暗淡了，銀河不見了，太陽熄滅了，金星、火星、木星熄滅了，海洋寂然不動了，千千萬萬樹枝寂然不動，風也寂然不動了，花兒不鮮豔也不芳香，糧食消失了，水也消失，空氣的涼爽與悶熱都消失了。人心中的宇宙不再存在了。這個宇宙和不依靠人而存在的唯一宇宙驚人地相似。這個宇宙和依然存在於千千萬萬活人頭腦中的宇宙驚人地相似。但是這個宇宙的特別驚人之處，是它有一種東西，這種東西使這個宇宙的海洋的濤聲、鮮花的香味、樹葉的沙沙聲、花崗石的色彩、秋日田野的淒涼與存在於或者曾經存在於別人頭腦裡的宇宙的一切，與不依靠人而永久存在的那個宇宙的一切都不相同。一個生命的靈魂保持其獨特性，便是自由。宇宙在人的意識中的反映是人的力量的基礎，但是，只有當一個人作為一個在時間長河中永遠無人可以摹仿的世界而存在時，人生才是幸福，才是自由，才是最高的目的。只有這樣，一個人才能感到自由和善良的幸福，才能在別人身上找到在自己身上找到的東西。

五十一

和莫斯托夫斯科伊、索菲亞·奧西波芙娜·列文頓一起被俘的司機謝苗諾夫，在靠近前線地區的集中營裡忍饑挨餓過了十個星期之後，同一大批被俘的紅軍在一起，被押往西部邊境。

在靠近前線的集中營裡，他從來沒有挨過拳頭和槍托子，也沒有挨過踢。

集中營裡用饑餓來懲罰。

水在小河裡緩緩流動，嘩嘩響著，歎息著，拍打著岸邊，可是，瞧，水轟轟響起來，狂號起來，翻滾著巨石，沖走大樹，就像沖著麥稭一樣，當你看到被擠壓在狹窄河道裡的河水震撼著山崖，當你覺得這好像不是水，而是許許多多沉重的透明鉛塊活了，站立起來，發起瘋來的時候，會心驚膽戰。

饑餓像水一樣，永遠自然地和生命聯繫著。所以饑餓有時會一下子成為消滅肉體、摧殘扭曲靈魂、毀滅千千萬萬活物的力量。

飼料缺乏、冰封大地、草原和森林乾旱、水災和瘟疫可以使羊群和馬群死亡，可以使狼、狐狸、唱歌的鳥兒、野蜂、駱駝、鱸魚和毒蛇死去。人在自然災害時候所受的苦難也和動物差不多。

國家能夠按照自己的意願用堤壩人為地、強制性地約束生活，擠壓生活，這時候，可怕的饑餓力量就像狹窄的河道裡的河水一樣，可以震動、扭曲、摧殘和消滅人、部落、民族。

饑餓可以漸漸榨乾人體細胞中的蛋白質和脂肪，饑餓可以使骨頭變軟，使孩子們的小腿佝僂和彎曲，可以使人貧血，頭暈，使肌肉乾癟，破壞神經組織。饑餓可以重重地壓在心上，把歡樂與信心趕走，可以消滅思考的能力，可以使人馴順、低三下四、殘忍、絕望和麻木不仁。

人性有時會完全滅絕，這饑餓的生物就會殺人，會吃死屍，會吃人。

國家能夠築起堤壩，把小麥、黑麥和種小麥、黑麥的人隔開，從而引起可怕的大批死亡，這種死亡類似德軍圍困期間列寧格勒幾十萬人的死亡，類似希特勒集中營裡幾百萬戰俘的死亡。

吃的呀！吃的東西！糧食！調味的佐料！大吃特吃！少吃點也行！有稀湯，有飯菜！油膩的，滋補的，大魚大肉！營養搭配的伙食！窮家小戶的家常菜！豐盛豪華的宴席，精緻的佳餚！簡單的，鄉村的風味！美味的食物。充饑的食物。吃！吃！……

馬鈴薯皮、狗肉、蛤蟆、蝸牛、爛菜葉、發黴的甜菜、死馬肉、貓肉、烏鴉和寒鴉的肉、腐爛的糧食、皮腰帶、皮靴筒、糨糊、從軍官食堂裡流出來的油糊糊的泔水泡透的泥土——這都是吃的東西。這都是從堤壩裡滲透出來的東西。

很多人在想方設法得到這些東西，分享這些東西，交換這些東西，互相偷竊這些東西。

在路上走到第十一天，當火車停在米海洛夫村車站的時候，押解隊把昏迷過去的謝苗諾夫從車廂裡拖出去，交給車站當局。上了年紀的德國警備隊長對著這個靠在消防柵牆上的半死不活的紅軍戰士看了一會兒。

「讓他爬到村子裡去吧。要是把他關起來，隔天就會死。槍斃也不值得。」警備隊長對翻譯官說。

謝苗諾夫爬到了車站附近的一個村子裡。第一戶人家不讓他進去。

「什麼也沒有，你走吧。」門裡有一個老婦人的聲音對他說。

他來到第二家門口，敲門敲了很久，沒有人應聲，也許這一家已經沒有人，也許從裡面門住了。第三家的門半掩著，他走進過道，沒有人喊住他。他走進屋子裡，一股暖氣朝他撲來。他的頭發起暈來，躺到門口一條大板凳上。謝苗諾夫重重地、急促地呼吸著，一面打量著白色的牆壁、聖像、桌子、爐子。他在集中營裡過了這麼久之後，一見到這一切，十分激動。

窗外閃過一個人影，一個婦女走進屋子，一看到謝苗諾夫，叫了起來：

「您是什麼人？」

他什麼也沒說。他是什麼人，那是很清楚的。

這天，不是強大國家無情的力量，而是個人，是赫里斯佳·丘尼婭克老大娘左右著他的生存和命運。

太陽從灰色雲塊的縫兒裡凝望著戰火紛飛的大地。在戰壕、掩體、集中營的鐵絲網、講壇和特別科之上刮過的風，也來到小屋的窗前低聲呼叫。

老大娘給謝苗諾夫端來一茶缸牛奶，他很費勁地、狼吞虎嚥地喝了起來。他喝完牛奶，就嘔吐起來。吐得肚子要翻出來，眼睛裡流著淚水，好像快要死一樣，哧哧地直往裡吸氣，吐過了又吐。

他拚命壓制嘔吐，腦子裡只有一個念頭：他渾身又髒又臭，老大娘會把他趕出去的。他用發紅的眼睛看著老大娘拿來拖把，拖起地板。

他想對她說，他自己打掃，自己來擦洗，只要她不攆他走。但他只是嘟囔了兩句，用哆哆嗦嗦的手指頭比畫了幾下。時間一點一點地過去。老大娘一會兒走進來，一會兒又走出去。她沒有攆謝苗諾夫走。也許，她找過鄰居，請鄰居去叫巡邏隊或者警察？

老大娘把一鐵鍋水放到爐膛裡。水燒熱了，冒起熱氣。老大娘的臉露出憂愁的、不和善的神氣。

謝苗諾夫心想：「她要把我攆走了，等我走了，她可以進行消毒。」

她從箱子裡拿出褂子和褲子。她幫助謝苗諾夫把衣服脫了，把他的衣服包起來。他聞到了自己骯髒身體的氣味，聞到了浸過尿、血和屎的襯褲的氣味。

她扶著他坐到一個木盆裡。她粗糙有力的手輕輕擦洗著他被蝨子咬遍了的身體。熱乎乎的肥皂水在他的胸前背後流著。他忽然哽咽起來，渾身哆嗦起來，一面吞著鼻涕，尖聲叫起來：「媽媽……好媽媽……好媽媽……」

她用灰色的粗麻布手巾揩乾他流淚的眼睛、頭髮、肩膀。她攙扶著他坐到板凳上，彎下身子，揩乾了他那像麻稈一樣細的腿，給他穿上褂子和內褲，扣上用布結成的扣子。

她把盆裡的水倒進桶裡，把又黑又臭的髒水提出去。

她把一張羊皮筒子鋪到炕上，上面蒙上帶條紋的麻布，又從床上拿來一個大枕頭，放好。然後她像攙一隻小雞一樣，輕輕地把謝苗諾夫攙起來，幫助他爬到炕上去。

謝苗諾夫迷迷糊糊地躺著。他的身體感觸到難以想像的變化：殘酷的世界一心想消滅這受盡折騰的牲畜的企圖，再也不能實現了。

但是不論在集中營裡，還是在火車上，他都沒有像現在這樣感到難受。兩腿麻木，手指痠痛，骨頭疼得厲害，噁心，頭腦裡亂糟糟的，有時忽然輕飄飄、空蕩蕩的，發起暈來，眼睛刺疼，不住地打嗝兒，眼皮發癢。有時心裡發悶，發慌，胸口說不出的難受，好像就要死了。

過了四天。謝苗諾夫下了炕，開始在屋裡走動。他感到驚奇的是，好像世界上有許多吃的東西。在集中營裡卻只有爛甜菜吃。似乎世界上只有稀稀的糊，只有集中營裡的發臭的稀湯。可是現在他看到了小米、馬鈴薯、白菜、豬油，他聽到了公雞的叫聲。

他像個小孩子一樣，覺得世界上好像有兩個魔術師，一個善良的魔術師，一個凶惡的魔術師，他很怕凶惡的魔術師又把善良的魔術師打敗，那樣溫暖、有飯吃、善良的世界就要消失，他又要用牙齒啃自己的皮腰帶。

他擺弄起一盤手推的磨，因為這手磨的效率實在太低。磨幾把灰灰的粗麵，就要弄得滿頭大汗。謝苗諾夫用銼刀和砂紙把傳動桿打磨光了，又把連接傳動桿與磨盤的栓緊了緊。他這個有文化的莫斯科機械師認為該做的，都做了，對鄉下木匠做的粗糙的活兒進行了加工，但是在這之後，手磨更不靈活了。

謝苗諾夫躺在炕上，思考著怎樣才能更好地磨麵粉。早晨他又把手磨拆開，使用了輪子和舊掛鐘的部分零件。

「赫里斯佳大娘，您來看看！」他帶著自誇的口氣說，並且指了指他安裝的雙齒輪傳動裝置。

他們彼此幾乎不說什麼話。她沒有說過她那死於一九三〇年的丈夫，沒有說過失去音信的兒子，也沒有說過嫁到普里盧基、忘記了媽媽的女兒。她也沒有問他，是怎樣被俘的，是什麼地方人，是鄉下人還是城裡人。

他怕到外面去。每次在上院子裡去之前，先要朝窗外觀察半天，而且總是急急忙忙回到屋裡。如果關門的響聲大了，或者茶缸掉在地上，他就害怕，好像好日子完了，赫里斯佳老大娘再也無能為力了。

有時鄰居上赫里斯佳大娘家來，謝苗諾夫就爬到炕上躺著，盡可能不大聲喘氣，不打噴嚏。不過，鄰居不是經常來。

村子裡沒有駐紮德國兵。他們駐紮在車站附近的鐵路工人村裡。

他想到周圍在進行戰爭，而自己在這兒過溫暖與安寧的日子，並不覺得有愧，他很怕再一次落入集中營和饑餓的世界。

他早晨醒來，很怕馬上睜開眼睛，唯恐過了一夜魔法消失了，他又要看到集中營的鐵絲網和警備隊，又要聽到空飯盒的響聲了。

他閉著眼睛躺著，聽聽赫里斯佳老大娘是不是消失了。

他很少去想不久前的日子，不去回想政委克雷莫夫、史達林格勒、德國集中營、押送俘虜的火車。

但是每天夜裡他都在夢裡哭叫。

有一天夜裡他從炕上爬下來，在地上爬了一會兒，躲到板床底下，在板床底下睡到天亮。早晨起來，他想不起他夢見了什麼樣可怕的事。

有幾次他看到載重汽車載著馬鈴薯和糧食從村裡道路上經過，有一天他還看到一部小轎車。馬達很好，車輪在泥水裡也不打滑。有時他想像著德國巡邏隊在過道裡嘰哩哇啦說起話來，馬上就會衝進屋裡來，他的心就會打顫。

他向赫里斯佳老大娘問過德國人。

她回答說：「有些德國人不壞。在我們這兒打仗的時候，我這屋子裡住過兩個德國人，一個是大學生，一個是畫家。他們常常和孩子們一塊兒玩。後來住過一個汽車司機，他還帶著一隻小貓。他開車回來，小貓就跟他玩兒。小貓好像是從邊境上跟他來的。他吃飯時也要把小貓抱在懷裡。他對我也很好，給我拉來不少木柴，有一次還給我丟下一口袋麵粉。可是有些德國人很壞，殺小孩子，殺老頭子，不拿我們當人，隨便朝人家裡跑，在女人面前光著身子。我們鄉下的警察也有這樣的，對人很凶。」

「咱們可是沒有像德國人那樣的野獸。」謝苗諾夫說。接著又問道：「赫里斯佳大娘，我住在您家裡，您不害怕嗎？」

她搖了搖頭，說村子裡有很多放回來的俘虜，當然，那都是回自己村子的烏克蘭人。不過她可以說，謝苗諾夫是她的外甥，是嫁到了俄羅斯的姐姐的兒子。

謝苗諾夫已經認識了一些鄰居和街坊，認識了第一天沒有讓他進門的那個老婦人。他知道，晚上姑娘們常常去車站看電影，每到禮拜六，車站上有樂隊演奏，有舞會。他很想知道，德國人在電影院裡放什麼樣的電影。但是上赫里斯佳大娘家裡來的只有老年人，他們不看電影。沒有人可以問。

鄰居一位大娘拿來女兒的來信，女兒是參加招工上德國去的。信裡有好幾處地方謝苗諾夫不懂，於是別人解釋給他聽。那姑娘在信中寫著：「萬尼亞和格里沙飛來了，窗上安上了玻璃……」這就是說，萬尼亞和格里沙是在空軍服役，蘇聯空軍轟炸了德國的城市。

那姑娘在另外一處寫著：「雨下得很厲害，就像巴哈馬奇那樣。」這也是指飛機轟炸，因為在戰爭初期，巴哈馬奇車站常常受到很強烈的轟炸。

這天晚上，有個高高的瘦老頭子來到赫里斯佳大娘家。他把謝苗諾夫打量了一遍，便用地道的俄語說：「好漢，你從哪兒來？」

「我是俘虜。」謝苗諾夫回答說。

老頭子說：「我們都是俘虜。」

他在沙皇時代當過炮兵，炮兵的一些號令他還記得很清楚，並且當著謝苗諾夫的面表演起來。他發號令用俄語，用嗄啞的聲音，可是報告結果聲音卻很響亮，像個年輕人一樣，並且還帶有烏克蘭口音，看樣子，他是在模仿幾十年前長官的聲音和他自己的聲音。

後來他罵起德國佬。

他對謝苗諾夫說，起初人們指望德國人解散集體農莊，可是結果德國人想到，集體農莊對他們也是好事情，於是他們也搞起五戶小組、十戶小組，和原來的生產小組、生產小隊一樣。赫里斯佳大娘用長長的、傷心的語調說：「唉，集體農莊呀，集體農莊！」

謝苗諾夫說：「集體農莊有什麼！誰都知道，咱們到處都有集體農莊。」

赫里斯佳大娘說：「你住嘴。你可知道，外地人怎樣成群成群上我們這兒來的嗎？一九三〇年，整個烏克蘭都在瞎折騰。天天吃蕁麻，吃黃土……把糧食全部弄走，一粒不剩。我男人餓死了，我又是受的什麼樣的罪呀！我渾身浮腫，話也不能說，路也走不動。」

謝苗諾夫聽赫里斯佳大娘說她也和他一樣挨過餓，十分吃驚。他總覺得，饑餓和瘟疫和這個善良人家的大娘是無緣的。

「也許，你們家是富農吧？」他問道。

「哪兒是什麼富農呀！所有的人都遭殃呀，比戰爭時期還糟。」

「你是鄉下人嗎？」老頭子問。

「不是，」謝苗諾夫回答說，「我是在莫斯科出生和長大的，我父親也是在莫斯科出生和長大的。」

「是啊，」老頭子帶著自誇的口氣說，「如果你那時候也參加了集體化，也會完蛋，城裡人嘛，說完蛋就完蛋。為什麼我活下來啦？我懂得野生草木。你以為我說的是橡子、椴樹葉、蕁麻、濱藜吧？這些東西大家一下子就吃光了。可是我知道五十六種能吃的野草。所以我活下來了。春天剛剛來到，還看不到一片葉子，我就在地裡挖草根吃。夥計，我什麼都認識，每一樣根、皮、花兒我都認識，每一棵草我都認識。牛、羊、馬全死了，可是我沒有死，我比牛、羊、馬更會吃草。」

「你是莫斯科人嗎？」赫里斯佳大娘慢慢地重問了一遍。「我還不知道你是莫斯科人呢。」

老頭子走了，謝苗諾夫躺下睡了，可是赫里斯佳大娘用手托著腮坐著，望著黑黑的夜空。那一年是豐收年景。小麥長得密密麻麻，齊齊整整，和她的瓦西里的肩膀一樣高，把赫里斯佳連頭都遮住。村裡到處可以聽到微弱而緩慢的呻吟聲，骨瘦如柴的孩子在地上爬著，有氣無力地哭著；餓得連喘氣也沒有勁兒的男子漢拖著水腫的腿在外面晃悠著。婦女們到處找東西吃，什麼都吃：蕁麻，橡子，椴樹葉，掉在外面的馬蹄，骨頭，牛角，羊角，未加工的羊皮……然而從城裡來的小夥子們還在一家一家地轉悠著，不管死人，也不管半死不活的人，打開地窖，在棚子裡挖坑，拿鐵鎬插進地裡，尋找和收繳富農藏的糧食。

在一個悶熱的夏日裡，她的瓦西里死了，停止了呼吸。這時候從城裡來的小夥子們又來到屋裡，其中有一個藍眼睛的人，說話帶俄羅斯口音，就和謝苗諾夫一樣，走到死者跟前，說：

「富農頑抗到底，毫不憐惜自己的命。」

赫里斯佳歎了一口氣，畫了一個十字，便去鋪床。

五十二

維克多·史托隆原以為，他的研究只能得到狹小的理論物理學界的重視。但事實不是這樣。近來給他打電話的不只是一些熟識的物理學家，還有一些數學家和化學家。有些人請他解釋問題，因為他的數學推論太複雜了。

有的學生會代表到研究所來找他，請他給物理系和數學系高年級學生做報告。他在科學院做過兩次報告。瑪律科夫和薩沃斯季揚諾夫告訴他，在很多研究所的實驗室裡都在對他的研究進行爭論。

柳德米拉在限額供應商店裡聽到一位科學家的夫人問另一位夫人：「您站在誰後面？」那位夫人回答說：「這不是，我站在史托隆夫人後面。」原來發問的那位夫人說：「這就是史托隆夫人嗎？」

維克多並沒有表露出他因為自己的論文引起這樣不同尋常的廣泛關注而感到高興。但是他對榮譽不是無動於衷的。在研究所的學術委員會會議上，他的論文被推選為史達林獎金備選項目。維克多沒有出席這次會議，但是這天晚上他一直注視著電話機，等著索洛科夫給他打電話。可會後第一個給他打電話的是薩沃斯季揚諾夫。

往常愛嘲笑人甚至愛說下流話的薩沃斯季揚諾夫，現在說話的口氣不一樣了。

「這是勝利，了不起的勝利！」他一再地說。

他說了說普拉索洛夫院士的發言。這位老院士說，自從他研究輻射壓力的老朋友列別傑夫去世以後，在物理研究所裡還沒有出現過這樣有分量的論文。斯維琴教授談到維克多的數學方法，說這種方法本身就有創新成分。他說，只有蘇聯人才能在戰爭環境中這樣忘我地為人民的事業貢獻自己的力量。還有很多人發言，瑪律科夫也發了言，但是最響亮、最帶勁兒的話是古列維奇說的。

「他好樣的，」薩沃斯季揚諾夫說，「他說的話最實在，說話不帶框框兒。他說您的著作是經典性的，說應該把您的著作和原子物理奠基人的著作，如普朗克、玻爾、費馬的著作，排在同樣的位置。」

「真帶勁兒。」維克多在心裡說。

薩沃斯季揚諾夫打過電話不久，索科洛夫又打來電話。

「今天我不上你們家去了，抽出二十分鐘和您在電話裡談一談吧，我實在太忙了。」他說。

索科洛夫也十分激動，十分高興。

維克多說：「我忘記了問薩沃斯季揚諾夫表決的情形。」

索科洛夫說，表示反對的只有從事物理理論研究的加甫羅諾夫教授。他認為，維克多的著作建立在很不科學的基礎上，來源於西方物理學家的觀點，實際上是不頂用的。

「加甫羅諾夫反對，這倒是好事。」維克多說。

「是啊，也許是好事。」索科洛夫也說。

加甫羅諾夫是個怪人，大家戲稱他「斯拉夫兄弟派」。他帶著一股狂熱而頑強的勁頭千方百計地要證明，物理學的一切成就都和俄國科學家的著作有關，他把很少有人知道的一些名字，如別特羅夫、烏莫夫、亞可甫列夫，看得比法拉第、麥克斯韋、愛因斯坦還要高。

索科洛夫用開玩笑的口吻說：「維克多．帕夫洛維奇，您瞧，整個莫斯科都承認您的著作的重大意義了。不久就要為您舉行慶祝宴會了。」

瑪利亞接過話筒說：「恭喜您，請代我向柳德米拉表示祝賀。我為您、為她感到非常高興。」

維克多說：「這都算不了什麼。」

可是這種「算不了什麼」使他非常高興，非常激動。

夜裡，柳德米拉已經在鋪床準備睡覺了，瑪律科夫打來電話。他是一個熟悉官場情形的人。他用和薩沃斯季揚諾夫、索科洛夫不同的語氣說了說學術委員會會議的情形。古列維奇發言以後，科甫琴科在一片笑聲中說：「連數學研究所裡都敲起鐘來，圍繞著維克多．帕夫洛維奇的論文鬧騰起來。雖然沒有什麼宗教遊行，可是已經有人舉起神幡。」

多疑的瑪律科夫感覺到科甫琴科的笑話是帶有惡意的。他觀察到的另外一些情形都和希沙科夫有關係。希沙科夫沒有說出自己對維克多的論文的看法。他聽著別人發言，只是不時地點點頭，也許是表示贊成，也許那意思是：「等著瞧吧。」

希沙科夫極力推薦年輕教授莫洛堪諾夫的著作為史達林獎金備選項目。他的著作是論述鋼的倫琴射線分析，實用範圍很小，只對於生產優質鋼的某些工廠有意義。

瑪律科夫又說，散會之後，希沙科夫就走到加甫羅諾夫跟前，和他談起來。

維克多說：「瑪律科夫同志，您最好到外交部門去工作。」

不善於開玩笑的瑪律科夫回答說：「不，我還是做我的物理試驗吧。」

維克多走到柳德米拉的房間裡說：「推薦我領取史達林獎金啦。他們說了不少使我高興的事情。」

他又對她說了說參加會議的人發言的情形：「所有這些官方的贊許，都是狗屁不值。不過你要知道，我討厭透了那種長期形成的莫名其妙的局面。上大廳裡去開會，第一排座位常常空著，但是我不敢去坐，總是坐到最後一排，可是希沙科夫、波斯托耶夫卻總是毫不猶豫地坐到主席團位子上去。我瞧不起主席團的交椅，但是在心裡卻又希望自己至少有資格坐這樣的交椅。」

「要是托里亞知道了，才高興呢。」柳德米拉說。

「這事兒我也不能寫信向媽媽報告了。」

柳德米拉說：「維克多，已經十二點了，娜佳還沒有回來。昨天她十一點就回來了。」

「會有什麼事呢？」

「她說她是上好朋友瑪伊卡家裡去，可是我很不放心。她說，瑪伊卡父親的汽車有夜晚通行證，他可以把她送到咱們的街口。」

「那還有什麼不放心的？」維克多說過這句，心裡想道：「真是的，正談著巨大的成就，談著國家的史達林獎金，幹嘛要拿家庭瑣事把這樣的談話打斷？」

他沒有說出口來，只是輕輕歎了一口氣。

在學術會議之後的第三天，他往希沙科夫家裡打了一次電話，他想請他為年輕物理學家蘭傑斯曼安排工作，科學院管委會和人事處一直拖著不肯辦手續。同時他想請希沙科夫設法快一點兒把安娜·

納烏莫芙娜從喀山調回來。現在，在研究所安裝新設備的時候，把有技術特長的工作人員留在喀山，是沒有意義的。

他早就想和希沙科夫談談這些事了，但是他覺得希沙科夫也許會不大客氣地說：「您去找副所長談吧。」所以維克多一直拖著沒有談。

現在，成功的浪波激起了他的勁頭。十天之前他還覺得去見希沙科夫是很不合適的，可是今天他覺得往希沙科夫家裡打電話是很平常自然的了。

一個女人的聲音問道：「您是誰？」

維克多報了姓名。他報得那樣從容，那樣鎮靜，他聽著自己的聲音感到十分愉快。

接電話的女子遲疑了一下，然後很親切地說：「請等一會兒。」

可是過了一會兒她又很親切地說：「對不起，請您明天上午十點鐘往研究所打電話。」

「對不起，打攪了。」維克多說。

他渾身感到熱辣辣的，很不舒服。

他悶悶不樂地揣度著，恐怕晚上在夢裡也擺脫不了這種不舒服的感覺，等早晨醒來，會在心裡想：「為什麼這樣噁心？」然後會想起來：「哦，都是因為這次愚蠢的電話。」

他來到柳德米拉房間裡，說了說給希沙科夫打電話沒有打成。

「是啊，是啊，王牌打得不是地方，就像你媽常說我的。」

他又罵起接電話的那個女人：「他媽的，那母狗，我真受不了官腔官調的那一套：先問我是什麼人，然後回答說，老爺沒有工夫接電話。」

柳德米拉在類似的情況下一般都要生氣的，他很想聽聽她的說法。

「你該記得，」他說，「我曾經說過，希沙科夫態度冷淡是因為他不能靠我的論文撈到什麼資本。可是現在他覺得可以撈到資本了，不過撈到的是另一種資本：可以貶低我。因為他知道，上面有人不喜歡我。」

「哎呀，你擔心的事太多了，」柳德米拉說，「現在什麼時間啦？」

「九點一刻。」

「瞧，娜佳還不回來呢。」

「哎呀，」維克多說，「你擔心的事太多了。」

「順便說說，」柳德米拉說，「今天我在商店裡聽說：斯維琴也被推薦為獎金備選人了。」

「你看，有這種事，他沒有告訴我呀。他憑什麼被推薦？」

「好像因為散射理論。」

「真是莫名其妙。他的論文是在戰前發表的呀。」

「那有什麼關係。過去發表的東西也可以得獎。他會得獎的，你得不到。你就等著瞧吧。這都怪你自己。」

「柳德米拉，你太糊塗了。上面有人不喜歡我呀！」

「你需要的是我母親。她處處都附和你。」

「我真不明白你為什麼有這樣的火氣。如果當初你對我媽所表現的親熱，能有我對你媽所表現的十分之一就好了。」

「可是你媽從來就沒有喜歡過托里亞。」柳德米拉說。

「不是這樣，不是這樣的。」維克多說。

他覺得妻子也成了外人，她是那樣頑固和不講理，讓人感到可怕。

五十三

第二天早晨，維克多從索科洛夫口裡聽到一樁新聞。頭天晚上，希沙科夫把研究所裡一些人請到家裡去了。索科洛夫去了，緊接著科甫琴科也坐著小汽車到了。在被邀請的人當中還有黨中央科學處年輕的處長巴季因。

維克多覺得很不自在：顯然，他給希沙科夫打電話，正是高朋滿座的時候。

他冷冷笑著對索科洛夫說：「在被邀請的賓客中還有聖日耳曼伯爵[23]呢，先生們究竟談了些什麼？」

他忽然想起來，在給希沙科夫打電話的時候，還用那樣從容的語調報自己的姓名，相信希沙科夫一聽到「史托隆」，馬上就會高高興興地跑了來呢。他想起這一點，甚至懊惱得叫了起來，心裡想，狗要抖掉咬得它受不了的跳蚤卻抖不掉，就是這樣叫的。

「順便說說，」索科洛夫說，「這次招待得很好，完全不像在戰爭時期。咖啡，真正的古爾賈尼葡萄酒。人也不多，只有十來個人。」

23 法國波旁王朝時代著名的煉金術師，據說掌握了不老不死的秘密。

「很奇怪。」維克多說。

索科洛夫馬上明白了這意味深長的「很奇怪」指的是什麼，他也意味深長地說：

「是啊，不完全清楚。更確切地說，完全不清楚。」

「古列維奇去了嗎？」維克多問道。

「古列維奇沒去，好像給他打過電話，他在指導研究生試驗。」

「哦，哦，哦。」維克多說著，用手指頭敲起桌子。過了一會兒，出乎自己的意料，他忽然向索科洛夫問道：「索科洛夫同志，大家沒有說起我的論文嗎？」

索科洛夫躊躇了一下，說：「維克多．帕夫洛維奇，我有這樣一種感覺，很多人稱讚您，崇拜您，是在幫您的倒忙，因為這樣領導很生氣。」

「您怎麼不明說呢？嗯？」

索科洛夫告訴他，加甫羅諾夫說起維克多的論文，說論文中的觀點與列寧主義的物質觀相矛盾。

「噢？」維克多說。「那又怎麼樣呢？」

「是啊，您要知道，加甫羅諾夫是胡說八道，不過總是很不愉快的事。巴季因就支持他的說法。似乎是這樣，您的論文儘管有不少獨到的見解，但是和那次有名的會議上所定的方針是抵觸的。」

他回頭朝門口看了看，又朝電話機看了看，然後小聲說：「您要知道，我覺得，因為要開展維護科研的黨性運動，咱們研究所的領導可能有意選定您做替罪羊。您該知道咱們的運動是怎樣進行的。選定一個犧牲品，拚命來折騰。這真是可怕呀。您的論文可是真了不起，真難得呀！」

「怎麼，就沒有人表示不同意見嗎？」

「好像沒有。」

「您呢？」

「我認為爭論是沒有意義的。反正無法推翻他們的定論。」

維克多感覺出朋友的尷尬，也不好意思了，就說：「噢，噢，當然，當然，您說得很對。」

他們都沉默著，但這種沉默並不令人感到輕鬆。維克多感到毛骨悚然的恐懼，觸發了平時隱藏在心中的恐怖感。他害怕國家發怒，怕自己成為國家發怒的犧牲品，國家發起怒來，可以使人化為齏粉。

「是啊，是啊，是啊，」他意味深長地說，「不圖發胖，只求活命就行啦。」

「我多麼希望您能明白這一切呀。」索科洛夫小聲說。

「索科洛夫同志，」維克多也用小聲問道，「馬季亞羅夫在那兒怎麼樣，平安無事嗎？他有信給您嗎？我有時十分擔心，自己也不知道因為什麼。」

他們突然用低聲耳語交談，好像是在特意表示：人與人之間還有自己的、特別的、人性的、國家以外的關係。

索科洛夫沉著地、一個字一個字地回答說：「沒有，我沒有收到喀山方面任何信件。」

他平靜而響亮的聲音好像在說：這些特別的、人性的、國家以外的關係現在對他們毫無意義了。

瑪律科夫和薩沃斯季揚諾夫走進辦公室，談起完全不同的話題。瑪律科夫舉了一些例子，說明一些妻子攪得丈夫過不好日子。

「有什麼樣的丈夫，必然有什麼樣的妻子。」索科洛夫說過這話，看了看錶，便走出辦公室。

薩沃斯季揚諾夫對著他的背影笑著說：「如果在電車上只有一個位子，必然是他坐上去，他的瑪利亞站著。如果夜裡有人來電話，他再也不會從床上起來，而是瑪利亞穿了睡衣跑去問：『您是哪位？』顯然，這樣的妻子是一個人的好夥伴。」

「我不在幸福者之列，」瑪律科夫說，「我常常聽到命令：『你怎麼，聾了嗎，開門去！』」

維克多忽然生起氣來，說：「哼，您怎麼啦，咱們怎麼能比得上……索科洛夫是模範丈夫！」

「瑪律科夫同志，您怕什麼，」薩沃斯季揚諾夫說，「您現在日夜在實驗室裡，老婆管不到了。」

「您以為，她會因為我天天不在家而不罵我嗎？」瑪律科夫問道。

「當然啦，」薩沃斯季揚諾夫說著，舔了舔嘴唇，已經感覺出自己要說的俏皮話的滋味了，「你應該待在家裡！正如俗話說的，我的家就是我的監獄嘛。」

瑪律科夫和維克多都笑起來。瑪律科夫顯然擔心這愉快的談話會拖延下去，便站起來，自言自語地說：「該幹事情了。」

等他走出門去，維克多說：「這樣古板的一個人，動作一向慢條斯理的，現在卻像喝醉酒一樣。的確是日日夜夜泡在實驗室裡。」

「是啊，是啊，」薩沃斯季揚諾夫也承認說，「他就像一隻築巢的鳥兒，一頭埋進工作裡啦！」

維克多笑了笑，說：「他現在連上流社會的新聞也不關心了，不再傳播這種新聞了。是啊，是啊，我很喜歡築巢的鳥兒。」

薩沃斯季揚諾夫猛地轉過臉來，朝著維克多，那張淡黃色眉毛的年輕臉龐十分嚴肅。

「正好，要談談上流社會的新聞，」他說，「維克多·帕夫洛維奇，應該說，昨天在希沙科夫家舉行酒會，沒有請您去，這是令人氣憤的事，毫無道理的事……」

維克多皺了皺眉頭，他覺得這種同情的話有傷他的尊嚴。

「您算了吧，別說了！」他不客氣地打斷了他的話。

「維克多．帕夫洛維奇，」薩沃斯季揚諾夫說，「當然，希沙科夫沒有請您，算不了什麼。不過，加甫羅諾夫說的話多麼可惡，索科洛夫沒有對您說過嗎？只有絲毫不顧羞恥，才會說您的論文中有猶太教精神，才會說古列維奇稱讚您的論文是經典性的，只因為您是猶太人。尤其是在領導者不出聲的冷笑中說這些卑鄙的話。好一個『斯拉夫兄弟』！」

在午休的時候，維克多沒有上食堂去，他在自己的辦公室裡來來回回地踱著。他何曾想到，人世間有這樣多卑鄙齷齪的東西！薩沃斯季揚諾夫倒是有頭腦！可原來還以為他只會說說俏皮話，天天帶著姑娘的泳裝照片，是個頭腦簡單的小夥子呢。是啊，總的說，這一切都是小事。加甫羅諾夫的胡說八道根本算不了什麼，他是一個精神變態的人，是一個愛嫉妒的小人。沒有人反駁他，是因為他說的話太荒唐，太可笑。

可是這些小事、微不足道的事還是使他很不安、很難受。希沙科夫怎麼能不請他呢？的確很不禮貌，很沒有道理。特別有傷自尊心的是，平庸無才的希沙科夫和他的賓客們絲毫不把他放在眼裡。他非常痛苦，就好像出了不幸的事，這一生都無法挽回了。他知道這是胡思亂想，可就是拿自己沒有辦法。哼，哼，還想比索科洛夫多分一、兩個雞蛋呢。休想！

但是有一件事實實在在地使他傷心。他真想對索科洛夫說：「我的朋友，您怎麼不羞愧？加甫羅諾夫那樣誣衊我，您怎麼瞞著我？您在那兒不說話，也不對我說。您真不應該，真不應該啊！」

可是，儘管還在生氣，他馬上自己對自己說：「不過，你也沒說話嘛。你也沒有對朋友索科洛夫說，卡里莫夫懷疑他的親戚馬季亞羅夫嘛。你也沒有作聲！因為不好意思？怕傷和氣？胡說！不過是害怕！」

顯然，命中註定這一整天是不愉快的。

安娜·斯捷潘諾芙娜走進辦公室，維克多看到她一臉愁容，問道：

「安娜·斯捷潘諾芙娜，出了什麼事嗎？」又心想：「她是不是聽說我的一些不愉快的事了？」

「維克多·帕夫洛維奇，」她說，「這樣的事落到我頭上了，為什麼我落得這種下場？」

原來，午休時間人事處把她叫了去，要她寫離職申請書。因為院長有指示，要解除沒受過高等教育的試驗員的職務。

「胡說八道，我真不明白這搞的是什麼名堂，」維克多說，「我去叫他們別胡鬧，請您放心。」

使安娜·斯捷潘諾芙娜感到特別難受的是杜賓科夫的話，他說，領導對她本人沒有任何意見。

「維克多·帕夫洛維奇，這是怎麼回事？」她說。「我妨礙您工作了，對不起，請您原諒我吧。」

維克多披上大衣，就穿過院子，朝人事處所在的二層樓走去。

「好啊，好啊，」他在心裡說，「好啊，好啊。」他再也沒有多想。但是這「好啊，好啊」卻包含著很多意思。

杜賓科夫一面和維克多打招呼，一面說：「我正要找您呢。」

「為安娜·斯捷潘諾芙娜的事嗎？」

「不是，那不必要。是因為有某些情況，研究所的主要工作人員需要填這樣一份履歷表。」

維克多看了看很多張表格紙訂成的履歷表，說：「哎呀！這要花一個星期的工夫。」

「維克多．帕夫洛維奇，瞧您說的。不過，在填寫否定項目的時候，不要畫斜線，要寫：沒有，不是，未參加，等等。」

「我有一個意見，」維克多說，「應該取消解除我們的一級試驗員安娜．斯捷潘諾芙娜．洛沙科娃職務的荒唐命令。」

杜賓科夫說：「洛沙科娃嗎？維克多．帕夫洛維奇，我怎麼能取消院領導的命令啊？」

「鬼知道這算怎麼一回事兒！她拯救了研究所，在炸彈底下保護了所裡的財產。可是現在卻憑著形式上的理由解除她的職務。」

「沒有形式上的理由，我們不會解除任何人的職務，」杜賓科夫很神氣地說。

「安娜．斯捷潘諾芙娜不僅是一個極好的人，她還是我們實驗室裡最出色的工作人員之一。」

「如果她的確是無法代替的，那您就去找找科甫琴科同志，」杜賓科夫說，「正好，你們實驗室裡還有兩個問題，您要徵求他的同意。」他把用別針別在一起的兩張紙遞給維克多。

「這是關於選聘人員擔任研究員職務的。」他朝一張紙看了看，慢慢念了念：「蘭傑斯曼．艾米里．平胡索維奇。」

「哦，這是我寫的嘛。」維克多認出杜賓科夫手裡的紙，就說。

「這是科甫琴科同志的批示：不符合要求。」

「怎麼不符合要求？」維克多問。「我知道他是符合要求的，科甫琴科怎麼知道他不符合我的要求？」

「所以您要去和科甫琴科同志談談。」杜賓科夫說。他看了看另一張紙，說：「這是我們留在喀山的工作人員的申請書，也需要您去說說理由。」

「哦，怎麼啦？」

「科甫琴科同志批的是：目前不宜調動，因為喀山大學的工作十分需要他們，這個問題放到學年結束時再研究。」

他說話聲音不高，很溫和，好像希望用親切的聲音軟化這使維克多不愉快的消息，但是他的眼睛裡卻沒有親切的神氣，只有不懷好意的好奇。

「謝謝您，杜賓科夫同志。」維克多說。

維克多又來到院子裡，一遍一遍地在心裡說：「好呀，好呀。」他不需要領導的支援，不需要朋友的情誼，不需要和妻子心靈相通，他可以單獨作戰。

他回到主樓，登上二樓。科甫琴科身穿黑色西裝和烏克蘭式繡花襯衣，緊跟著向他報告維克多來見的女祕書走出辦公室，說：「請，請，維克多．帕夫洛維奇，請進寒舍坐坐。」

維克多走進擺滿了紅色安樂椅和大沙發的「寒舍」。科甫琴科請維克多坐在沙發上，自己也挨著坐了下來。他一面聽維克多說話，一面微微笑著，他的親切神情很有點兒像杜賓科夫的親切神情。而且，在加甫羅諾夫發言評論維克多的論文的時候，他好像也是這樣微笑的。

「有什麼辦法？」科甫琴科把兩手一攤，很傷心地說。「這不完全是我們自作主張啊。她曾經在炸彈底下嗎？現在這已經不算功勞了。如果祖國有命令的話，每一個蘇聯人都會到炸彈底下去。」

後來科甫琴科沉思了一下，說：「還有一種辦法，雖然會有人找碴兒。可以把洛沙科娃調任製劑員。科技人員供應卡還給她留著。這我可以辦到。」

「不行，這對她是一種侮辱。」維克多說。

科甫琴科問道：「維克多·帕夫洛維奇，您是希望，蘇維埃國家施行一種法律，在您的實驗室裡施行另一種法律嗎？」

「恰恰相反，我正是希望在我的實驗室裡也施行蘇維埃的法律。按照蘇維埃法律，不能解除洛沙科娃的職務。」

維克多又問：「科甫琴科同志，如果要談法律的話，那您為什麼不批准很有才華的小夥子蘭傑斯曼進我的實驗室？」

科甫琴科咬了咬嘴唇。

「您可知道，維克多·帕夫洛維奇，也許，按照您的要求，他能工作得很好，不過還有一些情況，是研究所的領導應該考慮的。」

「很好，」維克多說，又重複一遍，「很好。」

他又小聲問：「是履歷問題嗎？親屬在國外？」

科甫琴科不作答，只把兩手一攤。

「科甫琴科同志，如果這種愉快的談話還能繼續下去的話，」維克多說，「請問，為什麼您不讓我的同事安娜·納烏莫芙娜·魏斯帕比爾從喀山回來？順便說一句，她是副博士。我的實驗室和國家有什麼矛盾？」

科甫琴科帶著受難者的臉色說：「維克多·帕夫洛維奇，您怎麼審問起我來了？我對幹部負有責任呀，您要理解這一點。」

「很好，很好，」維克多覺得已經到了必須不客氣地談談的時候，就說，「那好吧，可敬的同志，我不能繼續工作了。研究科學不是為杜賓科夫，也不是為您。我在這兒也是為了工作，不是為了給人事處創造我無法知道的好處。我要給希沙科夫寫報告，讓他派杜賓科夫來主持核子物理實驗室好了。」

科甫琴科說：「維克多・帕夫洛維奇，說實在的，不要激動嘛。」

「不，我就是不能再工作了。」

「維克多・帕夫洛維奇，您不知道，領導上，尤其是我，有多麼看重您的工作。」

「至於你們看重我還是不看重我，我可是一點都不放在眼裡。」維克多說完這話，在科甫琴科臉上看到的不是生氣的表情，而是快活與滿意的表情。

「維克多・帕夫洛維奇，」科甫琴科說，「我們無論如何不能讓您離開研究所。」

他皺起眉頭，又說：「而且也完全不是因為無人可以代替。難道您以為就沒有人可以代替維克多・帕夫洛維奇・史托隆嗎？」

最後，他又用十分親切的語調問道：「如果您沒有蘭傑斯曼和魏斯帕比爾就不能從事科學研究的話，難道全蘇聯都沒有人能代替您嗎？」

他看著維克多，維克多感覺到，科甫琴科就要把一些話說出來了，那些話就像不見形跡的霧氣，一直繚繞在他們之間，時時觸及眼睛、雙手和腦子。維克多垂下頭，這位做出了不起的科學發現的人，這位又傲慢又驕矜、又清高又尖刻的教授、博士和著名學者，頓時消失不見了。這個駝背、窄肩、鬈髮、鷹鉤鼻子的男子瞇縫起眼睛，好像等著挨耳光似的，望著穿烏克蘭繡花襯衫的人，等待著。

科甫琴科輕輕地說：「維克多・帕夫洛維奇，不要激動，不要激動，說實在的，不要激動。嗯，您怎麼啦，真的，因為這樣一點兒微不足道的事，吵鬧起來啦。」

五十四

夜裡，等妻子和女兒睡了，維克多就開始填履歷表。履歷表上幾乎所有的問題都和戰前一樣。正因為這是一些老問題，所以他覺得這些問題提得很奇怪，因而使他重新惴惴不安起來。

國家操心的不是維克多在研究中使用的數學器械是否夠用，正在實驗室安裝的設備是否能承擔複雜的試驗，中子輻射的防護設備是否完善，索科洛夫和維克多的關係及其在科研上的配合好不好，是否有足夠的初級研究人員進行不厭其煩的計算，他們是否理解在很多方面全靠他們的耐心、長期的緊張和聚精會神。

這是最重要的調查表，是表中之王。它要瞭解柳德米拉的父親的情況、她的母親的情況，要瞭解維克多的爺爺和奶奶的情況，要瞭解他的爺爺和奶奶過去生活在哪裡，死在哪裡，葬在哪裡。維克多的父親巴維爾．約瑟弗維奇在一九一〇年因為什麼去柏林？國家的擔心是嚴肅認真的。維克多把履歷表流覽了一遍之後，也傳染上了疑心病，對自己家世的可靠和真實性產生了懷疑。

一：姓，名，父稱……他是誰，這個在深夜裡填履歷表的是什麼人，是維克多．帕夫洛維奇．史托隆嗎？父親和母親好像是在國外結婚的，在維克多滿兩歲的時候，他們又離婚了，他彷彿記得，在父親的證件中，父親的名字是賓胡斯，而不是巴維爾。為什麼我的父稱是帕夫洛維奇？我是什麼人？

我清楚自己的來歷嗎？萬一我本來是姓哥爾曼，也許是姓薩蓋塔奇內呢？也許是法國姓傑弗爾什，也就是俄羅斯的杜布羅夫斯基呢？

他滿腦子疑慮，接著又開始填寫第二項。

二：出生時間……年……月……日……寫明新曆與舊曆。他約莫生於十二月的一天，可是他怎麼知道的呢，他能肯定自己恰恰是生於這一天嗎？為了推卸責任，是不是寫明「聽別人說的」？

三：性別……維克多滿懷信心地寫上「男」。可是他在心裡說：「哼，我算什麼男人呀，真正的男子漢見到契貝任被撤職，不會不說話。」

四：出生地（舊的行政區劃：省、縣、鄉、莊；新的行政區劃：州、地區、區、村）……維克多寫上：哈爾科夫。媽媽對他說過，他出生在巴哈穆特，可是他出生兩個月以後，媽媽遷到哈爾科夫，在哈爾科夫領到他的出生證。怎麼辦，要不要加以說明？

五：民族……這是第五項。這樣簡單的、在戰前毫無意義的問題，現在幾乎成了特別重要的問題。

維克多握緊筆，用清晰的粗體字寫上：猶太族。他還不知道，對於幾十萬人來說，填寫這第五項：卡爾梅克族、巴爾卡爾族、車臣族、克里木韃靼族、猶太族……很快將意味著什麼？

他不知道，圍繞這第五項發生的陰森可怕的事情會愈來愈多；他不知道，恐怖、厄運、絕望、沒有前途、流血將從鄰近的第六項「社會出身」遷徙轉移到這一項；他不知道，幾年之後，很多人將懷著命中不幸的心情填寫這第五項，就像過去幾十年中哥薩克軍官、貴族和工廠主的子女、神父的兒子填寫鄰近的第六項那樣。

不過這時他已經感覺和預感到圍繞著這第五項的強力線愈來愈密集。昨天晚上蘭傑斯曼打電話給他，他告訴蘭傑斯曼，安排工作的事還一點沒有頭緒。

「我估計就是這樣嘛。」蘭傑斯曼用惱恨的、責備維克多的口氣說。

「是您的履歷有問題嗎？」維克多問道。

蘭傑斯曼對著話筒哼了一聲，說：「是我的姓有問題。」[24]

娜佳在晚上喝茶的時候說：

「爸爸，你可知道，瑪伊卡的爸爸說，明年國際關係學院再也不招收猶太學生了。」

「好吧，」維克多心裡說，「猶太族就猶太族，不能不寫。」

六：社會出身……這是一株大樹的樹幹，其樹根深深扎進地裡，樹枝寬寬地鋪展開來，下面是許許多多闊大的履歷樹葉：父親和母親的社會出身、父親的父母的社會出身……妻子的社會出身、妻子的父母的社會出身……如果是離過婚的，還有前妻的社會出身、她的父母在革命前的職業。

偉大的革命是社會革命，是窮人的革命。維克多總覺得，在第六項中反映出窮人在受富人統治的幾千年中產生的應有的不信任，是很自然的。他寫上：小市民出身。小市民！他算什麼樣的小市民!?也許是戰爭啟迪了他，他忽然懷疑起來：蘇聯正當地查詢社會出身問題與德國人懷著血腥的目的查詢民族屬性問題，二者之間是否真正有什麼本質的區別？他想起了在喀山晚間的一些談話，想起馬季亞羅夫說的契訶夫怎樣看待人的一些話。

他想道：「我以為看重社會特徵是有道理的，是應該的。而德國人認為看重民族特徵是絕對有道理的。我知道了，毫無疑問，殺猶太人，僅僅因為他們是猶太人，這十分可怕。因為他們是人，他們每一個都是人，有好人、壞人、聰明人、蠢人、笨人、快活人、善良人、反應靈敏的人、吝嗇鬼。

24 蘭傑斯曼是猶太人的姓。

可是希特勒說：都是一樣，反正都是猶太人！我堅決反對！不過我們也有這樣一種準則：反正不是貴族，反正是富農出身，是商人出身。至於他們是好人、壞人、有才華的人、善良人、愚蠢人、快活人，有什麼相干？要知道，我們的履歷表不是商人、神父、貴族的履歷表。是他們的孩子、孫子的履歷表。怎麼，他們的血統就是貴族血統，就像猶太血統一樣嗎？怎麼，他們生來就是商人，就是神父嗎？這是胡說八道。女英雄索菲亞・佩羅夫斯卡婭是將軍的女兒，不是普通的將軍，是省長。把她趕走吧！可是當年抓住卡拉科佐夫的警察走狗科米薩羅夫如果填寫第六項，也會寫『小市民』，還可以招收他上大學呢。史達林說過：『兒子不能為父親負責。』不過史達林又說：『蘋果與蘋果總是相差不遠。』好吧，小市民出身就小市民出身吧。」

七：社會成分……是職員嗎？職員就是會計、文書等。他這個職員用數學闡明了原子核的衰變過程，職員瑪律科夫想借助新的試驗設備證實他這個職員在理論上的推斷。

「很對嘛，」他在心裡說，「就是職員。」他聳了聳肩膀，站起來，在房裡走了一會兒，動了動手掌，好像要把什麼人推開。然後他又坐下來，回答表上的問題。

……

二十九：本人或近親是否受過審判或審查，是否被捕過，是否受過法律或者行政處分，何時，何地，受處分原因？如果處分已被撤銷，說明何時撤銷……

對維克多的妻子也提出同樣的問題。他心中掠過一陣涼氣。這可不容爭辯，不是開玩笑。他的頭腦中閃出一個一個名字……我相信他根本沒有罪……是一個不適應現實的人……她是因為不告發丈夫被捕的，好像判了八年，我說不準，我沒有和她通信，好像是在捷姆尼科夫，我是偶然聽說的，在街上碰到過她的女兒……我記不清了，他好像是在一九三七年初被捕的，是的，被剝奪通信權利十年……

妻子的哥哥原來是黨員，我過去很少和他見面；不論我，不論妻子，都不和他通信；岳母好像去看過他，是的，是的，那是在戰前很久；他的第二個妻子因為不揭發他，也被送往勞改營，她已經在戰爭期間死了；他的兒子參加了史達林格勒保衛戰，是志願參加的……我的妻子和第一個丈夫離婚了，她和第一個丈夫生的兒子，也就是我的繼子，在保衛史達林格勒的戰鬥中犧牲了……她的第一個丈夫被捕了，離婚之後，她就一點也不知道他的情況了……至於為什麼被捕，我可說不準，只是模模糊糊聽說，好像是托洛茨基分子，不過我不相信，我對這種事絲毫不感興趣……

維克多頓時充滿無限的負罪感，覺得自己不清不白。他想起一個悔過的黨員在大會上說的話：「同志們，我不是我們的人。」

他忽然想反抗。我不是服服帖帖、百依百順之輩！上面有人不喜歡我，不喜歡就不喜歡好了！我是孤獨的，妻子也不關心我了，不關心就不關心好了！我不能栽誣不幸的人、清白無辜死去的人。同志們，想到這種種事情，實在慚愧！很多人是無罪的，還有老婆、孩子，他們何罪之有？應該向這些人悔罪，請求他們饒恕。你們是不是想證實我不合格，使人對我不信任，因為我和無辜被害的人有親戚關係？如果我有錯誤的話，那我的錯誤，就是在他們倒楣的時候幫助他們太少了。

可另外一條完全不同的思路卻在同一個人的腦子裡同時並行著。

我沒有和他們保持聯繫。我沒有和階級敵人通過信，沒有收到過從勞改營裡來的信件，我沒有給他們物質支援，過去和他們見面很少，很偶然……

三十：有無親屬在國外（何地，何時出國，出國原因），是否同他們保持聯繫？

這新的問題增強了他的苦惱。

同志們，難道你們不瞭解，在沙皇俄國的條件下，僑居國外是免不了的嗎？很多窮人僑居國外，愛自由的人僑居國外，列寧也在倫敦、蘇黎世、巴黎居住過。為什麼你們看到我的姑姑和叔叔以及他們的子女在紐約、巴黎、布宜諾斯艾利斯就眨眼睛呢？……不記得是哪一位朋友說俏皮話：「姑媽在紐約呀……以前我以為，饑餓不是姑媽，卻原來，姑媽就是饑餓。」[25]

不過，實在也可觀，他在國外的親屬的名單竟比他的論文篇目單短不了多少。如果再加上被鎮壓的親戚名單呢……？

好啦，這麼看，這個人完啦。進垃圾堆去吧！異己分子！不過這不對頭，不對！科學用得著他，而不是加甫羅諾夫和杜賓科夫；他可以為自己的國家獻出生命。履歷很光彩而善於欺騙和出賣的人還少嗎？不是有很多人在履歷表上寫的是「父親：流氓」、「父親：地主」，而在戰鬥中獻出了生命，參加了游擊隊，走向斷頭臺嗎？

這是怎麼回事？他知道：這是統計方法！是可能性！在非勞動出身的人之間遇到敵人，比在無產者出身的人之間遇到敵人的可能性大。不過要知道，德國法西斯也是根據可能性大小在消滅一些國家的人民和民族。這種原則是很不人道的。既不人道，又不講理。對待人只能用人道的辦法。維克多一定要設計出另外一種履歷表，好使實驗室能夠招納人才，那將是人道主義的履歷表。

他覺得，和他一起工作的人是俄羅斯人還是猶太人、烏克蘭人、亞美尼亞人，都無所謂，其祖父是工人還是老闆、富農，都無所謂；他對待共同工作的同志的態度，不是看這位同志的兄弟是否被保安機關逮捕；這位同志的姐妹住在科斯特羅馬還是日內瓦，他覺得都無所謂。

25 「饑餓不是姑媽」是諺語，大意是：饑餓是無情的。

他要問的是：您從什麼時候開始研究理論物理，您怎樣看待愛因斯坦對普朗克老頭的批評，您是光喜歡數學推論，還是也喜歡進行試驗，您怎樣看待海森堡的觀點，您是否相信有可能列出統一的磁場方程式？最主要、最主要的，是能力、熱情、才氣。

如果共同工作的同志願意回答，他還會問，喜不喜歡散步，喜不喜歡喝酒，是否喜歡聽交響樂，是否喜歡塞頓．湯普森為孩子們寫的書，托爾斯泰與陀思妥耶夫斯基哪一個更偉大，是否喜歡種花、釣魚，是否喜歡畢卡索，契訶夫的哪一篇小說最好？

他感興趣的，是將和他一起工作的同志喜歡沉默寡言還是喜歡聊天，是否善良，是否風趣，是不是愛忘事，是不是愛發火，是不是愛面子，會不會和俊俏的薇拉．波諾馬列娃幹什麼風流事兒。

有關這方面的事，馬季亞羅夫說得非常好，正因為說得太好了，所以大家都覺得，莫非他是奸細。

天啊，我的天啊……

維克多拿起筆，寫道：

「艾斯菲莉．謝苗諾芙娜．塔舍夫斯卡婭，姨母，從一九〇九年僑居布宜諾斯艾利斯，音樂教師。」

五十五

維克多走進希沙科夫的辦公室，有意地控制著自己，不說一句尖刻的話。他明白：因為他和他的論文在這位當官的院士頭腦裡處在最差、最末尾的位子上而生氣和感到委屈，是很愚蠢的。但是維克多一看到希沙科夫的臉，就忍不住要發火了。

「希沙科夫同志，」他說，「俗話說，強扭的瓜不甜，不過，您從來沒有關心過設備安裝。」

希沙科夫很和氣地說：「一定在最近上你們那兒去看看。」

這位所長恩意隆盛，保證光臨，好讓維克多感到幸福。

希沙科夫又說：「總的來說，我覺得，領導上對你們各方面的需要，還是相當關心的。」

「特別是人事處。」

希沙科夫非常和氣地問：「人事處有什麼地方給您造成不便？您可是第一個說這種話的實驗室領導呀。」

「希沙科夫同志，我想把魏斯帕比爾從喀山調回來，她在核攝影方面是獨一無二的專家，卻調不回來。我堅決反對解除洛沙科娃的職務。她是一個極好的工作人員，一個極好的人。我實在無法想像，怎麼能解除洛沙科娃的職務，這是不合情理的。還有，我要求正式批准選聘的副博士蘭傑斯曼的學位。他是個有才華的小夥子。您還是對我們的實驗室重視不夠，不然就不必說這些話來浪費我的時間了。」

「說這些話也浪費我的時間。」希沙科夫說。

維克多很高興，因為希沙科夫不再用和善的口氣跟他說話了，如果還用和善的口氣，他是不好發火的。於是他說：「令人很不快的是，這些問題基本上都是圍繞著姓猶太姓的人產生的。」

「原來是這樣。」希沙科夫說。他從和平轉向進攻。「維克多．帕夫洛維奇，研究所擔負著重要的任務。我們是在多麼困難的時期擔負這樣的任務，這是毋須對您說的。我認為，您的實驗室在目前不能充分促成這些任務的完成。還有，圍繞著您的論文，嚷嚷得太厲害了，您的論文毫無疑問是很有意思的，但也毫無疑問是有爭議的。」

他繼續咄咄逼人地說：「這不光是我的看法。很多同志認為，這種嚷嚷會引起科學工作人員思想混亂。昨天有關方面同我詳細地談過這個問題。有這樣的意見：您應該重新考慮您的論斷，您的論斷與唯物主義的物質觀相矛盾，最好自己出面談談這個問題。有些人出於令我不解的用心，希望在我們應當全力以赴地完成戰爭提出的任務的時候，把有爭議的理論宣布為科學的總方向。這是極其嚴重的。您卻來對什麼洛沙科娃的事表示怎樣怎樣的不滿。對不起，我從來不知道洛沙科娃是猶太姓。」

維克多聽著希沙科夫的話，不知如何是好了。從來沒有誰當面表示反對他的論文。現在他是第一次從這位院士、從他所在的研究所的領導人嘴裡聽到。

他已經不怕什麼後果，一股腦兒把他所想的、因此也就不該說的，全說了出來。

他說，物理學的存在，不是為了證明哲學的正確性。他說，數學推斷的邏輯性，勝過恩格斯和列寧理論的邏輯性，黨中央科學處的巴季因可以使列寧的觀點適用於數學和物理學，卻不能使數學和物理學適用於列寧的觀點。他說，狹窄的實用主義對科學是有害的，不論這實用主義來自什麼人，「就算是來自上帝也罷」；只有偉大的理論能產生偉大的實踐。他相信，許多重大的技術問題，而且不只是技術問題，在二十世紀還要依靠核反應理論來解決。如果希沙科夫沒有說出名字的那些同志們認為有必要讓他發言的話，他很樂意按照這樣的精神說一說。

「至於姓猶太姓的一些人的問題，希沙科夫同志，如果您真是俄羅斯知識分子的話，就不該用開玩笑作為回應，」他說，「如果您不答應我的上述要求的話，我只有立即離開研究所。我無法在這兒工作。」

他換了一口氣，看了看希沙科夫，想了想，又說：「在這種情況下，我很難工作下去。我不光是一個物理學家，我還是一個人。我無顏面對等待我幫助、等待我說公平話的人。」

他在說「在這種情況下，我很難工作下去」的時候，就沒有勇氣再說一遍立即離開的話了。維克多從希沙科夫臉上看出來，他已經發現了這種和緩的說法。

也許正因為這樣，希沙科夫強硬起來：「咱們沒有必要用最後通牒式的語言繼續談下去了。我當然不能不考慮您的願望。」

在整個一天裡，維克多一直懷著一種又難受又高興的奇怪感情。實驗室裡的儀器和即將安裝好的新設備似乎一直就是他的生活、頭腦和身體的一部分。他怎麼能離開它們單獨生存呢？

想起他對所長說的一番離經叛道的話，就覺得害怕。同時他又覺得自己很剛強。他的軟弱同時也是他的剛強。不過他怎麼能想到，在他取得科學上巨大成就的日子裡，在回到莫斯科以後，他會去說這樣一番話？

誰也不會知道他和希沙科夫的衝突，但是他覺得，今天同事們對他特別親熱。安娜・斯捷潘諾芙娜抓住他的手，握了握。

「維克多・帕夫洛維奇，我不想對您表示感謝，但我知道，您就是您。」她說。

他一聲不響地站在她面前，很激動，而且幾乎很幸福。

「媽媽，媽媽，」他忽然在心裡說，「你看，你看。」

他在回家的路上打定主意，什麼也不對妻子說。可是他還是改不了什麼都對妻子說說的習慣。所以在外間裡，一面脫大衣，一面就說：「聽我說，柳德米拉，我要離開研究所啦。」

柳德米拉又慌亂，又傷心，但是馬上對他說出令他很不愉快的話：「你那神氣，就好像你是羅蒙諾索夫或者門捷列夫似的。你離開了，自會由索科洛夫或者瑪律科夫接替你。」

她抬起頭來，暫時停止了針線活兒。

「讓你的蘭傑斯曼上前線去吧。要不然真要讓一些有成見的人形成一種看法：猶太人就想把猶太人安排在國防部門的研究所。」

「好啦，好啦，夠啦，」他說，「你可記得涅克拉索夫的話：『不幸的人想的是進光榮的殿堂，結果進的是病房。』我認為我是對得起我吃的糧食的，可是他們卻要我檢討錯誤，檢討異端邪說。哼，真難以設想：檢討錯誤！這真是豈有此理！明明大家一致推薦我做獎金備選人，大學生們天天請我做報告。這都是巴季因搞的！不過，哪兒是巴季因？是有人不喜歡我！」

柳德米拉走到他跟前，給他理了理領帶，整了整上衣下襬，問道：

「你臉色很蒼白，大概沒吃飯吧？」

「我不想吃。」

「你先就著奶油吃點兒麵包，我去把飯熱一熱。」

然後她往杯子裡倒了幾滴心臟病藥水，說：「喝吧，我不喜歡你這種模樣，讓我試試你的脈搏。」

他們朝廚房走去。維克多一面吃麵包，一面朝娜佳掛在煤氣表旁邊的小鏡子裡看著。

「多麼奇怪，難以理解，」他說，「我在喀山何曾想到，我會填這樣複雜的履歷表，會聽今天聽到的這種話。好厲害呀！國家與人……有時把人抬得很高，有時毫不費勁兒就把人扔進深淵。」

「維克多，我要和你談談娜佳了，」柳德米拉說，「她幾乎每天都是過了宵禁時間才回家。」

「前兩天你已經對我說過這事兒了。」

「我知道我說過了。昨天晚上，我無意中走到窗前，一拉窗簾，卻看到娜佳和一名軍人走在一起，他們在牛奶鋪旁邊站下來，接起吻來。」

「噢呀呀。」維克多說著，驚訝得連嚼麵包都停止了。

娜佳和軍人接吻了。維克多一聲不響地呆坐了一會兒，後來就笑起來。也許只有這一條驚人的新聞能使他擺脫沉重的想法，沖淡他的不安心情。有一剎那，他們的目光碰到一起，柳德米拉也不由自主地笑了。此時此刻在他們之間出現了充分的理解，這種理解不需要言語和思考，一生中只能在很少的時間裡出現。

所以，柳德米拉聽到維克多說的似乎前言不搭後語的話，也就不覺得意外了。他說的是：「可愛，可愛，不過你說說，我和希沙科夫吵得對嗎？」

這思路是很簡單的，但要瞭解就不那麼簡單了。這裡面包括他想到過去的生活，想到托里亞和他的媽媽的遭遇，想到現在在打仗；想到一個人不論得到多大的名和利，等到老了，總是要死的，總有年輕人來接替他，還想到，也許最重要的是一生過得清白。

維克多又向妻子問道：「你說對嗎，應該嗎？」

柳德米拉搖了搖頭，表示不贊成。幾十年融洽、和諧的生活也會產生差異。

「你要知道，柳德米拉，」維克多心平氣和地說，「一些實際上很正直的人，往往不會為人處事，愛發脾氣，說粗話，不注意方式方法，容易得罪人，在工作上和在家裡爭吵，都認為是他們不對。可是那些不正直的、愛欺壓人的人，卻很會待人接物，辦事有條有理，沉著鎮靜，又懂策略，倒往往顯得是正派人。」

娜佳在十點多鐘回來了。柳德米拉聽到鑰匙開門的聲音，就對丈夫說：「你和她談談吧。」

「你談比較合適，我不談吧。」維克多說。

不過等娜佳披散著頭髮、鼻子紅紅的走進餐室裡，他卻說：「你這是和什麼人在大門口接吻？」

娜佳忽然回頭看了看，就好像想跑掉。她半張開嘴，望著爸爸。過了一小會兒，她聳聳肩膀，很不在乎地說：「哦……安得留沙．洛莫夫，他現在在尉官學校。」

「你怎麼，打算嫁給他嗎？」維克多問道。他聽到娜佳那種自信的語調，感到吃驚。他回頭看了看妻子，看她是不是看見了娜佳。娜佳像成年人一樣瞇起眼睛，說出很氣憤的話。

「嫁給他嗎？」她反問一句。

這話本是維克多問女兒的，可是他一聽到又感到十分吃驚。

「可能，要嫁給他！」過一會兒，她又說：「也許不會，我還沒有最後決定。」

一直沒有作聲的柳德米拉問道：

「娜佳，你為什麼撒謊，又說瑪伊卡爸爸送你，又說複習功課？我可是從來沒有對自己的媽媽說過謊。」

維克多想起來，追求柳德米拉的時候，有一次她來赴約，說：「我把托里亞丟給媽媽了，我騙她，說我上圖書館。」

娜佳忽然又恢復了自己的孩子本性，用哭腔和懊惱的腔調叫道：「你是在我背後當密探嗎？你媽媽也在你背後當密探來嗎？」

維克多氣憤地大聲呵斥道：「混帳，你敢頂撞媽媽！」

娜佳帶著苦惱而忍耐的神情看著他。

「那好哇，娜佳小姐，就是說，您還沒有決定，是嫁給那位年輕上校還是給他做情婦？」

「是的，還沒有決定；第二，他不是上校。」娜佳回答說。

難道穿軍大衣的小夥子吻的是他的女兒的嘴唇？難道可以和小娜佳，和一個又可笑又聰明的小傻丫頭談戀愛，凝視她的小狗一樣的眼睛？

但是這是平常而又平常的事。

柳德米拉沒有作聲，她知道，娜佳現在就要生氣，不再回答了。她知道，等到只剩下她們兩個人，她就要撫摩女兒的頭，娜佳就要抽搭起來，不知為什麼抽搭，柳德米拉就十分心疼地可憐起她來，也不知為什麼要可憐她，因為歸根究柢，對於一個姑娘來說，和小夥子接吻並不是多麼可怕的事情。娜佳也就會把洛莫夫的事一五一十地說給她聽，她就會一面撫摩著女兒的頭髮，回想自己最初接吻的情形，就要想念托里亞，因為生活中不論發生什麼事，她都要和托里亞聯繫起來，儘管托里亞不在了。

這種處在戰爭深淵邊緣上的姑娘的愛情，多麼可悲啊。托里亞，托里亞……

可是維克多卻懷著做父親的憂慮心情，還在嚷嚷著。

「那個渾蛋在哪一部門？」他問。「我去找他們的首長談談，讓他知道，怎麼能和不懂事的孩子談情說愛。」

娜佳不作聲。維克多被她的傲慢鎮住，不由得也不作聲了。過了一會兒，他問：「你幹嘛這樣看著我，就好像高等動物看著一條蟲？」

真有些奇怪，娜佳的目光使他想起今天和希沙科夫的談話。鎮定而自信的希沙科夫仗恃著國家和科學院的權力，傲氣十足地看著他。在希沙科夫炯炯的目光之下，維克多本能地感覺到所有自己的反抗、最後通牒、發脾氣都是徒然的。國家制度的威力像巨石一般聳立著，希沙科夫帶著毫不在乎的鎮定神氣看著維克多在嚷嚷，料定他挪動不了巨石。

而且也很奇怪的是，這會兒站在他面前的小姑娘也意識到，他激動和生氣，想做不可能的事，想制止生活的進程，是毫無意思的。

夜裡，維克多想到，如果離開研究所，他的日子就很不好過。別人會說他離開研究所帶有政治性質，說他已成為不良的反動思想情緒的源泉；而且現在是戰爭時期，研究所又受到史達林的特別關注。再說，還有那份可怕的履歷表……

還有和希沙科夫那一場很不理智的談話。還有在喀山說的那些話。還有馬季亞羅夫……他忽然覺得非常可怕，很想給希沙科夫寫一封和解的信，把今天的一切事情一筆勾銷。

五十六

下午，柳德米拉從供應商店回來，看到信箱裡有一封信。爬上樓梯後她的心就跳得厲害，這下跳得更厲害了。她手裡拿著信，走到托里亞的房間門口，開了門，房間裡空蕩蕩：他今天也沒有回來。

柳德米拉看到是她從小就熟悉的媽媽的筆跡，便把信流覽了一遍。她看到葉妮婭的名字、薇拉的名字、斯皮里多諾夫的名字，信裡卻沒有兒子的名字。希望又退到僻靜的角落裡，但希望沒有屈服。

媽媽幾乎沒有談到自己生活的情形，只是提到，喀山的房東太太在柳德米拉走後表現出很多令人不快的地方。謝廖沙、薇拉和斯皮里多諾夫還是沒有音信。媽媽很擔心葉妮婭，看樣子，她的生活中發生了很重大的事。葉妮婭在給媽媽的信中暗示有很不愉快的事，暗示她不得不上莫斯科去。

柳德米拉不會憂愁。她只會悲傷。托里亞，托里亞，托里亞。

斯皮里多諾夫成了鰥夫……薇拉成了沒有母親的孤女；謝廖沙活著嗎，是不是受了重傷躺在什麼地方的軍醫院裡？他的父親不是被槍斃，便是死在勞改營裡了，母親也死於流放中……媽媽的房子被燒燬了，現在是一個人生活，見不到兒子，也不知道孫兒的下落……

媽媽隻字不提她在喀山的生活，沒有提到她的身體，也沒有提到房間裡是否暖和，暖氣設備是否改善了。

柳德米拉知道媽媽為什麼對這些事緘口不言，是怕她知道了難過。

柳德米拉的房子好像一下子空了，變得冷冰冰的。就好像可怕的無形炸彈落在房子裡，把所有的東西都炸壞了，熱氣跑掉了，只剩下一片瓦礫。

這一天她對維克多想了很多。他們的關係已經壞了。維克多常常對她發火，對她很冷淡，而且特別可悲的是，她對這一切也冷漠了。她太瞭解他了。從旁人看來，他很像是一個富於理想且高尚的人。她對人從來沒有那種詩意的、熱情洋溢的態度，可是瑪利亞卻把維克多看成具有自我犧牲精神的英雄，一個高尚的人、英明的人。瑪利亞喜歡音樂，有時聽到彈鋼琴，激動得臉都發了白，維克多有時也應她的請求彈彈鋼琴。她的天性顯然很需要有一個崇拜的對象，於是她為自己塑造了這樣一個崇高的形象，為自己臆造出一個實際上不存在的維克多。如果瑪利亞天天注意觀察維克多的話，她會很快失望的。柳德米拉知道，推動維克多行動的只是個人主義，他誰也不愛。就是現在，她想到他和希沙科夫的衝突，在為丈夫擔心受怕的同時，也感到像往常那樣氣憤：他為了個人痛快，為了顯示自己，為了扮演保護弱者的英雄，連自己的科學、家裡人的安寧都可以犧牲。

不過昨天他在為娜佳擔心的時候，就忘記了自己的個人主義。可是，維克多能不能忘記自己所有不愉快的事，為托里亞操操心呢？昨天她估計錯了。娜佳沒有真正坦率地和她談談。這是怎麼回事兒？是孩子氣，是偶然，還是她命定的？

娜佳對她說了說一些同伴，她就是在這些同伴的圈子裡和那個洛莫夫認識的。她十分詳細地說了說一些小夥子，說他們念舊詩，他們議論新藝術和舊藝術，他們對一些事抱的是蔑視和嘲笑的態度，柳德米拉覺得，對那些事是既不能蔑視，也不能嘲笑的。

娜佳很樂意回答柳德米拉的問題，而且看樣子說的也都是實話：「不，我們不喝酒，只喝過一回，那是送一個男孩子上前方。」

「有時談談政治。當然啦，不像報紙上那樣。不過談得很少，大概只有一、兩次。」

但是柳德米拉一問起洛莫夫，娜佳就很生氣地回答：

「不，他不寫詩。」

「我哪會知道他的父親、母親是什麼人，我當然從來也沒有看到他們，這有什麼奇怪的？他從來不提爸爸，大概他覺得，他是在食品店做生意的。」

這會怎樣呢，這是娜佳命中註定的，還是過一個月就會把一切忘得無影無蹤？

她在做飯、洗衣服的時候，都在想著媽媽，想著薇拉、葉妮婭、謝廖沙。她給瑪利亞打了一個電話，但是沒有人接電話，又往波斯托耶夫家裡打了一個電話，保母回答說，女主人出去買東西去了，又往房管所打了一個電話，想找一個修理工來修水龍頭，房管所的人回答說，修理工沒有來上班。

她坐下來寫信。似乎她要寫很長的一封信，檢討她不能為媽媽創造必要的生活條件，所以媽媽寧願一個人住在喀山。從戰前起，柳德米拉的親戚們就不來探望和過夜了。現在就連最親近的人也不到她在莫斯科的這套大房子裡來了。信她也沒有寫成，只是撕了四張紙。

這一天快下班的時候，維克多打來電話，說他一時不能回來，晚上有些技術人員要來，是他從軍工廠請來的。

「有什麼新聞嗎？」柳德米拉問道。

「噢，在這方面的新聞嗎？」他說。「沒有，沒什麼新聞。」

晚上，柳德米拉又把媽媽的信看了一遍，走到窗前。

月色皎潔，大街上空空蕩蕩。她又看到娜佳挽著那個軍人的胳膊，他們順著馬路朝家裡走著。後來娜佳跑起來，穿軍大衣的小夥子卻站在空蕩蕩的街心裡，望著，望著。柳德米拉這時在心裡好像把一切似乎不能結合的東西結合到一起。這裡面有她對維克多的愛、她為他分擔的焦慮、她對他的憤恨。還有沒有吻過姑娘的香唇就離開了人世的托里亞，還有站在馬路上的尉官，還有，瞧，薇拉正喜氣洋洋地走上自己史達林格勒住宅的樓梯呢，還有無家可歸的媽媽……

她心中充滿活著的感覺，活著曾經是她唯一的歡樂和唯一可怕的痛苦。

五十七

維克多在研究所大門口碰到希沙科夫。希沙科夫正從汽車下來。

希沙科夫掀了掀帽子打招呼，沒有表示要站下來和維克多說說話兒。

「我要倒楣了。」維克多在心裡說。

斯維琴在吃午飯的時候，雖然坐在旁邊的桌上，卻不看他，也不和他說話。胖子古列維奇在走出食堂的時候和維克多說話，今天口氣特別親熱，握住他的手握了很久，但是等所長接待室的門開了一道縫兒，古列維奇便突然和他分手，很快地順著走廊走去。

在實驗室裡，正在和維克多商談如何準備儀器進行核粒子攝影的瑪律科夫從記錄本上抬起頭來，說：「維克多．帕夫洛維奇，有人告訴我，黨委會上很不客氣地談到您。科甫琴科給您羅織罪名，說：『史托隆不願意在我們這個集體裡工作。』」

「他說就說吧。」維克多說。他覺得自己的眼皮跳了起來。在和瑪律科夫談核粒子攝影的時候，維克多產生了一種感覺：似乎主持實驗室工作的已經不是他，而是瑪律科夫了。瑪律科夫說話已經用的是十分從容的當家人口氣，諾茲德林兩次走到他面前，向他請示有關儀器安裝的問題。但是瑪律科夫忽然露出有苦衷和懇求的臉色，他小聲對維克多說：「維克多．帕夫洛維奇，如果您談起這次黨委會，千萬不要說是我說的，要不然我就倒楣了：洩漏黨的祕密。」

「當然，您放心。」維克多說。

瑪律科夫說：「一切都會解決的。」

「唉，」維克多說，「沒有我也行啊。不論花費多少心血，都是白費勁兒！」

「我覺得，您說得不對，」瑪律科夫說，「我昨天和科契庫羅夫談過，您該知道，他是一個講求實際的人。他對我說：『在史托隆的論文中，數學多於物理，不過，說也奇怪，這使我開了竅，我自己也不知道為什麼。』」

維克多明白瑪律科夫暗示的是什麼：年輕的科契庫羅夫很熱心地在研究慢中子作用於重原子核的有關問題，他強調，這些研究將有很大的實用意義。

「科契庫羅夫這樣的人一點也不起作用，」維克多說，「起作用的是巴季因之流。可是巴季因認為我應當檢討、承認我把物理學家們引向學究式抽象概念的泥坑。」

顯然，實驗室裡的人都已經知道維克多和領導人的衝突和昨天的黨委會議。安娜·斯捷潘諾芙娜用難受的目光看著維克多。

維克多希望和索科洛夫談談，但是索科洛夫早晨就上科學院去了，後來打來電話，說有事要耽擱，不一定到研究所來了。

薩沃斯季揚諾夫的情緒卻特別好，不住地在說俏皮話。

「維克多·帕夫洛維奇，」他說，「可敬的古列維奇真是一位又閃亮又突出的學者。」他在說這話的時候用手摸了摸頭和肚子，暗示古列維奇的禿頭和大肚子。

傍晚，維克多在步行回家的路上，無意中在卡盧加街碰到瑪利亞。她首先喚他。她穿著維克多以前沒見過的一件大衣，所以他一下子沒能認出她來。

「太好了，」他說，「您怎麼到卡盧加街來啦？」

她看著他，沉默了一小會兒。後來她搖了搖頭，說：「這不是偶然的，我想見見您，所以才到卡盧加街來。」

他很不好意思，輕輕地把兩手一攤。他的心慌亂了一小會兒，他以為，她要向他報告很可怕的事情，警告他有危險。

「維克多．帕夫洛維奇，」她說，「我想和您談談。我丈夫把情況全對我說了。」

「噢，把我的了不起的成就全說了。」維克多說。他們並排朝前走去，不過走著的似乎是兩個互不相識的人。她不說話，他感到氣氛很沉重。他側眼看了看她，說：「柳德米拉為這事兒罵我呢。您大概也想生我的氣了。」

「不，我不生氣，」她說，「我知道，是什麼迫使您這樣做的。」

他很快地看了她一眼。

她說：「您想著您的媽媽。」

他點了點頭。

然後她說：「我丈夫不願意告訴您……他聽說，行政領導和黨組織結成一夥兒反對您，他聽到巴季因說：『這不是一般的歇斯底里。這是政治上反蘇的歇斯底里。』」

「我這算什麼歇斯底里？」維克多說。「我就感覺到，你丈夫不願意把他知道的情況告訴我。」

「是的，他不願意。我也替他難受。」

「他害怕嗎？」

「是的，他害怕。此外，他認為，您原則上是不對的。」她小聲說：「他是一個好人，他受的折騰太多了。」

「是啊，是啊，」維克多說，「這也叫人痛心；如此高大而勇敢的科學家，如此膽小的心靈。」

「他受的折騰太多了。」她又說了一遍。

「不過，」維克多說，「不應該是您，應該是他把這一切告訴我。」

他挽住她的胳膊。

「瑪利亞，」他說，「您告訴我，馬季亞羅夫在那兒怎麼樣？我怎麼也弄不清，究竟是怎麼一回事兒。」

他現在一想到在喀山說的那些話，就感到提心吊膽，常常想起一些個別的字句，想起卡里莫夫不懷好意的警告，同時也想起馬季亞羅夫的猜疑。他覺得，懸在他頭頂上的莫斯科陰雲不可避免地要和喀山的閒談聯繫起來。

「我也不清楚是怎麼一回事兒，」她說，「我們寄給馬季亞羅夫的掛號信，退回來了。他是換了地址呢，還是離開了？還是出了頂壞的事？」

「是啊，是啊。」維克多嘟囔著說，一時間不知說什麼才好。

瑪利亞顯然以為索科洛夫對維克多說過那封寄出去又退回來的信。可是維克多根本不知道那封信，顯然索科洛夫沒有對他說。維克多問她，究竟是怎麼一回事兒，指的是馬季亞羅夫和索科洛夫的爭吵。

「咱們上逍遙公園去。」他說。

「不過咱們走的不是那個方向。」

「卡盧加街這邊也有一個門。」他說。

他想更詳細地向她問問馬季亞羅夫的情況，問問他對卡里莫夫懷疑的一些問題和卡里莫夫所懷疑的問題。在空曠的逍遙公園裡沒有人打攪他們。瑪利亞會馬上瞭解這次談話的重要性。他覺得，他可以放心地、隨便地和她談談他所擔心的一切問題，她有什麼話都會對他說。

昨天開始化凍了。在逍遙公園的山坡上，有些地方的雪已經化了，露出潮溼的爛樹葉，但是一些小溝裡的雪還很厚。頭頂上是布滿薄雲的灰色的天空。

「這樣的黃昏多麼好啊。」維克多一面說，一面吸著潮溼而寒冷的空氣。

「是的，很好，一個人也沒有，就好像在郊外。」

他們在泥濘的小路上走著。遇到水窪兒，他就攙著瑪利亞的手，幫她跨過去。

他們一聲不響地走了很久，他不想開口說話了，既不想談戰爭，也不想談研究所裡的事情，更不想談馬季亞羅夫和他的擔心、他的預感和疑慮，他想一聲不響地和這個嬌小的、走路不敏捷卻又輕盈的女人走走，想享受一下不知為什麼忽然來臨的無限輕鬆與安寧感。

她也什麼也不說，微微低著頭，走著。

他們走到河岸上，河裡依然是黑沉沉的冰。

「太好了。」維克多說。

「是的，太好啦。」她說。

岸邊的瀝青小路是乾的，他們走得快了，就好像兩個走遠路的行人。他們遇到一位受傷的尉官和一位穿滑雪衫的矮個子、寬肩膀姑娘。他們互相摟抱著走著，不時地接吻。他們來到維克多和瑪利亞跟前，又接了一個吻，回頭看了看，笑了起來。

「哦，也許娜佳和她的尉官常常這樣在這裡走來走去。」維克多想道。

瑪利亞回頭看了看那對青年男女，說：「多麼糟糕。」

她笑了笑，又說：「柳德米拉對我說過娜佳的事。」

「是呀，是呀，」維克多說，「這真是太出奇了。」

過了一會兒，他說：「我決定給機電研究所所長打個電話，自我推薦。如果他們不接受，那我就上新西伯利亞或者克拉斯諾亞爾斯克去。」

「有什麼辦法呀，」她說，「看樣子，就得這樣。不這樣不行。」

「多麼糟糕呀。」他說。

他很想對她說說，他對研究、對研究所的愛有多麼強烈，他看著很快就要試用的設備，又高興又傷心，他覺得，他會在夜裡上研究所去，隔著窗子看的。他想，也許瑪利亞會感到他的話有自我炫耀的意味，所以就沒有說。

他們走到戰利品展覽館跟前。放慢腳步，觀看漆成灰色的德國坦克、大炮、迫擊炮和機翼帶有黑色卐字的飛機。

「就是看著這些不響也不動的東西，都覺得害怕。」瑪利亞說。

「沒什麼，」維克多說，「應當想想，在將來的戰爭中這些東西會變得像火槍和長矛一樣不管用，也就不害怕了。」

他們快要走到公園大門口，維克多說：「咱們這次溜達到頭了，逍遙公園這樣小，真遺憾。您不累吧？」

「不累，不累，」她說，「我已經習慣了，步行走路太多了。」

不知是她沒有明白他的話的用意，還是裝作沒有明白。

「您知道，」他說，「不知為什麼我和您見面。總要靠您和柳德米拉見面，或者我和您丈夫見面。」

「是的，是的，」她說，「不這樣又怎樣呢？」

他們走出公園。城市的鬧聲包圍了他們，破壞了靜靜散步時美好的心境。他們走上離他們相遇的地方不遠的一個廣場。

她像個小姑娘望著大人一樣，從下面朝上望著他，說：「您現在可能對自己的研究、對實驗室、對儀器感到特別熱愛。不過您不可能有別的做法，別人可能，您不可能。我把很壞的情況對您說了，不過我以為，知道真實情況總要好些。」

「謝謝您，瑪利亞，」維克多握著她的手，說，「我感謝的不光是這一點。」

他覺得她的手指頭在他的手裡哆嗦了幾下。

「真奇怪，」她說，「咱們分手差不多都是在咱們會面的地方。」

他用開玩笑的口氣說：「難怪古人說：始終如一。」

她皺起眉頭，顯然是在思索他的話，後來笑起來，說：「我不懂。」

維克多望著她的背影：是一個不高的、瘦小的女子，像這樣的女子，迎面相遇的男子是從來不會回頭看的。

五十八

達林斯基過去很少像這次來卡爾梅克草原上出差一樣，一連幾星期過這種苦悶的日子。他給方面軍領導人打了一個電報，說在安然無事的左翼邊區再待下去沒有必要，說他的任務已經完成了。但是方面軍領導卻表現出達林斯基無法理解的一股固執勁兒，就是不召回他。

最輕鬆的是工作時間，最難捱的是休息時間。

周圍都是鬆散、乾燥、窸窣作響的沙子。當然這裡也有生物：蠍虎和烏龜在沙裡沙沙地爬著，尾巴在沙上畫出一道道印子，有的地方生長著脆弱的、和沙一樣顏色的刺草，老鷹在空中盤旋著，尋找動物的屍體和扔掉的食物，蜘蛛用老長的腿奔跑著。

自然條件的貧乏，十一月的無雪沙漠的寒冷與單調，似乎把人掏空了，不僅人的生活，就連人的思想也貧乏、單調和苦悶了。

達林斯基漸漸屈服於這種沉悶的沙漠的單調。他一向對吃東西很淡漠，可是在這裡他老是想著吃飯。第一道菜是用大麥粉和漬番茄做的酸羹，第二道菜是大麥米飯，他一見到這樣的飯就頭痛。他坐在幽暗的板棚裡，面對著灑滿一攤攤菜湯的木板桌子，看著人們端著淺淺的洋鐵缽子喝湯就感到難受，想快點兒離開食堂，別聽羹匙的叮噹聲，別聞令人噁心的氣味。但是一走出來，食堂又恢復了吸引力，他又想著食堂，數算著到明天吃午飯還有多少時間。

夜裡小屋很冷，達林斯基睡不好：脊背、耳朵、腳、手指頭都凍得難受，臉頰凍得發木。他睡覺總是不脫衣服，腳上裹兩副裹腳布，頭用毛巾包起來。

起初他感到奇怪，自己在這兒接觸到的人似乎想的不是戰爭，他們的頭腦裡塞滿了吃的問題、抽菸問題、洗衣服問題。但是過沒多久，達林斯基在和營長、連長們談大炮怎樣過冬、談錠子油、談彈藥供應問題的時候，就發現自己頭腦裡也充滿了生活方面的各種各樣操心的事、希望和苦惱。

方面軍司令部好像遠在天外，他只能幻想小一點兒的：到艾理斯塔附近的集團軍司令部去住一、兩天。他想上集團軍司令部，不是盼望和藍眼睛的阿拉·謝爾蓋耶芙娜會面，而是思念著洗洗澡，洗洗衣服，吃一碗菜湯白麵條。

現在他覺得在鮑瓦那兒過夜都是愉快的了，住在鮑瓦的小屋裡實在不壞。而且和鮑瓦談的不是洗衣服，也不是菜湯。

特別使他受不了的是蝨子。

他很長時間不明白為什麼身上常常發癢，有時正談著公事，他忽然拚命在腋下或大腿上抓起癢來，卻還不明白談話對方的會心微笑。他一天一天地癢得愈來愈厲害。鎖骨旁邊和腋下發癢已經成了習慣。他以為是害皮疹，認為害皮疹是因為皮膚太乾燥了，是塵土和沙子刺激的。有時癢得難受，他在路上走著，忽然站下來，又搔大腿，又搔肚子，又搔屁股。夜裡身上癢得特別厲害。達林斯基一醒過來就拚命拿手指甲撓胸前的皮膚，撓上很久。有一次他仰面躺著，把腿蹺起撓腿，又一面呻吟著撓腿肚子。愈熱皮膚愈癢，他發現了這一點。一到被窩裡渾身就癢得受不了。有時在夜裡他到寒冷的空氣裡，就不怎麼癢了。他想上醫務所去，要一點治皮癬的藥膏。

有一天早晨，他扯了扯襯衣領口，看到領子縫兒裡有一些懶洋洋、肥嘟嘟的蝨子。蝨子非常多。達林斯基又害怕又不好意思地回頭看了看睡在他旁邊的大尉，大尉已經醒來，坐在床上，臉上帶著發狠的表情在敞開的長襯褲上擠蝨子。嘴裡還不出聲地嘟囔著，顯然是在進行戰鬥統計。

達林斯基脫下襯衣，也幹起同樣的事。這兒的早晨靜悄悄，霧濛濛。聽不見槍炮聲，也沒有飛機隆隆聲，大概正因為這樣，在兩位軍官手指甲下面陣亡的蝨子的咯吧聲特別清脆。大尉瞥了達林斯基一眼，說：「呵，好傢伙，像狗熊！不，應該說，像母豬！」

達林斯基一面在襯衣領子上搜索著，說：「難道不發藥粉嗎？」

「發是發，」大尉說，「可是有什麼用？需要洗澡，可是喝的水都不夠。食堂裡為了節省水，鍋碗幾乎都不洗。哪兒有水洗澡？」

「有沒有滅蝨汽鍋？」

「算了吧。只是把衣服燻一燻，燻得蝨子紅一陣子。唉，我們駐紮在奔薩做後備隊的時候，那日子才快活呢！我都沒有上過食堂。女房東給我做吃的，而且不是老太婆，是水靈靈的娘們兒。每星期洗兩次澡，天天有啤酒喝。」

「怎麼辦呀？」達林斯基問道。「這兒離奔薩還遠。」

大尉一本正經地看了看他，用信任的口氣說：「中校同志，有一個好辦法。用鼻菸！把磚碾碎了，和鼻菸攙和在一起。撒到襯衣上。蝨子就要打噴嚏，難受得團團轉，撞到磚上把頭撞碎。」

他是一本正經的，所以達林斯基一下子沒明白他是在進行口頭創作。幾天之後，達林斯基便聽到十來個這種題材的故事。口頭創作是很豐富的。

現在他的腦子日日夜夜思索著許多問題：吃飯、洗衣服、換衣服、藥粉，用瓶子裝開水把蝨子燙死，把蝨子凍死，把蝨子燒死。他連女人也不想了，他想起了他在勞改營裡聽刑事犯人說的俗語：「有勁兒活，就沒勁兒想老婆。」

五十九

整整一天，達林斯基都是在炮兵營陣地上度過的。一天中，沒聽到一聲炮響，沒有一架飛機在空中出現。

營長是個年輕的哈薩克人。他用純正的俄語說：「我想，明年可以在這兒種瓜了。您來吃瓜好啦。」

這位營長覺得在這兒並不壞，他一天到晚露著白牙說笑，用彎彎的短腿在很深的沙子裡輕快地來來回回走著，親熱地看著站在油氈小屋旁邊的上了套的駱駝。

可是達林斯基看到年輕哈薩克人的快活勁兒，很生氣。他希望孤獨，所以到傍晚時候，他朝第一連陣地走去，雖然下午他已經去過了。

月亮升上來，老大老大的，黑色多於紅色。月亮在黑色而透明的天空裡慢慢往上爬升，因為使勁，它的臉脹得愈來愈紅。在帶怒氣的月光中，夜晚的沙漠、長筒子大炮、反坦克槍和火箭炮顯得十分特別，十分驚慌，十分小心。大路上有一隊駱駝拉的大車，車上裝的是彈藥箱和乾草。一切無法連接的東西似乎都連接起來了：牽引拖拉機，載有部隊報紙印刷設備的汽車，無線電臺細細的天線，長長的駱駝脖子，還有駱駝從容不迫的波浪式步子，就好像駱駝渾身沒有一根硬骨頭，全是用橡膠澆成的。

駱駝走過去了，寒冷的空氣中留下一股農村的乾草氣息，當年伊戈爾公爵大軍作戰的空曠田野上空，也出現過這樣黑色多於紅色的老大的月亮。當年波斯人進軍希臘，羅馬軍隊進入德意志森林，首席執政官的部隊夜晚到達金字塔腳下的時候，天空懸掛的也是這個月亮。

當人們想到過去的時候，總是通過稀疏的篩子篩選出一件件歷史大事，把士兵的痛苦、磨難和不幸全部篩掉。在頭腦裡只剩下空洞的故事，得勝的軍隊怎樣部署，失敗的軍隊怎樣部署，參加戰鬥的有多少戰車、石弩、駱駝，或者多少坦克、大炮、飛機。頭腦裡留下的印象，是英明而幸運的統帥怎樣牽制中心，突擊側翼，山崗後面的伏軍怎樣突然衝出來決定了戰鬥的結局。再就是很平常的故事：得勝的統帥班師回朝後，被懷疑有意推翻君主，結果因為拯救祖國而獻出頭顱，或者倖免一死，被流放。

這兒真是藝術家創作的一幅激戰之後的圖畫：一輪朦朧的老大月亮懸掛在戰場上空，身穿鎖子甲的英雄們張開手臂睡著，旁邊是打壞的戰車或者坦克，有些勝利的英雄們抱著衝鋒槍，坐在搖搖晃晃的帆布帳篷裡，有的頭戴古羅馬的銅鷹頭盔，有的頭戴近衛軍皮帽。

達林斯基無精打采地坐在炮兵連陣地上的一個彈藥箱子上，聽兩名蓋了大衣躺在大炮旁邊的戰士說話。連長和指導員上營部去了，從方面軍司令部來的這位中校似乎也睡熟了。戰士們是從通信員嘴裡瞭解他的身分的。兩個戰士悠然自得地抽著自己捲的菸捲兒，吐著菸圈兒。

這顯然是兩個好朋友，他們都有真正的朋友才會有的感情，他們相信，一個人生活中發生的每一椿微不足道的小事，對於另一個人往往是很重要的，是值得關心的。

「怎麼啦？」其中一個似乎用嘲笑和漠不關心的口氣問。

「怎麼啦，怎麼啦，難道你不知道他的情形？他的腳疼，不能穿這種鞋。」

「那又怎麼啦？」

「可是他只能穿鞋子呀，又不能光著腳。」

「噢，就是說，沒有發給他靴子。」他的口氣中再也沒有嘲笑和漠不關心的意味了，他顯得對這件事十分關心。然後他們談起家裡的事。

「你猜我老婆寫些什麼？這也沒有，那也沒有，不是兒子生病，就是女兒生病，老娘們兒，就是這樣。」

「可是我老婆寫得更乾脆：你們在前方有什麼難的，你們有給養，可是我們在這兒過這種戰時的困難日子，簡直活不下去了。」

「都是女人見識，」一個說，「她們躲在大後方，不瞭解前方是什麼樣子。她們光看到你的給養。」

「一點兒不錯，」另一個說，「她們有時買不到煤油，就以為這是天大的事了。」

「是的，她們有時站站隊，似乎比在這沙漠上拿燃燒瓶打坦克都困難。」

他竟說起坦克和燃燒瓶來，其實他和他的朋友都知道，德國人的坦克從來沒上這兒來過。在生活中是男人更艱苦還是女人更艱苦這個永遠談不完的話題，也發生在戰時這夜晚的沙漠上。

不過還沒有得出結論，其中一個就很不果斷地說：「不過，我老婆是有病，她的脊椎骨有毛病，抬一下重東西，就要躺幾個星期。」

接著，似乎又換了話題，他們談起這周圍是一塊多麼可恨的缺水地方。

那個離達林斯基比較近些的戰士說：「她這樣寫，也沒有不好的意思，只是因為不瞭解。」

另一名戰士補充了一下，否認自己有意說軍人妻子們的壞話，同時又不否認：「是的。我這是說氣話。」

然後他們又抽了一會兒菸，沉默了一會兒，又說起保險刀片多麼不保險，說起連長的新制服，又說起不論多麼艱難困苦，還是想活下去。

「你瞧，這夜晚多麼好，你要知道，我在上中學的時候，看到這樣一幅畫：當空一輪明月，戰場上到處是戰死的英雄。」

「這有什麼相同之處？」另一名戰士笑道。「那是英雄，咱們算什麼，和麻雀一樣，咱們幹的是蠢事。」

六十

忽然，達林斯基右方響起爆炸聲，打破夜的寂靜。

「一〇三毫米。」老練的耳朵判斷說。腦子裡閃過一些念頭，那是在敵人的炮彈爆炸時常常出現的：「是不是偶然的？唯一的？是試射？會不會採取交叉射擊？是不是進行炮轟？是不是坦克來了？」

一切久經戰陣的人都在傾聽，腦子裡都出現了和達林斯基大致相同的念頭。

一切久經戰陣的人都能從上百種聲音中分辨出一種真正使人擔心的聲音。一個老練的戰士，不論他正在幹什麼，不論是手裡正拿著調羹，或者正在擦槍，在寫信，在用手指頭摳鼻子，在看報，或者完全無思無慮（一個當兵的在空閒時候有時也會這樣），會立刻轉過頭去，豎起專注而靈敏的耳朵。

這一次馬上得到了答案。右邊接二連三傳來爆炸聲，接著左邊也傳來爆炸聲，周圍轟隆隆，卡啦啦，硝煙彌漫，一切都震動起來。

這是炮轟！

透過硝煙、灰土和沙子可以看到爆炸的火光，在爆炸的火光中可以看到硝煙。人們在奔跑，在臥倒。

沙漠上一片淒慘的叫聲。炮彈開始在駱駝旁邊爆炸，駱駝把大車弄翻，拖著扯斷的套繩奔跑著。達林斯基不顧炮彈紛紛在爆炸，站起身來，注視著可怕的景象。

他的腦子裡清清楚楚地閃過一個念頭：他在這兒看到的是祖國的末日景象。他心中充滿了不祥的感覺。這沙漠中瘋狂奔跑的駱駝的可怖叫聲，這俄羅斯人驚駭的喊聲，這紛紛奔跑躲避的人們！俄羅斯完了！被趕到靠近亞洲的寒冷的沙漠上的俄羅斯，就要完了，就要死在昏沉而靜謐的月光下，親切而悅耳的俄羅斯語言已經和狂奔的、被德國炮彈炸傷的駱駝的恐怖與絕望的慘叫聲合成了一片。

在這痛苦的時刻，他心中出現的不是憤怒，不是仇恨，而是對世上所有的弱者和窮人的兄弟情感；他在草原上遇到的那個卡爾梅克人黑糊糊的蒼老的臉，此時此刻不知為什麼浮現出來，而且他覺得格外親切，似乎早就熟識了。

「有什麼辦法呢，這是註定了的。」他在心裡說。他也明白，如果失敗了，他也沒有必要活在世上。他環視了一下躲在掩壕裡的士兵們，挺直了身子，準備在這場淒慘的戰鬥中擔負起這支炮兵連的指揮任務，他叫道：「喂，電話員，過來！到我這兒來！」

可是爆炸聲忽然停息了。

就在這天夜裡，遵照史達林的指示，三方面軍的司令員瓦圖京、羅科索夫斯基和葉廖緬科向所屬部隊發布了進攻的命令，正是這次進攻在一百個小時中解決了史達林格勒戰役的命運和保盧斯的三十三萬大軍的命運，成為整個戰爭進程的轉捩點。

集團軍司令部有一通電報在等待著達林斯基：要他去諾維科夫上校的坦克軍裡去，負責向方面軍司令部報告坦克軍的戰鬥行動。

六十一

在十月革命節過後不久，德國空軍又對史達林格勒發電站進行了密集轟炸。十八架轟炸機向發電站投下大批重型炸彈。

一片瓦礫的發電站籠罩著一團團的硝煙，德國空軍的毀滅性力量使發電站的工作完全停止了。

在這次轟炸之後，斯皮里多諾夫的手劇烈地哆嗦起來。他端起茶杯喝茶，常常把茶潑灑出來，有時覺得哆嗦的手指頭端不住茶杯，只好把茶杯放回桌子上。只有在喝過酒之後，手指頭才停止哆嗦。

領導者開始放工人走了，於是工人們便搭過河的船隻渡過窩瓦河和圖馬克河，進入草原，去阿赫圖巴中游地區和列寧斯克。發電站領導人曾經向莫斯科詢問過，要求允許撤離，因為車間已經炸燬，他們留在前線已失去意義。莫斯科方面遲遲不作回應，令斯皮里多諾夫非常著急。在轟炸之後，黨中央馬上通知召見黨委書記尼古拉耶夫，尼古拉耶夫便乘飛機上莫斯科去了。

斯皮里多諾夫和卡梅紹夫在發電站的瓦礫堆中走來走去，互相勸說著：他們在這兒無事可做，應該離開。可是莫斯科一直沒有回話。

斯皮里多諾夫很為薇拉擔心。她渡過伏爾加到左岸以後，感到身體很不好，不能上列寧斯克去了。要搭乘載貨汽車在炸壞的路上走一百公里，汽車在凍得像石頭一樣的土塊叢中走，顛得很厲害，一個快到分娩時候的孕婦是受不了的。

幾位熟識的工人把她攙到岸邊一條駁船上，這條船已經凍在冰上，變成了宿舍。

在發電站第二次被轟炸之後不久，薇拉請快艇上的一位技師給爸爸送來一封信。她叫爸爸放心：在艙裡給她讓出一塊地方，是一個很舒服的角落，還有布幔遮著。在疏散的人當中有別克托夫診所的一名護士和一位年老的助產士；離駁船四公里有一所野戰醫院，如有什麼複雜情況，隨時可以把醫生請來。駁船上有開水爐子，有爐灶，做飯大家一齊動手，糧食由州黨委供應。

雖然薇拉要爸爸放心，可是信上的每一句話都引起他的擔心。也許，只有一點使他得到安慰，就是薇拉寫的：自從打仗以來，這條駁船一次也沒有遭到轟炸。如果他能到左岸去，他一定能弄到一部小汽車或者救護車，至少把薇拉送到阿赫圖巴中游地方去。

可是莫斯科還是沒有回話，沒有叫站長和總工程師撤離，雖然現在被炸燬的發電站只需要一小隊軍事化的保衛人員就夠了。工人和技術人員們不樂意沒有事在發電站閒待著，一得到站長允許，馬上就朝渡口走去。

只有安德烈耶夫老頭子不願意到站長這兒來拿蓋有圓圖章的正式證明信。在轟炸之後，斯皮里多諾夫就勸安德烈耶夫上列寧斯克去，他的兒媳婦和孫子就住在那兒，可是安德烈耶夫說：「不去，我要留在這兒。」

他覺得，他在史達林格勒的河岸邊，可以和過去的生活保持聯繫。也許，再過一段時間他就可以回到拖拉機廠工人村去了。他可以在毀於炮火的房屋之間走走，到他老伴蒔弄的小園子裡去，把倒下的小樹扶起來，支起來，看看埋起來的東西是否還在，然後在歪倒的柵欄旁邊的石頭上坐一坐。

「瞧，瓦爾瓦拉，縫紉機還在，而且還沒生銹呢，柵欄旁邊的蘋果樹全完啦，是炮彈炸壞的，在地窖桶裡的酸白菜只有上面開始發霉。」

斯皮里多諾夫本來想和克雷莫夫談談自己的事情，但是十月革命節以後，克雷莫夫再也沒有上發電站來。

斯皮里多諾夫和卡梅紹夫決定等到十一月十七日，到那時就走，因為在發電站的確無事可幹。德軍卻還在不時地炮轟發電站。在密集轟炸之後十分焦急的卡梅紹夫說：

「斯皮里多諾夫同志，他們既然不停地在轟，可見他們的偵察隊一點兒也不頂用。他們的空軍隨時都可能再來轟炸。要知道德國人執拗得像老牛一樣，會照準了一塊空地方一個勁兒地猛轟。」

十一月十八日，斯皮里多諾夫和保衛人員告過別，吻了吻安德烈耶夫老頭子，最後掃視了一遍發電站的瓦礫堆，便離開了史達林格勒發電站。他一直沒有等到莫斯科方面的正式准許。

史達林格勒戰役期間他在發電站幹了很多事情，幹得很認真，很艱苦。他害怕打仗，很不習慣戰爭環境，一想到空襲就膽怯，在轟炸時嚇得直發呆，然而他還在工作，因此他的工作就尤其艱苦，尤其可貴。

他提著箱子，背著包袱，一面走，一面回頭望著，向站在炸燬的大門口的安德烈耶夫揮著手，望著已經沒有了玻璃的工程技術大樓，望著渦輪車間淒涼的斷牆，望著依然在燃燒的儲油室上空的輕煙。

他離開發電站的時候，發電站已經不需要他了，他是在蘇軍開始進攻的前一天離開的。但就是他沒有捱過去的這一天，卻在很多人的眼睛裡把他的勤懇、艱苦的工作一筆勾銷；有些人本來準備把他稱作英雄的，現在卻管他叫膽小鬼和逃兵了。

他心中很久都保留著十分痛苦的感情，常常想起，他是怎樣一面走，一面回頭看，一面揮手，而孤單的老頭子怎樣站在電站大門口望著他。

六十二

薇拉生了一個兒子。

她躺在駁船艙裡，在一張用粗糙的木板釘成的床上。幾個女人為了讓她暖和，把不少破舊衣服堆到她身上，和她躺在一起的是裹在小被子裡的嬰兒。要是有人進來，掀開帷幔，她便看到許多人，男人和女人，從上面床鋪上垂掛下來的破爛兒。她聽到亂哄哄的說話聲、孩子的哭叫聲和鬧騰聲。她的頭腦裡模模糊糊的，煙氣騰騰的空氣也模模糊糊的。

艙裡很悶，同時又很冷，板壁上有的地方結了霜花。人們夜裡睡覺不脫氈靴和棉衣。婦女們整天裹著頭巾和破被子，不住地呵凍僵的手指頭。

小小的窗戶幾乎挨到冰面，光線勉強可以透進來，所以大白天在艙裡都是幽暗的。到晚上就點起油燈。人們的臉被煙燻得黑糊糊的。舷梯旁的艙門一打開，一團團的熱氣就衝進艙來，很像爆炸的炮彈的硝煙。

頭髮蓬亂的老婦人撓著白髮和灰髮，老頭子們坐在地上端著杯子在喝開水，裹著頭巾的孩子在各色各樣的枕頭、包袱、箱子上爬著玩兒。

薇拉因為有孩子躺在胸前，覺得她的想法變了，她對一切人的態度變了，身體也變了。

她想到自己的好朋友季娜·麥爾尼科娃，想到照料過她的老奶奶謝爾蓋耶芙娜，想到春天，想到媽媽，想到破了的襯衣，想到棉被，想到謝廖沙和托里亞，想到肥皂，想到德國人的飛機，想到史達林格勒發電站的掩體，想到自己的頭髮很久沒有洗，而她所想到的一切，都充滿了對她所生的孩子的感情，都和孩子有關係，其意義的大小都是由和孩子的關係而定。

她看著自己的手、腳、胸膛、手指頭。這已經不是那雙打排球、寫文章、翻書的手。這已經不是那雙在學校樓梯上跑上跑下、在暖和的河水裡蹦來蹦去、被蕁麻紮得癢癢的腿了，也不是街上行人回頭看她時看到的那雙腿了。

她想著孩子，同時也想著維克多羅夫。飛機場在伏爾加左岸，維克多羅夫就在附近，窩瓦河再也不能把他們分開了。馬上就會有飛行員們到艙裡來，她就問：「你們認識維克多羅夫上尉嗎？」飛行員們會說：「我們認識。」「請你們告訴他，他的兒子和妻子在這兒。」

有些婦女到帷幔後面來看她，搖搖頭，又笑，又歎氣，有的俯身向著嬰兒，哭了起來。她們為自己哭，為嬰兒笑，要懂得她們的心情，是不需要什麼話的。

如果有人向薇拉問什麼話，那麼問話也無非是產婦怎樣才能餵好嬰兒：乳房是不是有奶水，有沒有乳腺炎，潮溼空氣是不是使她感到氣悶。

產後第三天，父親來到她身邊。他已經不像史達林格勒發電站的站長，提著箱子，背著包袱，鬍子拉碴的，豎著大衣領子，繫著領帶，鼻子和兩腮被冷風吹得通紅。

父親來到她床前，她看到父親那打顫的臉最初一會兒不是對著她，而是對著躺在她旁邊的小東西。

他背過身去。她從他的肩膀和脊背看出來，他是在哭。她明白，他哭的是媽媽再也不會知道這個外孫，不能像他剛才那樣看看外孫了。

過了一會兒，他對自己流淚又生氣，又感到不好意思，因為幾十個人看見了，他用凍啞了的聲音說：「好啊，因為你，我做外公啦。」

他俯下身去，吻了吻薇拉的額頭，又用冰冷的髒手撫摩了幾下她的肩膀。然後他又說：「十月革命節那天，克雷莫夫上發電站來過。他還不知道你媽媽已經不在了。」他一個勁兒問葉妮婭的情況。」

一個鬍子拉碴的老頭子穿一件女式棉襖，露著一團一團的爛棉花，他吃力地喘著氣說：

「斯皮里多諾夫同志，現在又是頒發庫圖佐夫動章，又是頒發列寧動章和什麼英雄動章，為的是多殺一些人。我們的人和他們的人殺了多少啦！倒是真應該頒發這麼大的動章，兩公斤重的，給您的女兒，因為她在這樣艱苦的條件下帶來了新生命。」

這是在薇拉生過孩子之後談起她的第一個人。

斯皮里多諾夫決定留在駁船上，等到薇拉身子硬朗了，和她一起上列寧斯克去。他要上古比雪夫去接受新的任務，上列寧斯克是順路。他看到駁船上的伙食太差，應當馬上為女兒和外孫想想辦法，所以等身上暖和過來之後，便前去找州黨委的指揮所，州黨委指揮所就在附近，在森林中的什麼地方。他指望到那兒通過朋友弄一些豬油和糖來。

六十三

這一天在艙裡特別難受。伏爾加上空籠罩著烏雲。骯髒的冰上到處是垃圾和黑糊糊的泔水，沒有孩子在上面玩，婦女們也不在冰窟窿裡洗衣服，下游來的冷風撕扯著凍在冰上的破布，又從艙門的縫兒鑽進艙裡，使整個駁船到處是呼嘯聲和咯吱聲。

人們呆呆地坐著，裹著頭巾、棉衣、棉被。最喜歡嘮叨的娘們兒也不說話了，傾聽著風的吼聲、木板的咯吱聲。

天色漸漸黑了。這黑暗似乎來自人們難以忍受的痛苦，來自可怕的寒冷、饑餓、骯髒，來自沒完沒了的戰爭的折磨。

薇拉躺著，把棉襖一直拉到下巴底下，每一陣風鑽進艙裡，她都感覺到寒氣在面頰上拂過。此時此刻，她對一切都很悲觀：父親也不能把她送走了，戰爭永遠不會結束，到春天德國人就會侵入烏拉爾，侵入西伯利亞，他們的飛機會永遠在天空尖叫，永遠有炸彈爆炸聲。

她第一次懷疑維克多羅夫離她很近。戰場是很多的。也許，不論戰場，不論後方，都已經找不到他了。

她掀開小被子的一角，凝視著孩子的臉。他為什麼哭呀？也許是她的苦惱傳給了他，就像她把溫暖和奶水給了他一樣。

這一天，嚴冬的酷寒、凜冽的冷風、遍布遼闊平原與大河上的大規模戰爭讓人們心情沉重。

難道一個人能長期忍受這樣饑寒交迫的可怕日子？

為薇拉接生的老奶奶謝爾蓋耶芙娜走到她床前，說：「我看你今天的樣子很不好，還不如第一天。」

「沒什麼，」薇拉說，「爸爸明天就要回來，會給我帶吃的東西來。」

儘管謝爾蓋耶芙娜聽說要給產婦帶豬油和糖來，感到很高興，可她還是氣憤地、很不客氣地說：「你們這些當官的人家，總有好東西吃，到處有好吃的東西等著你們。可是我們吃的東西只有一樣——凍馬鈴薯。」

「安靜點兒！」有一個人叫道。「大家安靜點兒！」

船艙的另一頭響起一個不很清楚的聲音。

忽然，那聲音變得響亮起來，壓倒其他一切聲音。

那是一個人就著油燈的亮光在讀報：

「最新消息……我軍在史達林格勒市區發起強大攻勢……近日來，駐守在史達林格勒附近要衝地帶的我軍向德國法西斯軍隊發起猛攻。進攻從兩個方向開始：從史達林格勒西北部和南部……」

人們一聲不響地站著，在哭。一條無形的奇怪的線連接著他們和那些小夥子，那些小夥子此時此刻正迎著寒風在雪地上前進，有的躺在雪地裡，渾身是血，用模糊的目光向人世告別。

老頭子和婦女們在哭，工人們在哭，孩子們帶著不是孩子應有的表情和大人站在一起聽人讀報。

「我軍攻克頓河東岸的卡拉奇市、克裡沃穆茲金車站、阿布加薩羅沃市及其車站……」

薇拉也和大家一起流眼淚。她也覺得有一條線連接著那些在黑沉沉的冬夜裡前進、倒下去又爬起來、又倒下去卻再也爬不起來的人和在這艙裡聽著進攻消息的受盡苦難的人們。

為了她，為了她的兒子，為了兩手浸在冰水裡凍裂了口子的婦女們，為了老年人，為了裹著媽媽的破頭巾的孩子們，那些人在迎著死亡往前沖。

於是她十分高興地哭著想，等她的丈夫上她這兒來，婦女、老年人和工人們會一齊把他圍住，管他叫「好孩子」！

那人還在念戰報：

「我軍的進攻仍在繼續。」

六十四

值班參謀向空軍第八集團軍司令彙報了各團一天來的作戰情況。

將軍把放在面前的報表瀏覽了一遍，對值班參謀說：「薩卡布盧卡很不走運，昨天他的政委被擊落了，今天又有兩名飛行員被擊落。」

「司令員同志，我往他們團部打過電話，」值班參謀說，「明天安葬別爾曼同志。軍委委員說要去參加葬禮，要講話。」

「我們的委員就喜歡講話。」司令員笑了笑。

「司令員同志，兩名飛行員情況是這樣：中尉科羅爾是在第三十八近衛師防地上空被擊落的，小隊長維克多羅夫上尉是在德軍機場上空被敵機打得著了火，還沒有飛到前線，就在高空墜落，恰好落在中間地帶。步兵看到，幾次想到他跟前去，都被德國人打了回來。」

「是啊，常常有這種情況。」司令員說著，用鉛筆搔了搔鼻子。「您現在辦一件事：和方面軍司令部聯繫一下，提醒他們，薩哈羅夫曾經答應給我們換一輛吉普，要不然很快就沒有車子用了。」

死去的飛行員在積雪覆蓋的小丘上躺了一夜。寒風凜冽，星光燦爛。黎明時小丘變成粉紅色，飛行員躺在粉紅色的小丘上。後來吹起貼地的攪雪風，屍體漸漸被雪埋住。

第三部

一

在史達林格勒進攻戰開始前幾天，克雷莫夫來到第六十四集團軍的地下指揮所。軍委委員阿勃拉莫夫的副官正坐在寫字臺前就著雞湯吃餅子。

副官放下調羹，歎了一口氣，從這口氣可以聽出來，雞湯滋味太美了。克雷莫夫的眼睛都溼了，他忽然極其強烈地希望就著白菜湯吃一塊餅子。

在布幔後面，副官稟報過以後，就沒有聲音了。過了一會兒，克雷莫夫聽到他已經熟悉的嗄啞的聲音，不過這一次那聲音不高，克雷莫夫聽不清說的是什麼。

副官走出來，說：「軍委委員不能接見您。」

克雷莫夫驚訝地說：「我沒有要求接見。是阿勃拉莫夫同志叫我來的。」

副官看著雞湯，沒有作聲。

「這麼說，是改變主意了？我真不明白。」克雷莫夫說。

克雷莫夫出了地下指揮所，順著一條乾溝朝伏爾加岸邊走去，軍隊報紙的編輯部在那兒。

他走著，因為這次莫名其妙的召喚，因為自己見到別人吃餅子就眼饞，心裡十分懊惱，一面傾聽著庫波羅斯山溝那邊傳來的零亂的、懶洋洋的炮聲。

有一位頭戴軍帽、身穿軍大衣的姑娘朝作戰科走去。克雷莫夫朝她打量了一眼，在心裡說：「真漂亮！」

他的心又因為習慣的惆悵感而緊緊收縮起來，他想起葉妮婭。他又同樣習慣地吆喝自己：「追上她，追上去！」又回想起在哥薩克小鎮上那一夜，想起那個年輕的哥薩克女子。後來他想起斯皮里多諾夫：「是一個很好的人，不過他當然不是斯賓諾莎。」

這些念頭、懶洋洋的炮聲、對阿勃拉莫夫的惱火、秋日的天空，在他的腦海裡清清楚楚地迴旋了很久。這時，有一名軍大衣上別著綠色大尉領章的司令部工作人員，從指揮所趕來，把他喊住。

克雷莫夫大惑不解地朝他看了看。

「上這兒來，這兒來，請吧。」大尉用手指著一座小屋的門，低聲說。

克雷莫夫經過一道崗哨，朝門口走去。他們走進屋裡。裡頭有一張辦公桌，在板牆上用圖釘釘著史達林肖像。克雷莫夫以為大尉找他有事，大概要說：「對不起，營政委同志，您能不能把我們的報告帶到左岸，交給托謝耶夫同志？」但是大尉沒有這樣說。他說的是：「把您的武器和身分證交出來。」

於是克雷莫夫十分慌亂地說了已經毫無意義的話：「您有什麼權力這樣對待我？您想看我的身分證，先把您的身分證給我看看。」

後來，等他相信了這毫無來由、毫無道理但又毫無疑問的事，他就說了類似的情況下成千上萬的人在他之前說過的話：「這真是荒唐，我簡直一點兒也不懂，莫名其妙。」

不過，這已經不是自由的人說的話了。

二

「你別裝糊塗。你說，你在被圍困期間幹了些什麼？」

他在窩瓦河左岸，在方面軍司令部特別科受到審訊。油漆地板、窗臺上的花盆、牆上的掛鐘似乎都散發著小地方的寧靜氣氛。右岸顯然有飛機在轟炸；從史達林格勒方面傳來的轟隆聲和玻璃顫動聲顯得似乎熟悉又親切。

和自命不凡、嘴唇灰白的偵訊員一起坐在餐桌邊的是一個粗野的中校，不知為什麼他還沒有發作。

可是你瞧，這個肩膀在石灰爐壁上蹭著石灰印子的中校走了過來，走到這個坐在凳子上、當年指導過東方殖民國家工人運動的人，這個身穿軍服、佩戴政委金星的人，這個生來善良和藹的人跟前，照他的臉上狠狠打了一拳。

克雷莫夫用手摸了摸嘴巴和鼻子，朝自己的手上看了看，看到手上又是血又是唾液。然後他動了動嘴巴。舌頭發僵，嘴唇也麻木了。他看了看剛剛擦洗過的油漆地板，便把血吞嚥下去。

深夜，他痛恨起特別科的人。但是起初他既不覺得恨，又不覺得疼。一拳打在臉上，把他的精神打垮了，除了麻木和發僵以外，什麼感覺也沒有。

克雷莫夫回頭看了看哨兵，覺得很不好意思。紅軍士兵看到一個共產黨員挨打！打的是共產黨員克雷莫夫，是當著小夥子的面打的，克雷莫夫所參加的偉大革命就是為了這些小夥子。

那個中校看了看錶。已經是科長級食堂開晚飯的時間。

克雷莫夫被押著在又是灰土又是雪粒的院子裡走著，朝著原木搭成的囚室走去。這時候，從史達林格勒方面傳來的空襲的轟隆聲特別清楚。在麻木過去之後，他的第一個念頭是，德國人的炸彈可以把這小小的囚室炸燬……這個念頭又簡單又醜惡。

在原木作牆的悶人囚室裡，他感到又絕望，又憤怒，再也控制不住自己。當年是他用嘎啞的嗓門兒叫喊著，向飛機奔去，迎接自己的好朋友季米特洛夫同志；是他抬過蔡特金同志的棺材；現在也是他像個小偷一樣看著，特別科人員是不是要打他。是他從重圍中把許多人帶出來，他們都稱他「政委同志」。現在是一個拿槍的農村小夥子用厭惡的目光看著他，看著他這個在審訊中被另外一個共產黨員打得滿臉是血的共產黨員……

他還不能理解「失去自由」這句話的全部意義。但他已經成為另外一種生物，他的一切都應當改變，因為他已經失去自由。

他的眼前發黑……他要去找謝爾巴科夫，去找黨中央，他還可以去找莫洛托夫，不把這個壞蛋中校槍斃，絕不甘休。你們打電話吧！就打電話給克拉辛吧。要知道，史達林都聽說過我，知道我的名字。史達林同志有一次問日丹諾夫同志：「這是哪一個克雷莫夫，是在共產國際工作過的那個克雷莫夫嗎？」

可是克雷莫夫馬上就覺得腳下是深深的泥潭，他就要陷進又黑、又黏、又稠的無底泥潭中……有一種不可抗拒的、比德國的裝甲部隊更厲害的力量向他撲來。他失去了自由。

葉妮婭！葉妮婭！你看見我嗎？葉妮婭！瞧瞧我吧，我遭殃了！我太孤單了，沒有人理睬我了，你也不睬我了。

一個壞蛋打了他。他神智模糊，氣得手指頭都打哆嗦，真想朝特別科的壞蛋撲過去。他過去對憲兵、對孟什維克、對他審訊過的黨衛軍軍官都沒有這樣痛恨過。

在打他的人身上，克雷莫夫人看到的不是敵人，而是他自己，克雷莫夫，也就是當年那個看到《共產黨宣言》上那句激動人心的「全世界無產者，聯合起來！」興奮得流淚的孩子。這種相近的感覺才真正可怕。

三

天色漸漸黑了。有時這狹小囚室的難聞空氣中充滿史達林格勒激戰的隆隆聲。也許是德國人在攻打著保衛正義事業的巴秋克和羅季姆采夫的部隊。

過道裡偶爾有走動聲。大囚室的門不時打開。那裡住的是逃兵、叛徒、趁火打劫的人、強姦犯。他們常常要求上廁所，看守的士兵在開門之前，總要和他們吵上老半天。

克雷莫夫從史達林格勒的河邊被押來的時候，在大囚室裡待了一陣子。誰也沒注意這位袖子上還戴有紅星的政委。他們關心的只是有沒有帶紙，好讓他們捲菸捲兒。這些人所想的只是吃，抽菸，滿足身體需要。

是誰，是誰控告他？多麼痛心啊，知道自己無罪，同時卻又覺得犯了彌天大罪，嚇得渾身發冷。羅季姆采夫的管道，「6-1」號樓的瓦礫，白俄羅斯的沼地，沃羅涅日的冬天，史達林格勒的渡河——一切幸福的、愉快的事都已成為過眼雲煙。

他現在真想上外面去走走，抬起頭看看天空。去看看報紙。刮刮鬍子。給弟弟寫封信。他想喝杯茶，還要歸還他借來的一本書。看看錶。洗洗澡。到箱子裡去拿一塊手帕。可是他什麼也不能了。他失去了自由。

過了一會兒，克雷莫夫被押出大囚室，來到過道裡，警備隊長罵看守的士兵說：「我對你說得很清楚，你他媽的為什麼把他塞到大房間裡？哼，你糊裡糊塗，想上前線是不是？」

等警備隊長一走開，看守的士兵對克雷莫夫發牢騷說：「經常是這樣。單人囚室總不得空閒！他自己說過，要把該槍斃的關在單人囚室裡。如果我把您關進去，該把他關到哪兒去？」

一會兒克雷莫夫就看到幾名士兵從單人囚室裡押出一名判處槍決的犯人。犯人那一頭淡黃色的頭髮貼在凹進去的狹窄的後腦上。他可能有二十歲，至多二十五歲。

克雷莫夫被帶進空出來的單人囚室。他在幽暗中依稀看到小桌子上有一隻飯盒，還摸到旁邊有一只用麵包瓤捏成的小兔子。看樣子，這是犯人剛剛捏成的：麵包還是軟和的，只有兔子的兩隻耳朵有點兒硬了。

漸漸靜下來……克雷莫夫半張著嘴，坐在鋪上，睡也睡不著；需要考慮的事情太多了。但是被打昏了的頭不能思考，鬢角疼得厲害。頭腦裡一陣陣長浪在旋轉、奔騰、震盪，想鎮定也鎮定不了，想什麼都想不成。

夜裡過道裡又有嚷嚷聲。值班的士兵在呼喚領班的班長。靴子的踢躂聲。克雷莫夫聽出警備隊長在說話：「把他媽的那個營政委帶出來，讓他在警衛室裡坐一會兒。」

又補充說：「重大事故就是重大事故，上級早晚會知道的。」

單人囚室的門開了，一名士兵喊道：

「出來！」

克雷莫夫走了出來。過道裡站著一個光著腳、只穿著襯褲的人。

克雷莫夫這一生見過很多可怕的東西，但是他一看到這張臉就覺得，比這張臉更可怕的東西他從來沒見過。這張臉很小，帶有骯髒的黃斑。一張臉在可憐地哭著，那皺紋、哆哆嗦嗦的腮和嘴唇都在哭，只有眼睛沒哭。不過最好別看那雙可怕的眼睛，那眼睛的神情也是極其可怕的。

「走吧，走吧。」士兵催促克雷莫夫說。

到了警衛室裡，這名士兵對克雷莫夫說了說發生的重大事故。

「警備隊長說要送我上前線，實際上在這兒還不如上前線，在這兒人的神經都快要錯亂了……把一名故意自傷的弟兄拉出去槍斃。他開槍透過一個大麵包打傷了自己的右胳膊。把他槍斃了，用土埋上，可是夜裡他又活了過來，又回到我們這兒。」

他對克雷莫夫說話，盡可能既不稱「您」，也不稱「你」。

「他們搞得太馬虎了，簡直叫人看著可怕。就是宰牲口也不該這樣馬虎。可是他們幹什麼都馬馬虎虎的。土地是凍的，他們只把荒草扒幾下，胡亂撒幾把土，轉身就走。當然啦，他是能爬出來！如果好好兒地把他埋上，他永遠也爬不出來。」

克雷莫夫是常常回答問題，扭轉人的思想，為人講解的，現在卻大惑不解地向這名士兵問道：「不過，他怎麼又回來了？」

看守的士兵笑了笑。

「還有，帶他去槍斃的班長說，既然重新為他辦手續，就該發他口糧，可是總務科長很凶，發起脾氣：既然已經槍斃，還發什麼口糧？依我看，這話也對。是班長太馬虎，怎麼能叫總務科負責任？」

克雷莫夫忽然問道：「您在戰前是幹什麼的？」

「戰前我在國營農場養蜂。」

「清楚了。」克雷莫夫這樣說，因為周圍和他頭腦裡的一切都糊里糊塗，很不清楚。

黎明時候，又把克雷莫夫押回單人囚室。用麵包瓤子捏的小兔子依然在飯盒旁邊。不過這會兒小兔兒已經硬了，不軟和了。大囚室裡傳出懇求的聲音：「看守，行行好，帶我去解解手吧！」

這時候，草原上升起棕紅色的太陽。好像是一個上了凍又沾滿泥土的甜菜疙瘩爬到了天上。

不久就把克雷莫夫押上一輛嘸半汽車，負責押送的一名和善的中尉就和克雷莫夫坐在一起。司務長把克雷莫夫的提箱交給他。一嘸半汽車就咯吱咯吱地在凍實的阿赫圖巴河邊的泥塊上蹦跳著，朝列寧斯克的飛機場開去。

他呼吸著潮溼的冷氣，滿懷信心和希望——可怕的噩夢似乎已經結束了。

四

克雷莫夫走出小汽車，把灰色的盧比揚卡峽谷打量了一遍。因為長時間的飛機馬達聲，因為眼前不停地閃過一片片收割完畢和尚未收割的田野、一條條小河、一片片樹林，因為心中交替地閃過失望、信心、灰心，這會兒頭腦裡在轟轟作響。

門開了。他進入窒息人的官氣和瘋狂的官場嚴密統治的世界，進入一種生活，這種生活在戰爭之外，與戰爭無關，又在戰爭之上。

在一個悶人的空房間裡，在探照燈似的明亮燈光下，叫他脫光了衣服。在一個若有所思、穿白大褂的人摸他的身體的時候，他打著哆嗦想道，戰爭的沉雷和鋼鐵都沒有打亂這不知羞恥的手指頭一絲不苟的動作。

他想起一名死去的紅軍戰士，在防毒面具裡留下進攻前寫好的字條兒：「我是為幸福的蘇聯生活死的，家裡還有老婆和五個孩子。」被燒死的坦克手，渾身黑糊糊的，一縷縷頭髮黏在年輕的頭上；成千上萬人民的軍隊，穿過森林和沼地，開炮，打機關槍……

那手指頭還在摸著，又鎮定，又平靜，可是政委克雷莫夫還在炮火下呼喊過：「怎麼，格涅拉洛夫同志，您不想保衛蘇維埃祖國！」

「轉過身去，彎下腰，兩腳分開。」

然後，他穿起衣服照相，敞著領口照，板著面孔照，帶著表情照，從正面照，從側面照。他在心裡狠狠地罵著娘，在一張紙上蓋了手印兒。這時，一名忙忙碌碌的工作人員把他褲子上的鈕扣剪下來，又拿走他的腰帶。

之後，他乘著燈光明亮的電梯上去，順著鋪了地毯的長長的、空蕩蕩的走廊朝前走去，經過一個個帶圓孔的門。外科診所病房。癌外科診療室。空氣是暖和的、帶有官氣的，被電燈照得通亮。這是診斷社會病的X光研究所……

「究竟是誰把我關進來的？」

在這窒悶、不通風的空氣中很難思考什麼。夢、清醒、過去、未來全都攪在一起。他失去了自我感覺……我是不是有過媽媽？也許，我從來沒有媽媽。葉妮婭也是可有可無的了。松樹頂上的星星，搶渡頓河，德國人的綠色照明彈，「全世界無產者，聯合起來」，每一個門裡面都有人，我要死得像個共產黨員，莫斯托夫斯科伊這會兒在哪兒，頭轟轟直響，難道是格列科夫朝我開槍，鬈髮的格裡高力·葉甫謝耶維奇·季諾維也夫，共產國際主席，在這走廊上走，多麼難聞、多麼悶人的空氣，多麼討厭的探照燈光……格列科夫朝我開槍，特別科的壞傢伙打我一拳，德國人朝我開槍，不知明天我會怎樣，我向你們發誓，我什麼罪也沒有，要說有罪，只有瞎編，好樣的老頭子在十月革命節在斯皮里多諾夫那兒唱起歌兒，肅反委員會，肅反委員會，肅反委員會，捷爾任斯基當年是這座房子的當家人，亨利·亞戈達，還有明仁斯基，後來就是小個子、綠眼睛的彼得堡無產者葉若夫，現在是又和藹又精明的貝利亞，當然，當然，我們見過面，我們唱過「起來，饑寒交迫的奴隸……」我什麼罪也沒有，要說有罪，只有瞎編，難道要把我槍斃？……

在筆直的走廊裡走，而生活是亂糟糟的，又是小道，又是山溝、沼地、小河、草原灰土、未收割的莊稼，擠著走，繞著走，當命運筆直的時候，就直著走，走廊，走廊，走廊裡有很多門。

克雷莫夫從容不迫地走著，不快也不慢，好像押著他的士兵不在他後面，在他前面。

他一來到盧比揚卡監獄，就產生了一種不同的感覺。「點的軌跡。」他在按指印兒的時候，這樣想道。他不明白自己為什麼這樣想，雖然正是這個念頭表達了他的新感覺。

所以產生新感覺，是因為他失去了自己的本來面目。如果他要喝水，會讓他喝個夠，如果他心臟病發作，突然跌倒在地，也會有醫生給他打針搶救。可是他已經不是克雷莫夫，他感覺到這一點，雖然他還不理解這一點。他已經不是原來那個克雷莫夫同志，不能像原來那樣穿衣、吃飯、買票看電影、思考、睡覺，總是感覺自己就是自己。克雷莫夫同志本來和所有的人都不同，心靈不同，思想不同，革命前的黨齡不同，刊登在《共產國際》雜誌上的文章與眾不同，各種各樣的習慣與眾不同，氣派與眾不同，和共青團員或區委書記、工人、老黨員、老朋友、求助者談話的語調也不同。如今他的身體像人的身體，行動和思維像人的行動和思維，但是克雷莫夫同志作為人的實質、他的尊嚴、他的自由全消失了。

他被押進一間囚室。囚室長方形，光溜溜的鑲木地板，有四張床，鋪得平平展展，被子連褶都沒有，他頓時感覺出來：三個人正用人的好奇目光看著這第四個人。

他們是人，至於他們是好人還是壞人，他不知道，他們對他敵視還是漠視，他不知道，但是他們對他的好態度、壞態度、冷漠態度，都是人對人的態度。

他坐到給他指定的床上，那三個人坐在床上，膝頭放著打開的書本，都一聲不響地看著他。他似乎已經失去的美好、可貴的感覺又回來了。

有一個人大塊頭，寬額頭，凸凸的臉，低低的肥厚的額頭上面是密密的鬈髮，白了的和沒有白的，像貝多芬那樣蓬亂。另一個是老頭子，兩手像紙一樣白，光禿的頭頂和臉部顯得骨骨稜稜的，就好像雕在金屬上的淺浮雕，似乎他的血管裡流的是雪，不是血。還有一個和克雷莫夫坐在一張床上，模樣很和藹，因為剛剛摘下眼鏡，鼻樑上還帶著紅紅的印子，這人又可憐，又善良。他用手指了指頭，微微笑了笑，搖了搖頭，克雷莫夫便懂了：看守的士兵在小孔裡看著呢，不能說話。

頭髮蓬亂的人第一個開口說話。

「好吧，」他慵懶而和善地說，「我就代表大家歡迎部隊來的人。敬愛的同志，您從哪兒來的？」

克雷莫夫很不好意思地笑了笑，說：

「從史達林格勒。」

「噢，看到英勇保衛戰的參加者，真是高興。歡迎光臨寒舍。」

「您抽菸嗎？」白臉老頭子很快地問道。

「我抽菸。」克雷莫夫回答說。

老頭子點了點頭，就低下頭看書。

這時和克雷莫夫坐在一起的近視的人說：「是這樣的：我沒有給同志們創造方便，我說我不抽菸，就不發給我。」

他問道：「您離開史達林格勒很久了嗎？」

「今天早晨還在那裡。」

「哦……哦……」那個大個子說。「乘飛機來的嗎？」

「是的。」克雷莫夫回答說。

「您說說，史達林格勒怎麼樣？我們沒有訂到報紙。」

「您想吃飯，是嗎？」和善而近視的人問道。「我們已經吃過晚飯了。」

「我不想吃。」克雷莫夫說。「德國人拿不下史達林格勒。現在這已經很清楚了。」

「我一直相信這一點。」大個子說。

老頭子砰的一聲把書闔上，向克雷莫夫問道：「看樣子，您是共產黨員吧？」

「是的，是黨員。」

「小聲，小聲，只能用小聲說話。」和善而近視的人說。

「說到黨員身分也要用小聲。」大個子說。

克雷莫夫覺得他的面孔很熟悉，他忽然想起這個人：這是莫斯科有名的報幕員。當年克雷莫夫帶妻子上圓柱大廳參加音樂會，看到他在舞臺上。現在卻在這兒見面了。

這時候門開了，看守的士兵往裡面看了看，問：「誰是『卡』，跟我走！」

大個子回答說：「我是卡，卡茨涅林鮑肯。」

他站起來，用手指頭梳了梳亂蓬蓬的頭髮，便不慌不忙地朝門口走去。

「這是提審他。」近視的鄰床犯人說。

「為什麼說『卡』？」

「這是規矩。前天看守來喊他，就說『誰是卡茨涅林鮑肯？就叫卡』。真好笑。真怪。」

「是啊，我們都笑了。」老頭子說。

「你這個老會計，因為什麼也到這兒來啦？」克雷莫夫在心裡想。「那我也要叫『克』了。」

犯人們開始睡了，可是強烈的光依然亮著。克雷莫夫覺得有人在小孔裡注視著他捲裹腳布，往上提長襯褲，撓胸膛。這是一種專用的燈光，不是為囚室裡的人照亮，而是為了能看清他們的活動。如果在黑暗中觀察他們更方便的話，就讓他們待在黑暗中了。

老會計臉朝牆躺著。克雷莫夫和鄰床的近視的人在小聲說話，誰也不看誰，而且用手捂嘴，免得看守的士兵看到他們的嘴在動。他們不時地看看旁邊空著的床。不知為什麼他們在為受審的報幕員擔心。近視的人說：「我們在牢房裡都變成兔子了。就像童話裡說的，神仙用手一指，人就變成兔子。」

他說起同囚室的人。

老頭子也許是社會革命黨，也許是社會民主黨，也許是孟什維克，他的姓是德列林格。克雷莫夫過去在什麼地方聽說過這個人。德列林格在監獄、政治隔離室、勞改營裡過了二十多年，接近上個世紀莫羅佐夫、諾沃魯斯基、弗羅連科、菲格納在施呂瑟爾堡要塞度過的年限。現在把他押回莫斯科，是因為他又作案：他在勞改營裡想就農業問題對被劃為富農的犯人做報告。

報幕員和德列林格有同樣漫長的獄齡。二十多年前，他開始在肅反委員會捷爾任斯基手下工作，後來又在亞戈達領導的國家政治保安局，在葉若夫領導的內務部，在貝利亞領導的國家安全部工作。他有時在中央機關工作，有時主持大規模的勞改營建設。

克雷莫夫原來也錯看了和自己說話的這位鮑戈列耶夫。這位難友原來是一位藝術理論家，古董鑒賞專家，有時還寫詩，不過他的詩從來沒有發表過，因為不符合時代要求。

鮑戈列耶夫又小聲說：

「可是現在，您要知道，什麼都完了，完了，我也變成了兔子。」

多麼荒唐，多麼可怕呀，世界上什麼都沒有了，只有搶渡布格河、第聶伯河，只有在皮里亞京被圍困，只有奧夫魯奇沼地、馬馬耶夫崗、「6-1」號樓，只有政治彙報、彈藥消耗、政工人員負傷、夜間突擊、在戰鬥中和行軍時的政治工作、試射、坦克襲擊、火箭炮、總參謀部、重機槍……

在同一世界、同一時間裡什麼都沒有了，只有夜間的審訊、起床號、點名、被押著上廁所、派香菸、搜查、對質、偵訊員、特別會議的決定。

不管這種情形、那種情形都有。

但是為什麼他似乎覺得獄友失去自由、住在內部監獄的囚室裡是很自然的、不可避免的？而他，克雷莫夫，住在這囚室裡、睡在這床鋪上就是荒唐的、毫無道理的、不可思議的？

克雷莫夫急不可待地要談談自己。他忍不住說：「我老婆離開我了，沒有人給我送東西。」

大個子肅反工作人員「卡」的床鋪直到早晨都是空的。

五

戰前，克雷莫夫有時從盧比揚卡經過，就猜想這晝夜有人活動的房子裡在幹些什麼。被捕的人在這內部監獄裡蹲八個月、一年、一年半，進行偵訊。然後被捕者的家屬就收到勞改營裡的來信，於是常常出現一些地名：科米、薩列哈爾德、諾里爾斯克、科特拉斯、馬加丹、沃爾庫塔、科雷馬、庫茲涅茨、克拉斯諾亞爾斯克、卡拉岡達、納加耶夫海灣……

但是成千上萬的人進入內部監獄之後，就永遠沒有消息了。檢察機關通知家屬，說這些人被判剝奪通信權十年。但是在勞改營裡根本沒有判這種刑的犯人。剝奪通信權十年顯然指的是槍決。

有人從勞改營裡來信，寫道，身體很好，很暖和，如果有可能的話，請寄一些大蔥和大蒜去。有人給家屬解釋說，大蔥和大蒜是治壞血病的。至於在偵訊監獄裡度過的時間，從來沒有人在信裡提到。

在一九三七年夏季的夜晚，從盧比揚卡和共青團街經過，是特別可怕的。悶熱的夜晚，一條條街道空蕩蕩。一座座敞著窗戶的樓房黑沉沉，裡面擠滿了人，卻又像是空曠無人。這種寧靜使人毫無寧靜感。在遮著白窗簾的明亮窗戶裡人影幢幢，在大門口，汽車車門不時地砰砰響著，車燈忽明忽滅。似乎偌大一座城市被盧比揚卡明亮而呆滯的目光封鎖住了。腦子裡出現了一個一個的熟人。和他們的距離不能以空間來度量，這是用另外的尺度測定的一種距離。天上人間沒有一種力量能夠越過這一深淵，這深淵等於死的深淵。不過，不是在土裡，不是在棺材裡，而是在這兒，人還活著，在呼吸，在思考，在哭，沒有死。

汽車送來一批又一批被捕的人，成百、成千、成萬的人在內部監獄裡，在布特爾監獄、列福爾托夫監獄裡消失了。

一批批新的工作人員進入區委、人民委員會、軍事部門、檢察機關、公司、醫院、工廠管委會、基層工會、工廠工會、土地管理處、細菌實驗室、模範劇院院部、飛機設計院、設計巨型化學與金屬產品的研究所，代替被捕的人。

有時候，來接替人民敵人、恐怖分子、破壞分子的人轉眼間就成了敵人、異己分子，也被逮捕了。

有時又一批接替的人也是敵人，也被逮捕。

有一位列寧格勒的同志悄悄地對克雷莫夫說過，他曾經和列寧格勒同一個區黨委的三位書記住在一個囚室裡。每一個新上任的書記都揭發過自己的前任，說他是敵人和恐怖分子。在囚室裡他們睡在一起，誰也不恨誰。

當年葉妮婭的哥哥米佳．沙波什尼科夫進過這座樓房。腋下夾著一個白色的小包袱，是妻子給他收拾的，有毛巾、肥皂、兩套襯衣、牙刷、襪子、三塊手帕。他走進這樓房的時候，腦子裡還記著黨證上的五位數字、自己在巴黎商務代辦處的辦公桌、國際車廂，還記著在國際車廂裡和妻子明確關係的情景、喝礦泉水和懶洋洋地翻看《金驢記》的情景。

當然，米佳沒有任何罪行。可還是把米佳關進來了。克雷莫夫倒是沒有被關過。

當年柳德米拉的第一個丈夫阿巴爾丘克就在這條燈光明亮、從自由通向不自由的走廊裡走過。阿巴爾丘克在前去受審的時候，急不可待地想解開莫名其妙的疑團……可是過了五個月、七個月、八個月，阿巴爾丘克寫道：「使我第一次產生殺害史達林同志的念頭的，是德國軍事間諜機關的一個頭頭兒，當初是一位地下工作的領導人介紹我和他認識的……我們談話是在五一遊行之後，在亞烏斯克林蔭道上，我答應再過五天給他最後的回答，我們約定了下一次接頭的時間、地點……」

在這裡面進行的工作是令人吃驚的。實在令人吃驚。要知道，當年高爾察克手下一名軍官朝阿巴爾丘克開槍的時候，他連眼睛都沒眨一下。

當然，是他們強迫他寫假供詞栽誣自己。阿巴爾丘克當然是真正的共產黨員，是堅強的、列寧主義的老戰士，他什麼罪也沒有。可是把他逮捕了，他寫了供詞……克雷莫夫沒有被關過，沒有被捕過，沒有被迫寫什麼供詞。

有關這類事的情況，克雷莫夫聽說過。有些情況是有的人悄悄對他說的，說過之後還要叮囑：「不過你要記住，這事你如果說了，哪怕對一個人，對老婆、對媽媽說了，我就完了。」

有些情況是另外一些人透露的。有的人喝多了酒，聽到別人自以為是的愚蠢說法，很不服氣，無意中說出幾句不留心的話，接著就不作聲了，到第二天好像順便說說似的，打著呵欠說：「哦，我昨天好像胡說了一些什麼話，不記得吧？好，不記得更好。」

有些情況是朋友們的妻子上勞改營裡去看過丈夫之後對他說的。

不過這一切都是傳聞，都是瞎說。克雷莫夫從來就沒有遇到這類事。

可是，你瞧。現在把他關進來了。無法設想的、荒唐的、沒有道理的事就出現了。

當年關押孟什維克、社會革命黨人、白黨分子、神父、富農代言人的時候，他連一分鐘也沒有考慮過，這些人失去自由，等待判決，心裡是什麼滋味。他沒有想過他們的妻子、母親、孩子。

當然，當爆炸的炮彈愈來愈近，傷害的不是敵人，而是自己人的時候，他已經不那麼心安理得了，因為關的不是敵人，而是蘇聯人，是黨員。當然，在把他特別親近的一些人、他認為是列寧式的布爾什維克的一些同輩人關進來的時候，他是受到震動的，夜裡睡不著覺，思考過，史達林是否有權剝奪人的自由，折磨他們，槍斃他們。他想到他們遭受的苦難，想到他們的妻子和母親的苦難。因為他們不是富農，不是白黨分子，他們是人，是列寧主義的布爾什維克。

不過他還是安慰自己：不管怎樣，他克雷莫夫還沒有被關過、被流放過嘛，他還沒有寫過什麼供詞，沒有被迫招認過什麼罪狀。可是，你瞧。現在把他克雷莫夫，把列寧主義的布爾什維克關進來了。

現在再也無法自我安慰，無法解釋，無法說明了。這是事實。

他已經見識了一些情況。牙齒、耳朵、鼻子、光身子的腹股溝都成了搜查的對象。然後是提著剪掉了扣子的褲子和襯褲，又可憐又可笑地在走廊裡走，近視的人的眼鏡也被沒收，他們整天惶惶不安地眯著眼睛，揉搓著眼睛。人進了囚室，便成了實驗室裡的老鼠，就會產生新的反應，說話聲音小小的，上床，起床，大小便，睡覺，做夢，時時刻刻都在觀察之下。原來這裡的一切是這樣殘酷，這樣荒唐，這樣不人道，這樣駭人聽聞。他第一次明白，在盧比揚卡幹的事情這樣可怕。要知道，這是在折磨他這個布爾什維克、這個列寧主義者，折磨克雷莫夫同志呀。

六

一天天過去。沒有提審克雷莫夫。

他已經知道什麼時間吃飯，吃些什麼，知道放風的時間和洗澡的時間，知道監獄菸草的煙氣、點名的時間，知道圖書室裡大概有一些什麼樣的書，認識了一些看守的面孔，常常惶惶不安地等待著同囚室的人被提審歸來。被提審次數最多的是卡茨涅林鮑肯。提審鮑戈列耶夫總是在白天。

沒有自由的生活！這是疾病。失去自由就等於失去健康。電燈亮著，水龍頭裡有水，缽子裡有菜湯，但是燈光、水、麵包都是不同的：是專門供應給你的。有時為了偵訊的需要，可以使犯人一時見不到燈光，吃不到飯，睡不成覺。因為他們得到這一切，不是為了他們本身，這是對待他們的一種工作方法。

瘦得皮包骨的老頭子被提審過一次，他回來以後，很神氣地說：「我三個小時不開口，偵訊官先生終於弄清楚了，我的姓確實是德列林格。」

鮑戈列耶夫總是非常和藹可親，和同囚室的人說話總是用十分尊敬的口氣，常常詢問獄友的健康和睡眠情形。有一天，他對克雷莫夫念起詩來，後來他忽然停住，說：「對不起，您好像不感興趣呀。」

克雷莫夫笑了笑說：「說實在的，我一竅不通。不過我過去看過黑格爾的書，倒是懂。」

鮑戈列耶夫非常害怕提審。他一聽到值班的看守來傳他去受審，就驚惶失措。每次受審回來，似乎都瘦了、小了、老了。

他說起對他的審訊，都是前言不搭後語，繞來繞去，而且瞇著眼睛。無法理解他的罪名是什麼：也許是說他有意謀害史達林，也許是說他不喜歡用社會主義現實主義精神創作的作品。

有一次大個子肅反工作人員對鮑戈列耶夫說：「您可以說明他們製造一條罪狀。我勸您這樣編造：『我對一切新事物懷有刻骨的仇恨，凡是獲得史達林獎金的藝術作品，我都不滿意。』這樣也不過判十年徒刑。盡量不要揭發自己的朋友，揭發朋友並不能保護自己，相反，他們倒是會說您參加什麼組織，就會把您關進保密勞改營。」

「您怎麼啦，」鮑戈列耶夫說，「他們什麼都知道。我能怎麼辦？」

他常常就他喜歡的話題小聲發表議論：我們都是童話中的人物。不論是威風凜凜的師首長、傘兵，不論是馬蒂斯、皮薩列夫的高徒，不論是黨員、地質學家、肅反工作人員、五年計畫的建設者、駕駛員、巨型鋼鐵產品的製造者，都是童話中的人物。我們本來神氣活現，信心十足，可是一跨進這奇異的樓房的大門，魔杖一揮，我們就變成小不點兒，變成小豬崽子、小松鼠。現在我們算什麼？不過是小蟲兒，不過是螞蟻蛋兒。

他的見解獨到、奇特，顯然也很深刻，不過在日常生活方面氣量卻很狹小，常常擔心發給他的東西比別人少，比別人壞，擔心縮短了放風時間，擔心有人在放風時間吃他的東西。

生活中充滿各種各樣的事件，但生活是空虛的，是虛假的。囚室裡的人生存在乾涸的河槽裡。偵訊員在偵查這河槽、石頭、裂縫、高高低低的堤岸。但是當初沖成這河槽的水已經沒有了。德列林格很少和人說話，如果說話，大半是和鮑戈列耶夫，顯然因為他不是黨員。不過他在和鮑戈列耶夫說話的時候，常常發火。

「您是一個怪人，」有一次他說，「第一，您對您瞧不起的人又恭敬又親熱，第二，您天天問我身體怎樣，其實我是死是活對於您完全是一樣。」

鮑戈列耶夫抬起頭看著囚室的天花板，把兩手一攤，說：「您聽著。」於是拖長聲調念道：

你的甲殼是什麼做的，可是龜甲？

我這樣問，得到這樣的回答：

這是我積累的恐懼做成的，

世界上再沒有什麼比這更結實！

「這是您寫的詩嗎？」德列林格問道。

鮑戈列耶夫又把兩手一攤，沒有回答。

「老頭子很害怕，積累了不少恐懼。」卡茨涅林鮑肯說。

吃過早飯以後，德列林格給鮑戈列耶夫看了看一本書的封面，問道：「您喜歡嗎？」

「說實在的，不喜歡。」鮑戈列耶夫說。

德列林格點了點頭。「我也不讚賞這部作品。蓋奧爾吉．瓦連季諾維奇說：『高爾基塑造的母親形象是聖像，工人階級不需要聖像。』」

「一代一代的人都在讀《母親》，」克雷莫夫說，「……怎麼是聖像？」

德列林格用幼稚園保育員的語調說：

「所有希望奴役工人階級的人，都需要聖像。比如，在你們共產黨的神龕裡就有列寧的聖像，也有聖史達林的聖像。涅克拉索夫不需要聖像。」

似乎不光是他的頭頂、額頭、手、鼻子是用白骨頭鏇成的，他的話也噹噹響，好像是骨頭做成的。

「噢呀，真是一個壞傢伙。」克雷莫夫在心裡說。

鮑戈列耶夫生起氣來。克雷莫夫從來沒看過這個和藹可親、善於隱忍的人這樣生氣。鮑戈列耶夫說：「您在對詩的認識方面，只知道有涅克拉索夫，卻不知後來又出了布洛克，出了曼德爾施塔姆，出了赫列布尼科夫。」

「曼德爾施塔姆我不瞭解，」德列林格說，「可是赫列布尼科夫不過是頹廢、墮落。」

「去您的吧！」鮑戈列耶夫第一次十分激烈地大聲說。「我討厭透了您那普列漢諾夫的老一套說教。在咱們這房間裡，你們是不同派別的馬克思主義者，但是有一點是相同的：對詩歌一竅不通，根本不懂得詩是怎麼一回事兒。」

說來很奇怪。克雷莫夫一想到，在看守人員的眼裡，不論值夜班、或是值日班的人員眼裡，他這個布爾什維克、這位政委竟和壞老頭子德列林格沒有任何不同，他就特別不痛快。

所以現在，他這個一向反對象徵派、頹廢派、一生喜歡涅克拉索夫的人，寧願在爭論中支持鮑戈列耶夫了。

如果皮包骨的老頭子說起葉若夫的壞話，他也會信心十足地代為辯護的，會說槍斃布哈林是正確的，妻子不揭發丈夫被流放也是正確的。可怕的判決、可怕的審訊都是正確的。

可是皮包骨的老頭子什麼也沒說。

這時候一名看守走進來，帶德列林格去廁所。

卡茨涅林鮑肯對克雷莫夫說：「我和他兩個人在這房間裡過了五天。他一句話也不說。我對他說，兩個猶太人，都上了年紀，在盧比揚卡附近的村子裡一塊兒過了好幾個晚上，一句話也不說，實在好笑。不行！他就是不說話！為什麼不理睬人？他為什麼不願意和我說話？是有血海深仇還是夜裡在拉克鮑伊麥拉赫殺了神父？他要怎樣？真是一個老小孩兒。」

「是敵人。」克雷莫夫說。

顯然大個子肅反工作人員對德列林格非常感興趣。

「您要知道，他的罪行很重！」他說。「不可思議！他已經在勞改營裡待了很多年，前面還有棺材等著他，可是他毫不在乎。我真羨慕他！來提審他，喊：誰是『德』？他像樹樁一樣，就是不作聲。直到喊他的姓，他才答應。領導人來到囚室裡，打死他，他也不站起來。」

等到德列林格上廁所回來，克雷莫夫對卡茨涅林鮑肯說：「在歷史法庭面前，一切都算不了什麼。你我雖然在這裡面，還是要痛恨共產主義的敵人。」

德列林格帶著好笑和好奇的神氣看了看克雷莫夫。

「什麼歷史法庭，」他沒有對著任何人，只是說，「這是歷史性的迫害！」

卡茨涅林鮑肯羨慕德列林格的剛強也是枉然。他的剛強已經不是人的剛強，而是一種盲目的、非人的狂熱，用自己的化學熱在燃燒空虛而冷漠的心。

俄羅斯的轟轟烈烈的戰爭、和戰爭有關的一切大事都很少觸動他，他不問前方的戰事，也不問史達林格勒的情形。他不知道新興的城市，也不知道大力發展的工業。他過的已經不是人的生活，而是在獨自下一局沒完沒了的、抽象的獄中棋。

克雷莫夫倒是對卡茨涅林鮑肯很感興趣。克雷莫夫感覺出來，也看出來，卡茨涅林鮑肯很聰明。他說笑，打諢，瞎扯，但他的眼睛卻是深沉的、懶懶的、疲憊的。見過世面、厭倦了人生而不怕死的人的眼睛往往是這樣的。

有一次談起在北冰洋沿岸建築鐵路，他對克雷莫夫說：「這計畫是非常美好的。」

接著又說：「不過，要實現這一計畫，得付出上萬人的生命。」

「是有些可怕。」克雷莫夫說。

卡茨涅林鮑肯聳了聳肩膀，說：「您要是看看勞改隊怎樣去上工就好啦。全都像死人一般沉默著。頭頂上是綠和藍的北極光，四周圍都是冰雪，黑沉沉的北冰洋在怒吼。在這兒也可以看到強大的力量。」

他勸克雷莫夫說：「應該幫助偵訊員，他是新幹部，很難完成任務……如果幫助他，給他指示，那也是幫助自己，免得一次一次的提審。結果反正一樣：專門會議會做出早就做出的決定。」

克雷莫夫正要和他爭論，他又說：「個人清白——是中世紀殘餘，是神話。托爾斯泰說，世界上沒有有罪的人，我們肅反工作人員卻得出最嚴密的結論：世界上沒有無罪的人，沒有不能判罪的人。逮捕證寫的是誰，誰就有罪。在逮捕證上寫誰都可以。每個人都可以上逮捕證。給別人寫逮捕證寫了一輩子的人也可以，摩爾人已經把事情幹完，摩爾人可以走了[1]嘛。」

他認識克雷莫夫的很多朋友，有些是在一九三七年經他審訊時認識的。他說起經他審訊的人，既不痛恨，也不抱愧，使人覺得有些奇怪，他說：「這人很有意思……真是怪人……這人挺討人喜歡……」

他常常提到法朗士，提到《阿巴納斯隨想錄》，喜歡引用巴別爾筆下別尼亞·克里克的話。他說起大劇院的歌舞演員，都親切地叫他們的名字和父稱。他蒐集了不少珍本古書。他說了說他在被捕前不久搜集到的一部拉季謝夫文選有多麼珍貴。

「要是能把我蒐集到的書交給列寧圖書館，那就好了，」他說，「要不然那些渾蛋會讓那些書散失了，因為他們不懂書的價值。」

他的妻子是芭蕾舞演員。他擔心拉季謝夫文集的命運，顯然勝過擔心妻子的命運。克雷莫夫說到這個想法，他回答說：「我的安格琳娜是一個聰明女子，她不會倒楣的。」

---

1 席勒《菲愛斯柯》第三幕第三場的一句臺詞，意思相當於中文的「狡兔死，走狗烹」。

似乎他什麼都明白，但是什麼感情也沒有。一些很普通的概念，如離別、磨難、自由、愛情、女人的忠貞、痛苦，他都無法理解。他說起他在肅反委員會工作的頭幾年，他的聲音中出現了興奮的意味。

「那時候多好呀，那些人多棒呀。」他說。

至於克雷莫夫一生的所作所為，他認為那屬於宣傳範疇。

他說過史達林：「敬佩史達林，勝過敬佩列寧。他是我真正愛戴的唯一的一個人。」

但是，這個當年參與制定處置反對派首領方案、在貝利亞手下主持北極圈大規模勞改營建設的人，如今在自己原來工作的樓房裡，夜間提著剪掉了扣子的褲子前去受審，為什麼竟這樣心平氣和，處之泰然？而孟什維克德列林格用沉默對他表示不滿，他卻那樣不安、那樣難受？

有時克雷莫夫自己也懷疑起來。為什麼他在給史達林寫信的時候，那樣憤怒、衝動，渾身打顫、渾身冒汗。摩爾人已經把事幹完，可以走了。這事就出在一九三七年，好幾萬黨員，都是像他這樣的，甚至比他更好。摩爾人可以走了。為什麼他現在對「彙報」這個詞兒這樣反感？僅僅是因為他坐了牢，正是由於什麼人的彙報。過去他常常聽取排裡政治時事宣傳員的政治彙報。那是很平常的事。很平常的彙報。紅軍士兵里亞鮑什坦貼身戴著十字架，說共產黨員是不懂天理的人；里亞鮑什坦進了懲戒連，活了多久呢？紅軍士兵高爾傑耶夫說他不相信蘇聯武裝力量的強大，認為希特勒一定會勝利；高爾傑耶夫進了懲戒排，活了多久呢？紅軍士兵瑪律凱維奇說：「所有共產黨員都是賊，等時候一到，我們用刺刀把他們戳死，人民就自由了。」軍事法庭判處瑪律凱維奇死刑。都是他彙報的。他還向方面軍政治部彙報過格列科夫，如果不是德國的炸彈把格列科夫炸死的話，會當著很多軍官的面把他槍斃的。

那些被送進懲戒營、被法庭判了刑、在特別科被審訊的人，又是什麼感覺呢？

可是在戰前，他多次參與辦理這一類的案件，心安理得地看待一些朋友的話：

「我在黨委說過我和彼得的談話。」

「他在黨的會議上如實地交代了伊萬來信的內容。」

「一傳訊，他作為一個共產黨員，當然應該把一切都說出來，他交代了同志們的思想情況，也交代了瓦洛佳多次來信的內容。」

是的，是的，這些情況都有過。

唉，這又管什麼用……所有這些解釋，不論是書面的還是口頭的，都不能幫助任何人走出監獄。其真正用意只有一點：為的是不讓自己陷入泥坑，為的是能夠擺脫。

克雷莫夫沒有很好地維護自己的朋友，實在沒有，雖然他不喜歡幹這類事情，怕這類事情，千方百計地逃避。他為什麼衝動，為什麼打顫呢？他希望怎樣呢？是希望盧比揚卡的值班看守知道他的孤獨？希望偵訊人員同情他被心愛的女子拋棄，在分析案情時要考慮到他夜夜在呼喚她，在咬自己的手，考慮到他母親還喚他的小名？

夜裡克雷莫夫醒來，睜開眼睛，看見德列林格在卡茨涅林鮑肯床前。明亮的電燈光照在老囚犯的背上。鮑戈列耶夫也醒了，用被子蓋著腿，坐在床上。

德列林格衝到門口，用皮包骨的拳頭擂起門來，用骨頭般的聲音叫喊起來：

「喂，值班的，快叫醫生，犯人心臟病發作啦！」

「別叫，住嘴！」值班看守跑到小孔跟前，喝道。

「怎麼能不叫，人要死啦！」克雷莫夫大聲叫道。

他也從床上跳起來，跑到門口，和德列林格一起用拳頭擂起門來。他看到鮑戈列耶夫又在床上躺下來，用被子蒙住頭，顯然是怕參與這夜晚的特別事件。

一會兒門就開了，走進來好幾個人。

卡茨涅林鮑肯昏迷了，他身軀高大，老半天才把他弄到擔架上。

早晨，德列林格突然向克雷莫夫問道：

「請問，您這位共產黨的政委在前方是不是常常遇到不滿的表現？」

克雷莫夫問：「什麼樣的不滿，對什麼不滿？」

「我指的是對布爾什維克的集體化政策、對戰爭的總體領導不滿，總之，是指政治上的不滿的表現。」

「從來沒有。類似的思想表現連影子也沒有遇到過。」克雷莫夫說。

「噢，噢，當然，我也是這樣想。」德列林格說，並且滿意地點了點頭。

七

在史達林格勒城下包圍德國人的主張，被認為是十分英明的。

在保盧斯軍隊兩翼祕密集結大量兵力，是襲用原始時代就誕生的原理：當光腳、歪額頭、大頜骨的原始人要包圍進入洞穴的森林野獸的時候，就是悄悄地在灌木叢中爬的。有什麼驚異的呢，是驚異木棒和遠端大炮的不同，還是驚異古老武器和新式武器的原理幾千年來沒有變化？

不過，瞭解了人類活動的螺旋在不斷地向更廣和更高的方向增加其螺旋線的同時，卻有一個不變的軸，既不必感到失望，也不必感到驚異。

雖然成為史達林格勒戰役關鍵的包圍原理不是新的，史達林格勒大反攻的組織者們正確地選定了運用這一古老原理的地區，毫無疑問是有功績的。他們還正確地選定了進行這一戰役的時機，很好地訓練了軍隊，巧妙地集結了軍隊；使三方面軍（即西南方面軍、頓河方面軍、史達林格勒方面軍）很好地配合，也是組織者的功績；在沒有自然條件做掩護的草原地帶祕密集結兵力也是很不容易的。南面的部隊和北面的部隊要從德國人的左肩和右肩擦過，在卡拉奇會合，包圍敵人，打碎保盧斯部隊的骨頭，摘取其心和肺。要花費很多力氣制定戰役的細節，偵察敵軍的火器、兵力、後方、交通線。

不過，最高統帥史達林、朱可夫、華西列夫斯基元帥、沃羅諾夫、葉廖緬科、羅科索夫斯基和總參的許多有才能的軍官參與的這次戰役的籌劃，其基礎仍然是原始人早已運用於戰鬥實踐的兩翼包圍敵人的原理。

天才的定義只適用於實現了新思想的人，而且新思想是指核心，不是皮殼；是軸，不是繞軸轉的螺旋圈兒。從馬其頓王亞歷山大時代起，所有戰略與戰術的擬定，都和這一類的神奇行動毫無共同之處。人的意識震懾於大規模的軍事行動，就常常把規模之大和統帥的思想成就之大混為一談。

戰爭的歷史表明，統帥們在突破防線的戰鬥中，在追擊、迂迴、包圍戰中，運用的並不是新的原理。他們運用的是尼安德塔人時代就知道的原理，可以說，這些原理就連那些包圍牲口的狼和抵禦狼的牲口都知道。

一個能幹而認真負責的廠長，一定會保證原料和燃料的及時供應，使各車間保持聯繫，使工廠生產所需要的幾十種大大小小的條件得到滿足。

可是，如果歷史學家說，是廠長的活動創造了冶金學、電工學和金屬的倫琴射線原理，研究工廠史的人的意識就會不贊成：發明倫琴射線的是倫琴，不是我們的廠長……煉鐵爐在我們的廠長以前就有了。

真正偉大的科學發明可以使人變得比大自然更聰明。大自然借助這些發明、通過這些發明認識自己。伽利略、牛頓、愛因斯坦在認識空間、時間、物質和力方面所做的事，就屬於這樣的人類偉大事件。人類通過這些發明，創造了超過自然存在的深度和高度，因此促進了自然界的自我認識並促使自然界更加豐富。

有些已經自然形成的、可以看到、可以感觸到的已經存在的原理，只是由人說出來，這是低一級的，是二級發明。鳥飛、魚游、風滾草和圓石的滾動、風吹得樹木搖搖晃晃並且擺動枝葉、海參的噴射運動——這一切都是這種或那種可以感觸到的、明顯的原理的表現。人類從現象中得出原理，應用於人類環境中，並且根據需要和可能性不斷地加以發展。

飛機、渦輪機、噴氣式發動機、火箭在生活中是有巨大意義的，人類製造出這些東西應歸功於人類的才能，不過並不是天才。

運用人類發現和總結出來的、而不是自然顯示的原理做出的發明，屬於二級發明，比如在無線電、電視、雷達方面得到運用和發展的電磁場理論原理。釋放原子能也屬於這樣的二級發明。建成第一個核反應爐的費密不應當希求得到人類天才的稱號，雖然他的發明已成為世界歷史新紀元的開端。

人類借助新的條件，不斷地改進人類活動環境中已經存在的東西，比如，在飛行器上安裝新的發動機，把輪船上的蒸汽發動機換成電力發動機，又把電力發動機換成原子能發動機，這在發明中屬於更低級，也就是第三級了。

今天的戰爭藝術是新的技術條件與舊的原理相配合，人類在這方面的活動，正是屬於第三級。否定領導作戰的將軍的活動在軍事上的意義，是不對的。不過，把將軍稱為天才也是不對的。這樣看待一位有才能的指揮生產的工程師，是荒謬的；這樣看待一位將軍，不僅是荒謬的，而且是有害的、是危險的。

八

兩個大錘，每一個都是由幾百萬噸鋼鐵和活人血肉鑄成的，一南一北，等待著信號。

首先發起進攻的是部署在史達林格勒西北方的部隊。一九四二年十一月十九日上午七時三十分，西南方面軍和頓河方面軍全線發起了長達八十分鐘的強大炮擊。炮兵徐進彈幕射擊，猛攻羅馬尼亞第三集團軍盤踞的陣地。

八時五十分，步兵與坦克發起進攻。蘇軍士氣空前高漲。第七十六師在該師管樂隊演奏的進行曲樂聲中發起衝鋒。

下午，敵人防禦線的戰術縱深被突破。戰鬥在廣大的地帶展開了。

羅馬尼亞第四軍被擊潰了。羅馬尼亞第一騎兵師被分割，它與克萊尼亞地區第三集團軍其餘部隊的聯繫已被切斷。

第五坦克集團軍從謝拉菲莫維奇西南三十公里的高地上發起進攻，突破羅馬尼亞第二軍的陣地，很快地向南推進，快到中午的時候，已經占領了佩列拉佐夫以北的高地。蘇軍的坦克軍和騎兵軍轉向東南方推進，傍晚時候就到達古森卡和卡爾梅科沃，深入羅馬尼亞第三集團軍後方六十公里。

一晝夜之後，十一月二十日拂曉，集結在史達林格勒南方卡爾梅克草原上的部隊發起進攻。

九

諾維科夫在拂曉前很久就醒來了。他是那樣興奮，以至於自己感覺不出興奮了。

「軍長同志，您喝茶嗎？」維爾什科夫認真又親熱地問道。

「好，」諾維科夫說，「你告訴炊事員，叫他煎幾個雞蛋。」

「上校同志，煎什麼樣兒的？」

諾維科夫一時沒有說話，思索了一會兒，維爾什科夫以為軍長在考慮問題，沒有聽到他的問話。

「煎荷包蛋。」諾維科夫說過，看了看錶。「你去看看格特馬諾夫起來沒有，過半個鐘頭咱們就要動身了。」

他覺得他沒有想，過一個半小時就開始炮火準備，沒有想天空就要被幾百架強擊機和轟炸機鬧得轟轟叫起來，沒有想工兵就要爬著去剪鐵絲網和清除地雷，步兵就要拖著機槍朝著他在炮隊鏡裡觀察過多次的霧濛濛的山崗奔去。他似乎沒有感覺到此時此刻他和別洛夫、馬卡羅夫、卡爾波夫的關係。他似乎沒有想，昨天在史達林格勒西北方，蘇軍坦克進入炮兵和步兵突破的德軍防線之後，不停地朝卡拉奇方向推進，再過幾個小時，他的坦克就要從南面開去，與北面來的坦克會合，以便包圍保盧斯的軍隊。

他沒有想方面軍司令部，沒有想明天史達林也許會在自己的命令中提到諾維科夫的名字。他沒有想葉妮婭，沒有回憶他在布列斯特跑向機場、天空升起德寇發動戰爭的第一道火光的那一天黎明。

但是，他沒有想的一切，都在他心中。

他想的是，穿軟底的新靴子呢，還是穿皮靴，可不能把菸盒忘了。他想：哼，狗崽子，又給我冷茶。他在吃煎雞蛋，還掰下一塊麵包，仔細地揩煎鍋上的油。

維爾什科夫報告說：「您給我的任務完成啦。」馬上又用譴責的語調和信任的口氣說：「我問衛兵：『他在家嗎？』衛兵回答說：『他能上哪兒去，在跟娘們兒睡覺呢。』」

衛兵說的是比「娘們兒」更難聽的詞兒，但是維爾什科夫認為，和軍長說話不能用這樣的詞兒。

諾維科夫沒有作聲，用手指頭在掃桌上的麵包渣子。

一會兒，格特馬諾夫走了進來。

「喝茶嗎？」諾維科夫問道。

格特馬諾夫用斷斷續續的聲音說：「該動身了，諾維科夫同志，茶喝過了，該去打德國佬了。」

「嘿，好傢伙。」維爾什科夫在心裡說。

諾維科夫走進軍部的屋子，和涅烏多布諾夫談了談聯絡問題和轉發命令問題，又看了看地圖。黑沉沉的夜色，似乎一片寂靜，諾維科夫不由得想起在頓巴斯的童年。那時的黎明就是這樣，似乎一切都在沉睡，可是過幾分鐘，空中就會充滿汽笛聲，人們就會朝礦井和工廠大門走去。但是在汽笛聲響起之前就醒來的小別佳·諾維科夫知道，千百隻手已經在黑暗中摸裹腳布、靴子，許多婦女已經光著腳在地上走，鍋碗瓢盆已經在叮噹響了。

「維爾什科夫，」諾維科夫說，「把我的坦克開到觀察所，今天我要用。」

「是，」維爾什科夫說，「我把所有的東西裝上去，您的東西，政委的東西。」

「別忘了帶上可可亞。」格特馬諾夫說。

涅烏多布諾夫披著軍大衣走到臺階上。

「剛才托爾布欣中將打電話問，軍長是不是上觀察所了。」

諾維科夫點了點頭，捅了捅司機的肩膀：「走吧，哈里托諾夫。」

汽車出了小鎮，離開最後一戶人家，轉了一個彎，又轉了一個彎，就朝正西開去，擦過一片片白雪和枯草叢。

汽車經過一片窪地，第一旅的坦克就集結在這裡。諾維科夫忽然對司機說：「停下！」

他跳下車來，朝著在晨曦中顯得黑黝黝的坦克走去。他走著，不和任何人說話，注視著一個個人的臉。他想起前幾天在鄉村廣場上看到的未剪過頭的新兵小夥子們。確實，他們是孩子，可是世界上的一切，都是為了要他們到炮火底下去——總參謀部的計劃，方面軍司令部的命令，一個小時之後他要向各旅旅長發出的命令，政工人員要對他們說的話，作家們在報紙上發表的文章和詩歌。衝啊，衝啊！在黑沉沉的西方他們將遇到的是這種命運：朝他們射擊，砍殺，坦克的履帶把他們輾碎。

「要舉行婚禮啦！」是的，不過沒有甜葡萄酒，沒有手風琴。「苦啊！」諾維科夫就要這樣叫了，十九歲的新郎官們不會轉過頭去，會老老實實地吻他們的新娘。

諾維科夫覺得他似乎是在自己的弟弟、侄兒、街坊鄰居的孩子們之中走著，幾千個無形的農婦、姑娘、老媽媽在看著他。

母親們否定了戰爭時期存在著派任何人去死的權力。在戰場上也能遇到一些暗中同情母親們的人。這些人說：「別動，別動，你上哪兒去，聽，火力多麼猛。讓他們在那兒等我的報告吧，你在這兒燒燒開水好啦。」這樣的人在電話裡向上級報告說：「是，把機槍推出去！」可是，放下話筒，就說：「推到前面沒有意思，會把一個好小夥子打死的。」

諾維科夫朝自己的坦克走去。他的臉顯得陰沉而僵硬，似乎吸進不少十一月拂曉時候黑沉沉的潮氣。當坦克發動起來的時候，格特馬諾夫用會意的目光看了看他，說：

「諾維科夫同志，你可知道，正是今天，我很想對你說說：我真喜歡你，你要明白，我相信你。」

十

一片寂靜，沒有任何聲音，似乎世界上既沒有草原，也沒有曉霧，也沒有窩瓦河，只有寂靜。黑雲上飛過一陣輕快而明亮的波紋，然後灰色的曉霧又變成深紅色，忽然轟隆聲震動了天空與大地……近處的炮聲與遠處的炮聲連成一片。回聲把連成一片的聲音儲存起來，又把複雜交錯的聲音擴散開去，這聲音便充滿了遼闊戰場的巨大空間。

泥土房屋在打顫，黃土從牆上掉下來，無聲無息地落在地上。草原村莊裡一戶戶人家的門自動開了又關上，湖上的薄冰裂了縫。

狐狸搖著長滿軟毛的沉甸甸的尾巴跑起來，兔子也跑，不是躲狐狸，而是跟著狐狸跑；夜間的猛禽和白日的猛禽也許是第一次匯合在一起，揮動沉甸甸的翅膀，飛上天空……有些黃鼠也糊里糊塗地從洞裡跑出來，就好像迷迷糊糊、頭髮蓬亂的漢子從著了火的房子裡往外跑。

發射陣地上潮溼的早晨空氣，似乎因為接觸到幾千門大炮的滾熱炮筒，溫度上升了一度。

在前沿觀察所，可以清清楚楚看到蘇軍炮彈的爆炸，看到黑色和黃色的硝煙在旋轉，泥土和骯髒的雪紛紛揚起，看到炮火的白光。

炮聲停了。一團團硝煙慢慢化為一縷縷乾燥、熾熱的長髮，與潮溼、寒冷的草原霧混合到一起。天空馬上充滿新的聲音，轟轟隆隆，又沉重，又響亮。一批批蘇聯飛機向西飛。飛機的轟隆聲、嘯聲、吼聲使灰雲蔽日的模糊天空變得清晰可觸。裝甲強擊機和殲擊機貼近地面飛行，像低低的雲片，而在雲片之中和雲片之上是用粗嗓門兒吼叫的不易看到的轟炸機。

德軍飛機盤旋在布列斯特上空，而窩瓦河畔的草原之上是蘇軍的天空。

諾維科夫沒有想這些事，沒有回憶，沒有比較。他正在經歷的事比回憶、比較、思考更重要。

一切安靜下來。等著寂靜之後發出衝鋒信號的人，準備一見到信號就朝羅馬尼亞集團軍陣地撲過去的人，一時間都在轉瞬的寂靜中屏住氣息。在無聲無息、渾濁的太古海洋一般的寂靜中，在這幾秒鐘裡，定好了人類發展曲線的轉捩點。參加保衛祖國的決戰多麼好，多麼幸福。迎著死亡站起來，不是逃避死亡，而是跑去迎接死亡，多麼沉痛，多麼可怕。年紀輕輕地死去，多麼可悲。希望活，希望活著。但願保留年輕的生命，保留活得還太少的生命，世界上再沒有什麼願望比這更強烈的了。這種願望不在思想中，它比思想更強烈，它在呼吸中，在鼻孔中，在眼睛裡，在肌肉裡，在貪婪地吸收氧氣的血紅蛋白中。這願望是如此之大，沒有什麼能與之相比，沒有什麼能測量其大小。可怕。衝鋒前的時刻實在可怕。

格特馬諾夫大聲地、深深地吸了幾口氣，看了看諾維科夫，看了看戰地電話機，看了看無線電發報機。

格特馬諾夫看到諾維科夫的臉，感到十分驚異。這張臉已經不是格特馬諾夫幾個月來常常看到的那張臉。原來那張臉各種各樣的表情他都見過的，不論在憤怒的時候、憂慮的時候、傲慢的時候，不論在高興的時候、愁眉苦臉的時候。

沒有壓下去的羅馬尼亞炮隊一個一個地復活了，從縱深處朝前沿陣地進行急促射擊。強大的高射炮也對準地面目標開了火。

「諾維科夫同志，」格特馬諾夫激動地說，「到時候啦！別考慮太多！」

不僅是在戰爭時期，他總認為，為了事業犧牲一些人是很自然的，是無可非議的。但是諾維科夫不肯發令，他吩咐接通重炮團團長洛帕津的電話，剛才他的大炮轟擊過擬定的坦克運動的中心地帶。

「你瞧著吧，諾維科夫同志，托爾布欣會罵你的。」

格特馬諾夫看了看自己的手錶。

諾維科夫不僅對格特馬諾夫，對自己也不好意思承認自己可笑的溫情。

「我們會損失很多坦克的，心疼坦克呀，」他說，「幾十部漂亮的坦克呀，總共不過幾分鐘的事，等我們把高射炮和反坦克炮壓下去，他們就在我們掌心裡了。」

在他面前的草原上一片硝煙。和他一起站在戰壕裡的人目不轉睛地看著他。各坦克旅旅長在等待著他通過無線電發出的命令。他充滿了一名上校慣有的戰鬥激情，很不斯文的功名心在緊張地突突跳動，而且格特馬諾夫在催促他，他也怕上級。而且他清楚地知道，他對洛帕津說的話，總參歷史科不會有人研究的，不會受到史達林和朱可夫的稱讚，不會使他得到盼望已久的蘇沃洛夫勳章。

有一種權力，大於不加考慮就叫人去死的權力，那就是在叫人去死的時候深思熟慮的權力。諾維科夫行使了這一權力。

十一

史達林在克里姆林宮等待史達林格勒方面軍司令的報告。

他看了看錶；炮火準備剛剛結束，步兵已出動，機動部隊準備進入炮兵衝開的突破口。空軍的飛機在轟炸後方、道路、機場。

十分鐘之前，他和瓦圖京通過話：西南方面軍坦克部隊與騎兵部隊的推進超過了預計。

他拿起鉛筆，看了看仍然沉默的電話機。他想在地圖上標出南路人馬開始運動的位置。但是一種迷信的感覺使他放下了鉛筆。他清清楚楚感覺到，希特勒此時此刻正在想著他，並且知道他也在想著希特勒。

邱吉爾和羅斯福相信他，但是他明白：他們的信任不是絕對的。他們使他生氣的是，雖然他們喜歡和他協商，但是在和他商議之前，他們之間已經商量好了。

他們知道，戰爭來了，總會過去的，而政治是永遠存在的。他們讚賞他的邏輯、他的知識、他清楚的頭腦；他們使他惱火的是，總認為他是亞洲式的統治者，不是歐洲式的領袖。

他忽然想起托洛茨基那帶有蔑視意味、微微瞇著的、凌厲逼人的、聰明的眼睛，他第一次感到可惜，可惜托洛茨基已經不在人世，要不然讓他看看今天多好呀。

他覺得自己是幸福的，身體是強壯的，嘴裡沒有像鉛一樣討厭的味道，心口也不疼。在他來說，生的感覺和強的感覺是一回事。戰爭開始以後，史達林就感到渾身不自在。元帥們看到他發火，呆呆地、筆直地站在他面前的時候，他感到苦惱；當幾千人在大劇院裡站著向他致敬的時候，他還是感到苦惱。他總覺得，周圍的人一想起他在一九四一年夏天的張皇失措，就偷偷地嘲笑他。

有一次，當著莫洛托夫的面，他抓住自己的頭髮，嘟囔說：「怎麼辦……怎麼辦呀……」在國防委員會會議上，他變了腔調，大家都垂下了頭。他有好幾次發出毫無意義的指示，他看出，大家都明白這些指示毫無意義……七月三日，他開始發表廣播講話的時候，心情十分慌亂，喝著治病的礦泉水，電波把他的慌亂心情傳送出去……朱可夫在六月末不客氣地反駁他，他一時間十分尷尬，說：「您想怎樣就怎樣吧。」有時他想把重任讓給在一九三七年被殺害的雷科夫、加米涅夫、布哈林，讓他們領導軍隊、領導國家吧。

他有時會出現十分可怕的感覺：在戰場上取得勝利的不光是他今天的敵人。他想像到，跟在希特勒的坦克後面，在硝煙與灰塵中朝他走來的，還有那些似乎被他永遠制服了、被他打得永世不能翻身的人。那些人從凍土中爬出來，炸翻他們頭上的永久凍土，衝破重重鐵絲網。載滿復活的人的一列列火車從科雷馬開來，從科米共和國開來。許許多多農村婦女、兒童從土裡爬出來，臉上帶著可怕、悲痛、憔悴不堪的神情，走著，走著，用善良而悲傷的眼睛在找他。他比誰都清楚，審判失敗者的不只是歷史。

有時他恨死了貝利亞，因為貝利亞顯然瞭解他的心情。

所有這一切不好的、軟弱的情緒持續不了多久，頂多只有幾天，這一切只會偶爾冒出來。

但是他還是常常有沮喪感，胃灼熱攪得他不得安寧，後腦常常疼痛，有時頭暈得可怕。

他又看了看電話機：葉廖緬科該向他報告坦克推進的情況了。

現在到了他顯示威力的時候。此時此刻決定著列寧締造的國家的命運，黨的合理的中央集權也是在此刻獲得實現的可能性，以便在建設大型工廠，建立原子能發電站和熱核裝置，製造噴氣式飛機和渦輪螺旋槳飛機、宇宙火箭和洲際火箭，建築摩天大樓、科學宮，開鑿新的運河和海，在北極圈裡建築公路和城市中實現中央集權。

此時此刻決定著被希特勒占領的法國、比利時、義大利、斯堪的納維亞國家和巴爾幹國家的命運，將要宣布奧斯威辛、布痕瓦爾德和莫阿比特監牢的瓦解，以及準備打開納粹分子建立的九百處集中營和勞動營的大門。

還決定著即將前往西伯利亞的德軍戰俘的命運；也決定著在希特勒集中營裡的蘇軍戰俘的命運，後來在他們獲得釋放之後，史達林決定把他們送往西伯利亞，分享德軍戰俘的命運。

還決定著米霍埃爾斯及其朋友和演員祖斯金、作家貝格爾森、瑪律基什、費費爾、克維特科、努西諾夫的命運，要不然在處決以沃夫西教授為首的一批猶太醫生的惡性案件之前，他們就被處死了。

還決定著波蘭、匈牙利、捷克斯洛伐克和羅馬尼亞的命運。決定著蘇聯農民和工人的命運。決定著蘇聯思想、文學和科學的自由。

史達林心情激動。此時此刻，國家未來的強盛和他的意志是一致的。他的偉大、他的天才不在於他本身，不以國家與武裝力量的大小為轉移。他寫的書、他的學術著作、他的學說能夠有意義，能夠成為千百萬人研究和讚頌的對象，只有在國家取得勝利的時候。

給葉廖緬科的電話接通了。

「喂，你那兒怎麼樣？」史達林也不問好，逕直問道。「坦克出動了嗎？」

葉廖緬科聽到史達林帶火氣的聲音，趕緊把香菸摁熄了。

「沒有，史達林同志，托爾布欣的炮火準備還沒有結束。步兵已經掃清前沿，坦克還沒有進入突破口。」

史達林清清楚楚地罵了幾聲娘，就把話筒放下。

葉廖緬科又把香菸點著了，便給五十一集團軍司令打電話。「為什麼坦克到現在還沒有出動？」他問道。

托爾布欣一隻手拿著話筒，另一隻手拿著一塊大手帕在揩胸膛上的汗。他的制服敞開著，雪白的襯衣敞著的領口裡露出胖得打褶的脖根。他克制著喘氣，用肥胖人那種不慌不忙的語調回答（因為肥胖的人不僅理智上明白，而且全身都明白，著急是不行的）：「剛才坦克軍軍長向我報告說，在預定的運動中心地帶還有敵人的炮火沒有壓下去。他要求再等幾分鐘，讓我軍炮火把敵方炮火壓下去。」

「不能再等！」葉廖緬科嚴厲地說。「讓坦克立即出動。過三分鐘向我報告。」

「是。」托爾布欣說。

葉廖緬科本想把托爾布欣罵一頓，可是卻突然問道：

「您怎麼喘得這樣厲害，病了嗎？」

「沒有，我身體很好，葉廖緬科同志，我剛才吃過早飯。」

「立即行動吧。」葉廖緬科說過這話，放下話筒，隨口說：「吃早飯吃得氣都喘不上來啦。」又罵了一句很難聽的。

等到坦克軍軍部指揮所裡的電話機嗡嗡響起來的時候，雖然因為重新開始的炮轟聽不清話筒裡的聲音，諾維科夫還是明白了，這是集團軍司令要求他立即率領坦克進入突破口。

他聽完了托爾布欣的話，心裡想：「早就料到啦。」

他回答說：「是，中將同志，馬上執行。」

然後他朝著格特馬諾夫笑了笑，說：「再打上四分鐘還是需要的。」

過了三分鐘，托爾布欣又打來電話，這一次他不喘了。

「上校同志，您在開玩笑吧？為什麼我聽到還在炮擊？立即執行命令！」

諾維科夫吩咐電話員接通炮兵團長洛帕津的電話。他聽到洛帕津的聲音，但他沒有說話，看著秒針在走動，等待打滿第二個四分鐘。

「嘿，我們的頭兒真行！」格特馬諾夫出自內心地讚歎說。

又過了一分鐘，炮聲停息下來時，諾維科夫戴起耳機，呼喚打頭衝向突破口的坦克旅旅長。

「別洛夫！」他喊道。

「有。軍長同志。」

諾維科夫張大了嘴，用醉漢般的發狂聲音叫道：「別洛夫，出動！」

青色的硝煙攪得晨霧更濃了，馬達的吼聲震得空氣嗡嗡直響，坦克軍進入突破口。

十二

十一月二十日凌晨，卡爾梅克草原上的大炮開始轟擊，布置在史達林格勒南面的史達林格勒方面軍突擊部隊向布置在保盧斯右翼的羅馬尼亞第四集團軍發起進攻的時候，蘇軍的進攻目標對於德國「B」集團軍群司令部就是顯而易見的了。

活動在蘇軍突擊集團左翼的坦克軍進入查查湖和巴爾曼查克湖之間的突破口，便朝西北向卡拉奇挺進，前去接應頓河方面軍與西南方面軍的坦克軍與騎兵軍。

二十日下午，從謝拉菲莫維奇發起進攻的突擊集團到達蘇羅維琪諾以北，給保盧斯集團軍的交通線造成威脅。

保盧斯的第六集團軍還沒感到有被包圍的危險。下午六時，保盧斯向「B」集團軍群司令魏克斯男爵上將報告說，計劃在夜裡繼續派出偵察小分隊在史達林格勒進行活動。

晚上保盧斯收到魏克斯的命令：停止在史達林格勒的一切進攻戰鬥，抽出大量的步兵、坦克兵團和反坦克武器，按梯隊形式集中到左翼後面，準備朝西北方向進行突擊。

保盧斯在這天晚上十點鐘收到的這一道命令，標誌著德軍在史達林格勒進攻的結束。然而，迅速發展的戰局使這一道命令也失去了意義。

二十一日，從克列特和謝拉菲莫維奇發起進攻的蘇軍突擊集團，朝自己原來的方向旋轉九十度，匯合之後，向卡拉奇地區及其以北的頓河推進，直撲德軍史達林格勒戰線的後方。

這一天，四十輛蘇軍坦克出現在高高的頓河西岸，離保盧斯集團軍指揮部所在的戈盧賓鎮只有幾公里。另外一群坦克毫不費力地奪取了頓河大橋：守橋部隊把蘇軍坦克部隊當成了裝備著繳獲的坦克、常常通過這座橋的訓練部隊。蘇軍坦克進入卡拉奇，意在包圍德軍的兩個史達林格勒集團軍，即保盧斯的第六集團軍和戈特的第四坦克集團軍。為了從後方保護史達林格勒的陣地，保盧斯的精銳部隊三八四步兵師把戰線轉向西北，進行防禦。

就在這時候，從南面進攻的葉廖緬科部隊擊潰了德軍第二十九摩托化師，打垮了羅馬尼亞第六軍，朝卡拉奇至史達林格勒的鐵路線推進。

暮靄中，諾維科夫的坦克逼近了羅馬尼亞軍隊的強化防禦工事。

這一次諾維科夫再不怠慢。他沒有利用黑沉沉的夜色暗地集中坦克為進攻做準備。依照諾維科夫的命令，所有的機器，不光是坦克，還有自行火炮，裝甲運輸車，裝載摩托化步兵的汽車，一下子開足了燈光。

幾百道明亮耀眼的燈光劃破黑暗。大批戰爭機械從黑沉沉的草原上朝前湧去，吼聲、炮聲、機槍聲震耳欲聾，刺目的燈光耀眼欲花，羅馬尼亞守軍驚惶失措，一片混亂。

在短短的戰鬥之後，坦克繼續向前推進。

二十二日上午，從卡爾梅克草原出發的蘇軍坦克進入布濟諾夫鎮。黃昏時候，在卡拉奇以東，在保盧斯和戈特的兩大集團軍的後方，一南一北兩支蘇軍坦克先頭部隊會師了。到二十三日，步兵集團朝奇爾河和阿克賽河推進，成為突擊集團可靠的外側。

紅軍最高統帥向各部提出的任務完成了——在一百小時內完成了對德軍史達林格勒集團的包圍。

局勢的下一步發展會怎樣呢？是什麼決定了下一步發展？是誰的意志表現了歷史的厄運？

二十二日下午六時，保盧斯通過無線電向「B」集團軍群司令部報告：

「集團軍被包圍。整個察里察河谷，從蘇維埃鎮至卡拉奇的鐵路線，該地區的頓河橋，河西岸的高地，在英勇抗擊之後，轉入蘇軍之手……彈藥情況十分危急。糧食只能供應六天。如不能完成環形防禦工事，請求給予行動自由。局勢可能迫使放棄史達林格勒以及戰線的北段……」

二十二日至二十三日夜裡，保盧斯還收到希特勒的命令，要把他的軍隊所占據的地區叫做「史達林格勒堡壘」。在這之前的一道命令是：「集團軍司令及司令部應進入史達林格勒。第六集團軍應進行環形防禦，等待進一步指示。」

保盧斯與各軍軍長商議過後，「B」集團軍群司令魏克斯男爵打電報給最高統帥：「儘管做出這一決定我感到責任沉重，仍應當向您報告：我認為必須支持保盧斯將軍撤出第六集團軍的建議……」

經常和魏克斯保持聯繫的陸軍總參謀長蔡茨列爾完全贊同保盧斯和魏克斯必須放棄史達林格勒地區的意見，認為靠空運供應物資給陷入重圍的大量軍隊是不可思議的。

二十三日夜裡兩點鐘，蔡茨列爾用電話通知魏克斯說，他終於說服希特勒放棄史達林格勒。他說，關於第六集團軍突圍的命令，將由希特勒於二十四日上午發出。

二十四日上午十時過後不久，「B」集團軍群與第六集團軍之間唯一的一條電話線斷了。一分鐘一分鐘過去，等不到希特勒發出的突圍的命令，因為必須迅速行動，魏克斯決定自己擔起責任，下令突圍。

通信兵正準備把魏克斯的電報發出去，這時候通信聯絡勤務科科長卻聽到最高統帥部發來的元首給保盧斯將軍的電報：「第六集團軍被蘇軍圍困是暫時的。我決定在史達林格勒北郊、科特魯班、一三七號高地、一三五號高地、馬林諾夫鎮、史達林格勒南郊等地集中兵力。你們可以相信我能做到我應做的一切，保證你們的供應和適時突圍。我瞭解英勇的第六集團軍及其司令，相信第六集團軍能盡其職責。阿道夫．希特勒。」

希特勒的決定現在已反映出第三帝國的厄運，決定了保盧斯的史達林格勒集團軍的命運。希特勒用保盧斯的手，用魏克斯、蔡茨列爾的手，用德軍各軍軍長和各團團長的手，用士兵的手，用一切不願意執行他的決定而又執行到底的人的手，在德國戰爭史上寫下了新的一頁。

十三

在一百小時的戰鬥之後，西南方面軍、頓河方面軍、史達林格勒方面軍的部隊會合了。

在冬日的昏暗天空下，在卡拉奇郊外遍布轍痕的雪地上，蘇軍的先頭坦克部隊會師了。遼闊的積雪原野被幾百條履帶劃得支離破碎，被炮彈炸出一個個焦糊的窟窿。笨重的坦克在飛雪中迅速奔馳著，白色的雪團在空中顫動。在坦克急轉彎的地方，凍土和雪塵一起飛向空中。

蘇軍的強擊機和殲擊機吼叫著貼著地面從伏爾加那邊飛來，掩護進入突破口的坦克部隊。重炮在東北方轟鳴，硝煙瀰漫的昏暗天空閃著一道道模糊的亮光。

兩輛 T-34 型坦克面對面停在一座小小的木頭房子旁邊。渾身髒污的坦克手們，因為作戰勝利，捱過了生死關頭，心情十分激動，呼哧呼哧、津津有味地吸著寒冷的空氣。在坦克裡面吸夠了帶油煙氣的窒悶空氣之後，這寒冷空氣就使人覺得特別提神了。

坦克手們把黑色皮帽推到後腦勺上，走進木屋，從查查湖邊來的坦克班長從衣服口袋裡掏出一瓶酒……一個穿著棉襖和肥大氈靴的婦女，把在她那隻打顫的手裡叮噹直響的玻璃杯放到桌子上，抽搭著說：

「唉，我還以為活不成了呢，我們的大炮好厲害呀，好厲害呀，我在地窖裡待了兩天一夜。」

又有兩個寬肩膀、小個子、像拼圖方塊似的坦克手走進屋裡來。

「瞧，瓦列拉，多好的招待。咱們好像也有什麼吃的東西。」從頓河方面軍來的坦克班長說。

於是，那個叫瓦列拉的小夥子把手伸進很深的衣服口袋，掏出用油糊糊的戰報包著的一截燻腸，把燻腸分成幾份，還很認真地用棕色手指頭把掰掉出來的白白肥肉往裡塞。

坦克手們把酒喝光，陶醉在幸福中。一名坦克手嘴裡塞滿了燻腸，一面笑著，一面說：

「咱們會合啦，就是說，你們的酒、我們的燻腸會合啦。」

大家都很喜歡這個說法，坦克手們笑著，嚼著燻腸，重複著這話，感到十分親熱。

十四

從南面來的坦克上的班長通過無線電向連長報告了在卡拉奇郊外會師的情形。他還補充了幾句話，說西南方面軍的弟兄們非常好，說他們還共飲了一瓶酒。

這情形迅速地逐級上報，三分鐘後，旅長卡爾波夫便向軍長報告了會師的消息。

諾維科夫感覺到，軍部裡在他周圍出現了友好的、歡欣鼓舞的氣氛。坦克軍在進軍中幾乎沒有損失，按時完成了該軍擔負的任務。

涅烏多布諾夫在發出給方面軍司令的報告以後，久久地握住諾維科夫的手。這位參謀長平時充滿惱恨和火氣的眼睛，變得明亮、溫和了。

「您瞧，我們的人在沒有內部敵人和破壞者的時候，能創造什麼樣的奇蹟！」他說。

格特馬諾夫把諾維科夫抱住，用眼睛掃了掃站在旁邊的一些指揮員、司機、傳令兵、話務員、譯電員，抽搭了兩下，為了讓大家都能聽到，他大聲說：「謝謝你，諾維科夫同志，作為一個俄羅斯人、一個蘇聯人，要感謝你。我格特馬諾夫作為一個共產黨員，要感謝你，衷心地向你致敬，向你表示感謝。」

他又一次把諾維科夫抱住，並且吻了吻深受感動的諾維科夫。

「你把一切都準備好了，把人都研究透了，什麼都預見到了，所以就收穫到大量工作結出的果實。」格特馬諾夫說。

「哪兒有什麼預見？」諾維科夫說。他聽到格特馬諾夫的話，又不好意思，又快活得不得了。他拿起一疊戰報晃了晃，說：「這就是我的預見。我首先寄希望於馬卡羅夫，可是馬卡羅夫損失了速度，而且偏離了預定的運動中心，在側翼參與了不必要的局部戰鬥，損失了一個半小時。我本來以為，別洛夫會不顧兩翼，往前直衝，可是別洛夫在第二天不是撇開防禦中心不顧一切地朝西北突進，而是和炮兵、步兵一起打起磨蹭戰，甚至轉為防禦，因為這樣胡鬧損失了十一個小時。而卡爾波夫倒是第一個衝向卡拉奇，像旋風一樣毫無顧忌地前進，毫不理睬兩翼發生了什麼事，第一個切斷了德國人的主要交通線。這就是我對人的研究，這就是我的預見。我原來還以為，卡爾波夫需要拿棍子趕，認為他只會左顧右盼，只會保證自己的兩翼。」

格特馬諾夫笑著說：「好啦，好啦，謙虛是美德，這我們是知道的。偉大的史達林教導我們要謙虛嘛。」

諾維科夫感到很幸福。這一天，他多次想到葉妮婭，老是回頭看，似乎就要看到她，大概，他的確太愛她了。

格特馬諾夫用說悄悄話的聲量說：

「諾維科夫同志，我一輩子也忘不了你是怎樣推遲八分鐘出擊的。集團軍司令在催促。方面軍司令要求立即率領坦克進入突破口。我還聽說，史達林打了電話問過葉廖緬科，為什麼坦克沒出動。你竟讓史達林等待。這不是，我們進入了突破口，確實沒有損失一輛坦克，沒有犧牲一個人。這件事我永遠不會忘記。」

深夜，等諾維科夫開著坦克前往卡拉奇地區之後，格特馬諾夫來到參謀長跟前，說：「將軍同志，我寫了一封信，說明軍長擅自推遲八分鐘，才開始這場具有偉大意義的關鍵性戰役、這場決定偉大衛國戰爭命運的戰役。請您看看這封信。」

十五

當華西列夫斯基通過高頻電話向史達林報告包圍了德軍史達林格勒集團的消息時，他的助理波斯克列貝舍夫站在他旁邊。史達林也不看波斯克列貝舍夫，有一陣子他半閉著眼睛坐著，好像要睡覺。波斯克列貝舍夫屏住氣息，盡可能不響動。

這不僅是他對活著的敵人勝利的時刻，也是他對過去取得勝利的時刻。一九三〇年農村墳頭上的荒草會愈來愈茂密。北極圈裡的冰層和雪丘會平靜地保持沉默。

他比世界上任何人都懂得：勝利者是不受審判的。

史達林忽然希望他的孩子們、他的孫女，也就是不幸的亞可夫的小女兒和他在一起。他可以安安靜靜、心平氣和地撫摩小孫女的頭，不去理會小屋門外的世界。文靜可愛、病弱的小孫女，童年的回憶，涼爽的小花園，遠處小河的流水聲。其餘的一切對於他都無所謂了。因為他的超級權力不依靠軍隊的強大和國家的強盛。

他沒有睜開眼睛，慢慢地用一種特別柔和的、帶著喉音的語調說：

「啊，鳥兒落網了，瞧著吧，別想從網裡逃脫，咱們無論如何不能分離了。」

波斯克列貝舍夫看著史達林那稀拉的白髮，看著他閉著雙眼的麻臉，忽然感到手指頭發起冷來。

十六

在史達林格勒地區的勝利進攻，消除了蘇軍防線上的許多缺口。其中不僅是史達林格勒與頓河兩大方面軍範圍內的缺口，不僅是在崔可夫集團軍與布置在北面的蘇軍幾個師之間的缺口，也不僅是在一些脫離後方的連與排之間和隱藏在房屋中的小分隊和戰鬥小組之間的缺口。孤立感、被半包圍和包圍的感覺也從人們的意識中消失了，換成了整體、團結一致和兵力十足的感覺。這種個人與眾多的軍隊合為一體的意識，便是所謂致勝的士氣。

當然，在陷入重圍的德軍士兵的頭腦和心靈中，出現了完全相反的思想變化。由幾十萬有思想、有感覺的細胞組成的組織，從德國武裝力量的肌體上脫離了。虛無縹緲的無線電波和更加虛無縹緲的關於軍隊和德國一直保持聯繫的宣傳，證實了保盧斯在史達林格勒的一些師已經被包圍。

托爾斯泰當年提出，完全包圍一支軍隊是不可能的，這一說法一再為托爾斯泰時代的軍事經驗所證實。

一九四一至一九四五年的戰爭卻證明：可以包圍一支集團軍，把它牢牢困在原地。一九四一至一九四五年戰爭期間，被圍是蘇聯和德國許多軍隊的殘酷現實。

托爾斯泰的思想在他那個時代毫無疑問是正確的。但是，許多偉大人物提出的有關政治或戰爭的思想，大都不具有永久的生命力。

在一九四一至一九四五年的戰爭中，包圍之所以成為現實，是因為軍隊有極大的機動性，而軍隊的機動性所依靠的是後方的笨重龐大，極不靈活。進行包圍的部隊可以利用機動性的一切有利條件。被包圍的部隊完全失去機動性，因為在包圍中不可能為現代化的軍隊組織多層次的、大範圍的、工廠式的後方。被圍的部隊陷入癱瘓。進行包圍的部隊則可以利用陸上和空中的一切機械。

被圍的軍隊失去機動性，不僅是失去軍事機械方面的優勢。被圍的軍隊的士兵和軍官就好像從現代文明世界掉進過去的世界。被圍部隊的士兵和軍官不僅會重新估計作戰部隊的力量、戰爭的前景，還會重新評價國家的政策、黨的領袖的魔力、法典、憲法、民族性格、民族的過去和將來。那些像鷹一樣洋洋得意地感到自己的翅膀強勁有力、在被縛住的無可奈何的獵物之上翱翔的人，同樣也會重新評價上述一些問題，不過，當然帶有相反的特點。

保盧斯的軍隊在史達林格勒被包圍，決定了戰爭進程的轉折。

史達林格勒的勝利決定了戰爭的結局，但是在勝利了的人民和勝利了的國家之間仍然進行著無聲的爭論。人的命運、人的自由取決於這一爭論。

十七

在東普魯士和立陶宛邊境，在格爾利茨秋天的森林裡，下著稀稀拉拉的小雨。一個中等個頭兒的人披著灰色斗篷，在高大樹木之間的小道上走著。衛兵們一見到希特勒便屏住呼吸，一動也不動，雨滴從他們臉上緩緩流下。

他想呼吸呼吸新鮮空氣，獨自待一會兒。潮溼的空氣使人非常舒服。飄灑著可喜的冷雨。一株株多麼可愛、多麼沉靜的大樹。在柔軟的落葉上走一走，多麼愜意。

野戰大本營裡的人一整天把他氣得不得了……史達林從來不曾引起他的尊敬。在戰前他就覺得史達林所做的一切又愚蠢又笨拙。史達林的狡猾和奸詐都像莊稼漢一樣簡單。他的國家也是不像樣子的。邱吉爾有一天總會明白新德國的悲劇性作用：正是德國用自己的身體掩護了歐洲，抵擋了亞洲的史達林的布爾什維克主義入侵。他想像那些主張從史達林格勒撤出第六集團軍的人——他們倒是特別持重，特別恭敬的。使他生氣的是那些輕率地相信他的人——他們總是囉囉唆唆地對他表示自己的忠誠。他一直希望帶著蔑視的心情想想史達林，把史達林想得一錢不值，他又感覺到，他這種願望是失去優勢的感覺引起的……史達林不過是一個狠毒的、報復心很重的高加索小鋪老闆。他今天的勝利根本改變不了什麼局面……老渾蛋蔡茨列爾會不會暗暗用嘲笑的目光看他？他一想到戈培爾會向他報告英國首相評論他的軍事才能的俏皮話，就十分生氣。戈培爾會笑著說：「要承認，他說的話實在夠俏皮。」在他那聰明而好看的眼睛裡會浮現出隱藏得很深的嫉妒者的得意神情。

第六集團軍不愉快的處境使他心慌意亂，失去本色。事情主要的糟糕之處，不在於丟了史達林格勒，不在於一些師被包圍，也不在於史達林贏了他。

一切他都能扭轉。

他一向就有一些很普通的想法和嗜好。但是等他變得偉大和具有無限權力之後，這一切就引起人們的讚賞和敬佩。他代表著德意志民族的精神。但是新德國及其武裝力量的威力一旦開始動搖，他的英明就會減弱，他的天才就會消失。

他不羡慕拿破崙。他很不喜歡那些在孤獨、貧困、一籌莫展的境況中依然十分偉大的人，不喜歡那些在好的和壞的境況中依然保持其力量的人。

他在林中獨自散步的時候，也未能擺脫日常事務，並且在內心深處找到了總參謀部和黨的領導機構那些墨守成規的人不可能找到的最高明、最切實的答案。他之所以產生難以忍受的煩惱，是因為他又感到他和大家平等了。

要想成為新德國的締造者，要想燃起戰火和奧斯威辛的爐火，創立蓋世太保，做一個平常人是不行的。新德國的締造者和領袖一定要脫離人類。他的思想、感情及日常生活只能在人類之上，在人類之外。

蘇聯的坦克使他回到了原來離開的地方。他的思想、他的答案、他的嫉妒心今天不再是對著上帝，對著世界的命運。蘇聯的坦克又使他回到人間。

獨自一人在林中，起初他是感到輕鬆的，現在他感到有些可怕了。一個人，沒有衛兵，沒有隨侍的副官，他覺得自己像童話中的小孩走進了黑黝黝、到處是妖魔的密林。

童話中的小孩子就是這樣走，小羊羔就是這樣在林中迷了路，走著走著，也不知道大灰狼從密林深處偷偷朝牠走來。從幾十年的黑黑的沉澱層中浮出他童年時候的恐怖，想起小人書上的一幅畫：一隻小羊羔站在陽光明麗的林中空地上，在黑黑的、潮溼的大樹叢中露出狼的紅眼睛和白牙齒。

他很想像兒時那樣，叫喊一聲，他想喚母親，想把眼睛捂起來，想跑。

不過在林中，在大樹叢中藏著的是一個團，他的私人衛隊，幾千個強壯、受過訓練、機動靈活、反應迅速的人。他們的生活目的，是不准外人的氣息搖動他頭上的一根頭髮，不准外人的氣息觸碰到他。不少電話機在輕輕地響著，向各處、各地段通報獨自在林中散步的元首的每一行動。

他轉過身來，壓制著想跑的心情，朝著自己野戰大本營的暗綠色房屋走去。

衛兵們看到元首走得很急，以為大本營裡有急事等著他去。他們怎麼能想到，德國元首在林中暮靄初降時候想起了童話中的狼？

在樹叢中，大本營一個個窗戶裡的燈光亮了。他想到集中營火化爐的火光，心中第一次出現人的恐怖。

十八

蘇軍第六十二集團軍指揮所和許多掩體裡的人都產生一種十分奇怪的感覺：很想摸摸自己的臉，摸摸自己的衣服，動動靴子裡的腳趾頭。德國人不打炮了。靜下來了。

寂靜得使人頭暈。人們覺得，似乎人都變空了，心麻木了，手和腳動作起來和以前有些不同了。在寂靜中吃飯，在寂靜中寫信，夜裡在寂靜中醒來，似乎是奇怪的，不可思議的。寂靜有自己的聲音，很靜的聲音。寂靜產生許多似乎很奇怪的新的聲音：刀子的叮噹聲，翻書的沙沙聲，地板的吱咯聲，光腳丫兒的吧嗒聲，筆尖的哧哧聲，手槍保險裝置的咔嚓聲，掩體牆上掛鐘的滴答聲。

集團軍參謀長克雷洛夫走進集團軍司令的掩體，崔可夫坐在床上，對面的小桌後面坐著古洛夫。克雷洛夫本想一進門就說說最新的消息：史達林格勒方面軍已經發起進攻，包圍保盧斯的問題再有幾個小時就可以解決了。他看了看崔可夫和古洛夫，便一聲不響地坐到床上。這樣重要的消息克雷洛夫都沒有對兩位故友說說，可見他在他們臉上看到的不是一般的表情。

三個人都不說話。寂靜產生了新的、在史達林格勒久違的聲音。寂靜還準備產生新的、在戰鬥的日子裡不必要的想法、激情和焦慮。

但是此時此刻他們還不知道什麼新的想法；擔憂、功名心、凌辱、嫉妒還沒有從史達林格勒的苦難經歷中產生出來。他們還沒有想到，他們的名字現在和蘇聯軍事歷史的光輝一頁永遠連在一起了。

這寂靜的時刻是他們一生中最好的時刻。此時此刻他們只有人的感情，後來他們誰也不能自我解釋，為什麼他們此刻感到這樣幸福、這樣悲傷，充滿這樣的熱愛和溫情。

在結束了防禦戰之後，要不要繼續說說史達林格勒的將軍們？要不要說說史達林格勒防禦戰的一些領導人的可憐貪求？

真理只有一種。沒有兩種真理。沒有真理，或者伴隨著殘缺不全的真理、破碎的真理、砍削過的或者修剪過的真理，是很難生活的。部分的真理，不是真理。在這美好的寂靜夜裡，讓毫無掩飾的完整的真理占據心靈吧。我們要在這樣的夜裡把人的善良、人的偉大勞動計算在人的名下。

崔可夫走出掩體，慢慢走到窩瓦河岸脊上，木板臺階在他腳下咯吱咯吱響著。天色已經黑下來。西方和東方都沒有聲音。工廠的輪廓、城市樓房的斷垣殘壁、一個個掩體都和靜默無聲的黑沉的大地、天空、窩瓦河融為一體。

人民的勝利就是這樣表現自己的。沒有軍隊的分列式，沒有轟鳴的混合樂隊，沒有煙火和禮炮，而是在潮溼的夜晚，在大地、城市、窩瓦河的安寧和靜謐中迎接人民的勝利。

崔可夫十分激動，他那被戰爭磨硬了的心在胸中怦怦跳動著。他仔細聽了聽：並非寂靜無聲。從班內溝和「紅十月工廠」那邊傳來歌聲。下面，窩瓦河邊有低低的說話聲，有吉他的聲音。

崔可夫回到掩體。正等著他吃晚飯的古洛夫說：

「瓦西里．伊萬諾維奇，真奇怪，這麼安靜。」

崔可夫在鼻子裡「嗯」了一聲，沒有說話。

過了一會兒，等他們在飯桌邊坐下來，古洛夫說：「唉，同志，你聽到快活的歌兒都哭了，看樣子，你也吃了不少苦呀。」

崔可夫驚訝地瞥了他一眼。

十九

在史達林格勒的山溝坡上挖的一個土室裡，幾名紅軍戰士圍坐在自製的小桌旁，小桌上還有一盞自製的油燈。司務長在往各人的杯子裡斟酒。大家都注視著這珍貴的液體，小心翼翼地上升到司務長粗硬的指甲在玻璃杯上指著的位置。

大家把酒喝光後吃起了麵包。一名戰士把一口麵包吃下去後，說：「是啊，德國佬打得我們夠嗆，不過我們還是打贏了。」

「德國佬這一下子老實了，再也撲騰不起來了。」

「撲騰夠了。」

「史達林格勒大劫難到頭了。」

「不過他們還是帶來太多災難。把半個俄羅斯燒掉了。」

他們吃了很久，不慌不忙，在不慌不忙中體會著一個人在長期艱苦的工作之後休息、喝酒、吃飯時的幸福和安寧。

頭腦迷迷濛濛的，但是這種迷濛有點兒特別，並不使人糊塗。不論麵包的滋味、大蔥的咯吱聲、放在土室牆腳下的槍枝，不論窩瓦河、想家的念頭、對強大敵人的勝利，以及撫摩過孩子的頭髮、摟抱過妻子、掰過麵包、捲過菸捲兒，如今又奪得勝利的手，對這一切，他們都清清楚楚地感覺到了。

二十

疏散出去的莫斯科人在準備復員的時候，最高興的也許不是很快就要見到莫斯科，而是擺脫了疏散時期的生活。斯維爾德洛夫斯克、鄂木斯克、塔什干、克拉斯諾亞爾斯克等城市的街道和房屋、秋日天空的星星、麵包的味道——一切都成了令人厭惡的了。

如果他們看到蘇聯情報局報導的好消息，就會說：「好啦，現在咱們很快就要走了。」如果看到令人憂慮的消息，就會說：「唉，不會再號召家庭團聚了。」

出現了不少傳聞，說有些人沒有通行證也回到了莫斯科——他們從長途列車上爬到工程列車上，然後又爬到電氣列車上，電氣列車上沒有軍隊攔截。

人們都忘記了，一九四一年十月，在莫斯科過日子好像是在受刑訊。那時候人們多麼羨慕那些用故城不祥的天空換取韃靼和烏茲別克安寧生活的莫斯科人……

人們都忘記了，在一九四一年十月的災難日子裡，有些沒上去火車的人紛紛丟掉箱子和包裹，徒步朝紮戈爾斯克走去，只要能離開莫斯科就行。現在人們也是寧可丟下東西、工作、安頓好的生活，步行回莫斯科，只要能離開疏散地就行。

一心想離開莫斯科和一心想回莫斯科這兩種相反的心情的主要實質，就在於一年來的戰爭改變了人們的意識，對德國人莫名其妙的恐懼變為對蘇聯力量優勢的信任。

在十一月下旬，蘇聯情報局報導了對弗拉季高加索（即奧爾忠尼啟則）地區德國法西斯軍隊的攻擊，然後又報導了在史達林格勒地區進攻的勝利。在兩個星期中，播音員有九次這樣廣播：「目前，我軍繼續反攻……再次沉重打擊敵軍……我軍在史達林格勒城下摧毀敵軍的頑抗，突破頓河東岸敵軍新防線……我軍繼續進攻，已推進一二十公里……近日部署在頓河中游一帶我軍對德國法西斯軍隊發起反攻……我軍在頓河中游地區繼續挺近……我軍在北高加索繼續出擊……我軍又在史達林格勒西南方發動突擊……我軍在史達林格勒以南發起進攻……」

在一九四三年除夕，蘇聯情報局發表戰報《六周以來我軍在史達林格勒地區進攻作戰總結》，綜述了德軍在史達林格勒地區被包圍的情況。

人們的意識準備轉變，要用全新的觀點看待現實中的大事，雖然這種思想轉變的準備是祕密進行的，其祕密程度不次於準備史達林格勒進攻戰。在人們的潛意識中進行的這種再結晶，在史達林格勒進攻戰之後，第一次明朗化，第一次表現出來。

現在人們思想的變化和莫斯科會戰勝利時的思想變化大不一樣，雖然從表面上看來沒有什麼不同。其區別在於，莫斯科會戰的勝利主要是促成了對德國人態度的變化。在一九四一年十二月，對德國軍隊莫名其妙的恐懼心理消失了。

史達林格勒和史達林格勒進攻戰促成了軍隊與老百姓的新的自覺。蘇聯人、俄羅斯人開始從新的角度認識自己，開始從新的角度看待各種民族的人。俄羅斯的歷史開始被理解為俄羅斯的光榮史，而不是俄羅斯農民與工人的苦難史和屈辱史。民族性由形式轉變為內容，成為世界觀的新基礎。

在莫斯科會戰初次取勝的日子裡，起作用的仍是戰前的老的思維形式、戰前的觀念。重新認識戰爭大事，認識蘇聯武裝力量和國家的力量，是巨大的、長期的、廣泛的認識過程的一部分。這一過程在戰前很久就開始了，不過主要不是在人民的意識中，而是在人民的潛意識中。

有三件大事是重新認識現實和人與人關係的重要標石，那就是：農村集體化、工業化、一九三七年。這些事件和一九一七年的十月革命一樣，造成了廣大階層的人民的動盪和變化；這些動盪伴隨著對人的肉體的消滅，死亡人數超過了消滅俄國貴族階級和工商業資產階級的那個時期。

史達林領導的這些事件，標誌著新的蘇維埃國家建設者在經濟方面的勝利，標誌著社會主義在一個國家的勝利。

這些事件是十月革命的必然結果。

不過，在集體化、工業化和幾乎更換了所有領導幹部的時期建立起來的新結構，並不想放棄舊有的思想公式和概念，雖然這些公式和概念對於新結構已失去真正的內容。新的結構利用的是一些舊的概念和成語，這些概念和成語發源於革命前就形成的社會民主黨布爾什維克派。國家民族性仍然是新結構的基礎。

戰爭加速了在戰前就暗暗進行著的重新認識現實的過程，加速了民族意識的覺醒，「俄羅斯」這個詞重新獲得了真實的內容。

起初，在撤退時期，這個詞大都和一些否定意義的詞聯繫著：俄羅斯落後、一團糟，俄羅斯閉塞，俄羅斯沒有希望……但是，民族意識既然出現了，就期待著戰爭的節日……

國家也漸漸趨向新的範疇的自覺。民族意識在民族災難的日子裡表現出來，便是強大的、極好的力量。人民的民族意識在這樣的時期之所以可貴，因為這種意識是人性的，而不是民族性的。這是人的尊嚴，人對自由的嚮往，人對善良的信賴，只不過表現在民族意識的形式中。

不過，在災難歲月裡激起的民族意識可能發展為多種形式。

毫無疑問，一位人事處長，一心要保護本機關不受世界主義者和資產階級民族主義者的侵犯，這位處長的民族意識和保衛史達林格勒的紅軍戰士的民族意識，表現是不同的。

蘇聯這樣一個大國的現實，決定了它將把喚起民族意識與完成國家戰後面臨的任務聯繫起來——在樹立民族主權思想方面，在各個領域樹立蘇聯和俄羅斯的主權觀點方面。

所有這些任務不是在戰時和戰後突然出現的。戰前，在農村的種種事件、建立祖國的重工業、幹部大換班，標誌著史達林確立的制度作為社會主義新秩序在這個國家的勝利。在那個時候，這些任務就出現了。

俄國社會民主黨的親切印記被抹去，被取消了。正是在史達林格勒戰役轉折的時候，在史達林格勒的火焰成為黑暗王國的唯一自由信號的時候，這一重新認識過程開始公開化了。

發展的邏輯導致的結果是，人民戰爭在史達林格勒保衛戰時期達到最高的熱潮的同時，也為史達林提供了可能性，公開宣揚國家民族主義思想體系。

二十一

在物理研究所前廳裡貼出的壁報上，有一篇文章，標題是《永遠同人民在一起》。

這篇文章說，在偉大的史達林領導的正在穿越戰爭暴風雨的蘇聯，科學具有巨大意義，黨和政府給予科學工作者極大的尊敬和光榮，世界上任何國家都不曾這樣，即使在艱苦的戰爭時期，蘇聯政府也為科學家正常和有成效的工作創造了一切條件。

文章接著談到研究所擔負的巨大任務，談到新的建設，談到擴大舊的實驗室，談到理論與實踐的聯繫，談到科學研究對於國防工業有何等重要意義。

文章談到全體科學工作者的愛國主義熱潮，說科學工作者絕不辜負黨和史達林同志的關懷和信任，不辜負人民對蘇聯知識分子的光榮的先進隊伍，對科學工作者的期望。

文章的最後部分寫道，可惜，在健康而友愛的集體中也有一些人缺乏對人民、對黨的責任感，有一些人脫離了友好的蘇維埃家庭。這些人使自己和集體對立起來，把自己的個人利益擺在黨交給科學家的任務之上，拚命誇大自己實有的和臆造的功績。他們之中有些人有意或無意地成為異己的反蘇思想的代表，宣揚敵對的政治思想。這些人一般都要求用客觀主義的態度對待外國唯心主義科學家的充滿反動精神和蒙昧主義精神的唯心主義觀點，誇耀自己同這些科學家的聯繫，從而侮辱俄羅斯科學家的蘇維埃民族自豪感，貶低蘇聯科學的成就。

這些人有時像英勇的衛士，要維護似乎被踐踏的正義，企圖在短視、輕信的人和糊塗人之中賺得廉價的聲名，實際上他們卻在挑撥離間，散播不相信俄羅斯的科學力量、不尊重俄羅斯光榮歷史和偉大人物的種子。文章號召消滅一切腐朽的、異己的、敵對的東西，消滅一切不利於完成黨和人民在偉大的衛國戰爭期間交給科學家的任務的因素。文章的結束語是：「沿著馬克思主義哲學明燈所照亮的光輝道路，沿著列寧和史達林的黨為我們開闢的道路，向著新的科學高峰，前進！」

雖然文章沒有點名，但是實驗室裡的人都明白，矛頭是對著維克多．史托隆的。

薩沃斯季揚諾夫對維克多說了說這篇文章。維克多沒有去看文章，這時候他站在即將完成新設備安裝的同事們旁邊。他抱住諾茲德林的肩膀，說：「不論怎樣，這大傢伙會大有作為的。」諾茲德林忽然罵起娘來，罵的是複數代名詞，維克多一時不明白他罵的是什麼人。

快下班的時候，索科洛夫走到維克多跟前。

「維克多．帕夫洛維奇，我很欣賞您。您一整天都在工作，就好像什麼事兒也沒有。您的毅力真了不起。」

「如果一個人天生是淡黃頭髮的，絕不會因為壁報上的文章變成黑頭髮的。」維克多說。

他生索科洛夫的氣已成了習慣，正因為他已經習慣了，似乎這種氣已經沒有了。他已經不責備索科洛夫的不坦率和怯懦。有時他也會對自己說：「他有很多好的地方，不好的地方人人都免不了。」

「是啊，文章與文章不同，」索科洛夫說。「安娜．斯捷潘諾芙娜看了這篇文章，心臟病都發作了。已經把她從醫務所送回家了。」

維克多心想：「究竟寫的是多麼可怕的事？」不過他沒有問索科洛夫。至於文章的內容，誰也沒和他說起。人們不和病人談他的不治之症，大概就像這樣。

傍晚維克多最後離開研究所。看大門的老頭子阿列克謝．米海洛維奇已經調到存衣室工作，他一面給維克多拿大衣，一面說：「您瞧，維克多．帕夫洛維奇，真是的，在這世界上好人總不得安寧。」

維克多穿好大衣，又上了樓，在壁報欄前站了下來。他看完了那篇文章，驚慌地四處看了看：一時間他彷彿覺得，他馬上就要被逮捕了，可是前廳裡空空蕩蕩，十分安靜。

他實實在在地感覺到一具脆弱的人體重量和龐大的國家重量的懸殊，他感覺到，彷彿國家用巨大而明亮的眼睛死死地盯著他，彷彿國家就要朝他壓下來，他即將咯吱一聲，尖叫一聲，就此消滅了。

街上人很多。維克多覺得，在他與行人之間有一片無主的土地。

在電車裡，一個戴著皮軍帽的人用興奮的語調對自己的同伴說：「你聽到最新消息了嗎？前面座位上有一個人說：「史達林格勒！德國佬完啦！」

一個上了年紀的婦女看著維克多，好像是責備他不說話。

他帶著溫和的心情想到索科洛夫：人人都有缺點，他也有，我也有。

但是他從來沒有徹底真誠地承認自己和別人同樣有毛病和缺點，所以他馬上就想：「他的觀點取決於國家是否喜歡他，他的生活是否順利。等到春天來臨，等到勝利了，他一句批評的話都不會說。我卻不是這樣：不論國家狀況是好是壞，不論國家折磨我還是眷顧我，我對國家的態度不會變化。」

到家後他要對柳德米拉說這篇文章。看樣子，當真要整他了。他要對柳德米拉說：「柳德米拉，你瞧瞧，這就是史達林獎金！想抓人的時候，常常寫這樣的文章。」

「我們是同命運的，」他想道，「如果請我去巴黎大學舉行學術講座，她會和我一塊兒去；如果送我上科雷馬的勞改營，她也會跟我去。」

「是你把自己弄到這種可怕的地步。」柳德米拉會說。

而他會反唇相稽：「我要的不是批評，是體貼和理解。研究所裡的批評已經夠我受的了。」

給他開門的是娜佳。在幽暗的走廊裡，娜佳把他抱住，並且把臉貼到他的胸膛上。

「我渾身又冰冷，又潮溼，讓我把大衣脫了。出了什麼事嗎？」他問道。

「難道你沒聽到？史達林格勒呀！巨大的勝利。德國佬被包圍了。咱們走，快走。」

她幫他脫了大衣，拉著他的手進了房間。

「這兒來，這兒來，媽媽在托里亞的房裡呢。」

她把門開了。柳德米拉坐在托里亞的書桌前。她慢慢朝他轉過頭來，又得意又傷心地朝他笑了笑。

這天晚上，維克多沒有把研究所裡發生的事告訴柳德米拉。

他們坐在托里亞的書桌前。柳德米拉在一張紙上畫包圍史達林格勒德軍的示意圖，向娜佳說著她對作戰計劃的理解。

夜裡，維克多在自己的房間裡想：「天啊，寫一份檢討書吧，大家在這種情況下不都寫嗎。」

二十二

壁報上出現那篇文章之後，又過了幾天。實驗室裡的工作照常進行著。維克多有時灰心喪氣，有時興致勃勃，很帶勁兒地工作，在實驗室裡走來走去，還不時用手指頭在窗臺和金屬外殼上輕快地敲出自己喜歡聽的聲音。

他開玩笑說，看樣子，在研究所裡蔓延起近視流行病，很多熟人面對面遇到他，都帶著若有所思的神氣從旁邊走過去，連招呼也不打。古列維奇老遠看見維克多，也擺出一副若有所思的神氣，走到大街的另一邊，在一張廣告前面站下來。維克多為了看個究竟，回頭看了看，這時候恰好古列維奇也回頭看，他們的視線相遇了。古列維奇做出一副又驚訝又高興的姿態，鞠了個躬，這一切都不是多麼使人愉快的。

斯維琴見到維克多，打了招呼，還小心地碰了碰腳跟表示敬意，不過在打招呼的時候，他臉上的表情卻很不自然，就好像在迎接不友好國家的一位大使。

維克多做了統計：哪些人不理睬他，哪些人對他點頭，哪些人和他握手問好。

每天他回到家裡，第一件事就是問妻子：「有沒有誰來電話？」

柳德米拉的回答一般都是：「沒有，如果不算瑪利亞的話。」

她知道她說過這話後他常常問的問題，就又說：「馬季亞羅夫暫時也沒有信來。」

「你瞧，」他說，「過去天天給咱們打電話的，現在不怎麼打了；過去不怎麼打的，現在根本不打了。」

他覺得，家裡人對待他也和以前不一樣了。有一次他正在喝茶，娜佳從他身邊走過，也不向他問好。他厲聲對她喝道：「為什麼連招呼也不打？你覺得我不是活物嗎？」

顯然他在說這話的時候臉上表情顯得非常可憐、非常痛苦，娜佳理解他的心情，所以沒有頂撞他，而是急忙說：「好爸爸，爸爸，原諒我。」

就在這一天，他問她：「娜佳，你還是常常和你那位大將軍見面嗎？」

她一聲不響地聳了聳肩膀。

「我要警告你，」他說，「不許和他談政治問題。如果在這方面出問題，就更夠我受的了。」

娜佳還是沒有粗暴地回答，而是說：「你放心吧，爸爸。」

早晨，他快到研究所的時候，就開始四下裡張望，時而放慢腳步，時而加快腳步。他看到走廊裡沒有人，便垂下頭急匆匆地往前走，如果有什麼地方的門開了，他的心就緊縮起來。當他終於走進實驗室之後，便氣喘吁吁，就好像一個士兵終於跑過炮火控制的陣地，進入自己的戰壕。

有一天，薩沃斯季揚諾夫來到維克多的辦公室裡，說：「維克多．帕夫洛維奇，我和大家都請求您寫一份檢討書，檢討檢討。我請您相信，這能夠起作用。您想想看，就在您面前擺著大量的工作，應該說，擺著偉大的工作的時候，就在我們這學科的有生力量都指望著您的時候，忽然就這樣一下子翻了車，怎麼辦呀！您寫一份檢討書，承認一下錯誤吧。」

「我檢討什麼？我有什麼錯誤？」維克多說。

「哎，還不就是那麼一回事兒，大家都這樣做嘛，不論是在文學界，在科學界，還有不少黨的領導人，還有您喜歡的音樂家，蕭斯塔科維奇也承認錯誤，寫檢討書，檢討過之後，就沒事了，還在繼續工作。」

「不過我究竟檢討什麼呢？向誰檢討呢？」

「您寫給院部，寫給黨中央。這實際上不是主要的，寫給誰都行！主要的是您檢討了。比如，就寫：『我承認錯誤，我錯了，現在認識到了，保證改正。』就寫諸如此類的話，您是知道的，這都是老一套了。不過主要的是，這能管用，總是管用的！」

薩沃斯季揚諾夫那一向在笑的、快活的眼睛現在是嚴肅的，似乎眼睛的顏色也變了。

「謝謝，謝謝你，好同志，」維克多說，「您的友情真使我感動。」

又過了一個鐘頭，索科洛夫對他說：「維克多．帕夫洛維奇，下禮拜舉行學術委員會擴大會議，我認為，您一定要說一說。」

「說什麼呢？」維克多問。

「我覺得，您應該解釋解釋，說乾脆些，就是要檢討錯誤。」

維克多在辦公室裡踱起步來，忽然在窗前站下來，朝院子裡看著，說：「索科洛夫同志，是不是最好還是寫一份檢討書？這樣比起當眾往自己臉上吐唾沫，總要輕鬆些。」

「不，我以為，您一定要說一說。昨天我和斯維琴談過，他向我示意，說上面，」他還含含糊糊地朝上面的門簷上指了指，「希望您在會上說一說，而不是要您寫檢討書。」

維克多很快地朝他轉過身來：「我既不在會上檢討，也不寫檢討書。」

索科洛夫就像一位精神病醫生在和病人談話那樣，用十分耐心的語氣說：

「維克多．帕夫洛維奇，您在目前的情況下不說話，就等於有意地自殺，有可能把您的問題弄成政治問題。」

「您可知道，使我特別難受的是什麼？」維克多問道。「為什麼在大家都高高興興的勝利日子裡，我會遇到這樣的事？哪一個狗崽子會說我公開攻擊列寧主義原理，說我認為蘇維埃政權完了？有人就是喜歡揀軟的欺。」

「我聽到過這種說法。」索科洛夫說。

「哼，去他媽的吧！」維克多說。「我不檢討！」

可是到了夜裡，他一個人卻躲在自己的臥室裡寫起檢討書。他感到羞慚，把檢討書撕碎，卻馬上又寫起在學術委員會會議上的發言稿。他重看了一遍，用手在桌上一擂，又把發言稿撕碎。

「就這樣，隨它去！」他說出聲來。「要怎樣就怎樣吧。坐牢就坐牢好啦。」

他咂摸著自己的最後決定的滋味，一動不動地坐了一陣子。然後他想出一個主意：他可以寫一份檢討書的預備稿，如果他決定檢討的話，就交上去。這樣不會損傷什麼尊嚴。誰也不會看到這份檢討書，任何人都看不到。

他獨自一人，門也關著，周圍的人都睡了，窗外靜悄悄的，沒有警笛聲，也沒有汽車聲音。但是有一種看不見的力量把他壓住。他感覺到它的威懾的重量，它強迫他按它的意圖去想，強迫他按照它的意思寫。它就在他身體內部，強迫他的心收縮，溶解他的決心，干預他對待妻子和女兒的態度，混入他的過去，混入他關於年輕時代的一些想法。他開始感覺自己是愚鈍的、無聊的，常常說一些枯燥無味的囉唆話使人感到厭煩的。甚至他的著作好像也失去了光彩，蒙上一層灰土，不再使他充滿了光明和歡樂。

只有不曾親身體驗過這種力量的人，見到有人屈服於這種力量，才會感到驚訝。親身體驗過這種力量的人，感到驚訝的倒是另一點：敢於發一下火，哪怕是迸出一句怨言，或者很快地做一個表示抗議的手勢。

維克多寫檢討書是自己留著的，他要收藏起來，不給任何人看，但是同時他心裡也明白，這檢討書說不定會用得著，還是留著吧。

早晨，他一面喝茶，一面看錶：該上研究所去了。他充滿可怕的孤獨感。似乎今生今世再不會有誰上他家來了。要知道，沒有人給他打電話，不僅僅是因為害怕。還因為他又無聊，又乏味，又無能。

「不用說，昨天也沒有誰問到我了？」他對柳德米拉說過這話，便朗誦起來：「我一個人在窗前守候，看不到客人，也看不見朋友……」

「我忘了告訴你，契貝任回來了，打來電話，說希望看到你。」

「啊，」維克多說，「啊，這事兒你怎麼能不告訴我呢？」他在桌上敲起勝利的樂曲節拍。

柳德米拉走到窗前。維克多不慌不忙地踱著步子，高高的身軀，微微駝背，不時地揮兩下皮包，她知道，這是他想著和契貝任見面，在考慮怎麼跟他問好，和他說話呢。

這些天來，她十分心疼丈夫，為他擔心，但同時也想著他的缺點，想著他的主要缺點——自私。剛才他還在朗誦：「我一個人在窗前守候，看不見朋友……」現在他上實驗室去了，實驗室裡有很多人，有工作；到晚上他就要去找契貝任，大概不到十二點不會回來，也不想想，她一整天會孤單單的，會一個人站在窗前，房子裡空蕩蕩的，身邊一個人也沒有，她也看不到客人，看不到朋友。

柳德米拉上廚房裡去洗碗。這天早晨她心裡特別難受。瑪利亞今天也不會打電話來，因為她要上沙鮑洛夫鎮去看姐姐。娜佳的事多麼使人不放心呀。她不言不語，當然也不顧禁令，仍然天天晚上出去玩兒。維克多天天操心的是自己的事，也不肯想想娜佳。

門鈴響了，大概是木匠來了，昨天她和木匠約好，今天要來修托里亞房間的門。柳德米拉非常高興：活生生的人來了。

她把門開了——在幽暗的走廊裡站著一個女子，頭戴灰色羔羊皮帽，手裡還提著箱子。

「葉妮婭！」柳德米拉叫起來。

她的聲音那樣高，那樣傷感，連她自己都很吃驚。她一面吻著妹妹，撫摩著她的肩膀，一面說：

「托里亞不在了，不在了，不在了。」

二十三

浴盆裡的熱水細細地流著，流得很慢，只要把龍頭多少一開大，水就變成涼的。浴盆上滿水用了很長時間，可是姐妹倆覺得，她們見了面好像還沒來得及說兩句話。

後來，葉妮婭進去洗澡，柳德米拉不時走到浴室門口問道：「喂，你在裡面怎麼樣，要不要給你擦擦背？注意煤氣爐，不要滅了。」

過了幾分鐘，柳德米拉用拳頭敲了敲門，生氣地問道：「你在裡面怎麼啦，睡著了嗎？」

葉妮婭穿著姐姐的毛茸茸的浴衣走出浴室。

「啊，你真是個女妖。」柳德米拉說。

葉妮婭想起來，那天夜裡諾維科夫來到史達林格勒時，索菲亞·奧西波芙娜就曾經管她叫女妖。

飯菜已經擺好了。

「有一種很奇怪的感覺，」葉妮婭說，「坐了兩天兩夜沒有臥鋪的火車之後，在浴室裡洗個澡，就好像回到了和平康樂的時期，可是在心裡……」

「你怎麼忽然上莫斯科來啦？出了什麼事情嗎？」柳德米拉問道。

「等一會兒再說，等一會兒。」她擺了擺手。

柳德米拉說了說維克多的情況，說了說意想不到的娜佳的可笑浪漫史，說了說一些熟人連電話也不來了，碰到維克多就好像不認識。

葉妮婭也說到斯皮里多諾夫上古比雪夫的情形。他變得又可愛又可憐了。調查小組在調查他的問題，在查清之前，不給他安排新的工作。薇拉帶著小孩子住在列寧斯克，斯皮里多諾夫說起小外孫就哭。後來她又對柳德米拉講了亨利涵老奶奶被流放的事，說沙爾戈羅茨基老頭子多麼可愛，里蒙諾夫怎樣幫助她辦好戶口手續。

葉妮婭的頭腦裡還迴旋著煙霧、車輪的軋軋聲和車廂裡的說話聲，所以她看著姐姐的臉，感覺柔軟的浴衣貼著洗得乾乾淨淨的身體，坐在又有鋼琴又有地毯的房間裡，確實感到奇怪。

在姐妹倆互相說的許多事情中，在今天她們高興的事和傷心的事、好笑的事和感人的事中，總有一些已經離開人世、但永遠和她們分不開的親人和朋友。不論說到維克多的什麼，總有他媽媽的影子站在他後面；說起謝廖沙，馬上就會出現他進了勞改營的爸爸和媽媽；還有那個寬肩膀、厚嘴唇的靦腆小夥子的腳步聲日日夜夜在柳德米拉身邊響著。但是她們並沒有說起這幾個人。

「索菲亞·奧西波芙娜一點音信也沒有，就好像沉到地裡去了。」葉妮婭說。

「是姓列文頓那個女人嗎？」

「是，是，就是她。」

「我不喜歡她。」柳德米拉說。她又問道：「你還畫畫嗎？」

「在古比雪夫沒畫。在史達林格勒畫過。」

「你可以誇耀誇耀了，維克多在疏散時還帶著你的兩幅畫呢。」

葉妮婭笑著說：「這是令人高興的。」

柳德米拉說：「你這將軍夫人，怎麼不說說最要緊的？你滿意嗎？愛他嗎？」

葉妮婭一面掩上胸前的衣襟，一面說：「是的，是的，我很滿意，我很幸福，我愛他，他也愛我……」接著又用迅速的目光看著柳德米拉，補充說：「你可知道，我為什麼上莫斯科來？克雷莫夫被捕了，在盧比揚卡監獄裡。」

「天啊，這究竟是為什麼？他可是百分之百的布爾什維克呀！」

「咱們的米佳呢？你那阿巴爾丘克呢？他恐怕是百分之二百的了。」

柳德米拉沉思起來，說：「要知道，克雷莫夫真是夠狠心的！他在普遍集體化時期就不同情農民。我記得我曾經問他：這究竟是怎麼回事兒呀？他回答說：都是富農，死就死吧。他對維克多很有影響。」

葉妮婭帶著責備的口氣說：「唉，姐姐，你總是想起人不好的地方，而且直截了當地說出來，偏偏是在不應該說的時候。」

「有什麼辦法，」柳德米拉說，「我是直性子呀，就像車杠一樣。」

「好啦，好啦，不過你不要因為你車杠式的美德感到驕傲。」葉妮婭說。

她又小聲說道：「姐姐，我也被傳訊了。」

她從沙發上拿起姐姐的頭巾，用頭巾把電話機捂住，說：「據說，可以在電話裡竊聽。他們還要我簽了字，保證隨傳隨到。」

「據我所知，你沒有和克雷莫夫辦理結婚登記手續呀。」

「是沒有登記，可是沒登記又怎樣呢？他們審訊我，就拿我當妻子。我就對你說說吧。他們送來傳票，要我帶著身分證出庭。我一個一個地回想，想到大哥，想到大嫂，甚至想到你那阿巴爾丘克，所有被捕的熟人我都想到了，卻怎麼也沒有想到克雷莫夫。是快到五點鐘把我傳去的。那是一個很普通的機關辦公室。牆上掛著史達林和貝利亞的大肖像。一個年輕人，一副平平常常的嘴臉，帶著咄咄逼人的神氣看著我，開門見山地問：『您瞭解尼古拉·格里高力耶維奇·克雷莫夫的反革命活動嗎？』我有好幾次覺得，我從那裡面出不來了。你要知道，他甚至向我暗示諾維科夫。真是個可怕的壞傢伙，好像我和諾維科夫接近，為的是搜集他可能洩漏的情報，然後交給克雷莫夫。我心裡好像一切都變成了木頭。我對他說：『您要知道，克雷莫夫可是一個忠心耿耿的共產黨員，和他在一起就像在區黨委會裡一樣。』他對我說：『噢，這麼說，您認為諾維科夫不是蘇聯的人嗎？』我對他說：『你們幹的事情真奇怪，人家在前方和法西斯作戰，您這個年輕人卻坐在後方敗壞人家的名譽。』我以為他聽到這話會打我耳光，可是他有些發窘，紅了紅臉。總而言之，克雷莫夫被捕了。罪名有些莫名其妙——又是托洛茨基派，又是和蓋世太保有祕密關係。」

「多麼可怕呀。」柳德米拉說過這話，就在心裡想，本來托里亞也可能被包圍，可能被懷疑幹這種事呀。

「可以想見，維克多聽到這消息會怎樣，」她說，「他現在神經緊張得可怕，總覺得會有人來抓他。他天天在回想他在什麼地方，和什麼人說過什麼話。特別是常常想到那倒楣的喀山。」

葉妮婭目不轉睛地對著姐姐看了一陣子，終於說：「要不要對你說說，最可怕的是什麼？那個偵訊官問我：『既然您的丈夫對您說過托洛茨基稱讚他的文章精彩，您怎麼不知道您的丈夫是托洛茨基派？』後來我在回家的路上想起來，確實克雷莫夫對我說過：『只有你一個人知道這話。』到了夜裡，我猛然想起來：諾維科夫秋天上古比雪夫來的時候，我對他說過這話。我覺得，我簡直要發瘋了，我覺得太可怕了……」

「你倒楣。你就應該遇到這類的事兒。」

「為什麼我就應該？」葉妮婭問道。「你也可能會有這種事兒嘛。」

「噢，不是。你丟了一個，又找一個。卻要對這一個說那一個的事。」

「不過，你也和托里亞的父親分手了呀。恐怕你也對維克多說了不少。」

「不，你說的不對，」柳德米拉用肯定無疑的語氣說，「這是根本不同的兩碼事。」

「那又為什麼？」葉妮婭問道。她看著姐姐，忽然感到很惱火。「你要知道，你說的話實在太蠢。」

柳德米拉很平靜地說：「我不知道，也許很蠢。」

葉妮婭問道：「你沒有鐘嗎？我要去庫茲涅茨橋二十四號。」

她已經壓不住火氣，說：「柳德米拉，你的性格很乖僻。難怪你住著四居室的一套房間，媽媽卻寧願在喀山孤單單一個人過日子。」

葉妮婭說過這兩句無情的話，便懊悔說得太尖刻了，為了讓姐姐能感覺到她們之間相互信任的關係還是勝過偶然的爭執，就說：「我希望相信諾維科夫。不過總是，總是……為什麼這話讓保安人員知道了呢？是怎麼知道的呢？這可怕的一層迷霧怎麼來的呢？」

她很希望媽媽在她身邊。她會把頭放在媽媽的肩上，說：「媽媽，我太累了。」

柳德米拉說：「你可知道，怎麼會有這樣的事？你那位將軍也許會把你們說的話對什麼人說說，那人就記下來了。」

「是啊，是啊，」葉妮婭說，「真奇怪，這樣簡單的問題我竟沒有想到。」

來到柳德米拉又清靜又安寧的家裡，她更清楚地感覺出自己內心的慌亂了……

她離開克雷莫夫時沒有感覺到、沒有想到的，在分離之後暗暗使他痛苦、使她不安的——尚未斷絕的對他的柔情，為他擔憂的心情，和他處慣了的感覺——近幾個星期以來增強了，又冒出來了。

她在工作時想到他，在電車上想到他，排隊買東西時也想到他。幾乎每天夜裡她都要夢見他，在夢裡呻吟，喊叫，驚醒。

夢總是噩夢，總是夢見大火，夢見打仗，夢見克雷莫夫面臨危險，而且總是無法使他脫離危險。早晨，她在匆匆忙忙地穿衣服、洗臉、擔心上班遲到的時候，她也在想著他。

她覺得她已經不愛他了。但是，難道會這樣時時刻刻想著一個自己不愛的人，會因為他不幸的命運感到這樣痛苦嗎？為什麼每次里蒙諾夫和沙爾戈羅茨基嘲笑克雷莫夫喜歡的一些詩人和藝術家，說他們平庸無才的時候，她很想看到他，撫摩他的頭髮，親親他，心疼心疼他呢？

現在她已經不記得他的思想狂熱、他對被鎮壓者的遭遇漠不關心、他在普遍集體化時期說到富農時那股凶狠勁兒。現在她想起的只是好的地方，只是帶有浪漫色彩的事，令人感動的事，使人傷感的事。現在他征服她的力量是他的弱小。他的眼睛是小孩子的眼睛，他的笑是不知所措的笑，他的動作是笨拙的動作。

她彷彿看到他的肩章被撕掉了，鬍子已經花白了，彷彿看到他夜裡躺在床鋪上，看到他在監獄院子裡放風時的脊背……大概他在想，她本能地預測到他今天的遭遇，這就是他們分手的原因。他躺在監獄裡的床上，想著她……她做了將軍夫人……

她不知道：這是憐憫，是愛情，是良心，還是責任心？

諾維科夫給她寄來通行證，並且通過軍用專線和空軍裡的一位朋友說好了，那位朋友答應用飛機把葉妮婭送到方面軍司令部。領導也給她三個星期的假，讓她上前方去。

她自己一遍又一遍地安慰自己說：「他會瞭解的，他一定會瞭解，我不這樣不行。」她知道，她這樣對待諾維科夫是很可怕的：他天天在等她。

她給他寫了一封信，絲毫不隱瞞地把一切都告訴了他。她把信寄出去以後，就想，軍事檢察機關會看到這封信的。這一切會給諾維科夫帶來非同一般的麻煩。

「不要緊，不要緊，他會瞭解的。」她一再地說。

不過，問題是，諾維科夫瞭解是會瞭解，可是等他瞭解了，就會從此和她分手的。

她是不是愛他，她愛的是否僅僅是他對她的愛？

當她想到難免最後要和他分手的時候，她感到自己就要孤孤單單，頓時覺得十分可怕，十分痛苦，十分恐怖。是她自己，是自己心甘情願毀掉自己的幸福，她一想到這，就覺得難以忍受。但是當她想到，現在她已經什麼也不能改變了，他們是不是徹底分手並不取決於她，倒是取決於諾維科夫，這種想法尤其使她難受。

當她對諾維科夫的想念使她覺得無法忍受、異常痛苦的時候，她就開始想像克雷莫夫的處境。想像著傳她去對質……你好，我可憐的人。

諾維科夫卻是高大，強壯，肩寬腰粗，大權在握。他不需要她的支持，他自己能行。她管他叫「胸甲騎兵」。她永遠也不會忘記他那英俊可愛的臉，她會永遠懷念他，懷念她自己毀掉的幸福。隨它去吧，隨它去吧，她不憐惜自己，她不怕自己痛苦。

但是她知道，諾維科夫並不是多麼剛強。有時他臉上會出現無計可施的、幾乎膽怯的表情……而且她對自己也並不是那麼殘酷無情，對自己的痛苦並不是那麼毫不在乎。

柳德米拉好像參與了妹妹的思考，問道：「你和你那位將軍怎麼辦呀？」

「我很怕想這一點。」

「唉，誰也無法理解你的做法。」

「我不能不這樣做！」葉妮婭說。

「我不喜歡你這種不實際。離了就是離了。好了就是好了。用不著藕斷絲連，拖泥帶水。」

「噢，噢，是要我避禍尋福嗎？按這條原則做人，我不會。」葉妮婭說。

「我說的不是這個。我很尊敬克雷莫夫，雖然我並不喜歡他；你那位將軍，我還從沒見過。既然你決定做他的妻子，就要對他有責任心。你卻毫無責任心。他擔負著重要任務，在打仗，可是妻子卻在這時候送東西給被捕的人。你可知道，這會給他帶來什麼後果？」

「我知道。」

「那你究竟愛不愛他？」

「你行行好，別問吧。」葉妮婭帶著哭腔說，並且在心裡說：「我究竟愛誰呢？」

「不，你回答我。」

「我不能不這樣做，因為人不是為了快活才進盧比揚卡的大門。」

「不應當只考慮自己。」

「我考慮的就不是自己。」

「維克多也會這樣考慮的。歸根究柢都是個人主義。」

「你的邏輯真是不可思議，我從小就覺得你很古怪。你把這叫作個人主義嗎？」

「你這樣又有什麼用呢？你又不能改變判決。」

「比如，有朝一日把你關起來，那時候你就知道親人能起到什麼作用了。」

柳德米拉想改變話題，問道：「你這漂泊的新娘，告訴我，你有瑪露霞的相片嗎？」

「只有一張。你記得嗎，是在索科爾尼基照的。」

她把頭放在姐姐的肩上，用訴苦的語氣說：「我太累了。」

「你休息休息，睡一會兒，今天你哪兒也別去，」柳德米拉說，「我把床給你鋪好了。」

葉妮婭半閉起眼睛，搖了搖頭。

「不，不，不用。我是活得太累了。」

柳德米拉拿來一個大信封，把一摞照片抖落在妹妹的膝蓋上。葉妮婭翻看著照片，叫了起來：「我的天呀，我的天呀……這一張我記得，是在別墅裡照的……小娜佳多好玩兒呀……這是爸爸流放回來以後照的……米佳還是中學生呢，謝廖沙像他像極了，特別是臉的上半部……這是媽媽抱著瑪露霞，那時候我還沒出世呢……」

她發現，在這些照片當中沒有一張托里亞的相片，不過她沒有問，托里亞的相片在哪兒。

「好啦，夫人，」柳德米拉說，「應該伺候你進餐啦。」

「我的胃口很好，」葉妮婭說，「就像小時候那樣，生氣一點也不影響吃飯。」

「好啊，那就謝天謝地。」柳德米拉說著，吻了吻妹妹。

二十四

葉妮婭在貼滿五顏六色偽裝紙條的大劇院附近下了無軌電車，走上庫茲涅茨橋，經過美術基金會展覽館，戰前這兒曾經展出她熟悉的一些畫家的作品，也展覽過她的作品，可是她現在從這裡走過，甚至都沒有想起來。

她有一種奇怪的感覺。她的生活就像吉普賽人玩的紙牌，一下子就變出了莫斯科。

她老遠就看到盧比揚卡那座牢固的大樓，黑灰色花崗岩石牆。「你好，尼古拉。」她在心裡說。也許克雷莫夫已經感覺出她走近了，十分激動，卻不知道為什麼激動。

舊的命運成為她的新命運。似乎已經永遠成為過去的，又成為她的未來。

寬敞的新接待室帶有明亮的朝街玻璃窗，現在關閉著，仍然在老接待室裡接待探望者。她走進骯髒的院子，順著一面舊牆朝半開著的接待室的門走去。接待室裡一切都顯得十分平常：桌子上有許多墨水印子，牆邊擺著一張張木沙發，帶有木板窗臺的一個個小窗戶，那便是查詢處。

似乎那座俯瞰盧比揚卡廣場、斯列津巷、福爾卡索夫巷、小盧比揚卡的多層的石頭大樓和這個小小的辦公室沒有什麼聯繫。

接待室裡的人很多，都是探望親人的，多數是婦女，在各個窗口排著隊，有的坐在沙發上，有一個老頭子戴著厚玻璃眼鏡在桌上填寫一張表。葉妮婭看著這些老老少少、男男女女的一張張的臉，心想，他們所有人的眼神、嘴的形態有很多相同之處，她如果在電車上、在大街上碰到這樣的人，就會猜到是上庫茲涅茨橋二十四號來的。

她向一名年輕的值班人員打聽。這人穿著紅軍服裝，不知為什麼卻不像紅軍。他問葉妮婭：「你是第一次來吧？」然後指了指牆上開的小窗戶。葉妮婭站進隊伍，手裡拿著身分證，她的手掌和手指頭都緊張得出了汗。

站在她前面的一個戴圓帽的婦女小聲說：「如果在內部監獄沒有，就要去馬特羅斯濟什納，然後去布特爾，不過那裡是在一定的日子按字母順序接待的，然後上列弗爾托夫軍事監獄，然後再到這兒來。我尋找兒子找了一個半月了。您去過軍事檢察院了嗎？」

隊伍移動得很快，葉妮婭心想，這不是好事，大概回答都是敷衍了事，很簡短。但是，等到一個穿得很講究、上了年紀的婦女走到窗口，卻停頓了很久。大家小聲傳說著，值班人員親自問情況去了，因為在電話裡說不詳細。那個婦女半側身朝著隊伍站著，瞇著眼睛，那表情似乎在說，她在這兒也不認為自己和這群可憐的被捕者的親屬是平等的。

不一會兒，隊伍又動起來。有一個年輕女子在離開窗口的時候，小聲說：「回答只有一句：不准送東西。」

旁邊一個女子對葉妮婭解釋說：「這就是說，偵訊還沒有結束。」

「那能不能見面呢？」葉妮婭問道。

「唉，您怎麼啦！」那女子說，並且笑了笑葉妮婭的天真。

葉妮婭從來沒想到，人的脊背這樣善於表情，這樣明顯地表達出人的精神狀態。快要走到窗口的人們，不知為什麼很特別地伸長了脖子，他們的脊背，連同那聳起的肩膀，那繃緊的肩胛骨，好像是在叫，在哭，在抽搭。

等到葉妮婭前面只有六個人了，小窗戶啪的一聲關上了，說是休息二十分鐘。排隊的人在沙發和椅子上坐下來。

這裡有母親，有妻子；有一個上了年紀的男人，是一位工程師，他的妻子是對外文化協會的翻譯，現在在監獄裡；有一名女中學生，她的媽媽被捕了，她的爸爸在一九三七年就被判處剝奪十年通信自由；有一位瞎眼的老奶奶，是鄰居領她來的，她是來打聽兒子的消息；有一位外國女子，不大會說俄語，她是一名德國共產黨員的妻子，身穿方格的外國大衣，手裡提著一個花布提包，眼睛完全像俄羅斯老奶奶的眼睛。

這裡有俄羅斯人，有亞美尼亞人，有烏克蘭人，有猶太人，還有莫斯科郊區集體農莊的一名女莊員。在桌子上填表的那個老頭子是季米里亞澤夫學院的教師，他上中學的孫子被捕了，顯然是因為在晚會上說錯了話。

在這二十分鐘裡，葉妮婭聽到和瞭解了很多事情。

今天的值班員很好……在布特爾監獄不收罐頭食品，一定要送大蔥和大蒜——治壞血病……在這裡，上星期三有一個人拿到了證件，在布特爾監獄關了他三年，一次也沒有審問過，就放了……從被捕到進勞改營，一般要過一年左右……不能送好東西；在克拉斯諾普列斯寧羈押監獄，把政治犯和刑事犯關在一起，刑事犯見什麼東西搶什麼東西……不久前這兒來過一個婦女，她的老頭子是一個很大的設計師，老頭子被捕了，原來他在年輕時和一個女子有過短時間的關係，生了個男孩子，他一直付給她孩子的贍養費，可是從來沒有見過那孩子，等那孩子長大成人，在前線上跑到德國人那邊去了，所以設計師被判了十年徒刑，因為他是祖國叛徒的父親……大部分是依據五十八之十條定罪進來的。反革命宣傳罪，主要是因為瞎扯，隨便發表議論……就在五一節前被捕了，一般在節日前抓人抓得特別多……這裡來過一個婦女，有一個偵訊官往家裡給她打電話，她忽然聽到丈夫的聲音……

說也奇怪，葉妮婭在這內部監獄的接待室裡，倒是比在姐姐家洗過澡以後心裡鎮定些、輕鬆些。有的婦女送的東西被收下，臉上露出幸福的神情。

有一個人用壓得低低的聲音在旁邊說：「他們說到一九三七年被捕的一些人的情況。都是胡亂說的。他們對一個婦女說，『你丈夫活著，在幹活兒呢。』可是她第二次來，還是那個值班的回答她說：『你丈夫在一九三九年死了。』」

終於小窗戶裡面的人抬起眼睛看著葉妮婭了。這是一張普普通通的辦事人員的臉，也許他昨天還在消防隊辦公室裡工作，明天，如果上級有命令，他又會到授獎科填報表了。

「我想打聽一個被捕的人——克雷莫夫·尼古拉·格里高力耶維奇。」葉妮婭說。她覺得，就連不認識她的人都會察覺，她說話的聲音變了。

「什麼時候被捕的？」值班人員問。

「在十一月裡。」她回答說。

值班人員交給她一張查詢表，說：「您填好，交給我，不用再排隊。明天來聽回話。」

他在給她表的時候，又看了她一眼，這匆匆的一瞥不是普通辦事員的目光，而是 KGB 人員的精明和搜索的目光了。

她開始填表，手指頭哆嗦著，就像剛才坐在這椅子上的那個季米里亞澤夫學院的老頭子。在和被捕人關係一欄內她寫的是「夫妻」，而且用粗粗的筆畫描了描。

她把填好的表交出去以後，坐到沙發上，把身分證放進手提包。她從手提包的這一格又換到那一格，重放了好幾次，她明白了，她是不願意離開這些排隊的人。

此時此刻她只希望一點：讓克雷莫夫知道她在這裡，知道她為了他已經扔掉一切，看他來了。但願他能知道她在這兒，在他跟前。

她在街上走著，暮靄漸漸濃了。她這一生大半是在這座城市裡度過的。但是舉行畫展的日子，看戲、下飯館、別墅休養、聽交響樂的日子離開她太遠了，似乎她沒有過過那種日子。史達林格勒，古比雪夫，諾維科夫那好看的、有時她覺得英俊無比的臉已成為過去。剩下的只有庫茲涅茨橋二十四號的接待室，她覺得她好像是在一個陌生城市的陌生街道上走著。

二十五

維克多一面在外間脫套鞋，和老保母打招呼，一面看著契貝任房間半開著的門。

老保母伊凡諾芙娜一面幫維克多脫大衣，一面說：

「進去吧，進去吧，他在等你呢。」

「娜傑日達・菲道羅芙娜在家嗎？」維克多問。

「不在家，昨天她帶著侄女上別墅去了。維克多・帕夫洛維奇，您不知道戰爭很快就要結束了嗎？」

維克多對她說：「聽說，有人叫朱可夫的司機問問朱可夫，戰爭什麼時候結束。朱可夫坐上汽車，卻問起司機：『你能不能說說，這戰爭什麼時候結束？』」

契貝任出來迎住維克多，說：「老人家，不要把我的客人搶去。你請你的客人好啦。」

維克多每次到契貝任這兒來，都感到很興奮。現在雖然他心裡十分苦惱，仍然別有一種已經不習慣的輕鬆感。

往常維克多走進契貝任的書房，打量著一個一個書架，總要用開玩笑的口吻說說《戰爭與和平》裡的一句話：「噢，在寫呢，沒有玩。」現在他也說：「噢，在寫呢，沒有玩。」

書架上十分凌亂，很像車里亞賓斯克工廠車間裡那種表面上的混亂。

維克多問：「您的孩子們有信來嗎？」

「收到大兒子的來信，小兒子在遠東。」

契貝任握住維克多的手，借助默默無言的握手表達了不需要用話說的心情。老保母伊凡諾芙娜也走到維克多跟前，吻了吻他的肩頭。

「維克多・帕夫洛維奇，您有什麼新聞嗎？」契貝任問道。

「我的消息，也就是大家的消息。史達林格勒的消息。現在毫無疑問：德國佬要完蛋了。我個人卻沒有什麼好消息，相反，全是壞消息。」

維克多對契貝任說起自己的倒楣事。「現在朋友們和老婆都勸我檢討。把自己的正確說成錯誤。」他一個勁兒地說自己的事，說了很多。一個害重病的病人，總是日日夜夜想著自己的病。

他撇了撇嘴，聳了聳肩膀。

「我常常想起咱們說過的關於發麵和浮上表面的髒東西的那番話……在我周圍從來沒出現過這樣多的骯髒東西。而且不知為什麼這一切偏偏出在勝利的日子裡，這就特別可惱，特別使人難以容忍。」

他看著契貝任的臉，問道：「依您看，這不是偶然的吧？」

契貝任的臉非常奇怪：很平常，甚至很粗陋，高顴骨，翹鼻子，像一張莊稼漢的臉。儘管如此，卻又十分文雅，十分清秀，連倫敦的紳士開爾文勛爵都望塵莫及。

契貝任憂鬱地回答說：「等到戰爭結束了，咱們再說說，什麼是偶然，什麼不是偶然。」

「也許，到那時候豬都會把我吃掉了。明天就要在學術委員會會議上拿我開刀了。也就是說，已經在院部和黨委會上把我結果了，只是在會議上宣布一下，說這是人民的聲音，群眾的要求。」

維克多在和契貝任說話的時候，覺得自己很奇怪：他們談的是維克多生活中痛苦的事情，不知為什麼心裡卻很輕鬆。

「我倒是認為，現在是用銀盤子，也許是用金盤子捧著你呢。」契貝任說。

「為什麼？我把科學引進了學究式的抽象概念的泥坑，使科學脫離了實際嘛。」

契貝任說：「是啊，是啊。很奇怪！您知道，男人是愛女人的。女人是男人的人生目的，是男人的幸福、希望、歡樂。但是不知為什麼男人總要隱瞞著，這種感情不知為什麼成了不體面的東西，男人必須說，他和女人睡覺，是因為她給他做飯，補襪子，洗衣服。」

他把兩手舉在自己的面前，張開手指頭。他的手也是很奇怪的：是一雙像鐵鉗一樣有力的幹活兒的手，同時又很像一雙貴族的手。契貝任忽然發起火來：「可是我不害臊，我需要愛情並不是為了做飯！科學的價值就在於它為人類造福。可是我們科學院的一些傢伙卻奉命說：科學是實際的女傭，要依照謝爾巴科夫的家規幹活兒：『您有什麼吩咐？』只能准許這樣！……不對！科學發明本身有其崇高的價值！科學發明可以改善人，其作用超過蒸汽鍋爐、渦輪機、航空和從諾亞時代到我們今天的全部冶金工業。改善心靈，心靈！」

「我倒是贊成您的說法，不過恐怕史達林同志不贊成。」

「沒什麼，沒什麼。這就是事情也有另一面。今天麥克斯韋的抽象理論到明天會變為軍用無線電呼號。愛因斯坦的引力場理論、薛定諤的量子力學和玻爾理論體系明天就會成為最強大的實際力量。這是應該可以理解的。這道理極其簡單，就連笨鵝都會懂得。」

維克多說：「不過，您也曾親身體驗到，政治領導者不願承認今天的理論明天會變為實際。」

「不，倒是有些相反，」契貝任慢慢地說，「我自己不願意領導研究所，正是因為我知道：今天的理論明天會變為實際。可是很奇怪，非常奇怪，我原來就認為，希沙科夫會因為發現核反應過程受到提拔。而這種事沒有您是不行的——說準確點兒，不是我原來認為這樣，而是一直認為是這樣。」

維克多說：「我不理解您辭去研究所職務的動機。您的話我不明白。但是我們的領導向研究所提出了曾經使您擔心的任務，這是很明白的。領導者往往在一些比較明顯的事情上犯錯誤。比如偉大領袖一直在加強同德國人的友好關係，而且在戰爭開始前幾天還用特快列車給希特勒送橡膠和其他戰略原料。而在我們的事業中……偉大的政治家出錯兒就更不算什麼。而在我的生活中，一切都翻了個兒。

我在戰前的著作都是接觸實際的。比如，我在車里雅賓斯克就常常上工廠去，說明安裝電子儀器。可是在戰爭時期……」

他帶著快活而無可奈何的神氣把手一揮。

「我走進了深深的密林。有時不知是害怕，還是覺得不自在。真的……我想建立核子相互作用物理學，可是這樣引力、品質、時間就不存在了，而沒有實體的空間也要分為兩個，只有磁力意義。在我的實驗室裡有一個很有才能的年輕人，就是薩沃斯季揚諾夫，有一次我和他談起我的研究。他問我這一點，又問那一點。我對他說：這還不是理論，這是提綱和一些想法。第二空間——這是方程中的指數，不是實有的。對稱只是存在於數學方程中，我不知道，基本粒子的對稱是否與之相符。數學答案走到了物理學前面，我不知道，基本粒子物理是否願意擠進我的方程。薩沃斯季揚諾夫聽著，聽著，然後說：『我想起大學裡的一位同學，他有一次解一道方程式解亂了，就說：這不是科學，這是一群瞎子集合在蕁麻地裡……』」

契貝任笑起來。

「確實很奇怪，您自己無法認識到自己的數學方程在物理學方面的意義。就像《愛麗絲夢遊仙境》裡的那隻貓，首先出現貓的笑容，然後才出現貓本身。」

維克多說：「可是，我的天呀，我在內心裡卻相信：人類生活的主軸恰恰就在這兒。我絕不改變我的觀點，絕不後退。我從來不放棄自己的信仰。」

契貝任說：「我知道，您離開實驗室會有什麼樣的心情，您的數學和物理學的關係眼看著就要在實驗室裡顯現出來。這是很痛苦的，不過我為您感到高興，正直的心不會磨滅。」

「只要不把我磨滅掉就行啦。」維克多說。

伊凡諾芙娜送進茶來，把桌上的書推開，騰出地方。

「哦，是檸檬呀。」維克多說。

「您是貴客嘛。」伊凡諾芙娜說。

「我啥也算不上。」維克多說。

「喔，喔，」契貝任說，「幹嘛要這樣？」

「真的，明天就要對我開刀了。我感覺到了。到後天我會怎樣呢？」

他把茶杯朝自己跟前移了移，用茶匙在小碟子邊上敲著自己絕望心情的進行曲，心不在焉地說：

「哦，檸檬呀。」他覺得用同樣的語調把這話說了兩遍，感到不好意思起來。

他們沉默了一陣子。契貝任說：「我想和您談談一些想法。」

「我很願意聽。」維克多心不在焉地說。

「其實，不過是空想……您知道，關於宇宙無限的概念，現在已經成了人人知道的道理。總星系總有一天會成為某一個儉省的人就著喝茶的糖塊，而電子或中子則會成為人類可以縱橫馳騁的世界。這已經是小學生都知道的了。」

維克多點了點頭，在心裡說：「的確是空想。今天老頭子有點兒不正常。」同時他想像著明天會議上希沙科夫的樣子。「不，不，我不去。要是去，就要檢討，或者爭論政治問題，那就等於自殺……」他輕輕打了一個呵欠，想道：「這是心力衰竭。人打呵欠都是因為心臟有毛病。」

契貝任說：「能夠限制無限性的，恐怕只有上帝……因為在宇宙界限之外，必須承認有神的力量。

不是這樣嗎？」

「是這樣，是這樣。」維克多說。又在心裡說：「德米特里．佩特羅維奇呀，我可是沒有心思談哲學，人家要抓我坐牢了。必然的事嘛！再說，我在喀山又和那個馬季亞羅夫說了不少直話。也許他就是暗探，也許是有人逼著他來套別人的話。我一切都很糟糕。」

他看著契貝任，契貝任注視著他那似乎很用心的目光，繼續說：「我以為，限制宇宙無限性的界限是有的，那就是生命。這界限不在愛因斯坦的曲率範圍，而是在生命的對立性和死的物質中。我覺得，可以給生命下定義為自由。生命就是自由。生命的基本原則就是自由。自由與受奴役，生命與死的物體——界限就在這裡。再就是，我以為，自由一旦出現了，就開始了自己的演化。演化分兩種途徑進行著。人比起原生動物有更多的自由。生物世界的整個演化過程就是從自由的最小限度到最高限度的運動過程。這就是生命形式演化的實質。最富於自由的形式，便是最高的形式。這是演化的第一分支。」

維克多看著契貝任，沉思起來。契貝任點了點頭，似乎是對他的用心傾聽表示贊許。

「還有演化的第二條分支，我以為是數量方面的演化分支。今天，如果一個人的重量算五十公斤的話，全人類的重量就有一億噸了。這比以前，比如說，一千年前，多得太多了。活物的量依靠死物體供應的養料會愈來愈多。地球會漸漸充滿生物。人類住滿了沙漠，住滿了北極地區，就要開始進入地下，地下城市和場地的地面會愈來愈深。地上生活的人就要成為優越的了。然後住滿一個又一個行星。如果想像到由於時間無限而生命演化不斷，那麼將來死物質變生命的過程會在銀河系範圍內進行。物質將由死的變成活的，變成自由。宇宙就活了，世界上的一切都成了活的，也就是都成了自由的。

自由、生命就會戰勝奴役。」

「是的，是的，」維克多說，並且笑了笑，「可以拿積分為例。」

「實質就是這樣，」契貝任說，「我研究過星體演化，可是我懂得，活的黏液留下的小小灰斑都是輕易動不得的。演化的第一分支，從低級到高級，那是了不起的。將會出現具有一切天然特點的人：到處都能去，什麼都知道，什麼都能做得到。最近一百年內會解決物質變能的問題和創造活物質的問題。在戰勝空間和取得極限速度方面也會有相應的發展。在比較遙遠的將來，會朝著掌握能的最高形式，即掌握精神能的方向前進。」

維克多忽然不再覺得契貝任說的一切是空談了。原來，他不贊同契貝任說的話。

「人能夠通過儀器的顯示使整個總星系的理性生物的精神活動的內容、節奏具體化。光需要幾百萬年才能穿越的空間，精神在霎時間就能穿越。上帝的特徵——無所不在，將成為精神的成就。不過，人能夠與上帝並駕齊驅之後，還不會就此停止。人要解決上帝都無法解決的問題。人要建立和整個宇宙、和另外的空間、和另外的時間的高級理性生物的聯繫，人類的整個歷史與另外的時間相比，只是似有若無的短暫一閃。人還要建立和微觀宇宙的生命的有意識聯繫，微觀宇宙生命的演化，在人類看來只是短短的一瞬。那將是完全消滅時間與空間障礙的時代。人類就會看不起上帝了。」

維克多點了點頭，說：「德米特里·佩特羅維奇，開頭我聽著您的話，心裡在想，我哪兒有心思聽哲學議論，人家要抓我去坐牢了，還談什麼哲學。可是我一下子就忘記了科甫琴科，也忘記了希沙科夫、貝利亞同志，忘記了明天也許會把我趕出實驗室，後天也許就會把我關起來。不過，您要知道，我聽著您的話，不是感到高興，而是感到失望。您把我們說得很了不起，神話中的大力士赫拉克勒斯在我們面前成了可憐的小矮子。可是就在這時候，德國人就像宰瘋狗一樣在殺猶太老人和孩子，我們也發生過一九三七年的事，發生過普遍集體化的事，把幾百萬不幸的農民流放，饑餓，人吃人……您要知道，我總覺得從前一切都單純些、明朗些。經歷了種種可怕的不幸與災難之後，一切都變得複雜了，難以理解了。人會看不起上帝，可是能不能也看不起惡魔，戰勝惡魔？您說，生命就是自由。可是在集中營裡的人是不是這樣想？生命遍布於宇宙之後，會不會用自己強大的力量建立奴役制，其可怕程度超過您說的對死物質的奴役？您還是告訴我，將來的人在善良方面能不能超過耶穌？這是最主要的！請告訴我，如果無所不能、無所不在的人類仍然帶有我們今天的剛愎自用和利己主義，包括階級的、民族的、國家的、個人的利己主義，人類的強大將給世界帶來什麼？那時的人會不會把全世界變成總星系規模的集中營？就是說，就是說，請告訴我，您是否相信善良、道德、慈悲心的進化？人是不是在這方面也會進化？」

維克多很抱歉地皺了皺眉頭。

「對不起，我一定要請您回答這個問題，這個問題也許比咱們談的數學方程還要抽象。」

「這個問題並不那麼抽象，」契貝任說，「因此也反映在我的生活中。我決定不參加原子裂變的研究。人類要過明智的生活，今天的善良和好心腸是不夠的，您說的也是這一點。如果人一旦掌握了原子內部能量的力量，會怎麼樣呢？今天精神能還處在很可憐的水準。不過我相信未來！我相信，日益發展的不只是人的力量，還有仁愛心，還有人的精神。」

他看到維克多臉上的表情，感到驚訝，就沉默下來。

「我想過，想過這一點，」維克多說，「有一次我也覺得十分可怕！我們在這兒擔心人類的不完美。可是，比如說，在我的實驗室裡，還有誰考慮這一點呢？索科洛夫嗎？他有很了不起的才能，可是膽子太小，在國家的力量面前低聲下氣，認為一切權力都是天生的。瑪律科夫嗎？他完全置身於善、惡、仁愛、道德等問題之外。他有實幹的才能。他解決科學問題，就像棋手研究棋局。我對您說過的薩沃斯季揚諾夫嗎？他是一個招人喜歡的、很聰明、很出色的物理學家，但他又是一個所謂沒有頭腦的輕浮小夥子。他把一大堆相識姑娘的泳裝照片帶到喀山，他講究穿戴，喜歡喝酒、跳舞。對於他來說，科學就是運動。解決問題，弄清現象，就是創造運動紀錄。最要緊的是，不能被欺騙和利用！可是，就連我現在也沒有想這些問題。在我們的時代，從事科學研究的應當是具有偉大心靈的人，應當是先知和聖者！可是現在研究科學的卻是有實幹才能的人、象棋專家、運動員。他們不知道自己在創造什麼。您怎麼樣？可是您不過是您。柏林的契貝任就不會拒絕研究中子！那又怎麼辦？我呢，我又怎麼樣？我原來覺得一切都很簡單，可是現在覺得不是這樣，不是這樣……您知道，托爾斯泰曾經認為自己的天才作品是無聊的遊戲。我們物理學家進行創作不是靠天才，而是使出全身的力氣、全部的心血。」

維克多的睫毛不住地眨巴起來。

「我到哪兒去找信心、力量、百折不撓的精神呀？」他很快地說。他的聲音中出現了猶太口音。「啊，我能對您說什麼呀？您懂得我現在的苦楚，現在他們整我，只是因為我……」

他沒有說完，很快地站了起來，茶匙掉到地上。他哆嗦著，兩隻手都在哆嗦。

「維克多．帕夫洛維奇，請您不要難過，」契貝任說，「還是來談點兒別的吧。」

「不，不，請原諒。我要走了，我的頭有點兒疼，對不起。」他開始告別。

「謝謝，謝謝。」維克多說，也不看契貝任的臉，覺得自己再也控制不住激動的心情。

維克多朝樓下走去，淚水順著臉頰撲簌簌流著。

二十六

維克多回到家裡，家裡人都已經睡了。他覺得，他會在桌前一直坐到天亮，把自己的檢討書寫了又寫，看了又看，再考慮第一百次：明天他去不去研究所。

在長長的回家路上，他什麼也沒有想；沒有想在樓梯上流淚，沒有想因為忽然激動起來中斷了他和契貝任的談話，沒有想他那可怕的明天，也沒有想揣在上衣旁邊口袋裡給媽媽的信。安靜的夜晚街道，使他的心情也安靜下來，他的頭腦空空的，好像一眼可以看透，可以穿過似的，就像夜晚的莫斯科空曠無人的林蔭道。他不難過，不因為剛才流淚感到不好意思，不擔心自己的命運，不盼望好的結局。

早晨，維克多朝浴室走去，可是浴室的門從裡面鎖上了。

「是你嗎，柳德米拉？」他問道。

他聽到葉妮婭的聲音，啊呀了一聲。

「我的天，葉妮婭，你怎麼在這兒呀？」他說。因為太突然，他呆呆地問道：「柳德米拉知道你來了嗎？」

葉妮婭走出浴室，他們擁抱起來。

「你氣色不大好啊。」維克多說過這話，接著又說：「我這是隨便說的。」她接著就在走廊裡對他說了克雷莫夫被捕的事和她來莫斯科的目的。他很吃驚。但是他聽到這個消息之後，覺得葉妮婭此行尤其難得。假如葉妮婭來時喜氣洋洋，一心想的是自己的新生活，他就不會覺得她這樣可親可愛了。

他和她說話，向她問這問那，一面不住地看鐘。

「這多麼荒唐，多麼不可思議，」他說，「你倒是想想尼古拉和我談的許多話，他常常糾正我的思想。可是你瞧！我滿腦子異端邪說，卻還自由自在，他這個虔誠的共產黨員倒被捕了。」

柳德米拉說：「維克多，你要注意：餐室裡的鐘慢了十分鐘。」

他嘟囔了一句，便朝自己房裡走去，在經過走廊的時候，又朝掛鐘看了兩次。

學術委員會會議定於上午十一時開始。他雖然置身於許多習慣了的東西和書籍之中，卻以超乎尋常、近似幻覺的敏銳感清清楚楚地感覺到研究所裡的緊張和忙碌。十點半了。大概索科洛夫開始脫工作服了。薩沃斯季揚諾夫對瑪律科夫小聲地說：「嗯，看樣子，咱們的瘋子拿定主意不來了。」古列維奇撓著厚厚的後腦勺，朝窗外看了看；一部小汽車來到研究所大樓門前，希沙科夫頭戴呢帽、身披長長的牧師式斗篷走出汽車。隨後又有一部小汽車來到，是年輕的巴季因。科甫琴科順著走廊走來。會議廳裡已經有十五六個人，都在看報紙。他們提前來，因為知道今天的人很多，要先占一個好點兒的位子。斯維琴和研究所黨委書記拉姆斯科夫帶著一副煞有介事的神氣站在黨委會門口。白髮蒼蒼的老院士普拉索洛夫拿眼睛朝上望著，在走廊裡緩緩走著；他在這一類的會議上說話特別鄙俗。初級研究員們成群成堆地走著，鬧哄哄的。

維克多看了看錶，從抽屜裡拿出自己的檢討書，裝到口袋裡，又看了看錶。

他可以去參加學術委員會會議，不檢討，一聲不響地坐一坐……不行……既然去了，就不能不說話，既然說話，就得檢討。可是如果不去，就把自己所有的路切斷了……

別人會說：「他沒有勇氣……有意和群眾對立……是政治上的挑戰……這樣一來，問題的性質就變了……」他從口袋裡掏出檢討書，並沒有看，馬上又裝進口袋裡。這檢討書他反覆看過幾十遍了：「我認識到，我對黨的領導表示不信任，這種行為不符合蘇聯人的行動準則，所以……還有，我在研究中沒有意識到自己偏離了蘇聯科學的光輝道路，不自覺地對抗……」

他老是想再看看檢討書，可是他把檢討書一拿到手裡，就覺得每一個字他都熟悉得不得了……共產黨員克雷莫夫進了盧比揚卡監獄。他維克多又喜歡懷疑，又怕史達林的殘酷，還議論過自由，議論過官僚作風，再加上現在被看作政治問題的事，早就應該被送到科雷馬去了……

最近幾天他愈來愈害怕，似乎他就要被捕了。要知道，一般都不是開除公職就完事兒的。先是批判，然後開除，最後抓起來。

他又看了看錶。這時大廳裡應該已經坐滿了人。大家都朝門口看著，小聲說著：「維克多·史托隆還沒來呢……」有人說：「快到中午了，維克多還沒來呢。」希沙科夫坐到主席位子上，把皮包放到桌上。科甫琴科旁邊還站著一名女祕書，女祕書是拿著緊急文件來請他簽字的。

維克多想到會場上幾十個人焦急而不耐煩地等待著，也急得不得了。大概，在盧比揚卡監獄裡，在負責他的專案的人的房子裡，有些人也在等著：他怎麼還沒來呀？他彷彿看到中央委員會也有一個面色陰沉的人：怎麼他還不來呀？他彷彿看到許多熟人都在對家裡人說：「真是瘋子。」柳德米拉在心裡責備他：托里亞獻出生命保衛國家，可是維克多竟在戰爭時期和國家爭執起來。

過去每當他想起他和柳德米拉的親戚中有那麼多被鎮壓、被流放的人的時候，他總是自我安慰地想：「如果他們問我，我會說：我的親戚不都是這樣的人，還有克雷莫夫呢，他也是我的近親，是有名的共產黨員，老布爾什維克，地下工作者。」

可是現在你瞧克雷莫夫！如果那裡面開始審問他，他就會想起維克多的許多牢騷怪話。不過，克雷莫夫跟他也不是那麼親近了，因為葉妮婭已經和他分手了。而且，他和他也沒有說過多麼危險的話，因為在戰前維克多還沒有什麼特別尖銳的意見。啊，要是問起馬季亞羅夫呢？

幾十、幾百種拉力、壓力、推力、撞力結成一種合力，似乎要把他的肋骨折斷，把他的頭蓋骨擊碎。

什托克曼博士的話「孤獨的人是剛強的」是不對的……孤獨算什麼剛強：他偷偷地朝四下裡打量著，帶著自嘲和無可奈何的表情匆匆忙忙地結起領帶，把檢討書放到新禮服的口袋裡，穿起嶄新的黃皮鞋。

就在他穿好衣服站在桌邊的時候，柳德米拉走進門來，她一聲不響地吻了吻他，就出去了。

不，他不宣讀自己的檢討書！他要說說心裡的實話：「同志們，朋友們，我聽到你們的話十分難過，我十分難過地在想，在艱苦奮戰取得史達林格勒戰役轉折的大喜的日子裡，我怎麼會這樣孤立，怎麼會聽到自己的同志、兄弟和朋友們的憤怒的譴責……我向你們發誓：我不吝惜全部心血、全部力量……」是的，是的，是的，他現在知道要說些什麼……快點兒，快點兒，他還來得及……「同志們……史達林同志，我有過錯誤，到了深淵的邊沿，才看清自己的錯誤。」他要說的是他內心深處的話！「同志們，我的兒子就犧牲在史達林格勒城下……」他朝門口走去。

就在這最後一分鐘裡，他最後拿定了主意，剩下的只是快點兒趕到研究所，把大衣脫在存衣室裡，走進會議廳，聽著幾十個人激動的低語聲，打量著一張張熟悉的臉，說：「同志們，我請求發言，我要說說這些天來我所想的和我感覺到的……」

但也正是在這幾分鐘裡，他動作緩慢地脫掉上衣，搭在椅背上解下領帶，捲了捲，放到桌子邊上，坐下來，開始解鞋帶兒。

他頓時充滿輕鬆感與清白感。他坐著，很平靜地沉思起來。他不信上帝，但是不知為什麼此時此刻他覺得彷彿上帝在看著他。他這一生從來沒有體驗過這樣幸福同時又這樣安寧的心情。再也沒有什麼力量能夠奪去他的正確性了。

他想起媽媽。也許，當他不由自主地改變主意的時候，媽媽在他跟前。因為在這之前一分鐘，他還真想去做違心的檢討呢。當他下決心做出最後決定的時候，沒想到上帝，也沒想到媽媽。但是上帝和媽媽是和他在一起的，儘管他沒有想到。

「我心裡坦然，我很幸福。」他想。

他又想像起會議的情形，想像著很多人的臉，彷彿聽到發言者的聲音。

「我心裡多麼痛快，多麼舒暢呀。」他又想道。

他好像從來沒有這樣認真思索過自己的一生，這樣認真想過親近的人，從來沒有這樣認真來瞭解自己和自己的命運。柳德米拉和葉妮婭走進他的房裡。柳德米拉看見他脫了外衣，只穿著襪子，敞著襯衣領口，不禁像個老奶奶似的啊呀叫了一聲。

「我的天，你沒有走呀！那現在會怎麼樣？」

「我不知道。」他說。

「不過，也許還不遲吧？」她說。然後看了看他，又說：「我不知道，我不知道！你是成年人啊。可是，你在決定這樣的問題時，應當考慮的不光是自己的原則。」

他沒有作聲，後來歎了一口氣。

葉妮婭說：「姐姐！」

「噢，好吧，好吧，」柳德米拉說，「聽天由命吧。」

「是的，柳德米拉，」維克多說，「所以咱們還要慢慢走著瞧呀。」

他用手摀住脖子，笑著說：「對不起，葉妮婭，我沒繫領帶。」

他看著柳德米拉和葉妮婭，覺得他現在才真正懂得，生活在人世上是多麼不容易、多麼不可輕視的事，和親人的關係有多麼重要。他明白了，生活會照常進行下去，他又可以發火，可以為瑣碎事操心，可以生妻子和女兒的氣了。

「好啦，我的事談夠了，」他說，「葉妮婭，咱們來下下棋，你可記得，那次你一連贏了我兩局？」

他們把棋擺好，維克多是白棋，第一步走的是王側小卒。

葉妮婭說：「尼古拉用白棋往往都是先走王棋旁邊的卒子——啊，今天上庫茲涅茨橋，不知道會給我什麼回話呀？」

柳德米拉彎下身，把便鞋推到維克多腳底下。他也不看，想把腳插進鞋裡，柳德米拉帶著抱怨的意味歎了一口氣，便跪到地上，把便鞋給他穿到腳上。他吻了吻她的頭，漫不經心地說：「謝謝你，柳德米拉，謝謝。」

葉妮婭還沒有走第一步，就搖了搖頭。「哼，我真不懂。托洛茨基問題是老問題了。一定是出了什麼事兒，可是什麼事兒呢？」

柳德米拉一面擺正白棋，一面說：「昨天夜裡我幾乎一夜沒有睡。那樣忠實、思想水準那樣高的共產黨員呀。」

「昨天夜裡，你可算睡得很好，」葉妮婭說，「我醒了好幾次，你都是在打呼嚕。」

柳德米拉生氣了：「胡說，我簡直都沒有合眼。」

像是在回答那個讓她自己不安的問題，她對丈夫說：「沒關係，只要不逮捕，就沒關係。如果什麼都不給你，我不怕，咱們可以賣東西，可以上別墅去，我到市場上去賣草莓。我還可以到中學裡去教化學。」

「別墅不會再讓住了。」葉妮婭說。

「難道你們不明白，尼古拉什麼罪也沒有？」維克多說。「不是那種人。」

他們面對棋盤坐著，看著棋子，看著只走了一步的唯一的一個小卒，說著話兒。

「葉妮婭，好妹妹，」維克多說，「你是憑良心行事。要知道，這是一個人最可貴的東西。我不知道生活會帶給你什麼，但我相信，你現在的所作所為對得起良心。我們最大的不幸，就是我們的所作所為不憑良心。我們說的，不是我們所想的。感覺是一樣，做的卻是另一樣。你該記得，托爾斯泰說到死刑，說過：『我不能沉默！』可是在一九三七年處死成千上萬無辜的人的時候，我們卻沉默。

沉默還算好的呢！還有不少人鬧鬧哄哄大加讚揚呢。在普遍集體化的可怖時期，我們也沉默。我以為，我們還談不上社會主義，社會主義不僅僅是在於重工業。社會主義首先要有憑良心的權利。剝奪人們憑良心的權利，是非常可怕的。如果一個人能夠憑良心行事，會感到十分幸福的。我替你高興。你是憑良心行事的。」

「維克多，你不要像佛陀一樣說教了，不要把糊塗人弄得更糊塗，」柳德米拉說，「良心有什麼用？斷送自己的幸福，讓一個好人痛苦，這又對克雷莫夫有什麼好處？我不相信，等到把他放出來，他會有什麼幸福。在他們分手的時候，他是好好兒的嘛。她的良心是對得起他的。」

葉妮婭拿起王棋，在空中轉悠了幾下，看了看貼在棋子底下的呢子，又放回原處。

「姐姐，」她說，「還能有什麼幸福。我想的不是幸福。」

維克多看了看錶。他覺得鐘錶的錶盤很平靜，長短針似乎帶著睡意，十分安寧。

「這會兒他們在那兒討論得正帶勁兒呢。在拚命地批判我呢，不過我既不氣，又不惱。」

「要是我，就打那些不要臉的傢伙的嘴巴，」柳德米拉說，「一會兒管你叫科學的希望，一會兒照你吐唾沫。葉妮婭，你什麼時候上庫茲涅茨橋？」

「四點鐘。」

「我給你做午飯，吃了再去。」

「今天咱們午飯吃什麼？」維克多說。又笑著補充說：「兩位女同胞，你們可知道，我對你們有什麼要求？」

「知道，知道。你是想幹你的事情。」柳德米拉說著，站了起來。

「要是別人，在這樣的日子，早氣得發瘋了。」葉妮婭說。

「這是我的軟弱，不是剛強，」維克多說，「昨天契貝任和我談了很多科學上的問題。可是我另有看法，另有一種觀點。就像托爾斯泰那樣：他懷疑，感到苦惱，不知道文學對人是否有用，不知道他寫的書對人是否有用。」

「哼，你要知道，」柳德米拉說，「你想在物理方面寫出《戰爭與和平》，還早著呢。」

維克多感到十分尷尬。

「是的，是的，柳德米拉，你說得很對，我是胡亂說說。」他嘟囔說，並且不由自主地用責備的目光看了看妻子：天哪，就是在這樣的時候，還要著重指出我說的每一句錯話呀。

他又剩了一個人。他看起昨天他做的記錄，同時在想今天的事情。

為什麼柳德米拉和葉妮婭離開他的房間，他就舒暢了？有她們在場，他產生了一種感覺，覺得自己是虛偽的。他提議下棋，他表示希望幹點事情，其中都有虛偽性。顯然，柳德米拉管他叫佛陀，正是感覺出這一點。而且他在讚美良心的時候，也感到他的聲音有虛偽、不自然的意味。他怕別人懷疑他是自我欣賞，就盡可能說一些很平常的話，但是這樣故意表示平常，就像在講道臺上布道一樣，也有其虛偽性。

有一種模模糊糊的不安使他放不下心來，他不明確：他缺少什麼。

他幾次站起來，走到門口，傾聽柳德米拉和葉妮婭說話的聲音。

他不想知道他們在會議上說些什麼，不想知道誰的發言特別激烈和凶狠，不想知道他們做了什麼樣的決議。他要給希沙科夫寫一封短短的信，說他病了，最近幾天不能上研究所去。以後就不需要這樣解釋了。能做到的，他總是想盡可能做到。其實，已經沒用了。

為什麼近來他這樣怕逮捕？他沒幹什麼壞事呀。他只是隨口亂說。而且，其實沒說什麼了不起的壞話。他們是知道的。但是心裡還是惶惶不定，他忍不住朝門口看了看。也許，他是想吃飯？大概，今後不能享受按級別供應了。也不能進高級食堂了。

外室裡響起輕輕的門鈴聲，維克多急忙跑出去，朝著廚房高聲說：「柳德米拉，我去開門。」

他把門開了。在幽暗的外室裡，瑪利亞的一雙惶惶不安的眼睛看著他。

「啊，就是的，」她小聲說，「我就知道您不會去。」

維克多幫她脫大衣，他的手感覺到留在大衣領子上的她的脖子和後腦勺的溫暖，這時他忽然領悟到：他剛才就是在等她的，因為預感到她要來，所以他傾聽，並且一再地朝門看。

他明白這一點，因為他一看到她，馬上就感到輕鬆和很自然的喜悅。每次他在傍晚帶著沉重的心情從研究所回來，惶惶不安地打量著行人，注視著電車和公共汽車窗外一張張女人的臉，就是希望遇到她。每當他回到家裡，問柳德米拉：「有誰來過嗎？」他就是想知道她是不是來過。早就是這樣了……她來了，他們說話，開玩笑；她走了，他似乎就把她忘了。當他和索科洛夫說話的時候，柳德米拉說她問候他的時候，她都會出現在他的頭腦中。似乎除了他看到她的時候和說她是多麼可愛的女子的時候，她都不存在。有時，為了逗引柳德米拉生氣，他還說她的好朋友沒有讀過普希金和屠格涅夫的作品。

他和她在逍遙公園散過步。他看著她，覺得很愉快；他很喜歡她能很快地明白他的話，一聽就懂，從來不會理解錯；她聽他說話時那種孩子般的傾注神情，使他很感動。後來，他們分手，他就不想她了。當他走在大街上，又想起她來，之後又忘了。

現在他感覺到，她本來一直和他在一起，只是他覺得好像她不在罷了。在他沒有想著她的時候，她也和他在一起。他看不見她，他沒有想起她，可是她依然和他在一起。他無意去想她，就感覺她不在；卻不知，即使在不想她的時候，也總是因為她不在而心神不寧。可是這一天，當他對自己、對和他一起生活而又各有各的生活的人瞭解得特別深刻的時候，他凝視著她的臉，明白了自己對她的感情。他看著她，感到高興：那種經常使人惆悵的她不在的感覺一下子消失了。他因為有她和他在一起，感到輕鬆起來，他不再下意識地感覺她不在了。他近來總是感到自己孤單。他在和女兒、和朋友、和契貝任、和妻子說話的時候，都覺得自己孤單。可是只要一看見瑪利亞，孤單就消失了。

而且這一發現並沒有使他吃驚，這是很自然的、無可爭辯的。可是在一個月前，兩個月前，在喀山的時候，他怎麼不明白這簡單又無可爭辯的事呢？

所以很自然，當他今天特別強烈地感覺到她不在的時候，他的感情就要從深處湧到表面上來，讓他意識到它的存在。

因為無論如何對她是無法隱瞞的，所以就在外室裡，他帶著一副愁容望著她說：「我一直以為，我像狼一樣餓了吧，就一個勁兒地朝門口看，是不是馬上來叫我吃飯。誰知我是在等待：瑪利亞是不是來了！」

她什麼也沒說，就好像沒聽見般，便走了進來。

她和初次見面的葉妮婭一起坐在沙發上，維克多把目光從葉妮婭臉上移到瑪利亞臉上，又移到柳德米拉臉上。兩姐妹多麼美呀！這一天柳德米拉的臉特別好看。有損她的美的陰沉表情不見了。她的一雙明亮的大眼睛露出溫柔而惆悵的神氣。葉妮婭撩了撩頭髮，顯然是感覺出瑪利亞在看她。

瑪利亞說：「對不起，不過我沒想到一個女子有您這樣美，我從來沒看到像您這樣的容貌。」她說過這話，臉紅了一下。

「瑪利亞，你再看看她的手，」柳德米拉說，「還有脖子，還有頭髮。」

「還有鼻子眼兒，鼻子眼兒。」維克多說。

「怎麼，你們拿我當一匹卡巴爾達馬呀？」葉妮婭說。「我可不愛聽這些。」

「馬兒不喜歡這馬料。」維克多說。雖然這話的意思不太明確，還是引起了笑聲。

「維克多，你是想吃飯了吧？」柳德米拉說。

「是的，是的，不，不。」維克多說。他看到瑪利亞的臉又紅了。就是說，她聽見他在外室裡說的話了。

她坐在那裡，像只麻雀，灰灰的，瘦瘦的，凸出的不高的額頭上面是梳得整整齊齊的、像人民教師一樣的頭髮，穿著肘部補過的針織上衣，維克多卻覺得她說的每一句話都充滿智慧、善意和文雅意味，每一個動作都顯得很優雅、很溫柔。

她沒有說起學術委員會的會議。她問到娜佳的事，她向柳德米拉借湯瑪斯·曼的《魔山》，向葉妮婭詢問薇拉和她的小孩子，還問弗拉基米羅芙娜從喀山的來信說些什麼。

維克多沒有一下子就明白，瑪利亞找到的是唯一正確的談話方法。她似乎在強調，沒有什麼力量能夠使人不能繼續做人，最強大的國家也不能闖進父子、兄弟姐妹的圈子，在這不愉快的日子裡，她就這樣來讚美和她坐在一起的人，因為國家未能闖進他們的圈子，他們就有權不談外部強加給他們的一切，而是談內部實有的情形。

她的估計是對的。在她們談論娜佳和薇拉的小孩子的時候，他一聲不響地坐著，感覺他心中點燃起來的火光又平和又溫暖，既不搖晃，也不會熄滅。

他感覺到，瑪利亞的魅力征服了葉妮婭。柳德米拉上廚房裡去了，瑪利亞也去幫她忙活。

「多麼可愛的人呀。」維克多若有所思地說。

葉妮婭用譏笑的口氣喚他道：「維季卡，聽見沒有，維季卡？」

他聽到這意外的稱呼，愣住了。已經有十二年，沒有人喚他的小名了。

「這位太太像貓一樣愛上你了。」葉妮婭說。

「簡直是胡扯。」他說。「而且為什麼說是太太？她最不像太太了。柳德米拉沒有一個女性朋友，可是她和瑪利亞實在要好。」

「你和她怎麼樣？」葉妮婭用譏笑的口氣問。

「我是說真的。」維克多說。

她看到他生氣了，就微微笑著，看著他。

「葉妮婭，你懂嗎？你別胡扯。」他說。

這時候娜佳來了。她站在外室裡，急急忙忙地問道：「爸爸去做檢討了嗎？」

她走進房裡。維克多把她抱住，親了親。

葉妮婭眼裡閃著淚花，打量著外甥女。

「呀，她身上連一滴我們斯拉夫人的血都沒有，」她說，「純粹是個猶太姑娘。」

「是爸爸的基因呀，」娜佳說。

「娜佳，你是我的寶貝兒，」葉妮婭說，「外婆就喜歡謝廖沙，我就喜歡你。」

「沒關係，爸爸，我們能養活你。」娜佳說。

「這我們是誰？」維克多問道。「是你和你那位中尉嗎？你放學回來，洗洗手去吧。」

「媽媽和誰在那兒說話？」

「和瑪利亞阿姨。」

「你喜歡瑪利亞阿姨嗎？」葉妮婭問道。

「依我看，她是世界上最好的人，」娜佳說，「我假如是個男人，一定會娶她。」

「她很善良，是天使嗎？」葉妮婭用譏笑的口吻問道。

「怎麼，小姨，您不喜歡她嗎？」

「我不喜歡聖女，在她們的聖潔中往往隱藏著歇斯底里，」葉妮婭說，「我認為她們還不如明目張膽的壞蛋。」

「歇斯底里？」維克多問。

「維克多，我發誓，這是一般說說，我不是說她。」

娜佳上廚房裡去了，葉妮婭又對維克多說：「我在史達林格勒的時候，薇拉有一位中尉。現在娜佳也來了一位中尉。來了，又會消失的。他們是多麼容易犧牲呀。維克多，這有多悲慘呀。」

「葉妮婭，好妹妹，」維克多問道，「你當真不喜歡瑪利亞嗎？」

「我不知道，不知道，」葉妮婭急忙說，「有的女人有這樣的性格，好像是一種順從的、善於自我犧牲的性格。這種女人不會說：『我和男人睡覺，因為我喜歡這樣。』而是說：『這是我的義務，我可憐他，所以犧牲自己。』這些女人睡覺，和好，分手，都是因為她們自己願意，但她們說的完全是另一樣：『這是需要的，是義務，出自良心，我離開了，我做了犧牲。』可是她什麼都沒犧牲，她所做的是她願意的，而且最可惡的是，這些女人還當真相信自己有犧牲精神。我頂討厭這樣的女人！你知道這是為什麼？我常常覺得，我自己就好像屬於這一類。」

吃過午飯之後，瑪利亞對葉妮婭說：「葉妮婭，如果您願意，我可以和您一塊兒去。在這方面我有很痛苦的經驗。再說，兩個人在一起總要輕鬆些。」

葉妮婭有些發窘，就回答說：「不，不，多謝了，這種事就需要單獨去做。在這方面的痛苦，無法和任何人分擔。」

柳德米拉側眼看了看妹妹，好像是要向她說明她和瑪利亞之間的私房話，說道：「瑪利亞覺得你不喜歡她，心裡很不是滋味。」

葉妮婭什麼話也沒說。

「是的，是的，」瑪利亞說，「我感覺出來了。不過請您原諒我說出這話。這都是傻話。您哪有心思想到我。柳德米拉不應該說。現在這麼一來，就好像我一定要您改變印象。我不過隨便說說，沒有什麼用意。」

葉妮婭連自己也意想不到的十分真誠地說：「您怎麼啦，您很可愛，您說到哪兒去啦。我是心情很亂，請您原諒吧。您真的很好。」

然後，她很快地站起來，說：「哦，就像媽媽常說的，我的孩子們：『我該走了！』」

二十七

大街上行人很多。

「您不急著回家吧?」維克多問。「是不是咱們再上逍遙公園去?」

「您怎麼啦,現在已經到了下班時間了,我要在丈夫回家前趕回去。」

他以為她會請他上家裡去聽索科洛夫說說學術委員會會議情形的。可是她沒有作聲,他便感到懷疑,是不是索科洛夫怕和他見面。她急著回家,使他很不高興,不過這完全是自然的嘛。他們路過一個街心公園,離這裡不遠便是通向頓斯科伊修道院的大街了。她忽然站住,說:「咱們坐一小會兒,然後我上電車。」

他們一聲不響地坐著,但是他感覺出她的激動。她微微偏著頭,看著維克多的眼睛。

他們還是沒作聲。她的嘴緊緊閉著,但是他似乎聽到了她的聲音。一切都很清楚,很明白了,就好像他們彼此都說過了。而且就算要說話,又能說什麼呢?

他明白,現在出現了非同一般的嚴重局面,他的生活會出現新的烙印,他會有痛苦的內心慌亂。他不希望給別人造成痛苦,最好永遠沒有人知道他們的愛情,也許他們彼此也不會說起。可是也許……不過,現在發生的事,他們的痛苦和愉快,他們是無法互相隱瞞的,這就會帶來不可避免的重大變化。現在發生的一切取決於他們,同時好像這已經發生的事是命中註定了的,他們已經無法違抗了。他們之間發生的一切都是事實，自然而然的事實，並非取決於他們，就像白天的亮光不取決於人一樣，同時這一事實卻不可避免地產生虛假、偽裝，產生對待最親近的人的殘酷心腸。要避免這種虛偽和殘酷，就取決於他們，只要躲開自然而明亮的光就行。

有一點他是十分清楚的：在這樣的時刻，他心裡永遠不能平靜。他將來不論怎樣，心裡是永遠不會平靜的。不論他把對他身旁女子的感情隱藏起來，還是讓感情衝出來成為他的新命運，他都不會平靜。不論把對她的愛化為長期的思念，還是和她親近而引起良心上的痛苦，他都不能平靜。

可是她還在一個勁兒地看著他，流露著無比幸福而又無比絕望的神情。瞧，他在衝突中沒有彎腰，靠很大的狠勁兒堅持住了，可是在這兒，在這長椅子上，他多麼軟弱，多麼無助。

「維克多．帕夫洛維奇，」她說，「我該走了，我丈夫等著我呢。」她握住他的手，說：「咱們今後別再會面了，我已經向丈夫保證不再和您見面。」

他感到心裡十分慌亂，就像心臟病人要死的時候那樣，由不得人的心跳就要停止了，整個世界開始搖晃，開始翻倒，大地和天空就要消失了。

「瑪利亞，為什麼？」他問道。

「我丈夫要我保證今後不再和您見面，我就向他做了保證。這當然很不好，可是他現在的心情是這樣，他有病，我很擔心他的生命。」

「瑪利亞。」他說。

在她的聲音中、在她的臉上，有一股不可動搖的力量，就像最近和他發生衝突的那股力量。

「瑪利亞。」他又說。

「我的天，您也明白，您也看出來，我不隱瞞，為什麼要全說出來。我不能，不能呀。我丈夫夠苦了。您一切都知道。您要記住，柳德米拉也夠苦的了。這是不可能的。」

「是的，是的，我們沒有這樣的權利。」他一再地說。

他的帽子掉到地上，大概有些人在看著他們。

「是的，是的，我們沒有這樣的權利。」他又說了一遍。

他吻了吻她的手。當他把她冰涼纖細的手指握在手裡的時候，他覺得，使她決定不和他見面的不可動搖的力量，是和軟弱、順從、老實無用聯繫著的……

她站起來，走了，連頭也不回。他卻坐著，在想，他這是第一次正視自己的幸福、自己生活的光明，可是這一切都離他遠去了。他覺得，剛才他吻過手的這個女子，本來可以代替他的一切，代替他一生所想的、所希望的一切：科學，榮譽，名望。

二十八

學術委員會會議之後，第二天，薩沃斯季揚諾夫給維克多打來電話，問他身體怎麼樣，問柳德米拉身體好不好。

維克多問起會議的情形，薩沃斯季揚諾夫回答說：「維克多・帕夫洛維奇，不想使您不痛快，事實上，比我原來預料的更卑劣。」

維克多想：「難道索科洛夫發言了嗎？」他又問道：「做出什麼決議嗎？」

「很厲害的決議：認為根本不必請院部研究今後的問題……」

「懂了。」維克多說。雖然他早就相信會做出這樣的決議，但還是因為意外有些慌亂。「我什麼罪也沒有，」他想道，「不過還是會叫我坐牢的。那裡面知道克雷莫夫沒有罪，可還是把他關起來了。」

「有人表示反對嗎？」維克多問。電話線送來了薩沃斯季揚諾夫沒有說出口的難為情。

「沒有，維克多．帕夫洛維奇，似乎是一致通過，」薩沃斯季揚諾夫說，「您沒有來，對您是很不利的。」

薩沃斯季揚諾夫的聲音不太清楚，顯然他是在公用電話亭裡打電話。

這一天，安娜．斯捷潘諾芙娜也給他打來電話，她已經被解除職務，不上研究所去了，所以不知道學術委員會會議的事。她說，她要上穆羅姆的姐姐家去住兩個月，並且請維克多去作客，那股親切情誼很使維克多感動。

「謝謝，謝謝，」維克多說，「如果上穆羅姆的話，那就不是去玩兒，而是到師範學校去教物理了。」

「天啊，維克多．帕夫洛維奇，」她說，「您怎麼會這樣呀，我真難受，這都是因為我呀。我哪兒值得呀。」

看樣子，她把他說的關於師範學校的話當作對自己的責備。她的聲音也不太清楚，顯然她也不是在家裡打電話，也是用公用電話。

「難道索科洛夫發言了嗎？」維克多自言自語地一遍又一遍地問。

很晚的時候，契貝任打來電話。這一天，維克多就像害重病的病人一樣，只是在別人談起他的病的時候，他才有勁頭兒。顯然，契貝任感覺出這一點。

「難道索科洛夫發言了嗎？他發言了嗎？」維克多問過柳德米拉。但是她當然也和他一樣，不知道索科洛夫是否在會上發過言。

在他和與他接近的一些人之間出現了一層迷霧。

薩沃斯季揚諾夫顯然是害怕說出維克多想知道的事，不願意成為他的情報員。他大概在想：「維克多遇到研究所的人，會說：『我已經全知道了，薩沃斯季揚諾夫已經詳詳細細地把一切都向我報告了。』」

安娜．斯捷潘諾芙娜是很親熱的，不過在這種情形下她應該上維克多家裡來，不應該只是打個電話。

維克多以為，契貝任也應該提出和他一起到天體物理研究所工作，哪怕談談這個問題也好。

「他們使我不痛快，我也使他們不痛快，還不如不打電話呢。」他想道。

但更使他不痛快的，是那些根本不給他打電話的人。一整天他都在等古列維奇、瑪律科夫、皮敏諾夫的電話。後來他又生起安裝設備的技師和電工們的氣。

「這些狗崽子，」他想道，「他們是工人，有什麼可怕的？」

想到索科洛夫，實在無法容忍。是他不准瑪利亞給他維克多打電話！誰都可以原諒，不論老熟人、老同事，甚至親戚，都可以原諒。就是不能原諒這個朋友！一想到索科洛夫，他就十分惱怒，氣得不得了，氣得連氣也喘不上來。同時，他想到自己對朋友不忠，便不知不覺為自己對朋友不忠尋找起辯護的理由。

他由於衝動，給希沙科夫寫了一封完全不必要的信，要求把研究所領導的決定告訴他，並且說，因為有病，近日內不能上研究所去工作。

第二天一整天都沒有聽到電話鈴聲。

「好吧，反正是要坐牢的。」維克多想道。他想到這一點並不覺得痛苦，似乎倒是可以得到安慰。就好比生病的人，一想到「好吧，生病就生病吧，反正人總是要死的」，就能得到安慰。

他對柳德米拉說：「唯一能給咱們帶來消息的人，就是葉妮婭了。雖然消息都是來自內部監獄接待室。」

「現在我相信，」柳德米拉說，「索科洛夫一定在會上發過言。要不然無法解釋，為什麼瑪利亞不來電話。她知道他發了言，不好意思打電話。不過，到白天等他去上班了，我可以給她打電話。」

「無論如何不要打！」維克多大聲說。「你聽著，柳德米拉，無論如何不要打！」

「我幹嘛要管你和索科洛夫關係如何？」柳德米拉說。「我和瑪利亞有我們的關係。」

他無法給柳德米拉解釋，為什麼她不能給瑪利亞打電話。他一想到柳德米拉不瞭解底細，無意中成為他和瑪利亞聯繫的橋梁，便覺得慚愧。

「柳德米拉，現在咱們和人們的聯繫只能是單方面的。如果一個人坐了牢，他的妻子只有在人家叫她去的時候，才能去。她自己沒有權利說：我想上你們家去。丈夫低下了，妻子也就低下了。咱們進入了新的一個時期。咱們再也不能給任何人寫信，只能回信。咱們現在也不能給任何人打電話，只能在人家給咱們來電話的時候，拿起話筒。咱們見了熟人，也不能首先打招呼，也許，人家不願意和咱們打招呼。如果人家和我打招呼，我也不能首先開口說話。也許人家認為可以和我點點頭，但是不願意和我說話。讓人家先說，我就回答人家的話。咱們已經進入碰也不能碰的賤民階層。」

他沉默了一會兒，又說道：「不過，我們這些不能碰的人也算幸運，常規之中也有例外。也有一、兩個人——我說的不是自家人，如你媽媽、葉妮婭——是可以充分信任的。不必等待他們發出允許的信號，就可以給他們打電話，寫信。比如契貝任！」

「你說得很對，維克多，完全正確。」柳德米拉說。她的話使他吃了一驚。不論在哪一方面，她已經很久沒有承認他正確了。「我也有這樣的朋友，就是瑪利亞！」

「柳德米拉！」他說。「柳德米拉！你可知道，瑪利亞已經向索科洛夫做出保證，不再和咱們見面了？這麼著，你就去吧，給她打電話吧！喂，打呀，打呀！」

他摘下話筒，遞給柳德米拉。這時候他的感情的小小的一角浮起希望，希望柳德米拉真的打打電話……哪怕是柳德米拉能聽到瑪利亞的聲音也好呀。

但是柳德米拉說道：「啊呀，原來是這樣呀。」就把話筒放下了。

「怎麼葉妮婭還不回來呀？」維克多說。「患難使我們更加親密。我覺得她從來沒有像現在這樣可愛。」

等到娜佳回來，維克多對她說：「娜佳，有些話我和你媽媽說過了，媽媽會對你詳細說說的。在我已經變成可怕的東西的時候，你不能上波斯托耶夫家、古列維奇家和其他一些人家去。所有這些人首先會想到你是我的女兒，我的女兒，我的女兒。你是什麼人，明白嗎？是我家的一員。我堅決要求你……」

他事先料定她會說什麼，料定她會反駁，會生氣。娜佳舉起一隻手，打斷他的話。

「是的，我看到你沒有去參加那些造孽的人的會，就全明白了。」

他一時不知如何是好，看著女兒，後來用好笑的口吻說：「我希望這些事不影響你的中尉。」

「當然不會影響。」

「怎麼？」

「不影響就是不影響，你會明白的。」

維克多看了看妻子，看了看女兒，朝她們伸過手去，握了握手，便走出了房間。在他的這一舉動中，包含著那樣多的慌亂、歉疚、軟弱、感謝、摯愛，以至於母女倆挨在一起站了很久，沒有說一句話，也沒有互看一眼。

二十九

自從戰爭開始以來，達林斯基第一次走進攻的道路，他在追趕向西挺進的坦克部隊。在雪地裡，田野上，道路兩旁，到處是燒燬和打壞的德軍坦克、大炮、圓頭的義大利載重汽車，到處是德國人和羅馬尼亞人的屍體。

死亡與嚴寒為觀看者保留著敵軍覆滅的場面。混亂、驚慌、痛苦——這一切都印在雪上，凝凍在雪裡，在冰雪中保留著機器和人在大路上倉皇奔逃的最後掙扎和絕望情景。

甚至炮彈爆炸的烈火與硝煙，煙氣騰騰的篝火，也印在雪上，成為一個個烏黃色斑點、一片片黃色和褐色冰凌。

蘇聯部隊向西挺進，一群群俘虜向東移動。

羅馬尼亞人穿的是綠色軍大衣，戴的是高高的羊皮帽。他們顯然不像德國人那樣怕冷，達林斯基看到他們，不覺得這是打垮的軍隊士兵，覺得這是一大群一大群疲憊無力的、饑餓的農民，戴著演戲用的皮帽。大家都在嘲笑羅馬尼亞人，但是對他們卻沒有仇恨，而是用一種憐憫和鄙視的目光看待他們。後來他看到，大家對義大利人更沒有什麼仇恨。

使人仇恨的是匈牙利人、芬蘭人，尤其是德國人。

德國俘虜的樣子是最糟的。

他們的頭上和肩膀都裹了破棉被。他們的腿從靴子以上都裹了破布片和麻袋片，用鐵絲和繩子捆著。

不少人的耳朵、鼻子、臉上都有凍成瘡的黑斑。腰上掛的飯盒叮噹響著，像是戴著鐐銬。

達林斯基看著一具具顧不得羞臊露出癟下去的肚子和生殖器的屍體，看著一張張被草原冷風吹得通紅的押隊戰士的臉。看著雪野上被打得歪七扭八的德軍坦克和汽車，看著凍僵的死人，看著被押著向東走去的人們，產生了一種複雜而奇怪的感情。

這是報應。

他想起一些故事，說德國人怎樣譏笑俄羅斯農舍的寒磣，帶著厭惡而驚訝的表情打量小孩子的搖籃、爐灶、瓦盆、木桶、牆上的畫、黏土捏的花公雞，打量那些看到德國坦克就逃走的孩子們出生和成長的可親可愛的天地。

汽車司機用好奇的口吻說：「您瞧，中校同志！」

四個德國士兵用軍大衣抬著一個士兵。從他們的臉和繃緊的脖子可以看出來，他們不要多久也會倒下去的。他們搖來晃去地走著。他們裹的破布脫落到腳上，雪粒子擊打著他們失神的眼睛，凍僵的手指頭死死抓住軍大衣的邊兒。

「德國佬完蛋啦。」司機說。

「這可不是我們請他們來的。」達林斯基陰沉地說。

可是過了一會兒，一種幸福感一下子向他襲來：在茫茫的雪霧中，在沒有開墾的草原上，一隊隊蘇軍坦克向西開去，是T-34型坦克，又凶猛、又快、又堅固……

一個個坦克手頭戴黑色盔形帽，身穿黑色小皮襖，從艙口裡探出半個身子，朝外張望著。他們在遼闊無垠的草原上，在茫茫雪霧中奔馳，身後留下一團團模模糊糊的雪的浪花——幸福和自豪的感覺使他激動得喘不過氣來……

煉成了鋼鐵的又威風又沉痛的俄羅斯向西奔去。

在進一個村子的時候出現了阻塞。達林斯基下了汽車，從排成兩排的汽車和蓋了帆布的火箭炮旁走過去……一群俘虜正跨過這條道路朝大路上去。從小汽車上走下來一位上校，頭戴銀灰色羊羔皮帽。能戴這種帽子的，要麼是集團軍司令，要麼和前方軍需官十分要好。上校看著俘虜。押隊士兵朝俘虜們吆喝著，揮舞著自動步槍。

「快點兒，快點兒，快走！」

有一道無形的牆把俘虜和汽車司機、紅軍戰士隔開，有一種比草原酷寒更厲害的酷冷使眼睛不能對著眼睛。

「長尾巴的，小心點兒，小心點兒。」有一個笑著的聲音說。

有一個德國兵爬著過大路。露出一團團棉花的破棉被拖在他身後。他急急忙忙地爬著，不停地動著胳膊和腿，連頭也不抬，好像在聞腳印子。他朝著上校爬來，站在旁邊的司機說：「上校同志，他會咬您的，真的，他專門瞄著您。」

上校朝旁邊跨了兩步，等德國兵爬到他跟前，他用靴子一踢。這不太用勁兒的一踢，足可壓倒俘虜兵那麻雀一般的力氣。俘虜兵的胳膊和腿都伸開了。

他從下面朝踢他的人看了看：在他的眼睛裡，就像要死的羊的眼睛那樣，沒有責難的神情，甚至也沒有痛苦，只有溫順。

「還爬呢，哼，還想侵略呢。」上校一面說，一面在雪上擦著靴底。

在觀看的人群裡掠過一陣輕輕的笑聲。

達林斯基感覺他的頭腦一陣迷糊，感覺到已經不是他自己，而是他又認識又不認識的另一個人，一個什麼也不含糊的人在支配著自己的行動。

「上校同志，俄羅斯人不打倒下的人。」他說。

「依您看，我是什麼人，不是俄羅斯人嗎？」上校問。

「您是惡棍。」達林斯基說。他看到上校朝他走來，就搶在上校發火和威嚇之前，高聲說：「我姓達林斯基！達林斯基中校，史達林格勒方面軍司令部作戰科監察員。我對您說的話，我願意在方面軍司令面前，面對軍事法庭再說一說。」

上校恨恨地對他說：「好吧，達林斯基中校，您等著瞧吧。」便朝一旁走去。

幾名俘虜把躺在地上的俘虜拖到一邊。很奇怪，不論達林斯基把臉轉向哪一邊，他的眼睛總是和擠成一堆的俘虜們的眼睛碰到一起。好像他有什麼東西吸引著他們。

他慢慢朝汽車走去，聽到有一個譏笑的聲音說：「德國佬有了衛士啦。」

不久達林斯基又上了車往前走，迎面又有一群群穿灰衣的德國俘虜和穿綠衣的羅馬尼亞俘虜走來，常常影響汽車開動。

司機側眼看著達林斯基抽菸時抖動的手指，說：「我一點也不可憐他們。我可以把他們一個一個都槍斃。」

「好啦，好啦，」達林斯基說，「你要槍斃他們，最好是在一九四一年，在你像我一樣，被他們打得頭也不回地逃跑的時候。」

一路上他再也沒有說話。不過那個俘虜的事並沒有使他一心向善。他該有的善心好像已經消耗完了。

當初他上雅什庫時走過的卡爾梅克草原和今天走的道路多麼不同呀。難道那是他站在沙漠的霧中，站在巨大的月亮底下，望著潰逃的紅軍，望著一匹匹駱駝一伸一曲的脖子，思慮著俄羅斯土地那最後的邊沿上所有親愛的軟弱可憐的人們？

三十

坦克軍軍部駐紮在村子邊上。達林斯基的汽車來到軍部的房子門前。天色已經黑下來。顯然，軍部來到村裡才不久，有些紅軍士兵正在從汽車上往下卸箱子、褥墊，電話兵則是在架電話線。

一名站崗的士兵很不情願地走進過道，喚了一聲副官。一名副官很不情願地走出門來，和所有的副官一樣，不是看著來人的臉，而是看著肩章，說：「中校同志，軍長剛剛從旅裡回來，在休息呢。您等會兒再來吧。」

「您去報告軍長，達林斯基中校來了。懂嗎？」來人很傲慢地說。

副官歎了一口氣，朝房裡走去。

過了一分鐘，他走出來，高聲說：「中校同志，請進！」

達林斯基上了臺階，諾維科夫出來迎接他。他們高興地笑著，互相打量了一小會兒。

「終於見面了。」諾維科夫說。

這是一次十分愉快的重逢。

兩個聰明的腦袋又像過去一樣，俯在地圖上面了。

「我現在前進的速度，就跟當初逃跑時一樣，」諾維科夫說，「不過在這一地段，超過了逃跑時的速度。」

「這是冬天，冬天，」達林斯基說，「到夏天又會怎樣呢？」

「我看沒問題。」

「我也這樣看。」

讓達林斯基看地圖，諾維科夫覺得是一種愉快的享受。他思路敏捷，關注那些似乎只有諾維科夫能夠察覺的細節，他提出的問題都是諾維科夫覺得應該考慮的……

諾維科夫放低聲音，就像吐露隱祕私情似的說：「對於進攻中坦克運動地帶的偵察、各種目標指示手段的協同運用、基準點示圖、相互配合的神聖性——這一切都是必要的。但是在坦克進攻地帶，各兵種的戰鬥行動還是要聽命於一個上帝，那就是坦克，我們的乖孩子 T-34 型坦克！」

達林斯基見過的不僅僅是史達林格勒方面軍南翼活動的地圖。諾維科夫從他嘴裡瞭解到高加索戰役的一些詳情細節，瞭解到截聽到的希特勒和保盧斯交談的內容，瞭解到自己還不知道的弗列捷爾皮科將軍的炮兵軍群的運動詳情。

「這已經是烏克蘭了，往窗外一看就可以看到。」諾維科夫說。

他指著地圖說：「不過我好像比別人離得近些。祖國就支持我這個軍。」

後來，他推開地圖，說：「好啦，咱們別再談戰略戰術了。」

「您個人的事還是沒有什麼進展嗎？」達林斯基問道。

「大有進展！」

「怎麼，結婚了嗎？」

「我現在就天天在等著，她就要來啦。」

「哎呀，你這自由的哥薩克完啦，」達林斯基說，「我衷心恭喜您。可是我還沒有頭緒呢。」

「哦，貝科夫怎麼樣？」諾維科夫忽然問道。

「貝科夫嘛，沒什麼。現在跟著瓦圖京[2]，老樣子。」

「真夠剛強，什麼都不在乎。」

「應該說，像砥柱一樣。」

諾維科夫說：「好啦，見他的鬼去吧。」

他朝著旁邊的屋子喊道：「喂，維爾什科夫，看樣子，你是下定了決心叫我們餓死了。你把政委叫來，我們一塊兒吃飯。」

但是用不著去叫政委了，他自己來了，站在門口，用很不痛快的聲調說：「諾維科夫同志，不知怎麼搞的，好像羅金衝到前面去了。瞧著吧，他會趕在咱們前頭踏上烏克蘭土地。」

又對達林斯基說：「中校同志，現在就是這種時候。現在我們害怕友鄰部隊，勝過害怕敵軍。您大概不是友鄰部隊的吧？不是，顯然不是，您是老戰友。」

「我看出來，你是真操心烏克蘭問題。」諾維科夫說。

格特馬諾夫把罐頭朝自己面前拉了拉，故意用嚇唬的口吻說：「好哇，諾維科夫同志，不過你要注意，你的葉妮婭就要來了，我只能讓你們在烏克蘭土地上登記。就讓中校同志做證婚人。」

他舉起酒杯，用酒杯指點著諾維科夫，說：「中校同志，咱們來為他那顆俄國心乾杯。」

達林斯基動情地說：「您說的話好極了。」

諾維科夫記得達林斯基一向對政工人員是十分反感的，就說：「是啊，中校同志，咱們很久沒見面了。」

格特馬諾夫打量了一下桌上，說：「真是沒東西招待客人，只有罐頭。炊事員往往還沒有生起爐

2 在衛國戰爭期間曾任蘇軍副總參謀長、西南方面軍司令，被稱為「閃電將軍」、「小土星」，是第二次世界大戰中與朱可夫、崔可夫齊名的蘇聯將領。

子，可是指揮所又得換地方了。日日夜夜在運動。您要是在發動進攻之前上我們這兒就好了。現在停一個鐘頭，跑一個晝夜。拚命往前跑。」

「哪怕再弄一把叉子來也好呀。」諾維科夫對副官說。

「是您不叫人把汽車上的家什卸下來呀。」副官回答說。

格特馬諾夫說起他在收復的領土上經過時見到的情形。

「俄羅斯人和卡爾梅克人截然不同，」他說，「有很多卡爾梅克人在為德國人唱讚歌。要知道，蘇維埃政權什麼好處沒有給他們呀!?要知道，本來是一塊到處是破破爛爛的流浪漢、梅毒到處流行、到處是文盲的地方。可是你瞧，不論把狼餵得多麼飽，狼還是貪戀草原。」

他對諾維科夫說：「你該記得，關於巴桑戈夫的事，我曾經提醒過的。我這個黨員的感覺果然沒有錯。不過你不要介意，我這不是責備你。你以為，我這一生犯的錯誤少嗎？你要知道，民族特徵是一個很大的問題，這會有決定性的意義，戰爭的實踐已經把這一點顯示出來。你可知道，布爾什維克的主要老師是誰？是實踐。」

「我贊成您對卡爾梅克人的看法，」達林斯基說，「我不久前就在卡爾梅克草原上住過，許多地方我都到過。」

他為什麼說這話？他在卡爾梅克走過不少地方，對卡爾梅克人從來沒有不好的感覺，倒是對他們的生活和習慣十分感興趣。但是，這位軍政委似乎有一股磁石般的吸引力。達林斯基隨時都想贊同他的意見。

諾維科夫微微笑著看了看他，他倒是很瞭解政委的精神吸引力，很瞭解這種力量怎樣吸引人對他唯唯稱是。

格特馬諾夫忽然很坦誠地對達林斯基說：「我知道，您過去也曾經受到不公正的待遇。不過您不要怪布爾什維克黨。黨也是希望為人民做好事。」

達林斯基一向認為部隊中的政工人員和政委都是一團糟的，這時急忙說：「您怎麼啦，這一點難道我還不瞭解!?」

「是啊，是啊，」格特馬諾夫說，「我們有些地方做得很不對頭，但是人民會原諒我們的。會原諒的！我們的同志都是好同志，本質是不壞的。不是嗎？」

諾維科夫溫和地打量了一下坐在一起的人，說：「我們的軍政委好嗎？」

「很好。」達林斯基肯定說。

「就是，就是。」格特馬諾夫說。

三個人一齊笑起來。

格特馬諾夫似乎猜到諾維科夫和達林斯基的心思，看了看錶，說：「我要去休息了，要不然白天黑夜都在運動，哪怕今天睡上一夜也好。十個晝夜沒脫靴子了，就像吉普賽人一樣。參謀長恐怕還在睡著吧？」

「他哪兒是睡覺，」諾維科夫說，「一來到就去察看新的情況了，因為明天早晨咱們又要轉移基地。」

等到只剩下諾維科夫和達林斯基，達林斯基說：

「有些事情我總是理解不透。比如，不久前我在裏海附近的沙漠上，心情就特別沉重，好像眼看著就要完了。可是結果怎麼樣？我們能夠組織起這樣大的力量！非常強大的力量呀！一切都不在話下。」

諾維科夫說：「可是我卻愈來愈清楚、愈來愈多地懂得了，什麼叫俄羅斯人！俄羅斯人是勇猛的，好比強悍的狼！」

「是強大的力量！」達林斯基說。「主要的是：俄羅斯人在布爾什維克領導下走在了人類最前面，其餘的事都是微不足道的。」

「您聽我說，」諾維科夫說，「要不要我再談談您的工作調動問題？您能不能到我們軍裡擔任副參謀長？咱們一塊兒打打仗，行嗎？」

「怎麼不行？謝謝了。那我給誰當副手？」達林斯基說。

「給涅烏多布諾夫將軍。這是規矩嘛：中校給將軍當副手。」

「涅烏多布諾夫？戰前他是在國外的吧？是在義大利吧？」

「不錯。就是他。他不是蘇沃洛夫，不過，總的說，還是可以共事的。」

達林斯基沒有作聲。諾維科夫朝他看了看。

「怎麼樣，事情就這樣辦吧？」諾維科夫問道。

達林斯基用手指頭掀起嘴唇，又撐了撐腮幫子。

「您看見嗎，有兩個坑？」他問道。「這是一九三七年涅烏多布諾夫審問我的時候打掉了我的兩顆牙。」

他們互相看了看，沉默了一會兒，又互相看了看。達林斯基說：

「他這個人當然還是精明能幹的。」

「當然，當然，他總不是卡爾梅克人，是俄羅斯人嘛。」諾維科夫冷笑說。忽然他高聲說：「咱們來乾杯，不過喝酒可要真的像俄羅斯男子漢！」

達林斯基生平第一次喝這樣多的酒。不過，如果不是桌上的兩個空酒瓶，旁邊的人誰也不會發覺兩個人喝得很猛，很帶勁兒，除非注意到他們已經互相稱呼起「你」。

諾維科夫不知已經是第幾次斟滿兩杯，說：

「來，不要歇氣。」

不會喝酒的達林斯基這一次連氣也沒有歇。

他們談起撤退，談起戰爭一開始的那些日子。他們回憶到布柳赫爾和圖哈切夫斯基。他們談到朱可夫。達林斯基還說了說偵訊官在審訊中想從他嘴裡得到什麼。諾維科夫說到他怎樣在進攻開始之前推遲幾分鐘出動坦克，但是他沒有說在判斷幾位旅長的行動方面犯了錯誤。

他們談起德國人，諾維科夫說，一九四一年的夏天好像錘鍊了他，使他的心腸永遠變硬了，可是等到押送第一批俘虜，他卻下令讓俘虜吃好一點兒，吩咐用汽車把凍壞和受傷的俘虜送往後方。

達林斯基說：「剛才我和你們的政委一起罵卡爾梅克人。罵得對！可惜你們的涅烏多布諾夫不在這兒。我該和他談談，真該和他談談。」

「哼，不是有很多奧廖爾人和庫爾斯克人跟德國人勾結嗎？」諾維科夫說。「比如做了叛徒的弗拉索夫將軍，也不是卡爾梅克人。我說的那個巴桑戈夫，是一位很好的軍人。涅烏多布諾夫是肅反工作人員，政委對我說過他的情況。他不是軍人。我們俄羅斯人會打贏的，會打到柏林，我知道，德國人再也擋不住我們了。」

達林斯基說：「像涅烏多布諾夫、葉若夫，確實是很大的問題，不過俄羅斯現在只有一個，那就是蘇維埃俄羅斯。我知道，哪怕把我所有的牙都打掉，我對俄羅斯的愛也不會動搖。我至死都要愛俄羅斯。但是要我做這傢伙的副手，我不幹，你怎麼，同志，不是開玩笑吧？」

諾維科夫又一次把兩個杯子斟滿，說：「來，咱們喝。」

然後他說：「我知道，還會有各種各樣的事。我也會變得更糟。」

他忽然換了話題，說：「唉，我們的事真是可怕。有時一個坦克手被打掉了腦袋，人已經死了，可是還踩著油門，坦克還在前進。一個勁兒地前進，前進！」

達林斯基說：「我剛才和你們的政委一起罵卡爾梅克人，可是我現在卻一個勁兒地想著一個卡爾梅克老漢。涅烏多布諾夫有多大歲數啦？上他那兒去看你們的新位置，就要跟他見面嗎？」

諾維科夫慢慢地用不大聽使喚的舌頭說：「我很有福氣。再沒有更福氣的啦。」

於是他從口袋裡掏出相片，遞給達林斯基。達林斯基一聲不響地看了很久，說：「太美了，真沒有說的。」

「美嗎？」諾維科夫說。「美倒是算不了什麼，像我這樣愛她，倒不是因為美。」

維爾什科夫來到門口，站下來，用詢問的目光看著軍長。

「走開。」諾維科夫慢慢地說。

「喂，你幹嘛對他這樣，他是想問問咱們要不要什麼。」達林斯基說。

「算啦，算啦，我還會更糟，會成為下賤的人，我行，用不著教訓我。你是中校，和我說話為什麼稱『你』？按照軍事條令應該這樣嗎？」

「啊，原來是這樣！」達林斯基說。

「算啦，開玩笑你都不懂。」諾維科夫說。心想，幸虧葉妮婭看不見他的醉態。

「愚蠢的玩笑我是不懂。」達林斯基說。

他們表白自己的態度表白了很久，直到諾維科夫提議到新位置去用通條把涅烏多布諾夫打一頓，才算了事。當然他們哪兒也沒去，而是又喝了不少。

三十一

弗拉基米羅芙娜在一天裡收到三封信：兩封是兩個女兒寫來的，一封是外孫女薇拉寫來的。她還沒有把信打開，只是從筆跡認出是誰的來信之後，就知道信裡沒有令人愉快的消息。多年的經驗告訴她，孩子們大都不喜歡給做母親的寫信報告高興的事。

三方面來信都請她去：柳德米拉請她上莫斯科，葉妮婭請她上古比雪夫，薇拉請她上列寧斯克。這些邀請向弗拉基米羅芙娜證實了，兩個女兒和外孫女的日子都不好過。

薇拉在信裡寫到父親，說黨內和工作中的一些不愉快的事把他折騰得筋疲力盡。他曾經奉人民委員部的命令去古比雪夫，幾天前才從古比雪夫回到列寧斯克。薇拉在信中說，父親從古比雪夫回來，憔悴不堪，他在發電站堅持戰時工作期間都不像這樣憔悴。他的問題在古比雪夫一直沒有解決，命令他回來，參加恢復發電站的工作，但是告訴他，還不知是否能讓他留在發電站人民委員部系統。

薇拉準備和父親一起從列寧斯克上史達林格勒去，現在德國人已經不打炮了。市中心還沒有收復。去過市內的人說，原來弗拉基米羅芙娜住的房子，只剩下骨架，房頂已經塌了。父親在發電站住的房子還是完好的，只是石灰剝落了，窗玻璃沒有了。父親和薇拉帶小孩子還可以住這所房子。

薇拉寫到兒子。弗拉基米羅芙娜看著信都覺得奇怪，小丫頭、小外孫女薇拉竟像個大人一樣，用一個婦人，甚至是婆婆媽媽的口氣寫起自己的小孩子的胃病、皮疹、睡覺不安寧、新陳代謝失調。這一切薇拉應該說給丈夫、媽媽聽，可是現在她卻寫信告訴外婆。她沒有丈夫，也沒有媽媽了。

薇拉提到安德烈耶夫，提到他的兒媳婦娜塔莉亞，提到小姨葉妮婭，說父親在古比雪夫曾經見到她。她沒有說自己的事，好像外婆對她的事不感興趣。

她在最後一頁的空白處寫道：「外婆，發電站的房子很大，夠咱們住的。我懇求您：來吧。」

薇拉在信裡沒有寫出的，竟用這種突然呼叫的方式表現出來。

柳德米拉的信很短。她寫道：「我看不出我活著有什麼意思。托里亞不在了，維克多和娜佳不需要我，他們沒有我也能活下去。」

柳德米拉從來沒有給媽媽寫過這樣的信。弗拉基米羅芙娜明白，女兒和丈夫的關係真的出現了裂痕。柳德米拉請媽媽上莫斯科，這樣寫道：「維克多一直很不愉快，可是他一向對您比對我更樂意說心裡話。」

再往下是這般話：「娜佳現在心思深了，有什麼事都不和我說了。現在這成了我們家的風氣……」

葉妮婭的信卻使人一點也摸不清頭腦，信裡都是一些含糊話，暗示有很大的麻煩和不幸。她請媽媽上古比雪夫去，同時又寫著，她有急事要上莫斯科去一趟。葉妮婭還在信裡對媽媽說起里蒙諾夫，說他說了不少稱讚媽媽的話。她說，媽媽如果見到他，會感到高興的，他是一個很聰明、很風趣的人，但是在信裡又說，里蒙諾夫上撒馬爾罕去了。簡直叫人不懂：弗拉基米羅芙娜上古比雪夫，怎麼會見到他？

只有一點是明白的，所以弗拉基米羅芙娜一看完這封信，就在心裡說：「我的孩子是很不幸的。」

三封信使弗拉基米羅芙娜十分激動。三封信都問到她的健康，問她的房間裡是不是暖和。這種關懷使她很感動，雖然她明白，年輕人沒有考慮她是不是需要她們。

她們是需要她的。不過，也許不是這樣。為什麼她不向女兒求助，為什麼女兒向她求助呢？要知道，她現在孤孤單單，又老，又無家可歸，兒子和一個女兒死了，謝廖沙又沒有音信。她幹工作愈來愈吃力了，心口經常作疼，頭經常發暈。她甚至向廠裡的技術領導人要求過，要求從車間調到實驗室，她一天到晚在機器之中走來走去取檢驗樣品，實在吃不消。下了班她要排隊買東西，回到家裡還要生爐子，做飯。而生活又是這樣艱難，這樣困苦！排隊還算不了什麼。更糟的是空空的店鋪門前沒有人排隊。更糟的是，她回到家裡，不做飯，也不生爐子，就餓著肚子睡到又潮溼又冷的被窩裡。

周圍的人日子過得都很艱難。從列寧格勒疏散出來的一位女醫生，對她說過怎樣帶著兩個小孩子在離烏法一百公里的村子裡度過一個冬天。她住在原來被劃為富農的人的空房子裡，窗玻璃沒有了，房頂拆掉了。她天天要到六公里之外去上班，要經過樹林，有時在黎明時分，會在樹叢裡看到綠瑩瑩的狼眼睛。村子裡的人都很窮，莊員都不願意幹活兒，說不論怎麼幹，反正糧食都要被弄走，因為農莊裡欠的公糧總是繳不清。鄰居的男人上了前線，老婆帶著六個孩子在家裡過著吃不飽的日子，六個孩子只有一雙破氈靴。女醫生還對弗拉基米羅芙娜說，她買了一隻母山羊，夜裡有時踩著很深的雪到很遠的田野裡去偷蕎麥，從雪底下往外扒沒有收淨的發霉的乾草。她說，她的兩個孩子因為在鄉下聽了不少粗野的罵人話，也學會了罵娘，所以喀山小學的一位女教師對她說：「我第一次見到一年級學生像個醉漢一樣罵娘，還是列寧格勒來的孩子呢。」

現在弗拉基米羅芙娜住在維克多原來住的小房間裡。寬敞的堂屋裡住的是二房東夫婦，也就是本來的租戶，他們在維克多一家離開之前原是住在偏房裡的。二房東夫婦是很不安生的人，常常因為家庭瑣事爭吵。

弗拉基米羅芙娜很生他們的氣，不是因為他們吵鬧得不安寧，而是因為他們向她這個遭難的苦老婆子要的房租太高，這麼一個小房間，每月房租二百盧布，比她工資的三分之一還多些。她覺得，這些人的心腸是用膠合板和白鐵做成的，他們想的只是吃的和用的東西。從早到晚談的都是素油、醃肉、馬鈴薯、在舊貨市場上買的和賣的東西。夜裡他們喊喊喳喳地說話。二房東太太對丈夫說，住在這房子裡的一個做工長的鄰居，從農村弄來一口袋白白的瓜子和半口袋玉米，又說今天集市上賣的蜂蜜很便宜。

二房東太太尼娜很漂亮，高高的個子，苗條的身段，灰色的眼睛。結婚之前她在工廠工作，參加過業餘文藝活動，演過歌劇，也演過話劇。二房東謝苗·伊凡諾維奇在軍事工廠工作，是一名鍛工。年輕時候他在驅逐艦上工作過，是太平洋艦隊中量級拳擊冠軍。現在這對夫婦當年的英姿似乎成了不可思議的了——謝苗·伊凡諾維奇早晨在上班之前就餵鵝，給小豬煮食兒，下班回來就在廚房裡忙活，淘米、修鞋子、磨刀、洗瓶子，說說工廠裡的司機怎樣從遠地的農莊里弄來麵粉、雞蛋、羊肉……尼娜就和他搶著說自己的無數病症，還說她怎樣經常去找名醫，說她怎樣拿毛巾換豆角，說鄰居一個婦女向一個疏散出來的女子買了一件馬皮上衣和五個小碟子，說怎樣煉豬油和混合油。

他們是不壞的人，但是他們從來沒有和弗拉基米羅芙娜談起過戰爭，沒有談過史達林格勒，沒有談過蘇聯情報局的戰報。

他們又憐憫又瞧不起弗拉基米羅芙娜，因為女兒走後，沒有了科學院的定量供應，她就經常處於半饑餓狀態。她沒有糖，沒有油，喝的是白開水，菜湯是公共食堂的，有一回連小豬都不肯喝這種湯。她沒有錢買木柴。她也沒有東西賣。她的窮困使二房東夫婦感到不快。有一天晚上，弗拉基米羅芙娜聽到尼娜對丈夫說：「昨天我只好給老婆子一張烙餅，當著她的面吃東西，她餓著肚子坐在那兒看著，實在叫人不舒服。」

夜裡弗拉基米羅芙娜睡不好。為什麼謝廖沙沒有音信？她睡的是柳德米拉原來睡的鐵床，似乎女兒夜間的預感和思緒都傳給了她。

人多麼容易死。活下來的人多麼痛苦。她想著薇拉。薇拉的丈夫也許死了，也許是把她忘了，薇拉的父親很苦惱，件件事情都不順心……但就連死亡和痛苦都沒有消除柳德米拉和維克多之間的隔閡，讓他們親密起來。

晚上，她給葉妮婭寫了一封信：「我的好孩子……」可是到了夜裡，她為葉妮婭難過起來：真是一個可憐的丫頭，她現在日子過得多麼不安寧，今後會怎麼樣呀。

維克多的媽媽，索菲亞・列文頓，謝廖沙……契訶夫是怎麼寫的：「米修斯，你在哪兒呀？」[3]

「到十月革命節要把鵝殺了。」謝苗・伊凡諾維奇說。

---

3 出自契訶夫小說《帶閣樓的房子》。

「我拿馬鈴薯餵鵝，為的是把鵝殺了嗎？」尼娜說。「你聽我說，等老婆子走了，我想把地板漆一漆，要不然地板要爛了。」

他們總是談這樣那樣的東西，他們生活的天地裡充滿了東西。在這個天地裡沒有人的感情，只有木板、鉛丹、米、鈔票。他們是勤勞而誠實的人，所有的鄰居都說，尼娜和謝苗·伊凡諾維奇從來沒有拿過別人的一文錢。但是他們既不關心一九二一年伏爾加地區的饑餓，也不關心醫院裡的傷兵、瞎眼的殘疾人、大街上無家可歸的孩子。

他們和弗拉基米羅芙娜截然不同。他們對人、對共同事業、對別人的痛苦的冷漠是自然而然的。可是她卻常常想著別人，為別人操心，常常因為一些跟自己、跟家裡人無關的事情而十分憤怒，或者非常高興……普遍集體化時期的事、一九三七年的事、因為丈夫而進勞改營的一些婦女的遭遇、進入收容所和保育院的失去父母的孩子們的遭遇、德國人殺害俘虜、軍事上的挫折和失利，這一切都使她十分痛苦，使她不得安寧，就像她自己家裡遭遇了不幸。

她這一點，不是她讀過的好書教她的，也不是生活、朋友、丈夫教她的，也不是來自她出身的民意黨人家庭的傳統。她就是這樣，不可能是另一種樣子。她沒有錢，到發工資還有六天。她沒有東西吃。她的全部財產可以用一塊手帕包起來。但是她在喀山，一次也沒有想過在史達林格勒的住宅裡被燒掉的東西，沒有想過家具、鋼琴、茶具、丟掉的羹匙和叉子。她甚至也沒有心疼被燒掉的書。

而且，她竟遠離思念著她的親人，跟志趣迥異的人住在一座房子裡，這也有點兒奇怪。

在收到親人來信之後的第三天，卡里莫夫來找弗拉基米羅芙娜。

她見他來了，十分高興，請他一塊兒喝用野薔薇煮的開水。

「您收到莫斯科來信很久了嗎？」卡里莫夫問道。

「才三天。」

「是這樣，」卡里莫夫說，並且笑了笑，「我是想問問，從莫斯科來一封信得走多久？」

「您看看信封上的郵戳。」弗拉基米羅芙娜說。

卡里莫夫仔細看了看信封，憂慮地說：「走了九天。」

他沉思起來，似乎信走得慢對他有一種特別的意義。

「據說，這是因為檢查，」弗拉基米羅芙娜說，「天天信很多，無法及時檢查。」

他用好看的黑眼睛朝她的臉上看了看。

「這麼說，他們在那兒一切順利，沒有什麼不愉快的事嗎？」

「您的氣色很不好，」弗拉基米羅芙娜說，「您一副病容。」

他就像否認別人的責難似的，急忙說：「您說的不對！恰恰相反！」

他們談起前方的戰事。

「連孩子們都明白，現在戰爭出現了決定性的轉折。」卡里莫夫說。

「是呀，是呀，」弗拉基米羅芙娜笑了笑，「現在連小孩子都明白了，可是去年夏天所有的聖人都認為，德國人一定會勝利。」

卡里莫夫忽然問道：「您一個人過日子，大概很困難吧？我看到，您是自己生爐子。」

她沉思起來，皺起眉頭，就好像卡里莫夫問的問題很複雜，一下子回答不上來。

「您是來問我生爐子是不是困難的嗎？」

他搖了幾下頭，後來沉默了很久，一面看著放在桌上的兩隻手。

「最近把我傳了去，詢問我們在這兒聚會和談話的情形。」

她說：「那您幹嘛不說？幹嘛要說什麼爐子？」

卡里莫夫注視著她的眼神，說：「當然，我不能否認，我們談過戰爭，談過政治。如果說四個成年人僅僅談電影，那是可笑的。當然，我說，我們不論談什麼，我們說的都是蘇聯愛國主義者該說的話。我們都認為，人民在黨和史達林同志領導下一定會取得勝利。總的來說，問的問題還不是帶有敵意的。但是過了幾天，我擔心起來，簡直睡不著覺。我彷彿覺得，維克多出了什麼事情。而且，馬季亞羅夫又出了一件奇怪的事。他上古比雪夫的師範學院去有十天了，這兒的學生等著他上課，可是不見他回來，系主任往古比雪夫發了電報，可是沒有回音。我夜裡躺在床上，腦子裡直翻騰。」

弗拉基米羅芙娜沒有作聲。

他小聲說：「真不得了，幾個人在茶餘酒後說說話兒，就要懷疑，就要傳訊。」

她沒有作聲。他用詢問的目光看了看她，懇求她說話，因為他已經把一切都對她說了。可是她沒有說話，於是卡里莫夫覺得，她沒有說話是要讓他明白：他沒有把話全說出來。

「事情就是這樣。」他說。

弗拉基米羅芙娜沒有作聲。

「哦，我忘了，還有呢，」他說，「他，也就是那個同志，還問：『你們談過言論自由的問題嗎？』是的，談過這方面的問題。哦，還有，後來忽然問我，是不是認識柳德米拉的妹妹和她的丈夫，好像是姓克雷莫夫的。我從來沒有見過他們，維克多也從來沒有對我說起過她。我就是這樣回答的。後來又問：維克多是否和我個人談過猶太人的地位問題？我問：『為什麼偏偏和我談？』他們回答說：『您要知道，您是韃靼人，他是猶太人。』」

等到卡里莫夫已經告過別，穿著大衣、戴著帽子站在門口，用手指頭敲著當初柳德米拉從裡面抽出報告兒子受重傷的那封信的信箱。

弗拉基米羅芙娜說：「不過，很奇怪，這跟葉妮婭有什麼關係？」

當然，不用說，不論卡里莫夫，不論她，都無法回答：為什麼喀山的內務人民委員部工作人員，要問住在古比雪夫的葉妮婭以及在前方的她原來的丈夫？

很多人都相信弗拉基米羅芙娜，她經常聽到一些類似的事情和自我表白，很容易覺察到說話的人有話沒有說完。她也不想給維克多發出警告，她知道，這沒有任何用處，只能使他更加提心吊膽。她也不想猜測，是哪一個參與閒談的人把話說出去或者告密的；想猜出這樣的人是很難的，有時到末了這種事恰恰是最不受懷疑的人幹的。內務部門的案子有時是在無意中釀成的，比如，因為信裡一句含含糊糊的話，一句笑話，因為不小心在廚房裡當著鄰居的面說的一句話；這樣形成的案件不算稀罕。可是，為什麼偵訊員忽然向卡里莫夫問起葉妮婭和克雷莫夫？

她又是很久不能睡著。她很想吃東西。從廚房裡飄來油餅香味，好像是用素油在烙馬鈴薯餅，還有洋鐵盤子的叮噹聲，謝苗·伊凡諾維奇安靜的說話聲。天啊，她多麼想吃啊！今天中午食堂裡的菜湯簡直是泔水湯，她沒有喝完，現在覺得十分可惜。吃的念頭截斷別的念頭，把別的念頭攪亂了。

第二天早晨她來到工廠，在門口崗棚裡遇到廠長的祕書，是一個上了年紀、面孔像男子似的不和善的女人。

「沙波什尼科娃同志，中午休息時候，請到我這兒來一下。」女祕書說。

弗拉基米羅芙娜很驚奇：難道廠長這樣快就答應了她的請求？她在工廠的院子裡走著，心中忽然出現了一個想法，隨即就把這個想法說出口來：「在喀山住夠了，我回家去，上史達林格勒去。」

三十二

戰地德兵隊隊長哈爾布傳喚連長萊納德，讓他到德軍第六集團軍司令部來。

萊納德遲遲未到。保盧斯新發了一道命令，嚴禁小汽車使用汽油。所有的汽油都歸集團軍參謀長施密特將軍掌握。這樣一來，即便死十次，都別想得到將軍批的五公升汽油。現在不僅沒有汽油供應士兵的打火機，也沒有汽油供應軍官的小汽車了。

萊納德只好等待司令部往城裡送機要信件的汽車，一直等到晚上。小汽車在結了冰的柏油路上奔馳著。在前沿陣地的掩體和掩體之上，在無風而寒冷的空氣中，飄蕩著半透明的淡淡煙氣。在大路上，一群群傷兵頭上裹著手帕和毛巾，朝城裡走著，還有司令部從城裡調往工廠去的士兵，頭上也裹著毛巾，腿上還裹著破布。

司機把汽車停在路邊躺著的一匹死馬跟前，檢查起馬達來。萊納德看著幾個鬍子拉碴、面帶憂色的人用斧子在砍凍肉。有一個士兵爬到露出來的馬的肋骨上，就像一個木匠在沒有蓋好的屋頂的椽子上幹木匠活兒。旁邊的瓦礫堆裡生著一堆火，用三角架支著一口黑鍋，周圍站著的士兵有的戴鋼盔，有的戴軍帽，有的裹著棉被，有的裹著圍巾，背著衝鋒槍，腰上掛著手榴彈。炊事兵用刺刀不停地把從水裡往上冒的一塊塊馬肉往下按。掩體頂上有一名士兵不慌不忙地在啃一塊馬骨頭上的肉，那塊馬骨頭很像一張特大型號的口琴。

忽然夕陽把大路和一座空蕩蕩的樓房照得通亮。樓房的一個個被燒空了的眼眶充滿了冰冷的血，被戰爭的硝煙弄髒又被炮彈炸翻起來的積雪泛出金黃色，死馬的黑紅色腹腔也亮堂了，大路上的捲地風雪像銅蒺藜似地盤旋起來。

晚霞具有一種特性，可以揭示事物的本質，可以使視覺變為畫面，變為歷史，變為感情，變為命運。一片片泥汙和煙燻的痕跡在即將離去的夕陽中像成百上千的人在說話，人會看到逝去的幸福、無法挽回的損失、痛心的失誤，也會看到希望的永恆的美。

這是穴居時代的場面。威風一時的勇士們，民族的精英，大日耳曼的建造者們，被拋出了勝利的道路。

萊納德看著裹了破布的人們，憑自己的銳敏感覺理解了：理想正如這西下的夕陽，就要消失了。如果精力極其旺盛的希特勒、掌握著最先進理論的強盛而有作為的民族，能夠把這些望著煮馬肉的鍋上冒出灰煙的人們，帶到冰封的窩瓦河的靜靜的岸邊，來到這瓦礫場上，來到這骯髒的雪地上，來到這夕陽染紅了的窗子前面，能夠使他們這樣乖乖地順從，可見生命的深處有一股多麼愚蠢、多麼遲鈍的力量……

三十三

保盧斯的司令部設在被燒燬的百貨公司大樓的地下室。長官們按照既定的次序一個個來到自己的辦公室，值班參謀向他們報告有關文件的內容，報告戰局變化、敵軍的行動。

電話機不停地發出叮鈴聲，打字機嗒嗒響著，司令部第二科科長申諾克低沉的笑聲從膠合板的門後面傳出來。來去匆匆的副官們的皮鞋依然在石板地上咯吱咯吱響著，裝甲部隊司令戴著單眼鏡來到自己的辦公室之後，走廊裡依然有法國香水的氣味，似乎與潮氣、香菸氣味、皮鞋油氣味混合，又似乎沒有混合。身穿皮領軍大衣的集團軍司令從地下辦公室的狹窄通道上走過的時候，說話聲和打字機聲音依然會一下子停下來，幾十雙眼睛依然會注視著他那沉思的長著鷹鉤鼻子的臉。保盧斯的日程依然像原來那樣安排，依然將原來那樣多的時間用於飯後抽菸，同集團軍參謀長施密特將軍交談。無線電話務士官依然常常帶著粗俗的傲慢神情，不顧正常的排程，不理睬阿丹斯上校垂下的眼睛，帶著希特勒的標明「親手交接」的電報，徑直走向保盧斯。

當然，表面上一切都沒有變化，但實際上自從被包圍的那一天起，司令部裡的人的生活發生了許多變化。

他們喝的咖啡的顏色有了變化，變化還表現在向戰線西面架設的電話線，表現在新的彈藥消耗標準，表現在每天都發生的「容克」運輸機穿越空中封鎖時著火和墜毀的可怕場面。還出現了一個新的名字——曼施坦因，這個名字在官兵們耳朵裡壓倒了其他名字。

列舉這些變化是沒有必要的，無需本書描述，這些變化也是顯而易見的。很明顯，以前吃得飽飽的人，現在常常感到餓了；很明顯，以前挨餓和吃不飽的人的臉色變了，變成了土色。當然，德軍司令部裡的人也發生了內在的變化：高傲的、目空一切的人不再那麼神氣活現，好吹牛的不再吹牛，原來十分樂觀的人罵起了元首，並且開始懷疑他的政策的正確性。

但是，在那些迷戀於民族國家的無人性精神，被其束縛的德國人的頭腦和心靈中，還開始了特別的變化。這些變化不僅觸及人類生活的土壤，而且觸及土壤的下層，正因為這樣，人們還沒有明白，沒有覺察到。

這種變化過程很難感覺出來，就像很難感覺出時間在移動一樣。在饑餓的痛苦中，在夜晚的恐怖中，在大難臨頭的感覺中，慢慢地開始了人性自由的解放過程，也就是人變為人、生命戰勝非生命的過程。

十二月的白晝愈來愈短，十七個小時的寒冷夜晚愈來愈長。包圍圈愈來愈緊，蘇軍大炮和機槍的火力愈來愈猛……啊，俄羅斯草原上的寒冷是多麼嚴酷無情，就連習慣了寒冷、穿著皮襖和氈靴的俄羅斯人都感到難以忍受。

頭頂上是寒冷而嚴酷的天空，天空流露著一股無情的肅殺氣氛，一串串冷冰冰的星星像錫製的樹掛似的，出現在凍得一動不動的天上。

死去的和註定要死的人怎麼會懂得，這是幾千萬德國人過了十年慘無人道的生活之後，開始過人的生活的最初時刻！

三十四

萊納德來到第六集團軍司令部門前，在蒼茫的暮靄中看到一名灰臉的崗哨孤單地站在傍晚時分的灰牆邊，他的心就劇烈地跳動起來。等他來到司令部的地下室走廊裡，他看到的一切，使他又留戀，又悲傷。

他看到一扇扇門上用哥德字體寫的牌子：「第二科」、「副官處」、「科赫將軍」、「德拉烏里克少校」。他聽到打字機的嗒嗒聲，他聽到說話聲，體驗到一種感覺，感覺到與他熟悉、親近的作戰夥伴、黨內的同事、黨衛軍戰友們緊密相連的父子兄弟般的感情——他看到他們在夕照中——他們的命要完了。

他來到哈爾布的辦公室門口，還不知道要談的是什麼，不知道這位黨衛軍少校是不是想和他談自己的感受。正如在和平時期在十分熟悉的黨內工作的同事中常見的，他們並不看重軍銜的高低，在彼此相處中保持著同志間的隨便態度。他們見了面，一般都會一邊閒聊，一邊談著工作。

萊納德善於用幾句話說明複雜事情的實質，他的話有時會在一級級報告文稿中做長途旅行，一直到達柏林的最高層辦公室。

萊納德走進哈爾布的辦公室，簡直認不得他了。萊納德凝視著他那胖胖的、並沒有消瘦的臉，一下子弄不清楚：難道僅僅是哈爾布那聰明的黑眼睛的神情發生了變化？

牆上掛著史達林格勒地區的地圖，一個熾熱的、無情的紅圈子圍住了第六集團軍。

「萊納德，咱們在島上了，」哈爾布說，「圍繞咱們這個島的不是水，而是下等人的仇恨。」

他們說起俄羅斯的寒冷、俄羅斯的氈靴、俄羅斯的油脂，說俄羅斯的酒害人，本是取暖的，結果愈喝愈冷。

哈爾布問，在前沿陣地上官兵關係有什麼變化。

「如果想一想的話，」萊納德說，「我看不出一個上校的想法和士兵們的議論有什麼不同。總的說，都是一種調調兒，沒有什麼樂觀的。」

「各個營裡在唱這種調調兒，司令部裡也在唱這種調調兒。」哈爾布說。為了加強效果，又慢慢地說：「而這一合唱的領唱人便是我們的上將。」

「唱是唱，但是和以往一樣，還沒有人倒戈。」

哈爾布說：「我有一點疑問，這和根本問題有關係。希特勒要第六集團軍堅持，保盧斯、魏克斯、蔡茨列爾卻表示要拯救官兵的性命，提出要投降。我得到命令，要我祕密地徵求意見，史達林格勒被包圍的部隊是不是有可能在一定程度上脫離指揮。俄羅斯人把這叫作自由行動。」

他把「自由行動」這個詞兒說得很準確、清楚、漫不經心。

萊納德懂得問題的嚴重性，沉默了一陣子。然後他說：

「我想先說說個別情況。」於是他談起巴哈：「在巴哈的連裡，有一個面貌不清的士兵。這個士兵原來是年輕人取笑的對像，可是現在，從被包圍的時候起，大家都跟他親近起來，一齊看著他……我開始考慮他們這個連，考慮這個連的連長。在勝利的時候，這個巴哈是全心全意擁護黨的政策的。可是現在我猜想，他的頭腦裡在發生變化，他在看風向了。所以我就問自己：為什麼他連裡的士兵和不久前他們天天取笑、又像瘋子、又像小丑的一個人親近起來？這個人在這危難時期會幹出什麼呢？

他會把士兵們帶到哪兒去呢？他們的連長又會怎樣呢？」

他接著說：「回答這一切是很難的。但是有個問題我可以回答：士兵們不會造反。」

哈爾布說：「現在可以特別清楚地看出黨的英明了。我們不僅毫不動搖地清除了人民身體上受傳染的部分，也清除了表面上健康、但在困難環境中有可能腐爛的部分。各城市、部隊、農村、教堂裡的自由主義分子和思想敵人都已清除乾淨。牢騷、怪話、匿名信不管有多少，都沒什麼事。哪怕敵人不是在窩瓦河上包圍我們，而是在柏林把我們包圍，也不會有人造反！這一切我們都要感謝希特勒。還應感謝上帝，是上帝在這樣的時期給我們派了這個人來。」

他聽了聽頭頂上滾動著的低沉而緩慢的隆隆聲。在很深的地下室裡，無法聽清，是德軍的大炮在發射，還是蘇聯空軍的炸彈在爆炸。

哈爾布等到轟隆聲漸漸平息下來之後，說：「您享受普通軍官待遇，實在不應該。我把您列入一份名單，在這份名單中都是最受看重的黨內朋友和保安人員，師部裡會按時把機要通信文件送給您。」

「謝謝，」萊納德說，「不過我不希望這樣，我只享受別人也享受到的待遇。」

哈爾布把兩手一攤。

「曼施坦因怎麼樣？聽說，給他供應了新的裝備。」萊納德說。

「我不相信曼施坦因，」哈爾布說，「這方面我贊同集團軍司令的看法。」

因為多少年來他說的一切都屬於高度機密範圍，所以很習慣地用小聲說：「我有一份名單，都是一些重要的黨內朋友和保安工作人員，在必要撤離時保證在飛機上有他們的位子。這份名單上也有您。假如我不在，由奧斯津上校代理。」

他看出萊納德眼睛裡有疑問神情，就解釋說：

「可能，我要飛往德國。事情高度機密，所以既不能靠文件，也不能靠電報。」

他眨了眨眼睛，說：「在起飛之前我要好好地喝一頓，不是因為高興，而是因為害怕，蘇聯人打掉很多飛機了。」

萊納德說：

「哈爾布同志，我不坐飛機。我勸大家戰鬥到底，如果我把大家拋下，感到有愧。」

哈爾布微微欠了欠身子，說：「我沒有權利勸您不要這樣。」

萊納德有意沖淡過分嚴肅的氣氛，就說：「如果可能的話，請幫助我從司令部回到團裡去。因為我沒有汽車。」

哈爾布說：「無能為力！我是第一次完全無能為力！汽油在老狗施密特手裡。我一點也弄不到。懂嗎？我是第一次！」

在他的臉上出現了樸實的、不是他自己本來的——也許正是本來的——表情，正是這種表情使萊納德一見面沒有認出他來。

三十五

傍晚時候，天氣稍微暖和了一些，下了一場雪，把戰爭的硝煙痕跡和泥污掩蓋起來。巴哈在黑暗中巡視著前沿工事。槍響處閃爍著微弱的白光，耶誕節火花一樣，白雪被信號彈映照得時而發紅，時而泛出閃爍不定的柔和綠光。

在這一陣陣的閃光中，一條條石頭山嶺，一個個洞穴，像凍住的波浪似的一道道斷牆，新走出的許許多多羊腸小徑——有去吃飯走出的、上廁所走出的、搬運彈藥走出的、往後方送傷患走出的、掩埋死者走出的——這一切都顯得很異常、很特別。同時一切又顯得十分熟悉、平常。

巴哈來到一處地方，這地方受到蘇軍火力控制，一部分蘇軍就隱藏在一座三層樓的斷牆內，現在那裡面卻響起手風琴聲和悠揚的歌聲。牆上的豁口便是蘇軍前沿的觀察點，可以看到一座座工廠的廠房和冰封的窩瓦河。

巴哈喚了一聲哨兵，但是沒聽清崗哨的答話，因為這時有一顆炸彈突然爆炸，凍土塊打鼓似的紛紛撞擊著樓房的斷牆；這是關了馬達低空滑翔的蘇軍小飛機投下的小型炸彈。

「一隻瘸腿的俄羅斯老鴰。」一名哨兵說著，指了指黑沉沉的冬日天空。

巴哈蹲下來，胳膊肘撐在一塊熟悉的凸出的石頭上，四下裡打量了一陣子。高高的牆上晃動著淡淡的、紅紅的影子，這說明蘇軍士兵在生爐子，煙囪紅了，射出暗淡的亮光。看樣子，在蘇軍的掩體裡，士兵們在大吃大嚼，在熱熱鬧鬧地喝熱咖啡。

在右面，在蘇軍戰壕與德軍戰壕接近的地方，可以聽到鋼鐵撞擊凍土的緩慢而低沉的聲音。蘇軍躲在地下，緩慢然而不斷地把自己的戰壕向德軍推移。像這樣在石頭般的凍土中推進，其中就有一股笨拙而強大的勁頭兒。似乎是土地本身在移動。

下午，一名中士向巴哈報告說，從蘇軍戰壕扔過來一顆手榴彈。手榴彈炸壞了連隊鍋灶的煙囪，把很多髒東西撒進戰壕裡。

快到黃昏時候，一名身穿白色小皮襖、頭戴新皮帽的蘇軍士兵從戰壕裡探出身子，罵起娘來，並且威脅似的揮舞著拳頭。

德國人沒有開槍，他們本能地明白，這事兒是士兵自發的行動。

那名蘇軍士兵叫喊起來：「喂，狗崽子們，想喝俄國酒嗎？」

這時從戰壕裡爬出一名藍灰色眼睛的德國兵，為了不讓軍官們聽見，用不很大的聲音喊道：「喂，俄國人，不要照頭上開槍。還要回家看媽媽呢。你把槍拿去，把皮帽子給我。」

蘇軍戰壕裡回答了一句話，而且是很簡短的一句。雖然是一句俄語，可是德國人懂了，而且很生氣。一顆手榴彈飛來，飛過了戰壕，在交通壕裡爆炸了。但是已經沒有人對這感興趣了。

中士艾捷納烏克也把這一情況向巴哈報告了，巴哈說：「喊就讓他們喊吧。沒有人跑過去嘛。」

可是這時候，這名滿嘴生甜菜氣味的中士報告說，士兵別津科費爾不知用什麼方式和敵軍交換了物品，他的口袋裡有方塊糖和蘇軍士兵的麵包。他還拿了一名弟兄的刮臉刀代為交換，答應給他換一塊煉油和兩盒壓縮餅乾，說定要一百五十克煉油作為代替交換的佣金。

「還有什麼好說的，」巴哈說，「馬上把他給我叫來。」

可是，原來上午別津科費爾在執行上級的任務時就英勇犧牲了。

「那您想叫我怎麼樣？」巴哈說。「反正德國人和俄國人早就在做生意了。」

可是中士艾捷納烏克無意開玩笑。他一九四〇年五月在法國受的傷還沒有完全癒合，兩個月前就被飛機送到史達林格勒，離開了德國南部他所服務的警察營。他天天挨餓受凍，又是蝨子咬，又是擔驚受怕，一點幽默感都沒有了。

那邊，一座座隱隱約約、在黑暗中很難看清的白色石頭樓房，那是巴哈初到史達林格勒生活過的地方。滿天繁星的九月天空，渾濁的窩瓦河水，大火之後通紅的牆壁，再過去便是俄羅斯東南部的草原，那是亞洲沙漠的邊界。

城市西郊的房屋沉沒在黑暗中，大雪覆蓋的瓦礫呈現在眼前——那就是他的生活……他為什麼在醫院裡給媽媽寫那封信？大概媽媽把那封信給古別爾特看了！他為什麼要和萊納德交談？人為什麼要有記憶？為什麼真想一死了事，什麼都不再想起？他在被包圍之前不應當對人生那樣認真，應當採取瘋狂的醉態，應當幹他在長期的困難年月裡沒有幹過的事情。

他沒有殺害過孩子，一生沒有逮捕過什麼人。但是他拆毀了很不牢實的保護心靈純潔、攔阻周圍黑暗的堤壩。集中營和猶太人的血朝他湧來，把他漂起，把他沖走，他與黑暗之間的界限已經沒有了，他已經成為這黑暗的一部分。

他這是怎麼一回事？是不足道的事，是偶然的事，還是他的心靈必然的發展？

三十六

連隊的掩體裡很暖和。有的坐著，有的躺著，朝低矮的天花板蹺著腿，有幾個人睡著，用軍大衣蒙著頭，露著黃黃的光腳板。

一名特別瘦的士兵扯著領口，用世界上所有的士兵觀察自己的襯衣縫和襯褲縫都會用的仔細而又凶狠的目光打量著衣縫，說：「你們可記得去年九月咱們住過的那個地下室？」

另一個躺著的士兵說：「我見到你們，已經是在這兒了。」

有幾個人回答說：「可以說，那個地下室真好……那兒還有床，就像是很講究的房間……」

「也有人在莫斯科郊外就灰心喪氣了。我們卻一直打到窩瓦河邊。」

有一名士兵在用刺刀劈一塊木板，這時他打開爐門，往火裡添小木片兒。爐火照亮了他鬍子拉碴的大臉，那張臉由灰灰的石頭顏色變成紅紅的古銅色。他說：「哼，你要知道，用不著得意，咱們是從莫斯科郊外的泥坑來到更臭的泥坑。」

放背包的黑暗角落裡響起一個快活的聲音：「現在倒是很清楚，沒有更好的辦法過耶誕節啦：吃馬肉。」

一談起吃，大家都活躍起來。大家爭論起煮馬肉怎樣去掉馬肉的汗臭味兒。有的說要撇掉滾湯上面的黑沫，有的說不能用大火煮，有的說要把馬屁股上的肉去掉，還不能把凍肉放到冷水裡，要一下子放進滾水裡。

「偵察兵日子過得頂快活，」一名年輕士兵說，「他們可以搞到俄羅斯人的東西，又拿這些東西在地下室裡養活自己的俄羅斯娘們兒。可是有的傻瓜還覺得奇怪，不知道為什麼有些年輕漂亮的娘們兒就喜歡偵察兵。」

「我現在已經不想那種事兒了，」在生爐子的士兵說，「不知道是情緒問題，還是伙食問題。倒是希望在臨死前看看孩子。哪怕看一眼也好……」

「軍官們可是在想！我在住著老百姓的一個地下室裡見到過連長。他在那兒就像自家人，一家人。」

「你到那個地下室裡去幹什麼？」

「我嗎，我是送衣服去洗。」

「我曾經在集中營裡當過看守。常常看到俘虜們撿馬鈴薯皮吃，還為爛白菜葉子打架。我那時候想，哼，這簡直不是人。誰知我們現在也成了豬。」

堆放背包的黑暗處有一個聲音像唱歌一樣地說：「從搶母雞開的頭！」

門突然開了，隨著一團團潮溼的熱氣，出現了渾厚而響亮的聲音。

「起立！立正！」

在霧氣中閃過巴哈的臉，接著響起陌生的皮靴聲，於是掩體裡的人看到了師長淺藍色的軍大衣，瞇著的近視眼，戴著金戒指、用絨布擦著眼鏡的蒼老的白手。

他用他那不太用勁就能在練兵場上既讓團長們聽見，又讓站在左翼的普通士兵們聽見的聲音說：「你們好。稍息。」

士兵們很不整齊地向他問好。將軍坐到一個木箱子上，爐火黃黃的光在他胸前的黑色鐵十字上掠過。

「平安夜到了，我向你們祝賀。」老將軍說。

陪他來的幾名士兵把一個箱子抬到爐子旁邊，用刺刀把箱蓋撬開，從裡面拿出一株株用玻璃紙包著的巴掌大小的聖誕樅樹。每一株樅樹上都裝飾著金線、珠子、小小的水果糖。

將軍看著士兵們把玻璃紙包解開，招手把上尉叫到跟前，對他小聲說了幾句話，於是巴哈大聲說：「中將要我告訴你們，聖誕禮物是用飛機從德國送來的，飛行員在史達林格勒上空受了致命傷，在皮托姆尼卡降落。等到把他從駕駛艙裡抬出來，他已經死了。」

三十七

大家用手掌托著小小的樅樹。小樅樹到了暖和的空氣裡，掛起許多小小的露珠兒，頓時使地下室裡充滿樅針氣味，驅走了那種難聞的停屍間和鐵匠鋪的氣味——前沿陣地的氣味。

坐在爐前的老將軍的白頭上，似乎散發出耶誕節的氣味。

巴哈敏感的心感覺出此時此刻的可悲與美妙。這些曾經瞧不起蘇軍重炮火力的人，這些凶狠、粗暴、挨夠了饑餓和蝨子咬、苦於彈藥不足的人，不用說話一下子就明白了：他們需要的不是繃帶、不是麵包、不是彈藥，而是這些裝飾著無用的玩意兒的樅樹枝兒，這些孤兒院的小小糖果。

士兵們把坐在箱子上的老將軍圍住。是他在夏天帶領摩托化師的先頭部隊來到窩瓦河邊。他一生時時處處都在做演員。他不僅在隊列前演戲，在和司令談話時演戲，就是在家裡，和妻子在一起，在公園裡散步的時候，和兒媳婦、和孫子在一起的時候，他都在演戲。夜裡當他一個人睡在被窩裡，將軍褲放在旁邊安樂椅上的時候，他也在演戲。當然，他在士兵們面前也要演戲，當他問起他們的母親，當他皺起眉頭，當他聽到士兵們的風流事兒說起粗俗的笑話，當他問到士兵們的伙食而且故作關心地舀起湯嘗嘗的時候，當他在尚未埋上的士兵墳前垂下嚴肅的頭的時候，當他在新兵隊列前發表格外語重心長的、慈父般的講話的時候，他都是演戲。這種表演不僅在外部，而且發自內心，溶化在思想中、在心中。他不知道他在表演，要把他和他的表演分開是不可能的，就好比無法把鹽從鹽水中濾出來。他帶著他的表演來到連隊掩體，他敞開大衣，坐在爐旁的箱子上，都是表演。他鎮定而憂傷地看了看士兵們，並且向他們祝賀，也是表演。老將軍從來不覺得自己在表演，一旦明白了自己在表演，就演不成了，就從他身上脫落了，就好比凍結的鹽從冷凍的水中分離了出來，剩下淡水，剩下了老年人對挨餓、受罪的人的憐憫心。坐在束手無策的不幸者當中的，是一個束手無策、軟弱無力的老人。

一名士兵輕輕地唱起一支歌兒：

縱樹呀，縱樹，

你的針葉多麼綠……

有幾個人跟著唱起來。針葉的氣味使人心醉，兒歌的聲音好像聖者的喇叭聲：

縱樹呀，縱樹……

一股股被忘卻、被拋棄的感情從海底、冷凍的深處漂出，早已不再想起的一些念頭掙脫出來……這些念頭既不使人愉快，又不使人輕鬆。但是它們的力量是人的力量，也就是世界上最大的力量。

大口徑的蘇軍炮彈一個接一個沉雷般地爆炸。俄國佬有些生氣，顯然是猜到被包圍的人在過耶誕節。誰也沒有注意頂上掉下來的碎土，沒有注意爐子裡冒出一陣紅紅的火星。

急促的鐵鼓聲撞擊著大地，大地吼叫著——是俄國佬打起了他們心愛的火箭炮。接著重機槍又嗒嗒響了起來。

老將軍坐著，垂著頭——這是長期生活勞累了的人常有的姿勢。舞臺上的燈光熄了，卸了妝的人來到灰色的白日亮光下。現在各種不同的人都一樣了。不論是率領摩托化部隊進行過閃電式突擊的傳奇式將軍，微不足道的士官，還是被懷疑有反對國家的不良思想的士兵施密特，全都一樣了。巴哈心想，萊納德此時此刻是不會受什麼影響的，他已經不可能有什麼變化，他的德國的、國家的觀念不可能變為人的觀念了。

他轉過頭朝門口看了看，卻看到萊納德來了。

三十八

連裡最出色的士兵什通普弗，常常使新兵又怕又敬佩的，現在卻變了。他那長著一雙明亮的眼睛的大臉消瘦了。軍服和大衣變成了保護身體、抵擋俄羅斯寒風的皺皺巴巴的舊衣服。他不再說俏皮話，他說的笑話也不使人覺得好笑。

他比別人餓得更難受，因為他的塊頭大，需要量也大。他天天餓得難受，所以早晨一起來就出去找東西吃。他在瓦礫堆中翻來翻去地尋找，向人討東西吃，撿麵包渣子吃，上廚房裡值班。巴哈總是看到他那留神而緊張的臉色。他不僅在閒置時間，而且在作戰時間也在想吃的東西，找吃的東西。

巴哈有一次朝居民的地下室走去的時候，看到一名饑餓的士兵寬寬的脊背和肩膀。這名士兵在一塊空地上翻來翻去地尋找著，這地方在被包圍之前是廚房和本團供應科的倉庫。他在地上撿白菜葉子，尋找和橡子一樣大的凍馬鈴薯，當時因為太小沒有下鍋的。從石頭牆後面走出一個高高的老婆子，穿著破爛的男軍大衣，腰裡紮著繩子，腳上穿的是已經壞了的男式足球鞋。

她迎著士兵走來，凝神注視著地面，用一個粗鐵絲做成的鉤子在雪地上扒拉著。

他們都沒有抬頭，從雪地上碰到一起的影子互相看到了。

大塊頭德國兵抬起眼睛看著高大的老婆子，帶著信賴的神氣在她面前拿著一片爛了不少窟窿的雲母色的白菜葉子，慢慢地，因此顯得很莊重地說：「您好，老太太。」

老婆子慢慢撩開溜到額頭上的頭髮，用善良而聰明的黑眼睛看了一眼，很莊重地慢慢回答說：「你好，先生。」

這是兩個偉大民族的代表最高水準的會見。除了巴哈，誰也沒看到這次會見，士兵和老婆子也很快忘記了這次會見。

天氣暖和一些了，大片大片的雪花落到地上，落到紅紅的碎磚上，落到墳前十字架的橫木上，落到被打壞的坦克上面，落進未掩埋的死者的耳朵眼兒裡。

暖和的雪霧呈現出青灰色。大雪把空中填塞得滿滿的，把風擋住，把槍炮聲淹沒，把大地與天空連接混合成一個模模糊糊、輕輕顫動的、柔和的、灰色的整體。

雪花一片一片地落在巴哈的肩膀上，似乎是一片一片的寂靜落在安靜的窩瓦河上，落向死寂的城市，落向一匹匹馬的骨架；到處都在下雪，不僅是在大地上，而且在星星上，整個寰宇到處都是雪。死者的屍體、武器、帶膿血的破布、碎磚碎石、炸得彎彎扭扭的鋼鐵，全都被埋到雪底下。

這不是雪，這是時間，柔軟而潔白的時間，落向人類爭奪城市的戰場，一層一層地往上鋪，於是今天漸漸變成過去，而且在慢慢閃動的毛茸茸的雪中沒有未來。

三十九

巴哈躺在印花布幔後面的一張床上，在地下室的一個很小的隔間裡。一個睡著了的女人的頭枕在他的肩上。她的臉因為太瘦，很像一張孩子臉，同時又像一張衰老的臉。巴哈看著她那細細的脖子和骯髒的灰色襯衣裡露出來的白白胸脯。他為了不把女子弄醒，輕輕地、慢慢地把她鬆開的辮子拉到嘴唇上。頭髮有一股香氣，有一股生氣，帶有彈性，而且熱熱乎乎的，好像有血在頭髮裡流著。

女子睜開了眼睛。

這個講求實際的女人有時無憂無慮，又可愛又滑頭，又能忍耐又有心計，又馴順又愛發脾氣。有時她似乎很傻，很消沉，常常愁眉苦臉。有時她唱唱歌兒，她唱的俄語歌兒有時帶有德國歌曲的調兒。

他沒有問過她在戰前是幹什麼的。他想來找她，就來找她。他不想和她睡覺的時候，就想不起她來，不操心她是不是能吃飽，蘇聯狙擊手是不是把她打死了。有一次他從口袋裡掏出他偶然得到的一塊乾餅，給了她，她十分高興，可是後來她把這塊乾餅給了和她住在一起的一個老婆子。這使他非常感動。不過，他每次來找她，差不多總是忘記帶點兒什麼吃的東西。

她的名字很奇怪，叫季娜，不像歐洲人的名字。

季娜顯然在戰前並不認識那個和她住在一起的老婆子。那是一個令人討厭的老婆子，又愛說奉承話，心眼兒又壞，虛偽得不得了，酒癮也大得不得了。這會兒她正在很有節奏地拿一根原始的木杵在木臼裡搗著，在舂燒糊而且灑過煤油的黑黑的小麥。

在被包圍以後，士兵們就開始常常到一些地下室裡去找老百姓。以前士兵們從來不理會老百姓，現在有很多事情要到那些地下室裡去辦：不用肥皂而用草木灰洗衣服，把一些廢渣做成吃的東西，縫補衣服。地下室裡的人主要是一些老婆子。但是士兵們不光是去找老婆子。

巴哈以為，誰也不知道他上這個地下室裡來。但是有一次，他正坐在季娜的床上，握著她的手，卻聽見布幔外面有人說德語，有一個似乎很熟悉的聲音說：「別上這布幔裡面去，上尉先生在裡面。」

這會兒他們在一塊兒躺著，沒有說話。他的一生——朋友、書籍、他和瑪利亞的戀愛、他的童年、他出生的城市裡的一切、他上的中學和大學、轟轟隆隆地遠征俄羅斯，這一切都已失去意義……這一切成為一條道路，通向這張用燒糊的木板拼成的板床……他一想到他可能失去這個女子，就覺得十分害怕。他找到了她，他上她這兒來了，在德國、在歐洲發生的一切，都是為了他能遇到她……以前他不懂得這一點，還常常把她忘了，他覺得她可愛，正因為他和她的關係絲毫沒有什麼認真的成分。現在除了她，在這世界上什麼都沒有了，一切都沉沒在雪裡……只有這張很美的臉、這微微向上翻的鼻孔、奇怪的眼睛和這使人著魔的、孩子般的可憐而又慵懶的神情。十月間，她在戰地醫院裡找到了他，步行去看他，可是他不願意見她，沒有出來和她見面。

她看到他沒有喝醉。他跪下來，吻起她的手，又吻起她的腳，然後抬起頭來，把額頭和臉頰貼到她的膝蓋上，他很快、很急切地說起話來，可是她不懂他的話，他也知道她不懂他的話，因為她只懂保衛史達林格勒的士兵說的那種可怕的話。

他知道，這場戰爭使他遇到這個女子，現在這場戰爭就要使她和他分手，使他們永遠分開。他跪著，摟住她的腿，看著她的眼睛，她聽著他說得很快的話，很想明白、很想猜出他說的是什麼，他是怎麼一回事兒。

她從來沒見過德國人的臉上有這樣的表情，她原來以為，只有俄羅斯人才會有這樣痛苦、這樣懇求、這樣可愛、這樣失魂喪魄的眼神。

他在對她說，他在這地下室裡，吻著她的腳，第一次不是從別人的話裡，而是憑自己的心靈懂得了愛情。他覺得她比他過去的一切都可貴，比母親、比德國、比他今後將和瑪利亞過的生活更可貴……他愛上了她。國家築起的高牆、民族仇恨、重炮的彈幕射擊都算不了什麼，都抵不過愛情的力量……

他感謝命運，是命運讓他在死亡的前夕懂得了這一點。

她不懂他的話，只懂得德國人常說的一些要東西和罵人的話。

但是她猜到他是怎麼一回事兒，她看出他的慌亂神情。這個德國軍官的饑餓而輕浮的戀人帶著寬容而愛憐的心情看出他的軟弱。她明白，命運就要使他們分手了，她比他要平靜些。這會兒她看著他的絕望神情，感覺到她和這個人的關係正在變為感情，這感情的強烈與深厚使她十分吃驚。這是她在他的聲音中聽出來，在他的狂吻中感覺出來，在他的眼睛裡看出來的。

她帶著沉思的神情撫摩著巴哈的頭髮。在她的機靈頭腦裡卻出現了一種擔心的想法：這股模模糊糊的力量可別把她抓住，把她捆起來，把她害死……她的心緊張地跳著，跳著，她不想聽那狡猾的、使她覺得有危險、使她害怕的聲音了。

四十

葉妮婭認識了一些新朋友，都是在監獄接待室排隊的人。他們常常問她：「您怎麼樣，有什麼消息嗎？」

她已經有了經驗，所以不光是聽別人勸告，自己也說說：「您不要擔心。也許他在醫院裡呢。在醫院裡挺好，都想離開牢房上醫院裡去呢。」

她已經打聽到克雷莫夫就在內部監獄裡。他們不肯收她送的東西，不過她沒有灰心喪氣，因為在庫茲涅茨橋常常是這樣，一次不收，兩次不收，到後來他們突然會自己提出來：「把東西交給我吧。」

她上克雷莫夫原來的房子裡去過，女鄰居對她說，兩個多月前有兩名軍人和房屋管理員來過，把房門打開，拿走了很多文件和書，把門封起來，就走了。葉妮婭看著帶有繩子狀小尾巴的火漆印，站在旁邊的女鄰居說：「不過，您行行好，千萬不要說是我說的。」

等她把葉妮婭送到門口，又鼓了鼓勇氣，小聲說：「他可真是一個好人呀，他是自願上前方的。」

她在莫斯科沒有給諾維科夫寫信。

她的心裡很亂！又是憐惜，又是愛，又是後悔，又為前方的勝利高興，又為諾維科夫擔心，覺得對不起他，怕永遠失掉他，又因為無可奈何感到痛苦……不久之前她還在古比雪夫，準備到前方去找諾維科夫，她覺得她和他的關係是理所當然的，是無法拆散的，就像命中註定了的。但葉妮婭怕的是，永遠和諾維科夫聯繫在一起，就將永遠和克雷莫夫分開。諾維科夫的一切有時使她覺得很陌生。她覺得他所操心的事、指望的事、他的朋友圈子全是陌生的。她覺得為他招待客人，接待朋友，和將軍夫人、上校夫人們交往，是不可思議的。

她想起諾維科夫對契訶夫的《主教》和《沒意思的故事》都不感興趣。他倒是更喜歡德萊塞和福伊希特萬格那些帶有傾向性的小說。可是現在，當她明白她和諾維科夫的分手已成定局，再也不會回到他身邊的時候，她卻覺得她在愛著他，常常想起他是怎樣百依百順，不論她說什麼，他都連忙表示贊同。葉妮婭感到很痛苦：難道他的手永遠不再撫摩她的肩膀，她再也看不到他的臉了嗎？

她從來沒遇到過剛強、決絕與人性、膽怯這樣奇怪地結合到一起。她是那樣愛他，他一點也沒有那種殘酷的狂熱，他有一種特別的、通情達理和樸素的男子漢的善良。她一想到她和親人的關係中出現了陰暗的、不純潔的成分，馬上就覺得惶惶不安。保安機關怎麼知道克雷莫夫對她說的話呢？……她和克雷莫夫的關係是不可輕視的，她和他過的一段生活無法一筆勾銷。

她要跟克雷莫夫一起走。就算他不原諒她，她該當永遠受他的責備，但是他是需要她的，他在監獄裡一直想著她。

諾維科夫和她分離會感到痛苦，但是他能撐得住。可是她卻不明白，究竟要怎樣她心裡才能平靜。要是知道他已經不再愛她，已經安下心來，已經原諒了她，她心裡就平靜了嗎？還是相反，知道他還愛她，還十分苦惱，還不原諒她，她心裡就平靜嗎？而且對她自己來說，究竟怎樣更好呢？是知道他們已永遠分手，還是在內心深處相信他們還會在一起？

她給親人造成多大的痛苦呀。難道這一切她不是為了別人幸福，而是因為自己古怪，是為了自己嗎？真是個精神變態的瘋子！

晚上，當維克多、柳德米拉、娜佳坐下來吃飯的時候，葉妮婭看著姐姐，忽然問道：「你可知道，我是什麼人？」

「你嗎？」柳德米拉驚訝地問。

「是的，是的，我。」葉妮婭說。並且自己聲明說：「我是一條小狗，女性的。」

「是小母狗嗎？」娜佳快活地說。

「是的，是的，就是的。」葉妮婭回答說。

忽然大家一齊哈哈大笑起來，雖然知道葉妮婭沒有心思笑。

「你們聽我說，」葉妮婭說，「在古比雪夫有一回里蒙諾夫到我那兒來，對我說過婚外情是怎麼一回事兒。他說，這是一種精神上的維生素缺乏症。比如說，丈夫和妻子在一起過長久了，就會發生精神饑餓，就像老牛缺乏鹽，或者像極地工作人員幾年見不到蔬菜。妻子成了一個為所欲為的、專橫、強硬的人，於是丈夫就開始盼望有一個親切、溫柔、百依百順、羞澀的女子。」

「你那個里蒙諾夫是渾蛋。」柳德米拉說。

「要是一個人缺乏A、B、C、D這幾種維生素，又會怎樣呢？」娜佳問道。

後來，等大家都已經準備睡覺的時候，維克多說：「葉妮婭，我們常常譏笑知識分子像哈姆雷特一樣充滿矛盾，譏笑知識分子多疑，不堅定。我在年輕時也很鄙視這些特點。可是現在我的看法不同了：有些人之所以能有偉大的發明，能寫出偉大的作品，就因為他們不堅定和懷疑，他們做的事情不比那些寧折不彎的人少。如果有必要，他們也會赴湯蹈火，也會到槍林彈雨之下，一點也不比那些剛強的、寧折不彎的人差。」

葉妮婭說：「謝謝你，維克多，你這是說的小母狗嗎？」

「就是。」維克多說。他很想對葉妮婭說一些開心的話。

「葉妮婭，我又看了看你的畫，」他說，「我喜歡的是，畫裡有感情，要不然就會像那些左派畫家一樣，畫裡只有勇敢和革新，而沒有靈魂了。」

「哦，還感情呢，」柳德米拉說，「綠色的男子，藍色的房子。完全脫離了實際。」

「你可知道，」葉妮婭說，「馬蒂斯說：『我用綠顏色的時候，並不意味著我要畫青草；我用藍顏色的時候，並不意味著我要畫天空。』顏色表現的是畫家的內心感情。」

儘管維克多一心想對葉妮婭說說開心的話，可是他還是忍不住用取笑的口吻插話說：「可是埃克爾曼卻說：『如果歌德像上帝一樣創造世界，他還是把草創造成綠的，把天空創造成藍的。』這話我聽說過很多遍了，可是我對我用來創造世界的物質另有一種態度……是的，所以我知道，既沒有顏色，又沒有顏料，只有原子和原子之間的空間。」

但是這一類的談話是不多的，大部分談的是戰爭、檢察機關……

這是很難熬的日子。葉妮婭準備回古比雪夫。她的假期快完了。

她很怕向領導解釋。因為她是擅自上莫斯科來的，接連好幾天她天天上監獄去，而且向檢察機關和內務人民委員部寫了申訴書。

她一生害怕官場，害怕寫呈文，每次在換身分證之前她都睡不好覺，提心吊膽。可是近來似乎命運強迫她只能和公安局、檢察機關打交道，只能和戶口名簿、身分證、傳票、申訴書打交道。

姐姐家裡有一種很不自然的安靜氣氛。

維克多不去上班了，經常一個人坐在自己的房間裡。柳德米拉從配給商店回來，總是心情很壞，很難過，說一些熟人的家屬不和她打招呼了。

葉妮婭看出來，維克多的神經十分緊張。他一聽到電話鈴聲就哆嗦，急忙抓起話筒。在吃午飯或吃晚飯的時候常常突然打斷別人的話，說：「別作聲，別作聲，我好像聽到有人按門鈴。」他便去開門，回來時很不自然地笑著。姐妹倆心裡明白，為什麼他總是緊張地等待著門鈴響——他是怕逮捕。

「迫害恐懼症就是這樣害起來的，」柳德米拉說，「在一九三七年精神病醫院裡住滿了這樣的人。」

葉妮婭看到維克多天天這樣提心吊膽，所以他對她的態度就特別使她感動。有一次他說：「葉妮婭，你記住，你住在我家，為被捕的人操心，不管人家怎麼想，我一點也不在乎。你明白嗎？這就是你的家！」

晚上，葉妮婭很喜歡和娜佳談談。

「你太聰明了，」葉妮婭對娜佳說，「你不像一個小姑娘，倒是像以前的苦役政治犯祕密團體的一名成員。」

「不是以前，而是未來的，」維克多說，「你大概常常和你那位中尉談政治了。」

「談又怎樣？」娜佳說。

「頂好還是光接接吻。」葉妮婭說。

「我也是這樣說，」維克多說，「這樣總要安全些。」

娜佳確實老是想談談一些尖銳的問題。有時她忽然問起布哈林，有時問，列寧是不是真的很看重托洛茨基，列寧在生前最後幾個月是不是很不願意見史達林，是不是列寧有一份遺囑被史達林隱藏起來，不讓人民知道。

當葉妮婭單獨和她在一起的時候，並沒有向她問起洛莫夫中尉的事。但是，從娜佳談政治、談戰爭、談曼德爾施塔姆和阿赫瑪托娃的詩、談自己和同伴們的聚會和談話，葉妮婭瞭解了洛莫夫以及娜佳和他的關係，比柳德米拉瞭解的還多。

洛莫夫顯然是一個很尖刻的小夥子，性格孤僻，對一切公認的、有定論的事抱持嘲笑態度。他顯然自己在寫詩，所以娜佳受他的影響，嘲諷和蔑視別德內和特瓦爾多夫斯基，對蕭洛霍夫和奧斯特洛夫斯基不感興趣。顯然，有時娜佳聳著肩膀說的就是他的話：「革命者要麼是愚蠢，要麼是欺騙人。不能為虛構的未來的幸福，犧牲整個一代人的生命嘛……」

有一次娜佳對葉妮婭說：「小姨，你可知道，老一代的人一定需要信仰一點兒什麼：克雷莫夫信仰列寧和共產主義，爸爸信仰自由，外婆相信人民和幹活兒的人，可是我們新一代認為這都是愚蠢的。總的說，信仰就是愚蠢。應當過沒有信仰的生活。」

葉妮婭突然問道：「這是你的中尉的哲學嗎？」

娜佳的回答使她吃了一驚：「再過三個星期，他就要上前線了。從生到死——這就是他的全部哲學。」

葉妮婭和娜佳談著談著，不覺想起了史達林格勒。薇拉就是這樣和她談心，薇拉就是這樣談起戀愛。可是薇拉那種單純而分明的感情和娜佳的悵惘多麼不同啊。葉妮婭那時候的生活和她今天的情形多麼不同啊。那時候關於戰爭的一些想法和今天在勝利的日子裡的一些想法多麼不同啊。可是，戰局變化了，娜佳說的「從生到死」並沒有變化。至於一個人以前是不是喜歡彈著吉他唱歌，是不是志願參加過偉大的建設，相信共產主義的遠景，是不是讀過阿年斯基的詩，不相信虛幻的後代幸福，對於戰爭都無關緊要。

有一天，娜佳拿出一首手抄的勞改營歌曲給葉妮婭看。歌裡說到寒冷的船艙，說到大洋上怒吼的風濤，說到「犯人們在輪船上顛簸，緊緊擁抱，好像親兄弟」，說到迷霧中出現了馬加丹——「科雷馬地區首府」。

剛來莫斯科的時候，娜佳一談起這一類的話題，維克多就很生氣，不叫她說下去。可是在這些日子裡，他有很多變化。現在他常常按捺不住，就當著娜佳的面說，看到那些歌功頌德的祝賀信，簡直噁心，什麼「偉大的導師，體育工作者的好朋友，英明的父親，雄才巨擘，光輝的天才」，還有那些話，又是謙虛的，又是關心群眾的，又是慈祥的，又是體察民情的。造成一種印象，似乎史達林在耕地，煉鋼，在托兒所用羹匙餵小孩子，拿機槍作戰，而工人、士兵、學生和學者只要向他祈禱就行了，並且，假如沒有史達林，整個偉大的民族就會像可憐的牲口一樣死掉。

有一天維克多數了數，史達林的名字在這一天的《真理報》上被提到八十六次，第二天他看到一篇社論中就有十八次提到史達林的名字。

他抱怨非法的逮捕，抱怨沒有自由，抱怨任何一個沒有什麼文化而有黨證的領導人都認為自己有權指揮科學家和作家，有權評價他們的高低，教導他們。

他產生了一種新的心情。對於國家發怒的殲滅性力量，他愈來愈害怕，愈來愈感到孤獨、可憐，像小雞一樣軟弱無力，感到大禍臨頭，因而有時產生一種絕望，一種生死由命、聽之任之的心情。

早晨，維克多跑到柳德米拉的房間裡，柳德米拉看到他臉上那種興奮和歡喜的表情，簡直不知如何是好，因為在他臉上出現這種表情太不尋常了。

「柳德米拉，葉妮婭，咱們又踏上烏克蘭的土地了，剛才廣播的！」

下午，葉妮婭從庫茲涅茨橋回來，維克多看了看她的臉，就像早晨柳德米拉問他那樣向她問道：「怎麼啦？」

「把東西收下了，把東西收下了！」葉妮婭連說了兩遍。

就連柳德米拉也明白，轉交的東西和葉妮婭附上的信對於克雷莫夫將意味著什麼。

「死者要復活了。」她說。接著又說：「恐怕，你還是愛他的，我沒見過你這樣的眼神。」

「你要知道，我大概是瘋了，」葉妮婭小聲對姐姐說，「要知道我這樣高興，一方面是因為克雷莫夫能夠收到我的東西，另一方面因為今天我明白了：諾維科夫不可能、絕對不可能幹卑鄙的事情。你懂嗎？」

柳德米拉十分生氣，說：「你不是瘋了，你比瘋了還壞。」

「維克多，我求求你，給我們彈一支曲子吧。」葉妮婭懇求說。

在這段時間裡，他從來沒彈過鋼琴。但是現在他不推卻，拿來樂譜，給葉妮婭看了看，問：「就這一支，好嗎？」

柳德米拉和娜佳一向不喜歡聽音樂，便上廚房裡去了，維克多就彈起來。葉妮婭聽著。他彈了很久。彈完一曲，他沒有說話，也沒有看葉妮婭，後來又彈起另一支樂曲。有時候她覺得，維克多在哭泣，可是她看不到他的臉。門忽然一下子開了，娜佳叫道：「快打開收音機，有命令！」

鋼琴聲停了，響起鋼鐵般洪亮的聲音，此刻正是播音員列維坦在播音：「我軍發動強攻，收復了這座城市和重要的鐵路樞紐站……」然後列舉了在戰鬥中表現特別出色的一些將軍和部隊，列舉的第一個名字是集團軍司令托爾布欣。列維坦那興奮的聲音忽然說：「還有諾維科夫上校統率的坦克軍……」

葉妮婭輕輕地「啊」了一聲，後來，等到播音員用深沉而動情的聲音說「為祖國獨立和自由而犧牲的英雄永垂不朽」，她已經哭了起來。

四十一

葉妮婭走了，維克多家裡只剩下一片憂傷氣氛。

維克多常常一連幾個鐘頭坐在書桌旁，一連幾天不出家門。他很害怕，似乎只要到街上，就會遇到特別使人不快的、敵視他的人，會看到他們那殺氣騰騰的眼睛。

電話鈴完全啞了，如果兩三天中有一次電話鈴響，柳德米拉就說：「這是找娜佳的。」

確實不錯，是打給娜佳的。

維克多不是一下子就明白他的事情的嚴重性。最初幾天他甚至感到很輕鬆，因為他可以安安靜靜地坐在家裡，置身於他心愛的書中，看不到那些不懷好意的、陰沉的眼睛。但是家裡的安靜很快就使他難受起來，這種安靜不僅使他苦惱，而且使他惶惶不安。實驗室裡怎麼樣了？研究進行得怎樣？瑪律科夫在幹什麼？他一想到實驗室裡正需要他，他卻坐在家裡，就覺得十分著急。但是，反過來想，想到實驗室裡沒有他照樣很好地在幹著，他也十分難受。

柳德米拉在街上遇到疏散中的女友斯托伊尼科娃，是在科學院機關工作的。她對柳德米拉詳細地說了說學術委員會會議的情形，因為她自始至終擔任會議記錄。

「最主要的是，索科洛夫沒有發言！他沒有發言，儘管希沙科夫對他說：「索科洛夫同志，我們想聽聽您的意見。您和史托隆在一起工作多年。」他回答說，夜裡他的心臟病發作過，說話很困難。」

但是很奇怪，維克多聽到這個消息並沒有絲毫感到高興。

代表實驗室發言的是瑪律科夫。他說話比別人有分寸，不說是政治問題，主要是說維克多的脾氣不好，甚至還提到他的才氣。

「他不能不發言，他是黨員嘛，不發言不行，」維克多說，「不能怪他。」

但是大多數發言都是很可怕的。科甫琴科似乎把維克多說成是騙子和壞蛋。他說：「這個史托隆不來開會，太不像話了，我們要換一種方式和他說話，看樣子，他就希望這樣。」

白髮蒼蒼的普拉索洛夫，就是曾經把維克多的著作與列別傑夫的著作相提並論的那位，說：「某些人圍繞著史托隆的可疑空論，發動了一場無恥的叫囂。」

物理學博士古列維奇的發言也很惡劣。他說，他曾經過高估計維克多的著作，是犯了很大的錯誤，並且暗示說維克多有民族偏執性，說，在政治上糊塗的人在科學上必然也糊塗。斯維琴把維克多稱作「可敬的」，並且援引了維克多說過的話，即：物理學是統一的，不分美國物理學、德國物理學、蘇聯物理學。

「是有這麼一回事兒，」維克多說，「不過在會上引用私人之間說的話，就等於告密。」

使維克多吃驚的是，皮敏諾夫也在會上發了言，雖然他已經和研究所沒有關係，沒有人迫使他發言。他檢討說，他過高地估價了維克多的著作，而沒有看到著作的缺陷。這實在是令人吃驚的。因為皮敏諾夫說過，維克多的著作挑起他祈禱的心情，說他能夠有助於這一著作的出現，感到無限幸福。

希沙科夫說的不多。研究所黨委書記拉姆斯科夫提出決議方案。決議是很嚴厲的，要求院部清除腐爛部分，保護健康的集體。特別令人氣憤的是，決議中隻字不提維克多．史托隆的科學成就。

「總歸索科洛夫的表現還是十分正派的。可是究竟為什麼瑪利亞不和咱們來往了呢，難道他這樣害怕嗎？」柳德米拉說。

維克多什麼也沒說。

真奇怪！他沒有生任何人的氣，雖然他沒有耶穌那樣寬恕一切的度量。他沒有生希沙科夫的氣，也沒有生皮敏諾夫的氣。他也不惱恨斯維琴、古列維奇、科甫琴科。只有一個人使他十分生氣，使他氣得難受，氣得發脹，他一想到他，就渾身發熱，連氣也喘不過來。似乎一切反對維克多的殘酷無情、不公正的事都是來自索科洛夫。索科洛夫怎麼能不准瑪利亞上維克多家裡來！多麼膽怯，多麼無情，多麼卑鄙，多麼下賤！

但是他卻不敢對自己承認，他所以這樣懊惱，不僅是認為索科洛夫對不起他，也因為他暗暗感覺到自己同樣對不起索科洛夫。

現在柳德米拉常常談起生活方面的事。多餘的住房面積、房管所要的工資證明、食品供應卡、劃定供應的新食品店、新的季度的限額供應卡、過期的身分證和換身分證時必須出具的機關證明——這一切都是柳德米拉日日夜夜操心的事。還有，到哪兒去弄錢來過日子？

以前維克多常常很帶勁兒地開玩笑：「我要研究研究家庭的理論問題，成立一個家庭實驗室。」但是現在沒有什麼好笑的了。他這個科學院通訊院士拿到的津貼勉強可以償付住房、別墅租金和水電煤氣費。況且，他充滿了孤獨感。

可是，總得過日子。

到高等學校去教書，他也不行了。一個在政治上有污點的人不能再接觸青年人了。

上哪兒去呢？

他因為在科學界有相當的地位，也無法去做卑微的工作。任何一個幹部見到一個科學博士要幹技術編輯或中學物理教員，都會「啊嘿」一聲，不給辦手續。

當他一想到自己的研究完了，想到自己的窮困，想到受人支配、受人欺凌，覺得特別難受的時候，就在心裡想：「還不如快點兒坐監獄呢。」可是那樣柳德米拉和娜佳就沒有人管了。她們還要過日子。還說什麼上別墅採草莓來賣呀！人家就要把別墅收回了。因為到五月裡就要辦理續租手續了。別墅不是科學院的，而是政府部門的。他因為馬虎沒有及時交租金，本想把拖欠的租金和上半年的預付金一把交齊。一個月之前這點兒錢在他算不了什麼，現在這數目就使他覺得可怕了。

上哪兒去弄錢？娜佳還需要一件大衣呢。

去借債？可是，沒有還債的指望，不能借債。

變賣東西？可是，在戰爭時期誰又買瓷器，買鋼琴？而且也捨不得，柳德米拉很喜歡她收藏的瓷器之類，就連現在，托里亞犧牲之後，她有時還欣賞欣賞這些東西。

他常常想，還不如上兵役局去，放棄科學院的免征權，去要求當一名士兵，上前線去。

他一想到這裡，心裡就平靜下來。

可是接著又出現了焦慮和痛苦的想法。柳德米拉和娜佳怎麼過呢？去教書？把房子交出去？他馬上就想到房管所和民警。夜間搜捕，罰款，記錄。

房屋管理員、地段民警督察、區房產科監察、人事處女祕書，對於一個老百姓來說，這些人有多麼厲害，多麼威風，多麼了不起。一個失去依靠的人，會感到連坐在票證科的小姑娘都是一種強大的、不可動搖的力量。

維克多在整個一天裡都覺得恐懼，無能為力，絕望。但是他的心情不是始終一樣的，不是毫無變化的。一天中不同的時間有不同的恐懼，不同的苦惱。早晨起來，剛剛出了暖和的被窩，當窗外還是寒冷而朦朧的晨曦的時候，他就像一個孩子遇到巨大的力量襲來，感到有一種無可奈何的心情，很想鑽回被窩裡，蜷起身子，皺緊眉頭，一動不動。

上午，他思念他的研究工作，特別想上研究所去。這時他覺得自己成了沒有人要的人，成了無用、無能的人。

似乎國家一發怒，不僅能夠剝奪他的自由、他的安寧，而且能夠剝奪他的智慧、他的才華、他的自信心，把他變成一個又呆、又笨、又灰沉的人。

快到吃午飯的時候，他有了精神，高興起來。可是一吃過午飯就苦惱起來，愚鈍，沉悶，什麼也不想。

等到暮色漸濃，恐怖也隨之漸強。他現在很怕黑暗，就像石器時代的野人進入了黑沉沉的密林。恐怖愈來愈劇烈，愈來愈厲害……維克多思前想後，往事今朝一齊湧來。殘酷無情、不肯饒人的死神在窗外黑暗中等待著。外面就會響起汽車聲，馬上就會響起門鈴聲，房子裡馬上就會響起皮靴聲。無處躲藏。突然，又來了一種發狠又痛快的冷漠心情，一切都無所謂了！

維克多對柳德米拉說：「沙皇時代那些叛亂的貴族倒是快活。失寵之後就坐上馬車，離開京城，到奔薩的領地上去！在那兒可以打獵，可以在農村尋歡作樂，有鄰居，有花園，寫寫回憶錄。可是，你們這些自由主義的知識分子試試看：兩個星期的審查和鑒定往密封的檔案袋裡一裝，想打掃院子都沒有人要你。」

「維克多，」柳德米拉說，「咱們能過得去！我可以縫衣服，在家裡給人家做活兒，可以繡手帕，還可以去做試驗員。可以養活你。」

他吻了吻她的手。她不明白，為什麼他的臉上出現了負疚和痛苦的表情，他的眼睛裡出現了訴苦和祈求的神色……

維克多在房間裡踱著，小聲唱著古老的情歌：

……他孤單單，無人相伴……

娜佳聽說爸爸想當志願兵上前線，說：「我有一個女同學叫托尼婭·科岡，她爸爸當了志願兵。他是古希臘學科的專家，進了奔薩的一個預備團，分派他在那兒打掃廁所。有一天連長來上廁所，他因為近視把髒東西掃到連長身上，連長照他的耳朵打了一拳，把鼓膜都打破了。」

「那有什麼，」維克多說，「我不把髒東西掃到連長身上就是了。」

現在維克多跟娜佳說話，就如同跟大人說話一樣了。他對女兒似乎從來沒有像現在這樣好過。近來她一放了學就馬上回家，這使他很感動，他認為這是她不希望讓他擔心。和爸爸說話的時候，她那一向帶有譏笑意味的眼睛裡出現了新的神氣——嚴肅而溫柔的神氣。

有一天晚上，他穿起大衣，朝研究所走去。他很想朝自己的實驗室的窗戶裡看看：裡面的電燈是不是亮著，是不是有人在上夜班，也許，瑪律科夫已經完成設備安裝了吧？但是他沒有走到研究所，怕碰見熟人，便拐進一條巷子，拐彎朝家裡走。巷子裡很黑，空蕩蕩的。他忽然感到十分幸福。雪花，夜晚的天空，寒冷的新鮮空氣，腳步聲，黑壓壓的枝叢，木頭小房窗戶裡透過偽裝窗簾射出來的細細的一縷燈光——這一切都十分美好。他呼吸著夜晚的空氣，他在安靜的小巷裡走著，誰也看不到他。他還活著，他還是自由的。他還要什麼，幻想什麼呢？他來到家門口，幸福感就消失了。

起初幾天，他緊張地等著瑪利亞到來。一天天過去，瑪利亞沒有給他來過電話。他的研究，他的名聲，他的安寧，他的自信心，一切都被剝奪了。難道也把他最後的庇護所——愛情，奪走了嗎？

有時他灰心絕望，用手抓住自己的頭髮，好像他看不見她就沒法活下去。有時他嘟囔說：「這有什麼，這有什麼，這有什麼。」有時他對自己說：「現在誰還喜歡我呀？」

可是在他絕望的深處還有一個小小的光明點——就是他和瑪利亞保持著心靈的純潔。他們很痛苦，但是沒有給別人造成痛苦。但是他明白，他的一切想法，哲學上的想法、平靜的想法、惱恨的想法，都不能回答他心中出現的問題。

他生瑪利亞的氣，他嘲笑自己，他悲傷地聽天由命，他想著對柳德米拉的責任，想著如何對得起良心——這一切都只不過是為了戰勝他的絕望。每當他想起她的眼睛、她的聲音，他就苦惱得不得了。難道他再也看不到她了？

當他感到分手不可避免、感到失落得難以忍受的時候，他就不顧內心的羞愧，對柳德米拉說：「你知道，我一直在擔心馬季亞羅夫，不知道他會不會出什麼事兒，不知道是不是有他的消息。你打電話問問瑪利亞，好嗎？」

最奇怪的也許是他還在繼續進行研究。他研究是在研究，可是苦惱、不安、痛苦並沒有停息。研究不能幫助他戰勝苦惱和恐懼，研究沒有成為他的精神良藥，他並非希望通過研究忘卻難受的念頭，忘卻心靈的絕望。研究比藥物的力量更強大。他還在研究，只因他不能不研究。

四十二

柳德米拉對維克多說，她遇到房管員，他請維克多上房管所去一趟。

他們就猜因為什麼要叫他去。因為住房面積超標？換身分證？兵役局要檢查？也許，有人報告了葉妮婭沒有登記就在這裡住過？

「你當時就該問一下，」維克多說，「那樣咱們就用不著在這裡費腦筋了。」

「是的，當時應該問，」柳德米拉也說，「可是我慌了，因為他說，叫你丈夫上午來吧，反正他現在不上班了。」

「啊，天呀，他們已經全知道了。」

「管院子的，開電梯的，鄰居家的保母，都在看著嘛。有什麼奇怪的？」

「是的，是的。你可記得，戰前來過一個年輕人，帶著紅紅的小本子，要你向他報告，有誰上鄰居家來過？」

「我怎麼不記得，」柳德米拉說，「我不客氣地大聲罵了他一句，他只在門口說了一句『我以為你很有覺悟呢』，就走了。」

這件事柳德米拉說過很多遍。他平時聽她說的時候總要插話，為的是讓她說簡單些，可是現在他一再要求她說說詳細情形，再不催她。

「你聽我說，」柳德米拉說，「也許，是因為我在市場上賣了兩塊桌布？」

「我認為不是。如果是那樣，就不會單單叫我去，也應該叫你去。」

「也許，是要你簽什麼字？」柳德米拉猶猶豫豫地說。

他的心緒異常陰沉。他一直想著他和希沙科夫、和科甫琴科談過的話，他說的話太危險了。他想起在大學裡的時候，那時候他說話太隨便了。他和米佳爭論過，和克雷莫夫爭論過，雖然有時他也贊成克雷莫夫的觀點。可是他這一生從來沒有敵視過黨，敵視過蘇維埃政權。忽然他想起他在某地、某時說過的一些特別尖銳的話，不覺渾身都涼了。可是克雷莫夫這個堅定的、堅持思想原則的共產黨員，這個狂熱的信徒，從來不懷疑什麼的，卻被逮捕了。他和馬季亞羅夫、和卡里莫夫說過那麼多離經叛道的話，又會怎樣呢？多麼奇怪呀！

通常一到傍晚，黑暗漸漸來臨的時候，他就戰戰兢兢地想到可能要逮捕他，而且恐懼感愈來愈強，愈來愈厲害，愈來愈使他受不了。但是等到他覺得完蛋已成了定局，他就一下子快活起來，輕鬆起來！哼，去他的吧！

一想到他的研究成果得到的不公正待遇，似乎他就要發瘋了。但是當他一想到他又笨又蠢，想到他的研究不過是對現實世界的粗野、無味的嘲弄，思想不再是思想，而成為一種活著的感覺時，他就愉快起來。

現在他甚至根本不再考慮檢討自己的錯誤。他是渺小可憐的，是無知的，檢討也不會有什麼改變。誰也不要他。不論檢討不檢討，憤怒的國家都把他看得一文不值。

在這段時間裡，柳德米拉變化得很厲害。她已經不在電話裡對房管員說：「請您馬上給我派一個修理工來。」一不再到樓梯上去檢查：「這是誰又把垃圾倒在洞口外面？」她穿衣服有點兒不正常，摸到什麼穿什麼。有時到配給商店去買素油，毫無必要地穿起名貴的皮大衣；有時紮起灰色的舊頭巾，穿起戰前就想送給電梯女工的大衣。

維克多看著柳德米拉，心裡想著他們兩個再過十年、十五年，會是什麼樣子。

「你可記得，在契訶夫的《主教》裡，母親放牛，對一些婦女說，她的兒子當年做過主教，可是很少有人信她的話？」

「我已經讀過很久了，那還是在小時候，不記得了。」柳德米拉說。

「那你要再讀一讀。」維克多很生氣地說。

他一直因為柳德米拉不喜歡契訶夫而生她的氣，他懷疑，契訶夫有很多小說她沒有讀過。可是很奇怪，很奇怪！他愈是不行，愈是沒有辦法，愈是接近於精神上的全熵狀態，他在房管員眼裡，在票證科小姑娘、戶籍員、辦事員、試驗員、科學家、朋友們的眼裡，甚至在親人們的眼裡，甚至也許在契貝任的眼裡，在妻子的眼裡，愈是不值錢，可是在瑪利亞眼裡卻愈是可貴、愈是可親。他們沒有見面，他卻知道，卻感覺出這一點。他每遇到新的打擊、新的凌辱，他都要在心裡問她：「瑪利亞，你看見我了嗎？」

他就這樣和妻子坐在一起，和她說著話兒，想的卻是她不知道的心思。

電話鈴響起來。現在電話鈴聲只能引起他們的驚慌，就好比在夜裡收到報告禍事的電報。

「哦，我知道，他們說過要給我打電話，談談做臨時工的事。」柳德米拉說。

她拿起話筒，眉毛揚了起來，她說：「他就來。」

「找你。」她對維克多說。

維克多用眼睛問：「是誰？」

柳德米拉用手摀住話筒，說：「是一個不熟悉的聲音，我想不起來啦。」

維克多接過話筒。

「請吧，我聽著呢。」他說，一面看著柳德米拉詢問的眼睛，在小桌上摸到鉛筆，在一小片紙上寫了幾個歪歪斜斜的字母。柳德米拉沒有注意他在做什麼，慢慢畫了一個十字，然後又給維克多畫了一個十字。他們都沒有說話。

他彷彿聽到：「……現在蘇聯各廣播電臺聯播……」

這聲音極像一九四一年七月三日向人民、軍隊和全世界說「同志們，兄弟們，朋友們……」的聲音，現在這聲音只對這握著電話筒的一個人說：「您好，史托隆同志。」

此時此刻，得意、軟弱、害怕被什麼流氓捉弄的心情、寫好的檢討書、履歷表、盧比揚卡廣場的樓房……這一切一切念頭，念頭的片斷、感情的片斷全都混合到一起，攪成了一團。

出現了一種極其明朗的命運已定的感覺，同時又夾雜著一種失去分外可親、分外動人的極好的東西的悲傷心情。

「您好，史達林同志。」維克多說。他感到吃驚，不大相信這是他在電話裡說這種不可思議的話。

他們總共在電話裡談了兩三分鐘。

「我認為，您的研究方向是很有意義的。」史達林說。

他的聲音很緩慢，帶有喉音，帶有用聲音強調的表現力，似乎是有意這樣，這聲音非常像維克多在收音機裡聽到的那種聲音。維克多有時候為了好玩兒，在自己家裡模仿這種聲音。在代表大會上聽過史達林的講話或者被召見過的人也常常這樣模仿他的聲音。

難道是有人作弄他？

「我對自己的研究是有信心的。」維克多說。

史達林沉默了一會兒，大概是在考慮維克多的話。

「在這戰爭時期，您是不是感覺缺乏外文資料，儀器設備是否齊全？」史達林問道。

維克多用自己也意想不到的真摯口吻說：「非常感謝，史達林同志，研究工作條件完全正常，很好。」

柳德米拉在旁邊站著，好像史達林能看見她，她正在聽他說話。

維克多朝她擺了擺手，意思是：「坐下，怎麼不害臊……」可是史達林又沉默了，在考慮維克多的話，後來說：「再見，史托隆同志，祝您研究順利。」

「再見，史達林同志。」

維克多放下話筒。他們面對面坐著，還像幾分鐘之前說起柳德米拉在市場上賣掉兩塊桌布時那樣。

「祝您研究順利。」維克多忽然用很重的格魯吉亞口音說。

屋裡的餐櫃、鋼琴、椅子依然沒有變化，兩只沒有洗的碟子依然像剛才談房管員時那樣，擺在桌子上。這樣沒有變化，真不可思議，使人無法理解。因為一切都變了，一切都翻了個兒，他們的命運完全不同了。

「他對你說的是什麼？」

「沒什麼特別的，他是問，是不是因為缺乏外文資料影響我的研究。」維克多盡量裝出平靜和無動於衷的神氣說。

他因為自己一時竟有這樣強烈的幸福感，覺得很難為情。

「柳德米拉，柳德米拉，」他說，「你想想看，我沒有檢討，沒有低頭，也沒有給他寫過信。他是自己，自己打電話的！」

真是不可思議！這件事的威力無比巨大。難道是他曾經日夜焦灼不安，睡不著覺，填履歷表時發呆發愣，抓住自己的頭髮，思索在學術會議上對他的批判，回想自己的過錯，在心裡檢討、求饒，等待逮捕，想著自己的窮困，提心吊膽地想著如何跟身分證管理員和票證科的小姑娘打交道？

「我的天啊，天啊，」柳德米拉說，「托里亞再也不會知道這種事兒了。」

她走到托里亞的房間門口，把門開了。

維克多拿起話筒，又把話筒放下。

「萬一是有人開玩笑呢？」他說著，走到窗前。

從窗子裡可以看到空蕩蕩的大街，有一個穿棉襖的女人走過去。

他又走到電話機跟前，彎起手指頭在話筒上敲了敲。

「剛才我的聲音怎麼樣？」他問。

「你說得很慢。你要知道，我自己也不明白，為什麼我一下子就站了起來。」

「是史達林嘛！」

「也許，真是開玩笑呢？」

「瞧你說的，誰敢開玩笑？開這種玩笑起碼要判十年徒刑。」

不過一個鐘頭之前，他還在房間裡踱來踱去，哼唱戈列尼謝夫—庫圖佐夫的情歌「他孤單單，無人相伴」呢。

史達林打的電話呀！在莫斯科一年當中也只有一次或兩次傳說著：史達林給電影導演多夫任科打

電話了，史達林給作家愛倫堡打電話了。

不需要他下命令：給某人獎金，給某人住房，為某人造研究所。他太偉大了，用不著說這些小事。這一切自會有他底下的人操辦。他們可以從他的眼神、從他的聲調中猜測他的心意。他只要親切地對一個人笑一笑，這個人的命運就變了——這個人就會從黑暗中、從沒沒無聞的狀態中一下子來到榮華富貴的傾盆大雨之下。就會有許多有權有勢的人向這個幸運兒頂禮膜拜，就因為史達林對他笑過，或者在電話裡對他說過笑話。

人們會到處傳說這些交談的詳情細節，史達林說的每一句話都使人們吃驚。話愈是平常，就愈是使人吃驚。似乎史達林不可能說家常話。

很多人在傳說，他有一次打電話給一位有名的雕塑家，開玩笑說：「你好，老酒鬼。」

還有一次他向另一個名人，一個老好人問到被捕的朋友，那個名人慌了，回答得含糊不清，史達林說：「您沒有把自己的朋友保護好。」

還在傳說，他有一次往一家青年報的編輯部打電話，副主編接電話，說：「我是布別金。」

史達林問：「布別金是什麼人？」

布別金回答說：「要查一查。」他說著，就把話筒扔下。

史達林又叫接通了電話，說：「布別金同志，我是史達林，請您說說，您是什麼人？」

據說，布別金在這之後，在醫院裡住了兩個星期，害的是神經震盪。

他一句話可以使成千上萬的人頭落地。元帥、人民委員、黨中央委員、州委書記——這些人昨天還指揮著千軍萬馬馳騁戰場，還領導著邊區、自治州、巨大的工廠，今天由於史達林一句發怒的話就會變得不值一文，變成勞改營的塵土，就會手拿飯盒，在勞改營的廚房外等候領取一勺稀稀的菜湯。

還在傳說，有一天夜裡，史達林和貝利亞去看不久前從盧比揚卡監獄放出來的一位格魯吉亞的老布爾什維克，在他那兒一直坐到天亮。住在這座院子裡的人夜裡不敢出來上廁所，早晨也不去上班。據說，給來客開門的是擔任居民小組長的一名產科女醫生，她穿著睡衣出來，手上還抱著小哈巴狗，她很生氣：夜已經很深了，還有人來按門鈴。後來她說：「我把門開了，看見一張相片，相片活動起來，衝著我來了。」據說，史達林來到走廊裡，對著電話機旁邊貼的一張紙看了很久，那是居民們畫道道兒記錄打電話次數的，為的是按次數付款。

這些事情使人感到驚異和好笑，正因為一些話和一些情形很平常，至於史達林竟會在幾家合住的房子的走廊裡走，更是不可思議的！

要知道，憑他一句話就可以出現大規模的建築，一隊隊的伐木工人就會開進原始森林，成千上萬的人群就去開鑿運河，建造城市，在極夜地區和永久凍土地帶開闢道路。他本身就代表著偉大的國家。陽光是史達林憲法的陽光。史達林的黨……史達林的五年計畫……史達林的建設……史達林的戰略……史達林的空軍……偉大的國家就表現在他的性格、他的氣派中。

維克多一遍又一遍地重說著：「祝您研究順利……您的研究方向很有意義……」

現在很清楚：史達林知道，國外已經開始關注深入研究核反應的物理學。

維克多早就察覺，圍繞著核反應的一些問題出現了一種奇怪的緊張氛圍，他在英美一些物理學家的文章的字裡行間，在一些不大合乎思維邏輯的半吞半吐的話裡，感覺出這種緊張氛圍。他發現，有些經常在物理學雜誌上發表論文的研究者的名字現在不見了，有些研究重核分裂的人好像失蹤了，也沒有人引用他們的著作。他覺得，問題範圍一接近鈾原子核的衰變問題，就格外緊張，不再說了。

契貝任、索科洛夫、瑪律科夫不止一次談起這方面的問題。不久之前契貝任還說到一些人眼光短淺，看不到中子作用於重核的實用遠景。契貝任本人倒是不想在這一領域進行研究……

在充滿士兵的皮靴聲、炮火與硝煙、坦克履帶聲的空氣中，出現了新的、無聲的緊張氛圍，所以這個世界上最有力的手拿起電話筒，這位理論物理學家便聽到了他那緩慢的聲音：「祝您研究順利。」於是一道新的淡淡陰影，無聲無息、隱隱約約地落到燃遍戰火的大地上，落到白髮蒼蒼的老人和孩子們的頭上。人們還沒有感覺到、還不知道這一道陰影，還沒有覺察出註定要出現的力量已經誕生。從幾十位物理學家的書桌，從寫滿希臘字母的一張張紙，從書櫥和實驗室，到將來成為震撼世界的強大力量，成為國力強大的標誌，還有很長的一段道路。

道路已經開頭，無聲的陰影也愈來愈濃，漸漸變成黑暗，準備把偌大的莫斯科和紐約籠罩住。

維克多本來以為他的研究成果已經永遠鎖進他家裡的書桌抽屜了，可是現在有了出頭之日。他的研究成果即將離開監獄，進入實驗室，成為教授們講課和做報告的話題。他沒有想到科學真會取得可喜的勝利，自己會取得勝利，現在他又可以推動科學，可以培養學生，可以在雜誌和書本上存在了，又可以操心他的想法是否和計算、攝影實際結果相符了。可是在這一天，他卻不是為這一切感到高興。

使他興奮的是另一種原因，那就是他的虛榮心對迫害他的人取得了勝利。不久前他似乎還不惱恨他們。就是現在他也不想報復他們，讓他們倒楣，但是他一想起他們幹的一切壞事、欺人的事、殘忍的事、怯懦的事，心靈和理智上就感到幸運。他們對待他愈是粗暴，愈是卑鄙，他現在想起來愈是感到痛快。

娜佳放學回來，柳德米拉喊道：「娜佳，史達林給你爸爸打電話了！」

維克多看到女兒穿著脫掉一半的大衣、拖著圍巾跑進屋裡的那種激動樣子，就更明顯地想像到有些人在今天或明天聽說這件事時那種驚慌的神情。

他們坐下來吃午飯。維克多突然把羹匙放下，說：「我簡直一點兒也不想吃。」

柳德米拉說：「恨你的人、害你的人這一下子完啦。我可以想像出來，在研究所裡，甚至在整個科學院，將會出現什麼樣的情形。」

「是啊，是啊，是啊。」維克多說。

「媽媽，在限額商店裡，那些太太們又要跟你打招呼，又要對你笑了。」娜佳說。

「是啊，是啊。」柳德米拉說著，笑了笑。維克多一向瞧不起阿諛奉承的人，可是現在一想到希沙科夫會做出一副奉承的笑容，就非常高興。

很奇怪，不可理解！他感到高興和勝利的同時，總有一股惆悵從心的深處往外冒，總有一種憐惜，憐惜此時此刻似乎正在離他而去的一種最珍貴的東西。似乎他有錯，對不起什麼人，但是究竟有什麼過錯，對不起誰，他卻不清楚。

他喝著他很喜歡的馬鈴薯蕎麥粥，想起了小時候在基輔，春天的夜裡出來，星星在開花的栗樹枝間閃著淚眼的情景。那時候他覺得世界是美好的，前途是廣闊的，充滿美妙的光和善意。今天，在他的命運已經決定的時候，他似乎在和自己對於美好的科學的愛告別——純潔的愛、孩子般的愛、幾乎是宗教式的愛，在和幾個星期前的那種心情告別——克制住巨大的恐懼，沒有自我欺騙時體驗到的感情。

他只能對一個人說說這些，但是那人現在不在他身邊。

還有奇怪的。他有一種很急切的心情，希望所有的人快點兒知道發生的事情。希望研究所、大學課堂、黨中央委員會、科學院院部、房管所、別墅區管理處、各大學教研室、各個科學協會都知道這件事。可是，索科洛夫是不是知道，維克多覺得無所謂。不是在理智上，而是在內心深處暗暗不希望瑪利亞知道這個消息。他猜想，當他被排擠、倒楣的時候，她更愛他，他覺得是這樣。

他對女兒和妻子說起戰前她們就知道的一件事：史達林一天夜裡來到地鐵車站，他微微有些酒意，挨著一個年輕女子坐下來，問她：「我能幫您什麼忙嗎？」那女子說：「我想去看看克里姆林宮。」史達林在回答之前，想了想，說：「這一點也許我能辦得到。」

娜佳說：「你瞧，爸爸，你今天真了不起，媽媽居然讓你把這個故事說完，沒有打斷你。要知道，這故事她已經聽過一百一十次了。」

於是他們又一次，也就是第一百一十一次譏笑起那個天真的女子。

柳德米拉問：「維克多，遇到這種情形，是不是應該喝點兒酒？」

她拿來一盒水果糖，原是為娜佳過生日準備的。

「吃吧，」柳德米拉說，「不過，娜佳，不要一吃起來就和狼一樣。」

「爸爸，吃吧，」娜佳說，「咱們為什麼要笑地鐵裡那個女人？你怎麼不向史達林問問米佳舅舅和克雷莫夫的事？」

「瞧你說的，這怎麼可能呢？」他說。

「依我看，可能。要是外婆，馬上就會說的，我相信她會說。」

「可能，」維克多說，「可能。」

「哎，別瞎扯了。」柳德米拉說。

「怎麼瞎扯？這是問舅舅的事。」娜佳說。

「維克多，」柳德米拉說，「應該給希沙科夫打個電話。」

「你顯然對這件事的意義估計不足。用不著給任何人打電話。」維克托說。

「你還是給希沙科夫打個電話吧。」柳德米拉執拗地說。

「等史達林對你說『祝你成功』，你給希沙科夫打電話好啦。」

這一天維克多產生了一種很奇怪的新感覺。大家把史達林神化，他過去一直感到很氣憤。報紙從第一版到最後一版到處都是他的名字。又是肖像，又是半身雕像，又是全身塑像，又是歌劇，又是長詩，又是頌歌……他被稱作父親、天才……

使維克多氣憤的，是他的名字遮沒了列寧的名字，竟把他的軍事才能說得比列寧的治國才能還高。在阿列克謝·托爾斯泰的一個劇本裡，列寧很勤快地劃著了火柴，讓史達林點著菸斗抽菸。在一位畫家筆下，史達林昂首闊步地走在斯莫爾尼宮的臺階上，列寧急急匆匆、畢恭畢敬地跟在他後面。如果在畫著列寧和史達林跟人民在一起，那麼，只有一些老頭子、老婦人和小孩子親切地看著列寧，而傾注著史達林的卻是一些武裝巨人——腰纏機槍子彈帶的工人、水兵。歷史學家寫到蘇維埃國家的危難時期，不論是喀琅施塔得叛亂時期，保衛察里津時期，還是波蘭入侵時期，都要歪曲事實，說列寧經常向史達林請教。黨的歷史學家們給予史達林參加過的巴庫罷工和他曾經主編過的《鬥爭報》的地位，超過了俄國的全部革命運動。

「《鬥爭報》，《鬥爭報》，」維克多常常很生氣地說，「當年有日里雅波夫，有普列漢諾夫，有克魯泡特金，有十二月黨人，可是現在只剩了《鬥爭報》，《鬥爭報》……」

千餘年來俄羅斯一直是君主專制和專制獨裁國家，是沙皇和寵臣們的國家。但是在千餘年的俄羅斯歷史中，誰也不曾有過史達林這樣大的權力。

可是今天維克多不氣憤，不害怕了。史達林的權力愈大，頌歌和定音鼓愈響，這尊活神像腳下的神香煙雲愈濃，維克多的幸福感愈強烈。

天色漸漸黑下來，可是他不害怕了。

史達林和他說話了呀！是史達林對他說：「祝您研究順利。」

等到天色完全黑下來，他來到大街上。

在這黑沉沉的晚上，他不再感到絕望和大禍臨頭了。他心裡是寧靜的。他知道，在簽發逮捕證的地方已經知道了一切。他想到克雷莫夫、米佳、阿巴爾丘克、馬季亞羅夫，想到切特韋里科夫，就感到奇怪。他們的命運沒有成為他的命運。他懷著感傷和不可理解的心情想著他們。

維克多為他的勝利高興，那是他的精神力量、他的頭腦取得的勝利。他也不管，為什麼今天的幸福和被批判那天似乎感覺到母親跟他在一起時那種幸福有所不同。現在馬季亞羅夫是不是會被捕，克雷莫夫是不是會供出他來，對他都無所謂了。他生平第一次不為自己說的一些離經叛道的笑話和不小心的話擔驚受怕。

到很晚的時候，柳德米拉已經睡了，電話鈴響了起來。

「您好。」一個很輕的聲音說。維克多一聽就激動起來，似乎更超過白天的激動。

「您好。」他說。

「我不能聽不到您的聲音。您對我說點兒什麼吧。」她說。

「瑪莎，瑪申卡。」他說過這話，就不作聲了。

「維克多，我親愛的，」她說，「我不能對我丈夫撒謊。我對他說了，我愛您。我向他發誓永遠不再見您。」

早晨，柳德米拉走進他的房裡，撫摸了他的頭髮，吻了吻他的額頭。

「我在夢裡彷彿聽到，昨天夜裡你跟什麼人通電話。」

「沒有，你是做夢了。」他鎮靜地看著她的眼睛，回答說。

「記住，今天你要上房管所去一趟。」

四十三

看慣了軍裝的人，一看到偵訊員的西裝上衣，覺得很奇怪。偵訊員的臉倒是一張很平常的臉，像這種黃白色的臉，在辦公室裡的少校和政工人員中是很常見的。

回答開頭幾個問題很容易，甚至輕鬆愉快，似乎其他一切也會十分清楚，就像姓、名和父稱一樣簡單明瞭。

從犯人的回答似乎可以感覺出一種迫切地想幫助偵訊員的心情。偵訊員好像對他一點也不瞭解嘛。他們之間的辦公桌並沒有把他們分開。他們都交過黨費，看過《恰巴耶夫》，聽過黨中央的指示，在五一節前都被派到工廠企業去做過報告。

例行公事的問題很多，犯人漸漸鎮靜下來。很快就會問起實質性問題，他就要說說他是怎樣帶著人突圍的。

終於弄清了，坐在桌前這個敞著軍服上衣領口、被剪掉了鈕扣、鬍子拉碴的人有名字、父稱、姓，出生於秋天，俄羅斯族，參加過兩次世界大戰和一次國內戰爭，沒有參加過匪幫，沒有犯罪前科，參加聯共（布）二十五年，曾被選為共產國際代表大會代表，還當過世界工會太平洋地區會議的代表，沒有得過勳章和榮譽武器……

想到當年被包圍，想到跟他一起轉戰在白俄羅斯沼地上和烏克蘭土地上的許多人，克雷莫夫感到心慌意亂。

他們之中是誰被捕了呢？是誰在審訊中經受不住，喪失了良心？可是一個突如其來的涉及另一段很早時期的問題使克雷莫夫大吃一驚：

「您說說，您什麼時候和弗里茨．加肯認識的？」

他沉默了半天，然後說：「如果我沒記錯的話，那是在全蘇工會中央理事會，在托姆斯基的辦公室裡，如果我沒記錯的話，那是在一九二七年春天。」

偵訊員點了點頭，好像他很清楚早年這些情況。

然後他深深吸了一口氣，打開標有「檔案」字樣的公文夾，不慌不忙地把白色小絲帶解了開來，翻起一頁頁寫滿了字的紙。克雷莫夫模模糊糊看到用各種顏色的墨水寫的字，看到打字機打的字，行距有稀的，有密的，還有用紅鉛筆、藍鉛筆和普通鉛筆寫的標註，有的筆道很粗，有的是仔細貼上去的。

偵訊員慢慢翻著材料，就像一個好學生滿有把握地翻著書本，早就知道他已經把課程學透了。他偶爾看看克雷莫夫。這時候他像一位畫家，看看他的畫是否與模特兒相像：外貌，性格，心靈的窗戶——眼睛……

他的目光變得多麼陰沉。他那很平常的臉——這樣的臉一九三七年以後克雷莫夫在區黨委、州黨委、區公安局、圖書館和出版社常常見到——忽然變得很不平常了。克雷莫夫覺得，他整個的人是由一些拼圖方塊組成的，但這些拼圖方塊沒有合成一個整體，沒有成為一個人。一塊方塊是眼，另一塊是慢騰騰的手，還有一塊是問問題的嘴巴。方塊亂了位置，失去比例，嘴巴大得出了格，眼睛移到嘴巴底下，長到蹙緊的額頭上，額頭則移到應該長下巴的地方。

「嗯，嗯，是這樣。」偵訊員說。他臉上的一切又像人的樣子了。他把公文夾闔上，公文夾上的小綁帶他沒有繫上。

「就像沒有繫上的鞋帶兒。」褲子和襯褲上的扣子都被剪掉了的被捕者心中想道。

「共產國際。」偵訊員一字一字、鄭重其事地說。接著用平常的語調說：「尼古拉．克雷莫夫，共產國際工作人員。」隨後又一字一字、鄭重其事地說：「第三共產國際。」

他一聲不響地沉思了很久。

「啊呀，好厲害的小娘們兒穆絲卡．格林貝格。」偵訊員忽然帶著很起勁又狡黠的神氣說，就像男子之間說玩笑話兒。

克雷莫夫感到很難為情，不知如何是好。臉一下子紅了。

有過這事兒！已經很久了，可是一想起來就難為情。那時候他好像已經愛上葉妮婭了。好像那是他下了班去找老朋友，想把錢還他，好像是借了錢買車票的。底下的事他就記得很清楚，不是「好像」了。老朋友康斯坦丁不在家。他本來也不喜歡她。她不住地抽菸，抽得嗓子都啞了，談起什麼，都自以為有兩下子，她是哲學研究所的黨委副書記，不錯，她很美，如大家說的，是一個標致娘們兒。唉，所以他就和康斯坦丁的老婆在沙發上幹了那種事，而且後來又和她會過兩次……

在一個鐘頭之前，他還以為，這是從鄉下區裡提拔上來的一名偵訊員，對他一點兒也不瞭解。可是過了一陣子，偵訊員卻一個勁兒地問起和克雷莫夫一起工作過的外國共產黨員，他知道他們的小名和外號，知道他們的妻子和情婦的名字。他的檔案材料這樣豐富，不是一種好兆頭。就算克雷莫夫是一位偉人，每一句話對於歷史都有舉足輕重的意義，也未必值得把這麼多雞毛蒜皮、亂七八糟的小事收進檔案裡。

可雞毛蒜皮的小事是沒有的。

不論他到過哪兒，都留下他的腳印，有人跟著他的腳跟走，記下他的生活。他取笑同志的話、讀過一本書的感想、在慶賀生日時開玩笑的祝酒詞、在電話裡說的三分鐘的話、開大會時給主席團遞的不太客氣的條子——這一切都收進了繫小綁帶的公文夾。

他的言語、行動被搜集起來，曬乾了，做成了大型標本。這是多麼不懷好意的手指頭如此勤勞地搜集野草、蕁麻、飛廉、濱藜……

偉大的國家竟在研究他和穆絲卡·格林貝格的豔史。一些閒話和瑣事與他的信仰編結在一起，他對葉妮婭的愛沒有什麼意義，有意義的倒是一些不足道的偶然的豔遇，他簡直分不清大節和小節了。他說過的一句對史達林的哲學常識不太客氣的話，似乎比他十年來日日夜夜為黨工作更值得注意。一九三二年他在洛佐夫斯基的辦公室裡和一位德國同志談話的時候說，在蘇聯的工會運動中國家的成分太多，無產階級的成分太少，這是真的嗎？是那位同志告密的？

「您要明白，偵訊員同志。」

「應該稱呼公民。」

「是，是，公民。這是捏造，是有成見。我在黨內有四分之一世紀。我在一九一七年發動過士兵起義。我在中國工作過四年。我日日夜夜為黨工作。許多人都瞭解我……在衛國戰爭期間我志願上前線，在最危難的時刻大家都相信我，跟著我走……我……」

偵訊員問道：「您怎麼，是來這兒領立功獎狀的嗎？要不要填表領嘉獎證書？」

確實，他不是來領立功獎狀的。

偵訊員搖了搖頭，說：「您還怪妻子不給您送東西呢。瞧您這個丈夫！」

這話是他在牢房裡對鮑戈列耶夫說的。我的天啊！卡茨涅林鮑肯用開玩笑的口氣對他說：「一位希臘人預言，一切都會過去；我們則可以斷言，一切都會密告上去。」

他的一生進入繫小綁帶的公文夾之後，便失去體積、長度、比例……一切一切都成為黏糊糊、亂糟糟的、灰灰的一團，連他自己也不知道什麼更值得注意：是在潮溼、悶熱的上海的四年超強度工作，史達林格勒的搶渡，對革命的忠誠，還是因為在「松樹」療養院對一位不太熟悉的文學家說的批評蘇聯報紙內容貧乏的幾句氣話？

偵訊員又和藹、又親切地小聲問道：「現在請您對我說說，法西斯分子加肯是怎樣吸收您參加諜報和破壞工作的。」

「您不是開玩笑吧？」

「克雷莫夫，別裝蒜。您該看到，您走的每一步我們都是很清楚的。」

「正因為這樣，所以……」

「克雷莫夫，您老實點兒。您騙不了保安機關。」

「不過，這是捏造！」

「是這樣的，克雷莫夫。我們有加肯的供詞。他在交代自己的罪行中，談到他和您的罪惡關係。」

「您哪怕拿出十份加肯的供狀，這都是假的！是捏造！如果你們有加肯這樣的供狀的話，為什麼還相信我這個間諜和破壞者，讓我做軍事政委，帶領人作戰？你們幹什麼去了，你們是幹什麼的？」

「您怎麼，是叫您到這兒來教訓我們的嗎？是請您來領導保安機關工作，是不是？」

「說什麼領導，說什麼教訓！要擺事實，講道理。我瞭解加肯。他不可能說他吸收我幹什麼。不可能！」

「為什麼不可能？」

「他是共產黨人，是革命戰士。」

偵訊員問：「您一直相信這一點嗎？」

「是的，」克雷莫夫回答說，「我一直相信！」

偵訊員一面點頭，一面翻檔案材料，一面似乎無可奈何地說：「既然一直相信，那就是另一回事兒了……就是另一回事兒了……」

「您就看看吧。」他用手掌摀住一張紙的一部分，說道。

克雷莫夫粗粗地看著上面寫的字，聳了聳肩膀。

「太沒出息了。」他很厭惡地說。

「為什麼？」

「這人沒有勇氣挺直身子說，加肯是一名忠誠的共產黨人，又不肯昧著良心誣陷他，所以就躲躲閃閃。」

偵訊員把手移了移，讓克雷莫夫看了看簽名和日期：克雷莫夫，一九三八年二月。

他們都沉默了一會兒。然後偵訊員厲聲問道：「也許，是他們打您，所以您寫了這樣的證明材料吧？」

「不是，沒有打我。」

偵訊員的臉又分裂成好幾塊拼圖方塊，那氣憤的眼睛流露著厭惡的神情，嘴巴在說：「還有，您在被包圍的時候，有兩天離開了自己的隊伍。敵人用軍用飛機把您接到德軍集團軍群司令部，您交出了重要情報，又接受了新的指示。」

「癡人說夢。」被剪掉了衣服扣子的人嘟囔說。

可是偵訊員繼續進行審問。現在克雷莫夫已經不覺得自己是具有崇高、明確的思想，隨時準備為革命上斷頭臺的強者了。

他感到自己是一個軟弱、不堅定的人，他說過不該說的話，傳播過荒唐的謠言，他竟敢嘲笑蘇聯人民對待史達林同志的感情。他不善於識別朋友，在他的朋友當中有很多人被鎮壓了。他的理論見解十分混亂。他和朋友的妻子私通。他用可恥的兩面派態度寫了有關加肯的證明材料。

難道坐在這兒的是我嗎？難道這一切都是我的事嗎？這是一個夢，是夏夜的一個夢。

「在戰前您為國外的托洛茨基中央組織提供過有關國際革命運動主要人物思想狀況的情報。」

懷疑這樣一個可鄙、骯髒的人叛變，不必是瘋子，也不必是壞蛋。克雷莫夫如果在偵訊員的位子上，也不會相信這樣一個人。這個人十分瞭解在一九三七年接替被鎮壓或被解職、降職的黨內工作者的一批新的黨幹部。這是一些氣質和他不同的人。他們讀的書不同，讀法也不同，他們不是讀，而是「仔細研究」。他們看重舒適的物質生活，革命的犧牲精神與他們格格不入，或者說，不是他們性格的基礎。他們不懂外語，喜歡自己的俄羅斯本性，說俄語也不按標準音。他們之中有聰明人，但是他們的主要長處和本領似乎不在於思想和理智，而在於辦事能力和機警，善於見風使舵。

克雷莫夫明白，不管新幹部還是老幹部，都在黨的一致與共同性中得到統一，分歧不要緊。但是他覺得自己比這批新人優越，覺得他這個列寧主義的布爾什維克比他們好。

他沒有注意到，現在他和偵訊員的關係已經不在於他是否願意和這位新幹部親近，承認這位新幹部是黨的同志。現在，和偵訊員認同的願望變成了可憐的希望，希望對方和他親近，哪怕同意他一生的所作所為不全是壞的、低下的、不忠誠的。

現在，連克雷莫夫也沒有覺察到這樣的事是怎麼發生的：一個充滿自信的偵訊員成了一名充滿自信的共產黨員。

「如果您真的能夠誠心悔改的話，哪怕您還對黨多少有一點愛護之心的話，那就該承認自己的罪行，幫助幫黨。」

克雷莫夫一下子打掉侵蝕著他的大腦皮層的軟弱，叫了起來：「您別想從我身上得到什麼！我絕不寫假口供。您聽見嗎？就是用刑，我也不寫！」

偵訊員對他說：「您考慮考慮吧。」

他又翻起檔案材料，沒有看克雷莫夫。時間一點一點過去。他把克雷莫夫的檔案材料推到一邊，從桌子抽屜裡拿出一張紙。他似乎忘記了克雷莫夫，不慌不忙地寫著，皺起眉頭思索著。後來他把寫好的東西看了一遍，又想了想，從抽屜裡拿出一個信封，就在上面寫地址。也許，這不是一封公函。後來他又看了一遍地址，在姓氏下面畫了兩道著重線。後來他往自來水筆裡灌了墨水，又把筆頭上滴的墨水擦了半天。然後他削起菸灰缸上的鉛筆，其中有一支鉛筆的鉛芯一削就斷，但是偵訊員沒有生鉛筆的氣，很耐心地削了又削。後來他在指頭上試了試鉛筆尖兒。

被捕者確實在考慮。要考慮的事情太多了。

哪兒來的這麼多告密者！必須想一想，弄清楚是誰告的。這還用說？是穆絲卡．格林貝格……偵訊員還要問到葉妮婭的……確實很奇怪，為什麼還沒有問到她，一點也沒有提到她……難道有關我的材料是瓦西亞提供的？但是我究竟有什麼，有什麼好承認的呢？我現在在這兒，不明白的還是不明白，黨啊，你這一切為的是什麼？史達林呀，史達林，因為什麼樣的罪過，打擊這麼多善良、剛強的人？可怕的不是偵訊員提出的問題，而是他的沉默、他避而不談的東西。卡茨涅林飽肯說的不錯。當然，他會問起葉妮婭的，顯然她已經被捕了。這一切是怎麼來的，怎麼開頭的呢？我怎麼會蹲起監牢？我這一生多麼苦惱，有多少窩囊事兒。史達林同志，饒恕我吧！只要有您一句話就行，史達林同志！我有錯誤，我糊塗，我亂說過，我懷疑過，黨全知道，全看見了。我為什麼，為什麼要和那個文學家鬧扯呀？不過，還不是一樣。可是，突圍又有什麼問題？這簡直荒唐，簡直是誣陷、捏造、誹謗。為什麼，為什麼我當時沒有說加肯是我的朋友，我的好兄弟，我不懷疑他是純潔的？這樣加肯那不幸的眼睛就會從他身上移開了……

偵訊員忽然問道：「喂，怎麼樣，回想起來了嗎？」

克雷莫夫把兩手一攤，說：「我沒有什麼好回想的。」

電話鈴響起來。

「喂，我聽著呢。」偵訊員說。他瞟了克雷莫夫一眼，說：「是的，你準備吧，快要到時候了。」

克雷莫夫覺得似乎說的是他。後來偵訊員放下話筒，又拿起話筒。這次的電話很奇怪，好像旁邊坐的不是一個人，而是一隻兩條腿的獸。看樣子，偵訊員是在和他老婆聊天。開頭談的是生活上的問題：「上配給商店去過嗎？鵝嗎，這很好……為什麼憑一號券不賣？謝廖沙的老婆往科裡打過電話，說憑一號券買了一條羊腿，請咱們去吃呢。告訴你，我在小賣部買了一些奶渣，不，不是酸的，有八百克……今天煤氣怎麼樣？你不要把西裝忘了。」

後來他又說起來：「喂，怎麼樣？別太煩惱，要多加注意。做夢啦？穿什麼？還穿短褲？可惜……喂，小心點兒，等我回去，你已經要上學校去了……收拾房間嗎，很好，不過要小心，不要拿重東西，你無論如何不能拿重東西。」

在這兒這樣隨便地敘家常，有點兒不可思議；愈是像日常的、平常人的談話，談話的就愈不像人。猴子模仿人的行動，樣子就有點兒可怕……同時克雷莫夫感到自己也不是人，因為當著一個外人的面，是不會說這一類的話的……

「我吻你……你不願意……好，算啦，算啦……」

當然，如果按照鮑戈列耶夫的理論，克雷莫夫只是波斯貓，是青蛙、金翅雀，或者樹枝上的一隻小蟲兒，這樣也就一點沒有什麼奇怪的了。

到末了，偵訊員問：「要烤糊了吧？好，快去，快去，再見。」

然後他拿出一本書和一個筆記本，看起書來，還不時地做筆記，也許他是準備小組討論，也許是準備做報告……

他帶著很大的火氣說：「您怎麼一個勁兒地跺腳，就好像在做體操？」

「公民，我的兩腳發麻。」

但是偵訊員又埋頭看起書來。

過了十來分鐘，他心不在焉地問：「喂，怎麼樣，回想起來了嗎？」

「公民，我要上廁所。」

偵訊員歎了一口氣，走到門口，輕輕喚了一聲。當一隻狗在不適宜的時候要求出去遊逛時，狗主人的臉色往往就是這樣。進來一名穿野戰軍服的士兵。克雷莫夫用老練的目光把他打量了一眼：腰裡紮著皮帶，白襯領乾乾淨淨，軍帽戴得端端正正——一切都很像樣。只是這名士兵幹的不是士兵該幹的事情。

克雷莫夫站起來，因為在椅子上坐的時間太久，兩條腿都麻木了，一開始邁步直打顫。在廁所裡，他在士兵的注視下急急忙忙地想著，回來的路上也急急忙忙地想著。有很多事情要想。

等克雷莫夫從廁所裡回來，偵訊員不見了，在他的位子上坐的是一個穿軍服的年輕人，佩戴著鑲了紅條的藍色大尉肩章。大尉用陰沉的目光看了看被捕者，就好像有不共戴天的仇恨。

「幹嘛站著？」大尉說。「喂，坐下！把身子坐直，老傢伙，幹嘛弓著背？等我給你兩下子，你身子就直起來了。」

「一見面就這樣。」克雷莫夫心裡想道。他害怕起來，在戰場上他都沒有這樣害怕。

「這一下子要來勁兒了。」他想。

大尉吐了一個菸團兒，在灰色的菸團中響著他的聲音：「這是紙、筆。怎麼，要我替你寫嗎？」

大尉很喜歡侮辱克雷莫夫。也許，這是他的職責？要知道，在前方有時要炮兵對敵軍進行擾亂性射擊，炮兵就日日夜夜打炮。

「你是怎麼坐的？你是上這兒睡覺的嗎？」

過了幾分鐘，他又呼喚被捕人：「喂，你聽著，怎麼，我不是對你說話嗎，跟你無關嗎？」

他走到窗前，拉起厚厚的窗簾，把電燈熄了，一道陰沉的晨曦射進克雷莫夫的眼睛。克雷莫夫自從來到盧比揚卡，這是第一次看見白天的光。

「一夜過去了。」克雷莫夫想道。他一生是否有過更壞的早晨？難道在幾個星期之前是他無思無慮地躺在炸彈坑裡，對他厚待的鋼鐵在頭頂上呼嘯著，他感到那樣幸福和自由？

可是時間錯亂了：他進入這個房間是很久以前，史達林格勒卻是剛剛過去的事。

窗子面對著內部監獄的天井，窗外光線灰沉，毫無生氣，不像亮光，倒像髒水。一切東西在這晨光下似乎比在電燈光下更陰沉，更帶有官氣和敵意。

不，不是靴子變小，是兩腳麻木了。

在這兒怎麼把他過去的生活和工作與一九四一年被包圍聯繫起來？是誰的手指頭把不能連接的東西連接到了一起？這是為了什麼？誰要這樣？為什麼？

他想到這些，心裡十分難過，以至於有時他忘記了脊背和腰的痠痛，感覺不到他腫脹的兩腿已把靴筒塞滿了。

弗里茨・加肯……我怎麼忘了，一九三八年我也是坐在這樣一個房間裡，也是這樣坐著，不過，不是這樣：那時候口袋裡有通行證。現在倒是想起了那最卑鄙的心思：一心想討好所有的人，不論是開發通行證的辦事人員，值班守衛，還是穿軍服的電梯工。那一位偵訊員說：「克雷莫夫同志，請您幫幫我們的忙吧。」

不，最卑鄙的還不是一心想討好。最卑鄙的是一心想表示忠誠！啊，這一下他倒是回想起來了！在這方面只要忠誠就行了！於是他表示了忠誠，他說出加肯在評價斯巴達克運動方面的錯誤，說他對臺爾曼沒有好感，說他想要稿費，說他在艾麗薩懷孕的時候和她離了婚……當然，他也想起了好的……偵訊員記下了他的話：「我和他多年相交，認為他不大可能直接參與反黨的破壞活動，不過不能完全排除他有進行兩面派活動的可能性……」

啊，是他報告的……在這兒的檔案夾裡所搜集到的有關他的一切，都是也想表示忠誠的同志們說的。為什麼他要表示忠誠？是黨員的義務嗎？胡說！真正的忠誠只能這樣：拿拳頭在桌子上狠狠一擂，高聲說：「加肯是我的朋友和兄弟，他沒有罪！」可是他卻搜索枯腸，拚命找毛病，拚命迎合那個偵訊員，因為沒有偵訊員的簽名，他有通行證也出不了灰色大樓的大門。他還回想起來，當偵訊員說「請等一下，克雷莫夫同志，我在您的通行證上簽個字」的時候，他感到多麼急切、多麼幸福。他幫助他們把加肯打進了監獄。他這個忠誠的人帶著簽了字的通行證上哪兒去了呢？不是去找朋友的妻子穆絲卡·格林貝格了嗎？不過他說的有關加肯的一切，都是事實。但那裡面說的有關他的一切，也都是事實呀。他確實對菲佳·葉甫謝耶夫說過，史達林各方面的缺陷都和哲學上的無知有關係。要說出他遇到過的人，實在可怕：尼古拉·伊凡諾維奇、格裡高力·葉甫謝耶維奇、洛莫夫、沙茨金、比亞特尼茨基、洛米納澤、留京、紅頭髮的什里亞普尼科夫，他還到列夫·鮑里索維奇的「科學院」去過，還有拉舍維奇、揚·加瑪律尼克、盧波爾，他還去研究所找過里亞薩諾夫老頭子，在西伯利亞有兩次住在老朋友艾海家裡，還有基輔的斯克雷普尼克、哈爾科夫的斯坦尼斯拉夫·科西奧爾，噢，還有盧特·菲舍爾，哦……幸虧偵訊員沒有想起主要的一個，要知道當初列夫·達維多維奇和他的關係是不壞的……

我算是爛透了，還有什麼說的。不過，為什麼？他們的罪過不比我的大呀！不過我可是沒有簽字。別急，克雷莫夫啊，克雷莫夫，你會簽字的。他們都簽字了，你怎麼能不簽字！大概，最卑鄙的手段留在最後。就這樣三天三夜不讓人睡覺，然後就開始毆打。是的，反正這一切不大像社會主義。我的黨有什麼必要把我消滅？要知道，當年搞革命的是我們，而不是馬林科夫，不是日丹諾夫，不是謝爾巴科夫。我們對革命的敵人都是毫不留情的。為什麼革命對我們毫不留情？也許，革命就是毫不留情。也許，這不是革命，這個大尉算什麼革命，這是黑幫，是一夥流氓。

他呆呆地坐在椅子上，時間一點一點過去。

背也疼，腿也疼，疲憊無力，身子想挺直也挺不起來。頂好能躺到床上，動一動光光的腳趾頭，蹺一蹺腿，撓撓小腿肚子。

「別睡覺！」大尉喝道。就像在發布戰鬥命令。

好像只要克雷莫夫閉一會兒眼睛，蘇維埃國家就會垮了，前線就會崩潰。

克雷莫夫一輩子也沒有聽到過這麼多罵人的髒話。

朋友們、親近的助手、祕書、推心置腹的交談者都在搜集他的一舉一動。他愈想愈害怕：「這是我對伊凡說的，只是對伊凡說過。」「我跟格里沙談過，我和格里沙從一九二〇年就相識。」「這話我和瑪什卡·海爾別爾說過，哎呀，瑪什卡呀，瑪什卡。」

他忽然想起偵訊員說的，他別想等葉妮婭送東西……這是他不久前在囚室裡和鮑戈列耶夫說的。直到現在還有人在填充克雷莫夫標本呢。

下午，給他端來一缽子湯。他的手抖得厲害，只好彎下頭去，就著缽子的邊兒喝湯，湯匙像敲鼓一樣碰得叮噹響。

「你喝起來像頭豬。」大尉陰沉地說。

後來又是一件大事：克雷莫夫要上廁所。他走在走廊裡的時候，已經什麼也不想了，可是，他站在便池前的時候又想了，想的是：幸虧把扣子剪掉了，要不然，手這樣發抖，褲襠還解不開，也扣不上呢。

時間又是一點一點地過去。戴著大尉肩章的國家勝利了。他的頭腦裡出現一團濃濃的灰霧。大概，猴子的頭腦裡就有這樣的霧。不再有過去和未來，不再有繫著小綁帶的檔案夾。只有一個願望：把靴子脫下來，撓撓癢，睡一覺。

那個偵訊員又來了。

「您睡好了嗎？」大尉向他問道。

「領導不是睡覺，是休息。」偵訊員故意用教導的口吻說。他說的是很久以前軍隊裡的一句俏皮話。

「是的，」大尉說，「不過部下眼皮有些腫了。」

就像一個工人來接班，總要看看自己的車床，認真地和上一班工人交換一下意見，偵訊員就是這樣看了看克雷莫夫，看了看辦公桌，說：「好啦，大尉同志。」

他看了看錶，從抽屜裡拿出檔案夾，解開小綁帶，翻了翻檔案材料，很有興致、很帶勁兒地說：「好吧，克雷莫夫，咱們繼續進行。」

於是他們又進行下去。

偵訊員今天問的是戰爭。他在這方面也知道很多很多：他知道克雷莫夫擔負的任務，知道一些團和集團軍的番號，能說出和克雷莫夫一起作戰的一些人的名字，知道克雷莫夫在政治部說過的一些話，知道他對將軍寫的文理不通的便條所提的意見。

克雷莫夫在前方所做的工作、在德軍炮火下做的一些報告、在撤退和艱難困苦的日子裡對士兵們的鼓舞——所有這一切一下子全不存在了。

他成了胡說八道的可憐蟲，成了兩面派，瓦解同志們的鬥志，把不信任和失望情緒傳染給他們。是德國偵察隊幫他越過前線以便繼續進行間諜和破壞活動，還有什麼可懷疑的嗎？

在重新開始審問的頭幾分鐘裡，睡足了覺的偵訊員那股精神勁頭兒也傳給了克雷莫夫。

「隨您怎樣，」他說，「我永遠不會承認自己是間諜！」

偵訊員朝窗外看了看：天已經開始黑了，他看不清桌上的材料了。

他開了檯燈，把藍色的窗簾放下來。

淒厲的、野獸般的叫聲從門外傳來，並且忽然斷了，沒有了聲音。

「好吧，克雷莫夫。」偵訊員說著，又在桌旁坐下來。

他問克雷莫夫，是否明白，為什麼從來沒有提升過他的軍銜。他聽到的是不太明確的回答。

「所以嘛，克雷莫夫，您在前方一直是一名營級政委，可是您應該是一位集團軍甚至方面軍的軍委委員呀。」

他盯著克雷莫夫，沉默了一會兒，也許，第一次用一個偵訊員的目光看了看，得意地說：「托洛茨基親口說過您的文章『十分精彩』。如果這個壞蛋奪取了政權，您會升上很高的位子，『十分精彩』——是開玩笑的嗎！」

「這就是王牌了，」克雷莫夫心想，「他把王牌打出來了。」

他以為，克雷莫夫會把一切都說出來了，什麼時候，在什麼地方，不過，這樣的問題也可以拿來問問史達林同志。克雷莫夫同志和托洛茨基主義沒有任何關係，他一直反對托洛茨基的意見，一次也沒有贊成過。

最要緊的是脫脫靴子，躺下去，蹺一蹺腫脹的腿，睡一會兒，同時在睡夢中撓撓癢。

可是偵訊員很親切地小聲說起來：「為什麼您不願意幫我們的忙呀？難道問題在於，您在戰前沒有什麼罪行，在被包圍時沒有恢復關係，沒有祕密進行聯繫？……問題要嚴重得多，深刻得多。問題在於黨的新方針。您要在新的鬥爭階段幫助黨。為此必須拋棄過去的一些見解。這樣的任務只有布爾什維克能夠擔當。所以我要和您談談。」

「那就好吧，好吧，」克雷莫夫慢慢地、昏昏沉沉地說，「可以設想，我不自覺地成了敵視黨的觀點的代表。就算我的國際主義和獨立自主的社會主義國家觀念相矛盾。就算我因為本性，在一九三七年以後和新的方針、新的人物格格不入。我願意承認，可以承認。不過，至於間諜，破壞……」

「還要這『不過』幹什麼？您瞧，您已經走上正路，承認自己敵視黨的事業。難道形式有什麼意義？如果您承認了最根本的，還要您這個『不過』幹什麼？」

「不，我不承認我是間諜。」

「就是說，您根本不想幫助黨。一談到問題，您就溜進樹林子裡，是這樣嗎？您是狗屎，真不識抬舉！」

克雷莫夫一下子跳起來，扯了一下偵訊員的領帶，然後用拳頭在桌上一擂，電話機裡有什麼東西叮噹響了一聲，又咕咕了兩聲。他用響亮的嗥叫聲叫了起來：「你這狗崽子，壞蛋，當我領著人在烏克蘭，在布良斯克森林作戰的時候，你在哪兒呀？冬天我在沃羅涅日作戰的時候，你又在哪兒？你這壞蛋，到過史達林格勒嗎？難道我對黨一點事情沒有做過嗎？你這副憲兵嘴臉，你就在這兒，在盧比揚卡保衛蘇維埃國家嗎？我在史達林格勒不是保衛我們的事業嗎？你在上海的白色恐怖下待過嗎？你這敗類，高爾察克匪幫打穿了我的左肩，還是打穿了你的左肩？」

然後，他被打了一頓。但不是像在方面軍特別科那樣乾脆俐落地打在臉上，而是打得很講究，很科學，很有生理學和解剖學的素養。打他的是兩個穿著新軍裝的年輕人，他對他們喊著：「你們這兩個壞蛋，應該把你們送到懲戒連去，把你們編進反坦克槍小組……兩個逃兵……」

他們自顧自打著，既不生氣，又不發狂。似乎他們打得不夠狠、不夠猛，但是這種打法很有些可怕，就像很平靜地說出的卑鄙話，往往格外可怕。

克雷莫夫的嘴裡流出血來，雖然一次也沒有打到他的牙齒，這血也不是從鼻子裡，不是從牙花子，不是從咬破的舌頭裡流出來的，不像在阿赫圖巴那樣……這是從肺部深處流出的血。他已經不記得他在哪兒，不記得他是在做什麼……他上面又出現了偵訊員的臉。偵訊員指著掛在桌子上方的高爾基畫像，問：「偉大的無產階級作家馬克沁·高爾基說什麼來著？」

接著又像個教師似的用教導的口吻回答說：「如果敵人不投降，就消滅他！」

然後他看到天花板上的電燈，看到一個佩戴窄小肩章的人。

「好吧，既然醫生認為沒事兒，」偵訊員說，「那就用不著休息了。」

一會兒，克雷莫夫又坐在桌前，聽著明白易懂的教導。

「咱們就這樣坐上一個星期，一個月，一年……咱們就來乾脆的：就算您沒有任何罪行，但我對您說什麼，您就全寫下來。這樣就不會再打您了。明白嗎？也許，特別會議會審判您，但是不會打您了——這是很重要的事。您以為，您挨打，我就舒服嗎？我們可以讓您睡覺。明白嗎？」

一個小時一個小時過去，談話還在進行著。似乎再沒有什麼能夠使克雷莫夫震驚，使他脫離昏昏沉沉的迷糊狀態。但是，他聽著偵訊員的一番新的說法，還是驚愕得半張開嘴巴，抬起頭來。

「所有這些事都是老早的事了，可能已經忘記，」偵訊員指著克雷莫夫的檔案材料說，「可是您在史達林格勒戰役期間對祖國的可恥背叛行為，是不會被忘記的。有見證人，也有材料可以證實！您在被德軍圍困的『6-1』號樓裡進行活動，瓦解戰士們的政治覺悟。您鼓動熱愛祖國的格列科夫背叛祖國，企圖動員他投向敵方，司令部和黨派您到這座樓房裡去擔任作戰政委，您辜負了司令部的信任，辜負了黨的信任。您進入這座樓房之後，擔當了什麼角色？竟做了敵人的間諜！」

快到天亮時候，又把克雷莫夫打了一頓。他覺得自己彷彿沉進溫暖的黑色牛奶中。又是那個佩戴窄小肩章的人擦著注射器的針頭，點了點頭。又聽見偵訊員說：

「既然醫生認為沒關係，就沒什麼。」

他們面對面坐著。克雷莫夫看著對方疲憊的臉，覺得奇怪的是，痛恨的心情消失了：難道是他曾經抓住這個人的領帶，想把這個人勒死？現在克雷莫夫心中又出現了同這個人的親近感。桌子已經不能把他們分開，坐在一起的是兩個同志，兩個苦命人。

克雷莫夫忽然想起那個槍斃以後沒死、穿著血糊糊的襯衣從夜晚的秋日原野回到方面軍特別科的人。

「這也是我的命運，」他想道，「我也無處可去。已經晚啦。」

後來他又要求上廁所，後來昨天的那個大尉又來到，把窗簾拉起，把燈熄了，抽起菸來。

於是克雷莫夫又看到白天的亮光，陰森森的，好像不是來自太陽，來自天上，而是來自內部監獄的灰色磚牆。

四十四

幾張床全空著，另外三個人也許搬到別的囚室去了，也許他們都在受審。

他被打得皮開肉綻，失去自制力，帶著被遺棄的人生躺在床上，腰部疼得非常厲害，好像他的腎被打壞了。

在人生毀滅的痛苦時刻，克雷莫夫懂得了女人愛情的力量。妻子！只有她珍愛這個被無情的鐵腳踐踏得血肉模糊的人。他渾身是血，她會給他洗腳，給他梳理蓬亂的頭髮，她看著他的失神眼睛。他的心靈被傷害得愈厲害，世上的人愈是厭惡他、瞧不起他，她就愈是覺得他可親可愛。她跟在汽車後面跑，她在庫茲涅茨橋排隊，在勞改營鐵絲網外面等候，她一心想著給他送幾塊水果糖、幾顆大蒜，她在煤油爐上給他烙糖餅，她願意花費幾年的時間，為的是哪怕跟他見半個小時的面……

不是所有睡過覺的女子，都能跟妻子一樣。

他因為絕望得像挨刀割一樣，就也想喚起另一個人的絕望。

他想好了一封信的開頭幾句：「你聽到這事會十分高興，不是因為我被抓了起來，而是因為你已經離開我了，你可以感謝你那耗子般的本能，使你離開了下沉的船……我是一個人……」

眼前閃過偵訊員桌子上的電話機……一頭健壯的公牛打他的腰，打他的腋下……大尉拉起窗簾，把燈熄了……檔案材料沙沙響著，他在沙沙聲中漸漸入睡……

忽然有一根燒得紅紅的、彎彎的錐子扎進他的頭蓋骨，似乎他的腦子發出焦糊味：是葉妮婭・尼古拉耶芙娜告密，出賣了他！

十分精彩！十分精彩！這是有一天早晨在茲納緬卡，在共和國革命軍事委員會主席辦公室裡對他說的話……那個尖下巴胡、戴著光閃閃的夾鼻眼鏡的人看過克雷莫夫的文章，就很親切地小聲說了這話。他記得：那天夜裡他對葉妮婭說，黨中央把他從共產國際召回，讓他在政治出版社主編一本書。「當年也算一個人物呀。」他想道……就是那天夜裡他對葉妮婭說，托洛茨基看了他的文章《革命與改良——中國與印度》，說：「十分精彩。」

說這話的時候沒有旁人在場，他也沒對任何人轉述過，只是對葉妮婭說了說，這就是說，偵訊員是從她嘴裡聽說的。是她告密的。

他再不覺得已經有七十個小時沒睡覺，他似乎已經睡足了。是強迫她的？反正還不是一樣。同志們，米哈伊爾．西多羅維奇，我完了！把我弄死了。不是手槍子彈、不是拳頭把我打死的，不是死於不能睡覺。是葉妮婭把我弄死的。我來寫供狀，什麼都承認。有一個條件：你們要說明，是她告密的。

他從床上爬下來，用拳頭擂起門來，值班守衛馬上就朝小孔裡窺視，他朝守衛喊道：「帶我去見偵訊員，我什麼都招認。」

值班班長走來，說：「別吵鬧，等什麼時候提審，您招認好啦。」

他不能一個人待在這兒。還不如挨打，昏迷過去。既然醫生認為沒事兒……

他一瘸一拐地走到床邊，當他覺得再也經受不住精神上的痛楚，當他覺得頭腦就要碎裂，覺得好像有成千上萬的碎片往心裡、喉嚨裡、眼睛裡直鑽的時候，他明白了：葉妮婭不可能告密！於是他咳嗽起來，哆嗦起來。

「原諒我，原諒我吧。我沒有福氣跟你在一起，這怪我，不怪你。」

自從捷爾任斯基踏進這座樓房裡來，這裡的人從來沒有體會過的美妙感情來到他心中。

他醒了過來。一頭貝多芬式亂髮的大塊頭卡茨涅林鮑肯坐在他的對面。克雷莫夫對他笑了笑，他那低低的肥厚的額頭皺了起來。克雷莫夫明白，卡茨涅林鮑肯認為他的笑是精神失常的表現。

「我看見了，他們打得您很厲害。」卡茨涅林鮑肯指著克雷莫夫血糊糊的衣服說。

「是的，打得挺厲害，」克雷莫夫歪著嘴回答說，「你們怎麼樣？」

「我上醫院去逛了逛。他們兩個都走了：特別會議又判了德列林格十年，就是說，一共是三十年了；鮑戈列耶夫轉到別的囚室去了。」

「啊……」克雷莫夫說。

「您說說吧。」

「我在想，」克雷莫夫說，「到了共產主義社會，新的 KGB 會祕密搜集人的一切好的行為，搜集每一句好話。那時的諜報人員會在電話裡竊聽一切和忠誠、正直、善良有關的言論，並且在書信裡尋找，從公開的談話裡提煉，把一切好的彙集到盧比揚卡來，歸入檔案。光搜集好的！這兒將增強人的信心，而不是像現在這樣摧毀人的信心。第一塊基石是我砌的……我相信，我勝利了，告密、謊言沒有把我制服，我相信，我相信……」

卡茨涅林鮑肯漫不經心地聽他說著，插話說：

「這話都很對，將來會這樣的。不過應該補充的是，編成這種美好的檔案之後，會把您弄到這大樓裡來，還是要槍斃。」

他用詢的目光看了看克雷莫夫，怎麼也無法理解，克雷莫夫那土黃色的臉，那凹下去又腫起來的眼睛，那帶著黑色血印子的下巴，為什麼在幸福而安詳地笑著。

四十五

保盧斯的副官阿丹斯上校站在打開的手提箱前面。

保盧斯的勤務兵里特爾蹲著，在地上鋪了報紙，把所有內衣放在報紙上，在挑揀著。

夜裡，阿丹斯和里特爾在元帥的辦公室裡燒文件，燒掉了保盧斯親自用的大地圖，本來阿丹斯認為那是神聖的戰爭遺物。

保盧斯一夜沒有睡。他早晨也沒有喝咖啡，冷漠地看著阿丹斯在忙活。他不時地站起來，跨過放在地上等待焚燒的一摞摞文件，在房子裡走一走。用麻布裱過的一些地圖燒得很不痛快，把爐條堵塞起來，里特爾不得不用爐鉤一再地清理爐膛。

每一次里特爾打開爐門，元帥都要把手伸到爐口。阿丹斯把軍大衣披到元帥的肩上。但是元帥不耐煩地動了動肩膀。於是阿丹斯又把大衣掛到衣架上。

也許，元帥此時已經看到自己在西伯利亞的俘虜營裡：他和士兵們一起站在火堆前烘手，前前後後都是空曠的荒野。

阿丹斯對元帥說：

「我叫里特爾往您的提箱裡多裝一些厚實的內衣。我們小時候想像的最後審判與事實不符：既不會有火，也不會有火炭。」

這天夜裡施密特將軍來過兩次。電話線被切斷了，電話機不響了。

自從被包圍的那一刻起，保盧斯就明白，他率領的軍隊不能在窩瓦河上繼續作戰了。他看出來，當初保證他夏季攻勢勝利的一切條件——戰術、心理、氣象、技術，都在往不利的方向變化，正數已變為負數。他向希特勒要求：第六集團軍應當協同曼施坦因在西南方衝破包圍圈，開闢一條通道，把部隊帶出去，並且做好思想準備，大部分重武器只好丟下。

十二月二十四日葉廖緬科的部隊在麥紹夫卡河地區給予曼施坦因部隊以重創之後，任何一個步兵營營長都清楚了，在史達林格勒進行抵抗是不行的。不清楚這一點的只有一個人。他把第六集團軍改為方面軍前哨，即從白海到捷列克河的方面軍。他宣布第六集團軍是史達林格勒的堡壘。可是第六集團軍司令部裡的人卻說，史達林格勒已經變成戰俘集中營。保盧斯又通過加密電報報告說，有一些有利於突圍的條件。他等待著可怕的怒火爆發，因為還沒有人敢於兩次反對最高統帥的意圖。他聽說過，希特勒曾經扯掉龍德施泰特元帥胸前的騎士十字勳章，在場的布勞希奇嚇得心臟病都發作了。和元首是開不得玩笑的。

元月三十一日，保盧斯終於收到了回電：授予他元帥軍銜。他又做了一次嘗試，想說明自己的正確，得到的是帝國的最高勳章——帶有橡樹葉的騎士十字勳章。

他漸漸意識到，希特勒已經開始拿他當死人對待了——這等於死後追授元帥軍銜，死後追授帶橡樹葉的騎士十字勳章。他現在只有一樣用處：創造英勇抵抗的領導者的悲劇形象。國家宣傳機構已經把他率領的幾十萬人宣揚為聖徒和受難者。這些人還活著，在煮馬肉，在捕殺史達林格勒最後的一些狗，在野地裡逮烏鴉，捉蝨子，把爛紙捲在紙裡當菸抽，可是這時候國家的廣播電臺卻為這些未死的英雄播放雄壯的哀樂。

他們還活著，在呵凍紅了的手指頭，他們的鼻孔裡還流著鼻涕，他們的頭腦裡還閃著一個一個的念頭，想吃，想偷，想裝成病人，想投降做俘虜，想上地下室裡和蘇聯娘們兒親熱親熱，可是這時候國家的兒童合唱隊和少女合唱隊已經在廣播裡唱：「他們死了，為的是德國的生存。」似乎他們的罪惡而美好的生命能夠復活，國家就一定滅亡。

一切正如保盧斯預言的。他懷著無比難過的心情，感覺自己斷言軍隊會毫無例外地全部完蛋是說對了。他從自己的軍隊的完蛋中也不由自主地產生一種奇怪的滿足，感到自己的高明。

在節節勝利的日子裡被壓制下去、驅趕出去的一些念頭又進入腦際。

凱特爾和約德爾把希特勒稱為「神聖的元首」。戈培爾說，希特勒的悲劇就在於，他在戰爭中不可能遇到與之匹敵的天才統帥。蔡茨列爾則說，希特勒曾要求他把戰線拉直，因為彎曲的戰線有損他的美感。那麼，就像神經錯亂、神經衰弱似的不肯進攻莫斯科，又算什麼呢？那麼，那一次突然變得優柔寡斷，下令停止進攻列寧格勒，又算什麼呢？他的堅決抵抗的狂熱戰略的基點是：害怕失去威望。

現在一切都完全明朗了。

但是正是完全明朗才可怕。他可以不服從命令！當然，元首會處死他。但是他可以救活許多人。他在很多人的眼裡看到了責難的神氣。

他可以，可以挽救軍隊！

他怕希特勒，怕丟掉性命！

保安總部駐集團軍司令部的最高代表哈爾布前幾天在飛往柏林的時候，用含糊的語言對他說，即使在德國這樣的民族中，元首也是太偉大了。是的，是的，噢，當然。

全是矯揉造作的腔調，全是虛誇腔調。

阿丹斯打開收音機。從劈啪的雜音中出現了音樂聲：德國在為史達林格勒的死者舉行安魂祈禱。音樂聲中隱藏著一股特別的力量。也許，對於民族，對於未來的許多戰役來說，元首創作的神話比起拯救受凍挨餓挨蝨子咬的許多人更為重要。也許，你在閱讀條令、安排戰鬥時間表、觀看作戰地圖的時候，並不瞭解元首的邏輯。

可是，也許，在希特勒為第六集團軍設計的受難光環中，會出現保盧斯及其軍隊的新生，他們在未來德國的新命運。

在這方面起作用的不是鉛筆、計算尺和計算器。起作用的是一位奇怪的軍需將軍，他有另外的計算標準，有另外的儲備。

阿丹斯呀，親愛的阿丹斯，忠實的阿丹斯，要知道，一個具有極高的精神氣質的人總是必然有所懷疑的。只有那些目光短淺、永遠覺得自己正確的人才會凌駕於世界之上。氣質高尚的人不會凌駕於國家之上，不會做出什麼偉大的決定。

「他們來了！」阿丹斯叫起來。他吩咐里特爾：「拿開！」於是把打開的提箱推到一邊，又整了整自己的軍服。

胡亂放進提箱裡的元帥的襪子後跟上有窟窿，里特爾緊張焦急起來，不是怕性子焦躁的保盧斯穿到破襪子，而是怕不懷好意的蘇聯人的眼睛看見這襪子上的窟窿。

阿丹斯站著，把兩手放在椅背上，背著馬上就要打開的門，用鎮靜、關切、愛護的目光看著保盧斯，他覺得，元帥的副官就應該這樣。

保盧斯多少挺了挺身子，不靠在桌子上，把嘴唇緊緊閉起。就是在此刻元首也希望他演戲，於是他準備演戲。

門就要開了，黑暗的地下室的這個房間就會對大地上活著的人起重要作用。痛苦和焦慮過去了，只剩下懼怕，怕的是，推門的不是也準備演出盛大話劇的蘇軍指揮部的代表，而是習慣了輕輕扣自動槍扳機的勇猛的蘇軍士兵。還有一種擔心未來的念頭：等戲一收場，人的生活就要開始了，是什麼樣的生活呢，上哪兒呢，是上西伯利亞，進莫斯科的監獄，還是進集中營的棚屋……？

四十六

夜裡，伏爾加東岸的人看到，史達林格勒的天空被五彩繽紛的信號彈映照得通明。德軍投降了。

就在這天夜裡，不少人從伏爾加東岸朝史達林格勒湧去。因為到處都在傳說，留在史達林格勒的居民最近一個時期餓壞了，所以士兵和軍官們以及伏爾加艦隊的水兵們紛紛帶著麵包和罐頭來了。有些人還帶著酒和手風琴。

但是很奇怪，這些不帶武器，在夜裡最先來到史達林格勒的士兵，在把麵包交給城市保衛者，又擁抱又接吻的時候，卻好像很傷心，既沒有笑，也沒有唱歌。

一九四三年二月二日早晨，霧氣沉沉。窩瓦河面融化的冰凌和冰窟窿冒著騰騰的水氣。在炎熱的夏日和寒冷的北風天裡一樣陰沉的荒涼草原上升起了太陽。乾乾的雪在又平又廣闊的原野上飛馳，時而捲成圓柱，旋成雪輪，時而突然失去動力，落了下來。東風的腳掌留下一處處腳印：刺草吱吱作響的莖上圍了雪領子，溝坡上留下一道道雪的波紋，露出光禿的泥土，一個個小土包露出禿頂……

站在史達林格勒的河岸上看去，跨過窩瓦河的人們好像是從草原的霧中冒出來的，好像他們都是嚴寒和冷風塑成的。

他們來史達林格勒無事可幹，領導沒有派他們來，這兒的戰事結束了。是他們自己要來。有紅軍士兵、修路工人、麵包師傅、參謀人員、馭手、炮兵、前方被服廠的裁縫、修理車間的電工和機械工。和他們一起過窩瓦河、爬岸坡的有裹著圍巾的老頭子，有穿軍裝棉褲的老太婆，有些小男孩和小姑娘還拖著小小的雪橇，上面裝著包袱和枕頭。

這座城市發生了奇怪的事情。汽車喇叭聲響了起來，拖拉機的發動機開始轟鳴，喧鬧的人們拉著手風琴的人走在街上，跳舞的人的氈靴踩得積雪愈來愈結實，士兵們歡叫，大笑。可是城市沒有因此活過來，城市好像死了。

幾個月之前史達林格勒就不再過自己的正常生活了：市裡的學校、工廠、女裝商店、業餘劇團、市公安局、托兒所、電影院，一個一個地關閉了。

在燒遍各街區的大火中誕生了一座新的城市——戰時的史達林格勒。戰時城市有自己的街道和廣場布局，有自己的地下建築、自己的街道交通規則、自己的商業網、自己的工廠車間、自己的手工業、自己的墳地、酒吧間、音樂廳。

每一個時代都有自己的世界名城。它是時代的靈魂，時代的意志。

第二次世界大戰是全人類的重要時代，在這個時代的一定時期內，史達林格勒成為世界性的城市。它成為人類的思想和激情。許多工廠為它加工產品，許多報刊為它報導，許多議會領袖為它發表演說。但是，當成千上萬的人從草原上來到史達林格勒，空曠的街道上到處是人，第一批汽車的馬達聲響起來的時候，這座戰時的世界名城就不再存在了。

這一天的報紙報導德軍投降的詳細情形。歐洲、美洲、印度的人都知道了，保盧斯元帥是怎樣從地下室裡走出來，在舒米洛夫將軍的第六十四集團軍司令部裡怎樣對德國的將軍們進行了初步審訊，保盧斯的參謀長施密特將軍穿的是什麼樣的衣服。

這時候，世界大戰的首城已經不存在了。希特勒、羅斯福、邱吉爾的眼睛已經在尋找世界大戰的新的集中點。史達林用手指頭敲著桌子，問總參謀長，要把史達林格勒的部隊從現在已成為後方的地區調往新的集結地區，交通工具是否夠用。戰時的世界名城，儘管還到處是能征慣戰的將軍和巷戰的高手，還到處是武器、作戰地圖、交通壕，可是已經不復存在了，它開始踏上新的生活軌道，這生活軌道靠今日的雅典和羅馬開闢。歷史學家、陳列館解說員、教師和總是感到寂寞的中學生已經不知不覺漸漸成為城市的主人。

一座新的城市漸漸誕生。這是一座勞動和日常生活的城市，有工廠、學校、托兒所、公安局、戲院、監獄。

薄薄的雪掩蓋了往火線上輸送彈藥和麵包、搬運機槍、抬送粥桶的小路，也掩蓋了狙擊手、觀測員、截聽員進入自己祕密的石頭小屋的彎彎曲曲的隱蔽小道。

薄薄的雪掩蓋了聯絡員從連裡跑向營裡的道路，掩蓋了巴秋克師前往班內山溝、肉類聯合加工廠和水塔的道路……

薄薄的雪掩蓋了這座偉大城市的居民去向鄰居要黃菸、喝幾杯生日酒，上地下澡堂裡洗澡，打牌，上鄰居家去嘗酸白菜的道路；掩蓋了他們走親訪友，去找鐘錶匠、打火機修理人、裁縫、手風琴手、倉庫管理員的道路。人們在鋪設新的道路。

人們走路不再緊貼著斷垣殘壁，不再繞來繞去躲著走。

像網一般的戰時的大路、小道都蓋上了薄薄的雪，在這蓋了雪的、總長有數千公里的道路上，沒有一個新鮮腳印。

一層薄雪上面，很快又蓋上一層，雪下的小路模糊不清了，完全消失了……

這座世界名城的老居民有一種說不出的幸福和空虛感。保衛史達林格勒的人卻產生了一種奇怪的苦惱。

城市空了。集團軍司令、各步兵師師長、民兵波里亞科夫老頭子、士兵格魯什科夫都感覺到這種空虛。這種感覺是不應該有的，難道可以因為大戰勝利、再沒有死亡而產生苦悶？

不過事實就是這樣。司令員桌上裝在黃黃的皮套子裡的電話機不響了，機槍護罩上積起了雪領子，炮隊鏡和射擊孔都落滿了雪；磨破和起了毛的平面圖和地圖從圖囊轉入軍用包，又從軍用包轉入一些排長、連長、營長的手提箱和行李包……一群一群的人在炮火摧毀的房屋中間走來走去，擁抱，呼喊「烏啦」……人們你看看我，我看看你。「小夥子們多麼好啊，又勇猛，又單純，又善良，我們穿的是棉襖，戴的是棉帽，你們穿戴都跟我們一樣。我們都幹了不少事，想想我們幹的是什麼事，都覺得可怕。我們把世界上最有分量的東西抬高了，把真理抬到了歪理之上，你倒是試試看……以前那是在童話裡說的，現在可不是童話。」

全是鄉親：有的是庫波羅斯山谷來的，有的是班內山谷來的，有的是從水塔附近來的，有的是「紅十月」工廠的，有的是馬馬耶夫崗來的，和他們在一起的還有市中心的居民，有原來住在察里津河邊的，住在碼頭區的，住在油庫附近的坡下的……他們又是主人，又是客人，他們自己向自己祝賀，冷風吹得舊鐵皮叮噹作響。有時他們向空中放幾槍，有時拉響一顆手榴彈。他們見了面就拍肩膀，有時還擁抱，用冰冷的嘴唇接吻，過後又不好意思地、快活地罵兩聲……他們一齊從地下冒出來，有鉗工、鏇工、農民、木匠、挖土工人，他們打退了敵人，他們重犁了石頭、鋼鐵、泥土。

世界名城與其他城市的不同，不僅在於人們都感覺到它與全世界的工廠與土地都有聯繫。世界名城與眾不同，在於它有靈魂。

戰時的史達林格勒就有靈魂。它的靈魂就是自由。

反法西斯戰爭的首城變成了無聲無息、冰冷的瓦礫場，戰前蘇聯這個工業與港口城市不存在了。十年之後，這兒將有成千上萬的囚徒築起雄偉的大壩，建起世界上一流的國家級大水電站。

四十七

一名德國士官在掩體裡醒來，不知道已經投降，因此出了一件事情。他開了一槍，打傷了薩德涅普盧克中士。這事引起蘇聯人的憤怒。他們正監視著一個個德國兵從倉庫裡走出來，把槍枝丟進叮叮噹噹響著、愈來愈大的槍枝堆裡。

俘虜們走著，盡量不朝兩邊看，表示他們的眼睛也做了俘虜。只有滿臉黑白胡茬的士兵施密特在走出來的時候，微微笑著打量著蘇軍士兵們，似乎相信會看到一張熟悉的臉。

昨天剛從莫斯科來到史達林格勒方面軍司令部的微微有些酒意的菲里莫諾夫上校，和他手下的一名翻譯站在一起，他們在這個受降點負責接受維格列爾將軍的師投降。菲里莫諾夫的軍大衣上佩戴著新的金色肩章，帶有紅色鑲邊和黑色條帶，在史達林格勒的營長、連長們那骯髒、煙燻火燎的軍裝棉襖和皺皺巴巴的暖帽當中，在德國俘虜那同樣骯髒、同樣經受了煙燻火燎、同樣皺皺巴巴的衣帽當中，顯得格外突出。

昨天他在軍委的食堂裡說，在莫斯科的軍需總庫裡保存著很多金線，本來是為沙俄的軍隊做肩章用的，他的朋友們都認為，弄到用這種優質的舊材料做的肩章是很大的幸運。

在響起槍聲，受了輕傷的薩德涅普盧克叫起來的時候，上校大聲問道：「是誰開槍，怎麼一回事兒？」

有好幾個聲音回答說：「是一個糊塗蟲，一個德國人。已經把他結果了……他好像還不知道……」

「怎麼不知道？」上校叫道。「這個壞蛋，他覺得我們流的血還少吧？」

他對擔任翻譯的高個子猶太裔政治指導員說：「把他們的長官給我找出來。他這個壞蛋頭兒，應該為這一槍負責任。」

這時候上校發現了士兵施密特那微微笑著的大臉，便叫起來：「這壞蛋，又打傷了一個，你高興，是不是？」

施密特不明白，為什麼他非常想表示好意的笑竟引起這位蘇聯首長的喝叫，等到似乎和這聲喝叫毫無聯繫的手槍聲響過，他已經什麼也不明白，踉蹌一下，便倒在後面跟上來的士兵腳下。他的屍體被拖到一旁，他側身躺著，認識他的人和不認識他的人一個一個從他身旁走過。後來，等俘虜們走光了，孩子們也不怕死人，爬進空了的倉庫和掩體，在木板床上起勁兒蹦跳起來。

菲里莫諾夫上校這時候在查看一名營長的地下室，他讚歎這裡面的一切都搞得很牢固、很舒服。一個士兵把一名目光鎮靜而明亮的年輕德國軍官帶到他面前，翻譯說：「上校同志，這是中尉萊納德，是您吩咐帶來的。」

「是哪一個？」上校驚訝地問。因為他覺得這名德國軍官的臉很討人喜歡，又因為他生平第一次幹了殺人的事心裡很不是滋味，就說：「您把他帶到集中點，不要出什麼事兒，您要親自負責，讓他活著走到那兒。」

最後審判日快完了，被槍殺的德國兵臉上的笑容已經不見了。

四十八

方面軍政治部第七科軍事翻譯組組長米海洛夫中校，負責押送被俘的元帥前往第六十四方面軍司令部。

保盧斯走出地下室，沒有理會蘇聯的官兵。官兵們都用十分好奇的目光打量著他，估價他那從肩到腰鑲著綠皮的元帥軍大衣和灰色兔皮帽。他昂首闊步地走過去，也不看史達林格勒的一片瓦礫，徑直走向等待著他的司令部的吉普車。

米海洛夫在戰前常常參加外交方面的接待，所以他和保盧斯在一起應付自如，一眼便能分清冷淡的恭敬與不必要的殷勤。

米海洛夫和保盧斯並肩坐著，注視著他的面部表情，等待著元帥先開口說話。這位元帥的表現和他參與預審的其他將軍的表現很不一樣。

德軍第六集團軍參謀長用慢條斯理的懶洋洋聲音說，災難是羅馬尼亞人和義大利人造成的。長著鷹鉤鼻的濟克斯特．馮．阿爾尼姆中將陰沉地晃蕩著獎章，補充說：「不僅是加里波底和他的第八集團軍，還有俄羅斯的寒冷，再加上糧食和彈藥不足。」

佩戴著騎士鐵十字勳章和五次負傷獎章，白髮蒼蒼的坦克軍軍長施列麥爾打斷這場談話，要求保留他的提箱。於是大家都開口了，不論是溫和地笑著的醫務部長里納爾多將軍，還是臉上帶有刀傷疤的陰沉的坦克師師長柳德維克上校。保盧斯的副官阿丹斯上校丟掉了盥洗用品的箱子，特別激動，他張著兩隻手，搖晃著腦袋，豹皮帽的兩隻帽耳也搖晃著，就像剛從水裡出來的一條良種狗。

他們又成了人，但還是沒有怎麼變好。

身穿整潔的白色小皮襖的汽車司機小聲回答米海洛夫吩咐開慢一些的話：「是，中校同志。」

他想等到戰後回家之後，對司機弟兄們說說保盧斯的情形，誇耀一番：「當年我開著汽車押送保盧斯元帥的時候……」

此外，他還想把汽車開得有點兒與眾不同，好讓保盧斯想：「瞧，蘇聯司機，技術真是一流的。」

在戰場上待久了的人，看到蘇聯人和德國人一個挨一個地混雜在一起，覺得有點兒不可思議。一組組快活的士兵在搜索地下室，爬進自來水管道，把德國人趕到寒冷的地面上。

蘇軍士兵在空場上、街道上用推拉和吆喝對德軍重新進行整編：把不同兵種的士兵排成一列列行軍縱隊。

德國人看著一隻隻緊握武器的手，乖乖地走著，盡可能不打趔趄。他們這樣乖，不僅是因為他們害怕蘇聯人的手指頭可以輕輕地扣一下扳機。勝利者有一股威風，有一股令人昏迷、令人難受的勁頭兒迫使人們服從。

送元帥的汽車向南開去，俘虜隊迎著汽車走來。宏亮的揚聲器大聲叫著：

昨日裡我出發遠端，姑娘在門口揮頭巾相送……

兩個人架抬著一名傷病員。被抬的人用蒼白的髒手摟著他們的脖子。於是兩顆頭幾乎挨在一起，在他們之間的是一張毫無生氣的臉和火辣辣的眼睛。

四名士兵用被子從地下室裡抬出一名傷患，一堆堆青黑色的鋼鐵武器堆在雪地裡，就像一個個去了穗的鋼鐵麥稭垛。

戰士們鳴槍致敬——將一名犧牲的紅軍戰士葬入墳墓。

旁邊橫七豎八地躺著德國人的屍體，是從醫療隊的地下室裡拖出來的。羅馬尼亞士兵戴著貴重的黑白兩色皮帽，哈哈笑著，揮著手，嘲笑活著的和死去的德國人。

一隊隊俘虜從苗圃方向，從察里津、從專家公寓走來。他們走的是一種很特別的步子，那正是失去自由的人和動物走的步子。受輕傷和凍傷的人拄著棍子和燒糊的木板條子。他們走著，走著。似乎所有的人只有一張青灰色的臉，所有的人只有一雙眼睛，所有的人只有一副痛苦與煩惱的表情。

真奇怪！在他們當中竟有那麼多小個子、大鼻子、低額頭，長著可笑的兔子嘴和麻雀般小頭的人。竟有那麼多黑皮膚的阿利安人，滿臉粉刺、膿皰、雀斑。

這是一些不漂亮的弱者，這都是媽媽生的、媽媽疼愛的人。那些大下巴、翹嘴唇、淺色頭髮、白淨臉皮、挺著胸脯的惡徒和民族似乎消失了。

多麼奇怪，這一群群由媽媽生養的不漂亮的人和一九四一年秋天德國人用樹條和棍子趕往西邊集中營的那些俄羅斯媽媽生養的苦難的不幸人群，如同兄弟般相像。

在倉庫和地下室那邊，不時地響起手槍的聲音，向冰封的窩瓦河移動的人群就像一個人一樣，全都懂得這槍聲的意義。

米海洛夫中校看著跟他坐在一起的元帥。司機也在後照鏡裡看著。米海洛夫看到的是保盧斯瘦長的臉頰，司機看到的是他的額頭、眼睛和閉得緊緊的嘴巴。

他們的汽車擦過炮筒朝天的大炮，擦過正面帶有十字標的坦克，擦過帆布篷在風中拍打的載重汽車，擦過裝甲運輸車和自行火炮。

第六集團軍的鋼鐵軀體、它的肌肉都凍進了土裡。人群在旁邊慢慢移動著。似乎人群也會停住，也會凍住，凍進土裡。

米海洛夫、司機和一名押解士兵都在等待著保盧斯，等著他呼喚、轉頭。但是他卻不作聲。真不明白他的眼睛在看什麼，不明白他的眼睛給他的心靈帶來什麼。

保盧斯是不是怕他手下的士兵看見他，還是希望他們看見他？

忽然保盧斯向米海洛夫問道：「請您告訴我，什麼叫『馬合菸』？」

米海洛夫聽到這個突如其來的問題，還是不明白保盧斯在想些什麼。元帥操心的，是希望每天有湯喝，有菸抽，睡得暖和。

四十九

一座三層樓的地下室，原是德國祕密警察戰地派出機構的駐地。有一些德軍俘虜正從裡面往外抬蘇聯人的屍體。

有些婦女、老頭子、小孩子不顧寒冷，站在哨兵旁邊，注視著德國人把屍體放到凍實的土地上。大部分德國人帶著木然的神情，他們慢騰騰地走著，無可奈何地呼吸著死屍的氣味。其中只有一個穿軍官大衣的年輕人，用骯髒的手帕裹著鼻子和嘴巴，像馬抽搐似的不住搖晃著頭，就好像有馬蠅在咬。他的眼睛流露著痛苦得快要發瘋的神情。

俘虜們把擔架放在地上，先不忙著把屍體抬下來，而是要站在旁邊思索一會兒。因為一些屍體的胳膊和腿被砍下來了，所以要看看哪一條胳膊或腿是哪一具屍體上的，好把胳膊、腿與身子擺放在一起。大部分死者半裸著身子，穿著內衣，有的穿著軍褲。有一具屍體完全光著身子，嘴大張著，好像在叫喊，肚皮貼到脊梁上，陰部有紅紅的毛，兩條腿細細的。

很難設想，這些嘴巴和眼窩都成了大窟窿的屍體不久前還是有名有姓、有家的活人，不久前還說：「親愛的，好姑娘，吻吻我吧，你看看我，不要把我忘了。」還盼望能喝到一杯酒，還在抽菸。

顯然，只有裹著嘴巴的軍官能感覺到這一點。但偏偏是他讓站在地下室門口的婦女們特別氣憤，她們都很留心地注視著他，而漫不經心地看著其餘的戰俘，其中有兩個人穿的大衣上還帶著撕掉了黨衛軍標誌留下的新鮮印子。

「哼，你還噁心呢。」一個領著小孩子的矮個婦女注視著那名軍官，嘟囔說。

穿軍官大衣的德國人感覺到一位蘇聯婦女那種緩慢而沉重的目光在他身上的壓力。仇恨的感情一旦產生，就要尋找而且一定要找到著力點，就好比凝聚在森林上空雷雨雲層裡的電力，盲目地尋找轟劈的樹木，不怕找不到的。

和穿軍官大衣的德國人抬一副擔架的是一名小個子士兵，脖子上纏著方格毛巾，腿上裹著麻袋片，用電話線紮著。

一聲不響地站在地下室門口的人的目光很不和善，所以德國人一進入黑沉沉的地下室就覺得輕鬆，而且都不急著走出來，寧願在黑暗裡聞臭氣，不願到新鮮空氣裡去見陽光，每次德國人帶著空擔架朝地下室裡走去，都能聽到他們已經熟悉的俄羅斯人的罵聲。俘虜們在向地下室走的時候，並不加快腳步，因為他們本能地感覺到，他們只要一有什麼急促的動作，人群就會撲向他們。

穿軍官大衣的德國人叫了起來，哨兵生氣地說：「你這小子，有什麼意見，你怎麼，要是那個德國佬倒下去，你替他抬嗎？」

德國兵在地下室裡議論起來：

「挨罵的暫時還只有這位中尉。」

「你可注意那個娘們兒，一個勁兒地看著他呢。」

在地下室的黑暗處有一個聲音說：「中尉，哪怕這一次您就留在地下室裡。要不然他們一收拾您，我們也要遭殃。」

中尉用含含糊糊的聲音嘟囔說：「不，不，不能躲，這是最後的審判。」

他又對自己的搭檔說：「走吧，走吧，走吧。」

這一次從地下室裡往外走，中尉和他的搭檔走得比一般多少快一點兒，因為抬的屍體輕些。他們抬的是一個未成年的姑娘。屍體已經蜷縮，乾癟，只有那散亂的亮閃閃的頭髮保持著青春的小麥色的美，披在死掉的鳥兒般可怕的黑褐色小臉周圍。人群輕輕地啊呀了一聲。

那個矮矮的娘們兒尖聲叫起來，叫聲就像一把寒光閃閃的刀子，插進寒冷的空中。

「孩子呀！孩子呀！我的孩子呀！」

這一聲聲對別人的孩子的呼叫震動了人群。這個婦女梳理起死人頭上那尚帶有燙髮痕跡的頭髮。她注視著那張臉和僵了的歪嘴唇，她同時看到的又是這可怕的容貌，又是活潑、可愛，曾經在襁褓裡對著她笑的那張臉兒，只有當媽媽的才會這樣。

這個婦女站起身來。她朝那個德國人走去。大家都看到了這一點。她的眼睛看著他，同時在地上尋找沒有跟其他磚頭凍在一起的磚頭，尋找她那有病痛的、因為幹重活兒和被冷水、開水、鹼水弄傷了的手拿得起來的磚頭。

哨兵感覺到不可避免要出事情，但也無法制止這個婦女的行動，因為她比他和他的自動步槍更剛強有力。德國俘虜們的眼睛也都不能離開她，孩子們也都聚精會神地、急切地看著她。

可是這個婦女什麼也看不見了，只看到那個裹著嘴巴的德國人的臉。她自己也不明白她是怎麼一回事兒，她帶著一股力量，這股力量支配著周圍的一切，她自己也受這股力量支配著，在自己的棉襖口袋裡摸到昨天一名紅軍戰士給她的一塊麵包，把麵包遞給那個德國人，說：

「給你，你拿著，吃吧。」

後來她自己也不明白，怎麼會有這種事兒，為什麼她要這樣。她一生中有過許多受氣、絕望、懊惱的時刻：她和誣賴她偷油的鄰居吵架，被不願聽她家長里短地告狀的區蘇維埃主席從辦公室裡趕出來，兒子結婚後把她從正屋裡攆出來，懷孕的兒媳婦罵她老娼婦。每到這種時刻，她總是傷心得不得了，連覺也睡不著。後來有一天夜裡她躺在床上，想起了這個冬天的早晨，也是又傷心又懊惱，心想：「我過去傻，現在還是傻。」

五十

諾維科夫的坦克軍軍部開始收到各旅旅長報來的令人不安的情報。偵察隊發現了德方沒有參加過戰鬥的新的坦克部隊和炮兵部隊，顯然敵人是從大後方調來了後備兵力。

這些情報使諾維科夫擔心起來：先頭部隊在推進，不能保障兩翼，如果敵人切斷了為數不多的幾條冬季道路，坦克就得不到步兵的支援，得不到燃料。

諾維科夫和格特馬諾夫討論了這一情況。他認為，必須立即督促落在後面的後勤部隊趕上來，並且暫時停止坦克前進。格特馬諾夫很希望坦克軍為解放整個烏克蘭奠定基礎。他們決定：諾維科夫下部隊去，就地檢查情況，格特馬諾夫負責督促落在後面的後勤部隊趕上來。

諾維科夫在去各旅之前，給方面軍副司令打了一個電話，把情況報告了一下。他事先就知道司令會怎樣回答，司令當然不會擔負責任：既不會下令叫坦克軍停下來，也不會主張諾維科夫繼續前進。果然，副司令吩咐火速向方面軍偵察科詢問敵軍情況，同時答應把他和諾維科夫的通話內容報告司令。

在這之後，諾維科夫和友鄰部隊步兵軍軍長莫洛科夫進行了聯繫。莫洛科夫是一個粗暴的、愛發火的人，總是懷疑友鄰部隊向方面軍司令提供對他不利的情報。他們吵過嘴，甚至還罵過娘，雖然不是直接罵個人，罵的是坦克與步兵之間的脫節愈來愈厲害。

諾維科夫又打電話給左面的友鄰部隊炮兵師師長。炮兵師師長說，沒有方面軍的命令，他不能再向前推進。

諾維科夫明白他的意圖：這位炮兵師長不願意只起輔助作用，只是保證坦克「射門」，他自己也想「射門」。

諾維科夫和炮兵師長通話剛剛結束，參謀長便走了進來。諾維科夫從來沒見過涅烏多布諾夫這樣性急，這樣慌亂。

「上校同志，」他說，「空軍集團軍參謀長給我打來電話，說他們準備把支援我們的飛機轉移到方面軍的左翼。」

「這是怎麼啦，他們害了神經病，還是怎的？」諾維科夫叫道。

「這事兒很簡單嘛，」涅烏多布諾夫說，「有人不希望我們首先進入烏克蘭。希望因為這件事得到蘇沃洛夫勳章和赫梅利尼茨基勳章的人多得很。沒有空軍掩護，我軍就只能停止前進了。」

「我馬上給司令打電話。」諾維科夫說。

但是給司令的電話沒有打成，因為葉廖緬科上托爾布欣的集團軍裡去了。諾維科夫又給副司令打電話，副司令不願意做出任何決定。他只是對諾維科夫為什麼沒有下部隊去表示驚訝。

諾維科夫對副司令說：「中將同志，我軍是方面軍各部中西進最遠的，不經過協商，就這樣撤除對我軍的空中掩護，這算怎麼一回事兒？」

副司令很惱火地對他說：「司令部更知道怎樣利用空軍，參加進攻戰的不是你們一個軍。」

諾維科夫不客氣地說：「要是坦克受到空中轟擊，我怎麼對坦克手們說呢？我拿什麼掩護他們呢，拿方面軍的指示嗎？」

副司令這一次沒有發火，倒是用和解的口吻說：「您下部隊去吧，我把情況報告給司令。」

諾維科夫剛剛放下話筒，格特馬諾夫走了進來。他已經穿起大衣，戴起皮帽。一看到諾維科夫，就帶著無可奈何的神氣把兩手一攤。「諾維科夫同志，我以為你已經走了呢。」

他婉轉而親切地說：「後勤部隊落後了。可是後勤部隊副司令對我說，不能讓坦克去和受傷、生病的德國人追著玩兒，浪費緊缺的汽油。」他帶著幽默的神氣看了看諾維科夫：「真的，我們又不是共產國際的分部，我們是坦克軍。」

「這和共產國際有什麼關係？」諾維科夫問道。

「您走吧，走吧，上校同志，」涅烏多布諾夫用懇求的口氣說，「時間很寶貴。我保證盡一切可能和方面軍司令部談談。」

自從那天夜裡達林斯基說過那番話之後，諾維科夫就一直在注視這位參謀長的臉，注意他的動作、聲音。每當涅烏多布諾夫拿起羹匙，拿叉子叉醃黃瓜的時候，拿電話筒的時候，拿紅鉛筆、拿火柴的時候，他心裡都在想：「難道就是這隻手打掉達林斯基的牙？」

但是現在諾維科夫沒有看涅烏多布諾夫。諾維科夫從來不曾看到涅烏多布諾夫這樣親熱、這樣惶惶不安，甚至這樣可愛。

涅烏多布諾夫和格特馬諾夫願意把命賠上，也要讓坦克軍第一個跨進烏克蘭的邊界，讓各旅一刻不停地繼續向西推進。

他們為此可以進行任何冒險，但是只有一點他們不願意冒險：如果失敗，他們不願意擔負責任。

諾維科夫心中不由得出現一股狂熱：他想用無線電向方面軍報告，坦克軍先頭幾個排已經率先跨越烏克蘭邊境。這件事沒有什麼軍事意義，沒有給敵軍造成特別損失。但是諾維科夫希望這樣報告。為了取得軍事上的榮譽，為了得到方面軍司令的感謝，得到勳章和華西列夫斯基的稱讚，為了將在廣播中宣布的史達林的通令，為了得到將軍頭銜，為了讓友鄰部隊羨慕，他希望這樣。類似的感情和思想從來沒有支配過他的行動，但是也許正因為這樣，這種感情和想法現在一旦出現，就特別強烈。

這種願望沒有任何不好的因素……還是像在史達林格勒，還是像在一九四一年，寒冷仍是無情的，士兵們依然勞累得筋疲力盡，依然有死亡的威脅。但是戰爭的氣氛已經不同了。

諾維科夫不瞭解這一點，所以很驚異，他第一次這樣容易、這樣一聽就明白格特馬諾夫和涅烏多布諾夫的話，沒有生氣，沒有懊惱，這樣自然地和他們的想法一致。

他的坦克如果加速推進，確實有可能早幾個鐘頭把幾十個烏克蘭村莊的侵略者趕出去，他看到老人和孩子們興奮的臉，會非常高興，會有鄉下老婆婆拿他當親兒子一樣，把他抱住，吻他，他的眼裡會湧出淚水。

新的熱情在同時醞釀著，在戰爭中漸漸形成了新的精神主導方向，而在一九四一年和史達林格勒河岸邊戰鬥中曾經為主的方向仍然保留和存在，但不知不覺已漸漸成為次要的了。第一個明白超前完成戰爭任務的，是一九四一年六月三日在廣播中呼喚「兄弟姐妹們，我的朋友們……」的那個人。

很奇怪，諾維科夫雖然和催他動身的格特馬諾夫、涅烏多布諾夫一樣著急，卻遲遲不肯動身。直到他已經坐上汽車，他才明白了原因：他是在等待葉妮婭。

他已經有三個多星期沒有收到葉妮婭的信。他每次下部隊回來，都要看看，葉妮婭是不是站在軍部的臺階上迎接他。她成了他生活的參與者。在他和旅長們說話的時候，在方面軍司令部給他打電話的時候，在他開著坦克沖向前沿陣地、坦克被德軍炮彈炸得像一匹小馬似的渾身哆嗦的時候，她都和他在一起。他對格特馬諾夫說起童年的事情，似乎是說給她聽。他想：「啊，我可不能喝酒，要是喝了，葉妮婭一下子就能聞出酒氣。」有時他想，她會注意到的。他有時很擔心地想：「她要是知道我把少校送交法庭，會說什麼呢？」

他有時進入前沿觀察所的地下室，在一片煙氣、電話員的聲音、槍炮聲和炸彈爆炸聲中，會忽然殷切地想起她……

有時他想起她以前的生活，萌生妒意，便惆悵起來。有時他夢見她，等他醒過來，就再也睡不著了。

有時他覺得，他們的愛情會至死不渝，有時卻擔心起來，怕今後又是他一個人。

他上汽車的時候，仔細看了看通往窩瓦河的大路。大路上空空蕩蕩。後來他生起氣來：她早就應該來到了。也許，她病了？他又想起來，在一九三九年聽說她嫁了人，他怎樣準備自殺。他為什麼偏偏愛她？要知道，有一些愛過他的女子並不差。也許這是幸福，也許是一種病——對一個人非想不可的毛病。好在他沒有跟軍部裡任何一個姑娘發生關係。等她來了，他沒有任何顧慮。不錯，在三個星期以前他幹過一件罪過的事。要是葉妮婭在路上過夜，住在那座罪過的房子裡，那一家的年輕女子和她說起話兒，會把他描述一番，說：「那位上校真是一個可愛的男子。」怎麼腦子裡一想起這些亂七八糟的東西，就想個沒完……

五十一

第二天快到中午時候，諾維科夫從下面部隊驅車返回軍部。道路被坦克履帶輾得坑窪不平，再加上到處是凍土塊，一路上汽車不住地顛簸，他被顛得腰、背、後腦勺都疼，似乎坦克手們的疲憊和許多夜不能睡招致的昏沉都傳染給了他。

汽車快到軍部了，他仔細看了看站在臺階上的兩個人。他看到：是葉妮婭和格特馬諾夫站在一起，望著漸漸開近的汽車。頓時像火燒一樣，頭腦裡來了一股狂熱的勁兒，他高興得幾乎到了難以承受的程度，連氣都喘不上來了，他猛地往前一沖，好等車一停就跳下車去。可是坐在後座的維爾什科夫卻說：「政委和他的女醫生在呼吸新鮮空氣呢。真應該往他家裡寄一張照片，他家夫人才高興呢。」

諾維科夫走進軍部，接下格特馬諾夫遞給他的一封信，信翻過來一看，認出是葉妮婭的筆跡，把信裝進口袋裡。

「好吧，你聽著，我說說情況。」他對格特馬諾夫說。

「你怎麼不看信，不愛她了嗎？」

「沒關係，等一會兒再看。」

涅烏多布諾夫走了進來。

諾維科夫就說：「問題在於人。打仗的時候人在坦克裡睡覺，全累倒了。幾位旅長也是這樣。卡爾波夫還勉強能撐得住，別洛夫跟我正說著話就睡著了，他一連五個晝夜沒睡了。坦克手們走路都睡覺，疲乏得連飯也不想吃了。」

「諾維科夫同志，你怎麼樣，摸了摸情況嗎？」格特馬諾夫問道。

「德國佬沒有什麼行動。在我們這地段不會有什麼反突擊。他們這兒沒有什麼兵力，不值一提。是弗列捷爾·皮科和菲克的部隊。」

他說著，手指頭摸著信封。有一小會兒他把信封放開，可是馬上又抓住，就好像信會從口袋裡跑掉似的。

「好，明白了，清楚了，」格特馬諾夫說，「現在該我對你說說了：我和涅烏多布諾夫同志把這事兒捅到天上了。我和赫魯雪夫同志說了，他答應不把我們地段的空軍撤走。」

「他不管作戰呀。」諾維科夫說著，就開始在口袋裡拆信封。

「噢，這要看怎麼說，」格特馬諾夫說，「剛才涅烏多布諾夫同志得到空軍司令部的答覆，空軍繼續留在我們這兒。」

「後勤部隊也要跟上來了，」涅烏多布諾夫急忙說，「條件算是可以了。主要就看您了，中校同志。」

「把我降為中校了，他是太興奮了。」諾維科夫心裡想道。

「是啊，哥兒們，」格特馬諾夫說，「看來，是我們要第一個來解放烏克蘭了。我對赫魯雪夫同志說：坦克手們一個勁兒地纏著軍部，希望把坦克軍命名為烏克蘭軍。」

諾維科夫聽到格特馬諾夫這種假話，十分惱火，就說：

他們只希望一點：好好睡一覺。要知道，已經有五天五夜沒睡了。」

「這麼說，諾維科夫同志，就這樣定了，咱們繼續推進，向前衝吧！」格特馬諾夫說。

諾維科夫把信封打開一半，把兩個指頭伸進去，摸到了信紙，心裡一陣緊縮，急切地想看到那熟悉的字跡。

「我想做這樣一個決定，」他說，「讓大家休息十個小時，哪怕多少恢復一下體力。」

「啊呀，」涅烏多布諾夫說，「咱們這一睡，在這十個小時裡把世界上的一切都要錯過了。」

「等一等，等一等，咱們來研究研究。」格特馬諾夫說。他的臉、耳朵、脖子都有些紅了。

「就這樣啦，我已經研究過了。」諾維科夫微微笑著說。

格特馬諾夫忽然發作起來。

「哼，這些傢伙真見鬼……沒睡夠呢，這是什麼時候！」他叫道。「以後再找時間睡覺吧！到那時候再睡覺就他媽的沒事了。就為了睡覺讓全軍停留十個鐘頭？諾維科夫同志，我反對這種不爭氣的想法！你不是推遲衝進突破口的時間，就是叫大家睡覺！這已經變成制度性的毛病！我要向方面軍軍委彙報。你領導的不是托兒所！」

「等一等，等一等，」諾維科夫說，「那一次直到把敵人的炮火壓下去，我才帶領坦克衝進突破口，你因為這事吻過我呀。你最好把這一點也寫進報告裡。」

「我因為這事吻過你？」格特馬諾夫流露出驚愕的神情說。「你簡直是說夢話！」

他突然說：「我可以直截了當地告訴你，我作為一名共產黨員，擔心的是，你這個純正的無產階級出身的人，一直在受著異己分子的影響。」

「啊，是這樣，」諾維科夫用響亮的聲音說，「好吧，明白了。」

他站起來，把肩膀挺直了，發狠地說：「我是軍長。我說了算數。格特馬諾夫同志，要寫我的報告，寫中篇，長篇，您就寫吧，寫給史達林，我也不含糊。」

他走到旁邊一個房間裡。

諾維科夫把看過的信放在一旁，吹起了口哨，就像過去小時候那樣吹，就像那時候站在鄰家的窗前，呼喚小夥伴出來玩耍……也許，他有三十年沒吹過口哨了，現在忽然吹了起來……

後來他帶著好奇的神情看了看窗外：啊，還亮著呢，夜晚還沒有來臨。然後他神經質地、高興地說：「謝謝，謝謝，一切都應該謝謝。」

一度他彷彿覺得，他就要死了，要倒下去了，但是他沒有倒下，而是在房裡踱了一會兒。後來他看了看放在桌上的白色的信，覺得這好像是空殼子，是皮殼，毒蛇已經從皮殼裡爬了出來，於是他用手在腰上和胸膛上摸了摸。沒有摸到毒蛇，已經爬進去，鑽進去了，正在像火一樣撕咬著心呢。

然後他站到窗口。司機們在朝著去上廁所的電話員姑娘瑪露霞笑。軍部坦克的一名機修員從井邊提來一桶水。一群麻雀在房東家牛棚門口的一堆麥稭裡刨來刨去找食兒。葉妮婭對他說過，麻雀是她喜歡的鳥兒……可是他渾身就像火燒一樣，就像房子著了火：梁斷，頂塌，櫥子倒下，家什掉落，書籍、枕頭像鴿子一般在煙火中翻筋斗……

「我將終身感謝你的純潔與高尚，但是我有什麼辦法，過去的生活比我強大，無法把它消滅，無法忘記……不要責備我吧，不是因為我沒有錯，而是因為，不論我，不論你，都不知道我的錯誤在哪兒……原諒我吧，原諒我吧，我在哭，為咱們兩個痛哭。」

這算什麼……？她還哭呢！他可是滿腔憤怒。真是害人蟲！毒蛇！要打她的嘴巴，打她的眼睛，拿手槍把子打斷這母狗的鼻樑……可是轉瞬間又異常突然地出現了一種無能為力的感覺，任何人、任何力量都不能幫助他，只有葉妮婭能，可是正是她，正是她害了他。

於是他轉臉朝著她應該從那邊來看他的方向，說：「葉妮婭，你怎麼對我這樣呀？葉妮婭，你聽著，葉妮婭，你看看我，看看我成了什麼樣子啦。」

他向她伸過手去。

後來他想：為什麼要這樣呀，他已經毫無希望地等了這麼多年，不過她既然已經決定了，要知道她已經不是小姑娘，如果過了這麼多年，後來決定了的話，就應該懂得，已經決定了呀。

過了幾秒鐘，他又在痛恨中尋求自我解救：「當然，當然，當我是一個代理少校，在荒山野嶺上、在尼科利斯克——烏蘇里斯基流浪的時候，她是不願意的，等我做了軍長，她會願意的，她是想做將軍夫人，女人呀，女人，你們都是一樣。」

他馬上就看出這種想法的荒謬——不對，不對，要是這樣倒好呢。因為她這一去，是回到那個人那兒去，那個人就要進勞改營，就要上科雷馬去，她有什麼富貴可言呢……？「俄羅斯婦女呀，真是涅克拉索夫的詩：她不愛我，倒去愛他……不，不是愛他，是憐憫他，就是憐憫。為什麼就不憐憫我？我現在比誰都不如，所有在盧比揚卡監獄裡的、在所有勞改營裡的、在所有軍醫院裡的缺胳膊少腿的，都比我有福氣，要是現在叫我進監獄，我連眉頭都不皺一下，要是這樣，你選誰呢？選他！他和你是一種氣質的，我是另一種氣質的，所以她管我叫『陌生人，陌生人』。當然，就算我做了元帥，總歸還是粗漢子，礦工，沒有文化的人，不懂她的見鬼的畫兒……」他大聲地、恨之入骨地問：

「究竟為什麼，為什麼呀？」

他從後面的口袋裡掏出手槍，在手裡掂量了幾下。「我要自殺，不是因為我活不下去，是叫你痛苦一輩子，叫你一輩子……一輩子良心不得安寧。」

然後，他把手槍收起來。

「過一個星期她就把我忘了。」

他也應該忘掉，想也不想，連頭也不回！

他走到桌前，又看起信來。

「我的可憐的，親愛的，我的好人!!!」可怕的不是無情，而是這些親熱的、心疼人、可憐人的話。這些話簡直使人難受，甚至使人連氣都不能喘。

他彷彿看到了她的胸脯、肩膀、膝蓋。她要去找那個可憐的克雷莫夫。「我對自己毫無辦法。」她在又擠又悶的車廂裡，有人問她上哪兒去，她說：「去找丈夫。」她的眼神是親切、溫順的，像狗眼一樣，帶有惆悵神氣。

他在窗口望著，她是不是來找他了。兩個肩膀哆嗦起來，鼻子哼哧起來，他叫起來，一面拚命憋著，壓制著直往外衝的號哭。他想起來，他還叫人從方面軍軍需處給她弄來了巧克力糖、牛軋糖，還對維爾什科夫說過：「你要是動一動，我把你的頭揪掉。」他又自言自語地說：「你看，我的親愛的，我的葉妮婭，我有什麼辦法呀，你哪怕多少憐憫憐憫我也好。」

他很快地從床底下拖出手提箱，把葉妮婭的來信和照片拿出來，這裡面有他多年來一直隨身帶著的照片，有最近一封信裡寄的照片，有第一次給他的一張比身分證照片還小的包在玻璃紙裡的照片。他用強勁有力的手指頭撕起來。他又把她寫的信撕成碎片，他從閃過的字裡行間，從紙片上的殘句，辨認著他讀過幾十遍的使他銷魂的話，他看著她的臉、嘴巴、眼睛、脖子消失在撕碎的照片堆裡。他撕得很急，很快。他愈撕愈感到輕鬆，就好像他一下子從身上把她揪了下來，把她踩得死死的，他擺脫了這個魔鬼。

他沒有她也活了這麼多年嘛。今後還是能活！一年後他從她身旁走過，心連跳都不會跳一下。「我才不稀罕你呢！」他一想到這一點，就感到自己想得很荒謬。心裡的東西是揪不掉的，心不是紙做的，人生的一切不是用墨水記在心上的，不能把心撕成碎片，不能把印在腦子裡和心中多年的印象抹掉。

他已經使她成為他的工作、思想、災難的參與者，成為他的剛強和軟弱的見證人……撕碎的信並沒有消失，讀過幾十遍的話依然留在腦海裡，她的眼睛依然從撕碎的照片上望著他。

他打開櫥子，倒了滿滿一杯酒，喝光了，抽支菸，又抽起一支，雖然嗆得厲害。頭嗡嗡響起來，心裡燥得難受。

他又大聲問道：「葉妮婭，親愛的，心肝兒，你做的什麼事呀，你做的什麼事呀，你怎麼能這樣呀？」

然後他把碎紙片裝進提箱，把酒瓶放進櫥子裡，心裡說，喝了酒，多少輕鬆些了。

……坦克很快就要進入頓巴斯，他就要回到家鄉，他要到父母的墳地上，讓父親看看有出息的小別佳，讓母親可憐可憐苦命的兒子。等戰爭結束，他就上哥哥家去，住在哥哥家裡，侄女會說：「別佳叔叔，你怎麼不說話呀？」

他忽然想起童年時候，他家有一條鬈毛狗出去找狗交尾，回到家時被咬得渾身是傷，毛被撕掉許多，被咬掉了一隻耳朵，頭都腫了，眼睛腫成了一條縫兒，嘴也歪了，站在臺階前，喪氣地耷拉著尾巴，爸爸朝狗看了看，很親切地問：「怎麼，你做伴郎了吧？」

是的，他也做伴郎了……

維爾什科夫走了進來。

「上校同志，您在休息嗎？」

「是的，多少休息一下。」

他看了看錶，心想：「明天七點以前暫不推進。要用無線電密碼通知下去。」

「我再到各旅去一趟。」他對維爾什科夫說。

汽車開得很快，多少分散了一些他的心思。吉普車現在的速度是每小時八十公里，路又很壞，汽車不住地顛簸，搖晃，蹦跳。

司機一再地感到害怕，用訴苦的眼神要求諾維科夫允許減低速度。

他走進馬卡羅夫的旅部。短短的幾個小時裡一切變化有多大呀！馬卡羅夫的變化又多大呀，就好像幾年沒有見面了。馬卡羅夫忘記了行軍禮，困惑不解地把兩手一攤，說：

「上校同志，剛才格特馬諾夫轉發了方面軍司令的命令：撤銷休息一夜的命令，繼續前進。」

五十二

三個星期之後，諾維科夫的坦克軍調為方面軍的後備軍。這個軍需要補充人員，修理機械。在戰鬥中前進了四百公里，人和機械都疲勞了。

接到調為後備軍命令的同時，還接到一道命令，要諾維科夫上校去莫斯科，到總參謀部和高級指揮幹部總部去，至於他以後是不是還回到坦克軍，則不十分清楚。

在他離開期間，暫時由涅烏多布諾夫少將代理軍長職務。在這之前好幾天，旅級政委格特馬諾夫就得到消息，說黨中央已決定在近期內把他從部隊中調回去，要派他擔任頓巴斯已經解放的一個省的省黨委書記，黨中央認為這一工作具有特別重要的意義。

召喚諾維科夫去莫斯科的命令，在方面軍司令部和裝甲部隊總部引起不少議論。有些人說，這次召他去，沒有任何特別用意，諾維科夫在莫斯科待幾天，就會回去繼續當他的軍長。有些人說，這事和諾維科夫在進軍最緊張的時候發出休息十個小時的命令有關，還和推遲幾分鐘率軍進入突破口有關。還有些人則認為，他和功勞很大的軍政委與參謀長的工作關係沒搞好。

消息靈通的方面軍軍委祕書說，有人責備諾維科夫有不正當的男女關係。這位軍委祕書有一段時間曾經認為，諾維科夫的問題就在於他和軍政委的關係不協調。但是事實顯然不是這樣。這位軍委祕書親眼見過格特馬諾夫寫給最高層領導的信。格特馬諾夫在信中表示反對撤銷諾維科夫的軍長職務，說諾維科夫是一名出色的指揮員，具有非同一般的軍事才能，在政治方面和道德方面也是一個無可指責的人。

不過特別使人驚異的是，諾維科夫在接到召他去莫斯科的命令的那天夜裡，在許多個痛苦不堪的不眠之夜之後，第一次安安穩穩地一覺睡到天亮。

五十三

似乎有一列轟轟隆隆的火車載著維克多在奔馳，一個人在火車裡是難以設想家裡的寧靜的。時間變得緊密了，其中填滿了各種各樣的事情、各種各樣的人、電話鈴聲。有一天希沙科夫來到維克多家裡，恭恭敬敬，盛情殷殷，一再問起身體健康，一再用開玩笑的親熱口吻解釋，希望把過去的一切忘記，那一天似乎已經過去有十年之久了。

維克多原以為，那些拚命整他的人見到他會不好意思，但是在他來研究所的那一天，他們卻高高興興地和他打招呼，直直地看著他的眼睛，那目光充滿了誠意和友情。特別使人驚異的是，這些人的確很真誠，他們現在的確對維克多一片好意。

他現在又聽到評價他的著作的許多好話。馬林科夫召見了他，帶著關切的神情，用聰明的黑眼睛注視著他，和他談了四十分鐘。維克多感到吃驚的是，馬林科夫很瞭解他的研究情況，專業詞彙運用得相當自如。

在告別時，馬林科夫說的話也使維克多感到驚異：「如果我們在某種程度上干擾了您在理論物理方面的研究，我們會感到很難過。我們十分懂得：沒有理論，就沒有實踐。」

他完全沒有料到會聽到這樣的話。

在見過馬林科夫的第二天，他看到希沙科夫那種不安的、請求的目光，想起那一次希沙科夫在家裡召開會議，不請他史托隆時那種懊惱和受辱的心情，都覺得奇怪。

瑪律科夫又是那樣和藹可親了，薩沃斯季揚諾夫又說起俏皮話譏諷人了。古列維奇來到實驗室裡，把維克多抱住，說：「我多麼高興呀，我多麼高興呀，您真是福星班雅明[4]。」

火車還在載著他奔馳。

領導人徵求維克多的意見，問他是否認為有必要在原有實驗室的基礎上建立獨立的研究機構。他還乘專機去過烏拉爾，陪他前去的是一位副人民委員。為他配備了專用小汽車，柳德米拉上配給商店可以坐小汽車，有時還順便捎上幾個星期之前盡量裝作不認識她的那些婦女。

4 班雅明是《聖經》中記載的以色列先祖雅各的小兒子。「班雅明」一名來自希伯來語，意為「幸運之子」。

凡是以前似乎很複雜、很麻煩的事，現在辦起來非常容易、非常順手了。年輕的蘭傑斯曼十分感動：科甫琴科往家裡給他打電話，杜賓科夫一個鐘頭的工夫就給他辦妥了調入維克多的實驗室的手續。

安娜·納烏莫芙娜從喀山回來，對維克多說，她的調離手續兩天的工夫就辦妥了，來到莫斯科，科甫琴科還派小汽車到車站去接她。杜賓科夫書面通知安娜·斯捷潘諾芙娜，說決定恢復她的工作，並且說，已經和副所長談妥，缺勤期間的工資全部補發。

新的工作人員每餐都受到款待。他們開玩笑說：「我們的全部工作可以歸結為：從早到晚在內部食堂裡轉悠和吃喝。」可是，他們的工作當然不是在這方面。

實驗室裡安裝起來的新設備，在維克多看來已經很不完善了。他想，再過一年，這些設備就會使人感到好笑，就像斯蒂芬森的火車頭了。

維克多生活中發生的一切變化，似乎十分自然，同時又完全反常。事實上，維克多的研究確實是很重要、很有意義的，為什麼不可以褒揚呢？蘭傑斯曼也是一名有才能的科學家，他為什麼不能在研究所工作呢？安娜·納烏莫芙娜也是一名不可多得的人員，為什麼讓她在喀山閒待著呢？

同時維克多也明白，如果不是史達林的電話，研究所裡的人誰也不會稱讚他的出色的研究成果，蘭傑斯曼儘管有很高的才能，仍然會沒事可幹。

不過要知道，史達林的電話也不是出自偶然，不是隨心所欲、異想天開。要知道，史達林就是國家，國家是不會隨心所欲、異想天開的。

維克多以為，許多組織方面的事情，如招收新工作人員，做計劃，訂購儀器，召集會議，會占用他不少時間。但小汽車跑得很快，會議時間很短，開會也沒有人遲到，他的意願貫徹得很容易，上午最寶貴的時間他都可以用在實驗室裡。在這最重要的幾個小時的工作時間裡，他是完全自由的。沒有任何人限制他，他可以想他感興趣的事情。他的科學依然是他的科學。這完全不像果戈理的小說《肖像》中那位畫家的情形。

誰也不敢侵犯他在科學方面的興趣。以前他可是最害怕這一點。「我真正自由了。」他驚訝地想。

維克多不知為什麼想起工程師阿爾捷列夫在喀山的議論，說軍事工廠的原料、電力、機械都能及時得到供應，不存在拖沓問題。

維克多在心裡說：「很明顯，這種神話般的作風，這種沒有官僚主義的作風，恰恰是官僚作風。為國家主要目的服務的事情，幹起來就像開特別快車。官僚主義的力量有兩個相反的方面：它既能阻止任何運動，又能加給運動非同尋常的速度，甚至可以飛出地球引力範圍之外。」

但是他現在不再常常想起在喀山小屋裡的晚間閒談了，就是想起來心裡也泰然，他覺得馬季亞羅夫也不是多麼出眾、多麼聰明的人了。現在他不再老是擔心馬季亞羅夫的命運，不再老是想到卡里莫夫害怕馬季亞羅夫，馬季亞羅夫害怕卡里莫夫了。

一切事情不知不覺似乎變成很自然的，合情合理的。維克多過的日子成為常規；他漸漸習慣了這種日子。以前過的日子似乎成了例外，他對以前那種日子漸漸生疏了。阿爾捷列夫的看法未必對吧？以前他一走進人事處，看到杜賓科夫看他的目光，就要生氣，就要發急。可是杜賓科夫現在卻成了一個又熱心又和善的人。他打電話給維克多，常說：「我是杜賓科夫，想麻煩您。維克多．帕夫洛維奇，我打擾您了吧？」

他本來覺得科甫琴科是一個兩面三刀、心狠手辣、見到誰害誰的陰謀家，是奉行祕密的不成文規則、絲毫不顧工作真正實質的官僚。誰知，科甫琴科也有一些完全不同的特點。他每天都要上維克多的實驗室裡走一走，十分平易近人，很有一副民主作風，常常和安娜·納烏莫芙娜開開玩笑，見了人都要握手問好，有時和鉗工、機械師們聊一聊，說他年輕時候就在車間裡做過鏇工。

維克多多年來一直不喜歡希沙科夫。有一次他應邀上希沙科夫家吃飯，希沙科夫卻原來是一個十分熱情好客的人，還是一個美食家，又會說俏皮話和笑話，又有上等白蘭地，還是一位版畫收藏家。更主要的，原來他還是維克多理論的崇拜者。

「我勝利了。」維克多在心裡說。但是他當然也明白，他取得的不是最高的勝利，跟他有關係的人改變了對他的態度，不再阻礙他，而是幫助起他來，這絕不是因為他的聰明、天才或者別的什麼本領征服了他們。

不過他總歸是高興的。他勝利了！

幾乎每天晚上廣播電臺都要播送「最新消息」。蘇軍攻勢不斷擴展。維克多現在覺得，把自己生活的必然變化同戰爭的必然進程，同人民、軍隊、國家的勝利聯繫在一起，是很簡單、很容易的了。但是他明白，不是那麼簡單的，不能簡單地嘲笑自己一心只想看到「這兒是史達林，那兒也是史達林，史達林萬歲」這種簡單明瞭的情形。

本來他認為，行政領導人和黨的活動家們就算是在自己家裡，天天談的也是幹部的純潔問題，天天用紅筆批文件，對自己的老婆朗讀《聯共黨史簡明教程》，連做夢也要夢到暫行條例和必守法令。

維克多卻一下子又看到這些人帶有人情味的另一面。

黨委書記拉姆斯科夫原來是一個喜歡釣魚的人，戰前他常常和妻子、兒子一起坐小船在烏拉爾的一些河上遊玩。

「嘿，維克多．帕夫洛維奇，」他說，「黎明時候上河邊去，露水亮晶晶的，河邊的沙子涼絲絲的，把釣絲抖摟開來，河水還是鬱鬱的，毫無聲息，等著你垂釣……真是人生莫大的樂事。等戰爭結束了，我吸收你參加釣魚協會。」

科甫琴科有一次和維克多談起兒科疾病。使維克多吃驚的是，他知道許多治療佝僂病和咽峽炎的方法。原來，他除了有兩個親生的兒子以外，還收養了一個西班牙孩子。西班牙孩子常常生病，他常常自己給孩子治病。

甚至沒有什麼人情味的斯維琴也對維克多說起他搜集的一些仙人掌，甚至在寒冷的一九四一年冬天都沒有凍死。

維克多心想：「啊，這些人實在不是多麼壞。每個人都有人情味兒。」

當然維克多在內心深處也明白這些變化是怎麼一回事兒，知道實際上什麼也沒有變。他不是糊塗蟲，也不是犬儒主義者，他會思考。

在這些日子裡他想起克雷莫夫說的他的老同志巴格良諾夫的事。巴格良諾夫原是軍事檢察院的偵訊長，一九三七年被捕，在一九三九年短短的別里耶夫自由化時期從勞改營裡放出來，回到莫斯科。

克雷莫夫說了說巴格良諾夫那天夜裡怎樣從車站徑直來到他家，穿著破襯衣、破褲子，口袋裡裝著勞改營的釋放證。那天夜裡他說了不少熱愛自由的話，同情所有勞改營裡的人，準備今後做一個養蜂人和園林工作者。

但是，他的生活漸漸恢復了原來的樣子，他的腔調也漸漸變了。

克雷莫夫笑著說了說巴格良諾夫的思想怎樣漸漸地、一步一步地變化。不久，他的軍裝發還給他了，這個時期他的想法還是符合自由主義觀點的，不過他已經不像丹東那樣義正辭嚴地揭露殘酷的事了。

可是終於他的勞改營釋放證換成了莫斯科的居民身分證。馬上就可以感覺出他想踏上黑格爾的立場：「一切存在的即是合理的。」後來還了他住房，他說起話來就完全不同了，他說，在勞改營裡有不少判刑的人是犯了叛國罪。後來發還了他的勳章，最後還恢復了他的黨籍和黨齡。

恰好在這時候，克雷莫夫在黨內遇到不快的事。巴格良諾夫就再也不給他打電話了。有一天克雷莫夫在外面碰到他。他從停在蘇聯檢察院門前的一輛小汽車裡走出來，軍裝領子上添了兩個菱形領章。那天夜裡他穿著破爛衣衫、揣著釋放證坐在克雷莫夫家裡，說許多人無辜被判刑，說使用暴力十分荒唐，至今也才過了八個月。

「那天夜裡我聽了他的話，還以為他永遠不再進檢察院的大門了呢。」克雷莫夫冷笑說。

當然，維克多想起這件事，並且對娜佳和柳德米拉說了，不是無緣無故的。

他對死於一九三七年的人的態度絲毫不變。他依然害怕史達林的殘酷。

一個維克多成為成功的棄兒還是幸運兒，人們的生活不會變化；死於集體化時期的人、一九三七年被槍斃的人，不會因為某一個維克多得不得勳章和獎章，不會因為馬林科夫召見他或者沒有把他列入希沙科夫的邀請名單而復活。

這一切維克多十分理解，也牢牢記著。不過在這種理解和記憶中也出現了新東西……[5]

5 編按：原著在此處有缺漏

他常常對妻子說：「有多少沒出息的人呀！許多人多麼怕挺起腰來做正直的人，多麼容易屈服，多麼容易妥協，多麼卑鄙可憐。」

有一次，他甚至帶著責備的心情想到契貝任：「他過分熱衷於旅遊和爬山運動，正是他下意識地害怕生活的複雜性；他離開研究所，則是他有意識地害怕面對我們生活中的主要問題。」

當然，他還是有所變化的，他感覺出這一點，但卻不明白，究竟變化的是什麼。

五十四

維克多恢復上班之後，沒有在實驗室裡碰到過索科洛夫。在維克多來上班之前兩天，索科洛夫害了肺炎。

維克多聽說，索科洛夫在害病之前和希沙科夫談妥了自己的工作問題。索科洛夫被任命為一個新組建的實驗室主任。總之，索科洛夫還是一帆風順。

至於索科洛夫為什麼要求所領導把他調出維克多的實驗室，就連無所不知的瑪律科夫也不曉得真正的原因。維克多聽說索科洛夫要離開，也不覺得難過和惋惜。倒是一想到和他見面，和他一起工作，就覺得沉重。如果見了面，他有什麼眼神，索科洛夫看不到呀。當然，他無權像以前那樣老是想著朋友的妻子。他無權思戀她。他無權和她祕密約會。如果有人向他說起類似的事，他會感到十分憤慨。因為這是欺騙妻子！欺騙朋友！可是他還在思念她，盼望和她會面。

柳德米拉已經和瑪利亞恢復了來往。她們先在電話裡表白了很長時間，後來見了面，又哭又各自檢討，說自己太糊塗，不應該懷疑和不信任朋友。

天啊，生活多麼複雜，多麼難以理解呀！瑪利亞，真誠而純潔的瑪利亞卻沒有以真情對待柳德米拉，昧了良心！不過她這樣做是為了她對他的愛情！

現在維克多很少見到瑪利亞了。他所知道的有關她的事，差不多都是柳德米拉對他說的。

他聽說，索科洛夫因為在戰前發表的著作，被推薦為史達林獎金備選人。他聽說，索科洛夫收到英國年輕的物理學家一封熱情洋溢的信。他聽說，索科洛夫將在不久就要舉行的科學院選舉中被選為通訊院士。這一點是瑪利亞對柳德米拉說的。他自己有時和瑪利亞短時間見面，現在不談索科洛夫了。

工作上的操心、會議、出差都不能消除他經常的苦悶，他時時盼望和她見面。

柳德米拉對他說過好幾次：「我真不懂，索科洛夫為什麼對你這樣反感。就連瑪利亞也解釋不清楚。」

要解釋是很簡單的，不過瑪利亞當然不能認真地向柳德米拉解釋。她對丈夫說了自己對維克多的感情，已經夠受的了。

這種表白永遠破壞了維克多與索科洛夫的關係。她已經向丈夫保證不再跟維克多相會。瑪利亞哪怕對柳德米拉露出一句，他將會很長時間對她的什麼情況都不知道，不知道她在哪兒，她怎麼樣了。要知道，他們過去會面太少了，而且每次會面又是那樣短暫！每次會面他們都很少說話，只是手挽著手在街上走走，或者一聲不響地在街心公園的凳子上坐坐。

在他遭遇挫折和倒楣的時候，她以特別敏銳的感情理解他所遭遇的一切。她能猜出他的思想，能猜出他的行動，甚至好像她事先能夠知道他將遇到的一切。他心裡愈是痛苦，想見到她的願望就愈是強烈，愈是迫切。他覺得，他今天的幸福就在於這種完全與充分的理解。似乎，有瑪利亞和他在一起，他就很容易戰勝自己的一切痛苦。他和她在一起就是幸福的。

在喀山有一天夜裡他們說過話兒，在莫斯科他們在逍遙公園溜達過一次，有一次還在卡盧加大街的街心公園的凳子上坐了幾分鐘——說實在的，不過就是這些。而且這都是在過去。就算加上現在的事：他們通過幾次電話，有幾次在街上相遇，再加上這幾次短時間的見面，他都沒有對柳德米拉說。

但是他明白，他的過錯和她的過錯不能用他們暗地裡在長凳子上坐的時間來衡量。他的過錯不小：他愛她。為什麼她在他的生活中占據了這樣大的地盤？

他對妻子說的每一句話，都只有一半真實。每一個舉動，每一瞥目光，都不由得帶上了虛假成分。

他有時裝作漫不經心地問柳德米拉：「喂，怎麼樣，你的好朋友給你來電話了嗎？她怎麼樣？索科洛夫身體好嗎？」

他聽說索科洛夫一帆風順，十分高興。但他高興不是因為他對索科洛夫一片好心。而是不知為什麼他覺得，只要索科洛夫一切順利，瑪利亞就可以不受良心責備了。

從柳德米拉口裡打聽索科洛夫和瑪利亞的情形，是一件很不痛快的事。這對於柳德米拉，對於瑪利亞，對於他，都是一種污辱。

但是，他在和柳德米拉談到托里亞、談到娜佳、談到弗拉基米羅芙娜的時候，也是真話中夾雜著假話，到處有虛假。為什麼，是什麼原因？他對瑪利亞的感情，的的確確是他心靈、思想、心意的真實情形。為什麼這種真實卻產生了這麼多的虛假？他知道，他一旦拋開這種感情，就會使柳德米拉，使瑪利亞，使自己擺脫虛假。但是，就在他覺得應該拋開他無權享受的愛情的時刻，卻有一種不安分的感情，害怕痛苦，攪亂思想，一個勁兒地勸他：「這種虛假並不是那麼可怕，對誰都沒有什麼害處。痛苦比虛假可怕得多呢。」

有時他覺得，他會有力量、能狠心和柳德米拉離婚，拆散索科洛夫的家庭，這時他的感情就推動著他，用完全相反的方式欺騙他的思想：「要知道，虛假是頂頂要不得的，還不如和柳德米拉離婚，只要不再對她說假話，也可以不再讓瑪利亞說假話。虛假比痛苦更可怕！」

他沒有覺察，他的思想已經成為他的感情馴順的奴僕，感情在牽著思想走，要想走出這轉來轉去的圈子只有一條出路：忍痛斬斷情絲，犧牲自己，而不是犧牲別人。

他對這一切想得愈多，愈是理不出頭緒。他對瑪利亞的愛情竟不是他生活中的真情，反倒造成他生活中的虛假，這怎麼能理解，怎麼能弄清楚！去年夏天他和標致的尼娜有一段浪漫史，那不是中學生的浪漫史。他和尼娜不僅是在街心公園裡散散步。但是，背叛的感覺、家庭不幸的感覺、對不起柳德米拉的感覺，他卻是現在才有。

他在這些事情上花費了很多心思、精力和激情，比起普朗克創立量子論花費的力氣也不會少。有一段時間他認為，他只是因為受挫折和倒楣，才產生了這種愛情……若非如此，他不會有這樣的感情……

但是他現在功成名就了，希望看到瑪利亞的心情卻沒有減弱。

她是一種特殊氣質的女子，不愛金錢、榮華和權勢。她一直希望和他共度災難、痛苦和窮困……於是他擔心起來：現在他一切好轉了，她會不會不再理睬他呢？

他明白，瑪利亞把索科洛夫奉若神明。就這一點也使他十分難受。

也許，葉妮婭說的話是對的。像這種第二次愛情，是婚後生活多年之後產生的，它確實是精神維生素缺乏的結果。就比如老牛很喜歡舔鹽，因為牛一年到頭在青草、乾草和樹葉中找不到鹽。這種精神饑餓漸漸增長，就會產生很大的力量。過去是這樣，現在也是這樣。啊，他可是知道自己的精神饑餓是什麼滋味……瑪利亞和柳德米拉太不一樣了。

他的一些想法是真實的，還是虛假的？維克多沒有注意到，一些想法不是出自理智，決定他的行動的不是這些想法的正確與否。他已經不受理智的支配。他看不到瑪利亞，就覺得痛苦；一想到可以見到她，就覺得幸福。有時他想像他們會在一起永不分離，就覺得無限幸福，為什麼他想到索科洛夫，不覺得良心有愧？他為什麼不覺得羞慚？

是的，有什麼羞慚的？不過只是在逍遙公園裡走了走，在長凳上坐了坐。

啊，為什麼要在長凳上坐呀！他還想和柳德米拉離婚，他還想對自己的朋友說，他愛他的妻子，他想把她奪過來。

他想起他和柳德米拉生活中一切不好的事情。他想起柳德米拉對他的媽媽怎樣不好。他想起柳德米拉不讓他從勞改營回來的堂兄在家裡過夜。他想起她的冷酷、粗暴、執拗、無情。

他一想起這些不好的地方，就心狠起來。要幹冷酷的事，只要心狠就行。不過柳德米拉和他過了一輩子，一直和他同甘苦，共患難。柳德米拉已經白了頭髮。她受過許多苦。難道她光是不好的嗎？要知道，多少年來他一直因為有她而感到自豪，喜歡她的正直和誠實。是的，是的，他是曾經打算幹冷酷的事。

早晨，維克多正準備上班的時候，想起不久前葉妮婭來過，就想道：「葉妮婭走了，上古比雪夫去了，這樣倒是好。」

他想到這裡，覺得不好意思起來，就在這時候柳德米拉說：「在我們家坐牢的人當中，又增加了一個克雷莫夫。好在葉妮婭現在不在莫斯科。」

他本想責備她說這種話，但是忽然想起剛才自己所想的，就沒有作聲，因為他覺得，如果責備她，他就太虛偽了。

「契貝任給你來過電話。」柳德米拉說。

他看了看錶。

「晚上我早點兒回來，再給他打電話吧。另外，可能我又要乘飛機上烏拉爾去。」

「要去很久嗎？」

「不。只待兩三天。」

他急著要走，今天是很重要的一天。

他的研究很重要，許多事情很重要，都是國家的事情，但他個人的思想似乎被反比例定律支配著，是渺小、卑微、微不足道的。

葉妮婭臨走的時候，請求姐姐常到庫茲涅茨橋去看看，送給克雷莫夫二百盧布。

「柳德米拉，」他說，「你應該把葉妮婭叫你轉交的錢送去，你可能已經錯過了接待日期。」

他說這話，並不是因為他在為克雷莫夫和葉妮婭操心。他說這話，是因為他想到，柳德米拉這樣不重視所託，可能會促使葉妮婭很快地再上莫斯科來。葉妮婭再來莫斯科，就要開始寫申訴書，寫信，打電話，把維克多的家變成在監獄和檢察院活動的基地。

維克多明白，這些想法不僅是渺小、卑微的，也是可鄙的。他想到這裡，感到不好意思，就連忙說：「你給葉妮婭寫封信，就說你和我都請她上莫斯科來。也許，她現在很需要上莫斯科來，可是沒有邀請，她不好意思來。你聽見嗎，柳德米拉？馬上就給她寫！」

他說過這話之後，感到輕鬆了，但是他又知道，他說這番話為的是自我安慰……說來實在奇怪。當他坐在自己的房間裡，沒人理睬，又怕房管員又怕票證處的姑娘的時候，他的頭腦裡想的是人生、真理、自由、上帝……那時候誰也不需要他，電話鈴一連幾個星期都不響，熟人在街上碰見都不和他打招呼。可是現在，當幾十個人在等著他，又給他寫信，又給他打電話，小汽車的喇叭在窗外輕輕響著的時候，他卻再也擺脫不了一些空泛無聊的想法、卑微的煩惱、庸人的擔心。不是擔心說錯了話，就是擔心笑得不是地方，總是有一些微乎其微、庸俗無聊的想法伴隨著他。

在史達林打過電話之後，有一段時間他覺得他今後可以完全不必害怕了。可是結果他還是在害怕，只是這害怕不同了，不再是平民的害怕，而是貴族的了——可以坐汽車，可以往克里姆林宮打電話，但害怕還是害怕。

對別人的學術成就抱持嫉妒的、運動員式的態度——原來似乎是不可能的，現在變成很自然的事了。他在擔心：別人會不會超過他，會不會糾正他的錯誤？

他不太願意和契貝任交談，似乎沒有力量進行長久的、花費力氣的談話。他還是把科學對國家的依賴關係想像得太簡單。因為他確實是自由的嘛：現在誰也不認為他的理論體系是學究式的毫無意義的東西了。現在誰也不敢扼殺他的理論體系了。國家需要物理學理論。現在這一點希沙科夫明白了，巴季因也明白了。為了讓瑪律科夫在試驗方面，讓科契庫羅夫在實踐方面表現出他們的本事，就需要有理論家做後臺。在史達林打過電話之後，所有的人都一下子明白了這一點。怎麼向契貝任解釋，是史達林的電話使他在研究中得到了自由呢？可是他為什麼對於柳德米拉的缺點不能容忍了呢？又為什麼對待希沙科夫這樣和善呢？

他現在很喜歡瑪律科夫。領導人的私事，一些祕密的和半祕密的情況，一些無傷大雅的手腕和非同兒戲的陰謀詭計，是否被邀參加主席團而引起的喜悅或懊惱，有誰進入某些特別名單或者在名單中沒有名字——他對這一切都有了興趣，他的的確確關心起這些事。也許，他現在寧願花一個晚上和瑪律科夫閒扯，也不願像在喀山那樣和馬季亞羅夫認真探討。

瑪律科夫極善於發現一些人的可笑之處，毫無惡意地同時又十分辛辣地嘲笑一些人的弱點。他具有文學才能，又是一流的科學家，也許，他是國內最有才華的物理試驗工作者。

維克多已經穿好大衣，柳德米拉說：「瑪利亞昨天來過電話。」

他很快地問：「什麼事？」

顯然，他的臉色都變了。

「你怎麼啦？」柳德米拉問道。

「沒什麼，沒什麼。」他說著，從走廊回到房間裡。

「說實在的，我也不明白，究竟有什麼不愉快的事。大概是科甫琴科往他們家裡打過電話。總而言之，她還和以往一樣替你擔心，怕你又惹出什麼事兒。」

「究竟怎麼一回事兒？」他焦急地問道。「我真不明白。」

「我不是說了嘛，我也不明白。看樣子，她是覺得在電話裡說起來不方便。」

「好吧，那你就再說一遍。」他說著，解開大衣，坐到門口的一張椅子上。

柳德米拉看著他，搖了搖頭。他覺得，她的眼睛帶著責難和傷心的神情看著他。而她好像證實他這種感覺，開口說道：「瞧，維克多，你說早晨給契貝任打個電話都沒有時間，可是一聽說瑪利亞，就有時間聽了……甚至還走了回來。已經不早啦。」

他側著眼睛朝上看了看她，說：「是的，我要遲到了。」

他走到妻子跟前，握住她的手親了親。她撫摩了幾下他的後腦勺，輕輕地理了理他的頭髮。

「瞧，現在瑪利亞多麼重要，多麼叫人感興趣，」柳德米拉小聲說，又淒然笑了笑，說，「還說她分不清巴爾札克和福樓拜呢。」

他看了看：她的眼睛溼潤了，他覺得她的嘴唇好像也在哆嗦。

他無可奈何地把兩手一攤，走到門口又回頭看了看。

她臉上的表情使他吃了一驚。他一面下樓一面想，如果他和柳德米拉離了婚，今後再也不見面了，那麼，她臉上這種表情，這種無可奈何的、痛苦、感人，為他也為自己羞臊的表情，將永遠不會從他的腦海裡消失，直到生命的最後一天。他明白，這幾分鐘裡發生了十分重要的事，妻子讓他知道，她看出了他對瑪利亞·伊凡諾芙娜的愛情，他也證實了這一點……

他還知道一點。他看到瑪利亞，就覺得幸福，如果他覺得他再也看不到她了，他就連氣也不能喘了。

等維克多的汽車漸漸來到研究所，希沙科夫的小汽車也跟了上來，兩部小汽車幾乎同時在大門口停下來。

他們並肩在走廊裡走著，就像剛才他們的汽車並排行駛一樣。希沙科夫挽住維克多的胳膊，問道：「就是說，您要乘飛機外出嗎？」

維克多回答說：「看樣子，要出去一趟。」

「很快咱們就要永遠分手了。您現在相當於一位國家元首了。」希沙科夫開玩笑說。

維克多忽然想：「如果我問他，您愛過別人的妻子嗎，他會說什麼？」

「維克多・帕夫洛維奇，」希沙科夫說，「您是否得便，在兩點左右上我這兒來一下？」

「到兩點鐘我就沒事了。遵命。」

這一天他工作很不順利。

在實驗廳裡，瑪律科夫不穿外衣，挽著襯衣袖子，走到維克多跟前，很起勁地說：「維克多・帕夫洛維奇，如果您有時間，等會兒我上您的辦公室去。有一件很有意思的事和你說說。」

「我在兩點鐘要到希沙科夫那兒去，」維克多說，「您遲一點兒來吧。我也有一點兒事要和您說說。」

「您在兩點鐘要上希沙科夫那兒去嗎？」瑪律科夫反問一句，又沉思了一會兒，說：「可能我猜到了，他要找您幹什麼。」

五十五

希沙科夫一看到維克多，就說：「我已經想打電話給您，提醒您呢。」

維克多看了看錶。「我覺得，我沒有遲到呀。」

希沙科夫站在他面前，又肥又大，穿著講究的灰色西服，滿頭銀髮的大腦袋。但是維克多覺得希沙科夫的眼睛裡已經沒有冷淡和倨傲的神氣了，這是一個讀了不少大仲馬和里德小說的小孩子的眼睛。

「親愛的維克多．帕夫洛維奇，今天我請您來，有一件特別的事，」希沙科夫笑著說，並且拉住維克多的手，把他拉到椅子跟前，「是一件很重大的、不太愉快的事。」

「站著談吧，天天坐得太多了。」維克多說著，用煩悶的目光打量了一下這位肥大院士的辦公室。

「咱們就來談談不愉快的事吧。」

「是這樣的，」希沙科夫說，「在國外，主要是在英國，發動了一場卑鄙的運動。我們擔負著戰爭的主要重擔，可是英國的科學家們並不要求盡快開闢第二戰場，卻展開了一場極其奇怪的運動，煽動敵視我們國家的情緒。」

他看了看維克多的眼睛，維克多知道那是一種毫無掩飾的、直露的目光，那是有些人要做壞事時的目光。

「是的，是的，是的，」維克多說，「可是，究竟是一場什麼樣的運動？」

「一場誹謗運動，」希沙科夫說，「他們公布了一份據說是我國被殺害的科學家和作家的名單，報導了因為政治問題被鎮壓者的離奇數字。他們懷著不可理解的，也可以說是不可告人的用心，想推翻經過偵查和判定的普列特尼奧夫和列夫醫生害死馬克沁·高爾基的罪行。這一切都發表在接近政府人士的一家報紙上。」

「是的，是的，是的，」維克多一連說了三遍，「還有什麼嗎？」

「基本上就是這些。還提到遺傳學家切特韋里科夫，組織了一個保護他的委員會。」

「希沙科夫同志，」維克多說，「可是，切特韋里科夫確實被捕了呀。」

希沙科夫聳了聳肩膀。

「維克多·帕夫洛維奇，您知道，我沒有過問過保安機關的工作。不過，如果他確實被捕了，那顯然是因為他犯了罪。你和我總是沒有被捕呀。」

這時候巴季因和科甫琴科走進辦公室。維克多明白，希沙科夫是在等他們，顯然事先他已經和他們商量過了。他甚至沒有對剛進來的兩個人解釋正在談的是什麼，只是說「請吧，請吧，兩位同志，請坐」，就又接著對維克多說：「維克多·帕夫洛維奇，這些無稽之談又傳到了美國，刊登到《紐約時報》上，這自然引起蘇聯知識界的憤慨。」

「當然啦，不可能不憤慨。」科甫琴科用十分親切的目光看著維克多的眼睛，說。

他那栗色眼睛的眼神是那樣親熱，以至於維克多很自然地產生的一種想法也說不出口了：「蘇聯知識分子根本就看不到《紐約時報》，怎麼會憤慨呢？」

維克多聳了聳肩膀，嗯了兩聲，這些動作可以被理解為他贊同希沙科夫和科甫琴科的說法。

「很自然，」希沙科夫說，「在我們知識界出現了一種願望，對這種卑鄙的誹謗給予應有的回擊。

我們起草了一份文件。」

「哼，你什麼也沒有起草，是別人起草的。」維克多在心裡說。

希沙科夫又說：「這份文件是用書信的形式。」

這時巴季因小聲說：「我看過這份文件，寫得很好，寫的都是應該說的話。簽名的人不要多，應該是我國最大的一些科學家，具有全歐洲和美國名望的。」

維克多一聽到希沙科夫開頭的幾句話，就明白了談話的目的。他只是不知道希沙科夫究竟要他幹什麼：在學術委員會會議上發言，寫文章，還是參與發表聲明？現在他明白了：要他在公開信上簽名。

噁心的感覺向他襲來。他像在那一次要他檢討的會議之前那樣，又感覺到自己可憐而卑賤的實質。

有幾百萬噸岩石就要朝他的頭上壓下來……普列特尼奧夫教授呀！維克多立即想起《真理報》上報導一個女人歇斯底里地控訴這位老醫生進行骯髒活動的文章。

一如往常，報紙刊登的事就成了事實。顯然，讀了不少托爾斯泰、契訶夫和柯羅連科的書，使人們養成了對俄羅斯文字幾乎奉若神明的態度。但是終於有一天，維克多清清楚楚看出來，報紙在說謊，普列特尼奧夫教授受到了誹謗。

過了不久，普列特尼奧夫和克里姆林醫院的著名內科醫生列文就被捕，並且供認害死了馬克沁·高爾基。

三個人都望著維克多。他們的目光是親切、和藹、充滿信心的。他是自己人嘛。希沙科夫已經像兄弟般地承認了他的著作的偉大意義。科甫琴科也把他看得很高。巴季因的眼睛好像在說：「是的，我對您做的事情原來是很反感的。但是我錯了。我不懂。黨已經糾正了我的錯誤。」

科甫琴科打開紅色公文夾，把打字機打好的公開信遞給維克多。

「維克多．帕夫洛維奇，」他說，「應該告訴您，英國人和美國人發動的這場運動，是直接為法西斯效勞的。可能這是第五縱隊的間諜策動的。」

巴季因插話說：「幹嘛還要向維克多．帕夫洛維奇進行宣傳？他和咱們都一樣，有一顆蘇聯愛國者的心。」

「當然，」希沙科夫說，「正是這樣。」

「誰又能懷疑這一點呢？」科甫琴科說。

「是的，是的，是的。」維克多說。

最奇怪的是，這幾個人不久前對他又鄙視又不放心，現在卻對他又信任又親熱，這種信任和親熱顯然極其自然，而且他雖然一直記著他們對他的殘酷，卻很自然地接受了他們的友好感情。就是這種友情和信任束縛著他，剝奪了他的力量。

假如他們大聲呵斥他，用腳踢他，打他，也許他會大吼起來，會剛強些的……

史達林和他通過電話。現在和他坐在一起的幾個人都記得這一點。

可是，天啊，他們要他簽名的這封信多麼可怕呀。這封信關係到多麼可怕的事呀。

他實在無法相信普列特尼奧夫教授和列文大夫會殺害偉大的高爾基。他媽媽來莫斯科的時候找列文看過病，柳德米拉更是常常在他那兒治病，他是一個很聰明、很細心、很和善的人。誣陷這樣兩位醫生的人，有多麼殘忍？

這種誣陷是中世紀黑暗的再現。醫生竟成了殺人犯！醫生竟害死偉大的作家，害死最後一位俄羅斯文學大師。誰需要這種血腥的誣陷？這是迫害異己，是宗教審判的火堆，就像殺害異教徒，又是煙，又是惡臭，像燒開的焦油。這一切怎麼能和列寧、和社會主義建設、和偉大的反法西斯戰爭相聯繫呢？

他拿起公開信的第一頁。希沙科夫問他，站著是不是舒服，光線行不行，是不是坐到椅子上？不用，不用，很舒服，謝謝。他看得很慢。把一個一個的字塞進腦子，腦子卻不能吸收，就像要把沙子塞進蘋果裡。

他看到：「你們袒護人類的敗類和不肖之徒、玷辱了崇高的醫生稱號的普列特尼奧夫和列文，是在助長法西斯仇恨人類的思想。」

他又看到：「蘇聯人民英勇地在同法西斯進行戰鬥，是法西斯在用新的形式推行中世紀的迫害異己、民族大洗劫、宗教審判的火刑、刑訊和拷打。」

我的天啊，怎麼能不叫人發瘋呀。

他又往下看：「我們的子弟在史達林格勒流的血，取得了反法西斯戰爭的轉折，你們卻有意無意地在袒護第五縱隊的間諜……」

是的，是的，是的。

「我們的科學工作者受到人民和政府的無比愛護和關懷，這是世界上任何一個國家都沒有的。」

「維克多·帕夫洛維奇，我們在這兒說話，不妨礙您吧？」

「不，不，沒關係。」維克多說。他心裡想：「有些人很幸運，或者能夠開開玩笑把事情敷衍過去，或者這會兒正在別墅裡度假，或者在生病，或者……」

科甫琴科說：「我聽說，史達林同志知道這封信，很贊成我們科學家的這一行動。」

「所以才要維克多・帕夫洛維奇簽名呢……」巴季因說。

維克多感到苦惱，感到厭惡，感到自己就要屈服。他感觸到偉大國家的親切氣息，他沒有力量投身寒冷的黑淵……今天他沒有，實在沒有力量。使他就範的不是恐懼，而是另外一種銷磨力量的溫順感情。

人是多麼奇怪、多麼令人吃驚的造物呀！他有力量去死，卻沒有足夠的力量拒絕甜餅和冰糖。如果有一隻手撫摩你的頭，拍你的肩膀，那手就成了無敵的手，你再也無力把它推開。

胡說，為什麼要誣衊自己？他要甜餅和冰糖幹什麼？他對生活條件和物質享受一直很平淡。他的見解、他的著作、他一生最珍貴的東西在反法西斯戰爭時期成為有用的、可貴的。這確實就是幸福！

而且，說實在的，這究竟是怎麼一回事兒呢？他們都在預審中承認了呀。他們在法庭上也供認了。他們已經承認害死了偉大的作家，怎麼能相信他們無罪？

拒絕在公開信上簽名嗎？那就是同情殺害高爾基的凶手！不，不可能。懷疑他們招供的真實性嗎？就是說，那是強迫的！可是強迫一個正直而善良的知識分子承認自己是雇傭的殺人凶手並因而換得死刑和可恥的名聲，只有用拷打的辦法。然而，這樣的懷疑，即使有一絲一毫，那也是神經錯亂。

不過，在這種卑劣的信上簽名，那是令人厭惡，令人作嘔的。在他的頭腦中出現了一些話和對這些話的回答……

「同志們，我有病，我的冠狀動脈痙攣。」

「胡說，想藉口生病來逃避呢，您臉上的氣色挺好嘛。」

「同志們，幹嘛要我簽名，我只是在很小的專家圈子裡有些名氣，國外很少有人知道我。」

「胡說！（聽到這個「胡說」十分快活）人們都知道您，還不光是知道呢！而且沒有您的簽名，這信就沒有意義，也無法讓史達林同志看，他會問：為什麼沒有史托隆的簽名？」

「同志們，我直截了當對你們說吧，我覺得某些說法不夠妥當，會給我們整個科學界造成不好的影響。」

「維克多．帕夫洛維奇，請，請，請您提出具體意見，我們很高興修改您認為不妥當的說法。」

「同志們，要理解我的意思，比如，你們在這兒寫的：人民的敵人巴別爾，人民的敵人、作家皮利尼亞克，人民的敵人瓦維洛夫院士，人民的敵人、演員梅耶霍德……不過我是一個物理學家，數學家，是從事理論研究的，有些人認為我精神失常，因為我研究的領域太抽象。說實在的，我是不夠格的，最好還是不提這些人吧，因為這些事我一點兒也不明白。」

「維克多．帕夫洛維奇，您不要客氣吧。您十分善於分析政治問題，您的邏輯性很強，您該記得，有多少次您說到政治方面的問題，說得何等深刻呀。」

「啊，天呀！你們要知道，我還有良心呀，我很痛心，我很難過，再說，也不是非我不可，為什麼非要我簽名不行，我太痛苦了，讓我的良心享受一點兒安寧吧。」

可是馬上又變得軟弱無力，不由自主，出現了餵飽了和受寵的牲畜那種馴順的感情，怕生活又受到新的摧殘，怕又一次擔驚受怕。

這是怎麼回事？又要把自己放到大家的對立面？又要冷清孤單？應該認真對待生活了。他已經得到連想也不敢想的東西。他現在能自由地從事自己的研究，受到無比的關懷與照顧。而且他也沒有祈求，沒有檢討。他是勝利者！他還要什麼呢？史達林都親自給他打了電話呀！

「同志們，這事關係重大，我希望多少想一想，最好等明天再決定。」他又在心中說。

他馬上又想像到：這樣他會一夜不眠，痛苦，焦慮，猶豫不決，突然下決心，又因為下了決心而害怕，又猶豫不決，又下決心。這一切折騰起人來，就像凶惡、無情的瘧疾。是他自己要把這種折磨延長若干小時。他已經沒有力氣了。快點兒，快點兒，快點兒吧。

他掏出自來水筆。

他馬上看出來，希沙科夫看到他這個頂不隨和的人今天這樣隨和，都驚愕得發了呆。

整整一天維克多沒有進行研究。誰也沒打攪他，誰也沒給他打電話。是他自己不能進行研究。他不能進行研究，是因為這一天他覺得研究工作枯燥、空洞、毫無意思。

有哪些人在公開信上簽了名？契貝任簽名嗎？約費簽過名嗎？克雷洛夫是否簽過名？曼德爾施塔姆呢？他真想躲到什麼人背後去。不過，拒絕簽名是不可能的。那就等於自殺。啊，根本不是這麼回事兒。也可以拒絕嘛。不，不，都有道理。因為誰也沒有威脅他。如果他是因為像畜生一樣害怕而簽了名，那倒是輕鬆些，可是他簽名不是因為害怕呀，是因為有一種愚昧、令人噁心的馴順感情。

維克多把安娜·斯捷潘諾芙娜叫到自己的辦公室裡來，請她明天把新設備上進行試驗的一組膠片洗出來。

她記下來了，卻依然坐著沒有走。

他用詢問的目光看了看她。

「維克多·帕夫洛維奇，」她說，「我以前認為，言語是表達不出心情的，可是現在我想說說：

您可明白，您的所作所為對於我和其他一些人有什麼樣的意義？這對於人們來說，比一切偉大的發明都重要。就因為您活在世界上，一想到這一點，心裡就覺得幸福。您可知道，鉗工們、清潔工和門衛人員是怎麼說您的？都說您是一個正派人。我多次想上您家裡去，可是我怕。您要知道，我在最困難的日子裡一想到您，心裡就覺得輕鬆，覺得安寧。謝謝您，就因為有您。您是人！」

他什麼也沒有來得及說，她就很快地走出了辦公室。他想跑到街上去，狂跑，狂叫……因為他太痛心、太羞愧。不過，痛心和羞愧還不止這些，這只是開頭。

快到下班的時候，電話鈴響起來。

「您聽出來了嗎？」

天啊，還問他是不是聽出來呢。不僅是耳朵，就連握著話筒、頓時緊張起來的手指頭也聽出這聲音了。這是瑪利亞又在他最難受的時刻出現了。

「我是在公用電話亭子裡打電話，聲音很不清楚，」瑪利亞說，「我丈夫身體好些了，我現在時間多了一些。如果可以的話，明天八點鐘還上那個街心公園來。」

她忽然說：「我親愛的，我的心上人！我真替您擔心呀。有人帶著一封公開信上我家來，噢，您明白我說的是什麼吧？我相信，這是您，是您的剛強幫助我丈夫頂住了，我們一切都還平平安安。可是我馬上想到，您這一下子要惹出麻煩來了。您性格那樣倔強，有時候別人會碰一個疙瘩，您就會碰得粉身碎骨。」

他掛起話筒，用兩手把臉捂住。他已經明白自己處境之可怕：今天不是敵人在殘酷地折磨他。是親近的一些人在折磨他，用的刑具是他們對他的無比信任。

他回到家裡，連大衣也沒脫，就給契貝任打電話。柳德米拉站在他面前，他在撥契貝任家的電話號碼，他相信，斷然相信，他的朋友和老師也會因為喜歡他，使他受到無情的創傷。他急急匆匆，甚至來不及對柳德米拉說說在公開信上簽名的事。天啊，柳德米拉的頭髮白得多麼快呀。是的，是的，真不應該，不能再讓她傷心了！

「好消息不少，都看到戰報，」契貝任說，「不過我沒有什麼了不起的事。噢，今天我和幾位可敬的人士吵了一場。您可聽說一封什麼公開信了嗎？」

維克多舔了舔發燥的嘴唇，說：

「是的，聽說一點點兒。」

「好啦，好啦，我明白，這種事兒不好在電話裡說，等您回來之後，咱們見了面再說說吧。」契貝任說。

嗯，好吧，好吧，不過，還有娜佳，她馬上也要回來了。天啊，天啊，他幹的是什麼事……

五十六

夜裡，維克多睡不著。他心裡太痛苦了。這種可怕的苦惱是從哪兒來的？真是沉重的負擔，沉重的負擔。還勝利者呢！

他在害怕房管所的普通辦事員的時候，比現在要剛強些、自由些。今天他甚至都不敢進行爭論，不敢表示懷疑。他成為勝利者之後，便失去了心意的自由。他怎麼好意思見契貝任呀？也許，他見了契貝任會泰然自若，就像他回到研究所那一天許多快快活活、親親熱熱迎接他的一些人那樣？

這一夜他想到的一切，都使他傷心，使他難過，使他不得安寧。他的笑、他的動作表情、他的行動都和他自己格格不入，都和他作對。今天晚上娜佳的眼睛裡有一種憐憫和憎惡的神情。

只有經常使他氣憤、經常頂撞他的柳德米拉聽他說過以後，馬上就說：「維克多，你不應該難過。我覺得你最聰明、最實在。既然你已經這樣做了，就是說，應該這樣。」

為什麼他現在願意承認一切、肯定一切呢？為什麼不久前他不能容忍的事現在可以容忍了呢？不論和他談什麼，他都用樂觀的態度看待。

軍事上的勝利與他個人命運的轉折是一致的。他看到軍隊的強大、國家的強盛、前途的光明。為什麼他今天覺得馬季亞羅夫的一些說法如此淺薄無味？

在他被拋出研究所，他拒絕檢討的那一天，他心裡有多麼坦然，多麼輕鬆。在那些日子裡，親人就是他的莫大幸福：柳德米拉、娜佳、契貝任、葉妮婭……啊，見了瑪利亞，他該對她怎麼說呢？他一向那樣瞧不起膽小的索科洛夫，瞧不起他的順從和聽話。可是今天呢？他怕去想母親，他在她面前有愧。他很怕再拿起她最後一封信。他又害怕又苦惱地瞭解到，他已經無力保衛自己的靈魂，無法使靈魂不受侵蝕。他本身正在滋長一種力量，這種力量漸漸使他成為奴隸。

他幹了很卑鄙的事！他看著許多不幸的、血肉模糊的人軟弱無力地倒下去，他還要朝他們丟擲石頭。

因為揪心的痛苦，因為劇烈的折磨，他的額頭上滲出了汗珠。

他有什麼理由感到自負？他有什麼權利在別人面前誇耀自己的純潔和勇氣？他有什麼權利評論別人，不原諒別人的弱點？

渺小的人和高尚的人都有不足之處。他們的區別在於：渺小的人做了好事，就要誇耀一輩子；高尚的人做了好事，一點也不注意，而長期記在心裡的是他所做的壞事。

可是他卻常常誇耀自己的勇敢和正直，譏笑別人的軟弱和怯懦。可是現在他出賣了很多人。他鄙視自己，為自己感到羞臊。他的家，他的光明和溫暖，都化為灰燼，化為齏粉。

他和契貝任的友誼、對女兒的疼愛、對妻子的感情、對瑪利亞的無希望的愛情、他個人的幸福與不幸、他的著作、他心愛的科學、他對母親的愛和悼念——一齊從他的心中消失了。

他為什麼要犯這樣可怕的罪過？世界上的一切與他所失去的東西相比，是微不足道的，不論是從太平洋岸直到黑海岸的遼闊大國，還是科學，與一個小小人物的正直與純潔相比，都是微不足道的。

他清楚地看到，現在還不晚，他還有力量抬起頭來，做母親的好兒子。

他不想尋求安慰，不想為自己辯護。就讓他所做的這件卑鄙下賤的壞事永遠成為對他的責難吧。讓他終生時時刻刻記著吧。一個人應該不是一心想著去幹什麼大事，不是要以這樣的大事作為驕傲和誇耀的資本。不是，不是，不是！

年復一年，每天，每時每刻都需要進行鬥爭，保衛自己做人的權利，保持純潔與善良的權利。在這種鬥爭中既不需要驕傲，也不需要虛榮，需要的只有搏鬥。如果在可怕的時期出現了毫無希望的時刻，一個人就不應該怕死，如果還想做一個人的話，就不應該怕。

「好吧，咱們就試試吧，」他說，「也許，我還有足夠的力量。媽媽，媽媽，這是你的力量。」

五十七

盧比揚卡附近村莊裡的一個又一個夜晚……

克雷莫夫被審訊之後，躺在床上，呻吟著，想著，和卡茨涅林鮑肯說著話兒。

原來克雷莫夫覺得布哈林和雷科夫的招供、加米涅夫和季諾維也夫的招供、托洛茨基派、右傾或左傾中央的案件過程、布勃諾夫和穆拉洛夫以及什里亞普尼科夫的遭遇都是不可思議的，現在他覺得都是可以想像的了。從革命還有氣息的身體上把皮剝下來，新時代想用革命的皮自我裝扮，把無產階級革命帶血的肌肉與熱騰騰的心肝拋進垃圾堆，因為新時代不需要這些。新時代只需要革命的皮，所以把這張皮從活人身上剝下來。披上革命的皮的那個人說起革命的話，做起革命的舉動，但是腦子、肺、肝、眼睛卻是另外一個人的。

史達林！偉大的史達林！也許，最有權勢的一些人正是最沒有主見的人。是時代和環境的奴隸，是當今馴服而恭順的奴僕，見到新時期來了，就恭恭敬敬地打開大門。

是的，是的，是的……見了新時期不低頭的人，就要進垃圾堆。

現在他知道是怎樣摧毀一個人了。搜身，剪掉鈕扣，拿走眼鏡，這樣使一個人產生身體不值錢的感覺。到了偵訊室裡，一個人會感到自己參加革命、參加國內戰爭根本不算什麼，自己的知識和工作更是不值一提。就是說，這是第二步：叫你知道不僅是身體不值錢。

而對於那些堅持繼續做人的人，就進行百般折磨，一直要把人的體力和精力都弄垮，使人服服帖帖，毫無反抗之力，直到使人既不盼望正義，又不盼望自由，也不盼望安寧，只盼望著早日了結已經使人十分痛恨的人生。

審訊工作幾乎總是取勝的過程，就在於肉體的人和精神的人是一致的。精神和肉體是互相溝通的，進攻的一方只要擊潰和突破人的肉體防線，就能使機動兵力進入突破口，控制精神，迫使人無條件投降。

他沒有力量想這一切，也沒有力量不想這一切。究竟是誰出賣他？誰密告他？誰誣陷他？他覺得他現在對這個問題沒有多大興趣了。

他一向自以為得意的，是他能使自己的生活服從理性。可是現在不是這樣了。理性說，他和托洛茨基的談話情形是葉妮婭告密的。可是他現在整個的生活、他和偵訊員周旋、他還能夠呼吸、他依然是克雷莫夫同志，其支撐點就是相信葉妮婭不可能幹這種事。有一小會兒他竟會對此失去信心，他都感到奇怪。沒有什麼力量能夠使他不相信葉妮婭。儘管他知道，除了葉妮婭，誰也不知道他和托洛茨基的談話，儘管他知道女人容易變心，女人是軟弱的，儘管他知道葉妮婭已經扔掉他，在他一生最艱難的時候離開了他，他還是相信。

他把審訊的經過對卡茨涅林鮑肯說了說，但是隻字未提這件事。

卡茨涅林鮑肯現在不開玩笑，也不扮鬼臉了。

確實，克雷莫夫沒有看錯他。他是很聰明的。但是他說的一切都很可怕、很奇怪。有時候克雷莫夫覺得，把這個老肅反工作人員關進內部監獄，沒有什麼不應該的。不可能不這樣。有時克雷莫夫覺得他是一個瘋子。

這是國家保安機關的詩人和歌手。

他有一次用讚賞的口氣對克雷莫夫說，上次開黨代會時，休息的當口史達林問葉若夫，為什麼他在執行肅反政策上犯了擴大化的錯誤，張皇失措的葉若夫回答說，他是執行史達林的直接指示啊，史達林就對著圍住他的代表們很憂鬱地說：「這也是一名黨員說的。」

他還說了說亞戈達遇到的可怕事……

他還說起肅反部門的一些大人物，他們懂得伏爾泰，知道拉伯雷，敬仰魏爾蘭，當年都在這座日夜不眠的大房子裡做過領導工作。

他還說過一個在莫斯科幹了多年劊子手，很可愛、很老實的拉脫維亞老頭子，這個老頭子在行刑的時候，常常要求把就刑的人的衣服脫下來，交給保育院。他又說了另一個行刑者的事。那個人日日夜夜地喝酒，沒有活兒幹就十分苦悶，在沒有派到他殺人的時候，他就到莫斯科附近的國營農場去殺豬，把豬血裝在瓶子裡帶回來，說是醫生叫他喝豬血治貧血病。

他向克雷莫夫描述，在一九三七年每天夜裡怎樣對判定所謂剝奪通信自由的人執行死刑，夜裡莫斯科焚屍爐的煙囪怎樣冒濃煙，被動員參加行刑和抬運屍體的共青團員們怎樣一個個瘋了。

他說了說怎樣審訊布哈林，加米涅夫多麼倔強。有一天夜裡他和克雷莫夫一直談到天亮。

這天夜裡，這名肅反工作人員發展和豐富了他的理論。

卡茨涅林鮑肯對克雷莫夫描述了新經濟政策時期的新資產階級分子弗倫克爾的不尋常遭遇。弗倫克爾在實行新經濟政策初期在奧德薩建立了發動機工廠。在二〇年代中期他被逮捕並被押送到索洛韋茨基群島上。他在索洛韋茨基勞改營裡的時候，向史達林提供了一份天才的方案。這個老肅反工作人員在這裡用的字眼兒就是「天才的」。

他在這份方案中用大量經濟學和技術方面的資料，論證了如何利用成千上萬的犯人修建道路、堤壩、水電站，開鑿運河。

這位被囚禁的新資產階級分子便成了 KGB 的中將，因為當家的十分看重他的想法。

二十世紀忽然闖入簡單勞動時期，這種被神聖化的勞動實際是囚犯連隊的勞動和舊式的苦役勞動，是鍬、鎬、斧頭和鋸子的勞動。

勞改營世界也開始吸收現代文明，也使用電力機車、自動升降機、推土機、電鋸、渦輪機、割礦機、大量的汽車和拖拉機。勞改營世界裝備了運輸和聯絡飛機、無線電聯絡和通訊系統、自動車床、現代化的選礦系統。勞改營世界設計、規劃、建造礦井、工廠、新的海洋、宏偉的水電站。勞改營世界發展十分迅速，並存的舊的苦役式勞動顯得很可笑，很好玩兒，就像孩子們的拼圖方塊。

但是，卡茨涅林鮑肯說，勞改營還是跟不上現實的發展，因為現實不斷地向勞改營提供人力。有許多學者和專家還是派不上用場，他們和技術與醫務沒有任何關係……

有一些全世界知名的歷史學家、數學家、天文學家、文學評論家、地理學家、世界美術研究專家、研究梵文和古凱爾特語的學者，在勞改營系統都派不上什麼用場。勞改營的發展還不夠，還不能利用這些人的特長。他們幹的是粗活兒，或者在事務工作方面和文教科做一些所謂笨活兒，或者在殘廢營裡閒待著，根本無法運用他們的知識，他們的知識往往是極其淵博的，不僅在蘇聯，而且在全世界都得到極高的評價。

克雷莫夫聽著卡茨涅林鮑肯不停地說，就好像一位學者在介紹自己一生的主要事業。他不僅是歌頌和讚美。他還是個研究者。他進行比較，揭示缺點和矛盾，聯繫，對照。

在勞改營外面也存在著缺陷，當然，其形式是不那樣明顯的。在現實生活中有不少人做的不是他們能做的工作，不是發揮其所長，在各個大學、各個編輯部、科學院各研究所都有這類現象。

卡茨涅林鮑肯說，在勞改營裡，刑事犯統治著政治犯。刑事犯又霸道，又野蠻，又懶惰，又貪財，動不動就不要命地打架、搶奪，阻礙著勞改營勞動生活和文化生活的發展。他接著說，就是在勞改營鐵絲網裡面，科學家和著名文化界人士的工作也要由不學無術、無能和見識短淺的人領導。勞改營好像是外面社會的擴大而加強的映射。不過鐵絲網內外的現實不是相反的，而是符合對稱定律的。

他接著又說起來，不過不是像一位歌手，也不像一位思想家，而是像一位預言家了。

如果勇敢而連續不斷地推進勞改營制度的發展，排除阻力和缺陷，這種發展必將導致界線的消滅。勞改營就會同外面的社會融為一體。這種融合，這樣消滅了勞改營與外面社會的對立，就是偉大原則的成熟和勝利。勞改營制度雖然有種種缺陷，但也有一個起決定作用的優點。只有在勞改營裡，最高原則，也就是理性，能夠毫不掩飾地反對個人自由原則。理性可以使勞改營高度發展，高度發展就可以創造條件使其自我消滅，與鄉村和城市的生活融為一體。

卡茨涅林鮑肯擔任過勞改營設計院的領導。他認為，科學家和工程師們能夠在勞改營的條件下解決最複雜的問題。他們能夠解決世界科學技術思想方面的任何問題。只要能很好地領導他們，為他們創造較好的物質條件就行。有一種古老的說法，說是沒有自由就沒有科學，是完全不可信的。

「等到兩方面水準接近了，」他說，「我們就可以宣布鐵絲網裡面和外面的生活相等了，就用不著關押人了，我們就不必再發逮捕證了。我們只建立監獄和政治隔離所，文教處就可以對付任何不合常規的人。到那時候就會出現意想不到的太平局面。」

取消勞改營將是人道主義的勝利。同時所謂個人自由這種亂七八糟的、原始的、穴居時代的原則在這之後也不會占上風，不會猖獗起來。相反，這種原則倒是可以完全消除。

在沉默了很久之後，他又說，也許，幾百年之後，這種制度會自行消滅，在這種制度自行消滅過程中，漸漸產生民主和個人自由。

「世界上沒有什麼東西是永遠存在的，」他說，「但是我不希望生活在那樣的時代。」

克雷莫夫對他說：「您的一些想法是極不正常的。據說，一些精神病醫生在精神病醫院裡工作時間久了，自己的精神也會不正常。請原諒我這樣說。不過，您在這裡面待得太久，不是沒有影響的。

卡茨涅林鮑肯同志，您把保安機關看成了上帝。確實應該把您撤換下來。」

卡茨涅林鮑肯很和善地點了點頭，說：「是的，我相信上帝。我是一個信神的愚昧的老頭子。每一個時代都要依照自己的面貌創造一個上帝。保安機關是明智和強有力的，保安機關統治著二十世紀的人類。過去這樣的力量，人類曾經奉若神明的力量，就是地震、雷電、森林大火。現在不光是把我關起來，而且把您也關起來了。也應該把您給撤換了。總有一天會弄清楚，究竟是您說得對，還是我說得對。」

「可是德列林格老頭子現在回去了，回勞改營去了。」克雷莫夫說。

他知道這話會引起反應的。果然，卡茨涅林鮑肯說：「就是這個可惡的老頭子攪亂了我的信仰。」

五十八

克雷莫夫聽到聲音不高的說話聲：「剛才廣播說，我軍擊潰了史達林格勒的德國集團軍群，好像把保盧斯抓住了，說實話，我沒有聽清楚。」

克雷莫夫叫喊起來，掙扎起來，兩腳在地上亂動，想走到穿棉軍裝和氈靴的人群中去……人群的那種親切的嚷嚷聲淹沒了旁邊正在進行的不高的談話聲；格列科夫從史達林格勒的瓦礫堆裡搖搖晃晃地朝著克雷莫夫走來。

醫生抓住克雷莫夫的手，說：「應該休息一下……再注射一針樟腦劑，脈搏每跳四下都要停一下。」

克雷莫夫把鹹鹹的一團東西吞下去，說：「沒什麼，繼續進行吧，醫生認為沒有關係嘛，我反正不招認。」

「你會招認的，你會招認的，」偵訊員用工廠老技師那種和善而自信的口吻說，「有許多比您更硬的人都招認了。」

這第二次審訊過了三個晝夜之後結束了。克雷莫夫又回到囚室裡。

值班守衛把一個白布包著的小包放到他身邊。

「喂，犯人，請在轉交單據上簽個名。」他說。

克雷莫夫看了看轉交物品的清單，清單上的字跡十分熟悉：蔥，蒜，糖，白麵包乾。清單下面寫著：「你的葉妮婭。」

「天啊，天啊！」他哭了……

五十九

一九四三年四月一日，斯皮里多諾夫接到蘇聯電力委員部撤換工作的通知；要他交出史達林格勒發電站的工作，前往烏拉爾，到一座不大的、用泥炭發電的發電站去擔任站長。這處分不算重，因為本來也可以送交法庭的。斯皮里多諾夫在家裡沒有說起電力委員部這道命令，決定再等州黨委的決定。四月四日，州黨委因為他在艱難的日子裡擅離職守，給予他嚴重警告處分。這項決定也算很寬容的，因為本來也可以把他開除出黨。但是斯皮里多諾夫覺得州黨委做出這樣的決定是很不應該的，因為州黨委的同志們都知道，他一直堅持到史達林格勒保衛戰的最後一天，他是在蘇軍已經開始進攻的那一天上左岸去的，他是為了去看看在船艙裡分娩的女兒。在州黨委的會議上他本想分辯一下，可是普里亞欣非常嚴肅，說：「您可以向中央監察委員會上訴，我估計，什基里亞托夫同志會認為州黨委的決定太寬容，太姑息。」

斯皮里多諾夫說：「我相信，中央監察委員會會取消這種決定。」

但是，因為他聽到不少有關什基里亞托夫的事情，他還是有點兒怕提出上訴。

他擔心和懷疑的是，普里亞欣的面孔那樣嚴肅，不僅是和史達林格勒發電站的事有關係。普里亞欣當然記得，斯皮里多諾夫與葉妮婭和克雷莫夫有親戚關係，他自然不喜歡一個知道他和坐牢的克雷莫夫有多年關係的人。

在這種情況下，即使普里亞欣想幫助斯皮里多諾夫，也不能幫助了。假如他這樣做了，對他不友好的人（有權勢的人周圍總會有不友好的人）馬上就會向有關部門反映，說普里亞欣因為同情人民敵人克雷莫夫，竟幫助克雷莫夫的親戚、怕死的斯皮里多諾夫。

但是，很明顯，普里亞欣不幫助斯皮里多諾夫，不僅是因為他不能，而是因為他不願意。顯然，普里亞欣知道，克雷莫夫的岳母已經來到史達林格勒發電站，正住在斯皮里多諾夫家裡。大概普里亞欣也知道，葉妮婭常和母親通信，不久前還寄來自己給史達林的申訴書的底稿。

在州黨委會議散會之後，斯皮里多諾夫到小賣部去買乳酪和香腸，在這裡碰見州保安局局長沃羅寧。沃羅寧帶著好笑的神氣看了看他，並且用好笑的口吻說：

「斯皮里多諾夫真是一個天生的好當家，剛剛受過嚴重警告處分，就做起家務事來啦。」

「一家人要吃飯呀，有什麼辦法，我現在做外公啦。」斯皮里多諾夫說著，笑了笑，是一種苦笑，無可奈何的笑。

沃羅寧也對他笑了笑，說：「我以為你準備辦移交呢。」

斯皮里多諾夫聽了這話，心裡想：「幸虧把我趕到烏拉爾去，要不然在這兒就完了。薇拉和小孩子怎麼辦呀？」

他搭噸半載重汽車回史達林格勒發電站，透過駕駛室的模糊玻璃，望著他就要離開的被戰爭摧毀的城市。他想著，在戰前他的妻子就是走這條如今已是堆滿瓦礫的人行道去上班；他想著供電網，想著等到從斯維爾德洛夫斯克運來新電纜，他已經不在史達林格勒發電站了；想著小外孫因為營養不足，胳膊和胸前出了很多小疙瘩。他想道：「嚴重警告就嚴重警告好了，有什麼了不起？」他想，不會發給他「保衛史達林格勒」獎章的，不知為什麼一想到獎章他就非常傷心，其傷心的程度竟超過離別這座他長期生活、工作，流著淚安葬了瑪露霞的城市。他甚至因為得不到獎章懊惱得大聲罵起來，所以司機問他：

「斯皮里多諾夫同志，您這是罵誰？是不是有什麼東西忘在州黨委啦？」

「是的，我忘記了，」斯皮里多諾夫說，「可是它沒有忘記我。」

斯皮里多諾夫家幾個房間裡又冷又潮溼。代替炸掉的窗玻璃的是膠合板和木板。牆上的石灰有很多地方脫落了。飲用水要用桶提上三層樓。房間裡生火的是用鐵皮做的小爐子。有一個房間暫時關上不用，廚房也沒有用，眼下成了放木柴和馬鈴薯的倉房。

斯皮里多諾夫、薇拉和小孩子、在他們回來之後便從喀山趕來的弗拉基米羅芙娜，住在原來做餐室的大房間裡。原來薇拉住的緊靠廚房的小房間裡住著安德烈耶夫老頭子。

本來斯皮里多諾夫可以修修天花板，粉刷牆壁，砌兩座磚爐，發電站裡還有幹這種事的一些工人師傅，材料也是有的。

但是不知為什麼一向操心家事、果斷幹練的斯皮里多諾夫不願意請人做這些事情。顯然，薇拉和弗拉基米羅芙娜也覺得住在戰後殘破的家宅裡更舒服些，因為戰前的生活已經毀滅，為什麼要讓屋子恢復原來的樣子，又使人想起一去不再返的生活？

弗拉基米羅芙娜來了之後，又過了幾天，安德烈耶夫的兒媳婦娜塔莉亞也從列寧斯克來了。她在列寧斯克和已故的婆婆的妹妹吵了一架，又把兒子暫時丟給她，就上史達林格勒發電站來找公公。

安德烈耶夫一看到兒媳，就生起氣來，對她說：

「你以前和你婆婆吵，現在又和她的妹妹吵。你怎麼能把孩子丟在那兒呀？」

看樣子，娜塔莉亞在列寧斯克過的日子十分艱難。她一走進安德烈耶夫住的房間，打量了一下天花板、牆壁，就說：「這兒太好了！」

雖然這兒一點也沒有什麼好的：天花板上的板條子已經露了出來，角落裡還堆著石灰，煙囪已經不成樣子。窗戶上堵了一塊膠合板，上面嵌了一小塊玻璃片，房間裡的光線就是透過玻璃片進來的。從這自製的小窗戶望出去，一片淒慘景象：到處是斷垣殘壁，有紅顏色的，也有藍顏色的，還有破爛的鐵皮屋頂。

弗拉基米羅芙娜一來到史達林格勒，就生起病來。她因為生病，暫時沒有上城裡去。她很想去看看她那燒燬的房子。

最初幾天，她克制著病痛，幫薇拉做事情：生爐子，洗尿片，在爐子的鐵皮煙囪上烘尿片，把脫落的石灰搬到樓梯平臺上，甚至還嘗試過從下面往上提水。

但是她的病情愈來愈重，在燒得很暖和的房間裡她會覺得冷，在很冷的廚房裡她的額頭會冒出汗來。她想硬撐過去，不說自己有病。但是有一天早晨，她上廚房裡去抱木柴，卻一下子昏迷過去，倒在地板上，把頭都跌破了。斯皮里多諾夫和薇拉把她攙到床上躺下來。

弗拉基米羅芙娜蘇醒過來以後，把薇拉叫到床前，說：「你要知道，我在喀山在柳德米拉家裡過的日子不如在你們家裡。我上這兒來，不光是為了你，也為了我自己。我只是怕，我躺在這兒不能動，會把你累壞。」

「外婆，我有你在這兒就很好。」薇拉說。

可是薇拉確實感到十分艱難。水、木柴、牛奶，一切東西都要花很大力氣才能弄來。外面的陽光已經有了暖意，可是房間裡又冷又潮溼，不得不把爐子燒旺些。

小米佳的胃有毛病，夜裡常常哭，媽媽的奶也不夠他吃。薇拉一天到晚在房間和廚房裡忙活，要不然就是出去買牛奶和麵包，洗鍋洗碗，從下面往上提水。她的兩手泡得紅腫，臉也被風吹紅了，而且出現了凍斑。因為勞累，因為天天活兒幹不完，她心中無時無刻不感到陰雨和沉重。她不梳頭，很少洗臉，也不照鏡子，生活的重擔把她壓壞了。她時時刻刻都非常想睡覺。到晚上，胳膊、腿、肩膀都痠疼，很想休息。她一躺下，米佳就哭。她就爬起來，走過去餵奶，把尿片換一換，抱起來在房間裡走一走。過一個鐘頭，他又哭起來，她就又爬起來。天濛濛亮，他就醒來，再也不睡了，於是她就在朦朧的晨曦中又開始了新的一天——不等睡夠，便腦袋昏昏沉沉地上廚房裡抱柴，生爐子，燒開水，準備給爸爸和外婆泡茶，開始洗衣服。但奇怪的是，她現在一點也不發脾氣了，變得又和善又有耐性。

娜塔莉亞從列寧斯克來了以後，薇拉的日子輕鬆些了。

娜塔莉亞來了以後，安德烈耶夫便上史達林格勒北部的拖拉機廠工人村去住了幾天。也許是他想看看發電站和自己的房子，也許是因為兒媳婦把孩子丟在列寧斯克，生她的氣，也許是他不願意讓她吃斯皮里多諾夫家的糧食，所以走的時候把他的供應卡給她留下了。

娜塔莉亞不等休息過來，在來到的那一天就動手幫薇拉的忙。

啊，她幹起活兒多麼輕快、有勁兒，年輕的手一幹起活兒，那沉甸甸的水桶、盛滿了水的煮衣鍋、滿口袋的煤炭全都變輕了。

現在薇拉可以抱著孩子上外面玩一會兒了，可以在石頭上坐坐，看看那閃閃發光的春水，看看草原上升起的蜃氣。

四周靜悄悄的。戰場已經移到幾百公里之外。似乎德軍飛機在空中嗡嗡直叫，炮彈不停地爆炸，生活中充滿了火、恐懼和希望的時候，心裡倒是輕鬆些。薇拉看著小孩子滿臉的膿疙瘩，心疼起來。她同時也憐惜起維克多羅夫。上帝，上帝，苦命的萬尼亞，生一個兒子竟是這樣瘦，這樣虛弱，這樣愛哭。

然後她踏上到處是垃圾和碎磚的樓梯，上了三樓，幹起活兒，她的苦惱便沉沒在忙碌中，沉沒在渾濁的肥皂水中，沉沒在爐子的灰煙裡，沉沒在牆壁散發的潮氣中。

外婆把她叫到床前，撫摩著她的頭髮，外婆平時那安詳又明亮的眼睛裡出現了異常悲痛和溫柔的神情。

薇拉沒有跟任何人談起過維克多羅夫，沒有跟爸爸談，沒有跟外婆談，甚至也沒有對五個月的米佳說過。

娜塔莉亞來到以後，房間裡的一切都變了樣子。她刮掉牆上的黴斑，把發黑的牆角都粉刷了，地板上有些髒東西就像長在上面似的，她都擦洗乾淨了。她還進行了一次大規模的清掃，本來薇拉準備等天暖和了再幹的——她把一層一層樓上的垃圾全部清除了。

下午，她又把長長的黑蟒蛇似的煙囪收拾好了。煙囪本來歪歪扭扭，接縫處不住地往下滴松脂色的髒水，滴得地板上一個一個的小水窪兒。娜塔莉亞在煙囪上塗了石灰，又把煙囪拉直了，用鐵絲捆上，在接縫處掛了幾個空罐頭筒，髒水就往裡面滴。

她來的第一天，就和弗拉基米羅芙娜很要好了，雖然她好像是一個愛吵愛鬧的潑辣女子，還喜歡說男女之間的粗野話，應該不是弗拉基米羅芙娜喜歡的人。娜塔莉亞很快就認識了許多人，有線路工人，有渦輪房裡的工人，有載重汽車的司機。

有一次，娜塔莉亞去排隊買東西剛剛回來，弗拉基米羅芙娜對她說：「娜塔莉亞，有一位同志問你來著，是一位軍人。」

「是一個格魯吉亞人吧？」娜塔莉亞問道。「他要是再來，您把他攆走。大鼻子鬼，想向我求婚呢。」

「這麼著急？」弗拉基米羅芙娜驚訝地問。

「您以為他們能沉得住氣嗎？他要我在戰後上格魯吉亞去呢。我把樓梯擦洗得乾乾淨淨，難道是為了跟著他走？」

晚上她對薇拉說：「咱們上城裡去，今天有電影。司機米沙用汽車送咱們去。你帶小孩子坐在駕駛室裡，我可以在車廂裡。」

薇拉搖了搖頭。

「你去吧，」弗拉基米羅芙娜說，「我的身體要是好一些，我也跟你們去了。」

「不去，不去，我怎麼也不能去。」

娜塔莉亞說：「還是要好好地過下去呀，要不然咱們都成了鰥夫和寡婦了。」

然後她又帶著責備的口氣說：「你天天待在家裡，哪兒也不想去，你也沒有把爸爸照應好。我昨天洗衣服，他的襯衣和襪子都很破了。」

薇拉抱起孩子，走到廚房裡。「米佳，你說說，你媽媽不是寡婦嗎……？」她問。

斯皮里多諾夫這些天十分關心岳母，兩次從城裡請來醫生給她看病，幫薇拉給她拔火罐，有時把水果糖塞到她手裡，說：「您不要給薇拉，我已經給她吃過了，這是留在櫥子裡專門給您的。」

弗拉基米羅芙娜明白，女婿有很不愉快的事，心裡很苦悶。但是每次她問他州黨委方面是不是有什麼消息，他總是搖搖頭，說起別的事情。只有那一天晚上，當他接到通知，說即將處理他的問題的時候，他回到家裡，挨著岳母在床邊坐下來，說：「我這都怎麼搞的呀，假如瑪露霞知道我的事情，會發瘋的。」

「他們究竟說你有什麼錯兒？」岳母問。

「全是錯。」他說。

這時候娜塔莉亞和薇拉走了進來，談話就中斷了。弗拉基米羅芙娜望著娜塔莉亞，心想，是有這樣一種剛健而頑強的美，任何艱難的生活對這種美都無可奈何。娜塔莉亞的一切都很美，不論是脖子，青春的胸脯，還是腿，幾乎露到肩膀的勻稱的手臂。弗拉基米羅芙娜心想：「真是一位沒學過哲學的哲學家。」她常常發現，有一些沒有過慣貧苦日子的女子，一遇到艱難的環境就憔悴下來，不再注意自己的容貌，像薇拉就是這樣。她很喜歡那些做季節工的姑娘們，那些幹重活兒的女工，軍事調度員姑娘們，她們住在棚子裡，在灰土和泥水中幹活兒，卻還要燙髮，照鏡子，往脫了皮的鼻子上搽粉。有些頑強的鳥兒就是在颳風下雨的天氣，也要不顧一切地唱自己的歌兒。

斯皮里多諾夫也望著娜塔莉亞，後來突然抓住薇拉的手，把她拉到懷裡，摟住她，好像請求原諒似的，吻了吻她。

弗拉基米羅芙娜也好像沒頭沒腦地說：「有什麼了不起的，斯捷潘，咱們離死還早著呢！就連我這個老婆子還想把身體養好，在世上多活幾年呢。」

他很快地看了看她，笑了。這時娜塔莉亞往腳盆裡倒了不少熱水，端到床前，跪下來，說：「弗拉基米羅芙娜，我給你洗洗腳，現在屋裡很暖和。」

「你瘋啦！傻瓜！快起來！」弗拉基米羅芙娜叫道。

六十

有一天下午，安德烈耶夫從拖拉機廠工人村回來了。

他走進屋裡，一看到弗拉基米羅芙娜，他那憂鬱的臉笑了——這些天她第一次起了床，臉色還很蒼白，還很消瘦，坐在桌旁，戴起了眼鏡，正在看書。

他說，他很久都找不到他的房子原來所在的地方，到處是戰壕，炸彈坑一個連著一個，到處是碎瓦片和坑窪。工廠裡已經有很多人，每時每刻都有人回來，甚至民警也有了。參加民兵隊的人還沒有什麼消息。大家都在掩埋士兵，埋好了，又不斷地發現還有死人，有的是在地下室裡，有的是在戰壕裡。到處是碎鋼片、廢鐵……

弗拉基米羅芙娜問他，他上那兒去是不是很難走，他在哪兒睡的，怎麼弄到吃的，煉鋼爐破壞得是不是很厲害，工人們有沒有東西吃，他是不是見過廠長。

上午，在安德烈耶夫回來之前，弗拉基米羅芙娜對薇拉說：「我平時常常譏笑預感和迷信，可是今天我平生第一次肯定無疑地預感到，安德烈耶夫會帶來謝廖沙的消息。」

可是，她錯了。

安德烈耶夫說的事情是很重要的，不管聽他說的人是幸福的還是不幸的。工人們對安德烈耶夫說：沒有東西吃，也不發工資，地下室和土室裡又冷又潮溼。廠長變成了另一個人，當初德國佬向史達林格勒進攻的時候，他在車間裡跟工人們親熱得不得了，現在連話也不願意說了，他的房子已經修好了，還從薩拉托夫弄來了小汽車。

「現在發電站情況也很差，不過沒有什麼人惱恨站長，很明顯，大家不好過，他也不好過。」

「他是很不痛快呀。」弗拉基米羅芙娜說。「老人家，你打算怎麼辦？」

「我是來告別的，我想回家，雖然家也沒有了。我在公共宿舍裡找了個地方，在一個地下室裡。」

「很對，很對，」弗拉基米羅芙娜說，「不論怎麼樣，總算是在家裡。」

「這是我挖出來的。」他說著，從口袋裡掏出一個生了鏽的頂針。

「不久我也要進城，上果戈理大街去，看看自己的家，翻翻碎瓦斷磚，」弗拉基米羅芙娜說，「真想回家呀。」

「你現在起床是不是早了一點兒，你的臉色還很蒼白。」

「我聽到你說的一些事，十分難受。真希望在這塊神聖的土地上的一切是另一種樣子。」

他咳嗽了幾聲。「您該記得，史達林在前年說：兄弟姐妹們……可是現在，打敗了德國人，就連廠長的小院子不通報也別想進去，兄弟姐妹們卻住在土室裡。」

「是啊，是啊，這種狀況是不大好。」弗拉基米羅芙娜說。「唉，謝廖沙還是一點音信也沒有。」

晚上，斯皮里多諾夫從城裡回來。早上他上城裡去的時候，沒有對任何人說州黨委要處理他的問題。

「安德烈耶夫回來了嗎？」他生硬地操著廠長的口氣問道。「謝廖沙沒有什麼消息嗎？」

弗拉基米羅芙娜搖了搖頭。

薇拉一下子就看出來，爸爸醉得很厲害。從他開門的猛勁兒，從他那拚命忽閃的難過的眼睛，從他把帶回來的東西往桌子上放的那股神氣，脫大衣的樣子，問問題的口氣，都可以看出這一點。

他走到睡在衣服籃子裡的米佳跟前，俯下身來。

「你不要朝著他呼酒氣。」薇拉說。

「沒關係，讓他受點兒訓練。」斯皮里多諾夫快活地說。

「你快坐下吃飯吧，恐怕你光是喝酒，沒有吃東西。外婆今天是第一次起床。」

「噢，這太好啦。」斯皮里多諾夫說著，把羹匙掉在碟子裡，往衣服上濺了不少菜湯。

「哎呀，斯捷潘，你今天醉得真厲害，」弗拉基米羅芙娜說，「這是因為什麼喜事兒呀？」

他把碟子推開。

「你吃呀。」薇拉說。

「你們聽我說，是這樣的，」他低聲說，「我有一個消息。我的問題已經定了，在黨內受到嚴重警告，部裡來的命令是，要我上斯維爾德洛夫斯克州，到一個很小的發電站去，是燒泥炭發電的，農村型的，總而言之，一降到底了，住房可以保證。搬遷費相當於兩個月的工資。明天就開始辦移交。可以弄到車票。」

弗拉基米羅芙娜和薇拉對看了一眼，然後弗拉基米羅芙娜說：「可見，喝酒是有充分理由的，沒說的。」

「媽媽，你也跟我們去吧，給您單獨一個房間，好些的。」斯皮里多諾夫說。

「恐怕到那兒也只能給你們一個房間。」弗拉基米羅芙娜說。

「媽媽，反正有一個房間也要給您住。」

他還是生平第一次喚她媽媽。也許是因為醉了，他眼裡還噙著淚水。

娜塔莉亞走進來，斯皮里多諾夫換了話題，問道：「工廠的情形怎樣，我們的老頭子是怎麼說的？」

娜塔莉亞說：「剛才他等您的，現在他睡著了。」

她坐到桌旁，用拳頭支著腮，說：「他剛才說，工人在工廠裡炒瓜子吃，這就是他們的主要食品。」

她忽然問道：「斯捷潘．費多羅維奇，聽說您要走，是嗎？」

「是這樣啊！我也聽說了。」他快活地說。

她說：「工人們都捨不得讓您走。」

「有什麼捨不得的，新的站長季什卡．巴特羅夫是一個很好的人。我和他在大學裡是同學。」

弗拉基米羅芙娜說：「你們到了那裡，誰能給你補襪子補得這樣好呀？薇拉又不會。」

「這倒的確是一個問題。」斯皮里多諾夫說。

「這麼看，娜塔莉亞還得跟你們一塊兒去呢。」弗拉基米羅芙娜說。

「好吧，」娜塔莉亞說，「我去！」

大家都笑起來，但是說過笑話之後，沉默中卻出現了難為情和緊張的氣氛。

六十一

弗拉基米羅芙娜決定和女婿、薇拉一道走，她到古比雪夫就停下來，準備在葉妮婭那兒住一些時候。

臨走之前的一天，弗拉基米羅芙娜向新站長借了一部汽車，要上城裡去看看自己那毀掉的房子。

在路上，她問司機：「這兒是什麼？以前這兒是什麼？」

「以前什麼時候？」司機生氣地問道。

在城市廢墟中顯露出生活的三個層次：戰前的生活，戰時的生活，今天正在重新尋找自己的和平軌道的生活。有一座房子原來是一家化學乾洗店和織補店，幾個窗子全用磚堵起來，每個窗子上都留了小洞，在作戰時期德國一個近衛師的機槍手從小洞裡往外打機槍，現在就在小洞裡賣麵包，有不少婦女在洞口排著隊。

在瓦礫叢裡到處是掩體和土室，在裡面住過士兵、無線電通訊兵，駐紮過指揮所，在裡面寫過報告，裝填過機槍彈帶，上過自動步槍子彈。可是現在煙囪裡冒著和平的炊煙，掩體旁邊曬著衣服，孩子們在玩耍。

和平生活從戰爭中生長出來，雖然這生活還是很貧困、窮苦的，幾乎還像戰時那樣艱難。

有些戰俘在清除主要街道上的碎石斷磚。在暫作食品商店的一些地下室外面，有不少人帶著小桶在排隊。羅馬尼亞戰俘們懶洋洋地在磚石堆裡翻來翻去，在清理屍體。看不見紅軍士兵，只是偶爾見到幾個水兵。司機對弗拉基米羅芙娜解釋說，伏爾加艦隊留在史達林格勒。為的是掃除地雷。在許多地方堆著新運到的木板、木條和水泥。這都是剛運到的建築材料。有些地方已經把瓦礫堆到一旁，重新開始澆灌柏油馬路。

在一處空曠的場地上，有一個婦女拉著一輛兩輪板車，車上裝著很多包袱，兩個孩子拉著拴在車杠上的繩子在幫她拉車。

大家都一心一意要回家，回史達林格勒來，可是弗拉基米羅芙娜來了卻又要走。

弗拉基米羅芙娜問司機：「斯皮里多諾夫要離開史達林格勒發電站，您也捨不得吧？」

「我有什麼捨不得的？」司機說。「斯皮里多諾夫叫我開車，新站長也叫我開車。都是一個樣。開了派車單，我就開。」

「這兒是什麼？」她指著一排厚厚的外牆問，牆上開了大大的窗洞。

「是各種各樣的機關。還不如給人住。」

「以前這兒是幹什麼的？」

「以前保盧斯就住在這兒，就是從這兒把他帶走的。」

「在那以前呢？」

「您認不出來嗎？這是百貨大樓。」

似乎戰爭把以前的史達林格勒擠走了。可以清楚地想像到，德國軍官怎樣從地下室裡走出來，德軍元帥怎樣從燻黑的牆壁旁邊走過，哨兵怎樣向他敬禮。可是，難道弗拉基米羅芙娜就是在這兒買過大衣料，買過手錶送給瑪露霞做生日禮物，還帶著謝廖沙上這兒來，在二樓體育用品部給他買過冰鞋？

那些去看馬拉霍夫崗、凡爾登、鮑羅金諾戰場的人，看到小孩子、洗衣服的婦女、拉乾草的大車、拿草耙的老頭子，大概也像這樣感到奇怪……這兒，現在是葡萄園的地方，曾經有一隊一隊的法國大軍開過，一輛輛蒙著帆布的貨車經過。那兒，有一座農舍，還有集體農莊的一群瘦弱的牲口，還有許多蘋果樹的地方，曾經有繆拉特元帥的騎兵經過，庫圖佐夫曾經在這兒坐在椅子上揮動他那蒼老的手發動俄軍反攻。在那座崗上，雞群和羊群在亂石叢中找食兒的地方，納希莫夫曾經在那兒站過，托爾斯泰所描寫的光閃閃的炸彈曾經從那兒飛過，曾經有傷兵在那兒呻吟，英國的子彈曾經在那兒呼嘯。

弗拉基米羅芙娜也覺得這些排隊的婦女、破爛的房舍、這些卸木板的漢子、曬在繩子上的衣服、帶補丁的褥子、像蛇一樣的長筒襪子、貼在斷牆上的布告都十分奇怪。

她感覺出來，斯皮里多諾夫說到在區委會爭論如何分配勞動力、木材、水泥的時候，他覺得今天的生活多麼乏味，他覺得史達林格勒《真理報》一味地報導清理廢鋼鐵、打掃街道、修建澡堂和工人食堂，有多麼枯燥。他一說起轟炸，說起大火，說起集團軍司令舒米洛夫上史達林格勒發電站來，說起德國坦克從山崗上開來，說起蘇聯炮兵用炮火迎擊這些坦克，就十分帶勁兒。

戰爭的命運就是在這些街道上決定的。這一戰役的結局決定著戰後世界的版圖，決定著史達林偉大的程度或者希特勒政權恐怖的程度。在整整九十天裡，克里姆林宮和貝希特斯加登都在想著，說著，夢魂縈繞著一個詞兒——史達林格勒。

史達林格勒勢必左右歷史哲學，左右未來的社會制度。世界命運的陰影把當初這座充滿普通生活的城市遮住，使人不再看到。史達林格勒成為未來的象徵。

這位老婦人漸漸駛近自己的住宅，不自覺地受到漸漸在史達林格勒顯示出來的力量的影響，她當初是在這兒生活，教育子孫，給女兒們寫信，害病，買東西的。

她請司機把車停住，走下汽車。她很吃力地在遍地瓦礫的空蕩蕩的街道上走著，注視著斷垣殘壁，似乎相識又不相識地辨認著鄰近她的房子的一座座房屋的殘骸。

她的房子朝街的一面牆還保留著，她的老花眼從空空的窗洞裡看到了自己的住房的牆壁，認出了褪了色的藍綠兩色塗料。但是幾個房間裡已經沒有地板，沒有天花板，沒有樓梯，她也無法上樓看看了。磚牆上還留著大火的痕跡，許多地方的磚已成為碎塊。

她真切又痛心地回憶起自己的一生，回憶起幾個女兒、不幸的兒子、孫子謝廖沙，回憶起無法挽回的損失，想到自己孤單單的白頭。一個穿著舊大衣、破皮鞋的病弱老婆子，望著一座毀掉的房子。什麼在等待著她呢？她這個七十歲的人是不知道的。「生活還在前面。」她想道。什麼在等待著她所愛的一些人呢？她不知道。春日的天空透過她的房子的空空的窗洞，朝她望著。

她的親人們過得都不算好，生活動盪而又前路難測，充滿了擔憂、痛苦、錯誤。柳德米拉怎麼樣呢？家庭不和睦會造成什麼結果？謝廖沙呢？還活著嗎？維克多活得多麼不容易。薇拉和女婿斯捷潘會怎樣呢？斯捷潘能不能重新建立家庭，過上安寧的日子？聰明、善良但也厲害的娜佳今後又會怎樣？薇拉呢？會不會被獨身、窮困和生活的重擔壓垮？葉妮婭會怎麼樣，她是不是跟著克雷莫夫上西伯利亞？她自己會不會進勞改營？會不會像米佳那樣死掉？國家會不會饒恕謝廖沙？他的父母都已無辜死在勞改營。

他們的命運為什麼都這樣艱難，這樣令人難以捉摸？

那些病死的、犧牲的、被處死的人，依然和生者保持著聯繫。她還記著他們的微笑、他們的笑聲、他們說的笑話、他們的憂鬱和悵惘的眼睛、他們的希望和失望。

米佳曾經抱著她，說：「沒什麼，媽媽，頂要緊的是，你不要為我擔心，在這勞改營裡也有一些好人。」索菲亞·列文頓，一頭黑髮，上嘴唇上面還有細細的茸毛兒，又年輕，又快活，又有氣性，還常常朗誦詩。可憐的安娜·史托隆總是很憂鬱，很聰明，喜歡嘲笑人。托里亞吃起碎乳渣通心粉狼吞虎嚥，很不斯文。她生氣托里亞光知道張嘴吃，一點也不願意幫媽媽的忙，要是對他說：「你連一杯水也不給媽媽倒……」他就說：「……好的，好的，我來倒，可是為什麼娜佳不倒？」還有瑪露霞！葉妮婭總是譏笑你那種老師式的說教，你常常教訓人，用正統思想教訓斯捷潘……你和別廖茲金家的小孩子斯拉瓦，和老奶奶瓦爾瓦拉一起沉到了窩瓦河裡。米哈伊爾·西多羅維奇，您給我解釋解釋吧。天啊，他還能解釋什麼呀……

一切生活得不好的人，總是懷著苦楚、隱隱的悲痛、懷疑的心情盼望著幸福。有些上她這兒來，有些給她寫信，她常常有一種很奇怪的心情：她有一個和睦的大家庭，可是在心裡卻有一種孤獨感。

現在她這個老婆子還活著，還一直盼望著好日子，又有信心，又怕有災禍，又為一些活著的人擔心，為死了的難受，也為活著的難受。現在她站在這兒，望著毀掉的房子，欣賞著春日的天空，甚至不覺得自己在欣賞天空。她站著，自己問自己，為什麼她所愛的一些人的未來吉凶難卜，為什麼他們一生有這麼多的失誤。她不知道，正是在這種困惑不解中，在這種迷惘、痛苦和混亂中，就有答案，就有理解，就有希望；她也不知道，她已經發自內心地理解了她和她的親人們生活的意義，儘管不管是她，還是她的親人，誰也說不出自己是在等待什麼；儘管他們都知道，在可怖的時期一個人是否幸福完全由不得自己，世界的命運可以為人造福或招禍，可以使人獲得榮譽或者使人淪落，把人變為集中營裡的塵土，但世界的命運、歷史的浩劫、國家發怒的厄運、勝利的榮光、失敗的恥辱，所有這些都不能改變那些可以稱為人的人。不論等待著他們的是勞動的榮譽，還是冷落、失望和窮困、集中營和死亡，他們都會像人一樣生活，像人一樣死去，那些犧牲的人便是能夠像人一樣死去的人——這就是他們可歌可泣的做人的勝利，戰勝了世界上過去和今後不斷反覆出現的氣焰萬丈的、非人性的一切。

在這最後的一天，不僅從早晨就喝酒的斯皮里多諾夫醉得暈暈乎乎。弗拉基米羅芙娜和薇拉在即將離開的時候，頭腦裡也暈暈乎乎的。來過幾批工人，問到斯皮里多諾夫。斯皮里多諾夫交代了最後幾件事，上區委辦手續轉換組織關係，給幾個朋友打電話告別，又上兵役局交還了免役證，在各個車間裡轉了一會兒，和工人們說說話兒，等到在渦輪房裡暫時剩下他一個人的時候，他把臉頰貼到涼絲絲的、不動的飛輪上，疲憊地闔上了眼睛。

薇拉忙著收拾東西，在爐子上烘尿片，把牛奶煮熟裝到瓶子裡，準備在路上給米佳喝，又裝了一袋子麵包。這一天她要和維克多羅夫、和媽媽永遠分別了。他們就要留在這兒，這兒再沒有誰想起他們，問起他們了。

她一想到她現在是家裡的女主人，是鎮定的，安於艱難生活的，心裡就得到一點兒安慰。

弗拉基米羅芙娜望著外孫女因為一直睡不足覺布滿血絲的眼睛，說：「薇拉，往往就是這樣。離開經受了許多苦楚的家，比什麼都難受。」

娜塔莉亞去烙餅子，給斯皮里多諾夫一家人帶著在路上吃。她一大早就背著木柴和麵粉上工人村一個熟識的婦女家裡去，那一家有一座俄式爐子，她就在那兒做餡，和麵。她在廚房裡忙活得滿臉通紅，顯得分外年輕、標致。她不住地照著小鏡子，笑著，自己的鼻子和腮上沾了不少麵粉，可是等那個熟識的婦女一走出廚房，她就哭了起來，淚珠子撲簌簌往麵團上落。

那個熟識的婦女發現她掉眼淚，就問道：「娜塔莉亞，你怎麼哭呀？」

娜塔莉亞回答說：「我跟他們處慣了。老奶奶挺好，我也捨不得那個薇拉，也捨不得她那沒有父親的小孩子。」

女主人細心聽完了她的解釋，說：「娜塔莉亞，你不說老實話，你不是因為老奶奶哭。」

「不，我是因為老奶奶。」娜塔莉亞說。

新站長答應讓安德烈耶夫走，但是要他再在史達林格勒發電站待五天。娜塔莉亞說，這五天她要陪公公一起過，然後她就上列寧斯克到兒子那兒去。

「以後會知道，咱們下一步上哪兒去。」她說。

「以後你怎麼就會知道？」公公問道。

但是她沒有回答。大概就是因為什麼也不知道，她才哭。安德烈耶夫老頭子不喜歡兒媳婦對他表示關懷。她覺得，他可能還記著她和婆婆爭吵，對她還有意見，不肯原諒她。

到吃午飯的時候，斯皮里多諾夫回家來了。他說了說在機械車間和工人們告別的情形。

「就是在家裡，整個上午來看你的人就像朝聖一樣，」弗拉基米羅芙娜說，「五個一批，六個一群，不斷地來找你。」

「這麼說，都收拾好啦？卡車五點鐘準時開到。」他笑了笑。「感謝巴特羅夫，他還是派了車。」事情都交代了，東西都收拾好了，可是斯皮里多諾夫的醉態和神經質的緊張依然沒有消失。他開始重新收拾皮箱，重新整理包裹，似乎他急不可待地要走。不一會兒，安德烈耶夫從郵局回來了，斯皮里多諾夫問他：

「怎麼樣，有沒有從莫斯科發來的關於電纜的電報？」

「沒有，什麼電報也沒有。」

「哎呀，這些狗東西們在搗蛋呢，要不然到五月就可以開始送電了。」

安德烈耶夫對弗拉基米羅芙娜說：「您的身體還不行，怎麼能走呀？」

「沒什麼，我能行。再說，有什麼辦法，這又不是在果戈理大街自己家裡。這兒已經有油漆工來過，看過了，要把房子修一修給新站長住呢。」

「真是太不講情理了，他就是等一、兩天也好哇。」薇拉說。

「他怎麼算是不講情理？」弗拉基米羅芙娜說。「總要過日子呀。」

斯皮里多諾夫問：「飯做好了嗎，還等什麼？」

「等娜塔莉亞烙的餅。」

「啊，要是等烙餅，咱們就要耽誤上火車了。」斯皮里多諾夫說。

他不想吃飯，但是他還留了酒準備在告別席上喝，他非常想喝酒。他一直想到自己的辦公室去看看，哪怕在那兒待幾分鐘也好，但是不大合適，因為巴特羅夫正在召開各車間主任會議。他因為感到苦惱，愈來愈想喝酒。他不住地搖頭：「咱們要趕不上車了，趕不上了。」

這種怕誤車的心情，焦急等待娜塔莉亞的心情，不知為什麼使他感到愉快，但是他怎麼也不明白，究竟為什麼感到愉快；他也沒有想起來，戰前他準備和妻子上戲院的時候，就是這樣不住地看錶，焦急地說：「咱們要趕不上了。」

他今天很想聽到有關自己的好話，因此心情更壞了。於是他一遍又一遍地說：「為什麼要捨不得我這個逃兵和膽小鬼？還有，恐怕我是毫不要臉，才希望得到參加保衛戰的獎章。」

「真的，咱們不等了，吃飯吧。」弗拉基米羅芙娜看到斯皮里多諾夫很不自在，就說。

薇拉把一鍋菜湯端了來。斯皮里多諾夫拿來一瓶酒。弗拉基米羅芙娜和薇拉都不想喝酒。

「沒關係，咱們都像男子漢一樣，痛痛快快喝兩杯吧，」斯皮里多諾夫說過這話，接著又說，「也許，咱們還是等一等娜塔莉亞？」

恰好在這時候，娜塔莉亞提著籃子走了進來，把一摞一摞的烙餅放到桌子上。斯皮里多諾夫給安德烈耶夫和自己各斟了滿滿的一杯酒，給娜塔莉亞斟了半杯。

安德烈耶夫說：「去年夏天咱們就是這樣，在果戈理大街弗拉基米羅芙娜家裡吃烙餅。」

「看樣子，這些餅子一點也不比去年的餅子差。」弗拉基米羅芙娜說。

「那一次吃飯的有多少人呀！可是現在只有外婆，你們兩位，再加上我和爸爸了。」薇拉說。

「咱們已經把史達林格勒的德國佬打垮了。」安德烈耶夫說。

「偉大的勝利！可是人付出了多麼高的代價。」弗拉基米羅芙娜說。接著又說：「多喝點兒湯，到路上咱們就只能吃乾的，接連幾天吃不到熱的東西了。」

「是啊，路上是很辛苦的，」安德烈耶夫說，「上車也很難，連車站都沒有，火車都是從高加索開往巴拉紹夫的，在咱們這兒是過路車，車上人非常多，除了軍人，還是軍人。不過，也從高加索運來了白麵包。」

斯皮里多諾夫說：「像雲彩一樣朝咱們湧來了，這雲彩是怎麼來的？是蘇聯勝利了。」

他心裡想，不久前在史達林格勒發電站還能聽見德軍坦克的轟隆聲，可是現在已經把他們趕到幾百公里外。現在戰場已經是在別爾哥羅德、丘古耶夫附近，已經是在庫班了。

於是他又說起在心裡憋得難受的話：「好吧，就算我是逃兵，但是，該是誰來處分我？就讓史達林格勒的戰士們來處分我吧。我在他們面前有愧。」

薇拉說：「老人家，那一次在您旁邊坐的是莫斯托夫斯科伊。」

可是斯皮里多諾夫打斷她的話。今天他心裡難受得實在憋不住了。他對女兒說：「我給州委第一書記打了一個電話，想和他道道別，不管怎麼說，在整個保衛戰時期，在所有的企業領導人中，我是唯一留在右岸的，可是他的副手巴魯林不給我接電話，說：『普里亞欣同志沒時間和您說話。正忙著呢。』好吧，他忙著就忙著吧。」

薇拉就好像沒聽到爸爸的話，又說：「那一天謝廖沙旁邊坐的是托林中尉，現在那位中尉哪兒去啦？……」

她非常希望能有誰說說他上哪兒去，他可能還活得好好兒的，正在打仗呢。假如能聽到這樣的話，她今天苦惱的心也許會多少得到寬慰。但是爸爸又打斷她的話，說：「我對他說，你也知道，我今天要走啦。他卻對我說，好吧，那您就寫信吧，有什麼話就在信裡說吧。好吧，去他媽的吧。來，再喝一杯。咱們在這兒喝酒是最後一次了。」

他端起酒杯，朝著安德烈耶夫：「老人家，過去有什麼不周到之處，請多多擔待。」

安德烈耶夫說：「瞧你說的，斯皮里多諾夫同志。這兒的工人階級都捨不得你。」

斯皮里多諾夫乾了一杯，沉默了一會兒，就好像沉進了水裡。後來就喝起湯來。飯桌上靜下來，只能聽到吃烙餅的聲音，再就是斯皮里多諾夫用湯匙喝湯的聲音。這時候小米佳哭了起來。薇拉連忙站起來，走到孩子跟前，把他抱起來。

「弗拉基米羅芙娜，您吃餅呀。」娜塔莉亞像祈求活命一樣，懇切地小聲說。

「我一定吃。」弗拉基米羅芙娜說。

斯皮里多諾夫帶著得意、醉意和幸福的果斷神氣說：「娜塔莉亞，我當著大家的面對您說。您在這兒沒什麼事可幹，還是回列寧斯克把孩子帶上，上烏拉爾我們那兒去。咱們在一塊兒，在一塊兒要好過些。」

他想看看她的眼睛，可是她把頭垂得低低的，他只能看到她的額頭和好看的黑眉毛。

「老人家，您也上我們那兒去吧。在一塊兒要好過些。」

「我還上哪兒去？」安德烈耶夫說。「我沒有多少勁頭兒活了。」

斯皮里多諾夫很快地打量了一下薇拉。薇拉抱著小米佳站在桌旁，在哭。這一天他第一次看到他就要離開的房屋的牆壁，這時他的揪心的痛苦，因為被撤職，失去榮譽和心愛的工作而勾起思緒，使他快要發瘋、氣得他不能為保衛戰勝利而高興的處分，他的懊惱和恥辱——這一切頓時全都消失，全都失去意義。

這時和他坐在一起的岳母，他一直熱愛又永遠失去了的妻子母親，吻了吻他的頭，說：「沒什麼，沒什麼，我的好孩子，生活還在前頭。」

六十二

因為從傍晚就生起爐子，整整一夜木屋都很悶熱。

一位寄居的女子和昨天剛剛從軍醫院來她這兒度假的傷患丈夫幾乎一夜沒有睡。他們說話的聲音很小，為的是不吵醒房東老大娘和睡在大箱子上的小姑娘。

老大娘很想睡著，可是睡不著。她生氣的是，女房客和丈夫說話的聲音很小——這倒是影響了她，她不由得用心聽起來，盡可能地把她聽到的一些個別的詞兒聯繫起來。也許，如果他們說話聲音大一些，老大娘多少聽一會兒，也就睡了。她甚至想敲敲板牆，說：「你們的聲音為什麼那樣小，怎麼，有什麼好聽的事兒嗎？」

老大娘有好幾次聽出完整的句子，後來聲音小得又聽不清了。

那名軍人說：「我從軍醫院裡來，就連一塊水果糖也沒辦法帶來。不用說在前方了。」

「我呀，」女房客說，「也只能拿素油炒馬鈴薯招待你。」

後來他們說話的聲音就很小了，一點也聽不清了，後來好像女房客哭了。

老大娘聽到她說：「這是我的愛情把你保住了。」

「哼，這壞小子！」老大娘在心裡把軍人罵了一句。

老大娘迷迷糊糊睡了幾分鐘，顯然是打起鼾來，所以說話的聲音大些了。她醒了過來，仔細聽起來，聽清楚了：

「皮沃瓦羅夫給我往軍醫院裡來信說，不久前才給了我中校軍銜，馬上又把我提為上校。集團軍司令親自提名的。要知道，也是他把我提為師長的。還有列寧勳章。這一切都是因為那一次戰鬥，那一次我被埋住了，和在車間裡的各營失去聯繫，還像鸚鵡一樣唱歌兒。我有一種感覺，就好像我是騙子。我覺得真不自在，這種情形你都想像不到。」

後來他們顯然發覺老大娘不打鼾了，於是說話的聲音又小了。

老大娘是獨身一人，她的老頭子在戰前就死了，獨生女兒在斯維爾德洛夫斯克工作，不和她住在一起。在戰爭期間老大娘這兒沒有住過什麼人，她不明白，為什麼昨天來了一名軍人，她心裡就這樣七上八下的。

她不喜歡女房客。她覺得女房客是一個沒有頭腦、不能獨立生活的女人。女房客每天起身很晚，她的小女孩穿得很破爛，弄到什麼就吃什麼。她大部分時間沉默不語，坐在桌邊，朝窗外望著。可是有時候她來了興頭兒，就幹起活兒來，原來她什麼事都會做：又會縫衣服，又能擦地板，還做得一手好菜湯，雖然是城裡人，卻還會擠牛奶。顯然，她是心裡有些不自在。她的小女孩也有點兒任性，非常喜歡和小甲蟲、蟋蟀、蟑螂玩兒，而且不像別的孩子，她還傻里傻氣地吻小甲蟲，說故事給小甲蟲聽，然後把小甲蟲放掉，自己就哭起來，又呼喊，又叫喚小甲蟲的名字。秋天老大娘從樹林裡給她帶回一隻小刺蝟，小女孩就時刻不離地跟著小刺蝟跑，小刺蝟上哪兒，她上哪兒。小刺蝟一發出哼哼聲，她就快活得發了瘋。小刺蝟要是跑到五斗櫃底下，她就挨著五斗櫃坐在地板上等著，並且對媽媽說：「輕點兒，小刺蝟睡覺啦。」等到小刺蝟跑回樹林裡，她有兩天都不想吃飯。

老大娘總覺得她的女房客會上吊，所以她很擔心：拿小姑娘怎麼辦呀？她已經這麼大年紀了，可不願意添麻煩。

「我用不著照應什麼人。」她說。她確實提心吊膽，想到哪天早晨她一起來，發現女房客上吊了，她該拿小姑娘怎麼辦呀？

她認為，女房客是被丈夫扔了，丈夫在前方另找了一個年輕的女子，所以她天天在愁思苦想。丈夫很少給她來信，就是來了信，她也不顯得愉快。想叫她說說心裡話是不可能的，她什麼也不說。鄰居一些婦女也發現，老大娘的女房客是一個很古怪的女人。

老大娘跟著丈夫吃夠了苦。丈夫又喜歡喝酒，又喜歡吵鬧。他打起人來也不像一般人，常常用火叉或者棍子打她。他也打女兒。他不喝酒的時候，也不會使人快活：又小氣，又喜歡找碴兒挑毛病，像個老娘們兒一樣，盆兒碗兒的事都要管管：這又不對，那又不對。說她做飯做得不好吃，買東西也不會買，擠牛奶也擠不好，床鋪也鋪得不整齊。而且每說一句話都要罵娘。他把她也教會了，她現在稍有不開心，就罵起娘來。連她心愛的母牛也要罵。丈夫死的時候，她一滴眼淚也沒掉。他一直把她折騰到老。拿他有什麼辦法呀，他是一個酒鬼。他在女兒面前也不怕醜，叫人想起來都覺得難為情。打起鼾來像打雷一樣，特別是在喝醉的時候。她的母牛也那樣喜歡跑，簡直太喜歡跑了，一有機會就離開牛群到處跑，一個老年人要是天天跟著它跑，只有累死。

老大娘時而傾聽隔壁的悄聲低語，時而想想自己和丈夫過的不和睦的日子，在惱恨的同時，也憐惜起丈夫。不管怎麼說，他幹活兒還是很勞累的，工資也很低。如果沒有奶牛，他們的日子就很不好過。而且他死也是因為他在礦井裡吸的煤灰太多了。這不是，她還沒有死，還活著呢。當年他還從葉卡捷林堡給她買了一串項鍊，現在女兒還戴著呢……

一清早，小姑娘還沒有清醒，女房客便和丈夫到鄰村去買麵包，在那兒可以憑軍人乘車證買到白麵包。

他們手挽著手，一聲不響地走著。要在樹林中走上半公里，走到湖邊，再順著岸邊往前走。

積雪還沒有化盡，變成了淡藍色。雪成為大塊的、毛邊的結晶體，呈現出湖水般的淡藍色。在小丘的陽坡上，積雪在融化，化雪水在路邊水溝裡嘩嘩響著。雪的亮光、水的亮光、覆蓋著薄冰的水窪的亮光照得人眼花繚亂。亮光是那樣強烈，從亮光中穿過，就好像從密密的樹叢中穿過。亮光又擾人，又礙事，當他們走到一個凍住的水窪上的時候，被踩疼的冰突然在陽光中閃爍起來，就好像亮光在腳下發出碎裂聲，裂成許多尖尖的、帶刺的碎光片。亮光在路邊水溝裡流著，在有石頭攔路的地方，亮光膨脹起來，飛濺起來，發出叮叮淙淙的聲響。春天的太陽離大地非常近了。空氣又清冽又溫暖。

他覺得，他的嗓子本來凍壞了，喝酒燒壞了，硝煙灰塵嗆壞了，罵娘罵髒了的，現在被這亮光和天上的藍色洗乾淨了、涮乾淨了。他們走進樹林裡，來到林邊幾棵松樹的樹蔭下。這兒仍然有薄薄的一層雪沒有融化。在松樹上面，幾隻松鼠在綠枝上忙活著，下面，在結了一層冰殼的雪地上，有一大片啃過的松球，還有尖牙咬下的許多碎木屑。

樹林裡十分寧靜，亮光被一層一層的松針擋住，所以沒有喧嚷，也不叮叮響，只是小心翼翼地罩著大地。

他們依然一聲不響地走著，他們又在一起了，就因為這樣，周圍的一切都變得美好了，春天來了。

他們不約而同地站了下來。兩隻吃得肥肥的紅腹灰雀兒停在樅樹枝上。紅紅的肥胖胸脯，就像在施了魔法的雪中綻開的兩朵花兒。此時此刻的寧靜是奇異而美妙的。

在這種寧靜中，會想起去年的樹葉，想起過去一場又一場的風雨，築起又拋棄的窠巢，想起童年，想起螞蟻辛辛苦苦的勞動，想起狐狸的狡詐和鷹的強橫，想起世間萬物的互相殘殺，想起產生於同一心中又跟著這顆心死去的善與惡，想起曾經使兔子的心和樹幹都發抖的暴風雨和雷電。在幽暗的涼蔭裡，在雪下，沉睡著逝去的生命——因為愛情而聚會時的歡樂，四月裡鳥兒的悄聲低語，初見覺得奇怪、後來逐漸習慣了的鄰居，都已成為過去。強者和弱者、勇敢的和怯懦的、幸福的和不幸的都已沉睡。就好比在一座不再有人住的空了的房子裡，在和死去的、永遠離開這座房子的人訣別。

但是在寒冷的樹林中比陽光明麗的平原上春意更濃。在這寧靜的樹林裡的悲傷，也比寧靜的秋日裡的悲傷更沉重。在這無言的靜默中，可以聽到哀悼死者的號哭和迎接新生的狂歡……

還是黑沉和寒冷的，但是不要多久，大門和柵欄門就要打開，空蕩蕩的房子裡又要熱鬧起來，又會充滿孩子的笑聲和哭聲，又會響起女人的匆忙而動聽的腳步聲，滿懷信心的男主人就要走進房子裡來了。

他們站著，挎著麵包籃子，沒有說話。

導讀

羅伯特·錢德勒

為長眠者發聲——瓦西里．格羅斯曼的生平與作品

瓦西里．格羅斯曼

一九〇五年十二月十二日，瓦西里．塞米諾維奇．格羅斯曼（Vasily Semyonovich Grossman）生於烏克蘭城鎮別爾基切夫（Berdichev），當地是歐洲最大的猶太人社群聚居地之一。格羅斯曼的雙親都是猶太人，起初兒子取名為約瑟夫（Iosif），由於這顯然是猶太人的名字，遂改成俄語裡對應的瓦西里（Vasily），他們家境殷實，早已融入在地社會。

格羅斯曼年幼時雙親便已離異，由母親獨力扶養，並有一位富有的舅舅提供金錢資助。一九一〇至一九一二年間，格羅斯曼與母親住在瑞士，極可能是日內瓦。他的母親葉卡捷琳娜．莎弗列伊凡娜（Yekaterina Savelievna）後來以教授法語為業，故格羅斯曼終生都維持良好的法語能力。一九一四至一九一九年，他於基輔上中學，一九二四至一九二九年，在莫斯科州立大學攻讀化學[1]，他很快意識到文學才是他真正的志業，但仍對科學仍懷抱著興趣，所以《生活與命運》的核心人物維克多．史托隆（Viktor Shtrum）就是個核子物理學家，在諸多面向上，就像格羅斯曼本人的寫照。

---

1 西方見證猶太大屠殺最知名的作家普里莫．萊維（Primo Levi）終生從事的也是工業化學師的工作。與格羅斯曼一樣，萊維也是精確描寫和分析的大師。

畢業後，格羅斯曼遷往工業城頓巴斯（Donbass），先是礦坑的安全稽查員，又在醫療機構擔任化學教師，一九三二年才重返莫斯科，並在一九三四年發表了短篇故事〈在別爾基切夫市〉，贏得馬克西姆·高爾基（Maksim Gorky）、米哈伊爾·布爾加科夫（Mikhail Bulgakov）、伊薩克·巴別爾（Isaak Babel）[2]等作家的讚譽，該年更有關於頓巴斯礦工生活的長篇小說《格留考夫》（*Glyukauf*）[3]出版。一九三七年，格羅斯曼獲准加入享有盛名的蘇聯作家協會，長篇小說《斯捷潘·柯爾丘根》（*Stepan Kol'chugin*，一九三七至一九四〇年間發表）且獲史達林獎提名。

論者常將格羅斯曼的人生分為兩部分，例言之，茨維坦·托朵洛夫（Tzvetan Todorov）宣稱，「功成名就的蘇聯大作家裡，徹底脫胎換骨的僅有格羅斯曼一人，至少也算是洗心革面最顯明的實例。身為奴隸的他死去了，一個自由人誕生了[4]」。這種說法很聳動，但是若欲徹底劃分一九三〇、四〇年代的「從命」作家，與五〇年代寫了《生活與命運》、《一切都在流動》的「異議」作家，那麼就錯了。《格留考夫》今天讀起來也許顯得沉悶，但過去必然曾有撼動讀者的力量。一九三二年，高爾基曾對其初稿略有微詞，並以「自然主義」批評之，實則「自然主義」是一個蘇聯的暗語，但凡寫就的東西暴露了太多不討喜的蘇聯的現實，有礙觀瞻，統統說是「自然主義」。高爾基在他的報告結尾建議作者自忖，「我為何寫作？我正在驗證哪一種真實？我冀望哪一種真實勝出？[5]」即使只是這種對真實的犬儒態度，對格羅斯曼來說想必難以忍受。然而不容否認，高爾基的直覺相當準確，他似乎已然察覺了格羅斯曼對於真實的熱愛會將他引向何方。

在幾年後的一篇故事〈四天〉中，格羅斯曼引用了格言：「絕對的真實，是世上最美之物。」一九六一年，《生活與命運》手稿遭扣押以後，格羅斯曼寫信給赫魯雪夫，信中表示：「我的書裡寫

---

2 見謝苗·利普金的《瓦西里·格羅斯曼的史達林格勒》（*Stalingrad Vasiliya Grossmana*，阿迪斯出版社，一九八六），第10頁。巴別爾：「用新的眼光發現了我們的猶太首都。」布爾加科夫：「有價值的東西還是能夠出版的！」

3 這個書名取自德文Glück auf，短語的字面意思是「上來，好運！」，原是礦工從井下回到地面上的時候，地面上的人打招呼用語。後延伸為「祝你好運」。

4 茨維坦·托朵洛夫（Tzvetan Todorov），《希望與回憶》（*Hope and Memory*，倫敦：大

的是我曾經相信，並會繼續相信下去的真實。我只寫我的想法，我的感受，我的痛苦。[6]」

關於格羅斯曼對真實的熱愛，或他批判性的智識，不僅讓高爾基誡惕，似乎也引起史達林的警覺。跟《格留考夫》一樣，《斯捷潘．柯爾丘根》今日看來也夠中規中矩了，但史達林仍將它從史達林獎的提名入圍名單中刷去，宣稱這部關於年輕革命分子的小說「同情孟什維克」[7]。實際上，格羅斯曼既不是孟什維克也不是殉道者，不過他在「大恐怖」（The Great Terror）時代期間，他展現出非凡的勇氣。一九三八年，第二任妻子奧爾嘉．米凱洛芙娜（Olga Mikhailovna）被捕後，格羅斯曼立刻收養了她與前一年便被捕的前夫波里斯．古博（Boris Guber）的兩個兒子。若非格羅斯曼迅速採取行動，這兩個孩子很可能被送往收容「人民公敵」子弟的集中營。

繼而格羅斯曼致信內務人民委員會（NKVD）[8]的祕密警察頭子葉若夫（Yezhov），信裡表示，既然奧爾嘉．米凱洛芙娜現在是他的妻子，就不必為已然徹底斷絕關係的前夫負責，奧爾嘉隨後在同年獲釋[9]。格羅斯曼的朋友謝苗．利普金（Semyon Lipkin）就評論道：「這一切看來好像很尋常，不過在當時……只有非常勇敢的人，才膽膽給給整個國家的首席劊子手寫這樣的信。[10]」也就是這個時期，格羅斯曼開始著手幾個關於逮捕與密告的短篇故事，到二十世紀六〇年代才得以出版。

格羅斯曼漸進地傾向使他變成一名異議人士，並沒有哪個單一事件看起來格外重要，跟大多數人一樣，他的行為也反覆不一。戰爭那幾年，他好像無懼於德國人，也不怕內務人民委員會，然而在一九五二年，當史達林的反猶運動連署，格羅斯曼簽署了一封公開信，呼籲對據稱涉嫌謀害史達林的醫生予以最嚴厲的懲辦。格羅斯曼同意在信上簽名[11]。

格羅斯曼在那個節骨眼居然示弱，委實教人訝異。很可能是一時失常：被要求簽名時，他剛與詩

西洋出版社，二〇〇五），第50頁。

5 謝苗．利普金，《戰車》（*Kvadriga*，莫斯科 Knizhny sad 出版社，一九九七），第516頁。

6 利普金，《戰車》，第577頁。

7 一九〇三年，俄國社會民主黨第二次全國代表大會期間，該黨分裂為兩派：布爾什維克派與孟什維克派。一九一七年布爾什維克政變後，孟什維克大多被捕或流亡。

8 蘇聯安全部門曾歷多次改名。按時間順序，最重要的名稱與縮寫為：契卡（Cheka），

人兼編輯亞歷山大・托瓦多斯基（Aleksandr Tvardovsky）起過爭執，或許頭腦不怎麼清楚[12]。然而，《生活與命運》幾乎是一部百科全書，把極權主義下複雜的生活百態和盤托出，並明確將它與個人抵抗極權壓力的艱難做了連結，這一點，沒有誰處理得能比格羅斯曼更好：

> 但是有一種看不見的力量把他壓住。他感覺到它的威懾的重量，它強迫他按它的意圖去想，強迫他按照它的意思寫。它就在他身體內部，強迫他的心收縮，溶解他的決心……只有不曾親身體驗過這種力量的人，見到有人屈服於這種力量，才會感到驚訝。親身體驗過這種力量的人，感到驚訝的倒是另一點：敢於發一下火，哪怕是迸出一句怨言，或者很快地做一個表示抗議的手勢。[13]

格羅斯曼並未試圖掩蓋他的過錯。對於一九四一年德軍入侵後，沒有將母親從別爾基切夫接出，自譴之餘，他也怪罪妻子不願與母親共同生活。戰爭前夕，格羅斯曼曾提議邀母親到他們在莫斯科的公寓同住，但是奧爾嘉卻說地方太小、不方便[14]。一九四一年九月，與三萬名住在別爾基切夫、多數被害的猶太人一樣，他的母親葉卡特琳娜・莎弗列伊凡娜死於德國人之手。格羅斯曼死後，他的文件裡發現一只信封。裡面是一九五〇年和一九六一年寫給他死去母親的兩封信，一封寫於母親九週年忌日，另一封寫於母親二十週年忌日，此外還附上兩幀照片。格羅斯曼在第一封信裡寫道：「我總想著你是怎麼死的、是走到何處被害的，想了數十次，或者想了數百次，殺害你的人長什麼樣子，那人是最後一個見過你的人。我知道，那段時間你心裡一直都想著我。[15]」其中一幀照片是母親和瓦西里合

國家政治保安總局（OGPU），內務人民委員會（NKVD），國家安全委員會（KGB）。

9 關於這個故事更全面的記述，包括格羅斯曼給葉若夫寫的措辭巧妙的信之全文，見約翰・賈瑞德（John Garrard）和凱蘿・賈瑞德（Carol Garrard）合著的格羅斯曼傳記《別爾基切夫的靈骨：瓦西里・格羅斯曼的生活與命運》（*The Bones of Berdichev: The Life and Fate of Vasily Grossman*，紐約：自由出版社，一九九六），第 122-125 頁、第 347-348 頁。

10 利普金，《戰車》，第 518 頁。托朵洛夫

影，照片上的他還是小孩；另一幀照片是他從一位過世的納粹黨衛軍軍官那兒得來的，照片上有個大坑，坑裡是幾百具女孩、女人赤裸的屍體。母親的死令格羅斯曼萬分內疚，他與妻子相互指責，這全都反映在《生活與命運》裡。書中藉虛構人物安娜·謝苗諾芙娜（Anna Semyonovna）化身格羅斯曼的母親形象給兒子寫一封信，好不容易託人偷偷把信帶出猶太隔離區。所有因東歐猶太人而發的悲歎聲中，再沒有比這一封信更教人動容的了[16]。

或許格羅斯曼將戰爭視為救贖契機，僅管視力不佳、健康堪憂，他仍志願參軍，以普通士兵身分卻被分派到紅軍報紙《紅星報》（Krasnaya Zvezda）任戰地記者，憑藉韌性與勇氣讓人留下深刻印象。格羅斯曼報導了從莫斯科保衛戰到柏林淪陷期間的所有主要戰役，小兵與高級將領都愛看他的文章，前線官兵會聚集在一起，就為了聽同袍大聲朗讀一份《紅星報》上的內容。；作家維克多·奈克拉索夫（Viktor Nekrasov）曾參與史達林格勒的戰鬥，他記得「刊載格羅斯曼與愛倫堡（Ilya Ehrenburg）文章的報紙都被一讀再讀，讀到報紙變得破破爛爛」。[17]沒有哪個記者像格羅斯曼，懷著「殘酷戰爭的真情實況」（格羅斯曼語）之忱撰寫報導。他記事本上更不加掩飾的大段文字，若是被祕密警察看見了，很可能會讓他賠上性命。其中許多段落對軍隊高官非常不利，有的則不顧禁忌，將開小差與通敵行為都記錄了下來。他的筆記本裡盡是出乎意料的事，許多都在《生活與命運》裡重現。早期筆記裡寫著這麼一條：「前線的氣味，常是混合了停屍房與鐵匠舖的氣味。」格羅斯曼到史達林格勒沒幾天便發回報導：「落日餘暉照在廣場有一種陰森怪誕之美：淡粉色的天空從成千上萬空蕩蕩的窗口和屋頂探照出來。一塊巨幅的宣傳畫用俗艷的顏料寫了『光輝大道』。[18]」

格羅斯曼採訪從來不做筆記，或許是怕讓人有受威脅感，所以偏好倚靠他過人的記憶力。他有本

責備格羅斯曼沒有設法為伯里斯·古貝爾辯護是毫無道理的，哪怕是暗示性地責備也不對，因為格羅斯曼一旦辯護不僅自己會被捕，連奧爾嘉·米凱洛芙娜也得坐牢。

11 愛倫堡是戰地記者，也是格羅斯曼的競爭者。愛倫堡常被認為沒有原則，但他這次不僅拒絕簽署這封信，還給史達林寫信，解釋他為何拒絕簽字。《生活與命運》裡的史托隆對索科洛夫的感情很矛盾，暗示著格羅斯曼對愛倫堡也有類似的矛盾情感。見喬納森·布倫特（Jonathan Brent）與弗拉基米爾·瑙莫夫（Vladimir P. Naumov）合著的《史達林的最後罪惡：

事能贏得各行各業的男女信任：狙擊手、將軍、戰鬥機飛行員、蘇聯勞改大隊的士兵、農民、德軍俘虜，或者是在德軍占領區，持續工作但是心懷愧疚的學校老師。

格羅斯曼採訪從來不做筆記，或許是怕驚擾受訪者。他喜歡憑賴過人的記憶力撰稿。他能取得各行各業無論男女的信任感：狙擊手、將軍、戰鬥機飛行員、蘇軍懲戒營裡受懲的兵士、農民、德國戰俘，或者於德國占領區甘冒治罪危險繼續授課的學校教師。《紅星報》總編歐騰堡（David Ortenberg）寫道：「史達林格勒前線的記者都感驚訝，格羅斯曼居然能讓師長打開話匣，這個沉默寡言的西伯利亞人跟他漫談六小時……格羅斯曼提問，他毫無保留奉告。在戰事危急的關頭，師長仍然有問必答。[19]」歐騰堡且描述如下：「我們不催稿，我們知道他是怎麼幹活的。不管現實條件有多差，無論在碉堡內倚著柳條燈寫，在野地裡寫，躺臥在床上寫，抑或在人滿為患的農舍裡寫，他都能持續撰稿，他寫得很慢，他始終貫注全部的心神，投入所有的精力。[20]」

一九四三年，德軍於史達林格勒投降，紅軍的先頭部隊解放了烏克蘭。當時格羅斯曼隨軍報導，得知在巴比谷（Babi Yar）有十萬人慘遭屠殺，且多數是猶太人；繼而在別爾基切夫，他得知母親遇害的細節。發表於《旗幟報》（Znamya）的小說〈老教師〉，內容講述一個與別爾基切夫相仿的不知名城市，城內數百名猶太人遭屠殺之前發生的事。〈沒有猶太人的烏克蘭〉這篇獻給死者的長禱文，則《紅星報》拒刊，轉而在猶太反法西斯委員會的刊物上以意第緒語（主要是猶太人的語言，近德語並摻雜希伯來語和斯拉夫語——注）譯文發表[21]。這兩篇作品是世上最先揭露猶太大屠殺的文字[22]。而格羅斯曼生動又節制的〈特雷布林卡地獄〉（一九四四年下半年發表）則是世上第一篇涉及納粹死亡集中營的文章，早於以其他任何語言撰寫的相關報導。這篇文章在紐倫堡大審判時再次重刊，且被

陰謀迫害猶太醫生，1948-1953》，第 300-306 頁。感謝艾麗絲·納西莫夫斯基（Alice Nakhimovsky）為我指出這一點（私人通訊）。

12 關於這一事件更詳盡的記述，見瓦西里·格羅斯曼《大路》（*The Road*，倫敦：麥克爾霍斯出版社，二〇一〇），第 75-78 頁。

13 《生活與命運》，第 812 頁。

14 利普金，《戰車》，第 572 頁。

15 瓦西里·格羅斯曼，《大路》，第 291 頁。

當成呈堂證詞。

猶太人大屠殺的相關作品迄今出版甚繁，然而即便今日，世人還是難以想像大屠殺慘烈的程度全貌。格羅斯曼展現的道德水準和想像的勇氣，旁人幾乎難以理解。談及猶太種族滅絕（Shoah），烏克蘭屢次屠殺是為開端，至波蘭各死亡集中營到達高峰。格羅斯曼是納粹滅猶調查的先行者。納粹黨衛軍竭力銷毀波蘭特雷布林卡（Treblinka）滅絕營存在過的跡證。格羅斯曼採訪當地農民與四十位倖存者，試圖重建滅絕營的內部結構與誘殺伎倆。他深入透徹寫及納粹的騙術，關於「黨衛軍研究死亡的神經科醫生」如何「一再混淆人的心智，刻意散播一絲希望……他們一字一頓大聲地說，『婦女與兒童必須把鞋脫掉，襪子放進鞋裡，放整齊……進浴室時必須帶上身分證件、錢、毛巾與肥皂。再重複一遍……[23]』」英國詩人、哲學家柯立芝（Coleridge）曾為「想像力」做了如此定義：「讓靈魂擺脫客觀事實的禁錮，重獲自由，此種擺脫的能耐即是想像力。」格羅斯曼顯然生來具有它，並臻乎至高水準。

然而，蘇聯的官方說法是：希特勒讓各國各民族所遭受的苦難是均等的，對於強調猶太人慘況的人，標準的反駁說詞是：「死者不該被區分！」承認猶太人在死者中占了壓倒性多數，等於須承認：蘇聯內的其他民族乃是大屠殺的幫凶，尤其是烏克蘭人，且史達林本人反猶。一九四三至一九四六年期間，格羅斯曼與愛倫堡同為猶太反法西斯委員會工作，紀實作品《黑皮書》（*The Black Book*）記錄了發生在蘇聯與波蘭土地上的屠殺猶太人事件。但《黑皮書》從來沒有出版過[24]。無論怎麼妥協與讓步，蘇聯都不會允許這種性質的書籍出版。

長篇小說《人民是不朽的》（一九四二），就跟《斯捷潘·柯爾丘根》一樣，獲得史達林獎提

16 《最後一封信》（*La Dernière Lettre*），根據這封信寫成的劇本，劇中人只有一位女士，二〇〇〇年由弗里德里克·懷斯曼（Frederick Wiseman）在巴黎搬上舞臺，後來又改編成電影。二〇〇三年懷斯曼在紐約上演了該劇，英文劇名 *The Last Letter*。二〇〇五年，格羅斯曼百年誕辰之際，莫斯科上演了俄文版。

17 弗蘭克·艾里斯（Frank Ellis），《瓦西里·格羅斯曼：一個俄國異端分子的起源與演變》（*Vasily Grossman: The Genesis and Evolution of a Russian Heretic*，牛津／普羅維登斯：伯格出版社，一九九四），第48頁。

名，即使委員會一致投票通過，仍遭史達林否決。格羅斯曼的下一部長篇小說《為了正義的事業》（一九五二），起初獲得熱烈評論，不過接著就遭到抨擊，有可能是因為格羅斯曼是猶太人，以及史達林主義盛行期間，書寫戰爭即使只是稍稍寫實，也變得不被接受，戰爭頭一年的慘況更是。其餘猶太反法西斯委員會成員的領袖，早已被逮捕或謀害，新一波肅清正要展開，若不是一九五三年四月史達林去世，格羅斯曼肯定會害自己被逮捕。

往後數年，格羅斯曼屢獲公眾意義上的享譽，受頒殊榮紅旗勞動獎章（The Red Banner of Labour），《為了正義的事業》再版，並投入兩部傑作《生活與命運》、《一切都在流動》的寫作，兩部作品要直到八〇年代後期才得以在俄羅斯出版[25]。《為了正義的事業》在政治上沒有《生活與命運》如此異議。作者本欲將《生活與命運》作為《為了正義的事業》的續篇。《生活與命運》裡許多人物與《為了正義的事業》重疊，然而將《生活與命運》視作一部獨立的小說更妥善。《生活與命運》的重要性不只在文學上，更在歷史上。關於史達林統治下的俄國，沒有比本書更完整的圖像了。

其他異議作家如莎拉莫夫（Shalamov）、索忍尼辛（Solzhenitsyn）、娜傑日達．曼德爾施塔姆（Nadezhda Mandelstam），他們的力量都是源自身處體制外的旁觀者位置，格羅斯曼的力量則至少有一部分來自他對蘇聯社會各個層面的深刻認識。《生活與命運》是一個時代的寫照。透過《生活與命運》，格羅斯曼實現了許多蘇聯作家竭力卻無法取得的成就。書中人物不管如何活靈活現，每個都代表某一社群或某一階層，其命運是該階層或社群命運的縮影。史托隆代表猶太知識分子；戈特馬諾夫（Getmanov）代表犬儒的史達林主義官員；一九三〇年代有成千上萬老布爾什維克遭逮捕，阿巴爾丘克（Abarchuk）與克雷莫夫（Krymov）即是其中兩位；一九四一年蘇軍大敗塗地，當局一度被迫改弦

---

18 瓦西里．格羅斯曼，《參戰的作家：瓦西里．格羅斯曼隨蘇聯紅軍報導：1941-1945》，安東尼．比弗（Anthony Beevor）和盧巴．維諾格拉多娃（Luba Vinogradova）編（倫敦：哈威爾．塞柯出版社，二〇〇五），第126頁。《光輝大道》是一九四〇年的一部蘇聯電影片名，由亞歷山德羅夫（Aleksandrov）執導。

19 格羅斯曼，《參戰的作家》，第xiv頁。

20 同上，第62頁。

21 瓦西里．格羅斯曼，《大路》，第68-70頁。

易轍，不看黨員出身而看軍事能力（至少好幾年是如此），在此之後，可敬的軍官諾維科夫（Novikov）的能力方獲認可。這部小說無論文體或結構都無標新立異之處。但格羅斯曼書中的道德質問步步進逼，將蘇聯共產主義與納粹主義劃上等號，若非這種異端論調，《生活與命運》幾乎出奇地符合當局再三要求的：寫出真正的蘇維埃史詩。當時即便是西方也只有少數人能了解，共產主義與國家社會主義互為鏡像倒影。對於一個以擊敗納粹自豪的政體來說，再沒有任何說詞比上述更怵目驚心的了。

一九六〇年十月，格羅斯曼罔顧利普金、葉卡特琳娜．薩波洛茲卡亞（Yekaterina Zabolotskaya）這兩位最親近密友的勸告，將《生活與命運》的手稿送到《旗幟報》編輯手中。當時正是赫魯雪夫的「解凍」高峰期，格羅斯曼堅信小說因此得以出版。一九六一年二月某一日，三個 KGB 官員來到格羅斯曼的寓所，扣押了手稿與其他任何相關資料，連複寫紙與打字機色帶也不放過。「逮捕」書而非抓人，蘇聯歷史上只發生兩次，這回被抄沒《生活與命運》就是其一[26]。在官方眼中，除了《古拉格群島》，沒有其他出版物像《生活與命運》這麼危險[27]。

當局要求格羅斯曼在一保證書上簽字，保證不洩漏 KGB 此次的造訪。格羅斯曼拒絕了。但對於其他要求卻似乎相當配合。他將這幾位 KGB 官員領至表弟家，讓他們一併扣押了其他手稿副本。出乎意料的是，KGB 沒有發現格羅斯曼另備兩份手稿，一份留予利普金，另一份則在與文學界無任何聯繫的學生時代友人莉歐雅．克蕾絲多娃（Lyolya Klestova）手上。

不少人認為格羅斯曼過於天真，居然認為蘇聯當局會允許出版《生活與命運》。利普金與薩波洛茲卡亞就持這種觀點。據他們的說法，格羅斯曼同意把這本小說多備一份手稿副本，係因他們的堅持[28]。詩人科爾涅伊．楚科夫斯基（Korney Chukovsky）在一九六〇年十二月二十七日當日的日記上

---

22 〈老教師〉，首刊《旗幟報》（一九四三年，第七期，第八期）；〈沒有猶太人的烏克蘭〉，首刊於《統一》（*Eynikayt*，一九四三年十一月二十五日，十二月二日）。

23 瓦西里．格羅斯曼，《大路》，第 144 頁。

24 完整俄文版（至今尚未在俄羅斯出版）分別於一九八〇年在以色列出版，一九九三年在立陶宛出版。見西蒙．瑪姬斯（Simon Markish），《一位俄國作家的猶太命運》（*A Russian Writer's Jewish Fate*），《評論》（*Commentary*，一九八六年四月），第 42 頁。

寫道：「格羅斯曼接到赫魯雪夫祕書的電話，說這本小說太好，正是此時此刻需要的，並表示他會讓赫魯雪夫知道自己的讀後感。」此傳聞不知真假。即便沒有這通電話，楚科夫斯基真看待《生活與命運》，就很不尋常[29]。

我不認為格羅斯曼會如此天真，他顯然深刻理解人類心理與蘇聯政體的內部運作，自一九五六年赫魯雪夫公開譴責史達林以降，政治情勢變化迅速，現在的後見之明當然不費吹灰之力。

藝評家伊果·葛羅史達克（Igor Golomstock）和我說過，許多批判蘇聯政體的知識分子當時都懷抱很高的期待，不過這些人都像格羅斯曼，一輩子都生活其中。利普金清楚表示，格羅斯曼知道自己可能被捕。我的看法是這樣的：格羅斯曼當時有可能只是厭倦了搪塞敷衍，厭倦了迎合當局朝令夕改的要索，不想再跟著它的指揮棒盲轉。卻沒預料到當局會採取如此不尋常的舉動，沒逮捕他本人，卻把他的小說逮捕了。他也預存一份本書的手稿在莉歐雅·克蕾絲多娃那兒[30]。但為慎重起見，他連利普金都沒有透露。

格羅斯曼持續要求出版他的小說。隨後，在赫魯雪夫與布里茲涅夫（Brezhnev）當政年代，主掌意識形態的蘇斯洛夫（Susalov）召見了他。蘇斯洛夫重複了格羅斯曼早就聽過的話：《生活與命運》再過兩、三百年都休想出版。正如諷刺劇作家弗拉德米爾·沃伊諾維奇（Vladimir Voinovich）所說的，比蘇斯洛夫的傲慢更教人訝異的是他顯然識貨，一眼看出這本小說恆久的重要性[31]。

格羅斯曼擔心這部小說就此付之東流而抑鬱沮喪。用利普金的話說：「格羅斯曼在我們眼前老去。他的鬢髮更灰白，甚至有點兒禿頂。哮喘病也復發……走起路來顛來晃去。[32]」以格羅斯曼自己的話說：「他們在黑暗的一隅掐得我窒息。[33]」

---

25 後者早期不完整的版本，由湯瑪斯·惠特尼（Thomas Whitney）譯成英文出版，譯本差強人意，譯名《永遠流淌》（*Forever Flowing*）。格羅斯曼把最後的定本交給葉卡捷琳娜·薩波洛茲卡亞保存，是個打字本，中間有手寫插入語。她轉贈給賈瑞德夫婦，賈瑞德夫婦又轉贈哈佛大學薩哈羅夫檔案館，現在研究人員可以自由閱讀。

26 一九二六年五月，蘇聯國家政治保安總局（OGPU）搜查布林加科夫的住所，抄走《狗心》手稿兩份，兩年後又歸還。格羅斯曼總說，《生活與命運》是被「逮捕」的。其但格羅斯曼並未就此歇筆。他又寫了一篇生動的亞美尼亞遊記《願你平靜》。且繼續修訂《一切都在流動》，此部作品批判蘇聯社會，筆鋒較之《生活與命運》更要銳利。它半是小說，半是沉思，其中有對蘇聯勞改營的簡要研究，關於一九三〇年代前期恐怖大饑荒有教人動容的描繪，對於列寧慷慨激昂的抨擊，還有對俄羅斯「奴隸靈魂」的深沉反省（迄今還令俄羅斯種族主義者激憤難平）。然而這時格羅斯曼已罹患胃癌。一九六四年九月十四日晚間，別爾基切夫猶太人大屠殺二十三週年紀念日前夕，格羅斯曼辭世[34]。

生活與命運

《生活與命運》在結構上與《戰爭與和平》相似：聚焦單一家族，透過不同家族成員各個支線的敘事揉合，召出整個國家的生活樣態。亞歷山卓·弗拉基米羅芙娜·沙波什尼科娃是一位精神思想扎根於革命前知識分子民粹主義傳統的老太太。她的子女以及子女的家人是這本小說的中心人物。書中有兩個次要情節，一個在俄國的勞改營，一個在物理研究所。亞歷山卓·弗拉基米羅芙娜·沙波什尼柯娃（Aleksandra Vladimirovna Shaposhnikova）深受人民黨員傳統與戰前知識分子圈的精神影響，她的孩子與家人是這部長篇小說的核心人物。有兩條支線設定在俄羅斯勞改營與物理協會，環繞亞歷山德拉長女柳德米拉（Lyudmila）的前夫與現任丈夫；另外兩條支線則描繪亞歷山卓幼女葉妮婭（Yevgenia）的前夫克雷莫夫與現任未婚夫諾維科夫，克雷莫夫被逮捕並送往莫斯科 KGB 總部盧比揚卡（Lubyanka）

他俄國人說起此事往往也用「逮捕」一詞。

27 相比之下，巴斯特納克曾經把《齊瓦哥醫生》的手稿拿給朋友們和編輯們看，甚至通過蘇聯郵政局郵寄。他的罪過不在於寫這本小說，而在於拿到國外去出版。

28 賈瑞德夫婦，《別爾基切夫的靈骨》，第263-265頁。

29 科爾內·楚科夫斯基，《日記：1901-1969》（紐海文和倫敦：耶魯大學出版社，二〇〇五），第451頁。

30 手稿是在利普金和薩波洛茲卡亞提醒他之前還是之後做的備份，並不清楚。

監獄，諾維科夫在史達林格勒保衛戰中指揮裝甲兵軍團並扮演決定性角色，隨後也得罪當局。其他支線劇情仍與沙波什尼科夫家族不少的親友相關：有在史達林格勒發電廠工作的，有在前線當兵的，有在德國集中營裡組織暴動的，也有被牲口車運到毒氣室處死的。

格羅斯曼曾寫過，史達林格勒巷戰期間，他能讀的唯一一本書就是《戰爭與和平》[35]。《生活與命運》這個書名與《戰爭與和平》很相像。之所以如此命名，似乎是要讀者去比較這兩部作品。《生活與命運》經得起這樣的評比。托爾斯泰重現了奧斯特里茨（Austerlitz）戰役，格羅斯曼重現了史達林格勒保衛戰，至少生動的手筆不稍遜色。長期遭受轟炸是怎樣滋味，戰時該會有什麼「居家」細節，格羅斯曼寫來相當逼真，例如書裡寫到，有一個堅固的地下掩體是性命攸關的大事。崔可夫將軍的地下掩體被摧毀，結果軍官們一個一個把自己部下從掩體裡攆了出去，如此出人意料的奇趣段落俯拾皆是。

書中且描寫了史達林格勒保衛戰期間，眾人不分官階、一律平等的戰友情誼，隨後筆鋒一轉寫黨的官僚認為這種精神比德國人更要凶險，因此欲根絕之。書中描寫俄國勝利後，史達林格勒遍地淒涼的廢墟場景，讀來一樣動人：戰時全世界都將史達林格勒當成焦點，這座城市彼時是「世界名城」，「它的靈魂就是自由」。但戰後卻只淪入眾多戰火焚燬的城市中[36]。

如同托爾斯泰，書中格羅斯曼也採用了多人視角內的不同觀點：既有普通士兵對周遭形勢的直接感受，也有史家、哲學家的高瞻遠矚。格羅斯曼全局性的思考比托爾斯泰更有生趣，更具有多樣性；有些想法簡練雋永。克雷莫夫被捕前夕終於明白，在無辜戰友被捕時自己沒能站出來說話，不只因為恐懼，而是「革命的目的以道德的名義擺脫了道德束縛[37]」。克雷莫夫被捕後，其思想迸發了詩的力

---

31 見《書報審查索引》（*Index on Censorship*）第五卷（一九八五），第 9-10 頁。此文根據沃伊諾維奇在一九八四年「法蘭克福書展」上的演講編譯而成。沃伊諾維奇在這次講話中說，是他在一九七〇年把《生活與命運》偷運到西方的。後來發現這兩卷縮微膠卷是在安德烈・薩哈羅夫（Andrey Sakharov）和葉連娜・邦納（Yelena Bonner）的幫助下製作的。

32 利普金，《戰車》，第 582 頁。

33 同上，第 575 頁。

34 九月十四日也是格羅斯曼和奧爾嘉・米凱

量：「從革命還有氣息的身體上把皮剝下來，新時代想用革命的皮自我裝扮，把無產階級革命帶血的肌肉與熱騰騰的心肝拋進垃圾堆，因為新時代不需要這些。新時代只需要革命的皮，所以把這張皮從活人身上剝下來。披上革命的皮的那個人說起革命的話，做起革命的動作，但是腦子、肺、肝、眼睛卻是另外一個人的。[38]」

有時，格羅斯曼的反思力量並非出自意象描寫，而是出自遲緩而嚴謹醞釀出來的邏輯。全書從頭至尾貫穿一個非比尋常的觀點：極權國家運作的機理與現代物理學相同，兩者都聚焦於概率，不關心因果律；看的是巨大的總量而非單一的個人或粒子。有時，他把邏輯寄寓於詩意中；在史達林格勒，史達林從希特勒手中一把奪來了反猶主義這把長劍，這個奪劍意象是畫龍點睛的收尾之筆，闡明了納粹主義與史達林主義的同質性。

格羅斯曼借書中人物伊康尼科夫（Ikonnikov）一篇談論「愚蠢的善舉」（senseless kindness）的文章，直截表達了他的信念。伊康尼科夫從前是托爾斯泰的信徒，不久前才目擊兩萬名猶太人慘遭屠殺[39]。每當我們聽聞創造世界新秩序這類的許諾時，我們最好回想這篇文章裡的想法：

> 哪裡有善的曙光升起——這種善是永恆的，並且永遠不會被惡戰勝，當然那種惡本身也是永恆的，也永遠敵不過善——哪裡就會淌血，就會有大批兒童和老人死於非命。不但是人，就連上帝也無法消除現實的惡[40]。

看來，只有個人才能保住這種子、讓它存活，只有未被國家意識形態徵用的語言才能談及這種子。

洛芙娜的結婚紀念日。這天必會使格羅斯曼痛苦地想起，由於妻子反感自己的母親，導致母親悲慘地死去。他女兒葉卡捷琳娜·柯洛特卡娃（Yekaterina Korotkava）告訴我，格羅斯曼死於肺癌，並非外界一直以為的胃癌。

35 賈瑞德夫婦，《別爾基切夫的靈骨》，第239頁。

36 《生活與命運》，第961頁。

37 同上，第639頁。

38 同上，第1013頁。

39 別爾基切夫死難猶太人最初的估計數字。

德國人命令伊康尼科夫修建毒氣室，他拒而不從，此舉委實將他自己置諸死地。此前，他找到一位義大利神父，以一種混雜著義大利語、法語、德語的令人難忘的大雜燴語言，給出一個深奧的提問：「神父啊，我該怎麼辦，我們在一個滅絕營幹活呢。」（Que dois-je faire, mio padre, nous travaillons dans una Vernichtungslager.）有人說，格羅斯曼的文筆略顯遲重，是典型的蘇維埃風格，更確切的說法應是：格羅斯曼寫出各種詩化的語言，有伊康尼科夫笨拙、破碎的語言，也有克雷莫夫自譴時的雄辯語言，但他不太相信為詩而詩，以致只在普適性語言表情匱乏時，才會改用詩意語言。

也許格羅斯曼只在一個層面上不如托爾斯泰：他或許缺乏如托爾斯泰那樣重新喚起鮮活而完整的生命的能力。托爾斯泰刻劃年輕娜塔莎．羅斯托娃（Natasha Rostova）那樣的形象，《生活與命運》裡是找不到的。但格羅斯曼描寫的是歐洲史上最黑暗的時代之一，儘管最末一章歌頌明媚的春光，寫到炫目陽光照耀著冰雪，別廖茲金（Byerozkin）與他的妻子「從亮光中穿過，就好像從密密的樹叢中穿過」，但這部小說整體色調仍然陰鬱，多數支線的情節都以主要人物的死亡收場，有時死去的還不止一人。不過，格羅斯曼並非無愛、無信仰、無希望。他的信念裡甚至包含一種堅篤而清醒的樂觀精神，他堅信，即便身陷蘇聯或納粹集中營，堅守道義、仁慈待人仍是有可能的。格羅斯曼能細膩理解人的疏失、人的持疑、人的表裡不一，理解道德選擇的痛苦與複雜，這樣的理解賦予其作品非凡價值。

對於道德的微妙理解，是讓我們得以連結格羅斯曼與另一作家契訶夫的諸多特質之一，儘管兩人在寫作篇幅大盡相同。若將《生活與命運》裡許多章節獨立而觀，就跟契訶夫的短篇小說驚人地相像。阿巴爾丘克與一個朋友爭論不休，未料數小時後該名朋友遭一罪犯給殺害了。阿巴爾丘克將罪犯的名字告知勞改營當局，這樣做等於自尋死路。他認為當一個堂堂君子是立身之本，告發凶手更讓他自感

40 《生活與命運》，第494頁。

義薄雲天。底氣一足，對死去友人的怒氣更盛，直想再教訓他一頓。讀者一方面欽佩阿巴爾丘克的勇氣，一方面也厭棄他的自命正直。

書中關於史達林格勒的年輕士兵克里莫夫（Klimov）一章，也頗具契訶夫式的諷刺意味。克里莫夫遭遇德軍轟炸，不得已在一個彈坑躲了數小時。由於認為躺在身邊的是位俄軍同志，出於一種不該有的、對於人類溫暖的突來的需求，這名殺人有術的偵察員握住對方的手。不想那人是德國士兵，碰巧也待在這個彈坑躲避轟炸。待轟炸結束，兩個士兵意識到彼此都弄錯了人；兩人默默爬出彈坑，各自都害怕給上級看見、被指控通敵……關於紅軍駕駛兵謝苗諾夫（Semyonov）一章，格羅斯曼提出了類似問題，說得又更委婉。謝苗諾夫被德軍俘虜，奄奄一息之際獲得釋放。這時，一名烏克蘭老農婦赫里斯佳．丘尼婭克（Khristya Chunyak）將他安置於自己的茅舍，餵飯也照料他[41]。過了一個多月，謝苗諾夫恢復體力，鄰居來串門，談起了農場集體化問題。他簡直不敢相信自己耳朵，搭救他的「這名舒適農舍的女主人[42]」當時命懸一線，幾乎就要餓死了，與他自己剛入住的情況並無二致。赫里斯佳該晚睡前覺得該在胸前劃十字才安心；字裡行間看出，若她早知謝苗諾夫贊成農場集體化，且來自莫斯科，恐怕不必然會搭救他的性命。僅僅十二年前，正是那些來自莫斯科的蘇共黨員、共青團員令她全家活活餓死的。她仁慈寬厚，但這似乎與她的認知水準無關，甚至可能正是出自她的缺乏認知。

正如同《生活與命運》可視作一系列微型圖畫，在格羅斯曼看來，若將契訶夫的短篇小說合在一起，也可視作一部史詩般巨著。格羅斯曼塑造了一個人物向契訶夫致敬，透過他的一席話道，格羅斯曼說出自己的期許與信念：

41 赫里斯佳．丘尼婭克確有其人，關於格羅斯曼與她的談話，參見格羅斯曼《參戰的作家》，第 253 頁。給格羅斯曼留下深刻印象的人，他往往會寫進作品加以紀念。

42 格羅斯曼詩詞片段。

契訶夫使我們認識了整個廣大的俄羅斯，認識了俄羅斯各個階級、職業與各種年齡的人……但還不僅如此。他使我們認識了這許許多多尋常人，明白嗎，俄國的尋常人！……契訶夫說：讓上帝滾一邊去吧，讓所謂偉大的先進思想滾一邊去吧，我們先從人開始，我們要善良，要關心人，不管什麼人，僧侶、莊稼漢、百萬巨富的工廠主、薩哈林的苦役犯或餐廳裡的侍者；首先要尊重人，憐惜人，熱愛人，不這樣是絕對不行的[43]。

關於人性，《生活與命運》或許可稱作契訶夫式的史詩。如同任何一部偉大的史詩，偶爾會動搖、溢出自身的框架。在駛向滅絕營的火車上，年屆中年、膝下無子的醫生索菲亞·奧西波芙娜·列文頓（Sofya Osipovna Levinton）「收養」了小男孩達維德，格羅斯曼將許多自己的童年記憶套用到他身上，甚至連自己的生日十二月十二日也給了這男孩。由於拒絕拋棄達維德與這些讓她第一次有了認同感的猶太人，當德國軍官下令醫生出列時，索菲亞沒有回應，因此犧牲了生命。索非亞跟達維德隨人群走入毒氣室，達維德先死去，索菲亞感覺孩子的身體在她懷裡漸漸失去了動靜。這一章的結尾是這樣的：

這孩子的身體小得像鳥兒一樣，比她先走了一步。

「我做媽媽了。」她想道。

這是她最後一個念頭。

可是她的心還活著：心在緊縮，疼痛，在憐惜你們，活著的和死去的人們。索菲亞

43 《生活與命運》，第344頁。

感到一陣噁心，就把達維德，已經成了屍體的孩子緊緊摟在懷裡，她也成了死人，成了屍體。[44]

索菲亞・奧西波芙娜在彌留之際首次感受到母性的力量。她終於成為一個母親——可是，她給孩子帶來生命還是死亡？我們不能說：達維德已經死了。達維德／瓦西里還活著——則索菲亞一定也還活著，因為她的心不僅憐憫已死去與正在死去的人們，憐憫同時代的人，也憐憫「你們大家」，也就是憐憫我們這些讀者。或許，她為瓦西里・格羅斯曼，也為一些讀者帶來更充實、更深邃的生命，雖然這生命痛苦不移。

就如同格羅斯曼寫給愛倫堡的一封談及《黑皮書》的信。信裡說他深感道德上的責任，要代表死者發言，「為長眠者發聲[45]」。同等重要的事情是，格羅斯曼認為是死者在支撐他；他相信死者的力量能幫助他履行生者該恪盡的職責。維克多・史托隆的故事道出堅定、樂觀結尾，從中清楚得見格羅斯曼的這種責任感。史托隆無法忍受失去幾個剛到手的特權，在失控背叛了他明知無辜的人，同意簽署用以毀謗的公開信後，史托隆向逝去的母親祈求，下次能夠讓他的行為有所改進。他在小說裡的最後一句話是這樣：「好吧，咱們就試試吧……也許，我還有足夠的力量。媽媽，媽媽，這是你的力量。[46]」

在寫給母親忌日二十週年的信裡，格羅斯曼的情感表達得更明白：「親愛的媽媽，我就是你，只要我還活著，你就還活著。我死後，你還會繼續活在這本書裡。我把這本書題獻給你，書的命運是與你的命運緊緊連在一起的。[47]」他感到母親就在這本書裡延續生命，這點似乎讓他覺得《生活與命運》

---

44 《生活與命運》，第670-671頁。「可是她的心……」這一段的開頭改譯過。哈里特・穆拉夫（Harriet Murav）的文章《答覆大屠殺：柏格爾森，格羅斯曼和尼斯特》婉轉指出，我這段原先的譯文欠佳。感謝她提醒。

45 格賈瑞德夫婦，《別爾基切夫的靈骨》，第206頁。

46 《生活與命運》，第1012頁。

47 瓦西里・格羅斯曼，《大路》，第293頁。

本身就是一個活體生命[48]。他給赫魯雪夫寫了一封信，以一句挑戰的話作結：「我花費畢生心血寫成的書身陷囹圄，那麼我自己的人身自由、我現下的職位，一切都毫無意義，都虛假。這本書我寫了就不拋棄，過去不拋棄，現在也不拋棄……請把自由還給我的書。[49]」

＊＊＊

約翰．賈瑞德（John Garrard）與他的夫人凱蘿（Carol Garrard）兩人合著了《別爾基切夫的靈骨》（*The Bones of Berdichev*）這本優秀的格羅斯曼傳記。約翰．賈瑞德來信提到與格羅斯曼有關的「兩道未癒合的傷口」：

> 第一道傷口是沉默的文化。蘇聯猶太人的死亡，當地老百姓做了幫凶。在前蘇聯的領土上，大家迄今仍保持沉默，絕口不提此事。有位美國和平衛隊（American Peace Corps）的志工被分配到別爾基切夫工作，月前她致信給，表示她正在尋找猶太大屠殺的確切地點。她請烏克蘭朋友幫忙（她會說烏克蘭語），大家卻茫然望著她，矢口否認，說沒發生過這樣的屠殺，也沒有任何處理屍體的掩埋坑。第二道傷口與史達林格勒戰役相關。在通往知名的「史達林格勒陵墓」（圓形陣亡將士紀念廳）的花崗岩牆上刻了一行大字：「一個德國士兵問：『他們又向我們進攻了，他們能是凡人嗎？』」在陵墓的大廳內，一個蘇聯紅軍戰士的回答用燙金大字刻在牆上：「是的，我們確實

---

48 參見艾麗絲．納吉莫夫斯基（Alice Nakhimovsky）：「在格羅斯曼自己的作品裡，在別人寫他的俄語文獻中，都屢屢提到這本書是一個活體生命。」（《俄國猶太人的文學與身分》，約翰霍普金斯大學出版社，一九九二，第115頁）。

49 費奧多．古貝爾（Fyodor Guber），《記憶與信件》（Pamyat' I pis' ma，莫斯科：Probel出版社，二〇〇七），第102頁。

都是凡人，我們之中只有少數存活，不過我們全都在神聖的俄羅斯母親面前，履行了愛國的職責。」

上述的段落從格羅斯曼一篇文中摘錄而來，該文定題為〈在主傳動線上〉，初刊於《紅星報》，隨後被《真理報》轉載。但這個紀念廳的設計師們並無標註此段文字的作者是格羅斯曼。紀念館的導遊人員迄今仍說不知此段語錄出自何人之手。[50]

紀念廳興建期間，格羅斯曼默默死去，無人聞問。紀念廳的興建始於一九五九年，一九六七年竣工；《生活與命運》於一九六一年遭「逮捕」，格羅斯曼於一九六四年逝世。蘇聯當局對待格羅斯曼的方式，彷彿將他分割為兩種互不相干的形象：一種是篤持異議的猶太人，其作品必須保持緘默；另一種是值得大字刻鑿在牆上的「蘇維埃人民之聲」，只要別提他的名字就成了。迄今今天，史達林格勒陵墓的紀念廳上始終不提格羅斯曼，這無疑令人羞愧。若是格羅斯曼天上有知，對此也可能只是聳聳肩；若世人對他「為長眠者發聲」所言置若罔聞，那才會教他失望不安。

歷史背景

一九三九年，史達林與希特勒簽訂互不侵犯條約，兩人瓜分波蘭，第二次世界大戰展開。

50 見《歐洲百科全書：1914-2004》中約翰．賈瑞德寫的關於格羅斯曼的文章（紐約：斯克里伯納出版社，二〇〇六）。

一九四一年前半，所有對希特勒種種意圖的警告，史達林都視而不見，因而導致一九四一年六月二十二日德軍入侵，輕取不設防的蘇聯三軍，有總數高達一百萬的軍隊遭到德軍包圍。到十月下旬，德軍已俘虜了三百萬人，孤立列寧格勒，並突破莫斯科的外圍防禦，超過一千五百間工廠與所有大學、科學研究機構將人員疏散到烏拉山脈、西伯利亞、窩瓦河流域與中亞地區。

朱可夫（Zhukov）在一九四一年十二月成功守住莫斯科。這是蘇聯的第一場大捷，但德軍往窩瓦河與高加索地區油田挺進，已穿越烏克蘭全境，並在北部與中部建立了陣地，一九四二年九月前，德軍已圍困史達林格勒這座窩瓦河上至為關鍵的工業與通訊中心之城。《生活與命運》的故事正是在這個時間點展開的。

《生活與命運》大體上忠於歷史，且與《戰爭與和平》一樣有不少真實的歷史人物登場，如史達林格勒大部分俄羅斯與德國的高階軍官，史達林與希特勒。

諾維科夫上校這一人物乃是據後來成為蘇聯元帥的裝甲兵指揮官巴巴賈尼揚（Hamazasp Babadzhanian）衍生而來，一些別爾基切夫的次要角色則來自格羅斯曼熟識的人，其他角色出自《黑皮書》的調查過程。史托隆就像格羅斯曼的自畫像，逐漸認識自己的猶太裔身分與對史達林的感覺，苦惱是否要向當局有條件地投降，婚姻的困境，與朋友妻子外遇，以上全都源於格羅斯曼自己的人生經驗。不過，格羅斯曼把自己的某些正面體驗給了小說中的別廖茲金少校，這個角色好運不斷。和他一樣，格羅斯曼有次眼見一枚手雷落在自己兩腳之間，卻沒有成功引爆，他幸運地全身而退，此類情況還不只一次，無怪他在戰時的同事有時稱他為「幸運的格羅斯曼」。

史托隆此一人物表面上是根據藍道（Lev Landau）衍生而來。他是一位因一九五〇年代早期的反猶運動而面臨解職的物理學家，後來因為諾貝爾物理學獎得主拉塞福（Ernest Rutherford）的學生卡匹察（Pyotr Kapitsa）的關係才得以回復原職。卡匹察（至少）在拒絕發展原子彈方面，是格羅斯曼筆下契貝任（Chepyzhin）的原型。

與史實對照，此部小說不準確之處是年代。小說中，蘇聯官方凝聚力量反猶，比現實中來得更快：等同於格羅斯曼一九五二年署名的那份公開信，史托隆在一九四二年便已簽署；對於愛因斯坦的公開詆毀不是從一九四二年開始，而是遲至五〇年代末期。在這方面，格羅斯曼似乎認為象徵的真實（史達林在史達林格勒從希特勒手中奪取了反猶之劍）比歷史的正確性更重要。

至於史達林格勒的保衛者們則是更惱人的問題，格羅斯曼的觀點相對地保守：一九一二年，有股自發的俄羅斯愛國浪潮席捲。不過其他的觀點則是：這座城是由一群發了狂的人防衛的，選擇只有逃跑，然後被內務人民委員會射殺，或是不逃跑，繼而被德軍射殺。也就是說，格羅斯曼所寫的「自由，是史達林格勒戰時的靈魂」談得簡略了。

羅伯特．錢德勒（Robert Chandler）

二〇〇六年六月

二〇一〇年十一月修訂

（本文作者為《生活與命運》英文版譯者）